한국 현대 소설사

3

1945~1959

지은이 조남현

1948년 인천에서 태어나 서울대학교 국문과를 졸업하고 1983년 서울대학교에서 문학박사 학위를 받았다. 1973년『동아일보』신춘문예 평론 부문에 당선되어 등단했다. 계간지『소설과 사상』의 주간과 월간지『문학사상』의 주간으로 활동했다. 건국대학교 교수와 서울대학교 교수로 재직했다. 저서로『지성의 통풍을 위한 문학』『삶과 문학적 인식』『풀이에서 매김으로』『한국문학의 사실과 가치』『1990년대 문학의 담론』『비평의 자리』등의 평론집과『한국 지식인소설 연구』『한국 현대소설 연구』『한국 현대소설의 해부』『한국 현대문학사상 연구』『한국 현대소설유형론 연구』『한국 현대문학사상 논구』『한국 현대문학사상 탐구』『그들의 문학과 생애, 이기영』『소설신론』『한국 현대문학사상의 발견』『한국문학잡지사상사』『한국 현대소설사』1·2 등의 학술서가 있다. 현대문학상, 김환태 평론상, 대산문학상, 우호인문학상, 대한민국 학술원상 등을 수상했다. 현재 서울대학교 국문과 명예교수로 있다.

한국 현대소설사 3
1945~1959

제1판 제1쇄   2016년 6월 25일

지은이   조남현
펴낸이   주일우
펴낸곳   ㈜문학과지성사
등록번호   제1993-000098호
주소   04034 서울 마포구 잔다리로7길 18(서교동 377-20)
전화   02)338-7224
팩스   02)323-4180(편집) 02)338-7221(영업)
전자우편   moonji@moonji.com
홈페이지   www.moonji.com

ⓒ 조남현, 2016. Printed in Seoul, Korea
ISBN 978-89-320-2872-9 94800
ISBN 978-89-320-2369-4(세트)

이 도서의 국립중앙도서관 출판예정도서목록(CIP)은 서지정보유통지원시스템 홈페이지(http://seoji.nl.go.kr)와
국가자료공동목록시스템(http://www.nl.go.kr/kolisnet)에서 이용하실 수 있습니다.(CIP제어번호: CIP2016014398)

한국 현대 소설사

3

1945~1959

조남현 지음

문학과지성사

머리말

『한국 현대소설사』 1권과 2권이 출간된 것은 현직 교수로서는 마지막 학기였던 2012년 2학기의 종강 때였다. 이제 3권을 명예교수의 신분에서 첫 저서로 내놓게 되었다. 기본 작업인 작품 원본 수집과 정독을 해나가면서 3권에서 다루어야 할 시기를 어떻게 정해야 할 것인가 하고 한동안 고민에 빠졌었다. 1945년 8월 15일을 기점으로 잡는 데는 이견이 있을 수 없지만 1950년대에서 끝내야 하느냐 1960년대 이후까지 내려가보느냐 하는 문제는 금방 결정하지 못했다. 하한선을 최소한 1960년대 말로 잡아볼까 하는 욕심이 들다가도 1950년대 이후를 다루는 것은 여러 면에서 무리가 따를 것 같다는 우려에서 벗어날 수가 없었다. 되도록 많은 작품을 읽고, 평가하고, 분류하고, 각 작품에 합당한 양으로 논하였던 1권과 2권의 기조가 3권에 와서 깨질까 봐 걱정이 되었다. 다루는 시기가 길면 길수록 다룰 수 있는 작품들의 숫자가 줄어들 수밖에 없다는 상식에 끌려가고 싶지는 않았다. 이럴 줄 알았으면 1권과 2권에서 1급 작품을 중심으로 하면서 논급 대상을 좀 축소할 걸 그랬다 하고 잠간 후회하기도 하였다.

결국 1945년 8월 15일에서 1959년 12월까지의 발표작을 3권의 대상으로 잡게 되었다. 단순한 숫자 개념으로만 보면 2천2백 편 정도가 발표되었던 1945년에서 1959년까지의 15년은 짧은 기간으로 보이기 쉽다. 그러나 이 시기에 해방, 좌우투쟁, 대한민국 정부 수립, 한국전쟁, 복구 등과 같은 역사적 대사건들이 줄지어 발생했던 만큼 이때의 15년은 다른 때의 수십 년 이상에 못지않은 의미와 무게를 지니게 된다. 이런 역사적 대사건들은 동시대 작가들에게 많은 소재를 제공하면서 창작 의욕을 불러일으키기도 했지만 명작이나 대작을 만들어낼 수 있는 정신적·물질적 여건의 조성에는 장애가 되었던 것을 부정할 수 없다. 이 시기의 작가들은 온몸으로 건국대열에 뛰어들어야 했고, 좌나 우를 선택해야 했고, 전쟁과 맞서 싸워야 했다. 그리고 그 역사적 대사건들의 안팎에서 생계를 꾸려가기 위해 또 불안감을 잊기 위해 소설을 쓸 수밖에 없었다. 그러기에 이 시대의 작품들을 읽고 논하는 과정에서 날카로운 선별안과 따뜻한 시선은 동전의 앞뒷면과 같은 관계를 이루어야 한다. 기본적으로 역사의 심각성과 무게를 소설이 제대로 반영하지 못했고 또 못할 수밖에 없었던 만큼, 소설 연구는 역사 연구에 압도될 가능성이 높았다. 광복, 건국, 한국전쟁의 심저부를 들여다보려고 애쓰다보면 1945년 후기와 1950년대의 한국 소설은 상대적으로 바닥이 얕은 것으로 보이기 쉽다.

물론 따뜻한 시선을 취한다고 해서 작품 평가 능력을 의심받을 정도까지 내려가자는 것은 아니다. 특히 3권의 시대인 1945~1959년은 내 소년기와 겹쳐 있어 기본적으로 친숙감을 갖게 한다. 나라 전체를 뒤덮었던 가난과 후진성이 서럽기만 했고, 야윈 것을 숙명처럼 알았고, 친구들과 함께 뛰놀며 성장해가는 것을 감지했고, 형제들과 복닥거리면서 조금은 글 읽기와 글짓기를 좋아했던 그 소년기가 사무치게 다가왔다. 가난과 상실감과 모멸감으로 뒤덮인 어둠을 자식 사랑과 책임감으로 겨우겨우 밝혀낸 우리 조부모와 부모 세대의 많은 얼굴들이 떠오르기도 했다. 돌아보면 1950년대 작가들과 마찬가지로 국민학생인 나도 전후 사회의 표징들의 한복판에 있었다. 그런 때문인가. 3권에 나타나는 작중인물들은 낯설게 느껴지지 않는다.

1권의 제1장 '소설사 서술의 의미와 방법'에서는 "되도록 많은 소설을 읽자" "대상 작품의 객관적 평가에 힘쓰자" "소설은 종합문학의 양식이라는 인식을 용인하자" "작품과 작품의 관계에 주목하여 의미단위를 만드는 데 힘쓰자" "한국 현대 소설은 한국 현대사나 사회 또는 한국인에 대한 가장 정확하면서도 충실한 담론이라는 인식에서 출발하자" "날카로운 시선과 따뜻한 눈길을 교차시키는 가운데 작품 하나하나의 핵심을 건져내는 데 힘쓰자" 등과 같은 여섯 가지의 서술정신과 방법을 제시하였다. 이러한 1권과 2권의 서술방법과 정신을 3권에서도 그대로 이으려고 했다. 역사적 지식이나 현란한 문학이론이나 이데올로기적 정향을 통해 한국 소설을 보는 태도에서 벗어나 오히려 소설로써 한국인의 초상과 일반사와 신념을 파악하려고 했다. 한국 소설의 민낯을 제대로 보는 것을 소설사 기술의 출발점이자 기본 정신으로 삼았다. 그런 과정에서 그동안 저평가된 작가들과 작품들이 적지 않았던 점을 파악하게 되었다.

1권과 2권에서 실천에 옮기려고 애썼던 작품 중심주의를 3권에서도 유지하려고 하였다. 이번 소설사를 작성하면서도 1급 작가의 2류작과 2급 작가의 1류작이 힘겨루기하는 것을 느낄 수 있었다. 작가 중심이냐 작품 중심이냐 하는 고민은 1권과 2권을 쓰면서 사실상 끝났다고 할 수 있다. 작가론이 한 작가의 작품만을 평가하고 해석하고 논한 점에서 절대평가에 가깝다면 문학사 기술은 여러 작가들의 여러 작품들을 대상으로 하여 상대평가한 것이라고 할 수 있다. 종래의 소설사 기술에서 1급 작가로 평가되지 못한 작가들의 모든 작품들이 작가의 급수와 운명을 같이해야 하는 것인가. 제한된 작품을 읽을 수밖에 없는 일반 독자들이야 어쩔 수 없다고 할지라도 전공자들이나 연구자들마저도 이미 정해진 명작목록에 고착될 필요가 있겠는가. 작품의 본질해명과 등급판정은 작품의 내용과 솜씨에 대한 면밀한 분석의 결과로 이루어져야 하는 것이 아닌가.

『한국 현대소설사』 3권의 서술 과정은 지난 3년간 내 일상사와 겹쳐 있었다. 내 건강에 세심하게 신경 쓰면서 쾌적한 집필 환경을 만들어준 아내의 헌신적인 노력이 없었다면 이 책은 예정대로 나오지 못했을 것이다. 1권과 2권의 출간 직후 큰 관심과 격려를 보내주었던 분들과 기관들에게 이 자리를 빌려 감사의 말씀을 드린다. 판매고로 이어진 것은 아니지만 기대했던 것보다 반응이 컸던지라 소외감과 같은 퇴직 신드롬에서 벗어날 수 있었다. 이런 독자 반응들이 3권 집필의 동력으로 작용했음은 부인할 수 없다. 많은 시간을 할애하여 작품 원문을 포함하여 귀한 자료를 찾아다 준 장문석 군과 김명훈 군의 노고가 가장 컸다. 구하기 힘든 작품 원문을 대했을 때의 기쁨을 안겨주었던 이민영 박사와 배하은 박사과정생에게도 고마운 마음 전한다. 원고를 넘기고 여러 차례 교정을 보는 과정에서 이정미 팀장을 많이도 괴롭혔다. 그저 미안하고 고마울 따름이다. 문학과지성사의 관계자 여러분에게 감사드린다.

2016년 6월
조 남 현

차례

3권

머리말 4

1권

2권

일러두기

1. 반복해서 등장하는 작품의 제목은 발표 당시의 표기대로 한 번 기록하고, 이후에는 현대어로 표기하였다.

2. 한글과 한자가 병기된 제목인 경우 괄호 안에 한자를 병기하였다.

　　　예) 즈유죵(自由鐘)

3. 신문과 잡지명은 현대어로 표기하였다.

　　　예) 독닙신문 → 독립신문

4. 인용할 때는 작품 발표 당시의 원문을 그대로 옮겼다.

5. 각 장에서 처음 나오는 작가명은 한자를 병기하였다.

6. 부록에서는 작품과 출처에 따로 표시(「」『』)를 하지 않았다.

7. 찾아보기에서는 작품명을 현대어로 표기하였다.

제 7 장

해방기와 건국 전후의 소설

1. 총론

(1) 한국사 연표

리얼리즘소설, 시대소설, 역사소설 등의 유형이 가리키고 있는 것처럼 작가들은 역사를 반영하거나 역사적 사건을 그려내는 것을 기본 임무로 알아왔다. 역사반영의 목적에 따라 소설은 계몽소설로 나타날 수도 있고 단순한 보고소설로 나타날 수도 있다. 또 어디에 역점을 두고 역사를 반영하느냐에 따라 개인의 심리나 내면의 묘사에 귀착된 소설이 될 수도 있고 사회적 풍경을 담아낸 소설이 될 수도 있다. 작가는 자신이 살고 있는 때의 역사를 반영하여 여러 가지 위험을 무릅쓰고 당대소설을 쓰기도 하지만 역사적 사건과 최소 몇 년 이상의 시차를 두고 역사소설을 쓰기도 한다. 1945년에서 1959년까지의 우리의 역사는 당대소설을 쓰는 것이 역사소설을 쓰는 것보다 몇 배 고통스러운 것임을 잘 일깨워주었다. 인간의 삶과 역사를 제대로 알려면 소설을 읽어야 한다는 요구는 소설을 제대로 읽으려면 역사를 알아야 한다는 요구로 뒤집어볼 수 있다. 작가에게 역사는 생성과 압력을 주요 형식으로 삼는 삶의 조건으로 다가오기도 하고, 단순한 소재의 더미로 나타나기도 하고, 계몽의 목소리를 들려주기도 한다. 해방을 맞았던 1945년에서 전쟁이 일어났던 1950년까지의 역사적 사건들의 연표는 다음과 같이 정리될 수 있다.

1943년: 친일단체 조선문인보국회, 부민관에서 결성(4. 17), 총독부, 한국에 징병제 공포(3. 1), 제1회 학병징병검사 실시(10. 25), 조선의 해방 결의한 미·영·중 수뇌의 카이로 선언(11. 27).

1944년: 총동원법에 의해 징용 실시(광산과 군수공장에 동원, 2. 8), 여자정신대근무령 공포(만 12세 이상 40세 미만의 배우자 없는 여성을 일본·남양 등 각지로 징용 실시, 8. 23), 여운형, 지하비밀단체 건국동맹 조직(9월).

1945년: 얄타회담에서 한반도 문제 거론(2. 4), 포츠담회담(7. 17~8. 2)의 선언에서 한민족 독립 공약(7. 26), 소련군 웅기·나진·청진 지방 점령(8. 10~12), 일본 천황 무조건 항복 방송(8. 15), 조선건국준비위원회(建準) 발족(위원장 여운형, 부위원장 안재홍·장덕수), 8월 말까지 건준 지부 145개 조직됨, 전국 형무소에서 2만여 명 석방 개시(8. 16), 조선공산당 발족(8. 16), 건준, 전국에 인민위원회 조직(8. 17), 소련군 평양에 사령부 설치(8. 25), 국군준비대 결성(8. 30), 조선학병동맹 결성(9. 1), 맥아더, 북위 38도선을 경계로 미·소 양군 조선분할점령책 발표(9. 2), 건준, 조선인민공화국 수립 선언(9. 6), 조선공산당 재건(책임비서 박헌영, 9. 11), 미 극동사령부, 남한에 군정 선포, 주한미군 사령관에 하지 중장 임명(9. 7), 한국민주당 결성, 강령과 정책 결정(수석총무 송진우, 9. 9), 경성을 서울로 개칭(9. 14), 조선공산당 기관지『해방일보』발행(9. 19), 32개 정당과 사회단체, 38선 철폐 요구(10. 10), 경성방직 총파업(10. 11), 김일성, 평양 환영 군중대회에 출현(10. 14), 이승만, 미국에서 귀국

(10. 16), 미군정 남한 각지의 인민위원회 해산 지시(10. 17), 이승만 중심으로 200여 정당대표 회합해 조선독립촉성중앙협의회(獨促中協) 발족(10. 25), 조선노동조합 전국평의회(全評) 결성(위원장 허성택, 16개 산별 노조, 11개소 지방평의회)(11. 5), 건국동맹 해소하고 조선인민당 결성(당수 여운형, 11. 11), 중경 임시정부 김구 주석 중심 제1진 개인 자격으로 귀국, 신의주 반공학생 의거(11. 23), 『조선일보』 복간(11. 23), 재일교포 46만 6,825명 귀국, 일본인 27만 7,844명 퇴거(11. 30), 『동아일보』 복간(12. 7), 전국농민조합총연맹(全農) 결성대회(12. 8), 공청·해청 등 통합해서 조선청년총동맹(靑總) 결성(12. 11), 하지 중장, 인공을 부인하는 성명 발표(12. 12), 모스크바 미·영·소 삼상회의에서 한국 5개년 신탁통치 실시 결정 발표(12. 28), 신탁통치 반대 시위 전국으로 확산(12. 30). 한민당 당수 송진우 피살(범인 한현우·유근배, 12. 30).

1946년: 조선공산당 신탁통치 지지 선언(1. 2), 국방경비대 창설(1.15), 학병동맹사건(1.19), 대한독립촉성국민회(獨促) 결성(총재 이승만, 부총재 김구, 2.1), 미곡수집령 발동, 가마당 120원 강매(2. 1), 좌익세력 통일전선체인 민주주의민족전선(民戰) 결성(의장 여운형·박헌영·허헌·김원봉, 2.15), 『신천지』 창간(2월), 북조선 임시인민위원회 주도로 토지개혁 실시(3. 5), 제1차 미소공동위원회 개최(3. 20), 한국독립당 개편(위원장 김구, 부위원장 조소앙, 3. 20), 민전, 미소공동위원회 환영 민주정부수립촉진 시민대회 개최(10만 명 동원)(4. 11), 한독당(김구)·국민당(안재홍)·신한민족당(권동진·오세창) 3당 합동(4. 18), 조선민주청년동맹(民靑) 결성(4. 25), 정판사 위폐사건(5. 8)의 주범 이관술 체포(7. 6), 공창 폐지(5. 27), 미군정청, 하곡수집령 공포(5. 29), 38선 무허가 월경 금지(5. 23), 이승만, 정읍에서 남한 단독정부 수립 계획 발언(6. 3), 부산에서 콜레라 창궐로 1만 1천 명 사망(6~9월), 김규식·여운형·원세훈·허헌 좌우합작 회담 개시(6. 14), 미군정청, 국립 서울종합대학안(國大

案) 발표(6. 18), 단정추진 기관인 민족통일총본부(民統) 결성(총재 이승만, 6. 29), 북조선로동당 창립대회(8. 28~30), 『조선인민보』 등 좌익계 6개 신문에 정간령(9. 6), 박헌영·이강국에 체포령, 이주하·홍남표 검거(9. 7), 부산 철도구 종업원 7천 명 파업(9월 총파업), 조선공산당, '남조선 노동자제군에게 고함'이란 내용의 삐라 살포(9. 24), 남조선총파업투쟁 위 결성(9. 25), 대구에서 쌀배급 요구시위로 출발한 10·1 폭동 발발, 노동자와 학생 3700명 체포, 16명 사망, 경북에서 경찰관 53명 사망, 전국에 파급(10. 1~31), 조선민족청년단(族青) 결성(단장 이범석)(10. 13), 경성부, 서울특별시 승격(11. 21), 서울시 인구 124만 4,814명(11. 30), 좌익통합정당으로 남조선노동당(南勞黨) 결성(위원장 허헌, 부위원장 박헌영·이기석)(11. 23), 이승만 도미, 남한 단독정부 수립 주장(12. 2), 남조선 과도입법의원 개원(의장 김규식, 1946. 12. 2~1948. 5. 29), 월남 인사들로 서북청년회(西青) 결성(12. 13), 대구 소요 사건 관련자 537명에 대한 언도 공판(사형 16명, 12. 14).

1947년: 임정계, 반탁 투쟁위원회 조직(위원장 김구, 1. 24), 미군정, 민정장관에 안재홍 임명(1947. 2. 5~1948. 6), 전평 위원장 허성택, 남로당 이현상 등 51명 무허가집회 개최 혐의로 군정 재판 회부(2. 19), 박문규·김오성 군정재판 회부(3. 7), 김원봉 군재 회부(4. 3), 우익 테러단 전평 습격(3. 1), 조선민주애국청년동맹(民愛青) 결성(5. 3), 미군정, 민주청년동맹 해산령(5. 17), 제2차 미소공동위원회 결렬(5. 21~7. 10), 근로인민당 결성(위원장 여운형, 6. 5), 여운형 해방 후 10여 차례 테러 끝에 혜화동 로터리에서 피살(62세, 7.19), 범인 한지근·신동운 5일 만에 검거, 인민장(8. 3), 허헌 등 좌익계열 1천5백 명 검거(8. 14~24), 유엔 총회, 한국정부 수립 후 미소 양군 철수안 가결(11. 14), 김구, 남한 단독정부 수립 반대 성명(12. 2), 남로당 중앙위에서 단정단선 반대와 미소양군 철수 주장(12. 11), 김구, 남한단독정부 수립 반대 성명(12. 22).

1948년: 좌익, 소위 2·7 구국투쟁 개시(경찰서 습격, 시위, 맹휴, 파업, 2~7월), 유엔소총회, 남한단독선거 실시 결의(2. 26), 김구, 남북협상 제의(3. 8), 김구·김규식·김창숙·조소앙·조성환·조완구·홍명희 7인 공동성명으로 남한 총선거 불참 표명(3. 12), 북한과 중공 비밀 군사협정 체결(3월), 제주도에서 남한단독정부 수립 반대하는 대규모 시위 및 폭동 발생(제주도 4·3 민주항쟁, 주모자 김달삼·이덕구, 4.3), 문화인 108명 남북협상 지지성명(4. 18), 김구와 김규식 남북대표자회의 참석, 남한 39개 정당·사회단체 참가(4. 19~4. 30), 김구 일행 평양에서 귀환, 남북연석회의 공동성명 발표(5. 6), 유엔 한위 감시 하에 남한 만의 첫 국회의원 총선거 실시(5. 10), 북한, 남한에 송전 중단(5. 14), 소백산지구의 인공유격대 소탕, 340명 검거(5. 21~7. 7), 『우리신문』『신민일보』『독립신보』폐간(5. 26), 제헌국회 개원(5. 31), 미군기 독도 부근 폭격으로 어선 23척 침몰, 16명 사망(6. 8), 국회, 국호를 '大韓民國'으로 결정(7. 1), 헌법과 정부조직법 공포(7. 17), 국회에서 대통령 이승만·부통령 이시영 선출(7. 20), 초대 국무총리에 이범석 임명(8. 1), 대한민국 수립 선포(8.15), 해주에서 최고인민회의 대의원선거를 위한 '남조선인민대표자대회' 개최(8. 21), 국방경비대를 육군(병력 2만)으로, 해양경비대를 해군으로 개편(9. 5), 반민족행위자 처벌법 국회 통과(9. 7), 북한, 소위 민주주의인민공화국 성립 선포(9. 9), 여수·순천 사건, 제주도 폭동진압 파견에 반대하는 일부 군인 주동으로 발발, 주모자 김지회·홍순석(10. 19), 완전 진압(10. 27), 관련자 89명 사형, 363명 사살, 2,116명 생포, 피해: 사망 3,392명, 부상 2,056명, 실종 82명, 가옥전소 5,242동(11. 1), 전남 구례에 공비 8백 명 내습(사살 2백·생포 75·전사 12, 11. 19), 국가보안법 국회 통과(11. 20), 반민족특별조사기관법 국회 통과(11. 25, 12월 7일 공포), 한미 경제원조협정 조인, 소련군 북한에서 철수(12월).

1949년: 주일 대표부 설치(1. 4), 정부, 남북협상 반대 성명(1. 4), 반민특위 발족, 1차로 박흥식 수감(1. 8), 한국민주당, 민주국민당으로 개편 (2. 10), 호남지구 및 지리산 전투사령부 설치, 제주도 지구 전투사령부 설치(3월), 학도호국단 결성(3. 8), 38선에서의 충돌사건 격증(4. 2), 아편 환자 약 11만 명으로 격증(4월), 남한 인구 2,016만 6,758명(5. 1), 남로당 국회프락치 사건(김약수 등 4명 체포)(5. 20), 시경, 반민특위 포위 및 무기 압수(5월), 미군 철수 완료(6. 29), 농지개혁법 공포(6. 21), 김구 암살(6. 26), 범인 현역 포병 소위 안두희, 국민장(7. 5), 안두희 종신형 (8. 6), 안두희 석방(1950. 6. 26), 제주 반란 소탕전 종식(사령관 이덕구 사살, 6. 7), 지리산 공비 3백 명 광양 습격(9월), 김태준 등 9명의 남로당원에게 사형 선고(9. 27), 북한과 중국 외교관계 수립(10.6), 남로당 민전 산하 133개 단체 등록 취소 처분(10. 19), 진주에 공비 3백 명 내습(10월), 태백산 공비 안동 습격(11월), 서울—부산간 민간항공취항(11. 1), 국호(대한민국·대한·한국)와 지도색(녹색) 결정(12. 16), 연간 종합전과 (공비 침입 668회·사살 1만 9,066명·생포 7,140명·귀순 2,144명·아군 전사자 1,147명·부상 2,203명) (12. 17).

1950년: 제1회 고등고시 실시(1. 6), 미국의 태평양 안전보장선에서 한국 제외 공표(1. 10), 남로당 총책 김삼룡·이주하 검거(3. 27), 농지개혁 착수(4. 3), 2대 국회의원 선거 결과 여당인 국민당 패배(4. 10), 6년제 의무교육 실시(6. 1).[1]

(2) 창작 활동 개관

15편 정도가 발표되어 그야말로 고사 상태에 이르렀던 우리 소설은 1945년에 해방을 맞았으나 한 해 발표작은 40편을 넘지 못하였다. 8월

---

1) 이만열 엮음, 『韓國史年表』, 역민사, 1996 개정판, pp. 270~94.
   강만길·김남식·안병직·정석종·정창렬 외 7인 엮음, 『한국사 26, 연표(2)』, 한길사, 1994, pp. 322~86.

15일 이후 1945년도의 발표작은 30편을 겨우 상회하였다. 조선문학가동맹을 주도하고 많은 평론을 발표하면서도[2] 김남천은 장편소설 『1945년 8·15』(『자유신문』, 1945. 10. 15~1946. 6. 28)를 연재하기 시작하면서 동화 「정거장」(『아동문학』, 1945. 12) 등 3편을 발표하였다. 김학철, 박영준, 박태원, 안회남, 이동규 등이 2편 이상을 발표하였으며 안회남의 정치소설 「오욕의 거리」(『주보건설』, 1945. 11~1946. 3)와 광부소설 「탄갱」(『민성』, 1945. 12~1947. 3), 이동규의 노동자 투쟁소설 「오빠와 애인」(『신건설』, 1945. 12), 과거반성소설 「돌에 풀은 울분」(『인민』, 1945. 12) 등은 완성도가 높은 편이다. 1편을 발표한 작가로는 서간체소설 「경희의 편지」(『인민』, 1945. 12)를 쓴 안동수, 이데올로기소설 「십오일후」(『예술운동』, 1945. 12)를 쓴 윤세중, 문단소설 「도정」(『신문예』, 1945. 12)을 쓴 이봉구 외에 김송, 송영, 안동수, 엄흥섭, 이근영, 이태준, 정비석, 채만식, 홍구 등이 있다. 김학철을 제외한 작가 모두가 이미 1930년대부터 창작 활동을 하였다.

1946년에는 근 2백 편의 소설이 발표되었다. 이념 선전의 강화에 따라 발표 지면이 급증한 것이 창작 활동을 촉진시킨 한 요인이 되었다. 해방 후 5년 동안에 1946년 발표작이 가장 많았다. 박영준은 「환향」(『우리문학』, 1946. 3)과 「과정」(『신문학』, 1946. 4)을 비롯하여 10편 이상을 발표하였고 그 뒤를 이어 안회남은 「철쇄 끊어지다」(『개벽』, 1946. 1)와 속편인 「그뒤 이야기」(『생활문화』, 1946. 1)를 비롯하여 근 10편을, 김영석은 「어떤 아내」(『백제』, 1946. 7)와 「폭풍」(『문학』, 1946. 11)을 비롯하여 근

---

2) 해방 후 1947년까지 김남천은 「문학의 교육적 임무」(『문화전선』, 1945. 11), 「새로운 창작방법에 관하여」(『건설기의 조선문학』, 1946. 6), 「창조적 사업의 전진을 위하여」(『문학』, 1946. 7), 「민족문학 건설의 태도정비」(『신천지』, 1946. 8), 「신단계에 처한 문화운동」(『자유신문』, 1947. 1. 4~16), 「대중투쟁과 창조적 실천의 문제」(『문학』, 1947. 4), 「공위 성공을 위한 투쟁」(『문학』, 1947. 7) 등 20여 편의 계도비평, 현장비평, 좌익비평을 발표하여 비평사에서도 뚜렷한 발자취를 남겼다.

10편을 발표하였다. 이어 김동인이 「학병수첩」(『태양』, 1946. 3), 「석방」(『민성』, 1946. 3) 등으로, 김송이 「인경아 울어라」(『백민』, 1946. 3~4) 등으로, 김학철이 「밤에 잡은 부로」(『신천지』, 1946. 6) 등으로, 박노갑이 「역사」(『개벽』, 1946. 1) 등으로, 엄홍섭이 「귀환일기」(『우리문학』, 1946. 2) 등으로, 정비석이 「昰日」(『생활문화』, 1946. 1) 등으로 5편 이상을 발표하였다. 2~4편을 발표한 작가로는 「윤회설」(『서울신문』, 1946. 6. 6~26), 「지연기」(『동아일보』, 1946. 12. 1~12. 11) 등을 쓴 김동리, 「압록강」(『신천지』, 1946. 6)을 쓴 김만선, 「위원장 P씨」(『조선주보』, 1946. 10)를 쓴 김영수, 「그 전날 밤」(『우리문학』, 1946. 2)을 쓴 안동수, 「소춘」(『우리문학』, 1946. 2)을 쓴 이동규, 「거문고」(『문학』, 1946. 11)를 쓴 이주홍, 「맹순사」(『백민』, 1946. 3)를 쓴 채만식 등이 있다. 김남천은 장편소설 『동맥』(『신문예』, 1946. 7. 10, 『신조선』, 1947. 2~3/5~6) 등으로, 이무영은 『3년』(『태양신문』, 1946) 등으로, 이태준은 「해방전후」(『문학』, 1946. 8) 등으로, 허준은 「잔등」(『대조』, 1946. 1~7) 등 2편을 발표했던 것으로 정리된다.

1947년에는 120편 가까운 소설이 발표되었다. 5편 이상 발표한 작가로는 「고향 이야기」(『백민』, 1947. 3)를 쓴 김송, 「사과」(『백민』, 1947. 3)를 쓴 최태응, 「술 이야기」(『신천지』, 1947. 2~3)를 쓴 황순원 외에 강형구, 박영준, 손소희, 임옥인, 정비석 등이 있다. 3~4편을 발표한 작가로는 「폭풍의 역사」(『문학평론』, 1947. 4)를 쓴 안회남, 「발전」(『문학비평』, 1947. 6)을 쓴 엄홍섭, 「雨愁」(『민성』, 1947. 10)를 쓴 이봉구, 「속·습작실에서」(『조선춘추』, 1947. 12)를 쓴 허준 외에 계용묵, 김동리, 김영수, 이무영, 정인택, 최정희, 홍구범 등이 있다. 김광주, 박승극, 박찬모, 안동수, 장덕조, 홍구 등은 2편을 발표하였다. 강형구, 홍구범, 박찬모, 손소희 등과 같은 신인이 출현했다.

1948년 발표작은 1947년에 비해 줄어들었다. 1948년은 염상섭의 해라고 할 수 있을 만큼 작품의 질량이 모범적으로 비례하는 결과를 남겼다. 장편소설 『효풍』(『자유신문』, 1948. 1. 1~11. 3), 「엉덩이에 남은 발자국」 (『구국』, 1948. 1), 「이합」(『개벽』, 1948. 1), 「재회」(『문장』, 1948. 10) 등 10편 이상을 발표하면서도 대부분 우수작으로 평가될 수 있었다. 정비석도 근 10편을 발표해 내었지만 질적인 면에서 염상섭을 따라가지 못했다. 5편 내외를 발표한 작가로는 「역마」(『백민』, 1948. 1)를 쓴 김동리, 「김덕수」(『대조』, 1948. 8)를 쓴 김동인, 「도야지」(『문장』, 1948. 10)와 「민족의 죄인」(『백민』, 1948. 10, 1949. 1), 「낙조」(소설집 『잘난 사람들』)를 쓴 채만식 외에 박계주, 손소희, 임서하, 최태응 등이 있다. 1920년대와 1930년대 문단의 주역이었던 염상섭과 1930년대와 1940년대 소설계의 견인차였던 채만식은 실지 회복하는 저력을 발휘했다. 2~3편 발표한 작가로는 「산에 사는 사람들」(『청년예술』, 1948. 5), 「관리공장」(『민성』, 1948. 6)을 쓴 엄흥섭, 「탁류 속을 가는 박교수」(『신천지』, 1948. 6)를 쓴 이근영, 「無邪」(『민성』, 1948. 5)를 쓴 이무영 외에 허준, 박연희, 박영준, 박화성, 설정식, 전홍준, 최인욱, 최정희, 허윤석 등이 있다. 엄흥섭, 이근영, 허준 등이 좌파 진영을 지킨 것으로 드러난다.

1949년에는 160여 편이 발표되었다. 발표작의 숫자에 비하면 문제작은 감소한 편이다. 10편 가까이 발표한 작가로는 「최만중」(『한국문화』, 1949. 3)을 쓴 김송, 「길 위에서」(『신천지』, 1949. 11)를 쓴 손소희, 「슬픔과 고난의 광영」(『문예』, 1949. 8)을 쓴 최태응 외에 박영준, 홍구범, 황순원 등이 있다. 5편 내외를 발표한 작가로는 장편소설 『해방』(『동아일보』, 1949. 9. 1~1950. 2. 16)을 연재했던 김동리, 「양과자갑」(『해방문학선집』, 1949. 9)을 쓴 염상섭 외에 김광주, 박계주, 임옥인, 정비석, 최인욱이 있다. 2~3편 발표한 작가로는 「대설」(『신천지』, 1949. 2)을 쓴 김만선, 「여수」(『백민』, 1949. 5)를 쓴 안수길, 「산정삽화」(『문예』, 1949. 11)를 쓴 이무영, 「속·도정」(『문예』, 1949. 12)을 쓴 이봉구 외에 강신재, 박연희, 박용구, 채만식, 최정희, 한무숙, 허윤석 등이 있다. 이처럼 1949년도에 와서는 김만선이 유일하다고 할 정도로 좌익작가들의 퇴조현상이 두드러졌다.

작품 발표량의 면에서 1946년은 박영준과 안회남이, 1947년은 김송·황순원·박영준·정비석이, 1948년은 염상섭과 정비석이, 1949년은 김송·손소희·최태응·박영준·황순원이 주도했다.

(3) 작가들의 이념 활동상

일제 치하에서 민족파와 계급파로 이분되었던 조선의 작가들은 1945년에서 1953년까지 여러 가지 역사적 대사건들을 겪으면서 한국 작가와 북한 작가로 나누어지게 된다. 김남천, 엄흥섭처럼 해방 이전의 카프 가맹의 연장선에서 자동적으로 좌익 이념을 선택하고 좌익 단체에 가맹한 작가도 있지만 이와 반대로 안회남, 이태준, 박태원 등과 같이 좌익 문학단체에 가맹하면서 이념을 선택한 작가들도 있었다. 남한에서 정부가 수립되면서 남쪽에 있는 작가가 주체가 되고, 1945년에서 1953년 사이의 월북작가는 타자가 되었는가 하면 월남작가는 주체로 흡수되는 식으로 문단이 재편되었다.

1945년 8월 16일에 결성된 조선문학건설본부는 중앙위원장 이태준, 서기장 이원조, 소설부 위원장 이기영, 부원 김남천, 박태원, 안회남, 한설야로 조직을 구성했고, 8월 18일에 경성 종로2정목 한청빌딩에서 조선문화건설 중앙협의회를 결성하여 의장 임화, 서기장 김남천, 문학건설부 위원 김남천, 박태원, 이기영, 이원조, 이태준, 임화로 조직했다.[3] 조선문화건설 중앙협의회는 『문화전선』이란 기관지를 1945년 11월 15일에 창간하였는데 임화가 「천하의 정세와 문화운동의 당면 임무」에서 조선의 부르주아

---

3) 송기한·김외곤 편, 『해방공간의 비평문학』 3, 태학사, 1991, pp. 327~28.

민주주의혁명론을 제기한 것과 「3천만 우리인민에게 고한다」에서 미국 군정장관 아놀드 소장의 담화 내용을 반박하며 민족반역자 소탕, 토착지주와 민족부르주아지와 그 주구의 타도, 조선 인민의 손에 의한 조선의 정체 결정, 조선인민공화국 만세 등을 재천명했다.[4]

1945년 9월 17일 오후 2시 반에 서울 서린정 임시회관에서 조선프롤레타리아문학동맹이 결성되었다. 강령은 우리는 프롤레타리아문학 건설을 기함, 우리는 파시즘문학 부르주아문학 사회개량주의문학 등 일체 반동적 문학을 배격함, 우리는 국제프롤레타리아 문학운동의 촉진을 기함과 같이 되어 있다. 중앙집행위원장은 소설가 이기영이 맡았으며 25명으로 구성된 중앙집행위원 자리를 이기영, 한설야, 조중곤, 박승극, 권환, 이북명, 홍구, 이동규, 엄흥섭, 안동수, 조벽암, 송영, 이주홍, 윤기정 등 14명의 소설가가 맡았다. 6개 부서의 하나인 소설 분과에는 이기영, 한설야, 엄흥섭, 이동규, 안동수, 홍구 등이 들어 있다. 소설가로는 박영준, 송영, 안동수, 엄흥섭, 윤기정, 이기영, 이동규, 이주홍, 이북명, 이근영, 조벽암, 조중곤, 지봉문, 최인준, 한설야, 현경준, 홍구 등이 동맹원에 들어 있다.[5]

조선문학가동맹이 주최한 전국문학자대회는 1946년 2월 8일에는 오전 11시부터 서울시 종로2정목 기독교 청년회관에서, 2월 9일에는 오전 11시 40분부터 전날과 동일한 장소에서 열렸다. 제1일에는 230명의 초청 대상자 중 91명이 출석하였는데 소설가로는 이태준, 홍구, 최태응, 박찬모, 이봉구, 박영준, 이주홍, 박계주, 김소엽, 임서하, 지봉문, 허준, 엄흥섭, 김만선, 이동규, 안동수, 김남천, 현덕, 김영석, 정비석, 강형구, 이기영, 지하련, 윤기정 등 24명이 참석하였다. 둘째 날의 84명의 참석자 중 소설가는 이태준, 권환, 박찬모, 임서하, 현동염, 박영준, 윤세중, 김소엽, 이봉

4) 조남현, 『한국문학잡지사상사』, 서울대학교출판문화원, 2012, pp. 956~58.
5) 『예술운동』, 1945. 12, pp. 124~25.

구, 홍구, 안동수, 이기영, 박계주, 이동규, 최태웅, 김만선, 곽하신, 김영수, 조벽암, 유항림, 박승극, 엄홍섭, 이근영, 박노갑, 윤기정, 지하련, 김영석, 김남천, 현덕 등 29명이었다. 일본 제국주의 잔재의 소탕, 봉건주의 잔재의 청산, 국수주의의 배격, 진보적 민족문학의 건설 등과 같은 네 가지 강령이 공표되었고 초안의 수준이기는 하지만 조선문학가동맹규약 제 3조는 문학에 의한 민주주의 정신의 앙양, 문학에 의한 과학적 계몽 활동, 문학의 인민적 기초의 확립을 위한 대중 활동, 강령 수행상 필요한 집회 행사 등과 같은 구체적 사업 계획을 세우기도 하였다.[6] 첫날보다는 둘째 날 참석자가 더 많았다. 최태웅, 이봉구, 박영준, 김소엽(이상 2일), 이주홍, 곽하신, 김영수, 정비석(이상 1일) 등이 참석한 것이 눈에 띈다. 이들은 조선문학가동맹 소설부 위원회에 들지도 못했다. 네 가지 강령을 보면 동맹이 좌익 단체라고 판단하기 어려운 면이 있기는 하지만 이 작가들은 동맹의 실체를 파악하지 못했거나 오해했거나 호기심을 억누르지 못해 참석한 듯하다.

조선문학가동맹은 중앙집행위원회, 서기장, 총무부, 소설부 위원회, 시부 위원회, 평론부 위원회, 희곡부 위원회, 농민문학부 위원회, 아동문학부 위원회, 고전문학부 위원회, 외국문학부 위원회 등을 두었다. 중앙집행위원회 위원장은 홍명희가, 부위원장은 이태준, 이기영, 한설야가 맡았고 17명의 중앙집행위원 중 소설가는 김남천, 안회남, 윤기정, 조벽암, 이동규, 홍구 6명이 있었다. 안회남이 위원장을 맡은 소설부 위원회에는 이기영, 한설야, 채만식, 엄홍섭, 박태원, 허준, 이태준, 최명익, 김남천, 현덕, 박노갑, 이동규, 홍구 13명이 있었다. 권환이 위원장을 맡은 농민문학부 위원회의 경우, 이근영이 사무장을 맡았고 박승극, 안회남, 이기영, 김남천, 이태준 등의 소설가와 이원조, 한효 등의 평론가가 위원을 맡았다.

6)『건설기의 조선문학』, 조선문학가동맹 중앙집행위원회 서기국, 편집겸 발행인 홍구, 1946. 6, pp. 205~23.

정지용이 위원장을 맡은 아동문학부 위원 12명에는 현덕, 이동규, 이주홍, 이태준, 홍구 5명의 소설가가 들어 있었다.[7] 문맹은 1946년 11월 8일 중앙집행위원회를 열고「대중화와 창조적 활동에 관해」라는 탄압 국면에 대처하는 중대한 방향전환론을 모색하게 된다. 제2회 전국문학가동맹회의를 무기 연기하면서 이 중앙집행위원회는 부위원장으로 이병기, 중앙집행위원으로 양주동, 염상섭, 조운, 채만식, 박아지, 박태원, 박노갑 등을 보선하게 된다. 문맹은 이 중앙집행위원회에서 "동맹에 대한 정치적 압박은 급격히 증대하고 동맹의 활동은 온갖 영역에서 부당한 간섭과 가혹한 제한을 받게 되었다"는 항목을 포함하여 6개 항의 결정을 채택하였다. 이듬해 1947년 8월 13일에 문맹회관은 폐쇄되고 간부들은 검거되는 조처가 이루어졌다.[8]

1946년 8월 10일에 창립된 조선문학가동맹 서울시지부는 위원장 김기림, 부위원장 조벽암·박노갑·허준, 서기장 김영석, 총무부 강형구·임원호, 조직부 이용악·박영준·이병철, 선전부 김용호·김철수, 사업부 김상원·오장환·김광현, 출판부 지봉문·정원섭·홍구 등과 같이 임원진이 짜여졌다.[9] 『백제』(1947. 2, p. 81)에서는 보선된 집행위원으로 염상섭, 홍효민, 강형구, 이병기, 조남령, 이주홍, 임선규 등의 명단을 제시하였다. 조선문학가동맹 서울시지부 집행위원인 염상섭과 홍효민, 조직부원 박영준, 선전부장 김용호 등은 훗날 보도연맹 가입자가 되었다.

조선문학가동맹 소설부 측은『민성』과 공동 주최로 1946년 4월 3일 서울의 초원다방에서 제1회 소설가간담회를 가졌다. 『민성』쪽에서는 박계주와 채정근이 참석했고 조선문학가동맹에서는 이태준, 안회남, 김남천, 박노갑, 허준, 이근영, 현덕, 김내성, 이현욱(지하련), 김영석, 박영준, 홍

---

7)『문학』, 1946. 7, p. 153.
8) 임헌영,「미군정기의 좌우익 문학논쟁」,『해방전후사의 인식』3, 한길사, 1987, pp. 510~11.
9)『1947년판 예술연감』, 예술신문사, 1947, p. 117.

구, 박찬모, 이봉구, 지봉문, 안동수, 강형구, 곽하신, 김만선, 김학철, 윤세중, 이석징, 정원섭 등의 소설가와 평론가 이원조가 참석했다. 이들 참석자들은 기념촬영을 했다. 이 자리에서 이봉구는 "이번 김동리씨를 중심하여 청년문학가대회가 열리었는데 정치와 조직이 싫어서 순수만을 표방하는 줄 알았으나 그렇지 않든데요. 우익진영의 정치가들이 왼통 등장하고 무슨 조직이 있고……"와 같이 김동리와 대척적인 자리에 서 있음을 일깨워주는 발언을 하였다.[10]

정당(조선공산당, 조선인민당, 독립동맹) 대표 대의원 76명, 노동조합 전국평의회 30명, 농민조합 전국총연맹 30명, 청년단체 27명, 부녀총동맹 20명, 문화단체 51명, 중앙인민위원회 30명, 지방 대표 114명 등이 참석하여 1946년 2월 15일과 16일 이틀에 걸쳐 민주주의민족전선(民戰) 결성대회를 가졌다. 문화단체 중 문학예술동맹에서는 이태준, 임화, 김남천, 한효, 이원조, 김기림, 권환 등이 참석하였다. 소설가 조중곤은 농민조합 전국총연맹의 일원으로 참석하였고 박승극은 조봉암과 함께 경기도 대표 11명에 이름을 올렸다. 민주주의민족전선 준비위원회는 1946년 2월 1일과 4일에 회의를 열어 결성대회를 2월 15일에 열기로 하고 준비위원회 사무국을 설치하였다. 조직부 등 5개 부서의 하나인 선전부에 이여성, 이태준, 임화, 이원조 등 8명이 배정되었다. 이태준은 여운형, 박헌영, 이강국, 백남운 등과 함께 15명으로 구성된 임시집행부 의장단에 들어갔다. 실제로 이태준은 이틀 동안 의장의 한 명으로 사회를 보면서 회의를 주도했다. 민주주의민족전선은 "민주주의민족전선은 세계평화와 민주주의 건설에 있어 3대 민주주의 국가(소, 영, 미)의 국제적 협조에 적극 참가하여 국제파시즘과 제국주의 잔재로 인하여 다시 전쟁과 반동이 재기치 못하도록 하는 모든 투쟁에 적극 협력할 것을 선언한다" "민주주의민족전

---

10) 『민성』, 1946. 4.

선은 친일파, 민족반역자, 파시스트, 민족분열자 등의 반민주주의적 파쇼적 경향을 배제한 민주주의 민족 총통일체임을 선언한다" 등과 같이 8개의 조목으로 된 선언을 하였다. 그리고 민족문제 해결, 민주주의 정권 수립, 경제 건설 및 그 부흥, 토지문제 해결과 8시간 노동제, 문화적 건설문제, 국제적 협조, 민생문제와 식량문제, 행동 슬로건 등에 대해 2월 1일 준비위원회에서 마련한 강령을 최익한이 낭독하는 시간을 가졌다. 행동 슬로건은 조선의 완전 자주독립, 일본 잔존세력·친일파·민족반역자의 철저 숙청, 언론·출판·결사·집회·파업·시위·신앙의 자유, 부녀해방과 남녀평등, 중요 산업의 국영, 식량 또는 생활필수품의 적정 배급, 일체 봉건적 인습과 인신매매 및 공창제의 폐지, 고문과 암흑재판의 철폐, 인민재판의 실시, 국방군의 창설 등 38가지로 짜여졌다. 이틀째 회의가 끝나기 직전 이강국에 의해 발표된 305명의 중앙위원 명단에 문인으로는 박승극, 임화, 김남천, 이원조, 김기림, 권환, 한효, 이태준, 김태준, 조중곤, 백기만 등 11명이 들어 있다.[11]

새로운 민족문화를 수립하여 진정한 민주주의 국가 건설에 이바지한다는 명분 아래 과학자동맹, 문학가동맹, 신문기자회 등과 같은 예술·과학·교육·언론·체육 부문의 25개 단체를 총망라하여 통일 지도하려는 조선문화단체총연맹 결성대회가 1946년 2월 24일 오전 11시부터 경성대학 법문학부 대강당에서 개최되었다. 임시집행부 의장 5인에 소설가 이태준이 포함되었다.[12] 조선문화단체총연맹은 23개 단체를 총동원하여 민족문화건설전국회의를 4월 15일부터 18일까지 나흘 동안 종로 YMCA 강당에서 개최하기로 했다.[13]

전조선문필가협회가 1946년 3월 13일 오후 1시부터 종로 기독교당 청

---

11) 김남식 엮음, 『남로당연구 3, 자료편』, 돌베개, 1988, pp. 229~92.
12) 『서울신문』, 1946. 2. 25.
13) 『자유신문』, 1946. 4. 15.

년회관에서 결성대회를 가졌다. 진정한 민주주의 국가 건설에의 공헌, 완전 자주 독립 촉성, 조선문화의 발전, 세계 제패를 꾀하는 모든 비인도적 경향의 배격 등과 같은 강령이 채택되었다. 준비위원은 정치인, 학자, 언론인, 문인 등을 포함하여 43명으로 짜여졌고 추천회원은 문인 중심이긴 하지만 정치가, 언론인, 학자 등도 포함되어 442명이나 되었다.[14) 준비위원에는 박종화, 이봉구, 김동인, 장덕조 등과 같은 소설가 4인이 포함되었고 추천회원에는 지봉문, 이봉구, 현동염, 박용구, 홍명희, 최명익, 한흑구, 박노갑, 박종화, 채만식, 허준, 최정희, 현덕, 엄흥섭, 김말봉, 함대훈, 김사량, 유항림, 박태원, 장덕조, 염상섭, 김동인, 안회남, 김영석, 김소엽, 박화성, 김동리, 전홍준, 최인준, 전영택, 김광주, 최태응, 김정한, 정비석, 조용만, 임서하, 이동규, 전무길 등 38명이 들어 있어 조선문학가동맹 핵심 작가를 제외하고는 당대의 소설가 명단을 그대로 반영한 셈이 된다. 조선문학가동맹 주최의 전국문학자대회의 초청자 230명의 명단이나 전조선문필가협회의 442명의 추천회원의 명단이나 큰 의미는 없다. 자기네의 세를 과시하기 위해 본인의 의견을 묻지 않고 반대편 작가들의 이름까지 집어넣은 경우도 있기 때문이다.

1946년 3월 25일과 26일에 걸쳐 평양에서 북조선예술총연맹이 결성되었다. 진보적 민주주의에 입각한 민족문화예술의 수립, 조선예술운동의 전국적 통일 조직의 촉성, 일제적·봉건적·민족반역적·파쇼적·모든 반민주주의적 반동예술의 세력과 관념의 소탕 등 6가지 항목의 강령이 발표되었다. 명예위원장 이기영, 위원장 한설야, 부위원장 안막·박팔양, 제1서기장 안함광, 제2서기장 한재덕, 출판국장 박팔양, 경리국장 한재덕, 국제문화국장 김사량, 조직국장 안함광, 예술위원 이기영·한설야·박팔양·안막·안함광·한재덕·김사량 등과 같이 부서가 조직되었다.[15) 이기영,

---

14) 『대동신문』, 1946. 3. 9.
15) 『자유신문』, 1946. 3. 30.

한설야, 김사량 등은 해방 직후 남쪽에서는 거의 소설을 발표하지 않았다. 이기영은 「닭싸움」(『우리문학』, 1946. 3), 「해방」(『신문학』, 1946. 4)과 같이 극중인물들이 "조선독립 만세"와 "붉은 군대 만세"를 외치는 것으로 끝낸 희곡만을 발표했다.

1946년 10월 11일과 12일 이틀에 걸쳐 평양 대중극장에서 약 2백 명이 참석한 가운데 조소문화협회 제1차 북조선 전체대회가 열렸다. 위원장 이기영, 중앙상임위원 이기영·윤기정·안함광·안막·한설야 등 7인, 중앙위원 이기영·한설야·한식·김사량·윤기정·전재경·안함광·송영·안막·한효·박팔양·현경준 등과 같이 31인의 임원을 확정하였다. 제1차 북조선 전체대회 결정서는 소련의 우수한 과학기술 문학예술 등을 섭취하고 두 나라의 영원한 친선을 도모하자고 한 제3조와 "본 협회 전체대회는 남조선의 민주주의 발전을 방해하며 민주주의 문화건설을 탄압하는 미반동 군정 및 그의 앞재비와 이승만 김구 등 일체 반동들과의 투쟁에 적극 참가할 것을 기한다"고 한 제6조를 포함하여 모두 7조로 짜여 있다. 경성의 조소문화협회는 북조선 조소문화협회보다 10개월 빠른 1945년 12월 27일에 남대문통 5정목 조선영화제작사에서 창립되었다. 발기인은 홍명희·임화·이태준·이기영·한설야·김남천·이원조·안회남·박태원·김기림·안영일·라웅·길진섭·정현웅·권환·윤기정·한효·박세영·김사량·허준·조벽암 등이었고 회장으로는 홍명희가 선출되었고 이사로는 김태준·이태준·임화·이원조가 지명되었다.[16]

조선청년문학가대회가 1946년 4월 4일 오후 1시부터 시내 청년기독회관에서 개최되었다. 김동리와 최태응이 대회준비위원회를 맡고, 조소앙과 엄항섭이 명예의장을 맡았으며, 김구와 이승만의 축사가 있었다. 최명익이 명예회장을, 유치환과 김달진이 부회장을 맡았고 시부·소설부·평

---

16) 김승환, 『해방공간의 현실주의문학 연구』, 일지사, 1991, pp. 71~75.

론부·희곡부·아동문학부·외국문학부 등과 같이 6개 부서로 나누어졌다. 소설부에는 최태응, 임서하, 김동리, 최인욱, 홍구범, 전홍준, 곽하신 등 13명이 들어갔다. 8명으로 짜여진 사무국에는 임서하, 최태응, 홍구범 등의 작가와 평론가 조연현이 들어 있다. 박종화·오상순·변영로·홍노작·정지용·김광섭·김영랑·이하윤·정인보·홍명희·염상섭·이병기·이헌구 등의 문인을 추대하였다.[17] 조선청년문학가협회는 "자주독립 촉성에 문화적 헌신을 기함" "민족문학의 세계사적 사명의 완수를 기함" "일체의 공식적 예속적 경향을 배격하고 진정한 문학정신을 옹호함"과 같은 3개 항의 강령을 내세웠다. 문필협이 광범위한 문필생활인을 총동원시킨 것과 달리 청문협은 문학인만의 집단으로 출발했으며 문필협이 적극적인 정치투쟁까지 활동 범위를 넓힌 데 반해 청문협은 문학투쟁을 통해 독립 촉성운동을 대행하려고 했다.[18] 청문협이 내세운 첫번째, 두번째 강령은 좌익문학 진영과의 소통을 염두에 둔 것이며 세번째 강령은 차이점을 강조한 것이라고 할 수 있다.

1946년이 지나기 전에 이태준(황해도 장연군에서 『소련기행』 집필 중), 이선희(북조선 문학예술총동맹 함남도위원회), 송영(북조선연극동맹 위원장과 조소문화협회 출판부장), 이동규(민주조선 출판부장), 이기영(조소문화협회 위원장 겸 북문예총 위원장), 한설야(북로당 문화인부장), 김사량(북조선 문학동맹 서기장), 석인해(북로당 평북도위원회 문화인부), 유항림(북문예총 출판부), 최명익(북문예총 평남도위원장), 전재경(평양 중앙방송국), 이휘창(미술연구소) 등의 소설가가 북에서 활동 중임이 확인되었다.[19] 여기에 거명된 작가들은 해방되기 전부터 아예 북한에 있었던 경우와 1946년 전에 월북한 경우로 나누어진다.

17) 『대동신문』, 1946. 4. 5.
18) 조연현, 「한국해방문단십년사」, 『문학과 예술』, 1954. 6, pp. 131~32.
19) 『민성』, 1946. 12, p. 18.

"광복도상의 모든 장벽을 철폐하고 완전 자주독립을 촉성하자""세계 문화의 이념에서 민족문화를 창조하여 전 세계 약소민족의 자존을 고양하자""문화인의 독자성을 옹호하자" 등과 같은 강령을 내걸고 조선문필가협회의 4개 문화단체의 발기로 28개 단체가 참가하여 전국문화단체 총연합회 결성대회를 1947년 2월 12일 오후 2시에 종로 YMCA에서 가졌다. 김구, 조소앙, 김성수, 김준연, 박순천 등의 축사가 있었다. 학술은 안호상이, 언론은 김광섭이, 문학은 김동리가, 연극은 유치진이, 영화는 안석주가 맡았다.[20]

문련(조선문화단체총연맹)은 예술·과학·언론 등 민족문화의 자유로운 활동을 억압하는 법령과 조치 등에 맞서 남조선문화예술가 총궐기대회를 개최하기로 결정하여 72명의 준비위원회를 구성하였다. 이 위원회에는 김기림, 김영석, 김남천, 함세덕, 홍구, 박찬모, 김동석, 안회남 등 8명의 문인이 참여했다. 1947년 2월 13일 오전 10시부터 서울 견지동 시천교 강당에서 열린 총궐기대회에서는 김기림이 과학·예술·교양·체육·언론 등 5개 분야의 하나인 예술위원장에 선출되었고 오장환, 안회남, 김영석, 지하련 등 4명이 문학 부문 보고자를 맡았다.[21]

남한의 단독정부 구성을 위한 단독선거는 결국 국토 양단을 인정하고 고착화하는 것으로 이렇게 되면 민족 내부 투쟁과 동족전쟁이 일어날 수 있다고 우려하며 최후의 일각까지 최후의 1인까지 남북협상의 대도를 추진하여 통일국가의 수립을 기필하자는 주장으로 마무리하여 108명의 문화인이 남북회담 성원문에 서명하였다. 108인의 명단과 함께 전문이 소개된 성원문의 핵심은 "자결의 원칙과 공존의 도의와 합작의 실익을 위한 구국운동의 일보로서 남북협상의 거족적 호령 소리를 들었다"는 대목과 "미소양군의 동시 철수 준비"라든가 "탁치 없는 완전한 자주독립"과 같

---

20) 『대동신문』, 1947. 2. 14.
21) 『독립신보』, 1947. 2. 5, 1947. 2. 11.

은 주장에서 찾을 수 있다. 108인의 명단에는 이병기, 유진오(兪鎭午), 임학수, 김기림, 박계주, 박용구, 염상섭, 정지용, 허준, 박태원 등의 문인이 포함되어 있다. 훗날 한국 사회를 대표하는 학자들인 손진태, 송석하, 조동필, 정인승, 김성진, 최문환, 고승제, 김계숙, 손명현, 송지영 등과 같은 이름도 보인다.[22]

1948년 7월 26일에 각계 330인이 모여 발표한 "조국의 위기를 천명함"이란 성명서의 골자는 남북통일과 자주독립은 하나이지 둘이 아니라고 하며 여기에는 선후가 없고 좌우가 없다는 주장에서 찾을 수 있다. 이병기, 김기림, 김동환, 박계주, 박용구, 박태원, 김동석, 박영준, 박화성, 염상섭, 이무영, 안회남, 조벽암, 엄흥섭, 조운, 채만식, 허준, 현덕 등과 같은 문인들이 이 성명서에 서명하였다.[23] 훗날 박계주, 김기림, 박태원, 엄흥섭, 박영준, 염상섭 등은 보도연맹에 가입하게 된다.

1948년 8월 25일에 해주에서 열린 '해주 남조선 인민대표자대회'에서는 360명의 대의원을 선출했는데 소설가로는 김남천, 박승극, 안회남, 이종명, 조중곤, 허준, 홍명희 등이 포함되었다.[24]

각계의 인사 5백 명을 초청하여 민족정신앙양 전국문화인 총궐기대회가 1948년 12월 27일과 28일에 시공관에서 거행되었다. 박종화가 사회를 맡았고, 공보처차장 김형원의 축사가 있었다. 초청 문인에는 김광주, 김

---

22) 『우리신문』, 1948. 4. 29.
　　聲援書에서는 단독정부 수립이 결국 동족전쟁으로 이어질 수 있다고 경고하였다.
　　"名目과 粉裝은 何如튼지 南方의「單政」이 構成되는 南方의「單線」인것은 말할것도없는바이니 三線의결정의 是認인것도 두말할것없는것이다. 三八線 三八線의 實質의固定化를前提로 하는 最惡의 處置인지라 國土兩端의法理化요 民族分裂의具體化인것도 分明한일이다. 그리하야 그後로 오는事態는저절로 民族相互의血鬪가있을뿐아니라 內爭같은國際戰爭이요 外戰같은同族戰爭이다 同胞의피로써맞서는 同胞의 相殘만이아니라 同胞의相食만이아니라 실로漁父의得을爲하야 우리父子의叔侄의 兄弟의 姉妹의 피와 살과 뼈를 바수어바치는 血祭의慘劇일뿐이니 이어찌있을수있는 일이겠는가?"
23) 『조선중앙일보』, 1948. 7. 27.
24) 김남식, 『남로당 연구 1』, 돌베개, pp. 530~31.

내성, 김송, 김동리, 김동인, 김영수, 박영준, 백철, 손소희, 안수길, 오영수, 이봉구, 임옥인, 장덕조, 전숙희, 정비석, 최인욱, 최정희, 최태응, 홍구범, 홍효민 등이 들어 있다.[25]

여순반란 사건에 놀란 전국문화단체총연합회는 국민의 사상적 무장을 강화하기 위해 또 좌익 세력의 문화활동에 대한 무지를 깨기 위해 전국문화인 총궐기대회를 갖게 되었다. 이날 궐기대회에서는 "오늘 우리 민족의 가장 중대하고 긴급한 과제는 남북통일에 있으며, 그 방법은 일부 지역의 독선적·유령적 국호 날조나 일방적 외군의 강압 독단에 있지 않고, 세계만방의 평화기구인 UN의 국제적 결의를 준수 실천함에 있다" "특히 모모 일간 신문은 제1면에 있어 민국 정부에의 협력을 가장하고 있으나, 문화면에 있어서는 악랄한 파괴 교란에 적극 협력하고 있으며, 잡지 『신천지』 『민성』 『문학』 『문장』 『신세대』와 출판업 백양당, 아문각 등은 소위 인공 지하운동의 총량이며, 심장적 기관이 되어 있음을 지적한다" "위에 기록한 바와 같은 반통일적 비민족적 언론 출판기관을 방치·조장함으로써 대한민국은 그 통일적 사명을 완수함에 일대 난관에 봉착하고 있음을 경고한다" 등과 같은 6개 항의 결정서가 발표되자 『서울신문』이 근본적인 개편을 하게 되었고 좌경으로 지목된 잡지들과 출판사들은 자숙하기에 이르렀다고 한다.[26]

작가들은 특정 단체 가맹이나 대회 참여를 통해 의식했든 안 했든 당파성을 드러내게 된다. 백철은 "주로 기성작가의 동향에 대한 전망"이란 부제가 붙은 「現狀은 打開될 것인가」(『경향신문』, 1949. 1. 5~12)라는 평론에서 중간파 작가의 존재를 부각시키는데 힘썼다. 백철은 해방 후 1948년까지 계급적인 입장에 선 작가들과 민족주의 입장에 선 작가들을 주류로 보는 데서 멈추지 않고 중간파 작가라는 범주를 상정했다. 경향작가 중심

---

25) 『서울신문』, 1948. 12. 26, 1948. 12. 28.
26) 조연현, 「한국해방문단십년사」, 『문학과 예술』, 1954. 6, pp. 141~42.

의 주요 측공법으로 채만식의 「도야지」, 김영석의 「월급날 일어난 일들」 등이 예시가 된 풍자문학과 허준의 「역사」 「속·습작실에서」, 박노갑의 「사십년」, 안회남의 「농민의 비애」 등을 예로 한 역사소설적 방법을 들었다. 민족주의적 입장의 작가로 「달」 「역마」 「개를 위하여」 등을 쓴 김동리를 꼽았다.[27]

1948년 하반기에 중간파 작가들이 모여 단체를 결성하려고 했으나 문학운동의 방향을 현실적으로 파악하지 못해 또 그들 나름의 합리적인 문학이념을 준비하지 못해 불발되고 말았다고 지적한다. 또한 백철은 이들은 문학가동맹도 뜻에 맞지 않고 문필가협회도 비위에 거슬린다는 공통점을 지니고 있기는 하지만 애매하고 중도반폐적인 문학관을 그대로 두면 기회주의적 처신과 무력한 이론으로 비치기 쉬운 것도 사실이라고 하였다. 중간파는 저널리즘이 편의상 부여한 명칭인 만큼 신현실주의파(新現實主義派)나 신리얼리즘으로 부르는 것이 좋을 것이라고 제안했다. 현실성의 존중·진실한 역사관의 확립·확고한 신념 고지·신윤리의 개척 등이 있어야 문학유파가 될 수 있을 것이라는 전제를 내걸면서 「이합」과 「재회」를 쓴 염상섭 외에 계용묵, 정비석, 박영준, 최정희, 허준, 황순원, 손소희, 주요섭, 이무영 등을 중간파 작가로 암시했다.[28]

한 달 후 최인욱은 백철의 중간파론을 향해 결국 중간파는 반경향과 반민족의 당파가 될 수밖에 없어 악질 파당으로 비치기 쉬운 나머지 중간파로 지목된 염상섭 외 9인은 불만을 가질 것으로 보인다고 하였다. 중간파는 공통점을 갖추기가 어려워 성립되기가 어렵다고 하면서 중간파 작가로는 백철 한 명밖에 없을 것이라고 냉소 지었다.[29]

조연현은 우익에 사상적인 근거를 둔 좌익적인 중간파와 좌익에 사상

---

27) 『경향신문』, 1949. 1. 5~7.
28) 『경향신문』, 1949. 1. 11~12.
29) 『평화일보』, 1949. 2. 6.

적인 근거를 둔 우익적인 중간파로 2분한 것처럼 중간화를 부정의 시선으로 보았다. 전자가 문학가동맹계의 지나친 정치주의에 대한 반발에서 출발한 것이라면 후자는 전국문화단체 총연합회계의 순수성에 대한 반발에서 출발한 것으로 파악했다. 어찌 되었든 당시의 중간파 문학이 문학가동맹 쪽의 동맹군이었다는 점은 부인하지 않았다.[30]

전 민전 조사부장 박우천이 중심이 되어 전향한 동지 5백 명과 함께 발기인이 되어 국민보도연맹(國民保導聯盟)을 만들고 한때의 과오로 남로당 혹은 민전 등 좌익계열에 가담했다가 그의 그릇됨을 깨닫고 전향하는 사람들을 받아들이고 있다고 했다. 국민보도연맹의 강령은 오등은 대한민국 정부를 절대 지지 육성을 기함, 오등은 북한 괴뢰정권을 절대 반대 타도를 기함, 오등은 인류의 자유와 민족성을 무시하는 공산주의사상의 배격·분쇄를 기함, 오등은 이론 무장을 강화하여 남북로당의 멸족파괴정책을 폭로·분쇄를 기함, 오등은 민족진영 각 정당·사회단체와는 보조를 일치하여 총력결집을 기함과 같이 정리되었다.[31]

1949년 12월 2일자『자유신문』은 좌익계열 전향자 포섭 주간이 11월 20일로 일단 끝났다고 하며 서울지방경찰청창은 37일간 전향해온 사람이 서울 시내만 12,196명이라고 밝히고 그 내용을 다음과 같이 밝혔다. 남로당 4,324명, 북로당 10명, 민애청 1,768명, 여맹 150명, 민학련 1,959명, 음악동맹 10명, 영화동맹 8명, 문학가동맹 94명, 과학자동맹 12명, 전평 2,272명, 전농 578명, 출판노조 296명, 근민당 234명, 인민당 18명, 신민당 6명 등이라고 하며 국회위원 명단과 문화인들의 명단을 소개하였다. 문필가로는 정지용, 정인택, 엄흥섭, 박로아, 이원수, 이봉구, 황순원, 이성표, 임서하 등의 이름이 보인다.[32] 『문예』가 1949년 8월호로 창간하고

---

30) 조연현, 앞의 글, p. 137.
31) 『동아일보』, 1949. 4. 23.
32) 『자유신문』, 1949. 12. 2.

월간지로 정착되어 문단의 주도권을 잡은 것이 전향자 속출의 계기가 되었다는 주장도 있다.[33]

전향문화인들은 민족정신앙양 종합예술제(1949. 12. 3.~12. 4), 국민예술제전(1950. 1.8 ~1. 10), 학술문예종합강좌(1950. 5. 1~5. 7), 문학강좌(1950. 6. 21~6. 24) 등의 행사에 동원되었다. 국민예술제전은 국민보도연맹 문화실 소속의 문화인이 총동원된 가운데 시공관에서 정지용의 사회로 1일 3회 총 9회로 진행되었다. 프로그램은 강연(김기림, 송지영, 박태원, 설의식, 인정식, 홍효민, 전원배, 염상섭), 시낭독(설정식, 양주동, 여상현, 박인환, 임학수, 정지용, 김상훈, 김용호, 임호권, 박거영), 이북 문화인에게 보내는 메시지 낭독(정인택, 손소희, 박계주, 엄흥섭, 박노갑), 연극, 무용, 음악, 영화 감상 등으로 짜여졌다. 학술문예종합강좌의 강사로는 김기림, 설정식, 박태원, 전원배, 채정근 등이 나섰다.[34]

해방 후에 월남한 작가 20여 명이 모여 12월 3일 오후 3시에 서울특별시 시청 회의실에서 월남작가회 결성식을 가졌다. 전영택의 개회사로 시작하여 오영진의 경과 보고, 함경도지사와 황해도지사의 축사 등의 순으로 이어졌다. 대표 김동명, 부대표 전영택, 지도위원 염상섭·최독견·주

33) 조연현, 「解放文壇 五年의 回顧(完)(『신천지』, 1950. 2, pp. 219~20)
  "漸次로 安定되여가든 文壇에 『文藝』의 創刊으로 새로운 秩序를 建築해 가게되자 『文盟』에 加擔했든 多數의 文學人이 하나둘 轉向해 오기 始作하였다. 第一 먼저 轉向聲明을 新聞의 廣告欄에 發表한 사람은 朴榮濬氏였다. 繼續해서 李無影, 李鳳九 其他 諸氏를 先頭로 林學洙, 鄭芝溶, 金起林, 鄭人澤, 金容浩, 薛貞植, 其他 金東錫氏를 除外한 『文盟』의 全員이 「過去의 過誤를 淸算하고 大韓民國에 忠誠을 다할것」을 宣言公布하였든 것이다. 여기에는 勿論 政治的인 壓力과 一時的인 保身策으로서 轉向을 表明한 사람이 반다시 없다고는 말 할수 없었던 것이다. 그것은 그들이 轉向을 表明하는데 있어서 그들의 職分의 轉인 同業人이요 思想의인 同志로 或은 精神的인 同伴者들이 되어질 民族文學陣營의 文學人들을 意識的으로 忌避해가면서 警察이나 或은 그와 密接한 關聯下에 있는 保導聯盟을 通해서만 그들의 轉向을 形式的으로만 表明하면서 身邊의 保障만을 받으려고 汲汲해 갔었기 때문이다. [……] 그러나 그중 몇 사람을 除外한 大多數의 『文盟』員들은 그後의 韓國文化硏究所主催의 「綜合藝術祭」를 通하야 爲先그들이 思想的으로 轉向할 수 있다는 用意와 態度를 처음으로 民衆앞에 公開하였든 것이다."
34) 이봉범, 「단정수립 후 전향의 문화사」, 『반공주의와 한국 문학의 근대적 동학 2』, 한울, 2009, pp. 109~12.

요섭, 전문위원 안수길·박영준·최태응·오영진과 같이 임원이 선임되었
다. 월남작가회는 우리는 민족문학의 행동부대로서 반민족적인 일체 문
학행동과 대결함, 우리는 세계민주주의 작가와 대오하여 새로운 문학창
조에 기여함, 우리는 둘의 세계를 몸소 체험한 지성으로서 문학정신 탐구
에 정진함 등의 강령을 제시했다.[35]

　월남작가회를 갖기 4개월 전인 1949년 8월에 재경 월남문화인들은 새
로운 민주문화 발전에 한데 뭉쳐 강력한 통일전선에 이바지하고자 대한
문화인협회를 준비하였다. 76명의 대한문화인협회 위원 중에 이헌구, 최
태웅, 계용묵, 모윤숙, 김송, 김광섭, 정비석, 김기림, 김동인, 백철, 허윤
석, 이하윤, 안수길, 임옥인, 손소희, 박영준, 오영진, 박계주, 구상, 주요
섭, 최정희 등이 들어 있다.[36]

　1949년 12월에『동아일보』는 "한국문학가협회 결성─전향, 무소속 작
가도 참여"라는 제목 아래 무소속 작가와 전향 작가를 포함하여 한국문학
가협회의 결성 과정과 180여 명의 회원 명단을 소개하였다. 박태원, 정지
용, 정인택, 전홍준 등의 이름도 보인다.[37] 1년 전에 개최되었던 전국문화
인 총궐기대회가 채택한 예술문화단체의 일원화 요구에 따라 조선문필가
협회와 청년문학가협회가 주체가 되어 중간파 문인과 사상 전향을 선언
한 구 문맹계 문인들을 광범위하게 포섭하여 명실상부한 전문단적인 기
관을 만들어 한국문학가협회를 결성하게 되었다. 한국문학가협회는 "민
족문학 수립의 사명을 성취하기 위해 단결·매진함" "문화운동을 통하여
한국의 국제적 지위 향상을 도모함" "비민족적 반국가적 공식주의를 배
격하고 진정한 세계평화와 인류 공존에의 공헌을 기함"과 같은 강령 아래
발족했다.[38]

---

35)『서울신문』, 1949. 12. 4.
36)『서울신문』, 1949. 8. 5.
37)『동아일보』, 1949. 12. 13.
38) 조연현, 앞의 글, pp. 142~43.

2. 해방 정국과 소설의 적극적 대응(1945~46)

(1) 비판적 리얼리스트들의 재기

안회남(安懷南)의 「汚辱의 거리」(『주보건설』, 1945.11~1946.3)는 해방되던 해 서울로 이주해 한청빌딩에 있는 협의회 사무실에 매일 나가 신문도 보고 소설도 쓰곤 하는 구주 탄광 징용자 출신인 소설가 '안'을 주인공으로 삼은 점에서 자전적 소설이다.[39] 숫돌, 관, 짚신 등을 파는 장사꾼 신 덥석부리의 아들 신병대는 일제 말기에 헌병대에 붙들려 갔다가 해방 후 돌아와 치안대를 만든다. 사리사욕을 채우기 위해 일본인의 건물과 물자를 취하지 말자는 요지의 벽보를 동네에다 붙여놓아 나름대로 정의감을 내보이는 것은 복선으로 작용한다. 덥석부리 아들 신병대는 청년동맹을 조직하여 비어 있는 잡화점 가게를 사무실로 하였으나 실제로 하는 일은 없다. 그래서 그런지 '안'은 신병대를 부정의 눈길로 보았다.

지방의청년동맹들은 어느 계통(系統)의지령(指令)을맡고있는것인가. 전에는 술이나먹고 싸홈이나 하러다니고 계집애있는술집이면 도마터놓고 다니고하는 청년들이 어떻게 이눈게 정치의식(政治意識)에눈뜨게되엿나. 그러면 그들의 이데오로기는 어느정도의것이며 어느방향의것인가 알고싶다.[40]

---

39) 안회남은 「髮」(『조선일보』, 1931. 2. 4~10)로 등단한 이래 해방될 때까지 소설가소설 「향기」(『조선문학』, 1936. 6), 「명상」(『조광』, 1937. 1), 노동자소설 「망량」(『풍림』, 1937. 2), 시골여인소설 「황혼」(『신동아』, 1936. 7), 공장직공소설 「그날 밤에 생긴 일」(『조광』, 1938. 4), 김유정 주인공소설 「겸허」(『문장』, 1939. 10), 학생소설 「소년」(『조광』1940.10), 지주소설 「벼」(『춘추』, 1941. 3), 형제소설 「형」(『신시대』, 1941. 3), 대일협력 소설 「풍속」(『조광』, 1943. 12~1944. 2) 등과 같은 근 60편의 소설을 써내었다. 신변소설의 작가라는 평가는 그의 부분적 특징을 지적한 데 불과하다.
40) 『주보건설』, 1945. 12, p. 16.

일본인의 재봉틀을 훔쳐간 사람, 일본인 가게를 물려받은 사람 등의 사례를 제시하며 자신의 정의감을 강조하는 덥석부리를 '안'은 부도덕한 상인으로 볼 뿐이다. 아들 신병대를 큰 인물이 될 것으로 믿는 덥석부리가 "조선 대통령이 되실 여운형씨"와 친하냐고 묻자 '안'은 여운형이 아닌 다른 정치적 거물을 거론한다. '안'은 이승만 박사가 귀국하여 환호성으로 가득한 현상을 우매한 일로 보면서도 합방 전에 정위를 지낸 일가 어른의 입을 빌려 자신의 부친 안국선이 이승만 박사와 감옥살이를 함께한 일이 있음을 내비친다. 여운형이든 이승만이든 그를 절대 지지하는 사람들을 비판하는 데서 주인공 '안'과 작가 안회남의 정치적 향배가 암시된다. 마지막 4회분은 신병대가 한청빌딩에 찾아와 '안'에게 가르침을 받는 장면을 제시하였다. '안'이 신병대가 조직한 청년동맹이 하는 일이 없다고 나무라고 있을 때 사무실 인근에 "문화건설중앙협의회" 명의로 민족반역자를 소탕하라는 삐라가 뿌려지는 일이 벌어진다. 병대는 농민사회의 진정한 해방은 토지혁명을 전제로 해야 한다고 주장한다. 자기 아버지가 일본 군대에서 소금을 도맡아 배급품이라고 속여 파는 것을 문제 삼아 싸우고 왔다고 고백하는 데서 또 자기 아버지에게 가담한 부면장을 향해 친일파, 탐관오리, 민족범죄자라고 비난하는 데서 '안'은 병대를 사리보다는 공익에 충실한 존재로 평가하게 된다. 신병대가 '안'에게 가르침을 받기보다는 '안'이 신병대에게 공명하는 형상이다. 명색이 소설가이며 징용까지 다녀온 '안'은 장사꾼인 신병대 부자의 정치 감각마저 따르지 못하는 것을 느끼게 된다. '안'이 문학건설본부로 발길을 옮긴 가장 큰 이유가 정치적 야욕에 있지 않았음을 확인할 수 있다. '안'이 병대에게 함께 의성으로 돌아가자고 하는 데서 소설은 끝난다.

안동수(安東洙)[41]의 「慶熙의 편지」(『인민』, 1945. 12)는 1945년 4월 23일

---

41) 안동수는 해방 이전에 동경유학생소설 「환각의 거리」(『비판』, 1936. 10), 소설가소설 「유산」(『풍림』, 1937. 4)과 「거리」(『비판』, 1938. 8), 기생소설 「정조」(『광업조선』, 1938. 5)

부터 9월 7일까지 해방 전후에 북쪽에 있는 제자가 남쪽에 있는 국민학교 때의 선생님에게 보낸 8통의 편지로 짜여졌다. 4월 23일에 쓴 첫번째 편지에는 경희가 장질부사에 걸려 입원했다가 퇴원한 후 친정에서 쉬고 있다는 소식과 남편은 일본군에 징병되어 북지전선 철도연선을 경비하고 있다는 소식이 담겨 있다. 6월 14일에 쓴 세번째 편지는 경희가 일하는 학원이 경영난에 시달리고 있으며 순남의 남편이 검속되었음을 알리고 있고 7월 6일에 쓴 네번째 편지는 경희의 남편이 전사하여 위대한 죽음으로 신문에 보도되자 총독 부인과 도지사가 직접 조문을 왔다는 소식을 전해주었다. 해방 후인 8월 21일에 쓴 여섯번째 편지는 해방을 맞은 북한 사회의 변화상을 알려주면서 순남의 남편 김일진이 인민위원회 위원장이 된 소식을 전해준다. 8월 19일에 진주한 소련군이 북한 사람들의 요구대로 제반 권리를 인민위원회에 이관하였고 일반 시민과 친하게 지냈다고 하는 소식은 작가의 친소적 시각을 입증해준다.

　　그뿐이 안이엿습니다. 거리 거리에는 조선말로 쓴 (비라)가 곳곳이 부텃습니다. (불일내로 세계무산계급의 해방군 붉은군대가 진주한다. 우리는 두손을 드러 마음껏 그들을 환영하자!!) 이런글도 부텃고 또 어떤 곳에는 (삼십육년동안 우리들을 야만적으로 압박하고 착취하든 일본제국주의에서 우리들은 해방되엇다. 그러나 노동자 농민의 완전한 해방을 위하야 우리들은 또다시 투쟁을 계속하지 안흐면 안된다!!) 이러한 글도부터잇사옵고 그러한 글끄테는

　　一, 조선독립만세!!

　　一, 연합군만세!!

　　一, 조선무산계급만세!!

───────────

등을 발표하였다.

一, 세계무산계급해방군 붉은군대만세!!

一, 중국무산계급만세!!

一, 일본무산계급만세!! 이러케 씨워 잇섯습니다. 말하자면 무산자를위한 노동자 농민을위한 글들이 대부분이엇습니다.[42)]

8월 30일에 보낸 일곱번째 편지는 경희 남편이 일본군에 의해 죽음을 당해 일본군을 미화하는 선전 도구로 악용되었다는 진상을 알려준다. 9월 7일에 쓴 마지막 편지에는 모든 것을 한국인 자율에 맡긴다는 요지의 소련군 시국담화와 테러당한 김일진 지지파와 반대파의 대립상이 담겨 있다. 경희의 편지는 전사 사건을 폭로하며 친공과 친소의 시각으로 현실인식이 재편되고 있는 것을 보여줌으로써 작가 안동수의 친소·친공적인 태도에 필연성을 부여하게 된다. 안동수는 서간체를 통해 해방 전후의 인물의 변화상을 보다 효과적으로 그려낼 수 있었다.

윤세중(尹世重)[43)]의 「十五日後」(『예술운동』, 1945. 12)는 8년 전에 출옥한 좌파 문인이 해방 후 며칠 동안 여러 가지 일을 겪은 끝에 다시 문화 부문을 떠나 농촌이나 공장으로 돌아가겠다고 결심하기까지의 과정을 그려놓았다. 해방을 맞아 남녀노소를 막론하고 기쁨을 이기지 못하여 만세 부르고 태극기를 내다 거는 장면, 가까운 문화인들이 모여 대동단결론과 제국주의 문화기관 접수론이 맞서는 가운데 "일본제국주의 굴네밋헤서 우리 XX문화인들을 검속 탄압해오든 XX협회"[44)]를 접수하는 장면, 출옥하는 동지들을 맞는 장면, 세포에 관계하는 동무를 찾아가 일거리를 달라고 하다가 거절당하는 장면, 출세하기 바라는 아내 앞에서 주인공이 지속적인

---

42) 『인민』, 1945.12, pp. 188~89.
43) 윤세중은 해방 전에 주의자소설 「그늘밑 사람」(『조선문학』, 1937. 2), 「명랑」(『조선문학』, 1937. 5), 반항적 지식인소설 「애발가」(『조선문학』, 1939. 3) 등 7편을 발표하였다. 해방 후 발표작 3편은 모두 주의자를 긍정적으로 그려냈다.
44) 『예술운동』, 1945. 12, p. 89.

투쟁의지를 밝히는 장면 등이 이어진다. 해방의 성격에 대한 비관과 희망, 친일문화단체 처리 방법에 대한 포용론과 접수론, 치욕의 기록에 대한 보관론과 소각론, 좌익 세력 투쟁방법론에 대한 시비 등을 노출시킨 것은 작가가 해방을 맞은 흥분에서 벗어나 탐구정신에 서 있음을 일러준다. 수백 명의 출옥 동지를 마중 나왔던 동무들이 출옥혁명자 구원회 본부로 가버린 후 '나'는 소외감에 빠져든다.

나만 우리들의 진영에서 외톨로 난것같다. 전엔 나도 징역을 사릿고 전엔 나도 지하운동을 했고 나도 유물사관을일것스며 변증법을 일것스며 공산주의 ABC와 로서아 혁명사를 또 그 외의 책들을…… 한가지 내게 죄가 있었다면 출옥 한뒤로부터 十五일전까지 아모것도 안했다는 것 돈을 벌러 다니기위하야 동무들을잊었다는 것—[45]

해방을 맞자 '나'는 흥분을 감추지 못하고 여러 모임에서 강경한 의견을 내놓곤 하였다. 울분을 참지 못해 일거리를 달라고 찾아간 B로부터 "동무가 간판 때문에 어떤 초조와 불안을 느낀다면 그것은 우리가 가장 배격해야 할 공명심밖엔 아무것도 안이요"[46]라는 주의를 듣는다. "십오일 후"라는 표제는 아무리 수 년 동안 활동했다고 하더라도 단 15일의 공백기를 거친 것 때문에 좌익 단체의 세력에서 소외당했다는 것을 의미한다. 윤세중은 해방 직후 좌익 진영 내의 세력 다툼이 치열함을 보여주었다.

이동규(李東珪)[47]의 「오빠와 愛人」(『신건설』, 1945. 12)은 "그날—八月十五

45) 위의 책, p. 85.
46) 위의 책, p. 86.
47) 정영진, 『통한의 실종문인』, 문이당, 1989, pp. 296~99.
    이동규의 해방 이후 연보는 다음과 같이 정리된다. 조선문학가동맹 가입(1946. 2), 『조선일보』에 「문학운동의 신방향」을 발표하여 문맹의 노선 비판(1946. 2. 17~19), 월북(1946. 3), 친선방문단의 일원으로 소련 방문(1946. 8~9), 평양사범대학 조선어문학과 교수, 문예총 서기장(1948~1950), 종군 작가단으로 남하(1950. 6), 후퇴 중 길이 막혀 지리산에 입산

日은 지금 생각만해도 가슴이 뛰고 다시금 홍분으로 왼몸이 취해지는것 같다"[48]로 시작한 것처럼 해방을 맞은 기쁨과 홍분과 기대를 표현하는 데 힘을 쏟았다. 내레이터 재순이 노동자인 오빠와 사무원인 애인 사이에서 고민하는 것으로 소설이 시작된다. 오빠 재덕이가 해방을 36년 동안 해내 외에서 많은 사람이 피를 흘린 끝에 얻었다고 보는 반면 애인 병찬은 무혈해방론을 펼친다. 두 사람은 이상적 국가의 형태에 대해서도 의견을 나누었는데 일하는 힘밖에 없는 가난한 사람들을 가리키는 다수자의 행복을 위한 국가의 건설이 목표라는 오빠의 생각에 재순도 동참한다. 오빠는 여섯 달 전에 징용을 피하기 위해 공장에 들어간 것이기는 하나 속으로는 직공들을 계몽시키려는 의도도 갖고 있었다. 오빠 재덕이 직공들을 대표하여 일본인 사장으로부터 공장 소유권을 빼앗아 공장관리위원회를 만든 것에 병찬이 있는 사무실 직원들도 처음에는 찬성했으나 미군정이 들어서면서 사정이 달라지게 된다. 3·1운동 때 감옥 갔다 온 경력도 있고 미국 유학 다녀온 새 사장이 군정장관의 양해를 얻어 부임하자 병찬과 사무실 직원들은 사장 편을 들면서 경영 능력도 자본 조달 능력도 없다는 공장관리위원회로부터 경영권을 빼앗으려고 한다. 재순은 노동자인 오빠의 편에 서서 미군정이 친일파를 비호하고 있다고 비판한다.

사람들은 만세를 불러 연합군을환영햇고 그들은 어서하로바삐 보기싫은 일인들을 조선안에서 말끔 몰아내주기를 바랏다. 그러나 남쪽에잇서서는 일본사람들을 몰아내는데 대한 태도가 완만하고 모호해 이때문에 도로혀 조선사람들이 해를입는 일이 많음으로 사람들의 입에서는 벌서부터 못마땅해하는소리가 흘러나왓다. 게다가 일본사람과 친일파 또는 일부의 미군

(1950. 9), 남부군 문화지도원으로 편입(1951. 9), 지리산 거림골 환자트에서 사살(1952년 봄, 향년 42세).
48) 『신건설』, 1945. 12, p. 49.

에게 접근함을얻은당파들 잔존관리들은 군정당국에 아첨하고 복종해 자기
들의 이익을 도모하기에 급급하고 사정모르는 군정당국에 그르게 협조해
조선사람에게 대해 모든불리한조건을 작고 만들어내엇다. 첫재 조선사람
이 맨처음 선물로받은 언론 집회 결사등의 자유중 어떤제한이 가해진일이
라든지 그보다 일본사람소유의 토지에 대한문제그외의 재산에 대한 정책
같은것들…… 민중은 적지아니실망햇다. 그들은 일본인재산은 즉시 조선
사람의 손으로 넘어올것을 기대햇기때문이엇다. 이영향은 단박 우리오빠
일에도 미처왓든 것이다.[49]

재순은 오빠가 불리하게 된 근원을 미군정의 실정에서 찾는다. 친일파
와 친미파에 휩싸여 미군정이 자유제한 조치, 미온적인 토지정책 때문에
조선인에게 실망을 안겨주었다고 생각한다. 「오빠와 애인」은 일제 때 발
표했던 노동자소설 「게시판과 벽소설」(『집단』, 1932. 2), 「자유노동자」
(『제일선』, 1932. 12) 등의 연장선에 있다.

이동규의 「돌에 풀은 鬱憤」(『인민』, 1945. 12)은 「오빠와 애인」처럼 징
용 모티프를 원인적 사건으로 설정하였다. 딸 순례가 여학교 진학을 포기
하고 상경하여 백화점 점원으로 일하다가 고향에 내려오자 박영감은 "커
다란 계집애를 그대로 집에 두면 정신대(挺身隊)로 뽑혀 일본같은데로 끌려
가기가 쉬운일이기때문에"[50] 머슴 용칠이를 데릴사위로 삼을 생각까지
했으나 순례가 구장 아들 수영과 급속히 가까워지자 용칠은 징용에 끌려
나갈까 봐 전전긍긍한다. 용칠을 순례에게서 완전히 떼어놓기 위해 수영
은 읍사무소 징용계에게 술을 사며 용칠을 징용 대상에 넣어달라고 청탁
한다. 마침내 용칠을 포함해 12명에게 징용장이 날아든다.

---

49) 『신건설』, 1945. 12, pp. 56~57.
50) 『인민』, 1945. 12, p. 175.

그는 다시 징용에대해 생각해보앗다. 영감 말대로 그징용이란것도결국은보잘것 없는사람 만만한사람만 나간다. 덕성이도 그랫고남길이삼룡이 복성이 전부간다. 그렇다. 돈푼이나 있고 세련이나 좀있는사람은 징용이 나오지도않고 나와도 모두 쏙쏙빠지고만다.

(이런 불공평한놈의일이 어듸있담) 51)

용칠이 할 수 있는 일이란 기껏해야 바위를 향해 돌을 계속 던지며 화풀이하는 것뿐이다. 구장 아들의 농간으로 머슴 용칠이 징용 가게 되었다는 사건을 설정하여 징용에 뽑힌 조선 사람은 이중착취를 당한 존재라는 주장을 자연스럽게 하게 되었다.

이봉구(李鳳九)52)의 「道程」(『신문예』, 1945. 12)은 "작가의 수기"라는 부제가 일러주는 것처럼 자전적인 문단소설이다. 장곡 천정 거리 입구에 있는 미모사 다방에서 여러 문인들이 모여 오장환의 시집 『성벽』 출판기념회를 열었던 일, 명치정에 있는 에리사 다방에 드나드는 이시우·신석초·전향·이육사·오장환·김광균·정지용·이병각 등의 면영을 스케치한 것, 장곡 천정 라전구 다방에서 서정주와 교유한 것, 명치정의 후유노야도로 옮겨 알게 된 '타임'이란 인물을 소개한 것 등으로 채워져 있다. 다방을 전전하며 서로 위로하고 의기투합하던 시절은 오래가지 못했다. 국민문학으로 간 전향, 만주로 갔다가 고인이 된 육사, 폐병으로 세상을 떠난 이병각, 고향에서 군청 임시고원 다니는 서정주 등의 소식과 흔들리지 않고 자기 세계를 지켜나가려는 벗들의 모습을 전하기도 한다. 이봉구는 문단은 현실 초월의 공간이 아니라 거울이라는 인식을 전제로 하면서 해방 전

---

51) 위의 책, p. 179.
52) 경기도 안성에서 출생(1916), 중동학교 중퇴 후 낙향(1933), 「출발」을 『중앙』에 발표(1934), 시인부락, 자오선의 동인(1938), 매일신보사 입사(1943), 서울신문사 입사(1945. 9), 태양신문사 문화부장(1949), 연합신문사 문화부장(1954), 자유신문사 문화부장 사임(1958), 별세(1983) (『한국문학전집 27』, 민중서관, 1959).

후의 문단의 동향을 통해 한국 사회의 추이를 가늠하는 방법을 썼다.

　이봉구는 해방 전엔 친일문인도 있었지만 고고함과 깨끗함을 지닌 문인들도 많았다고 전하면서 해방을 맞아 감격에 뒤덮인 조선 사회의 풍경을 제시하는 것도 잊지 않는다.

　　기미년 삼일운동을 나는 네 살때에 당하였고 신간회니 광주학생사건이니 큰사건을 모두 소년시절에 당한나는 오늘의 이광경이란 처음으로 대하는 감격의날이었다. 거리에는 강제노역에서 도라오는 보국단이며 중학생들이 해방되여 애국가를부르며 도라오고 학병이도라오고 감옥에서 해방되여나온 혁명투사들이 창백한얼골로 거리에나타나고 건국준비위원회니 학도대니 치안대니 혁명가구원회니 문화건설이니 신문사창박게서 또는거리에서 나는 이감격의사실을 눈물없이는보지못하였다.[53]

　"감격의 사실"을 구성하는 주체들을 편견 없이 바라보고자 한 이 소설을 「미모사」 「에리사」 「후유노야도」를 거쳐 「황혼」 「도루체」에서 헤여진 후 탄압아레 서로 굴욕의서름과 인내(忍耐)의길을 고독한가운데 거러온벗들이 재생의 하늘아레서 다시 건설의도정(道程)에 발을옴기고 있다. 벌서 이거리에는 가을이 짓터락엽이지고 삼십팔도 이북에서기럭이가 울고온다"[54]와 같이 끝내고 있는 이봉구에게 해방은 옛 문우들을 만나는 반가움 속에서 건국과 건설의 도정으로 다가오기도 한다. 이봉구는 "도정"을 중의법으로 써서 과거를 회고하기도 하고 미래를 가늠하기도 한다. 실제로 작가 이봉구는 해방 이후 좌우 이데올로기를 심정적 차원에서 넘나드는 행동 방식을 취하기도 하였다.

　박영준(朴榮濬)의 「避難記」(『예술』, 1945. 12)는 콩트의 규모다. 7, 8년 전

---

53) 『신문예』, 1945. 12. p. 88.
54) 위의 책, p. 88.

에 국내에 왔고 4, 5년 전에 서울에 다녀온 적이 있는 민수는 만주에서 해방을 맞아 혼자서 서울에 갔다가 일거리도 없고 반가워해주는 사람도 없어 후회하던 중 친구의 주선으로 공장 자치위원회의 조직방법연구회에 들어가게 된다. 민수에 의해 만주, 북한, 서울의 해방 후의 변화상이 대비된다. 민수는 무장한 자위단 조직의 필요성을 역설하는 한인회 유력자들을 뒤로하고 만주를 떠나 보름이나 걸려 온갖 고생을 한 끝에 서울에 왔다. 청진에서 길주까지 굶기를 밥 먹듯 하면서 근 일주일을 걸어오는 동안 치안대 젊은 사람들에게 붙잡혀 일본 사람의 앞잡이라는 혐의로 조사받기도 하였다. 서울에 와 서대문 친척집에 기거하면서 독립의 기쁨보다는 생활의 고달픔을 실감하게 된다. 민수는 해방된 서울의 변화상을 모든 사람이 "뿌로카"가 되었다는 과장된 말로 표현한다.

엇잿든 독립이니 정당이니 하고 전에는 입밖에도 못내든 말을 천연스럽게 할수있다는 것만은 완연히 서울을 달르게한증거였으나 정치를논하는 이보다도뿌로카적성질을띤 물가의 이야기만이 많은데는 놀라지 않을수없었다. 점점 알고보니 사람마다가뿌로카로 밥버리를 하고 있음은 그를 더한층 놀라게했다.

모두가 일약 천금을 꿈꾸고 있다. 정당한 직업을 가지고있는 이는 하나도 없다. 술집은 왜그리도 많은가? [55]

민수는 독립운동에 목숨을 바친 아버지의 장례식도 보았고 일선융화의 불길을 피해 만주까지 가서 고생했음에도 해방 후 치안대원에게 조사받는 과정에서 그동안 잘 살았다는 지적을 받은 것에 배신감마저 느낀다. 그리고 역사의 흐름에 마냥 밀려만 가는 무기력함을 느낀다.

---

55) 『예술』, 1945. 12. p. 18.

김송의 「萬歲」(『백민』, 1945. 12)는 가쾌 일을 하는 강주사가 소개(疏開) 된 사람들이 많고 쌀 배급 제도 아래 배고픔에 시달리는 아들 신행을 징병 가기 전에 결혼시킨다는 이야기를 담았다. 강주사의 친구 한생원은 일제 때 징용 간 아들의 소식이 끊긴 지 두 달이 되자 크게 상심한다. "만세"라는 제목의 크기를 이야기의 크기가 따라가지 못한 결과를 보인다.

김학철(金學鐵)[56]의 「지네」(『주보건설』, 1945. 12)는 '보고문학'이라고 하여 자전적 소설로 성격화하게 만든다. 1941년 첫 겨울 태행산 속에 근거지를 둔 항일 조선의용군은 팔로군 부대와 배합하여 각군 분구로 갈리어 출동한다. X지대 X군 분구의 김분대장은 이라든가 모기에 물려도 잠을 못 이룰 정도로 겁이 많다. 부하들을 데리고 숙영지에서 농민의 집에 들어가다가 갑자기 생쥐 한 마리가 나타나자 기겁을 하기도 한다. 그는 혁혁한 전과를 올렸으나 부상당해 군병원에 후송된다. 팔로군 총사령부와 부녀대 대표의 위문도 받는다. 이 소설의 표제인 "지네"는 김분대장이 지네에 물려 군의관의 괜찮다는 말도 믿지 못한 채 고민하는 것을 가리킨다. "지네"는 용맹한 군인의 이중성을 환기시킨다. 조선의용군으로 활약한 이력을 지닌 김학철은 의용군의 모습을 영웅소설로 처리하는 대신 아무리 영웅적인 존재라고 하더라도 인간에게는 공포심이 내재되어 있음을 거짓 없이 드러낸 심리소설의 유형을 취하였다.

이근영(李根榮)의 콩트 「追憶」(『예술』, 1945. 12)은 혁명가 소담이 1945년 11월 7일에 있었던 조선민족해방 희생자 추모대회에서 돌아와 민족반역자 최원상과 접촉한 것에 대해 쓴 것이다. 최원상은 대지주, 경방·고주

---

56) 함경남도 원산시에서 출생(1916), 서울 보성고등학교 졸업(1934), 상해 의열단 가입(1935), 조선혁명당 입당(1936), 중앙육군학교 졸업 후 조선의용대 입대(1938), 중국 공산당 가입(1940), 일본군 포로가 되어 일본 나가사키 형무소에 수감(1942), 조선독립동맹 서울시위원회 위원으로 좌익 활동과 소설 창작 활동(1945), 월북(1946), 중국 북경 중앙문학연구소 연구원(1951), 『20세기의 신화』를 쓴 죄로 10년간 감옥 생활(1967~77), 국내 여러 출판사에서 장편소설과 자서전 간행(1988~95), 별세(2001) (김동훈 외 편 『중국조선민족문학대계 13』, 보고사, 2007, pp. 220~25).

파·경전 주식 보유, 고리대금업, 경성부 위원, 경기도회 의원, 군부와 일본 재벌의 후원으로 조선회사 조직 등의 이력을 지니고 있다. 그는 해방을 맞아 자신이 친일파로 몰릴 것을 두려워한 나머지 건국준비위원장을 찾아가 건국사업에 보태라고 일금 만 원을 내놓으나 거절당하고 만다. 최원상이 환심을 사기 위해 건네준 거액의 돈을 소담은 원상이 술에 취해 잠든 사이 놓고 가버린다. 이근영은 친일파의 추한 모습과 혁명가의 청렴한 모습을 대비시키는 방법을 썼다.

송영(宋影)의 「苦憫」(『예술』, 1945. 12)은 지주의 아들로 법대를 졸업한 후 군청 서기와 도참여관을 거쳐 중추원 참의이자 큰 방적회사 사장이 된 남자가 해방이 되어 공장 직공들의 습격을 받고 어디론가 도망가버렸다는 이야기를 들려준다. 지주인 아버지나 고위관리이며 사장인 아들이나 표나게 악덕을 행사한 것은 아니지만 "정말 일본이 고맙고 참으로 삼천리 강산이 아름답게만 생각했다"[57]고 할 정도의 태도를 보여왔다. "눌니고 쫓기고 싸홈을하든 사람들이 활개를펼때가 왔다. 그대신 맹꽁이놈들은 쥐구녕을찾지 않으면 안되게되였다"[58]와 같이 해방을 혁명기로 전망한다. 표제인 "고민"은 노동자들의 외침을 피해 도망간 사장이 고민하고 있을 것이라고 추측하게 만든다. "고민"은 송영의 입장에서는 강도가 약한 용어다. 최소한 '반성'이나 '참회'로 썼어야 한다. 미군의 입성을 기다리며 거금 2천 원을 좌익 정당에 내놓는 식으로 세상의 변화에 적극 대응하는 만석군 김참판이 사회주의자인 손자의 강요로 토지해방을 결심한다는 정철의 「龍」(『예술문화』, 1945. 12), 몽고의 테무진의 비범한 출생기와 성장담을 통해 제국과 그 지도자의 가해자로서의 측면을 강조하려 했으나 미완으로 끝난 박태원의 「掠奪者」(『조선주보』, 1945. 10~1946. 10), 운현궁 근처에 사는 가난한 소금장수 춘보가 대관 행차길을 막았다는 죄로 매

---

57) 『예술』, 1945. 12, p. 18.
58) 위의 책, p. 17.

맞고 돌아와 사흘 동안 일을 나가지 못하고 있을 때 경복궁 중전 소식을 듣고 취중에 대원군을 비방하여 또 붙잡혀 갔다가 온다는 박태원의 「春甫」(『신문학』, 1946. 8) 등이 발표되었다.

'꼬마소설'이라는 이름이 붙은 것처럼 김남천의 「정거장」(『아동문학』, 1945. 12)은 소년 화자가 존대법을 취한 동화의 외피를 입었다. 물론 동화라고 하기에는 무거운 소재를 다루고 있다. "최형사는 왔는데 병정나간 언니는 안온다"는 구절은 두 번, "태극기 붉은기"는 세 번, "언니는 안온다"는 네 번 반복되고 있다. "책상머리에꽂아놓은 조그만 태극기와 붉은기" "작다란 애기소나무 끝가지에 태극기와 붉은기를 꽂아놓고" 등의 구절은 "붉은기"를 "태극기"와 대등한 반열에 놓고 있어 좌편향된 것으로 볼 수 있다. 반대로, 태극기를 인정한 만큼 아직은 완전히 좌경하지는 않은 것으로 볼 수 있도 있다. 진이는 매일같이 언니를 기다리느라 정거장에 나가본다. 정거장에 평양발 기차나 함흥발 기차가 오지 않는다고 한 것은 두절을 상징한다.

엄흥섭(嚴興燮)[59]의 「새로운 아침」(『여성문화』, 1945. 12)은 작가가 조급증에서 벗어나지 못했다고 판단하게 만든다. 서울에서 태어나 중등학교만 마친 영옥 엄마를 해방이 되자 불과 한 달 만에 성실한 농민으로, 성공적인 탁아소 경영자로, 밤마다 농촌 여성들을 모아 계몽하는 운동가로 바꾸어놓았기 때문이다. 이렇듯 어색한 성격 창조를 감수하면서까지 작가가 부각시키고 싶었던 것은 새 나라 건설에의 의지다. 해방을 맞아 건축기술자인 남편을 서울에 남겨두고 시어머니를 모시고 시골로 온 영옥 엄

---

59) 충남 논산에서 출생(1906), 진주사범 졸업 후 농촌 신설학교 교원(1926), 카프 중앙집행위원에 보선, 군기 사건으로 카프 이탈(1931), 『매일신보』 편집기자로 입사(1940), 해방 후 조선문학가동맹의 인천지부장(1946), 인천신문 편집국장(1946), 제일신문사 필화 사건으로 수감(1948. 9~1949. 11), 국민보도연맹 가입(1949. 12), 6·25 직후에 월북, 작가동맹 평양지부장, 1956년에 창작 활동 종료. (정영진, 「소설가 엄흥섭의 의문점들」, 『문학사의 길찾기』, 국학자료원, 1993, pp. 96~109).

마는 36년간의 일제 지배를 생각하면 얼굴이 붉어지고 이가 갈리는 것으로 묘사되고 있다. 그런 나머지 일본 사람들과 부자들이 풀어놓은 생필품의 구매를 반대하는 운동을 펼친다. 영옥 엄마는 시골에 내려오자 화장품과 비단옷을 처박아둔다. 전쟁 통에 소개해온 다섯 가구와 친하게 지내면서 농사도 열심히 짓고 탁아소 운영도 하고 마을 여자들에게 레코드를 틀어주기도 한다. 그는 남편에게 시골 생활에 만족한다는 편지를 써서 보낸다.

안회남의 『炭坑』(『민성』, 1945. 12~1947. 3)은 "갱내(坑內)에서 『까쓰』가 터져서 광부(鑛夫)가 한꺼번에 60여 명이 사상(死傷)하엿다"와 같이 시작하여 사상자의 모습을 구체적으로 묘사하는 것으로 이어진다. 제일협화료에는 조선인 광부가 약 2백 명 합숙하고 있는데 돌아오지 않는 사람이 12명이나 되었다. 죽었다고 하는 남원 출신 최장근이 살아 돌아온다(1945. 12, 1회). 최장근의 탈출 계획의 비밀을 지켰던 돌산은 장근의 각반을 다리에 감은 채 처참하게 죽고 만다(1946. 2, 3회). 일본인 관리자 나까시마가 돌산이 어째서 장근이의 각반을 찼느냐고 박금동을 추궁한다(1946. 3, 4회). 나까시마는 돈 3백여 원이 든 옷보따리를 압수한다. 나까시마는 가스 폭발로 도망가려는 자가 많으니 엄중 단속하라는 노무과의 지시를 받는다. 일부러 다쳐 쉬고 싶다는 생각마저 해본 박금동은 낙반 사고를 당한다(1946. 3. 23, 5회). 최장근의 머리 상처가 다 낫고 박금동의 어깨가 완쾌되었을 때 광부 전부가 징용을 당해 계약 연기가 되는 조치가 내려진다. 새로운 징용법에 따라 조선인은 전쟁터에 나가는 대신 탄광에 와서 일을 하는 것이라고 하며 도망가다 잡히면 2년 이상의 징역을 살게 된다고 한다(1946. 4. 23, 6회). 장근이 누워 있는 동안 돌산의 아내가 틈틈이 음식을 날라온다. 장근이는 동료들로부터 도망 권유를 받을 때마다 돌산의 처 옥순이가 마음에 걸려 결단을 내리지 못한다. 며칠 전에 도망갔던 경성부대와 함께 박금동도 잡혀온다(1946. 12, 11회). 특훈소에서는 도망갔다가 잡혀온 사람들이 매를 맞는다. 옥순이는 끝내 나까무라의 정부가 되고 만다. 박금동은 탈출을 꾀했던 자라는 이유로 겨울에도 작업복 배급을 받지 못하고 걸레쪽 같은 것으로 몸을 가리고 맨발로 일을 다닌다. 장근은 금동이 뿌리쳐도 가까이 하려고 한다(1946. 12. 12회). 나까무라는 옥순이를 데리고 살다가 술집을 내주고는 조선인만을 상대로 하여 갈보 노릇 하라고 한다. 그러던 중 나까무라의 실체가 드러난다. 전라도가 고향인 나까무라는 일본인 노무계 특파원을 쫓아다니다가 일본 탄광에 와 조선사람인 것을 감추고 감독원이 된 사연을 안고 있다. 그는 조선인 광부들에게 온갖 못된 짓을 하여 고향에 가려야 갈 수가 없다(1947. 3. 14회). 작가는 14회로 제1부를 끝맺었다. 제2부까지 새로운 전작을 해서 단행본으로 내겠다고 약속했으나 이루어지지 않았다. 『탄갱』은 일본에 징용으로 끌려간 조선인 광부들의 실상을 긴밀한 플롯으로 수습하기도 전에 끝맺음하고 말았다.[60] 『탄갱』은 소재의 면에서는 새로운 작품이 될 가능성이 컸지만 작품을 만드는 솜씨가 뒷받침하지 못해 문제작으로 남지 못했다.

김학철은 항일 의용군 참전이라는 직접체험을, 안회남은 일본탄광 징용이라는 직접체험을 소설로 살려 당시 독자들을 놀라게 하였다. 해방은 송영·엄흥섭·김남천 등과 같은 카프작가들에게는 덮어두었던 좌익이념

---

60) 김동석은 「父系의 文學」(『예술평론』, 1948. 4)에서 안회남의 소설에 대해 긍정적으로 평가했다.
　　 "「民聲」에 연재된, 「炭坑」을 보면 작가가 관념적인 천당으로부터 현실적인 지옥으로 곤두박질해 들어간 것 같은 인상을 준다. 懷南은 그렇게 애지중지하던, '나'는 흔적도 없는 것 같다. 그러면 그의 '나'는 어떻게 청산되었는가? 그것이 과연 일본제국주의를 완전히 소탕한 데서 오는 自我 청산이었을까? [……] 이에 우리는 일제가 懷南의 목에 징용이라는 칼을 씌워 쿠슈(九州) 탄광으로 끌고 가던 사실을 상기할 필요가 있다. 懷南은 자기 자신 속으로만 파고들면 일제를 피할 수 있으리라 생각했는데 強盜 일제는 드디어 懷南을 송두리째 수천 리 異域, 그도 천길 탄갱 속에다 가져다 넣은 것이다. 그래서 그의 一人稱 소설이 일제의 所産이던 것과 마찬가지로 일인칭 없는, '탄갱' 역시 일제의 소산이라는 얄궂은 결과를 가져온 것이다." (『김동석 평론집』, 서음출판사, 1989, pp. 205~06).

의 적극 구현의 장을 제공하게 되었고 안동수·윤세중·이동규·이근영·
김학철 등과 같이 좌익 성향이 있었던 작가들에게는 좌익이데올로기에
적극 동참하는 계기를 마련해주었다. 해방 전에 등단했으나 희곡 창작에
몰두하여 소설창작 활동이 미미했던 김송은 해방이 되자마자 우익의 길
을 걸었다.

(2) 김남천의 「1945년 8·15」, 좌익 선전과 우익 비판

김남천의 미완 연재소설인 「一九四五年 八·一五」(『자유신문』, 1945. 10.
15~1946. 6. 28, 165회)는 "서울"에서 "일성록"까지 12개의 소제목으로
구성되었다. '서울'(1945. 10. 15~10. 28, 14회)은 동래고녀 교사인 박문
경(朴文經)이 1945년 8월 27일 서울행 기차 안에서, 해방전에 지원병제도를
반대하는 격문을 살포한 사건으로 감옥에 간 경성대 의학부 출신인 김지
원(金志遠)과의 관계를 회고하면서 종착역인 청량리역에서 내리는 장면을
보여준다. 명륜동 집으로 가던 중 우연히 만난 이경희의 차에 동승하여
아버지 박일산의 귀국 소식과 남동생 무경이의 학도대 활동 소식을 듣는
다. "주장업는 집"(1945. 10. 29~11. 12, 15회)에서는 문경의 회상에 의
해 아버지 박일산의 투쟁 경력과 그에 따른 어머니의 가장 대행기가 소개
된다. 어머니는 최진성의 후원금을 정중히 사양했다고 밝힌다. "鼓
手"(1945. 11. 13~11. 27, 13회)에서 문경은 학도대에서 총을 들고 활동
하는 남동생이 제시한 문서, 격문, 삐라를 보고 해방 직후의 상황이 복잡
하게 돌아가는 것을 알게 된다. 최진성의 이름이 들어 있는 선언문을 통
해 최진성이 조선건국준비위원회와 반대되는 단체를 만들고 있음을 파악
하게 된다. 경희는 이복동생 경선이의 가정교사인 무경에게 지나친 관심
을 갖는다. "무엇을 할 것인가"(1945. 11. 28~12. 12, 15회)는 김지원이
학병반대 격문을 뿌린 죄로 1943년 말에 서대문형무소에 들어가 한방에
있는 거물급 공산주의자인 장사우로부터 공산주의를 배우게 되는 과정을

보여준다. 장사우는 결핵성 폐렴으로 옥사하고 김지원은 1945년 8월 16일에 출옥하였으나 장질부사에 걸려 대학병원 격리병사에 입원한다. 감옥에 있을 때 통방하여 알게 된 황성묵(黃性默)으로부터 문병 오겠다고 연락한다. 김지원의 동지로 옥사한 이창현의 모친의 방문을 받는다. "北緯三十八度"(1945. 12. 13~12. 29, 15회)는 무경이 수소문하여 알아낸 병실을 문경이 찾아가 만난 지원을 애인이기보다는 사상적 지도자요 인도자로 인식하게 되는 과정을 보여준다. 지원은 원산에서 올라온 동생 형원이 해방이 되니 소작인들의 행패가 심해졌다고 하자 소작인 편을 든다. "戰列 엽헤서"(1945. 12. 31~1946. 1. 17, 14회)는 황성묵→김지원→박문경과 같은 지도체계가 성립되었음을 보여준다. 박문경은 김지원의 지시에 따라 이창현의 누이동생 정현과 동지로 지내는 것을 감수한다. 세 남녀는 외출하여 종로에서 조선공산당 지지 행렬을 보며 흥분한다. 감격하여 소리 지르는 누이 문경이를 무경이가 말린다. "永遠한 批判者"(1946. 1. 19~2. 2, 13회)에서 이경히의 남편 김광호는 장인인 친일 자본가 이신국의 대한공화당 조직 활동에 반감을 품으면서도 방적공장 파업 해결의 명령을 받는 이중적 태도를 취한다. "여름밤의 꿈"(1946. 2. 5~1946. 3. 5, 18회)은 연재 기간과 연재 횟수의 차이가 커 연재가 순조롭지 못했음을 알게 한다. 이경히는 박무경과 자기 방에서 집안 식구들 몰래 성관계를 가진 후 더 이상은 안 된다고 다짐한다. 군정 고문관인 오빠 이경철의 부인으로부터 미군 장교 다섯 명을 초대한 자리에 와달라는 부탁을 받는다. "旗빨밋흐로"(1946. 3. 7~1946. 3. 27, 13회)에서 어디론가 사라져버린 김지원은 정현을 통해 문경에게 행동 지령을 내린다. 인민공화국을 지지하는 문경과 아버지가 몸담았던 임시정부 쪽을 지지하는 무경은 논쟁을 벌인다.[61] "一步退却 二步前進"(1946. 3. 28~4. 28, 16회)도 연재가 순조롭지

---

61) 김남식, 『남로당연구 1』, 돌베개, 1984, pp. 46~50.
　　건국준비위원회는 1945년 9월 6일 전국인민대표자대회를 열어 조선인민공화국을 선포

못했던 경우가 된다. 영등포 방면 가도에서 만난 김지원에게 박문경은 노동조합에서 일할 수 있게 해달라는 부탁을 한다. 지원은 소개장을 써주면서 문경을 동무라고 부른다. 문경은 집에 와서 어머니에게 박헌영 예찬론을 늘어놓으며 이신국과 최진성을 비판한다. "城砦"(1946. 5. 4~1946. 6. 17, 15회)는 섬유노조 대표인 황성묵이 김지원 등을 앞에 놓고 노동운동 조직의 문제점과 투쟁 방법 등에 대해 지도하는 것을 서술하는 데 중점을 두었다. 문경은 제약공장 분회 결성을 돕도록 한다. 조선금속 노동조합 조직 담당자의 한 사람인 오성주는 아기가 경풍에 걸려 죽었음에도 침착성을 잃지 않는 태도를 보인다. 김남천은 좌익운동가의 비범성을 의도적으로 보여주었다. "日省錄"(1946. 6. 18~1946. 6. 28, 4회)은 박문경의 일성록을 소개하였다. 박문경은 김지원이 써준 소개장을 들고 찾아간 신당정의 신오숙의 지시를 받아 화학노조의 세일제약 분회 결성을 도우며 "세일뉴스"를 만드는 일에 종사하지만 여공들과는 거리감을 갖게 된다. 이러한 과정을 9월 20일부터 26일까지의 일기에 담고 있다. 소설은 여기서 성급하게 끝을 맺고 만다.

김지원은 경성제대 의학부를 1943년 9월에 졸업하여 이공학 계통은 군면제라는 원칙 아래 입대가 면제되었음에도 조선 학도 공유의 문제라는 인식 아래 지원병제도를 반대하는 격문을 작성하였다. 격문 사건이 일어나기 직전에 지원은 대홍콘체른에 다니고 있던 박문경과 데이트를 하며 슬며시 손을 잡는 식으로 애정 표시를 했으나 수줍음을 타는 문경이 끝내

하고 9월 14일에는 선언문과 강령을 발표하였다. 중앙인민위원회 55명 중 허헌·최용달·이강국·김일성·무정·김태준 등 공산계열이 38명을 차지하였다. 이승만·김구·여운형·신익희·조만식·김성수 등이 포함되었다. 주석 이승만, 내무부장 김구, 외교부장 김규식, 문교부장 김성수 등과 같이 짜여진 인민공화국의 부장 52명 중 38명이 공산당원이었다. 이처럼 인민공화국을 급조하여 미군정으로부터 국내의 유일 정부로 인정받고자 했으며 중경 임시정부 세력과 맞서고자 하였다. 여운형은 민족운동가로서의 명망은 높았지만 조직적 바탕이 튼튼한 박헌영과 손잡지 않을 수 없었다. 인공이 출현하자 10월 7일에 해체된 건국준비위원회는 지방에서 인민위원회로 대체되었다.

호응해주지 못한다. 박문경의 예상을 벗어나 김지원과 박문경 사이의 연인 관계는 여기서 끝나고 말았다. 그 후 격문 사건이 나고 지원의 소식은 끊기고 만다. 동래고녀 교사인 박문경은 8월 27일에 서울행 기차를 타고 명륜동 집으로 돌아와 학도대에 들어 적극 활동하는 남동생 무경이가 놓고 간 통신문, 선언서, 격문, 삐라를 하나하나 뒤지면서 수많은 정치단체가 백가쟁명하고 있는 현실을 알게 되며 불안해한다.[62]

최진성의 이름이 들어 있는 선언문에는 조선건국준비위원회에 반대하는 세력의 결성 의지가 드러나 있다. 백여 명의 지지자 속에는 대흥콘체른 사장 이신국, 그의 장남으로 미국과 영국 유학을 다녀와 군정 고문관으로 있는 이경철, 이신국의 사위로 토목기사에서 대흥산업의 중역이 된 김광호 등의 이름이 눈에 띈다.

해방 전 격문 사건이 벌어지기 직전에 만났다가 해방된 그해에 수소문하여 병원을 찾아온 박문경에게 김지원은 이미 애인이 아니라 지도자요 지령자로 나타난다. 김지원과 박문경의 새로운 관계 설정은 『1945년 8·15』의 중심 사건이 된다. 해방 전에 '가슴'으로 접근하던 수평적 관계가 해방을 맞아 하루아침에 '머리'가 이끌어가는 수직적 관계로 변해버리고 말았다. 지원은 문경에게 자기탈피, 자기개조, 자기비판의 필요성을

---

62) 김종범·김동운, 『해방전후의 조선진상』, 조선정경연구사, 1945(돌베개문고 5, 1984, pp. 52~53).
　"조선 정당 급 정치색채 단체가 졸지에 천문학적 숫자로써 격증한 이유에는 다음의 2대 원인을 거(擧)하여야 될 것이다. (1)하지 중장의 정당대표자 2인씩의 회견설 발표, (2)이승만 박사의 정당통일운동과 각 당 대표자 상대주의. 하지중장이 부임할 당시까지는 조선에 정당이라 칭할 만한 것이 5, 6개에 불과하였는데, 동중장(同中將)이 매주에 3차씩, 각 정당 대표 2인씩을 회견할 지(旨)를 발표한 후부터 기회주의자, 기타 불순분자, 야심가 들이 호기회가 도래하였다 생각하고 급속도로 간판 주문과 친지소집 명부와 선언강령에 착수하여 1개월 내외에 4, 50단체가 출현하였다 한다. 그러던 차에 이승만 박사가 환국하여 정당의 수다한 것을 유감히 사(思)하고 그 통일공작에 착수하는 동시에 제1차는 조선호텔에서, 제2차는 천도교당에서 각 정당을 중심으로 독립촉성 중앙협의회를 조직하게 됨에 야심가 대발호(大跋扈)의 호기가 재도(再到)하여 간판상, 인쇄업자, 음식점을 일층 번창하게 하고, 정당 급 유사단체가 난립을 보게 되어 4, 50개가 일약 근 100개로 되었다."

제시하면서 해방 전의 격문 사건 때만 하더라도 자긍심을 가졌으나 감옥에서 공산주의자를 지도자로 모시게 되면서 과거에 잘못 살았음을 깨닫게 되었다고 고백한다. 김지원의 입장에서 보면 감옥은 의식의 성장을 이룬 학교가 된 것이다. 최고 학문을 교육받은 영광과 은혜를 입었음에도 민족을 위한 책무를 다하지 못한 지식인들은 자기비판해야 한다고 했고 타력으로 해방될 날만 기다리며 일본에 은근히 협력한 조선 민족 전체도 반성해야 한다고 주장한다. 전문적 기술을 지닌 지식인으로 최고의 물질적 보상과 정신적 대우가 보장된 것을 뿌리치고 대승적이며 저항적인 지식인의 길을 걷게 된 지원은 자신의 장구한 시일 동안의 생활비와 학비가 같은 조선 사람의 고혈로 이루어진 점을 깨닫게 되었다고 하면서 조선 민족의 9할을 차지하는 농민과 노동자가 헐벗고 굶주리고 교육과 위생과 과학에서 소외되는 노예 생활을 하는지 몰랐다고 고백한다.

이러한상태를 그대로두고 자유는 무슨 자유요, 독립은 무슨 독립이요, 해방은 무슨 해방입니까. 이 모순은 해결 되어 저야 합니다 가튼 동포로 안자 민족이니 동포니 하는 수작은 염불처럼 되푸리하면서 멧퍼-센트도 안되는 소수의 동포가 이천수백만의 가튼 동포를 착취하고 억압하는 그런 동족 착취(同族搾取)의 비극적인 모순은 어찌하여 해결할 열성을 가지려안는것입니까. 이것이 민족을 사랑한다고 떠드는 민족주의자들의 하는소행이어야 됩니까. 이것이 조선을 사랑하고 대한을 위한다는 내쇼날파시스트들의 기만에 가득찬허위정책이아니라고볼수 잇습니까.[63]

이렇듯 김지원의 변화는 원한이나 상처로 얼룩진 개인 체험이 배제된 관념상의 변화요 인식론적 변화의 결과다. 만나지 못했던 몇 년 사이에

---

63) 『자유신문』, 1945. 12. 24.

지원이 사회주의자가 되었음을 알리는 말을 듣고 나자 박문경은 속으로 지원씨는 사랑의 대상이기보다는 지도자요 인도자라고 생각하게 된다. 박문경은 병든 애인을 만나러 갔다가 야심찬 사회주의 지도자를 만나게 된 것이다. 지원은 문병 온 동생 형원으로부터 고향 원산에서 해방을 맞은 소작인들 중 일부가 지주인 아버지 집에 쳐들어와 쌀을 내가고 여러 요구를 하며 행패를 부렸다는 말을 듣고 아버지 걱정은 하지 않고 지주와 소작인이 서로 원한과 적개심을 갖지 않고 살 수 있는 향촌이 되어야 한다고 제3자처럼 말한다.

회복 상태에 든 지원에게 두번째 찾아온 황성묵은 하룻밤 자고 가면서 "부르주아 민주주의 혁명단계론"[64]을 펼친다. 박문경을 이데올로기의 수

---

[64] 「현 정세와 우리의 임무」(1945년 9월 20일 조선공산당 중앙위원회의 「정치노선에 대한 결정」) (김남식, 『남로당 연구 2』(자료편), 돌베개, 1988)는 1. 현 정세, 2. 조선 혁명의 현 단계, 3. 조선 공산주의운동의 현상과 그 결점, 4. 우리의 당면 임무, 5. 혁명이 높은 단계로 전환하는 문제 등으로 구성되어 있다. 당시 조선공산당의 정치노선의 골자는 다음과 같이 정리된다.

"금일 조선은 부르주아 민주주의 혁명의 계단을 걸어가고 있나니 민족 완전독립과 토지문제의 혁명적 해결이 가장 중요하고 중심되는 과업으로 서 있다"(p. 22), "이러한 가장 중요한 과업 이외에 또한 몇 가지 중요한 것은 '언론·출판·집회·결사·가두행진·파업의 자유'의 권리를 완전히 얻어야 한다. 또한 '8시간 노동제의 실시'를 실행하여야 하며 '일반 근로대중 생활의 급진적 개선'을 위한 모든 시설과 수단을 실시하게 하기 위하여 투쟁하여야 한다"(p. 22), "노동자, 농민, 도시소시민과 인텔리겐챠는 조선혁명의 현 단계인 부르주아 민주주의 혁명의 동력이 되는 것이다. 그리고 이 혁명에 있어서 토지문제를 용감히 대담스럽게 혁명적으로 해결함으로써 광범한 농민계급을 자기의 동맹자로 전취하는 계급만이 혁명의 영도권을 잡을 수 있다. 곧 조선에 있어서 가장 혁명적인 조선 프롤레타리트만이 이 혁명의 영도자가 되는 것이다. 금일에 있어서 그들 노동자 농민은 혁명적으로 움직이고 있다. 동시에 다른 편으로 지주, 고리대금업자, 반동적 민족부르주아지는 어떠한 희생을 아끼지 않고서라도 종래의 친일적 태도를 감추고 새로운 캄푸라지(보호색)을 쓰고 나선다"(p. 23), "민족급진주의자, 민족개량주의자, 사회개량주의자(계급운동을 포기한 일파), 사회파시스트(일본제국주의자와 협력하는 변절자 일파)들은 '민주주의' '사회민주주의' 혹은 '공산주의'의 간판을 들고 나서고 있다. 문제는 그들이 과거 파벌운동을 그대로 연장하면서 노동자, 농민, 소부르주아지의 진보적 혁명적 대중운동의 선두에 나서고 지도자의 역할을 할 것이라는 것이다"(p. 23), "반동적 민족부르주아지 송진우와 김성수를 중심한 한국민주당은 지주와 자본계급의 이익을 대표한 반동적 정당이다"(p. 23), "가두층의 인텔리겐챠들은 민족적 사회적 개량주의의 영향으로부터 해방되어 혁명적 진영에로 인입되어야 한다. 문화연맹, 과학자동맹, 무신론자동맹, 작가동맹, 스포츠단 등 각종 문화단체가 결성되어 당의

신자로 두게 된 김지원은 황성묵을 중간 지도자로 삼는다. 황성묵은 33세로 진주가 고향이며 서울에서 증권회사 조사부에 근무하면서 공산주의 활동을 한 혐의로 검거되어 징역 8년을 언도받고 복역하던 중 김지원을 포섭할 수 있었다. 조선 혁명 현 단계가 민주주의 혁명의 계단이라는 주장, 프롤레타리아혁명의 계단이라는 주장, 두 가지가 병진한다는 주장 등이 있다고 하면서 현재의 혁명의 성질이 부르주아 민주주의 혁명이라는 것만이 정당하다고 주장한다. 이는 각 지방에서 범하고 있는 극좌적 편견과 과오를 비판하고 세워진 노선이라는 설명을 덧붙인다. 김지원은 일제 말기 격문 사건으로 서대문 감옥에 수감되어 있을 때 장사우, 황성묵 등과 같은 사회주의자를 만나게 되었다. 지원은 감옥 방방에 애국자, 평화 애호자, 조선민족구원자가 가득 찼다고 생각하고 이들을 위대한 영웅으로 부르기를 서슴치 않았다. 단순한 학병반대자를 사회주의자로 만든 장사우는 15년 동안 두 차례 망명한 후 국내에 잠입하여 영등포 공장 지대에 숨어서 군수공장을 중심으로 전쟁 반대와 사보타주 선동으로 83인과 함께 검거되어 옥살이하던 중 잔악한 고문을 받은 끝에 결핵성 폐렴으로 옥사하고 만다.

김지원과 박문경과 이정현은 종로에서 조선공산당 지지 행렬을 보고, "노동조합 경성협의회 결성준비위원회"의 깃발도 보고 적기가도 듣는다. 각종 회사와 공장에서 나온 남녀 노동자들이 "조선의 완전독립 만세" "토지문제의 혁명적 해결 만세" "언론·출판·결사·집회의 자유 만세" "일본

지도하에서 활동하여야 하며 당을 지지하고 협력하고 보조단체로서 활동하지 않으면 안 된다"(p. 29), "또한 우리 자체의 준비공작도 없이 폭동을 일으키려는 좌경이 있다. 이것도 또한 옳지 못한 것이니 폭동을 일으키려면 적어도 대중을 동원할 수 있는 조직과 옳은 전술이 나서야 한다. 이러한 모든 옳지 못한 좌경적 극좌적 기회주의적 경향을 극복 청산하고 우리의 옳은 노선을 실천하기에 모든 힘을 집중하여야 한다"(pp. 31~32), "어쨌든 조선의 객관적 정세(경제, 정치, 사회적)는 우리로 하여금 무조건하고 부르주아 민주주의 혁명의 제 과업의 수행을 강경히 요구하고 있는 것이요 조선에서는 프롤레타리아 혁명의 단계는 아직 오지 않고 있다는 것을 힘있게 주장한다"(p. 33).

제국주의 타도 만세"등의 표어들을 들고 다니며 외치는 소리도 듣는 다.[65] 1925년에 조선공산당이 결성되어 일제의 온갖 탄압을 무릅쓰고 해방을 맞아 조선인민공화국이 탄생했다고 하면서 사회자가 "최저 임금제를 결정하고 노동시간을 단축하자!" "몸에 해로운 노동시간은 여섯 시간제로 하자!" "노동임금에 잇서 민족 연령 남녀의 차별을 철폐하자!"[66] 등과 같은 10여 개의 당면 표어를 선창하면 노동자들이 복창한다. 「현 정세와 우리의 임무」에서 제시한 노동자들의 15가지 일상적 요구 중 7가지가 겹친다. 1945년 9월 20일에 발표한 조선공산당 중앙위원회의 「정치노선에 대한 결정」을 김남천 소설이 충실하게 반영하고 있다. "조선인민공화국 만세!" "조선공산당 만세!"를 모여 있는 사람들 모두가 미친 듯이 외치자 문경도 따라한다. 해방 직후 청량리 역에서 전재민을 보았을 때의 충격을 되새기면서, 전재민의 문제는 일시적인 구제사업이나 자선사업으로는 해결되지 않는다고 보면서 "결정적인 랏디칼한 개혁이 업시 이들의 가치와 인간성과 정당한 생활감정을 다시 차자올 방도는 업다"[67]고 생각하게 된다. 급진혁명의 필요성 요구를 중심으로 한 이러한 각성은 박문경이 사회주의권으로 빠져드는 신호가 된다. 박문경은 김지원에게 부녀동맹이나 모플 같은 데보다 노동조합에서 일할 수 있게 해달라고 부탁한다. 근로계급의 생활과 환경이 변혁되지 않는 한 독립도 해방도 소용없다고 한다. 이에 지원은 소개장을 써주고 신당동의 한 여성 당원을 찾아가라고

---

65) 위의 글, p. 26.
　　"일반 근로대중의 일상이익을 대표할 만한 당면의 표어와 요구조건을 일반적 정치적 요구조건과 연결하여 내걸고서 대중적 집회·시위운동을 전개함으로써 대중을 동원하며, 특히 미조직대중을 조직화하기에 노력하지 않으면 안 된다. 각각의 조선공산주의자들은 근로대중 특히 노동자와 농민대중에 접근하여 새로운 군중을 각성시키고 그들을 당과 당의 보조단체로 끌어들이며, 민족개량주의, 사회개량주의의 영향으로부터 일반대중을 우리 편으로 전취하고 토지와 완전독립을 위한 전국적 투쟁에 전 인민을 동원하여야 한다."
66) 『자유신문』, 1946. 1. 16
67) 『자유신문』, 1946. 4. 7.

하면서 나를 버리고 일 중심으로 생각하고 옳은 방향으로 옳은 일을 위해 나 자신을 죽이고 자기발견·자기발전을 꾀하라고 가르친다.

『1945년 8·15』는 넓게는 공산주의 좁게는 박헌영주의에 사상적 입지를 두었다. 박문경은 공산당에 들려고 하는 네가 잘못이라고 하는 어머니에게 박헌영 예찬론으로 맞선다. 공산당 결성, 소련 망명, 국내 잠입 후 공산당 활동, 감옥살이, 감옥에서의 광인 행세, 잔혹한 고문, 병보석, 사라짐, 공산주의 활동 뒷조종설, 해방 직후 광주 벽돌공장에서의 출현 등으로 꾸며진 박헌영의 이력을 들려주며 이신국과 최진성이 임시정부를 지지하며 대한공화당을 창립한 것을 비난한다. 박헌영을 추종하는 김지원과 박문경은 임정파를 타자화한 셈이 된다.

이 소설의 맨 끝부분인 "일성록"은 박문경이 세일제약회사의 분회에서 세일뉴스를 만드는 일을 중심으로 하여 활동하는 모습을 구체적으로 그려내고 있거니와 바로 앞부분인 "성채"에서는 섬유노조 대표인 황성묵이 김지원을 포함한 세 명의 조직책을 앞에 두고 노동운동의 현황과 문제점을 제시하는 장면으로 채워놓았다. 물론 다른 부분에서는 초점화자보다 나이가 많거나 존경하는 인물이면 장사우씨, 김광호씨, 김지원씨 하는 식으로 부르기는 하지만 황성묵은 처음부터 끝까지 황성묵씨로 호명된다. 이는 작가가 실제 생활 속에서 공산당 지도자에 대해 품고 있는 존경심을 그대로 드러낸 것이라고 하겠다. 동양제강 영등포 공장 선반공 출신으로 김지원과 함께 노동운동을 하는 오성주란 인물에게도 "오성주라는 분네"와 같은 호칭을 쓰고 있다. 이러한 호칭 방법은 현대소설이 배격하는 것 중의 하나다. 황성묵이 노동운동의 현황과 문제점을 보고하는 대목은 "성채"의 5회(1946. 5. 10)에서 9회(1946. 5. 27)까지에 걸쳐 있을 정도로 장황하다. 이 부분은 이 소설을 관념소설이요 이데올로기소설로 규정하게 하는 결정적 근거가 된다. 황성묵은 방적공장 조직 책임자와 피복공장 조직 책임자와 김지원을 앞에 놓고 노동운동의 전국적인 조직문제, 노동운동 양상, 대홍방적 파업문제 등에 대해 보고한다. 조선과 같은 민족해방의 특수한 계단에 있어서 노동조합은 밑으로부터 조직하는 것과 위로부터 조직하는 것이 가장 옳다고 한다. 그래서 비상수단으로 조선노동조합 전국평의회 준비회[68]를 결성하기로 하여 10월 26일에 대표자회의를 소집하기로 했다고 전한다. 황성묵은 아직도 조선의 조합운동이 자연발생설을 극복하지 못한 점을 들면서 영등포의 노동운동이 극좌적 과오를 범한 점이 그 실례라고 하였다. 극좌적 경향은 공장 접수나 관리 과정에 나타났다고 하면서 연합국의 군대이며 우리를 해방하러 온 군대의 행정 기관인 미군정과 싸우는 대신 미군정이 올바르게 이해하도록 계몽하고 설명해야 한다고 가르친다. 황성묵이 노동운동 전체에 극좌적 경향의 극복을 요구한 것은 노동운동계가 투쟁이나 파괴만을 일삼는다는 통념을 넘어서겠다는 의미다. 황성묵은 대홍 재벌에 대해 언급하며 그 정치적 음모와 과거의 죄악을 연결시켜 근로자들과 일반 시민에게 알려야 한다고 했다.

---

68) 김남식, 『남로당연구 1』, 돌베개, 1984, pp. 63~67.
　　"조선공산당은 노동자를 조직 동원하기 위해 조선노동조합 전국평의회(全評)를 결성했다"(p.63), "해방 후 전국 각 지역에서는 산업별로 노동조합이 조직되었다. 각 공장에는 분회가 결성되었으며 시일이 경과함에 따라 조직 규모가 확대, 발전했기 때문에 이러한 산업별 노조를 통일적으로 지도하기 위한 중앙집권적 조직의 필요성을 낳았던 것이다"(p.64), "전평 결성대회는 1945년 11월 5~6일 이틀 동안 서울 중앙극장에서 남북 40여 개 지방 50여만 명의 노동자 대표 505명이 참가한 가운데 상오 11시에 개회되었다." "대의원석의 긴급 동의로 먼저 4개항의 결의를 채택했다. 1. 이 회의를 가져오게 한 조선 무산계급의 수령이요, 애국자인 박헌영 동무에게 감사의 메시지를 보낼 것, 2. 소·미·중·영 등 연합국 노동자 대중에게 감사의 메시지를 보낼 것, 3. 조선 무산계급 운동의 교란자 이영 일파를 단호히 박멸할 것, 4. 조선 민족통일운동전선에 대한 박헌영 동무의 노선을 절대지지할 것"(p. 65), "박헌영은 김삼룡이 대독한 축사에서 1. 일제 잔재 세력을 완전 구축하고 2. 친일파, 민족반역자 세력을 근절하기 위한 투쟁의 강화와 동시에 3. 진보적 민주주의 사회 건설의 기초가 되는 경제부흥과 새 건설임무를 수행함으로써 전 국민의 생활을 개선하는 일에 앞장서 달라고 당부했다"(p. 66), "최저임금제 확립, 8시간 노동제 실시, 해고와 실업 절대 반대, 민족반역자 및 친일파의 일체 기업을 공장위원회(관리위원회)에서 보관, 관리, 언론 집회 출판 결사 파업 시위의 절대 자유, 조선인민공화국지지 등과 같은 14개 항의 강령을 채택했다"(pp. 66~67).

다른 사람과의 논쟁은 한 개인의 태도나 이념을 잘 드러내는 계기가 된다. 학도대에서 탈퇴하여 한가하게 명수대 김광호 집에 있던 무경은 집에 돌아와 문경과 논쟁을 벌린다. 무경은 특정 사상을 연구하는 태도는 이념 분자가 되는 것과 이론가가 되는 것으로 가를 수 있다고 하면서 누나는 전자의 태도를, 자신은 후자의 태도를 지니고 있다고 하였다. 그러자 문경은 자신은 마르크스주의나 공산주의에 대해 선입견 없이 학문적 양심을 가지고 접근하고 있는 데 반해 동생은 일본 사람들의 악선전을 그대로 따르고 있다고 반박한다. 무경의 아버지가 속한 임시정부와 그 국내 세력을 지지하고 그에 반대하는 인민공화국과 공산당 세력을 반대한다고 하자 문경은 가족적 혈통이 이론 형성의 절대 전제가 되는 것을 반대한다고 하였다. 아버지는 아버지고 네 자신의 건국구상을 가졌으면 좋겠다고 하면서 문경은 오늘날 가장 큰 문제는 조선과 3천만 민족을 구하는 길을 찾는 데 있다고 하였다.

나는 임시정부반대를 섭섭히 생각한다. 그러나 임시정부절대지지만으로 한목을 차지할려는 정당이나 정객을 더욱 미워하고 경멸한다. 이것은 조선을 살릴 경륜이 업다는것, 성의가 업다는것, 애정이 업다는것을 무엇보다도 여실히 증명하는거라고 생각하기 때문이다. 그러한 분자들이 과거 일본 압제시대엔 아무런 혁명운동도 반대투쟁도 하지 안혼 자들인것이 나는 더욱 유쾌롭지 안타. [69]

문경과 무경 남매의 아버지 박일산은 평양 출신으로 대성학교 수학 후 기미년 때 경성전수학교의 만세운동 주도 혐의로 3년 징역을 살고 나와 다시 폭탄 사건에 연루되어 중국으로 망명하여 계속 독립운동을 하다가

---

69) 『자유신문』, 1946. 3. 27.

해방을 맞아 귀국한다는 소문이 도는 것으로 그려져 있다. 사실상 박일산은 소설이 끝날 때까지 소문의 형식으로 존재하고 있다. 박일산과 감옥에 같이 간 동지였던 최진성은 전향하여 많은 재산을 모았으나 망명 간 사상범의 가족을 도왔다는 혐의를 받을까 봐 박일산 가족을 냉대하다가 박일산의 귀국 소식이 전해지자 황급하게 문경의 어머니에게 금일봉을 전하려 한다. 문경의 어머니는 정중히 사절한다. 문경의 어머니는 20여 년 동안 병원 간호부로 일하여 아들딸을 대학공부까지 시켰다. 박일산의 귀국 소식은 최진성과 대흥콘체른 사장 이신국에게 큰 영향을 주긴 했지만 정작 박일산은 끝까지 현신하지 않는다. 미군정이 실시되고 아들이 미군정 고문관이 되었음에도 이신국은 신변문제를 해결하기 위해 최진성과 함께 임시정부 지지의 간판을 내걸고 대한공화당을 차린다. 사위인 김광호는 이경히의 사회활동도 반대했지만 장인의 정당 결성도 반대한다. 장인 이신국과 사위 김광호의 갈등은 주목해야 할 사건의 하나다. 김광호는 장인에게 은근히 과거 반성을 요구하였기 때문이다. 해방을 맞자 김광호는 재빨리 정세를 파악하여 이신국의 대흥콘체른은 일제 때 군수산업으로 민족의 원한과 고혈 위에서 이루어진 것인 만큼 해방을 맞은 이 시점에서는 대흥의 기구와 시설과 경영권을 국가에 헌납하고 적당한 때에 물러나야 한다고 노골적으로 제언한다. 알아서 하겠다고 하더니 장인 이신국은 임시정부 환영위원회를 만들고 대한공화당을 창당하는 것으로 위기를 돌파하려 한다. 김광호는 임시정부 지지라는 대한공화당의 강령은 결국 좌익세력을 꺾기 위한 방책에 불과하여 정권욕의 표출이라는 의미밖에 없다고 주장한다. 이경히는 김광호에게 돌아가신 형을 닮아 공산주의자가 된 것이 아니냐고 비아냥거린다. 그러나 김광호의 이러한 불만은 공장 관리권을 달라는 방적공장 직공 파업을 해결하라는 장인의 명령을 충실히 이행하는 것에 파묻히고 만다.

이신국, 김광호, 이경히 등이 등장했던 『사랑의 수족관』(『조선일보』,

1939. 8. 1~1940. 3. 3)의 중심 사건은 경도제대 출신으로 토목기사인 김광호와 대흥 재벌 사장 이신국의 딸 이경희의 사랑, 김광호의 만주 전근, 이경희의 탁아소 설립 계획 등으로 비교적 단순하게 설정되어 있다. 이경희는 대흥상사, 대흥광업, 대흥공장 등의 주식을 근거로 하여 또 아버지로부터 거액의 돈을 받아 직업부인들을 위해 탁아소를 세울 계획을 구체적으로 추진한다. 사회주의자인 형으로부터 많은 영향을 받긴 했지만 자신은 사회주의자도 니힐리스트도 아닌 기술주의자라고 한 김광호는 김남천이 제시한 제3의 길을 모색한 인물이 된다.[70] 『사랑의 수족관』에서는 당시 조선 사회를 위해 필요한 사업가로 그려진 이신국은 이 소설에서는 해방을 맞아 자기보신하기 위해 임시정부 지지를 내세운 정당을 만드는 반민족적인 기업가로 변질되고, 이경희는 세상을 떠들썩하게 했던 자선사업을 접고는 가정에 파묻혀 있으면서 병적인 사고와 행위를 보이는 존재로 그려져 있고, 김광호는 장인의 정치적 선택을 비판하면서도 직장의 파업문제를 해결하는 데 힘쓰는 이중인격자로 형상화되어 있다. 일단 주요인물이 동일한 이름과 성격을 지니고 등장한 점에서 해방 직후 발표작인 『1945년 8·15』는 해방 전 1930년대 말의 작품이었던 『사랑의 수족관』과 연작소설이라는 관계로 묶이게 된다. 『사랑의 수족관』에서 새로운 시대의 길을 열어줄 것으로 기대되었던 이신국, 김광호, 이경희는 이 소설에 와서 타락한 친일파 가족이며 부르주아 가족으로 변질되고 만다. 이경희를 이복 남동생 경선의 가정교사이기도 한 박무경을 유혹하여 성관계를 맺는 존재로 그린 것은 김남천이 자본가 계급과 우익 청년의 타락을 부각시킨 것이라고 하겠다.[71] 김지원과 박문경이 국가 건설에 기여한다

---

70) 조남현, 『한국 현대소설사 2』, 문학과지성사, 2012, pp. 383~85.
71) 홍효민, 「文學界」, 『1947년판 예술연감』, 예술신문사, 1947, pp. 7~8.
    "小說은 長篇으로는 解放直後 第一 먼저나온 『自由新聞』에 『八·一五』라는 金南天氏의 것이 실리었었는데 그内容은 일제시대부터 八·一五를前後하야 이러난 錯綜된事件이 실로히 실꾸림이 풀리듯하였으나 專門校學生이 有夫女를 姦通하는것이있어 若干 非難을 받았고"

는 명분으로 노동운동을 추진하기 위해 애인 관계까지 포기한 것과 대조적이다. 황성묵이 김지원을 계몽하고 김지원이 박문경을 의식화시키고 문경과 무경이 사상토론하는 과정을 비중 있게 중계한 점에서 논설체소설이요 관념소설이요, 공산주의자의 범위에 드는 인물들을 주요인물로 등장시킨 점에서 공산주의 성전소설이며 정치소설이라고 할 수 있다. 미완의 상태로 성급하게 끝낸 점, 중간중간 박문경의 걱정과 공상을 다소 길게 처리한 점, 박문경과 이정현의 사이를 불필요하게 과다 서술한 점 등은 이완된 구성을 빚어내기에 이르렀다.

(3) 노동자소설과 좌익이념소설의 주류 지향(「인경아 울어라」「해방 전후」)

이동규의 「小春」(『우리문학』, 1946. 2)은 해방 직후 제약회사에서 최명진 노동조합위원장에 의해 19세인 여공 대표 금순이 의식화되면서 조금씩 이성으로 가까워지고 있는 과정을 그렸다. 금순을 포함한 제약회사 직공들은 크게는 새로운 시대에 대한 지식을 얻게 된 것과 작게는 노동 조건 개선 투쟁을 할 수 있게 된 것은 최명진의 덕분이라고 생각한다. 일제 때의 주의자의 후배로 활동하고 있는 최명진은 회사 측으로부터 요구조건을 다 들어주겠다는 약속을 받아내는 데 성공한다. 개선된 여건 아래서 일하고 행복하게 여가를 즐기는 소련 노동자들을 그린 『소련 노동자의 생활』을 최명진의 권유로 읽은 공장 노동자들은 소련을 모델로 한 건국 방법을 이상적으로 생각하게 된다. 특히 금순은 당장 정당 사람들을 붙잡고 자신의 포부를 털어놓고 싶어한다. 명진이 건국 과정에서 개인적 야심이나 이익을 버려야 한다고 하자 금순은 조합을 지켜야 하고 한 사람이라도 더 많이 각성해야 한다고 호응한다.

홍구의 「소성어머니」(『인민』, 1946. 1)는 해방 전에 제사공장 여공으로 일하다가 감옥에 갔다 온 후 행방불명된 딸과 의용군으로 중국에 간 아들을 기다리던 어머니가 해방을 맞아 남녀 청년동맹의 환영을 받으며 돌아온 큰딸과 재회의 감격을 나눈다는 이야기이다. 소성어머니는 딸이 건국 사업에서 크게 활약할 것으로 기대한다.

홍구의 「柘榴」(『신문학』, 1946. 6)는 석류알의 비유성에 힘입어 단합된 투쟁정신을 강조하였다. 해방이 되자 일본인 주인 영도가 인쇄소를 조선 사람에게 판다는 소문을 들은 조선인 노동자들은 대응책을 마련한다. 집에 찾아온 노동자들로부터 자치위원회가 인쇄소를 경영하겠다는 주장을 들은 영도는 3개월분 수당 13만 원을 내놓는다. 성필은 이 돈을 138명 종업원에게 고루 분배하고 남은 돈 2만 원은 징용 간 수성을 위해 쓰기로 한다. 징용 가던 날 수성이는 석류같이 꼭 싸였다가 기회가 되면 석류알같이 힘 있게 뛰어 나오자고 말했으나 끝내 돌아오지 못하였다.

김송(金松)[72]의 「인경아 우러라」(『백민』, 1946. 3)는 작품 말미에 「만세」(『백민』, 1945. 12)와 「무기없는 민족」(『백민』, 1946. 1)의 속편이라는 부기를 달아놓았다. 일단 객관적인 토론 형식을 취하여 당대 정치 상황에 대한 역사 서술과 논설을 수용하였다. "포악무도한 일본군에 대한 증오의 시위행렬은 종로네거리에서 그만 그놈들의 발포로 인하야 사상자를 내이고 흩어졌다. 데모의 앞잡이로 섯든 신행은 다리에 총알을 맞아 부상당하고 헌병한테 잡히여갔다"[73]와 같이 일본군을 향한 분노를 노골적으로 표시하는 것으로 시작한다. 징용 갔다가 돌아온 강신행은 해방이 되었는데도 9월 9일 미군이 들어와 무장해제할 때까지 일본군의 총격과 그로 인한 사상자의 발생을 놓치지 않고 지적한다. 일본군대에 대해 "발악을 썼다" "교만방자한 일본군" "왜적의 괴수" "착취기관" 등과 같은 적개심 어린 표현을 꾀하였다. 강신행은 비록 노동자의 신분이기는 하지만 건국

---

72) 함경남도 함주에서 출생(1909), 일본대학 예술과에서 희곡문학 전공(1928), 희곡을 쓰면서 소극장 운동 전개(1930), 귀향하여 많은 희곡 발표(1934), 서울로 이주하여 소설과 희곡 창작 활동(1939), 『백민』 주간(1945~1950), 『자유문학』 주간(1957~1959)(김송 『족보』, 세종문화사, 1980, pp.483~85).
73) 『백민』, 1946. 3, p. 40.

사업에 참여하기 위해 우선 열심히 한글을 깨우치고 조선 역사를 배운다. 작가는 이 과정에서 조선어학회 학자들이 진정한 애국자라고 주장하고 한글을 창제한 세종대왕의 위대함을 기리고 단군에서 이순신 장군으로 이어진 애국심의 역사를 경이의 시선으로 접하게 만든다. 쇼비니즘의 의도적 채택은 당시의 현실을 균형 있게 바라보게 하는 효과를 지닌다고 작가는 믿고 있다. 강신행은 한생원 아들 필복의 뒤를 따라 일선인쇄소 직공이 되어 대한인쇄소로 개명하고 자치위원회를 만들어 사주와 타협하여 요구 조건을 거의 다 성사시키긴 하지만 자치위원회가 반목의 기운으로 빠지고 있다고 본다.

작가 김송은 동시대를 여러 측면의 대립이 중첩된 형상으로 서술한다. 이승만 박사의 단합론과 조선독립촉성협의회를 둘러싼 찬반운동, 친일파와 민족반역자에 대한 소탕 우선론과 정부 수립 후 해결론의 대치, 임시정부파와 인공파의 대립 등이 중첩된 것으로 파악한다. 신행은 임시정부의 환영 행사라면 공장을 쉬면서까지 참가할 정도로 열렬한 임시정부파였다. 대한인쇄소 직공들도 임정파와 인공파로 갈라진다. 신행은 임시정부를 떠받들고 필복은 인민공화국을 지지한다. 무산계급을 대표하는 공산당이 지지하는 인공을 무산자인 네가 왜 싫다고 하는 거냐 하고 필복이 윽박지르면 신행은 5천 년 역사와 문화를 지닌 민족이 공산주의 국가를 종주국으로 삼는 것은 부당하다고 맞선다. 필복이 세계 각국 노동자들은 민족이니 민족주의니 하는 달콤한 미명 아래 착취를 당해왔다고 주장하자 신행은 임시정부의 정강은, 공장은 국영으로 하고 농토는 농민에게 주는 것으로 되어 있어 공산당과 다르지 않다고 하고 임시정부는 일본 제국주의자들처럼 유산계급을 옹호할 것 같지 않다고 반론을 편다. 필복이 세계 노동자들이 소련을 조국이라고 생각할 정도로 소련은 모든 시설과 제도가 노동자 본위로 되어 있다고 주장하면서 신행에게 안목을 넓혀야 한다고 하자 신행은 우리 조선이 민족적으로 어느 정도 발전을 본 다음에야 민중의 요구에 따라 적합한 사회를 이루는 것이지 지금 당장 공산제도를 고집하는 것은 쌀밥을 먹는 우리에게 빵만 먹고 살라는 것과 같이 생소한 것이라고 응수한다. 소설이 끝 대목으로 접어들면서 작가 김송은 신탁통치의 문제로 방향을 잡는다. 12월 28일 거리거리에는 "신탁관리 절대반대"라는 벽보가 붙었고 삐라가 돌아다닌다. 앞부분에서는 여러 측면의 대립구도를 제시했던 태도와는 달리 이 대목에서는 신탁이냐 반탁이냐 하는 토론 장면은 설정하지 않고 백만 시민이 보신각 앞에 모여 신탁통치 결정을 규탄하는 대회를 여는 식으로 반탁의 분위기가 압도하고 있다고 묘사하였다. 신행은 보신각 창살을 뜯고 그 속으로 들어가 인경을 사정없이 두드린다.

인경은 해방된 八月十五일에 한번울었고 오늘이 두 번째의 울음이다. 최초의울음은 기쁨의 울음이요, 지금의 울음은 슳음의 울음이다. "오! 얼마나 모순된 울음이냐! 인경아 울어라—" 신행은 고함치며 인경과 같이 울었다. "내 나라를 찾자!" "신탁통치 반대다!" 군중은 와—하고 몰여서서 "신탁통치 절대 반대다!" "조선 완전독립만세!"라고 고창하며 시위행열은 시작되었다. 데모는마치 탕크처럼 안국정을돌아 군정청앞으로 향한 것이다.[74]

징용을 다녀오고 인쇄소 직공으로 노동운동을 하는 강신행을 프로타고니스트로 설정하여 해방 직후의 정치 상황에 대해 종합적 시각을 취하는 것으로 출발했으나 임시정부를 지지하고 신탁통치를 반대하는 쪽으로 기울어진다.[75]

---

74) 위의 책, p. 17.
75) 「막사과(莫斯科) 3국외상회의의 조선에 관한 결정」(1945년 12월 28일 발표) (『해방전후회고』, 광주부, 1946), (돌베개, 1984).
    (1) "조선민주주의 임시정부를 수립하여 이로써 조선의 산업, 교통, 농업의 발전과 민족

구경서의 「曲」(『백맥』, 1946. 1)의 주인공은 해방 직후에 공장이 해산되는 조치를 겪은 존재로, 징용을 피해 조선의 지식계급이 공장에 많이 유입된 탓인지 당시 공장 노동자들의 의식수준이 높았으며 비상시를 맞아 이념분자로 쉽게 전화되는 경향이 있다고 해석한다.

즉 우리들이 이 공장을 관리하면 공산주의가 되느냐 그렇지않으면 민주주의가 되느냐? 공이냐? 민이냐? 일견 예전부터 무슨 주의자였든 모양처럼 떠들고 있다. 한 정객자나 된것처럼 몬로—주의냐 맑스주의냐 하며 나로서는 도대체리해하지 못할 문자를 쓰고 있다.[76]

해방 직후에 경영권 쟁취투쟁이든 노동 조건 개선 요구든 공장 노동자들의 투쟁이 고조된 이면에는 해방 직전의 지식인들의 과다한 공장 취업이 한 요인으로 작용했다고 한 것은 흥미로운 지적이다.

의 문화적 향상을 도모케 할 것이다"라는 요지의 제1조와 "조선에 임시정부수립을 실현하며 이에 대한 방침을 강구하기 위하여 남조선에 미군사령부 대표와 북조선에 소련군사령부 대표로서 공동위원회를 설치한다"는 요지의 제2조에 이어 제3조는 "공동위원회는 조선민주주의 임시정부를 독립국가로 완성시키는 데 사명이 있다"고 하면서 "공동위원회의 제안은 조선임시정부와 타협한 후 미·소·영·중 정부에 제출하여 최고 5년간의 4개국 조선 신탁통치에 관한 협정을 할 것이다"와 같이 밝혔다. 제4조는 "미소 양국 조선주둔군 사령관 대표는 2주일 이내에 회합하여 남북조선에 공동된 긴급문제와 행정 경제 방면에 영구적 조정 방침을 강구할 것이다"라고 하였다. (pp. 75~76)

(2) 임시부 김구주석과 조소앙 외무부장 명의로 12월 30일 4개국 원수에게 반탁 전문을 보냈고, 인민당과 한민당도 반탁 결의문을 채택했다. 탁치반대 국민총동원위원회의 작정위원 9인(김구, 조소앙, 김약산, 유림, 김규식, 신익희, 김명준, 엄항섭, 최동오) 명의로 신탁통치 반대 국민 총동원위원회를 결성(12월 29일)했고, 이승만 박사도 반탁 담화를 냈다. 하지 중장은 12월 30일 방송에서 3국 공동성명을 자세히 보면 조선인의 의사를 무시하고 신탁통치하겠다고 한 것은 아니라고 하였다. 앞으로 조선문제를 토의할 때 '신탁'이라는 말을 쓰지 않도록 전력을 다하겠다고 하였다. 조선공산당은 1946년 1월 2일에 찬탁 성명을 내었고 박헌영은 1월 6일 지지성명을 냈다. (pp. 100~07)

76) 『백맥』, 1946. 1, p. 7.

김영석(金永錫)[77]의 「地下로 뚫린길」(『협동』, 1946. 10)은 공장이 아닌 나라를 위해 투쟁하는 노동자를 내세웠다. 형은 징용 나가 낙반하여 죽고 아버지는 위독한 상황인 기주는 선반공으로 일하며 최종우를 지도자로 모셔 지식을 쌓는 일을 게을리하지 않는다. 기주는 부친의 위독 소식을 듣고 의사를 데리고 가다가 시비를 거는 몇 놈을 논두렁에 처박은 것 때문에 순사와 면서기로부터 안성군 특별근로보국대에 나가라는 통보를 받았다. 비행장 닦는 일을 하는 안성군 보국대와 이천군 보국대는 조선인 반장과 일본인 십장의 횡포에 시달린다. 기주는 종우에게 계속 편지를 보내면서 베를린 함락, 히틀러 사망 등의 기사를 접하고 일본 패망이 가까웠음을 예감한다. 마침내 기주는 보국대를 탈출하여 경성의 중앙시장에서 잡일을 하던 도중 공습경보 사이렌이 울려 지하도로 들어가다가 우연히 최종우를 만난다. 이튿날 학생을 포함해 세 사람은 청진행 기차를 탄다. 원래 종우는 서울의 경찰서와 은행 등을 폭파할 계획을 지니고 있었다. 기주는 종우의 말이 허황하다고 느끼면서도 자신의 의지박약과 경험 부족을 자책한다. 그러고는 "이 길이 어둡고 험한 지하(地下)로 뚫린것이 두려운게 아니었다. 단지기주는 자기가 벌거숭이처럼 무지무식한게 두려웠다"[78]는 식으로 생각을 돌린다. 기주가 적극 투쟁하는 모습은 잘 그려져 있으나 투쟁의 이유는 구체적으로 제시되어 있지 않다.

　김영석의 「暴風」(『문학』, 1946. 11)은 해방 후 군정청에서 관리하는 일본인 소유의 애국화방공장을 공간 배경으로 삼은 노동자지지소설이다. 그 공장에서는 3백 명의 여공과 80명의 남자 직공이 일하고 있다. 남녀 직공들은 분회를 조직하여 두 시간씩 교양시간을 정해 세 등급으로 나누

---

77) 김영석은 「비둘기의 유혹」(『동아일보』, 1938. 11. 25~12. 6)으로 등단하여 해방될 때까지 8편을 발표하였으나 대부분의 작품이 주목을 받지 못하였다. 해방 후 월북 전까지 근 10편의 작품들은 거의 모두 1946년에 발표되었다. 김영석은 해방 후 작품의 질량 양면에서 발전을 이룩한 작가의 경우가 된다.

78) 『협동』, 1946. 10, p. 147.

어 한글부터 자본주의 비판론까지 배운다. 분회원들을 기회만 되면 내쫓으려 하고 여공들을 희롱하기 좋아하는 공장장은 교양시간을 없애라고, 또 대한독립노동총연맹에 가입하라고 압력을 넣는다. 이 소설의 내레이터는 "모욕과 압제를 물리치려는 자유, 악독한 놈들과 싸울 자유를 갖일 수 있는것이 민주주의(民主主義)의 원측(原則)이 아닌가……" "목공(木工) 황수일(黃壽日)이 공장장의 개노릇을 했다", "그러는 동안 「대한 독닙노동총연맹」이라는 민족반역자들이 꾸며낸 엉뚱한 음모(陰謀)가 이 공장에도 손을 내뻗었든것이다"[79]같이 노골적으로 노동자 편을 들고 있다. 단옷날 한 시간 일찍 작업을 끝냈다는 이유로 공장 측이 한 시간 작업 변경 방침을 내린 것에 대해 또 여공들을 농락한 것에 대해 분회는 교양반 재건, 작업 시간 연장 반대, 대한노동총연맹 타도 등과 같은 요구 조건을 명시한 벽신문을 내건다. 분회 대표와 공장장 측의 타협이 이루어지지 않자 계속 투쟁할 것을 지시한 분회 대표들은 경관에게 체포된다. 그 후 위원장과 부위원장의 석방을 요구하는 투쟁을 벌이다 연사공인 두영도 경관에게 끌려가는 것과 같이 노동자의 패배로 소설은 끝났지만 작가는 이러한 1차적인 패배는 2차적인 투쟁의 신호라고 믿고 있다. 「폭풍」의 분회 대표들은 「지하로 뚫린 길」의 기주가 현신한 듯하다. 김영석은 부자들만 모인 대한대중당 간부 겸 의사의 꼬임에 넘어가 월급쟁이의 아내가 산파소를 냈으나 망하고 말았다는 「금전문답」(『협동』, 1946. 8)을 발표한 바 있다.

이근영[80]의 「장날」(『인민평론』, 1946. 3)은 해방이 되자 무식한 노동자가 바라는 대로 건국사업이 잘될 것이라고 낙관하는 분위기를 드러낸다. 판술은 구주 탄광으로 징용 간 지 1년 7개월 만에 작부 화실이를 데리고

79) 『문학』, 1946. 11, p. 112.

80) 이근영은 「금송아지」(『신가정』, 1935. 10)로 등단한 이래 「농우」(『신동아』, 1936. 6), 「고향사람들」(『문장』, 1941. 2) 등 근 15편의 소설을 발표했는데 대개 농민소설이었다. 해방 후 월북할 때까지 5편을 발표했는데 마지막 발표작인 대학 캠퍼스 배경의 좌우 지식인소설 「탁류 속을 가는 박교수」가 네 편의 농민소설보다 더욱 고평을 받았다.

나가사키에서 밀선을 타고 여수에서 내린다. 일본인과 일본 군인은 슬퍼 보이고 조선 사람은 씩씩하고 희망찬 얼굴로 묘사된다. 길을 가던 중 어떤 젊은이가 계급의식을 강조하며 독립국가의 필요성을 연설하는 것을 감명 깊게 듣고는 고향의 여러 사람들 앞에서 판술은 우리가 잘살려는 것을 방해하는 놈은 가만두지 않겠다고 복창한다. 판술은 전재민구제단체에 참여하여 돈을 걷으러 다니면서 화실이와 정식으로 결혼한다.

건국사업이 잘될 것이라고 낙관하는 분위기는 「고구마」(『신문학』, 1946. 6)에서도 반복되었다. 6남매를 둔 박도수 노인은 둘째 아들 성락이가 징용 간 것을 기다리면서 맛 좋고 수확이 좋다는 오키나와 종자를 구해 고구마를 심어 250가마니를 수확하여 70가마니를 저장한다. 군청 서기, 일본인 경영 농장 사무원, 관선 도회의원, 중추원 지방 참여의 경력을 거쳐 2천 석 넘는 지주가 된 강주사는 도조로 고구마 70가마니를 가져가 시설 좋은 곳에 보관하였다가 이듬해 팔아 10만 원 이상 폭리를 취한다. 이에 불만은 품은 박노인 아들들은 고구마 임자론을 펼친다. 강주사네 집에 불이 났을 때 박노인만이 불을 끄자 강주사가 박노인에게 술상을 차려주면 고맙다고 한다. 그런데 얼마 후 강주사가 여전히 백 가마니를 요구하자 박노인은 거절한다. 해방축하회는 친일파 제거, 친일파의 논밭 무상 몰수 무상분배, 과다한 도조 탕감 등의 혁신안을 내놓는다. 농민들로부터 몰매를 맞은 강주사의 큰아들은 군산에 온 미군과 조선 순사에게 부탁하여 마을 농민 7명을 잡아가게 한다. 강주사 큰아들은 그동안 미군과 조선인 경찰에게 뇌물을 바쳐왔었다. 이근영은 지주 집안의 부도덕성과 미군·조선인 경찰의 불법적 측면을 함께 부각시켰다. 마침내 이들 미군과 경찰은 노동자 농민의 만세 대열과 충돌한다. 농민들의 단합이 가져오는 힘을 실감한 박노인은 농민조합의 신속한 결성의 필요성을 깨달으며 좋은 세상이 올 것을 기대한다.

윤세중의 「靑年」(『인민』, 1946. 3)은 감옥에서 나온 주의자가 백화점에서 근무할 때 알게 된 소년의 요청을 받아 좌익 요원으로 훈육시켜주나 해방되자 그 소년이 갑자기 죽는다는 이야기를 들려준다. 해방 전 명호는 주의자로 감옥에 갔다가 온 후 백화점 사무원으로 취직했을 때 "독립당"이니 "사상가"니 하는 뒷공론의 대상이 된다. 소년은 징병을 나가면 어디로 배치를 받든지 도망을 가겠다고 하면서 공산주의니 대동아전쟁이니 내선일체니 하는 것을 공부하고 싶다고 한다. 명호가 소년에게 한창 변증법을 가르치고 있을 때 해방이 된다. 명호가 건국준비위원회 일을 맡아보랴 시정 치안의 일에 뛰어들랴 좌익진영 재편성 일에 참가하랴 여기저기 얼굴을 내밀어야 하기 때문에 관심을 둘 수 없었던 그사이에 소년 영길이는 테러단에 들어가 활동하다가 죽임을 당하고 만다. 소년은 좌익 테러단에 들어간 것은 분명하나 죽음의 구체적 원인은 밝혀지지 않았다.

윤세중의 「墓地」(『신문학』, 1946. 4)는 모성애에 대한 감동이 일본에 대한 증오심을 고조시키는 과정을 보여주었다. 항일운동 혐의로 옥살이하던 중 탈옥하여 만주로 도망간 인쇄공 아들의 어머니는 보름 동안 일본 경찰의 고문에도 아들의 행방에 대해 모르쇠로 버티다가 죽고 만다. 아들은 "앙큼한 왜바리들" "간악하기란 이리보다 더한 족속" "도둑괭이" 등과 같은 욕을 뱉는다.

윤세중의 「指導者」(『협동』, 1946. 8)는 해방이 한 인물의 근본적 전환을 가져온 한 사례를 제시하였다. 25년간 머슴살이했고 외양도 볼품없는 소작인 곱돌 아버지는 해방을 맞아 일약 지도자로 변신한다. 해방을 맞아 장터 사람들이 만세 부르고 노래 부르고 춤추느라 정신이 없을 때 그는 한 사내의 연설을 경청한다. 드디어 곱돌 아버지도 마을 사람들을 모아놓고 웅변하기 시작한다. 조선의 해방이란 조선 인민의 해방이며 인민의 해방이란 8할이나 되는 농민의 해방이라고 하면서, 농민의 해방이란 지주에게서 경작권을 빼앗아오는 것이며 삼칠제가 타당하다고 주장한다. 그 후 미군정청이 포고령에 삼칠제를 넣자 마을 농민들은 곱돌 아버지의 꾀가 퍼진 것이 아닌가 하고 생각하기도 한다. 윤세중은 「청년」에 이어 「지도자」에서도 좌익의 선전과 계몽에 의한 한 인간의 의식화란 모티프를 설정하였다.

윤세중이 좌익운동가를 편들고 있는 것과는 달리 박영준은 「幄手」(『인민』, 1946. 3)에서 악수하기 좋아하는 인물을 주인공으로 설정하였다. 수선공장 노동조합원인 성호는 자신에게 투쟁지침을 내려주는 명수와도, 수선공장 노동자 대표와도, 사무직 자치위원회 위원장과도 악수한다. '화합' '친화' 등을 뜻하는 "악수"는 성호에게 도달점보다는 출발점으로 기능한다. 관리위원회를 개조할 것, 창고 열쇠를 노동자에게 넘길 것, 임금문제는 군정청이 제시한 기준을 지키면서 노동자에게 유리한 방향으로 조절할 것 등과 같이 성호가 요구한 사항들은 그리 강경한 것은 아니었다. 성호는 10년 넘게 잃어버렸던 자기를 새로 찾은 기분에 빠져들며 조합의 힘을 과신하게 된다. 노동자와 사무직 간의 타협을 바람직한 현실타개책으로 제시한 점은 박영준의 사상적 입지를 잘 일러준다.

악수의 태도를 제시한 박영준과 달리 김영수(金永壽)는 「委員長P氏」(『조선주보』, 1946. 10)에서 제목이 시사하는 것처럼 종업원에게 제동을 거는 존재의 편을 들고 있다. K인쇄공장 2백여 명 종업원이 철도종업원 2만여 명이 한날한시에 총궐기했다는 소식을 듣고 고무되어 쌀배급과 가족수당과 사택료를 요구하자고 하자 운영위원장 P씨는 K인쇄공장은 적산으로 주인이 없고 투쟁의 대상이 불분명하기 때문에 투쟁의 성과를 거두기가 어렵다는 이유를 제시하며 제동을 건다. 그럼에도 다음 날부터 파업 단행이 이루어지고 요구서가 운영위원회에게 제출이 되자 위원장 P씨는 언제 저들이 노동조합의 바른 운동과 조직을 알 수 있을까 하고 의문을 품는 것으로 끝난다. 이 위원장의 존재는 노조투쟁의 취지는 이해할 수 있지만 투쟁방법은 고민할 필요가 있다는 인식을 더욱 강조하는 효과를 갖게 한다.

지하련(池河連)의 「道程」(『문학』, 1946. 7)은 해방 전에 공산주의운동 혐의로 6년간 감옥살이를 한 후 해방될 때까지 주의자로서의 활동을 포기하고 조용하게 살아온 김석재가 광산업자인 친구 앞에서 그동안 과대망상이나 계산속에 빠져 활동해왔었음을 자책하는 모습을 인상 깊게 그려내었다.

숨어 단이고 감옥엘 가고 그것 다 꼭 바로 말하면 날 위해서였거든. …… 이십대엔 스스로 절 어떤 비범한 특수 인간으로 설정하고 싶어서였고, 삼십대에와서는 모든 신망을 한몸에 몰은 가장 양심적인 인간으로 자처하고 싶어서였고…… 그러다가 그만 이젠 제 구멍에 빠저 헤어나질못허는 시늉이거든.[81]

짧기는 하지만 위의 인용문은 영웅심리와 같은 공산주의자의 무의식을 건져 올리고 있다. 김석재는 해방 직후에 기철이 공산당의 최고 간부의 한 사람이 되었다는 소식을 듣고 깜짝 놀라면서 공산당은 괴물이라고 생각하게 된다. 기철은 돈이나 권력을 최고의 가치로 생각하는 모리배의 전형으로 어느 시대 어느 사회에도 빈한하게 살 사람은 아니었다. 기철은 동무들은 나타나지 않고 일은 해야 되겠고 해서 조직을 한 것이라고 변명한다. 입에 "동무"를 달고 있는 기철을 보면서 석재는 "어제까지 고루거각에서 별별짓을 다허든 사람도 오늘 이말 한마디만 쓰고, 손을 잡고 보면 그만 피차간 '일등공산주의자'가 되고 마는 판"[82]이라고 하면서 10년 20년 팽개쳤던 "동무"란 말을 그리 쉽게 불러대는 그 염치나 뱃심을 알 수가 없다고 하였다. 석재는 기철이 함께 일하자는 것을 거절하기는 하였지만 당을 버릴 수는 없었다. 석재는 기철이 내미는 입당 원서를 받아 직업란 바로 다음의 계급란에 "소뿌르조아"라고 쓴다. 현재의 자신은 공산

81) 『문학』, 1946. 7, p. 51.
82) 위의 책, p. 65.

주의자로 일컬을 자격이 없다고 생각했기 때문이다. 김석재는 자신의 내면에 있는 "소시민"과 자신의 방식으로 싸우기 위해 영등포로 발길을 옮긴다. 영등포로 간다는 것은 영등포에 밀집해 있는 공장으로 가서 노동자가 되든가 노동자의 대변자가 되는 것을 의미한다. 지하련은 진정한 공산주의자가 되려면 과거의 도정 못지않게 미래의 도정도 중요하다는 인식에 닿는다.

이태준(李泰俊)의 「解放前後」(『문학』, 1946. 8)는 주인공 현이 일제 말엽 강원도로 이주하기 직전 동대문 경찰서로부터 시달서를 받고 불쾌감을 느끼는 것으로 시작하여 1945년 말에 조선문학건설본부가 프로예맹과의 합동작업을 마무리 짓고 전국문학자대회를 준비하고 있는 것으로 끝났다. 작가는 '나'라는 호칭 대신 '현'이라는 이름을 부여하여 작품의 허구성을 최소한으로나마 갖추려고 하였다. 형식은 3인칭 주인공 시점을 취했지만 내용은 자전적 소설이나 전기를 벗어나지 못하였다. 지원병 나가는 젊은이들이 찾아와 울분을 토하거나 흥분을 감추지 못한 적은 있지만 직접 어떤 행동을 한 적은 없음에도 '준요시찰인물'(準要視察人物)이 되고 말았다는 서술도 자신은 대일협력자는 아니었다는 작가의 변명을 뒷받침해 준다. 지원병에 내몰린 젊은이들은 지원병제도 때문에 "내민족에게 유일한 희망을 주고 있는 중국이나 영미나 소련의 우군(友軍)을 죽이여야하는 그리고 내몸이 죽되 원수 일본을 위하는 죽엄이 되어야하는, 이 모순된 번민"[83]을 안고 있다. 동대문서 고등계의 쓰루다 형사는 현에게 시국을 위해 왜 아무것도 하지 않느냐, 창씩개명은 왜 하지 않느냐고 하면서 방관적 태도는 용서되지 않는다고 으름장을 놓았다. 현이 경찰서를 나오는 길로 어느 출판사에 가 『大東亞戰記』의 번역 일을 맡았다고 한 것은 대일협력 혐의에서 완전히 자유롭지는 못함을 고백한 것이나 마찬가지다. 현

---

83) 『문학』, 1946. 8, p. 5.

은 서울에 있는 집을 팔지 않은 채 강원도 어느 산읍으로 이주하여 징용 면제와 식량해결을 도모하고 낚시질로 소일한다. 거기서 현의 조력자로 등장했다가 해방 후에는 결국 안타고니스트로 낙착되고 마는 향교 직원 김직원을 알게 된다. 현은 낚시를 가려다 중간에 주재소의 순사부장을 조우하게 되자 돌아오고 만다. 현과 김직원은 몇 차례 만나 시국담을 나누면서 간담상조하는 사이가 되었다. 현은 서울 부민관에서 열리는 문인보국대회 소설 부문 대표로 진언할 것을 요구받아 할 수 없이 갔다가 일본인, 조선인, 만주인 문인들의 연설을 들으며 역심을 느끼고는 몰래 빠져나온다.

현의 아직까지의 작품세계는 대개 신변적인 것이 많았다. 신변적인 것에 즐기여 한계를 둔것은 아니나 계급보다 민족의 비애에 더 솔직햇던 그는 계급에 편향햇던 좌익엔 차라리 반감이엿고 그렇다고 일제(日帝)의 조선민족정책에 정면충돌로 나서기에는 현만이 아니라 조선문학의 진용전체가 너머나 미약햇고 너머나 국제적으로 고립해 있었다. 가끔 품속에 서린 현실자로서의 고민이 불꾼거리지 안엇음은 아니나, 가혹한 검렬제도 밑에서는 오직 인종(忍從)하지 않을수 없었고 따라 체관(諦觀)의 세계로 밖에는 열릴 길이 없었던것이다.[84]

작가 이태준은 해방 이전에 자신이 주로 신변소설을 썼고, 카프에 맞섰고, 인종과 체념으로 빠져들었다고 반성하였다. 주재소 부장에게 불려간 현은 이제 낚시질은 그만두고 나라를 위해 글을 쓰라는 협박성 발언을 듣는다. 현이 조선 독립의 날을 꿈꾸며 자신은 조선이란 국호가 합당한 것으로 안다고 하자 김직원은 대한이란 국호를 내세우며 영친왕을 임금으

---

84) 위의 책, p. 15.

로 추대하는 존왕주의자(尊王主義者)의 태도를 드러낸다. 김직원은 김직원 대로 군수에게 불려가 전국유도대회(全國儒道大會)를 앞둔 군 강습대회에 올 때 상투를 자르고 오라는 말을 듣자 홧김에 직원을 내놓겠다고 하여 다시 주재소에 붙들려 간다. 그러다가 나흘째 되던 날 해방을 맞게 된다. 8월 17일에 서울 청량리역에 내린 현은 서울 사람들 표정이 냉랭한 데다 태극기도 보기 힘들고 독이 오른 일본군인들이 무장을 한 채 여기저기 지키고 있는 현실을 목격하게 된다. 현은 총독부와 일본군대가 아직도 조선을 지배하고 있는 현상도, 임시정부 요인들이 귀국하지 않았음에도 일부 세력이 건국을 서두르고 일부 문화인들이 간판부터 내걸고 서두르는 현상도 불순하고 경망스러운 것으로 보았다.

현이 더욱 걱정되는것은 벌서부터 긔치를 올리고 부서를 짜고 덤비는 축들이, 전날 좌익작가들의 대부분임을 알게될때, 문단 그사회보다도, 나라 전체에 좌익이 발호할수 있는 때요, 좌익이 제멋대로 발호하는날은, 민족 상쟁 자멸의 파탄을 이르키지 않을가 하는, 위험성이였다. 현은 저자신의 이런걱정이 진정일진댄, 이러고만 앉었을 때가 아니라 생각되여 그「조선문화건설중앙협의회」란데를 찾어갔다. 전날 구인회(九人會)시대, 문장(文章)시대에 자별하게 지내던 친구도 몇 있었으나 아닌게 아니라 전날 좌익이엿던 작가와 평론가가 중심이였다. 마침 긔초된 선언문(宣言文)을 수정하면서들 있었다. 현은 마음 속으로 든든히 그들을 경계하면서 그들이 초안한 선언문을 읽어보았다. 두번 세번 읽어보았다. 그리고 그들의 표정과 행동에 혹시라도 위선적(僞善的)인데나 없나 엿보기를 게을리하지 않으며 저윽 속으로 이상하게 생각하지않을수 없었다.
　(이들에게 이만침 조선사정에 진실한 정신적 준비가 있었든가?)
　현은 그들의 태도와 주장에 알고보니 한군데도 이의(異意)를 품을데가 없었다. [85]

현은 현 단계에서는 좌우를 막론하고 민족이 나아갈 노선을 찾는 데 있어 행동 통일을 최고의 원칙으로 삼아야 한다고 생각하긴 했지만 좌익 세력이 이를 교란할 것이라고 걱정했다. 그런데 "조선문화의 해방, 조선문화의 건설, 문화전선의 통일"을 전진구호로 삼은 선언문을 보고 좌익에 대한 우려를 씻어내고 차츰 좌익의 노선을 따르게 되었다고 고백한다. 문학건설본부의 강령과 선언을 액면 그대로 받아들여 좌익문인에 대한 우려를 떨쳐내었다는 것은 이태준의 좌경 이유로는 설득력이 떨어진다. 행동컴플렉스는 이태준으로 하여금 문학건설본부의 강령과 선언을 그대로 믿게 만들었다. 임시정부는 위용을 나타내지 않고, 북쪽에서 소련군은 일본을 향한 조선인의 원한을 대신 풀어준다고 하였고, 미군은 조선 민중의 기대에 어긋날 정도로 일본인들에게 관대한 것으로 현은 1945년 후반기의 정치 상황을 파악하였다. 현은 조선문화건설중앙협의회에 대립하여 프롤레타리아예술연맹이 대두한 것을 주목한다. 현은 프로예맹의 강령이 문협과 별로 다르지 않은 것에 불쾌감을 가졌고 프로예맹이 자기들과 대립존재였던 현을 책임자로 한 문학건설본부에 들어오기 싫어하는 것으로 추측하였다.[86] 현은 우익 측의 문인들로부터 좌익을 떠나라는 압력과 회

85) 위의 책, p. 22.
86) 「해방공간의 주요 문학단체」, 송기한·김외곤 편, 『해방공간의 비평문학 3』, 태학사, 1991, pp. 328~30.
    1945년 8월 16일에 결성된 조선문학건설본부는 세력 확장을 위해 8월 18일에 문학건설본부, 미술건설본부, 음악건설본부, 연극건설본부, 영화건설본부 등을 합친 조선문화건설중앙협의회를 만들었고 기관지『문화건설』(1945.12)을 간행했다. 1945년 9월 17일에 조선프롤레타리아문학동맹이 결성되고 9월 30일에 문학, 연극, 미술, 음악 등의 부문이 합쳐져 조선프롤레타리아예술연맹이 발족했다. 기관지로는『예술운동』(1945. 12)이 간행되었다. 조선문학건설본부는 소설부에 이기영과 한설야의 이름을 올려놓았지만 실질적인 주도세력은 임화, 김남천, 이태준, 박태원, 안회남, 이원조, 김기림, 김광균, 오장환, 정지용 등이었다. 이기영이 위원장을, 박석정이 서기장을 맡은 조선프롤레타리아문학동맹의 중앙집행위원회에는 이기영, 한설야, 조중곤, 박승극, 권환, 김두용, 이북명, 한효, 박아지, 홍구, 박세영, 이동규, 박석정, 송완순, 엄흥섭, 안동수, 조벽암, 윤곤강, 송영, 신고송, 이주홍, 정청

유를 받는다. 문건 측이 "조선인민공화국 절대지지"란 현수막을 내건 것을 보고 경악을 금치 못했던 현은 이러한 현수막이 걸린 것이 우연이었다는 해명을 듣고 놀라움을 털어냈다는 장면은 이태준이 해방되자마자 도생하기 위해 앞뒤 가림 없이 공산당을 절대지지한 것이 아님을 뒷받침해 준다. 현은 이승만 박사의 민족 단합 구호의 틈으로 민족반역자와 모리배들이 발호하고 있는 것을 보았으며 임시정부에 대한 민중의 환상과 기대가 크다고 하면서도 "해외에서 다년간 민중을 가져보지 못한 임시정부는 해내에 드러와서도, 화신 앞 같은데서 석유상자를 놓고 올라서 민중과 이야기할 필요는 조곰도 느끼지 않고 있었다"[87]고 파악한다. 이태준이 이승만 박사의 세력과 임시정부의 실체에 눈뜨게 되었노라 하는 주장하는 것은 좌익 선택을 합리화한다. 이어 현은 몇몇 친구들과 함께 반탁강연에 나가기는 했으나 점차 신탁통치의 문제가 결코 간단치 않음을 알게 되면서 조선공산당의 태도에 대해 긍정적 인식과 부정적 인식을 뒤섞는다. 이렇듯 현이 혼란에 빠져 있었던 바로 그때 김직원이 나타났다. 현공은 어째서 공산당으로 갔느냐는 김직원의 힐난 조의 질문에 현이 답하는 과정에서 작가 이태준의 해방 후 전향의 이유가 설명된다. 현은 오늘날 내가 변했느니 안 변했느니 할 만큼 해방 전에 무슨 뚜렷한 태도를 가졌던 것은 아니라고 하면서 변한 것이라면 "원인은 해방전엔 내 친구가 대부분이 소극적인 처세가들인 때문입니다. 나는 해방 후에도 의연히 처세만하고 일하지 않는덴 반댑니다"[88]라고 답한다. 이어 "처세주의는 저하나만 생각하는 태돕니다. 혐의는커녕 위험이라도 무릅쓰고 일해야될, 민족적 가

산, 김승구, 박팔양, 윤기정 등이 들어 있다. 1945년 12월 6일에 문건 측의 이태준, 이원조, 임화, 김기림, 김남천, 안회남과 문학동맹 측의 윤기정, 권환, 한효, 박세영, 송완순이 합동 위원으로 참석하여 조선문학동맹을 결성한다. 조선문학동맹은 1946년 2월 8일과 9일에 열린 전국문학자대회에서 조선문학가동맹으로 이름을 바꾼다. 기관지로는 『문학』(1946. 7~1948. 8)이 간행되었다.

87) 『문학』, 1946. 8, p. 28.
88) 위의 책, p. 30.

장 긴박한 시기라고 생각합니다"[89]라고 보충한다. 건국을 앞두고 유명 지식인의 한 사람으로 관망만 하고 있을 수는 없지 않느냐는 투였다. 이 대목에서 1930년대의 반카프단체 구인회의 맹장이었던 이태준이 그야말로 해방 직후에 급격히 좌경한 배경의 일단이 밝혀진다. 이태준은 정적주의 콤플렉스 때문에 좌익진영에 가담하게 되었다. 김직원이 사람은 명분을 지켜야 한다고 하면서 해외에서 고생한 임시정부 사람들에게 순종하는 것이 최선이라고 하자 현은 "해내에서 열번을 찍히여도 넘어가지 않고 싸워낸 투사라면 나는 그런 어른이 제일 용타고 생각합니다"[90]라고 이견을 제시한다. 해방 전에 존왕주의자였던 김직원은 해방 후에 임시정부 지지자로 바뀌었다. 김직원이 현공은 공산파만 두둔한다고 하자 현은 해방 직후 공산당의 공적과 주장을 일깨워준다.

　해내엔 어듸 공산파만 있었습니까? 그리고 이번에 공산당이 무산계급혁명으로가 아니라 민족의 자본주의적 민주혁명으로 이내 노선(路線)을 밝혀 논것은 무엇보다 현명했고, 그랫기 때문에 좌우익의 극단적 대립이 원측상 용허되지 않아서 동포의 분열과 상쟁을 최소한으로 제지할수 있은것은 조선민족을 위해 무엇보다 다행한 일이라고 저는 생각합니다. [91]

　"민족의 자본주의적 민주혁명"은 박헌영에게 제시한 부르주아 민주주의 혁명을 의미한다. 일반 독자들도 「석양」(『국민문학』, 1942. 2), 「무연」(『춘추』, 1942. 6), 「석교」(『국민문학』, 1943. 1) 등을 발표했을 때를 생각하면 이태준이 해방 직후에 이렇듯 노골적으로 임정파를 비판하면서 좌경할 것이라고는 예측을 못했었을 것이다. 그 후 현과 김직원은 두 번이

---

89) 위의 책, p. 30.
90) 위의 책, p. 31.
91) 위의 책, pp. 31~32.

나 더 만났으나 이견을 좁히지 못한다. 김직원이 임정파에서 반탁을 하니까 공산파에서는 찬탁하는 것이 아니냐는 요지의 공격을 하자 현은 불쾌감을 억누르면서 국제정치학적 안목을 들려준다. 소련과 미국과 중국이 대립하여 조선에 지하외교를 시작하는 날엔 이조 말로 되돌아가기 쉽다는 점을 강조한다.

지금 조선을 남북으로 갈러 진주해 있는 미국과 쏘련은 무엇으로보나 세계에서 가장 실제적인 국가들인만치, 조선민족은 비실제적인 환상이나 감상(感傷)으로 아니라 가장 과학적이요, 세계사적(世界史的)인 확실한 견해와 준비가 없이는 그들에게 적정한 응수(應酬)를 할수 없다는것, 현은 재줏것, 역설해보앗스나 해방 이전에는, 현자신이 기인여옥(其人如玉)이라 예찬한 김직원은, 지금에 와서는, 돌과 같은 완강한 머리로 조곰도 현의 말을 이해하려 하지 않고, 다만, 같은조선사람인데 「대한」을 비판하는것만 탐탁치 않었고, 그것은 반듯이 공산주의의 농간이라 자가류(自家流)의 해석을 고집할뿐이었다.[92]

작가 이태준의 무의식 세계까지 끄집어내고 있는 현은 마르크시즘을 신봉하는 공산파보다는 대립을 지양하고 민주혁명을 내세우는 공산파를 지지하고 있다고 하면서 국제감각이나 신시대적 안목이 없는 봉건주의나 배타적 민족주의에 대해서는 시대착오적이라는 딱지를 붙이고 싶어 한다. 한동안 나타나지 않던 김직원은 홀연히 찾아와 이별을 알리고 낙향하고 만다. 현은 미국군의 지프차들이 오가는 사이로 흰 두루마기를 입고 검은 갓을 쓴 김직원이 사라지는 모습을 보고 청조 말의 학자 왕국유를 떠올린다. 이 소설은 "현은 담배를 한대 피이고 회관으로 나려왔다. 친구

---

92) 위의 책, p. 33.

들은 「푸로예맹」과의 합동도 끝나고 이번엔 「전국문학자대회」준비로 바쁘고들 있었다"[93]로 끝난다. 이태준은 해방 직전에 작은 서사, 복고주의, 서정주의, 시대초월론으로 빠져들었던 것을 콤플렉스로 생각했기에 해방되자마자 전성작가[94]가 되어 큰 서사, 세계주의, 관념론, 시대참여론으로 급선회한 것이다.

송영의 「椅子」(『신문학』, 1946. 4)는 해방 전 각계각층의 사람들이 앉았던 의자들이 해방을 맞아 회의를 열어 축출해야 할 존재와 추종하고 떠받들어야 할 존재들을 정리하는 과정을 그려낸 우화소설이다. 의자들이 모인 때를 "세계의나쁜놈 「팟쇼」들이 패망을하고 새로운 진보적인 「민주주의」의 승리가 눌리우고 갓치엇든 동서양약소민족들의 해방까지 찬란하게 가저온 一九四五年 八月十五일이 조금지난 얼마안된때다"[95]와 같이 설명하였다. 안락의자가 임시의장을 맡고, 대학생이 깔고 앉았던 의자가 서기를 맡고, 노동조합사무실 의자가 사찰을 맡았다. 회의가 시작되자마자 친일파나 민족반역자가 앉았던 의자들을 제외시키자는 제의가 있었던 것에 광무소 의자와 은행소 의자가 반대를 표시하였으나 친일파가 앉았던 의자들과 함께 경찰서의 고문용 의자도 쫓겨난다. 총독과 총감의 의자, 동척이나 불이흥업의 사장과 과장 들의 의자들도 자진퇴장했고 중추원 참의들이나 도회의원이나 군수공업의 사장들이 앉았던 의자들은 버티다가 따귀까지 맞아가며 축출당했다. 회의가 끝난 다음, 의자들은 이제부터 우리 의자들은 무생물이라는 자연현상을 깨뜨리고 옳지 않은 인간, 국민

---

93) 위의 책, p. 34.
94) 玄仁, 「文藝運動의 新段階」, 『신민일보』, 1948. 2. 29.
　　轉成作家 대부분이 성과가 별로 없는 가장 큰 이유로 정치적 용기와 정열이 약한 점을 들었다. 인민의 예술적 형상을 인민의 생활과 투쟁에서 구하지 못하고 수사학에서 구한 것을 그 예라고 하였다. 이 글의 맨끝에 "轉成作家란 八一五 以來 進步的 陣營에 參加한 作家를 말하였다. 그들을 가르쳐서 이야기할때 適當한 用語가 없기에 爲先이러케 불넜다"와 같은 각주 형식의 글이 붙어 있다.
95) 『신문학』, 1946. 4, p. 8.

아닌 인간, 개인의 욕심만을 먼저 생각하는 사이비 인간 등이 걸터앉는 것을 거부하자, 새로운 애국자들을 맞이하자 등과 같은 결의사항을 내걸고 그 끝에 "우리들의 「의자」라는것은 조선전민족 진보적인 「인민」들의 총의(總意)로서 「인민」 가운데서 뽑혀나온 「인민」의 대표이외에는 우리들 「의자」에 안치지말자"[96]는 주장을 담는다. 의자들은 "진보적인 인민들에 의해 뽑힌 인민의 대표"를 최상의 존재로 생각하고 있다. 이 소설의 끝 도막은 해방 직후 사람들이 저마다 좋은 의자에 앉으려는 현상을 지적하는 데서 시작한다. 유생들이 등장하여 조선왕조 부활을 바라자 의자들은 유생들을 비웃는다. 조선조의 잘못을 지적하고 대한제국의 주권상실의 책임을 묻자 노인들은 시골로 도망가버린다. 각종 정파의 대표들도 또 대동아전쟁 때 협력을 아끼지 않았던 신여성들도 맹공을 당한다. 절름발이 의자들이 들어와 신사들을 향해 해방 이전의 국책회사 중역들과 악덕지주들이 해방을 맞아 정치적 브로커가 되었다고 비난한다. 그 의자들은 더 한층 결속하고 그들의 진정한 주인인 "인민의 대표"를 기다리고 있다고 끝맺음하였다. 송영은 친일파의 청산을 외치는 데 주력했지만 일본 지배를 가져온 조선왕조의 무능과 무책임을 추궁하였다. 「의자」는 어떤 존재를 친일파라고 하는가에 대해 세밀하게 답안을 작성한 소설로, 과거에 대한 단죄의지와 미래에 대한 희망을 병치해놓았다.[97]

---

96) 위의 책, p. 16
97) 송영, 채만식, 김남천, 이원조, 윤세중과 신문학사의 이흡과 박영준이 참석한 「창작합평회」(『신문학』, 1946. 6, pp. 155~64)에서는 김내성의 「민족의 책임」, 송영의 「의자」, 박영준의 「과정」, 김학철의 「균열」, 윤세중의 「묘지」, 안회남의 「쌀」, 허준의 「잔등」 등을 문제작으로 꼽았다. 송영의 「의자」를 논하는 자리에서 이원조는 해방 후에도 카프작가들이 공식주의에 빠져 작품을 쉽게 쓰는 경향이 있다고 하면서 이 작품에서도 애쓴 흔적은 찾기 어렵고 작가의 진실은 결여된 것 같다고 하였다. "작품내용이 정치적으론 빈틈이 전혀 업섯스나 현실적 생활이 업습니다"(p. 157)라는 지적을 덧붙였다. 이원조에게 적극 동의한 김남천도 공식주의의 원인으로 심각한 고민의 결여를 들면서 "노동자라고 하면 그저 혁명을 담당하는 이상적 계급으로만 보는데 공식주의가 나오는 것입니다. 이 공식주의는 현실을 너무 우습게 안이하게 보는 때문에 오는 것입니다"(p. 157)라고 비판했다. 허준의 「잔등」을 평가하는 자리에서 이원조는 유럽의 파시즘에 반항하려는 심리가 프랑스와 일본을 거쳐 조선에

자살한 형의 희고 가는 손이 불을 켜 환해졌다고 상상하며 그 창이 평안과 밝은 앞날을 가져다줄 것으로 동생이 느끼게 된다는 이선희(李善熙)의 「窓」(『서울신문』, 1946. 6. 26~7. 20)은 함흥 근처를 배경으로 해방을 맞아 형제가 상반된 길을 걷는 것을 원인적 사건으로 제시하였다. 어려서부터 한쪽 다리가 불구인 형 김사백은 20여 년간 사립학교 교사로 일했다. 학교는 30년 동안 열세 번이나 폐쇄 명령을 받았으며 김사백도 세 번이나 감옥에 갔다 왔을 정도로 고난의 연속이었다. 김사백은 소작인인 아버지로부터 물려받은 가난과 불행을 정복하기 위해 부락에서 사회주의자로 일컬어질 정도로 많은 책을 읽어왔다. 한편으로 김교사는 박봉으로 가족을 돌볼 수 없어 아내와 함께 갈잎으로 노존을 짜는 부업을 하여 10년 만에 행길 옆에 다섯 마지기 논을 살 수 있었다. 이선희는 교육입국론자이며 민족개량주의자인 형 김사백이 소지주가 되기까지의 과정을 긍정적으로 그렸다가 후반부에 가서는 조합운동가인 동생 김사연을 긍정 평가하는 식으로 바뀌고 만다. 나이가 열 살 이상 아래인 셋째 동생 김사연은 일제 때 농민조합 사건으로 6년간 감옥에 갔다 온 후 고문 후유증으로 겨울이 되면 수족이 몹시 쑤시는 증세에 시달린다. 소련군이 주둔하면서 북조선의 모든 행정은 인민위원회에서 한다는 소문과 공산주의자가 부자들의 재산을 다 빼앗을 것이라는 소문이 돌자 김사백은 공산주의를 멀리하게 된다. 해방 전 김사연은 젊은 지주인 "학사 아즈방이"를 향해 꼬리치는 아내를 몰래 추궁하고 구타할지언정 노골적으로 지주에 대들지 못했으나 해방을 맞으면서 농민위원회의 중심인물이 되어 동네 청년들과 동네 노인들을 계몽시키는 데 혈안이 된다. 동생 김사연이 무상몰수 무상분배를 주장하자 형 김사백은 남이 애써 돈을 모아 산 땅을 공으로 빼앗아 먹는 놈들이 어디 있느냐고 분개한다. 김사백은 여러 지주들과 함께 토지개혁

들어와 허준과 같은 젊은 작가들의 말초신경을 두드리기 시작했다고 하였다. 채만식은 그 두목은 최명익이며 「잔등」은 소설의 정도(正道)는 아니라고 주장하였다.

에 반대한다. 그러나 대세는 거스를 수 없었다.[98] 마침내 김사백은 김사연을 죽이겠다고 든 칼을 자기 자신에게 행사하고 만다. 토지개혁령의 수용자인 형의 자살을 시행자인 동생에게 평안과 희망을 주는 "창"으로 미화함으로써 이선희는 토지개혁령의 손을 들어준 셈이 되었다. 형에 대한 연민과 동생에 대한 거리감을 노출시키는 결과도 빚어졌다.

김영수의 「血脈」(『대조』, 1946. 7)은 해방 직후 신탁통치를 반대하는 의사인 아버지와 찬탁론자인 아들의 대립상을 중심사건으로 설정하였다. 우익정당에도 관계하는 아버지 이필호 박사는 삼국 외상 회의를 지지하는 좌익정당을 매국노의 행위라고 통렬히 비난하는 글을 신문에 발표하기도 한다. 전문학교 대표로 찬탁 삐라를 작성하고 살포한 아들은 아버지와 설전을 벌이는 도중 멱살을 잡히자 집을 나가버린다. 아들 기호가 아버지 같은 분 때문에 통일이 되지 않는다고 하면서 "인민을 무시허구 정

---

98) 『解放前後回顧』, 광주부, 1946. 8(『해방전후회고』, 돌베개, 1984, pp. 127~29).
　제1조 북조선 토지개혁은 역사적 우는 경제적 필요성으로 된다. 토지개혁의 과정은 일본인 토지 소유와 조선인 지주들의 토지 소유 및 소작제를 철폐하고 토지이용권은 경작하는 자에게 있다. 북조선에서 농업제도는 지주에게 예속되지 않은 농민의 개인 소유인 농민경영에 의거된다.
　제2조 몰수하여 농민소유지로 넘겨주는 토지들은 여좌(如左)함.
　　가. 일본국가, 일본인 급 일본인 단체의 소유 토지.
　　나. 조선민중의 반역자…… 조선민중의 이익에 손해를 주며 일본 제국주의자의 정권기관에 적극적 협력한 자의 소유 토지와 우는 일본 압박 아래서 조선이 해방할 때에 자기 지방에서 도주한 자들의 소유 토지.
　제3조 몰수하여 무상으로 농민에게 소유로 분여하는 토지는 여좌(如左)함.
　　가. 한 농호에 5정보 이상 소유한 조선인 지주의 소유지
　　나. 자영치 않고 전부 소작 주는 소유자의 토지.
　　다. 면적에 불관(不關)하고 계속적으로 소작 주는 전 토지나 정보 이상으로 소유한 성당, 승원 기타 종교단체의 소유지.
　제6조 가. 몰수한 토지는 고용자, 토지 없는 농민, 토지 적은 농민에게 분여하기 위하여 인민위원회 처리에 위임함.
　제 16조 본 법령은 공포한 기 시(時)부터 실행력을 가짐.
　제 17조 토지개혁 실행은 1946년 3월 말일 전으로 기 필할 것. 토지소유권 증명서는 금년 6월 20일 전으로 교부할 것.

당도 정부도성립안됩니다"[99] "가장 진보적인 민주주의 독립국가를 이루도록 연합국이 후원을 해주는것입니다"[100]라고 주장하자 아버지는 네가 바로 공산당패로구나 하고 때리려 한다. 회의를 하다가 테러단에게 습격당해 머리를 다친 기호가 친구들에게 업혀왔을 때 처음에 냉담하였으나 아내가 우는 것을 본 기호 아버지가 치료를 시작하는 것으로 소설은 끝난다. 제목이 "혈맥"으로 되어 있어 이데올로기보다 혈육의 정을 강조한 것으로 볼 수 있으며 의사이며 우익정객인 아버지의 포용력에도 방점을 찍은 것으로 볼 수 있다.

이무영(李無影)의 「宏壯小傳」(『백민』, 1946. 12)은 박굉장이라는 한 자작농의 정치적 야심이 그야말로 공상으로 끝나기까지의 과정을 다룬 정치소설이다. 박굉장은 "굉장"이란 말을 쓰기도 좋아하며 30여 칸짜리 저택을 지어 굉장하다는 소리를 듣는다. 자작농인 그는 재산이 아주 넉넉한 것은 아니지만 해방된 날 관공청의 장들을 불러 한바탕 잔치를 벌여 "여벌군수"라는 별명을 듣게 된다. 박굉장은 안재홍의 지시대로 자치회가 조직되자 지역위원장에 추대되었고 이왕 전하 환국 소문이 돌자 이왕 전하 만세를 부르고 다니기도 한다. 해방 직후 만세 부른 사람은 일본군이 찾아 죽일 것이라는 소문이 떠돌자 산에 있는 굴로 피신하는 겁보의 행태를 보이기도 한다. 그는 치안대 일에 관심을 갖고 젊은이들과 순행을 돌면서 중경 임시정부 환국 소식을 듣고 거기에 줄을 대기 시작한다. 박굉장은 중경 임시정부가 들어와 정치를 하게 되면 인민공화국 측은 헛물을 켤 것이라고 큰소리친다. 임정 요인의 아들인 글방친구에게 고기와 쌀을 보내며 최소한 군수 자리는 올 것으로 기대한다. 임정 쪽에서 아무 소식이 없자 인민위원회 청년이 와서 술과 밥을 사주며 인간의 이상은 물과 같다는 이야기를 한다. 이것저것 다 물 건너가자 인민위원회 측이 제안한 "친일

---

99) 『대조』, 1946. 7, p. 234.
100) 위의 책, p. 235.

파와 민족반역자 청산"에 큰 기대를 건다. 박꽁장은 해방 이전에 자기네 논과 밭을 사들여 부자가 된 자들이 친일파나 민족반역자로 낙인찍히면 자기 재산을 도로 찾을 수 있다고 생각한 점에서 채만식의 「논이야기」 (『협동』, 1946. 10)의 한생원과 한 부류가 된다.

안동수의 「아름다운 아침」(『문학』, 1946. 11)은 「그 전날 밤」(『우리문학』, 1946. 2)의 속편이 될 수도 있으며 독립된 단편으로 보일 수도 있다.[101] 8월 9일에 소련이 일본을 향해 선전포고하자 일본이 조선 국내의 사회주의자를 검거하여 총살할 것이라는 풍문이 돈다. 남편 상호가 석방된다고 하는 날 아침에 아내 현숙은 친정아버지의 친구이자 상호의 중학교 은사인 성국과 그 아우 병국의 방문을 받는다. 성국이 방대한 지하조직을 중심으로 새로운 운동을 전개할 것이라고 동생 병국이 일러준다. 상호의 친구 여러 명이 "혁명투사 김상호 출옥 환영"이란 깃발을 들고 와 김상호와 아내는 트럭을 타고 서대문 형무소로 간다. 가는 길에서 사람들이 만세를 부르자 현숙은 "아름다운 아침이여!"라고 외친다. 혁명투사를 영웅적 존재로 그리면서 그 주변 사람들이 환호하며 희망에 차 있는 것으로 묘사한 점에서 허준의 「잔등」의 분위기와는 대조적이다.

지봉문의 「때의 敗北者」(『문학』, 1946. 11)는 좌익분자로 형무소에서 해방을 맞은 동섭과 친일분자로 돌아섰던 영호가 해방 후에 우연히 만나 분노와 사죄를 교환한다는 구성을 보여준다.

윤세중의 「從姉」(『인민예술』, 1946. 10)는 주의자로 4년간 감옥살이하고 나온 '나'와 주의자의 활동으로 두 차례에 걸쳐 7년간 감옥살이하고 나온 사촌 매형과 사촌 여동생 숙향을 투쟁적인 인물로 일괄하였다. 숙향은 상경하여 고등학교를 졸업한 후 버스 여차장, 여차장 감독, 백화점 점원, 큰

---

101) 『문학』, 1946. 11, p. 14.

　　안동수는 「아름다운 아침」을 1946년 6월 28일에 탈고하고 그다음 날 한강에서 익사하였다. 홍구는 「故 安東洙 事」라는 짤막한 글에서 안동수의 죽음을 애도하고 약력을 소개하였다.

회사의 타이피스트 등의 경력을 거쳤고 여자정신대를 피해 원산으로 이주한 적도 있었다. 이 소설은 8월 9일 이후 소련이 선전포고를 하면 일본이 조선 안에 있는 사상범을 모조리 검거하여 총살시킬 것이라는 계획을 경무국과 군부가 세웠다는 소문을 배치하여 해방 직전의 사상범들이 불안와 공포에 떨었음을 확인시켜주었다. 「종자」는 몇 달 전의 발표작인 「청년」「지도자」와 함께 좌익운동가소설로 묶을 수 있다.

(4) 일제 비판과 자기반성의 서사

박노갑(朴魯甲)[102]의 「鍾」(『생활문화』, 1946. 1)에서 모교 교사로 온 신선생은 17년 만에 만난 신기료장수의 힘을 빌려 일제 말엽 학교에서의 일본군 장교의 횡포, 학생들의 비행장 건설공사 노력 동원, 조선어 사용 금지 등을 회상한다. 그리고 징용이나 보국대로 조선의 젊은이들을 뽑아 개죽음으로 몰아간 것 등을 비판하고 수많은 사람들을 죽음으로 내몬 일본의 도조 히데끼를 비난한다.

박노갑의 「歡」(『대조』, 1946. 1)은 대동아전쟁 때 사흘 전에 입영 통지서를 받은 '김'이 입대 바로 전날 일본 천황의 항복 방송을 듣는다는 극적 상황을 설정하였다. 작가는 일제 말기 보도연맹 조사, 공출, 비국민 조치, 군서기와 면서기의 횡포 등 여러 사건을 언급하여 거대담론에 닿고자 했다.

　그믐밤에 남의 등ㅅ불을 빼앗는 것은 강도가 아니었다. 국가의 지상 명령이라 하였다. 조선놈의 외아들을 빼앗아가는 것은 조선놈의 무상의 영광이라 하였다.

---

102) 충남 논산군에서 출생(1905), 휘문고보 졸업 후 김숙진과 결혼, 일본 법정대학 법문학부 입학(1928), 법정대학 법문학부 문학과 졸업 후 귀국하여 조선중앙일보 입사, 단편 「안해」를 발표하여 등단(1933), 대동출판사 입사(1936), 홍아여학교 교사(1942), 조선문학가동맹 중앙집행위원(1945), 숙명여고 교사(1948~1950), 1·4 후퇴 직후 행방불명(1951) (『박노갑소설집─40년』, 깊은샘, 1989, p.371).

조선 독립만세를 부르다가 죽은 형의 아우가 일본 제국병정으로 나가는 것쯤은 문제도 아니다. 기미년에 총맞아죽은 아비의 자식이 특공대로 죽고 정신대로 죽는것은 한가문의 영광뿐이 아니라 조선민족 삼천만의 영광이 랬다.[103]

일제 말기라는 시간은 8·15 해방을 거치면서 미메시스로 접근할 수 있고 비판할 수 있는 '과거'로 빠르게 재편되었다. 박노갑은 일제 말을 비판의 시선으로 돌아본 「역사」(『개벽』, 1946. 1), 「종」(『생활문화』, 1946. 1), 「환」(『대조』, 1946. 1) 등의 단편소설을 동시에 발표하는 능력을 보여주었다. 일제 때 잘살았던 한 남자가 해방 후에 갈매기란 별명을 들어가면서까지 모리배 짓을 하며 살아남으려 하는 것을 그려낸 점에서 박노갑의 「갈매기」(『문학』, 1946. 11)도 일제 말을 비판한 작품이 된다.

이주홍(李周洪)의 「明暗」(『인민』, 1946. 1)은 일본이 패망하기 직전의 감옥 안의 긴박한 분위기를 전해준 한 소설이다. 절도범, 횡령사범, 징용기피자, 사상범이 뒤섞여 있는 감옥 안에서는 일본 항복이 얼마 남지 않았다는 소문이 떠돌면서 죄수들이 들뜨게 된다. 공산주의 활동의 혐의를 받고 있는 죄수들은 일본이 망하게 되면 주의자들을 학살하는 것이 아니냐는 공포심을 느끼면서도 마음속으로는 일본이여 어서 망하라고 주문을 왼다.

송영의 「프른잉크 붉은마음」(『우리문학』, 1946. 3)은 12월 25일에 23명의 카프문인들이 전주 경찰서 유치장에서 형무소로 넘어가 배고픔과 추위에 시달리고 가족 걱정에 잠 못 이루면서 이런 것 저런 것 다 이겨내고 참고 살자 깨끗하게 살자 하고 각오하는 것으로 끝난다. 송영은 카프 제1차 검거 사건 때 재판 과정, 지나 사건, 분리통제 정책divide and control policy 등을 언급한 다음, 23명의 문인들이 낙관파와 비관파로 갈렸다고 털어놓

---

103) 『대조』, 1946. 1, p. 174.

는다. 낙관파는 일본 사람들이 제풀에 지쳐 기소까지는 하지 않을 것이라고 했고 비관파는 불기소할 것이면 어째서 1년 동안이나 유치장에 가두어 놓았겠냐고 반문한다. 카프 제1차 검거 사건의 피해자의 한 명이었던 송영을 통해 해방 후에 진실을 보다 잘 파헤친 비화를 만나게 된다.

사랑을 거절했던 명숙 동무가 중국 부대에 종군하여 유격전법을 견습하기 위해 떠나가는 '나'에게 고민 끝에 합류한다는 「南江渡口」(『조선주보』, 1946. 1. 8)를 발표했던 김학철의 「龜裂」(『신문학』, 1946. 4)은 윤규섭에 의해 추천되었다. 윤규섭은 "過去十年間 朝鮮과世界를爲하야 敵의彈雨속에서 살앗다는 作者가 꿋꿋내 文學에서 뜻을 버리지안흔데 敬意를表한다. 우리文壇도 이런作者를 어든것은 큰기쁨이다"[104]라고 하며 1920년대 초에 최서해를 처음 만난 김동인이 흥분했던 것을 떠올리게 한다. 건실한 필치는 장점이나 중요 장면을 인상 깊게 만들어내지 못하는 점은 숙제라고 하였다. 조선 의용군 지대가 주둔한 남령에서 김학천 부대에게 농민들이 잘해주긴 하지만 한 농가의 주인은 일본군 내통자의 속임수에 걸려들어 서낭당에 불을 질러 일본군의 공격을 유도한 죄로 군법회의에 회부된다. 김학천이 단순 과실로 보는 대신 같은 지대장 급인 김시광은 농민들에게 경고하는 의미에서 엄중처벌을 해야 한다고 주장한다. 이러한 대립 관계가 계속되어 부하들도 절교하는 처지가 된다. 8월 13일 상해사변 기념일을 기해 일본군을 향해 일제 공격을 하는 과정에서 김시광의 부하와 학천의 부하가 한 구덩이 속에 있다가 나와 백병전에 뛰어들었다가 학천은 다리가 잘리고 만다. 학천을 업고 가던 시광은 적의 포탄을 맞아 팔이 달아나고 만다. 두 남자는 야전병원에서 불구자동맹을 만들기로 하면서 화해한다. 이 소설의 표제는 '균열' 대신 "구열"로 읽히고 있다. "구열"이란 단어는 무려 열 번 나타난다. "중포탄이 땅속 깊히 파고 들어가서 터질

---

104) 『신문학』, 1946. 4, p. 40.

때 생기는 구열(龜裂)이었다. 그것은 임시 참호(塹壕) 대신으로도 쓸수있는 것이고 교통호(交通壕)대신으로도 쓸수있는 것이었다"[105]와 같이 "구열"은 구덩이라는 뜻으로 사용되었다. 전우애와 희생정신을 강조한 진지한 군인소설인 「구열」에 이어 발표된 김학철의 「담배 ㅅ국」(『문학』, 1946. 8)은 전쟁본질론을 제시하는 수준까지 나아간 군인소설이다. 문정삼이 장갑항공기 연구에 몰두하여 만든 항공기는 끝내 뜨지 못한다. 그는 애꾸이기 때문에 말을 끄는 치중병으로 가게 된다. 문정삼은 적 세 명을 수류탄으로 죽이고 적의 치중대를 노획하는 공을 쌓고는 지대장에게 전과를 보고하자마자 졸음을 이기지 못하고 잠든다. "전쟁은 계급사회가 갖인 홍역(紅疫)이다. 이 인류사회의 참극을 근멸하는 유일한 방법은 정의(正義)의 혁명적 전쟁으로 반동적 약탈(掠奪)전쟁을 극복하는 것이다. 전쟁은 전쟁으로 압도해야만 된다"[106]와 같이 승전 의지를 분명하게 드러내고 있다.

김학철의 「밤에 잡은 俘虜」(『신천지』, 1946. 6)는 전투소설이다. 해방 직전 태행산 작전에서 조선 의용군 제X지대는 가을날 밤에 세 명의 일본군 포로를 잡는다. 국본(國本), 금전(金田), 향천(香川) 등 3인은 기묘하게도 일등병, 조선인, 경성 XX전문학교 학생, 미혼이라는 공통점을 지닌다. 이들은 조선 의용군 지대장과 지도원 앞에서 조선의 독립에 대해 회의적인 태도를 보인다. 조선 의용군에 들어오라는 제의를 국본은 단연 거절했다. 향천과 금전은 각각 허준과 김용구라는 조선인 이름으로 바꾸고 조선 의용군의 훈련에 돌입한다. "혁명이론을 탐구하고 전술을 연마하고 몸을 단련하는 것"[107]에 허준은 잘 적응하여 나날이 성장하는 데 비해 김용구는 힘들어한다. 포로수용소에서 국본 덕수는 황국정신을 조금도 바꾸려고 하지 않는다. 허준이 적극적으로 적과 싸우는 데 반해 김용구는 공포심에

---

105) 위의 책, p. 59.
106) 위의 책, pp. 78~79.
107) 『신천지』, 1946. 6, p. 169.

서 헤어나지 못한다. 기어이 용구는 부대를 탈출하고 허준은 일개 분대의 의용군과 중대의 일본군과의 싸움에서 다리에 총상을 입고 의식을 잃는다. 국본 덕수는 포로수용소에서 일본군의 승리를 기원하다가 죽고, 일본군으로 돌아간 김용구는 일본군 대대장의 처벌 명령에 따라 군용견에 물려 죽는다. 허준은 일본군에게 잡혀 형장으로 가면서 길가에 모여 있는 사람들에게 항일을 촉구하는 소리를 지른다. 이들 3인은 모두 일본군에게 굴복하거나 죽임을 당하기는 했지만 조선인 의용군으로 전향한 허준과 포로수용소에서 일본군의 승리를 기원하다가 죽은 국본 덕수의 정신적 거리는 너무 크다.

박영준의 「過程」(『신문학』, 1946. 4)은 만주에 있는 합작회사에서 일본인 이사장이 조선인 직원들을 박해하는 모습을 구체적으로 그리는 데 중점을 두었다. 인주는 雄次郎이라는 일본 이름을, 경숙은 澄子라는 일본 이름을 갖고 있었지만 山口라는 일본인 이사장에게 반감을 갖는다. 백여 명이나 되는 직원 가운데 3, 40명이나 되는 조선인들은 매일같이 오후 4시부터 5시까지 들의 풀을 뽑고 아주까리밭 김을 매는 근로봉사를 하였다. 근로봉사에 불성실한 타이피스트 경숙은 이사장과 대판 싸우고 퇴사해버린다. 이사장은 조선 민족을 능멸하는 욕을 해대기 일쑤고 직원을 때리기까지 한다. 직접 반항하는 사람은 사상불량자로 취체되거나 전쟁 발발 후에 만든 임시특별형법에 의해 구속될 수 있다. 조선 농민 전체를 게으르다고 욕하기도 하고 직원용 배급물자인 지까다비 20켤레를 일본인에게만 할당한다. 조선인이 징병 나가는 것을 조선인끼리 송별회한다고 이사장이 트집 잡고 인주를 때리는 것으로 소설은 끝난다. 소설의 표제인 "과정"은 "차별화 과정"의 준말로 보아야 한다.

김송의 「슬픈 이야기」(『백민』, 1946. 5, 6)는 '내'가 반일애국사상의 동지인 함공의 참회를 듣는 것으로 끝나는 이야기다. 평소에 술 먹기를 좋아하여 비분강개를 잘하고 툭하면 경찰을 매도하고 일제의 죄악사를 토설하다 청춘 시대 대부분을 방랑과 옥살이로 보낸 함공은 반일사상을 고취하는 선전 삐라를 뿌린 죄로 또다시 잡혀 들어간다. 지도자가 누구냐 등사판이 어디 있느냐 하고 추궁당하며 고문받는다. 결국 그는 불젓가락 앞에서 모든 것을 불어버리고 만 것을 '나'에게 고백하고 나서 이틀 후 고문 후유증으로 숨을 거둔다. 김송은 함공이야말로 해방 후에도 참회할 줄 모르고 도생과 출세에 힘쓰는 부류와 반대되는 자리에 서있다고 역설하고 있다.

안동수의 「山家」(『신문학』, 1946. 8)도 김송의 「슬픈 이야기」와 마찬가지로 일제 때의 잘못을 참회하는 인물을 다루었다. 문인 만호는 출옥 후 산가에 살면서 옥중전향서를 썼던 과거를 반성하며 사색과 독서로 생활하던 중 군산 식산은행 지점장 대리의 아들인 중학교 동창생 인규와 술 한잔할 기회를 갖게 된다.

좌우간 만호가 옥중(獄中)에서 소위 전향상신서(轉向上申書)를 집필하기전 수개월동안 그는무던이 자기와 싸웠었다. 그때 만주사변(滿洲事變)을 치러 맛을 드린 일본제국주의는 다시 대대적인 침약전쟁을 준비하노라 극단의 탄압정책을 쓰면서 또 일방으론 회유(懷柔) 정책을 병용(竝用)하여 특히 사상범(思想犯)들에겐 은근히 전향을 융통할때라 일본, 조선을 털어 전향자가 속출할때니 그때의 당국자들의 구미에 마춰 글을 꾸미면 되는 것이였는데 도모지 자기 마음 한구석이 말을 듯질 안해 그래 그는 오랜 동안 자기자신과 싸호지 않을수 없었다.

일테면 만호자신의 「양심」이 줄창 말성을 부리는 것이었다. 그러자니 그 까다로운 「양심」을 설득(說得)식힐수 잇는 리론적(理論的) 근거(根據)를 찾기에 무한한 노력과 고민이 필요했든 것이었다.

—만호는 노동자도 농민의 아들도 아니었다. 그러면서도 순전히 학구적(學究的)인 탐구와 모색에 의해 한개의 역사적(歷史的)인 로선(路線)을 발견햇고

그것이 옳다는 굳은 신념(信念)밑에 그것의 실천(實踐)을 위해서 몸을 바첫든 것이었다.[108]

만호는 이론 탐구 끝에 투쟁의 대열에 뛰어들었다가 수감되어 끝내 전향서를 쓰고 만 것이다. 제목 "산가"는 수양하고 반성하는 도량이라는 뜻으로 풀이할 수 있다.

최태응의 「江邊」(『대조』, 1946. 7)은 안동수가 제시한 "산가"와 비슷한 기능을 하는 공간 배경인 "강변"을 제시하였다. 술장수 아들로 주재소 급사, 면서기, 공출서기를 거쳐 노무계가 된 주인공 A는 뇌물을 먹인 사람을 대신해서 힘없고 뒤탈 없는 사람을 징용을 내보내는 짓을 하였다. 7월이 되어 장연 가서 둑을 쌓고 길을 닦고 고사포를 배치하는 보국대 백 명을 모으려고 했으나 6명밖에 안 된다. 해방이 되자 친일파 혐의에서 자유롭지 못한 A는 자기를 잡으러 온 사람들을 피해 구월산으로 도망했다가 다시 내려와 누구 하나 도와주는 사람이 없음을 깨닫게 되자 장차 무엇을 해야 할 것인가 하고 강변을 거닐며 고민에 빠진다. 이 고민 속에는 과연 친일파의 범위는 어떻게 잡아야 할 것인가 하는 의문도 들어 있다.

채만식의 「논이야기」(『협동』, 1946. 10)는 8·15 해방의 의미를 제멋대로 생각하는 인물을 내세웠다. 농민 한덕문은 손자 용길이를 징용에서 빼내기 위해 많은 돈을 썼다. 아버지 한태수가 동학 가담 혐의로 붙잡혀 갔을 때 이방의 권유로 땅을 관에 갖다 바치고 석방된 후 경술국치 때 일반 조선 사람들과는 달리 나라가 잘 망했다고 한 것처럼 해방이 되어서도 신통할 것 없다고 생각한다. 해방 전에 한덕문은 노름에 빠져 큰 빚을 지게되자 일본인 길천에게 일곱 마지기를 일백마흔 냥에 팔아 쉰 냥으로 빚을 갚고 우물쭈물하다가 돈 한 푼 남지 않는 일을 겪는다. 해방 전에 길천에

---

108) 『신문학』, 1946. 8, pp. 44~45.

게 판 땅이 대삼림이 된 것을 해방 후에 목격한 한생원은 이제 해방이 되었으니 그 땅은 마땅히 자기에게 돌아와야 한다고 생각한다. 그러나 길천 농장을 찾아가 자기 땅을 도로 달라고 했다가 계약서를 들이대는 새 주인에게 망신만 당하고 돌아와 구장을 찾아가 따졌으나 구장은 일인들이 내놓은 땅을 합당한 가격으로 돈을 주고 산 것이라고 하였다. 한덕문은 자기 주장이 먹히지 않자 나라가 나에게 해준 것이 무어냐고 불만을 터뜨린다. 독립되었다고 했을 때 만세 안 부르기를 정말 잘했다고 한생원이 혼잣말하는 것으로 소설은 끝난다. 작가 채만식은 무식한 소작농 한덕문의 나라부정론을 전적으로 부정하고 있는 것은 아니다. 해방 직전에 민족적 자기비하의 태도도 감추지 않았던 채만식이 해방이 되었다고 마냥 흥분할 리는 없기 때문이다. 못사는 팔자, 착취당하는 신세는 그야말로 천지개벽하기 전에는 달라질 것이 아무것도 없다는 관념에서 헤어나지 못한다.

원과 토반과 아전이 있어 토색질이나 하고 붓잡아다 때리기나 하고 교만이나 피우고 허되 세미(税米＝納稅)는 국가의 이름으로 꼬박꼬박히 받아가면서 백성은 죽어야 모른체를 하고 하는 나라의 백성으로도 살아보았다.

천하 오랑캐, 애비와 자식이 맞담배질을 하고 남매간에 혼인을 하고 뱀을 먹고 하는 왜인들이 지이가 주인이라시고서 교만을 부리고 순사와 헌병은 칼바람에 조선사람을 개 도야지 대접을 하고 공출을내어라 증용을 나가거라 야미를 하지마라 하면서 볶아대고 또 일본이 우리 나라다 나는 일본백성이다, 이런 도모지 그럴 마음이 울어나지를 않는 억지춘향이 노릇을 시키고 하는 나라의 백성으로도 살아보았다.

결국 그러고보니 나라라고 하는것은 내 나라였건 남의 나라였건, 깃썼댔자 백성에게 고통이나 주자는것이지 유익하고 고마울것은 조금도 없는 물건이었다. 따라서 앞으로도 새나라는 말고 더한것이라도, 있어서 요긴할것도, 없어서 아쉬울 일도 없을것이였었다.[109]

채만식은 무식하고 이기적인 농민을 비웃고 있으면서 그에게 나라부정론까지 안겨준 존재에게도 곱지 않은 눈길을 보내는 양비론의 방법을 구사하기는 했지만 한덕문 같은 자기중심적인 존재는 어느 때나 있는 법이라고 암시하기도 한다.

정비석의 「是日」(『생활문화』, 1946. 1)은 8월 15일 저녁때 일본의 항복 소식을 듣고 축하연을 베푼 자리에서 손희득이란 사람이 한일합방 때 할아버지를 중심으로 온 가족이 대성통곡했던 일을 떠올리면서 참회한다는 내용을 담았다. 친일 군수로 도지사를 꿈꾸었던 손희득은 24년 전 평안북도 강계군 군주사로 초도출장을 떠났을 때 주막에서 초라한 행색의 중학교 동창생 오기선을 조우했다. 동창생들은 중학교 때 수석를 놓지 않았었고 일본 와세다 대학에 들어간 오기선이 당연히 고문을 패스하여 출세했을 것으로 상상했다. 그런데 바로 눈앞에 있는 오기선은 알코올중독자가 되어 일본의 압제를 비판하고 있지 않은가. 손희득은 주막 주인으로부터 오기선이 만세 통에 잡혀 고문을 받은 끝에 정신이상이 되어 석방되기는 했지만 지금도 조선은 독립해야 한다고 여기저기 선동하고 다닌다는 말을 듣는다. 손희득은 출장을 갔다 온 후 이와다 고등계 주임에게 오기선을 밀고하여 옥사로 몰아가게 한다. 오기선의 일은 까맣게 잊어버린 손희득은 군수가 되어 어느 고을보다 우수한 공출성적을 올려 "공출군수"라는 별명까지 얻게 된다. 승승장구하던 손희득에게 제동이 걸린다. 학병 지원 권유를 받은 아들이 자식을 팔아 참여관 한 자리 따낼 생각이냐고 따지고는 가출하여 종적이 묘연해지자 손희득은 사흘 만에 사표를 내고 낙향한다. 참으로 늦게나마 손희득은 오기선이 자기의 고변 때문에 죽은 것이라고 참회의 눈물을 흘린다.

---

109) 『협동』, 1946. 10, pp. 109~10.

김내성의 「思想犯의 手記」(『개벽』, 1946. 4)는 연재 1회에서 중단되어 문제작의 가능성을 보여주는 수준에서 머물고 말았다. 삿포로 제대 의학부 학생인 주인공이 자신의 역사적 자취를 더듬어봄으로써 객관적으로는 "사상범제조과정(思想犯製造過程)"을 기록하고 주관적으로는 "사상의 발아도정(發芽道程)"을 피력하는 데 목적이 있다고 한 만큼 스토리라인은 제시된 셈이다. 화자이자 주인공인 '내'가 존대법을 구사한 것은 창작 의도의 엄숙성을 반영한다. 북해도 삿포로 형무소에서 1년 8개월 동안 복역하다가 귀국한다는 결과가 빚어지기까지의 원인과 경과를 서술하였다. 고향이 원산이며 손꼽히는 무역상의 아들로 과보호를 받아 체구는 큰 편이나 허약하고 유순해서 소학교 때부터의 별명이 허재비요 솜방맹이였던 '나'는 가혹한 현실은 외면한 채 고독을 즐겨했었다. 그러나 중학교 3학년 때부터 부잣집 아들로 센티멘탈리즘과 휴머니즘으로 야학 활동을 하였다. 이 야학 활동은 훗날 삿포로 중심의 지하운동의 지도자의 굉장한 이력으로 평가된다. 삿포로 대학 의학부에 다닐 때는 계급의식도 민족의식도 없었다. 부산에서 연락선을 탈 때나 시모노세키에서 삿포로까지 기차를 탈 때도 일본인 같은 표정을 지으려고 했고 일본말을 쓰려고 했다. 조선인 노동자를 만나면 알은척도 하지 않았다. 일본 문화에의 한없는 동경이 일본 유학의 동기로 작용했다. 1943년 의학부 3학년 때 조선 유학생들 중에도 문과 학생들은 지원병으로 끌려가게 되었다. 삿포로 제대 이과에 재학 중인 조선인 학생은 의과 4명을 합쳐 모두 9명이었다. 공학부 학생 홍학서가 본명은 김창수이며 창씨명은 오까다인 헌병보가 쳐놓은 그물에 빠져들었다고 고민하는 것으로 소설은 일단락 짓는다.

(5) 허준의 『잔등』과 제3자적 시각

허준(許俊)[110]의 『殘燈』(『대조』, 1946. 1, 7)은 장춘-금생-길림-회령의 도정을 21일 동안 동행했던 화가 천복(千僕)과 방(方)이 청진 가는 길에서 헤어지자 천복이 청진에 먼저 도착하여 방이 오기를 기다리며 제방 강가에서 뱀장어잡이 소년을 만나 몇 마디 이야기를 나누고, 저녁때 국밥집 할머니의 사연을 들은 후 다음 날 방과 재회하고, 이틀 후 트럭을 타고 청진을 떠나기까지의 위험하기 짝이 없는 노정기다. 「잔등」은 만주에서의 귀국 모티프, 일본인들을 향한 용서의 모티프 등을 중심으로 하여 해방 직후의 북한에서의 조선인, 일본인, 러시아인의 원근관계를 다루고 있어 소재 면에서는 시대소설이나 주인공의 관찰과 심리 서술에 치중한 심리소설의 진경을 보여준다. 동시대의 대다수 소설이 해방 직후를 가변적, 동적, 격정적인 장면으로 착색하고 있는 데 반해 관찰과 관조의 경지를 보여준다.[111] 해방을 맞은 그해의 뜨거운 분위기를 유례없이 차갑게 바라본 것은 작가의 기질이자 능력의 소산이다. 천과 방이 안봉선(安奉線)을 택하는 대신 먼 길을 돈 이유 중의 하나는 청진이나 주을에서 며칠 동안 목욕하며 "만주의 때를 빼고자" 하는 것도 있었다. 천은 이를 소치주의(小腦主義)라는 조어를 통해 긍정적으로 표현하면서 이러한 소뇌주의는 돈, 추위, 기차난 때문에 제대로 실현되지 않는다고 하였다. 방과 불시에 헤어지고 오히려 먼저 청진 쪽으로 와 제방을 거닐다 강가로 내려와 만주에서 만났던

---

110) 평북 용천 출생(1910), 서울 낙원동으로 이사, 다동공립보통학교로 전학(1922), 중앙고보 졸업 후 호세이 대학 입학(1928), 호세이 대학 수료 후 귀국, 『조선일보』에 시를 발표하며 등단(1934), 백철의 추천으로 『조광』에 「탁류」을 발표하며 등단, 『조선일보』 편집국 기자로 입사(1936), 만주로 건너감(1941), 해방 후 귀국하여 '경성조소문화협회'의 발기인으로 참여(1945), 조선문학가동맹 소설부 위원, 서울시지부 부위원장(1946), 해주에서 열린 '남조선인민대표자회의'에 대의원으로 참석(1948), 한국전쟁 때 북한군 따라 월남하여 서울에서 활동, 이후 행적 불명(1950)(서재길 엮음, 『허준전집』, 현대문학, 2009, p. 596).

111) 許俊 創作集 『殘燈』, 을유문화사, 1946, 小序.
    허지만 너의 文學은 어째 오늘날도 興奮이 없느냐, 왜그리 喜悅이 없이 차기만하냐, 새 時代의 擧族的인 熱狂과 鬪爭속에 자그마한 感激은 있어도 좋을것이 아니냐고들 하는사람이 있는데는 나는 반드시 진심으로는 感服지 아니한다. 民族의 生理를 文學的으로 感得하는 方途에 있어서, 다시 말하면 文學을 두고 지금껏 알아오고 느껴오는 方途에 있어서 반드시 나는 그들과 같은 方向에 서서 같은 眺望을 가질수 없음을 아니 느낄수 없는까닭이다. 이것은 영영 어찌하지 못 할 不得不한 나의 宿命的인것이오 不得不한 나의 資質的인것인지도 모른다.

십대의 간호부와 소년을 떠올리다가 사촌 매부의 소식을 궁금해한다. 만주에 들어가 북만에서 농사짓다가 어느 정도 성공하여 아들 셋을 결혼시켰으나 또다시 마을을 떠나야 하는 사촌 매부는 누구를 원망하지도 저주하지도 않는다. 천은 사촌 매부를 떠올리며 향수란 근본적인 것임을 또 조선이 그처럼 그리울 수 없는 나라임을 깨닫는다. 14, 5세쯤된 소년이 뱀장어 잡는 모습을 보며 감탄했다가 중동을 잡아 올려 패대기치자 단말마적인 모습을 보이는 뱀장어에게 감정이입하면서 생명의 지향점을 발견하게 된다. 피란민의 시각을 지닐 수밖에 없는지라 천복이 뱀장어의 몸부림을 초조하고 불안한 자신의 월경과 일치시키는 것은 당연하다. 천복은 소년에게 뱀장어를 구어달라 한다. 다시 큰 군복을 입고 나타난 소년으로부터 이 일대에 비행기 폭격이 많았고 약이 잔뜩 오른 일본인들이 학교에 불을 질렀음을 알게 된다. 날마다 뱀장어를 받아먹는 일본인 어업조합장이 돈과 보석을 싸가지고 도망치는 것을 보고 소년이 위원회 김선생에게 일러바쳐 결국 일본인 조합장은 돈과 보석을 다 **빼앗기고** 흠뻑 매맞고 나서 고무산으로 붙들려갔다고 한다. 소년은 밀고의 대가로 카키빛 양복 한 벌을 얻어 입었다고 한다. 물 샐 틈 없이 감시하는데도 미꾸라지 새끼처럼 새는 놈이 있다고 하는 소년의 말에 천복은 미꾸라지는 자신보다는 일본인의 운명을 더 잘 상징하는 것으로 파악한다. 위원회 김선생은 해방이 되자 감옥에서 나와 지금은 일본인이 살았던 집에 살고 있어 최소한의 보상을 받은 셈이 된다. 소년은 해방 이전 자기에게 뱀장어를 사서 먹던 일본인들이 해방이 되자 굶주림에 시달리다 못해 고무산이나 아오지로 자청해서 가거나 아이들을 끌고 다니며 고생하는 모습을 보고 고소하게 생각한다고 한다. 소년은 김선생의 말에 따라 일본놈들이 뱀장어처럼 갑작스럽게 튀어오르는 것을 용서하지 않는다고 하였다. 천과 방은 장촌에서 회령까지 오는 사이 러시아 사람들을 같이 살기에 무난한 사람이라고 동의하였으나 그들이 물건도 잘 **빼앗고**, 위협도 잘하는 데다 충동적이며 발작적인 면이 있음을 부인하지 않는다. 천복은 러시아의 여러 문인들을 떠올리며 러시아인의 민족성을 대체로 긍정평가한다. 천복은 밤에 청진을 돌아다니다 소련의 전몰 해군의 기념비가 거의 낙성된 것을 보기도 한다. 방은 소련군에게 장춘서 가지고 온 증명서를 내보여 천막 친 차에 오를 수가 있었으나 천은 소련병의 거절로 차를 놓치고 말았다. 천은 방이 타고 간 차를 수소문하여 역에 나가 부분부분 타버린 기차를 보고 회신(灰燼)의 분위기를 실감하게 된다. 탈 것은 다 타버리고 타지 못할 것만 남겨진 차체를 매개로 하여 그 기차를 타고 온 사람들의 모습과 운명을 상상한다. 이 대목도 시적 표현이라고 해도 좋을 정도로 압축미와 추상미를 보여준다.

기름기름히 쌓아 얹힌 각재들 사이에 끼인 사람, 부서지다 남은 걸상과 책상을 쓰고 자는 사람, 째어진 장막의 한 끝을 잡아다려 뼈가 들추이는 어깨를 가리운 사람, 이 사람들은 한 특수한 개념(槪念)을 형성하는 사람들이었다. 그리고 이 특수한 개념을 한 독자적인 완전무결한 개념으로 응고(凝固)시키려면에는, 方은 그 중에서는 무용한 사람일수 밖에는 없었다. 그는 아니 우리는 아모리 다 회진 하였다 하드라도 그래도 어딜런지 덜 회진한 곳이 남아 있는 사람이었다. 회진하지 아니하였으면서도 회진을 체험할 수 있는 대신에는 회진하고 있는 자기자신을 떠나 더욱 더 완전한 회진이 올 줄을 알면서까지 일층 높은 처소에서 회진하고있는 자기 자신을 내려다 보고 방관하고 있을수 있는 부류의 사람이었다.

(애꾸즌 제삼자의 정신!)

차와 차를 연결한 췌인을 다시 짚고 넘어서서, 나는 뒤도 돌아다보지 아니하고 천천히 걸어 정거장을 나왔다.[112]

---

112) 許俊 創作集 『殘燈』, 을유문화사, 1946, pp.69~70.
　　　잡지 발표분(『대조』, 1946.7, p.255)은 여기서 "次號完" 하고 끝난다. 끝 대목은 "灰燼하

천은 방과 함께 덜 회신한 곳이 있다고 하면서 자신을 자기성찰이나 자기파악할 줄 아는 사람이라고 판단한다. 천복은 점포들을 돌고 돌아 낮에 들어갔었던 할머니가 하는 식당에 또 들어간다. 할먼네 무나물을 못 잊어 왔다고 하고 들어가며 돼지고기와 술을 시킨다. 그리고 자리에 앉아 등불을 유심히 바라보게 된다.

역시 바람이 있었던지 솥구막 가까이 납짝한 종지에 피어나는 기름ㅅ불은 유달리 흐늘거려 앉은뱅이 춤을 추면서 제각금 광명과 그늘을 산지사방 벽에 쥐어 뿌리었다. 불은 빛보담은 더 많은 그늘들을 이르키어 그것에 생명을 주어 무시로 약동하게 하고 또 무시로 발광(發狂)하게 하는듯하였다. 그래서 이 적은, 의지할 데가 거의 없는 삐력의 기둥이 되고 주추가 되고, 천반이 되는 몇개의 나무판자와 가마니 뙤기와 그 외의 모든 너슬개미들을 모주리 핥아 없새이려는듯도하였다. 하지만 그것은 남을 핥아 없새이지도 아니하고 저 자신 꺼져 없어지는 법도 없이 다만 사람의 가슴속에 무엇인지 모르는 은근한 한줄이 불안을 남겨놓으면서 종용한 가운데 타고있을 따름이었다.[113]

지 아니 하였으면서도 灰燼을 體驗할수 있는 대신에 灰燼하고있는 自己自身을 떠나 더욱더 아픔이 올줄을 알면서까지 一層 노픈 處所에서 灰燼하는 自身을 내려다 보지아니할수 없는 部類의 사람이었다. 車와 車를 連結한 췌인을 다시 디디고 넘어서서 나는 뒤도 돌아다 보지 아니하고 천천히 거러 停車場을 나왔다"(p.255)와 같이 군데군데 창작집 발표분과 차이를 보인다. 두드러진 것은 잡지 발표분에는 없는 "애꾸즌 제삼자의 정신!"이 창작집 발표분에서 추가되었다는 점이다. 그런가 하면 잡지 발표분에는 매우 많은 한자가 노출되어 있는데 반해 창작집 발표분은 소수의 단어만 한글과 한자를 병기시키고 있다. 잡지 발표분은 "灰燼"이라고 표기하고 있는데 반해 창작집에서는 "회진(灰燼)"이라고 한 번 표기한 다음 (p.68) 뒤이어 배치한 인용문(pp.69~70)에서는 여러 차례 "회진"이라고 표기하였다. "회신(灰燼)"이 맞는 표기이고 "회진"은 잘못된 발음이다.

113) 위의 책, p. 76.

육십대인 주인 할머니는 그동안 아이를 여럿 낳았으나 다 죽었고 유복자인 막내아들은 5년 동안 옥살이하다가 해방되기 한 달 전에 죽었다는 사연을 털어놓는다. 막내아들은 보통학교를 졸업한 후 10년 동안 공장 직공으로 있다가 잡혀갔다. 할머니는 일본놈들을 생각하면 이가 갈린다고 하면서도 정작 무릎 꿇은 일본놈들을 보면 눈물만 나온다고 하였다. 가족들을 다 잃고 배가 너무 고파 깡통을 들고 다니는 일본 거지 아이들을 모아 고무산이나 아오지에 가는 차에 실어 나르는 광경은 통쾌감이 아닌 동정심을 불러온다는 것이다. 할머니는 대화하던 도중에 일본 여자 거지가 들어오자 기다렸다는 듯이 밥과 국을 떠준다. 아들과 가까웠던 젊은이들이 해방되자마자 자치회나 보안대와 관계하며 모시고 가겠다는 것을 할머니가 고사한 것은 복수심의 직접행사의 포기로 읽을 수 있다. 어찌 되었든 이렇게 피란민이 우글우글한 때에 자기 혼자 호사하는 것은 안 되는 일이라고 하는 주인 할머니는 역사의식의 자리에 인정을 앉히고 만 것이다. 천복은 일본인들의 처참한 모습을 보면서 문득 혁명이란 말을 떠올렸고 혁명은 가혹한 것이고 또 가혹하여도 어쩔 수 없는 것이라고 생각하면서도 할머니가 일본 여자 거지에게 밥을 베푸는 모습을 보면서 언제 이런 마음의 준비를 했는지 경이가 아닐 수 없다고 하였다.

경이보다도 그것은 인간희망의 넓고 아름다운 시야(視野)를 거쳐서만 거둬 들일수 있는 하염없는 너그러운 슬픔 같은 곳에 나를 인하여 주었다. 나는 혓바닥에 쌉쌀한 뒷맛을 남겨 놓고 간 미추(美醜)의 방울 방울이 흠뻑 몸에 젖어들 듯이 넓고 너그러운 슬픔이 내 전신을 적셔 올라옴을 느끼었다. 그리고 때마침 네다섯 피난민들이 몸을 얼려 가지고 흘흘거리고 들어서는 바람에 나는 자리를 내어 주고 밖으로 나왔다.[114]

---

114) 위의 책, p. 90.

복수심을 행사해도 용인될 수 있는 할머니가 오히려 불우한 일본인을 동정 어린 눈으로 바라보는 데 반해 뱀장어잡이 소년은 일본인에게 뱀장어를 팔아먹고 살았음에도 패전한 일본인들을 무자비하게 대한다. 소년의 심리는 뱀장어를 패대기쳐 죽이는 행동으로 상징되는가 하면 할머니의 태도는 불빛은 약하지만 따뜻한 느낌을 안겨주는 잔등으로 표현된다. 다음 날 뱀장어잡이 소년을 포함한 7, 8인의 조선인이 두 사내를 잡아가는 모습을 목격하게 된다. 뱀장어잡이 소년은 위원회 김선생의 지시를 따르는 면도 있고 또 대가도 있어 일본인들을 응징하는 것이라고 할 수 있다. 청진을 떠나는 기차에 방과 함께 올라탄 나는 덜컹거리는 찻바퀴 소리를 들으면서 "내 가슴 속에 고유(固有)하니 본성으로 잠복해 있는 내 구슬픈 제삼자(第三者)의 정신을 불러 이르키었다." 그리고 여정은 절반이 못된다고 하더라도 "이미 내 가슴 가운데 그려진 이번 피난의 변천굴곡(變遷屈曲)은 여기서 다 완결되거나 조금도 다름이 없었다."[115] "앞으로 무슨 일이 생기든 내 피난행은 여기서 완전히 끝이 난 모양으로 나는 쌀쌀한 충분히 찬(冷) 나로 돌아왔다"[116]고 생각한다. 기차가 바다를 끼고 긴 모퉁이를 돌 때 나는 잊었던 할머니 가게의 잔등이 명멸하는 것을 깨닫게 된다.

그리고 그 명멸하는 희멀금한 불빛 속에서 인생의 깊은 인정을 누누히 이야기하며 밤새도록 종지의 기름ㅅ불을 조리고 앉았던, 온 일생을 쇠정하게 늙어온 할머니의 그 정갈한 얼굴이 크게 오벌앺이 되어 내 눈 앞을 가리어 마지아니하였다. 그 비길데 없이 따뜻한 큰 그림자에 가리어진 내 눈동아리들은 뜨거히 젖어들려 하였다. 그리고도 웬 일인지를 모르게 어떻게 할 수 없는 간절한 느껴움들이 자꾸 가슴 깊이 남으려고만 하여서 나는 두 발

---

115) 위의 책, p. 102.
116) 위의 책, p. 103.

뒤꿈치를 돋을 대로 돋우고 모자를 벗어 들고 서서 황량한 폐허 위, 오직 제 힘뿐을 빌어 퍼덕이는 한점 그 먼 불 그늘을 향하여 한 없이 한 없이 내 손들을 내어 저었다.[117)

『잔등』은 조선땅에 남아 있었던 패전국 일본의 남녀를 대하는 태도로 뱀장어잡이 소년의 복수심, 막내아들이 노동운동하다 옥사하는 아픔을 겪었던 밥집 할머니의 용서론, 제3자의 정신을 내세우는 주인공의 무관심론 등을 제시했다. 얼핏 '나'는 소년과 할머니의 중간에 서있는 것처럼 보인다. 할머니의 용서론은 '잔등'처럼 따스한 감동을 안겨주고 있기는 하나 '내'가 용서론으로 접어들었다고 하기는 어렵다. 관용의 태도는 시대의 대세도 아니며 꼭 가져야 할 것도 아님을 허준은 잘 알고 있기 때문이다. 허준이 5년 전 발표했던 「습작실에서」(『문장』, 1941. 2)는 조선 청년의 시대고와 일본 노인의 인생고를 연결시킴으로써 절망감과 허무감을 더욱 짙게 느끼게 해주었다. 위의 인용문에서 보는 "슬픔"과 "간절함"은 해방 후의 조선의 한 예술가의 시대고의 단층을 열어 보이는 효과를 가져온다. 「잔등」에서 허준이 조심스럽게 일본인에게 연민을 보내고 있는 것은 당시 한국 작가들 사이에서는 예외적인 일로 받아들여졌다. 일례로, 박계주는 비슷한 시기에 발표한 수필 「나는 놀랐다」(『경향신문』, 1946. 10. 6)에서 조선인이 동족에게는 용맹하고 완강하면서 일본인을 포함한 외국인에게는 필요 이상으로 대범하고 아량을 잘 베푸는 태도를 보고 놀랐다고 하였다.

(6) 주체적 시각의 구현(「역로」 「윤회설」 「지연기」)
박노갑의 「歷史」(『개벽』, 1946. 1)는 제목만 보면 역사소설을 기대하게

---

117) 위의 책, pp. 103~04.

되는 것과는 달리 당대소설로 나타났다. 주인공 김만오의 1945년 8월에서 11월까지의 사고와 행위에 대한 서술이 해방 전의 과거담보다는 훨씬 더 큰 비중을 차지하고 있기 때문이다. 해방 직전에 김만오는 소출보다 도조가 많은 현실에 직면하여 일시적으로 흥분하여 투쟁하다가 옥고를 치른 후 요시찰인이 되었으나 애국반장을 맡아 보국대를 면하고 담당 서기와 구장에게 술 한잔 받아주고 징용을 피하는 비겁한 짓을 저지른다. 대를 이어 소작해오던 아버지가 해방을 맞아 일대 발상의 전환을 꾀해 아들에게 포부를 갖고 서울로 가라고 한다. 만오는 해방을 맞아 갑자기 배당을 요구하는 듯한 쑥스러움에 젖기도 했으나 기어이 서울에 가 한 번 만났던 기억이 있는 어느 정당 수령을 찾아가기까지 한다. 정당 수령 집은 갑자기 문전성시를 이루고 권세의 전당으로 변해 만오 같은 사람은 면담을 거절당할 수밖에 없었다. 만오의 눈에 서울 거리는 정객, 악덕 상인, 정치 지망생, 적산가옥 얻으러 다니는 신사숙녀, 실직 노동자, 소매치기, 시골 농부 등이 복작대는 것으로 비친다. 여관으로 돌아온 만오는 동숙객이 정치는 민중과 괴리되어서는 안 된다고 하면서도 정치 참여의 과열 현상을 비판하는 것을 듣고는 "조선 사람이 조선 정치에 참례를 하는것이 어찌 잘못일리 있겠습니까. 일체를 도맡아 하는이 따로있고, 잘못엔 책임을 같이 진다는 것은, 묵은 역사를 되푸리 하는데 불과한것이겠지오"[118) 라고 반론을 펴고는 대화를 끝낸다. 만오가 아무 소득도 없는 서울 생활을 끝내고 집으로 돌아와 야학을 열어 농민들에게 "서로 배웁시다. 배운것은 곧 실행할것입니다. 반드시 행하여야 합니다. 그러는것이, 옛날 어느책에서도 찾을수없는, 우리농민의 역사를 짓는것입니다"[119) 라고 호소한 데서 이 소설의 표제인 "역사"는 농민이 중심이 된 밝은 미래라는 의미로 정리된다.

---

118) 『개벽』, 1946. 1, p. 159.
119) 위의 책, p. 160.

안동수의 「그 전날 밤」(『우리문학』, 1946. 2)의 인물들은 몇 달 후의 발표작 「아름다운 아침」(『문학』, 1946. 11)에 그대로 등장하였다. 1945년 8월 14일과 15일을 시간적 배경으로 하여 대를 이어 독립운동하는 집안을 들여다본다. 며느리 현숙은 8월 15일의 중대 발표를 일본의 항복 방송으로 시어머니는 일본의 대소 선전포고로 추측하였다. 3·1운동 때의 동지였던 현숙의 친정아버지와 시아버지가 계속 독립운동을 하다가 감옥에 가는 바람에 남은 가족들이 가난과 핍박에 시달린다. 일본 천황의 항복 방송이 있고 난 후 현숙의 친정아버지와 남편은 출옥을 앞두고 있다. 현숙의 남편 상호의 친구 병국은 여운형이 정무총감을 만나 사상범과 경제범의 석방을 요구했고 정무총감이 이를 수락했다는 소문을 전해준다. 여운형의 공적을 부각시키면서 근로대중 해방론을 제기한 점에서 안동수는 여운형 지지자로 추정된다. 「아름다운 아침」에 가면 작중인물 김상호가 영웅적 존재로 부각된다.

엄홍섭의 「歸還日記」(『우리문학』, 1946. 2)는 전재민소설이다. 해방이 되자 영희와 임신 중인 순이는 주인에게 빚을 갚고 자유의 몸이 되어 50여 명의 귀환 부대에 섞여 시모노세키로 연결된 소역에 도착한다. 순이와 영희는 3년 전에 여자정신대로 끌려가 현해탄을 건너 탄약공장에서 천여 명의 여공에 섞여 노동하던 중 탈출을 시도하다 붙들려 술집 작부로 팔려갔었다. 귀환 부대에는 순이가 있던 술집에 드나들었던 청년 징용자가 있었다. 해방 직후 시모노세키는 귀국하는 조선의 전재 동포와 귀환 징용자, 조선에서 나오는 일본인들이 뒤섞여 일대 "사람지옥"을 연출한다. 엄홍섭은 조선에서 일본으로 돌아온 일본인들의 비겁한 행동뿐만 아니라 해방을 맞은 조선 내의 일본인들의 만행을 구체적으로 제시하였다.

조선서 도라온 일인들은 조선내의 조선인이 저이들을 몹시 학대하고 쪼차내다싶이 했다고 역선전을 하기에 바뻣다.

혹시 그러한 사실이 조곰쯤 있었다 치더라도 일본내에서 조선인이받는 박해와는 그본질이 달르고 정도가 틀리였을것이다.

조선내의 일본인이 ——八·一五이후 그독점하고있든 모든 경제적리권—— 크게 식양창고에서부터 적게 고무신 비누 성냥에 이르기까지의 모든 생활 필수품의 생산기관이 조선인의 손에 넘어가는것이 심술이 났음으로 닥치는대로 파괴했고 또 간악한 상인여석들은 무식한 대중을식혀 경제교란을 일으키기위하야 배급물자의 창고를 열어 마음대로 팔어 처먹었든것이며 또한 교활한 일인관리들은 중요문서 서류를 비밀리에 불살러버리고 비품 과물자를 파러먹고 또 공공재산을 있는대로 몽뚱거려 가지고 도망했고 또 어떻게 해서든지 조선에 그대로 남어 여전이 우리민족의 피를 더좀 빨어먹어보겠다고 연합군에게 가진 아첨과 모략과 수단과 음모를 쓰는 조선내의 일본인—이것들을 조선동포가 배척하지안는다면 안했다면 조선내의 동포는 의분도없고 피도 주먹도 없는 바지저고리뿐일것이다. [120]

귀환 부대가 야미배를 타고 가는 도중에 굶어 죽는 사람과 병걸려 죽는 사람이 생겨난다. 희생적인 청년의 주선으로 야미배를 타고 가던 중 순이와 대구 여인이 애를 낳는 극적인 일이 벌어진다. 일본놈의 씨앗을 건국 동이로 데리고 갈 수 없다는 대구 여인의 주장은 주위 사람들의 만류로 꺾이고 만다. 귀환선에서 태어난 두 건국동이가 일본인의 피가 섞인 존재라는 점은 상징적 의미를 지닌다.

박영준의 「還鄕」(『우리문학』, 1946. 2)에서 '나'는 주인공이 되기 위해 땅마지기나 가지고 있던 아버지에게 의존해 있던 중 "그놈의징용이무서워 그를모면해볼랴는 술책으로 하기싫은 면사무소 서기 노릇한 것이 화가되여 조선이 해방되는날로부터 남모를 공포를느끼"[121]는 것이 원인적

120)『우리문학』, 1946. 2, p. 13.
121) 위의 책, p. 32.

사건이 되고 있다. 해방 다음 날부터 '나'는 면사무소로 여자들이 떼를 지어 와 징용 간 남편을 살려내라는 절규에 시달린다. 8월 20일께 서울로 올라와 길가에 붙은 포스터 선전문 격문 뉴스 사진을 빼놓지 않고 보며 공포심과 외로움을 느끼면서 "과거생활에 짓눌려 남들이한다는일에 방관적태도만 갖게되고 나아가서는 반역자가되지않을가하는겁이 문득들었다."[122] '나'는 죽음에의 공포를 잊기 위해 새 나라를 건설하는 일에 뛰어들자고 결심하여 정당 가입을 꾀한다. '나'는 까다로운 정당, 반역자와 모리배가 들끓는 정당을 찾아다니다 구역질을 느끼고 고향으로 내려가 그동안 일본놈들에게 정신적 종노릇한 것을 용서받고 속죄하면서 살기로 결심한다. 그러다 '나'는 소설가 S씨에게 가르침을 받기 위해 부청 앞에서 길을 건너다가 미군 자동차에 치여 3주일 동안 입원하게 된다. 고향에서 친구 M이 올라와 자네를 찾는 사람은 아무도 없으니 고향에 가서 새 나라 건설에 동참하자고 제의한다.

지금 우리는 인민위원회를조직하고 또 농민조합을 조직하고 여러가지일을하고있다. 농민들이 이때까지빗싼소작료를주고 굶주려살든데서구해내려고 새소작료를 정하기도하고 지방의치안을확보하려고 치안대도조직했다. 누가명령한다기보다 다같이해야할일이아닌가―M은 설교하듯말했다. 고마웟다. 그자리에서 승락하고싶엇다. 내게진정에서나오는말을해준 첫사람이다.

농민―군중―이때까지 명령과압박에서만살든 그사람들을살리기위한 진정한활동―그것은 확실히 내과거를 청산하는데 가장필요한요소가아닌가[123]

---

122) 위의 책, p. 33.
123) 위의 책, p. 39.

'나'는 며칠 후에 퇴원해서 어머니에게 고향에 같이 내려가자고 한다. 친구의 권유로 고향에 가서 새 나라 건설에 동참하여 자기구제와 동포구제를 한꺼번에 도모하게 된다. 일제 때 면사무소 서기 노릇한 것에 대한 처벌 공포가 속죄의지를 거치면서 대승적인 건설 의욕으로 작용하게 되는 과정이 자연스럽게 제시되었다.

"畵出魍魎之圖 其一"이란 부제가 붙은 채만식[124]의 「孟巡査」(『백민』, 1946. 3)는 일제 때 순사 하던 존재의 해방 후의 변화상을 따라갔다. 8년 전에 순사로 들어와 38세가 된 맹순사는 양복이나 땔감이나 반찬을 받았다든가 술대접을 받았다든가 하는 식으로 적게 해 먹었다고 판단한다. 크게 먹지 않아 부자가 못 되었으니 나는 청백리다 하는 망상까지 한다. 해방이 되자 동료 경관이 맞아 죽고, 방화당하고, 팔다리 부러지는 것을 본 맹순사는 겁에 질려 사표를 내었으나 어린 아내의 투정을 이기지 못해 복직하게 된다. 새로 발령받은 곳을 가보니 옛날 행랑채 아들로 학교를 그만두고 극장 앞에서 심부름하다 부모에게 늘씬하게 매맞곤 했던 노마가 순사로 와 있다. 노마 후임으로는 살인강도로 무기징역을 받은 강봉세가 온다. 집에 온 맹순사는 다시 사직원을 쓴다. "사상범, 정치범만 석방을 하라니깐, 살인강도꺼정 말끔 다 풀어놨으니, 그놈들이 그래 심청이 그래야 옳담? 심청머리가 그러구서야 전쟁에 아니 저?"[125] 하다가도 "허기야 예전 순사라는게 살인강도허구 다를게 있었나! 남의 재물 강제루 빼어먹

124) 전북 옥구군 임피면 읍내리에서 출생(1902), 임피보통학교 졸업(1914), 중앙고등보통학교 3년 재학 중 은선흥과 혼인(1920), 중앙고등보통학교 졸업, 와세다 대학 부속 제일와세다고등학원 문과 입학(1922), 장기 결석 및 학비 미납으로 제적당하고 귀국하여 경기 강화의 사립학교 교원 부임(1924), 동아일보사 정치부 기자로 입사(1925), 개벽사 입사(1930), 조선일보사 입사(1933), 개성에서 안양으로 이사(1940), 광장리로 이사(1941), 고향에서 해방 맞아 서울 서대문 충정로로 이사(1945), 이리시 주현동으로 이사(1949), 폐환으로 별세(1950)(『채만식전집』 10권, 창작과비평사, 1989, pp. 601~03).
125) 『백민』, 1946. 3, p. 17.

구, 생사람 죽이구하긴 매일반였지"[126)와 같이 반성하게 된다.

위의 작품과 똑같이 "畵出魍魎之圖其一"이란 부제가 붙어 있는 채만식의 「미스터方」(『대조』, 1946. 7)은 일제 때 순사 다니다가 부자가 된 백주사 아들 백보선이 해방이 되자 다 빼앗기고 마는 장면을 보여준다. 집주인인 37세의 미스터 방과 나그네인 48세의 백주사가 술을 거나하게 마시는 것으로 시작하여 2층에서 미스터 방이 양치질하고 뱉은 물을 마침 들어서던 미군 S소위가 얼굴에 맞고 들어와 미스터 방의 턱을 갈기는 것으로 끝난다. 방삼복은 서울 거리에서 미군 장병들이 언어가 통하지 않아 답답해하는 것을 포착하고 S소위에게 접근하여 토막 영어 실력으로 통역이 되어 낮에는 관광지 안내를 하고 저녁에는 여자 있는 술집으로 안내했었다. 백주사의 아들 백보선은 일제 때 7년 동안 순사를 다니면서 뇌물을 많이 받아 큰 부자가 되었다. 해방이 되어 백주사 집도 습격당해 다 빼앗기고 서울로 도망가 여관을 전전하다가 미스터 방을 만나 하대와 멸시를 받아가며 공짜 술 마시는 신세가 된다. "대낮에 도깨비가 나타난 형상"이라는 부제가 일러주고 있는 것처럼 채만식은 일제 때 뇌물을 받아먹으며 순사질하다가 해방 후에도 계속 모리배 짓 하는 사람을 도깨비 같은 존재라고 비웃고 있다. 일제 때 뇌물을 많이 받아먹는 조선인 순사는 「맹순사」「미스터 방」「낙조」 등을 연결지을 경우 채만식 소설에서 반복 모티프가 된다. S소위의 얼굴에 우연히 양치질 물을 끼얹은 미스터 방은 과연 어찌 될 것인가.

채만식의 「歷路」(『신문학』, 1946. 6)는 정치소설, 시대소설, 사상소설 등의 요소를 배합한 대화체소설이다. 서울역에서 부산으로 가는 기차를 기다리며 작가 자신인 '나'와 성격이 느긋하고 뚱뚱보라 병자호종과 되놈이라는 별명을 가진 친구 김군이 나누는 시국담, 서울역에서 천안 가는 기

---

126) 위의 책, p. 17.

차 속에서 김군이 늙은 농부와 잠바 청년과 시골 신사와 나누는 정치담, 대전으로 가는 기차 속에서 천안에 쌀 사러 온 월급쟁이 청년이 끼어들어 나누는 이야기, 이튿날 새벽에 미군 전용 열차 편승을 거부당하고 다음 차를 기다리며 내가 김군과 나누는 이야기 등과 같이 네 부분으로 구성되어 있다. 첫번째 시국담에서 김군은 농담 반 진담 반으로 '나'에게 재빠른 변신을 권한다. 1945년 8월 15일 11시 59분까지 대일협력의 목청을 돋우었던 자들이 12시가 지나자마자 친일파를 없애라 민족반역자를 없애라 하고 외치고 글 쓰고 한다고 지적한다. 해방 전에 일본에 협조하는 강연을 몇 번 나갔던 '나'에게 친일 행위는 인정하지만 그 죄의식 속에 파묻혀 있지 말라고 충고한다. 정당에 자금을 대든가 신문 잡지를 매수하든가 사회단체에도 기부금을 내는 식으로 돈을 뿌리면 고약한 체취가 향그러운 체취로 변할 것이라고 한다. 이러한 첫번째 시국담은 훗날 채만식의 「민족의 죄인」(『백민』, 1948. 10, 1949. 1)의 출현을 예고하는 기능을 한다. 두번째 시국담은 정치 이야기였다. 언제 우리나라 정부가 들어서느냐 하는 농민의 질문에 김군은 그것은 노서아 사람과 미국 사람에게 물어봐야 할 것이라고 답한다. 김군이 누구를 대통령으로 뽑겠냐고 묻자 늙은 농부는 이승만 박사가 낫다고 하고 잠바 청년은 박헌영이 좋기는 하나 지금 우리나라를 공산주의로 만드는 것은 시기상조라 여운형을 뽑겠다고 한다. 잠바 청년은 여운형을 공산주의자로 보고 있지 않다. 김군이 공산주의와 토지개혁을 긍정적으로 알기 쉽게 설명하자 늙은 농부는 아무리 평등사회를 만드는 것이 좋다고 하더라도 지주의 땅을 강제로 빼앗는 것은 찬성할 수 없다고 하면서 조선이 공산주의가 되면 결국 소련의 속국이 되는 것이 아니냐고 우려를 표한다. 시골 신사는 미국식 민주주의를 지지한다고 한다. 김군과 '나'는 듣는 자로 만족해하며 기차의 동승객들 사이의 정치 이야기가 당대 우리 사회의 여론을 고스란히 반영하고 있다는 데 공감한다. 부산에서는 쌀을 구하기가 힘들어 한 달에 두 번씩 천안에 와서

싼 가격에 쌀을 사간다는 월급쟁이 청년은 쌀을 비싸게 팔려고 몰려드는 농민들과 일본으로 내다 팔아 폭리를 취하는 밀수꾼들을 비난한다. 새벽에 조선 노인이 보기에 민망할 정도로 굽신거려가며 미군 전용 열차에 오르려고 하자 이를 새파랗게 젊은 미군이 제지하는 장면을 보고 김군과 '나'는 불쾌감을 느끼면서 순간적으로 남북에서의 외국군 동시 철수라는 문제를 생각해보기도 한다. 김군과 '나'는 첫번째 시국담을 나누기 전에 해방 후 1년 동안 사회 부조리와 무질서 심리를 개탄한 바 있다. 대전에서 밤 11시에 내려 다음 날 새벽 5시 반에 이리행 열차에 올라선 두 사람은 조선인들이 단합하지 못하고 개인주의나 당파주의에 빠져 있다고 개탄한다. 김군은 이렇게 강의한다.

"사회진화의 노선이 적실히 유물변증법적 방향인 바엔 협조가 헤게모니의 영원한 상실을 의미하는 건 아닐 텐데, 독일의 나찌즘이 영원한 승리가 아닌 것처럼, 결국 문제는 협조하는 기간 동안 임금을 조금 덜 받아야 하구 소작료를 조금 더 물어야 하구 한다는 문제루 귀착하는 것이니깐. 사세가 차차 더 절박해가니 돈 몇천 원이니 벼 몇 섬씩을 애끼다간 민족 천년의 대계를 그르칠 염려가 있다는 걸 깨달아야 할 텐데. 새로운 역사의 주인 노릇을 할 긍지와 도량으루다 말이지."

"사람이 없나 봐. 한 정당 한 정당의 두령 재목은 있어두 민족의 두령 재목은 안직 없는 모양야."[127]

김군은 "유물변증법"이 가리키는 좌익이나 "나찌즘"이 가리키는 우익이나 한 발자국씩 양보해야 한다는 논리를 펼치고 있다. 이러한 상호양보론은 가진 자나 못 가진 자들을 향하기도 한다. 채만식은 좌익이나 우익

---

127) 『채만식전집 8』, 1989, p. 290.

을 택하여 선전하는 식의 태도를 지양하였다. 채만식은 「상경반절기」 (1939), 「냉동어」(『인문평론』, 1940. 4~5) 등의 소설에서 자민족 부정론의 시각을 취한 바 있다. 김군과 '내'가 나누는 시국담은 계몽적인 담론의 수준을 유지하고 있고 늙은 농부, 잠바 청년, 시골 신사, 월급쟁이 청년 등이 나누는 시국담은 민심을 반영하고 있다.

염상섭의 「해방의 아들」은 『신문학』 1946년 11월에 발표되었던 「첫걸음」을 해방 1주년 기념작에 수록할 때 제목만 바꾼 것이다. 「첫걸음」은 일본인 행세했던 조선인이 해방이 되어 조선인으로서 출발하게 된 것을 의미한다. 회사원인 홍규는 안동현에 살다 신의주로 건너와 있을 때 옆집 일본인의 부탁을 받아 안동현에 건너가 조카 사위 마쓰노를 데리고 온다. 마쓰노는 고아가 되자 일본 나가사키의 외조부 민적으로 들어가면서 일본인 행세했던 조선인 조준식이다. 홍규는 가봉이나 배급 때문에 일본인 행세를 했다는 준식을 한심하게 생각한다. 신의주로 온 준식은 홍규로부터 조선 사정과 조선 역사를 배운다. 두 사내는 장작 패는 일을 같이 하기도 한다. 일본 사람들은 모두 수용소로 갔는데 준식은 일본 사람들로부터 놀림받고 부인은 일본으로 가자고 하는 틈바구니에서 괴로워한다. 홍규는 태극기를 주면서 "일인의 본을 뜨는 것은 아니나 적어도 그러한 긴장한 정신과 감사하는 마음으로 새출발의 첫거름을 떼어놓아 주셨으면 하고 비는 것입니다……"[128]라고 말하기도 하고 "이 깃발아래 세식구가 모여 사십쇼. 북에 있으나 남으로 나려가나 현해탄을 건너서 나가사끼로 가시거나, 이 깃발 밑이 제일 안온하고 평화로운 것을 깨달을 날이 있을것입니다"[129]라고 한다. 준식이 이제사 조선에 온 것 같다고 감격해할 때 홍규는 태극기의 효능을 인정하게 된다. 장춘으로 건너갔을 때 조선인회에 들러서 피란민증을 만들어가지고 다시 왔을 때 종이에 그린 태극기가 유

---

128) 『염상섭 전집』 10권, 민음사, 1987, p. 40.
129) 위의 책, p. 41.

리창에 붙은 것을 보고 "넉마 하나를 팔려 해도 태극기가 보호를 해주고 신용을 세워주게 되었고나!"[130] 하고 감개무량한 적도 있고 아내가 막 낳은 아들을 보고 "어디 태극깃발 아래에서 난 애기 좀 보자!" 하는 주인댁의 말을 무던히 좋게 듣고 해방이 되었다는 것을 실감하게 된다. 그리고 아들 이름을 주인댁의 권유로 "건국"이라고 짓기로 한다. 희망에 차 있고 들떠 있는 조선인 홍규와 달리 일본인들은 집에서 숨어 살기도 하고, 장작 패는 일을 하기도 하고, 식모살이하러 가기도 한다. 만주에서나 조선에서나 일본 사람들 물건은 사지도 팔지도 말자는 분위기도 있다. 태극기를 보고 자신의 정체성을 실감한다는 것은 채만식의 「논이야기」에서 제기된 나라무용론과 대조를 이룬다.

김만선의 「해방의 아들」이 해방 전 안동현에 살다가 해방 후 신의주로 건너온 조선인을 그린 것과는 달리 김만선의 「한글講習會」(『대조』, 1946. 7)는 해방이 되었어도 아직 장춘에서 떠나지 못하는 조선인을 내세웠다. 피란민 수용소인 장춘장에 들어가 있는 원식과 처자는 끼니 잇기도 어려워 떡장사를 하려다 무료한글강습회를 열 계획을 갖는다. 해방 이전 월급쟁이를 하며 근근이 유지하던 살림살이를 해방을 맞으면서 하루아침에 폭도들에게 다 빼앗기고 말았기 때문이다. 원식은 장춘에서 조선인들을 대표하는 대한민단이나 청년단체의 광고문, 선전문, 강령을 보면서 철자가 뒤죽박죽인 것을 알게되었다. 막상 한글강습회를 열었으나 배우러 오는 사람들이 없자 원식은 동포들을 위한 계획 하나 똑바로 세우지 못하는 민단을 비판한다. 잡지 발표분은 다음 날 민단 간부를 찾아가야겠다고 기약하면서 집으로 가는 도중 먼 곳에서 나는 총소리를 듣는 것으로 끝난다. 이 소설은 주인공이 총소리를 듣는 것에서 시작하여 총소리를 듣는 것으로 끝난다. 총소리는 공안국 사람이나 소련병이 치안 유지를 목적으

---

130) 위의 책, p. 25.

로 공포를 쏘는 것을 뜻한다.[131]

「二重國籍」(김만선 창작집 『압록강』, 동지사, 1948)에서 중국인 민적을 지니고 부자로 살아온 조선인 박노인이 해방을 맞아서도 여전히 물욕에서 헤어나지 못한 행동을 하다가 만주인 군인들에게 살해된다는 이야기를 들려준 김만선은 「鴨綠江」(『신천지』, 1946. 6)에서 해방을 맞아 조국으로 돌아가는 조선인들의 모습을 그렸다. 만주 신경에 살고 있는 원식은 8·15 직후 석 달이 지나서야 신경을 출발하게 된다. 불한당도 많고 여자들은 욕보기 쉽고 또 하얼빈 방면에서 오는 피란민들 때문에 기차에 자리가 없다는 것이다. 그러다가 추위가 닥치자 겁이 난 원식과 조선 사람들은 소련 당국을 설득하여 한 칸에 2백 명씩 2천 명이 20명의 보안서원의 지휘 아래 출발하게 된다. 일부 중국인들이나 소련군 장교가 만주에서 같이 살자고 권했지만 조선인 농민들은 불안감 때문에 압록강을 건너 조국으로 가고자 한다. 사흘 만에 궁원역에 도착하여 한나절 동안 가지 않고 있을 때 기차 밖에서 19세의 조선인 소련병 박용수와 피란민들이 인사하고 담배, 사과, 위스키 등을 준다. 원식은 박용수를 본 후 소련군에 대한 경계를 늦추게 된다. 유가하역이란 조그만 산골 역에서 오르막이 심해 기차가 가지 못하자 무책임하게 도망가버린 일본인 기관사를 향해 원식은 나라도 민족도 망한 자라고 욕을 한다. 안동역에 도착하여 해산한 후 원식은 지체하지 않고 배를 타고 압록강을 건너 신의주로 들어간다. 닷새 동안 수용소에 있다가 역으로 나갔을 때 그는 십수 명 일본 여자들이 대비를 들고 역전을 청소하는 것을 목격한다. 그리고 며칠 전에 기차에서 죽은 아내를 창밖으로 던진 사내가 여비를 구걸하는 모습을 보고 지전 몇 장을 던져주기도 한다. 원식은 한 일본인 사내가 피란민에 섞여 가려는 것을 보고 보안대원에게 일러 잡아가게 한다. 아내의 타박에 조선인을 위

131) 김만선 창작집 『鴨綠江』(동지사, 1948) 수록분의 끝부분에 오면 잡지 발표분보다 민단에 대한 주인공의 불만이 더욱 세밀하게 서술되고 있다.

해서 그런 것이라고 하고는 생전 처음 일본인에게 벌을 주었다고 약간 으스대기도 한다. 원식은 패전한 후의 일본인들을 향해 그 행태에 따라 반응을 달리한다. 원식이 표시한 동정심과 고발정신의 양가성은 인지상정에 가깝다. 「한글강습회」에서는 소련병을 경계하고, 「압록강」에서는 일본인에 대해 동정했다가 응징하기도 했던 김만선은 일찍이 「절름발이 돌쇠」(『조선주보』, 1946. 4)에서는 40세까지 양복점 재봉사로 일하며 모은 돈을 친구의 권유로 사업 투자했다가 사기 당하고 비통해하는 한 남자를 그렸다.

박영준의 「물쌈」(『문학』, 1946. 11)도 해방 직전 만주의 한인촌을 무대로 삼았다. 종석이는 툰장의 아들이 보름 동안 군대 훈련 받으러 가는 것을 축하해주기 위해 마을 사람들에게 돈을 거두어 돼지를 잡는다. 그럼에도 툰장은 종석이가 딸 필녀를 자기에게 며느리로 주지 않는다고 경찰서에 고소한다. 군인으로 나가는 사람에게 딸을 주지 않는 것을 보니 사상이 불온한 것 아니냐고 하며 경찰은 종석에게 죽도록 매질하였다. 툰장이 저수지를 막아 저수지 아래 논을 가진 사람들이 가뭄에 고생하자 종석이는 더 이상 참지 못하고 도끼를 들고 가 수문을 부수어버린다. 이렇듯 약자가 강자의 횡포를 참다못해 복수심이나 반항심의 차원에서 폭력을 행사하는 장면을 담은 소설은 해방 직후임에도 실제로 유례가 많지 않다.

김동인의 「釋放」(『민성』, 1946. 2)은 중공업회사 평양 공장의 일본인 고급 사원들이 미증유의 중대방송의 내용이 무엇인가 하고 궁금해하는 것으로 시작한다. 유일한 조선인 종업원 타이피스트로, 남편이 치안유지법 위반으로 7년 형을 받고 서대문 형무소에서 복역 중인 손숙희는 소련이 참전한 것을 염두에 두며 항복 방송이 아닌가 추측한다. 김동인은 손숙희의 머리를 빌려 일본이 세계에서 가장 실력 있는 미국과 영국을 상대로 하여 선전포고를 한 것을 망령이라고 평가한다. 은행과 금융기관에 맡긴 돈을 찾느라고 법석을 떠는 일본인들의 모습을 통해 해방을 실감하게 된다. 해방 이튿날 낮에 손숙희는 아들을 데리고 서울행 기차를 탄다. 김동인은 서울행 기차를 타고 가는 한국인들의 희망찬 모습을 묘사한다.

일즉이는 많은 실망군(失望群)을 실어다가 만주의 황야에 쏟아놓은 역활을 하던이 기차는, 지금은 희망과환희의 무리를 만재하고, 四十년만에 국도(國都)로 등장하려는 서울로─서울로 속력을 다하여 닫는다.[132]

많은 실망군을 실어다 만주의 황야에 쏟아놓는 기차의 모습은 1920~ 30년대 간도 이주 모티프를 설정한 소설들에서 쉽게 볼 수 있었다. 서대문 형무소에 가보니 남편은 이미 석방되었다. 이튿날 숙희는 새로운 서울 거리를 보며 "해방풍경"을 만끽한다. 이 소설에서 "해방풍경"이란 말은 세 번이나 나온다. "공수래, 공수거로, 일본인은 四十년간에, 빈손으로 조선에 건너와서, 四十년간을 조선을 갈고 닦고 건설하고, 오늘날 그 건설공사의 낙성을 기회로 다시 빈손으로 제나라로 돌아가는것이다"[133]와 같이 일제강점기를 식민지근대화론으로 해석하는 기미를 보였다. 김동인은 일본인들을 노골적으로 비판하기보다는 비아냥거리는 수준에서 그쳤다. 그런가 하면 일본인들이 참된 황민이 될 것으로 크게 기대했던 조선의 소학교 학생들이 오히려 가장 활발하게 조선 독립 만세를 부르는 것을 보고 일본의 40년간의 조선 통치는 완전히 실패로 돌아갔다고 판단한다. 김동인은 피는 속일 수가 없다는 평범한 이치를 환기시키는 것으로 자신의 식민통치론을 마무리하였다. 남편이 "지금다시 새로운힘이 조선의 우에 씨어질게요. 그것 때문에는 더욱 큰항쟁이 필요할게요"[134]라고 말하는 것은 해방 후 건국 도정이 갈등과 투쟁으로 물들 것임을 예고한다.

---

132) 『민성』, 1946. 2, p. 19.
133) 위의 책, p. 19.
134) 위의 책, p. 19.

김동인의 「學兵手帖」(『태양』, 1946. 3)은 23세에 학병으로 출정하여 해방을 맞은 조선의 한 젊은이가 학병 지원한 과정을 소개하고, 백병전에서 영국군의 가슴을 찔러 죽인 후의 착잡한 심사를 고백하고, 일본군의 인명 경시 태도를 고발하고, 전쟁이 끝난 후의 조선의 운명에 대하여 걱정하고, 해방 전에 30세 이하의 조선인의 정체성에 대하여 불안감을 드러내고, 해방은 하늘이 주신 것이라고 하면서 일본 통치를 부분적으로 긍정하는 면모를 보여준다. '나'는 일본이 세계의 최대강국인 영국과 미국에게 선전포고한 것은 "일본의 발광(發狂)적 발작(發作)이며 국가적 자살행동이라는 것은 삼척동자라도 넉넉히 알 일"[135]이라고 한다. '나'는 상과를 나와 은행에 다니고 있었음에도 신문과 모교 선배들이 너 하나 학병 기피하면 2,600만 조선인이 품갚음을 받게 될 것이라고 협박하여 할 수 없이 학병에 지원했노라고 한다. 김동인의 특이함은 대동아전쟁에 대한 조선 사람의 관념을 "고래싸움에 새우등 터진다"와 "방휼의 싸움에 어부가 득본다"는 속담을 인용하여 최소한 이분한 것에서 김동인의 날카로움을 확인할 수 있다. 일본이 만일 패전하면 조선에 지금보다 더 나쁜 상황은 오지 않을 것이며, 승전하면 조선에도 약간 경사가 될 것이라고 추측하였다. '나'는 카이로회담에서 조선 해방이 논의되었다는 소문을 듣고 "군국주의 일번과 대륙과의 완충지대로서 조선독립국의 존재가 필요한가"라는 의문과 "남의 덕에 혹은 조선이라는 나라이 독립하는 행운을 맛보게 될수가 잇을가"[136]라는 의문을 떠올린다. 조선 신국가가 건설되면 부모 세대는 조선인으로 돌아가지만 한일합방 이후에 태어난 사람은 나면서부터 일본인인 만큼 그 처우는 어떻게 되는 것이냐는 색다른 걱정을 한다. 30세 이하의 조선 청소년들이 대부분 일본인의 성격과 사상과 일본 황도에 젖어 있다는 인식을 근거로 하여 동시대의 다른 작가들은 하지 않는 우려

---

135) 『태양』, 1946. 3, p. 22.
136) 위의 책, p. 25.

를 하고 있다.

　지금에 앉아서 생각해 보건대 이 모든일이 하늘의 섭리였다. 조선인의
성격이 번시 느리고 대범한 때문에 二十세기 찬란한 문화세상에 조선을 폭
노시키면 조선이라는 나라는 국제상 뒤떠러진 나라 노릇을 면치 못할것이
다. 이 점을 생각하여 하늘은 조선의 지배권을 몃十년간 일번에게 맡겼다.
　빨랑빨랑하고 조밀한 일번은 조선을 합병하여 가지고 단시일ㅅ새에 표
면만은 세계수준에 뒤및을만한 시설과 예비를 하여노았다. 조선인이 그냥
제나라를 통치햇으면 三四十년이 짧은 기간 안에 이만한 시설은 도저히 못
하였을것이다. 빨랑빨랑한 일번의 성질을 가지고야 비로서 가능한 일이다.
　근 四十년을 일본이 전력을 기울여서 닦은 결과 조선도 인전 표면만은 비
슷한 국가체제를 갖후게 되었다.
　일제는 조선의 통치권을 조선인에게 돌려 주어야 할 차례다. 이러기 위
해서 하늘은 일번에게 미, 영, 중에 향하여 싸움을 걸도록 꾸미었다.
　이 「미, 영, 중」 대 「일번」의 전쟁의 결과로서 조선은 가만 앉어서 해방과
자유를 얻게 된것이었다.
　조선의 해방은 미국이 준배도 아니요 중국이 준배도 아니요 또는 소련이
준배도 아니요 하늘의 선물이다.[137]

　8·15 해방을 하늘이 주신 것이라고 강조하다 보니 김동인은 부지불식
간에 일제 40년을 비극으로만 해석하지 않는 태도를 드러내고 만다.

　하늘이 주신 이 해방의 자유日
　한번의 공습도 받어보지 않고 한푼의 손해도 받어보지 않고 일번이 四十

137) 위의 책, pp. 26∼27.

년간을 심혈을 기울여 막고 간(幹) 이 금수강산은 인제 완전히 우리의 손으로 돌아오는 것이다.[138]

「학병수첩」은 앞의 시각이나 분위기에서 반전하여 애국심을 고창하는 태도를 취하게 된다. 작가는 학병에게 이제부터는 내 나라 내 강토를 보호하기 위해 우리의 심신을 바칠 때가 왔다고 다짐하는 것으로 끝난다.

김동리(金東里)[139]의 「輪廻說」(『서울신문』, 1946. 6. 6~6. 26, 15회)은 해방 전 발표작 「두꺼비」(『조광』, 1939. 8)의 연장선에 놓인다. 한종우의 머릿속에 피 묻은 수레바퀴가 돌아가는데 "그 피에서는 결핵균을 가득이 갖인 두꺼비새끼들이 무수히 준동하고 있었다"[140]로 끝맺음한 것에 이어 「윤회설」은 "두꺼비를 잡어 먹은 능구렁이는 과연 죽엇다. 그러나 그 죽은 능구렁이의 썌마디마디 생겨난 그 수 만흔 두꺼비의 새끼들은 그 형제들은, 또 서로 싸호고 서로 미워하기 시작햇다고, 생각하엿다"(1946. 6. 6)로 시작한다. 능구렁이가 일본을, 두꺼비 새끼가 조선인을 가리키는 것으로 짐작하는 것은 어렵지 않다.

누이동생 성란은 오빠 종우의 주위에 있는 사람들은 모두 좌익단체에 가담했다고 하며 종우의 약혼녀 혜련이마저도 토요일마다 예술가동맹에 다닌다고 하였다. 해방 직후에 곧 소련군이 들어올 것이라고 선동하자 종우의 친구들은 대부분 유행처럼 좌경했음을 인정한다. 성란은 결혼하고

---

138) 위의 책, p. 27.
139) 경북 경주시 성건동에서 출생(1913), 대구 계성중학교 입학(1926), 서울 경신중학교 편입(1928), 『조선중앙일보』 신춘문예에 「화랑의 후예」로 당선(1935), 『동아일보』 신춘문예에 「산화」로 당선(1936), 징용을 피해 사천의 양곡배급소 서기로 취직(1943), 청년문학가협회 회장으로 피선(1946), 『경향신문』 문화부장에 취임(1947), 『민국일보』 편집국장 취임(1948), 『문예』 주간에 취임(1949), 한국문총 사무국장에 피선, 문총구국대 부대장 역임(1951), 예술원 회원 피선(1954), 한국문인협회 이사장에 피선(1970), 중앙대학교 예술대학장 취임(1973), 대한민국 예술원 회장 피선(1981), 별세(1995)(『김동리문학전집』 11, 계간 문예, 2013, pp. 279~84).
140) 『조광』, 1939. 8, p. 356.

나서 남편 윤군에게 설득되어 노골적으로 좌익 편을 든다. 종우는 창공 다방에서 숙전 교수인 혜련을 기다리면서 옛날에 혜련이 동경 유학 중이고 종우는 결핵으로부터 회복 중일 때 해운대로 가 사랑을 나누었던 기억을 떠올린다. 혜련의 요구로 혜련의 아파트로 가 그들은 저녁을 먹으며 백포도주를 서너 잔 나눈다. 혜련은 윤선생 주선으로 박용재에게 사회과학 강좌를 들었다고 하며 박용재는 진실한 공산주의자가 되기 위해서는 가장 진보적인 민족주의자가 되어야 한다고 했다는 것이다. 그러자 종우는 "진보적"이란 말은 알맹이가 없는 데다 선전표어에 불과하다고 하며 "진보적"이니 "주의"니 하는 말이 싫다고 한다. 혜련은 박용재가 종우를 비난하지 않고 오히려 경의를 표한다고 하는 식으로 두둔한다. 종우는 혜련이 이렇듯 화를 내는 이유를 오랫동안의 부자연한 금욕 생활에서 기인한 것이라고 이해하면서도 불쾌감을 갖는다. 종우가 혜련을 진정시키고 즐겁게 해주고 싶어 언제나처럼 사상 이야기를 꺼낸다.

우리는 진보적이니 퇴보적이니 민족주의니 공산주의니하는 그런 문구를 가지고 다툴 필요가 어디 잇단 말유? 오늘날의 이쌍의 민족주의자들이 과연 공산당측에서 비방 하는것처럼 자본주의와 결탁을 하고 잇다면 그것은 개혁 식혀야 할것이고, 쏘 공산당이 민족진영에서 비난 하는 것처럼 소련식 제국주의의 전위가 된다면 이것도 용인할수 업슬것이오.[141]

혜련이 좋은 게 좋다는 식으로 반응을 보이자 종우는 반감을 억누르지 못하면서 양비론도 되고 양시론도 되는 보충 설명을 한다.

우리는 저 자본주의의경제적 계급적 죄악과 모순을 제거하는동시 공산

---

141) 『서울신문』, 1946. 6. 14.

주의의 기계적 공식논도 버려야 된단 말유. 즉우리는 경제적으로 게급적으로 해방이 되는 동시 인간성의 자유와 정신적 존엄 이것도 확보해야 한다는거 쑨이지.[142]

이어 종우는 본격적으로 강의한다. 유물사관의 물질이나 유심사관의 정신 그 어느 한 가지만으로는 인간 생활의 전부를 규정한 것은 오류다, 사람의 생활 조건에는 경제적·종교적·예술적·도덕적 조건 등 여러 가지가 있어야 한다, 조상들이 물려준 귀중한 유산의 하나인 자유정신 중에서는 인간성의 자유와 개성의 자유가 가장 중요한 항목이다 등과 같은 주장을 펼쳤다. 종우는 개성의 말살과 기계적 획일을 강요하는 일부 나라들은 정신적 질식을 완화시키느라 프리 섹스를 허용하거나 국책에 의한 예술 제공 등을 꾀한다고 하였다. "경제균등의 사회를 실현 식히는 동시에 인간성의 자유와 정신적 존엄성을 확보 하려는것이며 이러한 진정한 세계사적 과제를 바로 포착하는 것이 가장 진보적이요 과학적인 세계관이 아닐까"[143] 등과 같은 주장에서처럼 결국 종우는 자본주의와 공산주의, 유물론과 유심론의 종합 위에서 가장 진보적이면서 과학적인 세계관을 찾자는 것이다. 작가 김동리는 나름대로 마르크시즘을 반박하거나 수정하는 논리를 제시하고 있다. 종우가 박용재나 평론가이며 극작가이며 대학 강사인 매제 윤군이나 팸플릿 지식에서 벗어나지 못한다고 혹평하자 혜련은 이들이 팸플릿 지식 안에서도 그만한 혁명적 실천을 하고 있다고 응수한다. 사상토론의 수준까지 보여주는 종우와 혜련의 대화는 훗날 『해방』(『동아일보』, 1949. 9. 1~1950. 2. 16.)의 이장우와 인민당원이며 의사인 친구 하윤철의 토론을 예고해준다. 종우는 화를 꾹 참고 개나 도야지도 가졌다고 하는 불성을 나는 어째서 나이 30이 넘도록 체험할 수 없는

142) 위의 신문, 1946. 6. 14.
143) 위의 신문, 1946. 6. 15.

가 하며 일어 나려는데 혜련이 붙들어 앉히고는 본심을 꺼낸다. 혜련이 선생님에게는 정희가 있고 철학이 있지만 나는 가진 게 없다고 하자 종우는 정희와 나는 아무 관계가 없다고 한다. 혜련이는 질투하고 있다. 정희가 누구인가를 알려면 「두꺼비」를 보아야 한다. 정희는 「윤회설」에 오면 실제로 등장하지 않고 종우와 혜련의 대화 속에서 거론될 뿐이다. 경영하던 학원도 인가가 취소되고 친구들은 전향하여 허무감에 휩싸여 있던 종우는 시골 술집 색시 정희를 삼촌에게 큰돈을 빌려 구해주고는 한때의 객기에 의해 한 짓이라고 하면서 후회한다. 부모가 남의 소실로 가라고 하는 것을 뿌리치고 정희는 서울로 도망왔으나 한종우가 냉담한 반응을 보이자 종로 카페 여급으로 있다가 도로 시골로 가버린 후 소식이 끊어졌던 것이다. 두 남녀의 이러한 관계가 「윤회설」에 그대로 옮겨와 있다. 「두꺼비」에서 허무주의자요 친일파비판론자였던 종우는 「윤회설」에 오면 좌익 반대론자로 등장한다. 작중인물 종우의 사상적 변화는 작가 김동리의 변화를 반영하고 있다. 두 작품은 작가의 의도와 관계없이 연작의 관계를 이루게 된다. 혜련의 아파트를 나설 때 분노와 증오의 시선을 보내던 종우는 혜련이 준 일기를 받아들고 아파트를 나오자마자 혼절한다. 사흘 후에 깨어난 종우는 혜련의 일기를 탐독한다. 혜련의 일기는 혜련보다 오히려 종우를 더 잘 알게 해준다. 종우가 청혼을 하면 결혼하겠지만 그렇지 않으면 박용재와 결혼할 수도 있다는 점, 자기 오빠는 정희와 결혼할 것이라고 한 성란의 말을 인용하면서 속상해한 점 등이 담겨 있다. 종우가 윤군과의 결혼을 반대하자 누이동생 성란이 앙심을 품고 종우와 혜련의 사이를 이간질시킨 것이 일기를 통해 드러난다. 오빠 종우와 여동생 성란 내외의 이념 갈등도 오빠의 결혼 반대로 성란이 앙심을 품으면서 빚어진 것인 만큼 성란의 앙심은 이념소(理念素)가 된다. 종우가 술에 취해 밤 10시 넘어 혜련의 아파트를 찾아가 문에 비스듬히 기대어 잠들었다가 눈을 뜨니 혜란과 성란이 서 있다. 종우는 사회주의를 의식하며 인류적 자존을 저주하고 절망하는 것은 현대적 타락이요 "우상중독"이라고 하면서 혜란에게 정식으로 청혼한다. 1946년 5월 11일 해방 이후 처음 맞는 아버지의 제삿날에 종우와 혜란은 삼촌 내외 앞에서 결혼식을 거행한다. 초대를 받고도 성란의 부부는 병을 핑계 대고 오지 않는다. 이튿날 일요일에 종우 내외와 삼촌 내외와 고모 내외는 서울운동장에서 거행되는 독립전취 국민대회에 참석한다. 사람들이 많이 모인 것을 보고 혜련이 감탄하자 종우는 민족혼을 볼 수 있다고 하면서 7, 8년 전에 처음 각혈했던 날 강서방이 벌건 능구렁이가 든 유리병을 들이대며 능구렁이가 죽어서 마디마디 두꺼비 새끼가 불개미 떼같이 날 것이라고 한 말을 떠올린다. 그러고는 불개미 떼같이 많은 두꺼비 새끼들 속에서 성란이 내외는 들어 있지 않은 점을 되새긴다.

김동리의 「紙鳶記」(『동아일보』, 1946. 12. 1～12. 11)는 박봉에 시달리는 교사인 백남수의 아내가 밀수제비도 제대로 못 먹고 여섯 살짜리에게 신발 하나도 사주지 못하는 형편에 짜증이 나 갓난애까지 마구 대하는 장면으로 열린다. 아내는 해방이 되어 달라진 게 뭐냐고 하며 남편에게 문학해서 돈이 생기냐고 시비를 건다. 어린 아들 재혁이는 제 것인 가오리연이 김정식 선생네 집 굴뚝 위의 전깃줄에 걸려 있는 것을 엄마한테 꺼내달라고 했다가 반응이 없자 아버지한테 조른다. 백남수는 출근하기 위해 전차를 타고 중앙청을 지나다가 사람들이 전차에서 내려 미군이 뿌리는 디디티 소독가루를 맞고 도로 올라가는 광경을 본다. 남수도 뿌옇게 가루를 뒤집어쓰고 전차에 올라탄다. 이를 보고 전차 안에서 김선생이 민족적 모욕이라고 한 말이 도화선이 되어 김선생과 한 청년은 각각 소련과 미국을 지지하며 다투게 된다. 김선생은 원래 정광여학교의 수석 교원으로 있다가 학교의 비품 분실 사건으로 인책한 뒤 해방육영회의 전무이사로 있으며 남수에게는 오래전부터 적대적인 존재였다. 사회단체에서 기증한 피아노, 오르간, 미싱이 분실되는 사건이 벌어졌을 때 이 물건들이 김선생네 집에서 또 그와 가까운 장선생, 윤선생의 집에서 발견된 것에 김선생이 책임지고 사의를 표한 것이다. 다섯 명 교사의 복직운동이 좌익 경향의 투쟁학생총연맹과 연계되어 전교 학생이 동요하는 가운데 김선생은 학원 내의 친일파라든가 민족반역자와 대립하는 존재로 추앙되기에 이른다. 작가는 좌익운동이 합리적 판단이나 정확한 사태 파악과 거리가 있다고 주장한 셈이다. 반면에 비품 도난 사건과 전혀 관계가 없는 선생들이 친일파와 민족반역자로 몰리게 되자 남수는 더 이상 참지 않는다.

김정식은 해방 직전까지 교무주임 대리로 있으면서 말석 교원인 남수에게 황민 교육에 적극성을 가지라고 충고하였다. 백남수가 쓴 희곡「지열」을 보고 당국에서 백남수를 "지독한 민족 공산주의 사상가"로 찍었다고 전한 것도 김정식이었다. 백남수가 서대문 경찰서로 잡혀가자 김정식은 일간신문에 남수의 사상 선도에 고심했다고 하면서 사과와 유감의 뜻을 표시함으로써 대일협력자라는 인상을 더 강하게 보여주는 술수를 썼다. 해방과 함께 출감한 백남수는 정광여학교에 복직하고 김정식의 얼굴을 대했으나 시비를 가리지도 않았고 상대방의 약점을 들추지도 않는 식으로 대인의 풍모를 보인다. 자기라고 백 프로 떳떳하고 양심적이지는 않다는 자의식도 깔려 있었다. 백남수는 전교 학생들을 모아놓고 친일파와 민족반역자의 문제를 신중하게 처리하자고 하며 자신이 일제 말기에 조선어를 몰래 가르쳤다는 죄로 형무소에 갔다가 온 일을 상기시킨다.

나는 역시 친일파일 것이다. 그리고 또 민족반역자요 교내 불순분자일는지도모른다. 그러나 나는 이런것을 변명하려는 것이 아니다. 나는 분명히 내입으로 닛뽄노 리까이 궁와 쓰요이라고했다. 다만 여러분은 이런 말을 한번도 입에 담지안은 양심적 교육자를내압해서 지적해야할 의무가 있다. 만약 여러분이 그러한 양심적 교육자를지적하지 못할때는 여러분은 여러분의 의견서를 철회해야 할 것이다.[144]

백남수는 김정식이 친일파와 민족반역자의 혐의를 벗어나 깨끗하고 진보적인 인사로 추앙되는 것을 견제한다. 개념 규정도 충분히 되지 않은 "학원의 자유"니 "진보적 민주주의"를 내걸고 학교를 쉬느니 한글과 국사를 하나라도 더 배우기 바란다는 부탁으로 연설을 마무리한다. 그 후 일주일 안에 학생들이 전원 등교하게 되어 학내 분규가 해소된다. 달포 뒤에는 비품 사건의 물적 증거가 나타나 윤교사가 전 책임을 지게 된다. 삼선교에서 돈암교로 가는 도중 수월 그릴 앞에서 미군들이 또 디디티 소독가루를 뿌릴 때 조그만 아이들이 디디티 가루를 훔쳐내가기도 한다. 남수는 디디티 가루를 훔치는 아들을 붙잡고 화를 억누르지 못해 뺨을 때린다. 아들의 손을 잡고 집으로 오다가 김정식 선생 집 굴뚝 위의 전깃줄에 걸린 가오리연을 본다. 「지연기」는 백남수 아들의 가오리연이 백남수와 대립 관계에 있는 김정식 선생 집 굴뚝 위 전깃줄에 걸려 있음을 수미쌍관법으로 설정한다. 백남수는 김정식을 타자로 파악하고 있지만 그에게서 결코 자유롭지 못함을 인정할 수밖에 없다. 백남수는 개인은 시대와 상황을 만들기보다는 그것에 의해 만들어지는 존재임을 깨닫게 된다. 김정식에 대한 백남수의 포용론이나 무관론은 김동리 특유의 운명론적 인간관에 물든 결과라고 할 수 있다. 「윤회설」과 「지연기」는 해방 전에는 「두꺼비」의 작가이자 1946년에는 조선청년문학가협회의 회장을 맡은 김동리가 좌익에 대응하기 위해 쓴 것이다. 그럼에도 그는 적개심의 포로가 되지는 않았다.

김영석의 「어떤 안해」(『백제』, 1946. 7)는 여성 투사를 주인공으로 내세웠다. 해방 후에 전무취체역이 되어 돈도 잘 벌고 정당에도 유력자로 관여하고 있는 서창일은 아내 강인애가 대접을 잘해주지 않는다고 이혼소

---

144) 『동아일보』, 1946. 12. 10.

송서를 제출한다. 남편이 댄스홀에 다니며 바람을 피우는 것이 가장 먼저 일어난 일이다. 서창일은 과거에는 고분고분했던 아내가 틈틈이 신문과 잡지를 읽어 "좋지 않은 사상"에 물들어가고, 주의자로 3년 징역을 살고 나온 제 오라비의 영향을 받아 "부란당의 사상"을 지니게 되었다고 판단하여 이혼을 생각하게 된다. 서창일은 처남이 징역을 살고 나와서도 여전히 부자를 험담하는 것이 마뜩잖다. 아내는 남편이 오라비를 비난하는 것을 참지 못하고 대들었다가 뺨을 맞는다. 아내가 남편을 의심하고 제대로 대접하지 않아 동방예의지국인 대한민국의 처라고 할 수 없다는 내용을 담은 이혼소송서를 서창일이 내밀자 아내는 집을 나가겠다고 한다. 이 소설은 김인애가 노라처럼 집을 나가 앞으로 끼니를 자주 굶을 수는 있어도 여성 해방을 위해 싸우겠다는 각오를 하고 멀리 보이는 불빛을 향해 걸어가는 것으로 끝난다. 이미 작품 제목에서부터 김영석은 노라처럼 가출한 아내의 편을 들고 있다.

김내성의 「民族의 責任」(『생활문화』, 1946. 2)은 해방이 되자 일본 여자들이 살기 위해 변신을 꾀한 한 사례를 제시하였다. 대학병원 간호부로 있던 일본인 미네꼬는 일가친척이 없는 여인이 아기를 낳고 죽자 그 아기를 병원 안에서 키우다가 동정이 지나쳐 소학교 훈도인 아기 아버지와 결혼한다. 조선인 남편은 일본인 아내에게 조선옷을 입으라 하고 조선말과 조선사를 가르치면서 조선 관습을 따르게 한다. 미네꼬는 조국 일본을 미워하고 남편의 나라 조선을 편들게 된다. 남편의 어린애가 1년 만에 죽고 두 사람 사이에 난 아기 이름도 조선식으로 나나라고 부른다. 해방이 되자 일본 여자들이 살기 위해 변신을 꾀한 한 사례가 된다.

(7) 전성작가 안회남의 연작소설

안회남의 「鐵鎖끊어지다」(『개벽』, 1946. 1)는 1945년 8월 15일 북구주 탄광 제2협화요에서 조선인 광부들이 새벽 6시에 입갱하는 것으로 시작한다. 오후 1시쯤 무명 화가인 경성대 대장 조서근은 노무과 수사주임 다시로(田代)로부터 일본 천황이 항복 방송 했다는 소식을 전해 듣는다. 조선인 광부들은 조선인 출신 병대들과 함께 여기저기서 조선 독립 만세를 부른다. 조서근은 광부들에게 일본 패전＝조선 해방＝독립이라고 하며 곧 귀국할 것이라고 설명하면서도 동경 대지진 때의 조선인 학살 사건을 떠올리며 일본인들의 태도에 신경을 곤두세운다. 정부가 진 것이지 군대가 진 것은 아니라고 하면서 미군과 계속 싸우겠다는 일본군도 있긴 하지만 앞으로 일본은 중국인들에게도 압제받아야 한다고 통탄해하는 훈련소장 마쯔사끼와 같은 존재도 있다. 종전이 된 것을 좋아하는 일본인 광부를 목격하면서 조서근은 미운 것은 제국주의자와 그 주구들이라고 하며 일본인들을 선악을 가려 대해야 한다고 가르친다. 어떤 일본의 신문은 조선의 함경도 지방에서 일본인이 박해당하고 있다는 선동적 기사를 게재하기도 한다. 안회남이 "니풍가 마께다소(일본이 졌다)!" "니퐁모 신나체 잇데 히도이고도 얏다까라네(일본 사람도 중국에 가서 별별 못된 짓을 했으니까)!" 등과 같이 15군데 정도로 일본어와 조선어를 병기한 것은 생생한 현장 중계를 하겠다는 의지의 소산이다. 조서근이 일본인 노무과장한테서 조선인 노무자들을 다 데리고 너희 나라로 가라고 하는 통보를 듣고 또 미군이 동경 사사키 비행장을 점령했다는 신문기사를 보고 조선인 탄광 노동자들을 묶고 있었던 쇠사슬이 끊어진 것처럼 느끼면서 이 소설은 끝난다.

속편인 「그뒤 이야기」(『생활문화』, 1946. 1)는 "9월 21일 우리는 귀국하게 되었다"로 시작한다. 작가 안회남이나 다름없는 '나'는 조선인 광부 여러 명에게 그동안 갖고 있었던 책들을 몇 권씩 나누어주고 갖고 가도록 한다. 귀국 후 책들도 찾을 겸 그들의 형편도 알아볼 겸 해서 '나'는 여행길에 나선다. 안회남은 연기대(燕岐隊) 일행 134명이 북구주 입천 탄광에서 일본인들에게 받았던 압박과 학대를 「사선을 넘어서」라는 제목의 소설로 그려 보이고 싶었다고 밝힌다. 작중의 '나'는 귀국 한 달 전에 갱내 전기 수선 작업 하러 들어갔다가 폭발 사고로 다친 강송대, 회사의 불허 방침으로 미루어놓았던 아버지 장례를 귀국 후에 치른 김승재, 구주에 있을 때 안회남이 도망 보낸 종선이 등이 모여 흑우회를 만드는 것에 동의한다. 구주 탄광에서 까만 석탄 가루를 뒤집어쓰고 살던 사람들의 모임이란 뜻이다. 귀국하여 집에서 며칠간 쉬고 있을 때 서울에서 '문화건설중앙협의회'가 조직되었다는 제목의 신문기사에서 친구들의 이름을 보고 가슴이 뛰는 것을 느낀다. '문화건설중앙협의회'는 조선문학건설본부가 해방 후 가장 일찍 만든 좌익단체다.

안회남의 「섬」(『신천지』, 1946. 1)은 관찰소설이다. 데이자쿠(장학) 정책에 의해 구주 탄광에서 일본 여자와 결혼하여 애까지 낳은 박서방은 해방이 되자 일본에 남아야 하는가 조선으로 되돌아가야 하는가 하고 심각하게 고민한다. 처음에는 대마도까지 갔다가 돌아왔으나 두 달 후에는 아예 서울로 가버리고 만다. 작중의 '안상'은 인사만 하고 황황히 사라져버리는 박서방을 '섬' 같다고 생각하게 된다. 안회남의 「별」(『혁명』, 1946. 1)은 작가 자신을 조역으로 설정하였다. 구주 탄광 지도원인 '안'은 '내'가 7월 30일에 탈출할 때 만나 배, 전투모, 각반 등을 준다. 탄광도 많고 감시원도 많은 그 지역을 산에서 산으로 도주하던 중 먼저 도주하였던 조선인 광부들이 일본 경찰관과 사무원에게 잡혀가는 것을 목격하기도 한다. 돈도 떨어지고 배도 고프고 밤에는 기침에 시달리고 하다 보니 후회가 들기도 한다. 8월 17일에 오우찌라는 조선 여자 유곽에 있는 금희를 찾아가 구조를 요청한다. 연락받고 달려온 '안'에게서 조선이 독립되었다는 소식과 즉시 귀국할 것이라는 소식을 듣는다. '나'는 조선이 어느 편인가라는 질문을 받고 '안'이 밤하늘의 많은 별들을 가리켰던 장면을 떠올린다. '별'은 앞의 '섬'처럼 비유적으로 사용되었다.

안회남의 「말」(『대조』, 1946. 1)에서 '말'은 망해가는 일본 제국을 상징하기도 하고 쓸모없는 인간인 황생원을 비유하기도 한다. 일본군대의 군용마들은 각 철도 연변의 장터에 머물러 있다가 미군의 명령에 따라 인천에 가서 배를 타고 일본으로 가기로 예정되어 있다. 말들은 안장을 벗어버리고 허리에 찼던 칼과 가죽 혁대도 풀어버린다.

똑 꽁지빠진 새와같은, 일본병정들을 연상케하였다.
아니 그러한 말의모양은 즉접, 패망하여가는 일본의 제국주의 그것을 그냥 표상하는것같았다. 어제까지도 씩씩하고 사나운놈이었을텐데 지금에는 등골이 들어나고, 털과빛깔이 추잡하며 언덕우에서 어슬렁대는 꼴이, 퍽 을시년스러웠다.
"홍, 네팔자가 바루 일본놈팔자이구나!⋯⋯"
"네꼴악서니가 왜놈꼴악서니다!⋯⋯"
작년에 일본 탄광(炭鑛)으로 증용(徵用)되어 갔다가 몇일전에 돌아온 덕만이가 말에다대고 빈정거렸다.[145]

덕만은 전쟁 초기에는 군용마에게서 일본의 무력, 순사의 발소리, 친일파 군수와 면장의 얼굴, 일본어, 일본 사람들의 권위주의 등을 연상할 수 있었다. 덕만은 일본을 떠나오면서 거지 모양을 한 일본인들, 조선 사람들과 눈이 마주치면 시선을 피하는 일본인들의 모습을 목격하게 된다. 덕만이 구주 탄광으로 징용 간 사이 덕만의 소작권을 지주에게 알랑거려 빼앗아간 황생원은 덕만이 돌아오자 화해의 뜻으로 논일을 시킨다. 덕만은 볏단을 자기 집으로 갖고 가는 길에서 자기를 발로 걷어차는 말을 보고 쓸모없는 인간인 황생원을 떠올린다. 덕만을 뒷발로 찬 말이 도망가다가 끝내 기차에 치어 죽고 마는 것도 예시 기능을 한다.

---

145) 『대조』, 1946. 1, p. 202.

안회남의 「소」(『조광』, 1946. 3)에서의 소는 「말」에서의 말과 달리 긍정적인 존재로 서술되었다. 연기군에서 일본 북구주 입천 탄광에 징용 간 광부 중 부지런하고 성실하고 말없이 자기 일만 하는 것 때문에 '소'라는 별명으로 불리게 된 삼룡이는 자기네 집 소가 한 달 전에 식용으로 공출되어 끌려간 것 때문에 소 생각을 떨칠 수 없으며 자기는 굴속에서 죽을 것 같다는 말을 한다. 낙반 사고가 났을 때 옆에 있는 동료가 죽고 아슬아슬하게 살아나자 소가 먼저 나가 죽어 자기의 죽음에 대한 액땜을 한 것이라고 해석한다. 삼룡에게는 일심동체였던 소가 희생물로 바뀌게 된다. 「쌀」(『신세대』, 1946. 3)에도 삼룡이가 등장한다. 북구주에 광부로 끌려온 농민들은 배를 타고 올 때부터 갱내에서 일할 때까지 내내 죽음에 대한 공포에 시달렸으나 이러한 불안감과 공포심은 남겨두고 온 가족들이 굶지나 않는가 하는 걱정에 비하면 별것 아니었다. 아이들이 배가 고파 고생한다는 내용의 편지를 읽으면 슬픔과 증오심이 생겨났다. 내레이터인 '안'은 해방의 또 하나의 의미를 조선에 있는 가족들이 굶어 죽지 않게 된 것에서 찾기도 한다. 해방이 된 후에도 아직 귀국을 못하고 있을 때 그는 조선에서 온 쌀을 배급받으면서 감격해한다. 귀국한 후 얼마 안 있다가 월하리로 삼룡이를 찾아가 구주 탄광에 있을 때 조선서 누런 편지봉투에 넣어 보내온 쌀을 보여주며 해마다 그 쌀과 동일한 품종으로만 농사짓는다는 이야기를 듣는다.

　안회남의 「불」(『문학』, 1946. 8)에는 보국대로 남양으로 끌려가 미일 해군의 격전지인 태평양상의 고도 로라크 섬에서 4년간 있다가 귀국한 이서방이 등장한다. 연기군에서 보국대로 끌려간 48명 중 살아 돌아온 사람은 7명에 불과했다. 이서방은 이 사이에 부친과 아들이 죽고 아내는 가출하고 매부는 북해도 탄광으로 끌려간다. 소설가인 '나'는 정월 대보름날 이서방과 함께 불놀이를 한다. 이서방은 국내에서 등화관제를 할 때도 방화 충동을 느꼈고 남양 섬에 가서 매를 맞을 때도 휘발유 창고에 불을 지르고 싶은 충동을 느꼈다고 한다. '나'는 '나'대로 북구주 탄광에 있을 때 조선인 광부들이 공습경보가 나고 비행기가 뜨면 환성을 지르고 좋아했던 일을 떠올린다. '나'는 이를 "현상파괴(現狀破壞)라는, 막연한것이나마 희망이 생기기때문"[146]이라고 설명한다. 이서방은 자기 집을 불살라버리고 새로운 세상을 찾아가겠다고 떠나간다. '나'는 이서방에게 혹 서울에 올 일이 있으면 옛날 정자옥 바로 건너편에 있는 벽돌집 4층의 조선문학가동맹으로 찾아오라고 주소를 써주었다. "그가 나보다 불행한대신, 헌것을 파괴하고 새롭게 앞에서있는것을, 즉접 나로허여금, 느끼게하는것만은 사실이였기때문이"라고 하면서 "내가 앞으로좀더 큰소설가 노릇을 하기위하야서는, 새로살랴고하는 그와함께, 모든새로운 타잎의인물을, 붓잡어야만할것이다"[147]라고 새로운 세계의 필요성을 인정하고 또 새로운 세계에 큰 기대를 건다. 안회남은 징용 체험을 통해서 농민과 농촌을 알게 되었고, 일본인들의 여러 가지 모습도 볼 수 있었고, 하루하루 긴박하게 돌아가는 시대와 역사의 핵심을 파악하게 되었다. 농민들의 삶에 대한 이해와 동질감이 일본인에 대한 복수심과 새 나라 건설에의 의욕과 겹치면서 그는 친구들이 있는 조선문학건설본부로 발길을 옮기게 되었다.

이처럼 안회남이 직접 체험담이나 목격담에 근거를 두고「섬」「별」「말」「소」「불」등과 같이 단 1음절로 되었으며 제각기 비유성이나 상징성이 분명한 제목을 붙인 소설을 1946년도에 연작처럼 발표한 것은 한국소설의 한 값진 부분이 된다.[148]

---

146)『문학』, 1946. 8, p. 43.

147) 위의 책, p. 43.

148) 안회남은「쌀」「소」「말」「섬」「별」「불」「밤」「봄」「철쇄 끊어지다」「그 뒤 이야기」등을 한 자리에 모아놓은 창작집『불』(을유문화사, 1947; 슬기출판사, 1987)의 서문에서 자신의 징용소설이 일제 때의 신변소설의 연장선에 있음을 인정하였다.
    "작년 北九州 炭坑 속에서 8월 15일을 지내고 내가 현해탄을 건너간 지 공교히도 만 1년이 되는 9월 26일에 귀국하였다." "게다가 나는 또 이번에는 의식적으로 소설을 쉽게 썼다. 주제넘은 딴 생각보다도 우리가 민족적으로 당한 悲哀와 侮辱, 忿怒의 이야기를 그냥 직

(8) 종교갈등소설과 이념투쟁소설(「동맥」, 「삼년」)

"大河 第二部"라고 부기가 붙어 있는 『動脈』은 『신문예』 1946년 7월호와 1946년 10월호에 1회와 2회가 실렸고, 『신조선』 1947년 2, 3, 5, 6월호에 3회부터 6회까지 실렸다. 이 중 4회분과 5회분은 해방 전인 1941년 5월호 『조광』에 발표되었던 "全載中篇創作" 형식의 「開化風景」을 그대로 전재한 것이다.

제1회분은 다음과 같이 정리된다. 최관술이 누님 집을 방문했을 때 박성권 참봉이 형걸의 생모인 윤씨와 같이 있는 두무골에서 나온다. 때마침 최초시 집 하인이 편지를 박참봉에게 전하자 박참봉은 하인에게 동명여관에 가 있으라고 하고 그사이 답장을 써주겠다고 한다. 동명여관은 두칠이와 쌍네 부부가 고을에 돌아와 박참봉의 권고에 따라 의식주를 해결하기 위해 객주집을 겸해 운영해왔다. 최초시는 자기 딸과 정혼한 형걸이에게 아무 소식이 없으니 어떻게 해야 좋을지 모르겠다고 편지를 써 보내고 답장을 기다린다. 최관술은 매부인 박참봉에게 자기가 최초시를 찾아가 혼사문제도 처리하고 천도교 입교를 권해보겠다고 한다. 박참봉은 입교를 권하는 처남 최관술에게 확답하는 대신 천도교 교구당 건축비 5백 환을 내놓는다. 최관술은 대교구에 교당을 신축한다고 헌금을 모으러 다녔다. 박참봉은 비록 입교는 하지 않았지만 천도교가 어떤 권세를 잡는다고 해도 자기를 괄세하지 않을 것이라고 생각한다. 제2회분에서는 주인공 홍영구가 등장한다. 강연 준비에 바쁜 홍영구는 그의 아내가 득남하자 천도교 교주들이 태어났을 때와 같은 상서로운 기운을 느낀다. 홍영구의 어머니는 영부를 소지로 올려서 청수에 탄 뒤 열 달 동안이나 장복을 시킨

선적으로 報告하고 전달하기 위함이었다. 그래서 나의 기왕의 리릴칼하고 심리적이고 내성적인 여러 작품과는 그 성격과 경향을 달리해 보려고 했다. 그러나 그럼에도 불구하고 이 소설들이 나의 신변소설의 계열과 혈통을 다시 한 번 더 이끌고 나아가며 있는 것은 신중히 용인하려는 바이다." (1946년 9월 26일)

탓에 며느리가 득남한 것이라고 생각한다. 이 갱고지는 전주 최씨네가 세도하는 마을로 홍영구는 최관술의 아버지 최향수에게 한문을 배웠고 최관술에게서는 개명사상과 천도교를 배웠다. 홍영구는 최향수네 가서 득남 소식을 알리고 작명을 부탁한다. 홍영구는 최향수 팔촌 동생의 작인으로 30세도 안 되어 죽은 남생이의 처와 우연히 만나 정담을 나눈다. 홍영구가 입도하게 된 배경에는 최관술의 전도 외에 남생이 처와의 통정에 대한 참회도 작용했다. 홍영구는 위생사상이란 주제로 웅변할 것을 미리 연습한다. 제3회가 시작되면서 형선의 부인 정보부의 내적 갈등이 표출된다. 정보부는 남편의 옷가지에서 형걸이가 보낸 편지를 발견한다. 박참봉의 맏아들 형준의 둘째 소생 성희가 두 돌이 지났는데도 벙어리와 귀머거리의 상태를 벗어나지 못하자 지관을 시켜 조상의 묘를 잘못 썼는지 살펴본다. 최관술이 누이에게 선약과 부적을 전해주고 청수봉전하는 법과 심고, 주문 등을 가르쳐준다. 박참봉의 둘째 아들 형선과 며느리 정보부와 그 친정아버지는 기독교를 믿는 데 반해 박참봉의 본처 최씨 부인은 기독교를 이해하지 못한다. 정보부는 형걸이 보낸 편지를 읽고 남편과 시동생의 배움의 차이가 현격함을 느끼고 남편의 장래에 대해 크게 걱정한다. 문우성 교사가 평양으로 나간 후 형선이는 이유 없이 학교를 그만둔 후 빈둥거려왔다. 제4회는 기독교 신자와 천도교 신자의 갈등을 보여준다. 장로교회당 신축 낙성식이 11월 중순으로 결정되자 서양인 마균 목사가 나귀를 타고 평양을 출발하여 이 낙성식에 와서 기도를 올리기로 예정되어 있다. 좌수였던 정봉석은 땅을 내놓아 39칸 규모로 장로교회당을 짓게 되자 정장로로 불린다. 정장로는 마균 목사 일행을 정성껏 영접한다. 다음 날 오전 10시에 교회당 신축 낙성식이 거행된다. 저녁 7시에는 아동들의 각종 창가 합창, 성극 공연, 청년 웅변대회, "종소리를 들으라"라는 동명학교 청년 대표 이태석의 연설, "여심(汝心)과 오심(吾心)"이라는 천도교 청년 대표 홍영구의 연설, "누습타파와 오등의 책무"라는 제목의 야소교

청년 대표 김인익의 연설 등이 진행된다. 최씨 부인은 천도교의 방법으로 손녀 치료에 효험을 보지 못하자 며느리들이 교회 가는 것을 반대하지 않는다. 동명여관을 운영하는 두칠은 상전 박참봉을 비롯한 주변 사람들이 기독교와 천도교로 갈리는 바람에 눈치를 보고 있다. 고을 교구에 시일 예식마다 참석하는 도인 수는 불과 50명을 넘지 못하고, 고을에서 천도교를 믿는 집은 열 집이 되지 않는다. 동명학교 학도 2백 명 중 천도교 신자는 홍영구를 포함하여 두세 학생밖에 없다. 제5회에 오면 이태석은 연설에서 청수봉전을 근거로 하여 천도교를 미신으로 몰아간다. 며칠 전에 홍영구는 최관술이 "인내천의 이상"이라고 정해준 제목을 "여심과 오심"으로 고쳤고 내용도 개화사상을 강조하는 방향으로 다듬었다. 홍영구는 기독교 신자의 증가 현상을 비판하면서 동학을 선전하였고 결론으로 기독교도 미신이라고 주장하였다. 천도교의 집사와 강사는 홍영구의 강연이 성공적이라고 하였지만 이태석을 포함하여 7명의 동명학교 생도들이 몰려와 기독교 비판 내용을 나무라며 집단 구타한다. 결과적으로 마지막 회가 된 제6회는 형선에게 근본적 변화가 있을 것으로 기대하게 한다. 형선은 아버지 박참봉에게 서울로 혼자 유학 가 4, 5년 동안 공부하고 오겠다고 제의하면서 형걸이가 보냈던 편지를 내놓는다. 박참봉은 편지를 읽어가며 형걸의 문장과 정신의 성장에 크게 놀란다. 이 소설은 형걸이가 가출한 후 3년 동안 형걸의 생모가 백방으로 수소문한 과정을 들려준다. 박참봉이 편지를 읽어주자 형걸의 생모 윤씨 부인은 뒤뜰의 제단 앞에서 형걸의 건강을 기원하고 방에 들어와 형선이 편에 보낼 의복과 이부자리를 챙긴다.

홍영구가 득남 소식을 최향수에게 알리고 작명을 부탁하고 나와 집으로 가는 길에 "새야 새야 녹두새야/ 녹두밭에 앉지 마라/ 평양감사 지내다가/ 활루 쏘면 죽으리라/ 너 죽을줄 왜몰으니"로 시작되는 노래를 흥얼거려본다. 이어지는 노래에는 "새야 새야 파랑새야/ 네 무엇하러 나왔느냐"라든가 "웃녁새야 아랫녁새야/ 전주고부(全州古阜) 녹두새야"가 들어 있다. 홍영구는 "녹두"는 전봉준을 가리키는 것임을, "파랑새"는 "팔왕(八王)새"가 와전된 것임을, "팔왕"은 "전(全)짜의 파자"인 것을 들은 뒤에 이 노래를 천덕송보다 즐겨서 노래하였다.[149]

형걸이의 편지는 장서였다. 정부보에게 남편 형선의 미미함을 일거에 일깨워주고 아버지 박참봉에게는 기쁨과 감탄을 안겨준 형걸의 편지는 앞부분에서는 현재 자신은 서울에서 공부하고 있는 중이며 편지를 늦게 한 것은 자신의 생활의 안정을 꾀하기 위한 것이라고 밝혀놓았고 중간 부분에서는 국내외의 긴박한 정세에 대한 울분을 토로하였다. 끝에 가서는 형의 서울 유학을 권하면서 자기도 아버지로부터 학비 지원을 받고 싶다는 내용으로 채워져 있다. 박참봉과 정보부를 놀라게 한 것은 다음과 같은 구절이다.

아국이 만약 스스로 자기를 보전코저한다면 구속(舊俗)을 진혁(盡革)하고 유신(維新)에 일의(一意)하야 내이백료(內以百僚)와 외이사민(外以四民)이 막불진력(莫不盡力)하여 타인의 경모(輕侮)함이없이된 연후에야 이루어질수 있겠사오니 인민은 재하대상(在下戴上)하고 준령봉법(遵令奉法)하야 내즉(內則)생재이족용(生財而足用)하고 외즉(外則)양병이고봉(養兵而固封)할지니 인민지권은 즉 일국의 대본야라 하겠나이다. 시이(是以)로 상이백직(上以百職)과 하이사민(下以四民)이 각기 그 직을 다하고 그 힘을 다한 연후에 국가이녕(國家以寧)이오 민가이안(民可以安)이라 하겠거늘 아국이 만국과 교통한 이래로 우금 이십여년의시일이로되 아직 문명의 경위(經緯)를 깨달음이 없으니 개탄사 이위에 더 큼이 없사외다.[150]

---

149) 『신문예』, 1946. 10, pp. 64~65.
150) 『신조선』, 1947. 2, p. 135.

유신에 큰 의미를 부여하여 국가를 튼튼하게 하는 방법으로 지도자들과 백성의 단합, 상하의 단합, 생산과 양병 등을 제시했다. 우리는 개항한 지 20여 년이 지났음에도 아직 문명의 경위를 깨닫지 못하고 있다. 정보부는 시동생 형걸의 편지를 읽고는 시동생은 말을 타고 달리고 있는데 자기 남편은 나귀 새끼에 올라 앉아 무위도일하는 사람으로 비교하게 된다. 『대하』를 큰뜻을 품은 형걸의 가출로 마무리한 것과 『동맥』에서 형걸의 정신세계의 급격한 성장을 그린 것은 자연스럽게 연결된다.

작가 김남천은 홍영구를 초점화자로 하여 천도교 이외의 모든 종교에 대해 비판을 꾀한다. 교회 신축 낙성식하는 날 주최 측의 배려로 천도교 대표로 연설하는 자리에서 구미 서양의 강국들이 야소교로 도정(道政)의 기본을 삼고 있는데 수백 년간의 학정과 민중의 몽매와 사기 저하는 유교와 불교가 주교 노릇를 똑바로 하지 못한 데 원인이 있다고 하였다. 서학은 매력이 있는 종교임에는 틀림없지만 엄연히 서양의 것이라고 하면서 우리 겨레의 타고난 성품과 전통마저 버리고 마냥 외국 풍속과 종교 종지를 추종하면 그 결과는 사대사상, 자기폄하, 추수주의, 경박한 사치 풍조, 양인 숭배열 등이 될 것이라고 하였다. 동학은 불교, 도교, 유교 등을 모두 적절하게 보살폈다고 주장한다.

인내천이라함은 하느님이 저 허공이나 혹은 다른곳에 따로히 있는것이 아니라 우리 사람자체속에 있다는 것을 말하는것이 올세다. 그러므로 서학에서처럼 동학에서는 추근 추근스럽게 천주에대하여 무지스러운 구원을 요구하지는 않는것이오며 자연감화에의하여 하느님과 동화한다는 자심자배(自心自拜)의 신앙태도를 취하게 되는것이 올세다.[151]

---

151) 『신조선』, 1947. 5, p. 106

홍영구는 서학에서 말하는 하느님인 여호아는 유태인의 원시적인 민족신을 가르키는 것으로 하느님을 이러한 신앙 태도로 모신다는 것도 미신이 아니겠냐고 한다. 홍영구는 천도교의 주의가 자유 평등, 세계 극락, 지상 천국이라고 요약하는 것으로 결론을 삼는다. 그러나 홍영구는 광신도의 행태를 보이고 있는 것은 아니다. 홍영구는 이태석이 천도교를 비판한 것처럼 청수, 영부, 선약을 제조하는 것을 미신이라고 인정한다. 비슷한 시기에 발표된 「遠雷」(『인민평론』, 1946. 7)에서 늙은 인력거꾼을 향한 연민의 근거로 고린도 전서 9장과 마태복음 5장을 원용한 점에서 김남천은 홍영구를 전폭 지지하는 초점화자로 세운 것은 아니다. 『대하』에서 교사 문우성이 기독교 확장을 위해 노력했다면 『동맥』에서는 최관술이 천도교 전파에 앞장선 것으로 그려지고 있다. 문우성이 성공했다면 최관술은 실패했다고 할 수 있다. 『동맥』이 계속 씌어졌더라면 『대하』에 이어 형걸이 주인공이 되었을 것이며 기독교의 계몽력이 더욱 고평되는 결과를 맞았을 것이다.

이무영의 장편소설 『삼년』은 1946년에 『태양신문』에 연재되었던 것으로 알려져 있다.[152] "연락선에서" 등 12개의 장으로 구성되었다. "연락선에서"(제1장)는 1945년 9월 시모노세키에서 출발하는 귀국선에서 동경 유학생인 한명주와 윤혜란이 첫 대면하는 것으로 시작한다. 최일의 행방을 찾는 27세의 손발에 의하면, 최일은 동경 유학 시절부터 사회주의사상을 갖고 서울에 와서 반전동맹을 조직하여 용산 철도 공장과 영등포 일대

---

152) 이주형, 『이무영 — 소설과 농민을 향한 열정』, 건국대학교 출판부, 2002, pp. 82~83.
　　작품이 포함하는 시간은 1945년 9월부터 47년 봄까지이며, 작품을 탈고한 시점은 '해방 두번째 삼일기념일'이라는 작품 끝의 표기로 보아 작품 내적 종결 시간과 일치한다. 원제가 '피는 물보다 진하다'로 전해지는데, 그렇다면, 이 제목 자체가 우익의 구호 그대로인 셈이다. '삼년'이라는 제목은 1945년부터 47년까지의 혼란스러웠던 해방 직후 3년을 지칭하는 것이다. (중략) 우익의 모든 것을 정당화시키는 방법으로 작자는 사회적 경험이 없고 정치적 관점이 정립되지 않은 이십대 초반의 지식인 여성 한명주를 중심인물로 내세우고 그의 경험과 판단, 의식의 성장 등을 그려나가는 플롯을 취한다.

의 노동자들 속에 잠입하여 폭동을 모의하다가 잡혀 3년 징역을 살고 상해로 왔다고 한다. "노라의 해방"(제2장)은 명주가 친일파의 거두로 외아들을 학병으로 내보낸 아버지 한홍수를 떠올리는 것으로 시작된다. 경부선을 타고 가다 기차가 멈추어 서자 투숙한 온양 온천에서 숙경이란 여자와 사귀게 된다. 숙경이는 세균학의 권위자이며 성심병원장인 장인태의 아내다. 두 여인은 기본적으로 우익의 입장에서 해방, 나라, 민족, 독립 등을 화제로 삼아 대화한다. 갑자기 숙경은 남편에게 당분간 자기를 찾지 말라는 편지를 남기고 사라진다. 비록 장인태는 여러 번 여자문제를 일으켰지만 숙경이 왜 자기를 떠나갔는지 알지 못한다. 작가는 해방은 민족은 민족대로 개인은 개인대로 과거와 현재를 냉정히 돌아보는 계기가 된 것이라고 역설한다. "벽돌담집"(제3장)은 한홍수의 일제 말엽의 활동상을 소개한다. 한홍수는 옥인동과 사직동이 엇갈린 곳에 1,500평의 대지에 선 으리으리한 2층 양옥집에 살며 조선회사를 경영하여 육해군 당국으로부터 상을 받자 해군에 일금 10만 원을 헌금한 바 있다. 해방이 되자 한홍수는 공사 대금을 달라는 하청공장 직공들의 요구에 시달린다. 명주는 집에 와 미군 통역자인 윤동택이 부모를 돌보아주었음을 알게 된다. 명주는 길거리에서 여러 대의 장갑차가 지나가는 것을 보고 군정시대를 실감하며 저 장갑차기 우리 것이었으면 하는 생각도 해보고 "제국주의의 주구 타도" "민족반역자 타도" "노동자 농민의 나라 세우기" 등을 외치는 공산당의 벽보를 보고 "소름끼치는 살인교사지령"이라고 치를 떨기도 한다. "해외에서 돌아온 애국지사들을 향해 입에 담지 못할 문구로써 욕을 하고 있다, 반미 벽보를 보고 정말 이 민족의 주권을 찾아주기에 전력을 다하고 있는 미국군과 미국 국민에게 악감정을 줄 위험성이 있었다"[153] 등과 같은 대목을 통해 여주인공 한명주가 작가 이무영의 이념의 대변자임을

---

153) 『이무영 문학전집 4』, 국학자료원, 2000, p. 61.

알게 된다. 한명주는 해방된 조국이 다시 소련의 한 연방으로 들어가야 한다는 공산당의 주장을 지지할 수는 없는 이유의 하나로 소련 군대가 이북에서 온갖 행패를 저지르는 점을 든다. 한편 한홍수는 좌익단체 청년들에게 끌려갔다가 막대한 대가를 지불하고 돌아온다. 어머니는 23세인 명주에게 동택과의 결혼을 권했으나 거절당한다. 최일이 출옥하여 어떤 부인과 같이 갔다는 동택의 말을 들은 명주는 장인태의 부인 숙경과 최일이 애인 사이임을 짐작하게 된다. "두 사나이"(제4장)에서 두 사나이는 숙경의 애인 최일과 숙경의 오빠 유철수를 가리킨다. 명주는 오빠의 애인이었다가 좌경한 태임의 집에서 우연히 최일을 만나게 된다. 최일은 15년 전에 숙경의 오빠 유철수와 학교 동창이자 독립운동 동지였고 또 숙경 집안의 집사 같은 역할을 했었다. 보성전문을 졸업한 후 동경으로 간 두 사람은 각각 다른 길을 걷는다. 3년 후에 최일은 사회주의자가 되어 돌아왔고 유철수는 민족주의자가 되어 돌아와 좌우합작단체이며 민족단일당을 지향했던 신간회 회원이 되었다. 두 사람은 자주 만나 이념 논쟁을 불사하였다. "전민족의 구할이 노동자 농민인데 이 노동자 농민을 무시한 민족이란 도대체 뭐냐 말이야. 이 전민족의 일할도 못 되는 소부르조아지를 위해서 일생을 바친단 말이지?" 하고 최일이 공격하면 유철수는 "왜놈 사회주의자의 자식하구 피가 같은 동포의 자식이 함께 물에 빠지면 그 사상을 가려서 그 어린 것들을 구한다고 그랬지? 그래, 분명히 그 동포가 민족주의자면 왜놈 사회주의자 자식 먼저 건진다는 놈이 무슨 민족을 찾구 이천만 동포를 찾을 권리가 있다는 거야?"[154]라고 응수한다. 그러던 중 두 사람은 비록 방법은 다르나 목적은 같기 때문에 손을 잡는다. 철수가 옥사하자 최일은 숙경과 함께 철수의 무덤에 갔다가 와 하룻밤을 같이 지내고 만주로 떠나간다. 숙경은 최일을 다시 만나면 20년 전으로 돌아갈

154) 위의 책, p. 80.

수 있다고 생각했으나 최일은 사상을 위해서는 사랑 따위는 버려도 좋다고 생각하는 사람으로 변하고 말았다. "해방된 노라"(제5장)에 오면 손발은 숙경에게 최일에 대해 똑바로 생각하라고 충고한다. 숙경이 최일에게 줄 스웨터를 짜는 것을 본 손발은 최일은 남한 일대에 폭동을 일으킬 것이며 여차하면 산중으로 들어갈 것인데 그때 필요한 것이 스웨터라고 지적한다. "이 스웨터는 적어도 우리 애국자의 수천 명은 죽일 스웨터입니다. 양처럼 온순한 백성들을 수만 명 살상시킬 스웨터를 나는 짜라고 보고만 있을 수는 없습니다"[155]라고 분개한다. 숙경이가 사랑의 표시로 준 다이아 반지나 외투나 전부 최일의 동지 테레사의 손으로 들어갔다고 폭로하면서 손발은 지금 숙경씨는 여성의 순정과 민족의 순정을 혼동하고 있다고 꾸짖는다. "세 사나이"(제6장)는 좌익의 테러 행위를 규탄하는 데 초점을 맞추었다. 명주가 찾아간 태임은 명주 오빠의 존재는 완전히 잊은 채 좌파적 활동에만 열성이었다. 태임은 이승만 박사, 김구 선생, 이시영 선생을 모두 반동이요 미국의 앞잡이라는 격문을 내건다. 명주는 공산당에서는 하룻밤 사이에 소위 인민공화국이라는 "터무니없는 것"을 만들었다고 생각한다. 이를 받아들일 수 없다고 한 신문사는 좌익 테러단 40명의 공격을 받았고 인민공화국 반대성명의 집필자는 인왕산 기슭에서 눈코가 다 없어진 시체로 발견되었다. "인공을 반대하는 일체의 세력과 단체와 개인을 파괴·습격·납치·학살하는 비상수단을 써서 자기네가 만든 정부를 시인케 하려고 했던 것이다."[156] "도시뿐이 아니다. 방방곡곡에 이들의 조직체가 있었다. 인민위원회와 '민청'이 있었고, 농민조합이 있었고 적색동맹이 있었다. 프락치도 있었다. 그 배후에는 위대한 힘을 가진 암살단이 있었던 것이다."[157] "삼천리 강토는 하룻밤 사이에 완전히

155) 위의 책, p. 95.
156) 위의 책, p. 102.
157) 위의 책, p. 102.

무법 천지가 되고 말았다. 공포의 순간이었다"[158] 등과 같은 대목에서 반공주의를 사수하는 초점화자 명주와 작가 이무영의 목소리를 들을 수 있다. 혜란이마저도 최일을 따라다닌다는 소식을 듣고 명주는 또 한번 놀란다. 명주는 손발이 우익 진영에서 가장 권위가 있다고 하는 민족통일협회라는 곳에 몸담고 있음을 알게 된다. 명주가 우익에도 흰 우익, 회색 우익, 붉은 우익, 시뻘건 우익 등 여러 가지가 있다고 하자 동택은 자기는 하얀 우익이라고 주장한다. 첫 설을 며칠 앞두고 신탁통치안이 발표되어 온 나라가 발칵 뒤집히자 명주가 최일, 손발, 윤동택 등 이데올로기가 분명 다른 세 사람을 불러 아버지와 대화를 나누게 한다. 최일과 손발은 신탁통치안에 대해 각각 소련과 미국을 지지하면서 대립한다. 손발은 "우리는 민족반역자니 반동이니 하는 극단의 용어를 너무 쓰기를 좋아합니다. 이것이 사상과 이념의 대립이라기보다는 감정의 대립이라는 증거지요. 정치가 감정에 지배되어서는 안 되지요! 반동이니 반역자니 하는 것은 우리 자신이 규정지을 문제가 아니라고 생각합니다. 그것은 후에 역사가 할 일이겠지요"[159]와 같이 좌익의 정치행태를 규탄한다. 세 사나이가 돌아간 뒤 한홍수는 오늘의 토론에서는 손발이 이겼다고 평하면서 만족해한다. 1946년 1월 3일 아침에 서울운동장에서 10만 군중이 모여 신탁통치 반대를 외칠 계획이었다. 명주는 운동장 안에서는 공산당과 민족 진영의 싸움을 보았고 운동장 밖에서는 같은 좌익끼리의 싸움을 보았다. 태임이와 가까이하는 권이란 사내가 나서서 우리는 소련 지시만 받다가는 대중을 잃을 수가 있다고 하며 독자성을 강조한다. 마침내 수십 명이 몇 패로 나누어져 치고받고 하는 것을 묘사한다. 명주는 권의 논설의 독자성을 인정하며 여기에 동택을 넣으면 네 갈래가 될 수 있겠다고 생각한다. "혜란"(제7장)에서부터 소설 구성이 급격하게 무너지고 만다. 명주는 보

---

158) 위의 책, p. 103.
159) 위의 책, p. 111.

름째 입원해 있는 혜란에게 문병을 가 혜란이가 흑인 병사에게 강간당한 후 건강이 나빠졌음을 알게 된다. 한홍수는 자기 이름이 신문과 벽보에 오르내려도 태연하게 20여 권짜리 『조선사』를 읽고 있다. 혜란이는 손발 청년을 한 번 본 후 사모하게 된다. "죄와 벌"(제8장)은 명주가 태임이 음모 사건에 연루되어 끌려간 지 10여 일이나 된 것을 알게 되는 것으로 시작한다. 총도 발견되었고 어머니도 같이 끌려가 사흘 만에 나왔다는 것이다. 손발이 만 원만 급히 돌려달라고 한다. 명주의 오빠 규홍이가 한쪽 팔이 없어진 채 돌아온다. 성격이 거칠어진 규홍은 닥치는 대로 집 안의 집기를 부순다. "밤 이야기"(제9장)는 강경좌파인 최일과 온건좌파인 권영식이 대립하는 장면을 보여준다. 최일이 미군정 관리, 군정 협조자, 친일파, 민족반역자를 모조리 때려 눕히자고 제의한 반면 권영식은 혁명이란 몇 사람이 선동한다고 되는 것이 아니라고 하면서 혁명과 폭동을 구별해야 한다고 한다. 작가 이무영은 명주를 초점화자로 하여 좌익 폭동의 잔인성의 몇 가지 사례를 들어 고발하는 데 힘쓴다. 한홍수는 왜정 때의 고관이었던 자가 중심이 되어 정당을 만들어 정치자금을 끌어내기 위해 접근하는 것을 물리치고 칩거한다. 회색파와 중간파 들도 공산당이 소련을 위한 공산당이라는 것, 또 공산당이 잔인 무도한 파괴와 학살 행위를 일삼는 것을 깨닫고는 민족 진영으로 돌아오는 자가 많다고 하였다. 손발은 최일과도 또 권영식과도 접선한다. 손발이 명주에게 꾸어달라고 했던 돈만 원은 좌익이 암암리에 추진하고 있는 폭동에서 권영식 일파를 빼내고자 하는 데 드는 비용이었다. 삼남 폭동 사건이 터지자 최일과 권영식은 갈라선다. "조그만 해결"(제10장)에 오면 혜란과 규홍이 사랑하게 되고 한홍수가 권총 자살하는 일이 벌어진다. "두 여인네"(제11장)는 미군 통역자 동택이 철도 선로 수리에 쓰는 곡괭이를 만드는 사업을 벌이기로 하고 철도국과 교섭하기 위해 대구로 갔다가 10여 명의 괴한에게 끌려가 고문을 받는 내용을 담았다. 동택의 주머니에서 명주를 짝사랑하는 편지가 나온다. 최일과 테레사가 가 있는 좌익단체인 민족통일협회에 수류탄을 던진 후 자수하겠다는 숙경을 말리며 명주는 최씨 일파가 두 번 폭동에 몇천 명을 죽였으니 천벌이 내린 것이라고 한다. 숙경은 명주의 권에 따라 장인태 박사에게로 돌아간다. "계절의 봄"(제12장)은 좌우 대립의 심각성을 환기시켜준다. 사람들은 미소공위, 좌우합작, 군정, 삼팔선 등을 화제로 삼는다. "삼팔선이라는 국경 아닌 국경선을 놓고 이쪽은 이쪽대로 저쪽은 저쪽대로 참호를 파고 포대(砲隊)를 만들고 총칼을 마련하고 탄약을 장만했다. 이 민족은 이러다가 동족끼리 칼부림을 하지 않나?—모두가 이런 불안에 떨고 있었다"는 대목은 이 소설을 논외로 돌릴 수 없게 하는 하나의 근거가 되고 있다. 이무영은 사랑소설을 쓰는 데는 실패했지만 역사와 시대의 흐름을 나름대로 명찰하려고 했다. 명주는 영남 사건의 사진 전시를 보고 돌아온 뒤로 좌우 싸움이 심각함을 깨닫는다. 좌우 싸움은 삼팔선에서만 일어나는 것이 아니어서 거리, 집, 찻간, 술집, 찻집에서 두 사람 이상 모이면 언제고 벌어진다고 하였다. 규홍이는 혜란과 약혼하고 결혼을 기다리고 있다. 명주는 손발의 권유대로 태임을 찾아간다. 군정포고령 위반죄로 징역을 살고 사흘 전에 석방되었던 태임은 좌익에 반기를 들겠다고 약속한다. 그 후 손발은 종적이 묘연하다. 명주는 오빠와 어머니가 동택이와 결혼하라는 것을 슬며시 거절한 후 봄을 기다린다. 봄이란 말의 속뜻을 모르겠다고 하는 오빠에게 명주는 "우리의 정부가 서는 봄, 아무의 간섭도 받지 않는 우리만의 정부가 서는 봄!"[160]이 와야 한다고 대답한다. 이무영은 일제 말기에 「문서방」(『국민문학』, 1942. 3), 『청기와집』(『부산일보』, 1942. 9. 8~1943. 2. 7), 『향가』(『매일신보』, 1943. 5. 3~9. 6) 등과 같이 대일협력 혐의에서 자유롭지 못한 작품들을 쓰고 해방을 맞아 군포에 칩거하면서 본격적으로 첫 작품을 썼다. 그것이 바로 『삼

---

160) 위의 책, p. 241.

년』이다. 이무영의 이념적 입지는 여주인공 명주가 "우리의 정부가 서는 봄"을 목마르게 기다리는 것으로 마무리되는 데서 확인된다.

이처럼 우익은 승리감에 젖어 희망을 품고 살아가는 것으로 그리면서 대조적으로 좌익은 패배하고 전향하는 것으로 그린 것이 이 소설의 서술 기조가 된다. 동경유학을 갔다가 사회주의자가 되어 돌아와 1945년 말에 신탁을 지지하고 1946년 들어 9월 파업을 선동하고 이어 영남폭동을 모의하던 최일, 소수 공산주의자에 의한 폭동을 거부하고 영남폭동 후 전향하는 권영식, 애인이 학병 나간 사이에 좌경했다가 감옥살이하고 나와 전향한 태임 등이 있다. 친일파로 해방 직후 자숙하는 생활을 하다가 권총 자살한 한흥수의 딸인 명주와 손발은 우익에 속하나 두 남녀의 우익 참여 동기가 밝혀지지 않음으로써 언행이 부자연스런 느낌을 주는 장면이 자주 노출되고 있다. 물론 영남폭동에 대한 사진전을 보고 좌익의 잔인함을 깨달은 것이 반공주의 포회의 계기가 되었다는 식으로 밝혀놓기는 했다. 장인태의 부인인 숙경은 가출할 정도로 최일을 사랑했지만 그가 테레사와 함께 우익단체인 민족통일협회에 폭탄을 던질 것을 모의하는 현장에 수류탄을 던진 것으로 묘사되어 있다. 미군 통역자인 윤동택은 하얀 우익을 자임했으나 뚜렷한 활동상은 없다. 한명주와 내내 뜻을 같이 하다가 행방불명된 손발은 권영식을 좌익 진영에서 빼내는 공작을 하였고 명주에게 태임을 포용하라는 부탁을 하기도 한다. 작가는 한명주뿐만 아니라 손발도 긍정적으로 보고 있다.

3. 좌우 대립과 타협 모색의 기록(1947)

(1) 좌우세력의 투쟁기(「폭풍의 역사」「좀」)

김만선의 「解放의 노래」(『백제』, 1947. 1)는 해방 후 좌우 세력의 팽팽한 대립의 현장을 제시했다. 해방이 되자 지주이며 양조장 주인인 김병학은 독촉지부장 회의에 참석하고 오면서 민청 사무실 앞을 조심스럽게 지나간다. 자작농으로 백 석이나 하는 성칠이는 민청에 가입한 후 김병학에게 일본과 만주에서 돌아온 전재민에게 줄 쌀 일부를 횡령한 것을 시비걸다가 경찰서로 끌려간다. 서울은 물론 남조선 전 지역에서 좌익이 몰락했다는 소문이 들려오자 김병학은 더 이상 민청의 눈치를 보지 않는다.

그까짓 삼상회의(三相會議)를 환영하고 남의 땅을 먼저 먹으려 드는 공산주의자인 그런 민족반역자들을 처치하는 데는 경찰의 힘을 빌릴 것도 없이 그를 지지하는 데 애국적인 청년놈들 손으로 뭇질러바리면 그만이다.[161]

막내아들이 다니는 소학교 후원회장으로 운동회날 술과 돼지고기를 갖고 가는 길에 박노인을 만나 아들 성칠을 석방시켜달라는 부탁을 받자 그는 힘써보겠다고 건성으로 대답한다. 운동회가 한창 진행될 때 애국가 대신 "높이 세워라 붉은 깃발을/ 그 그늘에서 전사하리라"라는 노래를 부르는 학생을 말리다 못해 한 선생이 때리자 한 떼의 좌익 청년이 선생을 메다꽂고 공중을 향해 총을 쏜 경관에게 달려들자 김병학을 지지하는 우익 청년들이 달려 들어가면서 난장판이 된다. 이렇듯 소학교 학생들에게까지 좌우대립의 불똥이 튀는 현장이 제시된다. 김병학은 교장에게 경찰을

---

161) 『백제』, 1947. 1, pp. 134~35.

부르라고 하고 도망친다. 김만선은 김병학을 결코 긍정적으로 그린 것은 아니지만 그렇다고 일방적으로 매도한 것도 아니다.

김만선의 「歸國者」(김만선 소설집『압록강』, 동지사, 1948)는 만주에서 기자와 관청고원을 지내던 중 해방을 맞아 서울로 와 전문학교 영어교수를 하는 혁이라는 남자의 시대고를 파헤쳤다. 혁의 아내는 해방 전에 만주에서 귀족 부인회 가입, 일본어 사용과 왜색 심취, 징병 권유 연설 등의 활동을 했던 것을 반성하지 않고 해방 후에도 애국부인회에 가입하는 한편 남편에게 미군 통역과 군정청 직원 자리를 권하는 식으로 재빠른 적응주의를 보인다. 혁은 해방 전 만주에서 자기에게 항일운동 가담을 권유했던 친구 장덕수가 해방 후 좌익단체인 민주주의 민족전선에서 맹활약 중이라는 소식을 듣는다. 학생들이 탁치를 지지하든 반대하든 학교에 나오지 않는 것을 보고 학교 경비 김서방과 탁치 문제를 화제로 삼아 이야기하기는 하나 그 자신이 친탁인지 반탁인지 분명한 주견을 갖고 있지 못하다. 출판사 사장이며 대학 동창인 김인수가 서울운동장에서 열리는 시민대회에 같이 가자고 하더니 "민주주의 임시정부 수립 만세"를 외치는 트럭에 올라 탄다. 신탁통치를 지지하는 행렬을 향해 길가의 일부 군중이 돌을 던지자 싸움의 분위기가 고조된다. 만세를 부르고 싶었으나 용기가 나지 않았다고 한 점, 그러면서 조선을 떠나 돈이나 벌어야겠다는 생각을 한 점, 길가에 서 있는 군중의 틈에서 슬며시 빠져나간 점 등을 보면 혁은 좌우 이념, 보수와 진보를 넘어선 중간주의자요 허무주의자로 해방 후의 격변기를 헤쳐나가고 있는 셈이 된다. 주인공 혁은 친구 장덕수나 김인수와은 달리 현실 적응에 실패한 인물로 볼 수도 있다.『압록강』에 수록된 「형제」는 신문사의 엄정중립이라는 사시(社是)를 충실하게 따랐던 경수가 맹휴 주도 학생들이 무서워 할 말을 제대로 하지 못하는 국장과 동료 기자들을 보고 회의를 갖는 장면을 보여준다. 경수는 유물론에 빠진 중학생 동생과 조금씩 가까이하고 있기는 하지만 몸에 배인 중립적 태도를 쉽게 털어내지 못한다. 아직 당파성으로 나갈 준비를 하고 있지 않은 점에서 경수는 「귀국자」의 혁과 함께 관망파 혹은 적응 실패자의 부류에 들어가 게 된다.

『압록강』에 수록된 「어떤 親舊」의 주인공이며 관찰자인 소설가 C도 당 파성을 드러내는 데 소극적인 태도를 벗어나지 못하고 있다. 중학교 동창 생으로 동맹휴학 주동 혐의로 같이 퇴학당하고 일본 유학을 갔다 온 C와 K는 각각 소설가와 윤리학 전공의 대학교수의 신분으로 길에서 우연히 만난다. K는 정치에 관심이 많을 뿐만 아니라 출판사도 운영하려고 한다. 두 사람은 영남 사건을 화제로 삼는 것을 시작으로 공산당에 대한 토론을 벌이게 된다. C는 평소에 문학과 정치의 분리를 주장해왔고 문학에 좀더 충실하자는 각오를 다져왔던 만큼 자연 영남 사건이나 공산당에 대해 정 보가 박약했던 터였다. 그럼에도 C는 좌익의 주장에 대해 심정적으로 동 조하는 편이었다. 남조선의 통일, 임시정부의 수립, 완전독립 등이 제대 로 되지 않는 가장 큰 책임을 좌익에게로 돌리는 K의 태도에 C는 반감을 표시한다. 술이 들어가자 K는 더욱 강하게 공산당을 공격한다.

공산당은 건설적이기보다 파괴적이란 것이다. 삼당합동(三黨合同)문제를 두고 보나 좌우합작(左右合作)에 소위 오원측(五原則)을 끝끝내 주장하는 것은 남조선의 현실에 비추어 비현실적(非現實的)이고 공상적이며 그래서 좌익진 영 자체를 약체화(弱體化)시켜 분렬(分裂)을 면치 못하게 하는, 말을 바꾸면 계 급혁명(階級革命)을 꿈꾸는 파괴적인 정당밖에 안된다 하며 그렇게 된 첫째의 원인은 공산당에는 정치가 없다는 것이오 둘째론 이게 더욱 중요한 점인데 인간적으로 존경을 받을 만한 인격자가 없다는 것이었으며 그러한 표본이 박헌영(朴憲永)이라는 것이었다. 애초에 삼당합동 문제가 일어났을 때 박헌 영이가 좀더 인간적으로 돼먹었더라면 (K는 바로 이런 표현을 썼다) 합당문 제는 문제 없이 성공했을 것인데 여운형선생(呂運亨先生)같은 어른 앞에서 감

히 버릇이 없었다고 그러니까 그러한 인간성(人間性)의 결여가 정치적인 운용을 그르쳤다는 말이었다.[162]

이튿날 C는 신문기사에서 K가 인민당원인 것을 보고는 "정치의 구호로는 인민 대중을 위한다면서 기실은 몇몇 소시민들과 지식계급을 위한 일종의 계급혁명을 꿈꾸다 결국에는 좌익진영 자체를 분열시켜놓은 역할을 하고 있는 것"[163]과 같이 인민당과 K를 향해 불쾌감을 드러낸다. 공산당에 대해 아는 것도 별로 없으면서 심정적으로 동조하고 있는 점에서 소설가 C는 작가 김만선의 분신이라고 할 수 있다. C가 K를 모리배요 정상배로 판정하는 것으로 끝냄으로써 김만선은 K가 지지하는 여운형이라든가 인민당을 공격하기 위해 「어떤 친구」를 쓴 것으로 비치게 된다.

안동수의 「괴로운 사람들」(『백제』, 1947. 1)은 유고의 하나다.[164] 해방이 되자 김남구는 서울에 가 여러 문인들과 어울리면서 문학과 정치를 마음껏 토론하는 자유를 누린다. 남구는 징용을 피해 3년 전에 농촌으로 가 초등학교 교사 노릇을 하다가 해방이 되자 서울의 문예춘추사에 취직해 중앙에 진출한다. 그러자 고향 친구들로부터 "농민조합일, 인민위원회 일, 야학일, 협동조합일 그야말로 몇사람이 불면불휴의 맹활동을 하지마는 원악 손 부족이라"[165] 고향에 와주었으면 좋겠다는 편지가 계속 온다. 상경한 이래 두 편의 단편소설과 여러 편의 수필을 발표한 남구는 농민작가로 일컬어지고 있으며 문학가동맹에 가맹하여 농민문학위원회에 배정되었다. 지방을 시찰하고 온 여러 문인들을 내세워 당대 농촌사회의 문제

162) 김만선 소설집 『압록강』, 동지사, 1948. pp. 140~41.

163) 위의 책, pp. 146~47.

164) 『백제』(1947. 1, p. 53)에 약력이 소개되었다. 부산 출생(1913년), 경성중학교 재학 중 공명단 사건 연조로 퇴학(1925년), 일본대학 예술과 입학(1930년), 월간지 『비판』 편집책임(1934년), 명성여학교 교사(1940년), 문학가동맹원으로 활약(1945년), 광나루에서 목선 침몰로 익사(1946. 7. 18).

165) 『백제』, 1947. 1, p. 56.

점을 파헤쳤다. 남선 지방을 돌고 온 문인 서가 들어와 반동분자의 발호, 사람손 부족, 신문이나 잡지의 구독난 등을 지적하면서 "뭐니 뭐니해도 제일 급한게 계몽운동이야. 여지껏 끌여단이며 왜말쪼가리나 배우든 농민들에게 별안간 민주주의가 어떠니, 좌익이 어떠니, 우익이 어떠니한들 알아먹을 리치가 잇겟는가. 사실 지방뿐만이 않이겟지마는 지방지도자 중에는 소아병(小兒病)환자가 만탄말야 이 소아병환자들 때문에 되려 대중을 잃고 또 반동분자들의 책동할 틈을 작고 만들어준단말야"[166]라고 하면서 농민들의 무지를 깨뜨리는 문학을 해야 할 것이라고 주장한다. 고향 친구 박으로부터 자네의 농촌소설이 농촌 현실을 쉽게 보고 있어 분노를 느낀다는 내용의 편지를 받는다. 그러면서 "멋칠 전에 인민위원회가 테로단의 습격을 바다 건물이 파손당한것은 말할것 없지마는 위원장과 위원 두사람이 중상을 당하고 또 야학일을 마터보든 민군과 농민조합일을 보든 남군이 피검되엿다네"[167]와 같이 인민위원회 회원들이 우익 테러단에게 습격당하고 경찰에게 체포된 것을 알리는 데 힘쓴다. 김남구는 농민운동에 참여해달라는 친구의 간절한 부탁을 받고 일주일 후 부산행 열차를 타고 고향으로 간다. 농민작가 김남구는 오히려 농민운동가로부터 협조 요청을 받기도 하고 비판을 받기도 한다. "괴로운 사람들"이라는 소설의 제목은 활동을 하다가 우익테러단에게 습격당하고 잡혀가는 좌익 사람들의 심정을 뭉뚱그려 표현한 것이다.

박찬모(朴贊謨)의 「어머니」(『문학』, 1947. 2)[168]는 골육상쟁담이 좌우이념 대립담으로 이어지는 과정을 보여주었다. 농민조합원이라든가 대구 폭동

---

166) 위의 책, pp. 59~60.
167) 위의 책, p. 66.
168) 1947년 2월호 『문학』은 "3·1절 기념 임시증간호"이다. 소설로 김명선의 「방아쇠」, 강형구의 「연락원」, 김현구의 「산풍」, 황순원의 「아버지」, 박찬모의 「어머니」 등이 수록되었고 시로는 이용악의 「機關區에서」가 발표되었다. 이 시에는 "남조선 철도파업단에 드리는 노래"라는 부제가 붙어 있다.

가담자들을 탄압받는 존재로 서술한 점에서 이무영의 장편소설 『3년』과 대척점에 선다. 칠성의 큰아버지 정주사는 칠성이 아버지가 죽자 재산을 가로채고 면장이 된 후에는 칠성이를 일본 북구주 탄광으로 징용을 보낸다. 해방 후 귀국하여 농민조합을 만들어 적극 활동하는 칠성이에게 대한 독촉지부장이 된 정주사는 민청 아이들을 이끌고 청년부장 일을 맡아보라고 간청한다. 농민들이 공출에 협조하지 않아 경찰이 칠성이를 잡아오자 정주사가 구타한다. 칠성이는 도망가다 총에 맞고 한 조합원 집에 숨는다. 그 조합원이 칠성이의 어머니에게 다음과 같은 소식을 전한다.

> 서울에서는 철도종업원이 총파업을 이르키어 기차가 완전히 정지되었다는것. 이 소식을듣자 대구에서도 노동자와 학생과 그리고 농민들이 수만명 동원하여 쌀과 자유와 민주독립을 달라고 천지가 진동하도록 부르짖었는데 경관이 함부로 군중을 쏘아죽이자 군중은 그 시체들을 둘러메고 경찰서를 쳐들어갔다는 것. [169)]

위의 인용문은 대구 폭동의 원인과 결과의 일단을 보여준다. 쳐들어오는 농민조합원들을 향해 경찰이 쏜 총에 칠성이는 어머니 대신 맞고 쓰러진다. 이 소설은 칠성이 어머니가 "조선공산당 만세" "조선독립 만세" "조선인민공화국 만세"를 외치는 것으로 끝난다. 표제는 "어머니"로 되어 있지만 주인공은 좌익투쟁가이자 희생자로 그려진 칠성이로 보아야 한다.

김현구(金玄龜)의 「山風」(『문학』, 1947. 2)은 해방 직후 일제 때의 악질 형사들이 면장이나 경찰이 되어 공출에 협조하지 않는다는 이유로 농민들을 마구 잡아가고 폭행하는 일이 벌어지자 마을 사람들이 주재소와 면사

---

169) 『문학』, 1947. 2, p. 31.

무소를 습격하고 대한독립단 지부장 집과 지주 집에 쳐들어가 식량을 탈취한 일대 사건을 다루었다. 마침내 농민들은 쫓기고 쫓겨 칠봉산에 모여든다. 자수하면 살려준다는 말에 속아 몇 사람이 내려갔다가 경관의 총에 맞아 죽자 농민들은 산에 남아 계속 싸우겠다는 결의를 모은다. 일제 때의 악질 형사들이 해방 후에도 계속 가해자로 역할하는 점을 강조하였다.

안회남의 「暴風의 歷史」(『문학평론』, 1947. 4)[170]도 허구적 인물을 되도록 피하려고 하는 안회남 특유의 창작 방법을 보여주고 있다. 농민들과 애환을 같이하며 온건하고 소극적으로 살아왔던 지식인 현구는 해방 직후 친일파가 여전히 득세하여 농민들을 탄압하는 것을 목격하고 분개한 나머지 서재를 떠나 농조와 민청 세력의 지도자로 나서게 된다. 이 작품은 주인공이자 화자인 현구가 12세 때인 28년 전 3월 1일에 만세를 불렀던 일을 회상하는 것으로 시작한다. 평소 동네에서 소리 잘하고 익살을 잘 떨어 마실방에서 환대받았던 포달이 총에 맞아 "나는 조선 백성이다" 하면서 죽어가던 것을 가끔씩 생각한다. 해방이 되어 농민들이 악질 면장을 잡아 장작개비로 볼기 때리고 파란 풀을 입에 넣고 먹어보라고 희롱한다. 풀려난 면장은 잔뜩 겁에 질려 걸어서 서울로 간다. 해방이 되자마자 감옥에서 나온 "전위분자들"이 고향으로 오면서 농민들 감정이 격해져 파출소와 면사무소를 점거하고 태극기를 꽂는다. 현구는 지방에 숨어 있는 지식인으로 "해방을계기로 그의위치와 자태가 너무 진보해지며 부자연한것을 느끼게"[171] 하는 변화를 보이게 된다. 농민들이 힘차게 만세를

---

170) 김동리는 "과거 8개월간의 창작계를 중심으로"라는 부제가 달린 「최근의 조선문학」(『새한민보』, 1947. 6, pp. 39~40)에서 당시의 조선문학을 공리주의 대 본격문학(혹은 순수문학), 정치주의 대 인간주의로 이분할 수 있다고 한 다음, 전자 계열에서 가장 높이 평가되는 안회남의 「폭풍의 역사」는 특히 현구와 포달이란 인물의 설정 과정에서 거짓을 일삼아 해방 이후의 안회남의 작품 중에서 가장 열등한 작품이라고 비판하였다. 이 소설을 두고 "예술적 정진"이라고 고평한 임화에 대해서도 소설을 모르는 사람이라고 아울러 공격하였다.

171) 『문학평론』, 1947. 4, p. 103.

부를 때도 그는 거기에 끼지 못하고 마음속으로만 만세를 불렀던 것이다.

면장 못지 않은 친일파요 농민의 원수인 부면장 이석기는 공출, 부역, 징용과 학병 강권, 황민화 적극 추진 등의 반민족적 행위를 저질러왔다. 농민들이 부면장 처리 건으로 자문을 구했을 때도 현구는 우물쭈물하였고 은연중 제지하기도 한다. 이석기는 여러 사람들에게 술과 고기를 대접하며 자기 잘못을 뉘우치는 척한다. 노인들은 용서론으로 젊은이들은 처벌론으로 의견이 나누어졌다. 오히려 면장으로 승진한 이석기는 대한독촉 지부장이 되어 농민들을 모아놓고 이승만 박사의 뜻을 받들어 덮어놓고 한데 뭉치자고 한다. 이 움직임에 관공리 유지, 모리배, 일부 농민들이 가세한다. 젊은 농민들이 단합과 독립의 방법을 묻자 현구는 열심히 공부하여 통일에는 농민과 노동자와 평민이 지주와 자본가와 관리의 편으로 뭉쳐서 전 민족이 지주나 자본가나 관리가 되는 방법이 있고 거꾸로 지주와 자본가와 관리가 농민과 노동자를 흡수하는 방법이 있다고 하였다. 현구는 민족주의는 대다수가 좇는 민주주의를 거쳐야 한다고 한다. 현구의 말에 공감한 젊은 농민들이 농조원이 되고 민청에 가입하여 현구를 지도자로 추대하면서 현구는 자연스럽게 개인주의나 미온적 태도에서 벗어나게 된다. 이석기는 압력을 받아 독촉지부장에서 물러났으나 관청, 경찰, 유지 세력과 친분을 쌓는다. 현구는 "인근의 각 군청소재지(郡廳所在地)인, 읍(邑)에는 부력(富力)과 폭력(暴力)을 가진, 반동(反動)단체가 속출하였다"[172] 고 지적한다. 면장 이석기가 신탁통치는 남의 나라 지배를 받는다는 것이거나 나라를 팔아먹는 것이니 만큼 반대라고 하자 현구는 신탁통치는 목적이 아니라 수단인데 반탁을 주장하며 애국자처럼 보여 정권을 달성할 수 있다고 한다. 소설의 표제에 들어가는 "폭풍"이란 무엇인가. 안회남은 미소공동위원회가 결렬되면서부터 온 세계를 뒤엎는 폭풍이 조선의 작은

---

172) 위의 책, p. 108.

산골 마을에도 밀려들었다고 하면서 "진보주의와 보수주의의 충돌" "민주주의와 비민주주의의 알력" "미소정책의 결렬" "좌우합작의 실패" "기성세력의 반동화" "혁명세력에 대한 적극적 탄압"으로 나타났다고 한다. 일제시대 그대로의 경찰관이 "혁명적 애국자"를 체포 감금하였으며 "진보적 신문"이 일제히 폐쇄되었다고 고발한다. 이러한 서술에서 안회남의 입장과 시각이 드러난다.

일제시대에도 없던 하곡수집령(夏穀收集令)이, 또 미곡(米穀)수집령이 발령되었다. 배급이란 말뿐이고, 굶주리는 인민들은 남녀노소 없이 쌀, 먹을것을 찾아서 각지로 헤메었다.

—탕……

이러한 人혹에서 불현히 총소리가 진동하였다. 아무 일없이 평온한 속에서 총소리만 연해 났다. 대구(大邱)에서 부터 폭발하야, 남선일대에 큰 무슨 사건이 생겼다는것이었다. 그것에 대한 경계와 시위(示威)로, 새벽과 한 밤중에, 매일 계속해서, 회다리우에서 공중에다대고 총을 쏘았다. 물론 농민들을 놀래주고, 위협하기위해서였다.[173]

배급도 제대로 되지 않는 데다 미곡수집령까지 내려 설상가상이 된 농촌의 상황은 훗날 「농민의 비애」(『문학』, 1948. 4)에서 재현되었다. "10월 1일의 대구사건"을 소재로 하면서 사건의 원인에 대해서는 다소 모호하게 처리하고 있는 안회남은 사건의 전개과정에서 경찰의 발포로 무고한 희생자들이 다수 생겨났음을 강조하였다.

남선 일대를 뒤집은 여러곳의 인민봉기 소요 항쟁의 일이, 각각으로 마

---

173) 위의 책, p. 111.

을과 마을에 보도되었다. 관리와 경찰은 필요 이상으로 겁을 집어 먹는 모양이엇다. 당황해햇다. 고얀한 인물들을 예비검속(豫備檢束)하였다. 표면의 이유는 무허가집회(無許可集會)였다. 그러나 아무 집회도 없었다. 솟 뚜껑 보고 놀래는 그들은, 사랑방에 모인 마실꾼 까지를 무허가집회로 몰앗다. 십월일일의 대구사건만 하더라도, 기성 정치세력과 반동세력이 점점 기승기승 하여지자, 이에 의기양양한 옛날의 친일파 반역자 모리배들이 탄압일로로 경찰을 충동하였으며, 경관의 발포로 무고한 희생자가 생겼고, 피를 본 군중들이 흥분하야 히생자의 시체를 떠매고 아우성치자, 수천 수만 명 눈 있어보는 사람은, 누구나 그 뒤를 따르며 소리들을 합쳤다한다.[174]

현구는 10월 20일에 무허가 집회 가담 혐의로 잡혀가 일주일 후에 나온다. 장날 쌀장에서 곡식 매매를 금하고 관리들이 쌀을 빼앗아간 것에 격분한 농민들이 면소에 쳐들어가자 경찰관이 발포한다. 총을 맞고 그 자리에 쓰러진 돌쇠는 28년 전 죽은 포달의 아들로 밝혀진다. 돌쇠의 장례날 하곡수집령에 뒤이어 쌀 공출, 지방관리의 직접 선거가 발표될 때마다 "폭풍"이 불어닥친다. 현구는 1947년 3·1절 기념행사를 면장이 저지하려는 것을 알고 군청과 경찰서에 가서 허가를 받아내어 많은 경찰들이 경계하는 가운데 행사를 치른다. 현구는 해방이 되어 일본놈은 갔으나 일본놈 아닌 일본놈이 아직도 우리 앞에 남아 있으니 이것을 쳐 없애야 한다고 다짐한다. 안회남은 자기 편인 혁명 세력을 적극적으로 탄압하고, 진보적 신문을 폐쇄 조치하고, 테러를 자행하고, 좌익단체를 타도하려는 기운을 "폭동"으로 규정한다. "전위(前衛)" "친일파(親日派)" "미온파(微溫派)" "민주청년동맹(民主靑年同盟)" "좌익계열(左翼系列)" 등과 같이 국한문혼용체를 씀으로써 소설의 분위기를 무겁고 진지하게 끌어가고 있다.

---

174) 위의 책, p. 112.

엄흥섭의 「發展」(『문학비평』, 1947. 6)은 일본에서 술집 작부로 있던 갓
난아기 엄마 순이, 영희, 임신 중인 대구 여인이 포함된 전재민들이 부산
항에 도착하여 원호회의 안내로 학교 교실에 있는 전재민 수용소로 가는
것이 첫 장면으로 장식된다. 산욕으로 입원하여 일주일을 보낸 순이는 친
일파와 민족반역자를 소탕해야 조선 독립이 제대로 된다는 어떤 노인의
말을 듣게 된다. 조금 있다가 우익테러단에게 맞고 들어온 박동무에게 동
지들이 다투어가며 수혈하는 일이 벌어진다. 순이도 자기 피를 수혈하라
고 했지만 피가 모자라 거절당한다. 결국 박동무는 과다 출혈로 죽고 만
다. 서울에 도착한 지 2주 후에 순이는 서울 도렴동 동회에 가서 아버지가
강원도 철원으로, 영희 아버지는 황해도 연백으로 일제 때 소개되었던 것
을 확인한다. 동회 직원은 철원이나 연백이나 "북위三八도선이 지금 국경
처럼 되여잇기 때문에 함부로 못갑니다"[175]라고 한다. 옛날 전재민을 실
어온 배에서 담요를 구해다준 청년을 우연히 만나 그 청년의 소개로 순이
는 아파트 사무실에 취직하게 된다. 지방에 한 달 가 있기로 한 그 청년은
응징사동맹(應徵社同盟)의 지방연락부원이었다. 순이는 "나와 영히도 「정신
대」에 강제로 뽑혀갓다 왓스니깐 「정신대동맹」이라두 만들어야 할게아닌
가"[176] 하고 생각한다. 순이와 영희는 밤마다 아파트에서 조선부녀동맹의
여맹원으로부터 교육받으면서 세상이 어떻게 돌아가는지 알게 되었고 완
전한 독립국가에의 소원과 포부를 갖게 된다. 작가 엄흥섭은 정신대를 갔
다 온 여성들이 좌익분자로 의식화되는 과정을 "발전"이라고 불렀다. 「발
전」에 이어 엄흥섭은 「부끄럼」(『새한민보』, 1947. 10)과 「自尊心」(『백민』,
1947. 11)이라는 콩트 두 편을 발표했다. 「부끄럼」에서는 일제 때 헌병대
끄나풀 노릇하고 해방 후에도 계속 경찰의 끄나풀 일을 하는 한 사내에게
그 위의 과장이 썩어빠진 사상을 청산하고 농촌에 가 농사를 지어 먹으라

---

175) 『문학비평』, 1947. 6, p. 19.
176) 위의 책, p. 26.

고 충고한다. 「자존심」에서는 좌익운동가인 종수가 좌우익 단체에 돈을 다 보내는 모리배인 영배가 돈을 주는 것을 거절하고 자존심을 살렸다고 안도의 한숨을 내쉰다.

정인택의 「黃鳥歌」(『백민』, 1947. 3)도 자신도 모르게 독립운동가를 도우면서 살아왔음을 깨닫게 되는 바걸을 여주인공으로 삼았다. 해방 전 서울에 올라와 바걸이 된 혜옥은 3년 동안 돈을 대준 애인 학성이 주의자로 활동했음을 해방이 되자마자 알게 된다. 혜옥은 남편에게 5천 원을 받아 애인에게 전해준다. 해방이 되자 그동안 일본 사람들이 감추어두었던 물건을 사다가 장사하고 있는 남편을 더럽다고 하면서 혜옥은 애인을 따라 여성동맹에 가입할 생각을 하게 된다.

이동규의 「좀」(『문학비평』, 1947. 6)은 중학교를 마치고 1년 남짓 징용살이를 하던 중 해방을 맞아 귀국한 석호가 앞으로는 이 한 몸을 새 나라건설에 바치자고 맹세하는 것으로 시작한다. 징용 모티프는 자유 모티프로 설정되긴 했으나 석호라는 청년이 건국사업에 관심을 갖게 된 원인으로 기능한 것임은 부정할 수 없다. 오늘의 조선 청년들에게는 일거수일투족이 책임감을 지녀야 할 정도로 "공적 생활"밖에는 없다는 생각도 한다. 석호는 친구들과 이야기도 해보고 읍내의 형편도 살펴보고 신문도 정독하면서 행동 방식을 결정하려고 했으나 갈피를 잡지 못한다. 수많은 정당과 단체와 주장, 지도자와 강령의 난립으로 요약되는 현실 앞에서 석호를 포함한 민중은 지겹다고 생각할 정도였다. 9월 초순에 읍내에는 인민위원회, 농민조합, 공장노동조합에 이어 청년동맹과 대한청년회가 생겨난다. 인민공화국을 지지하는 사람들도 있고 이승만 박사와 대한임시정부를 지지하는 사람들도 있다. 석호는 대한청년회와 청년동맹의 대립을 예의주시한다.

모인 인물들을 살펴보면 소위 요시찰인(要視察人)이라고해서 전부터 사상운동을 하다가 감옥에도 끌려가고 때때로 경찰서에도 잡혀가 그 사상이 조은사상인지 그른사상인지는 몰라도 뜻잇는 절믄이들이 혹은 존경으로 혹은 호기심으로 가까히하려하고 따르든이들 그들과 책개나 일코 말마다나 하고 고분고분하지 안타고해서 주재소 순사들이 사상이 나쁘다고 공연히 미워하고 주목하던 절믄이들은 거의 다 인민위원회나 청년동맹으로 모엿고 전의 읍회의원이니 경방단장이니 하는지위에 잇는사람아니면 은행지점 지배인, 우편국장, 그외의 예수교계통사람들은 거의 다 대한청년회에 나이 만은이들은 고문이니 찬조원이라는 자격으로 절믄이들은 회원으로 모여잇섯다. 그리해 그들은 사상적으로 서로 대립해 잇슬뿐아니라 감정적으로도 대립해 잇섯다. 한쪽 대한청년회는 대한임시정부를 지지하고 한쪽 청년동맹은 인민공화국을 지지하며 서로반동분자라고 욕하고 잇섯다. 그리고 읍민들은 대개 인민위원회쪽 세력이 크다고보고 잇섯스나 그들을 공산주의패라고 말하고 잇섯다.[177]

대한청년회는 임정파로, 청년동맹은 인공파로 성격화된다. 석호는 해방 전에 자주 감옥살이한 항일사상가 최호를 존경하여 그가 품은 공산주의를 지지하기는 했으나 공산주의라고 하면 파괴적인 것을 떠올리게 되고 마음이 그리 끌리지 않는 면도 있었다. 대한청년회에 대해서는 그 배경이 읍내의 유지와 유력자라는 점이 기분에 맞지도 않았다. 일단 석호는 양비론에 서 있다. "거기는 아무런 새로운 맛도 업섯고 혁명적 기분도 업섯다. 거기비해 인민위원회측이나 청년동맹은 팔팔하고 패기가 넘쳐흐르는데다 이론들이 쏙쏙햇고 주장하고 반대하는선과 한계가 분명하고 확연햇다"[178]고 대한청년회를 비판하는 쪽으로 기울기도 한다. 친구들 중 청년동맹 가입자가 많기는 했지만 어디에 몸을 담아야 할지 주저하던 석호

---

177) 위의 책, p. 39~40.
178) 위의 책, pp. 40~41.

는 대한청년회에 가입하고 싶은 생각이 들 때가 있긴 하나 구성원의 면면이 마음에 들지 않아 끝내 가입하지 않는다. 석호의 방문을 받은 최호는 통일이 되지 않는 가장 큰 이유로 정치를 이권 다툼으로 몰고 가는 가짜 애국자들이 많다는 점을 들면서 정상배와 친일파도 문제지만 국내 사정을 잘 모르는 해외파 요인들도 문제라고 하였다. 지금은 정화 과정이며 체에 담아 쓰레기와 알맹이를 가려내는 시기라고 한다. 최호의 형안은 해방을 남의 힘으로 얻은 것이어서 정부 수립이 신속히 이루어지지 못한 것이라고 지적한 데서 입증된다. 석호가 이 시기에는 그런 주의는 잠시 접어두고 우선 조선 사람이라는 자리에 서서 먼저 독립을 모색하는 것이 선결 과제라고 하자 최호는 특정 사상이나 주의에 대해 잘 알기도 전에 덮어놓고 공격하는 것은 위험하다고 하면서 공산주의는 이 시대에 가장 앞선 사상이라고 주장한다. 과학적인 혁명단계론, 민족통일전선론, 민주주의정부수립론, 노동자·농민 계급과 자본가·지주 세력의 협력론 등과 같은 공산주의 주장의 정당성을 조리 있게 설명한다. 대한청년회에 있는 친구들이 가입을 권유하자 석호는 통합우선론을 제기하는 것으로 응수한다. 이튿날 석호는 청년동맹을 찾아가 친구들에게 합동 문제를 제의한다. 다음 날 정식으로 합동결정식을 갖는 자리를 마련했으나 대한청년회 측은 청년동맹 측이 공산주의를 버리고 임시정부를 지지하겠다는 약속을 하지 않으면 절대로 합동은 못하겠다고 통보해온다. 대한청년회 측의 표변은 읍내의 유력자 층의 반대가 작용한 때문이었다.

과거에잇서서 결코 조선사람에게 잘해왓다고 할수업는 그들, 관청이나 군부에 아첨하고 그들에게 협력해 지위를 엇고 돈도 벌고해 비교적 편하고 걱정업는 생활을해오든 그들이 한번 세상이 홱 뒤쒸어지자 제일먼저 솔선해 만든것은 치안대(治安隊)엿고 그뒤 다시 그것을 가지고 이 대한청년회를 만들어 자기들의 호위병을삼고 잇섯든 것이다. 그들에게 이용당하는 절

믄이들도 절믄이려니와 또 애국의 순정을 이용해 저의 보신책을 강구하는
그무리들이야말로 얄미운 존재엿다.

"좀이다 좀, 그놈들이야말로 건국의 좀이다."

석호는 분개해 마지아니햇다.[179]

결국 석호는 이유야 어찌 되었든 합동결정식을 파기한 대한청년회를
"건국의 좀"이라고 규정하며 확실하게 좌익을 선택하게 된다. 읍내를 배
경으로 하여 인민공화국 지지자들과 임시정부 지지 세력의 통합 시도를
이렇듯 구체적으로 그린 단편소설의 유례도 찾기 어렵다. 통합 움직임의
결렬 책임을 임시정부 지지 세력으로 돌려 우익세력을 건국의 좀이라고
한 것으로 결말을 처리함으로써 좌익 지지의 설득력을 얻고자 하였다.

「설날」(『문학비평』, 1947. 6)은 해방 직후 김정한의 좌경적 향배를 결정
적으로 일러준 모델소설이다.[180] K도 부녀동맹위원장인 30세의 호출 엄
마는 석 달 전에 남편이 죽자 한 달 전부터 남편의 아는 집에 피신하던 중
1947년 새해를 맞는다. '호출'은 남편이 호출당한 날 낳았다고 해서 붙여
진 이름이다. 호출 엄마는 외출할 때 변장하고 다닌다. 호출 엄마는 죽은
남편도 잊지 못하지만 "평생을 인민의 해방을 위하여 바쳐온"[181] 칠순 노

179) 위의 책, p. 48.
180) 차민기, 「광복기 김정한의 좌익활동과 문학실천」, 『지역문학연구』, 경남·부산지역문학회,
　　 도서출판 불휘, 2004, pp. 160~71.
　　　김정한은 1945년 8월 17일에 결성된 건준 경남도지부 사무실에 출근하였고, 9월이 되면
　　 서 『민주신보』 논설위원 일을 맡았고, 1946년 2월 10일부터 조선문학가동맹 부산지부 위
　　 원장에 선출되었고, 나흘 후에 조선예술연맹 부산지구협의회 위원장으로 추대되었다. 「獄
　　 中回甲」(『전선』, 1946. 3)은 경남 인민위원회 위원장인 노선생이 사무실에서 한잔의 술과
　　 말라붙은 오징어로 회갑연을 맞을 때 우익 청년들의 습격을 받고 미군 MP에게 잡혀간다는
　　 내용으로, 노선생은 1946년 1월에 결성된 민전부산시위원회 초대의장으로 뽑힌 노백용을
　　 가리킨다. 「옥중회갑」이 노백용 개인에 대한 존경의 눈길을 보낸 것이라면 「설날」은 아버
　　 지의 뒤를 이어 아들과 딸도 좌익전선에 뛰어든 노백용 일가에 대한 존경의 눈길을 보낸
　　 소설이다.
181) 『문학비평』, 1947. 6, p. 52.

령의 사상범으로 나날이 수척해가는 친정아버지에 대한 걱정으로 가득하다. 아버지에 대한 연민과 존경심은 "아무런 공로도 업는 자들이 해방 후 갑자기 짐즛 애국자인체 하고 고관대작도 되고 군정고문관도 되어 뽐내고 다니지만 그는 오로지 인민의 참된 벗으로서 「민전」 의장의 자리를 지키고 잇섯스며 그로말미암아 다시금 옥으로 끌려간 것이엇다"[182]와 같이 자기애를 보인다. 호출 엄마는 설날이니까 감시의 눈도 약할 것이고 면회도 쉬울 것이라고 생각하여 호출과 동지 진숙이를 데리고 형무소로 간다. 면회신청서를 서무과장에게 제출하고 기다리는 시간에 다리 다친 멧새를 우연히 본 순간 호출 엄마가 죽은 남편을 떠올리면서 호출 아버지의 사인이 드러난다.

그의 눈에는 뜻박게 새 대신으로 죽은 남편의 피투성이된 환영(幻影)이 어른거리기 시작햇던 것이다. 一九四六년 시월 남부조선의 처참한 인민항쟁의 첫 희생자로 사라진 남편! 쌀을 다오! 인민의 권리를 다오! 외치며 도탄에 빠진 인민의 한 사람으로서 인민의 동무로서 싸우다가 원통하게도 반동의 총알에 피를 뿜으며 쓰러진 남편의 그 창백한 얼굴이 불현듯 눈아페 떠올랏다.[183]

수감 중인 아들까지 보게 된 아버지는 수척해지고 한쪽 눈이 실명하고 말았다. 아버지를 면회하는 순간 어떻게 해서든지 병보석을 받아야겠다고 결심한다.

인민항쟁은 도탄에 빠진 인민의 참다 못해 일어난 자연스런 또 당연한 싸움이엇거늘 어찌 그것을 인민의 이익을 주장해온 그네의 죄라 욱일까? 지

---

182) 위의 책, pp. 52~53.
183) 위의 책, p. 66.

도라면 혹시 또 모르되 더퍼노코 선동이란 죄명을 씨워가지고, 일제 때부터 허구한 세월을 두고 민족의 해방을 위하여 싸워온 투사들―더구나 늘근 이 까지를 그러케까지 박해하고 투옥(投獄)함은 너무나 심한 짓이 아닐까?―호출 어머니는 새삼스러 또 속에 불이 부텃다. 인젠 그리 겁나는 것이 업섯다. 그는 뚜벅뚜벅 복도를 걸어나왓다.[184]

설날 호출이와 엄마의 대화, 면회 전후 엄마와 진숙의 대화, 형무소 수부계원과 호출 엄마의 대화 등으로 채워져 있는 대화소설로 작가의 사상을 효과적으로 표출한다. 전반적으로 짧은 문장들을 구사함으로써 작중인물의 의지의 단호함을 일깨워준 점에서 좌익프로파간다소설로 볼 수 있으나 구성의 긴밀도는 떨어지는 결과를 빚어내고 있다. 면회를 마치고 나온 호출 엄마는 아들과 진숙을 데리고 남편 무덤에 가서 임화의 시 「깃발을 내리자」의 일절을 읊조리며 투쟁의지를 다진다.

20년 동안 인쇄소를 지켜온 수동 어머니가 해방이 되자 모든 직공들을 메이데이 팸플릿 제작에 동원시킨 복례를 보면서 징병 갔다가 돌아온 아들 수동이의 색싯감으로 생각한다는 이야기를 들려줌으로써 좌익운동가를 비범한 인물로 그려낸 홍구의 「꽃」(『신조선』, 1947. 2), 철도 파업단 연락정보실에 있는 네 명 중 한 남자가 무장경찰에게 점거된 통신국으로 달려가 돌파를 시도하는 장면을 제시하여 파업 근로자의 용기를 찬양한 강형구의 「連絡員」(『문학』, 1947. 2) 등이 같은 시기에 발표되었다.

(2) 양비론과 통합론의 소리(「임풍전씨의 일기」 「雨愁」)

김송의 「故鄕이야기」(『백민』, 1947. 3)는 강둑 이남엔 미군의 조립식 병사가 세워져 있고 강 건너 이북엔 소련군의 바락크가 눈에 띄는 삼팔선을

---

184) 위의 책, p. 68.

한 남자가 건너는 모습을 그려내는 것으로 시작한다. 매부 동식이가 소련 군이 망보는데 괜찮겠냐고 하자 '허'는 고향 인민증이 있어 괜찮을 것이라고 하면서 둘은 이별의 악수를 한다. 먼저 월남해와 기자 생활을 하는 '허'는 뒤늦게 월남해온 매부로부터 북쪽 정세와 생활상에 대한 정보를 듣는다. 허기자는 남쪽에서 신문사의 주의사상에 맞는 글만 써야 하고 가난에 허덕거리는 기자 생활에 월북을 생각할 정도로 회의를 품고 있던 중이었다. 매부는 해방 후에도 계속 평양과 신의주에서 양복수선업을 하다가 실패하자 월남해와 '허'의 아버지가 보낸 북어를 꺼낸다. 매부는 소련 군의 약탈 행위나 강간 행위는 보지 못했다고 하면서 소련군은 시계라든가 만년필을 무척 좋아하고, 소박하고, 먹는 것을 가리지 않고, 친근성이 있다고 하였다.

이야기는 차츰 정치방면으로 전개되었다. 신탁문제에 대해선, 일부 예수교인을 빼고는 모다 지지한다는것, 임시정부 수립에 있어 삼상(三相)결정에 의하지 않으면 안된다고 인위(人委)에서 역설했고 인민은 거게 따라 무비판적으로 지지해야만 한다고 말했다.

이북은 어데라 할것없이 조고만한 어촌에까지지도 선전삐라나 포스터가 붙어있다는 것, 문구는 거개가 「스타린만세!」「金日成만세」또는 「金日成 二十개조 정강」등이라는것이다. 二十개 정강이란, 토지문제 노동제도, 문화정책, 기타를 명시한 二十개조문이다. 상점이나 학교, 관청에는 맑쓰, 레닝, 스타린, 김일성등의 사진이 붙어있지 않은곳이 없다고했다.

토지는 무상몰수 무상분배요, 공장은 국가관리요 과거의 유산계급은 몰락하고 모다 생산장이나 근로지대로 들어가 일하지않으면 먹구살길이없는 평등제도를 만들었다는것, 정치노선(路線)은 민주주의적 일정한 방향을 향하야 전인민을 끌고 나아가고 있다는것을 이야기했다.[185]

작가가 직접 나서서 북한을 부정하거나 비판하지는 않았지만 북한의 체제 선전과 정책 선전의 내용을 독자의 테이블에 올려놓는 방식을 취했다. 설날이 되자 허기자는 이북의 부모가 보내준 북어를 밥상 위에 올려놓고 밥을 먹는다. 동식은 삼팔선을 넘어올 때 잡혀 보안서에 끌려가 밤새 반동분자 혐의로 문초받았음에도 대보름은 북쪽에 있는 고향에서 쇠야겠다고 하며 열흘 길인 고향을 향해 출발한다.

최태응의 「사과」(『백민』, 1947. 3)는 출판사 사원인 윤의 옆 건물 사무실의 미모의 여인이 보이지 않는 것에서 시작하여 보름 후에 해쓱한 얼굴로 다시 출근하는 것으로 끝난다. 윤은 북에서 농민조합 책임자로 일하기도 하고 청년동맹 간부로 일하기도 하다가 월남하여 30명 정도 일하는 출판사에 근무한다. 윤은 자신은 "민족적인 과업이 있다고 해도 가장 문학과 가차운 거리에서 일하지 않고는 견딜수 없는 일념이었다"[186]고 자임하며 북한의 당원과 그에 부화뇌동하는 문학운동가를 조소한다. 북한에서 문학은 굶주린 인민들을 곁에 두고 꽃과 구름을 노래해서는 안 된다고 하고, 화가는 떡과 돈과 옷을 그려야 하고, 노래는 쌀과 고기를 엮어 떠들어야 한다고 윤이 폭로함으로써 최태응의 월남 동기는 설득력을 얻는다.

김동리의 「穴居部族」(『백민』, 1947. 3)은 삼선교와 돈암교 사이에 놓인 산지 일대의 열 개의 방공호 속에 나누어 살면서 시국에 대해 의견을 달리하는 사람들의 모습을 그려 보이고 있다. 그러면서도 '독립'의 개념에 대해 이해가 부족하거나 시각이 편향된 공통점을 안고 있는 것으로 그려지기도 한다. 동굴은 임시 거처이고 소유자 개념도 불분명한 만큼 혈거부족은 해방 직후의 혼란과 가난을 가리키는 지표가 된다. 남편을 잃고 아기를 데리고 양담배 장사를 하는 순녀를 속으로 아들의 재취자리로 욕심을 내면서 어머니처럼 따뜻하게 해주는 할머니 같은 우호적인 존재도 있

---

185) 『백민』, 1947. 3, p. 72.
186) 위의 책, p. 78.

지만, 술에 절어 살면서 틈만 나면 좌익 선전을 해대는 애꾸눈 윤서방 같은 존재도 등장한다. 윤서방을 순녀를 한밤중에 강간하려다 도망간 것으로 그림으로써 좌익선전가의 비도덕적 측면을 부각시킨다. 해방되기 반년 전에 되놈과 싸워 어혈이 들어 골병이 든 남편이 해방 후에 귀국하여 아내 순녀의 보살핌에도 세상을 떠나기까지의 사연이 길게 소개되어 있고, 넷째 굴이 무너져 죽은 부녀의 시신을 수습하느라 애쓰는 이웃 헐거민들의 모습도 구체적으로 그려져 있다. 며느리를 강간하여 결국 대동강에 빠져 죽게 한 "원숫놈의 병정들"을 저주하는 할머니가 순녀에게 하소연하는 것을 옆에서 엿들은 애꾸눈 윤서방이 "지금 이 시대로 말하면 공산주의 자유시대라고 말할 수가 있는데 말씀이죠. 그렇게 말하면 공산 사상에 대해서 냉정히 비판할 필요성은 없을듯한데"[187]라고 공산주의를 두둔하고 있어 "원숫놈의 병정들"은 소련군을 가리키는 것으로 볼 수 있다. 윤서방은 "지금 이 시대는 공산주의 자유시대"라는 말을 누구에게나 틈만 나면 반복하고 있음에도 신탁통치에 대해서는 분명하게 반대하고 있다. 헐거부족 사이에서 그래도 지식인이라고 소문난 윤서방도 당시의 주요 이슈에 대해 이해 부족의 수준에서 벗어나지 못하고 있다. 김동리는 헐거부족을 순박하고 인정이 많은 것으로 그리면서도 상황과 이념에 대해서 무식하다는 점에 방점을 찍기도 한다.

"이것은 다른 한 일의 壹部分이 되고하는 것임을 添記하고저한다"는 작자 부기가 붙어 있는 허준의 「林風典氏의 日記」(『협동』, 1947. 6)는 수업 시간에 임풍전 교사가 양심이 없는 위정자, 남북 이념분자, 일본 고등계 경찰 출신의 조선인 경찰을 비판했다고 하여 "정치선전" "당파선전" 혐의로 쫓겨난 것을 중심사건으로 한다. 그는 평소에 잘 따랐던 박군을 오라고 해서 직접 여러 가지 이야기를 나눈다. 양심이 얼마나 무거운 것인가

187) 위의 책, p. 40.

를 이해시키기 위해 한 일본인의 경우를 들려주기도 한다. 그 일본인은 전쟁에 뛰어들어 많은 전투에 참가하고 전우가 마구 죽는 경험을 하게 되자 "포로를 죽이지 말라"는 아내의 말을 지킬 수 없게 된다. 많은 전우가 희생된 끝에 가까스로 점령한 조그만 부락에서 대여섯 달밖에 안 된 어린 애를 보고 칼을 빼드는 순간 엄마가 튀어나와 애를 감싸는 것을 목격하였음에도 찔러 죽인 것을 전쟁이 끝나서도 내내 잊지 못한다. 그는 만삭인 아내에게 고해하고 죄책감에서 벗어나려 했으나 그 중국인 모녀의 포옹 장면을 지우지 못한 나머지 미쳐버리고 만다. 수업 중에 요새 부르주아나 지주가 양심이 없다는 말은 내 것과 네 것을 분간하지 못하는 것을 뜻하는 것이 아니냐는 항의 조의 질문을 받고 임풍전 교사는 토지개혁, 친일 파의 무반성, 좌우 싸움의 원인 등을 인간 본능인 소유욕과 이기심에서 찾는다.

입으로는 쏘련도 싫고 미국도 싫다고 하면서도 실상은 어느 한 나라의 보호밑에 들어가 있고싶고 그나라가 아니면 물질(物質)로나 정신으로나 혜택(惠澤)을 받어서 살어날수가 없을것같이만 생각하는 사람들—한번 갈리면 쏘련이나 미국이나가 각각 삼팔선을 마주보고 노리면서 반영구적(半永久的) 암투(暗鬪)를 하다가 불의 심판날이 와서 불가진 바람의 조선이 되기를 기대리고 믿고있는 사람들—이사람들의 불작난이 얼마나 무서운가를 생각하면 미치는 사람의 진기(眞價)란 상상외로 거대(巨大)한것이야. (중략) 전세계 전 인류는 더 고만두고 남북조선 전조선 사람이야 조선에서 이러난 전쟁으로 말미암아 똥칠 피칠이 되던말던 나만 단독정부의 대통령이 되면 고만이라는 너무도 정신이 말쩡한 이 세음쏙의 위험! 그러나 아까도 전쟁의 비참잔 인한 것을 이야기하며 어머니와 딸이야기를 잠간 하기도하였지만 어머니를 잃은 딸, 딸을 잃은 어머니는 아모리 무식한 사람들이래도 이남에있는 딸, 이북에 있는 어머니를 그리워서 못 견디는 단순한 마음으로라도 조선은 통일이 되어야 한다는것을 몸으로 느끼는것이란말이야. (중략) 미국이나 쏘련이나 영국같은 큰 나라의 대표자들이 모여 맺어놓은 약조(約條)로 협조가 안된다면 언제 몇 만년뒤에 누구에게 가서 이 단독정부가들이 풀려내딸을 찾어 달라해서 찾어줄 나라가 생긴단 말이오, 늙으막에 나나대통령해먹고 죽으면 고만이지 죽은뒤에야 남의 딸쯤 어느 고막년에 찾거나 말거나 남북으로 갈렸던 어머니와 딸이, 아버지와 아들이, 형과 아우가, 상잔(相殘)하게되는 날이 오던 말던 상관있느냐는 말이 웬 말이냐고 달려들며 보채는게아니겠소.[188]

허준의 형안이 소스라치게 느껴지는 대목이다. 1946년이 열리자마자 발표했던 「잔등」에서 "제3자의 정신"을 외치며 흥분을 가라앉히라고 하며 용서론을 펼쳤던 허준은 이 소설에 와서 민족 통일보다 제 것 챙기기에 혈안이 되어 있는 좌우 세력에게 무서운 경고를 내리고 있다. 동족 간 전쟁이 일어날 수도 있으며 전쟁이 나면 남북 이산가족이 오랜 세월 동안 피눈물을 흘리며 살 것이라는 예견을 하는 데까지 나아가고 있다. 정권을 차지하고 싶은 사람을 포함하여 "정치선동꾼들" 때문에 우리 조선의 당대는 말할 것도 없고 전 세계 인류의 후대 만손에까지 비극이 생길 수 있다고 주장한다. 단정론이 비등한 때도 아닌데 이 문제의 중요성을 크게 인식하고 있다. "무식한 어머니들"로 표상되는 백성의 소리가 곧 신의 소리가 아니겠냐는 평범한 이치를 환기시키고 있다. 임교사가 억울하게 학교에서 쫓겨나는 것에 아직도 분이 풀리지 않아 우는 박군에게 임교사는 어머니가 보고 싶어 이북으로 가되 지금은 험난한 삼팔선을 넘어가지만 다시 돌아올 적에는 당당하게 기차를 타고 올 것이라고 하였다. 이러한 희망은 남한보다 북한을 더 믿는 데서 비롯된 것으로 볼 수 있다. 임풍전

188) 『협동』, 1947. 6, p. 111~12.

은 김송의 「고향 이야기」의 매부와 마찬가지로 월북행을 택했지만 현실과 역사에 대한 인식의 면에서는 큰 차이를 드러내었다.

허준의 「黃梅日誌」(『민보』, 1947. 3. 11.∼6. 12)는 미완 소설이다. 일제 때 학병으로 끌려갔다가 돌아와 건국 활동을 하던 중 반대편에게 총맞아 죽은 오빠의 정신을 이어받아 삐라 살포, 동지 간 연락 등의 좌익운동을 하다가 1년 뒤에 폐결핵으로 입원한 영이(英伊)와 그녀가 아저씨라고 부르는 연(淵)이 이 소설을 이끌어간다. 연은 악보 출판 때 받은 인세 중 남은 돈 몇 천원을 병원에 맡기고 영이를 두 달 전에 입원시켰다. 물심양면으로 돌보아준 보람도 없이 영이로부터 에고이스트라는 비난을 듣자 연은 "얼마 되지 아니하는 반평생 동안에도 시대의 사조가 몇 번이라 없이 뒤흔들려 바뀌고 세도상 몇 번 변하는 것을 보았지만 어느 때에 어느 편안한 조류(潮流)의 고비에 올라서려고 좋은 기회를 노린 적도 없는 자기를 무슨 일로 기회주의자라 하는지 모르거니와"[189]와 같이 거리감을 확인한다. 영이가 병원을 비상 탈출하면서 연에게 남긴 편지를 통해 영이가 좌익 활동을 하게 된 배경이 드러난다.

해방이 되고 오라버니가 돌아왔습니다. 그 어른은 출정 중 몽매간에도 잊히지 못했던 이들을 고향에 남겨놓은 채 서울로 뿌리치고 올라와서 새로운 조선의 건국을 도모하는 젊은 일꾼들의 한 사람이 된 것입니다. 그들의 출전이 누구의 자의로도 아니요, 조선의 젊은 학도들이 부닥친 절대적인 운명에 불과한 것이었든 말았든 자기의 저지른 허물의 결과를 평탄히 인정하면 인정할사록 그들의 노력과 헌신도 초절(超絶)하였던 것입니다. 해방 자유 평등 계단 전쟁으로 말미암은 계단 해소에의 이념 속에 민족 광복의 신조선은 얼마나 청춘의 가슴에 벅차 올라온 빛나는 신조이겠습니까. 그들은

---

189) 서재길 엮음, 『허준 전집』, 현대문학, 2009, p. 319.

조선이 건국이 되되 이 모양으로 되어야 할 것을 믿었을 따름입니다. 그 오라버니가 이번에는 신성한 의무를 방해하는 정말은, 악독한 민족배반자들의 무엄히 돌리는 총부리에 맞어 쓰러진 것입니다. 이때껏 아무것도 모르던 그의 동생인 저도 얼굴을 돌려 그쪽으로 내달을 밖엔 없었습니다.[190]

오빠에 대한 존경심과 오빠의 죽음이 불러온 복수심이 좌익으로 이끌었다고 하는 영이는 정작 오빠의 활동상은 구체적으로 제시하지 않았다. 일제 때에 연은 작곡가로 활동했다. 전쟁이 고비에 올라서며 네 것을 보국을 위해 내놓으라고 했는데 아무것도 줄 것이 없자 놀라기도 하고 겁도 나고 하여 만주로 도망갔다가 와 해방 이전에는 새로운 출발을 한다고 물리화학을 공부한 적도 있다.

인력거 위에 앉어 연이 바라보던 이 거리! 이 잊히지 못할 사랑하는 거리가—이 거리가 이제는 사자심중(獅子心中)의 버러지들 때문에? 나오는 버러지 마다가 나오는 금권욕의 망량마다가 민족, 동포, 조국이란 비단 도포를 뒤집어쓰고 나오고 공동운명체란 허울 좋은 깃발을 들고 나와 이용을 받을 대로 받다가, 마침내는 들리우고 뜯기우고 찢기우고 발기우고 저미우고 난도질을 당한 뒤에 차버림을 맞은 뼈다귀를 밤에 흩어져 남어 있는 것이 없는 이 거리의 참혹한 폐허의 사죄들—사기, 위조, 증회(贈賄), 수회(收賄), 구타, 테러, 감금, 모욕, 강제구금 (중략) 신문 한 사회면에 나타난 이 거리의 축쇄도는 맨첨 이따위 악덕분이요, 이 따위 암흑이었다.[191]

작가 허준은 연이란 작곡가의 시선을 빌려 해방 직후의 혼란상과 타락상을 풍경화로 그려내었다. 「잔등」에서의 잔잔한 슬픔의 정조와 관망의

---

190) 위의 책, p. 386.
191) 위의 책, pp. 370~71.

태도가 「황매일지」에 오면 분노와 비판정신으로 바뀌고 있다. 「황매일지」에서 좌익 활동하다 죽은 오빠의 뒤를 이어 누이동생이 투쟁의 길로 나선다는 플롯은 「속·습작실에서」에 오면 숙부와 조카가 좌익사범으로 동시에 감옥에 있다가 숙부가 사형당한다는 플롯으로 재현되거나 강화되었다. 「황매일지」에서 주인공 연은 좌익대열에 선 남매에 대해 조력자 helper가 되긴 했으나 동조자sympathizer로 나서지는 않은 반면 「속·습작실에서」의 주인공 남몽은 동조자가 될 기미를 보이고 있다. 연과 남몽의 이념상의 거리를 통해 작가 허준의 좌익이념의 강화 과정을 짐작할 수 있다.

하지만 이민족 하의 그따위 굴욕감에도 못지않는 민족은 '운명공동체'란 테마가 포섭하는 모든 기만적인 작태에 대하여는 연은 홀연한 현기증을 아니 느낄 수가 없었다. 날뛰고 춤추는 것은 금권욕의 망량뿐의 나의 운명을 우리의 운명을 그들과 공동으로 느끼고 공동으로 짊어지고 나가야 하느냐? 생활의 밀도와 지향이 같지 못한 것은 두어두고라도 민족이란 동족이란 모호관대한 개념 밑에 그들의 협잡과 금권욕망을 그냥 충족시켜주기만 위해서?

그렇지 아니하면 그들의 협잡과 조작질을 도웁기 위해 통일이 될 가망의 싹조차 줄(鑢)질해버리고 마는 단독정부를 세워서 국부(國父)의 왕부(王符)를 내두르며 천하를 호령하려는 사람들의 운명을 애써 이에 순(殉)하기 위해서?[192]

연은 일개 자유주의자에 불과하다고 자임하면서도 무조건적인 통일론자도 단독정부론자도 비판하고 있다. 해방 직후의 친일파, 민족반역자, 모리배 등을 가리지 않고 비판하는 가운데 자기는 이대로 가면 "금력과

---

192) 위의 책, p. 372.

권력을 빌어 빚어 만들려는 전제 단독정권이란 시험관 속에서 발버둥하는 한 개 잔약하고 무력한 자유인의 운명임을 거역할 도리는 없을 것"[193) 과 같이 불안감과 패배의식에 젖어 있다.

이봉구의 「雨愁」(『민성』, 1947. 10)는 주인공이 진정한 프로타고니스트라면 이봉구가 여운형주의자임을 고백한 셈이 된다. '그'라고 명명함으로써 이봉구는 주인공을 최소한도로 허구화하기는 했다. 그는 기자로 수도경찰청과 재판소 검사 취조실을 매일같이 들른다. 그는 에덴다방과 술집도 잘 가고 출퇴근길에 몽양 선생 댁 앞을 지나곤 한다. 어느 날 몽양 선생이 테러에 쓰러졌다는 소식이 들리자 온 세상이 슬픔과 절망에 빠진 것 같은 느낌이 들게 된다. 한 달 이상 계속되는 장마 때문에 더욱더 암담한 기분에 젖게 된 그는 "위대한 혁명가를 우리 손으로 죽여버리는 무식한 만용은 대체 어디서 나오는 것일까!"[194) 하고 개탄한다. 그는 친구인 K강사와 공분한다. K강사는 형편없는 강사료를 탓하면서 "국대안 문제로 학교를 나간 동료와 학생들을 만나면 미안하고 학교의 학생들은 툭하면 빨갱이니 분홍빛이니 해서 금방 달려들것 같고 그래 내가 무엇 때문에 학교에 나가는 게야"[195)라고 절망에 빠진다. 그는 술집을 나와 K강사와 헤어진 후 문인들의 사랑방이나 다름없는 에덴다방에 들른다. 그다음 날도 여전히 비가 내렸다.

며칠 전에 바로 「에덴」 옆집 오뎅 집에서 외상으로 술을 마시고 헤어진 후 신문관계로 잠시 당국의 눈을 피하여 돌아다니는 영건 용악 문화공작대의 부대장으로 테로의 폭풍이 불어치는 지방으로 용감히 떠나간 장환 기림 상훈 병철 진호 동맹회관에서 점심도 굶은체 꾸준히 일하고 있는 영석 형

193) 위의 책, p. 372.
194) 『민성』, 1947. 10, p. 24.
195) 위의 책, p. 24.

구 만선 사회적 진실에 눈뜨지 않고홀로 사랑방에 앉어비웃고 있는 것만이 시인의 양심이냐고 광균을 이야기 하는 태웅 이번에는 기여코 좋은 장편을 써오겠다고 시골로 내려간 회남 절간에서 폐를앓고있으면서도 문학을 한 시도 잊지 못하는 현덕 이 모든 벗들을 생각하면서 지리한 장마 속에 그는 돌아다니며 다른 벗보다 편한 가운데 조용히 가질 수 있는 시간도 넉넉하니 일즉아니 집으로 돌아가리라.[196]

여운형의 죽음을 진심으로 애통해할 뿐만 아니라 조선문학가동맹 쪽의 문인들의 안위도 크게 걱정하고 있다. 이봉구는 1946년 2월 8일과 9일에 열렸었던 전국문학자대회에 적극 참여했을 뿐만 아니라 최소 그해 4월까지 동맹원으로 활동한 바 있다. 그는 명동, 을지로, 낙원동을 지나 천도교 회관 옆에서 개구리 울음소리를 듣고 슬픔을 느끼며 몽양 여운형과 단재 신채호를 떠올리고 미소공동위원회 회담이 성공하기를 빈다. 리리시즘을 지나 센티멘탈리즘의 작가라고 할 수 있는 이봉구가 모처럼 역사의식과 사회적 이성을 노정시켰다. 센티멘탈리즘은 늘 합리주의의 반대편에만 있는 것이 아니고 때로 합리주의를 보완해주거나 대치해주는 것임을 입증하였다.

(3) 해방 직후 세태와 사회 풍경

박찬모의 「꿈꾸는 마을」(『신조선』, 1947. 2)에는 "일주간의 기록"이라는 부제가 붙어 있다. 소련 비행기가 밤낮을 가리지 않고 폭격하자 원산 사람들이 산으로 피란할 때 해방이 된다. 마을 농민들은 저마다 바쁜데 부농인 김령은 여전히 국방복에 각반 차고 있고 그 아들 영근이는 차량공장에 징용 와 있는 대학생들로부터 여러 가지 사상을 배운다. 영근이는

---

196) 위의 책, p. 24.

약소민족, 계급, 해방, 착취, 투쟁, 소유, 노동, 단결 등과 같은 지식을 단시일 내에 배우고 깨달아 마을 농민들을 모아놓고 일본에 우리 쌀을 방출하는 것을 저지해야 하고 시급히 농민조합을 결성해야 한다고 열심히 전달 강습한다. 그러나 농민들은 당장 먹고사는 문제에 골몰하여 시큰둥한 반응을 보일 뿐이다. 좌익운동가의 출현 과정을 긍정적으로 그리면서도 당시 농민들의 모습을 왜곡하지는 않았다.

강형구의 「木石」(『협동』, 1947. 3)은 40년 동안 소작인이었던 어느 농부가 징용 갔던 아들이 돌아왔을 때도 웃지를 않았다가 토지개혁의 소문에 큰 기대를 걸고 웃었으나 몇 달 지나도 토지개혁령은 나오지 않은 채 땅임자가 다른 사람에게 땅을 판다고 하자 다시 웃지 않게 되었다는 이야기를 들려준다. 장덕조의 「喊聲」(『백민』, 1947. 6, 7)은 해방 후에 씌어진 소설의 이점을 살려 일제 말의 정신대 탈출 모티프를 설정했다. 점순 어멈은 자식들이 배고픈 것을 견디다 못해 벌레를 잡아먹는 것을 보고 눈이 뒤집혀 구장네 닭을 훔쳐 애들을 먹였으나 들키고 만다. 남편 춘삼은 구장에게 빌고 대신 구장네 일, 면소 일, 작업반 일을 돕는다. 점순이는 제비에 뽑혀 정신대로 일본 부산현(富山縣)으로 가기로 한다. 중간 집결지인 정거장에서 탈출하던 점순이는 잡혀 읍내 주재소로 이송되었는데 마을 아낙네들 2, 30명이 모여 주재소로 쳐들어간다. 지서주임이 자기 이력에 흠집이 날까 봐 석방 조치했다는 것은 현실성이 떨어진다. 이 소설은 『전시한국문학선—소설편』(1954)에 「日帝末期」라는 거창한 제목으로 재수록 되었다.

최정희의 「風流잽히는마을」(『백민』, 1947. 9)에는 "이것은 해방된지 열한달 되든 작년여름에 쓴 것이다. 이번에 좀 곤쳤다"[197]라는 부기가 붙어 있다. 해방 후 악덕 지주 서홍수가 강가에서 회갑잔치를 벌이는 것을 화

197) 『백민』, 1947. 9, p. 85.

자인 '내'가 못마땅하게 보는 데서 시작하여 목수 영감 아들이 잔칫상을 뒤엎고 순사에게 붙잡혀갔다는 소식을 듣고 '내'가 그 행위에 감사를 표시하고 이데올로기니 사상이니 하는 것을 초월해서 긍정적으로 평가한다.

　나는 그의 사상(思想)이 어떤것인지 모른다. 진보적 민주주의ー마을 사람들이 말하는 소위공산(共産)인지 그렇지않으면 그냥 민주주의ー마을 사람들이 말하는 소위 이승만박사 주의인지, 이애기를 들어본일이 없기때문에 아주 몰은다. 안다는것이 목수영감의 이애기로 서홍수네를 미워한다는것 그 정도 뿐이였다. [198]

그리고 풍류 소리가 다시 울려올 때 배고픈 사람, 병들었으나 약을 쓰지 못하는 사람, 우매한 사람 등이 하나 없는 유토피아를 꿈꾸는 것으로 끝난다. 소설의 중간 부분은 해방 직후의 마을의 변화와 해방 전 서홍수의 횡포와 마을 작인들의 나약한 삶의 태도를 보여주었고, '내'가 목수 영감에게 닭장을 고쳐달라고 한 사연을 장황하게 늘어놓는다. 성적이 불량하고 자기에게 굽신거리지 않는 작인을 뽑아 징용을 보냈던 서홍수는 해방이 되자 쌀 10가마니를 치안유지회에 내놓아 마을 극빈자들에게 나누어주라고 하는 식으로 급변한다. 마을 사람들은 이승만, 김구의 귀국에 따라 민주주의니 공산주의니 하고 떠들어대지만 상식이나 풍문의 수준에서 벗어나지 못한다. 토지 추수의 삼분병작제가 발표되자 소작인들은 서홍수네 몰려가 지주에게 유리한 옛제도를 따르겠다고 한다. 서홍수는 토지개혁에 대비하여 대다수 소작인들로부터 소작권을 떼어 땅을 팔기도 하고 경작권을 주지 않고 농사짓게 해 결국 소출의 7할을 먹게 된다. '나'

<hr>

198) 위의 책, p. 85.

는 해방 직전의 생지옥 같은 상황이 해방 후에 재연되는 것을 보면서 농민들의 가난과 우매함을 탓한다. 지주의 악덕을 비판하면서 그에 못지않게 농민들의 무지와 무기력도 나무라는 작가적 태도가 확인된다. 목수 영감이 '나'의 닭장 수리 부탁을 잘 지키지 못하게 된 사정이 과다 서술되어 전체 구성이 이완된 결과를 빚어내고 말았다.

손소희의 「濁流記」(『민성』, 1947. 10)는 현실적응력과 생활력이 강해진 여인의 경우를 들려준다. 이숙경은 먹고사는 것이 무엇보다도 중요하다고 하면서 유치원 보모로 취직한 후 약혼자 김성규를 배신하고 지주 아들과 결혼한다. 남편은 징용을 면하기 위해 소학교 정도의 학원을 만든 것밖에 한 일이 없다. 해방 후 지주가 몰락하자 이숙경은 두 아이의 엄마로 월남하여 암시장에서 장사하다가 바로 김성규와 만나게 된다. MP에게 붙잡혀 포고령 위반 혐의로 벌금 5천 원을 치르고 나온다. 이튿날 물건 주인집 철학자 여인이 5천 원어치 물건을 외상으로 준다.

황순원(黃順元)[199]의 「술이야기」(『신천지』, 1947. 2, 3)는 해방이 되자 양조장 소유권을 놓고 벌어진 대립관계를 보여준다. 주인공 조준호는 평양에 있는 나카무라 양조장에 25세에 들어와 40에 주임서기로 일하던 중 해방을 맞았으나 아직 일본군이 무장해제를 완전히 이행하지도 않았고 인심도 흉흉하기 짝이 없는 때 나카무라가 소주 백여 섬을 빼가려고 하는 것을 잘 막아낸 공로로 수십 명 종업원의 추대를 받아 임시로 양조장 대표가 되었다. 그러나 양조장 접수 문제를 놓고 새로운 자본가를 찾아 투

---

199) 평안남도 대동군 재경면에서 출생(1915), 평양 숭덕소학교 졸업, 정주 오산중학교 입학(1929), 『동광』에 시 발표(1931), 숭실중학교 졸업 후 와세다 제2고등원 입학, 이해랑·김동원 등과 '동경학생예술좌' 창립(1934), 시집 『방가』를 동경에서 간행한 혐의로 평양 경찰서에서 29일간 구류당함, 『삼사문학』 동인 (1935), 와세다 제2고등원 졸업, 와세다 대학 문학부 영문과 입학(1936), 해방 후 월남, 서울중학교 교사(1946.5), 경희대 문리대 교수로 취임, 예술원 회원 피선(1957), 『황순원 문학전집』(7권)을 삼중당에서 간행(1973), 『황순원전집』(12권) 문학과지성사에서 간행(1985), 별세(2000)(송현호, 『황순원』, 건국대 출판부, 2000, pp. 139~43.).

자를 유치하자는 준호의 생각과 조합에 맡겨야 한다는 건섭이의 의견이
팽팽하게 맞서자 종업원들은 건섭이 편을 든다. 종업원 전부가 돈을 대어
조합의 힘으로 운영하자는 건섭의 생각이 대안으로 떠오른다. 준호는 홧
술을 잔뜩 마시고 자던 중 회의장에 식칼을 들고 들어갔다가 건섭에게 빼
앗기고 코와 입으로 검붉은 피를 쏟는 꿈을 꾼다. 준호는 건섭을 지지하
는 노동자들을 조합주의에 빠져 양조장의 현실을 직시하지 못한다고 생
각한다.

김영수의 「行列」(『백민』, 1947. 3)은 중간파의 존재가 몰주체적인 인간
으로 격하될 수 있다는 주장을 담았다. 잡지사에 근무하는 현은 길에서
우연히 동맹원 S를 만나 좌도 우도 아닌 잡지를 만든다고 놀림을 받고 집
에 와서는 새벽에 앞집 사랑채에 세든 인쇄공 세 식구가 남산 시민대회에
참가하러 나갔다는 말을 듣고 자기도 남산으로 가는 선택을 한다. 지식인
의 범주에 드는 인물마저 군중심리에서 벗어나지 못하고 있다. 행렬은 시
민의 행렬, 이념의 행렬의 줄임말이다. 중간파 지식인은 조선문학가동맹
원의 조소와 인쇄공의 좌익 시민대회 참가에 압박감을 느낀 나머지 행렬
에 뛰어든다. 이 소설에 나타난 "남산 시민대회"는 1946년 3월 1일에 서
울 민전 주최로 열렸던 "3·1운동 기념 시민대회"를 가리키는 것으로 보
아야 한다.

그것은, S의 말이 사실인 까닭이었다. 좌익도 아니고, 우익도 아닌 것
이⋯⋯그런 것이 있을 수 있을까 그것은 쵸 자신도 긍정할 수는 없었다. 그
런 것은 요즘 같은 정세 아래에서는 더구나 있을 수 없는게 아니냐. 그런데
쵸은 늘 자기가 지금 발행하고 있는 잡지에는 호마다 이런 소리를 써 왔다.

불편부당, 엄정중립⋯⋯이것이 쵸의 주장이었다. 물론 엄정중립해야 하
고, 불편 부당해야만 할 것은, 말할 것도 없었다.

그러나⋯⋯그러나, 그러기 위해서는 어떤 토대는 있어야지 않나. 옳고

그른 것을 가릴 눈은 있어야지 않나. 이것도 필요하지 않다는 것은, 그것은 책임을 피하는 수작임에는 틀림없었다. 호은 누구보다도 이것을 잘 알았다.

현실이야 어떻게 되어가든, 세계의 정국이야 어디로 쏠려가든, 나 혼자서만 불편 부당한다는 것은, 이것은 다시 말하면 자기 자신을 학대하는 것 밖에는 아무 것도 아닐 것이다. 자기 스스로를 죽이고, 자기 스스로를 천대하는 것 밖에는 더 될 것이 무엇이란 말이냐. 호은 제 자신 누구보다도 이것을 잘 알고 있었기 때문에 지금 S의 앞에서도 채 화를 낼만한 마음의 여유를 가질 수 없었다.[200]

현은 불편부당이니 엄정중립이니 하는 것은 책임회피요 자기학대라는 결론에 도달한다. 중립과 콤플렉스는 결국 자기학대로 빠지고 말았다.

박영준의 「故鄕없는 사람」(『백민』, 1947. 3)은 한 조선인 만주 이민의 상실감을 다루었다. 황보 영감 내외는 10년 동안 개간했던 땅을 일본인들이 댐을 만들어 수몰되는 아픔을 겪었으며, 또 마적단에게 쫓긴 조선인이 버리고 간 딸을 길렀으나 커서 남자와 함께 도망가버리는 배신감을 겪는다. 황보 영감은 새로 이사 간 동팔가자 동리에서 일본과 만주 정부가 합작한 개간사업회사의 투자 제의를 거절하기에 이른다.

박영준의 「蒼空」(『문학비평』, 1947. 6)은 일제 때 악질 면장을 하고 해방 후에도 반성하지 않는 존재를 추적하였다. 일제 때 면장을 지냈던 명순의 남편 경택은 해방 전에 징용당하고, 공출 내고, 배급을 불공평하게 받았던 사람들이 욕하는 것에 끄떡하지 않는다. 아내 명순이 이들에게 돈을 물어주기도 하고 사죄하기도 하는 반면 남편은 오히려 주먹질까지 한다. 소작인 춘금이 와서 평양서 관청 다녔던 사람들 모두 잡아 가두니 봉변당하기 전에 얼른 도망가라고 하며 집과 땅은 내가 잘 간수하겠다고 한다.

---

200) 『백민』, 1947. 3, p. 33.

평양으로 도망간 남편은 한 달 후 서울로 가 순사로 취직하였다는 소식을 전해온다. 명순은 의외의 반응을 보여 자기는 아들과 살 테니 거기서 새 마누라 얻어 살라고 하면서 창공을 쳐다보니 자기 마음도 깨끗해지는 것 같다고 한다. 다른 소설에서 남편 경택과 같은 파렴치한 존재는 쉽게 찾아볼 수 있으나 아내 명순과 같은 양심 바른 존재는 찾기 어렵다.

계용묵의 「바람은 그냥 불고」(『백민』, 1947.6·7)는 해방이 되어도 여전히 친일파가 득세하는 현실을 빗대어 표현한 것이다. 친일파 재산가인 박영세가 독려하여 진수가 학병으로 갔으나 해방이 되어도 돌아오지 않자 선달네 가족 모두가 침통한 분위기에 빠진다. 선달은 자기가 내놓은 땅을 박영세가 토지 몰수에 대비해 사들인 것을 알게 되자 해약을 요구한다. 해약할 기미를 보이지 않는 박영세에게 선달은 제 배만 불리려고 하는 나쁜 놈이라고 하며 내 아들을 살려내라고 악을 쓰다가 쓰러지고 만다.

계용묵의 「짐」(『대조』, 1947. 8)은 삼팔선이 생겼지만 아직은 남북한 사람들이 통상할 수 있는 때를 배경으로 하여 월남민의 가난을 그렸다. 월남한 후 2년 동안 옷이 없어 거의 거지처럼 지내온 형편을 북에 있는 어머니에게 전하자 어머니가 정작 옷은 보내지 않고 그릇, 버선, 재봉틀 같은 것을 보냈다고 아내가 남편에게 푸념을 늘어놓는다. 운임비로 만 원이나 들인 궤짝에 든 짐이 겨우 이런 것인가 하고 아내는 한숨을 내쉰다. 이에 반해 임옥인의 「약속」(『백민』, 1947.10·11)은 이북을 드나들며 장사하는 한 부인이 회사원으로부터 북에 있는 어머니에게 옷과 고무신을 전달해 달라는 부탁을 들어주지 못해 미안해한다는 사건을 설정하였다.

계용묵의 「壹萬五千圓」(『백민』, 1947. 10, 11)은 저마다 간판 내걸기 좋아하는 해방 직후의 세태를 꼬집었다. 돈도 학식도 없는 복덕방쟁이 문상현은 XX문화사, 실업XX사라는 두 개의 간판을 자기 집에 붙여놓고 신문값도 제대로 못 내면서 신문은 7, 8종이나 보고 마누라는 콩나물도 못 사 먹는다. 두 개의 간판을 내건 것을 보고 간 세무서원이 소득세 15,000원짜리 고지서를 전해준다.

김광주의 「貞操」(『백민』, 1947. 10·11)는 좌익 계열에서 함께 일하는 부부의 갈등을 다루었다. 결혼 후 반년도 못 되어 북해도 탄광으로 징용되었다가 해방을 맞아 서울로 돌아와보니 이미 아내는 친정이 있는 이북으로 가 건국사업에 참여하고 있으면서 붉은 군대에게 정조를 유린당하고 있다는 소식이 들린다. 극적으로 재회하였을 때 아내는 소문의 내용을 부정한다. 남편은 한 여자의 정조라는 것이 개에게 물려가도 좋을 만큼 대수롭지 않은 것은 아니라고 생각한다. 그도 귀국하자마자 3년 동안 눈코 뜰 새 없이 또 아내니 정조니 하는 것을 생각할 여유조차 없을 정도로 좌익 대열에서의 건국사업에 몰두하였다.

> 그에게는 더큰일이있었다. 더거룩한일이있었다. 혁명이있고, 계급이있고, 인민이있고, 대중이 잘살기위한 거룩한공작(工作)에 한몸을이바지해야 한다는 이시대 조선젊은이의 위대한 사명이었었다. 이사명을 달성하기위하야 그는 때로 남을 때리기도해야하고 마음에없는 낮간지러운 욕설을 토로해야하고, 강연도해야하고 때로는밤을 새워가며 벽신문을쓰고, 남들이 자는틈을타서 살작 「삐라」를 남의집 문간에 집어넣기도 해야한다. (중략) 조국을위하야 목숨을받치는 투사의안해가 이세상에서 가장 진보적이라는 위대한 국가의 점잖은 병사들에게 정조를 유린당한다는것은 꿈에도 있을 수없는 일이고 또 한녀자의 정조쯤은 인류의력사를 결정짓는 위대한 혁명의조류(潮流)에 비해보면 한낫 티껌불만도 못한 존재, 이기때문이다.[201]

똑같이 좌익 대열에서 일하는 '그'와 아내 사이에 간극이 있듯이 '그'와 작가 김광주 사이에도 간극이 있다. 작가는 정조희생론에 거리를 둠으로

---

201) 『백민』, 1947. 10·11, p. 66.

써 좌익운동가인 '그'를 안타고니스트로 밀어내게 된다.

주요섭의 「눈은 눈으로」(『대조』, 1947. 10, 11)는 이미 제목에서부터 일제를 향한 복수심과 증오감을 노골적으로 드러내었다. 관동대진재 때 먹을 것 구하러 나간 사이에 남편과 세 아이가 일본 사람에게 맞아 죽은 데 대해 김소사가 20년간 평양에서 삯바느질하면서도 일본어 사용과 신사참배를 거부하다가 해방을 맞았다. 작가의 것인지 김소사의 것인지 구별하기 힘든 반일감정이 그대로 드러나 있다. 만주로부터 피란민이 들어와 평양에 4만 명이 할당되어 애국반원들이 빈집을 찾아다닌다. 작가는 일본인 피란민을 먼저 조치하고 그다음에 조선인 피란민을 처리하는 것을 보고 격분한다. 왜놈은 "세계에서 그유례를 볼수없는 간악하고, 이기적이고, 위선적인 이 종족!"이라고 욕설을 퍼붓고 조선 부녀자들을 향한 연민을 "아! 조선사람아! 조선사람아!"[202]와 같이 표출한다. 두 아들을 데리고 치마저고리 복장으로 들어온 30세 정도의 일본 여인이 조선 여인으로 위장한 것을 알게 되자 김소사는 20년 전 죽은 남편과 아이들을 떠올리며 도끼를 들어 올린다. 그 순간 밖에서 총소리가 난다. 평양 사람들이 신사를 파괴하고 불지르는 일이 벌어진 것이다.

> 타라! 타죽어라! 왜놈의 수호신, 왜놈족속 최고의 숭배와 신앙의 대상인 신사가 지금타서 재가된다. (중략) 조선전국에, 아니 세계 어데나 네가 서 있던자리가 재가 되어 버려라. 개인개인간의 복수가 없어도 좋다. 너의들의 국신(國神)을 태와버림으로써 우리민족의 최고복수가 실현되었나니라. 아! 불아 이통쾌한 불아―태워라 재가 되어라. 김소사는 그 샛빨간 피빛같은 광휘속에서서 하염없이 눈물을 흘리었다. ―억누를수없는 행복의 눈물을![203]

---

202) 『대조』, 1947. 10·11, p. 48.
203) 위의 책, p. 55.

작중인물의 대화에서든 내레이터의 서술에서든 "이 웬수놈의 기발!" "요놈의 왜종자들" "왜년" "원수의 왜새끼들" 등과 같은 욕설이 빈번하게 나타난다. 이러한 욕설은 조선인의 입장에서는 카타르시스로 작용하기도 한다.

손소희의 「그 전날」(『문학비평』, 1947. 6)은 비장미가 도는 조선인 순사의 참회록이다. 35세의 재일 조선인으로 무산에서 태어나 아버지를 도와 화전농사 지으며 학교를 졸업하고 회령 유선 탄광 광부, 혼인, 일본 순사 시험 합격, 보안과 주임으로 승진한 대산훈(大山薰)이 소련에서 스파이 활동을 한 혐의로 사형선고를 받은 조선인 3명 앞에서 그동안 일본인과 조선인 대상으로 고문을 많이 했던 것을 고백한 후 그들을 해방 직전에 석방시킨다. 그리고 다음 날 아내와 딸 앞으로 유서를 써놓고 자살한다. 해방 직전에 조선인 사상범의 석방과 자살 결행을 통해 조선인 순사가 참회하는 장면은 희귀하다.

엄흥섭의 「집 없는 사람들」(『백민』, 1947. 5)은 전재민들이 집을 구하지 못해 고생하는 모습을 구체적으로 그려내었다. 종호는 6천 명의 전재민 속에 섞여 중국 천진에서 배를 타고 거의 한 달 만에 인천에 도착하여 인민원호회가 알선해준 합숙소에 들어간다. 전재민으로 인천에 남은 사람은 무려 2만 명이나 되었다. 종호는 천진에 있었을 때 했던 세탁소 경험을 살려 세탁소도 내보고 사과장수도 했으나 다 실패하고 만다. 인민원호회와 전재민동맹에서 주택을 알선해주긴 했으나 전재민이 워낙 많아 종호네 여섯 식구도 반년이 넘었는데도 남의 집 문간방 신세를 벗어나지 못한다. 방공호에도 사람들이 넘친다. 종호는 적산가옥 반 수 이상을 전재민과 독립운동가 대신 악질 모리배가 부정으로 점유한 현실을 개탄한다.

박영준의 「새로운 愛情」(『민성』, 1947. 10)은 조선 여인이 조선인 약혼자와 일본인 동거남 사이에서 고민하는 모습을 보여주었다. 결혼하기로 약속한 삼식이가 지하운동 때문에 자취를 감추자 배신감을 느끼고 춘자는 일본인 오다(織田)와 7, 8년 동안 동거하였으나 해방이 되자 오다가 집과 돈을 남겨놓고 제 나라로 가버리는 일을 겪게 된다. 친정엄마와 함께 살면서 일본 남자와의 결혼 사실로 인한 불안감과 두려움 때문에 주위 사람들과의 관계도 끊었으나 우연히 삼식을 만나게 되면서 춘자의 갈등은 깊어진다. 춘자는 오다의 사랑을 잊지 못하면서도 호적상으로는 일본인이 된 것이라는 자책감에서 헤어나지 못한다. 이런 때 만난 삼식은 하룻밤 춘자네 집에 신세를 지면서 대화하던 중 자기 새로운 사상을 찾아야 한다고 은근히 사상운동을 종용한다.

확실히 자기는 조선민족의 한 사람임에 틀림 없다. 그러나 과연 민족적인 넓은 의미에서 괴로워하는 것일까? 그렇지 않으면 민족도 몰각한 자기의 개인 생활만을 위하여 괴로워하는 것일까? (중략) 만일에 내 자신의 일이나마 민족의 흐름 속에서 오점(汚點)을 청산하기 위한 노력이 있다면 개인의 애정문제로 혼자 몸부림치는 천박한 생각은 먹지 않음이 옳을 것이다.[204]

춘자의 각성은 "모색(模索)속에서 뒷거름 치는 자기는 이미 없어야 할 조선 이전의 사람이오 행동 속에서 살려는 삼식이는 새조선의 표식(標識)인 것같았다"[205]와 같은 정제된 표현으로 구체화된다. 조선 여인이 사상운동가인 조선인 약혼남과 일본인 동거남 사이에서 고민하다가 조선 남자 쪽으로 기울어지는 것으로 소설은 끝난다. 삼식이가 돌아오겠다고 약속한 것은 없었지만 춘자는 저녁을 지어놓고 기다리겠다는 말을 한다. 일단 춘자의 고민은 끝났지만 삼식이가 어떤 선택을 할지는 미지수다.

이봉구의 「暮詞」(『문학평론』, 1947. 4)는 "續道程의 序章"이라는 부제를

---

204) 『민성』, 1947. 10, pp. 28~29.
205) 위의 책, p. 29.

달고 있다. 1945년 12월호『신문예』에 발표되었던 「도정」은 일제 말기 이봉구와 가까이 지냈던 이육사, 오장환, 서정주 등 여러 문인들의 행로를 알려주고 해방을 맞아 감격하고 흥분해하는 모습들을 그렸다. 이봉구는 해방 직후에도 친구들로부터 놀림을 받을 정도로 여전히 다방과 술집에 드나들고 있음을 밝히면서 찻집은 고독한 속에서 문학을 지켜나가기 위한 사랑방이었고 허망한 정신이 쉬어가는 항구와 같은 혜택을 주었다고 풀이한다. 그러나 이봉구의 심사도 그리 편하지만은 않다. 친일문학의 대열에 끼지 않고 지하투쟁을 했다고 자부하면서도 해방 직후에 신문기자 노릇을 하며 투쟁운동하거나 이리저리 피해 다니는 친구들을 보면서 미안감을 품고 다닌다. 해방 후 신문기자가 되어 드나드는 곳은 재판소와 검사국이지만 모든 집회와 행사도 열심히 쫓아다닌다.

  인민을위한 모든집회와 행사엔 하나빠짐없이 생생한 움즉임을 보자는 생각에서 쪼처다니며 보았고 또 긴장한군중의 부르지즘과 노래소리에 나는 멧번이고 소리없이 울었다. 죽고 밟이고 끌려가면서도 끈힘없이 뻐더나오는 이 강철같은 인민들앞에, 나는 얼마나 미약한 정신의 소유자인가 먼데서 바라만보는 내자신을 생각할제 그러면 나는 문학을 통하야 어더케 이바지할것인가, 나는 혁명가는아니다. 투사도 아니다.[206]

  해방을 맞아 이봉구도 문단이나 다방에만 칩거하던 과거를 털어버리고 신문기자가 되어 적극 현실참여하면서 해방이 낳은 새로운 인간을 그려야 한다는 사명감을 갖는다. 이봉구가 정판사 위폐 사건 공판에서 초연한 심판자의 자세를 지닌 이관술, 8·15는 다시 온다고 하는 송언필, 단식투쟁 중임에도 자기 신념을 밝히는 이주하 등에게서 새로운 인간을 발견한

---

206) 『문학평론』, 1947. 4, p. 118.

것은 예상을 벗어난 일로 비칠 수 있다. 그리고 이태준, 임화, 김영건, 이원조, 배호, 안회남, 김남천, 김동석, 김기림 등이 아침부터 일에 분주하였고 오장환, 이용악, 김영석, 김광균, 홍구, 박찬모, 현덕 등이 늘 자리를 지키고 있어 자신은 부끄러운 마음이 들었다고 한 데서 이봉구가 조선문학가동맹에 가까이했음을 확인할 수 있다. 가을철로 들어서면서 문학가동맹에 검거의 손이 뻗치자 회원들은 피신과 방황을 하게 된다. 이용악이 친구들의 안부를 걱정하면서 투쟁심을 촉구한 시를 소개하였고[207] 유진오 시인의 검거와 김광균의 이탈에 대한 괴로움을 드러내었다. 12월 남산 시민대회에 가 현덕, 오장환, 배인철, 강형구, 김영건, 이용악, 박찬모 등의 긴장되고 흥분된 얼굴을 볼 수 있었다고 하였다. 이봉구는 기자 입장에서 동맹원들에게 친근감을 느끼고 동지의식을 확인하는 수준에서 더 나아가지는 않았다. 이봉구는 정판사 위폐 사건 공판기를 다 쓰긴 했으나 걸릴까 봐 넘기지 않고는 앞으로 자신이 보고 느낀 새로운 인간들을 소재로 한 작품들을 써서 미안감을 청산하여야겠다고 하며 끝내고 있다. 해방 후 1년간의 이봉구의 변모를 알려준 점에서 「모사」는 단순한 문단소설을 넘어서고 있다.

안회남의 「저회」(『신조』, 1947. 4)는 '어정거린다'는 뜻의 제목이 암시하고 있는 것처럼 좌익 소설가의 방황과 수난을 기록하였다. 서울지부 맹원 몇 명이 후락한 어느 전방의 위층을 회관이랍시고 얻어 G씨를 기다리나 오지 않는다. 총파업으로 우익 계통의 신문들마저도 발행되지 못하는 형편인지라 G는 시골 자기 집으로 내려가 며칠이고 오지 않고 술을 마신

---

207) 위의 책, p. 120에 인용된 "더러는 어디루갔나 다시 황막한벌판을 안고/숨어서 처다보는 푸르른하늘이며/밤마다 별마다에 가슴맥히여/차라리 울지도못할 옳은사람들//폭풍이여 이러서는 것, 폭풍이여 몰아치라/불길처럼 일어서는 것,/「구보」랑 「회남」이랑 「홍구」랑 「영석」이랑/우리 그대들과 함께 정드린 낡은 걸상이며 책상을 둘러메고 지나간 「데모」에 휘날리던 기빨까지도 소중히 감아들고 지금저무는 서울거리에 나서련다"라는 구절은 7연으로 짜여진 「노한 눈들」(『李庸岳集』, 1948)의 한 부분이다. 『문학평론』 발표분에 몇 군데 손질이 가해진 것을 확인할 수 있다.

다. 그는 인세 일부를 선불로 받아 길에서 만난 T와 여기저기 술집을 돌아다닌다. 역시 문인인 T는 해방 전의 지나친 과오로 해방 후에는 근신하고 지내는 처지다. G는 다음 날 길에서 우연히 만난 T를 따라 한강 쪽으로 전차를 타고 나가 공장 총파업 현장에 도착하여 아우성과 노랫소리를 듣고 전율을 느낀다. 순간 G는 자기가 불성실하게 살아온 것 같은 생각에 젖으며 더 이상 소설을 쓰지 못할 것 같은 불안감에 빠진다. "여기서는 자기자신이 엄숙한 현실앞에 그냥 부표처럼 흘너가고 있는것을 느끼는것이었다." "큰것을 들기위해서는 더 큰 힘의 준비가 필요한것이다. 나는 더러운 구렁텅이에서 둥굴고만 있지않았느냐?"[208]라고 반성한다. 그는 T와 이번 기회에 우리의 더러운 생활을 청산하자고 약속하였으나 하숙방에 돌아오자마자 사복 경찰에게 총파업 현장에 가 있었다는 혐의로 붙잡혀 가게 된다.

　김동리의 「달」(『문화』, 1947. 4)은 「무녀도」처럼 무녀와 아들의 갈등을 설정하였다. 모랭은 과부가 된 지 5년 후에 무당이 되어 굿을 마치고 돌아오다 화랑과 눈이 맞아 숲 속에서 관계한다. 모랭이 무당이 달을 품은 태몽을 꾸고 낳았다고 하여 달이(達伊), 달득(達得)으로 불리우며 자란 달이는 16세에 글방 사장의 딸 정국(貞菊)이와 사랑에 빠졌는데 둘의 사이가 알려지자 정국은 봇머리 깊은 물속에 몸을 던지고 만다. 두 남녀의 은밀한 사랑을 퍼뜨린 것은 외사촌 누이 숙희였다. 정국이를 잊지 못한 채 시만 짓고 있던 달이는 밤하늘의 달을 보는 것으로 낙을 삼는다. 그믐달을 보면 답답해하고 초승달을 보면 정국이를 보는 듯 숨결도 높아진다. 배를 빌린 달득이는 열아흐레 달이 밤하늘 가운데 나와 있을 때 혼자 무엇이라고 중얼거리더니 물속으로 떨어졌다. 시체를 찾는 모랭과 경보가 숲 위로 둥실 올라온 달을 보고 달이가 환생한 것이라고 생각하는 것으로 소설은 끝난

---

208) 『신조』, 1947. 4, p. 61.

다. 「달」은 「무녀도」(『중앙』, 1936. 5), 「황토기」(『문장』, 1939. 5)와 「역마」(『백민』, 1948. 1), 「등신불」(『사상계』, 1960. 11)의 징검다리가 되었으나 해방 후의 정치 상황은 김동리를 「무녀도」 계열만 쓰게 내버려두지 않았다. 김동리는 당대소설의 작가요 리얼리스트로 나서지 않을 수 없었다. 그 증거의 하나가 「相澈이」(『백민』, 1947. 11)라는 콩트였다.

「상철이」는 200자 원고지 열 장도 안 되는 짧은 분량으로, 미장이로 살아오다 해수병 환자가 된 육십대 초반의 아버지가 "독립은 어찌 돼?"라고 물으면 26세 된 아들이 "빨갱이때메 안돼요"라고 답하는 것을 세 번이나 반복한다. 반공주의를 구호적인 차원에서 소설화한 것이다.

안회남의 「死線을넘어서」(『협동』, 1947. 1~3)는 제목 바로 옆에 '장편소설'이라고 되어 있지만 3회로 중단된 소설이다. 주인공을 박서림으로 명명하여 소설의 허구적 성격을 내보였으나 안회남의 해방 이후 발표작 대부분이 그러한 것처럼 자전적 소설이다. "1944년 9월 26일은 연기군 농민 34명이 일본 북구주 어느 탄광으로 잡혀간 날이다"라고 소설은 시작된다. 연기군 전의면에 사는 박서림은 조선총독부 기관지 신문사의 편집국장을 만나기도 하고 조선문인협회를 찾아가기도 했으나 냉대를 당하고 돌아온다. 어머니 말대로 용기를 내어 면장을 만났으나 문학이 뭐 말라죽은 것이냐 참다운 황국신민이 되라는 충고만 듣고 돌아온다. 징용에 갈 농민들이 여럿이 집에 찾아와 자기에게 기대는 것을 보고 징용 가기로 결심한다. 대신을 지낸 양조부 안경수가 물려준 재산을 아버지 안국선이 사업한다고 탕진하여 전의로 이사한 것을 회상하는 대목을 보면 주인공 박서림은 작가 안회남임이 분명해진다. 박서림은 술 마시기 좋아하고, 상하도 가리지 않았고, 관리와 일절 교유하지 않았고, 동회나 반회에 나가본 적도 없고, 신사참배도 가본 적 없고, 학부형 자격으로 애들 학교에 나가본 적도 없다. 기차가 정거장에 설 때마다 소학생들이 부르는 군국주의 창가를 들으면서 박서림은 착잡한 심정에 눈물을 쏟아 일부 동행자의 비웃음을 사기도 한다. 기차가 대전을 지나자 박서림은 서너 살 때 인천에서 배를 타고 외가가 있는 진도로 갔던 생각을 하게 된다. 여기서 작가 안회남은 아버지 안국선이 정치 개혁 야심이 발각되어 진도로 유배를 가 섬색시를 아내로 맞게 된 과정을 소개한다. 아버지에 대한 이야기가 많이 나온 점에서 가문소설이 되기도 한다. 기차가 낙동강 옆을 지날 때 연기대 대장 김일룡이 와서 인사하며 서림에게 신문기자냐고 물으며 구주 탄광에 도착하거든 연기대의 함바를 맡으라고 한다. 일본 구주 탄광으로 가기 위해 부산행 열차를 타고 가는 데서 끝나 탄광 체험이 아직은 서사공간으로 들어오지 않았다.

이갑기(李甲基)의 「黃昏」(『문학비평』, 1947. 6)은 제목 바로 아래 "장편 「역사」의 제1부"라는 표시를, 작품 맨 뒤에서는 "제1부 미완"이라는 표시를 달고 있다. 극단 "역사극장"의 실질적 책임자인 현제식이 단원 정성호네 가서 더 이상 저당 잡힐 것이 없어 곤궁하게 지낸다는 말을 듣고 30원을 준다는 이야기가 전반부를 채우고 있다. 현제식은 당장 집을 비워달라는 최후 통첩을 한 주인에게 50원을 내준다. 단원들은 물질적 곤궁뿐만 아니라 정신적 고통에 시달린다. "역사극장"은 카프의 산하단체로 「포효하는 전사」라는 외국 번역극을 공연할 계획이었다. 일제 관헌의 탄압을 받아 단원 여러 명이 감옥에 가고 창립 공연은 취소된다.

멋달후 역사 극장의잔류부대는 예술연맹의 지도부와 다시 공연의전취를 두고 여러차례 활동을하엿다. 그러나 제정상의이유와 관헌의탄압으로 종시 기세를 올이지못하고 그들의 행동은 주로 분사적인 리론의분야에끄치는수박게 도리가 업섯다. 그러나 그동안 동경을 중심으로한 출판활동과 학생극(學生劇)이나 공장「써―클」을 지도한 성과는 무시할수업섯스며 신극운동의반동적인집단에 대한 비판활동은 「창경원사자의노호」라는 비난을 바닷스나 연극운동의진보적풍조를 위하야 공헌한 점이 적지안헛다.

(조선공산당 재건사건의전묘)

그때이엿다. 예술연맹을 비롯한 좌익예술운동의전체에 대하야 일제(日帝)의전면적인 공세(攻勢)가 전개되엿다. 영남(嶺南)모처에서 당(黨)의제건을 위한 조직이 발각되자 사건은 삽시간에 전조선에 파급되엿다. 더욱이 그중 이사건에 다수의좌익예술가와 문화인이 관련된것이 적발되엿다. 신문은 호외를 박엿다. 그리고 당원들의험상스럽게 박인 사진이 딱지표지처럼 즐 느럼이 호외의한편구석을 차지하엿다.[209]

상태는 병보석으로 나오게 되자 "역사극장"을 재건하여 다시 「포효하는 전사」 공연을 계획한다. 그런데 국제 금융 자본과 봉건 토착 지주를 비판한 대목을 삭제하지 않으면 공연 허가가 나올 수 없다는 통보를 받는다. 노동자 출신 배우 김대규는 강행할 것을 주장하고 연출가 하윤은 수용해야 한다고 맞선다. 원래 하윤은 김대규를 향해 "좌익 소아병자"라고 비판해왔으며 반대로 김대규는 "우익적 위험성"이라고 맞섰다. 이 소설은 폐결핵을 잃고 피를 토하는 상태와 그를 병원에 입원시키려는 제식이 일본인 형사에 의해 종로경찰서로 끌려가는 것으로 끝맺음된다. "장편 「역사」의 제1부"라는 부제는 카프극단의 수난사를 암시하기도 하고 "역사극장"의 역사라는 뜻이 되기도 한다.

4. 정부 수립 전후의 소설(1948~50)

(1) 염상섭의 「효풍」과 좌우합작론자의 좌절

염상섭의 『曉風』(『자유신문』, 1948. 1. 1~1948. 11. 3)은 제주 4·3사건,

---

209) 『문학비평』, 1947. 6, p. 112.

남북대표자 회의(4. 19~4. 30), 유엔 감시하의 남한 만의 총선거(5. 10), 국회에서 이승만 대통령 선출(7. 20), 대한민국 수립 선포(8. 15), 여수·순천 사건(10. 19) 등의 대사건들이 줄지어 일어났던 1948년의 한복판에 연재되었다. 이 시기에 염상섭은 문화인 108명과 함께 남북회담 성원문에 서명하였고(4. 18), 각계 인사 330명에 참여하여 남북통일 우선론을 주장하였다(7. 26). 그리고 염상섭은 자신이 편집국장으로 있었던 신민일보가 우리신문과 독립신보와 함께 폐간되는(5. 26) 일을 겪기도 한다. 정치적 의사를 적극적으로 표시한 시기에 소설을 연재했다는 점 또 정치적 의견과 거의 일치된 주제를 펼쳐 보인 소설을 썼다는 점만으로도 『효풍』은 주목할 가치가 있다.

　24세의 미인 김혜란이 점원으로 있는 골동품상 경요각에 김혜란의 중학교 시절 영어선생 장만춘이 무역업에 종사하며 조선 민속에 관심이 많은 미국인 청년 베커를 데리고 온다. 김혜란은 빨갱이로 몰려 영어교사직을 사직하고 경요각으로 자리를 옮겨왔다. 솜과 생고무와 종이의 무역에 관심이 많은 경요각 사장 이진석은 베커에게 백자동 병풍과 조선 댄스 하는 인형을 다음 날 넘기기로 한다. 일주일째 오후 6시쯤 신문기자 박병직이 김혜란에게 나타난다("골동상", 1948. 1. 1~1. 11, 8회). 일본 여인 가네코가 운영하는 요릿집 취송정에서 이진석과 장만춘과 김혜란은 미군을 따라 자원해서 온 브라운, 서울 양조회사 사장 박종렬, 비서 일을 보는 혜란 오빠 김태환 등과 우연히 만난다. 요릿집 가네마스가 외딸 가네코의 취송정으로 이어진 과정과 김혜란이 L여자전문교에서 영어를 배웠던 브라운 부인의 중개로 경요각에 취직한 과정도 소개된다("당세풍경", 1948. 1. 12~1. 28, 14회).

　혜란과 병직과 여기자 최화순이 다방골의 술집 누님 집으로 가 있을 때 형사들이 습격하자 피의자 이동민은 재빨리 사라진다. 화순과 병직의 묘한 관계가 감지되고 누님 집 주부 조정원은 중립파를 자칭한다("그들의

그룹", 1948. 1. 29~2. 11, 12회). 병직과 혜란과 화순과 조정원 등 네 남
녀는 경찰서에 붙들려가 조사받고 김혜란이 제일 먼저 풀려난다. 영문학
자인 김혜란 부친 김관식은 박종렬·박병직 부자와 자기 아들 김태환을
다 마땅치 않게 생각한다("검속", 1948. 2. 12~2. 16, 5회). 혜란은 물건
배달차 만난 베커로부터 태평양전쟁 때 통역 겸 선전공작대원이었다는
이력과 한일 문화 비교론을 듣는다. 혜란은 자신의 미모에 반한 베커에게
호감을 갖는다("청춘의 괴롬", 1948. 2. 19~2. 23, 5회).

병직과 화순은 경찰서에 붙들려간 그다음 날 석방된다. 화순은 병직이
혜란을 위하는 것을 보고 외로움을 느낀다. 이동민과 월북할 생각을 갖고
있는 화순과 병직은 서로 주변의 인물에 대해 경계심을 감추지 못한다
("그들의 지향", 1948. 2. 24~2. 29, 6회). 취송정 담화실 겸 특별실에서
병직과 화순, 베커와 가네코, 이진석과 작은 마담, 병직과 혜란 등이 파트
너가 되어 춤추다가 댄스홀 스왈로로 이동하나 혜란은 혼자 나와버린다
("공세", 3. 1~3. 16, 12회). 정치와 무역을 논하는 자리에서 화순과 병직
은 베커에게 미군정이 잘못하고 있다고 공격한다. 화순은 병직에게 호감
을 갖고 있는 가네코에게도 적대적이다. 스왈로를 나와 화순이 병직을 유
혹하여 사직동에 있는 자기 집으로 데려간다("스왈로 회담", 3. 17~3. 25,
8회).

영문학자 김관식은 이발소에 들어갔다가 나오고, 구두를 닦고, 지짐집
에서 혼자 술을 마신다. 지짐집 주인은 자신을 작가 남원이라고 밝힌다.
김관식은 외국 것은 다 싫어졌다고 한다("거리에서", 3. 26~3. 29, 4회).
김관식은 박종렬 사장이 청년단장과 같이 와서 XX당 성북지구 분회 조직
에 협조해달라는 것을 거부한다("서재에서", 3. 30~4. 3, 5회). 김혜란은
이진석 첩의 남동생이며 경요각 점원인 수만으로부터 김태환과 박병직이
관여한 청년단 남부지부에 대한 정보를 듣는다. 이 지부는 서울양조회사

를 중심으로 하여 김태환이 주도하는 청년단체로 박병직은 명색이 사찰부장이긴 하나 잘 나오지 않는다고 한다. 이진석의 첩이며 수만이의 누나인 채봉이가 혜란의 자리를 탐낸다("충돌", 4. 4~4. 10, 6회).

김혜란이 경요각을 그만두겠다고 하자 강수만이 누나 채봉이와 같이 와서 사과하겠다고 한다. 김관식은 박병직이 빨갱이 여기자와 붙어다니며 빨갱이 노릇한다는 소문을 들었다고 한다("남매의 대령", 4. 11~4. 15, 6회). 채봉으로부터 사과받은 혜란은 경요각에 그대로 있기로 한다. 이진석은 혜란에게 베커와의 무역 거래 일이 잘 성사되어 백만 원 벌면 반을 주겠다고 약속한다("사과", 4. 16~4. 22, 6회). 이진석은 혜란을 지배인에 앉히면서 베커의 환심을 사 무역이 잘되게 해달라고 부탁하고 베커는 진석에게 혜란이 자기를 속이지 않게 해달라고 부탁한다("청촉", 4. 23~4. 27, 4회).

병직과 혜란은 저녁 식사를 같이하며 직장, 사상, 사랑 등의 문제를 의논한다. 병직은 삼팔선에 멈추어 있겠다는 식으로 중립을 표방한다("변심", 4. 28~5. 3, 4회). 병직은 혜란과 고궁 담길을 걷던 도중 두 명의 괴한에게 얼굴과 전신을 두드려 맞고 마침 지나가던 수만의 도움을 받아 근처 병원에 입원한다. 박종렬 사장이 와서 오히려 아들에게 행실을 똑바로 하라고 야단친다("변심", 4. 28~5. 3, 4회). 한 달간 입원해야 할 병직을 혜란이 밤을 새며 정성껏 간병하면서 화순에 대한 병직의 태도를 놓고 따지기도 한다. 화순이 문병을 와서 왜 일찍 연락하지 않았느냐고 불평한다("유화", 5. 17~5. 27, 7회). 병직은 화순이만 제 옆에 있기를 바라면서 혜란과 어머니와 사촌 누나는 집에 가라고 한다. 혜란이는 아침저녁으로 잠깐씩 들여다본다("혜란이의 입장", 5. 28~6. 3, 6회).

병직이 10만 원만 구해달라고 하자 모친과 김태환이 각각 5만 원씩 마련해준다. 혜란이는 10만 원을 이북으로 가는 데 필요한 노잣돈로 추측한다. 술집 누님 집에서 보았던 형사가 병직을 찾아와 이동민의 행방을 문는다. 병직은 입원한 지 일주일이 되기도 전에 몰래 퇴원하여 한강 통으로 사라져버린다("실종", 6. 4~6. 14, 8회). 형사가 성북동 박종렬 집을 수색하고 돌아간다. 성북동에 같이 갔다가 온 김혜란은 박병직을 용서하리라고 마음먹으면서 자기에게 돌아올 것이라고 확신한다("웨 노할줄 모르나?", 6. 17~6. 26, 6회). 이진석이 혜란이 앞에서 삼팔선 철학을 펼친다. 가네코가 혜란을 데리고 취송정에 가 병직의 편지를 갖고 온 박석이란 청년을 만나게 해준다. 사흘 안으로 아버지와 김태환 모르게 10만 원을 변통해달라는 내용이다("편지", 6. 27~7. 6, 7회). 혜란이는 이진석에게 5만 원을 꾸어 저녁때 취송정에서 가네코에게 주면서 박석에게 건네주라고 한다. 박석은 수만의 친구다("성의", 7. 7~7. 26, 10회). 수만과 박석은 반년 전에 고려각에서 만나 정보를 교환하자고 했던 사이다. 가네코에게 수만이 돈을 전해 받아 박석에게 전해주면 박석이 병직이 있는 곳을 알려주기로 했다("혼선", 7. 28~8. 11, 7회).

베커가 마련한 고급 승용차를 타고 이진석과 혜란은 인천에 간다. 베커는 한복 입은 혜란의 자태에 감탄하여 만국공원에 올라 사진을 찍는다. 인천 부두와 세관과 관청 출장소에 들렀다가 호텔에서 점심을 먹는다("사진공세", 8. 12~8. 22, 5회). 식당에서 진석을 만난 미국인과 한국인 사이에서 노는계집으로 오인되어 화가 난 혜란은 서울로 오는 차중에서 베커로부터 미국 유학 제의를 받는다("우정이라면", 8. 23~8. 31, 6회).

박석에게 돈만 뜯긴 수만이 박석의 일행인 한 여자의 뒤를 쫓는다. 흑석동 어귀에서 낯선 청년에게 제지당한 후 다시 만난 박석과 다음 날 만날 약속을 한다("강가에서", 9. 4~9. 7, 3회). 병직의 일행은 박종렬 사장의 별장에 열흘 있다가 간밤에 사라져버린다. 태환과 종렬은 별장지기와 젊은 단원들을 야단친다("방문", 9. 11~9. 26, 4회). 경찰을 포함하여 여러 사람이 서울역, 용산역, 다방골 일대를 수색한다. 이동민과 누님 집의 종업원인 평산댁이 월북한 것으로 밝혀진다. 병직과의 내통 혐의로 조정원과 김혜란은 형사에게 붙들려간다("수사", 9.26~10.7, 6회). 화순과 평산댁은 먼저 새벽차로 떠났고 뒤이어 혼자 떠난 병직이 개성에서 붙들리자 혜란, 조정원, 가네코 등은 사흘 만에 풀려난다. 김관식은 친구 박종렬과 아들 태환이를 향해 정상배와 모리배의 짓을 한다고 비난한다("발병", 10. 8~10. 14, 3회).

집에 앓아누운 혜란을 이진석과 수만이 찾아온다. 브라운과 베커가 방문하여 미국 유학을 제의한 것에 김관식은 호의적 반응을 보인다("위문객", 10. 15~10. 24, 8회). 베커는 김혜란에게 수만이 편에 선물과 약과 편지를 보내온다. 혜란은 약을 먹고 효험을 본다. 이틀 후 베커가 와 박병직이 빨갱이가 아니냐고 묻자 혜란은 아니라고 답한다("유학? 결혼?", 10. 27~10. 31, 5회).

석방되어 찾아온 병직이 김관식에게 평화적으로 삼팔선을 제거하기 위한 공부를 하겠다는 포부를 밝힌다. 혜란이 유학을 단념하겠다고 통보한 편지를 받고 베커가 수만이 편으로 인천에 가서 찍은 사진 앨범과 장래를 축하한다는 편지를 보내온다("백년손", 11. 2~11. 3, 2회).

염상섭은 『신민일보』 편집국장으로 있으면서 『자유신문』에 『효풍』을 연재하였는데, 『신민일보』가 5·10 선거에 임박하여 선거가 민족 통일를 방해할 수 있다고 공격하자 미군정은 편집국장 염상섭에게 책임을 물어 4월 28일부터 며칠간 구류를 살게 하였다. 그 후 『신민일보』는 다른 신문들과 함께 5월 26일에 폐간되고 말았다.[210] 『신민일보』 편집국장 염상섭이 구류를 산 것 때문에 소설가 염상섭은 연재를 중단할 수밖에 없었으며 따라서 "변심"(4. 28~5. 3, 4회)과 "유화"(5. 17~27, 7회) 사이에 2주간의 공백이 있게 되었다.

이 소설에서 가장 많이 등장하는 존재는 김혜란이다. 『효풍』은 김혜란

---

210) 김재용, 「8·15 이후 염상섭의 활동과 '효풍'의 문학사적 의미」, 『염상섭선집 2』 해설, 실천문학사, 1998. p. 347.

이 약혼남 박병직과 동지인 여기자 최화순이라든가 두 남녀를 쫓는 형사들에 의해 수난을 겪는 과정을 기록한 것으로 요약할 수 있다. 삼팔선을 넘으려다 붙잡혀 박병직이 원래 자리로 돌아오자 김관식이 사위로 받아들이면서 『효풍』은 김혜란의 입장에서 해피엔딩으로 마무리되었다. 그러나 김혜란에게는 우호적인 인물이 더 많다. 정치에 일단 초월하는 입장을 지닌 영문학자 김관식의 딸이며 서울양조회사 사장 비서로 우익청년단원인 김태환의 누이동생으로 교사로 있던 중 약혼자 박병직이 좌익 신문사의 기자라는 이유로 빨갱이로 소문나 학교를 그만둔다. 대학 시절 은사브라운 부인의 소개로 골동품상 경요각에서 일하게 되었을 때 박병직과 동료 기자인 최화순은 월북을 시도하였고 미국 청년 베커는 유학 제의를한다.

김혜란의 고교 은사이자 경요각에 관계하는 장만춘이 매카시즘을 경계해야 한다고 하자 박종렬 사장은 우리 사회 도처에 좌익 세력이 스며들어가 있다고 하며 경계의 태도를 갖추어야 한다고 한다. 매카시즘 경계론과 좌익세력 경계론이 가볍게 충돌하고 있다.

「지금판에 어느방면 어느기관처노코 좌익계열에서 아니 스며들어간데가 업는것도 사실이지만 또한편 붉엉이 붉엉이하는말처럼 대중업는것도 업지 제비위에만 틀리면 단통 붉엉이를 들씨우니까…」
장만춘이가 새판으로 붉엉이 시론(時論)을꺼내니까 박종렬 영감은 「그두그러치만 경계는 단단히 해야지 어듸 요새 젊은애들 미들수가잇서야지…」하고 혜란이를 한참바라본다.[211]

지금은 B신문사 기자로 있지만 박병직은 한동안 최화순과 좌익 신문사

211) 『자유신문』, 1948. 1. 23.

인 A신문사에서 함께 일한 적이 있어 애인이자 동지로 발전할 수 있었다. 댄스홀 스왈로에 박병직과 김혜란과 함께 여러 남녀가 춤추러 갔을 때 최화순과 박병직은 당시의 정치와 경제에 대해 베커와 설전을 벌인다. 좌익 신문사 기자인 최화순이 미국을 공격하면 미군정을 지지하는 신문사에 있는 박병직이 동조하는 태도를 취한다. 최화순이 미국 상인들과 한국의 모리배가 유착되어 있는 현실을 지적하자 박병직은 미국이 조선 사람들에게 백만장자가 빚에 얽매인 오막살이꾼이 허덕거리는 틈을 타는 듯한 인상을 주어서는 안 된다고 최화순을 거든다. 최화순과 박병직은 미국의 경제 침략을 경계하고 있다. 베커가 미국이 조선에서 좌우 협공을 당하고 있다고 웃으면서 답하자 박병직은 이번에는 미군정을 공격한다.

「이런말야 베-커-군에게 할말은못되지마는 우익에게까지 지지를못밧는 것은 군정의실패요 우익끼리까지 분열시킨것도미국의책임이라고아니할수 업지 더구나남조선이적화할 염려가잇다면완전히는당신네의실패요—」[212]

박병직은 좌파의 입장에서 미군정을 공격하기보다는 군정의 지지 세력인 우익을 단합시킬 수 있어야 남조선의 적화를 막을 수 있다고 조언한다. 조선인들에게도 과오가 있는 것이 아니냐는 베커의 말에 병직은 미국 정책에 복종하지 않고 미국 세력에 추수하지도 아부하지도 않는다고 해서 조선 사람에게 책임을 물어서는 안 된다고 한다. 미군정이 자기네 비위에 맞지 않는 여론이나 소리는 외면하는 것 같다고 하는 병직의 지적에 베커는 미군정은 진정한 여론이 무엇인지 갈피를 못 잡는 것이 아니라고 변명한다. 베커가 "진정한 여론이 업다는 것은 아니지만 그선봉은 대개가 빨갱이아니요?"[213]라고 하자 병직은 즉각 응수한다.

212) 위의 신문, 1948. 3. 22.
213) 위의 신문, 1948. 3. 22.

「당신가튼분부터 빨갱이와 대다수의 여론의 중류 중추(中流·中樞)가 무언지를 분간을 못하니까 실패란 말요! 우리는 무산독재도 부인하지 마는 민족자본의 기반도 부실한 뿌르조아독재나 뿌르조아의아류(亞流)를 긁어모혼 일당독재를 거부한다는것이 본심인데 그게 무에 빨갱이란말요? 무에 틀리단말요?」[214]

박병직은 프롤레타리아 독재도 부정하고 부르주아 독재나 일당 독재도 부정하는 태도를 분명하게 드러냄으로써 좌파 혐의에서 벗어나고자 한다. 박병직은 작가 염상섭의 남북양비론, 중간파적 입장, 좌우합작론을 대변해준다. 작가 염상섭은 구류를 살기 바로 직전에 문화인 108명이 남북회담을 지지하는 서명을 하는 데 동참한 바 있다.[215] 『효풍』에서의 좌우 갈등은 경요각 사장인 이진석, 양조회사 사장이며 정치적 야심가인 박종렬, 김태환 비서 등이 보여주는 정상배적 획책과 기자 박병직, 여기자 최화순, 중립 술장수 조정원 등이 이루어내는 이념분자로서의 모색이 맞서 있는 데서 찾을 수 있다. 경요각 사장 이진석, 양조회사 사장 박종렬, 박사장의 비서이자 우익청년단을 주도하는 김태환 등은 우익으로 묶을 수 있고 기자인 박병직과 최화순, 공산주의자 이동민과 자칭 중간파인 조정원 등은 좌익으로 묶을 수 있다. 염상섭은 박사장과 김태환의 정치 행위보다는 이진석의 경제 행위를 더욱 비중 있게 서술했다. 박병직은 최화순과 월북을 시도했을 때만 해도 좌파였으나 월북행에 실패하고 경찰에서

214) 위의 신문, 1948. 3. 22.
215) 조남현, 「1948년과 염상섭의 이념적 정향」, 『한국 현대문학사상 논구』, 서울대학교출판부, 1999. p. 299.
      1931년에 『삼대』와 『무화과』를 통해 심퍼다이저를 내세웠던 염상섭은 1948년에 『효풍』을 통해 좌우합작주의자를 자기 분신처럼 내세웠다. 좌우합작을 표방하면서도 좌익 여기자인 최화순과 함께 월북을 행한 점에서 『효풍』의 박병직은 『삼대』의 조덕기처럼 최소 심퍼다이저의 수준은 지킨 것이 된다.

조사받고 나온 후에는 최소한 중도파가 되어 혜란에게 돌아왔다. 그러나 이들은 대립 양상만 띠고 있는 것은 아니다. 이진석은 김혜란에게 관심이 가 있는 베커를 이용하여 종이, 소금, 옷감 등을 쉽게 수입할 수 있게 해 달라고 김혜란을 지배인에 앉히면서 호소하고 있다. 이진석은 박병직이 삼팔선을 넘는 시도를 하고 있다는 이야기를 듣고 혜란을 위로하면서 그 특유의 삼팔선 철학을 펼친다. 삼팔선은 사람의 감정과 의지에 따라서 싸울 수도 있고 좋아질 수도 있는 것이라고 하면서 사람에게는 이론보다 감정과 의지가 앞설 수 있는 것이라고 한다.

「난이러케 생각합니다. 정치정세가 어떠니미소(美蘇)세력이 어떠니 자! 이데올로기다 리념이다하고 떠들지마는내가 무식해 그런지 세상일이 주먹다짐으로만되는 게아니요 사람이 리론의 기계가 아니고 인간생활이 리론대로 되는게 아닌바에야리론이나리념보다도 먼저 감정과 의지의힘이움즉이는것이요 일의 성패가 여기에달렷다고봅니다. 삼팔선을 처음부터 리념이나 리론으로세운것은아니겟죠?」[216)]

삼팔선에 대해 이진석 부류와 대조적으로 생각하는 존재는 박병직이다. 박병직은 월북행을 시도하기 전에 신문사에서 좌익으로 몰아 사퇴 압력을 가할 때 혜란에게 신문사를 집어치우고 공부나 할까 보다 하는 생각을 드러낸 바 있다. 혜란이가 사상적으로 분명한 태도를 취하고 화순과의 관계도 분명히 하라고 하자 자신은 삼팔선 위에 암자나 하나 짓고 우리 둘이 책이나 보고 있는 것이 소원이라는 식으로 중립을 표방하였다. 혜란은 삼팔선에서 북쪽으로 한 걸음 내디디면 화순을 끌고 갈 것이로되 삼팔선에 머물면 자기를 데리고 가겠다는 것 아니냐고 재치 있게 해석을 한

---

216) 『자유신문』, 1948. 6. 27.

다. 박병직은 최화순과 월북행을 시도할 때 사흘 안으로 돈 10만 원을 해달라는 요지의 편지를 혜란에게 보내면서 자신의 순정과 양심을 시대와 주위가 몰라준다고 하고 삼팔선도 언제인가는 터질 것이라고 하였다. 그리고 자신의 사상과 사랑의 문제를 혼동하지 말아달라고 한다. 박병직은 최화순을 따라 월북을 시도했고 한두 차례 동침을 했지만 김혜란을 더 사랑하는 것은 부정할 수 없다.

월북을 시도했다가 붙들려 조사를 받고 풀려난 박병직이 김혜란의 집에 찾아와 사위로 받아들여달라고 허락을 받는다는 것으로 소설을 끝낸 것은 애초의 창작계획서에는 들어가 있지 않았던 듯하다. 염상섭이 자주 그랬던 것처럼 일단 미완으로 끝내고 훗날 기회가 되면 또 다른 제목의 장편소설로 이으려고 했는지도 모른다. 병직은 김관식에게 자연과학이 아닌 공부는 조선에서도 얼마든지 할 수 있다고 하면서 삼팔선이 대폿소리 없이 터질 수 있는 방법을 연구해보겠다고 한다. 평화통일의 방법과 진정한 통일의 방법을 연구하겠다고 하자 김관식은 사위로 허락하는 듯한 태도를 취한다. 이는 염상섭이 좌우합작에의 미련을 버리지 않았다는 의미가 된다. 염상섭에게 좌우합작론은 정치적 선택이기보다는 문학의 독자성을 지키려는 정신의 구현에 가깝다. 염상섭은 문단은 필연적으로 중립적 존재이며 자유주의적이라는 신념을 가지고 있다.[217] 염상섭은 『효

---

217) 염상섭의 「文壇의 自由雰圍氣」(『민성』, 1949. 1)는 크게는 문학의 독자성을 강변했고 작게는 중간파 문학을 옹호했다.

"露骨的으로 말하면, 各自의分野가 있고, 所謂 陣營이란 것이 있어서, 이러한 自由로운 文學의境地를 開拓하려는 部類를 文壇의 攪亂的 存在라고 警戒한다든지, 自家自派의 團聚나 勢力分野를 微弱化하는 浮動層이라고 嫉視할지도 모르나, 萬一 그렇듯이 派爭과 勢力維持및 그伸張이 第一義거던 차라리 文學을 버리고 政治로 달아남이 效果의일것이 아닌가도싶다. 政治人으로도 政治를 위하여 政治의常道를 爲하여 싸울것이요 派爭과 勢力維持나 그伸張을爲한 政治가 아니겠거늘, 하물며 文學人이 文學을 집어치우고 派爭이나 勢力分野가 眼中에 먼저 있다면 文學의 墮落이요 文人으로서의 自己抛棄일따름일것이다"(p. 58), "어느 政治權力이나 社會的, 派閥的勢力밑에 文學이 批判과 探求와 表現의 自由를잃거나 萎縮되고 呻吟하는데에서 獨創的, 健全한 文學은 바랄수 없는것이다"(p. 59), "자다가 깬듯이 새삼스럽게 文壇의 自由로운 雰圍氣라든지 文學의 自主性을 云謂한다고, 이것을 가리처 自由主義라 非難하고 中間派

풍』을 연재하고 있을 때 「삼팔선」 「이합」 「재회」 등과 같이 삼팔선 넘기 모티프를 중심 모티프로 설정한 일련의 문제작들을 발표함으로써 분단 현실의 심각성을 일깨워주었다.

(2) 과거반성서사, 현실과 당위성의 거리(『민족의 죄인』, 「김덕수」)

염상섭의 「엉덩이에 남은 발자국」(『구국』, 1948. 1)은 복수담에 넣을 수 있다. 은행지점원으로 있다가 만주 목단강으로 징병에 끌려나갔던 창근은 해방이 되자 부대에서 탈출하여 서울로 돌아온다. 과거에 민족주의자요 독립운동자였던 부친이 중풍이 있어 신사참배에 빠지고 징용과 징병 권유 연설을 피해 다닌 것 때문에 괘씸죄로 아들 창근이가 징병을 갔다. 해방이 되자 부친은 도위원장이 되어 하루하루 바쁘게 보낸다. 일제 때 도지사와 경찰부장을 포함하여 공직을 지낸 이들은 군사령부에서 데려가는데 이 중에는 창근과 아버지를 못살게 굴던 굴전 순사부장도 포함되어 있다. 창근이가 과거를 생각하며 치를 떨 때 어머니는 용서론을 내민다. 일제 말엽 방공 연습 때 집에서 불빛이 새었다고 하여 창근이가 아버지와 함께 경찰서에 붙들려가자 창근이가 다니는 은행에서 힘써 이적 행위 혐의는 벗고 훈방조치된다. 굴전 순사부장이 "너희 같은 비국민은 개 돼지만도 못한 놈들이니까 여기서 기어나가라!"[218]고 하여 아들이 먼저 기어

라고 異端視하려는가?"(p. 59), "萬一 文學의徒로서 文學을通하여 政治에 干與한다면, 그것은 政爭의局外에 서서 中和作用을함으로써 苛烈한對峙를 건지고, 中正健實한國民思想을 嚮導하는데 있을것이다. 文學은 感情의純一을 致하는 緩和劑요 媒介의 存在이기 때문이다. 그러므로 文人이란 어느때나 必然的으로 中立的 存在이다. 그天職으로써 싫거나 좋거나 自由主義的일수밖에 없는 것이다. 批判的이요 探求的이며 生命과 人生과 社會의 眞實한表現美를 生命으로 하는 文學은 언제나 純一하고 公正한 態度를 第一義로 하는것이다"(p. 59), "解放後에 左右를 莫論하고, 文人은 붓을 던지고 칼을 든것은 아니나, 文學을 政治 軌道에 올려놓고 붓 대신에 「핸들」을 붓잡던듯이보인다. 그러나 冷靜을 恢復할 때도 되었지나 않은가싶다. 政治의 레일위에서 文學을 다시 걸어내어서 文學本然의 레일로 다시 올려놓아야 할것이다"(p.59).

218) 『구국』, 1948. 1, p. 90.

나오고 아버지가 나중에 기어 나오는 수모를 겪는다. 부친은 집에 돌아와 자기 방으로 들어가 한참을 소리 없이 울었다. 그리고 열흘도 안 되어 창근이가 징병에 뽑혀 나갔다. 해방 후 은행이 닫히자 창근은 이 판에 큰일을 경험하고 싶어 해군복을 입고 육혈포를 꽁무니에 차고 "일본사람과 친일파의 정리와 숙청"일을 맡아본다. 출정한 교유의 아내로 4남매를 둔 삼십대 중반의 여인의 일곱 달 된 아이를 낙태수술 해준 일본인 의사도 적발되고 그 의사를 소개한 일본인 굴전상차(堀田常次)도 잡혀 들어온다. 남편이 출정간 지 1년도 넘었는데 아내가 임신 7개월이라니 동네 사람들이 수군댈 수밖에 없다. 교유의 아내를 임신시킨 것은 바로 그 집에 세들어 살던 굴전이었던 것으로 밝혀진다. 창근은 굴전에게 조사실로 기어 들어오라고 명령한다. 기어 들어온 굴전에게 창근은 내 개인의 설치(雪恥)가 아니고 조선 사람 전체를 향해 사과하라는 것이라고 말한다. 취조가 끝나고 나갈 때 아버지 앞에서 기어 나가게 하겠다고 하자 아버지는 그 정도면 되었다 하고 그만 잊어버리라고 한다. 아버지도 어머니와 마찬가지로 용서론을 편다. "그야말로 원대한 민족의 이상을 생각하시고, 동양의 장래, 세계의 평화를 염려하셔서, 소절(小節)에 꺼리끼지 않으신 것이요, 강유겸전(剛柔兼全), 관맹상제(寬猛相濟)의 묘미가 거기에 있는것이다!⋯⋯" [219] 와 같이 창근이는 아버지가 관대하고 포용력이 크다고 생각한다. 관맹상제는 관용과 사나움은 이어지는 것을 뜻하는 것인 만큼 염상섭은 복수론을 부정하였지만 그렇다고 용서론에 닿은 것도 아니다. 아버지의 용서론과 아들의 복수론을 병치하여 일본인에 대한 감정적이거나 단선적인 태도에 고착되지 않으려는 염상섭의 발상을 확인할 수 있다. 창근은 굴전은 어차피 숙청 대상자였던 만큼 그대로 구금하고 낙태 사건에 관련된 나머지 인물은 석방하라는 조치를 내린다. 창근은 부친을 얼마쯤 위로해드렸고 체

---

219) 위의 책, p. 96.

면치레는 했으니 이제는 물러나겠다고 생각한다. 경찰 생활은 제 성격이나 나이에 맞지 않는다는 생각도 들어 "서울로 가서 신시대에 맞는 학문을 닦아서, 무엇보다도 먼저 조선사람이 되어야하겠다"[220]는 생각을 하게 된다. 창근은 미래를 향해 시선을 두고 있는 점에서 『효풍』의 박병직 기자의 원형적 존재가 된다. 그는 공권력 혹은 무력으로 상징되는 육혈포를 끌러 내놓으며 동포의 가슴을 향한 것도 아니고, 처음부터 굴전에게 써보겠다고 한 것도 아니지만 굴전에게 못 써보았다고 후회하는 것도 아니라고 하였다. 마침내 창근도 부친을 따라 응징론을 벗어나 용서론으로 기울고 만다.

이무영의 「無邪」(『민성』, 1948. 5)는 쥐가 등장하는 우화소설이며 풍자소설이다. 양사골 사는 박사쥐가 죽을 때가 되어 인근의 쥐들을 소집하고 유언을 내린다. 박사쥐가 민촌 이기영의 단편소설 「쥐이야기」의 내용을 이야기하며 지주 집에 몰래 가서 지전을 물어다가 소작인 수돌네에 전해준 어른 쥐가 바로 우리네의 시조라고 한 점에서 상호텍스트성을 입증해주었다. 수돌이네를 도와준다는 것이 잘못되어 오히려 수돌이가 감옥에 들어가서 계급사상을 배워가지고 나와 지주에게 반항하는 태도를 취한다. 지주가 순사에게 술 먹이고 돈봉투를 주어 수돌이를 징용 보내려고 하는 것을 박사쥐가 돈봉투에서 돈을 빼내고 대신 신문지 조각을 집어넣었다. 화가 난 순사는 오히려 지주에게 징용장을 내보낸다. 영문을 모르는 지주가 가서 따지다가 매만 잔뜩 맞고 돌아온다. 그 후에도 수돌이는 박사쥐의 간지에 의해 두 번이나 위기를 벗어난다. 박사쥐는 조선 백성들은 자유를 사랑할 줄은 알지만 패기는 없는 백성이라고 하고 어물어물하며 큰일만 없길 바라는 무사대길(無事大吉)의 태도를 비판한다. 왜놈들은 조선 백성의 무사대길의 태도 속에 감추어져 있는 수난과 고민과 깊이를 몰

---

220) 위의 책, pp. 96~97.

랐다고 더욱 큰소리로 비난한다. 박사쥐는 징병제를 색다른 각도로 설명한다.

조선에 징병제가 실시된것은 역시 몇사람 친일파가 서둘른 때문이기도 했지마는 그건 조고만 원인이오 정말원인은 조선백성들이 너무 무사 대길이라는 생각에 사로잡혀서 그저 무사주의를 써오니까 이 얄은 섬나라 왜인들은 그 조선백성의 깊이를 모르고 이만하면 무슨짓을 해도 상관이 없다고 생각한데서 일어난 비극이니라 이것이 말하자면 조선백성의 치명적 결점이었다. 왜정 사십년간은 그만 두고라도 임진왜란 이후로 조선안에 청국, 아라사, 왜국 이렇게 세나라 말굽소리가 한데 어울어졌던 백년간을 두고 볼라치면 조선에는 수십 수백의 친로파, 친청파, 친일파는 생겼어도 지로파와 지청파, 지일파(知露派, 知淸派, 知日派)는 단한사람이 없었으니 어찌 국정이 바로 잡혔겠느냐 (중략) 금후두 두고 보라만, 조선백성이 그사직을 유지하자면 친미, 친소, 친중을 배격하고 지미, 지중, 지소파를 견제해서 어떤 한쪽으로 기우러지지지 안는 동안만이 평화를 유지할것이오 삐끗 기울기만 하면 오늘의 조선처럼 또 어떤 한나라의 속국이 되고 말것이니라.[221]

위의 인용문은 일제 말이라는 과거를 반성적으로 성찰한 후에 해방 후의 정국에 한 수 가르쳐주는 내용을 담았다. '친~'의 태도를 버리고 '지~'의 태도를 취하라고 한 충고에서 작가 이무영의 역사와 시대를 읽는 안목의 깊이를 느낄 수 있다. 하기는 특정 국가와 친하게 지내겠다는 태도는 현실적인 것이요 특정 국가를 파악하겠다는 것은 이상론에 가깝다. 그런데 이무영은 우화소설의 골격만 취한 것은 아니다. 여러 쥐들 앞에서 해박한 국제정치학적 지식을 늘어놓던 박사쥐는 수돌이의 석방 소식을

---

221) 『민성』, 1948. 5, pp. 75~76.

듣고 보고 싶은 마음을 참지 못해 수돌이네 집에 가서 수돌이의 말을 경청하다가 그만 수돌이에게 주둥아리를 맞아 그 자리에서 즉사한다. 우화소설의 골격을 통한 풍자와 비판의 화살은 좌익 지지자인 박사쥐에게 부메랑이 되어 돌아온다. 1946년에 표가 나게 반공사상을 펼쳤던 장편소설 『삼년』을 썼던 이무영으로서는 감옥에서 계급사상을 배우고 나와 반지주적 행태를 보이는 수돌이를 계속 떠받드는 박사쥐를 긍정적으로만 그리기는 어려웠을 것이다. 이무영은 친일파를 부정했지만 그렇다고 좌익 추종자를 긍정하지도 않았다.

　강노향(姜鷺鄕)[222]의 「鍾匠」(『백민』, 1948. 10)에는 "또하나의 다른 明日을 위하야"라는 부제가 붙어 있다. 20세부터 40년 동안 이 산 저 산 다니며 종을 만들어 달아주는 일을 해오던 석숭이 동대문 밖 마을 가까이 있는 A사에 명종을 달아 매놓고 흐뭇해하는 것으로 시작한다. 그러면서 한 달 전 A사의 종을 만들 때 일본군이 버마, 싱가폴, 필리핀으로 전선을 확대할 때 전시법령으로 금속치수령을 내려 불안해한다. 아들이 일곱 살 때 아내를 잃고 열세 살 된 아들을 처가에서 찾아 A사 경내로 데리고 왔다. 석숭은 시대를 앓은 소설가 남훈이라든가 폐결핵 요양 중인 영실과 가까이한다. 남훈과 영실은 많은 대화를 나누며 서로 기운을 북돋아준다.

　이러한 현실에 직면한 남훈이 동면의 세계에서 부수수 잠을 깨고 악마의 운명에 도전할 마음의 준비를 시작한것은 불과 몇일전의 일이었다. 여기에는 지난날, 중국 산서(山西)지대의 팔로군(八路軍)에게 붓잡혀간 일이 있었다는 영실의 실지담에서 받은 자극이 저옥이 컸다. 영실은 산서의 일군위안

---

222) 1936년도에 강노향은 중국을 배경으로 하여 디아스포라가 된 조선인들의 모습을 그린 단편소설 「지붕 밑의 신추」(『신인문학』, 1936. 1, 1936. 3), 「항구의 동쪽」(『조광』, 1936. 11)과 연작소설 「백일몽과 선가」(『조광』, 1936. 6), 「불란서제전야」(『조광』, 1936. 7), 「저무는 고향」(『조광』, 1936. 8)을 발표하였다(조남현, 『한국 현대소설사 2』, 문학과지성사, 2012, pp. 524~25).

소에 팔려 전지에서 삼년의 매춘생활을 보낸 여자였다. 밤낮으로 야수와같
은 일군의 뒤를 좇아 황량한 산서의 산야를 들개모양으로 헤매는 동안, 그
의 청춘은 파김치같이 시들어져 버렸다.[223)

일본군 위안부로 끌려나가 팔로군에게 붙잡혔으나 영실은 손가락 하나
도 다치지 않았다. 주지가 와서 일본군이 절간 종까지 떼어간다고 하자
모두 충격받는다. 소설가 남훈은 시대를 비관하여 만주로 가버리고 영실
은 폐병이 깊어간다. 종을 떼어간다는 날 새벽에 석숭은 온 힘을 다해 종
방망이를 모아 종을 치다가 통곡한다. 석숭은 울음을 그치고 한 팔로 종
을 안은 채 밝아오는 저편에서 아들의 환영을 보고는 "종의 약탈자도 평
화의 교란자도 없는 명일", "이민족이 채운 압제의 쇠사슬이 풀리는 명
일"을 본다. 석숭은 백발로 덮힌 머리를 종체에 부딪히고 그 자리에 쓰러
져버린다. 자기가 만든 종까지 군수물자로 빼앗기는 현실에 직면하여 종
장이 비관자살의 길을 택한다는 사건의 배후에 감추어진 분노를 주목해
야 한다.

채만식의 중편소설 「民族의 罪人」(『백민』, 1948. 10, 1949. 1)은 1949년
1월호 『백민』 65쪽을 보면 탈고 시점이 "1946년 5월 19일 향촌에서"와
같이 밝혀져 있다. 탈고와 첫 발표 시점이 1년 반 이상 차이가 난다. 김군
의 출판사에서 민족의 죄인으로 몰려 울분과 구차스러움과 불쾌감으로
보름 동안 앓아누웠다는 내용의 제1장, 김군의 출판사에서 윤군과 우연
히 만나 1945년 4월에 소개(疏開)된 경위, 1943년 황해도 시국강연 때의 경
험, 1938년 개성에서 살고 있었을 때 독서회 사건으로 유치장 생활을 하
고 석방된 이유와 과정을 회고한 제2장, 1943년 2월에 황해도 지방에서
의 대일협력 강연, 1944년 5월의 생산 현장 방문 등과 같은 대일협력 행

---

223) 『백민』, 1948. 10, p. 13.

위의 소개담인 제3장, 1945년 4월에 고향으로 가 생계를 잇느라 몸에 맞지도 않는 농사일을 한 기억을 떠올린 제4장, 윤군의 친일파 단죄론과 김군의 반론 등을 중계한 제5장, 도로 시골로 가고 싶기는 하나 농사짓기의 어려움을 강조한 제6장으로 구성되어 있다.

채만식은 1946년 2월 8일과 9일에 열린 제1회 전국문학자대회 때 조선문학가동맹 소설부 위원회에 이름이 올랐고 1946년 3월 13일에 결성된 전조선문필가협회 추천회원 명단에 들어 있기는 했으나 실제로 어느 곳에서도 활동한 흔적은 찾을 수 없다. 소설가인 '나'는 1946년 4월 그믐에 남대문 근처에 있는 김군의 출판사를 우연히 들렀다가 10년 만에 '윤'이라는 사내와 동석하게 된다. 윤은 일본에서 사립대 정경과를 나와 중일전쟁 전후로 3년간 정치부 기자로 일하면서 잡지에도 구라파 정세론을 발표하면서 진보적 색채를 드러내었다. 그는 일본에 협력하는 글은 단 한 편도 남기지 않았다. '나'는 대동아전쟁이 한창이던 때에 일본이 패전한 후의 살육과 약탈, 질병과 기아의 엄청난 사태가 올까 봐 공포심에 사로잡혔다. 해방이 될 것을 전혀 예상하지 못한 나머지 해방을 "횡재"라고 하며 연합군의 승리가 가져다준 선물로 생각하게 된다. 일신의 안전만을 생각하는 데만 궁리가 미쳤다고 반성하며 "약하고 용렬하다"고 세 번이나 자책한다. 해방이 된 지 1, 2년이 지난 지금도 자신은 약하고 용렬한 지아비라는 판단에는 변함이 없다. '나'의 회고담을 통해 일제 말 조선 문인들의 대일협력의 일단을 엿볼 수 있다. '나'는 1943년 2월에 황해도에 강연을 가는 것으로 대일협력의 첫걸음을 내딛는다. 총독부와 총력연맹의 강요로 경향의 각 분야의 유지 2백 명을 모아 몇 개 면을 하나로 묶어 열게 한 미영격멸대회와 국민총궐기대회의 강연자로 내보낸 것이었다. 영을 어기지 않아야만 미움을 받지 않고 일신이 안전하다는 것을 잘 알고 있었기에 '나'는 자발적으로 강연자의 대열에 끼였다고 고백한다. '나'는 이미 1938년에 당국에 협조하는 태도가 약이 되는 것을 뼈저리게 경험한 바 있다. 개성에서 살고 있을 때 반년 전에 만난 두 명의 문학청년들이 주의자 혐의로 체포되어 나중에는 독서회 사건으로 비화되었을 때 개성경찰서 고등계에 끌려갔던 일이 있다. 얼마 전에 황군위문대 파견 건에 대한 협의회 참석을 알리는 조선문인협회[224]의 엽서와 참석 사실이 생각지도 않게 결정적인 힘이 되어 석방될 수 있었다. 물론 청년들도 개성 갑부가 힘을 써 석방되기는 했다.

'나'는 "대일협력이라는 주권(株券)의 이윤(利潤)이 어떠하다는 것을 실지로 배운것이 이개성사건이었다"[225]고 회고한다.

  많은 수효의 영리한 사람들이 저의이익과 안전을 도모하기 위하여 진심으로 일본사람을 닮았다. 역시 적지 아니한 수효의 사람이 핍박을 바들 용기가 없어 일본사람에게 복종을 하였다. 복종이 싫고 용기가 있는 사람은 외국으로 달리어 민족해방의 투쟁을 하였다. 더 용맹한 사람들은 외국으로 망명도 않고 지하로 숨어다니면서 꾸준히 투쟁을 하였다.

  용맹하지도 못한 동시에 영리하지도 못한 나는 결국 본심도 아니면서 겉으로 복종이나 하는 용렬하고 나약한 지아비의 부류에 들고 만것이었었다.[226]

'나'는 "용맹하지도 영리하지도 못해" 어찌어찌하다가 친일파에 들어가고 만 것이라고 자책한다. 황해도 송화군에서 강연하고 난 다음 저녁때 청년들이 찾아와 징병이나 학병으로 끌려 나가서 개죽음을 당해야 하느

224) 임종국, 『실록 친일파』, 돌베개, 1991, p. 241.
　　　 "조선문인협회(1939. 10. 29. 결성)의 발기인은 김동환·김문집·박영희·유진오·이광수·이태준·최재서 등 7명이다. 이들 단체의 활동은 시국강연회, 전쟁문학의 밤, 결전문예좌담회, 만주 개척촌(국책이민 부락) 시찰, 해군건학단 파견 기타 황민문학 건설과 총력운동, 신도실천의 모든 부문에 걸쳐서 전개되고 있었다."
225) 『백민』, 1948. 10, p. 46.
226) 위의 책, p. 46.

냐 하고 질문했을 때 '나'는 나중에 혹시 경찰의 귀에 들어갈 수 있을 것이라고 염려하는 뜻에서 피를 흘려야 대가를 바랄 수 있다든가 차별대우를 받지 않도록 실력을 키워야 한다든가 하는 식으로 두루뭉술하게 답했다. 나중에 혼자 온 젊은이에게는 조금 더 진솔하게 투쟁론과 타협주의 배제론을 내세우기는 했다.

1944년 5월에 작가 5명과 화가 5명이 선발되어 목포의 목조 조선소, 영월의 무연 탄광 등 다섯 곳의 생산 현장의 실지 견문을 얻어 화가는 증산하는 현장을 그리게 하고 소설가는 증산소설을 쓰게 하는 조치가 있었다. 실제로 채만식은 평안북도 양시의 알루미늄 공장으로 갔었다. '나'는 검열을 받으면서『매일신문』에 연재소설을 써 생계를 도모했고 가끔 퇴직 순검인 검열관에게 꾸지람과 문학 강의도 들어야 했다. 실제로 채만식은 『아름다운 새벽』(『매일신보』, 1942. 2. 10~7. 10),『여인전기』(『매일신보』, 1944. 10. 5~1945. 5. 16) 등과 같은 소설을 발표하였다. 특히『여인전기』는 일본이 주장하는 동조동근론을 지지하는 태도를 드러내었다. '나'는 자신이 대일협력자라는 수렁으로 조금씩 빠져들어가는 것을 느꼈다. '나'는 "창녀 못지 않은 매문질"과 "일본 패전 후의 불안과 공포로부터의 탈출", "대일협력의 수렁으로부터의 도피"[227] 등의 숨은 이유로 광나루 이주를 결행했다. 채만식은 벌을 가볍게 하자는 계책도 아니었고 지금까지의 행적을 숨기기 위해 다른 곳으로의 이주를 꾀한 것은 아니었다고 변명한다. 그러나 대일협력은 "씻어도 깎아도, 지워지지 않는, 영원한 「죄의표식」(罪의標識)"[228]이라는 파악은 하고 있었다.

김군이 출판을 제대로 하자면 조그만 잡지를 내야 하겠다고 하면서 해방 후의 일본인들의 더러운 굴신을 비난하자 윤군은 기다렸다는 듯이 친일지도자와 친일문인들의 대일협력 행위를 나열하며 통매한다. 친일파로

227)『백민』, 1949. 1. p. 54.
228) 위의 책, p. 54.

해방을 맞아 반일파로 급변한 존재들을 향해 개돼지만도 못한 놈들이라고 비난하며 이런 존재들이 숙청되기 전엔 건국사업이고 무엇이고 나설수가 없다고 비분강개한다. 총독부의 소위 고등정책을 향해 반격을 해본일이 있는가 또 총력연맹이나 시골 경찰서로부터 시국강연 해달라는 교섭을 받은 적이 있냐는 김군의 물음에 윤군이 없다고 하자 자네는 자네의지조의 경도(硬度)를 시험받을 기회를 가져본 일이 없다, 자네의 지조는 미지수이다, 자네의 결백은 횡재한 것이다, 자네 어른이 부자라 먹고살 걱정이 없어 신문기자를 그만두어 대일협력을 하지 않게 된 사람이다 등과같이 매섭게 쏘아붙인다. 이러한 김군의 반론은 윤군을 넘어서서 친일파와 민족반역자 숙청을 소리 높이 외치는 동시대인들 전체를 겨냥하고 있다. 대일협력자들은 구장과 면 직원과 순사들의 강요가 무서워 그리 된것이지 지도자 명색들의 강연이나 글을 보고 움직인 경우는 거의 없다는김군의 주장은 '나'를 위한 결정적인 변론이 된다. 김군이 친일파라든가민족반역자를 처벌할 때는 정상참작, 경중 구별, 범죄의 영향 판별 등을해야 한다고 하자 윤군은 웬만한 놈은 삼팔 이북에서 하듯이 죄다 쓸어숙청해야 한다고 강경론을 편다. 김군의 주장은 갈수록 설득력을 얻는 데반해 윤군은 점점 할 말을 잃게 된다. 반민특위에 나간다면 윤군은 검사요 김군은 변호사요 '나'는 죄수석에 앉아 두 사람 말이 다 옳다고 생각할것이라고 상상해본다. '나'는 김군에게 고마움을 느끼면서도 그의 주장이억지요 형식논리라는 생각에 젖기도 한다. '내'가 집에 와 보름을 앓고 난후 다 정리하고 도로 시골로 내려가자고 하자 아내는 애들이나 잘 키워다음 세대에 속죄하자고 의미 있는 대안을 제시한다. 중학교 졸업반이면서 반장인 조카애가 친일파 선생을 배척하느라 벌인 동맹휴학에 끼기 싫어 공부하기 위해 온 것을 야단친다. 학문보다는 인격, 개인의 출세보다는 단체를 위한 길을 먼저 생각해야 한다고 하면서 어디를 가 무슨 일을하든지 용렬히 굴지 말라고 충고한다. 「민족의 죄인」은 작가 채만식이 대

216

일협력 행위를 참회한 고백체소설이요 자기반성소설이다. 대화체가 토론체를 흡수하고 있듯이 참회는 변명으로 이어지기도 하였다. 기자 출신인 윤군이 검사라면 채만식은 피고인이고 출판사 사장 김군은 변호사라고 할 수 있다. 진정으로 자책, 반성, 참회를 함으로써 채만식은 피고인을 넘어서서 판사로 역할하는 진풍경도 보여줄 수 있었다.

채만식의 「歷史」(『학풍』, 1949. 2)에는 "총기 좋은 할머니"라는 부제와 "제1화 辛未前後 終"이라는 후기가 붙어 있다. 「역사」는 제1부에서는 "총기 좋은" 노구 할미의 자손들의 계보를 제시했고, 제2부에서는 할아버지부터 손자에 이르기까지의 집안 남자들에 대해 할머니가 손자며느리와 이야기를 나누는 장면을 설정했고, 제3부에서는 할머니가 신미양요의 원인, 경과, 결과를 들려주는 형식을 취했고, 제4부에서는 운양호 사건의 골자를 추려놓았고, 제5부에서는 일본군의 만행을 폭로하였다. 허구적인 인물들인 할머니의 남편과 아들들의 삶의 방향은 구한말의 역사의 흐름에 의해 결정되고 있다. 할아버지 박규천은 개화기 때의 열강들의 야욕과 국내 위정자들의 부정부패상을 비판하면서 아들들에게 나랏일에 목숨을 바치라고 가르쳤다. 박규천의 맏아들 윤석은 의병, 독립운동가, 사회주의자로 이어지는 자기희생적인 큰 인물로 기록된다. 둘째아들 승석은 3·1운동 때 일인의 총에 맞아 죽는다. 이 3부자의 개인사는 동학, 한일합방, 의병운동, 기미년 만세, 사회주의운동 등으로 연결된 한국 근대사의 거울로 기능하기도 한다. "「역사」 제2화"라는 부제가 붙어 있는 「늙은 極東選手」(『신천지』, 1949. 2, 3)는 할머니 외가의 대가 끊어진 내력(제1부), 강화조약 후의 대일교섭 양상, 국내 정치의 혼란상, 면암 최익현의 항일의병 거병(제2부), 관리들의 부패상(제3부), 임오군란 발발, 청군 개입, 대원군 압송(제4부), 할머니와 손자며느리의 역사 평가(제5부) 등을 중심 내용으로 삼고 있다. 유고인 「아시아의 운명」(『야담』, 1955. 10)은 할머니와 자손들의 근황, 할머니와 세 며느리가 장죽을 물게 된 사연(제1부), 할머니가 들려주는 갑신정변담의 서두(제2부), 임오군란 직후의 개화당의 대일·대미 외교 활동상(제3부), 김옥균의 거사 계획과 일본 공사의 지원 약속(제4부), 갑신정변 전개 양상(제5부), 갑신정변에 대한 할머니의 이야기의 종결(제6부) 등과 같은 내용으로 짜여져 있다. 「늙은 극동선수」와 「아시아의 운명」에 오면 강사자요 서술인인 할머니의 자기 자손들에 대한 이야기가 차지하는 비중은 급격히 줄어들고 있다. 이 연작은 신미양요에서 갑신정변에 이르기까지의 격동의 한국 역사의 참모습을 들려주는데 목표를 두었다. 남편과 아들들 그리고 과부 며느리들의 생애가 몇 줄로 압축되어 서술된 할머니 집안의 가족사는 「역사」「늙은 극동선수」「아시아의 운명」을 역사 서술이 아닌 역사소설 쪽으로 끌어가고 있다.[229]

채만식의 중편소설 「少年은 자란다」는 말미에 "1949년 2월 25일 이리에서"와 같이 탈고 시기와 장소가 명시되어 있다. 이 작품은 탈고 직후 발표되지 못하고 아들이 보관하고 있다가 『월간문학』 1972년 9월호에 665매가 전재되기는 했으나 원문 그대로 소개된 것은 『채만식 전집』에 수록되면서였다.[230] 이 소설은 "용상보다 더한 것" "간도의 역사는" "비싼 해방" "없어진 아버지" "소년은 자란다" 등 17개의 소제목으로 구성되어있지만 스토리는 간단한 편이다. 청주가 고향인 가난하고 무식한 농민 오윤서는 미인으로 소문난 첫 부인의 외도로 인한 출분을 겪고 14세 된 아들 영만을 데리고 서울 객주집에서 5년간 일하던 중 두번째 부인을 얻어 1931년에 간도 왕청현 대이수거이(大梨樹溝)로 건너가 온갖 고난과 핍박 속에서 농사를 짓는다. 20세 된 아들 영만이 빨치산을 따라가버린 후 소식이 끊기고 만 아픔을 겪게 된다. 해방이 되어 귀국하기 위해 낙타산에서 대기하고 있던 중 새벽에 다시 집으로 소반을 가지러 간 아내가 너댓 명

---

229) 조남현, 「해방 직후의 "역사" 표제 소설 연구」, 『한국현대문학사상의 발견』, 신구문화사, 2008, pp. 164~68.
230) 『채만식전집 8』, 창작과비평사, 1989, p. 272.

의 만주인에게 강간당하고 몇 시간 후 세상을 떠나는 비극을 맞는다. 어머니는 영호(14세)와 영자(9세)에게 아버지 고생을 덜어드리기 위해 어서어서 자라라 하고 눈을 감는다. 10월 말께 남대문 정거장에 도착한 오서방네는 대학병원 옆 전재민 수용소에 있으면서 오선생에게 의지하려하나 오선생은 평양을 다녀온 후 경찰에 잡혀 언제 풀려날지 기약을 할수 없는 신세가 된다. 오서방은 오선생의 충고대로 아들딸을 데리고 전라도로 가는 기차를 타고 가다 대전에서 물 먹으러 잠깐 내려간 사이 기차를 놓쳐 아들딸과 헤어지고 만다. 전체 17부 중 제11부에서 17부까지 영호와 영자는 이리역에서 내려 그곳에 정착하여 서울에서 오는 기차가 역에 정거할 때 아버지를 찾는 일을 매일같이 한다. 소설의 근 절반의 부분을 이리역에서 영호와 영자가 아버지를 기다리는 모습을 그리는 데 할애한 만큼 긴밀한 구성에는 도달하지 못했다. 1년 후 영호는 여관 심부름꾼으로 일하고 영자는 여관집 여주인의 언니 집에서 애보기로 일하게 된다. 영호는 미군 통역과 군정청 관리를 끼고 장사하는 사람들이나 삼팔선을 넘나들며 장사하는 사람들의 타락상을 보면서 환멸을 느끼고는 하꼬방장사라도 해서 독립하겠다는 결심을 한다. 서술의 양을 보면 오윤서와 아들 영호가 주요인물로 보이기 쉬우나 작가 채만식의 시대의식은 이들 인물들보다는 조역인 오선생이나 단역인 큰아들 영만을 통해서 더 잘 나타날 수 있었다. 오선생은 영호의 국민학교 담임선생으로 오윤서 즉 오서방과 동성동본이라 한집안 식구처럼 지냈다. 오선생은 사범학교 출신으로 갑종 훈도 면허도 있고 20년 넘게 교원 노릇을 한 교장급 교사였을 뿐만 아니라 반일의 사상을 노골적으로 드러내기도 하여 불령선인으로 낙인찍혔다. 해방 후 오서방이 큰아들 영만의 행방을 알아달라는 부탁을 하자 오선생은 조선독립의 일등 공신은 조선 안의 사람으로는 비밀운동하던 공산주의자요 밖의 사람으로는 상해 임시정부 사람들과 조선팔로군이라고 하면서 김일성 패를 쫓아갔다는 영만이도 일등공에 들어갔으니 걱정

말라고 했다. 영만은 1938년에 대이수구를 점령한 빨치산 대원이 선동 연설하는 것을 듣고 감화되어 그들을 따라가고 만 것이다. 오선생은 해방이 되자 오서방네보다 빨리 귀국하여 고향이 있는 북쪽에도 다녀오고 하는 등 좌익 활동을 한 것으로 암시되고 있다. 물론 해방 후라 그렇기는 하겠지만 채만식은 일본인의 야만적 풍속을 고발하고 일본 순사와 조선 순사의 횡포를 비판하고 간도를 무대로 한 조선 독립운동의 양상을 그리기도 하였다. 작가 자신이 초점화자가 되어 해방 후의 좌우익의 대립 양상을 양비론으로 그려내면서 특히 미소공동위원회의 결렬을 심각하게 본다. 이승만 박사와 박헌영 동무가 등을 돌리고 앉은 현실에도 우려의 눈길을 보낸다. "전재민으로 고국에 돌아와 제일 많이 본 것이 무엇이냐고 물으면, 그들은 전단(삐라)과 대소변이라고 대답을 할 것이요, 제일 많이 들은 것이 무엇이냐고 물으면, 민주주의라고 대답하기를 서슴지 아니할 것이었다"[231]라고 서두를 떼면서 채만식은 민주주의라는 말이 함부로 쓰이는 현상을 지적한다. 물론 작가가 더욱 개탄하고 비판하는 것은 민주주의라는 말을 내세우며 정상배들이 타락을 자기합리화하는 태도다. 적산 관리인, 군정청 관리, 경찰, 미군 통역, 친일파 등이 서로 덮어주고 감싸고 도와주면서 저지르는 온갖 부정부패가 통하는 것은 바로 "민주주의 때문"이라는 것이다. 영호가 일하는 여관의 단골손님인 눈딱부리와 빈대머리는 군정청 관리와 미군 통역을 끼고 미국인에게 술과 돈과 여자를 안겨가며 불하를 받아 폭리를 취하는 도적으로 묘사되었다. 소설 맨 끝에 가면 이들은 잔뜩 술에 취해 영호에게 색시를 불러오라고 하면서 느닷없이 공산주의에 대해 욕한다.

  "몰라? 너 공산주의 몰르냐?"

---

231) 위의 책, p. 350.

"몰라요."

"저기, 경상도서랑, 아랫녘(全南)서랑, 들구 일어서서, 사람 죽이구 관공서 부시구, 불지르구, 그리구 이완용이가 일본에다가 조선 팔어먹드끼, 노서 아에다가 조선 팔어먹을라구, 그 야단 꿰미는 공산주의 몰라? 즈 여편네 를, 친구허구 노놔 데리구 사는 공산주의 몰라? 몰라? 몰라? 물……"

마지막, 혀가 아주 꼬부라지더니, 개개 풀린 눈을 스르르 감으면서 그대 로 방바닥에 가 쓰러진다.[232]

작가 자신이 부정적으로 생각하는 인물의 입을 통해 사회주의라든가 공산주의를 비판하게 하여 양비론을 취하는 방법은 일찍이 장편소설 『천 하태평춘』(『조광』, 1938.1~9)과 단편소설 「치숙」(『동아일보』, 1938. 3. 7 ~14)에서 구현된 바 있다. 미소공동위원회의 결렬이라든가 이승만과 박 헌영의 대립을 심각하게 보고 있는 점에서 좌우합작론의 기미도 나타난 다. 빨치산으로 가버린 아들을 하염없이 기다리는 인물을 설정하고, 좌익 운동가를 연민의 눈길로 바라보고, 미군정청 관리를 끼고 도는 정상배의 타락을 냉소하는 것으로 결말 처리한 점에서 이 소설은 우익비판으로 기 울었다고 할 수 있다. 채만식은 광태에 속하는 행태를 보이는 인물을 가 장 날카롭게 비판했다.

김송의 「병아리」(『예술조선』, 1948. 1)는 징용장을 받은 소설가의 경우 를 그렸다. 시국 풍자소설을 쓰긴 했으나 발표는 하지 못한 회사원이 결 혼한 지 반년도 안 돼 징용장이 나오자 칭병하고 가지 않는 도중 병아리 를 키운다. 병아리가 닭장을 더럽히자 닭의 눈은 험악해지고 그러한 닭의 모습이 징용을 권하는 회사 내의 일본인 주임과 비슷해진다고 생각되자 목을 졸라 죽인다. 그리고 아내와도 이별하고 만주로 도망간다.

---

232) 위의 책, p. 408.

김동인의 「續·亡國人記」(『백민』, 1948. 3)는 「亡國人記」(『백민』, 1947. 3)의 속편이다. 「망국인기」는 수십 년 동안 소설 쓰기에만 정진해왔었고 정치적 야심이나 모리적 야망에 거리를 둔 자신이 집 한 채 없이 쩔쩔매는 현실을 개탄하던 차에 1920년대에 조선어를 사수하고 일제 말기에 검열 완화를 위해 노력한 공을 인정하여 군정청 광공국장이 일본 큰 회사의 사택 중 한 채를 선택하게 하여 실로 30년 만에 대접받았다고 만족해한다는 내용이다. 이러한 내용은 김동인의 수필 「韓人이기에」(『가정신문』, 1946. 4. 7)의 내용을 그대로 옮겨놓은 것에 불과하다. 「속·망국인기」는 김동인이 김구 추앙의 길로 들어섰음을 일러준다. 광공국장의 주선으로 집세는 김동인이 내기로 하고 1945년 11월에 넓은 집에 들어가는 데서 이야기는 시작된다. 그 큰 집에 들어가 느끼게 된 약간의 무서움은 소설 집필 계획을 세워 잊어버리게 된다. 한일합방 이후 조선이 걸어온 길을 김구 상해 임시정부 주석을 주인공으로 하여 일종의 조선독립사를 엮어볼 계획도 세워보았고 고구려와 백제와 신라의 관계를 그린 "진역삼국지(震域三國志)"를 쓸 생각도 해본다. 그런데 근처의 일인가옥은 다 24군에서 거두어들인다는 군정청 명령이 내린다. 김동인이 진정서를 내었으나 중간에서 조선인 관리가 미국인 관리에게 전달하지 않는다. 김동인은 이런 관리나 통역자를 "망국인 근성"의 소유자라고 지탄한다. 미군을 향해서는 왜 이땅에 와서 민족애도 단결력도 없고, 서로 깎고 할퀴기만 하는 조선인 망종만 상대하느냐고 속으로 나무란다. 이 소설은 이렇게 끝난다.

다만 내게 있어서 그냥 아깝고 애석한 것은, 조용히 글쓸 방을 잃고 그 때문에 수十년 숙망을 그냥 보류해 두지 않을수 없는 일이오.

내 나히 벌서 마흔여듧—평소에 병많고 약하여 언제 죽을지 모를 몸이, 평생 벼르던 글을 쓸 기회를 또 잃은 일이오.

그러나 엎허져도 망국인, 자빠져도 망국인—이 망국인이 망국기록 하나를 더 쓰면 무얼하고, 이 망국의 호화롭던 예전의 꿈이야기 한토막을 쓰면 무얼하리오.

다만 망국한을 그냥 홀로히 울고있을 밖에는 없을 것이오.[233]

거처할 집이 하루아침에 없어져 집필할 수 있는 공간이 사라지고 소설 창작 계획이 무산되자 김동인은 좌절감에 빠진다. 그런데 김동인은 이 좌절감을 조선인은 망국근성의 소유자라고 격분하는 것으로 대치시킨다.

손소희의 「梨羅記」(『신천지』, 1948. 4)는 독립운동가와 그 아내의 변화를 그렸다. 이영은 독립운동 혐의로 잡혀가 감옥살이하던 중 3년 후에 어디론가 사라져버린다. 아내 리라는 경찰로부터 압박과 감시를 받다가 늑막염까지 앓게 된다. 6년 후에 리라가 친구의 소개로 만주에 있는 여학원 교사로 가 가사와 재봉과 수공을 가르치며 생활할 때 접근하는 남자 교사에게서 남편 이영이 XX국 사관학교 졸업반이라는 소식을 듣게 된다. 남편은 독립운동가에서 일본군 장교로 전향한 것 같다.

김동인의 「김덕수」(『대조』, 1948. 8)는 일제 때 조선인 악질 형사를 주인공으로 한 반성소설novel of reflection이다. 일제 때 조선인 악질 형사 김덕수는 해방 후에도 계속 경찰에 남아 있다가 수뢰 혐의로 감옥살이하며 "민족의 채찍"을 달게 받겠다는 각오를 내보인다. 일제 때 판사였으며 해방 후에는 변호사로 일하는 '내'가 주인공 김덕수를 대상으로 관찰자와 비판자와 조력자의 역할을 겸한 초점화자가 되고 있다. 일제 때 한동네에서 살며 남편은 고등계 형사요 아내는 애국반장으로 동네를 누비던 김덕수 내외는 해방 후에도 우연히 한동네에서 만나게 된다. 김덕수는 소학교를 졸업하고 경찰서에 소사로 들어간 후 계속 노력하여 형사로까지 승차한 인물로 "고문(拷問)의 명수, 자백 자아내는 명인"[234]으로 악명이 자자하

---

233) 『백민』, 1948. 3, p. 109.
234) 『대조』, 1948. 8, p. 116.

다. 특히 그는 사회의 명사들에게는 반항심과 증오심을 품고 아니꼬운 인물 한 명을 붙잡아 "음모사건"을 만들어내는 솜씨를 발휘하곤 하였다. 오히려 남편의 업적을 칭찬하고 돌아다니는 김덕수 아내는 애국반장 일 중에서도 물자배급 같은 일은 가급적 공평하게 처리하여 남편과는 달리 비교적 좋은 평판을 얻었다. '나'는 국가 해방 직후에 김덕수가 장정들로부터 몰매를 맞은 후 동네에서 사라진 것을 보고 "국가 해방의 흥분의 시절에서"[235] 김덕수가 매 맞아 죽는다고 하더라도 대수로운 일은 아니라고 보았다. 그랬던 김덕수가 얼마 후 이번에는 군정부 경무부의 경부가 되어 '나'보다 이 동네에 더 빨리 이사 와서 살고 있다. '나'는 아무리 경찰의 전력자라지만 민족적 분노를 사고 있는 존재에게 다시 경찰 제복을 입힌 미군정 당국의 처사에 언짢아하면서 김덕수 같은 악질 형사가 살아나는 길은 또 경찰이 되는 수밖에 없는 것이 아닌가 하고 이해하기도 한다. 이미 김동인은 「속·망국인기」에서 조선인 관리를 제대로 하지 못한다는 이유로 미군정청을 비판한 바 있다. 김덕수 내외가 우리 앞에서도 일종의 우월감을 취하는 것을 보고 '나'는 일제 때에 태어나 일본 신민으로 교육받고 거기서 벗어나지 못하는 조선인이 최소 수백만 명이 되는 현실을 우려의 눈으로 본다. 이런 우려는 이미 「석방」(『민성』, 1946. 2)에서 표출된 바 있다. 김덕수는 내게 와서 일본인 경부의 피살 사건의 범인을 잡고도 묵살하는 상부를 두고 법치국가에서 이런 일이 있을 수 있느냐고 한다. 이번에는 일제 때의 악질 형사가 미군정청을 비난하는 일이 벌어진다. 이에 '나'는 "민족의 분노는 국법이 용인해야 하는 게오"[236]라고 응수한다. 그러고는 한일합방 후의 일본 제국의 만행에 대해 강의하고 나서 김덕수에게 한인이 되어라, 내 나라로 들어오라고 간곡히 요청한다. 작가 김동인은 진정한 해방은 앞으로 몇십 년이 흘러가야 할 것이라는 색다른 전망

---

235) 위의 책, p. 117.
236) 위의 책, p. 119.

을 제시한다.

　아아, 그러나 우리 나라 안에, 아직 진정하게 조국사상에 환원하지 못한
젊은이가 진실로 수百만명이 될것이다. 이들을 모두 내나라 내 조국의 백성
으로 환원시키려면 과거에 일본인이 우리를 일본인화 하려던 그만한 노력
과 그만한 날짜가 걸리어야 할것이다. 이 문제는 우리 건국에 지대한 과제
라 아니할수없다.
　지난날 일본인이, 조선의 三十살 이상의 사람은 다 죽은후에야 조선은 참
말로 일본제국의 一부가 될것이다 하였지만, 사실 해방 이후에 교육받은 아
이들이 이땅의 주인이된 뒤에야 비로소 이땅은 진정한우리 땅이 될 것이
다.[237]

　그런 후 김덕수는 나에게 자주 찾아와 조선학과 민족사상에 대해 배운
다. 군정 당국이 공산당 세력의 척결을 들고 나오자 덕수는 "좌익 극렬분
자"가 악질이라고 하면서 자백을 받아내려면 고문이 불가피하다고 주장
한다. 이에 '나'는 법률전문가적 입장에서 또 이성적인 지식인 입장에서
고문불가론을 편다. 김덕수가 자신의 일제 때의 고문대장의 이력을 자랑
하면서 고문의 필요성을 역설하자 '나'는 계속 인명의 지중함을 강조한
다. 김덕수는 "이 땅을 쏘련국 조선현(縣)으로 여기는 사람도 동포입니
까?" 하고 반문하면서 좌익극렬분자에 대해서는 "민족적 분노"를 지키는
차원에서라도 고문이 필요하다고 한다. 마침내 김덕수는 친일파 경찰의
고문 행위를 규탄한다는 도하 신문의 공격을 받고 또 며칠 후에는 어느
피의자로부터의 수뢰 사실이 보도되어 감옥에 간다. '나'는 특히 김덕수
의 일제 때의 행위에 대해서 "그가 일본인이라는 자각 아래서, 일본의 반

---

237) 위의 책, p. 120.

역자에게 좀 잔학한 일을 했다 한들 그것은 그리 욕할 배가 아니다"[238])라고 최소한도로 변호하는 태도를 보인다. 덕수의 변호를 맡기로 하고 면회하는 '나'에게 덕수는 "모르고서 나마 제가 전날 왜경의 一인으로 우리동포에게 지은 죄가 지대해요"라고 하면서 "민족의 채찍"을 달게 받겠다고 하고는 '나'의 변호인 제의를 완강하게 거절한다. 이 소설은 "그의 등에 내리는 민족의 채찍을 고요히 받고, 현재 형무소에 복역중이다"[239])로 끝맺음하였다. 일제 때 판사였으며 해방 후에는 변호사로 활동하는 '내'가 김덕수의 일제 때의 행위에 대해서는 대수롭지 않다든가 용서할 수 있다든가 하고 변호를 맡기로 한 것으로 그린 점에서 작가 김동인의 한계가 드러났다.

박계주의 「地獄의詩」(『민성』, 1949. 8~9, 1949. 11)는 소설가 석천이 징용제도가 실시된 1944년 5월에 종합지 편집 사원 P군인 '나'에게 보낸 편지의 내용을 프롤로그로 삼고 "슬픈 해방"이라는 소제목 아래 석천의 편지를 받았던 1944년도의 잡지 편집자의 고민과 해방 후 석천의 행방을 수소문한 결과를 내면 토로에 적합한 서간체로 적어놓았다. 석천은 극도의 생활난으로 고생하면서도 시국소설 따위는 쓰지 않았다가 폐렴에 걸린 세 살짜리가 돈이 없어 주사 한 대 맞지 못하고 죽자 마음을 바꾸어 화북전선 황군위문대 파견 교섭에 응하여 중국에 갔다가 행방불명된다. 위문대 대열에 끼여 중국으로 갔다가 연안이나 중경으로 탈출하려는 계획을 갖고 아내와 의논 끝에 아내는 평양에 남겨두고 떠나간 석천은 해방 후 태행산맥 팔로군 전투구의 조선 의용군 주둔지에 들어왔다가 스파이 혐의를 받고 어디론가 도망쳤다는 것이다. 작가 박계주는 '나'의 눈을 빌려 해방 후 1년의 변화를 조선 민족의 광태와 추태가 판치는 난세로 표현하였다.

---

238) 위의 책, p. 123.
239) 위의 책, p. 124.

날은 흘러갔습니다. 파당과 중상과 지위다툼과 사욕과 아첨과 모해
와……그러한 이조오백년간의 위대한 썩은 피를 송두리째 계승해 온 조선
민족의 성격도 나라해방과 함께 해방되어 변태에 가깝도록 그 본색을 제
멋대로 들어 내어 혹은 정치상인(政治商人)도 되고, 혹은 외국의존의 사대광
(事大狂)도 되고, 혹은 탐관오리와 모리배도 되어 제 각기 조선을 헐고 무너트
리는 건국(?)에 일로매진하며 피의 춤을 추는 속에서 해방 아닌 해방의 제
일년은 지나갔던 것입니다.[240]

1946년 8월 하순께 석천의 고향으로 가 그의 방에서 그의 일기 뭉치를
발견한다. 석천은 팔로군을 탈출하여 산골짜기를 넘어 중경을 향해 가다
가 어느 절간에서 자신을 오랫동안 정성껏 치료해준 미모의 여인과의 사
랑에 빠진다. 석천의 일기가 중단되면서 박계주의 소설도 중단되고 말
았다.

이석징(李石澄)의 「限界」(『문학』, 1948. 7)의 중심사건은 준식에게 정신적
으로 기댄 허민의 항일투쟁과 변절과 자살에 이르는 과정에서 찾아야 한
다. "一九四六년 四월 초순 해방된 이 나라에는 다시 일본 제국주의 폭압
에 못지않은 좌익 탄압이 시작되었던 것이니 이것은 민주 진영을 파괴하
기 위한 일본 제국주의가 버리고 간 그들의 의붓 자식들의 음모에서 나온
것이었다"[241]라고 할 만큼 1946년의 정국을 좌익 탄압으로 파악하고 있
는 준식은 1년 전에 소위 "대구 공산주의자협의회" 사건에 연루되어 4년
언도를 받고 복역 중 척추 카리에스라는 난치병으로 형 집행 정지가 되어
나와 있었다. 이 소설은 공산주의자가 친일문인을 가급적 이해하고 용서
하려는 자세를 기조로 삼고 있다. 허민은 대동아전쟁기에 『聖戰禮讚』이란

---

240) 『민성』, 1949. 9, p. 90.
241) 『문학』, 1948. 7, p. 43.

시집을 내어 총독상을 받았고 문인보국회(조선문인협회의 후신) 적극 활동, 황민화 정책 지지 연설, 창씨개명 단행 등의 친일 행적을 보인다. 준식은 카프 맹원이었고 전주 형무소에 다녀온 형의 출소 때와 몇 년 후의 장례식 때 허민을 만났다. 그리고 허민은 일본 오키나와가 함락된 1945년 5월에 자살하면서 준식에게 편지를 보낸 것이다. 준식은 허민이 변절 문인으로 부끄러워 자살한 것으로 알고 그 누구도 일방적 매도를 할 자격이 없다고 생각한다. 준식은 한 달쯤 지나 충청도 B읍에 내려가 허민의 아내가 건네준 허민의 유서를 받아 공개한다. 허민은 자신이 카프문인으로 출옥 후 변절하게 된 이유를 고백하였다. 허민은 몇몇 카프의 주장(主將)들이 출옥 후 카프를 비판하고 변증법적 유물론의 창작 방법을 비판하면서 군용달 상인이나 광산 브로커로 전락하였다고 폭로한다. 상황은 변해가는데 조선 문인들은 무기력한 양심이나 지성을 내세우면서 일제에 대한 비협력을 표시하는 것만으로 조국에 대한 의무를 다했다고 할 수 있는가 하는 의문을 갖게 되었다. 오히려 일본에 적극 협력하는 것이 우리 민족을 영원한 파멸과 일본의 총칼에서 구해낼 수 있는 것이라는 발상에 도달하게 된다. 허민은 이런한 발상을 당시 조선인들에게 연설하고 다니기도 하였다고 한다. 허민은 유서의 끝에 가서 자기의 묘비에 내 무덤에 침을 뱉으라는 구절을 넣어달라고 하였다.

전홍준의 「蠢動」(『개벽』, 1948. 9)은 입으로만 반성하겠다는 친일문인의 행태를 파헤쳤다. 주간신문사 편집자로 입사한 현호에게 편집국장 정태민은 과거의 잘못을 털어놓는다. 정태민은 함경북도 출신으로 일본에서 중학을 졸업하고 만주로 가 일본인의 박해를 받은 끝에 오히려 일본인이 되기로 하여 일본 여자를 아내로 맞고 오족협화회에서 어떤 공로자의 전기를 써서 유명해진다. 그 후로 오족협화회의 어용작가가 된다. 아내 에미꼬와 호텔에 있으면서 협화정신과 성전을 선전하는 글을 쓰다가 해방을 맞는다. 그는 전재민의 자격으로 아내 에미꼬와 딸 도시꼬를 데리고

20년 만에 고향인 함경북도로 돌아와 남선을 거쳐 일본으로 건너갈 준비를 하고 있던 중 신생활사에 들어오게 된 것이라고 하였다. 정태민은 여기까지 털어놓고는 자기는 진정으로 조선 사람이 될 것이라고 하면서 현호에게 협조를 부탁한다. 옆에 있는 김선생이 군정을 지지하는 신생활사와 사장에게 절대 복종하는 정태민을 조심하라고 일러준다.

이 신생사는 주간신문 신생활이외에 여러문화에 관한 부정기간행물을 속속 출판했는데 그 내용을 보면 거개가 전부 일제시대에 변절한 소위 친일작가들의 손으로 된 저서들이 대부분이었다. 우선 여기서 처음으로 출판한 것은 가야마 다로(香山太郞) 이춘호의 참회소설『나라는 사람』三부작이었었는데 이것이 한번 세상에 나오자 일주일도 못되어 전부 매진되고 말았다. 뒤이어 이춘호의『수필집』그외에 최하선 등의 번역물과 저서의 출판을 계획중에 있었다.[242]

신생사에 출입하는 이춘호·허영순 부처, 최하선이 누구를 가리키는지 쉽게 짐작할 수 있게 만든 점에서 풍자소설이 되기도 한다.[243] 특히 이춘

242)『개벽』, 1948. 9, p. 131.
243) (1) 해방 후 이광수는 자전소설『나·소년편』(생활사, 1947. 12), 수필집『돌베개』(생활사, 1948. 6),『나·스무살 고개』(박문서관, 1948. 10),『나의 고백』(춘추사, 1948. 12) 등을 발표했다. 1949년 1월 12일에 육당과 함께 반민족행위처벌법(1948. 9. 22)의 피의자로 서대문 형무소에 수감되었으나 1949년 8월 29일 반민특위 불기소 처분으로 자유로운 몸이 되었다. (한승옥 편,『이광수 문학사전』, 고대출판부, 2002, pp. 774~75)
(2)『나의 고백』은 "민족의식이 싹트던 때" "민족운동의 첫 실천" "망명한 사람들" "기미년과 나" "나의 훼절" "민족 보존" "해방과 나" "친일파의 변" 등으로 구성되었다. 이광수는 서문에서 "「친일파의 변」은 내게 직접 관계된 일은 아니어서 제 삼자의 처지에서 쓴 것이지마는 이 글을 쓸 의무를 느꼈다"고 하면서 친일파를 변호하는 태도를 취했다. 「친일파의 변」의 주요대목을 추리면 다음과 같다.
"반민법의 대상이 되는 자의 수효를 명지(明知)할 길은 없으나, 어림으로 보아서 만으로 세일 것이오, 그 가족을 합산하면 본법의 영향이 미칠 자가 수십만에서 불하(不下)할 것이니, 이는 수십만의 남한 주민이 건국 대업에 협력할 자격을 상실하고 반민족적 죄인의 낙인을 받게 되는 것이어서, 신건국가(新建國家)의 실력을 감쇄(減殺)함이 저 일이 정당의 불

호 부부가 왕림하면 사장과 정태민은 상기된 얼굴로 이들을 환대한다. 정태민은 어느 원고에서든지 "강도 일본", "야만 일본" 등과 같은 표현에서 "강도"라든가 "야만"을 지워버리곤 한다. 결국 현호는 김장 수당을 요구하는 직공들의 편을 들어준 것이 문제가 되어 회사에서 쫓겨나고 만다.

박노갑의 『四十年』(육문사, 1948)은 1905년에서 1947년까지 주인공 황찬의 삶을 규정하고 억압하고 유린한 일제강점사를 작가 나름대로의 시각으로 바라본 결과를 남기고 있다. 이 소설은 외채의 침입으로 인한 조선 지주와 농민들의 몰락, 서당 교육의 지속세, 신작로와 자동차의 출현, 기미독립만세 사건, 조선인 순사들의 조선인 탄압상, 황찬 동맹 휴학 적극 참여, 동경 유학, 조선인에 대한 차별과 감시 체험, 졸업후 낙향했다가 다시 상경하여 신문사 취직, 손기정 선수 기사화 과정에서 일장기 말소 사건으로 신문 폐간 조치, 출판사 근무 중 사상운동 혐의로 수감, 석방 후 낙향하여 선비 농사 진력, 상경하여 S여학원 교사 취직, 정신대 차출 명령

협력에 비할 것이 아닐 것이다. 하물며 반민법의 대상이 되는 자는 대체로 유식 유산 계급이요, 각방에 기능과 경험을 가진 자들인 것을 생각하면 이들의 협력을 국가가 거부하기 때문에 받는 국가의 손실은 실로 막대하다 할 것이다. 일반에서는 그들이 조직된 다수가 아니요, 산재한 무저항의 개인이기 때문에 영향을 과소하게 평가하는 것 같다." (pp. 263~64)

"그러므로 좌익에서 친일파 숙청을 주장하는 것은 그것이 유산 유식계급 숙청이기 때문에 당연한 일이겠지마는, 우익을 주체로 하는 대한민국의 국회나 정부로서 소위 친일파를 숙청한다는 것은 결국 자기 진영의 전투력을 제 손으로 깎는 결과가 될 것이니, 설사 그 숙청이 절대불가피한 성질이라 하더라도 좌우, 남북 대립 중에 이 일을 하는 것은 심히 부득책이라 아니할 수 없다." (p. 265)

"민족대의로 말하면, 지난 삼 년간의 친일파에 대한 설주필주(舌誅筆誅)의 통고도 이미 삼 년 징역의 통고만은 할 것이요, 또 반민법의 제정으로 민족 대의의 지향을 명시하였으니, 이제 더 추궁함이 없이 망각법을 결의하여 써 민족 대화를 회복하고 민족 일심일체의 신기력을 진작함이 현명한 조처가 아닐까. 형벽지문(刑辟之門)에는 충신이 아니 난다 하였으니 형벽은 일인 뿐 아니라, 일가 일족의 충을 막게 된다는 뜻이요, 중상지하(重賞之下)에 필유용졸(必有勇卒)이라는 것은 은혜를 베푸는 것이 충용을 고무한다는 뜻이니, 친일파 운운을 한번 척탕(滌蕩)함이 민심에 미치는 호영향이 불소(不少)하리하고 믿는다. 화(和)는 힘이다." (pp. 266~67)

(이광수, 『나/나의 고백』, 우신사, 1985, pp. 263~67)

거부, 일본 항복, 해방 정국 혼란상, 황찬과 조카 춘수의 정치 토론 등으로 구성되어 있다. 가난, 동맹 휴학, 수감 생활, 해방 직후의 기대 등과 같은 황찬의 개인사를 엮어놓으면서 동시에 한국의 20세기 전반기의 오욕과 고난의 역사를 압축해서 보여주기도 한다. 춘수가 지금 우리나라 노동자들이나 농민들은 일을 제대로 하지 않고 정객들은 당파 싸움에만 몰두하는 식으로 건설은 없고 파괴만 있으니 독립이 올 리 없다고 하자 황찬은 노동자와 농민은 최소한의 여건만 만들어주면 일을 하게 되어 있다고 응수한다. 황찬이 남북을 통일한 정부를 세우는 것이 진정한 독립의 급선무라고 주장하는 것에 춘수는 통일정부 수립은 현재로서는 찬탁론과 연결될 수밖에 없으며 희망으로 끝날 수도 있다고 하였다. 『사십년』은 "그들은 웃고, 다시, 통일정부수립만세! 자주독립만세를 목이 쉬도록 불렀다. 열망이 크지 않은 것도 아니었다. 가망이 없는 것도 아니었다. 그러나 혼돈한 국내외 정세는 천구백 사십 칠년 오늘도 마찬가지였다. (1947년 8월)"와 같이 주인공 황찬의 생각과 열망을 지지하는 식으로 결말 처리되었다. 비극적인 과거보다는 혼란스러운 현재에 더 큰 관심을 가진 것으로 파악된다.[244]

강형구의 「早春」(『문학』, 1948. 7)은 보잘것없긴 하지만 올곧은 삶의 자세를 취한 촌로를 그려내고 있다. 3·1운동 때 만세를 불렀다가 일본 경찰의 총에 맞아 양볼이 움푹 파여 "만세참봉"이란 별명을 얻게 된 조순집은 일제 말기에 아들은 징용 나가고 자신은 호국대에 끌려가 일본군과 경찰에게 구타당하기도 한다. 해방이 되어 젊은이들이 농민조합 지도자로 모시는 것도 거절하고 전직 면장이 재빨리 변신하여 만들어낸 애민회의 가입 요구도 거절하였다. 일제 치하에서 고통받은 것에 대한 보상심리도 넘어섰고 기회주의적 처신도 극복했다. 「조춘」의 조순집이나 허준의 「잔

244) 조남현, 「해방 직후의 "역사" 표제 소설 연구」, 『한국현대문학사상의 발견』, 신구문화사, 2008, pp. 158~62.

등」의 주막집 할머니나 일반적인 좌익작가의 인물 창조 방법과 거리가 있다.

(3) 월남 모티프의 현실 반영성과 예시성(「낙조」「재회」)

김송의 「貞任이」(『백민』, 1948. 1)는 삼팔선 이남으로 넘어오는 것을 중심사건이요 원인적 사건으로 삼았다. 정임은 16년 전에 만주로 간 남편이 해방이 되어 남쪽에 와 있다는 소문을 듣고 월남행을 결심한다. 정임보다 3년이나 아래인 남편은 "식민지 교육 반대"를 내걸고 동맹 휴학을 선동한 죄로 두 번이나 정학을 당하고 졸업한 후에도 반일운동에 가담한 혐의로 체포되었으나 탈옥하여 만주로 갔다. 정임은 남편 친구 창식의 적극적인 애정공세도 뿌리치고 동경 양재학교에서 공부하고 돌아와 교편 잡던 중 해방이 되어, 토지개혁령으로 그나마 있던 땅도 다 빼앗기고 만다. 창식은 일제 말기엔 국방복 입고 대일협력 전선에 나서더니 해방되자 공산주의자로 돌변하였다.

박은 「임정」(金九主席一行)과 함께 서울에 돌아왔다는것, 그 후 그들은 반탁(反託)진영에 가담한 반동파인 까닭에 앞으로 인민의 정부만 서게되면 인민재판에 회부될것이라고—.
「인제 미소공위(第二次 美蘇共同委員會)만 성공되여 우리의 민주정부가 수립되면 그때에는 그들은 국외로 추방당하는것을—」 창식은 열변쪼로 입에거품을 물고 장황이 찍거렸다.[245]

임시정부에 섞여 서울로 돌아온 남편을 만나기 위해 정임은 딸을 먼저 월남시키고 한탄강을 건너올 때 돈 5만 원 지키려다 소련군에게 몸을 허

---

245) 『백민』, 1948. 1, p. 96.

락한 후 임신하고 만다. 정임은 애를 낳기 위해 성모병원에 입원했다가 남편을 만난다. 남편은 불의의 씨지만 애를 낳으라고 하는 대범함을 보인다. 남편의 이러한 태도는 임정파의 포용력을 상징한다. 정임이 겪은 토지개혁령, 소련군 병사의 강간, 임신 등의 사건들은 반공이념을 정당화시켜준다.

최태응[246]의 「彌阿里 가는 길」(『구국』, 1948. 1)은 월남민의 고생의 한 원인이 해방 후 모리배가 된 친일파의 횡포에 있음을 일깨워주었다. 적산가옥을 재빨리 접수하고 장사하여 부자가 된 용근이네 집에 있던 월남민 종구는 아무 대책 없이 나와버린다. 용근이는 나 같은 친일파요 민족반역자에게 방을 빌려 살고 종종 쌀되나 꾸어 살던 "사상가 친구"를 한껏 조소한다. 아내와 함께 전재민 수용소로 간 종구는 자신은 친일파는 아니지만 그렇다고 사상가도 아닌 것으로 생각한다. 종구는 해방 후 1년 동안 북한에 있을 때는 공산당에 가입하지 않았지만 반공전선에 선 것도 아니었다. 일본은 얄밉고 불쌍하고 붉은 군대의 행태는 너절했다는 생각을 하면서 남쪽으로 온 종구에게 구역질 나게 하는 동포들이 너무 많았다. 작가 최태응은 월남민 종구를 통해 용근이같이 해방 후 재빠르게 변신한 친일파를 가장 문제시하였다. 월남하여 한 달도 못 되어 세상을 떠난 어머니의 관을 싣고 미아리 공동묘지로 소달구지를 몰고 가는 도중에 돈암동 네거리에서 종구 내외는 용근이 처를 만나게 된다. 용근이 처는 남편이 모르핀을 다룬 죄로 경찰에 체포되었다는 소식을 전하며 석방되도록 힘써 달라고 한다. 그러자 종구 아내는 개 같은 년이라고 욕하고 종구는 다른 사람에게 부탁하라고 좋은 말로 답한다.

<hr />

246) 황해도 은율에서 출생(1917), 휘문고보 졸업, 경성제대 예과 수학 중 정학, 도일(1932), 풋볼로 인한 관절탈구로 10여 차례 수술, 18개월 입원(1934), 「바보 용칠이」 등으로 『문장』을 통해 등단(1940), 일본대학 문과 수학(1941), 월남, 『민주일보』 정치부장, 『민중일보』 편집부장(1945~1948), 종군작가단원으로 활동(1950), 미국으로 이민(1979)(『한국단편문학 5』, 금성출판사, 1987, pp. 475~76).

최태응의 「白夜」(『해동공론』, 1948. 4)는 월남한 문인과 극장에 미친 농촌 청년의 시선을 통해 해방 직후의 군상의 모습을 그려놓았다. 친일과 애국을 오가는 배우, 비참한 댄서들, 입으로는 공익을 말하면서 적산 챙기기에 바쁜 정상배와 모리배, 신탁통치를 반대하는 삐라를 뿌리는 청년 등의 모습이 포착되고 있다.

　최태응의 「越境者」(『백민』, 1948. 5)는 해방 후 소련군 통역자 노릇을 한 것을 자책하는 목사를 주인공으로 삼았다. 일제 때 만주에 살면서 목사로 존경받던 '그'는 영문 성경으로 설교할 정도였으며 만주에 가서는 중국어와 소련어를 익혀 새로운 시대를 대비하였다. 그는 해방이 되자 귀국하여 고원 소련군부에서 통역 일을 보다 서울로 갔으나 다시 월북하여 학현으로 가다가 고의로 북한 보안서원에게 잡혀 해주에서 소련군 통역 노릇을 하는 어수선한 행태를 보인다. 그러다가 소련군의 핍박을 견디지 못하고 소련병대를 탈출하여 삼팔선을 넘어 서울로 왔으나 이틀 후 탑골공원에서 소련병대 통역자 이력 때문에 우익 청년들에게 테러를 당한다. 그는 통역으로 있을 때 되도록 동포들을 도와주려 한 은공도 모른다며 분개했지만 단순한 장사꾼들이건 지식 청년들이건 자기를 좋게 볼 리가 없지 않겠느냐고 깨닫게 된다. 작가는 해방 후 잠시 소련군부 통역 노릇했던 것을 자책하는 목사는 용서의 눈길로 본 반면 만주에서 헌병대 밀정으로 많은 동포들을 괴롭혔던 자들이 해방 후 남한으로 와서는 출판사 사장이나 신문사 사장이 되어 활보하는 것에는 격분한다.

　채만식의 중편소설 「落照」(『잘난 사람들』, 민중서관, 1948)는 「민족의 죄인」과 비슷한 시기에 씌어졌다. "이승만 대통령"이란 단어가 나온 것을 보면 『잘난 사람들』이란 소설집은 1948년 8월 이후에 간행된 것임을 알 수 있다. 「민족의 죄인」이 친일의 문제에 대한 대화체와 토론체를 담은 것처럼 「낙조」도 대화체와 토론체를 통해 남북분단, 좌우이념, 통일, 민족적 주체성 등의 문제를 다루었다. 초등학교 송선생 집안의 해방 후의 몰락 과정을 보여준 1장, 황주 아주머니의 눈물 어린 치산담을 들려준 2장, 황주 아주머니의 이승만 정부 지지와 아버지의 시니시즘 사이의 대립상에 이어 황주 아주머니의 몰락담을 들려준 3장, 국방경비대 소위인 황주 아주머니 둘째 아들 박영춘의 외국군 철수론, 통일지상론 등의 이상론을 볼 수 있는 4장, 황주 아주머니의 막내딸로 양갈보가 된 춘자와 송선생의 대화를 중계한 5장으로 구성되어 있다. '나'(송선생)는 황주 아주머니의 큰아들의 내선일체론에 뿌리를 둔 경찰로서의 야심담을 들을 때는 초등학교 선생으로 만족해하는 자신을 부끄럽게 생각했고, 국방경비대 소위인 스무 살밖에 안 된 재춘이 외국 군대 철수론을 펼치며 민족 통일에 자신감을 드러내는 것을 보면서 범속하고 용렬한 자신을 발견하였고, 양갈보로 임신 중인 춘자를 나무라고는 당신처럼 민족적 정신 매음은 하지 않았다는 욕을 듣자 잘못했다고 사과한다. 해방 직전 황주에 가서 만난 제자 최군으로부터 일본의 항복 선언이 가까웠다는 것과 중국 연안의 독립동맹이라는 적색 해방투쟁단체와 여운형이 연결되어 있다는 것 등을 들으면서 최군이 시국과 세계 대세에 대해 많은 정보를 갖고 있음을 확인하고는 조선의 어린아이들에게 내선일체나 가르치고 황국신민의 서사나 외우게 하는 자신이 비루하고 무력한 인간에 지나지 않는다고 느끼기도 했다. 일제 때부터 해온 국민학교 교사를 그야말로 천직으로 알고 해방 후에도 계속하는 '나'는 해방 전 조선인 경관, 해방 후 국방경비대 장교, 해방 후의 양갈보 그 어느 존재도 압도하거나 설득하지 못하는 존재로 그려져 있다. 집안 살림이 궁색해져 씀씀이를 줄이고 친구, 술, 풍월, 유람을 줄이거나 끊고 살아야 하는 아버지의 은근한 압력도 물리친 채 '나'는 우리나라의 일꾼을 가르치고 지도하는 것을 자랑스럽게 생각하는 일을 포기하지 않았다. 아버지의 태도는 황주 아주머니처럼 주견이 뚜렷한 사람의 그늘을 더욱 잘 보여주는 효과를 빚어내기도 한다. 어머니와는 열두촌이 넘는 황주 아주머니는 34세에 과부가 되고 네 아이를 데리고 서울에 왔을 때 어머니의 도움으로 계동에 집을 얻어 열두 해 동안 하숙을 쳐서 어느 정도 재산을 만든 후 황주로 가 아이들을 기르고 교육시켰다. 21세에 중학을 마친 큰아들 재춘은 순사 시험에 합격하여 5년 후에는 부장이 되어 이웃 고을 중화경찰서에 근무하였다. 해방되기 한 달 전에 '나'는 은율의 처갓집에 다녀오다 황주에 들러 박재춘으로부터 대접을 잘 받고 경부보로 승진하여 3년간 경제계 주임으로 앉은 그가 얼마나 축재를 많이 했는가를 알고 놀란다. 고랫등 같은 집을 가득 채운 생필품과 진품들, 넓은 사과밭과 상답 4천 평이 눈앞에 펼쳐졌다. 그는 술자리에서 조선 사람은 일본과 떨어져서는 살 수 없다고 하면서 고문 시험을 패스하여 40세가 되기 전에 경시까지 올라가겠다고 야심만만해하였다. 제자 최군은 황주 인근 사람들치고 박재춘을 미워하지 않는 사람이 없다고 하면서 박재춘의 재산은 모두 빼앗은 것이라고 귀띔해주었다. 해방이 되자 박재춘 부부는 황주의 어떤 동네에서 처참하게 죽음을 당하고 황주 아주머니는 전 재산 몰수와 추방령을 받아 현금 10만 원만 지닌 채 아들 영춘을 데리고 월남하였다. 그 후로 황주 아주머니는 공산당, 좌익, 빨갱이를 불구대천의 원수로 삼는다.

'나'와 박영춘의 대화 부분에서 1920년대부터 여러 편의 문제작을 써온 작가 채만식의 날카로운 안목을 실감할 수 있다. 진고개의 헌 책사를 들러 명동 거리를 내려오던 '나'는 군복을 입은 국방경비대 소위 복장을 한 영춘을 우연히 만나 골목 안의 다방으로 들어가 여러 이야기를 나눈다. 영춘은 자기 엄마가 큰아들 살해와 재산 몰수라는 결과를 가져온 북한에 복수심을 가진 것에 동조할 수 없다는 의외의 말을 꺼냈다. 또 영춘은 대통령이 된 이승만 박사가 북조선을 치라고 하면 우리 국방경비대가 선봉에 서서 삼팔선을 넘어가야 할 터인데 그때 죽을 염려가 있으니 빨리 국방경비대에서 나오라고 어머니가 압력을 가하는 것도 듣기 싫다고 한다. "내 아들은 죽을까 무서니깐 슬며시 빼돌리구, 남이 피 흘려주길 기대려

가만히 앉았다 원술 갚구, 재산을 도루 찾구 하는, 덕만 보자는 교활하구 이기적인…… 그렇잖아요, 형님? 형님은 오마이의 그런 맘상과 행동에서, 조선 사람 전체에 배있는 망국 민족의 기질을 발견하신다구 생각지 않으시나요?"[247]라고 하며 형은 자기가 저지른 죄과의 당연한 대가를 치른 것이라고 하고 빼앗긴 재산을 도로 찾겠다는 것은 죄라고 한다. 비록 한 작중인물의 입을 통해 나온 것이긴 하지만 이기심은 "망국민족의 기질"임을 재확인하게 된다. 영춘의 곧은 태도를 기뻐하면서도 '나'는 영춘이 남조선이 북조선을 치는 것을 쉽게 가정하고 바라는 것을 불안하게 생각한다.

'남조선이 북조선을 치는 날이면?'
혹은 북조선에서 남조선을 먼저 칠는지도 모르는 것인데, 한번 사단이 이는 날 우리는 남북을 헤아리지 않고 대규모의 동족상잔, 골육상식이라는 피의 비극 속에 휩쓸려 들고라야 말 것이었다. 제주도의 사태가 전조선적인 규모로 확대가 되는 것이었었다.[248]

남북통일이 되어야 하는 것에는 절대 찬성이지만 피를 흘려야 한다는 것은 반대라는 '나'의 말에 영춘이는 피를 흘리더라도 통일을 하는 편이 낫다고 반론을 편다. 그리고 미군은 언제인가는 철수할 것이고 또 그래야만 한다고 하면서 진정한 독립은 외국 군대가 주둔해 있지 않은 상태에서의 독립이라고 한다. 영춘은 이승만 박사가 독립정부 수립 후에도 미군 주둔은 계속될 것이라고 말한 것은 소위 북조선 인민해방군이 남조선을 친다는 것을 가상해서 한 말로 해석된다고 하면서 어떤 체제가 되었든 같은 조선 사람한테 지배받으며 사는 것이 좋은지 외국 군대의 총칼 밑에서

247) 『채만식전집 8』, 창작과비평사, 1989, p. 397.
248) 위의 책, p. 398.

보호국 노릇을 하고 사는 것이 좋은 것인지를 묻는다. '내'가 영춘의 생각을 이상론이라고 지적하면서 "너나 나나 남조선이 북조선을 쳐 승릴 하길 바라구 또 그래야만 하긴 하지만, 지끔 남조선의 실력두 미지수, 북조선의 실력두 미지수, 따라서 승패두 미지수가 아닌가? 그러니 북조선을 쳤다 실패하는 날이면…… 이것두 한번은 생각해볼 문제가 아니냔 말야?"[249]라고 하자 영춘은 미국 남북전쟁과 우리의 삼국시대를 예로 들면서 어느 쪽이 이기든 조선은 남는 것이 아니냐 하는 의견을 내놓는다. 영춘은 자신은 반공주의자라고 강조하면서 "북조선정권이 제주도까지 오는 것이 모든 조건에서 대세라면 전 그것을 적어두 이론상으룬 승인을 해야 하는 거라구 생각해요"[250]라고 한다. 여기서도 영춘은 "어떤 방면에 있어서두 소련방의 간섭이나 그 제압을 받지 않는 완전 자주독립의 조선인민공화국이란 조건에서 승인을 하겠어요"[251]라고 한다. 대한민국도 정부를 만들었으니 만일 외국에다 나라와 민족을 팔아먹는 놈이 있다면 그런 놈을 먼저 때려죽이고 북조선을 침공하겠다고 호언한다. 송선생은 영춘이 내세우는 민족지상주의는 이상론에 불과하다는 생각을 떨쳐버리지 못한다.

드디어 남한 단독정부이긴 하지만 정부가 수립되고 한국의 독립이 선포된 1948년 8월 15일에 황주 아주머니네 갔다가 춘자를 만난다. '나'는 춘자의 잔뜩 부른 배를 보면서 혐오감을 억제하지 못하고 "차라리 죽어버리구 말지"라고 독설을 뱉는다. 그러자 춘자 입에서는 이 세상에 깨끗한 사람 별로 없다고 하면서 '나'를 친일 교사로 몰고는 자신은 정신적 매음은 하지 않았다, 민족을 팔아먹는 짓은 하지 않았다고 악을 쓴다. '내'가 춘자의 말에 일리가 있다고 생각하여 사과하자 춘자는 대성통곡한다.

249) 위의 책, p. 400.
250) 위의 책, p. 401.
251) 위의 책, p. 401.

'나'는 정원의 퇴색한 월계꽃에 석양이 드리워진 광경에 눈길을 주게 된다. "낙조"라는 제목은 황주 아주머니의 큰아들과 딸의 몰락을 가리키는 것으로 볼 수 있다. 낙조가 다음 날 일출로 어어지듯이 황주 아주머니의 막내아들 영춘은 형와 누나의 비극을 디디고 일어서서 새 시대의 주역이 될 수 있을 것으로 암시되고 있다.

김송의 「寒灘」(『백민』, 1948. 10)도 삼팔선을 넘어오다 실패한 인물을 제시하였다. 고아로 자라나 17세에 함경도 K고을 철도 공사판에서 큰 바위가 굴러 끝내 절름발이가 된 상록은 한약방에서 심부름꾼으로 일하게 된다. 약방을 상록에게 맡기고 서울 사는 아들 찾아 월남한 박의생의 뒤를 이어 상록도 월남행을 결심한다. 철원역에 내려 연천행 트럭을 기다리다 보안서원에게 끌려가 조사받고 풀려난 상록은 한탄강을 건너가는 도중에 멈추라는 경비병의 말을 듣지 않고 계속 가다가 총에 맞는다. 총을 쏜 파수병이 다가오자 약소민족의 슬픔을 털어놓고 눈을 감는다. 월남 모티프를 취한 작품은 적지 않지만 남하하다가 총에 맞아 죽는 장면을 설정한 소설은 찾기 어렵다.[252]

---

252) 정병준, 『한국전쟁─38선 충돌과 전쟁의 형성』, 돌베개, 2006, pp. 163~64.
　　「USAFIK, G-2 Weekly Summary, no.119(1947. 12. 26)」를 출전으로 하여 "한국으로의 귀환자 통계(1947. 12. 26 현재)"를 다음과 같이 제시하였다. 일본 111만 972명, 북한 54만1,330명, 만주(육로) 3만 4,461명, 만주(해로) 3,120명, 중국(해로) 5만 8,143명, 중국(육로) 1만 3,476명, 태평양 지역 1만 3,986명, 해양 지역 7,244명 (이하 생략), 『경향신문』(1948. 2. 1)을 인용하여 해방 이후 1948년 2월까지 북한·만주·중국에서 남한으로 귀환한 전재민 수가 206만 8천여 명으로 집계되었다는 미군정 통계를 제시했다.
　　"미소는 38선 월경을 엄격히 제한했지만, 경계선을 따라 띄엄띄엄 세워진 표지판이나 초소만으로 모든 교통을 차단할 수는 없었다. 미소 양군은 주요 간선도로에 설치된 이러한 초소들 사이로 순찰을 했지만 민간인의 왕래는 끊이지 않았다. 특히 2백만 명 이상의 월남 피난민·전재민·일본 귀환민 등을 수용해야 했던 미군정은 구호·식량·송환·위생·방역·수용시설 등의 문제로 어려운 입장에 놓였다. 미군정은 1947년 4월 이후 개성·청단·춘천·의정부·강릉·토성·동두천·주문진 등 10여 개소에 국영검역소(수용소)를 설치하는 한편, 38선 이북 지역에서 월남하는 모든 사람을 체포해 신원조사·수용하라고 경무부에 지시했다. 미군정은 1947년 5월 각 도 직영 전재민 수용소를 신설하는 등 월남민 처리에 곤혹스러워했다. 그중 54만에 달하는 월남민의 존재는 이후 한국정부에 국가·사회적 부담으로 작용하는 한편, 철저한 반공주의의 지지기반이 되기도 했다."

임옥인의 「오빠」(『백민』, 1948. 10)는 월남 모티프를 취하였지만 북에 남게 된 오빠를 주인공으로 내세웠다. 젊어서 발가락이 썩기 시작하여 무릎 위 두 다리까지 잘라낸 오빠는 독서광으로 변한다. 『자본론』에서 발자크, 스탕달, 체호프, 데카르트, 헤겔, 칸트 등을 거쳐 불경에 이르기까지 다독한 오빠는 부녀동맹에 가맹한 '나'에게 많은 것을 가르쳐준다. '나'는 공산주의에 환멸을 느낀 나머지 오빠의 허락을 받고 월남행에 오른다. 공산당에 소극적으로나마 관여하다가 환멸을 느낀 여인이 월남을 결심한다는 내용을 담은 점에서 「오빠」는 8년 후의 장편소설 『월남전후』(『문학예술』, 1956. 7~12)의 예고작이 되었다.

염상섭의 「三八線」(『삼팔선』, 금룡도서, 1948)은 "차중" "구제소의 하룻밤" "사리원에서" "젊은 보안대장" "금교에서" "암야행진" "삼팔선을 넘기에" 등과 같은 소제목으로 구성되어 있다. 여타 작가의 삼팔선 월경담이 고난기로 표현된 것과는 달리 이 소설은 삼팔선을 넘어오면서 직접 겪었던 고초를 기록한 고난기와 조선인 보안서원, 일본인, 소련군, 미군 등을 대상으로 한 관찰기로 짜여졌다. 신의주 피란민 구제회에서 발행한 피란민 증명서에 하차역이 신막으로 표기되어 있고 신의주에서 부친 짐도 신막에서 찾아야 하기에 사리원에서 신막 가는 기차를 타면서 삼팔선 넘기라는 장도가 시작된다. 작년 10월경부터는 조사가 심해 사리원─학현─청단 루트를 많이 이용한다. 기차에 동승한 젊은 소련병과 뺑끼칠한 선전문구는 목격담으로 엮어진다("차중"). 신막 구제소에서 하룻밤 자고 무임승차권 얻어 학현까지 기차를 탄다. 기차 안에서 북한 체제를 선전하는 차장의 연설을 듣는다. 일본인에 대한 취체가 더욱 엄하다("구제소의 하룻밤"). 피란민 부단장이 되어 철도 경비대에 가서 도장을 받아오는 것은 고난기에 속하고 조선인 피란민을 부러워하는 일본인들, 남자 군인과 수작하는 러시아 여군 장교, 전우를 송별하느라 술판을 벌인 소련군 등은 목격담의 대상이 된다("사리원에서"). 사리원에서 기차를 타고 신막에 도착, 대합실에서 하루 자고 젊은 보안서장에게 부탁하여 트럭을 구해 대당 2,700환씩 주고 금교를 향해 간다. 이 과정에서 청년은 사람들을 따로 모아 가버렸다. 신계쯤에 와서 여러 차례 펑크 나는 타이어를 수리한다("젊은 보안대장"). 금교에 밤 10시쯤 도착하여 보안서원에게 만주에서 한 일이라든가 사상문제 등을 조사받는다. 짐조사를 하는 보안서원은 삼팔선을 넘어갈 수 있어서 가는 것은 묵인한다는 표정을 짓는다("금교에서"). 새벽 1시 넘어 70여 명의 일행이 임진강 따라 네댓 달구지에 짐과 애들과 여자를 태우고 출발한다. 조용히 하고 가되 무장하라고 보안서원이 주의를 준다. 중간에 총을 든 두 명의 소련병이 어디서 오느냐 또 짐 속에 무엇이 있느냐 하고 검문한다. 여현을 우회하여 삼팔선 건너 시오리 길인 토성으로 가자는 의견과 여현에서 고개를 넘어 개성으로 가자는 의견으로 나뉜다("암야행진"). 개풍에 도착하여 주막에 들어간다. 보안서원이 삼팔선 넘는 길을 일러주기도 하고 소련군을 만났을 때 취해야 할 태도도 가르쳐준다. 신막 보안서원이 선전 자료로 쓰기 위해 우리 일행을 큰길로 가라고 하나 말을 듣지 않고 산 넘어 가기로 한다. 아이들이나 어른들이나 산등성이에 있는 소련병의 감시를 피해 산을 넘어간다. 대여섯 명씩 피란군이나 잠상군이 소련병의 눈을 피해 넘어가는 모습도 보인다. 삼팔선 넘었다는 소리를 들으며 보니 개성 시내가 나타난다. 소련군 피해 삼팔선을 넘어서니 널빤지로 짠 한 간 방만 한 감시소에 미국 병정 두 사람이 앉아 있다. 청년이 끌고 간 패가 달구지 타고 버젓하게 신작로로 왔다고 하자 공포심을 잔뜩 안고 산 넘어 온 우리는 머쓱해질 수밖에 없다("삼팔선을 넘기에").

아이들까지 데리고 많은 사람들이 한꺼번에 삼팔선을 넘어오는 과정을 이렇듯 세밀하게 묘사한 소설을 동시대 소설에서는 찾기 쉽지 않다. 물론 일행 중 몇 사람의 외양과 심리가 과다하게 묘사되어 긴밀한 구성의 성취에 방해가 되고 있는 것도 사실이다. 실제로 목숨을 걸고 삼팔선을 넘어

온 작가였기에 핍진한 기록을 남기고 싶어 했을 것이다. 일본인들은 붙잡히고 조사받는 존재로, 소련군은 일등병이라도 조선 사람들의 운명을 좌우하는 존재로, 북한의 보안서원은 소련군보다는 조선인 민간인에게 가까운 존재로 그려놓았다. 신막 보안서원과 작별을 하고 산길을 택하여 소련병 초소를 통과하면서 미국과 소련이 그어놓은 삼팔선을 넘으면서 약소민족의 절통함을 느끼게 된다.

　행진이 시작되는 것을 보니, 저절로 비장한 마음이 든다. 추방당한 약소민족의 이동(移動)과는 달으다. 아무리 약소민족이기로 손바닥만한 제땅 속에서 왔다 갔다하는데 이렇듯 들볶이는 것을 생각하면 절통하다. 배주고 뱃속 빌어먹기에 이골이 나고 예사로 알게쯤된 이 민족이기로 이꼴이 되다니, 총부리가 올테면 오라고 악에 바치는 생각도 든다.[253]

　염상섭의 「삼팔선」은 삼팔선 넘기 모티프를 취한 최태응의 「월경자」나 김송의 「한탄」보다는 작중인물의 행동과 심리의 세부사항을 보다 잘 제시하면서 민족적 동질성을 더 잘 일깨워준다. 「월경자」나 「한탄」이 북한 보안대원을 감시자로 그려낸 반면 「삼팔선」은 조력자로 파악하기도 하였다. 「한탄」과 「삼팔선」은 힘없는 약소민족의 비애를 느끼게 한 공통점을 지닌다.

　그러나 생각하면 三八선이란 허황하고 허무한것 같고, 두세사람의 눈을 기우고 불과 오리나 십리길을 건너느라고 천리밖에서부터 계획을 세우고 겁을 집어먹고 몸에 지닌것까지 다 버리고, 이고생을 하며 허희단심 겨우 넘어왔다는 그일이 얼뜨고 변변치 못한짓 같기도하다.[254]

---

253) 『염상섭전집 10』, 민음사, 1987, p. 91.
254) 위의 책, p. 94.

고생고생해서 삼팔선을 넘고 보니 환멸에 가까운 허탈감이 든다. 허탈감이든 절통함이든 삼팔선을 넘고 난 직후의 심정 표출이 없었더라면 이 소설은 단순한 외면묘사 위주의 모험담으로 끝났을지도 모른다.「삼팔선」의 뒷부분은「재회」(『문장』, 1948. 10)의 앞부분에서 재현되었다.

염상섭의「離合」(『개벽』, 1948. 1)의 주인공 김장한은 국민학교 교사로 인민위원회, 붉은 군대, 스탈린의 만세를 외치는 체제 선전에 이용되는 자신을 불안하고 괴롭게 생각한다. 장한은 이곳에 와서 남한 사정을 모르고 지내는 채로 1946년 봄에 월남한 처남 가족을 부러워한다. 이곳이 고향인 처남은 신문기자 퇴물로 만주에서는 토목업자를 쫓아다녔던 존재다. 충청북도 제천이 고향인 27세의 장한은 군의 교육과장으로 있는 처고모부가 접수가옥을 사택으로 내어주면서 학교에 있으라고 하는 바람에 북에 주저앉게 된다. 해방 직후의 이북은 이남에 비해 쌀값도 절반이고 배급도 잘 나왔으나 1946년 여름 이후로 식량 사정이 악화되었다. 장한은 이남으로 달아나고 싶었으나 아내가 공산당 쪽의 부인회에 너무 깊이 관계하여 좀처럼 자리를 뜰 수 없는 데다 이 손바닥만 한 거리에서 소리 없이 가족을 데리고 남하하기는 어려워 눈치만 보고 있는 형편이다. 아내가 회에 미친 것 때문에 부부싸움이 잦게 되자 아내는 이혼 불사의 소리도 서슴치 않고 꺼낸다. 올여름에 부인회의 군지부 부위원장을 맡으며 살림, 육아, 내조는 다 뒷전으로 밀려나고 말았다. 장한이 "흥, 자유해방이 좋기도 좋다. 남녀평등, 여권확장, 만세다!"[255]라고 비꼬면 아내는 봉건주의자라고 응수한다. 아내가 정말 이데올로기를 위해서 가정도 버릴 만큼 혁명정신이 투철하다면 말리지 않겠다고 하면서도 남편이 소학교 교사라는 열등감에서 그런 것이라면 가만히 있지 않겠다고 장한은 생각한

---

255) 위의 책, p. 102.

다. 기어이 아내 신숙이 셋방 여자에게 아이들을 맡기고 가출하자 처고모가 찾아와 참고 아량을 베풀라고 한다. 아내가 책자라고는 보는 것 없이 부인회에 미쳐 있다고 하자 처고모는 원래 공산당 활동은 풍월로 하는 것이라고 뼈 있는 소리를 내뱉는다. 아내가 젊은애들 사이에서 "삼팔선의 노라"로 불리고 있다는 소문도 듣는다. 교육과장인 처고모부는 장한이 있는 학교의 교장을 시켜 신숙이를 데려가라고 하고 장국밥집 하는 처삼촌은 혼자만이라도 월남하라고 권한다. 각별한 사이인 동료 교사 현선생이 당에 들어갈 생각도 해보라고 하자 장한이는 인텔리로서의 양심이 허락하지 않는다고 단호하게 거절한다. 장한은 집에서 자기 혼자 드러누워서 아내 신숙이가 "길에서 줏은 돈은 몸에 안 붙듯이 공짜로 얻은 해방이라서 이 지경인가……?"[256] 하고 생각에 잠긴다. 장한의 해방관이 곧 작가의 해방관이라고 등치시킬 수는 없으나 작가가 좌우 인사 가림 없이 해방을 맞아 날뛰는 존재들을 비웃거나 부정했던 것만은 틀림없다. "공짜로 얻은 해방"이라는 주장은 해방이 되어 마땅히 보상받아야 할 존재는 별로 많지 않다는 판단을 품는 것이라고 할 수 있다. 김장한은 교장을 찾아가 도청으로 가는 아내를 찾으러 갔다 와야겠으니 사흘만 휴가를 달라고 한다. 김장한은 처삼촌댁에 가 자기 아들 준식이를 찾아서 데리고 남쪽 방향으로 길을 잡는다. 염상섭은 이 소설에서도 갈등의 이유와 해결과정을 남달리 섬세하게 파헤치는 저력을 보여주었다.

염상섭의 「再會」(『문장』, 1948. 10)는 「이합」의 속편이다. 김장한이 아들을 데리고 막 삼팔선을 넘어오는 현장을 보여주는 것으로 시작한다. 길 때는 한나절이나 숲 속에 숨어 있다가 산중의 골목을 지키는 소련병이 점심 먹으러 들어간 틈을 타 그야말로 순식간에 삼팔선을 넘는다. 월남객들은 삼팔선이 경계표도 철조망도 없는 것을 보고 그동안 긴장했던 것이 무

---

256) 위의 책, p. 113.

색하게 느껴진다. 삼팔선을 넘어 아들에게 수통 물을 먹이며 허황되기도 하고 안심되기도 하는 판에 처남 진호를 만난다. 진호는 지난봄에 월남했는데 지금은 월북하고 있다. 남도 지방이 소란하다는 소문을 듣고 있어 진호의 월북행이 다소 이해되기는 하지만 그래도 의외다. 진호는 장한에게 서울 가봐야 별수 없다고 하고 장한은 진호에게 이북에 가봐야 별수 없다고 한다. 남북을 여러 차례 오고 간 진호가 "삼팔선 위에나 발을 붙이구 산다"고 중립적 입장을 드러낸 것은 장편소설 『효풍』에 나타나 있다. 진호는 처가가 있는 상주에서 나와서 철도 연선인 K군에서 신문사 지국을 터 자리 잡을 무렵 "지난번 그 소란통에" 배겨나지 못하고 나왔다는 것이다. "한편에서는 가담 안한다고 노려보구 또 한편에서는 가담 안했을리가 없으리라고 시달리고 추궁을 하니 이거야 살 수 있냐……"[257]라고 한다. 지방에서 신문지국장이면 유지에 들어가 좌우에서 유혹이 있었으나 아무 데도 끼지 않고 소위 중간 노선을 걷다가 양쪽에서 다 실인심하고 미움받고 안팎 곱사등이가 되었다는 것이다. "지난번 그 소란통"은 진호가 신문사 지국을 낸 곳을 고려하면 1946년 10월 1일에 있었던 대구폭동 사건으로 짐작된다. 해방 전 진호는 만주에서 일본놈 꽁무니 쫓아다니며 토목 브로커, 스파이, 아편장수 앞대리 노릇을 했던 인물로 대구 폭동 사건이 벌어지자 빨갱이로 몰려 월북하게 된 것이다. 진호는 신뢰할 만한 인간은 못 되지만 중간파의 어려움은 잘 대변해주고 있다. 진호는 장한의 형이 영등포에서 지배인으로 훌륭한 사택에 들어 있다고 전해준다. 진호는 장한의 아들을 보고는 고생했다고 하면서 "멋두 모르구 삼팔선을 껄려 넘어온 이놈의 신세가 조선놈의 팔짜 아닌가! 삼천만이 또다시 게모 시하의 눈치밥 먹게 되지 않았나!"[258]와 같이 말하고는 공민증을 빌려갖고 가버린다. 진호가 뱉은 약소민족으로서의 자존감은 「삼팔선」의

257) 『문장』, 1948. 10, p. 49.
258) 위의 책, pp. 50~51.

주인공이 뱉은 것과 유사하다. 장한은 하룻밤 여관에서 자고 이튿날 영등포 형네 집을 찾아가 이혼하고 왔다고 하며 앞으로 공부하겠다고 한다.

자유, 평등, 남녀동등 동권―이런것이 정치만아니라, 경제적으로도 와야만 진정한 해방이겠지만은, 구호(口號)의 사태가―밑바닥엔 아무것두 없이, 기초공사가 굳기도전에, 구호의 사태가급작이 쓸려오니 한구통이가 물러나는거죠! 거기 휩쓸려서 떠나려 갈것은 떠나려 가라지 별수 있나요! [259]

장한은 처남 진호가 갔으니 아내가 내려올 것이라고 낙관하기는 한다. 장한은 "주의니 사상이니 해야 남편이나 자식까지 버려야할 주의 사상이 어디 있겠습니까?……"[260]라고 한다. 장한은 160만이나 사는 서울이 넓다는 생각만 해도 살 것 같다. 장한이는 도서관에 다니면서 묵은 신문까지 열심히 보고 이남은 모리배, 탐관오리에 쓰러지겠다고 분개한다. 동생이 "한발로 앙감질 치는 생활이기는 남북이 똑같지 않습니까"라고 하자 형은 "그래도 오른발은 같은 앙감질이라도 익숙하고 든든할게 아닌가!"[261]와 같이 이중적 의미가 있는 "오른발"에 무게를 둔다. 미국의 방임주의가 특권적 정치 세력을 만들기 쉽다고 하면서 그러면 이북의 경제해방이 무산 독재 세력을 만들어놓은 것과 다를 것이 없다는 식의 양비론을 취함으로써 장한도 중간론자의 면모를 보인다.

그러나 언제 두발로 걸어보겠다는것인지! 방임주의란 민족자주를 위해 내버려두는것도 아니요, 우리가 생각하는 자유주의도 아니거던요. 결국막연한 민족분열에서 심각한 계급항쟁에 끌어가기는 독재나 방임이나 같은

---

259) 위의 책, p. 57.
260) 위의 책, p. 58.
261) 위의 책, p. 58.

작용을 할것입니다. 여기에서 정말 새로운 민족적 자각이 있어야만 될텐데 어쩌는 셈들인지?…… 262)

형이 민족보다 계급이 앞서고 민족해방보다 계급해방이 우선인 것이 불안하다는 눈치를 드러내자 장한은 앙감질 생활을 하는 것은 조선 사람만이 아니라 전 세계, 전 인류가 하는 것이라고 하며 두 발로 걸을 새로운 지도 이념이 나올 것이라고 단언한다. 장한이 이남에 와 남한 사회의 혼란상을 보면서 역시 별수가 없구나 하고 생각하게 되자 자연 아내 신숙에 대한 미움도 누그러지고 만다. 장한이 머물고 있는 다다미방을 고치고 난 직후 아내 신숙이 예고도 없이 들이닥친다. 삼팔선을 쉽게 넘나드는 진호가 이번에는 여동생 신숙이를 데리고 월남했다. 이북에 있을 때 장한에게 월남을 종용했던 처삼촌도 이번에 같이 월남했다고 한다. 진호는 누이동생 신숙도 그동안 진보했다고 변호한다.

쉽게 말하면 창가를 멕이는대로 받아서 옮길줄만 아던 사람이, 창가나 곡조의 선악을 가리게되고, 공식만 암기(暗記)하던 아이가 응용문제를 풀줄 알게 되었다면 어느의미로든지 진보 아닌가? 현실을 볼줄 아는 눈이 틔우고 이데올로기―고 무어고 조선화한 새로운 경지를 개척할수 있다면 별랑 패는 없고 믿을수있지 않은가?263)

진호의 변명은 남북 교조주의자들을 향해 던지는 작가의 조언으로 바뀔 수도 있다. 신숙과 장한은 서먹서먹해하다 말을 트며 도배를 같이하게 된다. 삼팔선 넘기를 필수 모티프로 취하면서 주요인물들 간의 사상 토론과 내면 추적을 담은 점에서 「재회」는 심리소설과 시대소설과 사상소설

262) 위의 책, p. 61.
263) 위의 책, p. 66.

의 합성품이 된다. 염상섭이 북에서 잠시 살고 삼팔선을 넘어온 극단적 체험을 했다고 하더라도 역사와 시대에 대한 대기자로서의 통찰력과 노작가로서의 솜씨가 실리지 않았더라면 이 같은 문제작이 나오지 못했었을 것이다.

염상섭의 「그 初期」(『백민』, 1948. 5)는 당대 소설로는 거의 유일하게 신의주 사건을 다루었다. 신의주 학생 사건의 현장에서 중학교 3년생인 아들 창식을 길거리와 병원을 다니며 찾아다니는 영걸이댁과 조카 중식이와 방선생의 모습을 그려내었다. 방선생은 중학교 일어와 영어 선생이었으나 우익 정당에 뛰어들어 잡지 『신시대』를 발행한다고 뛰어다니는 영걸의 충동질로 학교를 사직한다. 영걸이는 종이 배급을 받기 위해 보안부장에게 싸인 받으러 갔다가 잡혀 들어간다. 중식과 방선생은 거리에 나와 학생들의 시위 현장을 보면서 젊은 애들이 당이나 인민위원회를 반대하는 것은 의외라고 한다. 두 달 전만 해도 학생들에게 반동분자로 찍혔었던 방선생인지라 학생들의 반공시위가 의외일 수밖에 없었다. 일본의 법대 출신인 중식이는 학생들 시위의 이유를 지주의 파산과 접수가옥 처리 차별로 인한 불만으로 분석한다. 한때 동지였다가 공산당으로 가버린 K로부터 방선생이 관여하는 우익 정당도 학생을 사주한 혐의를 받고 있으니 얼른 서울로 도망가라는 충고를 듣는다. 방선생은 창식이 들어 있는 시립병원으로 갔다가 자기 집으로 다녀가는 집 앞에서 형사에게 체포당하고 만다.[264]

---

264) 1948년 4월호 『백민』은 「朝鮮文學再建에 대한 提議」이란 제목 아래 염상섭, 김동인, 김동리, 백철, 곽종원, 김광주 등의 글을 실었다. 염상섭의 「사회성과 시대성 중시」라는 글은 다음과 같은 다섯 가지 주장으로 요약된다. "再建되는 文學은 政權에 阿附하거나 追勢하거나 또는 偏向的 理念밑에서 喇叭을 불고 길잡이로 나서려는 客氣를 버리고, 이러한 國際情勢를 不斷히 警戒하면서 基本的이요 國家民族의 大本인 敎育과 文化發展에 새로운 視角, 새로운 決意가 要請된다고 생각한다"(p. 15), "封建殘滓의 脫皮가 再建되는 新文學의 重要한 要素를 차지할 것을 잊어서 아니되겠다"(p. 15), "解放後에 우리의 民族主義도 日帝時代보다도 理論的으로나 現實的으로나 一步도 前進하였다고는 생각되지 않으나 大體로 國粹主義에 墮하여서는

(4) 정치소설과 역사소설의 교훈(「속·습작실에서」「도야지」)

이근영의 「濁流속을 가는 朴敎授」(『신천지』, 1948. 6)는 대학 캠퍼스를 배경으로 하여 교수들 간의 이념 갈등을 제시한 점에서 희소가치가 있다. 자기 방 한 칸 없이 학교 사택에 살며 소설과 시를 쓰는 영문학자 박영호 교수, 경제학 전공의 김성후 교수, 적산가옥을 차지하고 잘사는 윤교수 등이 등장한다. 박교수는 윤교수의 초대를 받고 가 상무부 관리인 미국인과 무역상 장연만 등과 동석하여 양주를 마신다. 장연만은 미국서 양복 기지, 생고무, 설탕 등을 수입하고 중석을 수출하겠다고 하며 조선의 국제화를 지지하고 백의민족론을 비판한다. 박교수는 장연만의 생각을 매국적이며 사대주의적 발상으로 판단한다. 요릿집으로 옮겨가 장연만이 3천원짜리 수표를 기생들에게 나누어주며 재력을 과시한다. 기생 옥란이 화제를 문학으로 옮긴다.

옥란이가 질겨 읽는다는 소설의 작자를 들추는데 모다 문학가동맹원인 것이 박으로서는더욱 흥미를 느꼈다. 그래

「그럼 정치성 잇는 문학, 정치하는 작품을 조아 하는군?」

박은 다소 긴장된 얼골을 하며 물엇다.

「그러구 말구요. 요샌 더구나 그러죠. 입원한 환자에게 해수욕을 가느니 온천엘 가느니 따위의 이야기가 소용 잇겠어요? 무슨 약을먹구, 어쩌게 조섭한다는 이야길 해 주야죠.」

「조선도 병자고 조선사람도 병자일까.」

아니될것이라고 믿는다"(p. 16), "何如間에 나는 偏向을 싫어한다. 社會性과 時代性을 重視하면서도 文學의 自由롭고 넓은 普遍的 純粹性을 尊重도한다"(p. 16), "唯物史觀的 觀察만이 正鵠을 얻은鐵則은 아니로되 그러한 角度에서보는 觀察도 相對的으로 必要하고 容許될수있을 것이니, 그렇다고하여, 文學의 純粹性이라는것을 否認함도 아니요, 또 그 價値가 깎기는 것도 아니라고 믿는다"(p. 16).

「그러먼요. 올케 정부도 못 섯으니까 병자 아녀요?」

박교수는 병자가 아니라고 대답할 여유도 업거니와 그럴 용기도 업섯다.[265]

박교수는 기생 옥란을 통해, 작가 이근영은 박교수를 통해 문학가동맹의 문학관을 긍정한다. 김교수가 좌익 정당 관련 혐의로 경찰로부터 사임압력을 받고 견디다 못해 사표를 내자 윤교수의 장난으로 장연만이 김교수 자리로 오게 된다. 장연만의 취임에 학생들은 냉담한 반응을 보이며 김교수의 무조건 복귀와 학원 자유 보장을 요구하며 동맹 휴학을 결행한다. 윤교수가 문학부장 선거에 출마하였으나 박교수도 찍어주지 않는다. 박교수의 방문을 받은 김교수는 막 서재에서 「현하 조선경제의 식민지적 성격」이란 논문을 쓰고 있는 중이었다. 김교수는 정치운동이란 정당 사람만이 하는 것이 아니라고 하면서 까딱하면 조선이 반쪽으로 잘리고 "반동분자의 독무대가 될 위험성"을 지적하며 박교수에게도 상아탑을 박차고 나오라고 한다. 박교수의 항의에도 불구하고 동맹 휴학 주동자 11명은 퇴학 조치를 당하고 김교수는 29일 구류와 만 원 벌금이라는 처벌을 받는다. 김교수의 고향에 동행한 박교수는 마을 사람들에게 지주 편의 군청 소재지 청년들과 한패로 오인되어 구타당한다. 박교수는 문학부 학생 중에서 시를 가장 잘 쓰기는 하나 항상 좌익 정치 이념을 살리려고 고심하는 유하근이라는 학생을 반대편 학생들로부터 보호하기 위해 애쓴다. 박교수는 학생 때는 잡념을 버리고 공부를 열심히 하라고 지도하였으나 유하근은 말을 듣지 않는다. 영문학도 출신으로 실력이 있어 학교로 오라는 박교수의 요청을 거절하면서 사업가가 된 강익주를 찾아가 지인인 의사 두 명과 함께 술판을 벌인다. 조선 독립과 미소공동위원회 결렬 상태가

---

265) 『신천지』, 1948. 6, pp. 160~61.

화제가 되자 대한 두 의사는 단독정부라도 서야 한다고 주장하고 박교수와 강익주는 삼팔선 고착을 우려한다. 이때 정체불명의 청년이 들어와 강익주의 멱살을 잡고 이북으로 가라고 하면서 마구 때리고 부순다. 두 의사와 함께 중상을 입고 입원한 박교수는 유하근을 테러한 학교 테러단의 두목 학생, 기생 옥란, 김교수 등의 문병을 받는다. "탁류"라는 제목의 단편소설을 구상했다고 하는 박교수의 말에 김교수가 탁류 속에 흐르는 청류를 보아야 진정한 리얼리즘이 될 것이라고 조언하자 박교수는 바로 자기가 그 청류를 파악할 것이라고 한다. 두 사람은 이심전심으로 유하근을 청류로 보고 있다. 박교수는 두 번이나 직접 테러를 당하고도 테러당한 학생을 보호하기도 한다. 우익테러단의 맞은편에는 경제학 전공의 김성후 교수를 놓아야 한다. 그만큼 박교수는 소극적인 이념인이며 방어적인 행동인으로 그려져 있다. 이근영은 이미 「안노인」(『신세대』, 1948. 5)이란 콩트에서 해방 후 미군정청의 곡물 독려가 12섬 소출에 11섬 공출을 할당하는 식으로 부당하다고 따지다가 붙들려가는 노인을 그렸다. 안노인은 일부 마을 사람들이 공출을 피해 산으로 도망갔다 붙들려오자 왜 정정당당히 따지지 못하고 현실 도피하느냐고 책망하는 기상을 보이기도 한다.

엄흥섭의 「山에 사는 사람들」(『청년예술』, 1948. 5)도 공출에 시달리던 농민들이 산으로 피해 가는 모습을 그렸다. 큰아들은 징용으로 작은아들은 징병으로 나간 소작인 순이 아버지는 소작료와 공출에 시달리다 못해 산골로 들어와버린다. 산골로 오니 면서기니 순사가 오지 않아서 좋다. 읍내 출입을 가급적 자제하던 중 해방이 되자 둘째 오빠는 돌아왔으나 큰오빠는 오지 않는다. 순이는 산에 들어와 동굴에서 사는 사람들을 목격하게 된다. 아버지는 그 사람들을 향해 자기네와 마찬가지로 "해방덕분을 잘못 타고난" 사람들이라고 한다. 순이는 산속에서 큰오빠와 조우한다.

"낸들 네뜻을 모를리있늬 인제 우리나라가 독립이된다. 독립이되드래두 반쪽정부가 슨다든지우리가튼 가난뱅이가 또 그대루 가난뱅이루살게되는 정부가서면 큰탈이다. 그렇기 때문에 조선사람들이 모도다 잘살기위한 정부를 맨들려구 지금 눈코뜰새없이 바뿐판이란다. 나두 배운것은 없으나 똑바른 정부를 세우려고 애쓰는 분들의 심부름꾼노릇을 하고있다."

오빠의 이야기를 듯고있든 순이는

"정말 오빠가 그렇게됐다면 아버님두 어머님두 기뻐하실거예요"

하고 깁뿐듯 방그레 웃는다.

"얼른 붉은정부가 스면 우리두 들녘으로 다시 나가 살수 있을것이다."[266]

큰오빠는 가난뱅이를 대물림하지 않게 하는 "똑바른" 정부는 바로 "붉은 정부"라고 믿고 있다.

엄흥섭의 「管理工場」(『민성』, 1948. 6)은 준오가 양조회사에서 해고당한 이유가 회사 관리인의 횡령 행위를 종업원들 앞에서 폭로한 것 때문이라고 밝힌 데서 시작된다. 일본인의 손으로 운영될 때는 연 수익이 3천만 원에 도달한 적도 있었던 K양조회사는 해방 후 준오를 비롯한 조선인 종업원들의 자치위원회로 넘어오면서 이익이 크게 줄고 말았다. 군정법령이 발표되어 적산 관리 공장으로 규정된 양조장에 새로 오게 된 관리인은 공장 관리권을 둘러싸고 자치위원회와 대립하게 된다. 새로운 관리인 측은 자치위원회 측에게 운영 자금이 없고, 종업원을 통솔할 만한 힘이 없고, 통합하지 못한다 등의 이유를 내세워 경영권을 주지 않는다. 여러 달의 임금 체불에 종업원들의 불신감이 커지자 관리인 측은 2백 명 종업원 중 준오를 포함한 열 명의 자치위원을 포함하여 50여 명을 해고 조치한다. 이들 해고 노동자들은 군정청 노무조정과와 적산관리과를 포함한 여러 사회기관에 진정하여 복직 조처를 받게 된다. 작가 엄흥섭은 군정청을 갈

---

266) 『청년예술』, 1948. 5, p. 33.

등 조정자로 인정한 셈이다. 준오는 관리인들의 생산품 빼돌리기라든가 회계 부정을 포착할 수가 있었다. 관리인들은 일부 자치위원을 매수하여 준오를 선동분자로 몰아 유치장에 집어넣었으나 신문에 5백만 원 횡령 사건이 보도되고 대머리 관리인을 포함한 관계자 여러 명이 검사국으로 넘어간다. 석방된 준오가 조선 독립이 금방 이루어지지 않는 이유로 공장 관리인 같은 모리배들의 급증 현상을 들면서 공장 관리권을 자치위원회로 넘겨달라는 진정서를 써가지고 군정청 적산관리과로 들어가는 것으로 소설이 끝난다. 자치위원회의 투쟁은 아직 끝나지 않았다는 발상은 여운으로 남는다.

허준의 「續·習作室에서」(『문학』, 1948. 7)의 '나'는 대학 문과를 중퇴하고 방향을 상실한 채 할머니가 하는 객주집에서 심부름하며 지낸다. 한 나그네가 나(남몽)의 방에 하룻밤 머물면서 술판을 차리고 당나라 사람의 여수를 읊조리고 시와 언어를 논하고 내가 쓴 시를 읽고 폄하하며 자신을 괴롭히고 학대하며 살지 말라, 자기분열적 생각에 자신을 가두지 말라고 충고한 다음 나중에 또 만나면 바다낚시나 같이하자고 약속한다. 다음 날 아침에 나그네가 돈을 주며 부탁한 대로 평양 여학교 다니는 조카딸에게 30원을 보내주고 안국동 책사에 나가 유물론 계통의 책을 사서 함경도 경성고보 5년에 재학 중인 김영록에게 부쳐준다. 동향 친구 아들이라고 했으나 나중에 보니 친조카였다.

나는 그가 나더러 보라는고 펼쳐 내 놓은 책 목록(目錄) 속 가로 쓰인 책 이름들 가운데 연필로 동그라미를 그어 표를 한 「쁘하린」의 사적 유물론(史的唯物論)이니 「레닌」의 유물론과 경험비판론(唯物論과 經驗批判論)이니 하는 따위의 열아문 권도더 들어 있었고 목록 가장자리 여백(餘白)난 곳에는 경성고등보통학교(鏡城高等普通學校) 제오학년(第五學年) 金 永綠이란 사람의 이름이 적혀 있는것까지 보았다.[267]

조카딸에게 부친 돈은 되돌아왔으나 나그네는 한동안 오지 않는다. 의주에 있는 어머니로부터 다녀가라는 편지를 받고 가는 길에 평양에 들러 나그네의 조카딸 학교를 찾아갔으나 그런 여학생은 없다고 한다. 함경도 이원에도 편지를 내어 알아보았으나 허사였다. 여름을 시골에서 지내고 서울로 올라온 '나'는 나그네(이병택)와 서대문 감옥 수감 동지라고 하는 '김'으로부터 이군의 전언이라고 하며 돈 백 원을 달라는 말을 듣자 가진 돈 45원에 책도 팔고 외투도 팔고 하여 50원을 해준다. 김은 이군에게 면회도 가주고 차입도 넣어주라고 한다. 김의 독선적이며 배타적인 태도에 반감을 품게 된 '나'는 요시찰 인물이기에 나설 수 없다고 할머니에게 사정 이야기를 한다. 할머니는 '나'의 외삼촌 사건을 경험한 바 있어 스스로 옷 한 벌을 지어 차입하고 틈만 나면 면회를 간다. 이병택의 편지를 통해 김영록은 바로 이병택의 조카로 감옥에 같이 있음을 알게 되고 김이란 자는 불신도 확신도 할 수 없는 존재임을 파악하게 된다. 이병택은 편지 속에서 "저 스스로의 사는 길을 세우기 위하여 「말의 사기사」가 안 되려고 애쓰며"[268) 살고 있다고 하였다. '나'는 답장에서 존경심을 표시한다. 이병택이 사형선고를 받자 조선문 신문을 빼놓고는 모든 신문들이 "빨갱이(아까)의 운명은 이렇다"는 표제 아래 "그들의 말로를 인간질서(人間秩序)의 파괴자(破壞者)라고 저주하였다"[269)라고 대서특필하였다. 이병택은 최후로 보낸 메모에서 조카들을 잘 부탁한다고 하였고 얼마 후 조카딸이 고인의 옷을 갖고 온다. 연민을 불러일으키는 이 장면은 「속·습작실에서」를 전형적인 주의자예찬소설로 마무리하게 한다. 때마침 퍼붓는 눈을 맞으며 '나'는 고인의 옷을 떠올린다. 이 소설의 끝은 '내'가 미칠 듯한 심정으로

---

267) 『문학』, 1948. 7, p. 8.
268) 위의 책, p. 37.
269) 위의 책, p. 39.

속으로 자신은 정말 아무것도 아니라고 하면서 단순한 말의 사기사를 지향한 사람은 자기였는지도 모른다는 자책감으로 끌고 간다. 관찰자이자 내레이터인 남몽의 허무감을 담은 자기비하는 결국 죽임을 당한 주의자를 더욱 동정하거나 공명하는 효과를 가져온다. 작가 허준은 「잔등」이 일본인 용서론으로 귀착된 것처럼 비친 것을 의식이나 한 듯 「속·습작실에서」는 좌익운동하다 사형당한 주의자를 적극 긍정하는 태도를 보여주었다.[270]

전홍준의 「새벽」(『문학』, 1948. 4)은 잡지사 주간의 횡포에 맞서 싸워 제압한다는 이야기를 들려준다. 동경 S대학 재학 중 학병령으로 하얼빈으로 쫓겨가 통신사에서 두 해 동안 근무하다가 해방을 맞아 서울로 온 현호는 "새 민주주의의 건설을 목표로하는 가장 진보적인 출판사라고 하는 조선문화사"[271]에 입사했다. 조선문화사는 인쇄공장까지 합해 약 250명의 종업원을 두었다. 현호는 월간지 『문화조선』의 편집주임으로 들어가 외국어 실력과 통솔력과 사업 수완을 고루 갖춘 주간 배준을 존경하였으나 배준이 나이 든 직원과 급사의 약점을 이용하여 괴롭히는 것을 보고 놀란다. 또 자기의 월급을 올리기 위해 편집국 평기자들의 월급을 공장 소년 직공들의 급여 수준으로 인하하려는 것을 보고 현호는 편집국 기자들과 단합하여 경영자 측에게 대우 개선을 요구하는 진정서를 올린다. 현호가 공장 전평분회 책임자를 만나 지원을 약속받고 2백 명이 파업에 들

---

270) 김영석, 「해방 후 우리문학의 방향」, 『제일신문』, 1948. 9. 7~9(송기한·김외곤 편, 『해방 공간의 비평문학 3』, 태학사, 1991, pp. 172~73).
  "8·15 직후 나타난 허준씨의 소설 「잔등」은 얼음같이 냉냉한 타산성과 소시민적 개인주의적 지성으로 응결된 주인공으로 하여금 대중을 피안적으로 조망케 하였으나, 3년 후의 씨의 작업인 「속·습작실에서」(『문학』, 8호)의 주인공은 인민과 더불어 있지 않을 수 없었다. (중략) 새파란 지식청년이 침침하고 곰팡이선 방안에서 차츰 현실에로 걸어 나오는 경로를 면밀히 묘사한 허준 씨의 「속·습작실에서」는 씨의 「잔등」이나 따분한 분위기에 짓눌린 「평대저울」에 비하여 일보전진이었다."
271) 『문학』, 1948. 4, p. 74.

어가자 배준은 지식 계급을 부정하고 노동자 계급을 긍정하는 식으로 항복 선언을 한다. 노동자와 사용자의 대립을 단순한 임금 갈등으로 좁혀 "새벽"이라는 제목에 걸맞지 않는 정도의 이야기 수준으로 떨어지고 말았다.

최태응의 「「스핑크스」의 微笑」(『대조』, 1948. 10)는 비참하게 죽은 여공에게 연민을 보내는 것으로 끝냈다. 독서광인 소년은 같은 병실에 있는 사람들로부터 이상하다는 반응을 얻을 정도로 스핑크스 사진을 표지로 한 서양 잡지를 탐독하며 스핑크스의 니힐한 웃음의 의미를 깊게 생각한다. 이 소설은 스핑크스의 니힐한 웃음을 떠올리게 하는 세 가지 사례들 가운데 여공의 웃음을 제시하는 데 치중한다. 단신으로 월남한 여공이 맹장염에 걸렸으나 아주 늦게 수술을 받고 회복되자 붕대와 실밥을 잡아 뜯으며 분노를 터뜨리다가 웃음을 보이면서 새벽 3시에 죽고 만 경우다. 여공이 발병했을 당시 방직회사 관리인과 어용의사의 대치 때문에 수술이 무려 사흘이나 지체되었다. 여공 경숙은 개인의 이익을 위해 꾀병을 부리는 것으로 인식되어 금방 수술을 받지 못했다. 여공이 지은 웃음은 울음보다도 비극적인 의미를 담고 있다.

안회남의 「農民의 悲哀」(『문학』, 1948. 4)는 배고픈 것을 해결하기 위해 노루를 잡아먹자고 부추기는 노래를 인용하는 것으로 시작하고 끝부분에서는 "조선민족의 해방과 독립을 위해 싸우는 여러분께 이 일편을 바친다"고 창작의도를 드러내었다. 공출이 심한 데다 식량배급도 제대로 되지 않은 탓에 식량난이 심화된 농촌을 배경으로 하였다. 서대응 노인은 개가한 며느리의 호소에도 내어주지 않은 다섯 살짜리 손녀 영이를 데리고 구장집 사랑방에 가 머슴 최만돌에게 호박죽을 얻어먹는다. 서대응의 아들이 6년 전에 일본으로 징용 간 후 소식이 끊어지자 며느리는 다른 남자에게 개가하였다. 작품 서두에서 노루를 잡아먹자고 독려한 노래를 인용한 숨은 뜻이 밝혀진다. 서노인이 굶주림을 벗어나기 위해 노루를 잡으려고 애쓰는 모습이 비중 있게 그려지고 있기 때문이다. 서대응이 어렸을 때 부친이 동학당으로 몰려 죽은 일을 들려주면서 이 소설은 역사 기록으로 방향을 틀고 만다. 동학당 발발 요인과 전개 양상, 한일합방 후 매국노들의 출세, 토지조사사업으로 인한 많은 조선 농민들의 몰락, 해방 후 도시와 농촌의 차별이 심한 식량배급제도, 미소공동위원회의 결렬이 빚어낸 남북분열, 대지주가 지배하는 농촌 현실, 백성의 개념 검토 등 공적 역사가 과다하게 서술되면서 「농민의 비애」는 균형과 조화의 서사구조를 놓치게 된다. 작중의 과거에 대해서는 역사 기술의 틀을 벗어나지 못했거니와 작중의 현재에 대해서는 직접 발언을 한 정치소설적이며 이데올로기소설적인 접근 방식을 취하였다. 안회남은 해방 후 4년이 지나가면서 "남북통일＝완전독립"이라는 공식이 요원하게 되었고 신탁문제에 대해서도 실리적 대책을 생각하지 않고 있다고 지적하였다. 소련이 제기한 미소양국군대 철수안을 지지하면서 외국 군대의 힘에 기대어 살려고 하는 자들을 악한이라고 비난하였다. 안회남은 5월 총선에 대해서는 양비론에 서 있는 것처럼 보이기도 했지만 실제로는 남한을 집중 공격하였다.

　선거만 해도 그렇다. 남쪽 북쪽 두 군데다 같이, 실제 권력을 갖인 패 마음대로 될것이 빤하다. 그러던 남북대표는 이미 있는 것, 눈가리고 야옹 할 필요가없다. 이렇게 말챙견 하는 사람만 많아지고, 숨박꼭질이나하고 하는 동안, 자꾸 늦어지는것은 조선독립이다. 남조선 단독정부(南朝鮮單獨政府)가 서는것은 국제적으로 전쟁을 선동하는것이요, 조선민족으로는 영원한 분열을 의미하는 것이다. 또그것은 한눌에서 떨어지는것이아니라, 딴나라 군대의 야합으로되는것이니, 해방이전으로 돌아가는 것이다. 이렇게 생각하는것이 일천구백사십팔년 겨울까지의, 일반적 조선의 정치의식이다.[272]

정치소설로서의 「농민의 비애」는 소련의 양군철수 주장을 복창하면서 남한 단독선거와 남한 정부 단독수립에 반대하는 좌익의 선전문으로 귀결되고 말았다. 이 소설은 후반으로 넘어가면서 서대응이 올가미에 걸렸다가 도망가는 노루를 쫓아가다가 나막신을 잃고 길을 헤매는 모습을 그리는 데 힘썼다. 간신히 집에 돌아온 서대응은 손녀가 엄마를 따라 가버린 것을 알게 된다. 20년 만의 기록적인 대설이 내리면서 두물불출하던 서대응은 목을 매고 죽은 시체로 발견된다. 영이 엄마와 남편 김월봉은 서대응의 소작권을 잇기 위해 집으로 돌아오고, 면장이 쌀배급을 주기 위해 면 소유의 벼창고에서 벼를 며칠째 내가 방아 찧으러 가는 것을 보고도 농민들이 도무지 믿으려 들지 않는 것으로 소설은 끝난다. 「농민의 비애」는 이미 제목에서부터 안회남의 소설은 좌익의 투쟁의지를 북돋을 것이라는 조선문학가동맹원들의 기대에 부응하지 못하였다. 징용 간 아들은 소식이 없고, 개가한 며느리는 기어이 손녀를 데리고 가버리고, 끼니를 잇기 어려운 현실은 도무지 개선될 줄 모르는 극한 상황에 무릎을 꿇고 만 점에서 서노인은 좌익 진영의 관점에서 보면 완결된 인물도 문제적 인물도 아니기 때문이다. 안회남은 좌익진영의 기대지평을 의식했음인지 농민수탈사를 기술하는 쪽으로 방향을 틀어 서노인 중심의 이야기의 공감도를 끌어올리려고 했으나 결과는 작가의 바람대로 되지 못했다.

이봉구의 「언덕」(『백민』, 1948. 3)은 기자이면서 문인인 '내'가 명동 근처에 있는 언덕을 지나다니며 조그만 병원을 경영하는 남박사, 영문 번역 일하는 소녀 정원, 궁발을 비롯한 여러 시인과 능금도 같이 먹고 술 마시고 차 마시고 하며 교유하는 모습을 그려놓았다. 시인 궁발은 문학동맹이고 문필가협회고 우리 애정 위에서 이야기하면 다 통한다고 이념 초월적인 주장을 한다. 정원은 '나'의 친구들을 보면서 행복한 사람이라고 한다.

---

272) 『문학』, 1948. 4, pp. 36~37.

남박사는 해방 전 징용장이 나올 때마다 늑막염, 신장염, 폐렴이니 병명을 대가며 가짜 진단서를 떼주어 위기를 면하게 하였다. 마지막 부분에서는 오장환의 시 「밤의 노래」를 인용하여 작중의 분위기를 더욱 짙게 채색한다. 남박사는 '나'에게 술과 비용과 뜰을 다 제공할 테니 문인 친구들을 다 불러 밤새 놀자고 제의한다. 작가 이봉구라고 해도 좋은 '나', 시인 남궁, 남박사, 소녀 정원, 오장환의 시 사이에는 약간씩의 틈이 있다. 이봉구는 이들 사이의 틈보다는 화합 가능성에 관심을 두었다.

황순원의 「목넘이마을의 개」(『개벽』, 1948. 3)는 액자소설의 틀을 취하면서 비유담이나 상징담을 지향하였다. 거의 끝부분에 가서 작가가 중학 2, 3년 시절 여름방학 때 외가가 있는 목넘이마을 우물가에서 여러 남자들이 모여 한 이야기를 듣고 적어낸 것이라고 밝혔다. 목넘이마을은 동서남북 모두 산으로 둘러싸여 어디를 가려고 해도 산목을 넘어야 한다고 해서 생겨난 이름이라고 했다. 어느 해 봄에 목넘이마을 서쪽 산 밑 간난이네 집 옆 방앗간에 작지는 않지만 더러워진 신둥이(흰둥이) 개가 나타나 큰 동장네 검둥이, 작은 동장네 바둑이와 가까워져 사랑도 하고 연명도 한다. 두 동장이 신둥이를 미친 개 취급하자 신둥이는 사람들을 피해 다닌다. 검둥이, 바둑이, 간난이네 개 등 동네 개들은 사흘 있다가 모두 미친개가 되어 돌아와 검둥이와 바둑이는 죽음을 당해 개장국 신세가 된다. 신둥이가 마을 사람들에게 에워싸여 죽임을 당하기 직전에 간난이 할머니가 틈을 내 살려준다. 신둥이는 검둥이, 바둑이, 누렁이 등 여러 모양의 새끼 다섯 마리를 낳는다. 그 후 목넘이마을의 개는 신둥이의 증손자 아니면 고손자였다.

임서하의 「新生第一章」(『신천지』, 1948. 6)은 사과장사하며 늘 가난에서 벗어나지 못해 여기저기 빚을 지고 다니는 큰아들, 친일파 교장 배척운동 때문에 쫓겨나고 사회질서문란죄로 감옥 갔다 온 작은아들, 낮에 공장 다니고 밤에 광화문에 있는 학교 다니는 딸이 서로 위로해주고 힘이 된다는 내용을 담았다.

정비석의 「안해의 抗議文」(『신천지』, 1948. 6)은 20년 나이 차가 있는 재혼남과 중매결혼한 여인이 3년 후 이혼 결심을 하면서 쓴 서간체 형식의 소설이다. 해방되고 나서 열흘 동안 들어오지 않는 남편에 대해 건국준비위원회니 동맹이니 하는 곳에 들어가 지식인으로서 사상운동하는 줄로 알았다. 동창생 금순이가 와서 자기 남편과 '나'의 남편이 한패가 되어 사업해서 백만 원이 넘는 이익을 보았다고 하며 남산정 어딘가에 5백 평 부지가 넘는 집을 사서 이사 갔다고 한다. 아내는 남편이 모리배가 된 것에 놀란다. 아내는 『인형의 집』에서 여주인공 노라가 남편에게 들려준 말을 인용하며 우리는 과거에도 남이었고 앞으로도 남이라고 하며 이혼 결심을 한다. 남편은 아내의 젊음을 따라가지 못한 것이 아니고 정신세계를 못 따라간 것이 된다.

채만식의 「도야지」(『문장』, 1948. 10)는 정치풍자소설이다. 웅변대회에 나오는 학생들마다 남조선의 현상에 대해 폭로와 공격을 일삼는다. 1년 전 교내 웅변대회에서 대부분의 소작농 자제, 박한 월급쟁이나 가난한 소상공인의 자제인 학생들이 피땀 흘려 낸 수업료를 받아 학교가 일제 잔재의 노예 교육, 파쇼 교육에서 벗어나지 못하고 부패, 태만, 무성의를 일삼는다는 이유를 대며 학생에 의한 학교 회계 사무감사 시행을 주장한 윤상수 군의 웅변에 자극받아 금년에는 웅변대회를 불허한다. 윤상수와 한패인 문태석은 전형적인 우익 인사인 부친 문영환이 출마하자 선거운동하는 누나와 대립하게 된다.

인격이 고상한 애국자요, 지방의 덕망가로, 실업계의 중진이요, 그리고 독실한 신자인 동시에, 교회의 최대한 보호자로, 그의 위광(威光)과 준엄한 처단으로 이 지방의 「매국적」(賣國的)좌익분자들은 말할 것도 없으려니와, 소위 인테리층의 비애국적인 중간파들까지, 골통이 깨어지고 팔다리가 부러지고 하여, 거진 소탕이 되다싶이 하였고, 이렇듯 위대한 문영환 선생을 국회에 보내야 하겠다는 열성은 실로 놀랄만한 것이 있어, 가령 그가 소속된 교회만 하드래도, 전 교회가 나서서 분투를 하고있을 뿐만 아니라, 그러는 한편, 十여명의 전도부인과, 언변 좋은 여자교인 二十여명을 골라 특공대(特攻隊)를 조직하여 가지고, 최씨부인의 총지휘 아래, 매일 같이 주야로, 교인과 비교인을 가리지 않고 가정방문을 한다, 가두선전을 한다 하면서, 맹렬한 활동을 하였다.[273]

여자 특공대를 어머니와 함께 지휘하는 둘째 딸 명자는 남편 황종택에게 백만 원의 현금과 40만 원어치의 종이를 지원하라고 한다. 작가는 이런 선거운동원들에 대한 독자들의 반감을 유도하기 위해 황종택의 지저분한 사업 활동을 들려주기도 한다. 어려서부터 눈 밖으로 나 온갖 구박을 받고 자란 맏아들 태석은 아버지 문영환의 차별 행위가 근거 없는 것임을 알아차린 후로는 아버지의 모든 언행에 반감을 표시해왔다. 해방이 되자 아버지 문영환과 아들 문태석의 대립은 세대갈등에서 정파적 대립으로 바뀌게 된다. 문제가 없는 부자 사이도 시대의 대세가 대립과 상극을 빚어내는 판이니 문영환 부자의 대립은 심화될 수밖에 없다.

그러나 문영환은, 말 못할 심각한 고민을 부담치 아니할 수가 없었다. 아들이 소위 빨강이어서, 그를 미워할 상당한 조건이 생겨진 것은 시렵시 마음 후련 한일이었으나, 도대체 버젓한 백계한인(白系韓人)의 아들에 빨강이가 있다는 사실은, 아비 문영환으로서는 여간만 불리한 것이 아니었었다.

문영환은 곧잘, 그의 백계한인 그룹이나 혹은 그 행동파(行動派)들과, 사담을 하는 자리에서, 기회가 닿는족족, 그놈은 내 자식이 아니라커니, 그런

---

273) 『문장』, 1948. 10, p. 10.

놈은 죽여야 한다커니 등의 강경한 말을 하기를 잊지 아니하였고, 그리하므로써 자신의, 백계한인으로써의 순수도(純粹度)와 열도(熱度)를 높이는 효과를 얻기에 등한치 아니하였다. 그러나, 아모리 그렇게 비장(悲壯)은 하였어도, △△△△당의 XX부 당부(xx府黨部)의 최고책임자인 문영환의 아들에 빨강이가 있다는 사실은, 당자 문영환을 위하여 지울 수 없는 불명예로, 정치상의 커다란 손실인 것이었다.

불원한 장래에 사어사전(死語辭典)이 편찬이 된다고 하면, 빨강이라는 말이 당연히 거기에 오를 것이요, 그 주석엔 가로되.

「一九四〇년대의 남부조선에서, 볼쉐비키, 멘쉐비키는 물론, 아나키스트, 사회민주당, 자유주의자, 一부 비크리스챤, 一부의 불교도, 一부의 공맹교인(孔孟敎人), 一부의 천도교인, 그리고 주장 중등학교 이상의 학생들로써 사회적 환경으로나 나이로나 아직 확고한 정치적 이데올로기—가 잡힌 것이 아니요, 단지 추잡한 것과 부정사악(不正邪惡)한 것과 불의한 것을 싫어하고, 아름다운 것과 바르고 참된 것과 정의를 동경, 추구하는 청소년들, 그 밖에도 XXX과 □□□□당의 정치노선을 따르지 않는, 모든 양심적이요 애국적인 사람들 (그리고 차경석의 보천교나 전룡해의 백백교도 혹은 거기에 편입이 될 가능성이 있다) 이런 사람들을 통틀어 빨강이라고 불렀느니라」[274]

위의 대목은 풍부한 정보와 유머 감각을 뒤섞어 독자들에게 깊은 인상을 주는 채만식 특유의 서술 방법을 확인시켜 준다. 이렇듯 "빨강이"의 외연이 넓다는 것은 "빨강이"가 매카시즘을 발휘하기 좋은 것임을 입증해준다. 문태석은 아버지로부터 또 누나로부터 이웃으로부터 "빨강이"로 찍혀버린 것이 차라리 유쾌하였다. 통행금지에 걸렸을 때 순경에게 자기 이름을 "빨강이"라 대면서 아버지 문영환이 자기 이름을 그렇게 부른다

---

274) 위의 책, pp. 13~14.

고 하여 아버지를 간접적으로 망신시키기도 한다. 한창 선거운동이 벌어질 때 문태석은 누나 문명자와 설전을 벌인다. 문영환의 사위이자 문명자의 남편 황종택은 일제 때부터 일본군에게 물자 납품하여 큰돈을 모으고 대한토건공사 사장으로 있으며 5·10 총선거 때는 장인의 선거운동을 하는 전형적인 모리배로 그려진다. 태석이가 매형에 대해 왼편 눈이 약간 불완전하다고 지적하자 명자는 어깃장을 놓는다. 황종택이 애꾸면 네가 공산주의를 못해 걱정이냐 소련에다 나라를 못 팔아먹어 걱정이야 하고 태석이를 빨갱이로 몰아간다. 문태석은 이런 누나에게 "이론으루 지면, 욕설. 욕설 끝엔 테로. 백색 테로의 발생학(發生學)한 막을 실연(實演)해 구경시켜주느라구, 수고하셨소"[275]라고 두런두런한다. 매형의 왼쪽 눈이 이상하다는 것은 실제 왼쪽 눈이 실명 상태라는 뜻도 되고, 좌익에 대한 과민반응을 상징하기도 한다.

문태석 친구 윤상수, 고영달이 모여 문영환이 선거 연설을 하는 장면을 설정한 연극을 통해 전형적인 우익 정치인의 허위성을 꼬집는다. 문영환이 현실성 없는 공약을 남발하는 것을 패러디한다. 이 소설은 문영환과 그의 사위 황종택 옆에 경채의 남편 강준성을 같은 부류로 세워놓는다. 만주에서 제재소 운영, 개간사업, 일본군에의 납품 등을 성공리에 해낸 강준성이 주색에 빠지자 아내는 고국으로 돌아오고 남아 있던 강은 해방되자 만주인 폭민들에게 살해당한다. 문영환은 4백만 원이나 썼지만 낙선되고 만다. 문영환이 당선될 것으로 판단한 부인이 잔치에 쓰려고 도야지를 시켜놓았다가 낙선이 되자 도야지를 취소하는 해프닝이 끝판을 장식한다. 도야지를 싣고 온 농민은 "도야지낙방"이라고 투덜거리며 돌아간다.

김소엽의 「餘韻」(『개벽』, 1948. 12)은 전직 교사가 소시민으로 변해가는

---

275) 위의 책, p. 22.

과정을 그렸다. 전직 교사이며 세 아이의 아버지로 상처한 준배는 서울에 올라와 늑막염으로 입원한 큰매부 문병을 갔다가 알게 된 간호부 최윤희와 급속히 가까워진다. 이 소설은 김소엽 특유의 장문주의를 잘 보여준다. 준배는 미소공동위원회가 서울에서 속개된다는 보도에 큰 기대를 건다. 최윤희가 갑자기 냉담한 반응을 보이자 준배는 얼마 후에 다른 여자와 재혼한다. 미소공위가 소련 측이 제안한 동시철병안 때문에 결렬되자 이어 각 신문은 조선문제가 미국 국무장관의 제안으로 UN총회에 상정될 것이라 보도한다. 자기 개인의 신변문제에 골몰하게 되어 "소아의 구멍 속으로 찾아들면 들수록" 건국이니 독립이니 하는 시국문제에 무관심하게 된다. 입동이 가까워지자 학교 사택에서 나가라는 압력이 심해지면서 아내의 불만이 커지는 즈음 최윤희가 유부남인 병원의 박과장과 결혼한다는 소식을 듣고 잠깐 충격을 받는다.

　김동리의 「驛馬」(『백민』, 1948. 1)는 김동리 문학의 화두의 하나인 '운명'을 일깨워주고 있다. 화개장터의 지리적 배경과 장날의 모습을 구체적으로 묘사하는 것으로 시작된 이 소설의 여주인공 옥화가 주인인 주막에 육십대의 체장수가 열댓 살가량의 딸 계연이를 며칠간 맡아달라는 데서 옥화의 아들 성기와 계연이의 관계라는 중심사건의 단초가 깔린다. 역마살의 운명을 절에 가 있는 것으로 눌러왔는가 하면 중질에서 풀지 못한 살을 책장사를 시켜 푸는 것으로 성기를 묘사한 것은 일종의 복선이다. 성기는 계연과 함께 지리산 밑으로 산나물을 캐러 갔다가 산속에서 포옹하게 된다. 그 후 옥화는 계연의 왼쪽 귀바퀴 위에 있는 사마귀 한 개를 발견하고 이튿날 악양에 다니러 가고, 성기는 계연의 요구에 따라 조그만 면경 하나와 찰떡 한 뭉치를 사주기도 한다. 그러다가 성기는 계연이 주막의 놈팡이 남자와 참외 먹고 있는 것을 목격하고 질투심을 일으켜 따귀를 때린 후 절에 올라가 내려오지 않는다. 체장수 노인이 돌아와 계연이를 데리고 친구 아들을 따라 여수로 돌아가겠다고 하자 옥화는 체장수에게 아버지라고 밝히지는 않았지만 여수에 가보고 여의치 않으면 여기 와서 같이 살자고 두 번이나 말하는 것으로 부녀 관계를 암시한다. 슬픈 이별을 하고 성기는 거의 한 해 동안 자리보전한다. 옥화는 아들을 자리에서 일어나게 하기 위해 진실을 털어놓는다. 36년 전 남사당을 꾸려와 이 화개장터에 와 하룻밤을 놀고 간 체장수 영감은 자기 아버지임에 틀림없고 옥화는 자기의 왼쪽 귓바퀴 위의 검정 사마귀를 성기에게 보여주면서 계연이 자기 동생이 맞다고 한다. 계연은 성기의 이모가 되는 셈이다. 어머니에게 엿판을 해달라고 하고는 방랑길에 오른 성기는 계연이 있을 법한 구례 쪽으로 가다가 하동 쪽으로 방향을 튼다. 성기는 계연이를 찾아가는 것이 아니고 근친상간을 저지를 뻔한 운명을 달래기 위해 또 잊기 위해 역마살의 첫발을 내딛는다.「역마」는 「무녀도」(1936),「황토기」(1939),「달」(1947)의 연장선에 있다.

김송의「外套」(『민성』, 1948. 4)는 공창 폐지 법령에 따라 유곽에서 풀려나 귀향하였으나 부모가 구몰하고 남동생은 징용 간 후 무소식인 불우한 여성을 주인공으로 삼았다. 다시 서울로 와 술집 작부하다가 만난 남편이 무능해 굴에서 살면서 같은 굴 안에서 앓고 있는 왕기에게 먹을 것과 주사값을 구하기 위해 밖에 나왔다가, 삐라 붙이고 다니는 학병 출신의 청년에게서 외투를 받는다. 청년은 학병으로 끌려나갈 때 그 부친으로부터 외투를 받았는데 적의 총탄에 맞으면 자기 사체를 싸기로 했으나 살아 돌아와 동포에게 주기로 했다는 것이다. 왕기에게 덮어주기 위해 빨리 뛰어오던 여자는 경찰이 총을 쏘고 쫓아오는 바람에 무리해서 뛰다가 혼절한 끝에 얼어 죽고 만다. 학병 출신의 청년은 경찰에 쫓기고 있는 점에서 좌익단체인 학병동맹 소속원으로 볼 수 있다. 좌익 청년을 동정심이 많은 존재로 그린 것은 김송으로서는 이례적인 경우라고 하겠다.

염상섭의「令監家僮와 老釗」(『학풍』, 1948. 10)는 해방을 맞아 상전과 하인이 뒤바뀐 상황의 아이러니를 보여주었다. 제목에 나와 있는 "영감"은 김의관이고 "돌쇠"는 삼봉이의 아명이다. 가쾌 일을 보는 김의관은 담배 한 대 태울 때마다 선친 김참판이 증미 통감에게 초대받아 여송연을 하사받았다는 기억을 떠올리곤 한다. 김의관 자신도 마지막으로 사천군수를 지냈을 만큼 번듯한 이력을 지니고 있다. 그때 김의관 집 행랑채에 있던 천서방은 아들 삼봉이를 학교에 보내기 위해 셋방을 구해 나간 것이 오히려 집안의 운이 펴지는 계기가 되었다. 천서방은 옛 상전이 가쾌가 된 것에 거북해하며 집을 계약할 때 아들 삼봉이를 보낸다. 삼봉이는 열다섯 칸짜리 시가 75만 원의 집을 김의관 소개로 계약하고 구문을 주고 나서 김의관에게 냉면과 술을 대접한다. 김의관이 새로 산 집 행랑채를 2만 원에 자기에게 달라고 하자 삼봉이는 확답을 하지 않는다. 김의관은 계속 삼봉이의 비위를 맞춘다. 삼봉이가 뒤에 따라오는 것도 모르고 김의관 마누라는 돌쇠 부모 흉을 본다. 김의관은 마누라보고 일이 글렀다고 하며 방에서 낮술에 취해 꾸벅꾸벅 존다.

한무숙의 『역사는 흐른다』는 1948년 『국제신보』 장편소설 공모 당선작이었다. 원제는 『삼대』였으나 염상섭의 『삼대』와 같다는 이유로 개제 권고한 것을 한무숙이 받아들여 "역사는 흐른다"로 바꾼 것이다.[276] 판서의 아들이며 강의불굴한 30세의 의성군수 조동준은 술에 취해 여종 부용을 범하고 만다(제1장). 부용은 사또 생일 잔치 중에 딸을 출산한다. 금년은 어미가 몰래 주는 젖을 먹은 죄로 행랑방에 갇혀 생인손을 앓는다(제2장). 조동준은 백성들의 세금 부담을 덜어주고 토목을 일으켜 명관으로 인정받았다. 조동준과 조동원 형제는 동학군에게 무기고 열쇠를 내놓지 않고 버티다가 칼에 맞아 죽는다. 조동원의 부인 박씨 부인은 유복자 석구를 낳는다(제3장). 조동준의 아들 병구와 용구는 증조부 청계 노인의 조치대로 양주 늡바위에 거처를 정하고 훈도를 받는 데 반해 석구는 담배를 피

---

276) 「나의 인생, 나의 문학」(박정만과의 문학 대담), 『한무숙 문학연구』, 을유문화사, 1996, p. 352.

우고 노름방에 드나들며 자유분방하게 지낸다. 조동준의 딸 완구는 을미사변 후 척왜 상소로 일본 헌병에게 체포되어 옥사한 참판 이형종의 둘째 아들 규직과 성례한다. 석구는 완구의 교전비로 가는 금년에게 엽전 뭉치를 주며 아쉬울 때 쓰라고 한다(제4장). 규직의 형 규혁은 한학을 배우고 윌손 목사에게 신학문을 배운 후 개화주의자가 되어 신민회에 관계한다. 헤이그 밀사에 들어 있었으나 출발 전날 일경에게 체포된다. 서소문 영문의 한 병정이 일본 헌병대를 피해 들어오자 규직이 숨겨주고 미국인 목사의 주선으로 미국 유학을 떠나게 한다(제5장). 석구는 동네에 들어온 항일의병을 따라간다. 강압에 못 이겨 따라갔던 병구 형제는 다리를 다친 석구를 남겨두고 탈출한다(제6장). 부용의 장례를 치른 금년은 가출하여 여자 교육 장학대를 따라간다. 1년 후 규직은 교회의 일로 윌손 목사와 아펀설라 박사를 방문한다(제7장). 용구는 모친의 회갑연에 왔던 기생 계월에게 빠져 지내다가 깨달은 바 있어 동경 유학을 떠난다(제8장). 병구는 인천 해안 통 미두장에 와서 전 재산을 날리고 술집 여자 월선이와 살림을 차린다. 동경 유학을 마친 용구는 고등경찰 경부보로 취직한다(제9장). 지리교사가 된 이규직은 학생들에게 반일감정을 고취시키고 야학 활동도 하다가 신진회 활동 혐의로 일본 경찰에게 끌려가 모진 고문을 받는다. 규직의 처 완구의 구명운동을 오빠 용구가 들어주지 않는다. 5년 징역형을 받은 규직은 4년을 복역하고 가출옥하여 중국으로 망명한다(제10장). 용구는 형 병구를 포천 면장으로 가게 한다. 삼일절에 병구 부인은 아들 남창을 낳는다. 석구는 불량배가 되어 가끔 유치장 신세를 지는 데다 성병을 앓기도 한다. 상해 임시정부에서 파견된 이규직이 붙잡혀 한 달 후 옥사하자 매부의 죽음에 큰 충격을 받은 석구는 어디론가 사라져버린다. 용구는 경시로 승진한다(제11장). 미망인 완구가 치는 하숙집에 경성제일고보를 졸업하고 동경 유학 간 성재경도 있고 병구의 아들로 성대 예과생인 남창도 있다. 완구의 딸 갑혜는 K고녀 입학 시험에 합격한다. 성재경 작곡인 「봄」은 음악학교 모집 일등 입선작으로 널리 애창된다(제12장). 대동아전쟁이 벌어지고 성재경은 S여전 음악교수로 취임한다. 승승장구하던 용구는 함경북도 도지사로 부임한다. 병구의 큰아들은 포천의 구장이 된다(제13장). 샌프란시스코에 온 박옥련은, 거만의 재산가로 미주 대한독립단을 통솔하고 있으며 해외 애국지사들에 대한 경제적 지원을 아끼지 않는 배선명의 집을 방문한다. 배선명은 서소문 영문의 병정으로 이규직 집에 숨어들었다가 미국 유학을 오게 된 일을 털어놓는다. 배선명은 자기 재산의 반은 나라에게, 반은 이규직씨의 딸에게 남길 작정이라고 한다. 옥련은 배씨에게 이규직 집안과 자신의 관계를 털어놓는다(제14장). 풍산류미는 풍산용구로 창씨개명한 이용구의 무남독녀로 S여전에 입학하여 성재경 교수를 사모한다(제15장). 귀국 환영회가 끝나고 자궁암에 걸린 완구를 찾은 자리에서 박옥련 교장은 자신이 바로 교전비 금년이었다고 털어놓고 갑혜가 배선명의 상속자로 정해진 사연도 전해준다. 류미는 성재경으로부터 바람맞고 화가 난 판에 아버지의 전보를 받고 서울을 떠난다(제16장). 류미는 평양 갑부 외아들이며 동경제국대학 출신으로 양과 합격한 정현과 결혼한다. 류미가 청량리역에서 기다리고 있을 때 재경은 삼일운동 추도회 혐의로 문초를 받고 있었다. 그 후 폐렴에 걸린 재경을 갑혜가 입원시킨다. 갑혜는 박옥련에게 돈을 빌리기도 하고 옥련 여사가 입학 기념으로 준 시계까지 팔아 약값을 마련하기도 하고 자기 피를 수혈하기도 한다(제17장). 학병으로 나간 남창은 여러 명의 학병과 함께 탈출하여 광복군에 편입된다. 1945년 12월 많은 사람들이 환영하는 가운데 조석구 장군은 미국 군함으로 인천에 입항하여 서울로 개선한다(제18장). 평안북도 산업과장을 지내던 정현 부부는 삼팔선을 넘어오는 길에 정현이 소련병에게 총을 맞아 맹인이 되었고 용구 부처는 소련병에게 납치되어 생사를 알 수 없게 된다. 담배 암거래상으로 전락한 류미는 시공관 앞에서 성재경씨 도미 기념 연주회 신작 "우국지사" 발표회 광고를 본다. 객석에 들어선 조석구 장군과 배선명 재미 독립운동가는 힘차게 악수한다(제19장).

"삼대"라는 원제는 이 소설이 조동준·조동원, 조병구·용구·완구·석구, 조남창·류미의 3대에 걸친 가족사와 이형종, 이규혁·이규직, 이갑혜의 3대에 걸친 가문사를 기술하려 한 창작 의도를 지닌 것임을 일러준다. 조씨 집안은 선인과 악인, 위인과 범인이 섞여 있으나 이씨 집안은 대를 이어 항일운동한 집안으로 그려져 있다. 『역사는 흐른다』는 동학군, 을사보호조약, 을미사변, 헤이그 밀사 사건, 항일의병, 삼일운동, 창씨개명, 독립군 활동, 조선 학병, 광복군, 해방, 소련군 만행, 월남 등의 역사적 사건이나 역사적 존재가 단순한 배경 이상으로 등장하고 있다. 식민지 시대를 배경으로 하고 있으면서도 주체로 나선 인물들을 더욱 큰 비중으로 보여준다. 을사보호조약 이후 척왜 상소를 하고 원사한 아버지 이형종 참판의 뜻을 이어받아 항일 독립운동에 몸을 던진 이규혁·이규직 두 아들, 사촌 매형 규직의 투쟁과 죽음을 보고 각성하여 독립군에 투신한 후 사령관이 된 조석구 등은 역사의 주체의 사례가 된다. 조석구가 거의 금수처럼 살던 젊은 시절에서 독립군 장군으로 성장한 것을 그린 것은 이 소설에서 오히려 예외적인 것이 되고 있다. 조동준·조동원이 순국한 뜻을 다음대에서 조석구가 유일하게 계승할 수 있었던 데는 상해 임시정부 쪽에서 활동하던 이규직이 일경에 잡혀 옥사한 것이 결정적인 계기가 되었다. 조석구는 조동준 군수, 이규형 역관, 이규직 교사, 배선명 재미사업가, 전창규 목사, 성재경 작곡가, 조남창 등과는 달리 부정적인 모습에서 긍정적인 모습으로 옮겨간 존재다. 그런가 하면 악자필망이라는 관념을 살려 친일파 조용구와 그 사위와 딸은 처참하게 몰락하는 것으로 그려놓고 있다. 이규직이 진정한 프로타고니스트가 되면서 『역사는 흐른다』에서의 역사는 독립운동사로 요약된다. 독립운동사적 관점이란 우리 근대사를 독립을 쟁취하기 위한 과정, 즉 신성사의 관점으로 파악하고 재구성하는 것을

말한다. 한무숙은 성격 창조, 구성, 서술 방식 등의 면에서 한계를 드러내
면서도 신성사적 관점을 견지하였다.[277]

(5) 김동리의 『해방』, 우익승리담과 좌파포용론

김동리의 장편소설 『解放』은 1949년 9월 1일부터 이듬해 1950년 2월
16일까지 156회에 걸쳐 『동아일보』에 연재되었다. 삽화는 남관이 그렸으
며 "禹性根의 被殺" 등 11개의 장으로 구성되었다.

"禹性根의 被殺"(1949. 9. 1~9. 10, 10회)은 31세의 대한청년회장 우성
근의 피살을 원인적 사건으로 설정하였다. 우성근은 좌익 계열 청년단체
와 군사단체를 해체하라는 성명서를 발표한 직후에 암살된다. 동아여자
대학관의 실질적 운영자인 이장우는 우성근의 부인 심경애로부터 친정아
버지 심재영을 만나달라는 편지를 전해 받는다. 우성근의 이복동생으로
청년회 행동대원인 김상철은 살인범으로 국군준비대[278]나 민청이나 학병
동맹[279] 소속 등 여러 갈래로 추측한다.

---

277) 조남현, 「한무숙 소설의 갈래와 항심」, 『한국현대작가의 시야』, 문학수첩, 2005, pp. 182~
90.

278) 김남식, 『남로당연구 1』, 돌베개, 1984, pp. 105~13.
　　일제 때 징병되어 끌려갔다가 온 조선인 장병들은 1945년 9월 7일에 귀환장병대를 국군
준비대로 이름을 바꾸었다. 인공의 무장부대라는 성격을 부여함으로써 소위 인공의 합법
성을 보다 짙게 하자는 의도가 있었으며 앞으로의 군조직에 있어 광복군과 의용군을 제치
고 주도권을 잡으려는 의도도 있었다. 1945년 12월 26, 27일에 서울 계동 중앙고교 강당에
서 국군준비대 전국대회를 가졌다(pp.105~6). "국군준비대는 전국대회 마지막 날인 12월
27일 하오 1시께 좌익계 신문이었던 인민보사가 우익계 청년들에게 습격을 당하자 이를 저
지하기 위해 출동, 당시 태고사에 본거를 둔 건국청년회(건청)를 급습하여 건청 간부 10여
명을 불법 체포했다. 미군정은 불법으로 군사단체 조직, 경찰행동, 좌익대회에 경비를 서
치안법령을 위반한 점, 건국청년회 불법침입 등의 이유를 들어 이혁기를 비롯한 간부 8명
에게 체형을 내리고 국군준비대를 해산시켰다. 국군준비대의 해산은 공산당에게 큰 타격
이 되었다"(pp. 112~13).

279) 위의 책, pp. 112~15.
　　"일제는 병력 자원을 보충하기 위해 44년 1월 20일 학병제를 실시, 전문·대학에 재학중
인 한국인 학생들을 군인으로 강제 동원했다. 징집된 학생은 약 5천, 해방이 되어 귀국한
이들 중 공산당 영향 아래 있던 10여 명은 45년 8월 23일 서울 보인상업학교 강당에 모여

"親日派 沈載榮"(1949. 9. 11~10. 3, 23회)은 우성근의 장인인 심재영이 독립운동가에서 친일파로 변신하여 살아오다가 해방을 맞아 동아여자대학교 설립자가 되기까지의 과정을 기록하는 데 중점을 두었다. 우성근은 학교 운영자로 국문학과 국사와 철학을 전공한 이장우를 추천했었다. 자기 집에 와 있으라는 심재영의 부탁을 거절하고 술에 취해 귀가하는 이장우는 뒤따라온 심양애와 이야기를 나눈다. "갈렸던 사랑"(1949. 10. 5~10. 20, 16회)은 이장우가 고등학생 때부터 하윤철 집안과 한 가족처럼 지냈던 시절을 돌이켜 보았다. 이장우는 하윤철의 여동생 미경과의 사랑이 이루어지기 어려운 것으로 알고 동경행을 택했다. 10년 만에 만난 하윤철로부터 여동생 미경의 남편이 학병으로 나갔다가 전사한 후 그녀는 동아여자대학관 야간부에 입학하였다는 소식을 듣는다. 이장우는 이장우대로 일본에서 하나꼬(순이)를 구해 고향으로 보내주었다.

"다시 살아나다"(1949. 10. 21~11. 5, 15회)는 이장우의 해방 전후의 사연과 하미경의 사연을 들려주면서 악질 신문기자 신철수를 등장시켜 하회에 대한 궁금증을 불러일으키게 하였다. 이장우는 칩거, 수리조합 서기, 결핵 투병, 지리산 화엄사 생활 등을 거치고 해방을 맞아 적극적으로 현실에 참여하였다. 신철수는 하미경에게 남동생 하기철이 우성근 피살 혐의를 받고 있음을 흘리면서 자기 숙소로 찾아오라고 한다. "解放週報社"(1949. 11. 6~11. 28, 22회)는 하숙집 아줌마 오금례의 애국심과 자본이 우연히 만난 신철수의 신문 편집 능력과 사기꾼 성향이 어우러져 해방

학병동맹을 조직했다. 강령은 제국주의 세력의 철저한 구축, 신조선 건설의 추진력 지향, 신조선 문화운동에 진력, 치안유지에 협력하고 장차 국군건설에 노력할 것 등과 같이 되어 있다. 46년 1월 20일 학병대회 개최 이틀 전 1월 18일에 반탁 학생들이 찬탁을 선동하는 조선인민보 편집국, 조선인민당, 서울시 인민위원회 등을 습격하자 이를 저지, 보복하기 위해 출동, 반탁청년들과 충돌하는 사건이 벌어졌다. 그 결과 학병동맹 본부가 경찰에 의해 수색당하고 간부 23명이 검거됐다. 따라서 대회개최는 유산되었다. 주동자인 신요철은 징역 1년에 처해지고 나머지 8명은 10개월 형을 받았다. 학병동맹은 미군정의 무당단체 해산령에 따라 자연 해체되고 말았다"

주보가 발행되는 과정을 제시하였다. 모리배는 행각을 일삼는 신철수는 오금례의 딸 정혜를 정복한다. "選擇의 自由"(1949. 11. 29~12. 11, 13회)는 신철수의 파렴치한 행위를 그리는 데 중점을 두었다. 신철수는 좌익단체에서 활동하는 여성들을 닥치는 대로 농락하는가 하면 해방주보에 물질적 지원을 하지 않는 인사는 거침없이 친일배로 몰아간다.

"肉祭"(1949. 12. 12~12. 21, 10회)는 동생 하기철을 구명하기 위해 신철수의 숙소인 제2호텔로 찾아간 하미경이 신철수의 유혹과 협박에 시달리는 장면을 보여주었다. "서글픈 因果"(1949. 12. 22~1950. 1. 7, 12회)는 모리배 신철수가 친일파 심재영을 찾아오는 데서 시작한다. 신철수가 해방주보사에 기부금을 내지 않으면 친일 행각을 신문에 폭로하겠다고 협박하자 심재영은 형편이 좋지 않아 도와줄 수 없다고 한다. 그 후 심재영은 이장우에게 친일파에 대한 접근이 신중해야 한다고 주장한다. "相澈이"(1950. 1. 10~1. 24, 13회)는 대한청년단 내에서도 우성근 살해 사건 처리 방법이라든가 심재영에 대한 기사를 낸 해방주보의 압수 여부를 놓고 의견이 분분함을 보여준다.

"피흐르는 解放"(1950. 1. 26~2. 8, 14회)은 우성근의 이복동생이며 대한청년단원[280]인 김상철이 해방주보사를 찾아가 2,800부를 사들여 불태워버리는 장면을 보여준다. 대한청년단원들은 제2호텔 17호실로 가 신철

---

280) 신복룡, 『한국분단사연구』, 한울 아카데미, 2001, pp. 185~92.
　　「제5장 군정의 통치구조 5. 외곽단체: 서북청년회를 중심으로」에서는 서북청년회의 활동상을 다음과 같이 정리했다. 서북청년회는 서북청년단, 함북청년회, 평안청년회 등 7개 단체가 1946년 11월 30일 통합 발족한 것으로 회원 7만~9만 명과 57여소의 지부를 가진 전국 조직이었다. 서북청년회의 실제 임무는 우익의 하수인 역할이었고 경찰로부터 자금 지원을 받으며 전위부대로서의 역할을 하기도 했다. 설립 당시 중앙집행위원장을 맡았던 선우성기는 『한국청년운동사』라는 책에서 서청은 특히 한민당의 정치 공작의 하수인이었으며 반공과 좌익에 대한 백색테러의 하수인이었다고 자임하였다. 일례로 서청대원들은 『자유신문』 『중앙일보』 『조선인민보』 등의 좌익신문사와 전평·조공·민청 등을 습격했고 이에 대한 좌익의 보복도 그치지 않았다. 서청은 좌익에 대해 린치를 자행했다. 하지 장군이 3차에 걸쳐 서청 해산을 지시했으나 한민당이 경찰만으로는 남한의 치안 유지가 어렵다는 이유로 반대했다. 1948년 12월에 대한청년단에 흡수되었다.

수를 찾아내고 발가벗은 채 기절해 있는 하미경을 구출한다. 명륜동 성제
윤 집에 숨어 있던 하기철을 체포하여 상철이 문초하던 중 목 조르는 가
혹 행위를 하여 숨지게 하는 사건이 벌어진다. "十字架의 倫理"(1950. 2. 9
~2. 16, 8회)는 이장우가 원남동 하윤철 집에서 이념 논쟁을 벌이는 것을
중계하였다. 이장우는 대한청년회 별관 지하실에서 하기철의 시체를 확
인한다. 이때 오금례가 신문값 10,800원을 받으러 오고 CIC와 수도청에
서 회관을 포위한다. 이장우는 김상철에게 지하실 열쇠를 달라고 하고 자
기가 다 책임지겠다고 한다.

『해방』은 1945년 8월 15일 부터 1946년 봄까지 한국 사회에 나타날 수
있는 문제적 인물들을 고루 제시했다. 반성보다는 세력 유지에 더욱 부심
하는 친일파 심재영, 그의 사위이며 대한청년단 회장 우성근, 우성근의
추천으로 동아여자대학교 운영자이자 문학과 역사를 가르치는 교수 일을
맡고 있는 이장우, 우성근의 이복동생으로 대한청년단 행동대장인 김상
철, 대한청년단 부회장 장국준, 해방주보사 사장 오금례 등이 우익의 범
위를 설정하고 있다. 이에 반해 대학병원 의사로 인민당 당적을 지닌 하
윤철, 조선공산당 콤·그룹파[281] 전위로 민주청년동맹단원인 하기철, 조
선공산당원 박성일과 성재윤, 여성동맹원인 박선주와 장소란 등은 좌익
에 해당한다. 박성일, 성재윤, 박선주, 장소란 등은 단역에 불과하다. 해

---

281) 박갑동, 『박헌영』, 인간사, 1983, pp. 78~80.
    1937년에 이관술은 누이동생 이순금을 데리고 충주에 있는 김삼룡을 찾아가 조직 책임
    을 맡기고 다시 공산주의 동료 규합에 나서게 되었다. 숨어 다니던 권오직과 이현상 등도
    이에 가담하여 소위 콤·그룹을 만들게 되었다. 경성 콤·그룹은 일제하의 마지막 공산주의
    서클이었다. 박헌영은 1939년에 출감하여 고향인 예산에서 광인 행세를 하다가 종적을 감
    춘 후 비밀리에 경성 콤·그룹을 지도하면서 뒤이어 출감한 정태식 등 세칭 경성제대 클럽
    을 흡수해 경성 콤·그룹을 만들었다. 경성 콤·그룹은 기관지 『인민전선』을 발행하였고 노
    동·가두·학생·일본 유학생부 등의 부서를 두었고 전국 시도의 책임자도 두었다. 1942년
    12월에 대부분이 경찰에 체포되자 박헌영은 광주로 달아났다. 일제하의 조직적인 공산주
    의운동은 막을 내리게 되었다. 해방 후 박헌영은 서울 콤·그룹을 중심으로 공산당 재건운
    동을 전개해갔다.

방주보사 편집 책임자로 공갈 협박과 여성 농락을 일삼는 신철수와 오금례의 딸로 해방주보사 기자인 윤정혜는 우익적 사고와 태도를 지니고 있으나 친분은 주로 좌익 사람들과 쌓았다. 하기철 누나 하미경과 심재영의 둘째 딸 심양애는 혈육의 정에 얽매인 인물로 그려져 있다. 김동리는 심재영·이장우·신철수·오금례 등을 양적인 면에서 비중 있게 다룸으로써 심재영으로 대표되는 친일파, 신철수로 대표되는 모리배, 이장우로 대표되는 우익 지식인 등의 행태를 그리는 데 역점을 둔 셈이 되었다. 김동리는 친일파 심재영에 대해서는 일말의 연민을 보내고 있으며, 모리배 신철수는 부정의 시선으로 보고, 우익 지식인 이장우는 긍정적인 인물로 그리고 있다. 우익이면 무조건 지지하는 태도를 취했다고 보기는 어렵다.『해방』은 대한청년단 회장 우성근을 살해한 민청원과 학병동맹원 중 콤·그룹파 민주청년동맹원인 하기철이 붙잡혀 고문으로 갑자기 죽는다는 사건과 해방주보사 기자인 신철수가 유력자들을 협박하고 좌익 여성들을 마구 농락하다가 붙잡힌다는 사건을 양축으로 삼았다. 하기철의 암살 행위와 신철수의 불법적이며 비도덕적인 행위가 원인적 사건이 되고 있다. 김동리는 좌익 청년의 억울한 죽음을 분명한 사건으로 설정했는가 하면 우파 진영 내의 강경파와 합리주의파 사이의 갈등을 드러내는 것도 꺼려하지 않았다.

작가와 소재가 동시대성을 지니는 당대소설인『해방』은 역시 당대소설인 단편소설 「윤회설」(『서울신문』, 1946. 6. 6~6. 26), 「지연기」(『동아일보』, 1946. 12. 1~12. 19), 「상철이」(『백민』, 1947. 11), 「형제」(『백민』, 1949. 3), 「유서방」(『대조』, 1949. 3~4)의 연장선에서 김동리의 사상의 확대와 강화를 드러낸 것이라고 하겠다.『해방』이 연재되었던 그 무렵『동아일보』에는 남로당 탈퇴성명서가 연일 소개되었다.

이렇듯 직전에 발표된 당대소설이자 이념소설을 보면『해방』이 좌우익의 인물과 친일파를 다루는 데 있어 우익절대론이라는 단순 시각에 고착되지 않았음을 알게 된다. 앞부분인 1949년 9월 11일에서 14일까지 친일파 심재영의 이력을 자세하게 기술하였다. 황해도 해주 출생, 일본 와세다 대학 정경과 수료, 삼일운동 가담, 서울 진남포 간 활약, 피체, 3년간 복역 후 신간회 가담, 민족주의 사상가로서의 명성 획득, 재중 대한민국 임시정부군 자금조달 혐의로 체포되어 3년 징역형, 예심 때부터 임시정부 배신 발언과 정보를 제공했다는 소문 산포, 실망과 동정론 교차, 복역 중 참회성명서와 전향성명서 발표, 1년 후 가출옥, 황도선양모범농촌시찰단 단장, 시국 순응자와 심재영 의존자 증가, 총력연맹 겸 문필보국회 총재 취임, 아모마츠 도시오(靑松俊雄)로 창씨개명, 내선일체 운동 주도, 국어 상용 모범, 학병 권유 연설 등과 같이 전형적인 친일파의 길을 걸었다. 국내외에서 민족지도자로 명성이 자자했다가 전향한 후 대표적인 친일파가 된 심재영의 개인사는 일제 탄압사의 축도라고 할 수 있다.

해방 직후 심재영은 동아여자대학교 개교에 거액의 재산을 내놓는 한편 공산당, 인민당, 한국민주당, 국민당 등 좌우 가림없이 정당 가입의 의사를 내비쳤으나 어느 한 곳에서도 응답이 없었다. 동아여자대학교 이사회마저도 설립자 심재영을 경원시하였다. 심재영이 일본 경찰의 총에 맞아 죽은 독립운동가인 친구의 아들 우성근을 입양하여 대학까지 보낸 후 사위로 삼은 것은 긍정적 행위로 볼 수도 있다. 우성근은 장인 심재영에게 총력연맹 이사와 문필보국회 총재를 그만두라고 여러 차례 조언했으나 받아들여지지 않자 집을 떠나 만주에서 두 해 동안 있다가 해방되자 귀국하여 반일적인 면모를 보이기도 하였다. 해방주보를 도와주지 않으면 친일 행적을 폭로하겠다는 신철수의 협박을 듣고 자리에 누운 심재영은 문병 온 이장우에게 친일파 문제는 보다 섬세하고 신중하게 접근해야 한다고 한다. 심재영은 국내에 있었던 사람 중에서 일제에 협력하지 않은 사람을 골라내기는 힘들다고 하고 해외에서 돌아온 사람이라도 다 깨끗하다는 보장은 없다고 하였다. 그리고 친일파라고 하여 최소한의 처벌을 받은 사람들마저도 다 빼버리면 건국이 가능하겠는가 하고 의문을 표시한다. 애국지사요 민족주의자였기 때문에 붙들려가 잔인무도한 고문을 이겨내지 못해 산송장이 된 사람들만을 가리켜 친일파라고 떠드는 것은 친일파문제의 근본을 잘못 파악한 것이라고 강변한다. 심재영은 말하다 보니 흥분하여 국방복을 입고 손에는 일장기를 들고 입으로는 천황폐하를 외칠 때에도 마음속으로는 민족을 생각하고 나라를 사랑했다는 궤변마저 늘어놓는다. 이장우는 조선 사람 전부가 일제 통치하에 있었다는 점과 조선 사람 전부가 자진하여 적극적으로 일제에 아부하고 협력하며 일신의 영달을 꾀했다는 말은 구분해야 한다는 생각을 갖게 된다. 이장우는 친일파로 공인된 사람들이 오십보백보를 주장한 것에 반감을 품으면서도 잔인무도한 고문을 받은 끝에 변절할 수밖에 없었던 인사에게는 일말의 동정을 보낸다.[282]

---

282) 김남식 엮음, 『남로당 연구 3』(자료편), 돌베개, 1988, pp. 279~81.

1946년 2월 15일과 16일에 걸쳐 서울시 종로2정목 기독교 청년회관 대강당에서 열린 "민주주의 민족전선" 결성대회 제2일째의 의사록에는 친일파 민족반역자의 규정(초안)이 들어 있다.

"무자비한 단죄의 결의와 관용의 태도를 구비하면서 친일파 민족반역자를 구체적으로 다음과 같이 규정한다.

1. 친일파는 일본 제국주의에 의식적으로 협력한 자의 총칭이다.

2. 민족반역자는 이 친일파 중에서도 극악한 부분을 지칭하는 것이다. 그러나 친일파에 속하지 않는 자라도 해방 이후 민주주의 건설을 적극적으로 파괴하며 테러단을 조종 지도하며 민주주의 단체 또는 그 지도자에게 테러를 감행 또는 교사하는 자는 민족반역자에 속한다.

3. 8·15 이전의 친일파 민족반역자

(1) 조선을 일본 제국주의에 매도한 매국노 및 그 관계자, (2) 유작자(有爵者), 중추원 고문, 참의, 관선 도·부 평의원, (3) 일본 제국주의 통치시대의 고관(총독부 국장, 지사 등), (4) 경찰 헌병의 고급관리(경시 사관급), (5) 군사 고등정치경찰의 악질분자(경시 사관급 이하라도 인민의 원한의 표적이 된 자), (6) 군사 고등정치경찰의 비밀탐정의 책임자, (7) 행정, 사법, 경찰을 통하여 극히 악질분자로서 인민의 원한의 표적이 된 자, (8) 황민화운동, 내선융화운동, 지원병, 학병, 징용, 창씨 등의 문제에 있어서의 이론적, 정치적 지도자, (9) 군수산업의 책임 경영자(관리공장 지정공장도 포함), (10) 전쟁 협조를 목적으로 하는 또는 파쇼적 성질을 가진 단체(대의단, 일심회, 녹기연맹, 일진회, 국민협회, 총력연맹, 대화동맹 등)의 주요 책임 간부

김동리는 친일파 못지않게 모리배에도 주목하였다. 신철수는 이장우로부터 미움은 받았으나 제재를 받지는 않았다. 신철수는 일제 말에 만주에서 신문기자로 활동하면서 군부에도 촉탁 비슷하게 관계했었으며 해방 후에는 좌익동맹 가담자로 활동한다. 일제 말에 부분적으로 대일협력을 하다가 해방 후에 좌익에 한 발을 디디면서 모리 행위를 한 점에서 「지연기」의 김정식은『해방』의 신철수의 원형적 존재가 된다. 신철수는 하미경 앞에서 하윤철·하기철 형제가 좌익단체에 몸담고 있음을 상기시키고 이장우를 극우파의 고문으로 몰며 자신을 미화시킨다.

「미경씨 큰오빠 하윤철씨는 현직 대학병원 재근(在勤) 의사로 대체로 인민당(人民黨) 당적을가지고 있고, 미경씨의 동생 하기철군은 말씀예요, 조공(朝共)콤구룹파 전위(前衛)로 현재 민주청년 동맹에서 활약중이요, 미경씨 자신께서는 말씀예요, 내친구 고(故) 윤호일군의 미망인으로, 정치노선은 큰오빠 하윤철군과 비슷하고, 현재는 극우(極右) 청년단체의 과감한 지도자 고(故) 우성근군의 고문(顧問) 겸 참모(參謀)격(格)이던 이장우군의 애제자(愛弟子) 겸 애인이라고 할까……무어라고 할까,……」[283]

신철수는 자신을 "사회의 목탁이요, 인민의 대변자요 민족의 호소기관인 해방주보사의 주필"이라고 하며 "좌우를 초월하여 어디까지나 정의와

---

4. 8·15 이후의 민족반역자

(1) 민주주의적 단체 혹은 지도자를 파괴 암살하기 위하여 테러단을 조직하여 지도하는 자, 이 단체 등을 배후에서 조종 원조하는 자, 또는 직접 행동을 하는 자, (2) 연설, 방송, 출판물 등을 통하여 애국적 지도자 및 그 가족에 대한 가해를 선동 교사하는 자, (3) 관헌으로서 민주주의적 지도자를 무참히 검거, 고문, 투옥, 학살하며 민주주의적 제 기관을 파괴하는 자, (4) 미군정 또는 MP에게 무고하여 이러한 불상사를 야기케 하는 자, (5) 패잔 일본 제국주의 군대 및 철수 일본인으로부터 물품을 대량 매점하고 암흑시장을 통하여 계속하여 국민경제의 우란과 대중생활의 파탄을 초래하는 간상모리배"

283)『동아일보』, 1949. 11. 2.

양심에 충실한 비평가"[284]라고 자처한다. 해방주보사의 실제 사주인 오금례는 무식한 중년 여인으로 옛날 하숙생 신철수를 우연히 길에서 만나지 않았더라면 계속 일본음식점 장사를 하면서 돈을 벌었을 것이다. 그녀는 이승만 박사와 김구 선생을 추앙하면서도 이승만 박사의 사진을 더욱 크게 내라고 성화같이 독촉한다. 신철수는 "친일파 민족반역자와 악질 모리배를 철저하게 적발하고 규탄하는 것"을 발행 목표로 삼아 친일파나 모리배의 혐의를 받고 있는 사람들을 찾아다니며 문화사업과 이재민 동포 돕기 사업에 협조 운운하다가 말을 듣지 않으면 폭로 기사를 내는 방법을 쓴다. 해방주보는 일부 대중의 정치적 관심을 충족시켜주는 기사와 사진을 게재하여 5천 부까지 찍을 때도 있었다. 이처럼, 무식한 음식점 주인 오금례를 이승만 절대 신봉자로 설정함으로써 작가 김동리는 배타적인 극우파 지식인에서 벗어날 수 있게 되었다.

이장우는 중앙고보 5년 때 부모와 같던 형이 사업에 실패하여 숙식 문제가 어렵게 되었을 때 친구인 하윤철의 성북동 집에서 몇 년 동안 같이 지낸 적이 있다. 동생 기철이 우성근 살해범의 한 명으로 조사받다가 가혹 행위로 죽은 것을 알게 된 하윤철과 이장우는 좌우 이념에 대한 토론을 벌이게 된다. 이 대목에서 작가 김동리의 사상이 분명하게 드러난다.

「난 자네가 그렇게 극우(極右)인줄은 몰랐어. 그 부패하고 억압적이고 보수적인 자본주의 세력의 지지자가 될줄은 몰랐어.」

하윤철은 흥분한 목소리로 이렇게 말했다.

「그럼 좌익이란 그 반대란 말인가? 신성하고 자유스럽고 진보적이고……?」

「우익 보다야 신성하고 자유스럽고 진보적이지.」

[284) 위의 신문, 1949. 11. 2.

「그럼 그러한 좌익이 실현 되어 있는 곳은 어딘가?…… 三八이북인가?」

「난 반드시 三八이북이 그렇다는 건 아니야.」

「그럼 소련이란 말인가?」

「이 사람이 누굴 조롱을 하나?」

「그럼 자네가 말하는 그 신성하고 자유스럽고 진보적인 좌익이란 어디 있단 말인가?」

「……」

윤철은 처음 자기의 가슴을 가르쳤다.

「우리들의 가슴 속에…… 그리고 적어도 인민당 지도자들에게만은……」

「자네 현실이라는 거 아는가?」

「……」

윤철이 또 대답을 하지 않았다.

「정치는 언제나 현실을 떠날 수 없는 걸세. 자네가 생각 하는 것은 자네의 희망 이지 현실은 아니야. 자네가 생각 하는 것보다는 좀더 이상적이요 또 구체적인 희망을 나도 가지고는 있어. 왜 학병동맹을 습격하여 희생자를 내었느냐, 「전평」 간부에 고문을 했느냐 하는 것도 모두 자네의 한개 이상이요 인도적 감정일는지 모르나 현실은 아니야. 현실은 독립과 자유를 부르짖는 애국청년 남녀들이 얼마든지 서백리아로 실려가고 있는가하면 학병동맹이 습격을 당하고 「전평」 간부가 고문을 당하고 있는 거야.」

「그럼 자네가 말하는 현실이란 대체 무엇인가?」

「三八선이란 말일세…… 「두개의 세계」! 자네 이 「두개의 세계」란 무슨 뜻인지 아는가?」

「미국을 대표로 하는 자본주의 세계와 쏘련을 대표로 하는 공산주의 세계란 말인가?」

「그렇게 말해도 되지. 자네가 말하는 좌익이니 우익이니 하는 것은 결국 이 두개의 세계를 의미하는 거야. 그것이 단순히 우리 민족에 국한된 좌우익이 아니요 三八선만이 아닐세. 이것은 지극히 평범하고 상식적인 말 같지만 동시에 지극히 근본적이요 원측적인 판단이란 것을 알아야 하네. 왜 그러냐 하면 이것이 현실이기 때문이야. 현실은 이와 같이 「두개의 세계」의 싸움이란 것을 알아야 돼. 우리가 정치를 한다는 것은 이 「두개의 세계」의 싸움에 뛰어 드는것 뿐이야. 그어느 「한개의 세계」에 가담하여 다른 「한개의 세계」와 싸우는 것이야.」

「이 「두개의 세계」를 동시에 지양한 「제三 세계」의 출현을 상상할 수는 없는가?」

「자네와 같은 이상이나 희망으로는 가능 하겠지. 그러나 가장 현실적이요 구체적인 방법은 그 어느 「한개의 세계」가 다른 「한개의 세계」를 극복하는 길 밖에 없어. 이 「두개의 세계」에 가담하여 싸우고 있는 사람들이야말로 가장 이 「두개의 세계」에 불만과 불평을 가지고 견딜 수 없는 사람들일세. 그들의 가슴 속에야말로 각각 자네와 같은, 아니 자네 이상의 꿈과 희망과 도의를 가지고 있네. 그들은 그것의 실현을 위하여 우선 가능한 그 어느 「한개의 세계」에 가담하며 싸우고 있는 것일세.」[285]

김동리의 대변인이라고 해도 좋은 이장우는 인민당[286] 당적 보유자인 의사 하윤철이 이상주의자이며 교조주의자로 현실을 제대로 파악하지 못하고 있음을 음각해낸다. 그러고는 좌우익의 싸움이 한국을 포함한 지구

---

285) 위의 신문, 1950. 2. 9.
286) 김종범·김동운, 『解放前後의 朝鮮眞相』, 조선정경연구사, 1945. 12(『해방전후의 조선진상』, 돌베개, 1984, pp. 55~59).
　　여운형이 해방 1년 전에 결성한 건국동맹의 후신으로, 1945년 11월 12일에 천도교 강당에서 당원과 방청객 합해 2천 명이 참석하여 결당식을 가졌다. 당수는 여운형이 맡았으며 총무국 외에 당무부, 경제부, 문화부, 선전부, 노농부, 청년부 등 10개 부서로 구성되었다. 선언 속에는 "우리는 조선의 현실적 과제인 완전독립, 민주주의국가의 급속한 실현을 그 당면 임무로 자임하는 동시에 우리의 기본이념인 전근로대중의 완전한 해방에까지 혁명적 추진을 결의하는 자이다"와 같은 정당의 기본이념과 목표가 담겨 있다.

상의 다른 나라의 정치판의 중심을 차지하고 있으며 좌우익의 싸움이 엄연한 현실임을 일깨워준다. 반공 청년들이 시베리아로 끌려가는 것도, 이와 반대로 좌익 요원들이 습격받고 고문받는 것도 현실을 구성한다는 이장우의 말에 하윤철은 답을 하지 못한다. 이장우는 한 개의 세계가 다른한 개의 세계를 극복하는 것만이 어려운 현실을 해결하는 길이라고 함으로써 좌우합작론을 부정하게 된다. 이 소설의 연재가 끝난 지 넉 달 후에 6·25가 발발한 것을 보면 좌우익 싸움의 심각성을 일깨워준 김동리의 안목을 주목할 만하다.

이어 이장우는 자신은 자본주의를 선택한 것이 아니고 민주주의를 택한 것이라고 하면서 민주주의의 근본정신은 개성의 자유를 존중하는 데 있어 자유경제 자본주의에도 통하는 것이며 다수 인민을 표준으로 삼는 점에서는 사회주의와도 통할 수 있다고 하였다. 그러면서 자신은 미국식 민주주의를 선택한 것이라고 하고 민주주의 실천의 면에 있어 미국은 60점 소련은 30점이라고 하였다. 그리고 자신이 극우를 선택하게 된 배경을 다음과 같이 설명한다.

「이 단계에 있어 우리가 아직 민족국가를 건설하지 않을 수 없다는 것 때문이야. 자네도 알겠지만 쏘련과 우리 나라는 대륙으로 잇대어 있지 않은가? 거기다 소련은 국책상 부동항(不凍港)을 가져야 한다는 절대적인 요청을 갖고 있지 않은가? 여기서 우리는 소련의 이데오로기이나 민족정책을 최대 한도 호의로 해석한다 하더라도 이러한 정치적 지리적 현실에 있는 소련과 악수하고는 독립된 민족국가의 건설은 불가능 하다는말일세. 여기서 우리는 한개 독립된 진정한 민족국가를 건설 하려면 그들의 지리적 압력과 이데오로기이의 공세에서 어떻게 해서든지 벗어나야 하지 않겠는가? 이 지리적 압력과 이데오로기이의 공세에서 벗어나고 그를 견제하는 정치적 방법으로는 소련과는 대척적인 또 「하나의 세계」와 악수 하지 않을 수 없다는 걸세.」[287]

이장우는 소련과 연결되거나 소련의 압력을 받는 한 독립국가의 건설
은 어렵다는 점을 일깨워준다. 소련이나 미국이나 똑같이 30퍼센트만 인
정한다고 하면서 중립을 자처하는 하윤철에게 이장우가 어째서 공산당의
한 외곽 정당인 인민당에 갔느냐고 하자 하윤철은 몽양 선생을 따라간 것
도 있지만 몽양 선생 밑에 친구가 있기 때문에 간 것도 있다고 변명한다.
김동리는 『해방』의 연재가 끝나기 전에 작가 스스로 자매편이라고 한 「急
流」 제1회분(『혜성』, 1950. 2)을 발표했다. 경상남도 사천에서 소외감과
불안감 속에서 국민학교 교사를 7년째 하고 있는 정구가 해방을 맞아 동
료 교사들에게 사흘 동안 한글을 강습한 후 견문을 넓힌다는 이유를 대고
서울로 간다는 내용이다.

(6) 좌익적 시각의 타자화(「大雪」 「형제」 「산정삽화」)

김송의 「崔滿重」(『한중문화』, 1949. 3)은 채만식의 「도야지」(『문장』,
1948. 6)처럼 총선에서 낙선한 인물을 주인공으로 삼았다. 일제 때 면장
을 지냈던 최만중은 징용 간 소작인의 아내를 자신의 소실로 삼고 지내다
가 해방을 맞았다. 징용 갔던 청년들이 돌아와 최만중 잡으라고 쳐들어왔
을 때 바로 이 집 나락 밑에 숨어서 화를 면했으나 소실은 그 이튿날 남편
이 돌아올 것이라는 소문을 듣고 목을 매고 죽는다. 최만중은 둘째 아들
이 동경 유학 후 귀국해서 주의자로 활동하다 감옥살이를 한 적이 있고
해방 후에는 동맹 측을 조종하는 것에 힘입어 친일파 처벌 공포에서 벗어
나고 싶어 한다. 그의 심복인 이구장과는 달리 토지개혁에는 큰 관심을
두지 않았다. 최만중은 미소공동위원회의 2차 회담이 결렬되고 유엔 조

---

287) 위의 신문, 1950. 2. 10.

선위원단의 감시 아래 총선이 실시된다는 방송을 듣고 입후보할 생각을 갖게 된다. 최만중에게 낙선의 고배를 안겨준 박이란 청년은 반탁파의 리더로 이 마을에 들어와 야학운동을 하여 마을 사람들의 신망이 두터운 인물로 그려졌다. 작가는 "반탁파의 리더"에 방점을 찍었다.

이무영의 「童話」(『한중문화』, 1949. 3)는 자수성가해서 소지주가 된 윤서방과 자나 깨나 토지개혁을 부르짖는 그 아들의 대립상을 한 마을의 문인이 지켜보고 참견하는 방법을 취했다. 이미 환갑도 지났고 땅도 있는 윤서방은 농사철만 지나면 나무장사를 하여 '나'의 집에도 10년째 나무를 대주고 있어 한 집안 같은 사이가 되었다. 윤서방이 땅을 빼앗길까 걱정하자 '나'는 토지개혁은 잘 안 될 것이라고 하며 안심시켜준다. 윤서방은 해방된 후 3년 동안 아들과 여러 차례 설전을 벌인다. 미군정청이 인민공화국을 부인하고 좌익 탄압을 시작하면서 윤서방의 공포심은 줄어들었으나 부자 대립은 계속된다. 이번에는 아들 창건이가 찾아와 하소연하기에 '나'는 몸뚱이로 공산당 하라고 한 아버지 말에 찬성한다고 하자 창건은 노력하겠다고 약속한다. 창건은 세 차례나 감옥살이하고 나오자 한풀 꺾여 "반동분자"나 "미국자본주의의 주구" 대신 "그네들"이라든가 "딱한 사람들"이라는 용어를 쓴다. 그런데 아들 창건이만 변한 것이 아니었다. 윤서방이 작인들에게 땅을 나누어주기로 결심했다고 하니까 아들은 조금 남겨놓아야 아버지와 농사지어 먹을 것이 아니냐고 오히려 걱정해준다. 창건이가 "아버지께 전 완전히 패했습니다. 허지만 동화치고는 너무도 진실한 동화가 아닙니까"[288] 하고 '내' 귀에 속삭이는 것으로 이 소설은 끝을 맺는다. 이념 대립을 하던 부자가 조금씩 양보하여 의견 접근을 보아 결국 아버지도 아들도 이겼다는 식의 내용을 보여준 것을 "동화"라고 표현하였다. "동화"에는 현실성이 떨어지는 이야기란 의미도 있다.

---

288) 『한중문화』, 1949. 3, p. 107.

김만선의 「大雪」(『신천지』, 1949. 2)은 삼각산 연봉을 뒤로하고 서울 동
북방 쪽에 있는 성 옆의 산동네를 배경으로 하였다. 이 산동네에는 미장
이라든가 신기료장수 같은 자유노동자들이 사는 판자촌이요 초가집들만
있다. 30년 만에 대설이 내려 추위와 가난이 더욱 깊게 느껴지기도 한다.
심영감은 한때 잡화상을 하여 아들들을 중학교까지는 보내었으나 지금은
환갑 가까운 노인으로 특별한 일거리 없이 지내며 가끔 술 먹고 들어와
아들들을 향해 원망을 늘어놓기도 한다. 평소에 경찰과 함께 영이의 큰형
을 감시하고 있는 반장 할머니가 동네 청년단원들을 위한 기부금 3백 원
을 받으러 오자 아버지는 못 내겠다고 한다. 영이 엄마와 둘째 형은 큰형
에게 화가 돌아갈까 봐 걱정이다. 초점화자의 역할을 하고 있는 막내아들
영이만이 아버지에게 동정적이다. 큰형은 은행에서 밀려났고 둘째 형은
신문사에서 사상 불온 혐의로 쫓겨났고 셋째 아들은 중학생으로 동맹 휴
교를 주도한 혐의로 출학당했을 정도로 영이의 세 형은 모두 반항적 인물
로 형상화되어 있다. 아버지는 곧잘 소주 도매 가게에 마실을 가곤 했는
데 돈이 없어 다른 사람들에게 업신여김을 받는다. 모닥불을 둘러싸고 주
로 평양 영감과 인력거꾼 정서방이 서서 대화를 나누는 옆에 심영감은 웅
크리고 앉아 가만히 들을 뿐이다.

「그렇지만 만만치는 않을걸. 미군이 있는 동안은 안심이란말야. 나는 군
정청에 다니는 내 둘째아들한테서 들었지만 미국도 절대로 안나간다네.」
「저두 지 청년단에 댕기는 아들눔헌테 들었읍죠만 미군이 나가기만허문
쏘련군은 제처놓구 이북 공산군이 막 쳐들어올걸입쇼 뭘. 미군이 어리석게
나가서야 쓥죠니까」
「미군은 별수 있나요 살기 어려운것을 생각하면 다 나가래야죠.」[289]

---

289) 『신천지』, 1949. 2, p. 250.

평양 영감의 아들은 군정청에 다니고 인력거꾼 아들은 청년단에 드나든다. 미군이 철수하면 이북 공산군이 쳐들어올 것이라는 인식이 상식화되어 있음을 보여준다. 월남민인 듯한 평양 영감과 인력거꾼 정서방은 우익이고 영이의 세 형은 모두 좌익에 가담하였다. 대화 상대자로서의 대접을 받지 못하는 심영감은 속으로나마 아들 편을 들 뿐이다. 작가 김만선도 별로 역점을 두지 않은 인력거꾼 정서방의 말이 맞아들어간 셈이다. 정서방은 여러 사람들 앞에서 노골적으로 "때려죽일 공산당놈들" 운운하다가 길가에 나서서 조선 대패로 판자에 누군가 써놓은 "양군 철수" 글자를 밀어버리는 작업을 한다. 영이는 아버지와 함께 집으로 가던 중 정서방이 "저놈 빨갱일 잡아라!" 하고 소리치며 삐라 뿌린 청년을 쫓는 것을 목격한다. 아버지는 삐라 부린 청년이 꼭 셋째 아들 영중이 같다고 하며 정서방을 미워한다. 김만선은 좌익 인물들의 행태 그 자체보다는 편드는 사람의 심정을 그리는 데 기울었다.

김동리의 「兄弟」(『백민』, 1949. 3)는 "여수(麗水) 사건이 일어나있던 一九四八년 十월二十一일 오후"와 같은 시공간 배경을 일러주는 것으로 서두를 연다.[290] 인봉이는 대동청년단원이며 그 아우 신봉이는 농민조합원

---

290) 정병준, 『한국전쟁—38선 충돌과 전쟁의 형성』, 돌베개, 2006, pp. 232~37.

"1948년 10월 남부 항구도시 여수에서 시작된 반란은 이후 한반도의 정치적 지형을 이전 시기와 다르게 만든 결정적 계기가 되었다. 한국정부가 보유한 15개 연대 중 하나였던 여수 주둔 14연대는 제주도의 반정부 폭동을 진압하라는 명령을 거부하고 반란을 일으켰다. 여순사건 혹은 여순군인폭동이라고 불리는 이 반란은 자연발생적이며 거의 무계획적이었다. 하사관과 사병 몇몇이 시작한 군사반란은 몇 시간 만에 2천 명 규모의 폭동으로 발전했다. 여수에서 시작된 반란은 인근 도시 순천으로 번졌고 곧 전라남도 전역을 휩쓸었다. 반란 세력은 지역 토착 공산주의자들과 결합해 군인반란을 지역폭동으로 전환시켰다. […] 한편, 한국군의 반란은 충분히 예상 가능한 것이었다. 미군철수와 한국정부 수립이 구체화되자 주한미군은 1948년 초부터 한국군의 병력을 급격하게 증강시켰다. 그리하여 병력자원에 대한 면밀한 검열이 불가능해, 좌익 세력이 대거 군대에 유입되었던 것이다."(pp. 232~33)

"여순사건은 한국전쟁으로 향하는 1948년의 동력학을 만들어냈다. 그것은 미소 점령기

이며 신봉이의 처남 윤규는 무소속이었다. 윤규는 매부인 신봉이가 너무 극단적이어서 인봉이와 정치적 견해차가 있음에도 인간적으로 가까웠다. 인봉이는 윤규로부터 경찰서와 학교는 도로 국군이 탈환했고 윤수와 정수는 둘 다 죽었다는 소식을 전해준다. 윤규는 신봉이가 5·10선거 때 형을 오해한 것 같다고 해석한다. 인봉이는 경찰서 앞에 가서 비참한 모습으로 죽어 있는 두 아들을 확인한다. 시체를 운반하는 들것을 따라가던 인봉은 이러저리 몰려다니며 복수극을 펼치는 대동청년단원 30명에 합류한다.

　인봉이가 도중에서 만난 이 한 떼의 사람들은 처음 이종석의 집을 향해 몰려 갔다. 이종석은 신봉이와 마찬가지로 농민조합 출신의 남로당원으로 이번에 반란군의 앞잡이가 되어 경관과 학생과 량민들을 학살하는데 특히 활약한 사람 중의 한 사람이었다.
　그들은 처음 이종석이나 신봉이의 집을 습격하려 했던 것은 아니었다. 「대청원」 몇 사람과 「족청원」(族靑員)몇 사람들이 국군에 협력하여, 이번 학살 사건에 활약한 악질들을 북잡으려 동네로 나온 것이었다. 그것이 도중에서 한 사람 두 사람 늘게 되어 어느듯 자기 자신들도 모르는 사이에 일종의 군중심리에 휩쓸리고 말았다.[291]

　이종석의 집으로 쳐들어가 딸과 아버지를 죽이고 세간을 몽땅 때려부

의 좌우충돌이나 정부수립기의 폭력사태와는 비교할 수 없는, 국가적 차원의 위기의식과 적대의식이었다. 한국정부는 북한·좌익·남북협상파에 대해 극도의 적개심으로 불타올랐다. 폭동−군 반란−빨치산으로 이어진 폭력사태는 한국정부의 존립을 위태롭게 했고 그 결과, 증오와 폭력에 기초한 적대의식이 생겨났다. 1948년 한국정부에게 가장 큰 분노의 표적은 남한 내 좌익이었다. 한국정부는 평양과 모스크바의 공산주의자들이 이들을 지원한다고 확신했다. 이들은 분명한 국가의 적이었고 체제 밖의 세력이었다. 도전과 반역이 명백했으므로 물리적 대처가 가능했다. 1948년 12월 제정된 국가보안법으로 남조선노동당 등 모든 좌익 세력은 불법단체로 규정되었다.″(pp. 236~37)
291) 『백민』, 1949. 3, p. 79.

순 대청원과 족청원 몇 사람들은 이번에는 신봉이네 집으로 쳐들어간다. "씨도 남기지 말아라" "불질러버려라" 하고 소리소리 지른다. 선두에 섰던 인봉이는 뒤안의 짚둥우리로 감추려 한 열한 살짜리 성수를 발견하고 성수를 옆에 끼고 도망을 친다. 이번 사건으로 순경인 아들이 죽은 박생원이 선두에서 맹렬한 기세로 쫓아온다. 이 소설은 "인봉이는 또 한 번 자기가 사람을 죽이고 다라나는 무서운 죄인 같은 착각을 일으키며 어두운 골목에서 골목으로 자꾸만 달아나고 있는 것이었다(己丑 正月)"[292]로 끝나 소설의 결말이 어떻게 될지 알 수 없게 만들어놓았다. 여순반란 사건을 소재로 하여 1949년 1월에 탈고하고 1949년 3월호에 발표한 것인 만큼 여순 사건의 중계담이라고 할 수 있다. 형 인봉이가 자기의 두 아들을 죽인 것이나 다름없는 동생 신봉이의 아들을 옆구리에 끼고 잔뜩 성이 난 것 같은 동지들을 피해 도망가는 것으로 결말을 맺은 것은 우익에 속한 형의 포용력을 강조한 것이라고 할 수 있다.

이 소설은 1958년 인간사에서 간행한 창작집 『실존무』에 「狂風 속에서」로 개제되어 수록되었는데 여러 군데서 개작이 이루어지고 있다. 서두 부분에서부터 개작이 분명히 나타난다. 「광풍 속에서」는 "여수(麗水)의 거리거리는 아직도, 반란군과 폭도들에 의하여 붉은 피로 물들고 있었다"(p. 65), "지금의 「경찰서」라고 한다면 벌써 이틀이나 적색(赤色) 반란군에 의하여 점령 되어 있는 몸서리나는 〈인간도살장〉을 가리키는 말이었기 때문이었다"(p. 65) 등의 문장을 통해 "반란군" "폭도" "적색 반란군" 등의 주체와 "인간도살"과 같은 행동어를 만나게 해준다. 「광풍 속에서」에 오면 11세의 성수가 초점화자가 되어 자기 아버지 신봉이 큰아버지 인봉에게 적개심을 품고 있음이 구체적으로 드러나고 있다. 성수는 농민조합원인 아버지가 대동청년단원인 큰아버지와 평소 사이가 좋지 않아 술만 취

---

292) 위의 책, p. 81.

하면 큰아버지 욕을 하고 인민공화국 세상이 되면 죽여버릴 것이라고 하는 소리도 들었고 자기에게 잘해주는 사촌 형들까지 욕하는 소리도 여러 번 듣고는 언짢아한다. 개작 과정에서 동생 신봉은 공격적이요 불만이 많은 데다 잔뜩 복수심을 품은 인물로 형 인봉은 그 반대의 인물로 부각되었다. 김동리의 「윤회설」, 「지연기」, 「혈거부족」 등에서 좌익 쪽 인물의 반인간적이며 파괴적인 행태를 부각시키고 있는 작가적 태도는 「형제」를 지나 「광풍 속에서」에 오면 우익 쪽 인물의 인내심과 포용력을 더욱 강하게 그려내고 있는 것으로 이어지고 있다.

특히 인봉이나 신봉이는 바로 친 형제임에도 불구하고, 신봉이가 일본에 가서 바람이 들어 돌아온 뒤부터 하는 일도 없이 밤낮 술과 노름으로 세월을 보내지 않으면 그 형(인봉이)을 찾아와 트집을 붙이기가 일이었기 때문에 본디부터 사이가 좋지 않던 것이, 이번에는 또 「농민조합」을 한답시고 눈을 부라리며 다니는 것이 몹시 아니꼬왔던 것이다. 인봉이가 결연히 「대동청년단」에 가맹을 하게 된 태반의 이유도 사실은 이 신봉이의 꼴사나운 협박 공갈에 대항하기 위함이었던 것이다. 신봉이가 그 형 인봉이를 극단적으로 미워하며 적대시 하기 시작한 것도 이때부터의 일이다.[293]

이념 갈등이 폭발하여 빚어진 역사적 사건을 당대소설의 틀로 다룬 「형제」는 1950년대 말에 냉전시대를 통과하면서 「광풍 속에서」라는 반공소설 쪽으로 이어지게 된다. 그러면서 우익인 주인공의 포용력도 점점 더 넓어지는 변화를 보이게 된다.

안수길의 「旅愁」(『백민』, 1949. 5)는 만주, 서울, 부산 등지로 공간 배경을 바꾸면서 만주, 월남, 변신, 전락 등 해방을 전후로 한 여러 가지 반복

---

293) 김동리 소설집 『實存舞』, 인간사, 1958, p. 69.

모티프로 여주인공을 포위하는 방법을 썼다. 단편소설이지만 장편소설 규모의 변화상을 담고 있다. 박철은 해방 후 만주에서 병구를 이끌고 고향으로 나와 3년간 수술도 받고 요양도 한다. 그리고 삼팔선을 넘어 서울로 왔으나 여러 가지 기대가 산산조각 나는 것을 겪게 된다. 문인 친구들은 문학 아닌 길로 나가기도 했고 문단에 남은 친구들은 노선을 따라 서로 적대시하는 길을 걸어가기도 했다. 철은 언론기관에 근무하면서 박봉에 시달리고 단칸방에서 여덟 식구가 함께 사는 최저 생활을 한다. 통영으로 출장을 가기 위해 부산행 기차에 올라탔을 때 "그 좁은 서울, 치수가 맞지 않는 서울"을 벗어났다는 해방감을 느낀다. 만주 시절 협화회 과장이었고 창씨개명 했던 신동일을 차중에서 만나 협화회 회장 황도겸이 친일파와 민족반역자로 몰려 민중재판에서 총살당했다는 소식을 듣게 된다. 황도겸은 목재회사와 피복공장과 자동차 부속품 수리공장 등 세 가지 사업체를 갖고 있었으며 촌장, 협화회 회장, 출정자 유가족 원호회 회장, 신문 지사장 등 열 가지가 넘는 직함을 지녔었다. 박철은 M신문사 특파원으로 R에 주재할 때 황도겸의 딸 숙이와 만난 적이 있다. 숙이는 일본 동지사 대학에 재학 중으로 여름방학을 맞아 신문사 일을 돕겠다고 왔으나 신문사 지사 경영 일은 뒷전이요 박철과 문학, 철학, 예술 등에 대해 토론하고 책을 보고 하는 것이 일이었다. 철이 수판이라든가 생활을 떠나서는 살 수가 없는 것 아니냐고 하자 숙이는 생존에 매달리는 조선 사람들을 비판하면서 생존에 허덕이는 사람들을 경멸한다고 하여 부잣집 딸 티를 낸다. 철은 통영에서 볼일을 다 보고 부산에 초저녁에 도착한다. 철은 20년 전 광주학생 사건으로 중학교를 퇴학 맞고 일본으로 간 이래 배를 타기만 하면 문초를 당했던 기억을 떠올린다. 골목의 한 국밥집을 들어갔을 때 여주인인 숙이를 만나게 된다. 숙이는 자신의 변화와 몰락을 부끄러워하지 않는다. 황해도 안악 지방의 대지주의 아들과 결혼하여 해방 전에는 호사스러운 생활을 하다가 해방을 맞아 토지가 몰수되자 월남하여 남편이 부산에서 밀수를 해서 한동안 호화로운 생활을 했었다. 결국 남편이 붙잡혀 감옥에 가게 되자 숙이가 생활전선에 뛰어들어 빈대떡 장사를 시작하게 되었다. 숙이는 민족반역자의 딸이요 간상 모리배의 아내요 땅을 디디지 않고 살려는 인간임을 부끄러워할 뿐 빈대떡 장사하는 것을 수치스럽게 여기지는 않는다.

「처음엔 부끄러웠어요. 내가, 황숙이, 술집게집 못지않는 빈대떡장수로 전락할 수가 있을까 나의 자존심이 도무지 허락지 않았어요. 그러나 지금은 반민자의딸이오, 간상 모리배(奸商謀利輩)의 아내라는것은 부끄럽게 역일망정, 빈대집 아즈머니는 조곰도 꿀리게 생각지 않어요. 그것은 이영업을 하는 동안에 제가, 사람이 되였다는 증거애요. 지금까지의 저의생활이란 땅을 디디고 선것이 아니였어요. 네식구 입에 풀칠하기위해 시작한 이업을 하는동안 저는 생존이 아닌 생활을 발견 했어요.
참된인간, 땅에 발을 디딘 인간으로 새출발을 한것이애요. 먹고 사는것의 쓰라림을 이해했고 먹고사는 것을 위하여 싸워나가는 그생활력이 얼마나 존귀하다는것을 배웠어요.」[294]

숙의 집 윗방에서 하룻밤 신세 지고 서울로 올라온 철은 서울이 가까워지면서 치수 안 맞는 서울을 되뇌이다가 숙이의 얼굴을 떠올리고는 "서울이 좁은 곳, 서울이 치수 안맞는 것"은 내가 생활을 붙잡지 못한 탓이 아닐까 하고 자책한다. 숙이를 만날 수 있었던 여행을 통해 철은 사람은 운명을 스스로 만들어가는 것이라는 교훈을 얻게 된다.

최태응의 「슬픔과 苦難의 光榮」(『문예』, 1949. 8)는 북에서 시인으로 활동하던 철이 더 이상 견디지 못하고 장모와 아내와 두 아이와 함께 월남

---

294) 『백민』, 1949. 5, p. 31.

하여 구직하느라 애쓴다는 이야기로 열린다. 그러다가 고향 친구를 단성사 앞에서 만나 일일 건축노동자 자리를 소개받는다. 그는 서울의 이 구석 저 구석에 있는 일일노동자들을 목격하면서 "고자리" 같다고 생각한다. 고자리는 구더기의 방언이다.

철 자신도 마찬가지였다.

불행과 부자유의 숙명을 안고 슬픔과 고난의 길에 들어 가엾게도 그 불행 그부자유와 벗먹고 헤어나려는 무리들……

오랜 세월을 민족과 나라를 위해서 투쟁해 온 혁명투사 망명객이 독립된 조국이래서 벼슬 자리에 앉어 사랑방 빗자루꾼이거나 사돈의 八촌이거나 모조리 불러다가 군수, 면장, 국장, 과장, 다 시켜 놓고 요공을 받고 뇌물을 먹고 사기 협잡 횡령을 하고 법망에 걸린다면(법망에는 걸리지않었다 해도) 그것도 한개의 고자리에서 나을것이 없다.

해방전 검열과 탄압의 원흉이던 경찰이 없어졌다 치자. 그러나 밑으로 갔던 참외를 돌려놓는대짜 한바탕 죽는 고자리 외에 지면에 붙었던 고자리들이 새로 돌려진 푸르고 싱싱한 면을 또 쑤시고 뚫를것이다.

「일본을 그리워하는 모든 인간들의 어께넘어로 다시 흐늘거리며 밀려들 기세를 엿볼수 있는 일본을 경계하라. 친일파를 숙청하라!」[295]

최태응은 친일파는 물론이고 과잉보상을 받으려는 해방 전의 일부 주의자들도 정신적인 면의 고자리로 보고 있다. 철은 건설 현장에 투입되어 하루 일하고 상여금까지 가산해 8백 원을 받고 놀란다. 학생 시절에 유도와 역도를 했던 때문인지 힘들지 않게 일해 사장의 포상까지 받을 수 있었다. 사무 계통의 자리가 날 때까지 수고해달라며 전무가 당신은 콤뮤니

295) 『문예』, 1949. 8, p. 67.

스트였지요라고 묻는 말에 "에피큐리즘에 대한 철학적 의미를 모르는 시절의 일"[296]이라고 답한다. 문학을 전공했는데 어째서 다른 방면에서 일을 하려고 하느냐는 전무의 잇단 질문에 "슬픔과 고난의 광영을 아직 안다고 할만한 자신을 못가진 때문입니다. 일변 무(無)와 부(不)의 거리를아는 사람들의 세계가 되는날을 기다리는것이래도 되겠습니다"[297]라고 어려운 말로 답한다. 전무는 못 알아듣는다. "문학엔 자유가 있다고 믿는 어리석은 사람들이 하는 문학이 싫단 말씀이죠. 정치 권력이 자기의 편역이나 되는것으로 알고 남을 잡어 가두기라도 할뜻이 거들대는……"[298]과 같은 철의 보충설명을 통해 정치권력을 등에 업은 문학을 부정하는 작가 최태응의 문학관을 엿볼 수 있게 된다. 건설노동으로 넉넉한 수당을 받은 철은 저녁때 집에 꽃을 사서 들어간다.

허윤석의 「옛마을」(『문예』, 1949. 8)은 신랑 곤이가 구장에게 2백 원 빚을 주고 사와서 결혼한 색시 아개가 사흘을 굶은 끝에 도망가다 돈을 물어내라는 남편의 말을 듣고 포기한다는 이야기다.

옥수수 아이 팰 무렵이었다.

김을 다 매고 들자 쓸만한놈은 징용과 정신대로 몰아갔다. 머지않아 곤이도 붙들어 가리란 소문이었다. 이런 소문이 들릴적마다 곤이는 한 보름식 구장네 부역을 칠으고 와야 했다.

개지꽃도 피다지고, 어두어서야 곤이는 나귀 한마리를 끌고 돌아왔다.

공출 보리 백가마하고, 송잔지(松殘枝)이만관만 나르고 나면 나귀는 곤의 것이 된다는 소문이 마을안에 쪽 퍼지고 있을때였다.[299]

296) 위의 책, p. 69.
297) 위의 책, p. 69.
298) 위의 책, p. 70.
299) 『문예』, 1949. 8, pp. 78~79.

곤이는 징용을 피하기 위해 구장네 집에 가서 부역을 한다. 아개는 애를 낳기 위해 애를 쓰나 곤이가 힘을 쓰지 못한다. 결국 아개는 신랑 곤이가 징용 가는 것은 막지 못했으나 나귀는 살려 보낼 수 있었다. 이 소설은 다음과 같이 인상적인 결말로 처리된다.

> 나귀에다 짐을 싯던 곤이가 몸을 후들후들 떨며 푸른 쪽지를 들고 들어왔다.
> 이번은 다섯 사람이나 북해도 탄광으로 보낸다는 것이었다.
> 곤이는 가고, 해도 아직 남었는데 아개에겐 또 이런 소문이 전해왔다.
> 구장은 나귀를 잡아 입영장행(入營壯行)에 쓰일 북을 맨다는 것이었다.
> 나귀도 울고 아개도 울다가!
> 아개는 나귀를 끌어내어 길다란 곱비를 목에다 칭칭 감아 놓아 보냈다.
> 나귀는 꼬리를 저으며 숫나귀 우는 아릇마을로 단숨에 내뺐다.
>
> 나귀 우는 먼 마을엔 달이 돋았다.[300]

최소한의 단어와 문장으로 여러 사건과 상황을 압축적으로 그려내고 있는 점에서 허윤석은 시적 소설을 개척한 이효석이나 황순원의 후계자라고 할 수 있다.

이무영의 「山頂挿話」(『문예』, 1949. 11)는 매카시즘이 행사되어 몰락한 한 사내의 경우를 제시했다. 45세인 소설가 준은 고향의 향토지 편찬 의뢰를 받아 신라 고승 의상대사가 창건했다는 백룡사의 절터를 답사하던 중 그곳에 숨어 사는 청년 김창우를 조우한다. 22세의 김창우는 19세 때 준의 애인을 빼앗아간 보통학교 훈도 김형택의 아들이었다. 1년째 서울

---

300) 위의 책, p. 80.

인천 등을 쫓겨 다니다가 며칠 전부터 산중에 숨어 다닌다고 하는 김창우는 농조원이기는 하지만 삐라 한 장 뿌려본 적도 없을 정도로 국가적인 일에 참여한 적이 없는데도 적색분자로 몰렸다고 한다. 창우는 자기 나름의 근거에 입각해 지주에게 텃도지를 물지 않은 것, 지주의 요구대로 현물로 물지 말자고 소작인 담합을 주도한 것, 지주의 토지 강매를 반대한 것 등을 적색으로 몰린 이유로 든다. 창우는 관이 소수의 지주나 세력가의 편을 들어 농민들의 어려운 현실을 외면하고 있다고 주장한다.

「아저씬 지금 폭도니 빨갱이니 하는 사람들의 전부가 정말 당원인줄 아십니까? 아닙니다. 다른덴 모르겠읍니다만 우리 동리를 예로 든 다면 지금 저처럼 숨어 사는 사람이 모두 일곱명입니다. 그 일곱명중에는 정말 빨간 사상을 가진 사람은 단 하나두 없읍니다. 그건 누구 보다두 제가 제일 잘 아니까요. 그중 하나는 지주인 구장—순전한 소작인인 구장은 드므니까요— 이 배급 비료 횡령한것은 질문하고 힐란했다가 빨갱이루 몰렸구 또 하나는 지주와 물쌈을 하다가 한번 논 구렁에다 메다 친후로 슬몃이 반동으루 몰렸구 남어지 네사람이 저와 꼭 같은 사건이구 한사람만이 삐라를 붙인쬐지요. 우리 일곱 중에서 하나는 저처럼 서울에 숨어 있구 다른 사람들은 모두 남쪽으루 몰켜 갔읍니다. 전 그럴 용기두 월북할 용기두 없구 해 오니까 이 짓을 하고 있읍니다만, 아저씨두 신문에서 보셨겠지만 작년 남한 폭동사건에 사살을 당한 김순석이두 처음엔 저와 같은 사건으루 쫓겨 다니던 사람입니다.」[301]

증명서나 돈 10만 원을 지주에게 주면 지주가 적색분자가 아니라는 보장을 해준다고 하면서 준 창우에게 닷새 안에 이 일을 하겠다고 약속하

---

301) 『문예』, 1949. 11. p. 26.

고 산을 내려오면서 "적색분자 제조공장—생산비 없이 제조해서 십만 원에 파는 생산업"[302]이라고 중얼거린다. 매카시즘의 억울한 희생자라고 적극 변명하는 젊은이를 변호하고 동조하는 입장에서 쓴 소설인 만큼 당대의 지주와 경찰과 정치가의 반성을 촉구한 것으로 볼 수 있다.

손소희의 「길위에서(1)」(『신천지』, 1949. 11)는 만주 배경의 소설이다. 구의사와 신문기자 정인호가 연애할 것처럼 우정을 과시하는 것으로 시작하여 아내가 피란 갔다 오면서 구의사가 인격과 품격이 없는 사람이라고 험담하는 것으로 끝난다. 1945년 8월 9일 신경에 소련기 폭격으로 사상자 수십 명이 발생한다. 8월 11일에 만주 사람들은 일본인들이 헐값으로 내놓은 집을 마구 사들인다. 구의사, 정인호 기자네, 시 서무과장 이달배네는 트럭에 짐을 가득 싣고 고유수를 향해 피란길에 오른다. 차편이 여의치 않은 것을 힘을 합해 극복하면서 간신히 도착하니 이곳 사람들은 8월 17일에 일본군 항복 소식을 듣고 태극기를 게양하고 애국가를 부르며 감격해한다. 구의사 중심의 유지들은 돈을 모아 중국인들에게 연회를 베풀고 8월 26일에 마차를 타고 신경으로 되돌아가려고 하나 이번에는 서로 도우려고 하지 않는다. 중간에 일본 패잔병, 소련군, 중국군을 보기도 하고 길가에 나뒹구는 몇 구의 시체도 목격한다. 남편은 신문사 대표가 될 것이라고 한다. 신경에서 고유수까지의 만주를 배경으로 해방을 맞아 조선인들이 중국인과 소련군의 눈치를 보며 생존 방법을 찾는 모습을 그린 점에서 이색적이다.

박인환, 김광균, 장만영 등의 시인의 실명과 이봉구의 단골 다방의 실명을 제시하고 있기는 하지만 이봉구의 「떠나는 날」(『백민』, 1949. 1)은 이봉구와 정원이라는 여인이 사랑하면서도 서로 멀어지려는 미묘한 심리를 파헤치는 데 중점을 두었다. 이봉구의 「續·道程」(『문예』, 1949. 12)은

302) 위의 책, p. 27.

일제 말의 함형수, 김광균, 서정주, 오장환, 유치환, 이육사, 김동리, 장만영 등의 동향을 살펴본 문인소설이요 문단소설이다. 이봉구가 기본적으로 험담은 피했지만 이 소설은 작가 자신을 포함하여 일제 말기 여러 조선 문인들의 동향에 대한 거짓 없는 자료가 될 수 있다.

　생각다 못해 나는 책방을 하나 내였으나 이것도 뜻대로 되지 않아 파러버린 후 미일전쟁이 터진 이듬 해 가을 우선 급한대로 총독부 기관지격인 매일 신보사에 직업을 구하였다.
　생각하면 참으로 부끄럽고도 무서운 피란 처 였다. 또한 슬픈 나의 굴욕의 첫 길이기도 하였다.
　조선말, 조선문학은 산채로 피나레―를 고하고야말 운명에 하루하루 닥어드는 무서운 순간에 있어 모든 벗들이 이곳 저곳에 숨어 그 굴욕 가운데도 굽힘없이 아름다웁게 고독한 호흡을 하고 있다는 사실은 나에게 있어 그지없이 큰 용기와 자랑을 갖게 하였으니, 장환은 증용을 피하여 먼저 광산으로 가버리고 광균은 고무 회사에서 나와 놀다가 하는 수 없이 정회(町會) 사무원으로 들어갔고 신 백수는 초라한 모습으로 집에서 술만 마시다가 견디다못해 시골 군청의 고원으로 들어갔으되 국민 문학이니 황도 문학이니 하는 매족 친일문사 패와는 거리를 멀리하였고, 정주와 그의 벗인 김 동리(金東里)도 산골에 숨어 새로운 세월을 기다리고 있었다. 증용이니 보국단이니 이것을 피하기 위하여 또 일본 경찰의 잔학한 탄압을 피하기 위하여 너나 없이 직업을 가저야 했고 직업중에도 증용을 면할 수 있는 직업을 구해야 한다는데 더욱 큰 괴로움이 있었다.[303]

일제 말 문인들이 징용이나 보국대에 끌려 나갈까 봐 크게 고민하였고

---

303) 『문예』, 1949. 12, p. 42.

그를 피할 수 있는 방안을 강구했다는 고백은 솔직한 데가 있다.

주요섭의 「混血」(『대조』, 1949. 7)은 한민족은 단일민족이라는 통념에 어렵게 의문부호를 던지고 있다. 마포에서 두 남매를 둔 과부가 미군 피엑스에서 불법 반출된 물건들을 팔고 다니다가 미군 흑인 병사와 관계 맺고 임신하여 낳은 깜둥 아기를 친정엄마가 암매장해버린 에피소드와 미국 미시시피 주에서 제2차 세계대전의 영웅이 결혼하여 낳은 흑동이를 두고 법원이 조사하여 그 백인 남자의 증조모가 흑인임을 밝혀낸다는 에피소드를 들려준다. 작가 주요섭은 우리가 단일민족이라고 하나 4천 년 역사 속에서 외적의 침입을 많이 받아 우리들 피에도 만주족, 왜족, 슬라브족의 피가 섞였음을 부인할 수 없다고 주장한다. 미국 미시시피 주의 봉건주의적인 법령도 거부하고 독일 히틀러의 유태인 학살 같은 태도는 부정하면서 혼혈인이 우리나라에서 나서 자라서 국가에 봉사하는 한에 있어서는 절대로 평등한 기회를 주어야 한다고 앞날을 내다보는 주장을 하였다.

손소희의 「凶夢」(『신천지』, 1949. 8)은 여순반란 사건을 배경으로 취하였다. 수련이와 엄마가 박을 타는데 잘 되지 않아 낑낑대고 있을 때 군인인 오빠 수만이 와서 총을 쏴 깨뜨려 흙탕이 엄청나게 쏟아지자 어머니가 소리 지르면서 수련이 꿈을 깬다. 수련은 이 꿈을 같이 월남해 와 같은 의대 학생이 된 인숙과 거지 영감에게 판다. 수련은 첫 시간에 물상학 강의를 듣는다. 퀴리 부인의 이론을 중심으로 원자탄 이론, 태양과 지구의 이론을 중심으로 한 물상학의 강의 내용을 장황하게 소개한 이 소설은 뒷부분에 가서 이 흉몽이 수만이 여순 사건의 희생자로 현실화되었음을 보여준다. 수련이와 엄마가 제사를 지내러 남하하여 터를 잡은 순천에 갔을 때 소작인 박서방이 여수에서 지난밤에 폭동이 일어났으며 수만이가 총에 맞아 쓰러졌다는 소식을 전해준다. 수련과 엄마는 위험을 무릅쓰고 수만의 시체를 찾으러 나섰다가 밤새 전투 현장에 갇히고 만다. 총소리는 끊이지 않고 불길과 불빛이 온 시가를 덮고 있다. 동이 트자 밖에 나가 많은 주검이 누워 있음을 보게 된다. 수련이는 꿈을 다른 사람에게 팔아버린 것이 분명한데 어째서 오빠의 주검을 찾아야 하는 일이 벌어졌을까 하고 한숨을 쉰다. 끝내 수련이는 오빠의 시체를 찾아내지 못한다.

김송의 「城川江」(『문예』, 1949. 12)은 1949년 5월호 『민성』에 실었던 「널다리」의 속편이라고 후기에 밝히고 있다. 16세 된 영록이 지난 8, 9년간 성천강 근처에서 장사하던 할아버지와 아버지를 회상하는 형식을 취했다. 영록은 일본의 고대사를 배우는 역사 시간에 서양의 탐정소설을 읽다 걸려 교무실에 가서 여러 선생들로부터 기미운동 때 만세 부른 아비의 피가 있다든가 비애국적 사상이 농후하다든가 하는 욕을 듣는다. 그 이튿날 할아버지가 불려가고 2주일 정학 처분을 받는다. 이미 영록은 사립학교 2학년 때 변소에다가 "독립만세"라는 네 글자를 썼다가 퇴학당한 이력이 있다. 이 내용은 「널다리」(『민성』, 1949. 4)에 반영되어 있다. 삼일운동사건으로 4년간 옥고를 치르고 나온 아버지가 취직을 못하자 할아버지는 논밭을 처분하여 아버지를 콩을 비롯한 곡물을 도매로 다른 지방으로 넘겨주는 중간상인이 되게 한다.

염상섭의 「양과자갑」은 1949년 『한보』 2월호에 연재소설 「바쁜 이바지」 1회를 발표했던 것을 『해방문학선집』(종로서원, 1949. 9)에 재수록하면서 단편소설로 완성되었다. 미국 유학 가서 영문학을 전공하고 돌아온 영수네는 집주인으로부터 방을 내놓으라고 재촉을 받는다. 주인의 누이동생이며 양색시인 듯한 안라가 와서 "초동에 있는 적산가옥 한 채를 김안라에게 관리시킨다"는 집문서를 번역해달라고 부탁한다. 영수 아내는 안라의 당돌한 부탁에 불쾌하기도 하지만 집 문제에 도움될까 싶어 남편에게 권하나 남편은 내 영어는 집 얻어대는 영어도 아니고 통역하는 영어도 아니라고 거절한다. 영수 부인은 며칠 전 집주인의 횡포를 생각하고는 번역을 딸 보배에게 맡긴다. 보배는 대학의 시간강사이며 영어로 시와 소설을 쓰는 영문학자인 아버지에게 대서소와 같은 일을 부탁한 것은 싫기는 하지만 실력을 발휘할 좋은 기회라고 생각한다. 영수는 딸의 방에 안라 같은 여인이 들어가는 것을 못마땅하게 여긴다. 영수는 해방 전에 전쟁 통에 아무 까닭 없이 미국 유학생 출신이란 트집으로 두 번이나 유치장에 갔다가 온 후로 울화가 치밀어 술로 세월을 보낸다. 소개령에 따라 강원도 철원으로 갔다가 뒤늦게 서울로 오긴 했으나 제 집을 마련하지 못했다. 안라가 미군에게서 온 편지를 또 들고 온다. 응접 세트를 보내며 또 필요한 것이 있으면 연락하라며 내일 오전까지 와달라는 내용이다. 보배가 더러운 내용의 편지를 번역해주었다는 말을 아내로부터 들은 영수는 불같이 화를 내며 안라가 주고 간 양과자갑을 방 밖으로 내던진다. 보배 어머니는 그 양과자갑을 주우려고 하다가 보배와 눈이 마주치자 황급하게 변명한다. 안라가 자기가 준 양과자갑이 팽개쳐 있는 것을 보면 자존심이 상해 우리를 내쫓을 수도 있다는 걱정에 빠진다. 보배 엄마는 아무리 자존심이 상해도 한국 사람은 이제 미국 사람과 연결되어 살아갈 수밖에 없다고 생각한다. 염상섭은 이미 장편소설 『효풍』에서 한국인의 삶에 크고 작은 영향을 미치는 미국인의 속내를 파헤친 바 있다.

(7) 약자에 대한 연민과 친일파 비판

황순원의 「검부러기」(『신천지』, 1949. 2)는 거지와 양공주의 존재를 매개로 하여 세태를 부정적으로 성격화하고 있다. 3월 초순께 한강 어느 지점에 깍정이 세 놈이 들어가 다시 하수도 통으로 들어가는 것을 보고 중년 신사가 소리치자 두 놈은 나왔는데 한 놈은 나오지 않는다. 그 장면을 보고 있던 마카오씨, 자전거씨, 할머니 등이 깍정이들이 스리한 일이라든가 미군 숙사에서 양키 물건 훔쳐낸 일 등을 거론하며 조선인 비하론으로 확대한다. 맨머리 바람 청년의 신중론과 캡청년의 강압적 제재론이 교차되며 평안도 말씨 쓰는 잠바 친구가 회중전등을 비치며 깍정이 새끼가 서양 사람들 물건 훔치러 들어간 것이라고 추측한다. 마침내 고양이 새끼인지 강아지인지 모르는 것이 떠내려오자 로이드 안경잡이는 요즘 깜둥이 새끼가 많이 버려진다고 하고 곁에 선 사람들은 양공주에 대해 비난과 동정론을 뒤섞는다. 구체적인 인물명이 부여되지 않은 것처럼 풍문, 뜬소문, 유언비어로 정보와 인식이 처리된다. 끝내 어린 깍정이의 시신이 검부러기처럼 떠내려오면서 약자에게 비정하기 짝이 없는 세태의 단면이 드러나게 된다.

황순원의 「맹산 할머니」(『문예』, 1949. 8)는 1943년 탈고작으로, 동정심이나 희생정신이 인간 본성의 하나임을 낮은 소리로 주장한다. 노름꾼들이 드나드는 평양의 제일 낡은 술집의 주인인 맹산 할머니는 이 집에 사는 거간중개인이면서 천만증이 지병인 노인이 장티푸스를 앓게 되어 노름꾼들의 발길이 뚝 끊어지자 두 주일 동안 정성껏 간병한 끝에 노인을 살려낸다. 그리고 이번에는 자신이 장티푸스에 걸려 병막에 실려 가게 된다. 황순원의 「노새」(『문예』, 1949. 12)도 같은 해 탈고된 것으로 공간배경으로 삼은 평양은 보통명사로 사용된 것이나 마찬가지다. 작중인물의 이름도 이청년, 영감, 전 노새 주인 하는 식으로 되어 있으며 대화체소설에 가깝다. 대화 부분도 황순원의 기조인 단문체의 연장선에 있어 짤막짤막한 문답체로 되어 있다. 여동생을 술집에 팔고 받은 돈으로 노새를 사 달구지 벌이를 했으나 노새가 과로해 병이 들고 약해지게 된다. 때마침 누이도 병이 들어 집으로 돌아왔다. 청년이 화가 나 노새를 때릴 때 노새 전 주인이 와 말리자 싸움이 벌어진다. 영감이 와서 싸움을 말리며 말로 하라고 한다. 달구지 벌이 하는 청년은 병이 들거나 약한 존재를 그냥 싫어하는 인간 본성을 대변하고 있다.

한무숙의 「來日없는 사람들」(『신천지』, 1949. 11)은 1년 전에 발표한 장편소설 『역사는 흐른다』처럼 양반의 몰락을 중심사건으로 설정하였다. 아들은 전기회사에 다니고 며느리도 바지런하고 사리에 밝긴 하나 어린

3남매 키우느라 짜증을 잘 내 영경 할머니는 어린애 업고 종로 뒷골목에서 구멍가게 하는 친정언니에게 하소연하러 간다. 언니는 원래 성판서 며느리이자 성참봉 아내였으나 성참봉이 장안의 기생들과 놀아나는 바람에 집안이 몰락하여 종로 번화가에서 담배 장사를 하며 때로 새파랗게 젊은 청년들에게 수모를 겪기도 한다.

염상섭의 「臨終」(『문예』, 1949. 8)은 죽어가는 노인의 심리와 산 자들의 정성이 연결된 소설이다. 병인의 심리나 가족들이 임종을 맞는 태도나 일반적인 수준을 벗어나지 않는다. 병인의 동생에게만 명호라는 이름이 있고 병자를 포함하여 다른 인물들에게는 이름이 없다. 노인은 한 달 전에 뇌일혈로 입원하여 치료를 받았으나 의사는 오늘을 넘기기가 어렵다는 표정을 짓는다. 병자는 가족들이 자기에게 동정과 성의가 부족하다고 여기고 있으며 병원을 떠나면 당장 숨이 멎을 것 같은 불안감에 젖어 있어 아주 위급할 때 즉효가 나타나는 한약을 지어오라고 하고 유언을 하기도 한다. 병자를 안심시키는 말을 하던 명호가 약국에 나가 세 첩을 지어가지고 온다. 임종을 맞는 형의 모습을 보면서 인생의 허무감, 인간의 생존 본능, 죽음에의 공포 등을 실감한다. 약을 지어가지고 왔다고 하자 병인은 만족해하는 표정을 짓는다. 의사의 지시대로 퇴원해서 차를 타고 가는 도중에 병인은 숨을 거둔다. 병자에서 사자로 변해가는 한 노인의 경우를 담담한 어조와 세밀한 촉수로 그려내어 죽음에 대한 슬픔과 공포심을 오랫동안 품게 만드는 힘을 발휘하였다. 염상섭이 해방 전에나 후에나 남녀의 애정문제에 작가적 관심을 기울였던 점을 떠올리면 죽음의 공포를 환기시켜준 「임종」은 오히려 예외에 속한다고 할 수 있다.

안수길의 「凡俗」(『민성』, 1949. 9)은 해방 직후의 어려운 시대를 헤쳐가는 두 부부를 대비시키고 있다. 만주에서 사립학교 교원 애라와 은행원 찬수가 결혼한 후 해방을 맞아 전재민으로 귀향한 후 각각 고무공장 사무원과 회사원으로 일하면서 시부모를 모시고 두 아들을 기른다. 찬수 부부는 작중에서 관찰자 역할로 머문 만큼 이야기의 중심은 한철 부부에게로 옮겨간다. 한철은 청년 시대에 사회운동을 해본 사람이라 여성문제에 대해서도 대범할 것처럼 보였으나 아내의 변신에 두 손을 들고 만다. 아내 경숙은 해방 후 월남해서 적산집 단칸방에서 노인과 아이 합해 여섯 식구가 뒹굴게 되다 보니 자주 부부싸움을 하게 된 끝에 외박하기 시작하여 파티, 마작, 술노름하는 유한마담 팀에 끼어든다. 한철이 취직하여 돈벌이를 했더라면 부부 사이는 달라졌을지도 모른다. 경숙이 미장원 마담이 되어 마카오 무역상의 첩으로 들어가버리니 집안이 난가가 되고 말았다. 이 이야기를 남편 찬수로부터 전해 들은 애라는 한철의 부인을 향해 만주에 있을 때는 "모범부인"인 척하더니 전재민으로 돌아와서 살림이 궁해지니까 뛰쳐나간 것 아니냐고 맹비난한다. "허영에 눈이어두어 남의 적은댁노릇할려고 나선 계집애가 굴종이네 자각이네가 무슨당하는 소린가요. 여성해방을 모독해도 분수가 있잖아요"[304]라고 한다. 작가는 "범속한 삶"이 오히려 지키기 어려운 것임을 일깨워주고 있다.

임옥인의 「明日」(『민성』, 1949. 11)은 월남 모티프가 중심 모티프로 처리된 여성소설이다. 진선이 아홉 살 된 아이의 가정교사를 하고 있을 때 동향인인 장근이 북에 있는 진선의 어머니를 모시러 간다. 진선은 가정교사에서 쫓겨나 회사원으로 가 있는 중에 전재민 수용소로부터 닷새 전에 월남한 어머니가 몹시 앓고 있으니 모셔가라는 연락을 받고 모시고 와 입원시킨다. 나흘 만에 깨어난 어머니로부터 장근에 대한 소식을 듣게 된다. 장근은 이북에서는 남한의 밀정 혐의로 붙잡혀 매를 맞았고 이남에 와서는 북한의 스파이 혐의를 받고 있다고 한다. 퇴원비를 구하지 못해 애쓰던 중 순실 엄마와 순실이로부터 먹을 것과 돈 5백 원을 받아 들고 병원가는 길에 진선은 명일이 있었구나 하고 감격한다. 병실에서 퇴원 준비

---

304) 『민성』, 1949. 9. p. 89.

하고 있을 때 한 청년으로부터 삼팔 접경에 두 달이나 붙잡혀 있는데 곧 가게 될 것이라는 장근의 편지를 전해 받는다. 장근도 밝은 내일을 기약하는 것으로 보인다. 진선이보다는 장근에게 시대가 더욱 깊게 각인되어 있다.

김광주의 「戀愛·第百章」(『백민』, 1949. 5)에는 "어떤 風流寡婦의 手記"라는 부제가 붙어 있다. 작품 맨 끝에 "풍류과부"를 메리드·위도우 즉 생과부로 정리하였다. 풍류과부로 불리면서 실제로는 남자들을 유혹하고 등치는 일을 하던 여주인공은 자기와 6개월쯤 동거하다가 국회의원에 입후보하여 운동비로 쓴 2백만 원을 갚지 못해 여자가 아끼는 피아노를 날려버린 남자를 향해 저주한다. 여자는 R전문학교 영문과를 나와 이북의 고향 P시에서 부잣집 아들이며 소설가를 지망하는 남자와 결혼했었다. 그런데 남편은 징용을 피한다는 핑계로 계집질로 소일하다가 해방을 맞아일약 혁명투사로 둔갑하여 공산주의자로 활동한다.

첩을 둘식 셋식 거느리고, 기생외입이나 일삼고 도박으로 날을 밝히고 하든 내 남편은, 하로밤 사이에 혁명투사가 되었고, 독립운동가가 되었고, 가장 진보적인 지도자가되여, 어깨를 웃쓰대고 껍죽대며 도라다니는 기맥히게 훌륭한 사람이 되여버리고 만것입니다.
  (오라! 네 남편이 뺄갱이 여서……그게 싫여서…)
  이렇게 못생긴 생각을 하실것이나, 나에게는 「뺄갱이」나 「검정이」이니 하는 그런 간단한 문제가 아니였읍니다. 남편이 남편의 표정을 이러버렸을 때, 남편이 인간의 표정을 이러버렸을때, 공작(工作)이니 지도(指導)니하고, 소위 「동무」라는 미명아래, 젊은 게집년들과 몰려다니며 된짓 않된짓 제맘대로 날뛸때, 내눈에는 내남편이 이런게, 예전에 기생외입질이나하고 다닐때 보다 천배만배 더밉쌀머리서러웠고 이런사람하고는 영원히 호흡이 통하지않을것 같어졌읍니다.

「네깐년이 뭘 안다고⋯⋯구구로 가마니있지⋯⋯남의 하는일에 간섭이
야⋯⋯이⋯⋯몰락해가는 소시민게급들이⋯」

가끔 이렇게 악을쓰고 나를 발길로 거더차든 그때 우리 남편의 모습이 지
금생각해도 인간같지않고 사람이 환장을 해서 개탈을 쓰고 변해 가는것 같
었읍니다.[305]

여자는 해방 전이나 후에나 남편이 사기꾼의 행태를 보이는 것에 치를
떨고 있다. 여자는 아들딸을 빼앗긴 채 강제 이혼을 당하고 만 원을 지참
하고 삼팔선을 넘어와 5천 원을 주고 피아노를 구입하였다. 그리고 다방
에 나가 눈에 맞는 남자 있으면 닥치는 대로 사귀고 술 마시고 하는 타락
한 생활을 하다가 건달을 만나 마지막 재산인 피아노마저 날려버리고 만
다. 작중의 남녀 인물들은 타락자로 일괄할 수 있다.

최태응의 「참새」(『백민』, 1949. 5)는 "1944년 2월 구고"라고 되어 있는
만큼 해방 전에 탈고한 소설이다. 소설가 운은 양심을 많이 생각하기는
하나 일제 말기에 밖으로 저항을 표출하지 못하고 끙끙 앓기는 하지만 전
시의 황민화운동에 대해서도 모른 척하고 자기대로 작품을 쓰고 있을 뿐
이다. 운은 안팎 동리에서 한 명밖에 없는 특별지원병이 입영할 때 축사
와 격려장을 작성해달라는 구장과 보국단 청년들의 부탁을 받고 신문과
잡지에 실릴 학병 종용문을 써준다. 운은 아내와 식모가 생선을 미끼로
하여 참새를 잡으려 하나 한 마리도 못 잡는 것을 보고 참새의 임기응변
력과 생존력을 확인하며 자신을 참새와 같은 존재라고 생각한다. 이미 자
기반성에 젖어든 모습을 해방 전에 쓴 것은 해방 후에 쓴 참회록만큼의
공감을 준다.

---

305) 『백민』, 1949. 5, p. 43.

홍구범의 「農民」(『문예』, 1949. 8)은 실패로 끝난 복수담이다. 순만이 날품을 팔았던 지주 양씨는 일본군에게 비행기를 헌납하여 사업가로 이름을 날리게 되었고 해방 직전에는 도평의원으로까지 승차한다. 양씨는 모친상 때 순만이 내외가 임신 중이라 오지 않은 것을 오해하여 양씨의 처가의 먼 친척인 삼뱅이 대신 징용을 보내는 식으로 복수한다. 일본 구주 탄광으로 끌려가 일하던 중 왼쪽 팔을 석탄 파는 기계에 치여 잃고 해방이 되어 돌아온 순만은 아내 복순이가 홀아비 삼뱅이가 추근대는 것을 거절했다가 양씨가 휘두른 몽둥이에 맞아 죽었고 삼뱅이가 살인죄를 뒤집어쓰고 감옥에 갔다는 소식을 친구로부터 듣게 된다. 해방이 되자 양씨는 재빨리 소련군에 붙어 농민들과 한편이 된 것처럼 과시한다. 순만은 자기가 던진 재떨이에 양씨가 맞아 죽은 것으로 알고 도망 나와서는 대장간 대들보에 목을 매고 죽는다. 순만의 옆에는 그의 간난애가 울고 있었다. 사실 재떨이는 양씨의 귀 옆으로 날아가버렸다. 친일 악덕 지주 때문에 모든 것을 잃은 농민의 모습을 사실적으로 그려낸 것은 분명하나 내용에 비해 제목이 큰 것을 부정할 수 없다.

손소희의 「地流」(『문예』, 1949. 9)는 친일 자산가요 세력가의 몰락담이다. 마을이 군용지로 바뀔 때 일본군에게 협조하여 돈을 많이 모으고 세력가가 된 양병조는 나이 먹으면서 또 금광 투자가 잘못되어 몰락하게 된다. 여러 여인을 두어 아들을 보려 했으나 실패한 후 목과 팔이 어려서부터 병신인 딸에게 의지해서 살아간다. 해방을 맞아 태극기를 들고 다니는 외손자를 보면서 반성의 표정을 짓는다.

최인욱의 「못난이」(『문예』, 1949. 10)에서 '나'의 사촌 처남은 대구에서 순경으로 있다가 다음과 같은 이유로 그만둔다.

「저—사실은 아무리 생각해도 끝내 하다가는 좋잖은 변을 보지 싶은 생각이 들어서 그만 슬그머니 사표를 내고 말았지요…… 서울 같은데는 어떤

지 모르지만 이 지방은 늘 폭동이 심해서 언제 어디서 뉘 손에 죽을지 알 수
도 없고 또 내가 거기를 나올 무렵에는 대부분 제주도 응원대로 파견이 되
어 갔는데 그런데라도 뽑혀 가게 되는 날에는 살아 올지 죽어 올지도 모르
는 일이고 그래서 그만 한장 써 내고 말았지요. 나온지 그러니까 꼬박 넉달
째 랍니다.」[306]

　　그 후 달포가 지나 처남은 '나'에게 경위로 복직시켜달라고 한다. 순경
으로 그만둔 사람이 간부로 복직하겠다는 발상 자체도 마음에 들지 않지
만 시세에 과잉적응하는 태도가 마땅치 않아 '나'는 처남의 등 뒤로 "못난
이"라고 중얼거린다.
　　김동리의 「愈書房」(『대조』, 1949. 3, 4)은 기자가 미장이 유서방을 관찰
하면서 적극적으로 정치담론을 담아놓는 방법을 취했다. 장마에 무너진
집을 고치기 위해 온 유서방이 지금 남한에는 공산주의가 없다고 하면서
길에 다니는 자동차는 맨 한민당 것뿐이라고 욕을 하자 '내'가 유형이 공
산당 같은데라고 한다. 그러자 유서방은 "그러지 마시우, 이놈도 시월 사
건에 꼭 보름동안 장택상이 한테 신세진 놈이랍니다"[307]라고 한다. 유서
방은 창고처럼 쓰고 있는 문간방을 고치고 자기가 들어오겠다고 하고
'나'는 좁은 집에 두 가구가 사는 것이 마음에 걸려 선뜻 수락하지 않고
밀고 당기고 하다가 승낙한 날 술 한잔 사는 자리에서 정치 이야기를 한
다. 이승만 박사는 부인이 조선 사람이 아닌지라 국모가 없는 것이나 마
찬가지고 김구씨는 애국자이긴 하지만 김규식 박사만큼 진보적이지는 않
고 여운형씨가 살아 있었더라면 남북통일이 되었을 것이라고 한다. 그러
고는 우리가 지금 이렇게 가난하게 사는 이유는 한민당 사람들이 쌀을 독
점해 갖고 있기 때문이라고 하였다. 유서방은 하루 세 주전자씩 술을 먹

306) 『문예』, 1949. 10, p. 81.
307) 『대조』, 1949. 3, 4, p. 140.

는다고 하면서 돈을 잘 벌기는 하지만 매일 먹어서 없애는 점은 자인한
다. 자기가 셋방살이도 겨우 해갈 정도로 가난한 이유는 자기의 알코올중
독에 있지 않고 이박사와 한민당 김성수씨가 쌀 수백만 석을 집에 쌓아두
고 풀지 않는 데 있다고 주장한다.[308] '나'란 존재는 유서방의 이런 생각
이 터무니없는 것임을 증명하는 장치가 된다. 유서방 아내는 '나'의 아내
에게 돈을 빌려 남편의 생일에 7, 8명 되는 남자들에게 술상을 차려준다.
김동리는 한민당과 이승만과 김성수와 장택상을 비난하면서 여운형의 피
살을 아쉬워하는 좌익 편향의 미장이의 무식과 편견과 알코올중독과 자
기과시적인 생활 태도를 폭로함으로써 미장이가 부정하는 존재를 자연스
럽게 옹호하는 결과를 빚어내었다.

　허윤석의 「文化史大系」(『민성』, 1949. 3)는 화가인 젊은 여성이 겪는 사
랑의 세계를 보여준다. 마음이나 육신에 문제가 있는 인물들만 등장한다.
친일파, 아편중독자, 소경, 병약한 노인 등이 등장하여 '사랑'이 보다 심
각한 울림으로 다가오게 된다. 현배와 득심이는 산속에서 비를 맞으며 걷
는다. 현배가 젖은 옷을 말리기 위해 옷을 벗는다. 득심은 물에 뛰어들어
미역 감는다. 조금 있다 보니 득심이도 사라지고 현배의 옷도 사라진다.
과거로 돌아가 득심이는 상하이 오룡배 온천에서 중국 여성 매란이를 만
났던 일을 떠올린다. 매란이가 권하여 「아편전쟁」이라는 선전영화를 본

---

308) 김종범·김동운, 『해방전후의 조선진상』, 조선정경연구사, 1945(『해방전후의 조선진상』,
　　돌베개, 1984, p. 77~84).
　　한국민주당의 "선언"에는 "우리는 맹서한다. 중경의 대한임시정부는 광복 벽두의 우리
　　정부로서 맞이하려 한다. 그리고 또 우리는 약속한다. 군국주의의 전루(戰壘)를 폭멸하고
　　세계평화를 확립시키는 세기적 건설기를 당하여 자주독립을 회복한 우리는 맹방제국에 최
　　고의 사의를 표하는 한편으로 국제평화의 대헌장을 끝까지 준수·확충하려 한다"라는 대
　　목이 들어 있다. 강령은 1. 조선민족의 자주독립국가 완성을 기함, 2. 민주주의의 정체 수
　　립을 기함, 3. 근로대중의 복리증진을 기함, 4. 민족문화를 앙양하여 세계문화에 공헌함,
　　5. 국제헌장을 준수하여 세계평화의 확립을 기함과 같이 정해졌다. 영수로 이승만, 김구,
　　오세창, 서재필, 문창범, 이시영, 권동진 등이 추대되었고 수석총무 송진우, 사무국장 나용
　　균, 당무부장 이인, 외무부장 장덕수, 조직부장 김약수, 재무부장 박용희, 선전부장 함상훈
　　등과 같이 진용이 구성되었다(pp. 77~84).

다. 영화를 보다가 이 영화가 일본인 손에 의해 지어진 것이라는 점과 동포들 중에 아편중독자들에게 화인(火印)을 찍는 것을 보고 운다. 매란이는 팔에 바다 해(海) 자를 넣은 화인 자국을 보여준다. 이때의 "海"는 "海龍"이며 "해룡"은 "아편"을 뜻한다는 것이다. 매란이는 사랑하는 남자 "왕"이 정치한다고 떠나가자 춤을 추기 위해 아편을 먹다가 적발되어 화인을 받게 된 것이다. 매란이 찾아낸 "왕"에게도 화인이 찍혀 있다. 다시 현재로 와 득심은 현배의 호주머니를 뒤지다가 총독문학상 메달을 발견한다. 현배가 황도문학파인 것을 확인한 득심은 수상 메달과 노트를 물에 쳐넣는다. 득심이 혼자 산장에 돌아오니 어머니가 평소에 친일파니 민족반역자니 하고 미워하던 현배를 산에 두고 왔다고 운다. 득심은 화실에 들어가 소경인 여동생 득매를 모델로 하여 그림을 만들어간다. 득매가 신세타령하자 득심이 욕을 하고, 뼈만 남고 혼자서 걷지 못하는 어머니는 노골적으로 득매 편만 든다. 어머니는 옛날 일기를 보여주며 득심이가 다섯 살 때 어른의 흉내를 내어 득매의 눈에 안약 대신 극약을 넣었다고 진실을 털어놓는다. 자는 줄 알았던 득매가 어머니와 언니의 이야기를 엿듣고 나서 화실에 있는 그림을 닥치는 대로 찢어버린다. 그 후 어머니가 세상을 떠나고 장례를 치른 3일 후 득심이와 현배는 성묘하러 간다. 득심은 어머니 묘 앞에서 현배와 모성애, 남녀 사랑, 조국애 등을 화제로 대화를 나눈다. 이 소설은 득심이 득매를 데리고 중간에 지팡이를 빼앗어 던져버리고 득매의 손을 잡고 내려가는 것으로 끝난다.

(8) 우익적 시각의 중심화

허윤석의 「海女」(『문예』, 1950. 2)는 당시 소설로서는 보기 드물게 제주 4·3 사건을 소재로 하였다. 해골부대가 반도를 무찌르기 위해 상륙했을 때 포구와 마을은 집 한 채 남지 않고 다 타버리고 시체들이 즐비했다. 반도 고두령의 애인인 해녀 분이는 김중령 앞에서 삼성혈 앞에 제단을 놓고 고두령과 고, 부, 양 삼성의 대표들이 모여 산제를 지낸 다음 술을 마시고 분이와 집단으로 성관계를 가졌다는 충격적인 이야기를 김중령에게 털어 놓는다.

고 두령은 우렁차게 목청을 돋구어 남노당의 지령대로 북한 인민군이 개성, 서울을 거쳐 이미 여수까지 점령했다는 것이며, 이승만 대통령은 오늘 오전 열 한시 비행기를 타고 일본으로 도망을 치고 말았다는 기세 좋은 지령서를 읽고나서 「죽창 십만개, 죽통 오만개, 구구식 총 삼백정, 탄환 이십상자, 철창 십만」이렇게 무기 목록을 단숨에 내리 읽었다, 그 다음 읍대표가 백지에 무엇을 기록할 발지를 펴 들고, 관리가 몇 명, 대청원 몇명, 서청원 몇명 하고 사형수의 호명을 읽었다.[309]

"이북 인민군이 상륙을 한다는 날밤, 인민군 대신 국군(해골부대)이 상륙을 했다는거며, 벌서 반도와 얼그러져 싸운다는 소문을 듣고난 밤"[310]에 분이는 대밭에서 고두령을 기다렸으나 나타나지 않았다고 진술을 계속한다. 분이가 진술을 할 때 멀리서부터 함포 소리가 계속 들리고 비행기에서는 귀순을 권고하는 삐라가 계속 떨어진다. 고두령이 있는 산으로 보내주면 고두령을 귀순시켜 오겠다는 분이의 말을 듣고 김중령이 석방 조치했으나 분이는 돌아오지 않는다. 매복해 있던 해골부대가 약 3백 명의 반도들을 맞아 치열하게 전투를 벌이는 과정에서 김중령은 왼팔에 부상을 당한다. 김중령은 반도들의 시체를 수습하고 전리품을 정리하는 과정에서 동족끼리 무엇 때문에 이런 싸움을 벌여야 하는가 하고 의문을 품는다. 피란민의 애로 짐작되는 애기를 구하고 해녀 한 명을 붙잡아 젖을 물리게 한다. 그 해녀는 남편이 반도의 손에 죽었고 한 달만 유모 노릇하

---

309) 『문예』, 1950. 2, p. 15.
310) 위의 책, p. 16.

고 돌아가기로 한다. 9월도 다 지나고 귤이 완전히 익기 시작했을 때 여순 사건이 일어났다는 소문이 퍼진다. 귀순해 온 몇몇 반도들의 말을 들으면 분이는 고두령과 티격태격하다가 죽통을 쓰고 죽었다는 것이다. 백골부대가 산악전을 전개할 때 반도의 아들인 7세짜리 바위가 백골부대로 들어 왔고 고두령은 반도를 배신한 바위를 돌려보내면 귀순하겠다는 의사를 밝힌다. 그러자 밤중에 몰래 바위가 고두령 진영으로 가버린 후 고두령은 여러 반도들과 귀순해 온다. 바위는 삼성혈 앞에서 고두령에 의해 죽임을 당한 후였다. 이처럼 이 소설은 반도 고두령의 잔인한 행태를 그려 반란 사건이 잘못된 것임을 자연스럽게 드러내고자 하였다.

전영택은 이미 「하늘을 바라보는 여인」(『문예』, 1949. 9)에서 희생적인 남녀를 그려내었다. 농사짓고 나무하면서 야학 활동을 하던 남편이 장질부사에 걸려 세상을 떠나자 감네는 개가 유혹을 뿌리치고 혼자 농사짓느라 온갖 고생을 하면서도 시어머니를 정성껏 모신다. 감네는 가뭄이 닥치자 힘겹게 우물을 판 끝에 샘물이 나오는 것을 보는 순간 쓰러지고 만다.

전영택은 「소」(『백민』, 1950. 2)에서도 베풀기 좋아하는 인물을 그려놓았다. 일본 유학을 다녀와 교사와 공무원을 거친 홍주사는 춘천으로 귀농하여 보국대로 끌려 나간 집과 공출에 시달리는 집에 소 한 마리씩 사준다. 그러나 해방 후 삼팔 이남 이북에서 서로 소를 잡아먹는 일이 벌어지자 크게 실망한 홍주사는 그 마을을 떠나고 만다.

전영택의 「새봄의 노래」(『문예』, 1950. 3)는 평양 출신으로 민족주의자였으며 목사로 활동 중인 전영택의 입장이 잘 반영된 소설로, 얼마 전에 삼팔선을 넘어온 마리아가 옛 친구 에스터 앞에서 일제 말기에서 해방 직후까지의 시절을 돌이켜보는 형식을 취하였다. 일제 말기 마리아는 평양에서 아들딸을 데리고 교회에 갔다 오는 사이에 남편 강렬이 제 갈 길을 가겠다고 집을 떠나가는 일을 겪는다.

강렬(姜烈)은 기미년에 연전재학중에 서울에서 삼일운동에 참가하여 독립만세를 부르고 비밀공작을 하다가 경찰의손에 잡혀서 삼년징역을 하고 나와서 곧 상해로 다라나서 임시정부와 대한독립당에 들어서 어떤 중대 책임을 지고 무기를 가지고 본국에 들어왔다가 다시 잡혀서 칠년징역을 마치고 나와서 양복점을 경영하고 있었다.[311]

강은 집안 살림을 바로잡기 위해, 일본인의 감시와 주목을 벗어나기 위해, 양복 착용을 통한 조선인들의 활동력을 높이기 위해 양복점을 냈지만 잘 되지는 않았다. 남편이 떠나가버리자 양복점은 마리아가 맡는다. 해방이 되자 마리아는 양복점 일을 접고 교회 일을 열심히 보면서 애국부인회를 조직하고 부녀자들을 대상으로 문맹 퇴치와 계몽 활동을 하였다. 해방되던 그해에 8년 만에 남편이 돌아온다. 마리아는 애국부인회만 가면 스탈린 김일성 찾는 것이 지겨웠던 차에 붉은 군대의 장교가 집에 들어와 성폭행하려던 일을 당하게 되자 애국부인회에 발길을 끊고 만다. 강렬은 감옥으로 가고 마리아는 보안서 사람들에게 집을 압수당하자 아들딸과 함께 교회에 피신해 있다가 월남한다. 남쪽에 와 시장에서 장사하며 생계를 꾸려가던 중 남편과 재회한다.

강은 공산당에 들어서 가장 열렬하게 일하다가 애매하게 이남하고 통했다는 혐의를 받아서 죽게 욕을 보고 감옥에서 일년동안 가진 고생을 하다가 감방에서 우연히 「신약성서」 한권을 얻어보고 열심으로읽다가 마침내 마음을 도리켜서 옛날 소년시절의 신앙을 찾아서 기도의 생활을 하게 되었다. 그래서 감옥에서 나오자 곧 이남으로 도망해 온 것이다.[312]

---

311) 『문예』, 1950. 3, p. 34.
312) 위의 책, p. 42.

강은 해방 후 자신이 가정을 떠나 좌익이 되었던 것은 민족운동의 동지 간의 갈등 때문이었다고 술회한다. 그러고는 "공산당은 인민을 살리는 것이 아니라 죽이고 망치는 노릇"[313]이라고 하였다. 두 남녀는 서로 사과하고 새로 결혼하는 마음으로 살기로 한다. "서소문밖 어떤 모퉁이 성벽에 의지하고 판장과 가마통으로 의지한 움집에서도 기쁨으로 성탄을 마지하고 신생 대한민국의 새봄을 노래하고 하느님의 은혜를 감사하는 명랑한 찬송소리가 흘러나왔다"[314]라고 끝맺음함으로써 이 소설은 1948년 8월에 건국된 대한민국에서의 삶을 낙관하고 있다.

박용구의 「一九四七」(『문예』, 1950. 1)은 징용 갔다가 돌아오지 않는 사내의 남은 가족들의 변화를 따라갔다. 상진의 아버지는 30년 동안 국민학교 훈도로 있다가 아들을 징용 보내고 홧병이 생겨 죽는다. 징용 갔다가 돌아온 철남은 상진의 누이동생 봉희를 사랑한다. 봉희는 카페로 나가고 상진의 동생 상렬은 담배장사로 나선다. 상렬은 담배장사가 잘되자 미군 물건을 불법거래하다 미군 헌병에게 붙들려 군정재판에 회부된다. 봉희는 유부남의 애를 임신하고 엄마에게 애를 떼는 약을 구해놓으라고 부탁한다. 철남이는 좌우를 알 수 없는 테러단에 끼어 남의 집을 부수다가 붙들려간다. 박용구는 1947년을 젊은 남녀들 모두 치명적인 시련을 겪는 해로 규정한다. 박용구는 해방 직후 술집 작부들이 살고, 기생들이 살고, 미군을 만나 셈이 편 여자들이 사는 동네를 그린 소설에 「風景」(『문예』, 1949.11)이란 제목을 달아놓았다.

강신재의 「성근네」(『신천지』, 1950. 1)는 먹고살기 위해 삼팔선을 수시로 넘나드는 여인을 그렸다. 효자동에 사는 과부인 성근 어머니는 세 번이나 "이북거래" 하다가 세 번 다 밑천까지 없애고 한번은 총에 맞아 죽을 뻔하고 난 다음, 그놈의 삼팔선 다시는 안 넘는다고 맹세한다. 성근네

---

313) 위의 책, p. 42.
314) 위의 책, p. 43.

는 의사 경인의 노모만 만나 3만 원을 받겠다는 약조를 하고 중학교 1년 생인 아들을 혼자 두고 우승컵을 가지러 함경도 C시의 최목수 집을 다녀 온다. 크기가 밥사발만 한 우승컵을 들고 총에 맞아 죽을 뻔한 고비를 넘기고 근 한 달 만에 서울로 돌아와서 경인을 만나니 엉뚱한 소리만 한다. 경인의 노모는 성근네가 출발하자마자 세상을 떠난데다 성근네는 별로 값이 나가지 않는 다른 우승컵을 갖고 온 것으로 판명이 난다. 경인이 생각했던 우승컵은 일본인이 맡기고 간 것으로 크기는 계란만 하고 껍데기는 은이고 속은 금이며 시가로 12, 3만 원 나간다고 한다. 경인은 성근네가 목숨을 걸고 가져온 우승컵은 기껏해야 5백 원 받을 수 있는 것으로 아주머니가 어디 한번 팔아보라고 나몰라라 한다.

홍구범의 「九日葬」(『문예』, 1950. 2)은 한동네의 자위대장이 톡톡하게 보상받는 과정을 그려놓았다. 무식하고 가난한 송진두는 빈동인 S동 자위대 총무부장을 맡아 열심히 일해온 덕분으로 어머니 장례식을 구일장으로 지내게 된다. 시장 비서관도 경무국장 부하도 조문을 오니 송진두는 마냥 출세한 기분이다. 동네 사람들과 각계각층의 사람들로부터 부조금을 받아 장사 치르고 나니 돈이 많이 남아 사글세에서 전세로 집을 옮긴 날 집안 식구가 다 모여 10여 년 만에 고기를 해 먹는다. 그 후 송진두는 자위대일을 더욱더 열심히 하게 된다.

김광주는 「淸溪川邊」(『문예』, 1949. 8)에서 세번째로 이사 간 청계천변의 셋집의 안방에서 주인 내외는 밤낮을 가리지 않고 싸워대고, 셋방 든 술집 작부와 매춘부는 남자들을 데리고 와 자고 하자 소시민인 주인공이 자녀교육 때문에 돈암동으로 이사 간다는 이야기를 들려준다. 김광주의 「惡夜」(『백민』, 1950. 2)는 잡지사 기자이며 소니아의 애인인 '내'가 관찰자로 등장한다. 소니아는 해삼위에서 독립운동가의 딸로 출생했으나 어른이 되어 화류계로 돌다 해방 후 조선에 들어와 신문팔이 아이들로부터 돌팔매를 맞고 양갈보라고 놀림받는다. 일본에서 늙고 병든 어머니를 모시고 들어와 남산 밑 방공호에 사는 전재민이 먹고살 것이 없어 밤중에 도둑질하다 잡혀 나가는 밤을 "악야"라고 부른다.

　김광주의 「男便은 無能했다」(『신천지』, 1950. 5)는 해방 후 고국에 돌아온 독립운동가와 그 아들이 생활과 사상 활동의 양면에서 패배하는 모습을 그렸다. 아버지를 모시고 김포비행장에 들어왔을 때 "환국요인환영회"란 기를 들고 나타난 남(南)은 일제시대 광산꾼으로 총독부 고관들을 끼고 놀던 협잡배로 나의 부친 구파 선생을 이용하기 위해 자기 집 아랫방에 살게 한다. '나'는 "혁명가의 아들" 운운하며 무능을 나무라는 아내를 구타하다 장모에게 한 소리 듣는다. 상해 시대의 혁명 청년이요 테러리스트였으나 XX국 경리과장이 된 박군으로부터 만 원을 빌려 미아리 고개를 넘어 단칸방으로 이사 와 득남의 기쁨을 누린다. 아내는 명동 마로니에 다방의 레지스터로 나가고 두 달 후 '나'는 영어선생으로 근무하던 중 남가와 박가가 관련된 사기 횡령 사건을 신문에서 보게 된다. 다음 날 새벽 4시에 술냄새 풍기고 들어오는 아내에게 '나'는 화를 참지 못하고 생철로 만든 쓰레받기를 던져 이마에 피를 낸다. 사흘 후 아내는 이혼 의사를 밝힌 편지를 써놓고 아이와 유모와 함께 가출해버린다. '나'는 친일파와 모리배에 대한 분노를 삭이면서 아내의 행방을 궁금해하며 횡령 사건에 연루되어 법정에 서야 할지 모르는 불안감에 떤다.

　김송의 「달이 뜨면」(『백민』, 1950. 2)에는 젊은 시절에 문학 지망생이었던 최용술과 숙이 등장한다. 숙은 이북이 고향으로 해방이 되어 서울을 경유하여 북으로 가려고 했으나 못 가게 되자 서울로 온다. 원래 화가였던 남편은 월남하여 기자로 일한다. 숙은 남편에 대해서 좌도 우도 아니라고 판단한다.

　「아마 사상이 좌익이었나보군요?」
　「안애요 좌도 우도 아닌 엉거주춤한 회색이지요.」

「건설 의욕이 없는것을 보면 좌가 분명한데……」

「그렇지요. 건설의욕은 없어요. 그렇다고 뭐 파괴의욕도 없는 중간이에요.」[315]

숙의 남편은 생활고에 시달리던 끝에 병에 걸려 죽고 만다. 숙은 사촌 언니네 끼살이로 들어갔다가 식당 접대부 노릇도 했다가 식당 주인이 추근대는 것을 당하기도 한다. 최용술이 YMCA 회관에서 문학 강연을 하는 것을 마침 회관 앞에서 담배 팔던 숙이 듣게 된다. 최용술이 사랑을 고백하자 숙이는 염치없다고 완곡하게 거절한다. 이 소설의 후속작은 「달이 지면」(『문학』, 1950. 5)이다. 결혼해서도 숙을 잊지 못해 부인에게 데면데면한 최는 민족시인으로 이름을 날리기는 하지만 술에 젖어 산다. 그렇다고 숙이 정숙한 생활을 하는 것도 아니다. 숙은 양요릿집을 경영하고 마카오 무역으로 돈 잘 버는 정을 따라 댄스홀에 가 술 먹고 잠자리를 같이 한다. 새벽에 눈을 깬 숙은 택시를 타고 가던 중 횡단보도 앞에서 택시기사와 실랑이하는 최의 모습을 보고 개탄한다. 월남한 후 화가였던 남편은 생활고로 병에 걸려 죽고, 시인인 옛 애인은 초라하게 살고, 여자는 타락한 생활을 해나가는 암울한 상황이 벌어지고 있다.

박계주의 「祖國」(『백민』, 1950. 2)은 「여기가 내나라 땅이냐」「조국」「김치」「明日은 오지 않는다」와 같이 네 편의 콩트로 짜여져 있다. 「여기가 내나라 땅이냐」는 아이와 엄마가 삼팔선을 넘다 붙잡혀 따로 심문받는 과정에서 엄마는 남편이 죽어 넘는다고 하고 아이는 얼떨결에 아버지가 죽었다고 하여 놓여난다. 남하하여 딸이 아빠가 진짜 죽었냐고 물어본다. 「조국」은 임진란 때 두만강의 육진 중 한 고을에 주둔했던 황룡 장군이 반역죄로 쫓겨갈 때 그 어머니도 군중 속에 섞여 돌을 던졌다가 황룡이 절

---

315) 『백민』, 1950. 2, p. 61.

에 갇혀 아사하자 그 어머니도 같이 아사했다는 이야기를 들려준다. 마지막 콩트인 「명일은 오지 않는다」는 우화의 골격을 지닌 것으로 내일 바다에 나가 물고기를 잡아 신선한 상태에서 먹자고 하는 까치 부부의 대화를 엿들은 하루살이들은 내일이란 것이 있느냐고 토론한다. 내일이 있다는 것은 비과학적 사고라고 하는 하루살이들과 까치 부부는 대립한다. 하루살이와 까치 부부가 어떤 존재를 비유하는지 짐작이 간다.

이무영의 「戰記」(『백민』, 1950. 2)는 공장 소유권을 둘러싼 갈등을 통해 해방 직후 혼란상의 단면을 제시하였다. 30년 동안 종사해온 민은 고창공작주식회사 브레이크 라이닝 공장의 유일한 조선인 주주였으나 윤을중의 고소에 의해 난처한 지경에 빠진다. 대학교수인 훈이 민을 도와주어 민은 반대 진정을 내었으나 무시된다. 윤을중이 미국인의 결제를 받아 관리인으로 왔으나 반년 만에 부정으로 파직당한 후 3년 동안에 온 네 명의 관리인도 모두 부정 사건으로 파면된다. 한때 관리인으로서의 꿈을 가지고 있었던 민이 군정청에서 보낸 임시 관리인 마춘구에게 공장이 넘어가자 직공 노릇하기로 마음을 먹고 마춘구의 부정을 폭로하다가 공장을 그만둔다. 시골에 간 민으로부터 훈에게 편지가 온다. 답장을 못하고 있던 훈은 신문에 미군정이 임대차 계약을 한 귀속 사업체를 둘러싼 모리배를 배제하겠다는 새 정부 방침이 발표된 것을 보고 민에게 빨리 상경하라는 전보를 보낸다.

이무영의 「長靴」(『신경향』, 1950. 3)는 해방 직후 근거도 없이 벼락 출세하던 사이비 좌파의 몰락담이다. 사법서사 김달영이 손님이 하나도 없어심사가 불편한 판에 강창복이 양곡조합 사환 아이를 통해 가죽 장화를 돌려달라고 전갈이 오자 세상이 또 한번 뒤집히지 않나 하고 화를 내는 것으로 이야기를 풀어간다. 일제 때 순사를 지내고 해방이 되자 그만둔 강창복이 사법주임이었던 일본인 경부보로부터 받은 장화를 쓸데없다고 김달영에게 진상품으로 주었었다. 해방 전에 일개 사법대사요 모주꾼이었던 김달영은 해방이 되자 "중앙에서 친일파 민족반역자 소탕의 기빨을 들고나온"[316] 매형을 배경으로 삼아 A읍의 자치회 회장, 인민위원회 위원장, 경제위원회 회장, 맹혈단 단장, 전위대 총사령관, 적산관리 위원장, 비농가동맹의 위원장 등 많은 직함을 차지하였다. 얼마 후 이런 직함들이 모조리 떨어져 나가자 장화를 되돌려달라는 전갈이 온다. 한창 날릴 때 좋아했던 삼일병원 간호부 경애도 김달영이 몰락하자 강창복에게로 가버렸다. 김달영은 술 마시고 돈이 없어 시계를 끌러주고 집에 가던 길에 "빛내라 UN, 당당한 대한민국"이라는 벽보를 보고 내 장화가 운다고 하며 찢다가 순사에게 걸려 잡혀간다.

이석훈의 「故鄕을 찾는 사람들」(『백민』, 1950. 2)은 월남을 시도하다가 실패한 인물을 다루었다. 해방이 되자 장춘에서 출발한 수십 명의 남녀노소는 봉천에서 중국인들과 소련군에게 몸에 지닌 것을 다 털린다. 삼팔선 근처에 와 아라사 보초에게 들키자 부인네와 병자만이라도 넘어가게 해달라고 호소했으나 거절당한다. 도망가던 사람들이 총에 맞아 죽는 일이 벌어지고 명수는 해주 수용소에서 평양으로 이감된다. 명수는 석방되면 다시 삼팔선을 넘어 남하하여 서울에 가서 활동해야겠다는 마음을 먹는다.

황순원의 「이리도」(『백민』, 1950. 2)는 어린 시절의 친구인 만수의 외삼촌이 만주 홍안령 일대를 돌아다니다 겪은 이야기를 들려준 것이다. 만수 외삼촌이 홍안령 몽고인 집에 일본인과 셋이 머물고 있을 때 한밤중에 이리의 울음소리가 들리자 뛰어나가 이리 떼를 향해 총질하다가 죽었다는 내용이다. 한낱 동물인 이리도 피를 흘리게 한 존재에 대한 증오심과 분노를 감추지 못했다. 주인공이 20년 후 벽에 붙어 있는 세계지도에서 총소리를 듣게 되었다고 하면서 "그게 무엇의 피, 짐승의 피건, 누구의 피

---

316) 『신경향』, 1950. 3, p. 76.

건! 그러자 나는 나도모르게 그 피를 흘리게 하는 것에 대한 어떤 불 같은 증오와 분노가 끓어 올라옴을 금할길이 없었다"[317]고 말한 데서 이 소설이 침략자에 대한 중오심과 분노를 정당화하고 있음을 알게 된다.

임상순의 「命令은 언제나?」(『문예』, 1950.4)에는 작품 제목 옆에 "추천작, 國防部 檢閱濟"라는 표시가 붙어 있다. 게다가 내용도 6·25를 다룬 소설과 같은 인물과 사건과 상황을 제시했다. 남쪽에는 강물이 흐르고 북쪽에는 산맥들이 중첩된 1950년 전쟁 직전의 삼팔선 고지를 시공간적 배경으로 삼았다. 주인공은 뼛속까지 파고드는 추위에 전방주시의 임무를 맡고 보초 근무를 서고 있는 오일등병이다. 오일등병은 북에 두고 온 가족들과 학창 시절의 동지들을 생각한다. "지금도 저편 골작이 너머 저 산 모퉁이에 있는 적 도-치카 안에는, 자기를 고향에서 추방하고 자기 부모 형제를 못살게 굴고 자기 동지를 시베리야로 묶어간 공산군 무리들이 있지 않은가"[318]를 보면 오일등병의 적개심과 복수심은 한국전쟁 전임에도 공산당을 향해 있는 것임을 알게 된다. 오일등병은 단신 월남했었다. 순찰을 돌고 있는 소대장 박소위에게 초병들이 삼팔 이북을 빨리 쳐들어갔으면 좋겠다고 하자 박소위는 가까운 장래에 그때가 온다고 하면서 그때까지 실력을 양성해야 한다고 한다. 고향인 평양에 아내와 딸을 두고 온 강중사도 오일등병을 달랜다. 마침내 상황이 벌어진다. 새벽 3시에 적 일개 중대가 월남하여 부락 양민을 학살하고 재물을 약탈한다는 상황이 발생하여 박소위와 강중사가 소속된 중대가 출동하여 전투가 벌어진다. 이 과정에서 오일등병이 전사하자 흥분한 박소위가 삼팔선을 넘어 북진하려하나 중대장이 만류하여 오일등병의 시체를 안고 울 뿐이다.

한무숙의 「鄭醫師」(『문예』, 1950. 6)는 참된 의사의 자세를 물은 소설이다. 재계 중진이며 정계의 거물인 신명호와 도규계의 제일인자이며 의과

317)『백민』, 1950. 2, p. 229.
318)『문예』, 1950.4, p. 59.

대학장인 이필진은 신명호의 사촌 동생 신경호의 어머니 화갑에 초대를 받아 H읍에 온 김에 화엄사와 쌍계사를 갔다가 온다. 이필진은 이 읍에서 조그만 병원을 30년째 하는 동창생 정병모를 만난다. 젊어서 땅딸보였고 지금은 대머리가 된 촌부에 지나지 않는 정병모는 문벌 좋고 수재로 불린 이필진에게 열등감을 안겨주었던 존재였다. 학생 시절에 더 뛰어났던 정병모는 동생 일곱을 건사하기 위해 교수들의 권유를 뿌리치고 낙향하였다. 정병모 대신 독일 유학 기회를 잡은 이필진은 유학 갔다 온 후 탄탄대로를 걷는다. 두 사람은 밤늦도록 옛날이야기를 나눈다. 이필진 일행이 이튿날 오후 1시에 출발하기로 되어 있는데 가까스로 정병모가 시간에 대 온다. 왕진을 갔었는데 환자가 때를 놓쳐 세상을 떠났다고 하면서 눈물을 흘린다. 30년이나 의사 생활을 하면서 헤아릴 수 없이 많은 주검을 보았는데도 인간의 주검에 대해서는 아직도 냉연하지 못하다고 말한다. 올라오는 차 속에서 이필진은 한 사람 한 사람의 주검에 대해 사무적으로 또 무관심하게 본 자기 자신을 잠깐 돌아보게 된다.

손소희의 「야미장에서」(『부인경향』, 1950. 6)는 지주 집 며느리의 생활력이 강한 면모를 보여준다. 북에서 지주의 아들과 결혼한 숙경은 해방이 되어 토지개혁령에 따라 집안이 몰락하자 월남하여 생계를 꾸려가기 위해 자유시장 봇짐 장수로 나선다. 미군 창고에서 도난당한 물품을 다루었다는 혐의로 미군에게 잡혀가 포고령 위반죄로 5천 원을 치르고 나와 장사를 계속하기로 한다.

이봉구의 「放歌路」(『문예』, 1950. 6)는 「道程」 제 3편으로 보기 드문 문단소설이요 실명소설이다. "사모친 그리움과 아픔속에서 맞이한 팔일오 해방은 나에게 있어 새로운 청춘이 시작되는 날이었다"[319]라고 색다른 각도에서 시작한다. 오장환이 해방을 맞아 감격 속에서 부른 시 「서울찬가」

---

319) 『문예』, 1950. 6, p. 33.

를 인용하였다. 김동리와 임서하의 방문, 배인철의 문학 활동상과 사고사의 경위가 서술되었고 서라벌 다방, 돌체 다방, 피가로 다방, 명동랑 술집 등을 배경으로 하여 박인환·김경린·양병식·서정주·김광균·오상원·김진수 등과의 교우담이 펼쳐진다. 「도정」의 제1편과 2편에 비해 긴장감이 떨어진다. 해방 직후 한국 문단이 좌우로 갈려 현대사의 축도가 된 현실을 담아내지 못한 채 단순한 문인교우담에 머물고 말았다.

황순원의 장편소설 『별과 같이 살다』(1946년 11월 탈고)에는 훗날 발표된 단편소설 「암콤」(『백제』, 1947. 1), 「곰」(『협동』, 1947. 3), 「곰녀」(『대조』, 1949. 7)가 담겨 있다. 1950년 2월 정음사에서 간행되었다. 「곰녀」가 실린 1949년 7월호 『대조』에는 "이것은 「協同」에 실린 「곰」과 「百濟」에 실린 「암콤」과 함께 전작소설 「굴속으로부터」의 한 부분이라는 걸 말해둔다"(p. 113)와 같은 부기가 실려 있다.[320]

대구에서 동북쪽으로 한 20리가량 떨어진 샘마을의 대지주는 김만장이고 향나뭇골의 대지주는 점쟁이 출신의 한명인이다. 23세의 곰녀 아버지는 일본에서 모집하는 탄광부로 간다. 곰녀 아버지를 절대 신임해왔던 김만장의 만류에도 범이와 바우 아버지와 셋이 떠나 한 1년은 돈을 잘 보내온다. 바우 아버지의 유골 상자가 온 후 몇 달 후에 바우 아버지가 나타난다. 석탄골이 무너졌을 때 바우 아버지는 다리를 다치고 곰녀 아버지는 죽은 것이 착오가 나 뒤바뀌게 된 것이다. 곰녀 어머니는 곰녀를 데리고 향나뭇골 농부에게 재가하여 아기를 낳고 사흘 만에 세상을 떠난다. 의붓아버지는 북쪽으로 가버리고 곰녀는 배나뭇집 할머니에게 의탁한다. 열두 살 때 곰녀는 김만장을 따라 대구로 가 삼월이로 이름을 고치고 온갖 일을 다한다. 김만장과 막내아들에게 몸을 빼앗긴 곰녀는 김만장 부인에

---

320) 문학과지성사에서 간행된 『황순원전집 6』(『별과 같이 살다/카인의 후예』, 2014)을 보면, 「곰」은 제1장의 중간인 p. 16에서 2장의 거의 끝인 p. 33까지 차지하고 있고 「곰녀」는 제5장의 시작인 p. 60에서 제6장의 첫 부분인 p. 74까지 차지하고 있다.

게 쫓겨나 서울 가는 막차를 집어탄다. 서울역에 내려 중년 사내의 꼬임에 빠져 인신매매소로 넘겨졌다가 진주관이란 술집으로 팔려간다. 술 주전자의 양을 속였다는 책임을 혼자 뒤집어쓰고 쫓겨나 이번에는 평양의 청루로 팔려가 복실이로 개명하고 몸을 팔기 시작한다. 술만 취하면 왈패 짓을 하는 산옥이와 가까워진다. 홍도는 아기를 빼앗기고 자신도 북지로 팔려가고 만다. 곰녀는 아랫거리에서 윗거리 가루개고개 청루로 옮겨와 후꾸꼬라는 일본 이름으로 불리게 된다. 곰녀는 서평양역 일본인 신탄상회에서 서사를 보는 영감과 살림을 차리게 된다. 해방을 맞아 도 사회부에서 나온 남자가 동무들도 해방이 되었다고 하자 친구들은 뿔뿔이 흩어진다. 주심이와 산옥이는 만주에서 돌아오는 동포를 도와주는 민호단에 가서 일한다. 그 후 산옥이는 강물로 몸을 깨끗이 씻고 오겠다고 하더니 돌아오지 않아 자살 의혹을 불러일으킨다. 서사 영감은 자식들이 반대한다는 이유로 앞으로 한 달에 한 번 오거나 매달 쌀말과 땔나무를 보내주겠다고 약속하고 곰녀를 떠나간다. 한바탕 몸살을 앓고 난 곰녀에게 서사 영감으로부터 쌀과 장작이 온다. 곰녀는 자기보다 굶주리고 헐벗은 사람들에게 쌀과 장작을 나누어야겠다는 결심을 한다. 곰녀는 몸은 전락의 플롯을 보여주고 있으나 마음은 성장의 플롯을 보여주고 있다.

제 8 장

한국전쟁과 한국 소설의 안팎

1. 총론

(1) 한국사 연표

리얼리즘소설, 시대소설, 역사소설 등의 유형이 가리키고 있는 것처럼 작가들은 역사를 반영하거나 역사적 사건을 그려내는 것을 기본임무로 알아왔다. 역사반영의 목적에 따라 소설은 계몽소설로 나타날 수도 있고 단순한 보고소설로 나타날 수도 있다. 또 어디에 역점을 두고 역사를 반영하느냐에 따라 개인의 심리나 내면의 묘사에 귀착된 소설이 될 수도 있고 사회적 풍경을 담아낸 소설이 될 수도 있다. 작가는 자신이 살고 있는 때의 역사를 반영하여 여러 가지 위험을 무릅쓰고 당대소설을 쓰기도 하지만 역사적 사건과 최소 몇 년 이상의 시차를 두고 역사소설을 쓰기도 한다. 1945년에서 1959년까지의 우리의 역사는 당대소설을 쓰는 것이 역사소설을 쓰는 것보다 몇 배 고통스러운 것임을 잘 일깨워주었다. 인간의 삶과 역사를 제대로 알려면 소설을 읽어야 한다는 요구는 소설을 제대로 읽으려면 역사를 알아야 한다는 요구로 뒤집어 볼 수 있다. 작가에게 역사는 생성과 압력을 주요형식으로 삼는 삶의 조건으로 다가오기도 하고, 단순한 소재의 더미로 나타나기도 하고, 계몽의 목소리를 들려주기도 한다. 크게 전시와 전후로 나누어지는 1950년대의 역사적 사건들의 연표는 다음과 같이 정리될 수 있다.

  1950년: 미국무장관 덜레스 38선 시찰(6. 17), 한국전쟁 발발(6. 25, 1953. 7.27 정전), 정부, 대전으로 이전(6. 27), 서울 함락, 새벽 3시에 한강 인도교 폭파(6. 28), 미국 정부, 육군에 한국전 참가 지시(6. 30), 유엔군 지상부대 부산 상륙(7. 1), 한국군 유엔군에 편입(7. 7), 정부, 대구로 이전(7. 8), 한국군 통수권의 미군 이양에 관한 협정 체결(7. 12), 정부, 대구로 이전(7. 8), 대전 함락(7. 19), 정부, 대구에서 부산으로 이전(8. 18), 국민병 소집(8. 22), 해병대, 목포·군산 앞 여러 섬 탈환(9. 6), 유엔군 인천 상륙작전(9. 15), 한강인도교 폭파 책임자 최창식 대령 사형 집행(9. 21), 서울 수복, 이대통령, 38선 이북 진격 명령(9. 28), 서울에서 부역자 9천9백 명 검거(9월), 유엔군 평양 점령(10. 19), 중공군 한국전쟁 개입(10. 25), 정부, 서울로 환도(10. 27), 서울 시내 부역자 1만 1,592명 적발(10. 31), 부역자처벌 특별조치령(단심제) 공포(11. 11), 전국에서 부역자 5만 5,909명 검거 후 1만 5,891명 석방(11. 13), 국군 평양에서 철수(12. 4), 50만 북한 동포 남하(12. 10), 국민방위군설치령 공포(12. 21), 서울 시민에 대피령, 흥남에서 대규모 철수(12. 24).
  1951년: 중공군 6개 군단, 38선 넘어 남진(1. 1), 정부, 부산으로 이전(1. 3), 서울 재피침, 1·4 후퇴(1. 4), 반민법 폐지안 국회 통과(2. 4), 거창 양민학살 사건(11사단 9연대 공비토벌을 앞세워 거창군 신원면 주민 663명을 학살, 2. 11), 부산에서 전시연합대학 개강(2. 18), 20만 국민방위군 해산(3. 19), 서울 재수복, 38선 재돌파(3. 25), 국회, 국민방위군 사건 폭로(23억원, 양곡 5만 2천 석 착복, 3. 29), 국회, 부통령에 김성수 선출(5. 15), 부역자 합동수사본부 해체(5. 23), 철의 삼각지(철원·김화·평강) 탈환(6. 11), 소련 유엔 대표 말리크, 38선 정전회담 제의(6. 23), 전국 피난민 570여만 명 집계(6월), 휴전회담 본회의 개성에서 시작(7. 10~26), 남자 17~27세 장정 소집 공고(7. 23), 국민방위군사건 피고 김윤근 준장 등 5명 사형 집행(8. 13), 휴전회담 장소를 판문점으로 변경(10. 25), 부산·대구를 제외한 각지에 비상계엄령 선포, 서남지구 공비토벌 작전(1951. 12. 2~1952. 3. 12), 자유당 발족(12. 23)

1952년: 조선방직 여공 시위(1. 21), 조선방직 노동자 6천여 명 일제 파업(3. 12), 거제도 포로수용소 내 공산포로 폭동, 69명 사살, 미군 1명 사망(2. 18), 공산포로, 도드 포로수용소 소장을 3일간 감금(5. 7), 거제도 폭동 악화, 포로 160명, 미군 사병 16명 사망(6. 10), 육군 제2훈련소 논산에 개소(5. 4), 대통령 직선제 강행, 야당 의원 50여 명 헌병대 연행, 부산 정치파동(5. 26), 전시연합대학 해체(5월), 김성수 부통령, 이대통령 탄핵하고 사표 제출(5. 29), 공비, 목포행 열차 습격, 91명 피살, 80명 납치(6. 24), 6·25 2주년 기념식장에서 이 대통령 저격 사건(6. 25), 정·부통령 선거에서 대통령 이승만·부통령 함태영 당선(8. 2), 부산 부두 노동자 1천6백 명 총파업(7. 17), 제주도 포로수용소 폭동, 45명 사망, 120명 부상(10. 1), 공비, 서귀포 발전소 습격, 전소(10. 30), 공비 습격 충주군 청사 전소(11. 3)

1953년: 중부전선 대격전(1. 3), 다대포 앞바다에서 여객선 창경호 침몰로 266명 익사(1. 9), 부산 국제시장에 화재, 2,332동 전소(1. 30), 제1차 통화개혁(2. 15), 용초도 포로수용소 폭동, 23명 사살, 42명 부상(3. 8), 각 시군에 징병서 설치, 만 19~32세 장정 일제히 신검(3. 15~7. 20), 유엔총회에서 한국경제원조 결의(3월), 상이군 포로교환 협정 조인(4. 11), 판문점에서 교환(송환 6,620명, 귀환 683명)(4. 20~5. 3), 포로교환 협정 조인(6. 8), 교환(송환 7만 5,799명, 귀환 1만 1,760명)(8. 5~9. 6),

한국 정부, 반공포로 2만 7,312명 석방(6. 18), 판문점에서 휴전협정 조인(전쟁 중 유엔측 사상 33만 명, 전비 150억 달러, 적 사상 180만 명(7. 27), 평양방송, 박헌영·이승엽·이강국 등 남로당 12인 간첩행위 및 정부 전복 혐의로 기소했다고 발표(8. 7), 정부, 서울 환도 후 비상계엄령 전면 해제(8. 15), 『사상계』 창간(1953. 4), 한미상호방위조약 워싱턴에서 본 조인(10. 1), 삼남지방에 비상계엄령(12. 1).

1954년: 인도군으로부터 반공포로 2만 1천5백명 인수(1. 23 석방), 휴전협정에 의한 중립국 포로송환 임무 완료(2. 21), 이대통령, 3개월 내 현행 맞춤법 폐기 지시, 한글학회·문총 등 관계기관 반대성명(3. 23), 3대 민의원 총선거(5. 20), 제1회 아시아민족 반공대회 개최(6. 15), 문교부, 한글간소화방안 발표(6. 29), 월간 『새벽』 창간(7. 27), 국회, 미군 철수 반대 결의(8. 18), 중공군 40만 명 북한 철수 발표(9. 18), 국회, 개헌안 (초대 대통령 중임제한 철폐) 부결을 번복, 사사오입 개헌(11. 29), 최초의 민간방송 기독교방송 개국(12. 15).

1955년: 각의, 중·고 분리 결정(1월), 월간 『현대문학』 창간(1월), 한미 잉여농산물 원조협정 조인(5. 31), 여순반란 이후의 소탕전 집계(접전 1만 717회, 사살 8만 5,167명, 생포 2만 7,776명, 귀순 4만 5,989명, 5. 31), 정부, 중립국 감시위원 적성 대표 퇴거 요구(8월), 증권시장 개장(8. 8), 월간 『여원』 창간(8월), 『대구매일신문』에 백주 테러, 학생의 정치도구화 반대라는 사설 필화, 주필 최석채 구속(9. 14), 민주당 창당, 신익희 대표 선출(9. 19), 이대통령, 한글간소화안 철회(9. 19), 뇌염 발생으로 전국에서 761명 사망(10월),

1956년: 육군특무부대장 김창룡 소장 피살(2. 26), 증권거래소 발족(3월), 전국의 절량 농가 22만여 호, 약 110만 명으로 집계(3월), 서울 시내에 댄스홀 7개소 허가(4월), 신익희 대통령 후보 이리에서 급서(5 .5), 제3대 대통령에 이승만, 부통령에 장면 당선(5. 15), 중립국 감시위 적성 대표(체코, 폴란드) 철수(6월), 납북자 신고 접수(815만 6,456건, 6월), 첫 텔레비전 방송국 개국(6. 16), 부산 국제시장 대화재(8월), 민주당 전당 대회에서 장면 부통령 피격(9. 28), 휴전 이후 적발 간첩 249건 375명(9. 30), 제1회 국군의 날(10. 1), 진보당 창당(위원장 조봉암, 11. 10).

1957년 : 서울 시내 초등학교 결식아동 90퍼센트(2. 27), 서울 법대생 이대통령 양자 이강석 입학 반대(4. 10), 야당 주최 시국강연회에 테러단 난동(12. 5 주범 유지광 체포, 5.25), 유엔군 사령부 동경에서 서울로 이동(7. 1), 전국 소아마비 환자 14만 명, 결핵 환자 80만 명 집계, 수재 사망자 247명, 이재민 6만여 명(8월), 한국 유엔 가입안 유엔 안보리에서 소련의 반대로 좌절(9. 9), 김창룡 암살사건의 주범 허태영 대령 사형 집행(9. 24), 문경 시멘트공장 준공식(9. 26), 인천 판유리공장 준공식(9. 30), 『우리말 큰사전』 30년 만에 완간(10. 9), 전북 임실에서 북한지하공작대 37명 검거(10. 19), 혼혈아 80명 첫 미국 이민(10월), 통일당 결성(대표 김준연, 11월), 문교부, 상용한자 1천3백 자 제정 발표(11. 15), 한·일 일본의 재한 재산권 포기 및 억류자 상호 석방 등 각서 조인(12월).

1958년 : 언론 제한을 포함한 선거법 국회 통과, 전국 문맹퇴치 운동 전개(1월), 평화통일을 주장하는 진보당 위원장 조봉암 등 간부 7명을 간첩 혐의로 구속(1. 13), 전국문맹퇴치운동전개(문맹 99만 명으로 추산, 1.21), 주한미군, 핵무기 도입 정식 발표(1. 29), 정부, 미군정법령 55호에 의거하여 진보당 등록 취소(2. 25), KNA 여객기 납북, 탑승자 34명 중 26명 귀환(3. 6), 깡패 전국 일제 단속하여 2천3백 명 검거, 4대 민의원 총선거 자유당 승리(5. 2), 함석헌 필화사건으로 구속(8월), 뇌염으로 전국 국민학교 휴교령, 635명 사망(8. 11), 3월 10일을 노동절로 결정(10. 29), 국회, 신국가보안법 등을 경호권 발동 아래 통과(2·4 파동, 12.24).

1959년 : 신보안법 반대시위 전국에서 발생(1. 5), 신보안법 발효(1. 15) 반공청년단 결성(1. 22), 이승만, 4선 출마 용의 표명(1. 26), 서울시

경, 간첩 기사 관계로 경향신문사 두 기자 구속(4. 4),『경향신문』폐간 처분(4. 30), 간첩 자수기간 설정, 86명 자수, 80퍼센트가 부역자(5. 1~30), 경제개발 5개년 계획 발표(5. 9), 제9차 자유당 전당대회, 대통령 후보 이승만, 부통령 후보 이기붕(6. 29), 조봉암 사형집행(7. 31), 진단학회『한국사』5권 발간(7월), 태풍 사라호로 924명 사망, 이재민 98만 5천명 발생(9.17), 한미합동경제위원회, 60년도 대한원조액 650만 달러로 책정(10. 14), 서울에서 전국노동조합협의회(全國勞協) 결성대회(10. 26), 민주당 정부통령 후보자 지명대회, 대통령 후보 조병옥, 부통령 후보 장면(11. 26), 재일 북송교포 니가타에서 청진으로 향발(12. 14).[1]

(2) 창작 활동 개관

1950년에는 110여 편이 발표되었다. 1950년 12월호『문예』에 발표되었던 최인욱의「목숨」등 3편을 제외하면 전쟁 전의 발표작으로 1950년 한 해의 발표작을 대치할 수 있다. 이무영, 박영준, 황순원, 김송, 최태응 등이 5편 이상을 발표하였다. 2~4편을 발표한 작가로는 장편소설『난류』(『조선일보』, 1950. 2. 10~6. 28)를 쓴 염상섭,「새봄의 노래」(『문예』, 1950. 3)를 쓴 전영택,「남편은 무능했다」(『신천지』, 1950. 5)를 쓴 김광주,「인간동의」를 쓴 김동리,「정의사」(『문예』, 1950. 6)를 쓴 한무숙,「해녀」(『문예』, 1950. 2)를 쓴 허윤석 외에 강신재, 계용묵, 김성한, 박용구, 손소희, 엄흥섭, 이봉구, 임옥인, 임서하, 정비석, 최정희, 홍구범 등을 들수 있다.

1951년도 발표작은 30편을 넘지 못한다. 문예지나 신문에 발표된 소설보다는『사병문고 2, 단편소설집』(육군본부 정훈감실, 1951),『전시문학독

1) 이만열 엮음,『한국사연표』, 역민사, 1996 개정판, pp. 294~313.
　강만길·김남식·안병직·정석종·정창렬 외 7인 엮음,『한국사 26, 연표(2)』, 한길사, 1994, pp. 386~464.

본』(김송 편, 대구 계몽사, 1951),『전쟁과 소설』(대구 계몽사, 1951) 등의 작품집에 발표된 소설이 더 많았다. 부역자를 다룬 염상섭의 「해방의 아침」(『신천지』, 1951. 1), 종군문인의 활동상을 그린 최태응의 「구각을 떨치고」(『전쟁과 소설』, 계몽사), 반공주의자의 자살로 마무리한 김송의 「서울의 비극」(『전쟁과 소설』, 계몽사) 등을 문제작으로 추려낼 수 있다.

1952년에는 70여 편이 발표되었는데『문예』『신천지』『전선문학』등의 문예지 발표작이『사병문고 3』(육군본부 정훈감실, 1952),『걸작소설선집』(현암사, 1952),『농민소설선집 (1)』(협동문고, 금련판, 1952) 등의 발표작을 질량 양면에서 넘어섰다. 5편 이상 발표한 작가로는 「빨치산」(『신천지』, 1952. 5)을 쓴 박영준, 「속물」(『신천지』, 1952. 5)을 쓴 최인욱, 「1952년의 표정」(『자유세계』, 1952. 4)을 쓴 최태응 등이 있다. 3~4편을 발표한 작가로는 「나는 너를 싫어한다」(『자유세계』, 1952. 1)를 쓴 김광주. 「두 개의 심정」(『문예』, 1952. 5, 6)을 쓴 김송, 장편소설『취우』(『조선일보』, 1952. 7. 18~1953. 2. 10)를 쓴 염상섭, 「곡예사」(『문예』, 1952. 1)를 쓴 황순원 외에 유주현이 있다. 2편을 발표한 작가로는 「한내마을의 전설」(『협동문고』, 1952)을 쓴 김동리, 중편소설 「사랑의 화첩」을 쓴 이무영, 「악수」(『전선문학』, 1952. 4)를 쓴 김이석 외에 박연희, 박용구, 손소희, 장덕조, 정비석, 최정희 등이 있다. 박영준·최태응·이봉구(육군종군문인단), 최인욱·황순원(공군종군문인단), 염상섭·이무영(해군입대) 등은 종군 활동이 소설 창작 활동을 촉진시킨 경우가 된다.

1953년에는 130여 편이 발표되었다. 5편 이상 발표한 작가로는 「용초도근해」(『전선문학』, 1953. 12)를 쓴 박영준, 「O형의 인간」(『신천지』, 1953. 6)을 쓴 이무영, 「허물어진 환상」(『신천지』, 1953. 6)을 쓴 한무숙, 「학」(『신천지』, 1953. 5)을 쓴 황순원 외에 박용구, 유주현, 이봉구, 최인욱, 최태응 등이 있다. 3~4편을 발표한 작가로는 「불사신」(『전선문학』, 1953. 5)을 쓴 김송, 「찢어진『윤리학의 근본문제』」(『문예』, 1953. 6)로 신진작가의 가능성을 보여준 장용학 외에 강신재, 곽하신, 김광주, 박연희, 안수길, 오영수, 최정희 등이 있다. 1953년은 1950년 후반기에서 1952년 까지의 문학 침체가 극복되기 시작한 첫해라고 할 수 있다.

1954년에는 근 160편이 발표되었다. 『전시한국문학선―소설편』(국방부 정훈국, 1954), 『현대소설선』(수도문화사, 1954), 『단편소설집―사병문고 3』 등과 같은 합동 소설집에 실린 작품들이 전체 편수의 20퍼센트 정도를 차지하였다. 외형상으로는 1949년의 발표 편수와 비슷한 수준으로 올라갔다. 1950년 후반기에서 1953년까지의 양적인 면에서의 부진이 타개되기 시작했다. 「오디」(『현대공론』, 1954. 8)를 쓴 최인욱, 「슬픔과 괴로움 있을지라도」(『신천지』, 1954. 10)를 쓴 최태응 외에 박용구, 유주현 등과 같이 근 10편을 발표한 작가들이 나타났다. 2~3편 정도 발표한 작가로는 「실비명」(『문예』, 1954. 3)을 쓴 김이석, 「상가와 입후보자」(『태양』, 1954. 12)를 쓴 박계주, 「반주」(『문학과 예술』, 1954. 6)를 쓴 최정희, 장편소설 『카인의 후예』(『문예』, 1953. 9~1954. 3)를 연재했던 황순원 외에 강신재, 곽하신, 김장수, 박연희, 방기환, 염상섭, 오영수, 임옥인, 장덕조, 장용학, 정비석, 한무숙 등이 있다. 정비석은 『자유부인』(『서울신문』, 1954. 1. 1~8. 6)과 『민주어족』(『한국일보』, 1954. 12. 10~1955. 8. 8)으로 많은 독자들의 관심을 끌어모았다.

1955년에는 해방 이후 처음으로 발표작이 2백 편을 돌파하였다. 1946년에 190편이 발표되었던 것을 넘어서는 데 무려 9년이 걸렸다. 문제작도 20편을 상회할 정도가 되었으나 전체작 중 문제작이 차지하는 비율은 달라지지 않았다. 근 10편을 발표한 작가로는 「홍남철수」(『현대문학』, 1955. 1), 「밀다원시대」(『현대문학』, 1955. 4), 「실존무」(『문학예술』, 1955. 6) 등을 쓴 김동리, 「수난의 장」(『현대문학』, 1955. 1), 「정적일순」(『현대문학』, 1955. 9~10)을 쓴 최정희 외에 박영준과 이무영이 있다. 1955년은 작품의 질량 양면에서 두드러진 활동을 보였던 김동리의 해라고 할 수 있다. 5편 내외를 발표한 작가로는 「지구전」(『사상계』, 1955. 4)을 쓴 곽학송, 「파경」(『현대문학』, 1955. 5)을 쓴 김이석, 「혈서」(『현대문학』, 1955. 1), 「미해결의 장」(『현대문학』, 1955. 6) 등을 쓴 손창섭, 「짖지 않는 개」(『문학예술』, 1955. 6)를 쓴 염상섭, 「요한시집」(『현대문학』, 1955. 7)을 쓴 장용학 외에 강신재, 박용구, 손소희, 유주현, 이봉구, 임상순, 정한숙, 최인욱 등이 있다. 2~3편 정도를 발표한 작가로는 「제우스의 자살」(『사상계』, 1955. 1), 「오분간」(『사상계』, 1955. 6)을 쓴 김성한, 「고독자」(『문학예술』, 1955. 7)를 쓴 박연희, 장편소설 『인간접목』을 낸 황순원 외에 곽하신, 김광주, 방기환, 안수길, 오유권, 이범선, 임옥인, 전영택, 정비석, 최태응, 한무숙, 허윤석 등이 있다.

1956년에는 전년도보다 50편이 늘어난 250여 편이 발표되었다. 계용묵, 곽하신, 김동리, 김송, 박계주, 박영준, 안수길, 이무영, 이봉구, 임옥인, 장덕조, 정비석, 최인욱, 최정희, 황순원 등 15명의 작가가 콩트 3편씩을 발표하여 묶은 『중견작가 장편소설 십오인집』이 45편을 보탠 점을 감안할 필요가 있다. 박영준은 근 15편의 소설을, 이봉구는 12편 정도의 소설을 발표한 것으로 집계된다. 10편 가까운 작품을 발표한 작가로는 장편소설 『자유의 궤도』(노동문화사)를 쓴 곽학송, 「고가」(『문학예술』, 1956. 7)를 쓴 정한숙, 「야국화」(『자유문학』, 1956. 6)를 쓴 최인욱 외에 곽하신, 김송, 유주현 등이 있다. 5편 내외를 발표한 작가로는 「낙조전」(『현대문학』, 1956. 9)을 쓴 강신재, 「증인」(『현대문학』, 1956. 2)을 쓴 박연희, 「작은 반역자」(『사상계』, 1956. 5)를 쓴 이무영, 『월남전후』(『문학예술』, 1956. 7~12)를 쓴 임옥인, 「잃어버린 사람들」(『현대문학』, 1956. 1)을 쓴 황순원 외에 김동리, 박계주, 박용구, 손소희, 손창섭, 안수길, 염상섭, 오영수, 장덕조, 정비석, 최태응 등이 있다. 2~3편 정도를 발표한 작가로 「암사지도」(『현대문학』, 1956. 11)를 쓴 서기원, 「테로리스트」(『사상계』, 1956. 12)를 쓴 선우휘, 「난영」(『현대문학』, 1956. 3)을 쓴 오상원,

「나상」(『문학예술』, 1956. 1)을 쓴 이호철, 「포인트」(『문학예술』, 1956. 5)를 쓴 최상규, 「찬란한 한낮」(『문학예술』, 1956. 6~8)을 쓴 최정희 외에 김광식, 김광주, 김성한, 김이석, 박경리 등이 있다.

1957년에는 전년도보다 약간 줄어든 근 230편이 발표되었다. 박영준, 손소희, 염상섭, 유주현, 이봉구, 정한숙, 최태응 등은 7~8편을 발표하였지만 양과 질은 비례한다는 공식을 세우는 데는 실패하였다. 이 점에선 염상섭도 예외가 아니었다. 5편 내외를 발표한 작가로는 「剪刀」(『현대문학』, 1957. 3)와 「불신시대」(『현대문학』, 1957. 8)를 쓴 박경리, 「모반」(『현대문학』, 1957. 11)을 쓴 오상원, 「대결」(『문학예술』, 1957. 12)을 쓴 최인욱 외에 곽하신, 김광식, 김송, 김이석, 박용구, 안수길, 오영수, 이무영, 임옥인 등이 있다. 2~3편을 발표한 작가로는 「해방촌 가는 길」(『문학예술』, 1957. 8)을 쓴 강신재, 「귀환」(『문학예술』, 1957. 9)을 쓴 김성한, 「불꽃」(『문학예술』, 1957. 7)을 쓴 선우휘, 「학마을 사람들」(『현대문학』, 1957. 1), 「형제」(『현대문학』, 1957. 2)를 쓴 이종환, 「창을 열자」(『문학예술』, 1957. 10)를 쓴 최상규, 「소리」(『현대문학』, 1957. 5)를 쓴 황순원 외에 곽학송, 김광주, 김동리, 박연희, 방기환, 송병수, 오유권, 이문희, 이호철, 장덕조, 정비석, 조용만, 최일남, 추식 등이 있다.

1958년에는 270편 가까운 소설이 발표되었다. 박영준은 「여인삼대」(『사상계』, 1958. 11)를 비롯하여 10편 이상을 발표했다. 7~9편을 발표한 작가로는 「오리와 계급장」(『지성』, 1958. 9)을 쓴 선우휘, 「잉여인간」(『사상계』, 1958. 9)을 쓴 손창섭, 「공습」(『사조』, 1958. 6)을 쓴 염상섭, 「사이비」(『현대』, 1958. 4)를 쓴 오상원 등이 있다. 선우휘·손창섭·오상원 등 신진 작가들이 질량 양면에서 두드러진 활동을 보인 것이 특징으로 남는다. 5편 내외를 발표한 작가로는 「동면」(『사상계』, 1958. 7~8)을 쓴 김이석, 「사람이고저」(『자유문학』, 1958. 10)를 쓴 최태응, 「모든 영광은」(『현대문학』, 1958. 7)을 쓴 황순원 외에 곽학송, 김광식, 김송, 김장수, 김중희, 박용구, 오영수, 오유권, 유주현, 이무영, 이범선, 이봉구, 정비석, 정연희, 정한숙 등이 있다. 2~3편을 발표한 작가로는 「폭소」(『자유문학』, 1958. 2)를 쓴 김성한, 「僻地」(『현대문학』, 1958. 3)를 쓴 박경리, 「여분의 인간들」(『사상계』, 1958. 1)을 쓴 이호철, 「해도초」(『사조』, 1958. 11)를 쓴 전광용, 「서정가」(『사상계』, 1958. 1~3)를 쓴 조용만 외에 곽하신, 구혜영, 권태응, 김광주, 박경수, 박연희, 서기원, 손장순, 송병수, 승지행, 이문희, 이병구, 임옥인, 정병우, 주요섭, 최상규, 최인욱, 최일남 등이 있다.

1959년에는 전년도보다 줄어든 220여 편이 발표되었다. 염상섭은 「동기」(『사상계』, 1959. 8)를 비롯하여 10편을 발표함으로써 양적으로 가장 왕성한 활동을 한 셈이 되었다. 5편 내외를 남긴 작가로는 장편소설 『표류도』(『현대문학』, 1959. 2~10)를 써낸 박경리, 중편소설 『깃발없는 기수』(『새벽』, 1959. 12)를 쓴 선우휘, 「월광」(『사상계』, 1959. 12)을 쓴 오유권, 「오발탄」(『현대문학』, 1959. 10)을 쓴 이범선 외에 곽하신, 구혜영, 박경수, 박용숙, 서기원, 안수길, 오상원, 오영수, 유승휴, 이병구, 이호철 등이 있다. 2~3편을 남긴 작가로는 「옛날의 금잔디」(『자유문학』, 1959. 6)를 쓴 강신재, 「모의시체」(『자유문학』, 1959. 7)를 쓴 남정현, 『낙서족』(『사상계』, 1959. 3)을 쓴 손창섭, 「해광선」(『현대문학』, 1959. 1)을 쓴 송병수, 「장씨일가」(『사상계』, 1959. 5)를 쓴 유주현, 「질서」(『사상계』, 1959. 9)를 쓴 최상규, 「GREY구락부 전말기」(『자유문학』, 1959. 10)로 등단한 최인훈 외에 김광식, 김동리, 김영수, 김이석, 김장수, 김중희, 박연희, 박영준, 손소희, 손장순, 송상옥, 승지행, 유주현, 이무영, 이종환, 전영택, 정연희, 천승세, 최태응, 하근찬, 한말숙, 황순원 등이 있다.[2]

---

2) 1950년대 소설의 주요 발표 무대로는 『신천지』(1946. 1~1954. 9), 『문예』(1949. 8~1954. 3), 『현대문학』(1955. 1~), 『사상계』(1953. 4~1970. 9), 『문학예술』(1954. 4~1957. 12), 『새벽』(1954. 9~1960. 12), 『자유문학』(1956. 6~1963. 4) 등이 있었다.

(3) 작가들의 종군활동상

『문예』1950년 12월호 속표지에는 "문단은 다시 움직인다"라는 제목 아래 당시 여러 문인들의 소식을 알렸다. 괴뢰군에게 납치된 문인(김진섭, 홍구범, 이광수, 정지용, 김기림, 김을윤, 공중인, 최영수, 김동환, 박영희, 김억, 이종산, 김성림), 전상 사망자(김영랑), 괴뢰군과 함께 자진 북행한 자(박태원, 이병철, 이용악, 설정식, 김상훈, 정인택, 채정근, 임서하, 김병욱, 송완순, 이시우, 박은용), 괴뢰군과 함께 수도를 침범했던 자(이태준, 이원조, 안회남, 김동석, 김사량, 이동규, 임화, 김남천, 오장환, 배호), 북행했다가 귀환한 자(박계주, 박영준, 김용호), 부역 피의로 수감 중에 있는 자(홍효민, 전홍준, 노천명, 이인수), 괴뢰군 치하에 완전히 지하 잠복했던 문인(박종화, 모윤숙, 오종식, 유치진, 이하윤, 장만영, 김동리, 조연현, 최인욱, 유동준, 김광주, 최태응, 박두진, 강신재, 방기환, 설창수, 임옥인, 한무숙), 괴뢰군 침공시 남하했던 문인(김광섭, 이헌구, 오상순, 서정주, 조지훈, 박목월, 구상, 이한직, 조영암, 김윤성, 김송, 서정태, 임긍재, 이원섭, 박용구, 김말봉) 등과 같이 분류되었다. 박종화·김동리·김송은 서울신문사에, 김광주와 이봉구는 경향신문사에, 방기환·곽하신은 승리일보사에 근무하고 있다. 최태응은 평양문총 일을 보고 있는 중이었고 최인욱은 문총 구국대에 참가했고 염상섭과 이무영은 해군에 입대하였다고 전한다.[3]

---

3) 1945년 8월부터 1950년 6월 사이에 남한에서 비교적 활발하게 소설을 발표했던 작가들이 월북하여 발표한 소설의 목록은 대략 다음과 같이 정리된다.

　김만선:「당중」(1950),「사냥군」(1951),「태봉령감」(1956),「폭우 속에서」(1957)

　김소엽:「미루벌의 승리자」(1964),「몰메골 사람들」(1965),「바다의 륜리」(1966)

　김영석:「격랑」(1948),「화식병」(1951),「승리」(1952),「젊은 용사들」(1954),「봄」(1956),「원수를 잊지 말라」(1957),「지휘관」(1958),『폭풍의 역사』(1960),「고리에로」(1962),「그가 그린 그림」(1965)

　안회남:「수로공 이야기」(1958),「삽」(1961),「안전기사와 직장장」(1961)

　엄흥섭:「다시 넘는 고개」(1953),「복숭아 나무」(1957),『동틀 무렵』(1957)

　윤세중:「선화리」(1947),「안골 동네」(1948),「분대장」(1951),「편지」(1951),「우정」

허남희는 "그당시 부역문화인을 돌이켜보고"라는 부제를 단「육이오와 문화인의 양심」(『현대공론』, 1954. 6)에서 여러 문인들의 소식을 전해주었다. 1950년 6월 28일에 괴뢰군이 서울을 점령하면서 종로 네거리 한청 빌딩에 문학동맹과 연극동맹과 미술동맹이 다시 간판을 내걸었다. 문학동맹에는 형무소에서 석방되어 나온 이용악과 이병철이 창백한 눈에 도끼눈을 하고 있었고, 지하에서 나온 현덕이 있었고, 안회남이 위원장이 되어 호령하고 김만선과 강형구는 서기라는 이름으로 앉아 있었다. 문학동맹은 보위부와 손을 잡고 숨어 있는 문화인들을 잡느라고 혈안이 되어 있었다. 보도연맹에 들었다는 이유로 정지용과 채정근은 후배 시인들의 눈치를 보고 있었고 옛 친구였던 조운·이원조·김남천·안회남의 처분만 기다리다가 보위부로 가 자수하라는 명령을 받고 가서는 그길로 북으로 끌려갔다. 7월 하순 김기림은 자기 집에서 보위부에 끌려간 채 소식이 끊기고 말았다. 조선문학가동맹은 박종화, 김동리, 조연현을 찾아내느라 혈안이 되었다. 여류 소설가를 포함하여 몇몇 문인들은 할 수 없이 나와 한숨만 푹푹 쉬었다. 철학자이자 수필가인 청천 김진섭이 변색을 하고 다니다가 보위부에게 붙잡혀 북으로 끌려갔다. 9월에 접어들며 문학동맹에서도 교양 동원과 의용군 강제 동원에 적극성을 띠게 된다. 9·28 이후 문총에서는 당국과 협조하여 부역 문화인의 심사 명부를 작성하였다. 북으로 갔던 부역 문화인들 중에는 국군을 따라오거나 도망해 와서는 자수하여

　(1951), 「분조장과 산업대원」(1952), 「구대원과 신대원」(1952), 「도성소대장과 그의 전우들」(1955), 「상아 물뿌리」(1956), 「전진」(1959), 「치국로인」(1962), 『끝없는 열정』(1966), 『용광로는 숨쉰다』(1974)
　이근영:「그들은 굴하지 않았다」(1955), 「첫 수확」(1956), 「해거름」(1959), 『별이 빛나는 곳에』(1966)
　이태준:『농토』(1947), 「백배 천배로」(1951), 「누가 굴복하는가 보자」(1951), 「미국대사관」(1951), 「고귀한 사람들」(1951), 「네거리에 선 전신주」(1951), 「고향길」(1951)
　지봉문:「채광공들」(1958), 「장쇠아범」(1961)
　(조남현, 「월북작가의 북한소설」, 『한국현대문학사상 탐구』, 문학동네, 2001, pp.95~120)

응분의 벌을 받는 존재가 있었다.[4)]

정영진은 북행한 문인들을 처형 수난 문인, 월북 문인, 입북 문인, 납북 문인, 재북 문인 등으로 5분하고 다시 월북 문인을 도피 월북 문인과 지향 월북 문인으로 양분한 후 입북 문인을 자의 입북 문인과 타의 입북 문인으로 나누었다. 도피 월북 문인에는 소설가로 김남천, 지하련, 박승극을 포함시키고 지향 월북 문인은 구카프 계열 신념파와 환상적 좌익 동정파로 나누었다. 구카프 계열 신념파는 북한의 문예총 발족 이전인 1946년 3월 하순에 결행한 월북 제1파와 1948년 8월 15일을 전후하여 북으로 올라간 월북 제2파로 나눌 수 있다. 제1파에는 소설가로 이기영·이동규·정청산·홍구·김학철·이선희·유항림·윤기정·이갑기·이북만·송영 등이 제2파에는 안회남·허준·박찬모·현덕·김소엽·조벽암 등이 환상적 좌익 동정파에는 이태준·홍명희 등이 들어간다. 박찬모는 1946년 월남하여 문맹의 실세로 활약하다가 1947년 가을 이후 도로 월북했다. 타의 입북 문인 중 소설가로는 설정식·지봉문·강형구·정인택·이근영·엄홍섭·김영석·박노갑·임서하·김만선 등을 들었다. 이 중 설정식·강형구·정인택·엄홍섭·임서하 등은 오제도·정희택 검사가 주도하던 국민보도연맹에 정식으로 가입했다. 해방 후 계속 북한에서 살고 활동했던 소설가로는 김사량·최명익·현경준·전재경·이북명 등이 있다.[5)]

1950년 6월 25일 전쟁이 나자 북한의 문예총에서는 전 맹원을 비상 소집하여 종군작가단을 발족시켜 소설가로는 김사량, 전재경, 이동규, 안회남, 김남천 등이 시인으로는 임화, 김조규, 박세영, 김북원 등이 극작가로는 한태천 등이 전선으로 떠났다. 전쟁 중에 함세덕은 수류탄 오발로 폭사하고, 1950년 10월 현경준은 전사하고, 김사량은 1950년 11월 문막 근처에서 심장병으로 사망했고, 이동규는 1952년 5월 지리산에서 빨치산으

---

4) 허남희, 「6·25와 문화인의 양심」, 『현대공론』, 1954. 6, pp. 92~98.
5) 정영진, 『통한의 실종문인』, 문이당, 1989, pp. 17~47.

로 최후를 마친 것으로 전해지고 있다.[6]

1951년 5월 26일에 육군종군작가단이 결성되었다. 단장 최상덕(최독견), 부단장 김송, 상임위원 최태응·박영준·이덕진, 단원 정비석·김영수·장덕조·임긍재·조영암·김이석·박인환·이봉구·성기원·양명문과 같이 진용이 짜여졌다. 단원 전체가 종군할 것과 종군을 끝낸 뒤에는 보고 강연 및 종군기, 작품 등으로 종군의 수확을 발표하자고 결의하였다. 6개월 동안의 활동상을 종합하여 소개하였다.[7] 1952년 10월 29일에 개최된 육군종군작가단 추기총회에서는 부단장으로 김송 대신 김팔봉이 들어왔고 손소희가 신입 회원으로 영입되었다.[8]

육군종군작가단은 『戰線文學』을 1952년 4월호로 창간하여 1953년 12월호인 7집까지 간행했다. 1집의 편집 겸 발행인은 육군본부종군작가단이라고 했고, 2집(1952. 12)은 주간 具常이라고 명시했고, 5집(1953. 5)은 발행인 崔象德·주간 金八峰이라고 명시했고 발행소는 대구시 계산동 2가 70번지에 있는 육군본부 정훈감실 내 육군종군작가단이라고 밝혀놓았다. 7집(1953. 12)의 편집 겸 발행인은 최상덕으로 되어 있고 발행소는 육군종군작가단이라고만 되어 있다. 5집에서는 "작가단 2년간 약지"(pp. 45~49)라는 제목 아래 1951년 5월 26일부터 1953년 4월까지 종군작가단의 활동상을 정리해놓았다. 구상은 「종군작가단 2년」(pp. 57~59)에서 종군작가단의 탄생, 종군작가의 처지, 종군과 단체 활동, 종군작가의 결의 등에 대해 설명했다.

안수길이 김성삼 제독의 부탁으로 정훈 업무에 협조하고 있었고 윤백남, 염상섭, 이무영 등 3인의 문단 선배가 진해 해군사관학교에서 특별교육대 훈련을 마치고 실습으로 들어가 부산에 나타났다. 중령 계급장을 단

6) 위의 책, pp. 291~93.
7) 『전선문학』, 1952. 4, p. 39.
8) 『전선문학』, 1952. 12, p. 79.

윤백남은 정훈감실의 공보과장이 되었고 소령인 염상섭은 편집과장이 되었고 소령인 이무영은 진해에 있는 통제부 사령부 정훈실장으로 임명되었다. 박계주, 박연희, 김종길, 이종환, 윤고종, 안수길, 이선구 등이 해군 종군작가단을 구성했다.[9]

1951년 1·4후퇴 직후 대구에서 결성된 공군종군문인단에는 마해송(단장), 조지훈(부단장), 최인욱(사무국장), 최정희, 곽하신, 박두진, 박목월, 김윤성, 유주현, 이한직, 이상로, 방기환이 가입했고 1952년에 황순원, 김동리, 전숙희, 박훈산 등이 들어왔다.[10]

2. 전시제작소설(1950~53)의 다양성과 다의성

(1) 서울 수복 전후의 소묘(「해방의 아침」)

최인욱의 「목숨」(『문예』, 1950. 12)은 1950년 6월 25일부터 6월 28일까지의 서울을 시공간적 배경으로 한 첫 소설이라고 할 수 있다. 한강로 K병원 원장인 조병기는 전쟁이 터지자 하루하루 초조하게 상황을 체크한다. 조병기 원장이 6월 26일에 접한 보도에는 "아군부대 일부 해주시 돌입" "적기 두 대 김포비행장 내습" "맥아더 원수 전쟁물자 수송을 훈령" 등의 소식이 포함되어 있는 만큼, 당시 전황을 낙관적으로 볼 수도 있었다. 6월 27일 낮에는 맞은편 집 어물도가 주인인 홍이 남한은 북한에 당할 수 없다는 투의 말을 한다. 조병기 원장은 지난해 늦은 봄에 홍씨의 둘째 아들이 삐라 살포 사건으로 체포되어 지금까지 복역 중에 있는 것을 기억해내면서 홍의 말에 담겨 있는 진의에 잠시 전율을 느낀다. 밤이 되자 비가 내리고 총포 소리는 끄치지 않는다. 밤늦게 육군 중위인 둘째 아들 창기가

---

9) 이선구, 「해군종군작가단」, 『해방문학이십년』, 한국문인협회, 정음사, 1971, pp. 94~97.
10) 최인욱, 「공군종군문인단」, 위의 책, pp. 97~101.

트럭 한 대를 갖고 와 자기가 가는 데까지만 자동차를 타고 가서 다시 기차를 타고 대전 형네 집으로 가라고 종용한다. 그러나 조병기 원장은 의사로서의 선공후사의 정신을 내세워 거절한다. 창기가 가버린 후 계속 밖에서는 비가 내리고 총포 소리와 피란민들의 아우성이 잦아들지 않자 조병기는 아내에게 며느리를 데리고 대전 큰아들네로 내려가라고 한다. 병기는 자기 손으로 어렵게 이룩한 이 병원과 살림을 팽개치고 피란 갈 수는 없다고 이유를 댄다. 가족이 떠나간 뒤 트렁크를 꺼내 주요 의료도구들을 집어넣은 후 병원 내부를 여기저기 못질하고 나니 유리창에 불빛이 번쩍하고 굉음이 난다. 병기는 6월 28일 새벽 2시에 집을 나와 빗속을 뚫고 한강 쪽을 향해 달려가면서 돌아오는 사람들이 더 많은 것을 목격하게 된다. 조금 전에 들은 굉음은 바로 한강다리가 폭파되면서 난 소리였다고 한다. 조병기 원장은 집으로 돌아올 수밖에 없었다.

그러나 원통하게도 밤새 서울은 적의 수중으로 돌아가고 말았다. 비 개인 거리에는 따발총을 멘 붉은 군대가 제멋대로 쏘다니고 어디서 왔는지도 모를 낯선 청년 몇이 골목으로 다니면서 집집마다 대문을 두드리며 인공기를 달라고 소리소리 질렀다. 병기가 보기에는 모두가 아니꼬운 풍경이었다. (중략) 이것이 모다 불과 몇시간 전의 일인데 목전의 현실은 자기가 지레죽지 않으려면 인공기를 달아야 하는 굴욕의 세상으로 변해버렸다. 내 손으로 인공기를 만들어서 내 집 문전에다 달아야 하다니 그것은 자기로서는 백번 죽었다 깨나도 될 일이 아니었다.

「에잇! 적의 손에 굴욕을 당하느니 보다는 차라리……」[11]

작가 최인욱의 반공정신을 대변하고 있는 조병기 원장은 음독자살한

---

11) 『문예』, 1950. 12, pp. 97~98.

것으로 추측된다.

허윤석의 「길酒幕」(『백민』, 1950. 12)은 사랑하는 남녀가 전쟁을 맞아 파탄에 이르는 것을 보여준 콩트로 서술 방법은 작가 허준에 가깝다. 초시댁 사랑방에 든 절름발이 유필공은 어린 아들 봉이에게 네 어미 대신 마당 한가운데 오동나무나 실컷 보고 살자고 한다. 유필공은 절색인 아내를 어느 목수에게 빼앗기고 말았다. 봉이가 설희를 제 것으로 만들었다는 소문이 퍼지면서 보안대원들은 설희와 보안대장 춘배의 결합을 추진하자고 한다.

초시댁이 숙청을 당하던 날 밤 붉은 팔을 걷고메고 으르던 사람들의 흥분한 그 얼굴이었다. 「태공분자는 숙청을 하자」 이런 외마지 호통에 춘배 사촌마자 마주 울렸다. 「어느눔이 태공분자냐」 「서리를 떼어먹은 봉이 눔이다. 이눔 되지 못하게 밤낮으로 통수나 물어빨구 다니는눔」 봉이는 통수도 간다 봐라고 길주막을 휑하니 빠져나갔다.[12]

오월절에 술 마시고 춤추고 하던 일당을 뒤로하고 방으로 들어온 춘배는 통소를 불어보라는 설희의 청을 받아들여 시도하지만 잘 되지 않는다. 설희는 사랑이라는 것은 통소 부는 것만큼 시간과 정성이 필요하다고 암시한다. 춘배의 명에 따라 초시댁의 오동나무 치는 도끼 소리만이 낭자하게 울려 퍼지면서 소설은 끝난다.

박용구의 「七面鳥」(『문예』, 1950. 12)는 역사적 위기 때 많이 나타나기 마련인 칠면조 같은 인간형을 제시하였다. 원식은 괴뢰군 치하의 3개월 동안 반장을 맡으면서 의용군 입대를 강요했다가 국군이 들어오자 이번에는 청년단에 뛰어들어 열심히 훈련을 받는다. 인공 치하 때 원식의 강

---

12) 『백민』, 1950. 12, p. 101.

요에 따라 의용군으로 평택에 가 있다가 돌아온 남자가 따지러 오자 원식은 설설 기면서도 미군부대 통역으로 나가고 있음을 내비쳐 부역혐의에서 자유로운 것 같은 태도를 취한다. 원식은 청년단 훈련에 참가하기 위해 대문을 나서면서 "양양한앞길을 바라볼때에/ 가슴에파통치는 애국의 핏발"[13]이라는 노래를 흥얼거린다. 콩트보다도 짧긴 하지만 부역자를 처음으로 다룬 소설이라는 의미를 갖는다.

염상섭의 「解放의 아침」(『신천지』, 1951. 1)은 서울 탈환 전후의 몇몇 서울 시민의 입장을 대비하고 있다. 인공 치하에 있을 때 공장 여맹위원장을 지냈던 원숙 어머니의 주선으로 인임은 괴뢰군 군복 짓는 공장에 다녀 여성동맹에 끌려 나가는 것을 면했다. 인임이 어머니는 원숙 어머니의 부탁과 성실 어머니의 중개로 쌀 세 가마와 광목 열일곱 통, 고무신, 비누 등을 자기네 집 문간방에 숨겨두었다가 그것이 들통이 나면서 부역자로 조사받게 된다. 인임이는 요사스러운 원숙 어머니의 솜씨에 치안대원이 넘어가고 성실이네 식구가 원숙 어머니의 편을 들면 자기 부모가 덤터기 쓰겠다고 판단하여 나서게 된다. 인임은 원숙 어머니가 여맹위원장이었고 그 남편이 공장의 위원장이었음을 폭로한다. 인임이 부모는 쌀되나 얻기 위해 자기네가 물건을 맡아두었던 것이라고 하나 인임은 여맹위원장과 공장 위원장이 쌀말과 광목을 빼돌린 것이라고 더욱 냉정하게 선을 긋는다. 석방되어 나온 인임의 부친이 그네를 위원장이라고 폭로한 것은 사형선고를 한 것이나 마찬가지 아니냐고 하자 인임은 그럼 원숙이네를 살려주고 우리가 대신 죽어야 좋겠냐고 톡 쏜다. 부모보다는 딸이 사태 파악을 정확하게 하고 또 기민하게 대처한 것이다.

도대체 인임이는 늙은아버지보다도 그리 흥분도 안되거니와, 八·一五해

---

13) 『문예』, 1950. 12, p. 104.

방때처럼 펄펄뛰고싶은 그런 기분은 아니났다. 서두는 성미가 아니요, 앞집의 성실아버지가 마루청을 뜯고 맨든 방공호속에 숨어서 듣는 단파(短波) 덕에 정보를 빤히 알고지낸탓도 있지마는, 의례 올것이 왔거니하는 생각에 그리 서두를만치 기분이 흥분되지은 않는것이 하두 굶주리고 들볶기고 노심초사한끝이라 지친것도 사실이라, 맥이 풀리기도 하였으나, 잃었던보물이기로 간곳을 빤히 알고 당장 찾을것을 믿고 있었더니만치, 시원하고 반갑지 않은것은 아니면서도 八·一五때처럼 뜻밖이요 신통하다는 생각은 좀 덜한것이었다.[14]

그런데 어른들은 젊은 사람들에 비해 불안감과 공포심이 더했던 때문인지 인공 치하에서 벗어나자 정치와는 관계없는 동네 늙은이들도 펄펄 뛰며 좋아한다. 나이가 들면서 경험이 많아 이런 위기를 더 잘 극복할 것 같은데 구속이나 압박의 경험이 오히려 죽음에의 공포심을 더 크게 자극했던 것으로 작가는 분석한다. 대동아전쟁의 경험이 트라우마가 된 것인지 아니면 학습효과를 가져온 것인지 하는 질문을 갖게 한다. 인임은 어제저녁 때 전투기가 연달아 와서 기총소사를 할 때만 하더라도 젊은 남자들이 분주히 드나들던 원숙이네 집이 이제 인적 하나 없는 것을 보고 "원숙 어머니가 환도라도 차고 팔티산으로나 나갔는가싶다"[15]고 생각한다. 그리고 서울 수복 후 치안대원들이 자기 집에 와 수색하는 것을 보고 인임이는 우리가 빨갱이를 숨겨둘 성싶으냐고 항의했다가 자기도 모르는 쌀, 광목 등이 나오자 당황해한다. 인임이 오빠는 청년단의 간부로 자기 부모가 "빨갱이혐의로 치안대에 붙들려왔다는 소식만 듣고도 사지가 브르를떨려서 단숨에달겨든것이었다."[16] 작품이 끝난 후에 "팔삼년 십일월

14) 『신천지』, 1951. 1, p. 100.
15) 위의 책, p. 101.
16) 위의 책, p. 107.

이십 사일 진해향발전"이라는 후기가 붙어 있어 염상섭이 해군사관학교 특별교육대에 입대하기 직전에 탈고한 것임을 알 수 있다.

김송의 「서울의 悲劇」(『전쟁과 소설』, 1951)은 서울을 배경으로 하여 긴박한 전황을 보고하였다. 회사원 형칠은 해방 이후 5년 동안 반공전선, 반탁운동, 5·10선거 보이콧 반대운동에 뛰어들 정도로 흔들림 없이 우익을 지지해왔다. 대학을 나와 회사원으로 있는 애인 명순과 6월 25일 오후 3시에 공원에서 만나기로 했으나 전쟁이 나 불발되자 만일을 위해 청산가리를 산다. 형칠은 왕십리 명순 집에 가 명순을 만나 남한이 북한의 전쟁 준비를 간파하지 못한 채 그동안 민주정치니 남북전쟁이니 하는 이상론에 매달렸다고 갈파한다.

「우리겨레가 당파싸홈을 하고 모리사업에 정신을 차리지 못하는—그 四五년 동안 북한 공산당은 전쟁준비를 했던것이요—쌀을 공출시키고 강제노동을 시행하고 또한 군대를 확충하고 소련에서 무기를 밀수입 하였지요. 남한에서는 소위 민주정치라하여 공산당을 포섭하고 남북협상(南北協商)만 찾는 동안에 저이들은 남한 침략을 계획하였오. 우리가 꿈속에서 헤매이고 있는 사이에 저이들은 목을 찔으려고 비수를 갈았지요. 그것을 몰랐오!」[17]

그리고 인공 치하에서 벌어질 일을 상상해서 말하기도 한다. 서울 도처에 인공기가 걸리고 난 후 6월 29일에 청산가리를 마시고 죽은 형칠의 시체가 자결한 국군의 시체와 나란히 누워 있는 것이 발견된다. 김송은 서울 입성 전날 추석 전야의 밝은 달을 보는 병사도 있고 서울에 화광이 충천한 것을 보는 병사도 있다고 한 「달과 戰爭」(『전시문학독본』, 대구 계몽사, 1951), 부산으로 병든 어머니를 모시고 아내와 함께 피란 온 사내가

---

17) 『전쟁과 소설』, 1951, p. 83.

모병에 응한다고 한 「希望의 戰列」(『사병문고 2』, 단편소설집, 육군본부 정훈감실, 1951) 등을 발표하였다.[18] 「서울의 비극」의 주인공의 패배감과는 달리 이 두 소설은 승전의지를 내세웠다.

최태응의 「舊殼을 떨치고」(『전쟁과 소설』, 1951)는 종군문인의 심리분석에 치중했다. 주인공은 계속 불안해하고 고민하다가 인천으로 가 종군하기로 결심한다. 이 결심을 영예롭고 복을 받는 것이라고 하면서 "인천은 그때 무력적으로 진공상태라는 것이며 잠시 동안이나마 비어 있는 틈을 타서 이른바 악질 보련(保聯)원들이 푼수 없이 탈을 벗고 나서서 가진 악행을 저질르는 참이었다"[19]고 종군 결심을 합리화한다. 시민들을 위한 격문을 쓰기도 하고 신문사 공장에 가서 직접 신문을 제작하기도 한다. 인천도 점령당하자 계속 단신으로 남하하여 수원 포구에서 배를 타고 당진으로 가 신례원으로 간다. 공주 마곡사를 떠나 달포 만에 서울로 들어가서 가족들을 데리고 나온다. 그 후 서울을 탈환하고 북진하는 국군을 따라 평양으로 간다. 처음으로 군복을 입고 아내의 환송을 받으며 낡아빠진 껍데기(舊殼)를 쪼개버리는 것과 같은 느낌을 환희 속에서 갖게 된다. 김동리는 1951년 12월에 「귀환장정」 「상면」 「달」 「인간동의」 등 네 편으로 소설집 『귀환장정』을 묶어내었다. 「귀환장정」은 1951년 3월에 제2국민 훈련소에서 귀향조치 당한 두 장정이 부산으로 돌아가는 모습을 그렸다. 작가는 이 두 장정이 석달 동안 훈련받는 사이에 각각 건달과 맹추가 되었다고 서로 판단할 정도로 변했음을 강조하였다. 「상면」은 광주의 부대에

---

18) 김송은 「軍과 함께」(『문예』, 1950. 12, pp. 65~67)라는 수필에서 6월 28일 새벽에 서울을 탈출, 수원을 거쳐 대전으로 가 국방부 정훈국에 들어가 종군문인의 길을 걷게 되었다고 하며 단편적인 북한 공산군의 인상을 썼다. 노동자와 농민을 해방시키기 위한 전쟁이 아니라 복수주의, 침략주의의 전쟁이란 것을 인식하게 되었다. 농촌을 지나가면서 강제 몰수, 강제 부역의 현장을 볼 수 있었고 마산 근처에서는 소년병 의용군의 존재, 수많은 애국자의 학살, 포로들에 대한 거친 취급 등을 목격했고 서울 수복 때는 인민군 독전대의 만행을 보았다고 적고 있다.

19) 『전쟁과 소설』, 1951, p. 193.

있는 아들을 면회하기 위해 사십대 중반의 농부가 경상남도 함안에서 주로 걸어서 가는 모습을 그렸다. 아버지와 아들은 국밥 한 그릇씩 먹고 몇 마디 대화를 나누다가 두 시간 만에 헤어지고 만다. 작가는 아들을 보고 싶어 하는 아버지의 마음에다 방점을 찍었다.[20]

(2) 염상섭의 『난류』·『취우』·『지평선』 연작의 높낮이

염상섭의 『暖流』(『조선일보』, 1950. 2. 10~6. 28, 125회)는 6·25 넉 달 전에 연재가 시작되어 서울이 함락되었을 때 끝난 소설로 "초대", "새로운 결심", 감격의 순간" 등 14장으로 구성되었다. "초대"(1950. 2. 10~2. 19, 9회)는 김사장의 딸인 23세의 덕희가 손님 맞을 준비를 하느라 바쁜 모습을 보여준다. 삼한무역 김사장 집에서 전일지물 사장을 초대하여 두 회사의 통합 건을 매듭지으려고 한다. 삼한무역에서 일하는 경제학부 출신의 한택진도 오고 전일지물 전사장과 중역인 이의순도 들어온다. 서른 안짝의 이의순은 덕희 모교의 체조선생 출신으로 덕희와 동창이며 삼한무역 사원인 경순의 이복언니로 인물도 좋고 수단도 좋다. 의순은 남동생이 학병으로 나가기 전에 전사장의 아들 필환의 가정교사였던 것이 계기가 되어 전사장 집과 가까이하게 되었다. 두 집안 사람들과 두 회사의 간부들이 모인 자리를 이의순이 주도한다. "相持"(1950. 2. 21~2. 28, 7회)는 두 회사의 통합 과정을 들려주었다. 양복감의 재고는 많으나 현금이 부족한 삼한무역과 규모는 작으나 현금이 많은 전일지물은 똑같이 5천만 원씩 출자하기로 한다. 삼한무역 사장의 아들 김기홍와는 친구이자 부하 직원이며 전일지물 사장의 아들 전필환에게는 선배인 한택진이 다리를 놓았다. 회사가 합해지면 필환은 사장 비서를, 기홍은 전무를, 택진은

---

20) 신영덕은 『전쟁과 소설』(역락, 2007)의 부록 「한국전쟁기 군 기관지 소설목록」(p. 226~32)에서 『국방』(1953. 4~7, 23~25호), 『전선문학』(1952.4~1953. 12, 7호), 『해군』(1951. 8~1953. 3, 4호), 『군항』(1952. 9~1953. 3, 5호), 『해양소설집』(1953. 3), 『공군순보』(1952. 2~1952. 6, 14~18호), 『코메트』(1952. 11~1961. 8, 47호)의 목록을 소개하였다.

총무과장을 맡기로 했다. 한택진은 회사 합동 과정의 일등공신임에도 전 필환이 자기를 꺼려하는 것으로 생각하고 퇴사해야겠다는 생각을 한다. 이의순이 기홍을 방문한다. "교환조건"(1950. 3. 3~3. 11, 8회)은 이의순의 중매 활동을 그리는 데 중점을 두었다. 이의순은 덕희의 오빠이며 회사의 총무과장인 기홍에게 회사를 합칠 것이면 우선 한집안이 되는 것이 좋지 않겠느냐고 하며 덕희에게 26세의 필환을 소개하고 싶다고 한다. 택진이 기홍에게 앞으로 산업경제 긴급대책 연구회의 전임 간사 일을 보아야 하겠기에 또 앞으로 회사에 군짐이 될까 봐 회사를 그만두겠다는 폭탄선언을 하나 기홍은 받아들이지 않는다. 한택진은 전필환이 의순이를 내세워 청혼하려는 것을 눈치채어 충돌도 피하고 창피한 꼴도 안 당하는 방책도 생각한 것이다. 아들 기홍이 전일지물이 중요한 자리를 다 가져가겠다는 것을 불쾌하다고 하자 아버지는 현물만 내놓겠다는 우리가 불리한 입장이니 만큼 전사장 측에게 책임 있는 자리를 주거나 사돈이 되어야 한다고 말한다. 사랑의 문제를 돈의 문제와 연결시켜 보는 염상섭 특유의 시각이 재현되고 있다. "뒷골살림"(1950. 3. 12~3. 18, 6회)에서 이의순은 전일지물 사장 전사장의 첩으로 밝혀진다. 아버지가 이의순과 뒷골목 살림하는 것을 알면서도 필환은 어머니에게 비밀로 한다. 전태식 사장은 이동구락부인 삼우회를 핑계로 하여 매주 수요일과 토요일에 의순의 집에서 5시부터 10시까지 지내다 가곤 한다. 의순은 가장 노릇 하다가 혼기를 놓쳐 전태식 영감의 소실이 된 대가로 화개동 집을 갖게 되었다. "나할 일은 한다"(1950. 3. 19~4. 4, 14회)는 경순이를 초점화자로 하여 언니 심부름으로 덕희를 언니 집으로 데리고 오는 과정을 그렸다. 두 처녀가 의순의 집을 나서려는데 필환이가 와서 세 여자를 데리고 청요릿집 아서원으로 간다. 덕희의 환심을 사기 위해 의순은 필환이가 경제과를 졸업하는 길로 서울대학 문과를 가서 문학 공부 하겠다 하고 사진 찍는 취미까지 갖고 있다고 전한다. 필환이는 기홍이가 초대한 취락이란 요릿집으로 가버린다. 다음 날 덕희가 오빠에게 나를 미끼로 삼지 말라 하자 기홍이는 그렇게 간교한 사람들은 아닌 것 같다고 한다. "새로운 결심"(1950. 4. 5~ 4. 15, 10회)은 덕희와 경순이 동행하여 홍파동에 있는 택진의 집에 가 택진이 회사를 그만두려는 진짜 이유를 알려고 하는 것으로 시작된다. 택진이는 덕희가 습작했다는 소설에 관심을 표시하고 택진의 어머니는 청요리를 시켜준다. "폭탄선언"(1950. 4. 16~4. 23, 6회)은 사직공원에서 덕희와 택진이 말씨름하는 장면을 보여주었다. 택진이 결혼문제에 대해서는 이해타산을 도외시하면 낭패를 보기 쉽다고 충고하자. 덕희는 정책 결혼의 제물이 되는 것은 현대 여성으로서 치욕이라고 응수한다. 택진의 직장에 경순이 대신 자기를 데려가달라고 하자 택진은 두 사람 다 안 데리고 가겠다고 한다. "심란한 봄"(1950. 4. 25~5. 1, 7회)에서 의순은 기홍과 택진을 데리고 자기 집으로 가 음식을 대접하기로 한다. "첫 고민"(1950. 5. 3~5. 8, 6회)에서 이의순의 조종을 받아 전사장은 택진을 포용하기 위해 동경이나 대판의 주재원을 권한다. "순진이 그립다"(1950. 5. 9~5. 18, 10회)는 덕희가 택진이 나가는 산업경제대책연구회를 찾아가는 적극성을 보여주는 것으로 그렸다. 전사장이 이번 토요일에 자기 집으로 삼한무역 사람들과 무역국장 이하 중요 간부들을 초대하겠다고 하며 서양 사람도 두어 명 오는데 덕희가 영어 통역을 해주었으면 좋겠다고 제의한다. 덕희는 자기의 의사도, 부모의 의사도 아닌 어떤 힘에 눌려서 필환과 결혼하는 것은 시대에도 맞지 않는 노릇이고 여성으로서도 당할 일이 아니라고 생각한다. 처음에는 무언의 항전의 의미로 택진의 사무실로 나간 덕희는 약간 발을 빼는 택진에게 혼자서라도 싸우겠다고 하며 "자기를 살리기 위해 싸우는 것이지만, 신여성을 위해서, 신시대, 신생활의 건설을 위해 싸우는거예요. 그리고 순진한『사람』을 만나보구싶어 싸우는거래두좋구요. 웨? 세상물정 모르는 어린애공상이라구 웃으세요?"[21]와 같이 싸움의 의미를 확대 해석하라고 한다. 택진이의 사무소에 취직을 하겠다고 하는 것은 필환이나 자기 집에 대해 공동 전선을 펴고 냉전을 개시하자는 의미라고 암시한다. "별빛 잃은 밤"(1950. 5. 19~5. 30, 12회)은 전사장 집에 김사장과 아들딸이 초대받아 오는 것으로 이야기를 풀어놓았다. 덕희와 필환, 택진과 경순이 마치 한짝인 것처럼 넝쿨 밑 테이블에 앉는다. 영문학도 덕희에게 관심을 갖게 된 미국인 럿셀은 택진이와 덕희에게 자기가 먼저 가서 기다릴 테니 두 사람이 같이 유학 오라고 한다. 미국 상공계와 재계를 화제 삼아 대화를 나누는 럿셀과 오과장 사이를 통역하는 과정에서 덕희는 택진의 도움을 받기도 한다. 미국인 렛셀이 와서 영문학도 덕희에게 미국 유학을 적극 권하는 장면은 이미 『효풍』(1948)의 미국인 베커와 김혜란 사이에서 읽을 수 있었다. "通告戰"(1950. 5. 31~6. 10, 11회)은 덕희와 경순의 대화로 채워진다. 네 언니나 한택진이나 다 널 이용하고 있다는 덕희의 말에 경순은 이용당하든 속임을 당하든 하는 수 없다고 하며 자기는 빈껍데기라도 붙들고 싶다고 하였다. 경순은 더 이상 덕희의 동조자 노릇을 하려 들지 않는다. 나를 패배시켜 자신의 도의심이나 인격의 승리를 얻을 생각을 하지 말라, 경순이가 나를 위해 모든 것을 양보했다, 모든 책임은 의순과 택진에게 있다 등과 같은 내용으로 밤을 새서 쓴 덕희의 편지가 택진에게 전달된다. 덕희는 50년 전에는 구도덕이나 봉건적 유풍과 싸웠지만 지금은 모리배의 돈의 세력과 구사상의 잔재에 대항해서 싸운다는 차이가 있다고 생각한다. 덕희는 자신의 반항이 한택진의 사랑을 취하는 데만 있는 것으로 해석되는 것을 경계한다. 의순이 덕희에게 놀러 오라고 한 이유가 있다. 필환이가 지난번 덕희네 집에서 찍은 여러 장의 사진을 인화해서 만들어올 테니 덕희에게 영어 교육 좀 시켜달라고 부탁하면서 예식을 올리자는 말을 하러 온다는 것이다. 덕희는 의순에게 우리 문제는 우리에게 맡겨달라고 한다.

---

21) 『조선일보』, 1950. 5. 17.

"재출발"(1950. 6. 11~6. 20, 10회)은 덕희와 필환이 사직공원에서 대화를 나누는 장면을 예사롭지 않은 시선으로 보게 한다. 덕희는 사랑이란 미완성의 상태니 불만족인 채로 남아 있어야 향기가 나는 법이라고 하면서 필환의 청혼을 거절한다.

> 「그렇다고 내가 무슨 특별히 새로운 주장이 있다거나 현실(現實)과 왕청된 생각으로 一九五〇년대(代)의 신여성은 내로라고 나서는 것도 아니애요. 해방후에 여권확장이니 남녀평등이니하는 구호(口號)에 제세상이나 만난듯이 날뛰자는것도 아내요. 여성으로서 시대정신에 맞는생활을 실천(實踐)하겠다는 것밖에 아무것도 없읍니다.」[22]

덕희는 여권확장론이나 남녀평등론을 적극 지향하는 것은 아니지만 봉건적인 여성관에 안주하겠다는 생각도 갖지 않겠다는 것이다. 이의순의 머리에다 어머니의 실천력을 합한 데서 한 걸음 더 나아가는 것이 자기의 길이라고 한다. 전필환이 덕희에게 결혼를 허락하면 새로운 부덕을 실천할 만한 환경을 만들겠다고 하자 덕희는 결혼문제를 상식적, 실제적, 타산적으로 보지 말라고 하면서 사장 자리를 주어도 결혼문제와 교환할 생각은 없다고 한다. 이에 필환은 자기는 덕희를 한 번 보고 반해서 사모하는 마음을 품게 된 것이라고 변명한다. 덕희가 정은 저절로 솟아나는 것이라고 하자 필환은 언제까지 기다려야 하냐고 한다. 덕희가 경순이를 사랑하라고 하자 필환은 아무리 실제 문제를 도외시할 수 없다고 하더라도 감격이 없고 타오르는 충동이 없는 결합은 생명의 낭비가 아니냐고 반문한다. 덕희가 "강권하는 정책결혼"을 싫어하는 것을 알게된 필환은 우리 다시 출발하자고 제안한다. 덕희가 어째서 한택진이 합작 건에서 손을 떼

---

22) 위의 신문, 1950. 6. 14.

고 퇴사했는지 아느냐고 묻자 필환은 택진은 나와 회사를 위해 그만둔 것이라고 하면서 새 회사에 영입하겠다고 약속한다. "감격의 순간"(1950. 6. 21~6. 28, 8회)은 반전을 보여준다. 언니와 어머니의 심부름으로 한택진의 집에 가 사진만 전해주고 오려던 경순은 택진에게 붙들린다. 덕희와 필환의 향배에 대해 궁금증과 불쾌감을 털어내지 못한 택진은 경순과 정동으로 산보를 나간다. 덕수궁 쪽으로 오다가 차를 피하느라고 택진은 얼떨결에 경순을 포옹한다. 택진과 경순은 이성의 감촉을 짜릿하게 느낀다. 한택진은 우리의 생활과 우리의 행복을 담판해보자고 하면서 취란이라는 그릴에 가 경순에게 일본에 같이 갔다가 오자는 식으로 프러포즈한다. 때마침 만난 기홍이와 의순이 국민극장에 같이 가자고 하는 것을 거절하고 우리는 우리끼리 따로 가겠다고 한다.

이처럼, 『난류』는 두 회사를 합치면서 두 집안도 사돈을 맺으려고 했던 것이 틀어지는 과정을 그린 것으로 구조화된다. 영문학도이자 작가 지망생인 덕희는 두 회사의 주인 사이의 묵계로 이루어진 혼담을 따라가는 것을 자기희생으로 여긴다. 혼담이 나오기 전부터 한택진에게 호감을 가졌던 덕희는 한택진에게 기대고 싶어 한다. 대학에서 경제학을 제대로 공부한 한택진은 한택진 대로 자존심을 살리고 싶어 한다. 『난류』는 전필환—김덕희—한택진의 삼각관계가 김덕희—한택진—이경순이라는 새로운 삼각관계로 바뀌는 것처럼 보이면서 끝이 났다. 『난류』 연재가 시작되기 전에 염상섭은 국민보도연맹에서 주최한 종합예술제, 국민예술제전 등의 행사에 동원된 바 있다. 일단 『난류』는 이데올로기가 탈색되어 있는 만큼, 이념갈등을 다루지 않으면서 무게 있는 소설을 쓸 수 있는 방법은 회사소설이나 연애소설밖에 없지 않느냐고 고민했던 것 같다. 그러다가 6·25를 겪으면서 단편소설 「해방의 아침」(『신천지』, 1951. 1)을 쓴 직후 『취우』를 연재하기 시작한 것이다. 남녀의 애정문제는 경제문제를 변수로 하여 원근이 되는 것임을 보여준 것은 이 소설이 처음이 아니다. 개별적인 인간의 심리를 파헤치는 과정에서 디테일리즘으로 쏠리는 바람에 사건이 더디게 진행되는 것은『백구』(『조선중앙일보』, 1932. 10. 31~ 1933. 6. 13),『불연속선』(『매일신보』, 1936. 5. 18~12. 30) 등과 같은 해방 이전의 장편소설과 1950년대 대부분의 단편소설에서 고질처럼 나타난 바 있다. 이 소설은 1950년대에 대한 인식과 감각은 있으나 정치적 상황이 중심이 된 역사에 대한 천착은 꾀하지 않았다. 염상섭은 개인은 이성이나 관념보다는 본능이나 욕망에 의해 더 크게 조종되는 존재임을 주장하고 있다.『난류』를 독립된 작품으로 여길 경우, 작가 지망생인 여성이 주위사람들의 정략결혼 의도와 맞서 싸우는 과정을 기술한 애정소설로 볼 수 있다. 덕희가 반항적 인물로 발전하고 있기는 하지만 작중 대부분의 인물은 시대적 부호로서의 의미를 이끌고 가지 못하는 것으로 그려지고 있다.『취우』로 연결되지 않았더라면『난류』는 심각성도 없고 하회가 궁금하지도 않은 중간소설로 낙착되었을 것이다.

염상섭의『驟雨』는 1952년 7월 18일에서 1953년 2월 10일까지 166회에 걸쳐『조선일보』에 연재되었으며 19개의 소제목으로 구성되었다.[23] "절벽"(1952. 7. 18~7. 25)은 한강철교 폭파를 피란민 혼란을 가져온 최대의

---

23) 신영덕,『한국전쟁기 종군작가 연구』, 국학자료원, 1998, pp. 192~97.
　염상섭은 서울 돈암동 집에서 전쟁을 맞아 인민군 치하에서 3개월간 생활하였다. 서울이 수복되자 1950년 11월 30일 이무영의 주선으로 윤백남 등과 함께 해군 현역 장교가 되기 위해 해군사관학교 특별교육대에 입대하여 한 달 반 동안 훈련을 받았다. 이 시기의 행적을 그린 것이 「하치 않은 회억」(『예술원보』, 1960. 12)이다. 이 훈련이 끝난 뒤 45일간의 견습사관 훈련을 받았다. 이 기간의 생활을 소설화한 것이「動機」(『해군』, 63호, 1958. 3)였다. 1951년 3월 1일에 윤백남은 중령으로, 이무영과 염상섭은 소령으로 임관하였다. 윤백남과 염상섭은 정훈감실로, 이무영은 진해 통제부 정훈실장으로 배속되었다. 해군 인사기록부에 의하면 1951년 4월 1일부터 이들 세 장교는 해양 생활을 한 것으로 되어 있다. 염상섭은 이 시기의 생활을 단편소설「空襲」(『사조』, 1958. 6)에 담았다. 인사기록부에 따르면 염상섭은 1951년 6월 1일부터 해군본부 정훈감실에서 근무하여 10월에 편집과장이 되었으며 1952년 7월부터는 지도과장을 겸임하였다. 환도 후 1953년 10월 16일부로 해군본부 서울 분실 정훈실장으로 부임하였고, 같은 달 29일에는 중령으로 진급하였다. 그는 1954년 5월 10일 제대하기까지 종군기장 및 대통령 표창을 비롯한 수훈상을 받았다.

원인적 사건으로 설정한다. 비가 오는 한밤중에 보스톤 백을 애지중지하는 김학수 사장과 강순제 비서와 신영식 조사과장과 운전수와 조수 창길이 승용차를 타고 한강을 건너려다 철교가 끊어지자 운전수는 마포로 차를 돌린다. 배를 구하러 나갔던 운전수가 인민군 탱크가 서대문까지 왔고 중앙청도 점령당했다고 알린다. 이들은 라디오를 통해 나오는 정부의 발표를 믿고 있다. 사장의 명령에 따라 서빙고로 갔다가 이태원으로 들어서 사람들과 차들이 돌아오는 것을 보고 한국은행 쪽으로 가던 중 조수 창길이가 넓적다리에 총을 맞는다. "숙명의 아침"(1952. 7. 26~8. 6)은 김학수 사장이 신영식 과장의 집에 은신처를 마련하는 것으로 마무리된다. 창길이를 서대문 적십자병원에 데리고 가는 길에서 흰 캡을 쓴 사내에게 검문당한다. 강순제가 먼저 숨어들어온 빨치산 아니겠느냐고 하자 김사장은 남로당이나 민애청 사람 아니겠냐고 한다. 의논 끝에 가장 안전하다 싶은 천연동 영식의 집으로 간다. 김학수는 구들이 빠지고 오랫동안 쓰지 않았던 아랫방에 들어가 아무도 모르게 보스톤 백에서 돈다발들을 꺼내 숨긴다. 김학수 사장이 같이 있고 싶어 하나 강순제 비서는 거절한다. "진공의 작렬"(1952. 8. 7~8. 17)은 인민군이 점령한 서대문에서 동대문 일대까지의 서울의 상황을 보여주었다. 서대문 적십자병원에 갔으나 창길이를 만나보지 못한 영식과 순제는 길에서 미군 비행기가 인민군 고사포의 공격을 받는 장면을 목격한다. 정동으로 빠지면서 인민군 탱크의 행렬을 따라가는 어리고 마른 인민군들을 보면서 개탄하고 먼저 도망간 정부를 원망한다. 시청 앞에서 도강하지 못한 국군 잔류병과 인민군 사이에 벌어진 시가전을 목격하면서 겁이나 들어선 박동의 태고사 앞에서 소년병 같은 국군을 보자 "후퇴나 철수(撤收)할시간을 드티워 주느라구, 총으로 「탱크」와 싸운 용사 아닌가! 저대루 죽게내버려둔다면 그책임은 누가 저야한담?"[24] 하고 윤제는 분개한다. 순제는 재동에 있는 집으로 와 영식에게 신세한탄을 한다. 순제는 자기에게 남은 것은 김학수가 해준 이 집 한 채라고 하면서 회사고 사장이고 관계없이 여자로서 살고 싶다고 한다. 재동을 나와 김학수 사장 집이 있는 혜화동으로 가는 길에 인민군, 완장 찬 청년들, 송장, 쓰러진 자동차, 멈춘 전차, 못쓰게 된 포차, 멈춘 탄약 운반 트럭, 불타고 있는 책들, 대학병원에 우글거리는 괴뢰군들, 괴뢰군 시체 등을 보게 된다. 창신동 정달영 집에 가 부인을 만나고 오는 길에 동대문 경찰서 앞에 2, 30명의 국군 포로들이 앉아 있는 것을 보고 영식이와 순제는 모독을 느낀다. 경찰관의 시체와 어린 거지의 시체도 본다. "총소리에 깬 맘"(1952. 8. 18~8. 28)은 순제와 영식이 속내를 드러내며 가까워지는 모습을 보여준다. 재동에 있는 순제 집으로 들어온 두 남녀는 각각 목욕을 하고 맥주를 마시며 식사를 같이 한다. 순제는 영식보다는 세 살 많고 명신보다는 열 살 많다. 순제가 월북한 축들까지 몰려 내려와서 채를 잡기 전에 요정이 나야 하는 것 아니냐고 하자 영식은 전향 팬 아니냐고 묻는다. 그러자 순제는 빨갱이라면 송충이보다 싫어했다고 한다. 순제가 갑자기 이런 말을 한 이유는 나중에 가서 밝혀진다. 순제의 여동생이며 총무관 인사계에 있는 순영과 조사계원인 이은애가 같이 들어와 두 사람을 이상한 눈초리로 본다. "반감"(1952. 8. 29~9. 8)은 인민군의 총살 집행이라는 모티프를 제시하였다. 한미무역의 직원들이 모여 밀린 월급을 달라며 순제에게 사장의 행방을 묻는다. 총무관 직원 임일석이 임금투쟁을 좌익운동으로 유도한다. 아들을 만나러 온 창길 어머니가 오십대의 전직 순경이 인민군에게 총살당한 일을 전해준다. 대학병원 환자 여러 명이 총살당한 일도 벌어진다. "공세"(1952. 9. 9~9. 20)는 한미무역 직원들이 김사장의 행방을 추적하는 것을 중심사건으로 삼았다. 순제는 김사장을 찾아가 월급을 주라고 하고 자기에게는 위로금 좀 달라고 한다. 사흘 후 혜화동을 가던 길에 하얀 완장을 찬 송병규를 우연히 만나 순제의

---

24) 『조선일보』, 1952. 8. 10.

남편 장진이 내려왔다는 소식을 전해준다. 천연동에 가보니 김사장 내외가 안방으로 옮기고 영식이 아랫방에서 나온다. 회사의 젊은애들이 매일같이 와 감시한다. 사장 부인이 퇴직금이라고 내주는 것을 순제는 받지 않는다. "이동전선"(1952. 9. 21~10. 2)은 순제의 복잡한 심사를 드러내 보인다. 순제에게 아직까지는 남편인 장진이 나타난다. 순제는 김학수 사장도 남편 장진도 멀리하려 하고 신영식에게 다가가고자 한다. 영식은 영식대로 명신에 대한 관심이 줄어드는 것을 느끼게 된다. "피신"(1952. 10. 3~10. 15)은 순제가 장진을 만나는 것을 중심사건으로 삼았다. 순제는 필운동 친정집을 찾아온 장진으로부터 자아비판, 미군 고문단과 거래한 영어 문서 번역, 미군 포로 통역 자원 대기 등을 요구받는다. 순제가 중국집에서 시킨 음식과 술을 대접하자 장진은 조금 풀리는 기색이다. 순제는 장진이 아직도 자기에게 미련이 남아 있는 것으로 판단한다. 내일 시장실 옆방으로 나오라고 하고는 가버린 장진에게 철의 장막을 뚫고 들어갈 재주도 용기도 없다는 요지의 편지를 써서 어머니에게 맡긴다. 김학수 사장이 구들장을 뜯고 보스턴 가방을 꺼내자 순제는 50만 원을 달래서 받고 김사장 내외를 사직골에 있는 순제네 큰집으로 피신시킨다. 김사장은 영식이네를 빠져나간다. "혼란"(1952. 10. 16~10. 22)은 순제가 민애청 사람에게 집을 빼앗기자 피신을 생각하는 것으로 사건을 전개시킨다. 순제네 집에 평복으로 총대 멘 몇 명이 와서 집을 내놓으라고 하자 순제는 자기가 보낸 편지를 보고 장진이 발끈하여 복수극을 벌인 것이 아닌가 하고 생각했으나 영식으로부터 "놈들이 한군데 집결해 있지 않구 군대를 요소요소에 분산시켜감춰두느라구 민가를 뺏어들인다는군요. 게다가민애청(민주애국청년동맹)이니 여맹(여성동맹)이니하는것들이 간판붙일집을 동리마다 제각기 차지하려드니 그모양이죠"[25]라는 말을 듣고 장진에 대한

---

25) 위의 신문, 1952. 10. 20.

의심을 풀어버린다. 순제는 안전한 곳으로 피신해야겠다는 생각을 한다. "수색"(1952. 10. 24~10. 27)은 반장과 통장을 앞세우고 내무서원이 달려들어 영식과 순제에게 이것저것 묻는 것으로 시작하였다. 영식은 반장과 통장에게 교섭하여 새로 만든 배급통장에 순제를 아내로 올린다. 내무서원이 젊은애를 데리고 와 방으로 들어가 가방, 옷가지, 책, 편지 등을 뒤적거린다. 순제는 이자들이 사상 취체를 온 것인지 고급 시계에 탐이 난 것인지 장진이 보내서 온 것인지 여러 가지로 추측한다. "도피행 하루"(1952. 10. 29~11. 4)는 순제가 영식과 함께 쌀을 구하러 무악재 넘어 선산으로 나갔다가 공포심 때문에 되돌아온다는 내용을 담았다. 순제가 며칠 있어볼까 한다고 하자 천수 영감은 문안에서 나온 민애청 놈들이 인민위원회라는 것을 만들어 여기에 관계하지 않은 사람들은 반동분자로 몰아 의용군으로 나가라고 강요하고 있다는 소문을 전한다. 영식은 의용군이란 말에 문득 불안감을 느낀다. 순제의 부탁에 천수 영감은 쌀을 구해 추후 둘째 아이를 통해 보내겠다고 약조한다. 순제와 영식이는 하룻밤도 자지 않고 녹번리를 지나 다시 영식이네로 간다. "횡액"(1952. 11. 5~11. 20, 11. 27)은 영식이가 의용군으로 붙들려가는 것으로 마무리하였다. 영식은 순제에게 끌리기는 하나 소극적인 데 반해 순제는 둘 사이를 빨리 매듭짓고 싶어 한다. 도정궁 근처의 순제의 큰집에 숨어 있는 김사장에게 들렀다가 필운동 집에 가 계모의 안부를 묻는다. 순영이는 쌀 때문에 또 여성동맹을 피하기 위해 피복공장에 나가고 있다고 한다. 재동 순제네 집은 여성동맹 사무실 겸 숙소로 쓰이고 있고 혜화동 김학수 사장 집은 면사무소처럼 쓰이고 있다. 계모가 참외 사러 나간 사이에 여반장이 두 젊은이와 와서 장순철을 찾다가 영식을 보더니 끌고 가려고 한다. 계모가 순철이가 들어오면 보내겠다고 약속하자 젊은이들이 물러간다. 천연동으로 가 있는 순제에게 감자 한 부대를 지고 순철이가 찾아들자 아예 여기에 숨어 있으라고 한다. 내무서원들이 의용군을 모집하느라 혈안이 되어 있다. 사직동과 필운동 일대에서 끌려간 3백여 명을 뚝 떨어진 어의동에 집결시켰다가 사흘 만에 싹 쓸어낸다. 순철이는 필운동 집 독에 숨어 있고 영식은 다락에 숨어 있기로 한다. 반장 집에서 배달해준 북한 신문을 통해 전황을 파악한 영식은 비관에 짐긴다. 밤에 안방에서 세 모녀가 잘 때 순제는 순영에게 명신이 가없기는 하지만 영식을 양보할 생각은 없다고 속내를 드러낸다. 의용군들에게 먹이고 입히고 할 것이 없어 무작정 데려가지를 않는다든가 수송력도 모자라 의용군들이 수색이나 개성에 머물러 있다는 소문을 순제가 외출하여 듣고 온다. 영식이는 순제와 함께 천연동 자기 집으로 다니러 왔다가 얼마 전부터 필운동에서부터 계속 따라다녔던 젊은이에게 붙들려간다. "출발 전"(1952. 11. 25~12. 3)은 순제가 영식이의 구명운동을 했으나 실패하여 영식이가 북으로 끌려가는 과정을 보여준다. 순제가 순영이를 시켜 장진을 만나러 시청에 갔으나 장진은 이미 서울을 떠난 뒤였다. 그길로 순제는 송병규를 찾아갔으나 냉대받고 돌아온다. 순제는 영식에게 돈 10만 원과 담배와 금반지를 준다. 비가 내리기 시작하는데 칠분대장을 맡은 영식이 인솔자를 따라간다. "추석 한 고비"(1952. 12. 5~12. 10)에 들어가면 라디오에서 남한 정치가들의 선전 강연이 흘러나온다. 순제가 세 집 살림 하느라 벅차 순철이를 시켜 시계를 팔아오라고 한다. 피복공장에서 겨울 준비 하느라 직공들을 볶아친다는 순영의 말을 듣고 인민군이 낙동강전투에서 전멸했다는 소문을 순철을 통해 듣는다. "납치"(1952. 12. 11~12. 16)는 김학수 사장의 납치가 중심사건을 이룬다. 회사의 젊은애들이 권총을 들고 와 김학수 사장을 붙들어간다. 창길이가 죽어가는데 어떻게 할 것이냐고 따지는 일석을 순제가 돈봉투와 술과 담배를 주며 달랜다. 일석은 영식이 평양으로 끌려갔지만 단기 훈련을 받은 뒤 공장으로 갔을 것이라고 말한다. 순제는 김사장이 마루 밑에 있다가 그놈의 돈가방이 궁금하여 잠깐 나왔다가 붙잡힌 것으로 생각한다. "기적"(1952. 12. 19~1953. 1. 8)에서는 여러 가지 반전이 생겼다. 순제는 영식이 공장 숙사에서 보낸 듯한 잘 있다는 내용의 엽서를 받는다. 인천에 함포사격이 시작되었다는 소식을 들음과 동시에 서울 여기저기 포탄이 떨어진다. 9월 27일 오정이 다 되어 순철이가 뛰어 들어와 태극기를 달라고 하며 군복 입은 정전무가 미군 장교와 지프를 타고 지나갔다는 소식을 전해준다. 순철은 인공 시절을 한여름 학질을 되게 앓았던 것으로 비유하며 태극기를 찾는다. 재동에 가보니 이웃 가겟집 부인이 괴뢰군이 간밤에 도망가면서 집에 불을 질렀고 중요한 가구는 그저께 트럭으로 빼내갔다 전해준다. 순제는 정달영으로부터 명신이 해군본부에서 통역도 하고 타이프라이터로 활동한다는 소식을 듣는다. 명신의 덕으로 해군 배로 정회장 내외와 김종식이 인천을 거쳐 서울로 들어온다. 김학수 사장의 아들 종식은 부친을 찾기 위해 평양으로 가는데 필요한 미 군부대 군속 종군증을 얻기 위해 순제를 통해 C.I.C로 갔으나 아는 사람을 만나지 못한다. 해군본부로 찾아갔으나 명신을 만나지 못한다. "모색"(1953. 1. 9~1. 21)은 영식의 귀가라는 극적 상황을 설정하였다. 순제는 재동 집을 정리하고 천연동으로 가 영식과 만나 한바탕 운다. 순제가 시장을 보고 온 사이에 명신이가 와 있었으나 명신은 영식이 출타 중인지라 만나지 못하고 가버린다. 영식은 평양에서 수안까지 폭격을 겨우 피해 나와 트럭을 얻어 타고 신계와 연천을 거쳐 서울로 들어오게 된 과정을 설명해준다. 소설의 끝판에 와 명신은 영식과의 결합을 적극 모색한다. 이튿날 종식이와 순제와 영식이 명신의 사무실로 찾아와 명동 청요릿집으로 들어가 점심을 함께한다. 영식이는 명신의 눈치를 살피고 순제는 귀정을 내고 싶어 한다. 영식이 종식과 함께 종군하겠다는 것을 순제가 말린다. "방황의 삼거리"(1953. 1. 22~2. 4)는 영식과 명신이 정면충돌하는 장면을 설정하였다. 순제는 재동 집을 대대적으로 수리한다. 감기에 걸린 순제와 약이랑 과일을 사갖고 들어온 영식은 하룻밤을 같이 보낸다. 순제의 병이 의외로 오래가자 영식은 열심히 병구완한다. 회사에서 영식과 명신이 만나 신경전을 벌인다. 순제와의 관계를 나무라는 명신 앞에서 영식은 변명하지 않는다. 영식은 명신이 가엾기는 하지만 명신 부모의 반대를 무릅쓰고 돌진하기에는 자존심이 허락하지 않는다. 더 이상 서로 마음의 상처를 받지 않고 깨끗하게 명신이를 돌려보내고 싶은 마음이다. 명신은 사흘 후에 "십년동안 마음에 뿌리를 박은 교목(喬木)이 버티어 주는 덕택으로 쓰러지지를 않는가도 싶습니다" 하고는 "좀체 쓰러지지는 않을것입니다. 쓰러지면 교목과함께 쓰러질것입니다. 그러나 신뢰(信賴)와 자부(自負)는 이 두 가지를 다 붙들어 줄것입니다. 선생님이 어떠한 배신행동을 하시든지 끝끝내는 이 나의 신뢰를 무색하게는 못할것입니다"[26]라는 요지의 편지를 보낸다. 두 사람 사이에 10년의 연륜이 겹쳐 있었던 것을 명신은 마음에 뿌리를 박은 교목이라고 표현한 것이다. 영식은 경복중학에서 2년 선배인 정달영과 함께 테니스 팀에 있으면서 문학에도 취미가 있어 서로 책들을 교환해서 읽었던 그 무렵부터 달영의 동생 명신을 눈여겨보았다. 경성제국대학 경제과를 함께 다니던 두 사람은 학병을 피해 만주를 돌아다니다가 해방을 맞았다. 이때 명신이는 이화여중 2년생이었다. 마지막 장인 "유랑의 길"(1953. 2. 8~2. 10, 3회)은 1·4후퇴를 시간배경으로 삼았다. 순철이는 제2국민병에 입대하였다. 서울 시민들은 피란 간 시민과 남은 시민으로 나뉜다. 천연동 영식이네 집과 필운동 계모네 집 세간을 재동 순제네로 몰아 식모에게 서너 달 양식을 마련해주고 피란길을 나선다. 영식이네 식구와 순제네 식구를 배편으로 싣고 가겠다고 하는 명신이를 순제는 여간내기가 아니라고 생각한다.

『취우』는 『난류』의 연작이요 속편이다. 두 작품의 관계는 『삼대』(『조선일보』, 1931. 1. 1~9. 17)와 『무화과』(『매일신보』, 1931. 11. 13~1932. 11. 12)의 관계를 재현해놓았다. 가장 눈에 띄는 것은 작중인물의 이름도 다

---

26) 위의 신문, 1953. 2. 4.

바뀌고 시간배경과 중심사건도 바뀌었다는 점이다. 『난류』는 개전 직후인 1950년 6월 28일에 연재가 종료되었던 것처럼 전쟁 이전을 시간배경으로 삼았고, 『취우』는 염상섭이 현역 장교로 해군 정훈감실에서 근무할 때 쓴 것으로 전시(1950년 6월 25일~1951년 4월)를 배경으로 삼았다. 『난류』가 사랑의 갈등을 메인 플롯으로 끌고 갔다면 『취우』는 전시의 고난을 중심사건으로 삼았다. 『난류』에서 『취우』로 오면 이의순은 강순제로, 한택진은 신영식으로, 김덕희는 정명신으로, 김덕희의 오빠 김기홍은 정달영으로, 김덕희의 아버지 김사장은 정필호 사장으로, 전필환은 김종석으로, 전필환의 아버지 전사장은 김학수 사장으로, 이의순의 여동생 이경순은 강순영으로 이름이 바뀌어 등장한다. 두 작품에서 계속 주인공 역할을 하는 인물은 강순제(이의순)와 신영식(한택진)이다. 『난류』에서 이의순보다 비중 있게 다루어지며 여주인공이었던 김덕희는 『취우』에 오면 거의 끝판에 등장하는 정도로 비중이 줄어든다. 『취우』의 여주인공은 강순제다. 강순제는 전쟁을 만나지 않았으면, 또 김학수 사장을 천연동 신영식 과장 집에 피신시키지 않았더라면 신영식과 가까워지지 않았을 것이다. 김학수 사장의 회사와 정필호 사장의 회사를 통합하는 과정에서 김학수의 아들 김종식과 정필호의 딸 명신을 맺어주어 회사도 튼튼하게 만들고 자신의 입지도 강화하려 했으나 명신이 국민학교 시절부터 알았던 신영식에게로 기울어버리자 강순제의 뜻은 물거품이 되었고, 전쟁을 만나면서 오히려 강순제가 신영식을 빼앗은 것처럼 되어버렸다. 『난류』의 결말이 한택진과 김덕희의 사랑이 파국을 맞은 것으로 처리됨으로써 『취우』에 와서 강순제가 신영식이 사장을 모시고 서울에서 피란살이하다가 가까워진 것이 자연스럽다고 할 정도가 되었다. 강순제가 전쟁 전에 장진과 부부의 관계를 맺었던 사실은 『난류』에서는 볼 수 없었다. 장진이 공산주의자가 되어 월북하면서 결혼이 깨어졌기 때문에 강순제는 "동무"라는 말에 경기를 일으키게 되었다. 6·25가 나서 사장이 숨어버리고 과장들은 월급 지급 대책을 세우지 못하고 있을 때 총무과 직원 임일석이 "동무들!" 하면서 여비서인 강순제를 사장의 노리개라고 하자 순제는 여러분이 언제부터 이 사람의 동무였냐고 따진다.

　마지막 헤져서 집으로 돌아와서도,

「그 낮도깨비들틈에 끼워서 "동무"소리를 안듣는것만해두 맘을 놓구 기죽을 펴구 살겠다!」

하고 술회를하던 순제고보니 노리개라고 모욕을 당하는것보다도, 그 "동무"란 말이 더 신경을 찌르고 마음에쓰린모양이었다. 순제의 결혼생활이 실패에 돌아간원인이, 너무나 생활난에쪼들렸고, 행인지 불행인지 자식도 없는데 소위 권태기(倦怠期)에 들어갔다든지 하는것에도 있지마는 그몹쓸 아편쟁이같은 병에걸린 남편을 따라서, 아무래도 "동무"가 못된데에도 큰 원인이 있던 것이다. 그러나 원래가 남들도 연애결혼이라고 한듯이 첫정이 들었더니만큼, 그빨갱이남편이 사람으로서는 그다지 미워할수도없고 가다가다는 생각이 나서 마음이 아프기도한것이었다.[27]

남편이 공산주의자가 되어 월북하면서 이혼한 것이나 다름없게 된 강순제로서는 "동무"라는 말을 담담하게 받아들일 수는 없었다. 사원 중에 그런 빨갱이가 있었냐는 사장의 반응에 순제는 얼치기가 더 말썽이고 무섭다고 한다.

　순제는 자기남편도얼치기였기때문에, 중학교선생노릇이나 다수굿이 하는게아니라, 공산주의의 책한권도 보는것을 못봤는데 남북협상이니 뭐니 하고 겉몸이달하 다니다가 살림도 계집도 다버리고 넘어간것이라고 코웃

27) 위의 신문, 1952. 9. 6.

음을 치는것이다. 그러나 평양가서 중학교선생자리라도 얻어걸렸는지 어
떤꼴로 무슨고생을 하고 있는지 생각하면 신세가 가엾기도하다.[28]

　강순제가 중학교 교사인 남편 장진을 얼치기 공산주의자라고 한 것은
이미 「이합」(『새벽』)에서 교사인 남편 김장한이 아내 신숙이 당의 부인회
에 들어 날뛰는 것을 보고 비난하는 것으로 나타난 바 있다. 강순제의 우
익의 시각은 작가의 시각과 상당 부분 일치한다. 순제는 정동과 대한문
앞에서 십대의 마르고 새까만 인민군을 보면서 "팔티산"(1952. 8. 1), "김
일성군" "애송이들"(1952. 8. 8), "저런 것들에게 국군이 밀리다니" "이
거 어디 전쟁요, 소꿉장난이지"(1952. 8. 8), "입에서 젖내나는 아이들 말
수"(1952. 8. 9), "수십명의 괴뢰군(1952. 8. 9), "괴뢰군"(1952. 8. 14, 8.
15)이라고 냉소를 보냈고 "난, 원체 빨갱이라면 송충이보다 더 소름이 끼
치구 생리적으루 싫으니까!"(1952. 8. 27)라고 인공 치하에서도 서슴치
않고 반공적 태도를 드러냈으며 "九·二八 해방"(1953. 1. 23)과 같이 서울
수복을 "해방"이라고 하였다. 순제의 반공주의는 관념화된 것도 아니며
이론적으로 무장된 것도 아니다. 남편이 공산주의를 따라 월북한 것을 계
기로 결혼 생활이 파탄이 난 것에 대한 원한이 사무쳐서 감정적으로 생리
적으로 반공주의의 대열에 가담하였다고 보아야 한다.
　이 소설은 1950년 6월 27일부터 1951년 1월 4일까지의 서울을 시공간
적 배경으로 하였다. 혜화동, 재동, 필운동, 연천동, 사직동, 신당동 등이
주요 배경으로 등장하고 있다. 재동과 필운동과 연천동 등 후방을 오가면
서 영식과 순제가 사랑을 나누는 과정을 따라가보는 데 힘쓰긴 했지만 작
가는 주요인물들과 마찬가지로 적극적으로 전황의 중심을 들여다보고 있
다. 한강 도하 시도, 피신, 시가전, 미군 비행기 출몰, 학살, 포로, 시체,

---

28) 위의 신문, 1952. 9. 9.

불타는 탱크와 자동차, 내무서원과 동네 반장들의 조사와 수색, 강제 부역, 의용군 모집, 식량 구하기, 구명운동, 라디오를 통한 남한 정치가들의 북한 선전, 납북, 인천 상륙 작전, 서울 수복, 북진 종군, 영식 귀환, 평양 철수, 1·4후퇴, 다시 피란 등으로 이어진 사건을 설정하면서 서울을 중심으로 한 전황에 관심을 모으고 있다. 하기야 소제목만 연결해보아도 우리 입장에서 전쟁이 어떻게 진행되었고 그것이 서울 사람들에게 어떤 반응을 주었는지 짐작할 수 있다.

아무예고도없이 별안간 주위와동포와 전세계와 뚝떨어져서 죄없는감옥 살이를, 석달동안이나, 하느라고 영양부족과 신경과민에 널치가된 백사오 십만 서울시민은, 더구나 요 며칠새로 격렬한 포격과 비행기소리로만 바깥 동정을 살피기에 심신이 척늘어지고말았다. 더구나 인제는 몰려나간다고 시시각각으로 잔뜩기다리고 앉았느니만치 한칭더 마음은 조비비듯하였다. 그러나 오늘도 그대로 넘어가고 말았다.[29]

소나기를 뜻하는 제목 "취우"는 소설 서두에서 전쟁은 터지고 소나기는 쏟아지는데 피란 가느라 우왕좌왕하는 모습을 요약해주었다. "취우"를 한국전쟁의 상징어로 보는 것은 전쟁의 심각성을 담아내지 못하는 것이 될 수 있다.

염상섭의 『地平線』(『현대문학』, 1955. 1~1955. 6, 5회)은 2년 전쯤에 연재가 끝난 『취우』의 연작이다. 『취우』가 1950년 6월 27일에서 1951년 1월 4일까지의 서울을 시공간 배경으로 삼은 것에 이어 『지평선』은 1·4후퇴 후 부산을 시공간 배경으로 하였다. 이 소설은 "개점피로"(1955. 1~2), "혼담"(1955. 3~4), "추석놀이"(1955. 6)로 구성되었다. 『취우』의 등

---

29) 위의 신문, 1952. 12. 25.

장인물의 이름이 그대로 이어지고 있다.

1·4후퇴 후 부산에서 동아상사의 간판이 내걸린다. 정필호 사장과 김종식 전무 체제로 출발했으나 실질적인 운영자는 김종식 전무였다. 정필호 사장의 딸 명신은 김종식 전무가 삼고초려하여 영문 타이피스트이자 통역사인 사장 비서로 앉혀놓았다. 『난류』에서 영문학도요 소설가 지망생이었던 덕희는 전쟁을 겪으면서, 『취우』의 뒷부분에 가서야 신영식과 강윤제에 가려 정명신이라는 이름을 얻어 조연으로 등장하였다. 김종식과 정명신의 사이는 『난류』에서는 혼담이 오갔으나 여자 쪽에서 완강히 거부하여 틀어지고 만 전필환과 김덕희의 관계의 연장선에 있다. 『취우』에서 김종식(전필환)은 정명신(김덕희)에게 청혼한 것이 실패로 돌아가자 자기 아버지의 소실인 강윤제(이의순)의 조카딸과 결혼하는 것으로 처리되어 있다. 『취우』에서 정사장의 아들 정달영은 동아상사 전무로 있다가 미군 통역 장교로 들어가 북진 대열에 합류한 것으로 그려져 있으나 『지평선』에서는 계속 현역에 복무 중인 것으로 그려지고 있다. 김종식 전무의 배려로 정사장이 장작값과 용돈으로 5만 원을 갖고 귀가하는 것이 이 소설의 첫 장면이다. 『난류』의 첫 장면은 김덕희가 조선 옷을 입고 손님들을 맞아 이의순으로 하여금 중매 충동을 불러일으키고 있거니와 이 작품에서 명신은 토요일 동아상사 개점 피로연에 조선 옷을 입고 나타나 미국 대사관 무관 윌슨 소령의 눈길을 사로잡게 된다. 『지평선』에 오면 강순제는 부홍다방과 레스토랑의 주인으로 바뀐다. 이번에 회사를 재발족하는데, 김종식이 한때 아버지의 비서였고 소실이나 다름없는 강순제를 배제시키고 명신을 취한 것을 두고 강순제는 종식이 명신 때문에 정필호를 사장에 앉힌 것이라고 추측한다. 레스토랑에서 종식이가 영식의 소식을 묻자 순제는 본 지 오래되었다고 한다. 『취우』의 남주인공 신영식은 『지평선』에 와서는 이렇게 변하고 말았다.

신영식이는 대구로 피난 내려왔다가, 뒤늦게 부산에 와서 모친과 누이는 방한간을 얻어 맡기고, 자기는 순제의 소원대로 동거생활을 하다가 순제가 종식이들 실업시찰단을 따라서 미국으로 떠나자, 돈푼 수중에 들어온김에 영도에다 오막살이를 얻고 떠나버린 것이었다.

부산 내려와서는 여기 저기 학교에 나가는덕으로 생활의 여유도 생겼지마는 영식이는 순제와 인연을 끊으려는 작정이었다.[30]

이틀 후 영식이 신문에서 등록 공고를 보고 회사에 찾아온다. 명신은 종식과 영식이 저녁 먹으러 가자는 것을 거절한다. 피로연이 최박사 저택에서 열린다. 미국 대사관 무관인 윌슨 소령과 C.A.C의 놀랜드도 참석한다. 명신과는 구면인 윌슨 소령은 명신과 영식과 어울려 미국의 정책과 세계 정세에 대한 이야기를 나눈다. 흥이 돌자 윌슨과 명신, 놀랜드와 순제, 종식과 명신, 최박사 부부가 파트너가 되어 춤을 춘다. 1948년도 발표작인 『효풍』에서 박병직, 최화순, 김혜란 등이 미국인 청년 베커와 댄스홀에서 어울려 춤추는 장면을 떠올리게 한다. 경제학 강사인 영식과 대사관 부관인 윌슨도 서로 호감을 갖게 된다. 명신과 올케가 달영이를 화제로 삼으며 밀린 빨래를 하는데 정사장 친구 김과장이 방문한다. 김과장은 군정 시대에 민정청에서는 무슨 과장인가를 지낸 후 몇 해 동안 소득 없이 이 정당 저 정당 기웃거렸던 인물이다. 김과장은 명신과 박씨 집 중매를 했었는데 박씨 집에서 명신이 미군부대 다니는 것을 꺼려하여 퇴짜를 놓았다. 김과장과 정사장은 술상을 받는다. 『난류』에서는 혼담이 오갈 정도로 가까웠으나 전쟁을 겪고 이제는 무덤덤한 사이가 되어버린 명신과 영식은 초대를 받아 미국 대사관 안에 있는 윌슨의 집에 동행해 간다. 동아상사에서 산업 시찰을 보내 명신과 함께 동남아 일대를 돌아다녔으면

30) 『현대문학』, 1955. 1, p. 202.

좋겠다고 제의한 윌슨은 "한국동란이 종식하면 공산세력의 중압(重壓)이 자연 이 방면으로 집중될 것은 물론이지마는 예서 제서 연기가 풀숙풀숙 활 확산지대라는 인상을 주지 않아요? 두세계의 경계선에서 가장 복잡한 화근 덩어리겠지요"[31]라고 하며 우선 세 사람이 대만으로 가서 여행 계획을 세워보는 것이 어떠냐고 한다. 윌슨과 영식은 동남아 정세에 대해 의견을 나눈다. 한국인이 미국인과 국제정세담을 나누는 장면도 이미 『효풍』에서 만난 바 있다. 집에 돌아와 정사장으로부터 결혼을 서두르라는 말에 영식은 결혼하기 전에 미국 유학을 갔다 오고 싶다는 말을 한다. 추석이 되자 종식의 초대로 강순제와 신영식을 포함하여 회사 사람들이 온다. 종식은 이북에 납치되어 생사를 모르는 부친 김학수 사장의 안태를 빌고 고인이 된 어머니의 명복을 빌기 위해 큰 잔치를 벌였다. 종식이 처는 될번댁 장인장모는 극진한 대접을 받고 지금 한집에 같이 사는 자기 친정부모는 숙수나 부엌데기 노릇을 한다고 분개한다. 명신과 영식과 순제는 그들대로 신경전을 벌인다. 손님들이 다 가고 난 뒤 종식 처는 종식에게 사장 내외를 택시까지 불러 태워 보낸 것은 명신이 때문이 아니냐고 시비를 거는 것으로 소설은 막을 내린다.

염상섭의 『紅焰』(『자유세계』, 1952. 1, 4, 5, 8)은 "전야" "급전" "방관과 공포" 등 4장으로 구성된 미완의 소설이다. 보성전문 법과를 나와 책사, 출판업, 잡지 경영을 하면서 정치운동까지 하는 박영선은 병중임에도 자기네 잡지 『중앙시론』에 미국 트르만 대통령 최고 고문인 덜레스의 성명을 보고 「덜레스씨의 말을 빌어 미국조야에 보냄」이라는 공개장을 50매나 써 발표했다. 박영선은 미군이 철수한 후의 진공 상태를 메우는 방법을 찾으려고 도서관과 헌책방을 뒤지며 공부해온 끝에 이 글에서 백만 무장론을 제의했다. 박영선 사장과 이종무 편집장은 이 진공 상태에서 이북

---

31) 위의 책, p. 123.

이 가만 있지 않을 것이라는 데 의견을 같이한다. 영문과 졸업반인 김난은 영문과 1학년인 친구 경애에게 약혼자 광근이가 중학교를 졸업하고 중위가 된 것을 비아냥거리면서도 광근이를 만나기만 하면 군에 대해서 자세하게 물어본다. 김난은 학교에 적만 걸어놓고 C.I.C에 통역자 겸 타이피스트로 다닌다. 광근이는 경애에게 난이와 가까이하지 말라고 한다. 최호남이 집들이할 때 박영선을 초대하여 처사촌 동생 홍경애를 소개하자 박사장은 며느릿감으로 생각한다. 박사장의 큰아들 상근이는 동생 광근이로부터 빨갱이 소리 들어온 것에 앙갚음하기 위해 김난에게 명령하여 홍경애에게 접근해 좌익 지지자로 길러보라고 한다. 6·25가 터지자 광근이는 귀대한다. 동광인쇄소에서는 제본한 것을 돈을 갖고 와서 찾아가라고 한다. 박사장은 월요일에 돈 찾아 월급을 주라 한다. 피란민들이 서울을 떠날 때 김난은 집에도 학교에도 나타나지 않고 종무소식이다. 경애는 삼각지 쪽으로 갔다가 원남동 쪽으로도 가본다. 돈암동 쪽에서 오는 피란민을 만나 의정부는 불바다가 되었고 인민군이 창동까지 왔다는 말을 듣는다. 미완성인 채로 이 소설은 6·25 전후를 알려주는 시대소설이요 젊은 남녀들 중심의 이데올로기소설이다.

(3) 종군작가 소설의 넓이와 깊이(「빨치산」)

이무영의 중편소설 「사랑의 畵帖」은 1952년도 발표작으로, 훗날 전사한 해군장교와 수녀의 손을 거쳐 작가인 '나'에게 건너온 '사랑의 화첩'이라는 노트를 옮겨놓은 형식을 취했다. 남편 권승렬과 12세의 딸과 9세의 아들 두 남매를 두고 남편의 10년 후배이자 제자뻘인 공산주의자 송운을 따라 월북한 김숙경이 큰딸 희에게 고백과 참회와 변명을 편지체에 담아 들려준 것이다. 신학교를 졸업한 부제인 권승렬과 수녀 공부 하던 김숙경은 사랑에 빠지면서 파문당했고 결혼하게 된다. 1946년 10월에 송운이 나타나면서 김숙경의 평온했던 집안에 파문이 일기 시작한다. 송운은 우가끼

총독 암살 사건으로 복역 중 사망한 송탁의 아들로 그 제자인 권승렬이 송운의 보호자 노릇을 해왔던 터다. 몇 년간 헤어졌던 송운이 다시 나타나 그동안 항일유격대 활동과 일본군 스파이 혐의로 소련군에게 체포되어 감옥살이했다는 이력을 늘어놓는 것을 부부는 의심없이 받아들였다. 권승렬이나 김숙경이나 그때 일어났던 영남폭동과 송운의 출현을 연결시킬 줄 몰랐다. 영남폭동이 일어나면서 대구와 광주가 불바다가 되었고 우익 애국자는 모조리 잡아 죽인다든가 북에서 공산당이 쳐내려왔다든가 하는 유언비어가 돌았다.

　어떤 것이 바른 소식인지 통 분간을 할 수가 없었다. 그러나 시간이 경과함에 따라 흐린 물이 가라앉듯 진상이 판명되었다. 대구를 위시하여 영천, 영동, 전주, 광주, 거창 등 십여 읍에 공산당원들이 일대 폭동을 일으키고는 전 시가에 불을 지르고 애국자와 군경의 유가족을 갖은 흉기로 학살중이라는 것이었다. 양처럼 착한 백성들을 총동원해놓고는 주모자들은 서울을 중심으로 모여들어서 남에서 오는 사람은 누구를 막론하고 일단 조사를 한다는 것이다.
　"오! 주여! 이 불쌍한 겨레를 구하소서……"
　엄마는 이렇게 기도를 올렸었다.
　조사는 두 시간이나 걸리었다. 수상한 사람 십여 명이 경찰로 끌리어가고 우리가 집에 돌아온 것은 아홉시나 되어서가 아니였었느냐?
　그때 집 문전에 들어섰을 때 추레한 군복에 모자도 없이 기다리고 있던 청년—그가 바로 송운이었다.[32]

1947년 3월 경에 송운은 공산청년동맹원들에게 남산으로 끌려가 매를

---

32) 『이무영 문학전집 4』, 국학자료원, 2000, p. 264.

맞고 관훈동 성심병원에 입원한다. 정교수의 딸 메리가 병실에 자주 오는 것에 질투를 느끼면서 김숙경은 남편의 부탁에 따라 매일같이 간병을 한다. 김숙경은 어머니가 아들 대하듯이 송운을 돌보아주다가 자기도 모르게 연민에 빠져 키스와 포옹을 허락하고 만다. 김숙경은 송운의 실체에 대해 한 번도 의심한 적이 없다. 다만 송운을 매력 있는 젊은 남성으로만 인식했을 뿐이다. 김숙경은 월북하고 나서야 송운이 영남폭동 발생시 권승렬에게 접근했던 이유를 알아차리게 된다.

  나중에야 알았지마는 송운이가 아버지를 찾아온 목적 중의 대부분이 아버지와 김장군과 가깝다는 데서였고 김장군은 국내의 우익 정치 요인들과도 밀접한 관계를 맺고 있을 뿐더러 이화장과도 잘 통하고 군정과도 일맥상통한다고 보았기 때문이었다는 것이었다. 생각하면 나만이 어리석은 여성이었다.[33)]

이따금 대화 중에 송운이 미군정과 우익지도자들을 비판하는데도 김숙경은 송운의 정체를 의심할 줄 몰랐다. 마침내 남편은 아내와 송운의 관계를 실제보다 훨씬 부풀려서 의심하게 되어 아내의 변명을 받아주지 않는다. 김숙경은 이때 남편이 자기의 변명을 받아들였다면 거기서 송운과의 관계도 깨끗하게 정리되었을 것이라고 생각한다. 김숙경은 송운 일당에게 강제로 끌려가 강화도 부근 해병에서 배를 타고 진남포에서 내린다. 그 과정에서 자기는 공산주의자도 아니고 월북할 마음도 전혀 없다고 하는 김숙경의 호소를 송운은 외면해버린다. 그 후 김숙경은 강제수용소에 끌려가 중노동하다가 6·25 두 달 후 탈출하여 평양에 잠입한다. 반동분자라는 이름 아래 남편, 김장군, 박신부, 대학교수, 신문기자 등이 철사줄

33) 위의 책, p. 331.

에 매인 채 끌려오는 것을 평양에서 목격하게 된다. 권승렬이 쓰러지자 호송원이 절벽 밑으로 굴러떨어지게 한다. 다가간 김숙경에게 권승렬은 "추한 계집"이라고 간신히 내뱉으며 숨을 거두는 것으로 편지는 끝난다. 중편소설 「사랑의 화첩」은 단편소설 「나는 보아 잘 안다」(『신여성』, 1934. 4)로부터 서간체와 아내의 배신이란 모티프를, 장편소설 『삼년』(1946)으로부터 반공이념과 영남사건 모티프를 이어받았다. 아버지나 다름없었던 권승렬을 속이고 배신한 공산주의자 송운을 부정적인 존재로 음각하려는 뜻에서 권승렬을 고아사업과 전재민 구호사업에 종사하는 인물로 형상화했다. 또한 반공이데올로기의 정당성을 강조하기 위해 사회사업가, 신부, 장군, 교수, 신문기자 등과 같은 지도층의 인물들이 철사줄에 묶여 북으로 끌려가는 모습을 구체적으로 그려내는 방식을 취했다.

『젊은 사람들』은 1952년 2월 문연사에서 발행된 전작 장편소설이다. 단양 근처의 ㅊ읍내를 배경으로 하여 해방 직후부터 신생 대한민국이 유엔 총회에서 승인된 것을 축하하는 모임과 열 개의 크고 작은 단체들의 합동회가 같이 열렸던 1948년 12월 13일을 시간적 배경으로 삼았다. 지주인 신구영이 귀환 징용자 원호동맹으로부터 친일파 혐의로 맞아 죽을 뻔한 것을 구해준 덕분에 출옥 후 그 딸 진숙으로부터 몸조섭을 받은 송종호는 친구인 진숙 오빠 재덕과 신탁통치안을 두고 갈등한 끝에 결별하게 된다. 황해도 재령에서 반동분자 혐의로 가족이 다 죽고 혼자 월남한 학병 출신의 박건의 남매는 한집에 산다. 박건은 북한의 공포정치를 비난하면서 남한은 생산도, 사상도, 조직도 없다고 지적하여 결국 양비론의 태도를 취한다. 진숙이 남한의 강점을 민주주의라고 하자 박건은 민족의 통일, 지도이념의 통일, 사상의 통일이 되어야 민주주의가 실현될 수 있다고 하면서 멀리 통일신라에서 모델을 찾을 수 있다는 국수주의적 주장을 펼친다. 박건은 작가 이무영의 정치사상을 가장 큰 소리로 대변하고 있다. 10월 폭동을 앞두고 청년단 선전부장인 신재덕은 지대원에게 붙잡혀 단양 근처의 산동굴에 있는 송종호에게 끌려간다. 송종호는 상부 지령을 받아 공격 목표, 숙청 대상, 거사 성공시의 자리 배분 등에 대한 지침을 하달한다. 송종호와 부하들은 자기네들이 거사를 하면 붉은 군대가 삼 팔선을 돌파하여 혁명을 완수하는 것으로 알고 있다. 이렇듯 송종호의 존재와 행동은 10월 폭동에 대한 빨치산 음모설과 가담설이라는 해석을 뒷받침해주는 것으로 그려져 있다.

이리하여 영남 일대의 대폭동은 발단이 된 것이다. 소위 10월 폭동이란 것이다. 이 폭동은 실로 용의주도하게 계획이 되었었다. 모두들 붉은 세상으로 변하는 줄 알았다. 이날—10월 7일을 전후하여 대구·부산을 위시한 광주, 전주, 충청도의 공주, 청주, 안동, 단양, 풍기 등 대소 도시에 일제히 폭동이 일어났던 것이다. 이날의 읍내는 더욱 처참했었다. 5만 읍민이 곤히 잠든 자정을 기해서 읍 주위를 포위한 '동무'떼들이 읍을 향하여 물밀 듯 하자 읍 안에서 대기하고 있던 패와 각 기관에 파묻혔던 공산당원들이 일제히 합세를 했던 것이다.[34]

그러나 사흘째 되던 날 경찰의 진압으로 거사가 실패로 돌아가자 종호는 재덕을 탈출시키기 위해 자기 부하들을 죽이고 월북행을 택한다. 집으로 돌아온 재덕은 읍내에 있는 세 개의 청년단을 하나로 뭉치는 작업을 한다. 청년단원 박도진은 청년학교를 설립하여 "뭉치자"와 "일하자"로 요약되는 이승만주의를 구현하려고 한다. 신재덕과 박건이 중심이 되어 아동교육과 농사와 부녀자 계몽사업을 병행한다. 신재덕은 버스회사 사장 이승구의 고발로 총선거를 한 달 앞두고 선거방해죄, 폭동음모미수죄, 간첩죄, 살인미수죄 등의 혐의로 옥에 갇혔으나 이승구가 낙선되면서 무

---

34) 『이무영 문학전집 3』, 국학자료원, 2000, p. 51.

혐의 처리된다. 작가 이무영은 신재덕과 박건을 통해 북한체제를 비판하면서 남한체제의 우위성을 일깨워주려 한 창작 의도의 일단을 드러내었다. 재덕이는 누이동생 진숙에게 남한이 지향해야 할 것은 자유, 진리, 경제 등의 3원칙이라고 주장한다. 박건은 북한이 무기로 몰아쳐서 남한을 꺼꾸러뜨리고 자기네가 그 자리에 앉으려 드는 무력혁명을 지향하는 데반해 남한은 3천만이 다 같이 고루고루 나누어 갖도록 하는 혁명을 지향한다고 비교한다. 북한은 공산당을 위해서라면 수단과 방법을 가리지 않도록 만드는 것을 교육의 근본으로 삼고 있지만 남한은 민중이 공산주의이외의 것도 많이 알게 하여 국민 자신이 깨우치게 하는 데 교육의 목표를 둔다고 하였다. 1948년 10월 7일에 송종호가 돌아와 10월 폭동 희생자와 애국자 추모대회에서 자기비판한 후 부하 30여 명을 자수시키고 자신도 감옥에 들어간다. 재덕이 일행이 구명운동하나 송종호는 더 이상 나를 욕되게 하지 말라고 만류하는 것으로 소설은 끝난다. 결국 공산주의자의 투항과 남한 사람들의 포용으로 결말 처리되었으나 이무영은 이미 앞부분에서 공산주의자 송종호가 이념이 다른 친구 재덕을 살려주는 것으로 그려 복선을 깔아놓기는 했다.

이무영의 단편소설 「死의 行列」(『국방』, 1953. 4·5)의 주인공 이혁은 배오개의 안성만물전 사장이자 천석지기의 아들로 온갖 호강을 하고 자라 해방 전에 이어 해방 후 1년까지 서정시만 쓰더니 아버지가 몰락하자 그 후 4년 동안 좌익시만 써왔다. 해방 후 1년 동안은 조선문학가동맹과 조선문필가협회의 눈치를 본다. 동맹 일에 열성인 음악평론가 박관은 동맹에 나오지 않으면 재미없다고 공갈협박한다. 좌우 양쪽에 적당히 비위 맞추고 살려고 했으나 공산당에게는 그것이 통하지 않는다. 혁은 기어이 뭇매를 맞았다.

거기에 나가자는 것이었다. 하는 수 없이 혁은 가기로 했다. 문밖에 서넛

이 어정댐을 눈치챘기 때문이었다. 이것이 그가 좌익에 내디딘 첫발이었다. 그길로 야곰야곰 끌려간 것이 오늘날 그가 된 위치였다. 물론 혁은 처음에는 이쪽 저쪽을 교묘히 다니었었다. 그러나 소위 자기비판을 호되게 받은 이후로는 그러지도 못했다. 그는 명실공히 좌익이 되고 말았었고, 혁명시인이 되었었고, 투사가 되었었다. 그는 몇 가지 습격 사건에도 가담을 했었다. 그는 어느덧 당의 지시에 의해서 움직이는 기계가 되어버렸던 것이다.[35]

혁은 해방 후 10월 폭동, 5월 메이데이, 8·15 축하회 등에 맞추어 북에서 내려올 것이라는 말에 열 번은 속았다고 생각한다. 6·25가 나자 이혁은 각 문화단체의 반동분자 리스트를 만들어 A, B, C급으로 나누는 일을 했다. 그런데 20일 후에 정체 모를 사람들에게 붙들려가 해방 직후에 군정 및 반동집단에 공산당의 조직에 대한 정보를 제공했다는 혐의로 A급 판정을 받고는 적극 반항하다가 고문을 받는다. 마침내 혁은 임진강 변의 산중 행군대열에 끼게 되어 이따금 미군 비행기 공습을 받는다. 2백 여 명의 대열은 열흘 후 황해도에 도착한다. 고통스러운 나머지 죽여달라고 애원하는 사람, 공산주의 비방하다 총에 맞아 죽는 사람, 탈출하다가 죽는 사람 등이 나타난다. 영변인가 개천쯤에 와 이대로 가면 시베리아나 북만주로 가는 길이 아닌가 하고 짐작하게 되자 혁은 과거에 자기 손으로 반동분자라는 이름 아래 뽑아 보낸 사람들의 얼굴을 떠올려본다. 그리고 자신은 죽음의 행렬에서 빠져 나갈 수가 없을 것이라고 생각한다.

박영준의 「暗夜」(『전선문학』, 1952. 4)는 국군 중대장인 형이 인민군 의용군으로 끌려 나갔다가 포로가 된 동생을 구명해주려 했으나 동생이 완강하게 거부한 끝에 탈출하다가 형이 쏜 총을 맞고 쓰러진다는 이야기다.

---

35) 『이무영 문학전집 5』, 국학자료원, 2000, p. 562.

6·25사변 때 서울에 있던 동생은 의용군으로 끌려 나가 국군에게 포로로 잡힐 때 끝까지 저항하다가 한 국군 일등병을 쏘아 죽인다. 처음에는 용서를 빌더니 석방이 보장되지 않자 다시 강경한 자세를 취하는 동생을 보고 형은 더 이상 설득을 포기하고 대대장에게 마음대로 하라고 한다. 대대장은 공산주의 이데올로기가 부자의 의리와 형제의 의리마저 빼앗아버린 불행한 시대에 살고 있다고 한다. 형 임대위는 탈출하는 동생을 자기 손으로 쏘아 죽이는 불행한 인간이 된다. 국가는 골육의 정을 넘어가면서 지켜야 할 가치인 것으로 인식하고 있다.

박영준[36]의 「빨치산」(『신천지』, 1952. 5)은 토벌대에 생포된 빨치산 대장이 지난 시절을 돌이켜보면서 전향을 선언하는 자술서의 형식을 지니고 있다. 2월 13일에 대운산에서 국군에게 생포된 김형식의 본명인 김추일은 "생명의 덤"이라는 표현을 여러 차례 쓰면서 글을 열고 있다. 목숨을 구걸하지는 않겠지만 국군이 만약 나를 살려준다면 그것을 미끼로 밑천까지 뽑아볼 생각은 가지고 있다고 하였다. 김추일은 어떻게 공산주의자가 되었으며 그때그때 고민을 했는가?

나는 서울대학교 법과대학 이학년을 중퇴하고 이북으로 넘어갈때까지는 나도 레닌이나 스탈린처럼 유명해질수가 있다는 자부심을 가졌었읍니다. 정당한 이론을 공부하여 혁명사업에 참가하고 또 지도적 역활을 한다면 레닌이나 스탈린처럼 못되리라는 법이 없으니라고 생각했던 것입니다.

---

36) 평안남도 강서군에서 출생(1911), 목사인 부친은 독립운동으로 피검되어 평양 형무소에서 옥사(1920), 평양 광성고등보통학교 졸업, 연희전문학교 입학(1928), 연희전문학교 졸업, 장편소설 『일년』이 『신동아』 현상 소설 모집에 당선, 단편 「모범경작생」이 『조선일보』 신춘문예에 당선, 결혼, 간도 용정촌 동흥중학교에서 근무(1934), 독서회 사건으로 일본 경찰에 체포되어 5개월간 구류(1935), 경향신문사 문화부 차장(1946), 고려문화사 편집국장(1948), 납북 중에 개천에서 탈출(1950), 종군작가단 사무국장(1951), 예술원 회원(1958), 연세대학교 교수로 취임(1962), 별세(1976)(황현산·신형기 외, 『이산과 귀향, 한국문학의 새 영토』, 민음사, 2011, pp. 435~36).

그러나 강동(江東)정치학교 군사부에 입학을 시킬때 정치부가 아니라 하필 군사부라는 것을 알때부터 나에게는 나의 옳지못한 성분(成分)이 나를 감시하고 있음을 느꼈읍니다.

나의 이력서에는 명예로운 노동자가 아니라 기회주의자인 인테리의 불명예스러운 낙인이 찍히어 있음을 그때야 발견했읍니다.

나의 할아버지는 三一운동때 민족운동을 했고 나의 아버지는 일제 때 친일 행동을 했다는 것도 다시말하면 조상의 생활까지를 나의 원죄(原罪)로 받아들이지 않으면 안된다는것을 알았읍니다.[37]

김추일은 강동정치학교[38]에 입학했을 때부터 공산주의에 회의를 품기 시작한다. 공산사회에도 고급 당원을 중심으로 한 유복 계급과 자본주의 사회의 노동자들보다 더욱 비참하게 사는 피압박 계급이 있는 북한의 현실을 파악했기 때문이다. 6·25가 터져 빨치산으로 사명을 다한다면 자신의 성분을 능히 고칠 수 있으리라고 생각했었다. 소대장으로 신불산에 들어온 지 1년이 못 되어 정규군의 연대장 격인 부대장으로 승진한 김추일은 부락 습격, 교량 파괴, 국군 트럭 기습, 국군 사살 등을 감행한다. 양산에서는 국군의 트럭이 수없이 지나가는 도로에 지뢰를 묻어 국군 보급차를 파괴시킨 전과를 올려 지대장으로부터 구두로나마 훈장을 받았고, 동래 근처의 부락을 습격하는 데 성공하여 소대장에서 부대장으로 승진하

---

37) 『신천지』, 1952. 5, p. 130.

38) 김남식, 『남로당연구 1』, 돌베개, 1984, pp. 395~98.
강동정치학원은 1947년 9월 평양에서 가까운 평안남도 강동군 승호면 입석리에 있는 일제 때의 탄광사무소를 개수하여 만든 곳이다. 1947년 중반기부터 남로당 중앙간부는 월북시켜 모스크바 고급당학교에 보내고 그 외의 간부는 바로 이 강동정치학원에서 교육받게 하였다. 강동정치학원은 1948년 10월 여순반란 사건 이후로 유격투쟁을 준비하는 훈련소로 체제가 바뀌었다. 1949년 9월에는 약 1,200명 정도가 유격대 양성에 필요한 훈련과 교육을 받았다. 강동정치학원은 남로당의 중앙학교라고 불리울 만큼 박헌영을 위대한 지도자로 우상화하였다. 1949년에 이른바 '9월 공세' 때 집단적으로 남파되어 1950년 초에 해산되고 말았다.

게 된다. 그랬던 김추일은 부산까지 몰렸던 국군이 반격에 성공하여 함흥과 청진까지 진격했다는 소식을 듣고 회의를 품기 시작한다.

공산주의란 어떠한 타입의 인간이든 하나의 올가니즘 속에 완전 용해시키지 않고는 백여날수가 없는 것입니다. 아모리 존귀한 것이라해도 그리고 또 아모리 위대한것이라해도 그것을 독자적인 입장에서 살릴수가 없읍니다. 오직 공산주의의 올가니즘만이 절대적입니다.[39]

김추일에게 회의를 가져다준 또 하나의 요인은 공산주의가 조직 절대주의를 청산하고 일체 개인주의를 불허한 데 있다. 중공군이 개입하기 시작할 무렵, 지리산 빨치산 부대에서 응원부대 60여 명이 영남지구 빨치산으로 넘어왔는데 여기에 김추일의 운명을 바꾸어놓은 윤귀향이 포함되어 있었다. 21세의 김일성대학 재학생인 윤귀향이 김추일의 "의식적인 학대"를 부당하다고 지적하는 것을 계기로 두 남녀는 빨치산 대원들의 눈을 피해가며 급속히 가까워진다. 두 남녀는 공화국에서 우리를 버리는 것이 아닌가, 과연 소련이 미국을 이길 수 있겠는가, 외로움을 느끼지 않는가 등과 같은 대화를 나누며 사랑을 약속했으나 그 사랑은 오래가지 못한다. 국군 토벌대에 쫓겨가다가 교전 중에 윤귀향은 전사하고 김추일은 붙잡히고 만다. 이 소설은 끝에 가서 "다행히 살려준다면 덤으로 얻은 생명이 본전을 빼도록 애써보겠다는 것뿐입니다"[40]라고 솔직하게 털어놓으면서 이제껏 자기가 몸담았던 조직을 "악의 세계"로 규정하고는 여기서 탈출했다는 것만으로 만족한다고 하였다. 그러나 김추일은 목숨을 구걸하는 태도는 취하지 않는다. 박영준은 육군종군작가단에 몸담고 있으면서도 빨치산의 심리를 객관적으로 분석해내는 수준을 유지했다. 빨치산을 회

---

39) 위의 책, p. 134.
40) 위의 책, p. 140.

의에 빠지거나 전향의지를 내보이면서 용서를 구하는 인물로 그리는 것만으로도 적개심은 반영된 것이라고 할 수 있다.

박영준의 「邊老婆」(『문예』, 1952. 5, 6)는 남편은 납치당하고 아들은 전사한 칠십대 변노인이 아들의 뼈가 안치된 대구행 기차의 군전용 칸에 앉아 사병들에게 먹을 것을 사주며 대화하는 장면을 보여준다. 정전이 되면 납치된 남편이 돌아올 수도 있는 것이 아니냐고 기대를 거는 데 반해 군인은 북쪽에서는 월북자든 납북자든 보내는 일은 없을 것이라고 말한다.

박영준의 「어둠을 헤치고」(『농민소설선집』, 1952)는 빨치산소설이다. 마을 사람들은 공비에 대해 소수의 지지파와 다수의 반대파로 나누어진다. 마을에 들어와 식량을 약탈하든가 사람을 죽이든가 식량을 빼앗아갈 때마다 동네 젊은 사람들에게 짐을 지워 산속으로 끌고 올라간다든가 하는 공비들의 일반적 행태를 폭로한다. 공비의 명령에 따라 마을 사람들 앞에서 의용경찰대원인 창환이를 쏘아 죽인 구장은 산으로 끌려간다. 그날 저녁 새로 구장이 된 춘수가 근배를 찾아와 산사람들의 보급미를 준비해두었다가 그들이 오면 즉시 내놓아야 한다고 한다. 근배가 분주소에 가서 일러 길동이 아버지는 참극을 겪는다. 그날 밤 공비들이 쳐들어온다. 춘수도 동네에다 불을 지르고 공비들을 따라간다. 동네의 절반이 잿더미로 변했고 여러 명이 죽거나 실종되었다. 근배는 집도 잃었고 처자도 불에 타 죽는 참극을 겪는다. 때마침 온 경찰과 합류하여 근배는 공비 몇 명을 죽이고는 동네 사람들과 읍내 수용소로 가서 겨울을 보낸다. 근배는 마을로 돌아와 면사무소에 맡겨둔 쌀을 찾으며 불에 타 죽은 처자를 생각한다. 소수의 농민들이 빨치산의 편을 들기는 했지만 빨치산을 약탈, 살인, 방화를 일삼는 존재로 그려냄으로써 「빨치산」보다는 「암야」에 가까운 이념적 입장을 취하였다.

콩트보다도 짧은 최인욱의 「偵察揷話」(『문예』, 1952. 1)는 파일럿소설이다. 단양 방면에 야간 정찰을 나갔다가 적의 대공포를 맞고 불시착하여 찾아간 민가에서 자기를 잘 치료해준 19세의 여자를 끝내 잊지 못하는 권중위는 그 후 태백산맥 상공에서 전사하고 만다. 김이석의 「握手」(『전선문학』, 1952. 4)는 전쟁을 만나 오히려 화해하게 되는 두 사내를 내세웠다. 평양에서 싸움판, 투전판, 색주가 집 등을 전전하는 것으로 소일한 덕보와 성칠은 여자 때문에 싸우고 헤어져 각각 서울과 평양 공장으로 갔다가 국군이 북진할 때 성칠은 서울로 단신 월남하여 국민방위군에 지원한다. 성칠은 국민방위군이 해산되자 부산으로 가 우연히 덕보를 만난다. 두 사람은 술 마시고 싸우고 난 다음 화해의 악수를 한다.

7월 27일경의 진주 일대의 전황을 소개하는 데 중점을 둔 조진대의 「六·二五」(『문예』, 1952. 5, 6)는 앞부분에서 6·25사변을 좌익분자와 민족진영, 붉은 것과 흰 것의 대립구도로 파악하면서도 "서울이 저놈들 손에 떨어졌다는 소식은 크나큰 충격이었다"(p.155), "대전이 저놈들의 손아귀에 떨어진지 며칠 후였다"(p.156), "그놈들의 행패가 말이 아니래요 의용군이니 뭐니 해가지고는 젊은인 젊은이대로 잡아 가고 늙은인 늙은이대로 잡아다가 몇백리 길을 밤 사이 짐을 지우지요"(p.157), "지금쯤은 그놈들을 쳐 밀어 올려서 호남일대는 평온한지도 모를 일이 아닌가"(p.161) 등과 같이 노골적으로 적개심을 표출한다. 그런가 하면 "나는 학도 지원병을 잘 안다. 공산 괴뢰군이 남으로 남으로 물밀듯 다닥치자 주로 민족 진영의 자제라든지 기독교 계통의 자제들이 펜을 버리고 자진하여 용약 일선으로 나아갔었다. 그 순진한 마음과 애틋한 마음은 오로지 죽음을 각오하고 싸웠을 것이 아닌가"[41]와 같이 민족진영의 자제와 기독교 계통의 자제들을 미화하였다.

김송의 「두개의 心情」(『문예』, 1952. 5·6)은 상이군인의 여러 모습을 제시하였다. 동수 어머니는 밤새 인절미랑 송편이랑 떡을 만들어 부산 육군

---

41) 『문예』, 1952. 5·6, p. 162.

병원에 있는 아들을 만나러 대구발 부산행 버스를 탄다. 버스에서 은단 파는 상이군인과 넋두리한다. 그런데 어머니가 면회 가서 아들 앞에 떡을 내놓고 잠깐 물을 뜨러 간 사이에 아들 동수는 왼쪽 팔이 없어진 자신의 신세를 비관하고 2층에서 투신자살한다. 어머니는 이번에는 아들의 유골을 갖고 부산발 대구행 버스를 탄다. 김송의 「傷痕」(『농민소설선집』, 1952)은 전시의 농촌을 배경으로 하였다. 홀아비가 된 박동지의 외딸 남순은 이웃집 총각 인학과 사랑에 빠진다. 박동지는 인학과 논에 물 대는 것 갖고 싸운다. 남순이 박동지에게 매질을 당하는 것을 인학이가 말릴 때 남순은 느닷없이 인학의 팔을 물어 상처를 남긴다. 인학이 국군으로 입대하는 날 박동지는 웃으면서 두 남녀의 사이를 인정한다. 남순이가 인학에게 아프지 않냐고 묻자 인학은 아프지 않다고 하면서 속으로는 그 잇자국이 영원히 남아 있기를 바란다.

　김동리의 「傷兵」(『걸작소설선집』, 1952)은 서울 수복 직후에 쓴 「風雨歌」(『협동』, 1950. 11~1951. 1)를 제목만 바꾼 것이다. 부산으로 피란 간 미리는 전투 중 다리를 다쳐 부산 육군병원에 입원 중인 약혼자 석운을 만난다. 미리가 석운씨를 내가 지키겠다고 하나 석운은 약혼 시계를 돌려준다. 미리는 시계를 되돌려주기 위해 비바람 몰아치는 날씨에 석운을 찾아감으로써 상이군인인 석운과 풍우를 뚫고 살아가겠다는 의지를 표시할 수 있었다. 작중에서 "풍우"는 사실적 상징으로 기능하고 있다.

(4) 전쟁 원인의 비극소설의 심연(「1952년의 표정」)

　강신재[42]의 「눈물」(『문예』, 1952.1)은 "九,二八 국군의 서울탈환을 이삼

---

42) 서울 남대문로에서 출생(1924), 함남 청진으로 이사(1930), 서울로 다시 이사, 덕수소학교 전입학(1937), 경기여고 졸업, 이화여전 가사과 입학(1943), 서임수와 결혼(1944), 단편소설 「얼굴」과 「정순이」로 김동리 추천받아 『문예』에 발표하여 등단(1949), 단편 「절벽」으로 한국문협상 수상(1959), 한국여류문학인회 회장(1982), 예술원 회원(1983), 별세(2001) (김미현 책임 편집, 『젊은 느티나무』, 문학과지성사, 2007, pp. 434~39).

일로 앞두고서 변사해버린 송정화(宋貞和)는 참말 보기드문 추물(醜物)이었다"[43]와 같이 결말의 내용을 서두에 제시하였다. 어릴 적에 화상을 입은 후 얼굴이 추하게 된 송정화는 40년 동안 한 번도 사람 대접을 받지 못하였다. 바우라는 세 살짜리 아들이 있지만 이 아이가 어떻게 해서 생겨났는지 아는 사람이 없다. 1950년 6월 28일에는 인민군으로부터 쌀배급을 받고 29일부터는 민청원, 인민위원회, 여맹원회 등에 적극 참여한다. 여맹원으로부터 철물 회수 지시를 받고 적극적으로 일하는가 하면 복구공사에 원성을 살 정도로 많은 동네 사람을 동원한다.

진출문제가 일어났을 적에도 의용군 때문에도, 송정화는 한가락 날렸다. 떠나야 할 집에는 몇일전부터 다니며 재촉을 하였고, 숨어다니는 해당자는 눈치 채는대로 고해 바쳤다. 점순네 복이네 그리고 움집아들이 징용군에 나간것은 순전히 그의 공로였다. 그는실로 사십여년만에 사는 보람을 느낄 수 있는 것이다. 그때문에그는 먹을것이 궁해도, 불평을 말하지 않았다. 장사도 하고 (그 얼굴 때문에 어쭞한 손해도 많이봤지만) 공습받은 부근에 가서 물전을 주어오기도 하고 또 힘자라는대로 훔치기도 하여서 살어 나갔다.[44]

송정화는 원한은 이데올로기적 행동의 한 씨앗이 된다는 이치의 한 사례를 제시하고 있다. 서울 수복이 가까워지면서 송정화는 집에 있을 수가 없어 길가에 바우를 업고 나온다. 평복을 입은 채로 총칼을 지닌 사내에게 쫓기는 한 청년을 반동이라고 짐작하고 그를 움켜잡는다. 총칼 지닌 사내들은 앞뒤에서 청년과 송정화를 가리지 않고 한꺼번에 어떤 집의 지하실로 쓸어 넣는다. 송정화는 길길이 뛰고 울부짖는다. 그곳에 잡혀온 청년들은 의용군을 피해 다녔던 이른바 반동분자들이었다. 착오로 잡혀

---

43) 『문예』, 1952. 1, p. 127.
44) 위의 책, p. 134.

들어가 빠져나오지 못한 채 송정화는 자신의 '적'이나 '피해자'와 함께 무차별 난사하는 총에 맞아 죽는다. 그녀는 죽기 직전 운명으로 받아들이면서 뜨겁고도 원망에 가득 찬 눈물을 흘린다. 패주 공산당원들의 만행은 송정화에게는 아이러니컬한 상황을 안겨주는 결과가 되었다.

김동리 추천작인 서근배의 「港口」(『문예』, 1952. 1)는 전쟁을 만나 한 여인의 운명이 곤두박질하는 것을 보여주었다. 옥히 남편은 6·25사변 때 서울을 빠져나가지 못하고 천장 속에 숨어 있다가 국군이 한창 밀릴 때 자수했고 국군이 인천에 상륙한다는 소식이 전해졌을 때 인민군에게 붙들려간 후 소식이 끊긴다. 1·4후퇴 때 옥히는 만삭의 몸으로 80리 눈길을 걸어간 끝에 인천의 한 여관에서 딸을 낳고 목포로 가는 짐배를 탔는데 거기에서 네 살짜리 아들의 엉덩이에 깔려 간난애가 숨지는 참변을 겪는다. 반년 후 옥히는 여수에서 옛날 애인이자 지난해에 상처한 김종권을 우연히 만나 다시 결합하기로 한다.

한무숙의 「아버지」(『문예』, 1952. 1)는 몰락한 양반집 아들이 끝내 버리지 못한 부정(父情)을 드러내 보였다. 이조판서의 둘째 아들로 태어났으나 방종함과 관대함과 진지함이 교차한 불균형의 성격인 이석종 영감은 술에 젖어 살면서 간신히 중학교를 나와 비료회사 타이피스트로 취직한 딸을 괴롭히곤 한다. 대포 몇 잔에 거나하게 취한 이영감은 길에서 무역회사 사장인 큰집 조카 규성이를 만나 이상한 제의를 받는다. 첩을 데리고 피란을 가야 하는데 첩의 아버지가 풍병으로 누워 있으니 그를 간병해주면 후사하겠다는 제의였다. 고민하던 이석종 영감이 청을 들어주는 대신 자기 딸을 피란 가는 차편에 데리고 가라고 하자 규성이는 흔쾌히 승낙한다. 딸은 울며불며 아버지를 떠나간다.

황순원의 「曲藝師」(『문예』, 1952. 1)는 부산 피란지를 배경으로 한 자전적 소설이다. 대구에서 변호사 집에 셋방을 들었던 주인공은 부산에서도 변호사 집에 세를 들게 된다. 대구에서 변호사 장모가 안뜰, 우물, 변소의 사용 시간 제한 조치를 내리며 핍박하다가 방을 내어달라고 하여 부산으로 내려온다. 이번에는 변호사네도 식구가 많아 공간이 부족하여 주인집 두 딸과 같이 있기로 한다. 아내는 국제시장으로 나가고 큰애 둘은 서면에서 담배장사를 시작하고 황순원은 학교를 나간다. 밤늦게 다같이 한꺼번에 셋방에 들어가기 위해 기다리다가 애들은 이런저런 동요를 부른다. 황순원은 자신을 곡예단장으로 생각하며 두 아들 동아와 남아가 담배장사를 하는 요령을 보였을 때 슬픔을 느낀다. 황순원은 속으로 너희들은 나 같은 무능한 곡예단장이 되지 말라고 부탁한다.

석 달 앞서 탈고되었던 황순원의 「어둠속에 찍힌 판화」(『신천지』, 1952. 1, 1951년 2월 탈고)는 대구 피란지에서 새로 세든 집 주인과 술잔을 나누면서 들은 이야기를 전하는 형식을 취했다. 집주인은 통대구 사이소란 말의 뜻, 한반도와 평양과 서울의 풍수지리, 곰과 사슴과 노루 등의 행태 등에 대해 입심 좋게 이야기한다. 포수인 남편이 뒷다리를 쏘아 아직 죽지 않은 상태의 노루의 가슴을 찔러 받은 피를 임신한 부인에게 먹인다. 안주가 된 노루는 새끼를 배고 있었다. 이것을 본 아내는 먹은 피를 토하고 그날 밤 짐승 소리를 환청으로 듣고 유산하고 만다. 그 뒤로도 세 번이나 유산한 후 아내는 언니의 애를 입양하여 키우게 된다. 그후 남편은 아내 몰래 사냥 총알이 가득 든 상자를 보물처럼 아끼는 것으로 사냥을 못하는 답답함을 달랜다. 그를 보고 인생의 한 토막 새에 긴 한 장의 판화로 된 삽화라고 한다.

최인욱의 「俗物」(『신천지』, 1952. 5)은 "아내를 잃은 지서방의 이야기"라는 부제와 같이 소설의 결말을 암시하고 있다. 서울에서 인력거를 모는 지서방은 어느 날 동대문시장을 기웃거리다가 민청원에게 붙들려 의용군으로 나가게 된다. 수천 명의 젊은이들과 함께 북으로 가던 중 홍제원 고개를 넘은 새벽에 유엔군 폭격이 있을 때 탈출하여 무조건 서울 쪽으로 달아나 아침 9시쯤 청진동 집에 오게 된다. 그 후 7월 20일에 피란을 떠나

40일 만에 대구에 도착한다. 대구에서는 수용소에서 셋방으로 전전하며 지게꾼으로 일한다. 1년 후 지서방 아내는 일곱 달도 못 된 아이를 등에 업고 화장품장사를 하다 아기가 감기에 걸려 죽는 비극을 겪는다. 그 후 아내는 행동실조(行動失調)를 보인다. 양키 시장에서 헌옷을 파는 박씨와 정분이 나 가출하여 살림을 차린다. 두 사람의 살림방을 덮치고 난 후 지서방은 30만 원을 받고 아내를 포기한다. 작가는 전쟁은 사람들을 이성을 잃게 하고 충동과 본능의 노예인 속물이 되게 한다고 웅변한다.

손창섭(孫昌涉)[45]의 「公休日」(『문예』, 1952. 6)은 10년간 은행을 다닌 도일이 공휴일을 맞아 무력감 속에서 지내는 모습을 그렸다. 도일은 약혼 이야기가 있었던 아미의 결혼 청첩장을 누이동생 도숙을 통해 받게 된다. 아미는 무기력한 은행원 대신 미국 유학을 마치고 미국 기관에 봉직 중인 청년에게로 시집가게 된 것이다. 도숙이 동창생인 아미의 결혼식장으로 간다고 나가버리자 이번에는 도일의 새로운 약혼자 금순이 들어온다. 금순은 약혼한 후 대담해져 도일에게 몸뚱이를 들이댄다. 그럴수록 도일은 여자의 육체가 두렵기만 하다. 도일은 별로 구미가 당기지도 않는 사이에 우물쭈물하다가 약혼해버린 것이다.

그의 이러한 권태증은 이성문제나 결혼 문제에 한해서 뿐은 아니었다. 자기를 둘러 싸고 있는 왼갖 인물에게 道一은 흥미도 애정도 느껴보지 못하는 것이었다. 다만 그에게는 의무만이 있을 뿐이었다. 아들로서, 친구로서, 은행원으로서, 국민으로서의 의무만을 감당해 나갈 뿐이었다.[46]

45) 평양에서 출생(1922), 일본으로 건너가 신문 배달·서점 점원·매약 행상·장공장 잡역부 등의 일을 하며 고학하여 니혼 대학교에 적을 두었음(1936~1946), 평양에서 월남하여 중고등학교 교사·잡지사 기자 등의 일을 함(1948), 「공휴일」과 「사연기」로 『문예』를 통해 등단(1953), 「잉여인간」으로 제4회 동인문학상 수상(1959), 안양 부근에서 파인애플 농장하다가 아내의 나라 일본으로 이주(1972), 별세(2010)(조현일 책임편집, 『비 오는 날』, 문학과 지성사, 2005, pp. 465~68).
46) 『문예』, 1952. 5, 6, p. 198.

어머니가 빨리 장가 가라고 재촉하자 도일은 금순이와의 약혼을 취소하고 싶다고 한다. 도숙이가 아미의 결혼식에 갔다가 와서 신랑의 전처가 쳐들어와 결혼식을 난장판으로 만들었다는 말을 들은 도일은 어항 속에서 죽은 물고기를 꺼낸다. 어항의 미꾸라지와 붕어가 제멋대로 노니는 것을 보고 "늘창 위 쪽으로만 꼬리를 살래살래 흔들며 떠 돌아가는 붕어새끼와, 이건 반대로 줄곧 미창에만 들여 엎디어 있는 미꾸라지가 서로 결혼을 하게 된다면, 그것은 틀림없는 일종의 비극이 아닐 수 없다"[47]고 생각한다. 도일은 자신을 줄곧 밑에만 있는 미꾸라지로 비유한다. 오늘은 파혼을 선언해야겠다고 집을 나선다.

안수길의 「제비」(『문예』, 1952. 5, 6)는 인생이 제비뽑기임을 웅변한다. 윤호는 부산으로 피란 가 회사에 취직했으나 얼마 안 있다가 회사가 문을 닫자 큰아들로부터 목판장사를 이어받는다. 큰아들은 학교를 가게 되자 목판장사하던 것을 아버지에게 인계한다. 담배 오락을 하여 돈을 번 윤호는 아내에게 가난한 살림살이는 결국 서로 배우자를 제비 뽑은 결과가 아니냐는 투로 제비 철학을 내세운다.

최태응의 「一九五二年의 表情」(『자유세계』, 1952. 4)은 열 개의 소제목으로 구성된 것으로, 작가 자신이 잘 알고 있는 해방 직후 문단의 긴박한 상황을 그려내면서 한국전쟁의 원인을 짚어보고자 한 소설이다. "1. 板門店에 열린 表情試合"은 소시민 김윤이 주인공이자 관찰자가 되어 북한 정권에 대한 비판과 북한 사회주의의 원천인 아라사에 대한 부정적 인식을 드러낸다. 1945년에서 1951년 사이의 북한을 향해 "붉은 제국주의" "적색 독재주의" "천인공노할 잔학무도의 극치적 공산제국주의의 주구들" "덮어놓고 죽임으로써 피의 숙청이니 혁명이니 해 온 공산주의의 역사"[48] 등

---

47) 위의 책, p. 203
48) 『자유세계』, 1952.4, pp. 190~91.

과 같이 강도 높게 비난하였다. "2. 倭政年代에도 있었던 表情의 意義"에서
는 해방 후에 북한에 진주한 소련군의 만행을 고발하였다. 김윤의 아버지
김장로는 지방에서 3·1운동을 주도했다는 혐의로 4년간 징역을 살았고
형도 감옥살이한 후 폐인이 된 것처럼 윤의 집안을 항일운동가로 꾸며 공
산주의 비판의 정당성을 획득한다. "3. 表情國 軍隊가 밀려 들어온 以北의
解放"은 약탈과 강간을 자행하는 소련군의 행태를 부각시킨다. 현준혁이
조만식을 추대하였다가 피살된 것에 충격을 받고 김윤은 단신으로 월남
한다. "4. 지나친 自由의 世界"는 김윤의 월남 이후의 문단 활동을 따라가
고 있다. 김윤은 조선문화건설중앙협의회에 가 이태준과 임화를 만났을
때 임화가 동무라고 하자 불쾌감을 느낀다. 이원조가 동무 반갑다고 하며
앉으라고 했으나 나와버렸다. 윤은 길에서 중학교 동창인 오장환을 만나
아세아 다방에 가 사회주의 혁명 참가론과 임화 추대론을 듣는다. 윤은
이런 공산주의 소아병 환자를 상대로 이북의 현실과 허다한 사건들을 이
야기할 의욕을 내려놓는다. 그는 반공을 제대로 할 수 있는 세력으로 한
국민주당을 지지하게 된다. 그리고 이태준을 염두에 두며 좌파문인들은
지나친 열정의 소유자이며, 격하기 잘하고, 객기를 타고난 존재들이라고
규정한다. "5. 放火犯이 소리치는 格"에서는 공산당이 내세운 진보적 민
주주의라는 용어의 허위성과 선동성을 지적하고 카프 출신 문인들 중 친
일파가 많으며 좌익 출판에 아부하는 문인들이 많다고 비판한다. 이태준
과 정인택은 김윤을 만나 반색하면서 다방에 가 대화를 나눈다. 그들이
무슨 이유로 자기네를 찾지 않느냐고 하자 윤은 이북에 가서 직접 보고
듣고 겪고 오라고 하고 싶다고 한다. 이남에 와서 공산주의운동을 할 바
에는 삼팔선을 넘어오지 않았다고 한다. "김형은 혹시 쏘련군이라든가
이북 공산당에 대해서 극히 부분적인 면(面)에 감정을 상한게 아닐까
요?"[49]라는 이태준의 의심 어린 질문에 김윤은 자신의 판단을 바꿀 생각
은 전혀 없다고 한다. "6. 처음 만난 하루살이"에서는 전국문학가대회 기

사를 보고 2백 명의 추천회원에 자기 이름이 끼어 있는 것을 보고 2백 명의 명단이 조선문학가동맹이 제멋대로 작성한 것임을 알게 된다. 춘추사에 가 서정주의 소개로 김동리와 첫인사를 나눈다. 이승만을 지지했던 것 때문에 공산도배들의 테러를 받았던 김동리를 호의적으로 생각한다. 김윤은 전국문학자대회에 가본다. 몽둥이꾼들이 돌아다니고 소련과 스탈린을 외치는 분위기였다. 박승극이 소련을 떠받드는 발언을 하고 여운형이 마무리 축사를 한다. "7. 쓰러지는 巨木들"에서는 중앙문화협회와 같은 단체를 주목한다. 여운형, 송진우, 장덕수, 김구 등이 암살된 것을 통탄해 한다. "8. 보뜰을 넘은 붉은 물결"에서는 윤이 6·25를 만나 온갖 고생을 하면서 서러움에서 헤어나지 못했다고 한다. "9. 存命의 意義"는 김윤이 보련의 소위 여류 시인이 정치보위부원들의 앞장을 서서 김윤을 잡으러 온 일을 기록한다. 1950년 12월에 평양을 내놓고 이듬해 1월 3일에 후퇴하고 윤은 부산으로 피란을 떠난다. 반년 동안 몇 군데 단칸방들을 전전하며 사나운 인심을 겪은 후 종군하며 참된 애국애족이 무엇인가를 알게 된다. 결말 부분인 "10. 一九五二年의 表情"은 1951년 연말에 부산의 한 여관에서 1월 1일 아침에 오라는 김윤의 연락을 받고 온 친구들이 한 10년 푹 쉬어야겠네라는 유서를 남겨놓고 자살한 김윤의 시체를 발견하게 된다. 종군까지 했던 문인이 자살하는 것으로 끝맺음한 것은 이 소설을 자전적 소설의 수준에서 구해내기 위해 허구적 성격을 강화한 것으로 볼 수도 있고 극적인 반전을 꾀해 작품의 인상을 강화한 것으로도 볼 수 있다. 1952년에 1945년과 1946년 2월까지의 문단을 그린 것인 만큼 동시대 소설로서의 긴장감은 없으나 시대와 사태를 심각하게 보고 있기는 하다. 주인공 김윤의 느닷없는 자살 결행이 이를 잘 입증해주었다.

김동리의 「한내마을의 傳說」(『농민소설선집』, 金聯版, 1952)[50]은 8·15해

---

49) 위의 책, p. 201.
50) 『단편사인선집―김동리편』(1955)에 「정씨가의 계보」로 제목만 바뀌어 재수록되었다.

방과 6·25가 영남의 한 양반집을 근본적으로 바꾸어놓은 사연을 기록하였다. 낙동강 지류인 다평강과 서응산을 배산임수로 한 마을에서 가장 고가인 정진사댁으로 불리는 집의 주인인 정의관은 올해 73세이다. 해방 전에는 둘째 아들이 부면장으로, 큰손자가 면의 지도원으로 있었다. 만주에서 시베리아로 사회주의운동하다가 여순 감옥에서 죽은 큰아들 정익상의 덕분으로 둘째 아들 정의상 부면장과 큰손자 정성환은 8·15 직후의 "면서기 면급사 까지가 친일파란 이름으로 구타 탈재(奪財) 방화 등 살벌한 형벌을 받아야 하는 판세"[51)의 피해자를 모면할 수 있었다. 정의상은 혁명가의 가족이란 이름으로 인민 면장으로 추대되었으나 아버지의 만류와 벼슬 욕심의 틈에서 엉거주춤하고 있었다.

또 다시 불어오는 돌개 바람과도 같은 대세전환에 쫓기여 어디론지 살아졌다가는 간신히 어둠 속에 돌아온 것이 그대로 뒷 방 구석에만 업쳐 있어야 하는 신세가 되고, 청년동맹 무슨 간부로 있으면서 그 삼촌의 전위로 활약하던 정성환 전 지도원(前 指導員)역시 산으로다라났으나 빨찌산 밖에 더 됐을 것이 없고, 전화위복(轉禍爲福)에서 다시 전복위화(轉福爲禍)로 전전하는 화복에, 남는 것은 늙은 정의관과 어린 손주 몇과 그리고는 며누리들 손녀들 뿐이다.[52)

큰며느리가 주도하고 딸 명숙이 도와주는 식으로 끌어가던 스무 마지기 농사는 상수가 머슴으로 들어오면서 한결 수월해진다. 상수는 성격이 곧은 데다 근면·성실의 모범이 되는 머슴이었다. 일을 같이할 때가 많다 보니 상수와 명숙이가 가까워지는 것은 짐작하고도 남을 일이다. 큰며느리는 친정 남동생을 시켜 유산시킬 수 있는 수은을 구하는 것과 중매를

51)『농민소설선집』, 금련판, 1952, p. 18.
52) 위의 책, pp. 18~19.

서는 일을 동시에 추진한다. 큰며느리는 양반의 후손인 명숙과 자기 집 머슴 상수의 혼인을 상상할 수가 없었다. 명숙은 외삼촌이 구해온 약을 거절하고는 엄마가 죽으라면 죽겠다고 한다. 마침내 정의관은 상수와 명숙이의 혼인을 허락한다. 정의관이나 큰며느리나 이 집이 자꾸 빈집으로 변해가는 것을 두려워하고 있다. "상수는 늙어 죽을 때까지 여기서 살 놈이야!"라는 정의관의 넋두리는 상수가 이 집안을 끝까지 지켜줄 것이라는 기대감의 표출이나 마찬가지다. 이 소설에서는 해방을 "팔일오 돌개바람" 혹은 "돌개바람"이라고 표현하고 있다. "돌개바람"은 회오리바람을 뜻하는 것으로 8·15해방은 격변기였다는 김동리의 인식을 반영하고 있다.

김광주의 「나는 너를 싫어한다」(『자유세계』, 1952. 1)는 "어떤 絶緣狀"이란 부제가 붙어 있는 것처럼 발신자가 수신자를 향해 절연하자고 보낸 편지체다. 발신자는 아버지와 동생이 납북되고 다섯 식구가 한방에 사는 테너 가수이고 수신자는 선전부 장관의 부인이다. 테너 가수는 공연을 끝내고 선전부 장관 부인의 강청에 따라 댄스홀로 끌려가 양주를 과음하여 인사불성이 된 후 호텔로 끌려간다. 그러나 아무 일도 일어나지 않았다. 절연장에는 이런 전시에 장관 부인이 어찌 이렇게 탈선할 수 있는가 하는 공분이 담겨 있다.

김영수의 「頹廢의 章」(『자유세계』, 1952. 5)은 갈보 백옥희가 헛간에서 흑인 선원과 성관계하기 전에 받은 10달러를 잃어버리고 막대기로 똥통을 마구 헤집었으나 찾지 못하는 희비극적 상황을 제시한다. 흑인이 백옥희에게 준 것은 사실 1달러짜리였다. 헛간과 연결되는 실개천에서 빨래하던 명숙 어머니는 소년이 주워온 1달러짜리와 천 원을 바꾼다. 소년 아버지가 소년의 말만 믿고 10달러라고 계속 주장하자 명숙 어머니는 할 수 없이 인정하고 만다. 그러고는 10달러를 그믐날까지 갚기로 약속하고 갚을 길이 없자 늙은 얼굴에 화장하고 외국 선원을 바닷가에서 기다린다.

작중 인물의 행태와 상황은 "퇴폐"보다는 "전락"에 가깝다.

(5) 군인소설의 존재와 가치(「용초도근해」)

황순원의 「학」(『신천지』, 1953. 5)은 복잡한 사건과 인물의 심리를 단문주의로 단순화시키는 방법을 썼다. 복잡성은 사라진 것이 아니고 음화로 남아 있다. 삼팔 접경 이북에서 치안대원인 성삼은 농민동맹 부위원장을 지냈다는 이유로 집에 숨어 있다 붙잡힌 덕재를 청단까지 호송하기로 되어 있다. 성삼이 화를 내며 왜 피하지 못하고 붙잡혔느냐 하자 덕재는 "제일 빈농 자식인데다가 근농군이라구 해서 농민동맹 부위원장 됐든게 죽을죄라면 하는 수 없는 거구…… 나는 예나 이제나 땅 파먹는 재주 밖에 없는 사람이다……"[53]라고 체념 조로 말한다. 덕재는 아버지가 앓아누운 바람에 파혼당하였을 뿐만 아니라 북쪽으로 피란을 가지 못한 바람에 삼팔선 접경 지대 이북에서 치안대원에게 붙잡히고 말았다. 두 사람이 삼팔선 완충 지대로 왔을 때 학이 눈에 띈다. 열두 살쯤 되었을 때 성삼이와 덕재는 올가미를 놓아 단정학 한 마리를 잡아 며칠 동안 쓸어안고 등에 올라타곤 했는데 누군가가 총독부의 허가를 받아 표본을 만들려고 온다는 말을 듣고 학을 놓아준 적이 있다. 느닷없이 성삼은 학사냥을 제의하며 덕재에게 학을 몰아오라고 한다. 성삼은 단정학을 놓아주듯이 덕재를 살려주고 싶은 마음이 있는 것일까? 그냥 둘이 정답게 놀던 과거를 단순히 재현해보고 싶은 것일까? 작중 결말의 이후를 독자의 상상에 맡기는 것은 황순원 특유의 서사 담론이다.

김송의 「不死身」(『전선문학』, 1953. 5)은 군인과 민간인의 거리를 해결해야 할 문제로 제시했다. 백마고지 전투를 치르고 3년 만에 휴가를 가는 이영철 중위는 경부선에서 한 문인과 이야기를 나누게 된다. 영철이 실전

---

53) 『신천지』, 1953. 5, p. 285.

기도 많이 써달라고 하자 문인은 우리 문인들도 전쟁에서 취재하여 전쟁 문학을 써야 한다고 호응한다. 영철은 부산에 가 형과 누이와 애인을 만나보고 환멸에 젖는다. 애인인 초희는 대학을 중퇴한 채 생활고에 시달려 다방 레지, 요리점 접대부를 거친 끝에 무역업으로 많은 돈을 번 영철의 형과 동거하는 난륜을 범한다. 영철은 초희의 빰을 여러 대 때린다. 영철은 부산을 떠나는 기차 속에서 원한, 비애, 허망에 젖으며 나라를 좀먹는 모리배인 형을 원망한다. 그는 기차 안에서 다시 만난 중년 문인에게 귀 한쪽이 없는 것을 보여주면서 전투 중에 죽을 고비를 세 번이나 넘긴 불사신이라고 자랑한다. 영철은 전선에서는 젊은이들이 하나둘 조국의 별이 되어 땅에 떨어지는데 후방에서는 조금도 감격하지 않는다고 개탄한다. 김영철이 자기를 불사신이라고 한 것은 타락한 후방과 배반한 애인이 가져다준 분노를 가라앉히려는 자기위안에 지나지 않는다.[54]

곽학송(郭鶴松)의 「獨木橋」(『문예』, 1953.12)는 전투소설이 대개 플롯에 실패하는 데 반해 성공작이라는 평가를 들을 만하다. 전략상 가치가 없는 고지를 40여 명의 병력으로 3백여 명의 적을 상대로 사수해야 한다는 중대장 이덕호 중위와 퇴각론을 주장하는 소대장 영수 사이의 갈등이 작중의 여러 사건들의 원인으로 기능하고 있다. 전투 중에 이덕호 중위가 왼

---

54) 具常, 「從軍作家團 二年」, 『전선문학』, 1953. 5, pp. 58~59.
　　"더욱이나 從軍作家하면 마치 「御用作家」로 녁이고 또 그 作品은 依例히 非藝術作品視 하는 一部 文壇의 通念을 우리는 黙過할 수 없다"(p. 58), "從軍作家란 것은 어떤 職能別團體의 組織員도 아니요 戰時身分保障機關員도 아니요 그야말로 作家義勇兵들인 것이다. 그럼으로서 종군 작가들이 오늘날 가지고 있는 微溫的인 「協調意識」이 먼저 淸算되어야하며 이와 더부러 이들을 「腕章作家」視 하려는 外部의 不當한 冒瀆도 霧消되어야 할 것이다"(p.5 9), "國民戰意는 이 百年思想戰爭 앞에서 날로 解弛되어 가고 敗北와 絕望意識이 蔓延하기 시작한다. 오늘 이땅 文化界에 露出되고 있는 저 失神狀態의 快樂主義와 頹廢主義속에서 오직 覺醒과 決意를 가지고 從軍作家들은 오직 마즈막 남은 祖國의 旗手가 아닐수 없다. 勿論 文學은 本領이 갖는 作技的인 形象性과 또 藝術性을 收拾하기에 時間이 필요하며 오늘의 戰爭 素材가 오늘로 藝術이 되는 「輕壤藝術」일수는 없다. 그러나 우리는 過去의 現實的 超然主義가 喪失한바 文學이 本質的으로 具有하는바 效用性을 恢復함으로 오늘의 韓國作家로서의 歷史的 任務를 完遂하여야 할 것이다"(p. 59).

쪽 다리를 다치자 김영수 소위가 부축하고 가다가 위험한 지경에 빠져 머뭇거릴 때 이덕호는 나를 여기에 버리지 말고 연대본부까지 데려다 달라고 한다. 영수는 고지 사수 명령을 내린 연대장을 만나 따지고 싶어 하는 덕호의 태도를 긍정도 했다 부정도 했다 하면서 "무아무심으로 기계처럼 상관의 명령대로 움직이는 사병들의 태도가 참따운 군인의 본분"[55]이라고 생각하고 덕호의 소망을 들어주기 위해 적의 포연탄우를 뚫고 외나무다리를 향해 뛰어간다.

박영준의 「金將軍」(『전선문학』, 1953. 4)은 적의 포탄이 아무리 많이 떨어져도 꿈쩍하지 않는 참호를 대대적으로 만들어 적 1개 대대의 습격에도 대승을 거둔 김장군의 면모를 영웅소설의 형식으로 그려내었다. 김장군은 군기 확립을 강조하면서도 참모들의 의견을 잘 받아들이며 부하들의 형편을 세심하게 살피기도 한다. 평소에 많은 전과를 쌓아올리고 부하들에게 솔선수범했던 한 중대장이 휴가를 갔다가 사흘 늦게 귀대한 일이 벌어지면서 원칙주의자인 김장군은 시련에 빠진다. 3년 만에 고향에 가본즉 아내가 담배장사하여 연명하고 어린 자식들은 거지나 다름없게 된 것을 보자 자기가 과연 누구를 위해 싸운 것인가 하는 회의가 들게 되었다는 것이다. 귀대하지 않아도 된다는 남편의 말에 아내가 지금까지 세운 공이 아깝지 않느냐고 하자 정신이 나서 사흘 늦게나마 귀대할 결심을 하게 된다. 김장군은 군법회의에 회부하여 도피죄로 언도를 받게 했으나 장병들의 동정 여론이 빗발친다는 말을 듣고 집행정지를 명한다. 김장군은 기본적으로 지장이거니와 이런 조치들로 인해 덕장이란 평판까지 듣게 된다.

박영준의 「龍草島近海」(『전선문학』, 1953. 12)는 중공군에게 포로가 되었다가 귀환한 국군을 주인공으로 하였다. 트럭을 타고 온 귀환 장정들은

---

55)『문예』, 1953. 12, p. 163.

판문점에 다 왔으니 전부 하차하라는 괴뢰군 장교의 명령을 듣고도 실감이 나지 않아 그냥 있다가 「양산도」가 플러스 밴드의 금속악기를 통해 들려오자 마음 놓고 내리게 된다. 최용수도 3년 동안이나 입었던 옷을 벗어버리고 미군과 국군 장교의 환영을 받으며 자유의 문으로 들어선다. 여러 귀환 장정과 함께 대한민국이 주는 피복으로 갈아입고 명부 작성을 끝내고 헬리콥터에 올라탄다. 용수는 중공군에게 포로가 된 이후 인제, 평양, 천마, 우시 수용소를 거쳐 오는 도중에 죽거나 행방불명되거나 강제 매장된 전우들을 떠올린다. 용수는 자기의 말 한마디로 김정갑이 몇 달 동안 영창에서 고생했던 일을 털어버리지 못한다. 그날 밤 용수는 혜민과 헤어지는 꿈을 꾸었다. 지주인 혜민의 아버지는 땅과 재산을 다 빼앗기고 옥사했고 오빠는 3년 전에 괴뢰군에 강제 입대한 후 소식이 없다. 혜민이는 용수에게 수용소에서 도망쳐 나와 자기와 함께 월남하자고 하였다. 수용소에 있을 때 반미구국투쟁위원회 지도원으로 날치던 민성주는 최용수에게 「양산도」를 듣고 눈물을 흘렸다고 하면서 이북에서 있었던 일을 비밀로 해달라고 부탁한다. 용수도 그리하겠다고 한다. 어차피 성주는 과거에 품었던 공산주의를 청산하지 않으면 안 되는데 자기가 입놀림할 필요는 없다고 생각한다. 이미 용수에게는 김정갑을 구렁텅이로 몰았다는 죄의식이 트라우마처럼 붙어 있었던 것이다.

　　대한부활대(大韓復活隊)에 가입했다고해서 중노동을 시키고 있는 국군장교에게 세수물을 떠다 주었다는 이유로 자치위원회에서는 김정갑을 인민재판에 회부 하였다.
　　그때 중대 규율부위원장(規律部委員長)으로 부터 용수도 김정갑에 대한 성토(聲討)를 행하도록 명령을 받았다. 명령에 복종하지 않는다면 김정갑 이상으로 주목을 받고 또 처벌을 당할것이 분명함으로 할수없이 승락을 했다.[56]

용수는 가벼운 처벌을 유도하기 위해 6개월 영창을 제의했는데 괴뢰군 중대장은 3개월 영창을 제의했다. 전우들은 용수를 괴뢰군에게 아부하는 자라고 생각한다. 며칠 후 민성주는 실은 괴뢰군 공작원의 임무를 맡아가지고 넘어왔다고 고백하면서 이제부터라도 공산주의를 버리겠다고 약속한다. 10여 일이 지난 뒤 천 명도 넘는 귀환 장정들은 인천으로 가서 배를 타고 용초도에 집결하여 거기서 각자 고향으로 간다고 하였다. 그날 밤 용수는 김정갑에 대한 생각에 잠을 이루지 못하다가 새벽에 든 잠 속에서 혜민에 대한 꿈을 꾼다. 수용소에서 방공호 공사를 할 때 그 근처에 있는 혜민이네 집에 가 물 한잔 얻어먹고 무릎 위에 머리를 베고 잠이 들었다가 일어나보니 혜민이 사라진 꿈이었다. 용수는 배 근처에서 날아다니는 갈매기처럼 그야말로 자유로운 몸이 되었지만 혜민에 대한 그리움과 김정갑에 대한 죄의식으로부터는 해방될 것 같지 않았다. 용초도가 보인다고 떠드는 소리가 들릴 때 몸을 돌린 순간 바른편 쪽에서 자기 편을 향해 보고 있는 김정갑의 시선과 마주치고 소리를 지를 뻔했다. 용수는 용서를 빌까도 생각해보았으나 정갑이가 받아줄 것 같지 않다는 생각이 든다. 다른 사람들이 모두 행복해하면서 지르는 소리가 용수에게만은 저주의 소리로 들렸다. 용수는 갑판에서 바다를 향해 떨어진다. 용수는 동료를 모함하여 자기만 살았다는 죄의식과 그로 인한 처벌 공포에서 끝내 빠져나오지 못해 순간적으로 자결을 선택한다.

최인욱의 「面會」(『전선문학』, 1953. 2)는 일반적인 전쟁소설들처럼 극적 상황을 보여준다. 만삭인 19세의 옥림이는 대구 훈련소에 있는 남편을 면회하기 위해 시어머니와 함께 갔다가 면회를 신청해놓고 기다리던 중에 진통하기 시작하고, 남편 형수가 달려 나올 때쯤 아들을 낳는다. 일선으로 출동하는 두 시간을 앞두고 출산한 것을 두고 부대장이 우리 부대의

---

56)『전선문학』, 1953. 12, pp. 67~68.

경사요 길조라고 하자 길조라고 이름 짓고 형수는 일선으로 출동한다.

곽하신의 「處女哀章」(『전선문학』, 1953. 2)은 어느 매춘부가 손님으로 옛날 선생님을 맞으면서 매춘부가 될 수 밖에 없었던 사연을 들려주는 방식을 취했다. 약혼자인 경식에게서는 소식도 없고 경식의 일가 청년인 윤수가 잘해주니 윤수에게 시집가라고 부모가 성화하였으나 딸은 거절하였다. 경식이는 상이군인이 되어 돌아와 '내'가 윤수와 결혼한다는 소문을 듣고 어디론가 사라져버렸다. '나'는 경식을 찾아다녔으나 허사였다. 영주동에 집을 사놓겠다는 윤수에게 결혼을 허락하였으나 윤수에게 처녀를 바치기 싫어 가출하여 매춘부가 되어 석 달이 지날 무렵 옛날 선생님을 손님으로 맞게 되는 일이 벌어진 것이다. 경식에 대한 사랑이 지나친 것과 윤수에 대한 거부감이 강해 매춘부가 되었다는 설정은 아무래도 어색하다.

박연희의 「새벽」(『전선문학』, 1953. 2)은 전황을 취재하기 위해 유엔 구축함에 승선한 기자가 60미리 포술사인 강하사와 가까이 지낸다는 이야기다. 강하사는 새벽에 벌어진 적과의 치열한 전투에서 어깻죽지에 관통상을 당한다. 강하사는 전황을 자세히 이야기해주며 기사를 잘 써달라고 부탁한다. 강하사가 휴전회담의 전망에 대해 물으며 미국이 미지근한 것인지 아니면 소련에게 밀리는 것인지 모르겠다고 하자 '나'는 소련의 평화 제의에 미국이 체면상 응해주는 것으로 보인다고 하였다. 부상당한 지 8일 만에 교환 함정이 와 강하사는 입원하여 수술을 받는다.

장덕조의 「膳物」(『전선문학』, 1953. 4)은 약혼자를 전선에 떠나보낸 21세의 오은히 간호부와 전기회사 직원인 아들의 소집장을 받은 과부 박간호부장이 서로 위로해주다가 부상병들이 실려 오는 것을 보자 선물로 전선 종군을 지원하게 된다는 이야기를 들려주었다. 이 무렵 『전선문학』에는 어머니의 뜻을 거스르고 아들이 해병대에 자원 입대하여 큰 공을 세운다는 이무영의 「바다의 對話」(『전선문학』, 1953. 2), 한국군 장교 등 30명을 태우고 미군 아놀드 소령이 기장이 되어 기상 악화를 무릅쓰고 여러 차례 착륙을 시도한 끝에 대구 비행장에 성공적으로 도착한다는 유주현의 「氣象圖」(『전선문학』, 1953. 4), 백마고지 전투 때 부상당한 전우를 살려내고 자신도 흉부에 적탄을 맞아 6개월 동안 고생한 군인이 나중에 같은 병원에서 상봉한다는 김장수의 「戰友愛」(『전선문학』, 1953. 12) 등이 발표되었다. 방기환의 「魅力」(『문화세계』, 1953. 11)은 애인이 얼굴 반쪽이 이지러진 전상자로 돌아오자 일부러 트럭에 치여 얼굴에 부상을 입고 애인에게로 가는 예사롭지 않은 여인을 설정했다.

오영수의 「눈사람」(『신천지』, 1953. 7)은 아내에게 배신당한 군인을 등장시켰다. 고향이 포항인 이등병 억수는 중동부 전선 XX연대 2중대 보충병으로 고지 전투에 참전 중 부상병을 업고 가다가 총을 맞아 다리 병신이 된다. 억수가 참전해 있을 때 이미 아내는 구둣방 직공으로 부산에서 장사하는 창식이와 눈이 맞았다. 억수는 아내와 창식을 찾아나서 부산 청관 거리까지 갔다가 지친 나머지 눈 내리는 밤에 쓰러진다. 그때 고지 전투에서 자신에게 "수고했네"라는 분대장의 목소리가 환청으로 들린다.

최정희의 엽편소설 「墜落된 飛行機」(『문예』, 1953. 11)는 뒷산 언덕받이에 유엔군의 전투기가 추락하자 외국군, 한국군, 민간인 들이 와서 시체 처리와 비행기 부품을 수거해갈 때 설거지하듯 자기들의 소용되는 것만 주워들고 산 아래로 내려간다는 이야기다. 쓸 만한 것으로 쇳조각 하나 남아 있지 않게 되자 까마귀들이 몰려와 시체들의 살점을 뜯기 시작한다는 끝 장면은 섬뜩함과 함께 허망감을 안겨준다.

안수길의 「鄕愁 속의 敵愾心」(『현대공론』, 1953. 10)은 흥남철수 때의 한 사연을 들려준다. 진우는 원산 함흥 근처에 있는 귀경대에 숨어 있으면서 국군이 들어오자 치안유지대와 청년운동회를 결성하여 지내다가 1950년 12월 15일에 흥남지구 철수 명령이 내리자 목선을 마련하여 할아버지와 아내 애자를 데리고 남하하려 한다. 애자는 오빠의 결혼식에 참석하기 위해 40리 북쪽으로 갔으나 돌아오지 않고 할아버지는 진우에게 먼저 가라고 한다. 몇 년 후 해군 장교가 되어 다시 이곳 고향 포구로 돌아와 전투사격을 지휘하며 할아버지라든가 아내와의 기적 같은 해후를 바랬으나 다 허사가 된다. "진우에게는 이미 향수(鄕愁)도 아무것도 없었다. 고향을 짓밟고 향수마저 부시어버리는 공산오랑캐에 대한 적개심(敵愾心)만이 진우의 전신을 불덩어리로 만들게하였다"[57]와 같이 「향수 속의 적개심」은 설득력 있는 반공소설에 들어간다.

(6) 전후 현실에 대한 새로운 접근법(「사선기」 「O형의 인간」)

이무영의 「O型의 人間」(『신천지』, 1953. 6)은 발신자가 수신자를 비난하는 서간체 형식을 취하였다. 이무영은 죽은 남편이 산 아내에게 배신을 탓하면서 정신적 결별을 알리는 편지를 보내는 형식을 취한 단편소설 「나는 보아 잘 안다」(『신여성』, 1934. 4)와 얼떨결에 청년 공산주의자를 따라 월북한 여인이 딸에게 참회하는 장문의 서간체소설인 「사랑의 화첩」(1952)을 쓴 바 있다.

여학교 자수선생 박선희는 13년 전에 중학교 수학선생 오영근과 결혼하였다. 남편이 미국에 유학 가 통계학 박사를 취득하고 돌아오자 아내는 앞으로 계속 출세가도를 달릴 당신 같은 사람 아내 노릇하기가 겁난다는 이유로 절연장을 내민다. 오영근은 미국 유학을 가기 위해 경쟁자인 M씨가 막대한 돈을 공산당에 제공한 것처럼 무고하여 두 달 동안이나 고생시켰고 또 이번엔 A박사가 물망에 오르자 요로에 다니면서 중상모략을 하여 유학생 후보에서 탈락시켰다. 아내는 "A박사가 아니었드라면 六·二五 때 기술가 동맹일을 그만큼이나 하고서도 당신이 무사 했을줄 아십니까? 그 A박사를 되려 六·二五때 부역이나 하신듯이 비방을 하다니 정말 당신

---

57) 『현대공론』, 1953. 10, p. 136.

은 어디서 어디까지가 참이오 어디서 어디까지가 거짓입니까?"[58]라고 폐부를 찌른다. 이외에도 남편 오영근이 중학 시대에 동맹 휴학을 약속해놓고 밀고자가 된 일, 연애 시절 창경원 갔다가 담배와 과자를 파는 어린애가 거스름돈을 10전 더 준 것을 돌려주지 않으면서 재수 좋다고 한 일, 신혼여행 갔다 올 때 경주 기차간에서 아픈 노인에게 끝까지 자리를 내어주지 않은 일 등을 열거한다. 해방 되던 날 밤에 술이 거나하게 취한 남편은 해방을 기뻐하는 아내의 뺨을 때린다. 일본인들이 모조리 전쟁에 끌려 나간 것을 기화로 시학 자리를 노리고 온갖 뇌물을 먹여 결정난 것이 바로 해방된 날이었던 만큼, 남편은 해방을 자기 출세를 완전히 망쳐버린 사건으로 인식하게 된 것이다. 오영근의 출세욕은 꺾일 줄 모른다. 이번에는 미군정의 세상이 되자 통역자 노릇하며 여러 가지 이기적인 행위를 꾀하게 된다.

나는 영어는 모릅니다만 외국군인을 청해다가 놀면서 주고받는 대화의 뜻만은 짐작이 되기는 했읍니다. 교육자 이신 당신이 이나라 이 민족의 철 없는 딸들을 몇개의 깡통과 바꾸는것도 나는 짐작을 했었고 당신 이외의 모든 이나라 백성이 거짓말쟁이요 사기꾼이오 모리배라고 일깨워 주는것도 나는 알고는 있었습니다. 그래서 당신은 一약 군정청의 과장이 되었었고 국장을 빨갱이로 음모하여 몰아 낸것이 되려 탈로가 되어 그나마도 쫓겨나지 않았읍니까? 나는 여기서 당신은 자기 눈앞의 이익을 위해서는 신의도 없고 국가도 민족도 없다는것을 눈으로 역력히 보았던것입니다. 당신이 중학시대에 一년간의 월사금 면제라는 조건에 매수되어 악질 교원을 배척하여 교규를 바로 잡자던 동지들을 배반한 그 어릴때의 사건도 결코 그 때로서 그친것이 아님을 발견 했던 것입니다. 一년간의 월사금 면제를 위해

58) 『신천지』, 1953. 6. p. 286.

서는 학교도 동지도 신의도 정의도 없듯이 한낮 시학 앞에서는 민족의 해방도 저주었고 찚차를 타고 양담배를 얻어 피우고 껌을 씹는 허영 앞에서는 민족의 명예는 커녕 한개의 깡통을 위해서는 오천년간 순수해 온 민족의 피를 더럽히는것도 오히려 사양치 않는 내 남편임을 알았던 것 입니다.[59]

드디어 아내는 이 소설의 표제인 "O형의 인간"에 대해 설명해준다. 아내는 남편의 혈액형은 B형이 아니라 O형일 것이라고 하면서 이때의 "O"는 "영(零)" 즉 "제로"로 읽어야 한다고 주장한다. 아내는 남편이 인간성도 빵점이요 진실성도 전혀 없다는 뜻으로 "제로형"이라는 말을 썼다. 아내는 "길이 길이 위대하소서. 거짓과 더부러—" "그리고 길이 길이 출세하소서. 거짓과 더부러"[60]라고 한껏 조소하는 것으로 절연장을 끝맺는다. 이무영은 친일파, 반민족주의자, 모리배 등을 제로형 인간이라는 말로 일괄하였다.

한무숙의 「허무러진幻像」(『신천지』, 1953. 6)은 독립운동을 하다가 폐인이 된 사십대의 이혁구가 옛 애인이 운영하는 다방에 매일같이 멍청하게 몇 시간 앉아 있다가 가는 극적인 장면을 제시하였다. 지방 관리로 돌아다닌 혁구 아버지와 금융기관의 지점장으로 떠돌아다니던 영희 아버지가 한 군에서 만난 것이 인연이 되어 두 집은 가까이 지내게 된다. 아버지가 고등관이 된 것에 반해 혁구는 학교의 최초의 동맹 휴교 주도자로 활동하다 퇴학당한다. 영희의 가슴속에 혁구가 새겨져 있긴 했으나 두 집은 오랫동안 소식이 끊기고 만다. 중일전쟁 때 혁구는, 제대 출신으로 고문 합격하여 검사가 된 남편과 불만 없이 사는 영희에게 접근하여 남편의 서류 가운데서 혁구의 부하가 분실한 서류를 빼내달라는 부탁을 한다. 그 서류

---

59) 위의 책, p. 281.
60) 위의 책, p. 286.

만 빼내면 혁구 일당의 희생자의 수가 대폭 줄어든다는 것이다. 영희는 그 서류를 빼내긴 했으나 7개월 된 아기를 사산할 정도로 고민한 끝에 혁구에게 전달하지는 않고 태워버린다. 서류 분실로 남편은 직위해제되고 구금되었다가 병보석되어 해방을 맞아 애국자로 평가되기는 했으나 3년 후 급성복막염으로 세상을 떠난다. 그 후 영희가 차린 바로 그 다방에 혁구가 매일같이 나와 멍청이처럼 앉아 있다가 간다. 혁구는 일제 때 심하게 고문을 받아 폐인이 되었다. 다방에 몇 명의 학생들이 들어와 27년 전 5월 3일자 팸플릿을 놓고 간다. 그 팸플릿 속에는 "우리의 위대한 대선배"라고 이혁구를 가리키는 문구와 사진이 있다. 혁구와 영희를 주체로 한 후일담소설이라고 할 수 있다. 같은 시기에 한무숙은 「노인」(『문예』, 1953. 6)을 발표했다. 이 소설은 서울대학생인 딸에게 6월 23일에 보낸 대체환 10만 환이 행방불명되자 늙은 아버지가 송금전표 영수증을 첨부하고 신청서를 작성하고 지병으로 숨진다는 사연을 들려준다. 한무숙은 이미 「모닥불」(『여원』, 1953. 5)에서 6·25 때 폭격으로 부모를 잃고 언니와 꼬마가 가슴을 쥐어 뜯는 병에 걸려 죽고 만다는 비극담을 들려주었다.

손창섭의 「死線記」(『문예』, 1953. 6)는 해방 직후 북한의 상황이 원인(遠因)으로 작용한 삼각관계를 비극적 결말로 처리했다. 부산 피란지에서 두 아이를 둔 성규는 폐병으로 죽어가고, 부인인 정숙은 과자 봉투를 붙이는 일을 하고, 그 부부와 동창인 국어교사 동식이 그 집에 하숙하면서 생활비를 내놓아 연명해간다. 성규는 피부가 점점 까매지고 해골처럼 말라가면서 의처증도 심해져 툭하면 욕설을 뱉는다. 동식은 남편의 용변을 도와주느라 부축하는 정숙의 오른편 귓바퀴에 있는 참새 눈알만 한 기미를 발견하고는 학생 시절 평양 가는 통학 열차에서 기미를 연필 끝으로 찔렀던 일을 기억해낸다. 사흘 전까지만 하더라도 동식이와 아내의 관계를 의심하여 폭언을 마지않았던 성규는 자기가 죽으면 정숙이와 결혼하라고 유언하며 오늘 밤부터라도 정숙이를 윗방으로 데리고 가 같이 자라고 생떼

400

를 쓴다. 해방 이후로 계속 초조, 불안, 울분, 공포, 권태 등의 감정과 심리에서 헤어나지 못하면서 출세도 못하고 돈도 못 모은 처지인지라 동식은 결혼할 생각을 하지 못했다. 해방 후 대부분의 한국 청년에게서 찾아볼 수 있는 것처럼 동식의 심정과 처지는 별난 것은 아니었다. "참새눈알만한 기미의 발견"이 암시하고 있는 것처럼 정숙은 성규와 결혼하기 전에 아무도 몰래 동식과 몸을 섞었다. 해방이 되자 학도병에서 돌아온 동식에게 군수공장에 다니고 있었던 정숙이 꿀단지를 들고 제일 먼저 찾아왔었다. 여학교를 나오는 길로 홀어머니를 부양하기 위해 군수공장에 취직하여 "여자정신대"에는 끌려 나가지 않아도 되었다. 사방에서 혼담이 들어왔으나 응하지 않은 것을 보고 혹자는 동식이를 기다린다 했고 혹자는 성규를 기다린다고 했다. 세 사람은 3년 동안이나 평양까지 기차 통학을 같이한 사이였다. 며칠 뒤 우연히 냇가에서 만난 동식과 정숙은 해가 진 뒤에 뜨겁게 몸을 섞는다. 이때부터 동식은 정숙에게 의무감 같은 것을 갖게 되었고 얼마 후 정숙은 동식의 애를 임신하게 되었다. 그 후 정숙은 감옥에 있는 동식을 살려내려면 자기와 결혼해야 한다는 성규의 위협에 시달려야 했다.

貞淑에 대한 東植의 어떤 의무감이란 초저녁 이슬 나리는 그날밤에 비롯한 것이다.

그 다음날, 聖奎 역시 살아 돌아 왔고, 그 그음 다음날 이 고장에선 굴지의 지주였든 東植의 부친이 돌고 인치 당했고 사흘만엔가는 東植이마저 끌려 들어 가서 열흘 간이나 뚜드려 맞고 나왔다. 전 재산은 완전히 몰수 당했고 이십여일만에 석방 되어 나온 부친은 한 주일이 채 못 가서그예 세상을 떠나고 말았다. 東植의 몸이 전대로 추세기에도 두 달 이상이 걸렸다. 그렇게 정신 없이 삼 사 개월을 지내 놓고 보니, 그동안에 貞淑은 聖奎의 아내가 되어 있었다. 자기와 약혼을 하면 무사히 東植을 나오게 힘 써 주지만, 그렇지 않으면 영 시베리아로 유형당하게 될 것이라는 성규의 위협에 마침내는 貞淑이가 동하고 말았다는 것을 나중에야 알았다. 그 당시에는 좌익 청년 사이에 聖奎의 세력이 어지간 했고, 사실 東植이가 열흘만에라도 나오게 된 데는 그의 힘이 적지 않았다는 것도 그제야 알았든 것이다.[61]

정숙이 성규의 위협을 뿌리쳤다면 동식은 옥사하는 신세가 되었을지 모른다. 동식은 의처증으로 발악하는 성규를 죽이려다 오히려 정숙에게 죽을 뻔한 꿈을 꾼다. 이튿날 퇴근해 집에 온 동식은 성규가 죽어 정숙이 화장터에 갔다 온 것을 알게 된다. 그날 밤 정숙이는 울면서 누구에겐가 편지를 쓰는 것 같았다. 다음 날 남편의 유품을 정리하고 아이들에게 새 옷을 입히고 새 신발을 신기고 과자도 사주곤 하더니 여섯 살짜리 명호와 네 살짜리 명옥이에게 엄마가 없어도 아저씨와 잘 살아야 한다고 피맺힌 당부를 한다. 다음 날 아침 정숙은 유서를 남기고 시체로 발견된다. 제 시체가 선생님의 손으로 거두어져야 먼저 간 남편의 한이 풀릴 것이고 두 어린것들에게도 약속된 운명이 있어 결국은 저 갈 길을 가리라고 믿는다고 하였고 명호 놈의 양쪽 귀가 선생님의 귀를 닮은 것을 아냐고 하면서 "명호의 귀의 생김새는 세월과 함께 제 속에 자라난 기쁨이었고 또한 슬픔이였습니다"[62]와 같이 명호가 동식의 아들임을 밝혀놓는다. 당연히 동식은 두 어린것의 슬픈 운명을 자기가 책임져야 하겠다고 다짐한다. 일탈이나 군더더기 없는 플롯에 닿음으로써 비장미를 더욱 잘 살려낼 수 있었다.

손창섭의 「비 오는 날」(『문예』, 1953. 11)은 전쟁 때문에 혈육애마저 놓아버리는 남매를 제시했다. 이렇게 비 오는 날이면 원구는 동욱과 동옥

---

61) 『문예』, 1953. 6, pp. 190~91.
62) 위의 책, p. 195.

남매를 떠올리며 남매의 인생을 "언제나 비에 젖어 있는 인생들"[63]로 판단한다. 원구가 회상하고 동욱에게 물어보고 하는 형식으로 서술된다. 대학에서 영문과를 다니는 동욱이 미군 부대를 돌아다니며 초상화의 주문을 받아오면 소아마비인 여동생 동옥이 그림을 그린다. 동옥은 어려서부터 그림 그리기를 좋아했지만 화가의 수준에 올라선 것은 아니었다. 동욱은 지난번 1·4후퇴 때 동옥이를 데리고 내려왔지만 지금은 짐스러울 때가 많아 후회가 된다고 한다. 원구는 40일이나 계속된 장마가 시작된 어느 날 동래 종점에서 전차를 내려 동욱이가 사는 집을 찾아간다. 낡은 목조건물, 유리창이 하나도 없는 집, 비를 막기 위해 가마때기를 쳐놓은 집, 천장에서 새는 빗물, 양동이에 받아놓은 빗물이 넘쳐 흥건해진 방 안 등과 같은 폐허의 모습은 전쟁을 맞은 한국의 상황을 상징한다. 원구는 비가 와서 가게를 벌일 수 없을 때는 동욱이네를 간다. 여전히 무표정하고 말이 없는 동옥은 언젠가는 오빠도 자기를 버릴 것이라고 생각하여 제 앞으로 돈을 마련하려고 애쓴다. 동욱은 동옥의 얼굴을 보는 순간 얼굴을 보지 않을 때 가졌던 측은지심이 사라지고 자꾸만 화가 난다고 고백한다. 동욱은 불을 꺼야지만 잠이 오는 데 반해 동옥은 어둠 속에서는 잠을 이루지 못해 남매는 툭하면 티격태격한다. 원구는 동욱이네서 자는 날 밤 동욱으로부터 동옥이와 결혼할 수 없느냐는 잠꼬대 비슷한 말을 듣는다. 그로부터 4, 5일 후 동욱은 원구네 노점으로 나와 초상화 주문받는 일을 폐업했다고 하면서 동옥을 위로해주라고 부탁한다. 술집을 나와 동욱은 원구에게 자기는 이담에 꼭 목사가 될 것이라고 한다. 그 뒤에 동옥이에게 들른 원구는 2만 환이나 빚을 진 이 집 주인이 몰래 집을 팔고 도주하였고 새 주인이 들어오겠다고 하는데 갈 곳이 없어 막막하다는 말을 듣게 된다. 그 후 한참 있다 가보니 동욱은 집을 나간 지 열흘이 지났고 동옥이

---

63) 『문예』, 1953. 11, p.1 59.

도 어디론가 가버렸다고 새 집주인이 전해준다. 집주인은 동옥이가 원구 앞으로 써놓은 편지를 자기네 애들이 모르고 찢어버렸다고 양해를 구한다. 집주인은 동옥이는 군대 갔을 거라고 하고 동옥이는 얼굴이 반반하니 어디 가든지 몸을 팔면 굶어 죽지는 않을 것이라고 지껄인다. 네가 동옥이를 팔아먹었구나 하는 집주인을 향한 원구의 소리 없는 외침은 부메랑처럼 자신에게 날아온다. 동옥의 편지를 볼 수 있었더라면 원구는 동옥에게 구조의 손길을 보낼 수 있었을 것이다. 인명만 한자로 표기한 것은 인물에 대한 주목을 요구한 것으로 볼 수 있으며 작가가 한글 전용이라는 목표를 향해 천천히 가고 있음을 입증해주었다. 「사선기」와 「비 오는 날」은 만수사에서 각각 1953년 2월과 8월에 탈고하였다는 후기가 붙어 있다.

장용학(張龍鶴)[64]의 「찢어진 『倫理學의 根本問題』」(『문예』, 1953. 6)는 전쟁은 이기적이며 비윤리적인 생존 욕구를 불러일으킨다는 점을 가르쳐주었다. 상주는 인공 치하 때 반장이 와서 의용군에 나가라고 하자 한강 저편으로 도피했다가 한 달 후 잡힐 각오를 하고 집에 돌아온다. 집에 와보니 상주가 고향에서 교편을 잡고 있을 때의 제자인 영애가 와서 숨어 있다. 영애는 간호학교 기숙생으로 인민군 부대에서 간호부로 근무하다가 전세가 불리해지자 원장이 북으로 같이 가자고 한 것을 거부하고 상주보다 하루 앞서 몰래 상주 집에 숨어들었다. 상주는 다다미 밑에, 영애는 뒷방에 숨는다. 이미 반장은 영애의 존재를 냄새 맡고 있다. 어머니의 짐을 덜어주기 위해 비윤리적이기는 하지만 영애를 내보내려 하는 것을 안 어머니가 야단치자 상주는 화가 나 그동안 정독했던 L씨 저서인 『윤리학의 근본문제』를 갈기갈기 찢어버린다. 책을 찢어버림으로써 상주는 자신의 행위

64) 함경북도 부령군 부령면에서 출생(1921), 함경북도 경성공립중학교 졸업(1940), 와세다 대학교 상과 입학(1942), 학병으로 입대(1944), 해방을 맞아 귀국(1945), 청진중학교 교사(1946), 월남(1947. 9), 한양공업고등학교 교사(1949), 경기고등학교 교사(1955~1961), 덕성여자대학 교수(1961~1963), 동아일보사 논설위원(1967~1973), 별세(1989)(구인환·윤병로·우한용·박창원 편, 『장용학 문학전집 7』, 국학자료원, 2002, p. 487).

가 윤리에 어긋나는 것임을 자인한 셈이 된다. 영애를 끌고 동회로 가던 반장은 자기네 집에 포탄이 떨어지는 소리가 나자 혼자 자기 집으로 가버린다. 반장은 상주가 집에 있었던 것을 알았는데도 이미 대세가 기운 탓인지 오히려 상주의 비위를 맞춘다. 상주가 다시는 아는 척하지 말라고 하면서 쫓아내자 영애는 자기 삼촌 집으로 가버린다. 상주는 책 임자에게는 무엇이라고 변명해야 하나 하면서 찢어진 『윤리학의 근본문제』를 몇 번이고 뒤적거린다. 큰길에서부터 만세 소리가 들린다. 상주는 하루하루 간을 졸이면서 도피 생활을 한 탓인지 서울 수복을 진정으로 기뻐한다. 상주가 속으로 읊조린 18행의 반공 친미의 시가 삽입되고 있다. "시베리아 벌판을 휘몰아 내리 퍼붓는 시뻘건 바람/ 太平洋 푸른 물결에 실려 고이 이 江山에 찾아온 南風을/ 떠다밀고 짓밟고 활개 치며 날뛰는"이란 시구는 한국전쟁의 성격을 소련과 미국의 대립으로 암시하고 있으며 "아! 自由없는 거리/ 강아지도 거닐지 않았다/ 嘆息과 恐怖와 그리고 이 외로움"[65]은 인공 치하를 노골적으로 비판하였다. 장용학의 윤리적 상상력은 전쟁 중의 행태에 대한 비판에서 시작하여 반공주의로 끝냈다. 장용학은 이 소설에서 한자를 많이 노출시키면서 관념적 표현으로 기울어진 서술 태도를 드러낸다. 장용학은 한자는 소설의 사상성을 담보한다는 신념을 갖고 의도적으로 한자를 쓰고 있다.[66]

집집마다 서로 떨어진 孤島의 생활이고 땅바닥을 의지하는 穴居生活이었

---

65) 『문예』, 1953. 6, p. 143.
66) 장용학, 「나는 왜 小說에 漢字를 쓰는가(대담)」, 『장용학 문학전집 6』, 국학자료원, 2002, pp. 106~07.
"사상은 한자어에만 있고 순우리말에는 없다고 해도 과언이 아닙니다. 한글전용의 우리 소설에 사상이 없는 것은 이 때문인데 이 사상이 없는 무사상(無思想)을 예술성이라고 하는 미신이 한국소설을 지배하고 있어요. 고전(古典)이 될 수 있는 한 조건은 사상성(思想性)에 있어요. 사상이 없는 고전은 생각할 수 없으니까요. 그런 면으로 봤을 때 한글전용의 소설을 하는 고전이 안 되는 소설을 쓰기를 주장하는 것과 같다고 할 수 있어요."

다. 地上의 主人公이 바뀌어진 것이다. 人道가 없어지고 彈道가 그물을 쳤다. 「自由를 위하여 正義를 위하여 恒久的 平和를 위하여……」 그러나 이런 소리가 들리지 않는 孤島나 洞窟속에서 사람들은 시시각각으로 動物로 動物로 돌아가고 있었다.[67]

정비석의 「男兒出生」(『전선문학』, 1953. 4)은 전쟁에 대한 색다른 대비책을 제시하였다. 소설가인 현은 아내가 네번째 아이를 임신했다는 소식을 듣고 못마땅해한 나머지 "또야?"라고 한다. 그리고 유산을 권장했으나 유산 비용이 너무 많이 들어 고민에 빠진다. 소대장인 조카가 보낸 편지에서 이 전쟁에서 최후의 승리를 확신하기는 하지만 특별한 조치가 없으면 10년 20년 장기전으로 갈지도 모르니 후방 국민들도 그런 각오로 생활 대책을 세워야 할 것이라고 했다. 유산 비용이 없어 우물쭈물하다가 만삭이 되어 마침내 진통하게 될 때 조카의 전사 소식이 들려온다. 평소에 아들이니 딸이니 하는 것에 관심 없이 살아왔던 현은 조카의 죽음으로 인한 국력 소모를 보충하는 것 같다는 데 생각이 미치자 넷째 아이의 출생을 기뻐하게 된다. 1953년 7월에 휴전은 되었지만 특별한 조치가 없으면 전쟁이 10년이고 20년이고 갈 것 같다는 예측은 어느 정도 들어맞은 셈이 되었다.

김송의 「裸體像」(『문예』, 1953. 6)은 한 전쟁미망인의 타락상을 그렸다. 그 여자는 전쟁이 일어난 지 3년 동안 축음기, 레코드, 손목시계, 반지 등을 팔아먹기 시작하더니 양키 물건 장사를 하여 돈을 좀 벌었으나 "양키—물품은 한국에 들어온 유·엔군의 탄환이나 무기와 같애서, 민간인의 사사매매는 위법(違法)이라 돌연 불법물자 취체선풍에 걸려들고 말아"[68] 몰수 처분을 받는다. 5백만 원으로 시작한 달러 장사가 잘돼 3천만 원을

---

67) 『문예』, 1953. 6. p. 145.
68) 『문예』, 1953. 6. p. 117.

바라볼 때 달러 개혁으로 그동안 번 돈이 휴지로 변하고 만다. 충격으로 누워 있던 그녀의 눈에 10호짜리의 나체화가 들어온다. 화가인 남편이 그 여자를 모델로 하여 그린 마지막 작품으로 남편은 전쟁 통에 인민군에게 납북되어 갔다. 나체화는 전시회가 끝난 다음 화단의 찬사를 듣기도 했다. 그러나 그 여자는 사치와 방종을 일삼아 빚을 많이 지게 되었고 빚을 갚기 위해 급기야 몸을 팔게 된다. 더러워진 자신에 화를 내면서 나체화를 조각조각 찢어버리는 행위는 예술품인 나체화가 입증해준 남편과의 행복한 과거라든가 순결성이 무너지고 말았음을 확인시켜준다. 나체화를 찢어버리는 행위는 전쟁악에 대한 고발의 의미도 갖는다.

유주현의 「敗北者」(『문예』, 1953. 6)는 전쟁이 가져다준 변화를 목격하는 데서 출발했다. 신문기자였으나 늑막염 환자가 되어 정상 생활을 하지 못하는 남편 현수와 "여류 시인이 되겠다고 「뿌라우닝」이 어떠니 「니-체」가 어떠니 하며 동무들과 논전을 폈던"[69] 아내 정심이 그날그날 집에 있는 옷가지를 내다 팔며 연명하는 신세가 된다. 정심은 매음부인 창수 어머니로부터 3천 원을 빌려 활명수 한 병을 사갖고 오다가 음식 쓰레기통을 뒤지기도 한다. 얼마 후 현수가 정심에게 자기를 내버려두고 당신이라도 살길을 찾으라고 간절하게 호소하자 정심은 현수에게 투병 의지만 가져달라고 말한다. 남편은 우리는 어쭙잖은 지성 때문에 빤히 내다보이는 길만 얌전하게 걸어가고 있다고 한다.

우리 같은 존재들은 적어도 二十세기에선 어느 사회에서든지 매장을 당하고 있어. 붉은 사회에선 발길과 챗직과 그리고 총검으로 휘몰아 우리깐에 집어넣고, 또 한 사회에선 표면으로는 어깨를 뚜드리며 귀여워하면서도 돌려 놓고는 손가락질을 하며 비웃거든. 우리가 살어 온 길을 생각해 보구

---

69) 위의 책, p. 152.

려. 남의 조롱과 비웃음이 두려워 얼마나 많은 의욕을 겪어 왔나? 그리고 그 결과가 무엇인가. 당신 요새 밖으로 많이 나댕겼는데 그렇지 않습니까? 지성이 자꾸 가루걸려 의욕과 행동을 맘데루할 수 없지 않더냐 말이요?[70]

정심은 밤에 옆집 창수네 가서 3만 원을 받고 처음으로 몸을 팔려다가 마지막 순간에 남편과 자식의 얼굴을 떠올리고는 돈을 도로 주고 일어나 집으로 간다.

최태응의 「姉妹」(『신천지』, 1953. 7, 8)는 전쟁을 맞아 자매가 전락하는 과정을 그렸다. 각각 대학과 고등학교에 다닐 때 6·25가 나 아버지가 "괴뢰도당"에게 납치당한 후 1·4후퇴 때 부산에 가 어머니와 남동생이 담배와 엿을 팔아 끼니를 잇는다. 두 자매만 서울에 와 언니는 동생 월사금을 마련하기 위해 친구 돈을 훔치고, 대중목욕탕에 가서 다이아몬드 반지를 잃어버렸다고 사기를 치기도 한다. 언니는 사기죄와 절도죄로 1년 동안 감옥살이를 한다. 이 소설은 부산, 경부선 열차, 서울 등을 배경으로 가난한 사람들이 불법을 저지르고 부도덕에 빠지는 모습을 내보이는 데 힘썼다.

그래서는 안 될 일, 어련히 없어져야 될 일들이 오히려 딱한 사정에 몰린 사람들에게 갈망되고 불행 중 다행으로 까지 여기게 되는 일이 이시대 이 현실속에는 너무도 흔히 널려져 있다.

엄격하게 따지면 동정할 여지는 있다손 치드라도 변명할 도리가 없는 비법(非法)불법에 속하는 일들인 것이다.

말할 수 없이 거대한 죄악이며, 근본적으로 법을 넘어 인도(人道)까지도 짓밟고 무시하고, 덤벼든 공산주의자들의 만행인, 남침으로 인한 어쩔수 없

70) 위의 책, p. 157.

는 수난자들의 그러한 모든 무리(無理)의 사소한 비법적 행위들은 실로 인력으로 막아내기 극난한 것이리라.[71]

최태응은 이러한 부도덕과 불법의 1차적 원인을 공산주의자들의 남침에서 찾고 있기는 하지만 2차적 원인은 가난에서 3차적 원인은 개인의 정신적 타락에서 찾을 수 있다고 암시한다. 김송의 「나체상」, 유주현의 「패배자」, 최태응의 「자매」는 노만 프리드맨 류의 '전락의 플롯the degeneration plot'으로 일괄할 수 있다.

염상섭의 「街頭點描」(『신천지』, 1953. 9)는 부산 피란지의 술집 동네를 배경으로 하였다. 부용이가 오면서 영업이 잘되는 이 술집은 국군과 자동차 운전수만 상대하다가 흑인만을 전문으로 하는 양부인 검둥마담도 가세하는 식으로 변한다. "조끼계집"이 젊은 남자들에게 놀림받자 잭나이프를 휘두른 사건이 벌어진다. 조끼년이 자기는 양갈보가 아니라 흑인 병사 조끼의 부인인지라 미국에 같이 갈 것이라고 하며 거만을 떨자 덕대는 아니꼽게 생각한다. 일등상사 조끼는 흑인 졸병을 데리고 덕대네로 오고 덕대 부친은 경찰을 부른다. 경관은 "조끼계집"과 몇 마디 하다가 가버린다. 조끼가 건너편 산에 근무하면서 망원경으로 마을을 감시하자 덕대네는 계속 숨죽이고 산다. 휴전조인이 된 7월 27일에 조끼는 그 수하들에게 칼부림하다가 이튿날 새벽에 어디론가 사라져버린다. 곽하신은 피란지 부산 서면 골목길에서 몸을 팔다가 매독에 걸린 언니가 애를 낳자 언니를 도와주기 위해 손님의 가방에서 돈을 훔쳐 달아난다는 「골목집」(『문예』, 1953. 6)을 발표하였다. 곽하신은 전쟁을 맞아 빚어진 여인들의 탈선이란 문제에 관심을 갖고 「죄와 벌」(『자유세계』, 1953. 4)이란 제목에다가 남편은 돌아온다 하고 자기를 임신시킨 남편 친구는 어디론가 도망가버려 중

---

71) 『신천지』, 1953. 7·8, p. 275.

절수술할 돈이 없어 고민하는 여인의 모습을 담아놓았다.

안수길의 「逆의 處世哲學」(『문예』, 1953. 11)은 한 공무원 가족의 부산 피란살이를 다루었다. 공무원인 진호는 영문 번역 아르바이트를 한다. 아버지가 여수 간장공장을 운영하느라 얻었던 빚을 아내가 원금과 이자를 갚으러 가던 도중 화장품장수 여인과 만년필장수에게 마취당해 돈을 다 털리고 만다. 아버지도 아들이 준 번역 원고료 40만 원 중 20만 원을 시장에서 쓰리 맞은 적이 있다. 아버지는 세상일이란 안 되는 것이 원칙인 만큼 일이 안 된다고 낙담할 것도 화를 낼 것도 없으며 더욱 치밀하게 계획을 세우고 열심히 일할 수밖에 없다고 한다. 평범하긴 하지만 지키기 어려운 생활철학을 일러주고 있다.

임옥인의 「夫妻」(『문예』, 1953. 12)는 북에서 포목상을 크게 하여 부자 소릴 들었던 부부가 월남한 후 겪는 고난을 담았다. 서울에 와서 어렵게 마련한 조그만 기와집과 세간을 폭격에 다 잃어버리고 다시 대구로 가 장사를 해 백만 원을 모아 집을 짓기로 했으나 그동안 쌓아두었던 집 지을 목재가 장마 통에 다 떠내려가고 만다. 부부는 다시 장삿길에 나서며 집 짓는 것을 이듬해 봄으로 미루기로 한다. 이 소설의 중간에 염상섭의 『취우』에서 볼 수 있었던 9·28 직전의 서울의 전황이 묘사되어 있다.

> 동대문시장이 타버리고 신당동 중앙시장에 일어난 불길은 부처사는 동네 언덕에까지 기어 올랐다. 온동네사람들은 방공호 속에서 뛰어나와 피난 보따리들을 앞에 놓고 피할 곳만 찾았었다. 앞으로는 불바다, 동대문쪽 낙산 위에는 연방 포격소리, 그런가 하면 미아리 쪽으로는 거센 대포알이 중천을 날고, 동쪽 왕십리 입구쪽에서는 와지끈 쾅, 와지끈 쾅 하는 복잡한 총탄 소리, 사람들은 어디로 가야 살는지 갈피를 잡을 수 없었다.[72]

---

72) 『문예』, 1953. 12, p. 78.

유주현은 「狂想의 章」(『문화세계』, 1953. 8)에서 결혼한 지 한 달도 안되어 전쟁을 만난 여인이 피란 가던 도중 평택 산골에서 외국인 병사에게 강간당해 아기를 낳아 논 가운데 던져버리고 미쳐버리고 만다는 비극적인 이야기를 들려준다. 이 여인은 특히 비 오는 날이면 광증이 심해져 지나가는 사람들에게 실없는 말을 건네곤 한다. 이 소설은 「망각의 기도」(『신태양』, 1957. 3)로 재발표되었다.

유주현의 「잃어버린 눈동자」(『문예』, 1953. 12)는 꿈을 장치해놓은 예술가소설이며 우화소설이다. 문학청년인 '나'는 애인인 미원과 함께 대열에 간신히 합류한다. 대열에 있는 사람들은 머리만 크고 몸은 여윈 사람들이며 심각한 표정들을 지니고 있다. '나'의 옆에 있는 사람이 그 옆사람에게 우리는 언제나 이렇게 지정된 코스로만 가야 하느냐고 묻자 그 사람은 자기는 기력이 없고 배가 고프다고 한다. '내'가 이 대열의 목적지를 묻자 몇 사람은 서슴치 않고 "부분품 공장이랍니다. 그곳에 가면 모든 사람이 부분품을 만드는, 부분품이 되구 말지요"라고 대답한다. 미원이가 안 가면 되지 않느냐고 되물었더니 그는 "안가면 쓸데 없는 존재가 되지요. 싸이즈 안맞는 녹쓴 나사처럼"[73]이라고 답한다. 대열에 합류하느냐 못 하느냐는 생존이 걸린 문제라는 인식이 고개를 내밀고 있다. 시인 K와 화가 C는 예술가로서의 비판정신을 살려 대열 후미에서 따라오며 대열 앞의 권력가와 부자 들을 향해 비아냥거린다. 미원이 녹슨 나사가 되어 돌아온 것을 확인하며 꿈을 깬다. '나'는 화가 C와 철학자 사르트르와 화가 피카소에 대해 이야기를 나눈다. 사르트르는 주의가 아니고 유파일 뿐이며 피카소는 이즘이라는 평가와 단순한 괴벽이라는 평가 사이에 놓인다.

강신재의 「凍花」(『문예』, 1953. 12)는 한 남자와 5년간 살다 헤어진 여인

---

73) 위의 책, p. 90.

이 부산으로 가는 기차 안에서 그 남자의 후배이며 미해병대 소속의 군인인 남자와 만나 과거와 현재에 대해 나눈 대화를 담은 소설이다. 그 남자는 여인을 강하게 포옹한 후 대전에서 내린다. 여인은 사랑, 전쟁, 젊음, 죽음 등에 대한 본질적 사유를 꾀할 계기를 갖게 된다.

곽학송의 「독목교」와 마찬가지로 추천작인 최일남의 「쑥이야기」(『문예』, 1953.12)는 아버지가 노무자로 뽑혀 간 후 열한 살 된 인순이와 그 엄마가 몇 달을 매일같이 쑥죽만 먹으며 연명하는 모습을 그렸다. 인순이 엄마는 벽에 기대어 아기를 낳고는 기운이 없어 아기 위로 엎어져 아기를 깔아 죽이고 말았고 인순이는 쌀집에서 몰래 쌀을 훔치다 걸려 매를 맞고는 사흘 동안 앓아눕는다. 목을 잘린 쑥들이 일어나서 인순이를 막 쫓아오는 악몽을 꾸기도 한다.

장용학의 「人間의 終焉」(『문화세계』, 1953. 11)은 나병환자 소설이다. 교수로부터 수학의 천재로 불리는 정상구는 미국 보스톤으로 유학 가기 위해 신체검사를 받고 나병에 걸렸다는 청천벽력과 같은 판정을 받는다. 그는 네 살짜리 아들의 등에서 또 아내의 어깨에서 종기를 발견한다. 안정감을 잃고 만 그는 행복한 사람들에 대한 질투가 발동하여 밤중에 몰래 남의 집 꽃밭을 망쳐놓는 행동을 한다. 상구는 집에 불을 지르고 아내와 아들에게 다량의 수면제를 먹고 자기도 먹었으나 채 죽지 않은 상태에서 이미 시체가 된 아들의 배를 가르고 간을 꺼내 먹는 광적인 행동을 한다. 이웃 사람들이 몰려와 불속에서 죽어가는 상구를 본다. 나병에 걸린 충격과 절망감으로 엽기적이며 광기 어린 행동을 하는 존재를 향한 윤리적 시선은 "인간의 종언"이라는 판정을 내리게 된다. 윤리적 상상력은 소설 양식의 유전인자이긴 하지만 여기서는 실존주의를 모태로 한 것임을 부정하기 어렵다.

장용학의 「無影塔」(『현대여성』, 1953. 12)의 주인공은 「인간의 종언」과 이름은 같지만 성격은 다른 상구다. 부산의 한 회사 조사부에 있는 상구가 "거액의 거래"를 놓친 것에 대한 분풀이를 당해 회사를 그만두고 환도비를 받아 서울행 기차에서 만난 사라라는 여성과 9월 25일에 파고다공원에서 12시에 만나자고 했으나 남동생을 통해 거절 편지를 받게 된다. 상구는 기차 안에서 사라가 자기 남동생에게 알베르 카뮈의 소설 『이방인』을 꺼내 들고 설명하는 것을 인상 깊게 보았다. 여인은 동생에게 몇 페이지까지 읽으라고 한 다음 자기는 가극에 대한 책을 읽기 시작했다. 사라는 지난봄 부산 광복동 거리에 있는 노점 책사에서 『실존철학』이라는 책을 상구가 양보하여 간신히 사게 된 적이 있다. 『이방인』이니 『실존철학』이니 하는 책이 두 남녀가 서로 관심을 갖게 되는 계기를 마련한 점에서 이 소설은 실존주의에 대한 관심을 지녔음을 알게 한다.[74]

안수길의 「第三人間型」(『자유세계』, 1953. 6)도 부산 배경의 소설이다. 기자였던 석은 전쟁을 만나 중학교 교사가 되어 글 한 편 쓰지 못하고 술에만 의존하면서 술만 먹으면 울고 짜곤 한다. 친구 조운은 철학적인 문제와 난삽한 문체로 어려운 소설을 썼으나 전쟁을 만나 운수업으로 부자가 되어 문학과 결별한다. 전쟁 전에 회사 중역의 딸로 소설을 쓰며 조운을 따라다녔던 미이는 전쟁 때문에 집안이 몰락하자 간호장교가 되어 봉사의 길로 들어선다.

박영준의 「통곡하는 어머니」(『문화세계』, 1953. 8)는 "포로교환설이 대

---

74) 장용학, 「나의 作家修業」, 『현대문학』, 1956. 1, pp. 154~57.
    "해방 다음다음 해 문학을 하겠다고 월남 상경하여 우선 도서관을 찾았다. 조선어 사전을 사가지고 와 친척집 2층에서 낱말 공부를 10개월 한 다음 2개월간 힘들여 쓴 것이 「肉囚」였다. 대학 시절에는 철학자가 되는 것이 꿈이어서 딱딱한 책에 관심이 많았다. 학병에 들어간 이래 오늘까지 서양 명작을 열심히 읽기는 했다. 부산 피란지에 있을 때 사르트르의 「구토」를 억지로 읽고 나의 생리를 발견했고 거기서 의식되어진 눈으로 쓴 것이 「요한시집」이었다. 「死火山」은 실존주의의 세례를 받기 전에 쓴 마지막 작품이었다. 실존주의는 극복되어야 할 것이지 슬그머니 피해버려서는 안 된다. 지금 주춧돌을 바로 잡지 않고 어디에 기둥을 세우란 말인가. 실존주의는 현대의 스트룸 운드 드랑이고 물거품이긴 하지만 새로운 것을 탄생시킬 수 있는 물거품일지도 모른다. 구원에 관심을 가져야 한다. 벽이 있는 한 새로운 땅은 벽 저쪽에 있다."

두했던 임진 조춘"(p. 157)이라는 말미의 부기에서 창작 연대와 소재를 알게 한다. 지숙은 사흘이나 걸려 거제도로 가 작은아들을 면회하려다 실패한다. 큰아들은 월남하여 국군에 입대했고 둘째 아들은 인민군 의용군이었다. 어머니는 9·28 때 월남하여 부산 시삼촌댁에 있으면서 미군 물건 장사를 하다가 미군 엠피에게 물건을 몰수당하고 나서 공장집으로 식모살이를 다닌다. 인민군에게 포로가 된 큰아들과 거제도 포로수용소에 있는 작은아들은 포로 교환에 따라 운명이 엇갈린다. 어머니는 큰아들을 얻는 대신 작은아들과는 이별해야 했다.

황순원의 「소나기」(『신문학』, 1953. 3)는 동화적 발상으로 사회학적 상상력을 배제하고 현재형 단문주의를 취한 점에서 황순원 특유의 창작 방법을 현시하였다. 물론 황순원 소설은 같은 해에 발표되었던 「학」이나 장편소설 『카인의 후예』와 같이 전쟁이나 토지개혁 같은 역사적 사건의 핵심을 짚은 것을 또 하나의 계열로 삼고 있기는 하다. 「소나기」에서는 소녀의 아버지 윤초시 손자가 서울에서 사업에 실패해 낙향했고 고향집마저 남의 손에 넘어가 양평읍으로 이사가 가겟방을 보게 된다는 배경이 뒷부분에 가서야 제시되어 있다. 이런 배경이 소녀의 심리와 행동에 변수가 된 것은 없다. 다만 양평으로 이사 가기 전날 소녀가 죽어 윤초시네 집안이 더욱 큰 비극에 빠져들게 된 요인으로 작용하기는 했다. 소년이 소녀가 던진 조약돌을 간직하고, 소녀를 흉내 내어 개울물로 세수하고, 소녀를 위해 꽃을 꺾어주고, 남의 밭에 가서 무도 뽑아오고, 소녀의 무릎에 난 상처를 빨아주고, 수숫단을 만들어 비를 피하게 하고, 불어난 개울물에 빠질까 봐 업어주고 하는 행동은, 순수한 사랑은 모방심리와 보호본능과 자기희생의 태도에서 비롯되는 것이라는 이치를 확인시켜준다.

황순원의 「胎動」(『문화세계』, 1953. 11)은 맹아 쪽으로 관심을 돌린다. 맹아인 15세의 영이가 19세의 같은 맹아원 남자애의 아기를 임신하여 바다에서 목에 돌멩이를 달고 죽으려다 배 속의 생명이 꿈틀거리는 것을 느끼고 다시 물에서 나와 백사장에 엎어져 잠시나마 행복감을 느끼게 된다. 부산의 맹아원을 배경으로 맹아와 벙어리 아이들의 심리를 파헤친 점에서 『인간접목』의 예고편의 성격을 지닌다.

정한숙의 「明日의 煩悶」(『문화세계』, 1953. 11)은 잔잔한 어조로 전쟁미망인의 심리를 잘 그려내었다. 미망인이 되어 대구 친정에 있다가 시댁으로 아들을 데리고 들어온 연숙은 권태와 고독을 느낀다. 한집에 남편이 납치당한 시누이 성애도 같이 산다. 연숙은 잡초에 얽혀 늘 시들어 있는 그라지오라스를 보고 자기동일시한다. 술에 취해 들어온 성애는 남편이 언제 돌아올지 모르는 자기보다 언니가 낫지 않느냐고 한다. 두 여자는 앞으로 어떻게 살아가야 할지에 대해 진지하게 의논한다. 연숙은 이성 교제 한 번 없이 깨끗한 몸과 마음으로 결혼했거니와 성애는 남자관계가 복잡했었다. 성애는 오빠 친구이자 상처한 미스터 신과 사귀어보고 싶다고 한다. 문득 연숙은 부산에 있을 때 같은 회사의 무역관장이었던 총각 오정수를 떠올려본다.

3. 전쟁 통찰과 인식론적 변화(1954~55)

(1) 황순원의 『카인의 후예』, 각성과 참여에의 변신

황순원의 『카인의 後裔』는 『문예』에 1953년 9월호에서 1954년 3월호까지 5회 동안 5장의 분량으로 연재되었다가 『문예』가 종간됨에 따라 중단되었다. 황순원은 9장의 규모로 보충 작업을 하여 1954년 5월에 탈고하고 그해 12월에 중앙문화사에서 단행본을 내놓았다. 여기서는 『황순원전집 6』(문학과지성사, 1981년 초판 1쇄, 2014년 재판 20쇄)을 텍스트로 삼았다.[75]

야학을 당에 접수당하고 속이 상해 술 한잔하고 들어오는 박훈은 집 앞에 서 있던 오작녀가 남동생 삼득이인 듯한 남자를 쫓아가는 것을 목격한다. 오작녀가 어머니에게 아버지더러 박선생을 그만 괴롭히라 말하라 하고 집을 나설 때, 도섭 영감이 네 남편이 왔다고 한다. 박훈은 야학이 접수당하고 뒤쫓아오는 오작녀를 피해 산속을 달려가다가 입은 상처를 오작녀가 빨아주는 꿈을 꾸다 깬다. 생시에서도 오작녀가 약을 발라주고 땀을 닦아준다(제1장). 사촌 동생 혁이 와서 면농민위원장인 남이 아버지가 간밤 잠자리에서 낫에 찔려 죽었다는 소식을 전해준다. 도섭 영감은 당원인 "개털오바 청년"으로부터 지주와의 관계를 청산하고 농민위원장을 맡으라는 명을 받는다. 훈은 보안서로 불려가 "개털오바"로부터 면농민위원장 살해범이 야학을 같이했던 명구와 불출이라는 말을 듣는다. 그리고 야학은 농민을 혹세무민하는 사관의 전파자라는 비난을 들으면서 약소민족의 해방자이며 은인인 위대한 스탈린 대원수 만세를 외치라는 훈시를 듣는다. 집에서 10리 이상을 떠나지 말라는 제한 조치를 받고 돌아온다. 또한 그는 도섭 영감이 오작녀의 머리채를 감아쥐고 폭행하는 것을 목격하게 된다. 박훈의 집안이 평양을 떠나 비석거리에 큰 집을 짓고 정착하기까지 도섭 영감이 기여한 바와 오작녀가 남편의 구박을 이기지 못해 친정에 와 있다가 한집에서 박훈의 살림을 책임지게 된 과정이 소개된다. 해방이 되고 위기가 닥치자 두 남녀는 급격히 가까워진다. 토지개혁이 된

---

75) 미완성본인 연재본과 완성본인 단행본(문학과지성사, 1981)을 대비하면 황순원의 개작 과정의 의도를 알게 된다. 아주 긴 분량의 내용이 첨삭된 경우는 거의 찾을 수 없다. 단행본으로 정착되면서 긴 분량이 빠진 것으로는 오작녀 남편이 술에 취해 술자리를 같이했던 박훈을 빗대어 불출어머니에게 범, 말벌, 여우 등이 등장하는 음담패설을 지껄이는 대목이 있다. 이 부분은 대략 2천자 정도가 된다. 개작 작업을 통해 작중인물의 감정과 심리에 보다 명료한 색깔을 입힐 수 있었고, 플롯이 보다 튼튼한 인과성 위에 얹힐 수 있게 되었고, 서사적 성격이 서정적 성격을 보다 크게 압도할 수 있었다. 도섭 영감의 이중성이라든가 배신자로서의 성격이 더욱 분명하게 부각되었으며, 박훈을 향한 오작녀의 사랑과 보호본능은 더욱 적극성을 지닌 것으로 드러난다. 게다가 단행본은 토지개혁이 시행되던 당시 북한 농촌의 공포의 분위기를 더욱 잘 살려내었다. (조남현, 「황순원의 〈카인의 후예〉」, 『한국현대소설의 해부』, 문예출판사, 1993, pp. 54~65)

다고 하자 도섭 영감은 하루아침에 훈을 외면한다. 도섭 영감이 오작녀에게 한밤중에 어째서 사내방에 있었냐고 트집을 잡으며 폭력을 휘두르자 아들 삼득이 힘으로 저지한다. 훈은 당손이 할아버지에게 찾아가 이야기를 나누는 과정에서 과거에 도섭 영감이 소작인에게 엄했던 것을 알게 된다. 이번에는 훈이 오작녀의 상처 부위에 약을 발라준다(제2장). 공출령이 났을 때 삼득이는 오작녀와 의논하여 쌀 다섯 가마니를 우물 속에 숨겼다가 발각되어 주재소에 끌려가 고문당한다. 훈이 평양으로 가기 전 7, 8세 때 산에 불이 나서 오작녀가 뒹굴러 불을 끈 적이 있었다. 불출이 어머니 주막에서 오작녀 남편과 변홍수가 술 한잔 나누며 허풍을 떤다. 홍수가 수리조합 간선주임을 할 때 오작녀 남편 최가가 급수원 노릇을 했었다. 부재지주 윤주사가 훈의 집에 찾아와 토지개혁을 비판하자 훈은 지주를 내쫓으면 내쫓겼지 별도리가 없다는 태도다. 최가가 훈에게 찾아와 술한잔하며 오작녀의 첫사랑은 박훈이라고 주장한다(제3장). 오작녀가 발진티푸스에 걸려 김의사가 두 번 왕진 왔으나 눈치가 보여 다시는 안 오겠다고 한다. 훈이 찬물 찜질을 하며 간병한다. 당손이 할아버지가 당손이 변홍수의 돈을 받고 훈과 오작녀를 염탐한 것을 알고 종아리를 때리고 자기도 때린 후 훈에게 사과한다. 열이 내리고 정신이 돌아온 오작녀에게 훈은 자기 어머니가 혼수로 사들인 옷감과 어머니의 가락지를 준다. 아버지가 쓰던 노안경을 당손 할아버지에게 주고 회종시계는 당손이를 준다(제4장). 훈은 부모의 묘소 앞에서 토지 앞에 묻어버린다. 소학교 운동장에서 열린 농민대회에서 반동결사 조직, 여성 동무 유린 등과 같은 박훈의 숙부 박용제의 죄상이 공개된다. 이어 부재지주 윤기동은 평양에서의 집장사, 고리대금업, 자작농 가장 등과 같은 죄를 저지른 것으로 비판한다. 이제 올봄만 손질하면 끝날 테니 저수지만은 자기를 달라고 하는 박용제의 마지막 애원은 받아들여지지 않는다. 마을 사람들은 박용제 영감 집으로 몰려가 물건을 훔쳐내온다. 마침내 박용제의 집에 리인민위원회의 간판이 내걸린다. 훈이네 집에 와 "개털오바"가 결정서를 읽고 열쇠를 내놓으라고 하자 오작녀가 물건 하나도 건드리지 말라고 하며 우리는 부부가 되었다고 외친다. 도농민위원회에서는 얼마 동안 박훈을 내버려두고 배후관계를 조사하라고 명령한다. 잔뜩 화가 난 도섭 영감은 박훈 할아버지의 송덕비를 도끼로 내리친다. 깨진 송덕비를 몇 사람이 주워간다.[76) 윤주사는 자기가 자작한 것을 송관호가 알고 있음에도 증언하지 않는 배신을 당했고 곱실이 아버지가 토지개혁 실시 전에 사들인 땅을 되물려줄 것을 요구하는 배신도 당한다. 윤주사는 미륵이 형과 곱실이 아버지로부터 돈을 강탈당하는 과정에서 머리를 다쳤으나 김의사로부터 진료를 거부당한다. 오작녀가 옷감을 도로 내놓자 훈은 오늘부터 이 집도 오작녀의 것이라고 한다(제5장). 동네 아낙네들은 우물가에서 오작녀가 임신했다는 식으로 험담을 늘어놓는다. 순안 민청부위원장으로 있으나 노름을 계속하는 오작녀 전남편 최가는 훈에게 찾아와 자기가 돈 받고 오작녀를 팔았다는 소문이 퍼졌다고 화를 낸다. 술에 취한 훈이 오작녀와 나는 아무 관계가 없으니 이 집에 와서 살라고 말하자 최가가 뺨을 때리고 오작녀가 불쌍하다고 하고 사라져버린다. 사촌 동생 혁이 찾아와 아버지 용제 영감의 행방이 묘연하다는 것과 『로동신문』에 훈과 오작녀의 결혼 기사가 났다는 소식을 알려준다. 명구 아버지는 자작했으나 머슴을 두고 한 것이라며 토지를 몰수당했으며 분디나무집 할머니는 삯일로 한 푼 두 푼 모아 사들인 땅을 빼앗기고 너무 억울해 자살하고 만다. 황순원은 성실하게 일해 돈을 모아 땅을 산 소지주들이 억울해하는 것도 잊지 않고 기술한다. 사촌 동생 혁이 월남 결심을 밝히며 훈에게 같이 가자고 하자 그는 어머니를 외삼촌집에 모셔다놓고 가야 하니 형님이 내 친구 김시걸을 만나 연기 좀 해달라고 부탁한다(제6

76) 『문예』 연재본은 이 부분에서 끝이 났다.

장). 박훈은 서평양역에 도착하여 일본인 애기들이 홍역으로 죽어나가는 것을 보게 된다. 공동묘지에 마구 던져진 어린애 창자를 물고 다니는 개새끼들, 고깃간 주인에게 구걸하는 일본인의 모습, 소련군 만행을 막기 위해 집집마다 가시철망을 해놓고 석유통을 달아놓은 집들이 눈에 띈다. 박훈은 김시걸을 만나 글피 사리에 떠나겠으니 만경대 곤이섬으로 오라는 말을 하고 두 자리를 더 달라고 부탁한다. 돌아오는 길에 박훈은 감시당하는 느낌을 받는다. 머리 깎은 일본 여인들이 거지처럼 있는 모습, 한 여인이 소련 군인과 흥정하는 모습, 소련 여자 군인이 교통정리를 하는 모습 등을 본다. 간리역에서 삼촌 같은 사람을 목격한다. 순안에서 내려 둘러보았으나 삼촌은 보이지 않는다. 순안역 변소 모퉁이에서 "개털오바" 옆에 있던 공작대원 한 명을 보며 그자가 오늘 뒤를 밟을 자임을 확인하게 된다. 훈이 돌아와 혁과 이야기하는 것을 오작녀가 엿듣는다. 용제 영감이 마을로 돌아와 자기 말을 타고 윗골 저수지로 간다. 용제 영감을 잡으러 평양에서 트럭이 쫓아왔다. 용제 영감은 사동 탄광으로 끌려가 밀차를 미는 노동을 했었다가 탈출한 것이다. 트럭에 실려 가던 용제 영감은 굴을 통과하면서 장벽에 부딪쳐 떨어져 비석거리에 부서진 비석 댓돌에 머리를 부딪치고 마지막 경련을 일으킨다. 집으로 모시고 와 시신을 정리하고 있을 때 밖에서 도섭 영감이 "독사는 깨깨 쥑에 없애야 한다아!" 하고 소리를 지른다. 당손이 할아버지와 훈이 서투르게 대패질하여 관을 짜고 있을 때 안 온다던 강목수가 들어선다(제7장). 혁이 남쪽으로 가기 전에 도섭 영감을 죽여야겠다고 하자 훈이 말린다. 혁은 열두 살 때 물에 빠졌던 것을 도섭 영감이 자기를 구해주고 두어 달 동안 앓았던 일을 기억해낸다. 형님은 내일 새벽 떠나고 자기는 도섭 영감을 없애고 어둠을 타 만경대로 가겠다고 한다. 서흥수가 최가가 순안에서 밤늦게까지 술 마시고 소련군에게 대들다가 총 맞아 죽었다는 소식을 전해준다. 훈은 산을 내려가는 사촌 동생의 모습을 보고 도섭 영감은 내가 없애야겠다는 생각을 하게 된다(제8장). 해방 전에 지주의 앞잡이 노릇하면서 농민들을 못살게 굴었다는 혐의로 도섭 영감이 농민위원장 자리에서 밀려난다. 도섭 영감의 후임으로 서홍수가 뽑힌다. 도섭 영감이 화가 나 홍수와 삼득이를 향해 살의를 품고 낫을 가는데 때마침 훈이 들어온다. 훈이 할 말이 있다고 뒷산 기슭으로 올라가 도섭 영감의 등을 향해 단도를 꽂는 순간 도섭 영감이 홱 돌아서는 바람에 칼은 오른쪽 옆구리를 째고 지나간다. 도섭 영감이 낫을 들고 훈을 향해 가는데 삼득이가 가로막다가 낫 끝이 한 치가량 삼득이의 왼쪽 어깨를 파고든다. 그러면서도 삼득이는 낫을 빼앗아 힘껏 멀리 던져버린다. 도섭 영감도 오늘 훈의 칼에 죽는 것이 옳았을지도 모른다고 생각한다. 삼득이는 훈에게 이런 일이 있을 것 같아 여태껏 미행한 것이라고 하면서 우리 누이를 데리고 남쪽으로 가달라고 부탁한다. 훈은 그대로 집을 향해 뛰어간다. 당손이 할아버지가 "내가 대신해서 도섭영감의 일을 처리한다. 어서 이곳을 떠나라. 이 이상 더 피를 보고 싶지 않다"는 훈이의 편지를 사촌 동생 혁이에게 전하는 것으로 이 소설은 막을 내린다.

『카인의 후예』는 1946년 3월 5일에 북한에 공포되어 1947년 3월 말까지 완료해야 한다고 한 "북조선 토지개혁에 대한 법령"이 비석골 양지터 사람들에게 가져온 인간관계의 근본적 변화를 그리는 데 창작 목표를 두었다. 토지개혁을 강행하는 당을 상징하는 "개털오바 청년"은 박훈네 집안에서 20년 동안 마름 노릇을 해온 도섭영감을 협박과 유혹을 섞어서 포섭하여 행동대장으로 내세우는 한편, 농민대회를 열어 박훈·박훈의 삼촌 박용제·부재지주 윤기동 등과 같은 지주들을 불법적이며 부도덕한 행위를 일삼는 존재로 몰아간다. 작가 황순원의 아버지를 모델로 한[77] 작중의 박용제 영감은 저수지만은 빼앗아가지 말라고 애걸한 나머지 당원들의

---

77) 김동선, 「황고집의 미학, 황순원 가문」, 『황순원전집 12』, 문학과지성사, 1985, pp. 179~80.

비위를 거슬려 탄광으로 끌려가 노동하다가 탈출하여 쫓기던 중 장벽에 부딪쳐 죽고 만다. 수십 년 간의 삯일로 돈을 모아 소지주가 된 분디나뭇집 할머니는 땅을 빼앗기자 자살하고 만다. 지주 윤주사는 박훈을 찾아와 토지개혁령에 대한 대처 방안을 의논한다.

"그럼 대체 자네는 어뜨케 할 작덩인가?"

"별 작정이 없습니다. 그저 그때까지 기대려 본다는 것뿐입니다."

"그때까지 기대레 본다? 기대레 봐두 별수 없디 않나? 내쫓기는 길 밖에?"

"내쫓으면 내쫓겼지 어떻겁니까?"

윤주사의 눈이 번뜻 빛났다.

"허, 이사람두…… 아마 자네 어르신네가 계셨으믄 그렇디는 않았을 겔세. 무슨 술 냈디. ……어디 우리가 디주라구 해서 못할 짓을 했나? 소작인들 비료값 없다믄 비료값 대주구, 농낭이 떠러뎃대믄 농낭 대주구…… 거저 준 건 아니디만, 소작인들 심부름 해준 탁 밖에 더 되나? 아마 우리 같은 디주만 없었든들 소작인들이 한해 농사두 못 짓구 굶어 죽구 말았을 겔세. 그런 사정두 모루구 덮어놓구 디주의 토디를 몰수해 버린다니 그런 무디몽매한 놈의 법이 어디있나? 모주리 마른 벼락을 맞아 뎨질 놈들이디 글세……"

술잔을 기울이는 손이 흐르르 떨리었다.

그러나 훈은 어쩐지 이 윤주사의 흥분에 따라가고 있지 않은 자기를 느꼈다. 그것은 자기로서도 차 보이는 자신이었다. 아마 아버지가 살아 있어 같은 말을 했대도 그럴 밖에 없었을 자신이었다. 결국 자기 손수 모아들인 재물이 아니어서 그런 것인가.[78]

---

78) 『문예』, 1953. 12, pp. 141~42.

윤주사는 지주들의 일반적인 변명을 대변한다. 박훈은 곧 토지개혁이 이루어진다는 소문이 퍼졌을 때는 불안과 공포심에 빠졌던 것이 사실이나 젊은이답지 않게 어느 새 적극대응 의지를 포기한 채 관망하는 태도를 취하게 되었고 마침내는 운명론의 기미마저 보이게 된다. "결국 자기 손수 모아들인 재물이 아니어서 그런 것인가"라는 말은 대립이나 반항을 모르는 젊은 지주 박훈의 소극적 태도를 작가 나름대로 방어해주는 효과를 갖는다.

토지개혁이 진행될 때 박훈은 박훈 대로 마름인 도섭영감의 배신과 소작인들의 표변을 겪는다. 대신 박훈은 오작녀, 오작녀의 남동생 삼득이, 당손이 할아버지, 명구, 불출이, 사촌동생 혁이 등을 가까이 하게 되어 위로를 받을 수 있었고, 위기를 넘길 수 있었고, 신변보호를 받을 수 있었다. 충성과 재산을 상징하는 도섭 영감을 잃은 대신 에로스적 사랑과 모성애와 구원을 상징하는 오작녀를 취하는 것은 극적 플롯이다. 물론 오작녀가 압박과 박탈과 몰락의 길을 걸어야 하는 박훈의 비극적 상황을 근본적으로 해결해 줄 수 있는 메시아적 존재가 되는 것은 아니다. 황순원은 토지개혁을 원인적 사건이요 근경으로 설정하고 있으면서도 사건소설이나 행동소설로 빠지는 대신, 박훈과 오작녀가 이루어내는 신비스럽기는 하나 비윤리적인 사랑의 관계를 중심적인 스토리 라인으로 이끌어 가고 있다. 그러면서 주요인물의 무의식을 응시함으로써 심리소설의 한 경지를 열어보이려 하였다. 『카인의 후예』는 본시 작가 황순원의 관심이 역사적 사건의 전말보다는 그 사건이 개개인에게 준 심적 동요라든가 내면의 상처에 있음을 확실하게 입증해 보였다.

『카인의 후예』는 지주의 수난사로 요약될 수 있기는 하나 결말에 가서는 박훈이 패배의식, 도피충동, 소심증 등을 털고 일어나 도섭영감을 향한 복수심을 행사하려 하는 것으로 처리되고 있어 반전의 묘를 이룬 셈이 된다. 독자들은 소설을 덮으면서 과연 박훈이 도섭영감을 죽일 수 있을 것인가, 그런 다음 월남할 것인가, 월남할 때 오작녀를 데리고 갈 것인가 등등의 질문을 던지면서 열린 상상을 하게 될 것이다.

(2) 전쟁의 상처의 뿌리 찾기(「榮轉」)

김성한[79]의 「暗夜行」(『신천지』, 1954. 1)의 맨 뒤에는 "이 단편에는 후일 속편이 있을 것임"이라는 후기가 붙어 있는 만큼 미성품이다. 원남동에 있는 학교의 교사로 7년째 근무하고 있는 한빈은 5년간 사귀어온 여인이 중국 무역상에게로 달아나버린 배신감을 맛본다. 학교 조회 시간에 교장선생 말씀에 딴짓하던 학생이 훈육주임에게 매맞는 것을 보고 인간의 차이는 장식의 차이에서 오는 것이라는 생각을 한다. 사람마다 장식이 있고, 장식은 서로 자기를 주장하고 있고, 장식은 인간의 역사라는 것이다. 그는 체조하는 학생들에게서 또 백만이 넘는 서울 시민에게서 백골을 본다.

가슴의 불안은 여전히 사라지지 않는다. 무엇 때문일가?

죽음으로써 해결해야할 심각한 불안도 아니지마는 벌써 몇해를 두고 마음 속을 설레는 불안이다.

인간 자체가 불안의 단계를 넘어서 절망의 단계에 이르렀다지마는, 그와 같이 인류의 운명, 국가의 앞날을 걱정하는 커다란 동기에서 출발한 것도 아니다. [80]

---

79) 함경남도 풍산에서 출생(1919), 함남중학교 졸업, 일본 야마구치 고교 입학(1940), 일본 동경대학 법과 중퇴(1945), 단편 「김가성론」을 『학풍』에 발표(1950), 사상계사에 입사(1955), 「바비도」로 제1회 동인문학상 수상(1956), 『동아일보』 논설위원(1960), 영국 맨체스터 대학원에서 사학 전공(1965), 대한민국 예술원 회원(1986)(『한국소설문학대계 32』, 동아출판사, 1995, pp. 586~87).

80) 『신천지』, 1954. 1, p. 280.

한빈의 불안감, 절망감, 배신감 등은 작중사건이나 상황에서 비롯된 것이기보다는 실존주의의 영향의 산물로 볼 수 있다. 교사로서의 회한에 젖어 다음과 같이 자신을 비하하기에 이른다.

나—그것은 얼마든지 갈아댈 수 있는 부분품에 지나지 않는다. 있으나 없으나 마찬가지 존재, 무엇 때문에 구태어 살려고 움직이는 것이냐?
그는 인간의 흥미의 밑바닥에 부딪치고 있었다. 자기 자신과 더불어 모든 것이 모래를 씹는 듯 아무 맛도 아무 흥미도 없었다. 건조(乾燥)하였다.
그렇다고 꼭 죽어야만할 이유도 없었다. 옆에 보이는 것은 창덕궁이고 자기는 한빈이고, 그뿐이다. 모든 것이 기정사실이고 그 이상도 그 이하도 아니었다.[81]

한빈을 움직이는 것은 부분품으로서의 자의식, 무흥미, 건조감, 사실수리론 등의 심정이나 개념이었다. 이런 개념이나 취향도 한국전쟁 직후의 허무감에다 실존주의가 접맥되어 형성된 것이라고 할 수 있다.
「續·暗夜行」(『신천지』, 1954. 9)에서 교사 한빈은 학생들에게 납부금 독촉을 게을리 한다는 지적을 당하고 서독 시찰단에게 원조받기 위해 잘 보이라는 이사장 말에 연극하기 싫다고 반항한다. 한빈은 국회의원이며 이사장인 오광식이 일제 때 악질 형사로 자기를 관부 연락선에 붙잡아다 석 달 동안 가둔 것을 떠올리며 이사장에게 정의의 칼이 무섭지 않냐고 따지는 꿈을 꾼다. 한빈은 동창생의 권유에 따라 교회에 갔다가 국회의원 오광식이 "썩지 않은 면류관을 위해"라는 제목으로 설교하는 것을 듣고 중간에 나와버린다. 교사 한빈은 친일파가 득세하는 세상을 암야행으로 보

---

81) 위의 책, p. 281.

고 있다. "암야행"에서의 철학적 인간이 "속 암야행"에 와서는 반항적 인간으로 변해버린다.

1년 전에『수도평론』(1953. 7)에 발표되었던 이주홍의「鐵條網」(『현대소설선』, 수도문화사, 1954)도 교사소설이다. 25년 동안 신경통과 위병에 시달리는 아내와 6남매를 두었으나 집 한 칸도 없는 최교장은 학부형의 보결생 청탁에 시달린다. 그는 15년 선배인 강교장이 무자식과 무주택인 것을 보고 허망감을 느낀다. 그는 자신을 "도덕의 장사"로 자임하긴 하지만 현대라는 이 시장에서 자기의 물건을 공급하기엔 수요자의 욕망이 너무 크고 사치스럽다고 판단하게 된다. 자기의 물건은 너무 낡아 내일의 매상을 기약할 수 없다고 한숨을 쉰다. 방기환의「파괴」(『문예』, 1954. 3)도 교사소설이다. 교사가 전쟁을 만나 외도라든가 아내 학대와 같은 파괴 행위를 보인다.

최태응의「슬픔과 괴로움이 있을지라도」(『신천지』, 1954. 10)에서 박세원은 해방을 맞아 노령 근처 북만주에서 한 달에 걸쳐 압록강 건너 평양에서 내려 고향인 진남포로 간다. 평양역 플랫폼과 진남포에서도 소련군들이 한국 부녀자를 희롱하는 것을 보며 실망한다. 세원은 십수 년 동안 망명해서 독립투쟁을 해온 것에 대해 환영객들 때문에 위로받고 보람을 느꼈으나 소련군 만행을 향한 분노를 거두지 못한다. 박세원은 삼팔선을 넘는 가장 큰 이유가 소련에 대한 분노와 불신에 있음을 밝힌다.

물론, 남북을 막논하고 숨긴다거나 수치라거나, 할 것 없이「해방」은 사실상 그 시기(시간)부터가, 반드시 한민족 대부분의 예기했던 바 아니었다는, 그 한가지 조목만을 놓고 보드라도, 그 밖에 열가지 백가지 문제와 사세(현실)들을 잇대어 짐작하고, 인증하지 않을 수 없으려니와, 정녕, 더할 나위 없는 과도기라 하지 않을 수 없다고 친들, 이미 쏘련군의 말 발굽에, 여지 없이 짓이겨지고 있는 북한대로, 시각을 다투어 어이없는, 땅 바닥으로 구겨 박히고 뒷걸음질 치고, 쪼들려 가는 반면에 남한은, 남한대로 엄청 나고 허망하리 만큼, 해이된 듯, 무한량, 솟꾸쳐 올라가면서 우쭐거리고, 홍청거리기로만, 위주인 양, 자칫 질서의 엄연한 테두리마저 제쳐버리고, 더욱 더 팽창하기만 번성하기만 하려는 것 같은, 현실을 들여다보고, 일각 에 느낌을 부텨 안는 순간, 세원이로 하여금, 무심할 도리가 없었다.[82]

지옥을 벗어났다는 느낌은 있지만 박세원은 이북은 지옥이며 이남은 천당이라고 생각하지는 않는다. 북한은 소련군 발아래 뒷걸음질치고 있 으나 남한은 남한대로 문제가 많다고 생각한다. 쉼표가 많고 추상적 논술 을 장문으로 처리한 구절들을 보면서 작가가 한 문장 한 문장을 신중하게 작성했음을 짐작하게 된다.

최인욱의 「現實에 立脚한 超現實」(『문예』, 1954. 1)는 대구를 배경으로 하여 종군 체험이 있는 한 문인의 가난한 일상과 꿈의 세계를 그린 소설 이다. 주인공 이름은 끝까지 "그"로 되어 있다. 그는 아침마다 Y일보사 안의 방 한 칸을 빌려 쓰고 있는 M선생의 처소로 출근한다. M선생이나 그나 점심 먹을 돈이 없어 강요된 1일2식주의자가 된다. 그러면서도 "아 시아문학자대회"를 열어 중국·일본·인도 등 여러 나라의 문학자를 초청 해서 "세계의 문제와 연결되고 있는 한국전선을 시찰케 하고 대공책을 토 의하고 문화 교류에 대한 실제적 문제들을 협의한다는 것"[83]이다. 하루 종일 차 한 잔을 팔아주지 못할 때도 있지만 친구들이 차를 사면 하루에 도 일고여덟 잔을 먹을 때도 있는데 다방 마담으로부터 문인들은 출입하 지 않았으면 좋겠다는 모욕적인 말도 듣는다. 아내와 어린것 넷이 아침밥 을 먹지 못하고 발발 떨고 있는 것을 볼 때 그는 자살을 생각하기도 한다. 그래도 그는 아이들이 귀여워 살아야 하고 소설 쓰는 것을 낙으로 알고

---

82) 『신천지』, 1954. 10, pp. 171~72.
83) 『문예』, 1954. 1, p. 14.

살아야 한다고 생각한다. 한동네 사는 박씨는 냄비 밑을 때워주는 잡일을 하는 32세의 사내로, 돈 10만 원을 보내어 군에 신분증 하나를 얻어달라고 부탁한다. 그가 이따금 일선 지구 종군을 갈 때 군복을 입고 나서거나 군용차를 타고 오가는 것을 본 적이 있어 이웃 사람들은 그가 군에서 큰 힘을 쓸 줄 아는 것으로 생각한 것이다. 그는 아내에게 돈을 도로 갖다주라고 한다. 아이들은 며칠 앞둔 음력 설날에 먹을 것 입을 것이 새로 생길 것으로 기대하는 눈치다. 그는 오늘도 소설 구상에 힘쓸 뿐이다.

유주현의 「名啣 한장」(『신천지』, 1954. 1)은 인공 치하 때 자기구명하기 위해 애쓰다 비극적인 최후를 맞는 인물을 그렸다. 장만규는 대륙공사 대표, 신한청년회 간사장, 근화민정협회 이사장, 동방신문사 사장의 직함이 새겨진 명함을 내연녀인 노지애에게 준다. 장만규가 인간에게는 계획의 성취, 비밀 유지, 속임수 등의 세 가지가 있어야 한다는 생활 철학을 토대로 해서 미국에 갈 계획을 세울 때 6·25가 터진다. 민보단장이 인민위원장이 되어 사람들을 마구 잡아들일 때 장만규는 정치보위부에 있는 것처럼 속여 위기를 면한다. 명동 파출소 옆에 오니 인민재판이 벌어져 한 사람이 머리를 맞아 피를 흘리고 벽에 기대어 있다.[84] 장만규는 자기 집에 왔던 민청원의 의심을 털기 위해 군중 앞에 나서서 스탈린 만세, 김일성 만세를 선창한다. 그러고는 두 번이나 자기를 구출해준 동방신문사 광고부원이며 서북청년단원인 K의 실망과 분노의 눈초리를 의식한다. 장만규는 좌익의 시선과 우익의 시선의 교차점에 서 있다고 느끼면서 양쪽으로

---

84) 김팔봉, 「生과 死」, 『사상계』, 1956. 5, pp. 88~89.
   "내가 지금 제일 의문으로 생각하고 있는 일은 六·二五때 빨갱이들한테 서울이 점령되어 가지고, 七月一日에 저놈들에게 나는 체포되고, 그 이튿날 七月二日에 나는 저놈들의 소위 人民裁判을 받고서 打殺刑의 집행을 당하였을 때 내가 당한 일이다. (중략) 南勞黨中區黨部에서 出版勞働組合에 지령하여 나를 人民裁判에 부쳐가지고 타살을 해버린 勞組員들은 내가 피를 쏟고 죽어버린 後 나의 발목을 묶어가지고, 지금의 國會議事堂으로부터 南大門으로─거기서 西小門 警察官派出所까지 길바닥으로 끌고 다녔기 때문에, 나의 등어리와 어깨에는 살가죽이 남아 있지 아니하였고, 脊柱骨은 돌멩이에 글키어진 자국이 있었다고 한다. 그러나 나는 死後 三日만에 다시 소생하여가지고 지금까지 살아오는터인데……"

부터 공포심을 느끼고 있다. 장만규는 "붉은기는 또 하루 아침에 태극기로 갈아 꽂으면 될 일, 온 놈은 가게 마련, 간 사람은 오게 마련, 두고 간 새끼를 어미는 찾으러 올 것이 아닌가"[85] 하고 겉으로는 여유작작하면서도 속으로는 긴장을 늦추지 않는다. 조금 있다가 두번째 인민재판이 열린다. 투옥된 공산당원들의 옥중 식사를 착취하고 그들의 동정을 밀고한 한 청년이 인민재판에 회부된다. 재판장과 검사를 겸한 젊은이가 총살형을 유도하는 소리가 미국 비행기 소리에 파묻히기도 한다. 장만규는 그 자리를 피하고 싶어 한다. 그때 국방색 옷을 입은 노지애가 나타나 장에게 자기 육촌 오빠가 중부서장이니 걱정할 것 없다고 귀띔한다. 장만규는 이 궁리 저 궁리하다가 자기가 살길은 노지애에게 기대는 것이라고 결론 내리고 우선 헤어진다.

미국이 한국을 포기할가? 유·엔의 명목으로 세운 국가가 아닌가? 간단히 포기한다면 민주진영은 극동에서 손을 떼는 것이 된다. 미국은 중국에서 실패한 것으로 아시아에서 완전히 실신을 했다. 마지막 한국을 잃는다면 대공냉전(對共冷戰)의 참패. 최선을 다해서 아니 무슨 짓을 해서라도 위신을 세울 것이 분명하다.

그렇다면……간단히 눈앞 현실에만 맹종한다는 것은 가장 어리석은 것임에 틀림없다.[86]

장만규는 미국이 아시아에서 또 한국에서 손을 떼지 않을 것이라고 확신한다.

유주현의 「續·名術 한장」(『신천지』, 1954. 4)은 15장 정도의 엽편소설의 길이밖에 되지 않는다. 이 소설의 끝에 달린 각주에는 "이 소설은 이것으

85) 『신천지』, 1954. 1, p. 296.
86) 위의 책, p. 297.

로 독립된 작품이 아니라 본지 신년호 소재 동씨 작품 「명함 한장」의 후반부의 동재(同載)임 ─편집자"(p. 261)라고 되어 있다. 독립된 작품을 쓰려고 했으나 질량 양면에서 뜻대로 되지 않은 듯하다. 장만규는 남모르는 시골에 가서 공산주의에 협력하다가 사세가 불리할 때 훌쩍 떠나면 그뿐이라고 생각한다. 노지애가 당신은 이 바뀐 세상에 빨갱이 행세를 하고 살아갈 수 있느냐고 묻자 장만규는 누군가 자기를 빨갱이라고 고자질할 것 같은 공포심을 느낀다. 그는 노지애를 업고 유엔군 부대 앞으로 다가가다가 총에 맞고 쓰러진다. 그 순간 노지애는 유엔군의 환심을 사기 위해 만세를 부른다. 목숨을 부지하기 위해 편을 가리지 않는 남녀의 모습을 그려내었다.

이봉구의 「夢遊桃源圖」(『신천지』, 1954. 5)는 일제 때의 한 깡패의 진정성과 순수한 사랑을 그렸다. 6·25 때 괴뢰군의 총에 맞아 절름발이가 되었지만 왜정 때의 깡패인 사하라가 명동에 나타난다. '나'의 친구인 사하라는 깡패보다는 협객이라고 해도 좋을 만큼 항일운동도 했었다. 사하라는 애인이 한다는 도원옥이란 술집으로 안내하여 자기 아내가 그렸다고 하는 몽유도원도를 보여준다. 이 그림은 세종 때의 화가 현동자의 그림을 본떠 왜정 때의 종로 뒷골목과 명동에서의 사하라의 모습을 인생무상의 취지로 그린 것이라고 설명한다. 얼마 후 사하라는 몽유도원도를 그린 여자 때문에 자기를 배신한 충복을 칼로 찌르고 자해를 시도한 사건을 저지른다. 충복은 중상을 당했고 사하라는 경상을 입었다. 몽유도원도를 그리고 치정문제를 터뜨린 그 애인은 사하라가 감옥에서 나올 때까지 기다리겠다고 하며 양을 사서 키우겠다고 약속한다. 양을 키운다는 것은 평화를 갈구한다는 비유적 의미를 갖는다. 감옥으로 가긴 하지만 사하라에게는 큰 위안이 아닐 수 없다.

최태응의 「옛같은 아침」(『신천지』, 1954. 5)은 난해한 관념적 표현을 많이 쓰면서 열 개 이상의 장문을 보여주었다. 1951년에 서울의 한 여관에 몇 달째 머물고 있어 임검 나오는 경찰이나 헌병과 어색하지 않게 수인사할 정도가 된 소설가 윤은 인생을 "낭비의 소산"이라고 파악하고 있으면서 전쟁이 가져다준 것은 찰나주의, 체면 불고, 욕망이라고 파악한다. 윤은 생각은 많은데 소설은 잘 써내지 못한다. 그는 1·4후퇴 직후의 서울을 다음과 같이 본다.

끔찍끔찍, 흉흉, 울울, 적적…… 비분강개, 불안, 공포, 원한, 보복…… 이러한 감정에서 벗어 날 길이 없는 폐허의 수도(首都), 전화(戰禍)에 만신창이가 되고, 재가 되고 산산히 흐터져 원래 죽은 벽돌 조각들까지 더 죽은 것이되었건만 죽고 나서마자 시달릴 대로 시달리고, 지칠 대로 지쳐 오직 가만이 있는 그해 그 겨울의 서울…… 길 가는 사람의 오장을 후비고 흔들리는 팔 소매를 꽉꽉 쥐었다, 놓았다…… 억울하게 죽은(어쩌면 한 동안을 파묻혀서도 살아, 있었을—산장 당한—뭇 생령, 원혼이 줄곳 요란하게 아우성치며 머리위에 떠 돌던 서울……[87]

윤은 여관집 근처 골목길의 필부필부의 모습을 조심스럽게 관찰하면서도 다방에서 마구 지껄이는 전쟁상황론, 정담, 사회비판론 등도 귀담아 듣는다. 그는 발자크, 도스토옙스키, 괴테, 니체 등을 모델로 삼고 있으면서도 아인슈타인이나 오펜하이머를 들먹거리면서 전쟁과 인류의 문제를 건드려보기도 한다. 휴전 직후의 서울 시민이 가질 법한 감정의 속살을 잘 제시했다. 들뜬 표현을 의도적으로 보여줌으로써 사람들의 심사가 복잡함을 자연스럽게 전하고 있다. 최태응의 「太陽의 手苦」(『신태양』, 1954. 11)는 반공사상을 감정 표출의 차원을 벗어나 이론으로 구현해내었다. 작품 서두를 태양론으로 채우면서, 연료에 대한 연구와 발명으로 미국에까

---

87) 『신천지』, 1954. 5, p. 211.

지 이름을 날렸으나 가난하고 병약한 상태를 벗어나지 못하는 송교수의 내면의 표출에 힘썼다. 송교수는 적색 제국주의의 문명 파괴와 약탈 행위에 대한 증오심을 감추지 않았다.

이무영의 「榮轉」(『신천지』, 1954. 6)은 매카시즘의 문제를 깊이 있게 다루었다. 국책회사인 전력회사 본사의 과장 대리로 있던 박탁은 색향으로 이름난 C주 지점장으로 영전하게 된다. C주 지점은 군정 3년 동안에 기호·영남파와 해외파·월남파의 대립이 심화된 곳이었다. 평안북도 출신으로 양 진영으로부터 곱지 않은 시선을 받아오던 탁은 부임하자마자 사내의 업무과장이라든가 신문기자단으로부터 직간접적인 사임 압력을 받는다. 탁은 업무과장의 협박을 무서워할 수밖에 없었다. 6·25 직전에 대전 지점에 근무하고 있었던 탁은 진해에 있는 동료의 집에 초청받아 갔을 때 서울 본사 사원이며 화가인 청년 윤과 술자리를 한 번 같이한 적이 있다. 그 후 윤이 남로당 프락치인 것이 들통나 복역 중이라는 말을 들었다. 윤이 남로당원이었음은 전 지점장과 업무과장이 합심해서 찾아낸 것이다. 업무과장에 의해 고발당한 윤은 전주로 이감되었다가 청산되었다. 이때의 "청산"은 업무과장이 손바닥을 가리키는 것으로 볼 때 "사형당했다"는 뜻으로 볼 수 있다. 그 며칠 뒤 탁은 윤과 절친했던 상공부 관리로부터 윤은 붉은 색깔을 띤 형과 절교할 정도로 단순한 화가일 뿐이라는 주장을 듣는다. 왜 윤을 구해주지 못했느냐는 탁의 질문에 상공부 관리는 죄 없으니 나오겠거니 했는데 6·25가 터지자 빨갱이로 몰려 죽었다고 하면서 전 지점장이나 업무과장을 경계하라고 한다. 이렇듯 무서운 이력을 지닌 업무과장은 반성하기는커녕 박탁 신임 지점장이 전임 지점장의 현직 시절의 과오를 적어 상공부에 밀고한 것으로 일을 꾸민다. 그러나 박탁에게는 어떤 대응 방법도 없다. 그저 분노할 뿐이다. 이무영은 업무과장과 같은 무서운 인간을 고발하기 위해 이 소설을 썼다. 불안감에 떠는 피해자 박탁 지점장과 가해자인 업무과장은 이미 「산정삽화」(『문예』,

1949. 11)에서 반항하는 농민들을 걸핏하면 빨갱이로 모는 지주 때문에 계속 피신해 다니는 청년 김창우의 관계로 나타난 바 있다.

최인욱의 「再生의 意慾」(『신천지』, 1954. 6)은 교사소설이다. 국어교사인 성재가 6·25 때 시골로 고구마를 캐러 갔다가 민청원에게 붙들려 의용군으로 끌려가던 중 금촌에서 탈출한 것을 평소에 가까웠던 공산주의자 이선생이 숨겨주고 자신은 평양으로 가버린 일을 겪는다. 서울 수복으로 환도하여 성재는 행복감을 느낀다. 이웃집 노파는 꽃 심는 법을 가르쳐준다. "이웃과 이웃이 그렇고 온 동네가 그렇고 한 나라가 그렇고 나라와 나라 사이가 또한 그렇다 하면 오죽이나 좋을 일인가. 그러나 지금의 사회 현상과 세계 동태는 그와 정반대의 방향을 가고 있다. 슬픈 일이다"[88])와 같이 성재는 주체들이 분열과 대립을 일삼는 것을 개탄하였다. 성재는 공부를 잘해온 딸을 보면 기분이 너무 좋아 서커스 구경을 가자고 한다.

최인욱의 「오디」(『현대공론』, 1954. 8)는 1·4후퇴 직후의 북한이라는 흔치 않은 제재를 다루었다. 영유 지방을 배경으로 중국인의 횡포에 시달리는 북한 여성들을 그렸다. 1·4후퇴 때 임신 중이라 남편을 따라 남하하지 못하고 친정엄마와 세 살 난 아들과 남게 된 복실은 반동가족으로 찍혀 배급을 받지 못하자 친정어머니가 삽을 들고 동원을 나가곤 한다. 이 마을에 와 농사짓고 사는 "중공 오랑캐"네 세대는 전부 홀아비로 북한 여성들과 결혼하려고 든다. "공산도당이 지령을 놓아서 오랑캐들을 북한으로 이주시키고 그들의 지령으로 결혼을 장려하는 판"[89])이었다. 북한 여성을 주인공으로 하여 국군이 진격해 와 이북 동포들을 구해주기만 바라는 대목은 흔치 않다.

복실이는 자나 깨나 그것이 소원이었다. 오랑캐의 세도와 행패는 인제

88) 『신천지』, 1954. 6, p. 197.
89) 『현대공론』, 1954. 8, pp. 207~08.

날이 가면 갈수록 더욱 심했다. 내노라고 뽐내던 김일성 도당도 이번 전쟁에 부채를 많이 져서 그런지 오랑캐한테는 꿈쩍을 못하는 모양이었다. 내무서도 중공군이 수석노릇을 하였고 인민위원회도 모든 일에 중공군의 지배를 받았다.

사세가 그러하니 영유로 이민을 온 보통오랑캐들도 세도가 당당했다. 반장의 딸과 혼인을 한 진덕보는 마을 앞에다 바라크로 상점을 내었고 복실이에게 혼담을 걸던 문상귀는 두부 공장을 차렸다.[90]

복실이는 문상귀에게 강간당한 후 강제 혼인하였으나 문상귀가 복실의 아들을 싫어하자 모자가 떨어져 살게 된다. 일곱 살 된 덕수는 중국인 몰래 엄마를 만나 오디를 준다. 앞으로는 덕수와 같이 살자고 대답은 했으나 행동에 옮기는 것은 거의 불가능하다. 소설은 복실이가 다음과 같이 탄식하는 것으로 끝난다.

갖은 학대와 굶주림과 공포와…… 게다가 인제는 몸까지 망치고…… 이 모양 이꼴이 되고도 살아야 하는가? 캭 뒈지구나 말아야지. 그러나 막상 죽으려고 들면 죽기도 쉬운 일이 아니었다.[91]

위의 탄식은 이 소설의 맨 앞을 장식하고 있으며 복실이 중국인 문상귀에게 강간당해서 의식을 잃고 쓰러져 있는 장면 직후에도 나왔다.

박계주의 「喪家와 立候補者」(『신태양』, 1954. 12)에는 "이 소설은 제이대 국회의원 선거 당시를 무대로 한 것이며, 제이대 국회의원 선거 시에는 출마자가 가정 방문도 할 수 있도록 되어 있었던 것이다"[92]와 같은 부기

90) 위의 책, p. 210.
91) 위의 책, p. 215.
92) 『신태양』, 1954. 12, p. 198.

가 붙어 있는 것처럼 정치소설의 유형에 넣을 수 있다. 엿장수 김첨지 집안에 유권자가 다섯 명이나 되기 때문인지 김첨지가 모친상을 당하자 평소에 그를 사람 취급하지 않았던 국회의원 후보자들이 다투어가며 찾아온다. 밀수꾼과 모리배로 소문난 배갑석, 중국에서 일본군대를 쫓아다니며 아편장사를 하고는 해방 후에는 혁명투사를 자처하는 윤호범, 일제 때 고등계 형사를 지냈고 해방 후에는 경찰서장을 지낸 김팔남, 일제 때는 총독부 관리를 지내고 해방 후에는 국장을 지낸 최우종, 해방 후에 국회의원과 장관을 지낸 고성환, 악질 브로커요 협잡꾼이요 싸움꾼인 강세준, 미국에 오래 있다가 귀국하여 청장을 지낸 신혁주 박사, 건달로 소문났으며 입만 열면 노동자를 위한다는 송달우 등이 저마다 돈과 물건을 들고 온다. 하나같이 불법적이거나 비도덕적인 후보자들을 설정함으로써 당시의 정치를 근본적으로 비판의 눈길로 보게 만든다. 특히 송달우 같은 건달들은 후보를 중도에 포기하여 유력한 후보에게 돈을 받고 유권자를 팔아넘긴다든가 하는 짓을 저지른다. 김첨지는 장례 지내는 날 누굴 뽑을까 하고 친구와 의논한다.

김송의 「抵抗하는 姿勢」(『현대소설선, 1954)는 반공포로를 주인공으로 한 것으로, 작품이 시작되기 전 부기에서 칼 야스퍼스의 "휴우매니즘과 獨立은 굳게 結付되어 있다" "휴우매니즘은 人間의 獨立된 基礎 위에서만 生存할 수 있다"는 말을 인용해놓아 실존주의의 영향을 받았음을 드러내었다. 상규는 1950년 4월에 결혼하여 7월에 인민군에 입대하면서 아내 옥분에게 돌아오지 못할 것 같다고 하며 이혼을 선언한다. 유엔군이 반격을 개시할 무렵에 포로가 되어 거제도 수용소로 간다. 김송은 거제도 포로수용소 내의 살벌한 분위기를 전해준다. 거제도 포로수용소에서 좌익과 우익이 분열하고 극렬분자와 온건파가 반목하여 철조망을 넘어 석전이 벌어진다. 수용소장 돗트 납치 사건이 돌발하자 미군은 온건파와 반공포로를 부산으로 이동시킨다. 수천 명의 포로가 탈출하는 대열에 끼여 나간 상규는 4년 만에 옥분을 만난다. 그런데 옥분이는 삼팔선을 넘어올 때 낙산사 근처에서 파편을 맞고 기절해 있는 것을 구해준 흑인 병사와 살림을 차리고 아기까지 낳은 처지다. 상규는 옥분이와 헤어지고 빗길을 걸어가다가 발아래 떨어진 헌 신문지를 보게 된다. 신문지에는 온통 반공포로에 대한 기사가 실려 있다. 상규는 우중에서도 북진통일을 외치는 시위 행렬을 보면서 과거의 포로 생활에 치를 떤다. 김송은 「폭풍」(『전시한국 문학선 소설편』, 국방부 정훈국, 1954)에서 국군인 형과 공산당원인 동생이 삼팔선 인근 고향에서 교전한 끝에 동생이 죽는다는 극적인 사건을 제시하였다.

박연희의 「中立地帶」(『전시한국문학선—소설편』, 1954)는 시세를 쫓아 다니기에 바쁜 농촌의 한 머슴의 행로를 따라가본다. 권문골 50호 남짓한 마을의 지도자 권진사네 집에 허우철은 15년 전에 머슴으로 와 권진사의 막내딸 옥분이를 사모했으나 옥분이가 오진사네로 시집갔다가 과부가 되어 돌아온다. 인민군이 마을을 점령하자 우철은 리인민위원장, 양기봉은 농민위원장이 되어 옛 상전인 권진사를 호출하여 두 아들의 행방을 대라고 한다. 큰아들 경식이는 소를 데리고 산으로 내뺐고 작은아들 인식이는 집 뒤주간에 숨는다. 옥분이는 우철의 권고에 따라 여성동맹에 나간다. 20일 후 산에 있던 경식과 전 보안서원 청년이 습격했을 때 기봉은 죽고 우철은 부상당한다. 복수심에 찬 시 당부 윤동무 주도로 인민재판을 열어 권진사와 큰아들 인식을 사형시킨다. 보름 후 회의에 빠진 우철이 밤에 윤동무를 쏘아 죽인다. 국군이 진입하자 사람들이 만세를 부를 때 우철이도 따라 부른다. 머슴, 실연, 리인민위원장, 시 당부 책임자 동무 사살, 국군 환영 등의 변화를 거친 우철이 과연 무사할까? 박연희는 부산 피란지에서 잡지사에 근무하는 시인 권이 술 마시다 통금에 걸려 반항하다가 순경에게 뺨 맞고 망신당한다는 「混迷記」(『현대소설선』, 수도문화사, 1954)도 발표한 바 있다.

이무영의 「一夜」(『현대소설선』, 수도문화사, 1954)는 부산 피란지를 배경으로 하였다. 현숙은 이성태와 약혼한 후 자기가 정말 사랑한 사람은 남편의 전문학교 동창생인 김준구였음을 깨닫는다. 중학교 미술선생인 남편은 납북되었고 현숙은 은행원으로 취직해 딸들을 키운다. 이혼남인 준구는 독일 문학을 전공했으나 고고학으로 바꾸어 결국 박물관 사무장이 된다. 두 남녀는 일주일에 한 번 정도 만나 가까워졌지만 준구가 유엔·말라리아에 걸려 한 달 동안 앓을 때 현숙이 매일같이 간병하면서 더욱 가까워진다. 그런데 현숙과 준구는 동래온천에 가 하룻밤 자면서 손도 한 번 잡지 않는다.

황순원의 「윤삼이」(『신천지』, 1954. 1)는 어머니의 탈선이 아들을 불우한 인생으로 몰아간다는 이야기다. 금광쟁이 아버지가 사금판에서 돌아와 피똥을 싸고 앓아누운 지 열흘도 못 되어 죽은 후 다른 사내와 놀아나던 어머니는 윤삼이 아홉 살 때 도망가버린다. 윤삼이는 포목점 심부름꾼, 농기구집 점원, 여관집 심부름꾼을 거치는 동안 아편중독자가 된 어머니를 몇 번 만난다. 어머니는 세번째 남자인 구두수선쟁이 영감이 절도 사건으로 감옥에 간 사이에 잠시 온 것이라고 한다. 윤삼이는 재차 약국에 가서 하소연하여 아편을 구해다준다. 윤삼은 잠든 어머니의 젖을 만지다 그래도 영감이 제일 좋다고 하는 어머니의 목을 조른다. 황순원은 윤삼에게 목을 졸리고 있는 어머니의 운명을 독자의 상상에 맡긴다. 윤삼이 계속 목을 졸라 죽일 수도 있고 아니면 중간에 손을 풀어버리고 밖으로 나갈 수도 있다. 열린 결말의 향배를 거의 독자의 상상력과 바람에 맡겨버리는 방법은 이미 「학」에서 나타난 바 있다.

김이석의 「失碑銘」(『문예』, 1954. 3)은 "평양 모란봉 기슭인 진우대 마당에서 년년히 시민 대운동회를 열던 일도 생각해 보면 이미 삼십여년전의 옛 일이다"[93]와 같이 회상의 시점을 취하였다. 시민대운동회 마라톤 부문에서 권번의 인력거꾼인 덕구가 3등을 하여 부상으로 광목 세 통을 받았는데, 그렇게 기뻐하던 아내가 그해 겨울 급성 폐렴으로 숨지자 그 광목으로 아내의 시신을 감아주었다. 장로교 계통의 무인가 학교를 다니는 딸 도화는 공부도 우등이었지만 춤도 잘 추어 이목을 끌었다. 도화는 기생학교에 다니는 연실이 언니와 가까이하면서 밤거리를 잘 쏘다녀 양시장에 가서 "구리무"도 사고 이애리수의 노래도 듣고 라운규의 영화도 본다. 연실이와 도화는 여배우를 모집한다는 아마추어협회의 창고에 저녁마다 가서 연습을 하였다. 9월에 아마추어협회는 구데고리 부인의 "달 뜨는 무렵"과 춤을 올리는 보드빌을 평양에서는 처음으로 공연하였다. 도화와 허신은 콤박을 추었다. 관객은 열광하였지만 공연은 첫날로 그쳐야 했다. 아마추어협회의 남자들은 연극의 내용이 불온하다는 혐의로 모두 붙잡혀갔고 도화는 학교에서 "불량소녀"라는 이유로 퇴학당하고 만다. 며칠 후에 몇 사람과 함께 풀려난 허신은 북국나라로 정처 없이 떠난다는 내용의 편지를 보내온다. 도화는 아버지 친구의 주선으로 간호부가 되어 3개월 동안 혹독하게 일한다. 함박눈이 펑펑 쏟아지는 어느 날 밤 덕구는 병원을 찾아와 딸의 얼굴이 수척해진 것을 보고 당장 그만두라고 하고는 억지로 인력거에 태워 왕년 마라톤에서 상 받았던 때를 떠올리며 속도를 내고, 서문거리와 대동문을 지나 신창리 팔각집 모퉁이를 돌 때 자동차와 충돌하여 그 자리에서 죽고 만다. 도화는 추석날 아버지 묘를 찾아가 그동안 기생학교에서 배웠던 춤을 추고 한바탕 통곡한다. 이듬해 기생이 된 도화는 인력거를 타지 않기로 결심한다.

　이봉구의 「시들은 갈대」(『신천지』, 1954. 7)는 바이올린 연주자를 내세웠다. 아버지 5형제로 유일하게 외입쟁이 난봉꾼이 아닌 둘째 백부는 고독과 체념 속에 술이나 마시다 죽는 게 선비의 길이라고 하였다. 둘째 백부가 술독에 빠져 있다가 꽃바람 춤을 추면 춤에 맞추어 사랑 손님의 한

---

93) 『문예』, 1954. 3, p. 12.

명인 꼽추가 바이올린을 켠다. 백부는 꼽추에게 평생을 같이하자고 하였다. 이 두 사람에게 김소랑 신파극단의 바이올린 명수가 합세한다. "가레스스끼"(시들은 갈대)를 연주한 바이올린 명수에게 꼽추는 "시들은 갈대"라는 별명을 부른다. 둘째 백부가 더 살맛이 없다고 자살한 후 보름이 지나 꼽추마저 세상을 하직한다. 후반부 이야기는 해방 후 요리점에서 '내'가 우연히 만난 "시들은 갈대"와 옛날이야기를 하고, 학병으로 끌려 나가 얼굴에 무서운 상처를 입고 귀국한 그의 둘째 아들과 밤새 술잔을 나눈다. "시들은 갈대"는 서너 차례 결혼과 이혼을 하며 배다른 아들 셋을 두었다. "시들은 갈대"의 둘째 아들은 실존주의의 피상적 수용과 유행으로는 전후 우리 문화사회의 발전이 어렵다고 본다.

홍분이 갈아 앉을 때까지 기다려 달라는 것이었다. 이대로 가버리면 나는 혼자 마루에서 펄펄 뛰며 울어 버릴것같으니 「시들은 갈대」의 아들을 위한다는 데서 잠시 더 있다 가달라는 것이었다.
「선생 요즘도 싸르트르와 까뮤가 유행된답니까 소위 실존 철학이라는.」
「유행이라고.」
「그럼 유행이지 무엇입니까 수박겉 핥기의 실존 철학이란 이곳 우리에겐 쑈다수 정도의 자극밖에 아무것도 아닙니다. 일백번 죽어도 다시 살아나는 페닉스가 날개를 퍼덕이기를 바라는 이 땅에선 좀더 지독하고도 서럽도록 강한 정신이 필요타고 생각합니다.
선생 선생은 아까부터 입버릇처럼 몸과 마음이 약하다고 했는데 취담이신지는 모르나 이건 가장 전형적인 서울사람의 심정입니다. 안됩니다.」
겁이 나 피하고 싶도록 청년은 홍분되었다. 나는 얼떨결에 연거퍼 술을 따라 드리키었다.[94]

---

94) 『신천지』, 1954. 7, pp.214~15.

둘째 아들과 밤새 술을 마신 날 요릿집에 가 바이올린 켜고 들어와 "시들은 갈대"는 세상을 떠난다. "시들은 갈대"의 둘째 아들은 전쟁의 참화를 알리기 위해 흉악한 얼굴을 그대로 갖고 살겠다고 한다. '나'의 둘째 백부, 꼽추 바이올리니스트, 바이올린 명수인 "시들은 갈대" 등은 낭만주의자요 감상주의자의 길을 걸어간 가장 큰 이유를 시대고(時代苦)에서 찾은 공통점으로 묶여진다.

(3) 고백과 인욕의 기록(「탄금의 서」 연작소설)

최정희[95)의 「海棠花 피는 언덕」(『신천지』, 1953. 9)에는 "彈琴의 書 제1장"이란 부제가 달려 있다. 가난과 시련을 부부애로 극복하겠다는 의지를 드러낸 이 소설은 수구문 안의 집들은 모두 헐어버리고 발간 해당화를 심자고 한 파인 김동환의 편지 내용을 소개하는 것으로 시작하여 덕소에 간신히 집을 구해 집 앞의 언덕에 해당화를 심자고 한 파인의 말을 인용하는 것으로 끝내고 있다. 덕소에 있는 집도 어떤 사람이 첩살림하기 위해 산 것인데 흉가라서 오지 않는다고 하였다. 최정희는 해방 이전에 「흉가」 (『조광』, 1937. 4)라는 단편소설을 통해 당시 문인들의 생활고와 시대고를 대변한 바 있다. 「해당화 피는 언덕」이란 파인의 수필이 동네 사람들이 들고 일어나는 필화 사건을 일으킬 뻔한 일, 돈이 없어 아기를 낳고도 병원 눈치를 본 일, 돈암동에 집을 샀으나 끝전을 치르지 못해 새집 주인에게 수모당한 일, 약속한 덕소 정거장에 파인이 나타나지 않아 트럭 운전

---

95) 함경북도 성진군에서 출생(1906), 숙명여자고보 졸업(1928), 일본으로 건너가 도쿄 마카와 유치원 보모로 일함, 학생극예술좌에 참가(1930), 카프 제2차 검거 사건에 연루되어 8개월간 옥고(1934), 『조선일보』 출판부 입사(1935), 「흉가」를 『조광』에 발표하여 등단(1937), 남편 김동환 납북(1950), 종군작가단원으로 활동(1951), 파월 장병 위문 종군작가단장 (1967), 예술원 회원(1970), 별세(1990)(김인환·정호웅 외, 『주변에서 글쓰기, 상처와 선택』, 민음사, 2006, pp. 261~64).

수에게 조소를 산 일 등 최정희 부부가 혹독한 가난에 시달리고 있음을 입증해준다. 그럼에도 끝까지 자기절제의 태도로 일련의 상황을 묘사하고 있어 오히려 잔잔한 감동을 주고 있다.

후기에 "탄금의 서 제2장"이란 후기가 붙어 있는 최정희의 「山家抄」(『신천지』, 1954. 1)는 작가 최정희가 쓴 수필의 제목을 그대로 따온 것이다. 두 사람은 해방 5년 전에 큰딸 아란이를 데리고 덕소 근처로 이사 와 가난과 맞서고 소외감과 싸웠다. 파인은 씨만 보면 심었지만 그야말로 농사에는 손방이다. 4, 5년 전 한강에 노천명, 모윤숙과 함께 나갔을 때 파인이 길 안내를 서투르게 한 일을 떠올린다. 파인은 산가 생활에 익숙해지면서 가지, 살구, 배, 밤, 자두 등을 심고 닭도 키운다. 최정희는 둘째 딸을 낳는다. 이곳이 낙원이라는 취지로 최정희가 1946년 12월 12일에 쓴 「산가초」라는 수필을 소개한다. 산가에 온 지 5년 되던 해 해방을 맞았는데 이때 파인에게 해방이 되었으니 회개하고 축첩 생활을 청산하고 집으로 돌아오라는 한 통의 편지가 온다. 김동환이 허리가 아프도록 웃으니 최정희도 따라 웃기는 하지만 일말의 불안감을 느낀다.

최정희의 「飯酒」(『문학예술』, 1954. 6)는 "탄금의 서 제3장"이다. 파인 김동환과 최정희는 덕소에서 살 때 저녁에 대개 석 잔 정도의 술을 반주로 마시곤 했다. 최정희는 덕소에서 아란과 항란 두 딸을 키우는 일 못지 않게 계사에서 일하는 것도 열심히 한다. 앞집 미망인과 친교를 나누며 반찬과 술을 얻어먹기도 한다. 그러나 이 소설은 인정세태담에서 끝나지 않는다. 최정희는 파인이 수모를 겪은 두 가지 사건을 털어놓는다. 일제 말엽에 삼천리사 사무실에 세 사람의 형사들이 와서 사무실을 닥치는 대로 뒤져 중요 서류를 하나 찾아내더니 그 서류로 여러 차례 파인의 얼굴을 때린다. 그 서류란 일제의 패망이 가까웠으니 학병, 징병, 징용, 징발, 보국대, 정신대 등에 나가지 말고 숨어서 살자는 내용의 삐라로 끝에 "백인결사대"라는 이름 아래 경향 각지의 저명인사의 성명이 나열되어 있었다. 일본 경찰은 문체나 인맥의 광범위성을 근거로 파인을 삐라의 작성자로 의심했다. 얼마 후 나이 어린 학생이 진범으로 붙잡혔기에 파인은 오래 고생하지는 않았다. 해방이 되어 서울로 와 살고 있을 때 파인은 반민특위에 걸렸다. 파인이 자신의 친일 혐의를 부정하기도 하고 긍정하기도 한 반면 최정희는 강하게 부정한다. 파인이 잡혀가던 날 저녁에 모처의 관리가 찾아와 파인이 일제에 비협조적이었던 점 몇 가지를 예거한 것을 인용하기도 했다. 최정희는 면회 갔다가 오는 전차 속에서 밖을 내다보다가 지나가는 한 남자를 일제 말기에 삐라 사건으로 파인을 잡으러 와 폭행하던 형사로 기억해낸다. 최정희는 친일파 중 돈 있는 사람들은 보석으로 나오고 악질 형사질을 하던 사람들은 숫제 잡히지도 않았다며 당국을 원망한다. 파인에게 3년 구형이 내리자 최정희는 검사와 판사의 휴게실에 들어가 돈 없고 약한 사람은 마구 짓밟아도 되느냐고 소리소리 지른다.

최정희의 「그와 나와의 對話」(『신태양』, 1955. 1)는 "탄금의 서 제4장"이다. 2월 28일에 5년 동안의 "공민권 박탈"형을 받고 6월 1일에 석 달 만에 마포 형무소에서 출감한 파인과 최정희가 나눈 대화를 들려주는 데 중점을 두었다. 최정희가 조국이라든가 민족을 부정적인 개념으로 보면서 파인을 민족반역자로 보는 시각을 받아들일 수 없다고 하자 파인은 조용히 살자고 한다. 최정희가 『삼천리』의 라이벌 잡지인 XX지 사장이 파인을 반민족주의자로 몰았다고 주장하며 더 이상 잡지를 내지 말자고 하자 파인은 『삼천리』를 냈을 때의 의도를 밝힌다. 『삼천리』 같은 종합잡지를 내서 염가로 전국 방방곡곡에 뿌려 돈을 벌어 사의 재단을 탄탄하게 한 후 인세 5할의 문학잡지와 양서의 발간을 하여 작가와 시인의 생활을 보장할 계획이었다고 밝힌다. 최정희는 이 대목에서 그의 생각에 동조하게 되었다.

최정희의 「受難의 章」(『현대문학』, 1955. 1)은 "탄금의 서 제5장"이다. 파인과 최정희가 6·25가 발발한 후 한강 다리가 폭파되어 다시 집으로 돌아와 동인민위원회에서 조사를 받는 긴박한 상황을 제시하였다. 삼십대의 조사관이 노동자와 농민을 위한 문학 즉 공산주의 문학을 하라고 하자 최정희는 "정의의 문학"을 하겠다고 응수한다. 일단 집에 돌아온 후 파인은 혼자 집을 나선다. 동네 여반장이 문리과 대학 뒷마당에서 벌어지는 인민재판에 한 집에서 한 명씩 나와야 한다고 전한다. 새빨갛게 젖은 밧줄을 갖고 와 파인을 찾아오라는 동인민위원회 책임자의 말을 듣고 어느 지인에게 구조 요청을 했으나 그 지인은 우리들이 학대받을 때 너희들은 잘살았으니 응당 벌을 받아야 한다고 표변한다. 이 말을 듣자 최정희는 "아무리 생각해도 잘 살아 본 일도 없고 죽엄을 받아 마땅하리만큼 잘 살아 본 기억은 더 없는것같은데. — "[96]라고 중얼거린다.

최정희의 「續·受難의 章」(『새벽』, 1955. 1)은 "탄금의 서 제6장"이라고 말미에 부기되어 있다. 인공 치하에 있을 때 최정희는 파인과 두 아이를 살리기 위해 할 수 없이 조선문학가동맹에 가입하려고 하나 그나마 냉대를 당한다. 평소 친했던 문인들도 이곳 저곳 눈치를 보며 가까이하려 들지 않는다. 폭격이 심해지자 동맹은 회관을 청목당, 한청빌딩, 가회동, 혜화동, 종로5가, 경학원 뒤로 옮겨 다닌다. 정치보위부에 끌려간 최정희는 파인을 데리고 와 자수하면 어디나 통할 수 있는 증명서를 내주겠다는 말을 듣는다. 최정희는 숨어 지내던 파인과 함께 정치보위부로 간다.[97] 인천 상륙이 있자 파인은 군대를 따라가겠다고 하고 최정희는 두 아이를 데리고 동네 산의 방공호로 숨어든다. 방공호에서 사흘을 지냈을 때 국군과

---

96) 『현대문학』, 1955. 1, p. 173.
97) 고은, 『1950년대—그 폐허의 문학과 인간』, 향연, 2005, pp. 88~98.
    김동환·최정희 부부는 6·25를 만나 파인 김동환은 친구 집에 숨고 최정희는 정치보위부와 문학가동맹이 있는 한청빌딩에 끌려 나가 자기비판을 강요당하면서 파인의 행방을 대라는 문초에 시달린다. 파인이 나타나면 우대하겠다는 말에 최정희는 파인과 청진동 근처에서 국밥 한 그릇을 나누어 먹고 함께 정치보위부로 왔다가 그길로 파인은 납북되고 만다. 최정희 앞에 안회남, 임화, 김남천, 박팔양, 정지용 등이 심문관의 자격으로 냉정하게 앉아 있었고 백철, 이봉구, 손소희 등의 잔류작가가 따뜻하게 대해주었다고 한다.

유엔군이 입성한다. 사변 중에 동맹에서 내어준 팜플렛과 당사(黨史) 같은 책들을 치우지 않고 무심코 집에 두었더니 C여사가 치우라고 한다.

문총(文總)에선 도강(渡江)했던 문인과 지하에 숨었던 문인들이 모여 부역한 문인을 처단한다고 했다. A급, B급, C급. 급수를 매긴다고 했다. 나는 B급이라고 들었다. C급으로 매기자는 사람과 A급으로 매기자는 사람과의 격투(?)까지 있는 뒤에 B급으로 낙착되었다는 소문—B급이 아니라 B급 몇배이상의 급이더라도 그것으로해서 내 마음이 부닫기지 않을 것이다. 항상 남의 재단보다 나 스스로의 재단이 무서운 것이 아닐까?[98]

이번엔 합동수사본부의 조사를 받는 과정에서 문학가동맹에서 무엇을 했느냐 무슨 직책을 맡았느냐 하는 질문을 받는다. 억지 질문을 받고는 웃다가 야단맞고 하면서 악이 치받쳐 "헌 신짝같이 버리고 갔다 와서 잘못했다고 꾸짖는 것이 옳으냐"[99]고 대들기도 했고 자유가 없어 공산당은 될 수 없다고 하였다. 그날로 나와 며칠 동안 조사받으러 다닌다.[100] 6편의 연작소설 중 특히 「수난의 장」과 「속·수난의 장」을 제목에서부터 긴밀하

---

98) 『새벽』, 1955. 1, p. 134.
99) 위의 책, p. 134.
100) 고은, 앞의 책, pp. 162~63.
　　"수복 후 군검경합동수사본부에서 문총에 적색 부역자 색출 문제의 문서가 전달되었다. 그 문서는 이미 기초 수사를 한 뒤에 체포된 부역작가 명단이었다. 그 문서의 요건은 대체로 예술가의 일은 예술가가 잘 알 것이므로 부역자 명단을 검토해서 죄상의 경중을 평가해 보내라는 것이었다. 평가 기준은 5등급으로서 A급으로부터 B·C·D·E급까지다. A는 총살, B는 장기형, C는 단기형, D는 훈방, E는 무죄였다. (중략) 문총의 부역자 심사위원회는 아마도 그들의 생애에 전무후무할 장거를 단행한 것이라고 할 수 있다. 일괄적으로 D와 E로 평가했다. 부역작가—잔류작가는 무사하게 살 수 있었다. (중략) 부역자 수사는 검사 오제도와 정희택의 진두지휘, 군의 김종문 그리고 최태응 들의 관여로 되었고 부역자는 수복 직후 일단 문단의 배후에서 일종의 자기반성 기간을 지낸 뒤에 표면에 나왔다. 과연 도강파가 잔류파를 심판할 수 있는가에 대한 근본적인 의문에도 불구하고 그들이 무사하게 된 것은 도강파들에게 평가심사되었기 때문에 총살형을 당한 부역자가 없었다는 전시문단의 축복이 될 수 있었다."

게 묶은 것은 김동환·최정희 부부가 인공 치하 때 동인민위원회에서
조사받았고, 조선문학동맹에 가입하려 했고, 정치보위부에서 자수한 일
로 서울 수복 후 합동수사본부에서 조사받았던 일을 폭로한 것으로 볼 수
있다. 「탄금의 서」 연작소설은 일제 말기부터 한국전쟁 때까지 김동환이
반일 활동, 친일 활동, 문학가동맹 가입 등의 혐의로 적대관계인 두 기관
에서 계속 조사받고 수모를 겪는 과정을 보여주었다. 최정희의 슬픔과 분
노와 호소를 담고 있는 점에서 "탄금의 서"는 "탄핵문"의 뜻으로 새겨야
한다.

(4) 전쟁 원인론에 대한 탐구(「고독자」 「균열」)

김성한의 「제우쓰의 自殺」(『사상계』, 1955. 1)은 신화와 우화를 결합시
키면서 세계사적 문제에 대해 발언하고 있다. 개구리들은 독수리 밑에서
날짐승의 무리가 일사불란하게 움직이는 것을 보면서 지도자의 필요성을
절감하고 이번에는 사자의 지휘 아래 짐승들이 질서정연하게 살아가는
것을 보면서 질서와 지도자의 필요성을 느낀다. 개구리 대표 얼룩이가 올
림푸스 산의 최고봉으로 올라가 제우스 신을 알현한다. 개구리들이 제각
기 제멋대로 날치는 판이니 지도자를 내려달라고 하자 제우스는 질서의
개념을 묻는다. 얼룩이가 상하와 예의범절을 아는 것으로 또 제멋대로 날
뛰는 것들을 억센 힘으로 눌러 정리하는 것이라고 답하자 제우스는 개구
리는 개구리만의 세계가 있는 법이라고 하면서 이 땅에서 가장 행복한 것
은 무질서하게 사는 것처럼 보이는 너희들이라고 고쳐준다. 그러면서 제
우스는 정 그리 원한다면 임금을 보내주마 하고 처음에는 큼직한 통나무
를 보내준다. 개구리들은 어리둥절하다가 제우스 신의 뜻을 알아차리고
틈만 나면 통나무에 올라가 노래를 부르고 춤을 춘다. 개구리들의 요구를
받아들여 제우스가 이번에는 황새를 통치자로 내려보낸다. 재상 얼룩이
는 황새의 비위를 맞추기에 여념이 없어 동족들을 황새 먹잇감으로 제공

하고 초록이를 반역자로 몰아버린다. 얼룩이는 황새가 던져준 개구리 다리를 먹어보고 맛있다고 한다. 개구리들은 황새를 피해 숨기에 바쁘고 연못은 흙탕물로 변해버린다. 얼룩이도 모기를 잡아먹으며 연명한다. 황새왕의 발톱을 피해 간신히 살아난 초록이와 검둥이는 제우스에게로 가 개구리 종족의 참경을 호소하면서 포악한 황새 왕을 불러들이고 통나무 왕을 복위시켜주든가 왕이니 지도자니 하는 것을 아예 없애주든가 해달라고 간청한다. 그러자 제우스는 천국이니 지옥이니 하는 것은 실재하는 것이 아니라 "의식의 조작"이라고 한다. 초록이가 간악한 놈이 이기고 편히 살라는 법이 어디 있느냐고 하자 "간악도 힘이다. 힘있는 자가 없는 자에게 이기는 것은 만고의 진리다"[101]라고 약육강식론의 정당성을 주장한다. 그리고 "비극의 근원은 의식에 있다. 내가 어찌 전지전능의 신일수 있겠느냐? 나는 오히려 의식의 세계에 돋은 버섯이다. 의식과 더불어 운명을 같이하는 존재다"[102]라고 하면서 자신은 실재하지도 않고 유일자도 아니라고 강변하며 "의식"을 생명 존재의 노예근성이라고 한다. 그러나 제우스는 본래 "의식"이란 것은 융통자재한 것으로 바로 이 융통성을 활용하여 "스스로 만든 것을 부술 수 있고 때릴 수 있고 잡아먹어버릴 수도 있는 것이다!"[103]라고 긍정적으로 보기도 한다. 작가는 제우스의 입을 빌려 동서양의 역사를 비판한다.

섬기지 않고는, 굽신거리지 않고는 백이지 못하는 노예근성이여, 의식의
비극이여!…… 헤부라이의 신을 섬기다가 섬기는데 지친 의식은 이십세기
후에 이즘(ism)이란 것을 꾸며내 가지고 그밑에 굽신거리고, 이 있지도 않은
허깨비 같은 새로운 신의 명령이라 하여 피를, 많은 피를 흘리고 쓸어지리

---

101) 『사상계』, 1955. 1, p. 143.
102) 위의 책, pp. 143~44.
103) 위의 책, p. 144.

라. 간단없는 의식의 조작이여, 네 죄가 진실로 크도다.[104]

　제우스는 특히 종교와 이데올로기를 비판한 다음, 자기에게 침을 뱉고 자기를 물어 뜯어라 하고 명령한다. 명령을 어길 수 없어 제우스 신을 맹렬하게 물어뜯고 나서 앞을 본즉 신전도 아무것도 없다. 풀과 나무와 돌멩이만 있을 뿐이었다. 제우스 신은 이념전쟁, 종교전쟁 등을 비판하면서 불교에 가까운 발상을 내보이기도 한다. 김성한은 제우스의 입을 빌려 의식consciousness이란 말을 세계사적 이슈의 하나라고 하면서 의식의 한 변형태인 종교나 이데올로기에 대한 냉정한 검토의 필요성을 환기시켰다. 공산주의 이데올로기로 전쟁을 일으킨 북한과 뒷조종한 소련이라든가 중국과 같은 제국을 비판하였다.

　서근배의 「禎媛의 境遇」(『현대문학』, 1955. 4)는 현재와 과거를 여러 번 교대시키면서 인물과 그 행동의 의미를 증대시키고 있다. 여주인공 정원이 공산당원인 옛 애인의 뒤를 따라 월북한 것으로 끝맺음한다. 정원과 결혼한 공보처 직원 인섭은 전쟁이 나자 천식을 앓는 어머니와 아내를 두고 공보처 직원들과 함께 피란길을 떠난다. 5·10 선거 직후인 1948년 여름에 월북한 최독근은 21세의 정원을 두고 인섭과 연적관계를 이루었었다. 독근은 북으로 떠날 때 인섭에게 자신의 이념적 입장을 분명히 내보이면서 정원이는 당초에 내 여자였던 만큼 포기하지 않을 것이라고 하였다. 그리고 정원에게는 자기 동무들에게 아지트를 제공해달라고 부탁하였다. 독근은 인섭 앞에서 정원이는 "대중과 더부러 호흡하고 인민의 편에 서야 할 사람"[105]이라고 강조한다. 작가는 "그 표현이 멋 있으면 있을수록, 집단적으로 움직이는 힘이 크면 클수록, 그 말이 풍기는 허위성과 기만성 또한 크다. 그렇기에 인섭에게는 자유, 평등, 정의, 진리 등류의

---

104) 위의 책, p. 145.
105) 『현대문학』, 1955. 4. p. 161.

말조차 익살맞게 들리기가 일수인 터다"[106]와 같이 공산주의 이데올로기의 허위성을 지적한다. 정원이 자기편이라는 독근의 주장은 터무니없는 것은 아니었다. 정원은 숙전 가정과를 나오기는 했지만 장안 갑부와 기생의 사이에서 난 서녀로, 고아나 다름없이 외롭게 성장하여 한을 품고 살아온 것이나 마찬가지다. 독근이 월북한 후 정원은 박력과 패기가 비스마르크 닮은 독근이 좋았으나 두 사람이 신탁 반탁으로 갈린 것에서 자유롭고 싶다고 하면서 지금은 인섭의 아내가 되고 싶다는 내용의 편지를 보냈다. 인섭과 정원은 1948년 10월에 결혼하였다. 두 남녀의 신방에 날아든 신문에는 "여수 순천 지방의 반란 사건" 기사가 크게 나 있었다. 1950년 6월 29일 청년 네댓 명과 괴뢰군 한 명이 정원에게 와서 남편을 자수시키라고 하였다. 독근은 전쟁 전에 지하공작하러 월남하였다가 체포되어 서대문 형무소에서 넉 달째 미결수로 있다가 개전 직후인 1950년 6월 30일에 나타났다. 정원은 종로 M빌딩 3층에 있는 정치보위부에서 독근의 서기로 일하게 되지만 17세 된 남동생을 의용군에서 빼내지 못한다. 9월로 접어들면서 전세가 역전되자 정원은 정치보위부에 나가지 않는다. 정원은 남편이 싫어진 것도 아니고 독근이 좋아진 것도 아닌 만큼 하는 짓이 분명한 데가 없다. 독근이 대동월북을 종용했을 때도 정원은 속으로는 싫으면서도 얼떨결에 고개를 끄덕이고 만다. 독근이 나가자 정원은 뒤주 속에 숨어 있다가 두 명의 내무서원에게 발각되어 끌려 나가 돌아오지 못할 길을 가버리고 만다. 한가위 날 아침 정원의 시어머니는 박격포탄 공격을 받는다. 신인의 소설인 때문인지 구성도 생각도 거친 데가 있기는 하지만 작중인물들은 충분히 현실성과 핍진성은 갖추고 있다.

박연희의 「孤獨者」(『문학예술』, 1955. 7)는 "어제, 학남(鶴南) 선생이 사망하였다"로 시작하여 주인공 권이 학남의 빈소로 가서 진정으로 슬픔을 느

---

106) 위의 책, p. 161.

끼며 조문하는 것으로 끝났다. 이 슬픔은 그동안 교유하는 사이에 권이 학남에게 가졌던 일말의 부정적 심리를 반성하면서 학남의 큰 인물로서의 풍모를 인정하는 뜻을 갖는다. 권은 1950년 봄에 『해조』라는 잡지사의 편집기자로 있을 때 H사장의 소개로 학남에게 인사를 드리게 된다. 첫 술자리에서 학남이 괴테를 좋아한다고 하자 권은 괴테는 귀족이라서 싫고 대신 도스토옙스키와 고리키가 좋다고 하였다. 그때 학남은 미군이 주둔해 있는 우리나라에서 고리키를 좋아하는 것은 재미있는 일이라는 반응을 보였다. 일제 때 상해에서 시베리아를 거쳐 러시아로 들어갔다가 나온 후 15년 만에 학남은 H사장을 재회하였다. 학남은 일제 말기 전향하여 보호관찰소를 드나들던 중 해방을 맞아 그의 친구들이 정계에서 활동하는 것과 달리 술과 바둑으로 소일하고 있다. 사장은 학남이 한문에 조예가 깊고, 명필이고, 정치이론과 동서양 역사에 밝다고 칭찬한다. 그 후 권도 여러 번 만나는 과정에서 학남이 동서양 사상가와 문학가에 박식하며 남북한 실정을 꿰뚫고 있는 것에 놀라곤 했다. 권은 학남의 집에 가서 예수의 초상화를 보며 인간은 과오의 존재라는 뜻을 이해하게 되었고 학남이 니체에도 큰 관심이 있음을 확인한다. 학남은 월북한 제자의 모친과 아이를 자기 집에 거두고 있기는 하지만 정작 월북한 제자에 대해서는 몽유병자라는 비판을 아끼지 않는다. 학남은 친구가 승려로 있는 절에 가서 무슨 원고를 써가지고 온다. 권과 1950년 6월 21일에 만난 학남은 25일 12시에 다시 만나자고 하고 원고를 검토해달라고 한다. 학남이 주고 간 것은 「스딸린의 죄악사」라는 8백여 매의 원고 뭉치였다. 권은 우선 서문을 읽는다.

……내가 일제(日帝)에 굴복한 것은 아니라고 믿는다. ……분명히 십오년 언도에서 오년이개월 만에 내가 소위 전향을 한 것은 분명하다. 내가 전향한 동기와 이유란 「나」 개인의 입장에서가 아니었었다는 것을 또한 고백해

둔다. 그렇다고 나는 헤—겔이 이데—의 세계를 현실적인 것이라 하고, 감성적(感性的)인 세계를 비현실적인 것이라고 한것을 믿고 있지는 않다. 바꾸어 말하면, 의식(意識)이 존재(存在)를 규정(規定)하느냐, 존재가 의식을 규정하느냐의 명백한 문제에 있어서 후자를 진정하게 믿는 한 사람이다…… 그러나, 여게 이 진정한 세계관을 좀먹는, 또, 역행하는 절세(絶世)의 몽유병자요, 포악 무도한 자가 나타났으니, 그가 바로 스딸린인 것이다. 왜냐하면…….[107]

학남이 언제 세상을 떠났는지는 밝혀져 있지 않지만 권이 학남의 빈소를 찾아가는 것으로 작품이 끝난다. 학남이 스탈린이 전쟁을 일으킬 것을 예견했다고 권은 파악하였다. 학남이 권에게 「스딸린의 죄악사」를 넘겨준 지 나흘 후에 6·25가 터졌기 때문이다. 학남의 통찰력은 일제 말의 전향과 같은 심각한 체험과 그로 인한 복잡한 사유와 끊임없는 탐구욕의 결실이다.[108]

오상원의 「龜裂」(『문학예술』, 1955. 8)은 암살당한 자립당 당수의 동생이 암살 지시자인 신진당 당수를 암살하기 위해 그자의 서재를 훔쳐보는 것으로 앞부분을 채우고 있다. 자립당의 김동지는 신진당 당수 참모만 죽

---

107) 『문학예술』, 1955. 7, p. 48.
108) 정병준, 앞의 책, pp. 34~41
　　　한국전쟁 기원론은 팽창주의인 소련의 대외정책에서 찾는 전통주의적 시각과 2차 대전 이후 미국의 제국주의 정책에서 찾는 초기 수정주의적 시각으로 대별된다. 1970년대 이전 전통주의 학파에서는 한국전쟁의 스탈린 주도설과 소련·중국 공모설이 지배적이었다. 스탈린 주도설은 남한이 허점을 보여 공격했다는 '허점공격설', 소련의 팽창정책에 대한 미국과 서방의 저항력을 시험했다는 '서방시험설', 소련의 힘을 과시해 동아시아 공산세력을 고무하려 했다는 '무력시위설' 등 여러 가지 학설과 연결되었다. 소련·중국 공모설은 스탈린이 한국전쟁 개전을 중국과 협의했다는 것으로 이는 대한민국의 공식 견해였다. 최초의 좌파 수정주의 학파는 미국이 남한과 공모하여 북한의 남침을 유도했다는 '남침유도설'로 개시되었다. 남침유도설은 존 할러데이의 북침설로 이어지기도 하였다. 김점곤 같은 국내학자는 한국전쟁은 본질적으로 내전이며 해방 3년사에서 일어났던 빨치산 투쟁의 연장선상에서 발생한 것이라는 주장을 펼쳤다.

이고 자기도 부상당한다. 작품의 끝에 가서 '박'은 병원에서 나와 차를 타려는 신진당 당수를 죽이고 자신도 총에 맞아 죽어간다. 해방 직후의 북한의 정당 싸움을 소재로 한 점에서 정치소설이요 암살을 주요 모티프로 취한 점에서 행동소설이다. 정치소설은 사건소설이나 행동소설로 나타나기 쉬운데 「균열」은 암살자의 내면을 응시한 독특한 형식을 취하였다.

그러나 자립당 당수인 형(兄)이 암살당하면서 그 배후(背後)의 암영(暗影)은 점점 그 정체를 밝히게 되고 말았다. 신진당(新進黨)당수와 적산관리권(敵産管理權)문제에 대하여 쏘련주둔군사령관에게 항의하기 위한 공동전선을 취하기로 손잡은 다음날 (당시 쏘련주둔군은 적산계 각공장에서 기계, 중요자료, 식료품등을 쏘련으로 공공연히 이송(移送)하여 가고 있었다. 여기에 분발한 자립당은, 이곳은 결코 점령지구가 아니며 쏘련주둔군은 어디까지나 적산을 정중히 보관하였다가 우리의 정부가 수립 되는대로 시(市)에 이양하여줄 의무이외의 어떠한 권한도 갖고 있지 않다고 선언하고 지금껏 가져간 모든 것을 반환할 것을 항의하기로 하였었다.) 다시금 신진당 당수를 만나러 가던 길에서 암살당하고 말았던 것이다. (중략) 그러나 드디어 한명이 신진당으로 침투해 들어가는데 성공함으로써 그의 정체―즉, 신진당 당수는 중공계(中共系) 출신으로서 쏘련으로부터 밀파(密派)된 자며 신진당을 조직, 그 일당을 총지휘하면서 우파(右派) 순수파와 접근, 외면적으로는 공동보조를 취하는척 하면서 실은 정계(政界)동향을 내사밀송(內査密送), 주요인물 암살, 정당간의 암투와 내부적 분렬을 조장하는 일방 시민의 관심을 사면서 인제 수립되어질 정권의 기초를 지하공작하는 임무를 지령받고 있다는 것을 탐지했다. 많은 인사가 이자의 음모에 넘어진 것이다.[109]

109) 『문학예술』, 1955. 8, pp. 52~53.

이런 대목은 정치소설의 기반을 마련해준다. 북한을 배경으로 하여 이러한 정당 싸움이라든가 정치적 술수의 자행 등이 실제로 있었는지의 여부는 중요하지 않다. 역사와 소설의 거리는 있어야 하고 있을 수밖에 없기 때문이다. 박은 형의 암살을 획책하고 그 충격으로 아버지마저 세상을 떠나게 한 신진당 당수의 정체를 파악하고 나서 그를 암살할 결심을 한다. 그런데 이 과정에서 그는 번민에 시달린다. 암살 행위가 의미와 무의미 사이를 계속 왔다 갔다 하는 동요현상이 나타난다. "물론 쏠 사람은 많다. 하지만 내가 쏘아야만 한다. 모두는 그렇게 믿고 있다. 그러나 나에게는 무의미하다"(p. 53)와 같은 무의미론이 거듭 나타난다. "무의미할지라도 나는 쏘지 않을 수 없다"(p. 53), "그는 쏘아야만 했다. 무의미할지라도 쏘아야 하는 것이다"(p. 54), "하지만 김처럼 죽어서는 안 된다. 쏘는 한 그것이 무의미할지라도 정확히 쓰러트려야만 한다"(p. 58), "병원 앞, 세시, 쏠 것, 이 순간을 향하여 그는 닥아가지 않으면 안 되었다. 물러서면 비겁자요 배반자다. 쏘는 것, 이것은 나에게는 무의미하다"(p. 59) 등과 같이 "무의미하다"는 말이 반복되어 나타나고 있다. "무의미"도 실존주의의 키워드의 하나였던 만큼, 실존주의가 오상원 소설에 그림자를 드리웠음을 인정하지 않을 수 없다. 그의 부친이 만주에 근거지를 둔 독립단에 가입하여 투쟁하다가 체포되어 모진 고문에 종신 불구자가 되어 집에 돌아오자 모친은 충격으로 죽는다. 해방 후에 두 아들이 정계로 뛰어들자 아버지는 반대했다. 큰아들이 죽었다는 소식을 듣고 졸도한 아버지는 이틀 후에 잠깐 깨어나 세상을 떠나기 직전에 작은아들에게 철학적인 유언을 남긴다.

인간이란 충실히 자기를 살아가는 것을 의미할 것이다. 사상을 위한 것도 좋다. 주의를 위한 것도 좋다. 하지만 그것이 인간의 전부는 아니다. 하나를 위하여 인간을 버려서는 안 된다. 생활의 한 조건을 위하여 자기를 불구로 만들고 죽여서는 안 된다. 인간의 가치는 하나를 위하여 자기를 죽이는 것이 아니라 자기에게 부여된 생명을 끝까지 손색없이 충실히 살려 가는데 있을 것이다. 그런 것이 아닐까? 인간에게는 인간으로서의 더 큰 그무엇이 있는 것이 아닐까?[110]

독립운동하다가 평생 불구가 된 나머지 자신의 삶에 대한 회의가 묻어나오고 있다. 노인이 말하는 사상이나 주의는 좌우 이데올로기를 가리키는 것으로 이데올로기에 매달려 사는 것과 생명을 충실히 살려가는 것은별개의 것이라는 인식을 후세에게 전해주고 있다. 주인공은 이런 인식을실천에 옮기면서 복수심을 구현하였다.

장용학의 「逆流」(『무학』, 1955. 10)는 북한의 학교를 배경으로 하였다. 여고생들이 온천장에 졸업여행을 와서 "울밑에선 봉선화야/ 네모양이 처량하다"를 부르자 최선생이 썩어빠진 노래를 부르지 말고 김일성 장군 노래를 부르라고 한다. 마이 월드라는 별명의 최선생과 허수아비라는 지호는 여러 차례 부딪힌다. 직원회에서 최선생이 각 교실 정면에 걸려 있는스탈린 초상화에 금테를 두르자고 제안한 것에 부임한 지 일주일밖에 안된 지호는 소비에트와 일본 제국주의가 다르다는 것을 보여주려면 오히려 스탈린의 사진과 적기를 교실에서 떼어내야 한다고 받아친다. 열성분자들이 7미터 높이의 표어탑을 교정에다 세우자고 한 것에 지호는 흑판을갈아야 하는 것이 급선무라고 하며 맞선다. 졸업식날 당에서 나온 자가지호가 써준 송사에서 "이 땅에 슬픈 노래가 흐르는데"라는 구절의 불온함을 지적한다. 졸업생 사은회에서 지호가 졸업생들과 함께 「울밑에선 봉선화야」와 「애국가」를 부른 것을 두고 소련군 사령부가 문제 삼는다. 지호가 월남을 계획하는 것에 어머니는 공산당이 언제까지 가겠냐고 하면

---

110) 위의 책, p. 59.

서 누이와 함께 만류한다. 사은회 사건의 주모자로 지목된 세 명의 졸업생은 아주머니로 변장하고 월남길에 나선다. 이 소설은 지호가 숙직하러 가는 것으로 끝내고 있지만 독자들이 월남하는 것이 아닌가 하고 추측하게 만든다. 해방 직후 북한을 배경으로 한 교사의 투쟁상을 그렸다는 희소가치가 있다.

염상섭의 「짖지 않는 개」(『문학예술』, 1955. 6)는 해방 직후의 북한을 배경으로 하여 소련군 장교가 일본인 남녀의 운명을 좌우하는 사례를 제시하였다. 한밤중 치안이 제대로 서지 않은 곳에서 소련군 장교와 병사가 한 민가의 문을 두드리며 술 먹고 여관을 잊어버렸으니 여관을 찾아달라고 하는 것이 첫 장면이다. 집주인이 노어를 좀 할 줄 알아 해결해주자. 소련군 꼬마 장교는 한국어로 "아버지 미안합니다"라고 말하고는 사라져버린다. 그런데 그날 밤에는 안집 주인의 개 "나다"가 다른 때와는 달리 도무지 짖지 않는다. 이튿날 앞 절간 일본인 수용소의 대표 격인 한 노인이 찾아와 소련군을 소리 없이 쫓아 보내 정말 고맙다고 한다. 자기네 일본인들이 한 일을 생각하면 해방이 된 후 조선 사람들이 자기네들에게 보복을 할 줄 알았는데 그렇지 않다는 인사까지 덧붙인다. 그런데 한 사나흘 후에 적산가옥 위층에 소련군 중위가 들어오더니 곧 있다가 두 일본인 처녀가 들어와 교대해서 번을 든다. 일본인 처녀는 노서아 장교의 시중을 들게 되어 수용소에서 빠져나올 수 있었다. 아래층에 사는 김과장네서 식모를 구했는데 위층의 일본인 처녀의 어머니가 오기로 했다는 것이다.

이즈막에는 일본여자들이 조선사람의 집에 식모살이를 구해 다니기도하고 웬만한 집에서는 대개들 일녀식모를 두고 있다. 해방이후에는 조선여자 식모가 없어지기도 했지마는 일녀들은 첫째 먹는거요 잠자리가 수용소보다는 편하고 이남으로 따라나려갈 길이 뚫리려니 싶어서 아모쪼록 조선사람과 연을 맺자고 그러는 것이었다.[111)]

중년 부인의 남편은 지방법원 판사였으나 경찰 사법 관계의 고관들과 함께 시베리아로 추방되었다. 그러자 하루는 중년 부인이 머리가 반백이며 홀태바지 작업복을 입은 남자를 데리고 와 자기 남편이라고 소개하며 소련군 장교에게 인사를 하러 온다. '나'는 "전쟁이란 무서운거다. 진다는것은 이렇게도 비참한 것인가!"[112] 하는 생각도 해본다. 며칠 후에 그 중년 부인은 자기 남편이 부대에 취직되었다고 좋아한다. '나'는 2층에 사는 소련군 장교가 보름 전쯤 한밤중에 우리 집에 와서 "아버지!" 하면서 악수를 청하고 가던 바로 그자임을 알고 나서 놀란다. 소련군 장교가 밤늦게 여관 문을 두드렸을 때 안집의 개가 짖지 않는 장면을 근거로 하면 "짖지 않는 개"라는 이 소설의 표제는 소련군에 대한 공포를 의미하는 것일 수도 있고 해방이 되었는데도 이 눈치 저 눈치 보는 조선인을 비유한 것으로 해석할 수도 있다.

안수길의 「背信」(『문학예술』, 1955. 12)은 콩트의 분량밖에 안 되지만 압축미가 높은 구성력을 보여주었다. 구한말 관비 유학생으로 일본의 한 대학의 경제과를 졸업한 함남 출신의 윤상철은 부산에서 우선회사(郵船會社) 중역으로 취임하여 화물선이자 여객선인 윤선 두 척을 운영하였다. 서울 유학생들은 방학이면 이 배를 이용하여 귀향하곤 했다. 현익호에 탄 이동휘 선생에게 유학생들에게 일장 훈시를 하도록 부탁한 일도 있었다. 많은 돈을 번 윤상철은 40세 때 가족을 데리고 왕청현 배채거우에 자리를 잡아 교육사업을 하면서 애국단체 국민회 간부로서 활동하기도 하였다. 맏아들은 용정에서 농장을 경영하였고, 둘째 아들은 하마탕의 구국군 군사훈련을 받고 나서 독립군으로 활동하고, 셋째는 소학교도 마치지 못한 채 불량자가 되고 만다. 늘 일본 형사의 감시를 받고 사는 윤상철은 영사관

111) 『문학예술』, 1955. 6, p. 19.
112) 위의 책, p. 21.

경찰의 수뇌자인 말송(末松) 경시의 방문을 받는다. 말송은 간도 지방의 항일애국운동을 취체하는 자로 유강(柔剛) 양면작전을 구사하였다. 그는 용정에 나타날 때마다 윤상철에게 찾아와 바둑도 두고 한시에 대해 토론도 한다. 말송이 노리는 존재는 독립군인 윤상철의 둘째 아들이었다. 윤상철의 둘째 아들은 "밖에는 일본 경관, 안에는 공산당, 그 두 적 틈에 끼어"[113] 항상 생명의 위협을 느껴야 했다. 윤상철에게 아들을 데리고 오면 자유로운 몸을 만들어주겠다고 약속한 말송의 말을 믿을 수 없다고 하던 아들은 아버지의 권유에 따라 일주일 후 자수하여 청진 검사국으로 송청된다. 그러나 얼마 안 있어 윤상철은 말송에게 속았다고 통탄하게 된다. 청진 감옥으로 간 지 일주일 만에 위독하다는 통지가 왔고 사흘 후에 시체를 찾아가라는 연락이 오자 윤상철은 다량의 아편을 먹고 자살한다. 일본인 경찰 간부의 간지에 의해 비극적인 최후를 맞는 독립군 집안을 핍진하게 그려 보였다.

전영택의 「金彈實과 그 아들」(『현대문학』, 1955. 4)은 김탄실의 1920년대의 활동상을 약술하고, 1950년대에 일본 동경에 있는 조선청년회관에 갔다가 김탄실이 뇌병원에 다니고 있으며 그녀의 양자는 공장 직공으로 자살하려 했고 절도죄로 처벌받은 적이 있는 등 험하게 살아가고 있다는 소문을 들은 것을 적어놓았다. 박화성의 「婦德」(『새벽』, 1955. 9)은 신간회 간부이며 대지주이자 중학교 설립자로 이름이 나 있기는 하나 네 명의 첩을 둔 남편 조종헌이 뇌일혈로 죽자 본처 장성댁이 재산도 얼마 상속받지 못한 채 앞으로도 계속 부덕을 쌓을 일을 걱정한다는 이야기를 들려주면서 부덕이 어리석은 것인지 아니면 여성성의 위대한 단면을 드러내는 것인지 질문하고 있다.

---

113) 『문학예술』, 1955. 12, p. 43.

(5) 김동리의 전장소설과 후방소설(「흥남철수」「실존무」)

손창섭의 「血書」(『현대문학』, 1955. 1)는 젊은 남녀의 비정상적인 동거 관계를 설정한 소설이다. 간질병 환자인 창애, 법대생으로 룸펜인 달수, 매일 시를 습작하는 시인 지망생이며 집주인인 규홍, 상이군인인 준석 등이 한방에 동거한다. 준석은 달수를 보기만 하면 어서 자원입대하여 기피자의 신세를 벗어나라고 윽박지른다. 준석은 군인인 아닌 군속의 신분으로 중공군에게 총을 맞아 한쪽 다리를 잘렸음에도 상이군인 행세를 한다. 규홍이가 한 달 동안이나 습작한 시가 바로 「혈서」이다. 충청남도에 있는 고향에서 면장이며 부농인 규홍 아버지는 아들이 고시공부하는 것으로 알고 꼬박꼬박 하숙비를 보내온다. 창애, 준석, 달수 등은 모두 규홍의 식객인 셈이다. 틈만 나면 달수를 괴롭히는 준석은 규홍이 없을 때는 규홍이 시를 쓰는 행위를 비난하였다. "모가지를/ 이 모가지를/ 뎅겅 잘라/ 內容 없는/ 血書를 쓸가!"[114] 하는 구절을 들먹거리며 규홍이 같은 녀석도 일선에 나가서 콩알맛을 좀 봐야 한다고 뒷소리한다. 창애의 아버지는 육순이 넘는 나이로 문방사우를 팔러 전국을 누비고 다니며 규홍에게 가끔 편지를 보내 창애를 배필로 삼아주기 바란다고 하였다. 취직도 안 되는 데다 준석의 구박이 심한 탓에 달수는 불안감에 휩싸인다. 달수는 23년 동안 악성 전염병, 6·25, 교통사고 등을 겪으면서도 법대를 나와 판검사가 되는 꿈을 포기하지 않고 멀쩡한 육신으로 살아 있는 것을 기적처럼 느낀다. 추운 겨울밤을 넘기려면 이쪽 방 저쪽 방에서 두 명씩 자야 한다는 의견이 모아지자 준석이 창애와 한 이불에서 자겠다고 자청한다. 규홍이가 창애와 자는 게 좋겠다는 의견을 내는 달수에게 준석이 싸움을 건다. 달수는 창애가 임신한 것을 지적하면서 갑자기 울음을 터뜨린다. 달수는 준석이 창애를 건드려 임신시킨 것이 아닌가 하고 의심한다. 창애의

---

114) 『현대문학』, 1955. 1, pp. 178~79.

아버지로부터 규홍에게 편지가 온 후 노인의 간청도 있고 하니 규홍이 창애와 결혼해야 한다는 준석의 제의에 이번에는 달수가 제동을 건다. 간질 환자인 창애를 건드린 책임을 지라고 달수가 무언의 압력을 넣은 것에 준석이 슬며시 규홍에게 떠넘기려 한 것을 달수가 눈치챈 것이다. 화가 난 준석은 달수를 국적(國敵)이라고 하면서 자원입대를 약속하는 혈서를 쓰라고 한다. 그러고는 달수에게 손을 내밀라 하고 문창지를 찢어놓고 식칼로 내리칠 기세를 취한다. 준석은 손가락을 내놓지 않으면 "네 모가지를 뎅겅 잘라서 혈서를 쓸테다"[115]와 같이 규홍의 시 「혈서」의 한 구절을 인용하며 달수의 손가락을 칼로 내리친다. 절단된 손가락에서 선혈이 흘러 도마와 방바닥을 적실 때 달수는 기절하고 준석은 지팡이에 의지하며 밖으로 나가 사라져버린다. 여러 인물들 사이의 갈등은 어려운 시대를 사기 행위와 가학 행위로 돌파하려는 준석과 어리석을 정도로 고지식하고 몽상벽에 빠진 달수의 대립으로 압축된다. 작가는 준석과 같은 과잉적응주의자를 가장 문제시하였다. 긴밀한 구성은 전쟁의 후유증에 대한 깊이 있는 해석의 효과음이 되고 있다.

강신재의 「泡沫」(『현대문학』, 1955. 3)은 부역 혐의자가 살아남기 위해 애쓰는 모습을 그렸다. '나'(유운삼)는 전문학교 동창인 '김'에게서 소개받은 R여전의 성악과 학생이었던 연옥이란 여자와 함께 산다. 시장 바닥을 두루 돌아다녀 일수 돈을 걷어가지고 오는 일을 하는 '나'는 형사에게 끌려가 6·25 때 동위원회에서 어떤 일을 했는가를 조사받는다.

六二五때 사실 나는 조금 나쁜 짓을 하였다. 그것은 연옥이가 그렇게 안 하면 죽는다고 하였기 때문이지만, 하여간 나쁜 짓이라기보다는 무진 고생이었다고 함이 옳을 게다. 나는 동위원회의 심부름같은걸 하고 돌아다니면

---

115) 위의 책, p. 193.

서 통문 따위를 돌리기도 하였지만 더 많이 뼈꼴이 빠지게 노동일을 하였다. 복구사업이니 탄환나르기니에 매일 같이 빠지지 않고 나갔다.[116]

사변 전에 우익투쟁을 한 일이 있고 지금도 세도가 당당한 김을 위해 일부러 부역했고, 사변 때 근 석 달간 김을 다락방에 감추어주었던 일을 진술하라고 연옥이가 일러준다. 그러면 김이 얼른 와서 보증을 서 석방될 것이라고 한다. 김이 힘써준 것은 아니지만 '나'는 나흘 만에 석방된다. 마음을 달래기 위해 술집에서 술을 잔뜩 마시고 쓰러졌다가 술집 영감 등에 업혀 들어와 쉬고 있던 중 김의 방문을 받는다. 반장이 와서 오늘 1시에 국민대회가 있으니 한 집에서 한 명씩 나가라는 전갈을 받고 기운을 차려 태극기를 들고 서울운동장을 향해 나간다. 식이 끝나자 행진이 시작된다. 끝없이 이어진 행렬 속에 가면서 앞의 머리통들이 물거품처럼 솟았다가 가라앉는다. "물결에 섞인 한 개의 포말(泡沫)처럼 나도 둥둥 실리어 가는 것이었다"[117]와 같이 끝난다. '나'는 자신을 조그만 자극에도 쉽게 꺼져버리는 포말에 비유하고 있다.

김송의 「진달래」(『현대문학』, 1955. 3)는 고향 다방의 단골손님인 '내'가 제대군인인 동생의 결혼문제를 생각한다는 이야기와 동생이 주어가 되어 과거를 고백한다는 이야기로 구성되어 있다. 3, 4년 동안의 피란 생활을 마치고 서울에 와 고향이란 다방에 매일같이 나가 커피 한 잔으로 전쟁의 여독을 썼어내는 것이 '나'의 취미다. 막내 동생은 현재 헌병 소위로 부상당해 있으나 치료 중인 막내동생은 금강전투, 낙동강전투, 원주대접전, 백마고지전투 등에 참전한 바 있다. 인천과 서울과 수원의 요충지에 있는 파견대에 근무할 때 버스를 검문하여 양키 물건 장수인 여인을 잡아 조사한다. 그 여인은 남편이 원래 학교 선생이었지만 지금은 병들어

116) 『현대문학』, 1955.3, p. 21.
117) 위의 책, p. 29.

있어 양키 물건 장사하다가 더러 밀매음녀 노릇도 한다고 하였다. 김소위가 석방시켜주자 그 여자는 얼마 후 남편과 함께 와서 치하한다. 그러나 김소위는 그 여인의 일로 인해 강등되어 백마고지전투에 참전하게 된다. 나중에 남편이 세상을 떠나자 그 여인은 고향 다방의 마담으로 오게 된다. 김소위는 그 여인이 보고 싶어 동해안에 핀 진달래꽃을 꺾어 들고 찾아온다. '나'는 동생과 고향 다방 마담의 결혼을 허락하게 된다.

곽학송의 「持久戰」(『사상계』, 1955. 4)은 "死地에서"라는 부제를 달고 있다. 김상사를 자동소총으로 세 발을 쏘아 죽인 이상사가 화자가 되어 김상사에게 해명하는 것 같기도 하고 독자들에게 호소하는 것 같기도 한 형식을 취했다. 군인소설이 대개 사건소설이나 행동소설로 구체화되는 것과 다르게 행동소설과 심리소설을 비교적 잘 배합하였다. 김상사가 혁혁한 전공을 세우는 동안 이상사는 수년간 최전선을 헤매이면서도 의식적으로 적병을 죽여본 적이 없는 비겁한 군인이었음을 자인한다. 학창 시절부터 하사관 교육대를 거쳐 부대에 배속된 지금까지 늘 김상사가 한 수위인 결과를 남겼지만 이상사는 경쟁심과 열등감을 갖긴 했어도 김상사를 미워한 적은 없었다고 고백한다. 결정적인 것은 간호장교 민소위와의 삼각관계에서 빚어졌다. 나중에 민소위는 이상사에게로 기울기는 했지만 이미 김상사로부터 버림을 받은 뒤였다. 민연희는 내 품을 거친 후이기 때문에 승부는 이미 난 것이라고 하는 김상사의 말에 이상사는 분노를 억제하지 못한다. 이상사는 김상사도 흥분 상태에 있기 때문에 5분만 있으면 총을 쏠 것이라고 판단하고는 먼저 사격하였다고 한다.

김동리의 「興南撤收」(『현대문학』, 1955. 1)는 유엔군의 북진과 중공군의 개입으로 한국전이 새로운 양상을 맞은 1950년 11월 하순의 전황을 설명하는 것으로 시작한다. 시인 박철과 음악가와 화가로 구성된 종군문화반은 사회단체연합회가 파견한 것으로, 11월 6일에 서울을 떠나 원산에 가서 함흥을 목적지로 정하고 11월 10일에 흥남에 닿았다. 이들의 임무는 수복 지구의 동포들에 대한 계몽, 선전, 위안에 있었다. 시민들을 산중에서 끌어내기 위해 공연을 하였는데 윤시정이라는 소녀가 부른 「봉선화가」가 가장 많이 눈물을 자아냈다. 이들 3인은 시정의 아버지 윤노인이 주인인 객주집에 가서 숙식을 제공받는다. 윤노인의 아들은 괴뢰군으로 끌려 나갔고 큰딸 수정이는 나중에 안 일이지만 간질을 앓고 있었다. 밤중에 들이닥친 7명의 손님에게 방을 내주다 보니 방이 없어 한방에 윤노인 3부녀와 종군문화반 3인이 모여 자게 된다. 박철 일행이 흥남으로 다시 돌아온 것은 12월 2일이었다. 12월에 들어서면서 장진호 부근의 유엔군이 후퇴를 개시한 만큼 전황은 좋지 않았다. 강대위가 주선하여 군부대에서 떠나는 트럭의 표찰을 받은 박철은 그것을 사정이 딱한 정인수네 가족에게 주어버리고, 자신은 슬며시 올라타려다 실패하여 다시 윤노인의 객주집으로 돌아온다. 그리고 언니 수정이 간질로 발작을 일으킨 것을 목격한다. 전황이 불리하게 전개된다는 소식을 듣자 박철은 불안감에 젖으며, 아내를 잃고 장모에게 맡긴 아이들의 얼굴이 아른거리면서 6·25 이후 가족 중심으로 행동하지 못했던 것을 반성한다.

도대체, 왜 「육·이오」 때는 가족들을 데리고 남하하지 못 했으며, 또 「구·이팔」 이후에는 무슨 놈의 분이 그렇게도 치밀어, 불상한 아이들이나 돌보지 못하고, 혼자서 원수를 다 갚을 듯이, 이렇게 눈과 어름에 잠긴 동북 전선으로는 쫓아 왔으며, 또, 무슨 신의(信義)를 위하여 희생을 돌보지 않는 사람이 되어 제 표는 남에게 주고 자신은 이 꼴이 되어 혼자 눈구덩이 속에 자빠져 누어 있기를 원했단 말인가. 그는 생각할수록 자기 자신의 너무나 격정적(激情的)인 울분으로 인하여 오히려 본의 아닌 감상적인 양보를 일삼은, 착하지도 악하지도 못한, 타성적인 행위에 스스로 치오르는 울화를 참을 수 없었다.[118]

12월 11일에 공산군은 원산을 통과하여 남으로 향했다. 미군들과 한국 군은 11일에서 14일 사이에 홍남으로 집결했고 청진 원산 일대의 민간인 10여만 명이 홍남으로 모여들어 "홍남은 역사상에서 일찍이 보지 못한 가장 장엄하고 가장 처절한 자유전선의 「교두보」가 되었다."[119] 유엔군은 16일에 함흥을 포기하고 홍남을 거점으로 하여 해상 철수를 개시하였다. 군인과 민간인 합쳐서 20여만 명이 홍남 해안에 모여들었다. 15일과 16일 에 공포심이 상승하더니 21일이 되면서 오히려 줄어들긴 했다. 21일 박철 은 윤노인 일가 세 명을 데리고 엘 에스 티에 올라타는 과정에서 수정이 를 데리고 올라타는 데는 성공했으나 윤노인과 시정은 바다에 빠지고 마 는 참극을 맞게 된다.

김동리의 「蜜茶苑時代」(『현대문학』, 1955. 4)는 1·4후퇴 전후의 부산을 다룬 점에서 전시소설이자 후방소설이며 밀다원 다방에 드나드는 남녀 문인들의 모습을 그린 점에서 예술가소설이다. 돈이 없는 이중구는 천식 을 앓는 어머니를 원서동 고가에 남겨두고 처자는 충남 논산의 친정에 보 내고 부산으로 내려와 윤을 만나 K통신사 지국 사무실에서 하루 신세를 진다. 1951년 1월 3일에 이중구는 광복동에 있는 밀다원 다방에 가 시인 허윤, 평론가 조현식, 화가 송시영, 음악가 안정호, 여류 작가 길선득 등 을 만나 일상을 같이하게 된다. 시인 박운삼은 다방 구석 자리에 앉아 하 루 종일 말없이 면벽하여 "벽화"라는 별명으로 불릴 정도다. 이중구는 조 현식의 집에 가 술잔을 나누면서 돈이 없어 각산진비했음을 고백하고 부 산 문인들과 중앙 문인들이 주도권 잡느라고 갈등을 보이는 것을 알게 된 다. 예술가들이 남포동 선창가 빈대떡집에 모여 앉아 예술가들의 가난을 한탄하고 금권유착의 현실을 비판한다. 그리고 송시영은 박운삼이 여의 대 학생에게 실연당해 충격을 받았음을 알려준다. 이중구와 박운삼은 조

118) 『현대문학』, 1955. 1, p. 131.
119) 위의 책, p. 134.

현식의 집에 간다. 박운삼은 친구한테 위스키를 얻어와야겠다고 하면서 나간 후 돌아오지 않는다. 길여사는 중공군이 원주 오산까지 온 모양이라고 하면서 제주도로 피란 가자고 제의한다. 이중구는 "밀다원"에서 떠나는 것이 무섭다고 한다. 길여사가 배를 주선하겠다고 한 후 박운삼이 수면제를 과다복용하고 죽은 사건이 발생한다. "고별"이라는 박운삼의 짧은 글을 전해준다. 이 글은 "페노발비탈 육십 알과 새콜사나듐 다섯 알을 한꺼번에 먹었다"로 시작하여 "잘 있거라. 그리운 사람들. 오십 일년 일월 팔일"로 끝난다. 박운삼의 자살로 밀다원은 사흘을 쉰다.[120] 11일 유엔군 반격이 개시되어 제주도 피란 건은 무산된다. 15일부터 중구는 『현대신문』의 논설위원으로 나가고 현식은 『현대신문』에다가 문총 일까지 맡는다. 이 소설은 1951년 1월 8일 밀다원에서 쓴 박운삼의 유작시 「등대」가 『현대신문』에 게재된 것으로 끝을 맺는다.[121]

「實存舞」(『문학예술』, 1955.6)는 부산 국제시장을 공간 배경으로 삼았다. 남편이 납북된 26세의 장계숙이 문을 연 밀크홀에 황도신보사 기자 이영구와 만년필 장수 김진억이 들어와 알게 되면서 사건이 빚어진다. 이영구와 김진억은 동경 유학 시절부터의 친구로 같이 월남했다. 이영구는

120) 이봉구, 「避難釜山文壇」, 『해방문학이십년』, 한국문인협회 편, 1971, pp. 107~110.
"대구에 쳐진 사람을 제하고는 부산으로 피난온 사람들은 어느 누구고 모두가 밀다원에서 살다시피 하고 있었다. 마침 아래층은 《문총》 사무실이 있고 해서 이 밀다원 아래, 윗층은 그대로 피난 부산문단의 살림집이 되어 있었다."(p. 107) "金剛엔 조연현·황순원·오영수·김동리·곽종원·허윤석·박용구·김말봉·손소희·이종환을 비롯한 많은 문인들이 드나들었고 春秋, 綠園, 靑丘에는 김광주·임긍재·박인환·김규동·김송·김종문·박연희·조영암·전봉래를 비롯한 이 주변 사람들이 모여 들었다."(p. 108) "시인 全鳳來의 자살은 피난 부산문단에 큰 충격을 주었다. 먹을 곳 잠잘 곳도 없이 거리에서 거리로 헤매던 전봉래가 바로 밀다원 뒷거리의 스타아 다방에서 약을 먹고 쓰러졌고, 그 시체는 이튿날 아침에서야 파출소에서 광복동 《문총》 사무실로 옮겨 왔으나 아무도 거들떠보는 사람이 없었다."(p. 109)
121) 고은은 『1950년대─그 폐허의 문학과 인간』(향연, 2005)의 「전쟁은 남자들의 얼굴을 그린다」(pp. 251~57)에서 작중 박운삼의 모델은 정운삼이라고 했고, 「부산의 원주민들」(pp. 216~19)에서는 여류 작가 길선득은 김말봉을, 평론가 조현식은 조연현을, 시인 허윤은 허윤석을, 주인공 이중구는 김동리를 모델로 하였다고 하였다.

와세다 대학 출신이며 김진억은 게이오 대학 출신이다.

　그가 언제나 느러놓는 수작의 요령은, 자기는 조도전대학 영문과를 나온 인테리란 것, 직업은 극작가란 것, 지금은 생활을 위하여 신문에서 문화면을 맡아 보고 있지만 이북에는 상당한 재산이 있다는 것 자기의 고향은 이북 고원인데 「일사후퇴」때 가족을 다 버리고 혼자 넘어 와서 지금은 독신으로 고생을 하고 있다는 것, 만년필 장수 김진억과는 동경 유학시대부터의 친구로 이번에 같이 남하하여 와 있다는 것, 그리고, 극작(劇作)이란 본디 철학과 시와 소설을 다 알아야 쓰는 것이기 때문에 자기는 인생문제에 대하여 항상 깊이 연구하고 있지만, 인생이란 결국 「현재」에 충실해야지 과거나 미래에 집착해서는 안 된다는 것, 그래서 자기는 지금이라도 정정당당한 결혼을 하려고 하는데 적당한 상대자가 없어서 「야단」이라는 것, 또, 자기가 이미 그러한 문화인이니만치 상대자도 교양이 높고 문화에 대한 이해가 깊은 현대적 여성이라야 한다는 것…… 대개 이러한 내용이었다. [122]

　이영구가 자기의 청혼에 장계숙이 냉담한 반응을 보여 한동안 밀크홀에 발을 끊은 사이에 김진억과 장계숙은 급속도로 가까워진다. 이북에 처자를 두고 단신으로 내려와 현재 독신 생활을 하는 사십대 남자인 김진억이 장사가 끝나 만년필 상자를 밀크홀에 맡기면서 두 사람은 자연스럽게 친해졌다. 이영구는 다른 여자와 결혼하여 김진억과 장계숙을 동대신동 주택으로 초대한다. 술에 취한 이영구는 춤을 추며 흥겨워 하다가 장계숙에게 김진억과 결혼하라고 한다. 장계숙이 쉬운 문제가 아니라고 반응을 보이자 이영구는 현대 철학에서는 과거나 미래가 없고 현재밖에 없다고 한다. 동석했던 여기자가 실존주의와 찰나주의는 어떻게 다르냐고 묻자

---

122) 『문학예술』, 1955. 6, p. 54.

이영구는 다음과 같이 답한다.

찰나주의는 어디까지나 순간적인 향락을 취하는 사상이지마는 실존주의
는 순간이고 행복이고 그것도 없읍니다. 어디서나 자기가 직면하고 있는
사실, 자기가 현재 있는 그 자리, 그 시간이 영원이요, 절대라는 겁니다. 찰
나주의보다 열배나 더 심각하고 엄숙한 사상입니다.[123]

이번에는 김진억이 "자네는 나가 연극이나 놀게. 실존주의는 무스거 말
라 빠진 실존주의야, 생의 목적이 없다면 한껏해야 니히리즘이나 페시미
즘이겠는데 그 따우는 누구나 중학시절에 한번씩 다 치른 거지 뭐야?"[124]
라고 폄하한다. 김진억은 장계숙이 도와주겠다는 말을 듣고 고서점을 운
영하기로 한다. 영구는 계숙에게 김진억과의 혼인을 강요할 때도 자유,
선택, 고민, 존재, 현재 등의 용어를 써가며 실존주의를 강의한다. 그해
동짓달에 진억과 계숙은 고본을 구입하러 서울로 가 기차가 네 시간 이상
연착되어 통행금지 시간이 넘어가자 할 수 없이 여관에 들어가 동침하게
된다. 계숙은 임신하여 1952년 9월에 애를 낳게 된다. 그런데 애를 낳은
지 한 달도 안 되었을 때 어떤 군인이 큰딸 경희의 편지를 전해온다. 이혼
한 이영구는 항도신보에서 현대세계라는 잡지사로 직장을 옮기고 주소도
동대신동에서 동광동 쪽으로 옮긴다. 영구는 진억 내외를 자기 집으로 오
라 하여 실존주의 강의를 해댄다. 계숙은 영구의 실존주의 강의가 듣기
싫어 일부러 집에 늦게 들어온다. 얼마 후에 김진억 앞에 처와 네 아이와
사위 박대위가 나타난다. 고민에 휩싸인 진억과 계숙에게 영구가 "사상
의 빈곤"이라며 반박한다. 영구는 "오오 엑지스탄시알리즘 오오 마이 미

---

123) 위의 책, p. 66.
124) 위의 책, p. 67.

세스!"[125] 하면서 계숙과 블루스를 추는 것으로 소설은 끝난다. 실존주의를 찰나주의, 현재주의, 니힐리즘 등과 비슷한 개념으로 파악하고 있는 이영구는 머리와 가슴으로 실존주의를 구현하고 있는 반면 김진억은 온몸으로 체현해내었다.

김이석의 「破鏡」(『현대문학』, 1955. 5)은 "숙히는 자기의 불행이 모두가 六·二五때문이라고 생각했다. 또한 그렇게 생각하는 것이 마음 편하기도 했다"[126]는 구절로 시작하면서 숙히가 양키들의 얼굴을 그려주는 환쟁이 섭이에게 몸을 의지하는 모습을 제시한다. 숙히가 팔자타령하는 데는 그만한 이유가 있다. 생물학을 전공하는 대학교수였던 숙히 아버지가 납북되자 어머니는 화병으로 세상을 떠났다. 1·4후퇴 후 부산으로 외삼촌 식구와 함께 피란 갔다가 외숙모에게 쫓겨나자 숙히는 섭이네로 가 한식구가 되고 만다. 숙히가 출산을 두어 달 남겼을 때 섭이는 소집장을 받아 입대했고 숙히는 집을 팔아 영도로 옮겨 구멍가게를 낸다. 3월에 입대한 섭이로부터 5월에 편지가 온 직후 숙히는 사산하고 그 후에도 편지는 한 달에 두 번 정도 오다가 끊어진 지 석 달이 지난다. 숙히는 찻집 레지로 취직했고 시어머니는 과자 도부꾼과 정분이 난다. 숙히는 여러 남자와 사귀게 되어 어느 회사 전무의 후원으로 환도와 함께 소공동에 "숙의 집"이라는 찻집을 열게 된다. 남편의 한 친구가 섭이가 포로교환으로 곧 돌아올 것이라는 소식을 전한다. 숙히는 박경수의 편지를 읽자마자 비명을 지르고 크림병을 거울에 내던진다. 소설 제목 "파경"은 지금까지 삶의 파국이라는 뜻으로 정리된다. 같은 시기에 김이석은 「少女 台淑의 이야기」(『신태양』, 1955. 5)를 발표했다. 제약회사 사장의 막내딸인 태숙은 단신 월남하여 방직회사 기사로 일하는 형부와 가깝게 지낸다. 처제에게 춤을 가르쳐주고 함께 댄스홀을 다녔던 형부는 나중에는 처제의 장래를 생각하여 댄

---

125) 위의 책, p. 77.
126) 『현대문학』, 1955. 5, p. 129.

스홀 출입을 막으나 처제가 말을 듣지 않는다는 평범한 내용이다.

(6) 극한 상황과 실존의 몸부림(「미해결의 장」「정적일순」「요한시집」)

"군소리의 의미"라는 부제를 달고 있는 손창섭의 「未解決의 章」(『현대문학』, 1955. 6)은 법대생이나 야심이나 꿈은 없는 지상을 화자이자 초점자로 삼고 있다. 지상의 집은 모친이 몇몇 고아원을 찾아다니며 구제품을 헐값으로 사와 집에서 일일이 뜯어 각종 아동복을 재생하여 시장에 내다 파는 일을 한다. 구제품을 사들이고 제품을 내다 파는 일은 지상의 모친이 맡고, 지상이 늘 대장이라고 부르는 부친은 큰딸 지숙의 잔소리를 들어가며 여러 가지 일을 거들어준다. 부친은 알코올중독으로 식구들은 아침에만 밥을 먹고 저녁에는 죽을 먹는다. 대장은 비대하고 모친은 야윌 대로 야위었다. 큰딸 지숙이 시키는 일을 하는 아버지는 화가 나면 그 화를 누워 있는 지상에게 옮겨 "죽어라! 죽어!" 하다가 따귀를 갈기곤 한다. 지상의 집안 식구는 인생의 목적이 미국 유학을 가는 것이라고 믿는 대장, 지숙, 지웅, 지철이 한편이고 우선 먹고사는 문제가 절박하다고 생각하는 모친과 '내'가 한편이다. 집안 형편을 보면 아버지와 남매가 미국 유학을 꿈꾸는 것은 '나'의 실소를 자아낼 수밖에 없다. 몇 달 전 발표작 「혈서」에서 달수가 취직 자리 하나도 구하지 못하면서도 고학을 해서 대학을 가겠다는 것보다 더 허황하기 때문이다. 그러나 하루 종일 누워만 있고 일을 하지 않는 점에서 '나'는 어머니와는 반대의 길을 걷고 있다. '나'는 미국 유학에의 꿈을 갖지 않았다는 이유 하나만으로 집안에서 사람 취급을 받지 못하고 있다. 부산에 피란 가 있는 동안 대장의 우격다짐으로 법대에 입학은 하였으나 등록금 미납도 이유가 되겠지만 "주위와 자신의 중압감"[127] 때문에 또 온몸을 감싸는 무의미를 감당하지 못하는 생

---

127) 『현대문학』, 1955. 6, p. 172.

활을 하고 있다. 왜정 시대에 전문학교 법과를 나와 다섯 차례나 고문시험에 불합격한 대장인지라 한이 맺혀 장남인 '나'에게 법대 졸업, 미국 유학, 장관 자리 획득의 꿈을 강요해왔다. 이 소설은 "오월의 어느날"이란 소제목이 세 번 나온 후 "유월의 어느날"이란 소제가 한 번 나와 길어야 두 달, 짧으면 한 달도 안 되는 시간을 배경으로 하였다. 아버지가 심기가 불편하면 나에게 죽어라 하고는 두 뺨을 때리는 행위, 아버지한테 맞으면 거의 기계적으로 광순이네 집으로 가 낮잠을 자든가 용돈 3백 환을 받는다는 기행이 중심사건을 이룬다. 광순은 지상이보다 두 살 위로 얼마 전까지만 해도 여대생이었는데 낮에는 학교 다니고 밤에는 뒷골목에 있는 오피스에서 몸을 판다. 광순은 담배장사하는 모친과 함께 오빠 문선생과 조카들을 부양한다. 문선생은 위궤양을 앓는 데다 벌이가 전혀 없는 폐인으로 하루 종일 죄의식을 곱씹으며 집 안에 멍하니 들어앉아 있다. 지상과 광순과 광순 오빠 문선생이 동거하는 모습도 「혈서」에서의 네 남녀의 동거만큼 비정상이다. 이 소설에서 또 한 가지의 반복태는 진성회(眞誠會)의 존재에서 찾을 수 있다. 진성회는 나의 아버지, 문선생, 장선생 등이 정회원으로, "진실(眞實)하고 성실(誠實)한 사람들끼리 모여, 국가 민족과 인류 사회를 위해서 진실하고 성실한 일을 하다가 죽자는 것"[128]을 취지로 삼았다. 그들은 이 지구상에서 세 사람만이 이 일을 할 수 있다는 과대망상에 빠진다. 장선생은 국민학교 준교원인 부인 대신 아들 6형제의 뒤치다꺼리를 도맡아 살림을 꾸려가며 과도하게 부인의 눈치를 보고 산다. 진성회는 제 한몫을 해내지 못하는 무능력자들이 모여 만든 과대망상의 소집단이다. 문선생은 여동생 광순이 몸 파는 일을 한다는 것을 숨기다가 마침내 고백하고는 자기를 죽여달라고 했고, 지상의 아버지와 장선생은 충격을 받고 광순을 옴두꺼비나 뱀 보듯이 노려보고 간다. 지상이 결단을

128) 위의 책, p. 177.

내려 행동으로 옮긴 것의 하나는 앞으로 대학을 마치고 미국 유학을 가겠다고 군산에서 상경한 선옥에게 고향으로 내려가라고 하다가 말을 듣지 않자 광순에게로 데리고 간 일이다. 손창섭은 "미해결의 장"이란 표제가 가리키고 있는 것처럼 "해결"을 반복어의 하나로 삼고 있다. 소설은 '내'가 집을 떠나야 하는 것이 "해결"일 듯싶다고 하는 것으로 시작하고 있다. 이어 "해결"이란 단어에 강조하는 의미로 꺽쇠 표시를 달고 있다. "아무튼 光順의 이불에는 야릇한 냄새가 젖어있는 것이다. 아무런 「해결」도 없는 나의 머리에는 그건 좀 독한지도 모른다"[129], "언필칭 대장은 날더러 죽으라고만 한다. 죽기만 하면 만사는 해결 난다는 듯이"[130], "어쩌면 영원히 없을지도 모르는 내 인생의 해결에 관해서 나는 병신처럼 생각하고 있는 것이다"[131] 등과 같이 내레이터이며 주인공인 지상이 무엇인가 해결책을 강구하고 있음을 드러낸다. 그런데 길거리에서 담배를 파는 노모와 몸을 파는 누이동생에게 얹혀사는 문선생도 지상에게 "아무리 생각해도 나는 죽어야만 할 것 같아. 내 병이나 광순의 운명은 도저히 동정이나 위로만 가지구는 해결날 수 없지 않는가?"[132]라고 주장한다. 지상은 문선생의 입에서 "해결"이란 말이 나오자 의외라고 생각한다. 죽으면 모든 문제가 해결된다고 생각하느냐는 지상의 질문에 문선생은 죽기만 하면 만사는 끝이 아니냐고 대답한다. 광순과 문선생과 '내'가 동거하고 있는 이 방의 상황을 우울하게 생각하다가 집에 와보니 더욱 처참한 상황이 벌어진다. 빚으로 재봉틀을 빼앗겨 모두 하던 일을 중단한 채 지숙은 '나'를 경멸하는 눈으로 본다. 반시간쯤 뒤에 지상은 취직시켜주겠다고 하면서 선옥이를 데리고 광순의 오피스로 간다. 늘 그랬듯이 3백 환을 주는 광순에게 큰돈이 필요하다고 하면서 재봉틀 찾는 데 쓸 돈과 동생들 미국

129) 위의 책, p. 179.
130) 위의 책, p. 185.
131) 위의 책, p. 185.
132) 위의 책, p. 193.

유학비가 필요하다는 말을 하자 광순은 황당해한다. 이 말을 괜히 했다고 하면서 광순을 들어가라고 한 후 '나'는 두 명의 청년으로부터 광순이를 괴롭히지 말라고 구타당한다. 손창섭은 동시대인들을 대상으로 하여 임상실험한 끝에 전쟁이 가져다준 상처를 과대망상증, 자폐증, 무기력증 등과 같은 병적 심리로 풀어놓는다.[133]

이호철의 「脫鄕」(『문학예술』, 1955. 7)은 황순원 추천작이다. 원산에서 배를 타고 부산에 온 18세에서 24세까지의 네 명의 동향 청년들은 낮에는 부두에서 막일을 하고 밤에는 멈추어 선 화차에서 자곤 한다. 어느 날 갑자기 화차가 움직이자 모두 뛰어내리다가 24세 된 삼손이 팔을 잘리고 밤사이 고통스러워하더니 죽고 만다. 대화체소설의 형식을 취했음에도 사건이 빠르게 진행되었다.

전광용(全光鏞)[134]의 「塵芥圈」(『문학예술』, 1955. 8)의 제목은 잘 쓰지 않은 한자어로, 쓰레기 칸이란 뜻을 담고 있다. 김화와 철원의 갈림길에 있는 빅토리 쓰레기 칸에서 일하는 곰보 영감, 순여 엄마, 쌍과부, 영희 등은 전쟁 피해자라는 공통점을 지닌다. 이 중 영희는 꿀꿀이죽 처리 담당이다. 젊은 과부는 방위군에 끌려간 남편의 소식을 알지 못한 채 유복자를

---

133) 곽종원은 「一九五五年度創作界瞥見」(『현대문학』, 1956. 1, p. 200~07)에서 중견층 이상의 작가들의 발표작에서는 리얼리즘에 대한 재인식이 있었고 손창섭, 정한숙, 곽학송, 장용학, 김성한, 김광식, 전광용, 오상원 등 신인층에서는 제재의 심각성과 비극의 심화가 현저하게 나타났다고 하였다. 그러면서 박영준의 「역설」「속죄」, 김동리의 「흥남철수」, 최정희의 「정적일순」, 김이석의 「파경」, 이봉구의 「송장냄새」, 최인욱의 「어린 피해자」, 손소희의 「층계 위에서」, 강신재의 「포말」, 손창섭의 「혈서」「미해결의 장」, 「인간동물원초」, 정한숙의 「닭」「허허허」, 장용학의 「요한시집」, 김성한의 「제우쓰의 자살」「오분간」 등을 문제작으로 추렸다.

134) 함경남도 북청군에서 출생(1919), 한정자와 결혼(1944), 경성 경제전문학교 경제학과 입학(1945), 서울대학교 문리과대학 국문학과 입학(1947), 정한숙 등과 '주막' 동인 결성(1948), 국어국문학회 창립 총회 개최(1952), 『조선일보』 신춘문예에 단편 「흑산도」로 당선(1955), 서울대 교수로 취임(1955), 「꺼삐딴리」로 제7회 동인문학상 수상(1962), 국어국문학회 대표이사로 선임(1969), 「신소설 연구」로 서울대에서 문학박사 취득(1973), 별세(1988)(김종욱 책임 편집, 『꺼삐딴 리』, 문학과지성사, 2009, pp. 417~20).

낳았고, 곰보 영감의 아들은 화천전투에서 전사했다. 젊어서부터 만주와 북한 일대의 공사판에서 인부와 십장을 하며 여러 여성을 편력했던 사십대 중반의 장서방은 유엔군이 철수하고 한국 군부대로 교체되는 것을 불안해한다. 쓰레기차가 줄어들면서 유엔군이 사흘 안에 미아리까지 밀리는 것이 아닌가 하는 불안감이 엄습한다. 장서방은 청소 책임자 싸진이 본국으로 돌아간다는 소식을 듣고 싸진에게 위스키 한 병을 준다. 장서방은 아직도 전쟁 중인 이 세상을 쓰레기로 보고 있다. 작중의 전쟁 피해자를 전후에 도처에서 볼 수 있는 것처럼 작가는 진개권이 한국 사회 전체로 확대되어 있는 것으로 암시하였다.

> 녹쓴 깡통, 찢어진 보-루 상자, 깨트러진 병, 나무 쪼각등이 너저분하게 흩어져 있을 뿐이었다.
> 장서방에게는 세상이 온통 쓰레기루만 보였다. 장터도 교회도 정당도 회사도 군대도 학교도 모조리 쓰레기칸과 더불어 머리를 스쳐갔다. 그속에서 자기 자신이 가장 쓸모없는 썩은 쓰레기라고 생각 되었다.[135]

이 소설은 장서방이 자신을 인간 쓰레기라고 하면서 함박눈을 뚫고 쌍과부와 같이 가는 것으로 끝난다.

1·4 후퇴 때 피란 가려다 사기당한 일을 서술하고 9·28 전후해서 낙산에서 많은 사람들이 학살당했다는 소문을 전해준 「人情」(『사상계』, 1955. 2)을 쓰고 난 뒤 최정희는 중편소설 「靜寂一瞬」(『현대문학』, 1955. 9~10)을 발표했다. 7백여 평의 정원에 자리 잡은 80여 칸짜리 2층 양옥은 해방 후 3년 되던 가을에 삼팔선을 넘어와 토건업으로 많은 돈을 번 김병묵이 지은 집이다. 6·25가 난 직후 김병욱은 잡혀가고 그 형 병묵은 뒤꼍 움 속

---

135) 『문학예술』, 1955. 8, p. 37.

에 숨어 있다가 폭격에 다리를 다치고 만다. 1·4후퇴 후 20여 일 전에 일흔 노파만 남겨놓고 모두들 피란을 떠났다. 노파는 이북에서 지주인 영감이 토지개혁으로 땅을 빼앗기고 밤중에 동맥을 끊고 자살한 일도 있어 공산당을 두고 "몹쓸놈의 불한당"[136]이라고 내뱉곤 한다. 노파가 아들딸과 손자들과 월남하자 거꾸로 월북한 사위가 처자를 보내달라고 성화를 하여 딸과 네 명의 외손자들을 보내주고 만다. 며느리는 집에 와 있는 외손주들이 극성을 떨자 "공산당의 새끼들이라 극성스럽다"는 폭언을 한다. 실제로 사위는 공산당 간부였다. 텅 빈 동네에서 덕근 할멈네 도둑이 든 것을 보고 겁이 난 노파는 자기 집에 있는 쌀, 옷가지 등을 남모르는 곳에 감춘다. 노파를 잠깐 과거 회상으로 몰고 간 소리는 교회당 종소리가 아니고 도둑이 든 집의 유리 조각이 깨지는 소리였다. 이튿날 정체불명의 사내들이 어느 집에 아예 트럭을 대놓고 물건을 실어 내가는 광경을 보자 노파는 와락 겁을 먹는다. 노파의 회상을 통해 전쟁 발발 직후, 서울 수복 직후, 1·4후퇴 직후의 동네 분위기가 비교된다. 노파는 9월 28일에 자기 집으로 와서 유엔군과 국군이 들어왔다고 호들갑을 떨었던 여반장을 잊지 못한다. 그 반장은 사변 전에도 반장이었으며 사변 중에도 동네를 돌아다니며 인공기 게양 적극 권유, 의용군 입대 독려, 노력 동원 독려, 복구 작업 동원 등의 일을 했는데 서울 수복이 되자마자 무서워서 할 수 없이 반장 일을 맡았노라고 극구 변명하였다. 노파는 서울 수복 때만 생각하고 1·4후퇴 후 길거리에 나가 인민군을 국군으로 오인하고는 대통령이 언제 오시나요 했다가 끌려갈 뻔한 적도 있다. 마침내 노파는 인민군들에게 집을 접수당한다. 23세의 정채혜는 국민학교 교사였다가 빨치산인 애인의 강요로 좌익이 되었으며 자기 애인은 보급투쟁을 나간 후 소식이 끊겼다고 노파에게 고백한다. 정채혜는 며칠 후 다시 빨치산으로 가버린다.

---

136) 『현대문학』, 1955. 9, p. 29.

노파의 집은 인민군 부상자 수용소로 사용된다. 둘째 아들이 그렇게 아끼던 책들이 불쏘시개가 되는 것을 보고 노파는 뼈가 부서지는 느낌에 빠진다. 누비군복 입은 청년이 공갈 협박을 하며 기어이 쌀을 빼앗아간다. 누비군복은 9·28 이후 동회에 있으면서 두 번이나 찾아와 병욱의 걱정을 하며 공산당 욕을 했던 이다. 3월 12일경 누비군복의 명령으로 달구지를 타고 평양 쪽으로 가다가 미아리 고개를 넘었을 때 탈출하여 집으로 도망쳐 온다. 집에 와보니 여러 사람들이 물건을 마구 내간다. 원래 자기네 물건이었는데 공산당이 빼앗아간 것을 도로 찾아가는 것이라고 하면서 가구, 침구, 옷가지, 밑반찬 등을 내간다. 움에 달려들어 자전거, 재봉틀, 선풍기, 전화기, 트렁크, 망원경, 사진기 등도 가져간다. 이때 청년단원들이 오더니 모조리 가져가라고 한다. 노파가 제지하자 "늙은이가 부역행위를 했으니까 이건 다 역산이야 집두 역산이야"[137]라고 한다.

그와 동시에 노파도 끌려가서 진종일 신문을 받았다. 그들은 노파의 사위가 공산당이라는 것도 알고 있고 노파가 공산당이 들어 온 뒤에 그들에게 륙색을 만들어 주고 그들에게 쌀을 꾸어주고 그들이 주는 밥을 먹은 것, 그들에게 「어머니」라고 불리운 것등을 알고 있었다. 동회 청년이 알려 준것이라고 생각했다.[138]

풀려난 뒤에 노파는 서울 수복 후 "소같은 여자"가 갖다놓은 물건을 포함해 집 안의 물건을 다 끄집어내어 남기고, 버리고, 감추고, 불태우고 하는 일을 계속한다. 월남, 납북, 토지개혁, 자살, 부역자, 빨치산 등과 같은 반복 모티프가 겹쳐있는 만큼 또 주인공인 노파의 행위와 상황이 연속되어 있는 만큼 전시의 후방의 한 단면을 잘 보여주었다고 할 수 있다.

137) 『현대문학』, 1955. 10, p. 34.
138) 위의 책, pp. 34~35.

장용학의 「요한詩集」(『현대문학』, 1955. 7)은 소제가 없는 토끼의 우화와 상·중·하 등과 같이 네 부분으로 구성되어 있기는 하나 상·중·하의 부분은 포로수용소에서의 누혜의 죽음과 동호의 누혜 어머니 방문이라는 이야기로 묶을 수 있는 만큼 토끼의 우화와 두 젊은이의 이야기로 대별해 볼 수 있다. 깊고 깊은 산속에 일곱 가지 색으로 꾸며진 굴속에서 살고 있는 토끼는 일곱 가지 고운 빛이 밖에서 들어오는 것임을 깨닫고 자기도 바깥 세계에서 들어온 것이 사실이라고 판단한다. 창 아래 다가가 손을 내밀면서 뒤를 돌아보니 방 안이 새까매졌다. 그 충격으로 쓰러져 며칠 동안 일어나지 못한다. 깨어나 그 창으로 기어 나가기 시작하여 살이 터지고 피투성이가 된 끝에 바깥 세계로 나갈 수 있었으나 태양광선을 쏘이는 순간 실명하고 만다. 토끼는 그 자리에서 죽음을 맞았고 이후 토끼가 죽은 자리에 자라난 버섯을 "자유의 버섯"이라고 부르면서 온갖 동물들이 그 앞에 가서 제사를 올리고 절을 하게 되었다. "상"은 시간, 공간, 생성, 역사, 말, 자아, 인생 본질 등에 대한 철학적 상념의 파편을 늘어놓으면서 동호가 누혜의 어머니를 찾으러 가는 모습을 묘사하는 것으로 시작된다. 동호는 고향을 떠올리기도 하고 자신의 과거를 돌이켜보기도 한다. 동호는 의용군 출신이다.

　　그것은 이년전 어느 일요일 이었다.
　　발광한 이리떼처럼 「傀儡軍」은 일요일을 잘 지키는 「美軍」의 진지로 돌입하였다. 여기저기에 흩어져 있는 레이숑상자 속에는 먹다 남은 칠면조의 찌꺼기가 들어있는것도 있었다. 정치보위국장교는 그것을 「일요일의 선물」이라고 하였다. 그들은 뭐든지 어떤 한가지를 모든 것에 결부시켜서 종내는 그것을 말살시켜버리는 것이었다.
　　「일요일의 공세」 「승리의 일요일」 「일요일의 후퇴」……「일요일의 휴가」
　　「人民」도 그랬고 「自由」도 그랬고 「맑시즘」도 그렇게 해서 지워버리는 것이었다.

우리 義勇軍 孤兒들은 한손에 닭다리를 한손에 수류탄을 움켜쥐고 「五十
年前의 資本主義」를 향하여 萬歲攻擊을 되풀이 하였다.[139]

장용학은 동호를 통해 북한 정권을 "발광한 이리 떼"로 비유해서 이념
비판을 꾀하는 수준으로 나아갔다. 동호는 의용군으로 나갔다가 폭격을
맞고 부상당한 채 포로가 되었고 포로수용소에서 바로 옆자리에 있는 누
혜를 알게 된다. 누혜의 부탁대로 어머니를 찾아간 동호는 누혜 어머니가
두 달 동안 곡기를 끊은 채 고양이가 잡아온 쥐를 먹고 연명했음을 확인
하고는 놀라게 된다. 인간의 체면을 더럽힌 노파의 목을 눌러 죽이고 싶
은 충동을 느끼기도 하였다. 작가는 이 엽기적인 장면 바로 뒤에 동호가
포로수용소에 있을 때 변소에 들어가 일을 보는데 누혜의 손목이 잘려 변
기통에 빠져 있는 것을 보고 충격받는 장면을 설정했다. 노파가 죽는 것
으로 "상"의 부분은 끝난다. "중"의 부분은 누혜와 동호가 포로수용소에
서 모습을 그렸다. 누혜는 괴뢰군으로 참전했다가 포로수용소에 들어와
서는 적기가는 부르지 않고 틈만 나면 푸른 하늘을 쳐다보곤 했다. 누혜
도 포로수용소에서 친구로 지냈던 긴장과 투쟁의 생활을 해가는 사이에
전쟁의 의미에 눈뜨고 제네바 협정이니 인도적 대우니 하는 말의 뜻을 파
악하게 된다. 추상적이며 압축된 서술에 그치긴 했지만 수용소 내의 전쟁
이 바깥의 전쟁보다 더욱 처참했다고 지적한다.

그런데 거기서는 시체에서 팔 다리를 뜯어내고 눈을 뽑고, 귀 코를 도리
어냈다. 아니면 바위를 쳐서 으깨어 버렸다. 그리고 그것을 들어서 변소에
갖다 처넣었다. 思想의 이름으로. 階級의 이름으로. 人民이라는 이름으로!

---

139) 『현대문학』, 1955. 7. p. 60.

그들은 生이 작난감인 줄 안다. 인간을 배추벌레인줄 안다!

이것을 어떻게 하면 좋단 말인가?

도리가 없었다. 「人間밖」에서 일어나는 한 「에피소-드」로 돌려 버릴 수밖에 없었다. 이런 공기 가운데서 누혜는 여전히 하늘을 먹고 살고 있었다.[140]

누혜는 전쟁 때 용감성으로 최고훈장을 받은 "인민의 영웅"이기는 했지만 "하늘을 먹고 사는" 태도를 버리지 못해 민족반역자와 반동분자로 찍혀 몽둥이 세례를 받게 된다. 누혜는 개성을 찾고 개인을 찾으려다 기계 부속품처럼 존재하고자 하는 사람들에게 희생된다. 누혜는 철조망 말뚝에 목을 매기 전날 동호를 껴안으면서 엊저녁에 요한의 모가지를 탐낸 살로메처럼 예쁜 여자가 자기를 껴안는 꿈을 꾸었다고 한다. 북쪽 지지자들은 누혜의 시체에서 눈알을 뽑아내어 평소에 친하게 지냈던 동호에게 해가 솟을 때까지 들고 서 있으라고 한다. 동호는 북쪽 지지자들이 얼마나 잔인한가를 알리고 있다. "하"는 누혜의 수기에 가까운 유서의 내용을 공개하였다. 아홉 살 되어 입학하여 "학교는 벌의 집"임을 톡톡히 체험했고, 중학교 때는 질서와 획일성을 공부했지만 대학을 졸업하고는 산속에 들어가 시를 많이 쓰는 식으로 개인적 삶을 영위한 적도 있다. 2차대전이 끝났을 때 "인민의 벗이 됨으로써 재생하려고" 당에 들어갔으나 "인민은 거기에 없고 人民의 敵을 죽임으로서 人民을 만들어내고 있음"[141]을 목격하게 된다. 그는 전쟁포로가 되어 비로소 노예에게서 자유인을 보게 된다. 누혜는 자유는 뒤에 올 진자(眞者)를 위하여 길을 안내하는 예언자인 요한 같은 존재임을 깨닫게 된다. 누혜의 유서를 정독하고 음미한 동호는 "存在는 犯罪이다. 또 그 總目錄이 世界다" "모든 存在는 다음 순간에 일어

---

140) 위의 책, p. 71.
141) 위의 책, p. 78.

날 可能性 앞에 떨고 있는 戰慄인 것이다. 이 戰慄을 잠자고 있는 世界에서는 「自由」라고 한다"[142]와 같은 다분히 실존주의풍의 명제를 얻고 있다. 누혜나 동호는 상식적인 의미의 자유를 획득해도 족한데 장용학은 실존주의의 자유론으로 두 인물의 극한 상황을 해결해주려 하였다. 작중사건이나 인물에 잘 녹아들어갈 수 있는 철학적 인식을 제시해도 1950년대 중반에서는 앞선 것이 될 수 있었다.[143]

박영준의 「贖罪」(『현대문학』, 1955. 1)는 복합적인 죄의식에 시달리는 여성을 내세웠다. 권씨는 처녀로서 간음했다는 죄의식과 유부남의 첩이 되었다는 죄의식 때문에 10여 년간을 열심히 교회에 다녔다. 6·25가 발발하자 권씨는 남편은 지주이고 자신은 기독교 신자인 만큼 괴뢰군에게 붙들려가는 것이 아닌가 하고 두려워했다. 권씨는 괴뢰군이 찾아오자 자기는 기독교 신자가 아니라고 하여 배교(背敎)라고 하는 죄의식의 대상을 하나 더 추가하게 된다. 그 후 신앙 생활을 더욱 열심히 하던 중 붙잡혀가 고문을 받는다. 마침내 그녀는 예수의 예언자인 요한과 예수를 생각하며 사형장으로 발길을 옮긴다. 박영준은 「遠心力」(『전망』, 1955. 9)에서도 죄의식을 다루었다. 조류학인인 남편을 위해 농사를 지었던 여인은 남편이 죽자 제약회사 여공으로 일하게 된다. 그러다가 장안의 부호에게 개가하여 15년 동안 매달 3만 원씩 첫 남편 애들에게 빼돌린 것을 고백하고 처분

---

142) 위의 책, p. 81.
143) 장용학, 「實存과 요한詩集」, 『장용학전집 6』, 국학자료원, 2002, pp. 84~88.
　　"어느 날 점두에서 거제도 포로수용소 생활의 수기를 그 몇몇 장면을 주워 읽게 되었다. 사람에게 바위를 떨어뜨려 으깨어 죽인다든지 눈알을 뽑고 코를 도리어 내고 사지를 뜯어내어 변소에 처넣었다든지 하는 장면은 빈혈증을 일으킬 만한 것이었다"(pp. 84~85), "「요한시집」은 실존주의문학에서 배운 눈과 거제도의 전율하에서 싹이 튼 것이고 제재로 서는 이 이상 바랄 수 없는 것이었다"(p. 85), "「요한시집」의 주제는 '자유'를 예언자 '요한'에 비한 데 있다. 요한이 나타났을 때 세상사람들은 그를 구세주라고 생각했다. 그러나 그는 그 뒤에 올 참된 구세주 예수를 위하여 길을 닦고 죽어야 할 존재에 지나지 않았다. '자유'도 '요한'적인 존재에 지나지 않는다는 말이다. 자유도 구세주는 못된다. 자유도 그 뒤에 올 그 무엇을 위해서 길을 준비하는 존재에 지나지 않는다"(p. 88).

을 바라는 것으로 소설은 끝난다. 작가는 모성에 충실한 이런 여인을 어떻게 처벌할 수 있겠냐고 묻고 있다.

곽학송의 「綠焰」(『현대문학』, 1955. 2)은 장용학의 「요한시집」보다 거의 6개월 앞서 발표되었던 포로수용소 배경소설이다. 덕보의 반대파가 한 사람을 끌어다가 각(脚)을 따서 밖에 있는 연못으로 던졌다든가 누구를 산 채로 땅속에 파묻었다는 소문이 도는 살벌한 분위기를 제시하였다. 「녹염」도 「요한시집」과 마찬가지로 친공포로의 잔인함을 폭로하였다. 중학교 교사 출신으로 의용군으로 끌려 나갔다가 포로가 된 정신적 지주인 윤선생을 붙잡아가려는 세 놈을 힘이 장사인 이덕보가 쫓아낸다. 포로 5천명의 집단을 5백 명 단위로 분산시키면 자치력이 상실될 것을 우려하고 또 친공포로와 반공포로로 갈라놓을 경우 자유가 없어질 수 있다는 불안감 때문에 윤선생과 같은 분산찬성론자를 하나씩 제거하자는 것이 친공포로 측의 생각이었다. 덕보가 포로가 된 과정을 따라가보면 우연이라든가 운명이라는 말을 떠올리지 않을 수 없다. 고아 출신으로 서울 을지로 소재의 여관에서 심부름을 하던 중 주인의 위임으로 여관을 포함한 집안의 모든 일을 맡은 덕보는 7월 25일경에 영등포 내무서에서 일한다고 하는 인민군 복장을 한 순구를 우연히 만난다. 순구가 독일제 권총을 분해하던 중 오발된 총알이 덕보의 왼쪽 넓적다리에 관통하자 덕보는 인민군 부상병들이 뒤끓는 대학병원으로 옮겨졌다. 순구가 영등포 내무서로 가버리면서 덕보는 자기 의사와 관계없이 인민군 부상병의 한 사람으로 등록되어 부대명도 계급도 제멋대로 붙여졌다. 덕보는 유엔군의 인천 상륙이 있기 며칠 전에 평양으로 이송되어 완치된 후 참전했다가 포로가 되고 만다. 바로 덕보와 순구는 포로수용소에서 반공파와 친공파로 대립하게 된다. 9시까지 5백 명씩 분산되어 캠프 밖으로 나오라는 감시 측의 확성기 소리가 울려 나온다. 캠프 밖으로 나가려는 측의 맨 앞장에 선 덕보는 저지 세력의 맨 앞장에 순구가 서 있음을 발견하게 된다. 두 사람은 서로

자기편으로 오라고 한다. 다시 확성기 소리가 나면서 양측이 무력충돌하
게 되자 순구는 덕보의 손에 의해 죽임을 당하고 동시에 49호 캠프의 포
로들이 밖으로 나가게 된다. 감시 측이 제시한 시간이 10분 지나 화염포
와 총성이 들리고 탱크가 들어오는 과정에서 윤선생도 죽고 만다. 덕보와
순구는 신념이나 지식보다는 우연이나 운명에 의해 특정 세력을 선택한
것으로 그려지고 있다. 장용학보다는 곽학송이 개인을 약한 존재로 인식
하고 있음이 확인된다.[144)]

장용학의 「肉囚」(『사상계』, 1955. 3)는 언청이로 태어난 "육체의 죄수"
가 자살 미수에 그치고 새로운 삶에의 의지를 다지는 과정을 담았다. 태
어나면서부터 언청이인 '나'는 5학년 때 서울에서 전학 온 여학생 밀희와
가까이한다고 놀림을 받는다. 얼마 후 밀희는 병으로 죽고 만다. 서울에
있는 미술 전시관에 들어갔다가 쓰러진 여혜를 구해준 후 늘 마스크를 쓰
고 데이트를 하다가 성형외과에 간다. 고칠 수 없다는 의사의 말을 듣고
는 자신의 언청이 모습을 찍어 보내 결별을 선언한 후 귀향하고 만다.
'나'는 부모의 강요로 안초시네 셋째 딸과 결혼한 첫날밤에 양심의 가책
을 느껴 그 방을 나와버린다. '나'는 새 여자를 만날 때마다 언청이를 원
인으로 한 죄의식에 시달린다. 이 죄의식은 자살 결심으로 이어진다. '나'
는 집에서 기르는 사냥개를 데리고 밤새 산속을 헤매며 밀희의 묘를 찾고

---

144) 김행복, 『반공포로석방과 휴전협상』, 백년동안, 2015, pp. 103~04.
  "드디어 본격적인 포로 분리, 분산작업이 시작되었다. 1952년 6월 10일 새벽 보트너 장
  군은 먼저 악명 높은 구역을 대상으로 선정하여 확성기를 통해 500명씩 조를 짜서 새로 만
  든 동으로 이동할 것을 지시했다. 그리고 만약 이 지시를 따르지 않으면 실력을 행사하겠
  다고 경고하였다. 하지만 포로들은 반복되는 소장의 명령과 경고에도 불구하고 이를 따를
  기미를 보이지 않고 고함과 욕설로 맞섰다. 그리고 도끼, 몽둥이, 식당 칼, 창, 휘발유, 수
  류탄으로 무장하고, 수용소 정문 안쪽에 파놓은 교통호로 들어가서 대항할 태세를 갖추었
  다. 보트너 장군은 전차부대와 공수부대에게 수용소로 진입하라는 명령을 내렸다. 이 작전
  에서 투입부대는 단 한 발의 총도 쏘지 않고 최루탄과 진동수류탄만 사용했는데, 최루탄
  세례를 받는 포로들은 눈을 제대로 뜨지 못하면서도 각종 무기들을 가지고 저돌적으로 덤
  벼들었다. (중략) 이 작전에서 31명의 포로가 죽고 139명이 부상당했는데, 사망자 중에서
  대부분은 포로수용소 안에서 소위 인민재판에 의해 이미 희생당한 반공포로들이었다."

는 사냥개를 죽인 후 자살하려다 실패하고 삶과 죽음에 대한 철학적인 사념에 빠졌다가 산을 내려온다. "나는 克服되어야 할 그 무엇이었다. 극복되어야 할 무엇을 가지고 있는 나는 나를 克服한다!" "生은 넓이가 아니요, 깊이이다! 깊이가 生이다" "生은 使命이요 事業이다! 싸움이다! 싸움 속에서 生은 이루워지는 것이다!"[145) 등과 같은 '나'의 사념은 작중의 상황과 자연스럽게 연결되고는 있지만 인간은 극복되어야 한다는 유명한 명제를 내세운 니체 철학의 그늘 아래 있음을 부정할 수 없다.[146)

장용학의 「死火山」(『문학예술』, 1955. 10)은 꿈꾸는 장면을 설정하고 시를 삽입함으로써 주인공의 몽상의 세계를 더욱 효과적으로 제시하게 된다. 무용부 학생인 리나의 적극적인 구애로 사랑에 빠지게 된 교사 '나'는 입대하여 전우의 오발로 소경이 되어 안마사로 연명하던 중 리나가 폭사하였다는 소식을 듣고 방랑길에 오른다. 두메산골 어느 집에서 리나에 대한 그리움에서 헤어나지 못하는 가운데 인간의 비극과 신의 존재에 대한 근본적인 사념에 젖는다. 집주인 부부는 전쟁을 만나 딸이 양갈보가 되어 벌어오는 돈에 의지하고 사는 타락상을 보인다. 작가는 "인간의 타락은 신의 영양(營養)"이라든가 "신은 타락의 원인이요 죄악의 이유"[147)라는

---

145) 『문학예술』, 1955. 3, pp. 184~85.

146) 니체는 『차라투스트라는 이렇게 말했다Also Sprach Zarathustra』에서 여러 차례 인간 극복론을 제시했다(곽복록 옮김, 동서문화사, 1976, 2007).
"그대들에게 초인에 대하여 가르쳐 주겠다. 인간이란 극복되어야 하는 어떤 것이다. 그대들은 자신을 극복하기 위하여 무엇을 했는가? 무릇 살아 있는 모든 것은 이제까지 자기 이상의 어떤 것을 만들어 왔다. 그런데 그대들은 이 커다란 조수의 썰물이 되겠단 말인가? 자신을 극복하지 않고 오히려 짐승으로 돌아가겠다는 말인가?"(p. 14), "그러나 그대들은 내가 그대들에게 가장 중요한 사상을 명령하도록 해야 한다. 인간이란 극복되어야 할 어떤 존재라는 가장 중요한 사상을"(p. 53), "그리고 생명은 나에게 직접 이 비밀을 말해주었다. 보라. 나는 언제나 나 자신을 극복하고 뛰어넘어야 한다"(p. 123), "이 오늘날의 주인을 극복하라, 형제들이여! 이 소인배들을! 그들은 초인에게 가장 큰 위험이다. 극복하라, 보다 높은 사람이여! 왜소한 덕을, 왜소한 지혜를, 모래알 같은 추측을, 개미 같은 초조함을, 비참한 안일을, 최대 다수의 행복을!"(p. 305)

147) 『문학예술』, 1955. 10, p. 48.

역설을 편다. 이러한 역설은 주인공이 눈앞의 현실을 부정하는 한 증거가된다. '나'는 길에 나서 B29의 폭격을 받아 사람들이 비참하게 죽어가는것을 목격하게 된다. "등뒤에서는 이리같은 共産主義가 총칼을 대었고 머리위로는 사치스러운 自由主義가 폭탄의 비를 쏟는다"[148]와 같이 전쟁악을 토로한다. 끝부분에 가서 '나'는 천제가 조건을 달아 내려보낸 리나와잠깐 재회하고 답답한 심사를 시를 지어 털어놓는 꿈을 꾸다 깨어난다. 전쟁이 안겨준 상처와 비극을 새로운 서술 방식에 담아 공감도를 높이면서 인간과 생에 대한 근원적 사고로 유도하였다.

손창섭의 「被害者」(『신태양』, 1955. 3)도 병자소설이다. 출판사 직원인병준은 애꾸눈 반장이 매일같이 찾아와 자기 딸과의 결혼을 강요하여 할수 없이 결혼한다. 병준은 나이 40이지만 초혼이고 아내 조순실은 세번째결혼한다. 첫 남편은 6·25 당시 행방불명이 되었고 두번째 남편은 술김에 살인하고 복역 중 급사하였다. 장인과 아내는 매일같이 돈 타령하며밀린 두 달치 월급을 자기네가 사장을 직접 만나 받아오겠다고 윽박지른다. 첫번째 남편과의 소생인 대갈장군이 한밤중에도 자지 않고 우두커니앉아 있어 병준이를 깜짝 놀라게 한다. 병준은 밀린 월급을 받아오라는장인과 아내의 압박을 견디지 못하고 기진맥진한 끝에 허무하게 죽고 만다. 병준은 바보 같다고 할 정도로 반항 한번 못하고 죽어갔지만 철면피인 장인과 아내는 정신이상자의 부류에 들어갈 수밖에 없다.

손창섭의 「人間動物園抄」(『문학예술』, 1955. 8)는 해방 전에 비해 현저하게 감소한 감옥소설이다. 거의 모든 문장을 '~는 것이다'로 끝낸 특징과모든 작중인물을 별명으로 명명한 특징을 갖는다. 별명으로 명명되고 있는 만큼 작중의 죄수들은 경멸과 냉소의 대상이 되고 있다. 동굴 속 같은감방 안에 살인강도 누범죄로 징역 16년째 살고 있는 방장, 제일 연장자

---

148) 위의 책, p. 50.

로 사기횡령 및 문서위조죄로 1년 8개월을 받았으며 가족과 재산이 없어 감옥에서 살고 싶어 하는 좌장, 끼니때마다 식사를 맡아보는 일을 하는 존재로 강도와 강간범으로 10년 이상이나 복역 중인 주사장(廚事長), 누구나 깔보는 표정을 짓고 있는 통역관, 미군 부대 인부로 다니던 중 양담배 한 보루를 사서 숨겨가지고 나오다가 엠피에게 걸려 2개월 언도를 받고 온 양담배, 여고생 다섯 명을 농락하고 초등학교 여학생의 하복부를 칼로 찌른 핑핑이, 전차운전수, 임질병 등은 서로 무표정한 얼굴로 바라보고 있다가 주로 잡담으로 시간을 보낸다. 잡담의 주요 화제는 음식과 여자다. 소설이 여기서 끝났더라면 보통 죄수소설과 다를 것이 없다. 밤마다 방장은 핑핑이를, 주사장은 양담배를 동성애의 대상으로 삼아 못살게 군다. 방장은 40이 가까운 나이에 여자와 한 번도 잔 적이 없다. 방장과 주사장은 여자와 같은 용모와 자태를 갖춘 스리 상습범이 새로 들어오자 눈에 불을 켜더니 한밤중에 일어나 싸우다가 간수에게 끌려 나간다. 어느 날 양담배의 항문을 들여다본 간수는 놀란 표정을 지으며 항문이 썩기 시작했다고 한다. 다시 돌아온 방장과 주사장은 다음 날 새벽 기어이 일을 벌이고 만다. 방장이 자기의 수의를 갈기갈기 찢어 동아줄처럼 만든 것으로 주사장의 목을 조이고 있는 것을 본 다른 죄수들은 놀라긴 하면서도 말리지도 못하고 있다. "인간동물원초"라는 제목이 암시하고 있는 것처럼 감옥은 타락과 부패로 얼룩진 전후 한국 사회의 축도로 비치게 된다.

유주현의 「流轉二十四時」(『사상계』, 1955. 5)는 고려 말 때의 「공방전」을 연상시키는 의인체소설이다. 지폐인 '나'는 은행원 미스 최, 배계장, 과장의 첩, 담배장사 할머니, 인쇄소 주인 차대머리, 고영감, 화장장 화부 등의 손을 거친다. 이 과정을 통해 드러나는 부정 입학, 인사 청탁, 임금 체불 등의 현실은 작가의 풍자정신을 촉발시킨다. 늙은 화장장 화부의 안주머니에 든 봉투 속에 있는 '나'는 화부의 안주머니에 금니가 서너 개나 굴러다니는 것을 보며 소리 지를 뻔한다.

임옥인의 「手帖」(『문학예술』, 1955. 6)은 여의사 개인의 사랑 이야기와 사회문제에 대한 적극적 관심이 결합된 소설이다. 여의사 윤봉실은 환도한 후 어느 날 아침 문둥이 거지를 맞고 20년 전 종교대학을 졸업하고 사회사업가가 된 안철을 떠올린다. 안철은 봉실에게 결핵 퇴치, 나병 퇴치, 인구 증가 대책의 하나로 화성 교통 개척, 동력 개발 문제 등과 같이 인류의 4대 문제를 제시한다. 안철이 준 수첩에는 안철이 고아로 자라 인류의 4대 문제에 관심을 갖게 된 배경과 상처한 슬픔과 봉실에 대한 연모의 정을 기록해놓았다. 윤봉실은 철과 동혁 사이에서 동혁을 선택하였다. 동혁은 모 사건에 연루되어 고문을 받고 그 후유증으로 죽었다. 그 후 세월이 흘러 봉실이 운영하는 내과에 안철의 아들이 폐병으로 입원한다. 안철은 한평생 고아사업을 했다고 털어 놓는다.

김성한의 「五分間」(『사상계』, 1955. 6)은 「제우쓰의 자살」과 마찬가지로 신화와 우화를 결합시키면서 세계사적 문제에 대한 의견을 들려주었다. 여기서 5분간은 신과 프로메슈스의 회의에 걸린 시간을 가리킨다. 세계의 무질서와 혼돈을 해결할 방책을 마련하지 못했다는 것이다. 2천 년 동안 고생했던 프로메슈스가 위기를 느낀 신의 부름을 받아 중립 지대 구름 위에서 단독회담을 한 것과 세상의 모습을 비판적으로 서술한 것을 병치해놓았다. 전자는 작은 활자로 표현했으며 후자는 큰 활자로 서술했다. 신은 오래전에 간디를 씹어 먹은 이래 절대를 부정하고 상대성 원리를 발명했다는 괘씸죄로 아인슈타인을 씹어 먹고 있다. 지상에서는 공산주의가 종교를 부정하고 있으며 개신교와 천주교의 싸움, 비구승과 대처승의 싸움이 벌어지고 있다. 프로메슈스는 신에게 종말이 가까워오고 있다고 공격한다. 신으로부터의 자유를 외치고 있는 사르트르, 정적 때문에 골머리를 앓고 있는 일본의 요시다 시게루(吉田茂) 등이 거론된다. 일본의 히로히도, 이집트의 나세르 등이 풍자의 대상이 되고 있고 김목사, 박스님, 유강도 등의 부도덕 행위라든가 불법 행동도 비판의 대상이 되고 있다. 중공군을 향한 미국 덜레스 장관의 선언, 네루의 원자력 평화사용론 등이 거론된다. 프로메슈스가 원자탄이 터진다고 기분 좋아하니까 신은 지(知)도 비약한다는 것을 생각하지 못한 것과 프로메슈스를 과소평가한 것은 잘못이라고 하였다. 신은 프로메슈스에게 다음과 같이 말한다.

프로메슈스, 이것이 공동의 위기라는 것을 알아야 한다. 아까도 말했지마는 너헌테는 綜合的基準이 없어. 네 아무리 자신이 있다 하여도 分立, 爆發, 衝突을 거듭하는 과정에서는 남의 밥 밖에는 될 것이 없다. 다행히 나에게는 기준이 있어. 아니, 나는 보편적 기준 자체다. 그러니 우리가 합쳐야만 살길이 트인다는 말이다.[149]

신이 내 부하가 되어 시키는 대로 하라는 말에 프로메슈스는 웃으면서 거절한다. 사창가에 이어 이번에는 남녀 대학생들이 많이 가는 비밀 댄스홀을 비친다. 남녀 대학생들은 쉬는 시간에 문단을 공격하고 사르트르, 카뮈, 카프카, 리처드, 포크너, 헤밍웨이, 모리아크 등을 들먹거리며 이들보다는 우리가 제일이라는 식으로 허풍을 떤다. 이들 문인들은 당시 대학생들 사이에서 많이 읽히는 존재들이다. 정다산을 산 이름이라고 하고 에라스므스를 엘로+스므스와 같이 결합된 것이라고 장난질 친다. 신과 프로메슈스의 줄다리기는 계속된다. "世上은 부글부글 끓었다. 무질서의 도가니였다. 걷잡을 수 없는 혼돈 속에서 狡智와 暴力과 奸惡이 활개를 치면서 神의 옆구리를 차겠다고 날치는 판이었다. 神의 얼굴에는 결심의 빛이 나타났다"[150]와 같이 이 세계를 무질서와 혼돈으로 파악한다. 프로메슈스가 신에게 이번에는 내 부하가 되라고 하자 신이 노기를 띠고 회담은 5분도 안 되어 결렬된다. 신은 이 혼돈과 허무 속에서 제3의 존재의 출현을

149) 『사상계』, 1955. 6, p. 202.
150) 위의 책, p. 204.

기다릴 수밖에 없다고 하였다.

김성한의 「蓋馬高地의 傳說」(『문학예술』, 1955. 10)은 의병과 동학군의 관계를 새로운 눈으로 보게 만든 역사소설이다. 구한말 때 항일의병 30명을 이끌었던 포수 출신인 태양욱이 승승장구하다가 옛 동지 집에 잠깐 들러 술과 고기를 먹던 중 일병의 습격을 받아 겨우 4명만 살아남는다. 그는 부하들에게 훗날을 도모하라 하고 할복자살한다. 항일의병들은 머리 깎은 동학군이 일본군에 붙어 동족을 못살게 굴기 때문에 적대관계를 이루었는데 태양욱이 부하들의 반대를 무릅쓰고 동학군을 방면한 것이 훗날 동학군에게 복수당하는 치명적인 화로 돌아온다. 역사적 대사건은 사소한 사건에서 빚어질 수 있다는 점과 지도자는 때로 인정에 끌려서는 안 된다는 점을 일깨워준다.

이무영의 「異端者」(『현대문학』, 1955. 6)는 악인고발소설이다. 아내로부터 정신이상자라는 말을 들을 정도로 결벽증이 심하고 깐깐한 소설가 준이 50년간 살아오면서 본 악의 화신들, 예컨대 그를 고문해서 기절하게 만든 왜정 때의 곰보 형사, 혹독한 고문을 못 이겨 왜말로 소설을 쓰는 그자신, 조선 민족은 소련의 연방이 되어야 한다고 주장한 공산주의자들, 간에 붙고 쓸개에 붙은 박쥐들, 해방 후 예수를 팔면서 미군정의 악질 관리를 추종하면서 치부한 장로, 6·25 때는 대한민국 욕을 하더니 9·28 이후에는 자기의 정체를 알 만한 사람들을 모조리 빨갱이로 몰아간 존재들, 백성들의 고혈을 짜 사복을 채운 관리들이 악의 얼굴로 떠오른다고 하였다. 그런가 하면 지저분한 소설과 잡지 들은 불에 태워야 한다는 식의 자기비판도 아끼지 않았다. 준은 바람둥이 남편도 부정의 시선으로 보았지만 극장에서 담배 피우는 존재를 향해서도 엄한 처벌을 내려야 한다고 공상한다. 준은 공상 속에서 논고문을 작성한다. 남들이 담배 피우지 말라고 하는데도 나 하나만 편하고 잘 살면 된다는 자세가 바로 악의 온상이 될 수 있다고 생각한다.

이 생각이 크고 자라서 공산당이 되었고, 탐관오리가 되고, 모리배가 되고, 간상이 되고, 밀수를 하고, 중립화를 꾀하고, 학원모리를 하고, 받지 않으면 도장을 안 찍어 주고, 남을 모해하고, 한푼도 없는 예금에 잔고증명을 해 주고서 액면의 一활이자를 또박 또박 받아먹고, 탈세를 하고, 첩을 두고, 간음을 하고, 아편을 팔고, 젖꼭지 소설을 일삼고, 우리의 강토를 쏘련놈한테 팔아 먹을 공작을 하고 국가 원수를 속이고 백성을 배반하고─그래서 결국은 우리 국가와 민족을 멸망케 하는 가장 근본적인 죄악의 온상이 되는 것 입니다.[151]

공산주의를 비롯한 모든 악의 존재는 사소한 에고이즘에서 자라난 것이라는 인식을 오랫동안 많은 작품을 써 온 노대가가 찾아낸 것이기는 하지만 그리 큰 공감은 사지 못했다. 준은 이러한 태도를 비아냥거리는 아내로부터 또 도움을 주지 않는 문인 친구들로부터 소외감을 느끼고 기어이 아내에게 이혼 편지를 쓴다. 공상의 형식을 통해 악의 존재에 대한 비판정신의 심화를 꾀하였다.

이무영의 「帆船에의 길」(『사병문고 4』)은 전쟁이 가져다준 비극의 단면을 드러내 보였다. 반동분자로 낙인찍힌 석은 9·28 후 입대하여 해사에서 교육받고 종군기자로 활약하게 되지만 아내와 여섯 자식의 행방을 알지 못한다. 당진 친척네 있을 것이라는 친구 부인의 전언을 믿고 석은 부대가 일선으로 가다가 인천에서 이틀 동안 정박하는 틈을 타 인천에서 범선을 빌려 50시간 안에 당진에 다녀오기로 한다. 아내는 보름 전에 부산으로 떠났으나 귀대하는 길에 당진 장터에서 장사하는 아들과 딸을 조우한다. 아내에게 몇 자 적어주고 애들과 울면서 이별하고 돌아보지 않으려

---

151)『현대문학』, 1955.6, p. 138.

고 입술을 깨문다.

　김중희의 「遮斷」(『사상계』, 1955. 7)은 신문기자가 3개월 동안 툇마루 밑에 숨어 살다가 아내와 딸을 데리고 1950년 9월 26일 새벽 2시에 집을 나온 것에서 시작한다. 서울 시내가 모둔 인민군에 의해 차단되었다. 이 차단 지역의 주민에 대한 적의 학살 행위는 유엔군의 서울 진격과 함께 더욱 심해졌다. 이 소설은 특히 청계천변에서 학살 행위가 이루어졌음을 강조한다. 준호는 사변 직전까지 정부출입기자였고 반공적인 시사 해설을 자주 발표했기에 학살 공포에서 헤어나오지 못한다. 결국 준호 부부는 을지로 쪽 호에 숨어 있다가 적병과 함께 박격포를 맞아 그 자리에서 죽고 만다. 이 소설은 학살 모티프를 반복 제시하는 가운데 빨치산, 정치보위부원, 민청원 등과 단어를 제시했고 인민군이나 괴뢰군 대신 "적"이라는 단어를 취한다. 박용구의 「피란은 끝나다」(『현대문학』, 1955. 8)는 여성의 배신담이다. 피란선에서 우연히 만난 옥회를 부산에서 여러모로 도와주고 애인처럼 가까이하고 회사에 취직시켜주었으나 옥희는 환도 후 회사 사장 아들이며 상무인 자와 약혼한다. 설상가상으로 주인공의 아우는 전쟁에 나가 두 눈을 잃고 돌아온다.

　박연희의 「바다처럼 침묵이 흐르던 날」(『문학예술』, 1955. 12)은 소년을 주인공으로 하여 서울의 전쟁 분위기를 제시하였다. 수길은 여러 날을 굶어 일주일 이상 학교를 나가지 못한다. 학교는 교과서를 가르치는 대신 노래를 가르치느라 바쁘다. 윤철이는 반장이 되자 아무 이유 없이 결석하는 아이들을 반동분자로 몰겠다고 한다. 어머니는 수길이에게 폭격으로 용산이 죄다 탔고 중학교 학생들이 몰살당했다는 소식을 전해준다. 수길은 해방 이후부터 민족진영 학생단체에서 일하던 것 때문에 6·25 직후 달아난 형 준길의 입장을 이해하게 된다. 서울 수복이 가까워졌을 때 보안서원과 공산군이 와서 개를 달라고 하는 것을 수길이 안 된다고 하고 어머니는 갖고 가라 하고 그사이에 개는 도망가려다 총에 맞아 죽는다.

오상원의 「죽음에의 訓練」(『사상계』, 1955. 12)은 미군 포로병들과 같이 생활하면서 외로움과 소외감을 뼈저리게 느꼈던 국군 포로가 휴전협정이 조인됨에 따라 그들은 본국으로 돌아가는데, 자신은 어쩌면 영원히 못 돌아갈지도 모른다고 불안해하는 것으로 끝난다. 특정 어구의 반복 제시라는 오상원 소설 시학의 특징의 하나가 여기서도 재현되었다. "떠나가버린 것이다"로 서두가 열리면서 "이국포로병사들은 돌아갈 수 있었다. 그러나 나는 돌아갈 수 없을지도 모른다"와 같이 "그들은 떠나간다"는 말이 여러 번 복창되었다. 하만, 깊슨, 테일러, 캐래린 등과 같은 이국 병사들은 고국에 두고 온 가족에 대한 향수에 젖거나 기도 드리길 좋아한다. 그럴 때마다 "六·二五 돌발과 함께 학우(學友)들과 남하하다가 군문으로 뛰어들어간 이후 전투속에서 생명을 지금껏 묻어온"[152] 그는 그리워할 집도 없고 부모형제도 없는 자신의 신세를 확인한다. 신의 존재를 인정하기 어려운 분위기에 빠지면서 불안감과 죽음에의 공포심은 심해진다. 하만은 2차대전 때 말레이시아 반도에서 일본군 포로가 된 적이 있음에도 두려움보다는 믿음으로 어려움을 극복하고 나중에는 그에게 성서를 주고 간다. 포로들은 죽어가는 전우를 인민군의 강요와 감시 아래 생매장하는 일을 하기도 한다. 미군 포로들이 빠져나가자 그는 모든 감정을 "죽음에의 훈련"으로 요약한다. 과거와 현재가 마구 뒤엉키고 추상과 구상이 서로 넘나들고 있다. 실존주의의 영향이 작중사건이나 심리 상태에 잘 녹아든 것 같지는 않다. 실존주의라는 메이크업이 오히려 작품의 내용을 어색하거나 혼란스럽게 만들 수도 있음을 보여주었다.

최인욱의 「田영감의 住宅問題에 關한 件」(『신태양』, 1955. 2)은 전쟁이 빚어낸 변화를 보여주었다. 복덕방을 하는 전영감이 해방 후 쫓겨 가는 일본인으로부터 양도증서를 받았고, 군정 때와 정부 수립 후에 다시 계약

---

152) 『사상계』, 1955. 12, p. 273.

하여 문패를 걸어놓고 불하만 받으면 될 판에 1·4후퇴 후 부산으로 피란을 갔다가 와보니 1952년 9월 며칠 날짜로 박 모란 전직 국회의원 앞으로 불하되었다. 그런가 하면 조카는 인민군이 되었으며 마누라가 데리고 온 딸은 양공주로 빠지고 말았다.

정비석의 『自由夫人』(『서울신문』, 1954. 1. 1~8. 6, 215회)은 국어학자인 장태연 교수의 부인인 삼십대 중반의 미모의 오선영이 젊은 대학생 신춘호, 사업가 한태석, 백광진 등과 춤바람이 나 자유분방한 생활을 하다가 한태석의 부인에게 망신당한 것을 계기로 깊이 반성하고 남편의 용서 아래 돌아온다는 내용이다. 작가는 당시의 신조어이자 유행어인 '자유부인'을 고발하기 위해 이 소설을 썼다. 이미 가정주부로서 탈선했던 오선영은 돈을 받고 남편 장교수의 수강생의 성적을 고쳐주는 비행도 저지른다.

> 자유부인도 좋고, 여남동권도 무방하다. 거세(擧世)가 민주 세상이라면 남편인들 아내의 자유와 권리를 어찌 부인할 수 있으리오. 진시황(秦始皇)이 환생을 했다 한들, 여남동권의 시대사조만은 만리장성으로도 막아낼 길이 없었으리라. 그러나 여남동권 시대라고 해서 아내의 이름으로 남편의 직무 영역을 침범해서는 안 될 일이다. 민주 사상이란 구경, 나의 영역을 존중하는 동시에 남의 영역을 절대로 침범해서는 안 된다는 사상인 것이다. 이 문제만은 진정한 민주 발전을 위하여 '자유부인'들이 깊이 인식해야 할 시대적 과제의 하나인 것이다.[153]

그런데 이 소설에는 남녀의 불륜, 사기행위, 국회의원 낙선 이야기만 들어 있는 것은 아니다. 여러 작중인물들의 입을 통해 민주주의·자유·혁명 등에 대한 민심, 남녀평등 문제, 여성성의 본질, 언론정신의 그늘, 정

---

153) 정비석, 『自由夫人』, 추선진 엮음, 지식을 만드는 지식, 2013, p. 308.

의와 불의, 국문 경시와 영어 숭배 풍조, 정치가의 부패 등이 고발되고 있다. 1954년 6월에 이선근 문교장관이 이승만 대통령의 명령을 받아 한글간소화안 추진 담화를 발표한 것에 대한 작가 나름의 반대의사를 국어학자 장태연을 통해 표시하고 있다. 국회의사당에서 열린 한글공청회에 10여 명의 연사 중 한 명으로 연단에 오른 장태연 교수는 이번 간소화안은 문법을 완전히 무시했다는 이유와 국민 대중의 지지를 받고 있는 현행한글철자법을 몇 사람이 마음대로 뜯어고치는 것은 학살행위라는 이유로 반대한다고 하였다.[154] 집을 나와 있던 오선영은 공청회에 참석하여 남편의 강연을 듣고 논리정연하다는 인상을 받았고 권력을 초개처럼 여기는 선비적 태도에 공감한다. 이러한 공감대가 형성되면서 오선영은 자기반성으로 접어들게 된다. 연구에만 몰두하는 남편 장태연 교수를 비웃었던 오선영을 비판하는 것은 물론이고 아내 단속에 무심했던 장태연 교수에 대해서도 작가는 노골적으로 비난하고 있다.

'육·이오'의 처참한 전화(戰禍)는 정숙하던 많은 가정부인들로 하여금 윤락(淪落)의 길을 면치 못하게 하였다. 객관 현실에 못 이겨 어쩔 수 없이 윤락의 길을 걷게 된 여성들이라면 누가 감히 그들에게 돌을 던질 수 있으랴. 먹고살기 위해 몸둥아리를 최후의 밑천으로 삼았다면, 오히려 눈물겨운 동정을 금할 길이 없으리라.

그러나 오늘날 자유부인들이 놀아나는 것은, 먹고살기 위해서가 아니라, 순전히 허영 때문인 것이다. 그들의 행동은 하나에서 열까지 허영 아닐 것이 하나도 없다. (중략) 그런 허영의 괴뢰(傀儡)가 어찌 오선영 여사 한 사람

---

154) 정비석, 「「自由夫人」의 生活과 그 意見」, 『신태양』, 1957. 1, pp. 98~104. 이 글은 자유부인의 독자수, 집필동기와 제호, 논쟁과 물의, 독자 투서와 여론 등의 소제목으로 구성되어 있다. 이 글에서는 국어학자를 설정해서 소설을 써나가는 도중에 한글간소화 문제가 생겨 간소화 반대라는 작가의 평소 신념을 밀고 나가는 쪽으로 주인공을 그려나갔다고 하였다. 신문사에서는 난색을 표하더니 소설 중간중간을 삭제 조치하였다고 한다.

뿐이랴! 민주주의란 과연 좋은 사상이기는 하다. 그러나 자유와 방종(放縱)이 혼동되어, 사회 질서가 그로 인하여 파괴될 우려가 있을 경우에는, 민주주의를 잠시 무시해도 좋으니, 여성 각자에게 지각이 생길 때까지는 아낙네들을 엄중히 단속할 필요가 있을는지도 모른다.[155]

오선영의 오빠 오병헌이 국회의원에 재선되기 위해 거액의 돈을 뿌렸으나 낙선하는 것으로 그럼으로써 금권정치의 그늘을 고발하는 효과를 가진 점에서 『자유부인』은 정치소설적 요소도 지닌 것으로 볼 수 있다. 『자유부인』은 당시의 사회적 분위기나 문화적 문제에 대해 통찰력 수준의 시선을 준 흔적을 남기고 있어 실패작의 울타리를 벗어나게 된다.

『자유부인』이 교수 장태연을 에워싸고 있는 대부분의 남녀 인물들을 타락한 인물로 그리고 있는 것과 반대로 『民主魚族』(『한국일보』, 1954. 12. 10.~1955. 8. 8, 228회)은 주인공을 포함하여 대부분의 인물들을 건실한 인물로 형상화하고 있다. 은행장 아들 배영환이 많은 여자와 상대하여 난륜을 저지른다는 모습이 비중 있게 그려져 있기는 하지만 건실한 인물담에 가려 있다고 해도 좋을 정도다. 여주인공 강영란은 배영환으로 상징되는 타락한 세계에도 일시적으로 발을 담그기는 했다. 이 소설의 중심공간은 동시대 소설에서 자주 보였던 댄스홀, 술집, 다방 그 어느 곳도 아닌 원효로 소재의 '민생 알미늄제작소'다. 강영란은 아버지 친구 백암 선생의 소개로 그 제자인 박재하 '민생 알미늄제작소' 사장을 찾아가 경리로 취직하여 연구원 홍병선과 인사를 나누게 된다. 그는 와세다 대학 공학부 출신으로 일본 제품을 막아내기 위해 도금술을 연구하는 중이다. 사원들 사이에서 철저한 실천가로 평이 난 박재하 사장은 중국 여순 공대 출신으로, 일제 때 겸이포 제련소 일급 기사로 있다가 해방을 맞아 반동분자라

---

155) 정비석, 위의 책, pp. 382~83.

는 혐의로 감옥살이하던 중 탈옥해서 월남한 반공주의자로 그려져 있다. 박사장은 사원들에게 시간 엄수, 적극적 건강관리, 태만과 부패를 방지하기 위한 도시락 지참 등을 요구하였다. 박사장은 민주시대 문화인이라면 정치에 관심을 가져야 한다고 하면서 5·30 선거 이후 3대 국회의원들이 반년 동안 한 일이라곤 물가 올리고, 비료를 제때 풀지 않아 농업생산력을 떨어뜨리고, 민생을 외면한 것이라고 비판을 아끼지 않는다. 민주정치는 반대 당과의 평화적 대결에 의하여 사회를 민주적으로 발전시켜 나가는 것이라는 원론을 환기시키기도 한다. 32세의 오창준 변호사는 남산골에 모자아파트를 지어 전쟁미망인이나 납치미망인 중 직업여성을 입주시켜 살게 하는 사회사업을 벌인다. 오창준은 강영란에게 우리나라에 3만명 가까운 미망인이 있다고 하면서 자신의 소원은 이런 불행한 사람들을단 한 사람이라도 건실하게 살아가게 지도하는 것이라고 한다. 오창준 변호사는 '자유부인'인 처와 이혼한 후, 첫사랑이었으나 전쟁미망인이 된영란의 언니 영희를 모자아파트에서 일하게 하고 나중에 재혼하게 된다. 사십대의 박재하 사장과 삼십대의 오창준 변호사는 건강하면서도 이타적인 정신의 소유자로 묶을 수 있다.

작가는 배영환을 사례로 하여 해방된 후에도 계속되는 사대주의 유풍의 심각성을 지적하였다. 그 예로 크리스마스를 가장 호화로운 명절로 여기는 신풍속을 비판한다. 홍병선은 영란에게 미국의 원조를 받는 한국인의 자세에 대해서도 한마디 한다. 원조를 받으면 자력으로 살아갈 수 있다는 성의와 자주정신을 보여주어야 미국도 기쁜 마음으로 원조해줄 것이라고 조언한다. 지도층 인사들이 솔선하여 국산품을 애용하면 외교적 효과도 거두고 국내 생산계를 그만치 발전시킬 수 있을 터인데 우리나라지도자들은 특권계급이라는 의식에 젖어 있다고 비판한다.

『자유부인』이 서두를 기혼녀들의 모임인 화교회(花交會)를 소개하는 것으로 채운 반면 『민주어족』에서는 백암 선생의 문하생으로 정치가, 무역업자, 실업가, 교육자, 관공리, 사법관, 언론가, 변호사, 문필가 등 27명이 매주 일요일 오전 10시에 모여 오후 서너 시까지 발표회와 토론회를 갖는 것을 보여주고 있다. 박재하 사장과 오창준 변호사도 참석한 이 모임에서는 정치문제를 비롯한 온갖 사회문제를 가지고 여러 시간 동안 토론회를 갖는다. 백암 선생은 우리가 지상 천국을 이룰 만한 천혜의 조건이 있음에도 다른 나라보다 못사는 것은 오로지 정치의 빈곤 때문일 것이라고 지적하면서 "정치의 빈곤은 국민생활에 불안과 빈곤을 초래하였고 국민생활의 불안과 빈곤은 공산사상의 온상이 되어있는 것"[156]이라고 하여 정치의 중요성을 역설한다. 이러한 직간접적인 정치비판은 당시 다른 소설에서는 찾기 어려운 것이 사실이다. 박재하 사장은 무역부진, 국내공업의 위축문제 등을 근본 해결하려면 농촌 부흥을 꾀해야 한다고 하면서 토지개혁법 못지 않게 임야개혁법이 긴급문제라고 하였다. 옵서버로 참석했던 강영란이 가끔 과격한 토론을 들으면 걱정이 된다고 하자 박사장은 민주국가는 주권재민인데 무엇이 두려우냐고 한다. 이 토론을 하고 나면 토론의 내용이 신문사설, 피고에 대한 변론, 공장 운영 등에 반영되어 민주세력을 확장시키는 것이라고 한다. 영란이 이런 회합이 있다는 것이 당국에서 알아도 괜찮을 것인가 하자 박사장은 헌법에 보장된 언론자유를 포함하여 모든 것이 헌법대로 실현되도록 노력해야 할 것이라고 한다. 알루미늄 공장이 잘 돌아가자 일부 동업자들이 박재하 사장을 비밀결사체 가담 혐의를 걸어 고발한다. 오창준 변호사가 며칠 안 되어 석방된 것과 달리 박사장이 장기간 조사를 받게 되자 오병선은 강영란과 함께 공장비상대책위원회를 구성한다. 자금 사정이 악화되자 공장 직원들은 한 달 봉급을 받지 않고 그 돈으로 원료를 사들이는 일에 동의한다. 홍병선과 강영란은 회사를 살려냈을 뿐만 아니라 사랑도 구할 수 있었다. 이 소설은 표

---

156) 정비석, 『민주어족』, 1955년, 정음사, p. 295.

제 "민주어족"을 다음과 같이 설명한다.

　　사람은 누구나 명리(名利)를 탐내지만, 사람이란 반드시 유명할 필요도 없
는 일이요, 돈이란 먹고 살아가기에 군색하지 않으면 그만이라고 생각하는
영란이었다.
　　부질없는 명예와 헛된 이욕에 미친 인간이 되기보다는, 차라리 무명하고
가난한대로 자기 이상대로 살아가는 것만이 가장 참된 인생이라고 생각되
었던 것이다. 그런 의미에서 영란은 영원한 민주어족이었다.[157]

　이런 민주어족이라는 자의식이 끝난 후 영란은 홍병선의 프러포즈를
받아들이게 된다. 사고방식과 행동방식의 면에서 박재하 사장과 오창준
변호사와 홍병선 연구원은 이상적인 인물이라는 유형으로 묶을 수 있다.
이상적인 인물을 제시한 것은 1950년대 전후 사회를 복구하고 발전시키
자는 작가 의지의 소산이다. 이렇듯 희생적이고 이타적이고 미래지향적
인 인물들은『민주어족』을 노벨보다는 로망스로 보게 하는 근거가 된다.
　비록 단편소설이긴 하지만 최인욱의 「밤 거리를 혼자서」(『문학예술』,
1955. 12)도 정치의 빈곤을 문제시하였다. 미스 리가 지금 우리나라는 민
주정치를 하고 있느냐 하고 묻자 미스터 김은 국내적 질서와 정치도의가
세워져야 한다고 주장한다. 미스 리가 정치의 빈곤을 극복해야 우리가 산
다고 하자 미스터 김은 동의한다. 이 대화을 엿들은 양장점 주인이며 과
부인 안숙자는 오늘날 젊은 세대는 정치문제나 사회문제에 대한 의견을
교환하는 것으로 연애를 시작하는 것으로 생각한다. 안숙자는 자기 양장
점의 종업원이었다가 자기 질투심에 의해 해고당한 미스 리가 그렇게 알
찬 생각을 하고 있는 줄 몰랐다고 생각하며 화술을 마시게 된다.[158]

---

157) 위의 책, p. 504.
158) 1950년대의 신문연재소설을 연구한 김동윤의『신문소설의 재조명』(예림기획, 2001)은 정

황순원은 1955년 1월호부터 12월호까지 『새가정』에 "천사"라는 제목으로 연재했던 소설을 1957년에 중앙문화사에서 단행본으로 낼 때 『人間接木』으로 개제했다. 상이군인인 최종호는 정릉의 갱생소년원에 부임하여 김목사로부터 네 아이에 대한 기록을 인수한다. 미장이였던 아버지가 2층집에서 공사하다 떨어져 죽었고 어머니는 이미 아버지의 노름벽 때문에 화병에 걸려 죽어 고아간 된 차돌이, 청진동에서 7세 때 불장난하다 잘못하여 두 살짜리 동생을 죽인 일을 용산에 있던 집에서 부모가 폭사하는 바람에 끝내 이야기하지 못한 죄의식에 시달리는 남준학, 6·25 때 평양에서 월남하다 부모와 헤어졌고 14세 된 누이마저 부산에서 헤어져 11세 때 고아원에 들어온 김백석, 본명도 모르고 부모가 누군지도 모르고 어려서부터 거지 노릇 하다가 소매치기가 되어 왕초의 보호와 명령 아래 살아온 짱구대가리 등에 대한 기록을 전해 받는다. 이들 소년들을 전쟁의 피해자라는 공통점을 지닌다. 김목사는 짱구대가리가 소년원을 망쳐놓을 수도 있다고 경고한다. 최종호는 서울 사립대 의대의 외과에 적을 두던 중 1952년 봄에 의무장교로 배속되어 나갔다가 포탄을 맞아 오른쪽 팔꿈치까지 절단하고 전란 통에 홀어머니마저 잃고 제대 후 대학 은사인 정교수의 소개로 갱생소년원에 취직하게 된다.

종호는 소매치기인 짱구대가리의 반항으로 첫 시련을 겪는다. 짱구대가리가 일요일에 계속 점심을 주지 않으면 소년원을 탈출하겠다며 선생님은 간수가 아니냐고 하자 종호가 뺨을 때린다. 일요일에 원생들 점심을 굶기는 것은 점심 굶으며 근신하라는 의미가 있다고 유선생이 설명한다. 밤중에 짱구대가리가 밖에 있는 왕초와 불빛으로 신호를 주고받는다. 왕

비석의 『자유부인』 『민주어족』 『낭만열차』, 김말봉의 『푸른 날개』, 염상섭의 『미망인』, 박계주의 『별아 내 가슴에』, 박영준의 『荊冠』, 박화성의 『사랑』, 김광주의 『장미의 침실』, 안수길의 『제이의 청춘』, 장덕조의 『격랑』, 임옥인의 『젊은 설계도』, 이무영의 『계절의 풍속도』, 손소희의 『태양의 시』 등 34편의 장편소설의 연재지와 연재 시기(pp. 24~25), 작중인물표(pp. 227~36), 개요(pp. 237~349) 등을 제시하였다.

초가 이번에는 직접 찾아와 애들을 빼내려 하나 종호의 저지로 실패한다. 왕초가 나도 애들 등쳐 먹지만 나보다 더한 놈들이 너희들이라는 말을 했다는 것을 듣고 아이들에게 일요일에 점심을 주자고 한다. 유선생은 왕초의 하는 일과 소매치기 조직에 대한 이야기를 들려준다. 종호는 매일밤 여섯 명씩 교대하여 닷새에 한 번씩 야경을 서도록 한다. 짱구대가리가 애들을 시켜 창고의 물건을 훔쳐내자 종호는 오히려 짱구대가리에게 창고 열쇠를 맡기며 네 마음대로 하라고 한다.

식모 할머니는 죽은 자식과 너무 닮은 철수를 자기 자식이라고 하면서 편애한다. 철수는 부산으로 피란 가 국제시장에서 목판장사 하던 아버지한테 쌀값 5백 환 받고 돌아오다 약장수 광고를 보던 중 돈을 잃고 혼날까봐 그길로 가출하여 양아치 틈에 끼어다니다가 고아원에 들어온 것이다. 종호는 친부모를 찾아주어 철수를 새로운 인생으로 들어서게 한다. 정교수는 폐결핵에 걸려 6개월밖에 못 산다는 아내를 10년이나 더 살게 하고 아들을 폐결핵 전공의사가 되게 하여 마산 요양소에 근무하게 한다. 정교수는 어떤 여자가 낳고 도망가버린 아이를 맡아 키우고 있다. 정교수는 종호에게 영원한 멘토라고 할 수 있다. 철수 부모가 와서 식모 할머니를 위로해준다. 소년원에 원조를 주어온 미 서울지구 사령부에서 시찰 나왔다고 하자 원장 한장로와 홍집사는 시경에 가서 경찰 협조로 애들을 붙잡아 오고 소년원에서는 야경대 활동을 강화한다.

백석의 누나가 봉익동에 있다는 제보가 있어 종호는 백석과 제보자를 데리고 찾아간다. 백석의 누나는 정교수 병원에 가서 아이를 낳고 몰래 도망가버린 바로 그 여인이었다. 이번에는 소년원생들 사이의 갈등과 경쟁이 문제가 된다. 배선집이 소년원의 유일한 중학생 장태운을 아니꼽다는 이유로 폭행한다. 종호는 배선집을 야단치는 짱구대가리에게 싸움이 나지 않게 해달라고 부탁한다. 포주에게 진 빚을 갚게 하기 위해 백석의 누나를 간호부로 채용하려는 정교수의 계획은 백석의 누나의 자살로 무산되고 만다. 종호가 화장장까지 갔다가 온다. 부부싸움 하는 것이 지겨워 가출했던 박영철이 엄마 손에 이끌려 소년원을 떠나간다.

서울지구 미국 사령부로부터 양곡, 위류, 건축자재 등이 온다. 목수 일 거드는 차돌이를 구타한 배선집을 짱구대가리가 야단친다. 종호는 남산에 있는 원장집을 방문하여 갱생소년원의 자립책으로 소년원 직영의 목욕탕 운영 계획을 듣는다. 앞으로 서비스 공장도 만들겠다고 한다. 종호가 양계, 양돈 사업의 필요성을 이야기하면서 원생들에게 기술 한 가지씩 습득시키겠다고 한다. 희망에 차서 돌아와보니 짱구대가리가 몇 아이들과 도망치겠다고 한다. 종호는 여기가 싫으면 나가라고 하면서 단 내일 아침에 문을 열어주겠다고 한다. 그렇게 하겠다고 한 짱구대가리는 앞산에서 라이터 불이 몇 번 반짝거리자 탈출한다. 그 뒤를 종호가 쫓아간다. 짱구대가리는 왕초에게 똘마니들은 내일 아침에 나오게 하고 자기 혼자만 나온 것이라고 한다.

왕초가 종호가 애들을 다 감화원으로 끌고 갈 것이라고 하자 짱구대가리가 부인한다. 당장 가서 애들을 끌고 오라고 하자 짱구대가리는 내일 정문으로 나올 것이라고 한다. 종호가 올라오는 소리를 듣자 왕초는 짱구대가리와 종호가 짠 것이라고 생각하고 짱구대가리의 옆구리를 칼로 찌른다. 종호가 짱구대가리를 업고 병원으로 간다. 동생을 죽였다는 죄의식에서 헤어나지 못하는 준학이가 "저기 있던 천사의 날개보다도 더 희었어. 그걸 우리가 모두 달고 있었어. 너도 나도, 그리고 저, 짱구대가리도"와 같이 어둠 속에서 하얀 날개 달린 천사를 보았다고 하면서 소설은 끝난다. 이 소설의 원제인 "천사"의 의미가 형성되는 순간이다.

4. 전후소설의 모험과 성취(1956~57)

(1) 곽학송의 『자유의 궤도』와 부역자 모티프

철도국 근무와 공비토벌대 참가라는 이력을 지닌 곽학송[159]의 『自由의 軌道』는 1955년 5월에서 1956년 6월까지 『교통』지에 『鐵路』라는 제목으로 연재되었다가 중단되었던 것을 1956년 10월에 노동문화사에서 단행본으로 출간한 것이다. 이 작품은 "제1부 前夜" "제2부 亂中事" "제3부 附逆罪"으로 구성되었다.

수색 철도 분소 통신원으로 일하는 안현수는 집에서 비번으로 『철도통신약어』 초고를 어루만지고 있던 1950년 6월 25일에 교대근무자인 기호를 통해 전쟁 발발 소식을 듣는다. 특경대 소대장으로 있는 형 길수는 어머니를 모시고 피신하라고 한다. 기호와 현수는 난지도 쪽으로 나가 한강을 건너려 했으나 배가 없어 기호는 건너가고 현수는 되돌아온다. 현수는 경혜보다는 이순이의 생사에 더 큰 관심을 두었다. 두 여인은 현수와 본소에서 같이 근무한 적이 있는 여직원으로 둘다 좌익운동에 빠진 적이 있으나 경혜는 중간에 손을 떼었고 순이는 계속 열성을 보인다. 순이는 현수를 개인주의자라고 비난한다. 철도파업이 벌어진 후 순이가 어디론가 사라지는 바람에 현수는 경혜와 약혼하게 된다. 현수는 전쟁이 나기 전에는 좌익 활동을 거부했었다.

현수는 운전·검차·보선의 분소 종사원들이 정거장 대합실에 모여 갖는

---

159) 평안북도 정주에서 출생(1929), 용산철도학교 졸업, 철도국 근무(1945~1957), '직무태만죄'로 6개월간 옥살이(1947), 단신 월남, '공비토벌대'로 제주도로 감(1948), 서라벌 예술학원 문예창작과 수료, 육군 정훈관으로 참전(1950), 서울 철도국 복직(1951), 단편소설 「독목교」로 『문예』에서 추천 완료(1953), 국방부 정훈참모부 군무원으로 재직(1965), 한국문인협회 소설분과 위원장(1979), 별세(1992)(문혜윤 엮음, 『곽학송 소설 선집』, 2012, pp. 504~06).

직업동맹 수색지구 결성대회에 참석한다. 북에서 온 당원, 기관사로 수색 철도 내의 좌익분자의 두목, 기호 등이 차례로 연사로 등단한다. 현수와 단둘이 만난 자리에서 기호가 한강을 건너지 못한 고양과 파주의 학생들의 결사체에 참가하라고 하며 피로 태극기를 그리고 서명하라 하나 현수는 거절한다. 현수는 대세를 따라가기 위해 반공 활동을 거부한 것은 아니었다. 수색 조차장은 날이 갈수록 파괴된다. 현수는 현장에 나가 전신원임에도 전주에 올라가 통신원의 작업을 하다가 현기증을 일으켜 떨어져 철도 촉탁의 의무실에 들어간다. 경혜가 찾아와 순이가 나타나 자기를 도와주고 있다고 한다. 현수가 병원과 집에 일주일 동안 있는 사이에 공습이 심해져 기차는 거의 운행되지 않고 통신선도 전멸 상태에 빠진다. 기호는 작업 능률이 저하되었다는 이유로 직업동맹 직장책에서 물러나 통신수들과 함께 현장으로 나간다. 강이라는 당원이 와 기호에게 철도당부의 심사에 떨어져 당원 자격을 상실했다고 하고 현수에게는 입당원서를 쓰라고 한다. 하루만 여유를 달라고 한 현수는 트레일러를 밀고 용산으로 가서 다음 작업 지시를 받고, 파주 쪽으로 같이 떠나자고 하는 기호의 제의를 거절한다. 현수는 용산 복구대의 책임자 격이 되어 저녁이면 통신수들을 데리고 용산으로 간다. 현수가 입당을 차일피일하며 미루자 화가 난 강은 반동분자로 상부에 보고하겠다고 한다. 현수는 야간작업을 하던 중 공습을 받고 화차 밑에 숨어 있다가 순이를 만나게 된다. 기호가 밤중에 찾아와 일산에서 1킬로쯤 떨어진 곳에 집결한 육군본부 유격대 XX대대 태극대에 입대하라고 권하자 현수는 자신의 생명을 자네에게 의지하고 싶지 않다고 거절한다. 철도당부에 있는 순이로부터 앞으로 나와 행동을 같이해야 한다는 전화를 받는다. 어느 사이엔가 현수는 남한 편인 기호와 북한 편인 순이 사이에서 어정거리는 형상이 되고 말았다. 사무실이 있는 토굴 속의 배전판을 해머로 파괴하려는 강을 저지하며 육박전이 벌어지고 난데없는 폭음이 울릴 때 순이가 나타난다. 순이는 강동무를 관리국 집결지로 보내고 수장도 내보낸 후 현수에게 무슨 말이든지 하라고 한다. 순이는 안선생은 자신이 마련한 길로 가라고 한다. 자신이 마련한 길이 없다고 생각한 현수는 순이를 데리고 자기 집으로 온다. 유엔군이 서울 한강을 넘어서고 수색에도 로켓 포탄이 떨어지자 현수는 순이를 데리고 집에 있는 방공호로 들어간다. 순이는 지난 4년간의 자신의 언어와 행동이 모두 거짓이었다고 자책한다. 현수는 그녀를 위로해주다가 급기야 하나가 된다. 그 무렵 방공호 안에 떨어진 포탄에 맞아 순이가 죽고 만다.

유엔군과 국군 해병대가 수도 탈환을 하자 순이의 시체를 방공호에 그대로 놓아두고 나온 현수는 태극기를 내건다. 가장 나이 어린 통신원으로 인공 치하에 충실했던 순오와 인공 치하 시절에 검차 사무소에 근무하며 피란민의 한강 도강을 저지했던 자위대원 사내들이 수색 철도 치안대로 붙잡혀간다. 용산본부 계장으로 있던 자가 치안대장이 되어 현수의 부역 혐의를 심문한다. 현수는 국군이 들어오는 그날까지 충실하게 일을 했고 수복 후에는 결근을 했다는 점을 강조한다. 며칠 전까지 방공호로 사용되었던 유치장에 들어가니 30명가량의 부역자들이 들어 있다. 현수는 엊그제까지 동료였거나 인공 치하 때 적극 협조했던 인물들이 하루아침에 조사관으로 온 것을 보고 혼란을 느낀다. 매질을 해가며 빨갱이들을 위해 한 일을 대라는 것에 현수는 할 말을 잃고 만다. 외국 군인이 와서 치안대 간부에게 "적대 의식이 남아 있는 자, 즉 유엔군의 작전을 방해할 염려가 있는 자"[160] 열 명을 처치하여야 한다고 하자 자위대 간부는 바쁘게 명단을 정지한다. 의외로 현수는 공포심을 느끼지 않았다. 현수는 자기의 이름이 불리지 않기를 절실히 바라고 있지도 않다. 그런가 하면 세상의 일에 반항할 필요도 없고 악을 쓸 필요도 없는 것으로 느낀다. 이 대목에서

---

160) 문혜윤 엮음, 『곽학송 소설 선집』, 현대문학, 2012, p. 150.

부터 안현수는 보편적이고 상식적인 심리에서 벗어난다. 갑자기 안현수
는 도를 터득한 사람이나 현실을 초월한 사람으로 그려진다. 그만큼 안현
수가 받은 충격이 컸다는 의미도 되고 작가 곽학송의 성격 창조의 솜씨가
한계를 드러낸 것으로 볼 수도 있다. 기호가 나타나 단둘이 만난 자리에
서 자네가 가지고 있는 책들도 문제되었고, 자네 집에서 순이의 시체가
발견된 것도 문제라고 귀띔해준다. 다른 것은 몰라도 공산당의 여간첩을
감추어둔 죄는 면할 수가 없다고 하였다. 순이가 전향하기 위해 현수를
찾아왔던 것으로 꾸미자고 하는 기호의 제의에 현수는 순이를 사랑하고
육체를 소유할 마음이 생겨난 것일 뿐 그녀의 신분 같은 것에는 관심이
없었다고 하여 사실상 거부의사를 표시한다. 기호는 4, 5명과 함께 용산
에 있는 철도 경찰대의 유치장으로 이송된다. 형사가 어째서 공산군 치하
에서 일을 할 마음을 갖게 되었냐고 하자 현수는 자신이 직장으로 나간
결정적인 이유는 기적이 우렁차게 울려 흥분했기 때문이라고 알 듯 말 듯
한 답을 한다. 공산당을 어떻게 생각하느냐 하는 질문에 현수는 공산당원
은 알 수 없는 자들, 묘한 녀석들, 무서운 녀석들이라고 답한다. 조사관은
용산역 구내와 한강 철교 복구작업대의 대장이 되어 무지한 현장 사람들
을 끌어다가 혹사시켰다는 혐의, 공산당의 비밀당원이 되어 종사원들 틈
에 끼었다는 혐의를 내건다. 자신은 여러 사람들과 공동행동을 취할 소질
도 없고 그런 것들의 의의를 알지도 못한다고 하였고 복구대장이 되었던
것은 글자를 볼 줄 알고 쓸 줄 알았기 때문이라고 하였다. 현수가 고문실
로 불려간 지 사흘이 지났고 병실로 이감된 지 10여 일이 지났다.

　생각하면 십여 일째 현수의 몸은 자기의 의사가 전혀 무시된 채 움직이고
있는 것이다. 치안대원, 기호, 형사, 그리고 그 형사의 대신으로 온 노련한
검사와 군복을 입은 고급 장교…… 그 밖의 사람들에 의하여 그의 정신과
육체는 소모되었고 지금도 소모되며 있는 것이다. 자기를 위한 사고와 행

동을 그는 잊어버리고 있었던 것이다. 결코 나는 그 누구를 위해서 존재해 있는 것은 아니다. 오직 나는 나를 위해서 이렇게 존재해 있어야 하는 것이다. 그러나 현수는 그런 생각을 하고 있는 사이에 어쩐지 행복감 같은 것을 느끼었다. 그것은 유리창으로 비쳐드는 햇볕이 봄볕처럼 따스한 탓인지도 몰랐다. 결코 십여 일 동안의 나의 생활도 실에 있어선 이전의 이십 년간처럼 나를 위해서 있었다는 것이 점점 정확하게 떠올라왔다.[161]

형 길수는 못난 놈이라고 하며 현수의 뺨을 때린다. 너는 법률에 의해 범죄자가 되어 있다는 점을 알아야 한다는 기호의 말을 현수는 받아들이지 않는다. 천장에 있는 거미를 보라고 하면서 감옥에서 나가면 거미에 대한 공부를 하고 싶다는 엉뚱한 소리를 한다. 기호는 정신병자로 인정받으면 처벌이 가볍게 될 수 있다는 묘안을 일러주고 가버린다. 혼자가 되자 현수는 평화로움마저 느낀다. 이때 우렁차게 기적 소리가 울리자 현수는 저 기차처럼 자신에게 마련된 궤도 위를 굴러가면 된다고 생각한다. 그러면서도 석방되기 위한 노력을 할 필요는 없다고 생각하고 앞뒤가 맞지 않는 체념에 빠진다. "그냥 기적 소리를 울리며 북으로 달려가는 기관차처럼 현수는 자신의 마음에 깔린 궤도 위를 굴러가노라면 두 가지 중 어느 한 가지가 닥쳐오리라는 것은 너무나도 확실한 사실이기 때문이다"[162]라는 끝 대목은 현수의 심사가 비정상이라고 할 만큼 모호한 상태에 빠져 있음을 일러준다. 부역자 혐의를 받아 열흘 동안 조사받는 과정에서 심리 일탈이나 심리 착종이 보다 설득력 높은 소설이 되었을 것이다.[163]

161) 위의 책, p. 174.
162) 위의 책, p. 182.
163)『철로』에 대해서는 다음과 같은 연구가 있다.
  염무웅, 「현실과 밀폐된 개인—『철로』」, 『현대한국문학전집 10』, 신구문화사, 1966.
  정희모, 「역사체험의 회복과 실감 있는 전쟁의 엿보기—곽학송의 『철로』」, 『민족문학사연

『자유의 궤도』가 단행본으로 나오기 직전에 곽학송은 「황혼 후」(『신태양』, 1956. 6)에서 부역자를 주인공으로 내세웠다. 9·28 서울 수복 때 학도경찰대 대원으로 부역자를 심문하여 등급 매기는 일을 했던 조창수는 인공 치하 때 교사의 신분으로 여러 학생들을 의용군에 내보낸 혐의로 걸린 이석주를 구명하러 온 민연희의 부탁을 받고 고민하던 끝에 을로 판정하여 검사에게 제출한다. 검사가 갑으로 돌려놓자 이석주는 망우리로 끌려가 처형된 것으로 알려진다. 5년 후 우연히 길에서 만난 민연희는 조창수를 자기가 경영하는 비어홀을 거쳐 아파트로 데리고 간다. 거기서 얼굴이 이지러질 대로 이지러진 이석주가 나타나 조창수에게 자기를 죽이라고 비수를 준다. 그 순간 조창수는 부역자 심사가 신중하지 못했음을 깨닫게 된다.

그러나 수복 후에 각 학교의 부역자를 적발하는 임무를 맡게 되고부터 창수는 자신이 이런 직무에 얼마나 적합지 않은 사람임을 뉘우칠밖에 없었다. 아무 상관이 없는 한 사람의 주관에 의해서 또 다른 한 사람의 운명이 결정된다는 엄연한 사실, 그리고 이 마당에 있어선 불가피하다는 절대적인 조건 앞에 창수는 부역자의 죄상을 대개 직감으로 판정하였다. 물론 사심私心이 포함될 까닭은 없었지만 속이 편하진 못했다. 그렇다고 신중을 기하기 위해서 심문을 오래 계속하면 그만치 뒤에 오는 번민이 길게 꼬리를 단다. 마치 그는 정밀한 기계처럼 조서를 꾸미었고 갑甲, 을乙, 병丙, 정丁의 판정을 내려 상사에게 보고했다.[164]

갑은 사형이 아니면 무기징역, 을은 대개 중형이요, 병과 정은 견책이

구 8』, 1995.
　　문혜윤, 「곽학송의 생애와 소설」, 『곽학송 소설 선집』, 현대문학, 2012.
164) 문혜윤 엮음, 『곽학송 소설 선집』, 현대문학, 2012, p. 198.

아니면 석방이다. 전쟁 이전에는 우익단체의 간부도 지냈던 수학교사 이석주는 인공 치하 3개월 동안 공산당에 가입하여 학생들을 의용군으로 내보낸 것만으로도 갑의 판정을 면하기가 어려웠다. 조창수가 조사할 것이 많아서 심사보고서 제출이 늦어졌다고 하고 이럴수록 신중을 기해야 하는 것이 아니냐고 하자 검사는 지금은 전쟁 중이며 이런 조사 방식은 하나의 전투 형식이라고 하고는 조창수가 내린 "을"을 "갑"으로 바꿔버렸던 것이다. 민연희의 아파트에서 조창수 앞에 나타난 이석주는 전쟁이 일어나자 죽음이 두려웠으나 이제는 죽음이 두렵지 않으니 나를 죽이라고 억지를 쓴다. 창수는 일단 비수를 손에 쥐었으나 누구를 찌를지는 모르는 것으로 소설이 끝난다. 「황혼 후」도 부역혐의자의 심리 전개가 모순을 드러낸 결과를 보인다. 부역자 문제는 미묘한 문제라 의도적으로 모호한 서술을 택했을 수도 있다.

(2) 전쟁의 의미공간의 재발견(「고가」 「낙조전」 「산」)

이호철의 「裸像」(『문학예술』, 1956. 1)은 황순원에 의해 추천을 받은 소설이다. 철이는 '나'에게 민감과 둔감, 오연(傲然)과 모자람 등은 한정된 울타리 안에서의 너와 나의 모습인데 이들을 정해주는 척도를 벗어나면 전혀 다른 모습으로 다가오게 된다고 하며 이런 이치를 일깨워주는 하나의 이야기를 전해준다. 27세의 형과 22세의 동생은 해방 이듬해 삼팔선을 넘어와 사변이 일어나자 둘 다 군인으로 나갔다가 1951년 가을에 "놈들의" 포로가 되어 끌려가던 중 통천에서 극적으로 상봉한다. 아버지가 형이 둔감한 것에 실망하고 동생이 민감한 것에 기대를 걸자 동생은 언제부터인가 형에게 오연한 표정을 지었다. 똑같은 포로의 신세임에도 형은 동생을 보고 틈만 나면 쿨쩍쿨쩍 운다. 형이 운다는 모티프는 열 번 가까이 나타난다. 그런데 형은 우는 것만 반복하는 것이 아니고 몰래 밥 한 덩이를 얻어다 주는 것도 반복한다. 어떤 때는 형이 제 밥을 갖다주는 것 같다. 동생은 형이 굶는지 마는지 관심이 없이 제 배만 부르면 그만이었다. 형은 저녁을 굶고 그 밥을 동생에게 준 적이 두 번이나 있었다고 한다. 그 말을 들은 동생은 눈물을 흘리며 어린 시절에 형에 대해 오연했던 것을 후회한다. 양덕을 지나자 형은 어렸을 때부터 앓아온 다리의 담증이 요즘 심해지는 것 같다며 절뚝거리기 시작한다. 이번에는 동생이 더 심하게 운다. 형은 밤에 동생에게 무슨 일이 있어도 나를 형이라고 알은척하지 말라고 주의를 주고는 다음 날 행군대열에서 털썩 주저앉은 직후 인민군의 따발총을 맞아 죽고 만다. 이야기를 들려준 철이는 "민감"과 "둔감"의 해석의 방향에 대해 말하던 끝에 "이미 우아하다든가 민감하다든가 교양이 높다든가 앞날이 촉망된다든가 이런 것을 결판 지을 수 있는 표준이 상실된 그 속에서 과연 누가 더…… 남는 것은 발가벗은 몸뚱아리뿐이다"[165]와 같이 결론지으며, 동생은 만포진 수용소에서 많은 날을 보내다가 지난 포로 교환 때 석방되었다고 한다. 자기가 바로 이야기 속의 동생이라고 하며 진짜로 민감한 것은 형이었는지도 모른다고 말한다.

정한숙[166]의 「古家」(『문학예술』, 1956. 7)는 전시의 고가를 시공간 배경으로 삼은 소설로, 전쟁을 가문 몰락의 원인으로 제시하였다. 소백산 준령의 맥이 끊긴 곳에 있는 구릉지대에 자리 잡은 김씨 마을 종가의 종손 필재는 어렸을 때부터 집안이 서서히 기우는 것을 감지하였다. 필재에게는 두 개의 상반된 힘이 작용한다. 할아버지에게 서당 교육을 받고 있던 필재는 단발을 솔선수범하고 훗날 집을 나가버린 숙부의 강요로 머리를 깎고 보통학교에 입학한 것 때문에 할아버지에게 회초리를 맞는다. 필재

165) 『문학예술』, 1956.1, p. 102.
166) 평안북도 영변군에서 출생(1922), 영변공립농업학교 졸업, 촉탁 교원 겸 서기, 총독부 기수(1943), 단신 월남, 고려대학교 국문과 편입(1946), 주막 동인 조직(1947), 고려대 국문과 졸업(1950), 휘문고등학교 교사(1952~1958), 소설 「전황당인보기」로 『한국일보』 신춘문예에 당선(1955), 고려대학교 교수(1957~1988), 대한민국 예술원 정회원(1983), 별세(1997)(문혜윤 엮음, 글누림 작가총서 『정한숙』, 글누림 출판사, 2011).

의 운명에 검은 그림자를 드리운 또 한 명의 존재는 할아버지의 소실인 작은할머니가 두고 가출한 태식이 삼촌이다. 숙부가 죽었다는 소식을 듣고 숙모가 목을 매 자살하고 그 충격으로 할아버지가 세상을 떠난 후, 필재는 서울의 전문학교 2학년 때 귀향하게 된다. 필재는 중학생으로 근로동원된 태식이 삼촌에게도 분재해줄 정도로 마음을 넓게 쓴다. 필재는 종의 딸인 길녀에게 도련님 대신 오빠로 부르라고 하면서 서울에 갔다가 올때까지 잘 지내라고 신신당부한다. 필재가 서울에 올라와 대학에서 정치학을 전공으로 선택한 것은 정치를 하고 싶어서가 아니고 정치에 대하여 모두가 초보자인 우리나라의 실정을 고려한 결과였다. 어쩌다 시골에 잠깐 다녀갈 때마다 필재는 태식에게 좌익 활동을 하지 말라고 권하였으나 태식은 말을 듣지 않고 활동하다가 잡혀가곤 하였다. 학교를 졸업한 필재는 태식이가 집안의 나무를 잘라 팔아먹는다는 어머니의 편지를 받고 1950년 6월 23일에 집에 간다. 두 주일도 못 되어 김씨 마을도 인민군 치하가 되자 길녀는 부락 여성동맹에 불려 다녔고, 길녀는 태식이가 이씨 마을 좌익 청년들을 막아주었기 때문에 필재가 위험을 면하는 것이라고 귀띔해준다. 소실의 아들인 태식과 종의 딸인 길녀는 빨치산이 된다. 태식은 가출하면서 할머니가 거처하던 채에다 불을 지른다. 아군이 인천에 상륙했을 즈음에 길녀는 필재가 보고 싶어 도망쳐왔으나 두려워서 오빠를 만날 수가 없었다는 유서를 남기고 사우정 대들보에 목을 매고 만다. 필재는 길녀를 어머니 몰래 후원에 묻어주고 태식과 연루된 것이 있는가 조사받고 일주일 후에 나와 어머니의 부음을 듣는다. 필재는 고향을 떠났다가 다시 내려와 종친들의 반대를 무릅쓰고 백여 간의 집과 대지를 정리하는 절차를 밟는다. 필재는 이 나라의 비극이 종가를 중심으로 해서 벌어진 것만 같다고, 다시는 태식이와 길녀와 같은 비극적 존재가 나타나서는 안 된다고 생각하였다. 양반 가문을 상징하는 고가를 지키는 할아버지는 모진 가해자로 그려져 있지 않다. 할아버지와 손자는 서자와 종의 딸이 빨치산 된 것을 어느 정도 이해하는 인물이다. 정한숙은 현실성이 높은 인물들과 사건들을 긴밀한 플롯에 얹어놓아 작품의 핍진성을 높였다. 필재가 나이 어린 삼촌이나 종의 딸에게 베푼 배려와 후의가 최소한의 신의로 되돌아오고 있다는 플롯은 큰 의미를 안겨준다.

정한숙의 「田黃堂印譜記」(『한국일보』, 1955. 1)는 강명진이 친구 이경수가 벼슬길로 나간 것을 축하해주는 뜻으로 금값보다 훨씬 비싼 전황석을 구해 도장을 새겨주었으나 그 도장이 도장방에 다시 나와 돌아다니다가 자기 손에 들어오게 되자 낙담한다는 이야기를 통해 예술계와 세속계의 불통을 일깨워주었다. 작가는 문방사우, 돌, 도장 등과 같은 고전의 세계에 대해 깊게 공부하여 분위기소설을 펼쳐놓을 수 있었다.

강신재의 「落照前」(『현대문학』, 1956. 9)은 인민군의 만행을 부각시킨 전장소설이다. 섬을 배경으로 하여 동굴에서 이루어진 인민군과 부역자의 학살 현장을 보여주었다. 33세의 옥례는 공산군에 의해 방공호 안에 갇혀 있는 3, 40명의 밥을 하고 그의 남편 덕구는 공산군과 함께 빨간 완장을 차고 방공호로 밥을 주러 간다. 옥례는 덕구가 방공호에 들어가 밥만 주고 온다고 생각하지는 않는다. 원래 덕구는 이런 일 저런 일을 했으나 다 실패하고 이 섬으로 와서 요양원의 부식물을 도맡아 대는 일을 하던 중 전쟁을 만나자 "세상이 뒤집히고 빨갱이 천하가 된 모양이니 하루바삐 공을 세워서 출세해 보겠다"[167]는 생각을 하게 되어 옥례를 데리고 아예 요양원 취사장으로 살림을 옮겼다. 전쟁 직전에 이곳 요양원에 발령을 받아 먼저 왔다가 전쟁을 만나 행방불명된 의사를 그 아내가 찾으러 온다. 의사의 부인이 뇌물 조로 건네주는 백금 시계를 옥례는 거절한다. 의사의 아내는 옥례와 덕구의 뒤를 따라간다. 미군의 폭격이 심해지자 인민군은 방공호에 들어가 포로들을 하나둘 죽이기 시작한다. 이 소설은 방

---

167) 『현대문학』, 1956. 9, p、34.

공호 안에 있는 사람들이 살기 위해 밥을 허겁지겁 먹는 모습과 서서히 죽어가는 모습을 엽기적이라고 할 정도로 자세히 묘사한다. 다음에 밥을 갖고 올 때는 칼을 갖고 와 줄을 끊어 사람들을 살려주어야겠다는 생각을 하던 옥례는 폭탄을 맞아 굴러떨어지고 만다. 국군과 외국군이 상륙하여 덕구와 옥례는 붙잡혀 조사를 받은 뒤 임시 사형장에 나란히 선다. 저녁 노을이 막 걷힐 때였다. "걸핏하면 사람을 쏘아 죽이고 하던 공산군 병정들"[168] "괴뢰군의 포악도 포악이려니와 인민위원회니 민청이니 하면 빨갱이로 돈 사람들의 손이 더 무섭다는 것이었다"[169] "산으로 도망 간 인민군은 폭격의 틈을 타서 그들 포로를 처결하기 시작하였다"[170] 등과 같은 구절이 중간중간 박혀 있어 이 소설의 창작 동기의 하나가 반공에 있음을 알게 된다.

최요안의 「斷面」(『문학예술』, 1956. 3)은 6·25의 한 이색적인 단면을 보여주었다. 반공유격대장 망궐은 굴속에 있을 때 의용군에 끌려가다가 탈출해서 온 정수의 아들 상호를 맞는다. 망궐은 큰아들이 보위부에 끌려가자 반공유격대를 조직해서 산으로 와 굴속에서 생활하고 있었다. 망궐과 정수는 죽마고우였다. 인천 상륙 작전 직후 전세가 역전되자 정수가 위원장으로 있는 인민위원회가 산으로 와 반공유격대장 망궐에게 부탁하여 교대한다. 정수는 이제 너희들이 살판 나고 우리는 쫓기는 판이 되었다고 한다. 망궐은 정수의 아들 상호를 앞에 놓고 자신과 정수가 늘 대조적으로 살았다고 역설한다. 공산주의자나나 반공주의자나 사소한 동기로 생겨나고 있음을 알게 한다.

근데 지금은 진짜다. 가짜가 진짜된단 말이 있다……그격이다. 너의 아

---

168) 위의 책, p. 28.
169) 위의 책, p. 30.
170) 위의 책, p. 40.

버지를 말 하자면 해방전에는 민족운동이나 맑스주의에는 근처도 안가던 사람이었다. 되려 나는 학생때 그방면에 발을 드려 형무소 구경도 했었다. 차라리 내가 공산당이 되었다면 알쬬지만 너의 아버지가 진짜 노릇을 한다는건 말이 아니다. 그러나 지금은 가짜가 진짜가 되었다. 무비판으로 강한 자에게 아첨하고 휩쓸리기를 오래하고 보니 진짜가 된거다. 난 너의 아버지와는 반대다. 일제시대에는 청년이 가져야 할 이상주의의 입장에서 그 운동에 참가 한거고 해방후에는 그 현실에 부닥쳐보고 환멸 정도가 아니라 절망했다. 나는 나를 절망시키는 자와 협력할 수는 없었다. 나는월남할레다가 몇번 실패하였고, 다만 공산주의가 망하는 몇날을 기대리고 있었던 것이다.[171]

가짜와 진짜가 마구 뒤섞이고 충동과 유행에 따라 특정 이데올로그를 선택한 점에서 이데올로기 비판자가 되었다.

김이석의 「狂風속에서」(『자유문학』, 1956. 6)처럼 1950년 6월 27일 오후 4시에 9대의 유엔군의 중폭기가 평양을 공격하는 장면을 설정한 것은 유례를 찾기 힘들다. 평양 비행장, 대동강 철교, 평양 조차장, 평양 정거장 등이 차례로 공격당한다. 그 후로 평양역은 연사흘 동안 공습을 당한다. 이어 평양 신시가, 해방산, 방송국 앞 광장 등도 폭격을 당하면서 광풍이 몰아치고 여러 시설이 잿더미가 되고 많은 사람이 죽는다. 이 소설은 열세 살부터 20여 년 동안 문선공이었던 경일이 해방산, 시청 앞, 신문사 등지를 돌아다니며 아내의 시체를 찾아 헤매는 모습을 그리는 데 치중하였다.

1956년은 황순원이 빨치산의 존재에게 작가적 관심을 가졌던 해라고 할 수 있다. 황순원의 「山」(『현대문학』, 1956.7)은 1950년 10월의 오대산

---

171) 『문학예술』, 1956. 3, p. 100.

근방을 배경으로 한 빨치산소설이다. 산에서 고사리, 송이버섯, 느타리 등을 채취하여 소금과 바꾸는 일을 하는 이십대 초반의 바우는 산에 갔다가 빨치산들과 조우한다. 젊은 소대장 김, 장총잡이 박, 노랑수염 최, 배랑메기 강, 수염 없는 젊은이 등 다섯 명이다. 그들은 바우가 캔 도토리로 요기하며 바우에게 길잡이를 시킨다. 이들이 식량을 조달했을 때 짐을 지워 가지고 온 장정을 죽인 것을 보고 바우는 공포심에 빠진다. 바우는 빨치산 중 수염 없는 젊은이가 여자인 것을 알게 된다. 소대장은 자주 여자 대원을 끌고 나갔다가 온다. 장총잡이 박은 소대장을 죽인 후 여자 대원까지 차지한다. 인가를 찾으러 나갔을 때 인민군 패잔병 한 명이 다가와 중대장 동무의 명령이라면서 젊은 여성 동무를 데리고 가버린다. 이번에는 마을에 가서 처녀 한 명을 붙들어온다. 바우는 빨치산 대원들에게 총알이 한 방도 없고 폭탄도 없는 것을 확인하고는 공포심에서 벗어난다. 바우는 장총잡이 박을 묻어준다. 처녀를 둘러싸고 싸우다가 바우는 장총잡이 박을 죽이고 제비뽑자는 노랑머리 최의 팔을 팽개치고는 처녀를 등에 업고 집 쪽을 향해 발걸음을 옮기기 시작한다. 황순원은 빨치산소설을 이념소설이나 전쟁소설보다는 성 본능이나 죽음에의 공포심을 파헤치는 쪽으로 몰고 갔다. 단문주의에 의존하여 빠른 사건 진행을 보여줌으로써 새로운 소재보다는 새로운 서사시학을 살려낸 결과가 된다.

선우휘(鮮于煇)[172]의 「ONE WAY」(『신태양』, 1956. 10)는 전쟁 후 한 군인이 갖는 양심의 문제를 다루었다. 6·25 직후 동경으로 가 미극동사령부에서 병지지(兵地誌) 관계의 일을 맡아보던 '나'는 서울로 와 5년 만에 허명

---

172) 평안북도 정주군에서 출생(1921), 경성사범학교 졸업, 정주 조일학교 훈도로 부임(1943), 월남하여 『조선일보』 문예부 기자로 입사(1946), 인천중학교 교사(1948), 육군 소위로 임관(1949), 임시 대령으로 승진, 단편소설 「귀신」을 『신세계』에 발표하여 등단(1955), 「불꽃」으로 제2회 동인문학상 수상(1957), 『한국일보』 논설위원(1958), 『조선일보』 편집국장(1963), 언론파동으로 구속됨(1964), 조선일보사 편집국장으로 재취임(1968), 『조선일보』 주필(1971), 예술원 회원으로 피선(1983), 별세(1986)(이익성 책임 편집, 『불꽃』, 문학과지성사, 2006, pp.401~05).

을 만나 술 한잔하며 옛날이야기를 한다. 허명은 특수대원을 북에 보내는 일을 하였다. 미군 가나 소령이 데리고 온 우혜옥은 미군이 함흥 형무소에서 구해낸 여인이었다. 특수부대는 해산되고 이미 북으로 파견된 대원은 버려지고 만다. 혜옥과 결혼한 후 허명은 대원인 청년 최한기가 남으로 돌아와 정신이상 증세를 보이다가 자살한 것을 본다. 그리고 자기가 편하게 지내는 것에 양심의 가책을 받은 허명으로부터 낙태를 권고받은 아내는 수술을 받다 죽고 만다. 허명은 대원들이 있는 곳으로 가야 한다고 하고는 떠나가버렸다. 결국 특수대원들은 모두 비극의 늪으로 빠지고 만다.

(3) 윤리적 상상력을 통한 전쟁악의 투시(「비바리」「증인」「작은 반역자」「암사지도」)

황순원의 「잃어버린 사람들」(『현대문학』, 1956. 1)은 통영 해평나루 맞은편 미륵섬에 올라가는 길에 서 있는 "고 해평 열녀기실비(故 海坪 烈女記 實碑)"의 이야기를 소재로 한 설화소설로, 나중에 뛰어든 여인네 시체가 남편 시체를 안고 있다는 잊기 어려운 열녀기의 끝 대목을 들려주었다. 석이와 좋아하는 사이인 순이는 지주 박참봉의 식어가는 아랫도리를 살리기 위해 논 다섯 마지기와 교환된다. 순이가 근친 왔을 때 석이는 어머니에게 많은 돈과 패물을 받아낸 후 순이와 야반도주하여 하동 쪽으로 가 살림을 차린다. 박참봉 아들과 청년들이 쫓아와 패륜의 죗값이라고 하며 석이의 오른쪽 귀를 도려내는 섬찟한 장면이 설정되고 있다. 황순원은 그로테스크한 행위나 상황을 배치하여 환기효과를 높이는 방법을 잘 썼다. 석이와 순이는 지리산으로 가서 살던 중 어린것을 늑대에게 잃고 통영으로 가 해평나루에다 거처를 정한다. 어부가 된 석이가 바다에 나갔다가 돌아오지 않자 순이는 석이를 찾기 위해 바다에 뛰어들고 만다.

황순원의 「비바리」(『문학예술』, 1956. 10)는 1951년 여름에 서귀포로 피란 온 20세의 남자가 제주 해녀 비바리의 유혹으로 사랑에 빠진다는 이야기를 담은 것으로, 제주도의 언어와 지명과 풍속에 대한 사전지식이 공감도를 끌어올리고 있다. 황순원은 이러한 제주학에다가 제주 4·3사건을 연결 지어 비바리의 행위에 대한 독자들의 이해를 적극 유도하였다. 역사적 사건을 작중인물의 사고와 행동의 원인으로 노골적으로 연결 짓는 방법은 황순원에게 낯익은 것은 아니다. "사삼 사건 당시 쌓아올렸다는 두 길 세 길이 넘는 성벽에 둘린 촌락을 지나며"(p. 13), "아들은 사삼사건 때 의용군으로 뽑혀 나갔다가 죽었다는 것이었다"(p. 16), "원래 제주도에서는 말들을 놓아 기르다 일년에 한두 번씩 거두어 들이곤 했는데 사삼사건과 육이오 동란을 겪고 난 후부터는 저녁마다 끌어들인다는 이야기를 준이도 들어서 알고 있었다"(p. 20) 등과 같이 제주 4·3사건을 성격화하고 있다. 물론 이 소설의 창작 의도는 역사적 사건의 성격화보다는 한 여자의 내밀한 사랑의 욕구를 드러내는 데서 찾아야 한다. 4·3사건이 일어나지 않았더라면 비바리의 근친애는 시간이 가면서 사라져버렸을지도 모른다.

사삼사건 때였다. 어쩐 일인지 오빠가 빨치산에 끼어 산으로 올라가고 말았다. 토벌전이 전개되었다. 올캐가 어린 자식 둘을 남기고 누구의 손엔지 모르게 죽임을 당하여 한나산 기슭에서 발견된 것도 이 무렵이었다. 토벌전도 거의 다 끝나 이제 산속에 남은 잔당이 서른 몇으로 세이게끔 된 어느날밤이었다. 오빠가 산에서 내려왔다. 비바리가 그 오빠를 죽인 것이다. 잠간 뒷간에 다녀서 나오는 오빠를 오빠가 갖고 온 장총으로 쏘아 죽인 것이다.[173]

---

173) 『문학예술』, 1956. 10, p. 19.

누이동생 비바리가 오빠를 살해한 것도 그로테스크한 느낌을 안겨준다. 마을 사람들 누구도 정확하게 헤아리지 못했던 살해 동기는 작품 말미에 가서 다 풀리고 만다. 준이가 내일 아침 첫 버스로 여기를 떠난다고 하며 같이 떠나자고 하자 비바리는 제주도 여자는 육지에 나가서는 몸을 망치거나 죽는다는 미신이 있다고 하면서 완곡하게 거절한다. 자기는 어려서부터 오빠를 누구보다도 좋아했으며 오빠가 빨치산이 된 뒤에도 목숨을 걸고 많이 도와주었으나 오빠가 몰래 산에서 내려와 일본으로 갈 계획을 암시하자 오빠를 제 고장에 묻히게 하기 위해서 죽였노라고 살해 동기를 밝힌다.[174] 오빠에 대한 비바리의 근친애도 그로테스크한 행위이거니와 이런 근친애는 비바리가 취했을 법한 이념상의 동지애를 뛰어넘고 있다. 「비바리」는 역사적 사건이 개인에게 준 아픔을 그렸거니와 이봉구의 「풍토」(『문학예술』, 1956. 12)는 제주도를 배경으로 하여 자연이 개인에게 주는 충격을 다루었다. 이봉구 자신이라고 해도 무방한 한 사내가 제주도에 가 미친 남자 때문에 병들어 누워 있던 여자가 바다에 몸을 던진 사건을 겪고 더 있다간 이곳 풍토 때문에 천치가 되든지 미쳐버리든지 할 것 같아 얼른 나온다는 이야기를 들려준다. 이봉구는 다시 한 번 명동거리의 사내라고 자임한다.

---

174) 이어령은 "1956년도 창작총평"이란 부제가 달린 「流星群의 位置」(『문학예술』, 1957. 2, pp.172~85)에서 1956년도의 소설을 황순원과 오영수의 '冬眠族', 손창섭과 김성한의 '囚人의 美學', 염상섭과 최정희의 '觸角이 그린 도식', 최상규와 오상원과 정인영의 '실험실 속의 신화' 등과 같이 나누었다. 황순원의 「불가살이」 「비바리」 「산」 오영수의 「태춘기」 「염초네」 「옥이 생일날」 등이 예시된 동면족의 소설에 대해 "무서운 폭풍과 눈보라의 이야기를 하지 않는다. 다만 현실을 뒤집어보거나 또는 현실 위에 베어르를 씌워 바라보는 놀랄 만한 환상의 힘에 의해서 현실의 상황을 재구성한다"(p.175)라고 해석하였다.

가정, 사회, 성, 금전, 직함 등과 같은 외부적 상황을 추구하는 염상섭 유의 촉각의 방법은 처음부터 현실 파악에 한계를 보이고 있고 염상섭 자신의 촉각은 그나마 노쇠하고 둔해졌다고 지적하였으나 「찬란한 한낮」에서 보인 최정희의 촉각의 방법은 현실의 심저부를 잘 건져내었다고 긍정 평가하였다. 최상규의 「포인트」, 오상원의 「증인」, 정인영의 「나갈 길 없는 지평」 등을 예시한 실험소설파의 특징으로 언어와 문체의 혁신, 상징의 힘의 작용, 비시간적이고 비공간적인 전개, 내적 독백에 의한 묘사, 시대 고발 등을 제시했다.

박연희의 「證人」(『현대문학』, 1956. 2)은 휴전 후 국제간첩 혐의를 받는 철학과 대학생을 주인공으로 설정했다. 신문기자 장준이 폐병에 걸려 각혈한 것 때문에 보석이 되는 첫 장면은 이 소설 최후의 장면이기도 하다. 첫 장면이 제시된 후 내레이터는 급속하게 과거로 달려간다. 여당지 기자로 있는 장준은 헌법개정안 부결에 대한 기사를 야당에게 유리하게 써주었다는 이유로 편집국장과 한바탕 싸운 다음 사표를 던진다. 황해도가 고향으로 미군부대에서 일하며 대학에서 철학을 전공하고 있는 현일우는 서독 유학을 준비하는 중이다. 장준과 현일우는 바둑도 두고 시국, 정치, 종교 등에 대한 토론도 하며 급속히 가까워진다. 현군의 서가에 마르크스 엥겔스 전집과 헤겔 책이 꽂혀 있는 것을 본 아내가 빨갱이 아니냐고 묻자 남편 장준은 철학과 학생이면 기본적으로 보는 책들이라고 일깨워준다. 현일우는 일본과 무역을 하는 친구 형을 만나러 부산에 갔다 온다고 하고는 보름이 지나도 종무소식이다. 얼마 후 장준은 현일우를 찾는 형사들의 방문을 받는다. 이들은 현일우의 마르크스 엥겔스 전집을 찾아내고 장준을 끌고 가 현일우가 간 곳을 대라며 문초한다. 이 과정에서 장준은 현일우가 일제 때 사상범으로 1년을 살고 8·15 직후 북한에서 두 달 있다가 월남했다는 사실을 알게 된다. 현일우는 국제간첩 혐의로 수배 중이다. 추운 감방에서 장준은 각혈하게 된다.

이호철의 「白紙風景」(『문학예술』, 1956. 4)은 '황순원 추천' 이후에 발표된 것임에도 황순원 특유의 단문주의와 간결체를 떠올리게 한다.

수완이는 열세살이다. 그저 요지음 뭔지 서글펐다. 국군이 올라왔다. 해방이 됐다. 집을 다시 찾았다. 토지를 찾았다. 아아 아아 이렇게 움씰움씰 즐겁기도 했으나 어느 귀퉁이 허전한 구석을 어쩔 수 없었다.[175]

---

175) 『문학예술』, 1956. 4, p. 60.

일곱 살에 부엌데기로 열여덟 살이 될 때까지 수완이를 업어 키우던 간난이는 토지개혁 바람이 불 때 수완이네 재산을 몰수한 농민위원장 미장이와 강제로 급하게 결혼하여 아기를 낳는다. 3년 후 미장이는 과수원 움속에 갇히고 수완이네는 재산을 도로 찾는다. 우연히 동네에서 만난 수완이는 간난이에게 아무 적의도 없이 자기 집에 놀러 오라고 한다. 놀러 온 간난이를 향해 할아버지가 나가라고 하자 수완이가 대들고 수완이 어머니도 간난이를 붙들고 운다. 움집에서 풀려난 남편이 간난이의 머리채를 비틀어 쥐고 이 죽일 년 하고 소리소리 치는 것으로 끝난다. 간난이 남편은 간난이와 수완의 관계를 의심한 것일 수도 있고 수완의 집을 향해 적대감을 품은 것일 수도 있다.

최상규의 「포인트」(『문학예술』, 1956. 5)는 황순원 추천작이다. 대학을 졸업하고 백화점 점원을 하는 여자와 대학을 졸업하고 소설을 쓰는 남자가 동거하다가 남자가 징집영장을 받자 여자는 계속 울기만 하고 남자는 아버지가 물려준 책을 팔아 3천 환을 갖고 오랜만에 연애다운 연애를 해보겠다고 한다.

아내는 겨울이면 돈을 벌어 그에게 하이·넥을 사다 준다. 그러면 그는 그 것을 입고 이야기를 쓴다. 여기서도 아내의 어른이 들어난다. 아내는 남편의 글만을 읽고, 남편은 아내만을 독자로 가진다. 채송화같은 부부이고, 채송화 같은 문학이다. 하기야 더 나은거야 무엇이 있을라고. 그래 아내는 돈을 벌기 위해 점원이 되었다. 소문난 「재원」(才媛)은 깨끗이 묻어 두겠다고 아내는 일찍이 말했다. 그래 남편을 위해서만 그 묻어둔 「재원」을 가끔 꺼내쓴다. 남편은 미안하다. 그러나 아내는 어른이니까, 복종하는게 좋다. 그러나 그는 오늘 제맘대로 아내하고 연애를 하려고 한다. 마치 배우처럼 말이다.[176]

장모는 딸에게 몇 번 편지를 보내 어서 돌아와 다른 남자와 법적으로 인정받는 결혼을 하라고 한다. 자기가 입대하면 어머니에게 돌아가라고 졸라대는 남자를 여자가 주먹으로 때리자 남자는 맞으면서도 만족해한다. 황순원식 현재형 단문체와 이상(李箱)식의 자의식 유로가 합쳐진 소설이다.

최인욱의 「野菊花」(『자유문학』, 1956. 6)는 한 소설가가 죄의식과 절망감에서 벗어나는 과정을 보여주었다. 가족을 처가가 있는 안동으로 보낸 소설가 세진은 피란지 대구에서 옛날 잡지사 기자였던 경숙을 우연히 만난다. 대구에서도 출판사에 근무하는 경숙과 가까이 지내면서 많은 위안을 받는다. 휴전이 성립되고 정부가 환도할 무렵 경숙은 세진에게 경주에 가 불국사와 석굴암을 구경하자고 한다. 두 남녀는 숙소에서 선을 넘고 만다. 환도 후 두어 달이 지났을 때 경숙이 임신 사실을 알리자 세진은 아내와 이혼을 하여 경숙을 거두려고 하나 실패한다. 경숙은 선선히 물러나고 세진은 다방에 나가 담배를 피우며 몇 시간이고 공상에 젖는다. 경숙으로부터 편지를 받고 강원도 인제로 간다. 그가 하룻밤 묵었던 인제의 한 여관에서 한 양갈보가 다량의 수면제를 먹고 죽은 사건이 벌어진다. 이런 비관자살은 휴전 직후의 상실감과 패배감으로 가득 찬 한국 사회의 단면을 보여준다. 세진은 경숙의 집을 찾아가는 길에서 젊은 군인들이 구슬땀을 흘리며 집 짓고 있는 모습을 보며 기분 전환 하게 된다. 이미 이곳에 와 농사도 짓고 장사도 하는 외삼촌의 주선으로 경숙은 초등학교 교사로 일하고 있다. 경숙의 만족해하는 얼굴을 보고 세진은 오랫동안의 무기력과 우울감에서 벗어나게 된다.

---

176) 『문학예술』, 1956. 5, pp. 94~95.

재기(再起)하는 농촌의 평화로운 모습과, 건설의 마치 소리와 이제 또 여기서 본 경숙의 면모는 그모양 그대로가 모두다 무한한 생명력의 상징이요, 진취와 발전과 향상의 동력원(動力源)이라 느껴졌다.

여기서는 경숙의 머리카락을 날리는 바람 한점도 무단히 부는 것 같지가 않았다. 눈 부시는 햇볕과 흐르는 물소리와, 심지어는 길 가에 핀 들국화의 가냘픈 미소까지도 무의미한 동작이 아니라, 생을 위한 찬미의 선률이요, 찬미의 율동이었다. 이 무한한 생명력의 본연한 자태를 그대로 들인다면, 여기에는 회의와 질투와 고민, 자살, 비관, 저주, 이러한 등속의 나락(奈落)의 심연(深淵)은 있을 수 없는 것이다. 또 있어서 안될 것이다.[177]

아이를 세진씨 앞으로 입적해달라는 경숙의 부탁을 받고 항렬인 운 자를 넣어 행운이라고 이름을 지어주고, 들국화 한 송이를 꺾어 아기의 손에 쥐여주고 헤어진다. 소설가 세진은 경숙이와 아들을 만남으로써 생명과 향상의 기운이 감도는 삶에로 나아갈 수 있게 된다. 작가는 이러한 기운의 회복이 동시대 한국인들 사이에서도 일어나길 바라고 있다.

이무영의 「작은 叛逆者」(『사상계』, 1956. 5)는 삽화가인 준이 옛 애인의 유혹에 따라 공산주의에 물들어 월북한 아내와 헤어지는 과정을 들려준 데서 1952년에 발표되었던 중편소설 「사랑의 화첩」의 남편 권승렬과 아내 김숙경의 사이를 떠올리게 한다. 일제 말기에 결혼할 때부터 아내 현숙은 공산주의에 공명하였다. 준이 미술학교를 중퇴하고 학병을 면하는 대신 비행기 회사 도안부에 현원 징용이 되어 있을 때 회사원이었던 현숙과 연애결혼하긴 했지만 현숙이가 진심으로 사랑했던 사람은 제작부에 근무했던 공산주의자 곽태호였다. 어느 날 곽태호는 비행기 회사의 기밀서류를 가지고 자취를 감추었다. 해방과 함께 다시 나타난 곽태호와 가까

177) 『자유문학』, 1956. 6, p. 68.

이하면서 현숙의 입에서는 "진보적" "반동" "혁명적"이란 말이 떨어지지 않는다. 준이 "반동" 소리를 그만하라고 하면 현숙은 역사의 수레바퀴는 펑펑 돌아가고 있는데 당신처럼 반동 가정의 아이들을 위해서 그림만 그린다고 해결될 것 같냐고 대들었다. 1946년 후반부에 곽이 지명수배되자 준은 당국에 협조할 것을 약속한다. 공산당이 불법화되자 안심하고 지내던 준은 6·25가 터져 인공 치하가 되자 현숙에게 나를 중간파로 몰든지 회색분자로 고발하든지 마음대로 하라고 한다. 이때부터 현숙은 반동분자인 아버지를 많이 닮았다는 이유로 둘째 아들을 미워한다. 현숙은 여성동맹에 들어갔고, 곽태호가 다시 나타나자 해방 전처럼 동지이자 애인이된다. 7월 10일에 준은 "문화공작대원"이란 증명서 한 장만 지니고 집을 나와 있다가 10월 중순경에 집에 돌아가 그사이 현숙이 곽과 월북한 것을 알게 된다. 특히 현숙은 「사랑의 화첩」의 여주인공 김숙경이 사랑과 이념 양면에서 훨씬 강화된 결과라고 하겠다. 「작은 반역자」는 이데올로기소설의 색채가 짙게 나타나 있다.

최정희의 「燦爛한 한낮」(『문학예술』, 1956. 6~8)은 인민군 의용군으로 끌려 나간 아버지가 돌아오지 않는 것을 원인적 사건으로 설정하였다. 길수는 등에 업힌 여동생을 툭하면 "거지같은 년"이라고 구박하다가 똥을 밟고 만다. 언덕 위에 있는 판잣집들에는 변소가 없어 사람들이 집 밖을 나와 아무 데고 똥들을 누는 바람에 길이 늘 질퍽거리고 동네에 냄새가 진동한다. 엄마가 꿀꿀이죽 장사하다가 만난 주정뱅이 월남민 강인기와 동거하는 것이 길수에게는 첫번째 비극이다. 강인기는 술을 마시면 공산당 욕을 해대면서 일본 유행가부터 서도 잡가에 이르기까지 노래를 불러댄다. 동네 사람들이 시끄럽다고 하면 "공산당 같은 년놈들" 하고 욕설을 퍼붓는다. 엄마로부터 "거지같은 자식"이라는 욕을 듣는 길수는 근본적으로 강인기를 아버지로 인정하지 않는다. 1·4후퇴 때도 피란을 가지 않은 길수 엄마는 은행 합숙소에 든 인민군 적산관리국 기관에서 밥 짓는 일을 하다가 뚝섬에서 푸성귀를 받아 시장에 내다 파는 일을 한다. 길수 동생 길례는 이런 푸성귀만 닷새를 먹다가 죽고 만다. 길수가 강인기를 증오하는 장면이 과다하게 처리되어 느슨한 구성으로 빠지고 만다. 미군 부대로부터 스리코어타가 오면 꿀꿀이죽 파는 여인들이 몰려와 건더기가 많은 것을 달라고 다투는 장면이 구체적으로 묘사되어 전후 남한 사람들의 삶의 한 기록으로 기능하게 된다. 길수 엄마가 강인기와의 소생인 애를 낳자 강인기는 월남한 기념이라고 하면서 애 이름을 월남이라고 짓는다. 이 소설은 월남한 사람들 중심의 시장을 배경으로 여러 군상을 제시하는 동시에 굴속에 사는 고아들의 여러 가지 경우를 보여준다. 반공포로 석방 조치가 있자 춘자 아버지는 돌아왔는데 길수 아버지는 끝내 돌아오지 않는다. 길수는 춘자 아버지의 귀환을 환영하기 위해 버스를 타고 있는 사람들의 모습을 부러운 듯이 본다. 버스가 떠나버리자 광장을 내려 덮고 있는 하늘은 푸르고도 넓게 보인다. 길수는 아버지가 의용군으로 뽑혀가던 날과 같다는 생각을 한다. 사건의 중요도와 묘사량의 안배가 여러 차례 어긋나고 있어 연전의 발표작 「정적일순」보다 공감도가 떨어진다.

선우휘의 「테로리스트」(『사상계』, 1956. 12)는 서북청년단원들의 후일담 성격을 띤다. 한때의 동지였던 길주가 국회의원 김가의 수하로 있던 중 걸이 위기에 몰리자 그 진영을 배신하고 걸을 구해준다는 것이 작중의 현재적인 중심사건이다. 주인공 걸과 길주와 학구 3인이 다방에서 만나 일자리와 선거운동에 대해 잡담을 나누고 있을 때 성기 형님이 들어온다. 이 세 사람은 평안북도 시골에서 공산당 본부를 습격한 후 그길로 남하하여 줄곧 성기를 따라다니며 수십 차에 걸쳐 경향 각지에서 공산당과 싸운 이력을 지니고 있다. 손등에 칼자국이 있는 걸은 "그 자신의 문제뿐만 아니라 모든 좋지 못한 일의 근원은 「빨갱이」 공산당 놈들에게 있는 것이라고 굳게 믿고 있다."[178] 학구가 취직했다고 한턱 내는 술자리에서 길주는 적위대장을 맡았던 덕구가 6·25 때 월남해서 지금 남대문시장에서 포목

장수 하고 있다고 전한다. 그리고 서북청년단에 있다가 대학교수가 된 용식이, 중령으로 공병대장 하는 문석이, 시계방 차린 남현이 등의 소식을 전한다. 학구가 전평(全評)을 습격했던 일을 자랑하자 길주는 좌익계 신문인 『현대일보』를 습격해서 박주필의 뺨을 때렸던 일을 늘어놓고 걸은 용산 기관구를 공격하고 영등포 공장 적색노조를 습격했던 때의 무용담을 늘어놓는다. 7년 전 5·10 선거전에서 공산당원들의 습격을 받아 국회의원 후보 김가네 가족을 살리고 자신은 희생한 용수에 대한 이야기가 나오자 국회의원이 되고 난 다음에 김가가 안면몰수했다고 성토하는 분위기가 깔린다. 이들은 술에 취하자 "동지는 기다린다 어서가자 이북에/ 등잔 밑에 우는 형제가 있다/ 모두 도탄에서 헤매고 있다" 등과 같은 노래를 부르기도 한다. 걸은 다방에 잠깐 들러 성기 형을 만나 삼촌의 라디오 수선가게 돕는 일을 그만하고 농촌으로 가고 싶다고 한다. 이튿날 삼촌 가게가 있는 시장판을 오가던 길에서 물감장수 삼봉이도 만나고 양복장수 택일이도 만난다. 삼봉이는 용산 기관구 파업 선동자 소굴을 선두에서 공격하던 친구였다. 순경이 되어 양담배 판매를 단속하는 덕배도 만날 수 있었다. 돈수 형과의 대화 과정에서 걸은 6·25 때 국군 특수부대 출신이었음이 밝혀진다. 길을 가다가 선거 연설을 하는 연사가 "평화적 통일" 운운하자 듣고 있는 사람들 사이에서 이야기를 더 들어보자는 소리가 나오는가 하면 빨갱이라고 욕하는 소리가 나오기도 한다. 장내는 순식간에 뒤죽박죽되고 만다. 걸은 아무에게나 툭하면 빨갱이라고 몰아치는 것에는 반대하는 사람이다. 걸이 한밤중에 명동의 한 폐허에서 김가의 부하들에게 발길질을 당하고 곤봉을 맞아 죽게 되었을 때 돌연 길주가 자기편 놈들을 한 놈 한 놈 때려눕힌다. 길주는 걸을 구해준 것을 계기로 결국 김가의 진영을 떠나게 된다. 걸은 공산당을 싫어하긴 하지만 매카시즘은 경

178) 『사상계』, 1956. 12, p. 337.

계하는 인물로 그려져 있다. 매카시즘에 대한 경계는 작가의식의 수준을 끌어올리는 한 근거가 되고 있다.

장용학의 「非人誕生」(『사상계』, 1956. 10~1957. 1)은 에세이적 소설이다. 결국 에세이적 서술은 실존주의의 그늘을 벗어나지 못하고 있으며 사건들의 유기적 관계를 놓치고 말았다. 작중사건과 연결이 있든 없든 독자들은 신의 존재에 대한 회의, 생에 대한 정의, 모욕·불안·공포·고독·자유·죽음·비인 등과 같은 실존주의 주요 개념들과 만날 수밖에 없다. 학교에 가기 싫어 배가 아프다는 꾀병을 부린 것이 나중에는 자극기제로 변해 9시만 되면 배가 아파온다. 그 아이는 장정이 되어 군대에 들어가서 일선에 나가서 작전 명령만 받으면 배탈이 났다. 진찰을 받았더니 실제로 배가 아프다. 전쟁이 끝나 은행에 취직했는데 이번에는 돈만 보면 배탈이 났다. 통계국으로 옮겨가서는 숫자만 보면 배탈이 났다. 그러다가 직장을 다니는 사이에 어느덧 그의 생리는 배탈에 물들어버려 건강체가 되었다. 지호는 저 아래 채석장을 내려다보다가 무지개를 보고 이어서 건너편 능선 저쪽에 있는 도회지를 본다. 지호가 본 도회지는 전후의 한국의 파괴상을 대변해준다. 지호는 도회지를 묘지·쓰레기장·모함·공갈·아부·간음·시기·매수·사기 등이 와글거리는 곳, 독소의 온상 등으로 본다. 지호는 병을 앓고 있는 어머니와 함께 해발 백 미터쯤 되는 옛날의 방공호에 산다. 지호가 우등생 자격 문제를 놓고 학생 편에 서서 교장과 싸우고 학교를 그만두고 나서 직장을 구하지 못하자 어머니가 윗동네에 있는 채석장에 돌을 깨러 다니며 생계를 꾸려간다. 어머니가 부상당하고, 야채장사를 하다가 잃게 되고, 집주인이 집세를 독촉하다가 문짝을 뜯어가버리자 지호는 산에 있는 방공호로 옮겨온다. 지호는 어디에서 살든 쥐만 보면 그날은 안 좋은 일이 생겨나는 징크스를 경험한다.

1956년 11월호에 실린 제2회분에 오면 지호는 강원도 산속의 폭포 아래 애인 종희를 나체 모델로 세워 "마녀의 탄생"이라는 40호의 그림을 그리는데, 이 그림이 국전에서 입상은 못했으나 프랑스군 장교의 관심을 끌어 한동안 파리 유학에의 꿈을 꾸기도 한다. 지호는 종희를 모델로 한 여체를 놓고 유럽 역사에 비유한다. 종희는 쌍둥이 동생 연희에 대해 이야기한다. 연희는 태어난 지 사흘 만에 없어졌다가 3년째 되는 날에 소경이 되어 나타났는데 눈을 고치기 위해 11세 때 강원도 어느 절간에 들어갔다는 것이다. 종희는 지호에게 자기는 돈 많은 노인과 결혼할 테니 지호씨는 연희와 결혼하라고 말한다. 1956년 12월호에 실린 제3회에서는 녹두 노인으로 명명된 새로운 인물이 나타난다. 기업체 사장이라고 자칭하는 녹두 노인은 아들이 자기의 후실감도 탐내고 회사도 탐내고 있어 집을 나왔다고 하며 10만 환을 주면서 이 터에다가 집을 짓겠다고 한다. 1957년 1월호에 실린 제4회에서는 지호가 부담스럽다고 하자 녹두 노인이 "마녀의 탄생"을 갖고 간다. 지호는 존재니 자유니 하는 것에 대해 근본적 사유를 꾀한다. 네가 잘되는 것 보고 싶다고 하는 어머니의 말을 심각하게 들은 지호는 곧 취직할 것이라고 위로의 말을 건넨다. 산 아래 중년 부부와 순경이 올라와 지호를 도둑으로 몰더니 녹두가 주고 간 돈 10만 환을 찾아내 결정적인 증거나 잡은 듯이 문초한다. 지호 어머니가 나와 필사적으로 말리다가 혼절한다. 지호는 사흘 동안 조사받다가 진범이 잡혀 석방된다. 이미 시체가 된 어머니의 몸에 까마귀 떼가 덤벼 한바탕 잔치를 벌이고 있다. 지호는 수레꾼이 날라온 장작을 쌓고 휘발유를 뿌리고 녹두가 주고 간 지폐 뭉치를 불쏘시개로 하여 불을 붙인다. 불길을 보면서 지호는 "인간은 어떤 목적을 위해 태어난 것이 아니다", "인간은 비인이다" 등과 같은 장 폴 사르트르 류의 실존주의적 인간관에 도달한다.

「人間은 열매를 위해서 人間이었던 것이 아니다! 善을 위하여 美를 위하여 自由를 위하여 人間이 人間이었던 것이 아니다. 人間은 人間을 위해서 人間이었다!」

善이라든지 美라든지 自由라든지 하는 것은 惡, 醜, 奴隷에의 鬥이기도 하였다.

人間은 하나의 反語. 모든 「人間的」은 「人間」에서의 退去證明書에 지나지않았다! 暗號가 人間이 아니라 生이 人間이었다. 生 밖에 人間이 있은 것이 아니다! 人間은 그 自體가 原因이요, 그 自體가 目的이었다. 因果의 고리가 人間이었던 時節은 이미 지나갔다.

人間은 廢棄되었다! 一連番號가 내가 아니다. 이웃사람이 내가 아니다. 아들이 내가 아니라! 내가 내다! 人間은 非人으로서 人間이었다! 孝子가 人間이 아니라 蕩兒가 人間이었다![179]

지호가 어머니 쪽으로 쓰러지는데 녹두 노인이 나타나 붙잡는다. 녹두 노인은 불길을 보면서 성욕이 나서 탈이라고 하면서 "새야 새야/ 파랑 새야/ 녹두 꽃에/ 앉지 말라"[180] 하는 노래를 부른다. 갑자기 빗방울이 쏟아져 불길이 주춤하자 노인은 장작을 던진다. 그러곤 녹두는 지호가 사라진 것을 알게 된다. 여기서 1부가 끝났으며 중편소설 「비인탄생」도 막을 내렸다. 결국 "비인"은 그 자체가 목적인 인간을 가리킨다.

김이석의 「秋雲」(『문학예술』, 1956. 1)은 전쟁미망인의 절제력을 그렸다. 남편이 납북된 후 남편의 친구이자 대학의 불문과 교수로 사변 통에 아내를 잃은 정두선의 도움으로 스탠드바 아라스카를 낸 마담 영옥에게로 중년 신사가 와서 결혼할 의사가 없느냐고 묻는다. 영옥은 즉각 거절한다. 중년 신사는 정두선의 이름을 감추고 영옥의 속을 떠보는 심부름을 한 것이다. 영옥은 가까운 사람들과 전혀 원하지 않는 이별을 한다. 아들은 평행봉에서 떨어져 폐를 다친 것 때문에 요양소로 가고 정두선은 한불사전 편찬을 목적으로 불란서행 비행기를 탄다. 이 소설의 표제는 가을바

179)『사상계』, 1957. 1, p. 370.
180) 위의 책, p. 373.

람 같은 영옥의 쓸쓸함을 가리킨다. 장안에서 인테리요 신사로 꼽혔었던 남편이 납북된 후 요릿집을 낸 여인이 젊은 남자와 정을 통하고 임신하게 되자 남편이 돌아오면 어떻게 하느냐고 현실성이 떨어지는 걱정을 한다는 이야기를 들려준 최독견의 「마담의 생태」(『새벽』, 1956. 3)는 "납치미망인"이라는 신조어를 소개하였다.

손소희의 「李初試의 하늘」(『문학예술』, 1956. 1)은 삼팔 이북이 고향인 이초시의 몰락과 방황을 그려낸다. 전쟁 때 대부분의 식구를 잃고 며느리와 갓난아기와 함께 서울에 온 칠십대 노인인 이초시는 숭인동 돌산의 채석장, 파고다 공원, 기독교 교당 등지를 돌아다닌다. 그러던 중 동대문 근처에서 며느리가 손자를 안고 소경 노릇을 하며 동냥질을 하는 것을 보고 하늘을 향해 하느님과 부처님을 원망한다.

김광식의 「椅子의 風景」(『문학예술』, 1956. 2)은 삼화은행 종로지점 은행원들의 우울한 모습을 그려내었다. 남윤호는 2년간 본점 조사부에 근무하다가 종로지점 당좌계로 와서는 동일상사 변사장에게 10만 환을 뇌물로 받고 불법으로 당좌대월한 사건에 연루되어 경찰의 조사를 받는다. 북에서 15년 동안 금융조합원으로 착실하게 돈을 모아 논밭을 산 것을 토지개혁 때 전부 빼앗기고, 지주라는 이유로 금융조합에서 추방당하고, 여덟 식구를 데리고 월남한 노행원 이만길은 퇴직 공포에서 헤어나지 못한다.

정한숙의 「눈 나리는 날」(『현대문학』, 1956. 2)은 한 주한 미군의 비극담을 들려준다. 귀국 명령을 받은 미군 다미엘 중사는 다른 남자의 아이를 임신했다는 소식을 전한 아내의 편지를 받고 함이라는 양색시에게 자기 재산을 다 준다 하고 영문을 나서다 총으로 자기 머리를 쏜다. 하얀 눈 위에 선혈이 퍼진다.

전광용의 「硬動脈」(『문학예술』, 1956. 3)은 6·25 때 행방불명이 된 법관의 아내의 전후의 삶을 그렸다. 지금은 여자 선배가 신설한 대학의 가사과에 근무하는 성희는 부산 국제시장에서 구제품 장사 하는 현수를 우연히 만난다. 평양에서 해방을 맞은 후 결혼하고 선전용 초상화를 그리다가 6·25 때 가족과 헤어진 채 국군 철수 때 남하하여 거제도 포로수용소로 갔다가 부산으로 나온 것과 같이 현수의 삶의 행장은 복잡하다. 여대생 성희를 둘러싸고 법과 졸업반인 동호와 미술 전공 학도인 현수는 연적관계에 놓인다. 현수는 출판사 전무로 있으면서 성희와 데이트를 하고 크리스마스 날 머플러를 선물로 보낸다. 성희는 감동을 받아 동맥이 굳어진 석고처럼 움직이지 않은 채 눈물을 흘린다.

손창섭의 「流失夢」(『사상계』, 1956. 3)도 비정상적인 인물을 등장시킨다. 돈을 주지 않는다고 매형이 때려도 누나는 매 맞는 것을 그리 싫어하지 않는다. 누이는 술집 작부이며, 매부는 사업한다고 돈이나 뜯어가는 건달이며, 내레이터인 '나'는 식객이다. 누나는 남학생들과 연애했다는 이유로 여러 번 정학을 맞았으며 그 후 스무 살 연상의 남자, 중학교 선생, 상근이 등과 무려 다섯 번이나 결혼하였다. 월남한 이래로 상근이는 두번째 남편이다. 동경 모 사립대 중퇴자이며 제대군인인 '나'는 조카 재순이를 보며 집안일을 하고 옆방에 사는 강노인의 허리를 안마해주며 지내는데, 강노인이 자기 딸 춘자와 결혼하라고 압력을 넣는다. 제본공장에 다니는 27세 된 춘자는 잠자는 시간을 아껴가며 국민학교 교사 자격증 검정고시 준비를 한다. 춘자는 '나' 이외에는 한 지붕 아래 사는 사람 모두를 경멸한다. 임시 연락처로 정한 모란 다방에서 상근이 '나'에게 "남북석탄주식회사 상무취체역 오상근"이란 명함을 내밀자 옆사람들은 부사장, 전무취체역 등과 같은 명함을 내밀며 차 한잔 사줄 사람이 오기를 기다린다. 이들은 「미해결의 장」의 진성회원들처럼 과대망상증을 내보인다. 남편 상근이가 5천 환을 요구하자 누나는 3천 환을 주고 가출해버린다. 누나의 연락으로 '나'는 아무도 모르게 재순이를 업고 서울역에 나가 재순이의 본아버지와 인사를 나누게 된다. 재순이의 친아버지는 부산에서 어떤 사정이 있어서 숨어 지냈다가 그 사건이 무사히 해결되어 서울에 와 누나를 수소문한 것이다. '나'는 누나의 말을 믿지 않지만 그 신사는 주소를 적어주며 여비로 쓰라고 만 환 뭉치를 준다. '나'는 누나를 찾아 부산으로 갈 생각도 없지만 누나와 재순이가 없는 집에 돌아가기도 싫었다. 누나는 「미해결의 장」의 창녀 광순이처럼 일종의 구원자 역할을 하고 있다. 서울역 대합실을 나오는데 꼬마가 와서 하숙 안 가냐고 하자 '나'는 춘자의 얼굴을 떠올리며 꼬마를 따라간다.

손창섭의 「雪中行」(『문학예술』, 1956. 4)은 「유실몽」처럼 월남 모티프를 취하였다. 3년 전 월남해서 훈장 생활을 하였으나 현재 독신인 고선생의 셋방에 제자인 관식이 귀남이라는 애인을 데리고 온다. 귀남은 연극배우 지망생이었다. 고선생은 몇 군데의 잡지에 삽화를 그려주며 매주 두 시간씩 여학교에 그림을 지도하러 나가곤 한다. 관식이와 동침은 하지만 성관계는 하지 않는 귀남을 고선생은 처음에는 아버지처럼 대하다가 나중에는 약간의 욕정을 느끼기도 한다. 일본 여자인 귀남의 모친은 해방 다음 날 남편과 자식들을 두고 일본으로 가버렸다. 청년단에 관계하고 있던 귀남 아버지는 석 달 후 좌익 계열의 사람에게 피살당했고 6·25 사변 통에 고모가 폭사하는 바람에 귀남은 졸지에 고아가 된다. 고선생은 관식과 귀남이 나란히 자는 구석을 파고들어가 살짝 귀남의 입술에 키스를 한다. 고선생의 키스 행위를 허락하는 귀남은 고선생에게 위선도 타락이 아니냐고 하면서 자기에게 잘 곳을 제공한 대가로 키스를 허락하는 것이라고 한다. 관식은 선생님이 동대문 화장품 장수와 결혼하면 자기는 그 여자의 돈을 미끼로 사업하겠다고 한다. 월남한 이래 화장품 밀수를 하여 천여만 환의 재산을 장만한 그 화장품상은 어느 청년에게 권총으로 피살당한다. 그 여자의 약혼자 행세를 하여 한 밑천 마련하라는 관식의 말을 들은 고선생은 관식의 뺨을 때린다. 관식과 귀남이 장례식장으로 가버리자 고선생은 모욕감을 식히러 함박눈이 펑펑 쏟아지는 한강변의 언덕을 올라간다. "설중행"이라는 제목은 사기꾼은 되지 말아야겠다는 각오를 하는 것으로 풀이할 수 있다.

김송의 「피(血)」(『현대문학』, 1956.4)의 앞부분은 소위로 제대한 홍구가 취직이 안 되자 사회가 변혁되거나 개조되기를 바란 나머지 사회문제를 정치적으로 고찰하기 위해 정치가를 쫓아다니는 장면으로 채워져 있다. 홍구가 살인범임은 암시가 되지 않았는데 또 계속 부인하는데도 경수는 홍구를 살인범으로 몬다. 경수는 군대 있을 때 홍구를 살려낸 적이 있다. 경수에게 공을 돌리기 위해 홍구는 여관방에서 투신한다.

김성한의 「極限」(『문학예술』, 1956. 5)은 일본 여자이기 때문에 비극적 삶의 길을 걸은 여성의 소설이다. 야마모토 다쯔꼬(山本龍子)는 일본 가고시마에서 농부의 딸로 태어나 고아의 신세가 되어 목사의 손에 구출된 후 동양 천지를 굴러다니다가 사십대가 되어 서울 변두리 하꼬방에서 과부 신세로 우동집을 하고 있다. 슈바이처 숭배자로 만주에 건너가 동포의 죄를 대신 비는 의미로 만주 봉천에서 아내의 반대를 무릅쓰고 고아사업을 하던 첫 남편이 일본이 패전하자 오히려 고아들로부터 집단구타를 당해 죽자 다쯔꼬는 도망쳐 나온다. 그녀는 피란민 열차에서 소련군에게 강간당한다. 다쯔꼬의 우동집에 한 달 동안이나 드나든 중절모는 자기를 중국인이라고 하면서 "一宇 주인의 자리가 다다미 한 장이래서야. 하기는 우동가게일망정 한국사람 중국사람 일본사람 드나들테니 꼬마 八紘一宇는 되는 셈이로군"[181] 하고 희롱하면서 다쯔꼬를 강간한다. 일을 치르고 남자를 보던 다쯔꼬는 도끼를 들어 골통을 내리친 후 쥐약을 먹고 자살한다. 작가는 이렇듯 불쌍한 일본 여인에 대한 연민과 전범국 일본에 대한 비판을 뒤섞지는 않았다. 일본의 대륙 침략 야욕과 팔굉일우론을 "내장을 세계로 삼는 거시(蛔蟲)"[182]로 예리하게 비유한 것 하나만으로도 작가의

---

181) 『문학예술』, 1956. 5, p. 49.
182) 위의 책, p. 47.

능력이 입증된다.[183]

　오영수의 「終車」(『문학예술』, 1956. 5)는 중학생 때 기생방에 출입하다가 퇴학당하고 조혼해서 딸 하나를 두었으나, 논문서를 들고 가출하여 창극단 따라다니고 기생과 살던 적이 있지만 지금은 고관의 첩이 된 그 기생에게 면장 자리를 부탁하고는 고향으로 내려간다는 내용이다.

　최태응의 「晩春」(『문학예술』, 1956. 5)은 대구에서 번역 일로 생계를 꾸려가는 사십대의 남자가 자기소개를 하는 것으로 시작한다.

　결혼이란 것도 한번 해 보고 가장(家長) 노릇 「아버지」 소리…… 「왜놈시대」에 태어난 죄로 「꼬라」 「칙쇼」 「후떼이 센징」에 목숨이 원수라드니 하로 낮 호박이 넝쿨채 떨어진 것으로 히안히 여겼던 왈(日) 해방 덕분에는 냅다 「푸찌·부르죠아지—」니 「반동분자」니…… 인차 네발걸음으로 넘어 온 三八선에서는 「아라사」 놈들의 총알이 빗나가 다행이라 할까 연명된 보람이라 할까, 여기(그지음)는 또 우지우(右之右)요 극렬이오 국수 봉건?……[184]

---

183) 곽종원은 「一九五六年度創作界總評」(『현대문학』, 1957. 1, pp. 292~300)에서 1956년도의 발표작을 서정적인 세계를 다룬 것, 무의지적인 인물을 가탁해서 작가의 의지적인 면이 작용하여 테마에 강점을 두고 있는 것, 현실 폭로의 경향을 보인 것 등과 같이 세 갈래로 나누었다. 첫번째 계열에 포함되는 황순원, 이봉구, 최인욱, 김이석, 오영수, 오유권 등의 소설은 자기세계의 변동이 없고 내용의 공허를 메꿀 길이 없고 또 제재에 있어서 너무 고루한 데만 치우치고 있어 불만을 사는 공통점을 지니고 있다고 하였다. 두번째 계열에 들어가는 손창섭, 유주현, 김성한, 김광식, 오상원, 추식, 이호철, 최상규 등의 작가들은 모두 해방 후 등단한 신인이며 "무의지적인 인물을 등장시켜서 인간성을 되씹어 보고 기계문명에의 항거와 획일성에서 오는 관성에의 저항과 이런 것들을 다루어보겠다는 것이 그 주안목으로 되어 있다"(p. 296)고 하면서 박영준의 「정형수술」, 유주현의 「인생을 불사르는 사람들」, 김광식의 「213호 주택」, 손창섭의 「설중행」 「광야」, 김성한의 「극한」, 오상원의 「난영」 등을 다루었다. 현실 폭로의 작품 경향에는 대가, 중견, 신인 가릴 것 없이 염상섭, 최정희, 김광주, 손소희, 박용구, 강신재, 방기환, 곽학송, 임옥인, 곽하신, 박연희, 이종환, 최요안 등과 같이 많은 작가들을 포함시켰다. 최정희의 「찬란한 한낮」, 손소희의 「음계」 「이초시의 하늘」, 박용구의 「지붕밑」, 강신재의 「낙조전」, 방기환의 「종부성사」, 곽학송의 「백치의 꿈」 등이 볼만하다고 하였다.

184) 『문학예술』, 1956. 5, p. 28.

남자는 삼팔선 넘어 월남해와 남쪽에서 극렬, 국수, 봉건을 겪은 점에서 최태응의 과거 소설의 주인공과 비슷한 성향의 인물이다. 남자는 영남 지방의 이름난 사업가의 딸인 여대생 애옥의 폐병 치료를 도와주다가 사랑하게 된다. 그런데 남자가 대학 졸업한 조카딸을 하숙집에 데리고 있으면서 극장이랑 다방이랑 왔다 갔다 하는 것을 보고 애옥이가 오해한 나머지 분노에 찬 눈으로 남자에게 물을 뿌리는 것으로 소설은 끝난다.

김광식의 「二一三號 住宅」(『문학예술』, 1956. 6)은 작고 초라한 한 노동자의 시선을 통해 종로, 서울역, 한강 인도교, 노량진, 상도동으로 이어지는 길가의 풍경을 소묘하였다. 조경 인쇄소 주식회사의 기사장인 김명학은 인쇄기와 발전기가 자주 고장 나 회사에 큰 손실을 입힌 것에 책임을 뒤집어쓰고 회사를 사직하여, 퇴직금을 받은 날 술을 잔뜩 먹고 상도동 특호 주택촌에 있는 자기 집 213호로 돌아온다. 그러나 술에 취해 순간적으로 착각하여 미군과 한국 여성이 사는 옆집으로 들어선다. 경찰에서 조사받고 단순 실수로 인정받고 나온 후 자기 집 현관으로 들어가는 뜰 길에 발자국 하나하나를 파고 벽돌을 깔아놓아 발돋음길을 만들고 현관문의 손잡이 근방을 칼로 깎아내는 작업을 한다.

김송의 「청개구리」(『문학예술』, 1956. 6)는 당시의 세태를 고발한 소설이다. 소시민의 딸이지만 공부를 잘하고 모범생인 연자는 중학교 입학시험을 쳤는데 떨어지고, 떨어질 것이라던 그 학교 서무주임 딸과 모 정당 간부의 딸은 합격했다. 연자 어머니는 학교에 가서 교장을 만나 따졌지만 결과는 뒤집어지지 않는다. 선주는 연자에게 합격하려면 빽이 굉장하거나 돈 50만 환이 있어야 한다고 하였다. 연자는 집에서 유리 항아리 속에 있으면서 밖에 나오려고 하나 자꾸 미끄러지는 청개구리를 보고 자기 신세를 떠올린다. 입학시험 보러 가는 딸의 도시락을 정성스레 싸주면서 연자 엄마는 그동안 자신이 잘못 살아왔다는 판단에 닿는다.

사실 구역질나는 가난 속에서도 하늘과 땅과 이 나라에 대하여 항상 감사
하는 정신만을 가진 그네들이었다. 애국이란것 반역이란것이 무엇인지도
생각해본적이 없었다. 역경과 고달픔, 불행과 서러움이 서리었어도 이땅에
살고 있는것만 무한이 고마웠었다.

성실하게 살고 선량하게 사고(思考)하는 것만이 국민된 도리요 유일한 목
표라고 믿었다. 국민학교 교장선생님들이 아동들에게 훈시하는 말과 같이,
나라를 사랑하면 애국자요, 나라를 비방하면 그것은 반역이라고만 알고,
누가 있어 대통령은 국부요 애국자요 선구자다—라고 말한다면 무조건 그
렇다고 수긍하였었다. 즉 애족하는 정책이란 곧 위대한 이승만 대통령의
영도하에서 움지기는 그 길이라 믿어왔다.

우리가 못살고 헐덕이는 것은 전쟁을 치렀기 때문이라고—외국에서 원
조된 수많은 물자들은 부흥건설에만 쓰고 있는 줄로 믿었다.[185]

이승만 대통령을 절대적으로 떠받들고 위정자를 무조건 믿은 죄밖에
없는데 이렇게 기만당하고 능멸당하고 살아야 하나 하는 연자 엄마의 자
의식은 1950년대 많은 한국인 사이에서 쉽게 만날 수 있는 것이기도 하다.

이무영의 「逆說」(『자유문학』, 1956. 6)은 환도한 이듬해 균형과 품위를
잃은 동시대인들 행태의 한 예를 보여주었다. 잡종학교 교무주임은 열 살
연상의 미인에다 돈도 많아 자신을 호강시켜주는 A여사의 육욕의 대상이
되어 겪어야만 하는 더러움을 씻기 위해 종삼의 창녀 채봉이에게 드나드
는 기행을 저지른다. 그런가 하면 채봉이를 감시하는 집주인은 두 마리의
고양이를 키우면서 어디 가서든지 돈을 물고 와야 아편을 놓아주는 엽기
적인 행동을 저지른다.

---

185) 『문학예술』, 1956. 6, pp. 28~29.

이종환의 「紫鬚」(『현대문학』, 1956. 6)의 제목 "자수"는 소설 안에서는 "빨간 텁석부리"라는 의미로 사용되었다. 인공 치하의 동대문시장에서 옷장사를 시작한 문철은 해방 직후의 좌익 동지들을 만날까 봐 두려워한다. 문철은 홍인종 같은 빨간 텁석부리의 몰골인지라 오십대로 보여 의용군을 면제받는다. 어느 날 문철은 옷을 팔러 나온 8년 전의 애인 효정을 보게 된다. 효정은 부모의 의사에 따라 고문 패스한 사람과 결혼했었다. 문철은 효정을 적극적으로 도와준다. 유엔군이 인천에 상륙하자 효정은 자기 남편이 천장에 숨어 있다는 비밀을 털어놓는다. 북한 돈 천 원짜리를 찢었다는 이유로 인민군이 쏜 총에 맞아 효정의 허벅다리에서 흐르는 피를 막으며 문철은 감격해한다. 「자수」가 해방 직후에 좌익 활동을 했던 전력이 있는 한 사내를 주인공으로 내세운 반면 「어떤 娼婦」(『문학예술』, 1956. 10)는 6·25 때 고향에서 한 달 동안 여성동맹에서 활동하다가 인민군 후퇴 대열에서 탈출한 후 대구에서 창녀로 살던 중 한 사내의 사심 없는 도움을 받았음에도 자살하는 여인을 다루었다.

한무숙의 「천사」(『현대문학』, 1956. 7)는 왕년 민족운동가의 조용한 몰락을 그렸다. 대학을 나왔고 민족운동도 하고 해방 직후에는 양쪽 진영으로부터 자문 역할을 해주었던 송선생은 아내가 가게를 하여 세 아이를 겨우 키우며 생활해가는 평범하고 무능한 가장으로 주저앉는다.

염상섭의 「후덧침」(『문학예술』, 1956. 8)은 형부를 원칙과 양식의 수호자인 교사로, 처제는 탈선과 비도덕의 존재로 설정하였다. 처제가 지방으로 내려갔다가 임신해서 서울에 올라와 여관방에서 몸을 풀자 언니가 해산간을 해주다가 집으로 데리고 온다. 처제는 본처와 같이 살며 두번째 애를 낳을 때는 언니네로 온다. 교사인 형부는 도무지 인사성 없는 영희 남편을 괘씸하게 생각한다. 처제는 둘째를 낳은 지 얼마 지나지 않아 유행성 뇌염에 걸렸는지 해산 후덧침으로 죽고 만다. 영희의 빈소에 애아범이 아기 때문에 온 표를 낸다. 염상섭은 이미 「자취」(『현대문학』, 1956. 6)

에서 부잣집 첩으로 가 아들을 낳아주고 쫓겨나 중이 된 여인의 경우를 제시하여 여성을 대를 잇는 수단으로만 여기는 습속을 문제시하였다. 「후 덧침」에서 형부는 처제를 이런 습속의 희생물로 보고 있다. 염상섭의 「맨 스」(『신태양』, 1956. 8)는 여주인공 문희가 조그만 무역상회를 하는 남편 을 속여가며 비밀 댄스홀에 다니다가 발각되어 집에서 쫓겨난다는 이야 기를 들려준다. 세 번이나 남자와 헤어진 후 10년 연하의 남자와 살림을 차리는 여인을 성인이 다 된 딸의 시선으로 보게 한 염상섭의 「어머니」 (『현대문학』, 1956. 12)는 성욕의 윤리 파괴적 성격의 한 극상을 제시한 예가 된다.

유주현의 「妖花의 詩」(『자유문학』, 1956. 8)는 전쟁이 일어나자 무기력 하게 하류 인간으로 전락한 남녀의 사연을 들려주었다. 17세의 정은 폐병 에 걸려 요양차 불암산 기슭의 중계리에 갔다가 구장 아들 최군을 알게 된다. 전쟁이 난 지 2년 가까운 사이에 관리를 지냈던 아버지는 납북되고 원효로 집은 폭격으로 흔적도 없어졌고 어머니와 남동생은 식량을 구하 러 파주로 갔다가 행방불명이 된다. 정은 대구로 와서 작부 노릇을 한다. 최군은 병역 기피자로 뒷골목 생활을 하는 사이에 병이 들어 아편중독자 가 되었다가 칠성동 굴다리 근방에서 거렁뱅이 신세로 정에게 발견된다. 정은 몸을 팔아 최군의 아편 주사값을 대주기도 한다. 정은 아편쟁이가 된 최군을 옆방에 두고 첫 손님을 받는다. 1년 후 최군은 아편중독자의 신 세에서는 벗어났으나 정신은 아직도 폐인 수준이었다. 정이 폐병에 걸려 환도했으나 최군은 석 달이 넘었는데도 끝내 오지 않는다. 병세도 악화되 고 양식도 떨어지고 해서 최군의 소식도 알 겸 정은 불암산 쪽으로 가다 가 쓰러져 숨을 거두고 만다.

박경리의 「黑黑白白」(『현대문학』, 1956. 8)은 외간 여인을 임신시켜 고 민에 빠진 장교장이 신임 교사 면접 때 온 혜숙을 행실이 나쁜 여자로 오 해하는 것을 중심사건으로 삼았다. 여주인공 혜숙은 6·25 때 집이 타고 남편이 폭사한 후 부산에서 피란살이하다가 환도하여 어머니와 딸과 셋이서 살며 취직했다가 실직한 상태다.

　겨우 쥐꼬리만큼의 월급 자리를 환도한 서울에서 얻을 수 있었던 것이 재작년 여름의 일이다. 판자벽에 썩은 함석지붕 밑의 방 한간을 얻어 이럭저럭 경이와 어머니의 세 식구 살림이 꾸려져 나갔다. 하루살 처럼 위태롭고 서글픈 생활이었다. 그러나 그런 불안전한 생활 기반마저 두 달 전에 아주 잃어버리고 말았다. 실직을 한 것이다. 혜숙은 이렇게 궁해 빠져도 도무지 기질만은 옛날과 같이 변하지 않는다. 아니꼽고 더러우면 팩하니 침 뱉고 돌아 서 버린다. 이러한 성질은 가난한 그를 더욱 가난하게 하였다. 이번에 직장을 그만둔 원인도 역시 그의 결백성 때문이다. 추군 추군하게 구는 뱃대기에 기름이 끼인 상부 사람이 더럽고, 또한 향락의 대상으로 보인 것이 분하고 원통하다는 데서 사표를 내던졌던 것이다.[186]

　장교장은 중국집 옆방에서 임신한 젊은 여인 영민이 유부남에게 하소연하는 것을 듣고 또 그린색 외투를 입은 영민의 뒷모습만 보고 혜숙을 영민으로 오해한다. 장교장은 그린색 외투를 입은 혜숙이를 보자 옛날 중국집 옆방에서 나간 여인으로 판단하고는 사촌누이라고 속인 현과장에게 자네 누이는 바람났네라고 말한다. 장교장이 자기 애를 임신한 황금순으로부터 온 전화를 받기 위해 긴장감 속에서 수화기를 드는 것으로 소설은 끝난다. 작가는 수신제가도 제대로 하지 못하는 장교장의 위선을 고발하였다.
　오상원의 「證人」(『사상계』, 1956. 8)은 참전했다가 왼쪽 눈이 실명한 채 돌아온 제대군인이 연애는 하지 못하고 여자의 육체만 탐하는 사디스트

---

186) 『현대문학』, 1956. 8, pp. 113~14.

가 되는 과정을 따라갔다. 여인이 진지하게 잘해주는데도 상실당한 것은 돌아오지 않는다. 여자는 같이 살자 하고 청년은 헤어지자고 한다. 오상원이 주인공을 "청년"이라고 한 것은 작중 청년의 사고와 행태가 현실 속에서 보편화된 것임을 일러준다. 청년과 여자가 대화를 하는 형식을 취했지만 청년의 독백체라고 할 수 있을 정도로 청년의 말이 질량 양면에서 절대적인 비중을 차지한다. 우리 세대는 전쟁에 희생된 세대이며 모든 것을 상실한 세대라는 점에 청년과 인식을 같이하는 "자식"은 우리 세대의 고민을 털어놓으면서 현실의 극복 방안을 모색해보기도 한다. 여인이 "전쟁속에 좀먹힌 불행한 존재라면 혼자 불행해질 것이지 왜 행복스러워야 할 남까지 자기의 불행속에 끌어넣으려하세요"라고 말하고 방을 나가버리자 청년은 "저주받아야 할 나, 허무러진 나를 그대로 허덕허덕 이상 더 이어갈 수는 없는 것이다. 나는 이 시대의 증인이 되어야 하는 것이다. 결코 무위(無爲)한 증인이 되어서는 안 되는 것이다"[187]와 같이 강력한 증인에의 의지를 표명하였다. 그러나 증인의 개념에 구체성을 부여하지 못한 채 소설은 끝나고 말았다.

최상규의 「斷面」(『문학예술』, 1956. 9)의 표제는 "그날 새벽, 그는 오줌을 쌌고, 그의 아내는 젖꼭지를 짤랐다"[188]라는 첫 문장이 일러주고 있는 것처럼 아내가 스스로 잘라낸 젖꼭지의 단면을 가리킨다. 남편은 사장으로부터 굴욕스럽게 받은 월급에 감격하면서 가짜이긴 하지만 아내에게 줄 반지를 산다. 술을 잔뜩 마시고 집에 들어온 그는 계속 중얼거리다 잠이 들었는데, 아내는 남편의 자는 얼굴에서 오만과 체념과 익살과 만족과 비굴이 뒤섞인 표정을 보고는 자기도 줄 것이 있다면서 느닷없이 면도칼로 젖꼭지를 자른다. 이를 본 남편은 놀라 울부짖는다. 그는 손에 아내 젖꼭지의 고깃점을 쥐고는 모두가 내 잘못이라고 한다. 남편을 정상으로 보지

187) 『사상계』, 1956. 8, p. 260.
188) 『문학예술』, 1956. 9, p. 95.

않는 아내도 정상이 아닌 행동을 한 것이다. 그가 월급을 받고 집에 들어와 계속 지껄이는 것은 죄책감과 불안감을 반영한 것이다. 작가는 6·25사변 전후의 그의 삶의 방식에서 불안감의 원인을 찾았다.

　사실 그들은 여태 애를 만들지 못했다. 안 했다. 그게 육년이다. 사변나기 직전이다. 그는 그무렵 지금 생각하면 해롭기만 한 친구들과 얼렸다. 그래 사변이 나자 엉뚱한 잘못을 저지르고 말았다. 무슨 큰일을 일으켰던가 저질렀던 것은 아니다. 그러나 수복되기가 좀 늦었드라면 정말 큰일을 저질렀을는지도 모른다. 한 몸둥이, ─또 하나는 아니다. 가급적(可及的)─아주 망쳐 버릴 정도의 큰 일 말이다. 어쨌던 엉뚱한 데 발을 드디어, 결국 수복후엔 매를 좀 맞고 석방되긴 했다. 내가 한 일은 내가 책임지겠노라, 해 왔었던 그다. 그러나 그는 그때, 자신이 책임 운운 할 수 없는 일도 할 수가 있다는 것을 알았다. 그래 자신에게 불신(不信)을 선언하고 만 것이다. 덕분에 아내가 고생을 많이 했다. 또 지금도 하고 있다.[189]

전쟁이 좀더 시간을 끌었더라면 분명 부역행위에 드는 일을 저질렀을지 모른다고 추측한다. 아내는 중간중간 애를 낳자고 하다가 남편의 뜻이 완강하여 그냥 애를 낳지 않고 살기로 한다. 부역자의 후일담을 독백체를 흡수하여 엽기적이기까지 한 심리소설로 처리한 독특함이 있다.

김성한의 「바비도」(『사상계』, 1956. 5)는 동인문학상 수상작으로 1410년 헨리 4세 때를 배경으로 한 종교소설이자 반항소설이다. 교회가 부패할 대로 부패한 헨리 4세 때 재봉직공 바비도는 영어 복음서 비밀독회에 참여한 혐의로 종교재판에 회부되어 회개를 강요받았으나 거부한 죄 때문에 스미스피일드의 사형장으로 끌려가게 된다. 비밀독회의 지도자들이나

---

189) 위의 책, pp. 96~97

직공들이 자신의 행위가 잘못되었다고 회개하여 목숨을 구한 것과 대조적이었다. 장작에 막 불이 붙은 것을 중단시킨 헨리 태자가 마지막으로 회개를 권유했으나 바비도는 양심에 거슬리는 짓은 할 수가 없다고 거부한다. 오히려 감사하다는 바비도를 보고 "할 수 없구나, 잘 가거라. 나는 오늘날까지 양심이라는 것은 비겁한 놈들의 겉치장이요 정의는 권력의 버슷인 줄만 알았더니 그것들이 진짜로 존재한다는 것을 내눈으로 보았다. 네가 무섭구나 네가……"[190]라고 태자가 말한 것은 전후 우리 사회가 근본적으로 정의감의 상실을 시대병으로 앓고 있음을 일깨워준다.

최인욱의 「거문고」(『문학예술』, 1956. 9)는 후반부로 가면서 퇴기의 삶 쪽으로 관심이 옮겨지고 있다. 소설가인 '나'는 창편 아저씨의 소개로 퇴기 설향이 운영하는 청운동 임설향 국악연구소에 자주 출입한다. 평양에서 설향을 돌봐주었던 지주가 동란 중에 딸 은영이를 데리고 월남하여 관상쟁이가 되었고 설향은 국악과 고전무용을 전수시켜주는 일을 하게 된다. 설향은 우리나라 가정부인들도 재즈나 댄스를 추구할 것이 아니라 일본 여인들이 사미셍을 하는 것처럼 거문고와 고전무용을 알아야 한다고 주장한다. 설향은 보은의 차원에서 은영이를 열심히 가르쳤으나 어느 날 은영은 한 남자와 애정 도피 하고 만다.

방기환의 「뚜껑 없는 貨物列車」(『현대문학』, 1956. 9)는 1950년 9월 28일 이후 삼팔선을 돌파하고 평양을 탈환하고 초산에 돌입했던 국군이 11월과 12월에 접어들어 중공군의 개입으로 청천강에서 철수했다는 신문보도가 있자 많은 서울 사람들이 다시 피란길에 오르는 상황을 제시한다.

그야, 아무리 어쩌기로소니 또 다시 서울을 내놓을 리야 만무인데 왜 저리들 법석이냐고 이사하는 무리를 나무래는 축도 있기는 했지만, 그런 소

---

190) 『사상계』, 1956. 5, p. 291.

리를 하는 자들은, 대개, 지난 석달 동안 서울에 있던 사람들이, 얼마나 두려움과 답답함과 굶주림에 시달렸는가를 아지 못하는 이른바 도강파(渡江派)가 아니면 뒷구멍으로 제 이삿짐은 다 날라놓고도 딴소리를 하는 권력배(權力輩)들이라고 이삿군들은 이삿군들대로 투덜거렸다. 나도, 지난번에는 설마 설마 하다가 그만 내려가지를 못하고 석달 동안을 다락이나 마루밑에서만 지낸, 덴 가슴이라 이번에는 누구 못지 않게, 일찍부터 허둥지둥 서둘러 대었으며, 그렇게 한 보람있어 군인 가족들만 태운다는 무개화차(無蓋貨車)에나마 한자리 비비고 들어앉을 수 있게 되었다. 적군이 재차 서울에 들어오기 보름이나 더 앞둔 一九五0년 十二월二十一일이었다.[191]

이른바 도강파와 잔류파의 갈등을 제시하면서 방기환은 1950년 12월 21일에 청량리를 출발하여 사흘 후인 24일에 대구에 도착하기까지의 무개화차 내의 사람들의 갖가지 모습을 그리는 데 치중했다. 이 무개화차는 양평에서 한참을 쉬고 죽령고개를 넘지 못해 이틀을 지내고 다시 출발한다. 마누라와 이웃에게 인심 사납게 구는 서울 변두리 토박이, 하모니카 부는 소년, 성모경을 외우는 천주교 신자 아낙네, 혼자 길을 떠난 평안도 아낙네, 얼어 죽은 아기를 골짜기에다 버린 함경도 아낙네, 골을 잘 내던 경상도 처녀 등은 대구에 도착하여 가차에서 내리면서 역 광장에 서 있는 크리스마스트리를 보면서 합창하듯이 삶에의 의지를 추스른다.

김송의 「審判」(『사상계』, 1956. 10)은 상이군인의 분신자살하기까지의 고난기다. 박봉수는 백마고지에서 팔 하나를 조국에 바치고 제대해서 돌아와 구직운동을 했으나 잘되지 않는다. 박봉수는 자신이 참전해 있는 동안 물심양면으로 도와주었던 이만길과 아내가 통정한 것을 알게 되었지만 자기 없는 사이 아내가 고생을 많이 했다고 생각하여 덮어두기로 한

191)『현대문학』, 1956. 9. p. 48.

다. 박봉수는 공사장 인부로 나가고 아내는 종로 뒷골목 식당에서 작부 노릇을 한다. 박봉수가 찾아가 입다툼하던 중 팔을 잡아당겨 아내의 뼛속이 곪게 되어 수술을 받아야 했다. 은행에서 돈을 찾아가지고 나오는 사람을 덮쳐 돈을 훔친 박봉수가 병원에 갔을 땐 이미 아내는 죽은 뒤였다. 죄책감에 시달리던 박봉수는 분신자살의 방법을 택한다. 박봉수와 아내를 "심판받은" 존재로 그렸지만 작가는 "심판받아야 할" 존재는 이 두 사람으로 끝날 수 없는 것이 아니냐는 질문을 던지고 있다.

오상원의 「亂影」(『현대문학』, 1956.3)은 부산 배경의 소설이다. "문"이라는 성을 가진 그는 대학에서 법을 전공하고 미군부대 노무자 감독으로 일한다. 미군 병사가 밀가루 두 포대를 훔쳐내어 같은 곳에 근무하는 한국 여인을 통해 팔아먹고는 한국 사람에게 뒤집어씌우는 일이 벌어진다. 더 이상 참지 못하고 한국 여자의 정부인 미군 상사에게 대들었다가 해고당한 그는 산부인과 의사인 친구에게 돈을 빌리러 갔다가 병원 입구에서 바로 그 미군의 정부와 부딪친다. 의사 친구는 세상을 적당한 것 이상으로 살면 괴로운 것이라는 충고를 하며 너에게 꾸어주는 돈은 바로 저러한 여인들의 소파 수술비에서 나오는 것이라는 모욕적인 말을 한다. 의사는 "인간이란 원래 적당히 되어있는걸 뭐그래" "악(惡)속에도 아름다움은 있어요. 선속에도 비굴한 곳이 있듯이말이다" "결국 인간이란 악을 지니고 치욕 속에 살아가는 걸레지, 뭐 별다른 것 아닐걸"[192] 등과 같은 나름대로의 인생철학을 펼친다. 병원을 나와 그는 꾼 돈을 아무 데고 던져버릴까 하다가도 아내와 자식의 굶주린 모습을 떠올리며 굴욕을 참기로 한다. 그는 집으로 돌아오는 길에 "치욕과 경멸과 조소와 악속에서 살수 없다면은 아내는 죽어야 하고 애새끼들은 굶어 죽어야 하고 나는 또 나대로 쓰러져야 하는 것"[193]이라는 생각을 해본다. 또한 신문이 "사기, 살인, 강도, 절

---

192) 『현대문학』, 1956.3, p. 87.
193) 위의 책, p. 89.

도, 횡령, 기아, 자살, 테로" 등 온통 악에 대한 기사로 가득 차 있는 것을 보면서 이 사회는 인간이 움직이는 것이 아니라 악이 움직이는 것 같은 착각에 들게 된다. 그는 우연히 만난 중학교 은사의 집이 있는 부산 송도 바라크촌으로 가서 뒤꼍에 사는 송씨와 셋이서 술을 마시게 된다. 은사는 북한에서 체포되어 고생하다가 월남하여 부산에 오기까지의 과정을 털어 놓았고 송씨는 통조림 두 통을 들고 와서는 미군부대 다니는 아내의 자랑에 열을 올린다. 밤늦게 돌아오는 송씨의 아내는 미군부대에서 문과 싸운 바로 그 문제의 양갈보였다. 이 소설은 "악 속에도 아름다움은 있다. 결국 산다는 것뿐이 문제인 것이다"[194]와 같이 그가 의사 친구의 말을 떠올리는 것으로 끝난다. 오상원은 불법적이거나 비윤리적인 존재를 부정적으로 그리면서도 피란지 부산에서 줄곧 융통성 없는 선악관으로 타인들을 대하는 주인공도 문제적 인물로 보고 있다.

오상원의 「彈痕」(『문학예술』, 1956. 11)은 반공주의자 주인공의 소설이다. 해방이 되어 일본군에서 학병으로 갔다가 돌아온 아들은 정치에 관심 갖지 말라고 하는 아버지의 말을 듣지 않고 정치판에 뛰어든다. 아들이 돌아간 동네는 동맹, 단체, 연합 같은 것이 생겨나면서 파벌이 생기고 정담이 오가고 대립의 분위기가 조성된다. "민주주의니, 공산주의니, 민족주의니, 정당, 강령, 공작, 투쟁, 세포 등등 지금까지 듣지도 못하였던 낱말들"[195]이 동네를 휩쓴다. 아버지가 앞마을 칼잡이 아들놈이 제 이름자 하나 쓰지 못하면서 청년동맹 단장 하고 있는 꼴을 보기 어렵다고 하자 아들은 그런 무지한 자들과 싸워서 정당한 길을 걷자고 하는 것이라고 한다. 전쟁이 터진 직후에 읍 청년 몇 명과 함께 인민군에 의해 체포된 아들은 느티나무 아래서 총살당하고 만다. 공습으로 행방불명이 된 며느리와 손자를 기다리는 노인도 집을 복구해야 한다고 하다가 탄흔 자국으로 이

194) 위의 책, p. 94.
195) 『문학예술』, 1956. 11, p. 20.

지러진 느티나무 기둥에 기댄 채 조용히 숨을 거두면서 소설은 끝난다. "아들은 죽었다"는 모티프를 네 번이나 의도적으로 반복하여 아들의 죽음이 노인에게 치명적인 아픔이었음을 일러준 데서 이 소설의 서술상의 특징 하나를 찾을 수 있다.

손창섭의 「師弟恨」(『현대문학』, 1956. 11)은 창녀촌을 공간 배경으로 삼았다. 진수는 창녀촌에서 신문사 영업소를 맡고 있으면서 창녀들의 부탁으로 편지를 무보수로 대필해주는 일을 하는데 편지의 내용을 대체로 허위로 꾸민다. 스스로 무저항주의니 인고니 인욕이니 하는 말을 들먹거리며 자신의 무능함을 합리화하는 진수의 중학교 은사인 홍선생은 인신매매와 매음 행위의 비도덕성을 지적하곤 하면서도 창녀들에게 더러 들르는 모순을 빚어낸다. 진수의 중학교 동창이긴 하나 고등학생 때 퇴학당한 하교는 유도와 권투로 단련해와 진수를 괴롭히는 깍정이들을 제압한다. 어느 날 밤 홍선생이 창녀가 옷과 지갑을 훔친 것을 알고 옆방에 있는 주인을 불러 따지다가 오히려 매 맞고 피를 흘리며 진수에게로 오자 곧바로 진수는 하교를 부른다. 하교가 포주를 제압하자 홍선생은 옷을 도로 찾게된다. 도둑질을 한 창녀는 바로 낮에 진수에게 와서 대필을 부탁했던 박순례였다. 순례도 하교에게 따귀를 맞는다. 하교의 힘으로 문제가 다 해결되었지만 진수는 유쾌하기는커녕 오히려 더 우울해진다. 못난 존재들에 대한 연민이 우울감을 이끌어내고 있다.

김광식의 「立候補者」(『문학예술』, 1956. 12)는 정치는 아무나 하는 것이 아니라는 인식을 일깨워준다. 해방 전 이북에서 운전수였던 도운봉은 6·25 때 부산에서 버스 한 대로 출발하여 나중에 동서여객 사장이 되었으나 정치 브로커에게 휘말려 학력과 경력을 위조하고 빚까지 내어 시의원에 입후보한다. 투표일 오후 12시에 자기네 회사 버스가 산간에서 전복하여 수십 명의 사상자가 나는 대형 교통사고가 난 데다가 겨우 344표를 얻는 데 그치는 참담한 결과를 맞는다.

한말숙의 「별빛속의 季節」(『현대문학』, 1956. 12)에서 고아 출신으로 미군장교 하우스 보이인 영식은 자기 보는 앞에서 미군 장교가 양공주와 키스하는 것을 보고 격분한 나머지 커피포트랑 차, 우유랑 설탕이 올려 있는 쟁반을 떨어뜨려 해고당한다. 마흔다섯 채나 되는 미군 장교 관사촌에서 흔히 볼 수 있는 광경에 한국 청년이 제대로 적응하지 못한 것이다.

서기원의 「安樂死論」(『현대문학』, 1956. 6)에서 이름이 부여된 존재는 반공학생단체 지도자였으며 탈출 모의를 주도하는 박영철과 북로당 간부의 조카이자 은행원 출신인 김우진이다. 김우진에게 큰 비중을 두고 있지만 프로타고니스트로 인정한 것은 아니다. 이 두 사람은 납치자 수용소 안에서 대립관계를 보인다.

교실수가 열서넛, 한 교실에 백여명씩 가두어 놨기에 수용된 납치자들의 수효는 곧 헤아릴 수 있었다. 거의다 경인지구(京仁地區)의 출신이란것도 그들의 말투로 미루어 풀이되었다. 납치자라 해서 뭐 두드러지게 들어난 반공투사나 사회의 저명인사들은 아니었다. 가령 「의용군」을 끝내 피하다가 잡혔다든지 혹은 전혀 까닭도 없이 걸려든 사람들이 태반이었다. 구태어 갖다 부친다면 「빨갱이」들에 협력을 아니했다는 죄과일가? 그러니까 이른바 악질반동분자가 못되는 그들을 감금함에 삼엄한 경계는 아닌듯 엿보이는 것이, 천여 명의 수용인수에 비해서 불과 오륙십명 정도의 붉은 군대로써 감당하고 있었다.[196]

작가 서기원은 두드러진 반공투사가 아닌데도 마구잡이로 많은 사람들을 북으로 끌고 가는 인민군을 비난한다. 결국 박영철은 따돌림당한 것을 참지 못한 김우진의 밀고에 의해 먼저 끌려 나가 처형된다. 그러나 김우

---

196) 『현대문학』, 1956. 6, p. 96.

진도 탈출하다가 총에 맞아 죽는다.

서기원의 「暗射地圖」(『현대문학』, 1956. 11)는 손창섭의 「혈서」처럼 이상한 동거관계를 그렸다. 거의 전멸하다시피 한 소대에서 살아남은 미술대 학생 김형남 하사와 법대생 박상덕 하사는 먼저 제대한 박상덕 집에 살게 된다. 이미 상덕은 최윤주와 동거하고 있는 중이다. 최윤주가 집에서 쫓겨나 프랑스 영화를 상영하는 극장 앞에서 상덕과 알게 되어 동거로 이어지게 된 것이다. 형남은 윤주를 깍듯하게 상덕의 아내로 예우한다. 상덕이 일심중학관에 일주일에 사흘 출강하여 버는 돈으로 생활비가 부족하여 형남이 극장의 광고판을 그리는 일을 하게 된다. 얼마 후 일심중학관 인가 취소로 상덕이 실직하자 생활비는 온전히 형남에게 의존하는 형편이 된다. 형남은 윤주에게 관심을 가지면서도 사창가에 드나들어 성욕을 해소한다. 형남은 미술가 지망생으로서의 야심도 접어버린 채 박격포탄 소리와 전우의 비명을 환청으로 들으며 성욕에 시달리는 생활을 해나간다. 형남이 사창가에 드나드는 것을 알게 된 상덕이 윤주를 공유하자고 제의한다. 이러한 파격적인 제안이 원인적 사건으로 기능하면서 「암사지도」는 남녀의 미묘한 심리를 섬세하게 파헤치는 길을 밟게 되었다. 상덕이 들어오지 않은 첫 일요일에 안방 문을 열자 윤주로부터 나가라는 소리를 듣기는 하지만 형남은 승리감에 젖는다. 형남은 윤주가 상덕에게서 받은 굴욕감을 형남에게 주는 굴욕감으로 상쇄하여 심적 균형을 갖는 것이라고 해석한다. 윤주가 형남을 받아들인 후 형남은 상덕의 의견대로 생활비를 윤주에게 직접 준다. 창녀가 된 것이나 다름없다고 생각한 윤주는 형남에게 몸은 주지만 마음은 주지 않는다. 작가는 형남을 초점화자로 삼기는 하지만 상덕과 윤주의 미묘한 심리 변화를 놓치지 않는다. 실제로 윤주는 두 남자를 다 사랑하지 않게 된다. 형남은 윤주가 자신을 이 지경까지 몰아간 상덕을 향한 집착을 버리지 못하는 것을 보고 이해하지 못하면서도 "음산한 흡족"[197]을 느낀다. 윤주가 임신하게 되자 상덕은 애기를 낳으라 하고 형남은 낳지 말라고 한다. 윤주는 두 사람 중 한 사람이 애아버지다, 그건 두 사람이 다 애아버지가 아니라는 것과 같다, 확실한 건 내 것이다, 당신들에게는 아무 권리가 없다 등과 같은 주장을 열거한다. 상덕의 나가라는 말에 윤주가 보스톤 백을 들고 나서자 형남이 만류한다. 윤주는 두 분 다 애아버지가 아니라는 말을 반복함으로써 자기를 하루아침에 창녀로 만든 두 남자에게 복수심을 행사하게 된다. 상덕은 잘됐다고 울부짖고 형남은 미스 최를 연발하며 대문간으로 달려간다. 세 남녀의 동거와 두 남자의 한 여성 공유는 기존 성도덕의 파괴다. 작가 서기원은 이러한 성윤리의 파탄을 통해서 전쟁의 파괴적 성격(Vandalism)을 웅변할 수 있었다.

김송의 「破壞人間」(『새벽』, 1956. 5)은 무식한 부역자를 "파괴인간"으로 해석했다. 7년 전에 동네에 들어온 강서방은 온돌 고치는 일을 하다가 6·25를 만나 붉은 완장 차고 다니면서 부당하게 남의 물건을 가져가고, 민청 가입을 강요하고, "공산주의란 즉 골고루 논아먹자는 주의요" "무엇이던 있는 놈의 것을 논아먹는 주의가 공산이요"[198]라고 지껄이고 다닌다. 강서방은 대구로 피란 가 경찰에게 잡혀 부역죄로 대구 형무소에서 3년 징역을 산 후 다시 동네로 돌아온다. 그리고 집집이 돌아다니며 무료로 수리해주어 환심을 사고 양키 물건을 장사해서 돈도 번다. 강서방은 큰 병에 걸린 자기 아내가 차도가 없어 굿을 벌인 것을 보고 욕을 해댄다. 「파괴인간」은 남성 부역자를 주인공으로 삼았거니와 「脫走路」(『신태양』, 1956. 10)는 여성 부역자를 제시했다. 제본소 여공인 분이는 민청의 위협으로 선전 포스터를 붙인 혐의로 조사받던 도중 탈출하여 한 국군의 등에 업혀가다가 폭사한다.

이봉구의 「劇場周邊」(『새벽』, 1956. 9)은 영화와 배우에 빠진 소년 시절

197) 『현대문학』, 1956. 11, p. 209.
198) 『새벽』, 1956. 5, p. 139.

의 경험담을 들려주었다. 이봉구는 12세 때 안성에서 사끼노리, 김소랑 극단 등 순회 극단을 구경하고 배우들이 머무는 여관을 찾아다니기도 한 다. 기생 외입과 극장 구경으로 난봉이 난 사촌 형을 따라 서울에 가 단성 사에서 나운규의 「아리랑」을 보고 사촌 형과 호형호제하는 배우 박덕양을 따라 조선극장에서 「명금」을 본다. 그 후 단성사와 조선극장과 우미관에 서 「제 칠 천국」「철도의 백장미」 등 여러 편의 영화를 보기도 한다. 박덕 양이 실연하여 철도 자살 하는 일이 벌어진다. 영화 예술에 대한 이봉구 의 전문가적 소양이 형성된 과정을 엿볼 수 있는 자료로 평가할 수 있다.

이무영의 「鄕愁」(『사상계』, 1956. 11~12)는 외국에서 모국을 들여다보 는 시각을 취하였다. 의사인 찬호는 미국 샌프란시스코에서 열린 국제 난 병연구회에 참석했다가 유럽으로 가 폼페이 유적, 나폴리를 거쳐 제네바 로 와 레만 호텔에서 두번째 만난 영국인 교장 선생인 사보이씨와 맥주 한잔하면서 한국의 물맛이 좋은 것을 알게 된다. 찬호는 이번 여행을 통 해 한국의 안을 들여다보게 되었으며 그 실체들도 찾을 수 있었다. 미국 과 유럽은 이렇게 발전했는데 우리는 아직도 파벌 싸움에서 헤어나지 못 하고 있다는 것에 자괴감을 갖는다. 파벌 싸움은 남북분단 외에 남한 내 의 갈등을 가리키기도 한다. 미국의 고층 건물과 유럽 명승지를 보면서 우리의 왜소함과 초라함을 절감한다. 그러나 한국의 공기, 기후, 산천이 좋다는 것을 발견한 것은 큰 소득이다. 사보이씨 부부와 여러 곳을 관광 하면서 조상의 의미, 골동품과 고전의 차이, 남녀차별론과 평등론 등에 대해 의견을 나누면서 한국을 재조명하게 된 것도 큰 보람이었다.

(4) 반공소설의 새 모델(「월남전후」)

임옥인의 『越南前後』(『문학예술』, 1956. 7~12)는 1945년 8월 15일에서 주인공 김영인이 한탄강을 건너 월남했던 1946년 음력 3월 초까지를 시 간적 배경으로 삼았다. 그야말로 해방직후의 길주와 혜산진을 무대로 한

북한의 사정[199]을 10여 년 후인 1957년도에 그려낸 것인 만큼 『월남전후』는 분명한 이념적 입장을 기반으로 하여 역사소설적 방법을 취한 것으로 볼 수 있다. 임옥인은 김남천의 『1945년 8·15』(『자유신문』, 1945. 10. 15~1946. 6. 28), 이무영의 『3년』(1946), 염상섭의 『효풍』(『자유신문』, 1948. 1. 1~11. 3) 등과 같이 작품 발표시기와 작중의 시간배경이 거의 일치되는 당대소설을 쓸 때의 압박감이나 초조감에서는 벗어난 상태에서 소설을 썼다고 할 수 있다. 『월남전후』는 해방부터 이듬해 봄까지의 서울을 배경으로 한 김동리의 장편소설 『해방』(『동아일보』, 1949. 9. 1~1950. 2. 16)과 시간배경은 같지만 공간배경은 남한과 북한이라는 차이를 보인다. 『월남전후』는 해방 직후의 길주와 혜산진을 배경으로 하여 공산화되어가는 북한의 분위기를 작가의 전기적 사실에 근거하여 핍진성 있게 그려낸 점 하나 만으로도 희소가치를 지녔다. 길주가 고향이고, 일본유학을 갔다 와 모교에서 교편을 잡은 적이 있고, 소설가로 등단한 직후이고, 혜산진에서 가정여학교와 야학을 운영하던 중 숙청의 위협을 느껴 월남하게 된 주인공 김영인의 이력은 작가 임옥인의 것이기도 하다. 작가 임옥

---

199) 1945년 8월 15일에서 1946년 4월까지의 북한의 주요 역사연표는 다음과 같이 정리된다.
  "조선공산당 평남지구위원회 결성(1945. 8. 17), 일본인 소유의 각 기관 접수 개시(8. 19), 소련군 선발대 평양 입성(8. 26), 함경남도 인민위원회 결성(9. 1), 김일성, 원산항을 통해 입국(9. 19), 조선공산당 서북 5도 당원 및 열성자 연합대회(10. 10), 평양시 군중대회 개최, 김일성 연설(10. 14), 북조선 주둔 쏘군 제25군 사령관의 성명서 발표(10. 16), 조선공산당 북조선분국 결성 공포(10. 20), 소작료 3·7제에 관한 규정총칙 발표(10. 21), 조선민주당 결당 대회, 당수 조만식(11. 3), 민주청년동맹대회 개최(11. 27), 5도 작가회의 개최(11. 30), 북한 각지 인민재판소 개정, 조선공산당 평양시당대회 개최(12. 1), 북한 각도 보안부장회의 개최(12. 9), 평안남도 인민위원회, 부재지주의 토지매매 금지 발표(12. 22), 평남지구 예술동맹 결성(1946. 2. 1), 조선민주당 열성자협의회 개최, 조만식 세력 퇴진(2. 5), 북조선 각 정당 및 사회단체, 각 행정국 및 각 도·시·군 인민위원회 대표 확대협의회 개최(2. 8~9), 북조선 임시인민위, 「토지개혁 실시에 대한 법령」공포(3. 5), 김일성 위원장 20개조 정강 발표(3. 23), 북조선예술연맹(총동맹) 결성(3. 25), 조선공산당 북조선분국 제6차 확대집행위원회에서 김일성, 「토지개혁의 총결과 금후의 과업」보고 (4. 10) 강만길·김남식·안병직·정석종·정창렬 외 7인 엮음, 『한국사 26, 연표(2)』, 한길사, 1994, pp. 335~41.

인은 주인공 김영인이 단신으로 월남하지 않을 수밖에 없었던 소이연을 따라가는 과정에서 해방 직후의 불안하고 살벌한 기운 속에서 하루하루 살아가는 북한 사람들의 이모저모를 구체적으로 그려내었다.

김영인과 고종 사촌 동생 을민 사이의 갈등과 충돌을 반복하는 관계를 메인 플롯으로 이끌어 가면서 그 주변에 여러 인물들과 사건들이 포진시키는 서사담론을 취하였다. 작품의 끝부분에서 두 인물의 관계가 파국으로 치닫게 되자 영인은 자신과 을민의 대립이 자유주의 대 공산주의의 대립의 축도라고 공언하기까지 한다. 을민은 보통학교를 중퇴하고 길혜선 선로 공사장에서 노동도 하다가 중국까지 넘나드는 금장사를 하며 좌익 지하운동을 하던 중 해방을 맞아 군 치안대장이 된다. 해방 직전 영인의 도움을 받고 있을 때 을민은 "봉선화" 같은 사랑소설 대신 노동자나 장사꾼이 환영할 수 있는 소설을 쓰라고 충고함으로써 자신의 이념성향을 암시한 적이 있다. 실제로 작가 임옥인은 동경유학생인 약혼자를 기다리며 결혼을 준비하는 여성의 모습을 그린 「봉선화」(『문장』, 1939. 8)를 발표한 바 있다. 해방이 되자 을민은 자기를 도와달라고 하며 영인을 여성동맹 쪽으로 끌어들인다. 영인은 을민의 전형적인 좌익 행동대원의 행태를 우연히 여러 차례 목격하면서 공산주의를 향해 반감과 공포심을 갖게 된다. 을민은 일제하에서 발생했던 박달사건 때 일본경찰의 앞잡이 노릇한 사내를 무자비하게 고문하다 총살하고, 여러 명의 일본군 패잔병을 추적하여 사살하고, 남한의 김구와 이승만을 지지하는 공작을 벌였다는 혐의로 한 젊은이를 처벌하고, 서화·골동품·성현의 초상화 등을 부르주아의 산물이라는 이름 아래 태워버리겠다고 하고, 일본 유학생 출신으로 좌익 진영에서 일하게 된 허욱이 토지개혁의 문제점을 지적하자 사정없이 폭행한다. 허욱은 북한에서 지주 개개인의 사정은 참작되지 않았다든가 비평할 자유가 없다든가 하는 불평을 털어놓았다가 을민에게 공부한 것들은 이론만 따지고 든다는 욕을 들으면서 열 차례 이상 따귀를 맞는다. 영인은 을민을 향해 야만인이라고 나무라면서 나에 대한 분풀이를 하는 것이라고 해석한다. 실제로 을민이는 평소에 김영인과 같은 인테리를 비판해왔었다. 을민의 인테리 혐오의 태도는 혜산진 소련사령부 소속의 여군 최순희에게 이어진다. 김영인과 함께 여성동맹에서 일하게 된 최순희는 회원들에게 첩이라든가 인테리 같은 착취계급을 몰아내자고 선동하는 연설을 하기도 하고 문맹퇴치 사업의 필요성을 주장하는 김영인을 노골적으로 방해하기도 한다. 일제 때 지방 경찰서를 습격하여 무기를 대량 탈취했던 박달사건의 가담자였던 박투사와 이투사, 그들의 아내로 김일성 직속 부하였던 김동무와 채동무, 빨치산으로 있다가 소련에 붙어 소련식 교육을 받고 귀국한 윤사령, 좌익활동 혐의로 8년간 감옥생활하고 해방 후 바느질 품으로 생계유지하며 조용히 지내다가 불려나온 권덕화 등이 을민의 '동지'에 해당하는 존재들이다. 을민의 '동지'의 배경에 소련군이 있다.

을민의 입장에서 보면 일본군과 민간인, 친일파, 반공주의자, 인테리 등은 '적'의 범위에 들어간다. 바로 『월남전후』는 김영인이 을민의 부탁을 받아 억지로 조력자에서 출발했다가 환멸을 느끼고 차츰 '적'으로 변해가는 과정을 서술한 것이라고 할 수 있다. 영인은 여성동맹의 교양부장을 맡아 문맹퇴치사업과 계몽사업을 벌이다가 국어교육, 교양교육, 기술교육을 목표로 한 가정여학교를 창설하는 동시에 야학을 운영하기도 한다. 김영인은 음악회와 연극과 연설로 짜여진 부녀연예회를 만들어 폭발적인 호응을 얻었는가 하면 소련군에게 압수된 자신의 책을 찾아오는 당찬 면을 보여주기도 한다. 을민이 허욱을 폭행하는 장면을 바로 앞에서 보다 뜯어말린 영인은 인테리일수록 질이 나쁘다고 한 최순희의 독설을 떠올리면서 "무식과 주먹다짐과 무자비 그것이 미천인, 소위 공산주의자들"[200]과 같은 판단에 닿게 된다.

---

200) 『문학예술』, 1956. 12, p. 90.

김영인을 월남 결심으로 몰고간 을민과 영인의 마지막 충돌은 혁명유가족위원회 회장 엄씨집에서 있었던 지방유지 간담회에서 이루어진다. 가정여학교장 김영인이 수업 전에 적기가 대신 애국가를 부르는 것을 군인민위원회 간부들이 문제제기하자 보안대장 을민이 답변하라고 윽박지른다. 김영인이 교육과 적기가가 무슨 관계가 있느냐고 따지자 을민은 반동이라고 한다.

「기독교도나 자유주의자들이나 다 이 북한을 좀 먹는……」
나는 을민의 팔을 끌어 앉히며,
「입 닫쳐!」
하고 부르짖었다.
좌중은 돌각담이 무너지듯 소란해 졌다.
나는 이제껏 참아 오던 마지막 말을 토하고야 말았다.
「일제에 압박 당해 온 것 만두 기가 막히다는데……. 말루는 해방이라면서 왜 뭣때메 누구한테 구속을 당해?」
그리고 한숨을 돌리고나서,
「너희들 공산주의가 이기나 자유주의가 이기나 두개의 세계의 결말을 내 눈으루 보구야 말테다. 야만의……」
내가 채 말을 맺기도 전에 을민의 바른 손은 왼쪽 허리띠에 찬 권총케잇 댄추를 글르고 있었다.[201]

김영인이 오랫동안 참아오다가 죽을 각오하고 반공이념을 토했다는 것은 이 소설의 서두에서부터 암시되어 왔다. 임옥인은 '전쟁윤리'라는 명분 아래 8월 17일에 함경북도 요소요소를 폭격하여 여러 사람들을 살상

---

201) 위의 책, p. 102.

하고, 기차와 마을들을 파괴한 소련군의 만행에 많은 사람들이 의아해하고 분노를 삭이는 장면을 비중있게 제시하였다. 영인은 해방 후 며칠 후에 소련군이 계속 들어오는 것을 보고 이해할 수 없다는 반응을 보였다. 게다가 영인은 반동서적이라는 이유로 자신의 책 전부가 소련군에게 압수되자 간청하여 30권 정도를 찾아오는 굴욕스러운 일을 겪기도 한다. 소련군과 일본인에 대해 을민 일파는 영인과는 대조적인 기본태도를 드러낸다. 영인이 장작 패는 일을 하는 두 명의 일본군 패잔병에게 점심밥을 해주었다는 소문을 듣고 온 을민은 센티멘탈리즘을 버리라고 충고한다. 영인이 일본인 민간인들이나 패잔병에게 연민을 보내는 장면도 여러 번 나타나고 있지만 측은지심의 발로 이상의 의미를 갖는 것은 아니다.

임옥인은 자신의 분신인 여주인공 김영인이 결행한 월남행이 필연적이며 합당한 것임을 강조하기 위해 작품 중간 중간에서 월남해야 한다든가 월남할 것이라는 점을 노출하였다. 유선생은 민족운동가로 1945년 8월 10일에 보석으로 나와 귀향했다가 서울로 가면서 영인에게 '그날이 오면' 즉시 서울로 오라고 하였다. 김영인은 면장 부인 윤봉선을 만났을 때나 허욱과 첫대면했을 때나 남쪽으로 갈 기회를 놓친 사람이라는 인상을 받는다. 을민은 공산주의를 반대하는 신영숙이란 여자를 조사하면서 "자유주의자들은 남한으로 쥐새끼들처럼 싸악싹 빠져 가구 여기 남은 것들은 밀정 노릇이나 하구……"[202]라고 불평한다. 영인은 월남하여 얼마 후 서울에서 신영숙, 윤봉선과 우연히 만난다. 신영숙과 윤봉선은 을민과는 적대관계에 있는 인물들이다. 김영인은 단신 월남이 불러올 수도 있는 작중의 주위 사람들의 비판을 의식했음인지 월남행의 필연성을 제기하게 된다. 이러한 필연성의 제기 과정이 바로 『월남전후』의 이야기요 플롯이 되고 있다.

---

202) 『문학예술』, 1956. 10, p. 95.

(5) 전쟁 트라우마의 양각화

이범선의 「학마을 사람들」(『현대문학』, 1957. 1)은 강원도 두메의 학마을을 배경으로 하여 학의 생태를 통해 역사적 대사건의 성격을 암시하는 방법을 취했다. 일제 말기에 학마을의 이장 영감과 서당 박훈장의 손자들은 면사무소 앞마당에서 화물 자동차를 타고 일본군에 입영하기 위해 떠났다. 두 노인은 학이 이 마을에 오지 않은 지 무려 36년이 지났음을 확인한다. 36년 전 학이 이 마을에 왔을 때 젊은이들은 술판을 벌이고 학의 똥이 떨어진 물동이의 임자인 처녀는 그해에 시집간다는 풍속이 있었다. 학이 오지 않는 해는 가뭄이 들고 흉년이 들었다. 한일합방이 되자 학이 오지 않은 몇 년 사이에 20가구 중 13가구가 마을을 떠나버렸다. 그러던 차에 부부 학이 날아와 동네 사람들로부터 길조라는 소리를 들으며 새끼 세 마리를 낳는다. 해방이 되고 이장의 손자 덕이와 박훈장의 손자 바우가 돌아온 후, 봉네가 덕이와 결혼하자 바우가 앙심을 품고 마을에서 사라진다. 그해에 학의 새끼 한 마리가 나무에서 떨어져 죽자 마을 사람들은 흉조라고 한다. 6·25가 나자 인민군 50명이 마을로 들어왔고 그동안 공장에 다녔던 바우가 돌아와 착취, 반동, 붉은 기, 스탈린, 소련, 탱크 등의 말을 자주 입에 올리며 공산주의자가 되었음을 과시하였다. 인민위원장이 된 바우가 반동을 없애기 위한 조치로 어미 학 한 마리를 총으로 쏘아 죽이자 이장은 그 자리에서 기절하고 만다. 서울이 수복되자 박훈장의 손자 바우는 북으로 가버린다. 1·4후퇴 때 학마을 사람들은 박훈장만 남겨 놓고 부산으로 피란을 갔다가 돌아와 무너진 벽 밑에서 박훈장의 시체를 발견한다. 그날 밤 이장 영감도 약속이나 한 듯이 세상을 떠난다. 두 노인은 각자 손자들의 이념을 따라가기보다는 수십 년 동안의 친분을 선택했다. "그 동무 동무 하던 패들이 우리 군대에게 쫓겨 도로 북으로 달아났다는 것"[203]과 같이 화자는 중립적 시점을 취하지 않았다. 학의 존재와 생태는 작중인물과 사건의 성격을 더욱 분명하게 새겨주는 장치가 되고 있기는 하나 이런 연결이 공식으로 발전할 경우 샤머니즘에 묶이는 결과를 낳을 수도 있다.

이종환의 「兄弟」(『현대문학』, 1957. 2)는 화가이며 민족진영 가담자인 동생을 좌익인 형이 보살핀다는 이야기를 들려주었다. 동생인 임건은 민족진영 문화단체의 핵심분자로 활동하였다가 전쟁을 만나 형의 비호 아래 숨어 산다. 형은 일제 때 중학교에서 스트라이크를 일으켜 일본 학생을 두들겨주고 퇴학당한 후 일본으로 건너가 공부를 계속했다. 해방 후에 형은 "잔학한 공산주의 이론이나 행동에 맹목적으로 따를수 없는 이지와 양심을 가진 지성인"[204]으로 극좌파에 들지는 않았지만 좌파를 떠나지는 않았다.

전에는 건과 형 사이에 치열한 논쟁이 벌어지기가 일쑤였다. 형은 대한민국의 정책을 통렬히 비난하고, 건은 건대로 이북 공산측의 비인도적이며 잔학 무도한 만행등을 지적하면서 이론 투쟁을 전개했다. 그러나 사변이 생긴 후로는, 둘 다 그러한 이론의 논난은 한 번도 꺼내지 않았다. 있을래야 있을 수도 물론 없었다. 형은 건이 비굴해지지나 않을가 항상 염려하여 건 앞에서는 일체 그러한 데에 관한 이야기는 비치지를 않았다.[205]

형은 동생의 신변을 보호하는 데 만전을 기하였다. 서울 수복이 가까워지자 동생은 형에게 나중 일은 어떻게 되더라도 빠져나오라고 하고 형은 가야 한다고 한다. 형은 자기 아들에게 화가인 삼촌을 아버지로 생각하고 그림을 배우라는 말을 남기고는 북으로 가버린다.

---

203) 『현대문학』, 1957. 1, p. 195.
204) 『현대문학』, 1957. 2, p. 159.
205) 위의 책, p. 163.

박경리[206)]의 「不信時代」(『현대문학』, 1957. 8)는 전시에 남편을 잃고 1957년에 아홉 살 된 아들을 잃은 여인의 내면을 따라간다. 9·28 수복 전야에 진영의 남편은 경인도로에서 괴뢰군 소년 병사의 시체를 본 이야기를 한 지 몇 시간 후에 폭사하였다. 아들 문수는 아홉 살 된 1957년에 길에서 넘어져 병원에 가 젊은 의사가 엑스레이도 찍지 않고 약도 준비하지 않은 채 뇌수술을 하던 중 죽고 만다. 진영은 폐결핵의 고통과 문수를 여읜 고통에서 헤어나지 못한다. 그녀는 성당에서 신의 존재와 아들의 죽음을 동렬의 신비로 생각하면서 무조건 믿음을 가지려 했으나 잘 되지 않는다. 슬픔은 슬픔이고 일자리를 찾아야 하는 것이 현실이었다. 가까운 절에 혼백을 맡기자는 어머니의 제의에 따라 절에 문수 사진과 돈 2천 환을 들고 갔다가 돈이 적다는 이유로 망신을 당한다. 폐결핵 환자인 진영은 Y병원에 가서 스트렙트 마이신 주사약을 3분의 1만 놓아주는 속임수를 당했고 집 근처 S병원에 가서는 동네 건달이 의사랍시고 앉아 있는 것을 목격하기도 한다. 그리고 H병원은 많은 병원들처럼 빈 약병을 팔았다. 진영은 뒷산에 올라가 바위에 걸터앉아 하염없이 시내를 내려다본다.

진영은 머리를 쓸어 올린다.

모든 괴롬은 내 속에 있었다. 모든 모순도 내 속에 있었다. 신도, 문수의 손길도 내 속에 있었다. 그러나 그것은 아무 곳에도 실제 있지는 않았다. 나는 창기(娼妓)처럼 절조없이 두 신전에 참배했다. 그리고 제물과 돈을 바쳤다. 그러나 그것 역시 문수와 나의 중계를 부탁한 신에게 주는 수수료(手數料)였는지도 모른다. 그 수수료는 실제에 있어서 중의 몇끼의 끼니가 되었

---

206) 경상남도 충무시에서 출생(1926), 진주고등여학교 졸업(1945), 남편과 사별 후 창작에 전념(1950), 『현대문학』에 단편 「흑흑백백」으로 김동리에 의해 추천 완료(1956), 장편소설 『시장과 전장』으로 제2회 한국여류문학상 수상(1965), 대하소설 『토지』 집필(1969～1994), 연세대학교 원주 캠퍼스 객원교수로 임용(1995), 별세(2008)(최유찬 편, 『박경리』, 새미, 1998).

다. 결국 나는 나를 속이려고 했다. 문수는 아무 곳에도 있지 않았을 것이다. (중략)

　도수장의 망아지처럼…… 사람을, 사람을 좀 미워해야겠다. 있는지도 없는지도 모르는 신을 왜 생각은 해. 아니 아까는 없다고 하고선…… 아니야 모르겠어. 사람을, 사람을 좀 미워해야겠다. 반항을 해야겠다. 모든 약탈적인 살인자(殺人者)를 저주해야겠다.[207]

　아들의 죽음과 자신의 폐병 치료 과정을 통해 병원과 종교단체라는 인간 심신의 구제기관의 타락을 문제제기한 끝에 여주인공이 도달한 악인에 대한 미움과 반항은 훗날 박경리 소설에서 주제의식으로 구현되었다.
　선우휘의 「똥개」(『사상계』, 1957. 8)는 한 달 전에 집에 거둔 여자 걸인이 똥개를 데리고 도망가버린 것을 첫 장면으로 한다. 달호는 5년 전에 아내와 아들을 두고 월남하여 처자를 재회할 날을 기다리며 악착같이 돈을 모았다. 휴전 반대 시위 행렬 속에 뛰어들어 돌아다닐 때면 5년 전에 자기를 남쪽으로 내몬 친구 용칠이 녀석이 더욱 원망스러웠다. 달호는 소작인과 일본인 상점 점원을 거쳐 만주로 건너가 콩장사를 해서 많은 돈을 벌어 마을로 돌아와 소지주가 되었다. 용칠이는 소작인으로 있다가 해방이 되자 면농민동맹 위원장으로 변신했다. 용칠에 의해 친일파와 아편장사 경력자로 몰린 달호는 지지 않고 반공을 외쳐댔다. 이웃 면에서 몇몇 젊은이들이 공산당원과 싸우다 끌려가는 사건이 터지자 위협을 느낀 달호는 단신으로 월남하였다. 달호는 돌아온 똥개에게 달아난 거지 여인에 대한 서운함과 용칠이에 대한 복수심을 감정이입한다. 달호는 똥개를 용칠이라고 부른다. 1·4후퇴 때 넘어온 친구 민호는 달호의 아내를 겁박하던

---

207) 『현대문학』, 1957. 8, p. 134
　　창작집 『불신시대』(동민문화사, 1963, p. 35)에는 "창기(娼妓)"가 "창녀(娼女)"로 바뀌어 있다.

용칠이가 모친을 밀쳐 죽게 하고는 달호 아내에게 용서를 빌고 당원들에게 반항하다가 보안서에 끌려가 기둥에 머리를 박고 죽었다는 소식을 전해준다. 용칠이가 진정으로 참회하고 자살했다는 소식을 들은 후부터 달호는 똥개를 미워하지 않기로 결심한다. 한때 용칠의 별명이었던 "똥개"는 공산세력을 향한 욕설로 기호화되어 있다.

석탄을 훔치고 셰퍼드 주인을 구타한 죄로 구류 처분을 받으면서도 사고 구축 작업이란 공상을 하는 제대군인을 다룬 「방황」을 발표했던 김성한의 「歸還」(『문학예술』, 1957. 9)은 김경석 일등병이 중심인 전장소설과 아내 혜란이 중심인 후방소설을 교직하고 있다. 삼십대의 철학교수 김경석 일등병은 아내의 만류에도 자원입대하여 부분대장으로 활약한다. 김경석은 아내에게 "거름은 싫구 꽃만 생각한 것이 오랜 실수였죠" "온 백성이 홍수에 빠져 아우성칠 때 돌등에 앉은 개구리 행세는 못하겠소"[208] 와 같이 현실 도피는 더 이상 못하겠다는 명분을 내걸었다. 혜란은 부산의 무역회사 타이피스트로 취직했다가 전무가 추근대서 그만두고 담배장사를 하다가 다시 회사로 복귀한다. 김경석은 부상당해 후송돼 수술을 받고 아내에게 면회 오라는 편지를 내고 기다리던 중, 같은 분대원으로 허벅다리에 부상을 입은 이명룡과 조우하게 된다. 다시 회사를 그만두고 서울로 갈 뜻을 전무에게 비친 혜란은 도강증을 받지 못해 열흘 정도 지체하고 만다. 경석이 대학교수의 신분으로 입대한 것을 이상하게 생각한 명룡이 인간에게 귀천이 있다고 주장하자 경석은 사람은 매한가지라고 반박한다. 경석은 자기는 "부모의 덕분으로 근대합리주의 건축의 한조각을 훔쳐다가 그것을 번뜩이고 그것으로 온 세상을 재고, 잘났노라 하였다"고 하고 "세상 사람들은 자기한테 더 봉사해야 한다고 하였던 것이다"[209] 와 같이 과거에 잘못된 생각을 했노라고 반성한다. 명룡은 그동안 경석에

208) 『문학예술』, 1957. 9, p. 35.
209) 위의 책, p. 44.

게 가졌던 오해에서 벗어나게 되나 경석은 아내와 다시는 만나지 못하게 된다. 치료를 마치고 원대로 복귀하는 명룡을 배웅하고 뒤돌아서 오는 길에 경석은 의식을 잃고 쓰러져 끝내 깨어나지 못한다. 바로 그 시간에 혜란은 천안을 지나면서 도시락을 먹고 있었다. 자원입대와 겸손한 인간에로의 귀환의지를 보인 한 철학교수의 고매한 정신세계가 급작스러운 죽음으로 막을 내리는 과정을 보여줌으로써 전쟁이 가져온 비극의 하나를 고매한 정신세계의 몰락에서 찾을 수 있었다.

이무영의 「屍身과의 對話」(『문학예술』, 1957. 3)는 교수인 남편보다 정세 파악을 더 잘하고 이성적인 아내가 위암에 걸린 시련으로 몰아간다. 암세포가 간에까지 전이되자 아내가 남은 가족들의 생계를 걱정하여 수술을 거부함에도 남편인 장교수는 집을 팔아 수술비를 마련한다. 1945년 8월에 접어들자 아내는 일본의 패망을 예견했고, 해방 직후에 생겨난 민청이니 과학자동맹이니 하는 데 아예 발걸음을 하지 말라고 주의를 주면서 미국이 없어지지 않는 한 소련 천지는 되지 않을 것이라고 하였다. 망우리 방위선이 무너지자 아내는 당신은 "반동학자"로 걸릴지 모른다고 하며 전 재산 만 원을 주고 남편을 먼저 남하시킨다. 아내는 인공 치하 때 동네 여성동맹 부위원장을 맡으라는 인민군의 압력에 넉 달밖에 안 된 아이를 핑계대고 이 아이를 죽이면 내가 나가겠다고 오히려 엄포를 놓아 부역자를 모면할 수 있었다. 후반부는 아내가 외식도 하고 극장도 갔다 오고 하는 사이에 남편에게 수술하지 않기로 했다고 하면서 이럴수록 더욱 냉철해지라고 당부하는 장면으로 채워져 있다.

송병수의 「二十二番型」(『문학예술』, 1957. 9)은 낙오병 주인공의 소설이다. 고지에서 부대가 철수할 때 낙오한 지훈은 같이 도망하던 키다리가 소녀를 강간하려는 것을 제지한다. 키다리의 만행은 여기서 끝나지 않는다. 그는 중간에 만난 백인 미군 부상병이 살아날 가망성이 없는 것을 알자 쏘아 죽인다. 인민군의 기습으로 총에 맞은 키다리는 남은 총알로 열

아홉 놈은 죽일 수 있다고 하면서 지훈에게 빨리 가라고 한다. 지훈은 부상당해 거의 죽어가는 흑인을 업고 가던 중 힘에 부치자 쏘아 죽이고는 아군과 만난다. 이 소설의 표제인 "이십이번"은 백인 병사, 열아홉 명의 적군, 키다리, 흑인 병사를 다 합친 숫자로 지훈은 이들에 이어 자신이 죽을지도 모른다고 생각한다. 군인들이 언제 죽을지 모르는 공포심에 휘둘리면서 삶에의 본능을 더욱 강하게 지니는 모습을 생생하게 그려내었다.

오상원의 「思像」(『문학예술』, 1957. 9)은 전투기에 타기로 한 사십대, 삼십대, 이십대 3인의 출전 직전의 모습을 담았다. 노무자로 끌려 나갔다가 뛰어난 무전기술로 전투기에 오르게 된 사십대는 북에 두고 온 처자를 생각한다. 삼십대는 이십대의 청년을 끌고 부대 근처의 색싯집으로 가 성욕을 해결하라고 한다. 여자를 앞에 놓고 느꼈을 성적 충동과 같은 힘으로 모든 일에 대처하라고 가르치고 있다. 이십대는 사십대로부터는 따뜻함을, 삼십대로부터는 격렬함을 배운다. 1953년도의 전쟁소설이 적개심이나 애국심을 강조한 것과 달리 1957년의 전쟁소설은 죽음에 대한 공포심을 털어놓았다.

오영수의 「제비」(『현대문학』, 1957. 10)는 제비들의 생사와 그 집에 사는 사람들의 운명을 연결 지어놓았다. 제비 한 쌍이 처마 밑 바람벽에다 집을 짓자 어머니와 나는 좋은 일이 일어나기를 기대하며 빨랫줄까지 쳐주고 정성껏 보살핀다. '나'는 실업자인 데다 폐병까지 앓고 있고 돌림병에 아내를 잃은 처지다. 소년이 쏜 고무총에 암제비가 죽자 숫제비는 며칠 동안 돌아오지 않고 새끼들은 다 떨어져 죽었다. '나'는 종로에 나갔다가 파고다 공원 근처에서 기피자를 단속하는 경찰에게 붙잡혀 입대자를 태운 차에 오르게 된다. 이범선의 「학마을 사람들」과 샤머니즘 계열로 묶을 수 있다.

2부로 나누어진 선우휘의 「불꽃」(『문학예술』, 1957. 7)은 1부와 2부가 양적인 면에서 심한 불균형을 보였다. 골짜기가 내려다보이는 서녘 부엉산 산마루에서 동굴을 등지고 고현(高賢)이 탄환 세 발이 들어 있는 소련제 아식 보총을 지니고 앉아 있는 것으로 소설이 열린다. 이 장면은 1부의 맨 끝에서 재현된다. 31년 전인 1919년 3월 상순, 서울에서 북으로 백 여 리 떨어진 P고을의 교회에서 시작된 만세 사건이 일어난 날, 고현의 아버지 는 24세의 나이로 시위대의 앞장에 섰다가 일본 경관의 총을 맞아 부상당한 몸을 이끌고 부엉산에 올라왔다가 끝내 죽고 만다. 싸전을 하는 현의 할아버지 혹부리 영감은 쫓기는 시위대 몇 사람이 가게 안에 들어오자 나가라고 한다. 3·1운동을 계기로 고현의 아버지와 할아버지는 다른 길을 걷고 있는 것으로 확인된다. 할아버지는 며느리에게 재가를 권했으나 며느리는 농사를 지으면서 아들과 교회에 기대어 살아간다. 어머니는 아들 현에게 아버지가 야학운동을 했고 가난하거나 힘없는 사람에게 동정을 베풀기 좋아했다고 하였다. 반면에 고노인은 손자에게 기독교, 벼슬아치 중심의 나라 개념, 3·1운동의 의미, 동포의식 등의 개념들을 부정하는 태도를 보인다. 고노인은 일제통치 수리설이나 운명론에 빠진다. 고현은 아버지가 보여준 대승적인 삶의 자세와 할아버지가 강요하는 자기보신적이며 보수적인 삶의 태도 사이에 있긴 했지만 직접 훈육을 받은 때문인지 실제로는 할아버지의 방식 쪽으로 경사되었다. 현은 담임선생에게 어머니를 모시고 편안히 살았으면 좋겠다고 하고 10여 종의 꽃밭을 가꾸는 데 몰두한다. 꽃밭 가꾸기는 초월적이며 이기적인 삶의 태도를 상징한다. 어머니의 종용으로 일본에 유학을 가기는 했으나 친구도 사귀지 않았고 마르크시즘과 같은 유행 사조에도 관심을 두지 않았다.

　물론 거기에는 종전의 사상과는 판이한 새롭고 직선적인 론리의 명확한 전개가 있기는 했다. 그러나 도식화한 관념으로 역사를 판가리하고 집단의 위력으로 인간을 조여 틀에 박으려는 살벌한 냉혹과 숨막히는 병적 흥분이 있는듯 했다. 그것은 차차 일인학생들간에 젖어들기 시작한 전체주의경향

과 흡사한 체취를 풍기고 있어서 현은 본능적인 혐오를 느꼈다.[210]

일본이 싱가폴을 함락하고 필리핀과 자바에 상륙할 무렵 동양윤리학 강의 시간에 다까다 교수가 니체와 슈펭글러의 말을 인용하여 서구의 몰락을 기정사실화하고 팔굉일우론, 대동아공영권론, 아세아해방론의 정당성과 필연성을 역설하는 것에 비위가 상한 현은 자아멸각과 대의에 순응해야 한다는 뜻은 잘 알겠으나 희생자의 몸부림에 대해서는 어떻게 생각하느냐고 작심하고 질문한다. 그는 고향에 돌아와 2주일 동안 친척 집에 피신해 있다가 학병에 지원한다. 지원서는 할아버지가 만득자를 보호하기 위해 몰래 작성한 것이다. 고현은 다까야마로 창씨개명하고 일본 나고야 부대에 입대하여 치중병이 된 후 다음 해 북부 중국에 파견된다. 그가 보초를 설 때 탈영하여 연안 쪽으로 갔다가 남만주로 간 것은 1945년 7월 중순이었다. 1945년 9월에 그는 고향 P고을로 돌아온다. P고을은 삼팔선이남으로 책정된다. 고현은 해방은 앉아서 얻어진 것이기 때문에 누가 누구를 향해 호통을 칠 이유도 없고, 또 당연한 것이기에 누구를 보고 국궁재배하고 아양을 떨 필요도 없다고 생각한다. 삼일절을 맞아 선열의 유가족으로 현의 어머니와 할아버지는 특별석을 배당받는다. 현은 여학교 교원으로 들어간 다음에도 옛날처럼 꽃밭 가꾸기에만 관심을 둔다. 비리에 연루된 교장이 자신을 비판한 교사 세 명을 감옥에 보내자 현은 세 교사를 무고하다고 변호하는 식으로 최소한의 정의감을 표출한다. 현은 문제의 교사들이 학교를 떠나자 자신도 사직한다. 여수 순천 반란 사건 소식을 들은 고현은 왜 서로 죽이는 것일까 하고 의문을 품을 뿐 답을 캐려고 들지는 않는다.

「불꽃」에서 사상소설이나 토론소설의 성격을 드러내는 부분은 친구인

210) 『문학예술』, 1957. 7, p. 39.

공산주의자 연호와 현이 대화를 나누는 데서 찾을 수 있다. 연호는 고현에게 프롤레타리아혁명 대열에 참여할 것을 적극 종용한다. 연호가 혁명의 목적을 "착취없고 계급없는 사회의 건설"이라고 하자 현은 혁명이 획득한 어떤 결과도 인간의 생명보다 귀할 수는 없다고 반박한다. 연호가 자본가·지주·친일파·반동분자 외에 기회주의자 등을 미움의 대상이라고 암시한 반면 현은 포악성·착취하려는 비정함·남보다 뛰어나다는 교만, 값싼 영웅주의적 참견·남의 생사를 마음대로 할 수 있다는 무엄 등을 부정하고 비판해야 한다고 주장한다. 이념적인 연호의 질문에 종교적인 답을 하는 고현 사이에 소통이 있기는 어렵다. 고현은 공산주의자들을 가리켜 장사치나 다름없다는 뜻으로 "청부업자"라는 말을 반복하며 나는 나대로 살고 싶다고 한다. 나중에 P고을 중앙 네거리에서 연호가 주도하는 인민재판에 현도 참석한다. 연호는 현이 공포심을 갖게 되면 애원할 것이라고 예측한다. 두번째로 조선생의 부친이 나타나자 현은 "살인이다"라고 외치면서 앞에 선 보안서원의 총을 빼앗아 그길로 부엉산으로 올라간다. 지금까지 현은 일인 교수에 대한 반발, 학교장에 대한 항의, 일본군에서의 탈출 등을 해내긴 했으나 정면으로 싸워본 일은 없다고 반성하게 된다. 연호는 할아버지를 앞세우고 부엉산에 올라와 현의 자수를 종용한다. 그런데 고현의 할아버지는 연호의 예상을 뒤엎고 손자에게 탈출을 권한다. 연호의 총을 맞고 할아버지가 쓰러지는 순간 현의 총과 연호의 총에서 동시에 불이 뿜어져 나오면서 연호는 죽고 현은 왼쪽 어깨에 부상을 당한다. 고현은 첫번째 탄환이 불발탄이었던 것처럼 자신의 지난 30년의 생을 외면과 도피가 반복된 삶으로 생각한다. 현은 새로운 힘을 느낀다. 각성으로 부를 수도 있는 이 새로운 힘은 고현을 오랫동안 에워쌌던 껍데기를 깨뜨린다.

조각을 내고 부서지는 껍질. 그와 함께 거기서 무수한 불꽃이 뛰는듯 했다. 그것은 다음 차원(次元)에의 비약을 약속하는 불꽃. 무수한 불꽃. 찬란한 그 섬광. 불타는 생에의 의욕. 전신을 흐르는 생명의 여울. 통절히 느껴지는 해방감.

　현은 끝없는 푸른 하늘로 티이는 마음의 상쾌를 느꼈다.[211]

　이처럼 빈번하게 나타난 시적인 표현은 작가가 이성 못지않게 감정에도 충실하다는 증거가 된다. 고현은 이미 꽃밭의 시대는 갔다고 하면서 "꺼리고 비웃는데 그치지 말고 정면으로 알몸을 던져 거부하자"[212]라고 다짐한다. 고현은 소극적이고, 현실도피적이고, 소아주의적인 자신의 삶을 반성하기는 하였지만 자신에게 적이요 타자인 공산주의자들의 실체를 파악하는 데는 한계를 보였다. "청부업자"라든가 "광기"라는 말도 공산주의자의 실체를 드러내는 것이기는 하지만 선우휘는 이 말을 여러 차례 복창하는 수준에서 머물고 말았다. "청부업자들의 교만과 포악을 곧 같은 인간인 자기자신의 부끄러움으로 돌리고 한결같이 고통을 참고 견디어온 「조용한」 인간들 광기(狂氣)의 청부업자는 살아지고 「조용한」 인간들의 세계가 와야 한다"[213]와 같이 조용한 인간들이 지배하는 세계가 와야 한다고 생각한다. 조용한 인간들의 맞은편에 공산주의자, 영웅주의자, 계몽주의자를 세워놓을 수 있다는 주장이 배어 나오고 있다.

　유주현의 「諜者」(『신태양』, 1957. 12)는 특이하게 간첩남파선을 공간배경으로 삼았다. 남쪽으로 밀파되는 배에는 간첩 박영복, 늙은 사공 최장식, 기관원이 타고 있다. 박영복은 서울에서 고등학교를 마치고 대전 세무서에 근무하다가 인공 치하 때 남로당원인 동료에게 의지하여 엄벙덤벙하다가 북으로 가 간첩 교육을 받고 서울에 침투하였다. 그에게는 대전

---

211) 위의 책, p. 69.
212) 위의 책, pp. 69~70.
213) 위의 책, p. 70.

에 남겨놓은 아내와 평양에 남겨놓은 아내가 있다. 최장식은 1951년 태백산맥에서 빨치산으로 활동하여 국기훈장까지 받았으나 아들은 국군 장교로 국방부에 근무하고 있는 중이다. 세 사람은 술에 취하고 만다. 최장식은 박영복에게 명령도 하고 김일성도 욕하다가 싸움을 벌인다. 기관사가 올라와 최의 면상을 갈긴다. 최가 중심을 잡지 못하자 박이 최를 배 밖으로 밀어낸다. 그 후 박은 김포에서 내려 서울에 버스를 타고 들어간다. 버스의 동승객인 여러 남자가 다 형사 같은 생각이 들면서 그는 간첩으로 행동할 의욕을 잃어버린다. 박영복은 길 가운데서 낯모르는 신사를 붙잡고 난 어떻게 해야 하느냐고 호소하는 실조 현상을 보인다. 그런데 그 신사는 바로 형사였다. 간첩이 희화화되는 것으로 소설은 끝난다. 조용만은 「지옥의 한 계절」(『새벽』, 1957. 3)에서 피란지 부산을 배경으로 하여 브로커와 뚜쟁이 노릇 하는 반장 키다리, 일본식 요리집 쿡, 뇌매독에 걸려 미쳐 돌아온 양갈보, 절름발이 구두수선쟁이, 사과장수 여인, 밀수꾼 남편과 아편쟁이 부인 등을 등장시켰다.

(6) 여성의 전락과 타락의 서사(「해방촌 가는 길」)

박경리의 「剪刀」(『현대문학』, 1957. 3)는 젊은 여성의 고난기다. 은행 조사과에서 도서실 일을 보는 김숙혜는 어두운 과거 때문에 다른 행원들과 잘 어울리지 못한다. 그녀는 10년 전 대동아전쟁 말기에 정신대를 피하기 위해 맞선을 한 번 보고 결혼하였다. 딸 경이의 피아노 교사인 여고 음악교사 강순명을 사랑하게 되어 남편과 이혼하고 강순명에게 결단을 요구했으나 메아리가 없다. 모친이 화병으로 죽자 숙혜는 H읍에서 사라진다. 동료 직원인 윤병수가 숙혜의 이러한 과거를 다른 행원들에게 퍼뜨리자 숙혜는 사표를 내고 만다. 방을 내놓으라고 독촉하는 집주인 아주머니의 일을 도와주기로 한다. 모기장만큼 조밀한 그래프지에다 빨간색과 파란색의 물감을 번갈아 묻히며 파리똥처럼 작은 점을 찍는 일을 한다. 주인

아저씨는 평소에 숙혜를 음탕한 눈초리로 보더니 급기야 강간하려고 한다. 저항하는 숙혜에게 두려움을 느끼면서 더욱 광폭해진 주인아저씨는 가위를 들고 숙혜의 전신을 난자한다. 작품의 표제인 "전도"는 정신적 불구자로 살아온 숙혜를 이제는 육체적 불구자로 몰아가려는 폭력을 상징한다.

황순원의 「소리」(『현대문학』, 1957. 5)는 생명의 소리에 바짝 귀를 갖다 대고 있다. 전쟁터에서 유탄에 맞아 왼쪽 눈이 애꾸가 된 채 제대한 조덕구는 난봉꾼이며 노름꾼인 용칠이와 어울리며 노름으로 돈을 다 날리고 만다. 보리쌀 한 말도 꾸어주지 않은 삼돌이네 집에 불이 나자 아내는 남편 덕구를 방화범으로 의심한다. 화가 난 덕구는 임신 중인 아내의 배를 걷어차고 산으로 올라가서 잔 후 다음 날 아침 주막에 들러 아내가 팔삭동이를 낳았다는 소식을 듣게 된다. 주모가 삶아주는 계란 속에서 죽은 병아리도 나오고 산 병아리도 나온다는 것도 다소 엽기적이다. 덕구가 산 병아리에서 느끼는 야릇한 무서움은 죄의식이 낳은 것일 수도 있겠으나 전쟁이 가져다준 트라우마에서 빚어진 것일 수도 있다.

강신재의 「解放村 가는 길」(『문학예술』, 1957. 8)은 기애가 대구를 떠나 서울로 돌아와 어머니와 남동생이 사는 남산 해방촌에 올라가는 것으로 시작한다. 기애는 2년 전에 이사 온 해방촌 집으로 빚쟁이들이 쳐들어오자 그길로 대구로 내려와 미군부대 타이피스트로 취직하였다. 3개월 내내 진곤색 셔츠만 입고 다닌 것 때문에 미스 제비라는 별명으로 불린다. 미군 죠오와 사귀었으나 죠오가 본국으로 가버린 후 중절수술을 받고 미군부대를 그만둔다. 해방촌으로 돌아왔으나 어머니와의 미묘한 신경전은 계속된다. 아버지 친구의 아들인 근수가 왼쪽 팔굽을 잘 놀리지 못하는 상이군인이 되어 중위로 제대한다. 사변 때 근수는 기애네 집 다락에 숨어 있으면서 서로 호감을 갖고 있었으나 근수는 근수대로 기애는 기애대로 변화를 겪는 사이에 얼굴 한번 똑바로 보지 못한 채 세월이 흘러버리

고 말았다. 속으로는 근수를 싫어하지는 않으면서도 기애는 자신의 처지
가 나빠질수록 일부러 오만을 떤다. 기애는 어머니와는 거리감을 느끼면
서도 밝고 총명하게 자라는 중학생 남동생 욱에게는 친근감을 표시한다.
상이군인이 된 후의 근수도 옛날과 달리 고뇌와 절망에서 헤어나지 못한
다. 근수의 청혼을 기애가 거절하자 근수는 자살하고 만다. 기애는 무역
회사에 다니면서 용산 미군부대 장교구락부를 출입하다가 뚱보 미군 장
교 하리이와 사귀게 된다. 어머니 장씨는 기도하러 갔다가 오는 길에 딸
이 미군 장교와 함께 지프차를 타고 가는 것을 목격한다. 그러면서도 기
애는 가끔 다녀가는 남동생 욱이에게 학비를 지원하겠다고 약속을 하며
속으로 누나처럼, 근수처럼, 어머니처럼 되지 말고 열심히 공부하고 똑바
로 자라기를 기원한다. 기애의 이러한 기원은 남동생만이라도 가난과 모
멸감과 타락에서 "해방"되라는 의미를 지닌다. "해방촌"은 중의double
meaning를 지닌 것으로 해석할 수 있다.

　　최상규의 「第一章」(『문학예술』, 1957. 3)은 한 부부의 엽기적 행위를 그
려 보았다. 결혼 3주년 기념일에 남편은 외도를 했다고 고백하고 용서를
받기는 했으나 성병에 걸린 것을 알게 된다. 아내가 4개월 된 아기를 중절
수술하고 목이 없는 채 유리병에 넣어오자 사내는 유리병에 "人種學 第一
章"이라고 써 붙이고는 히히 웃는다. 최상규의 「窓을 열자」(『문학예술』,
1957. 10)는 미망인이나 다름없는 형수와 시동생 사이의 패륜을 그렸다.
소설가인 형은 1947년에 부모 허락을 받지 못하고 결혼하여 아들 셋을 낳
고 전쟁을 맞아 납북된다. 회사에 다니는 형수가 사는 집에 대학생인 시
동생이 들락거리다가 정분이 나게 된다. 두 남녀가 사랑하는 과정을 긴박
감 넘치게 서술했던 원동력은 단문주의에서 찾을 수 있다. 형수의 춤 솜
씨가 보통은 넘는 것을 알게 되면서 시동생은 형수가 혼자 된 이후로 또
회사에 다니게 된 이후로 요부처럼 변해간 것이라고 짐작한다. 형수는 대
문짝을 고치라고 몇 번이나 말했는데도 고치지 않는다고 시동생과 다투

게 된다. 남편을 기다리며 혼자 살 수도 없고 지금처럼 시동생과의 난륜을 계속할 수도 없는 형수의 딜레마를 인식하면서도 시동생은 그냥 살아 보아야지 별수 없지 않느냐고 결론을 내린다. "나는 가짜 당신은 가짜의 가짜 응? (창을 열자 활짝 열어 재껴 보자!) 응?"[214]이라고 말하는 것은 자신은 무능력한 배덕자로 낙착되고 형수는 요부로 변해가는 것을 시인하는 것이 된다.

김송의 「車窓」(『현대문학』, 1957. 4)은 남편을 배신한 여인의 경우를 제시하였다. 이혼녀이며 두 딸을 둔 혜숙을 부인으로 맞아 아들 하나를 낳게 된 윤리철학 전공자인 허운 교수는 반대파 교수의 모략에 걸려 해직된 후 생활고에 시달린다. 혜숙이 생계를 도모한다는 명분 아래 바깥출입을 자주 하다가 허교수의 제자 교수 김병주와 가까워진 끝에 부산으로 애정도피를 한다. 허교수는 허망감을 이기지 못한 채 동서양 철학 서적이라든가 『민족적 윤리학의 신방향』 하권의 원고를 태워버린다. 다음 날 아침 허교수는 세 아이들을 데리고 서울역에 나가 기차를 탄다. 차창에 잔뜩 낀 성에를 닦으려고 휴지를 꺼내다가 병주의 편지를 꺼내어 읽고는 병주와 아내가 허교수의 인세를 가로챈 것도 알게 된다. 허교수는 손톱으로 성에를 긁어 만든 그림을 통해 슬픈 자화상을 발견하게 된다. 이후 허교수는 어떤 대응 방법을 취할까.

김이석의 「뻐꾸기」(『문학예술』, 1957. 5)는 실업자를 주인공으로 설정했다. 미국 군수품 용달회사 사원으로 있다가 미군 축소에 따라 그 회사가 본국으로 가는 바람에 실직당한 사십대의 한국인 '나'는 일자리를 알아보려고 댐 공사장이 있는 H로 가 미군부대 통역 출신으로 몇 년째 공사판을 쫓아다닌다는 서울 왕십리 최씨와 통성명하게 된다. 여관을 찾으러 갔다가 양갈보 출신 술집 작부와 어울려 술을 마신다. '나'는 잠자리에 들

---

214) 『문학예술』, 1957. 10, p. 90.

고 최는 갑자기 나타난 작부 쩍키의 애인과 싸움을 한다. 일어나보니 최는 없어졌고 '나'는 어젯밤 싸우면서 깨뜨린 그릇값까지 계산하느라 돈을 거의 다 쓰고 만다. 그러다 보니 서울에 돌아갈 여비마저 없다. '나'는 H읍에 나가서 만년필을 팔면 서울로 갈 수 있을 것이라고 생각한다. 가다가 뻐꾸기 소리를 듣자 내가 여기에 온 것은 뻐꾸기 울음소리를 듣기 위해가 아닌가 생각한다.

오상원의 중편소설 「白紙의 記錄」(『사상계』, 1957. 5~12)은 전쟁으로 상이군인이 된 남성들과 일선 지대에서 강간당하고 정신이상이 된 여성을 등장시켜 전쟁피해자소설로 형상화 되었다. 의과대학 3학년 재학 중에 군에 입대하여 중위로 복무하던 큰아들 중섭은 전쟁터에서 연대장을 구해낸 후 이미 시체가 된 일등병을 차에 실으려 하는 순간 폭탄이 터지는 바람에 바른손이 몽동발이가 되고 다리 하나가 절단되는 부상을 당한다. 중섭의 동생 중서도 군에 입대하여 전투하다가 발가락 두 개가 기능을 상실하긴 했지만 걷는 데는 지장이 없는 형편이 되어 제대한다. 중섭은 육체란 놈이 나타나 저주하지 말라고 소리치는 악몽을 꾸기도 하고 어머니가 제 손을 가위로 자르는 악몽을 꾸기도 한다. 그리고 전시연합대학을 다니는 대신 다방과 술집을 전전한다. 한편 중섭은 부모의 위로에도 불구하고 점점 무의미론에 빠진 나머지 음독자살을 시도한다. 젊은이들은 참전하여 한 가지 이상의 기능을 상실하고 돌아왔는데 기성세대가 책임만을 묻고 정신이 썩었다든가 노력이 부족하다고만 하는 것에 대해 중서가 반감을 표출하자 아버지는 너희 부모 세대도 상처를 받고 있다고 변명한다. 중섭은 퇴원한 후 주기적으로 발작을 일으켰고 의욕상실증과 같은 정신이상 증세를 보인다. 정신병원 원장 조수이면서 오른손이 없는 상이군인 출신인 동창생 준의 충고에 따라 중섭은 30분 정도 버스를 타고 "우리들의 마을"을 방문한다. "우리들의 마을"은 자활 의지가 넘쳐나는 상이용사촌이었다. 중섭은 조그만 나와 과거의 나를 버리자는 생각에 닿는다. "그 소용없는 지나가버린 과거의 나로 인하여 나는 지금의 나를 경멸하고 저주하고 너무도 잔인하게 짓밟아버렸던 것"[215]이라고 반성한다. "우리들의 마을"로 떠나간 형을 보며 중서는 형은 육체가 파괴되었지만 자신은 정신이 파괴된 존재라고 비교한다. 중서는 어린 시절부터 알아온, 또 집안끼리도 가까운 정연이가 정신병원에 입원해 있음을 최준을 통해 알게 된다. 일선에서 헤매다가 몹쓸 일을 당한 후 정신병자가 된 정연의 옆에서 중서는 간병해주며 기억을 되살려주는 일을 한다. 중서는 정연이 거의 완쾌되어갈 무렵 임신한 몸임을 알게 되면서 다시 한 번 충격을 받는다. 임신한 것을 보면 정연이 일선에서 당한 "몹쓸 일"은 군인들에 의한 강간을 가리킨다. 충격을 연민으로 승화시킨 중서가 재차 청혼하자 정연은 감정의 동요를 일으키고 달아나다가 계단 밑으로 굴러떨어져 죽고 만다. 정연은 중서에게 남긴 편지에서 1·4후퇴 때 어머니를 낯선 땅에 묻고 일선 지대를 헤매이다가 무서운 일을 당했다고 하며 전쟁은 자기에게 너무나 가혹한 상처를 남겼다고 한다. 정연이를 공동묘지에 묻고 온 날 모처럼 중섭과 중서와 그 부모 이렇게 네 식구가 한자리에 모였다. "우리들의 마을"이라는 재활촌으로 간 중섭, 결국 실패로 돌아가기는 했지만 정연을 구제하는 데 힘썼던 중서는 전쟁이 안겨준 상처를 이겨낼 것으로 짐작하게 만든다.

유주현의 「虛構의 終末」(『현대문학』, 1957. 6)은 한국적 상황에 실존주의적 해석이 가미된 소설이다. 군대에서 여러 번 총 맞고 죽을 뻔했던 사내가 제대 열흘 전에 갔던 사창가 매음녀와 결혼한 후 집에 있는 것을 내다 팔며 산다. 어느 날 사내는 화재민의 물건을 훔치고 경찰의 차를 훔쳐 사람을 치어 죽이고 계속 도망가다가 도봉산 기슭에 있는 고압선 송전주 중간쯤에서 올라가지도 내려가지도 못한다. 그러던 중 여자가 올라와 사

---

215) 『사상계』, 1957. 11, p. 337.

내의 손을 잡고 조심해서 내려오기 시작한다. 작가는 선택, 책임, 불안 등의 용어를 구사하며 사내를 극한 상황에서 사유하는 인간으로 묘사했다.

한말숙의 「神話의 斷崖」(『현대문학』, 1957. 6)는 댄서의 위태롭기 짝이 없는 일상을 그려내었다. 하루하루 숙식 걱정에서 벗어나지 못하는 댄서 진영은 댄스홀이 끝나자 620환을 받아갖고 나와 군고구마로 허기를 때우며 어디 가서 잘까 하고 고민하다가 준섭이네 하숙으로 간다. 극장 간판 그리는 아르바이트를 하는 미대생 경일은 어제 저녁 진영이가 댄스홀에서 퇴근한 후 통금 사이렌이 불자 제일 가까운 준섭의 하숙집으로 갔고 준섭은 방을 내주고 그길로 경일의 하숙집으로 온 것임을 알게 된다. 왜 준섭이네 가서 잤느냐 또 댄스홀에 왜 나갔느냐며 경일은 진영을 때린다. 진영에게 30만 환을 주면서 일주일만 사귀자고 제안한 청년은 호텔 앞에서 형사에게 기피자라는 이유로 체포된다. 진영이 돈을 돌려주자 그 청년은 그냥 가지라고 하며 경찰서 안으로 사라진다. 전후 젊은 남녀들의 빈곤으로 인한 무주성(無住性)과 행동 일탈을 확인할 수 있다.

송병수의 「쑈리·킴」(『문학예술』, 1957. 7)은 한 소년과 양갈보의 우정을 그렸다. 일선 지구 산골에서 달링 누나와 함께 지내며 매일같이 미군들을 소개하고 소개비를 받는 쑈리 킴은 미군 엠피에게 일러 달링 누나를 잡혀가게 한 쩔뚝이를 때리고 칼로 찌른 후 서울을 향해 도망간다. 달링 누나는 서울 가서 다시 보자고 하며 그동안 모아둔 8백 달러를 갖고 오라고 한다. 미군이든 한국 소년이든 뵤죽코, 쩔뚝이, 떠버리, 딱부리, 놉보, 털보, 부르도크 등과 같이 등장인물들을 별명으로만 부르고 있다. 작중인물들이 그야말로 장삼이사에 지나지 않는다는 의미다.

손창섭의 「條件附」(『문학예술』, 1957. 8)는 어리석은 남자와 염치없는 여자들의 관계를 희비극으로 제시하고 있다. 성갑주는 일제 말기에 군대에 끌려갔다가 살아 왔고 6·25사변이 나자 양화점을 놓아둔 채 인민군으로 끌려 나가 포로가 되었으나 반공포로로 석방된 후 부산 국제시장의 한

귀퉁이에서 조그만 구둣방을 낸다. 해방 직전부터 6·25 직후까지 고스란히 피해자로만 살아온 것이다. 현옥이의 구두를 지어준 것이 인연이 되어 현옥이 엄마와 남동생 현식이를 5년 동안이나 내 식구처럼 먹여 살린다. 사십대인 현옥의 모친은 너무나 고마운 나머지 삼십대의 갑주에게 현옥이가 나이가 차면 갑주를 사위로 삼겠다고 약속한다. 환도하여 성갑주의 덕분으로 살림집과 가게까지 딸린 셋집을 얻고 현숙이 여고를 졸업한 후 양재학원에 다니면서 모녀의 생각은 바뀌게 된다. 손창섭 소설의 반복 모티프의 하나인 난륜 모티프가 나타난다. 현옥 모친은 갑주와 잠자리를 같이하면서 5년 전의 약속은 없었던 일로 한다. 갑주와 현옥 모친은 서로 먼저 유혹한 것이 아니냐고 티격태격한다. 갑주가 중국집에 가 요리를 사주면서 현옥이와 나는 5년 전에 약혼한 사이라고 하자 현옥은 당신은 내 어머니의 정부에 불과하다고 쏘아버린다. 갑주는 친구가 일러준 대로 현옥을 강간하려다 실패한 후 현옥이로부터 탈가 선언과 자립할 때까지의 지원 약속 주장을 듣게 된다. 현옥이 한 육군 대위의 사진을 보여주며 애인이라고 하자 충격받은 갑주는 한강에 몸을 던진다. 그러나 구조된다. 갑주는 사람의 마음을 제대로 파악하지 못하고 이용만 당하는 어리석은 면을 보여주고 있어 희생자에 해당된다.

선우휘의 「거울」(『문학예술』, 1957. 9)은 이발사가 소설가인 손님과 대화하는 식의 서술 방법을 취하였다. 39세인 이발사는 20년 전 삼팔선 이북에 있는 금교의 이발소에서 조수로 있을 때 급하게 이발하고 간 손님을 잡으러 온 조선인 형사에게 붙잡혀가 그 젊은 사람의 간 곳을 대라고 하면서 모진 고문을 받은 끝에 팔병신이 된다. 팔병신이 된 덕분에 징용은 면했지만 이발사 노릇을 계속할 수밖에 없었다. 20년 후 바로 그 조선인 형사가 초라한 늙은이가 되어 이발을 하러 들어오는 것이 아닌가. 큰아들이 전사한 것은 내가 저지른 죄가 크기 때문이라는 그 노인의 말을 듣고 이발사는 복수심을 내려놓는다. 그 조선인 형사에게 일곱 살 난 아이가 있는 것처럼 자기에게는 여섯 살 난 사내아이가 있는데 그 부자의 모습이 바로 자기 부자의 모습일 수 있다는 생각이 들면서 무서움이 든다는 것이다. 20년 동안 이발소에 있다 보니 거울에 비치는 타인이 모두 나로 보이는 환각에 빠지게 되었다고 한 것은 비범한 자기성찰력을 보여준 것으로, 필부이긴 하지만 이발사는 과거를 넘어서서 역사를 보는 수준까지 올라설 수 있게 되었다. 작가는 자기 개인을 볼 줄 아는 힘은 역사를 제대로 보는 힘의 출발점이라는 이치를 일깨워주었다.

김송의 「霖雨」(『자유문학』, 1957. 9)는 생계형 도둑이 많았던 전후의 현실을 보여주었다. 부엌 세간을 도적맞고 며칠 있다가 또 닭을 도적맞았을 때 공선생은 가까운 곳에 사는 장군을 의심하였다. 동네 깡패인 장군은 6·25 때는 붉은 완장을 차고 공선생을 찾아와서는 "이제부터 우리는 있는놈의물건을 긁어다 논아 먹읍시다"[216]라며 설쳐대더니 9·28 수도 탈환부터 1·4후퇴까지는 종적이 묘연하다가 휴전 이후 다시 나타난 것이다. 그러고는 "빨갱이 자식들 쫓겨갔으니 이제는 발을 뻗고 자게 되었습니다"[217]라고 한다. 미군 창고에서 레이션 한 통을 훔치려다 들켜 창고지기에서 쫓겨난 후 구루마를 끌고 다녔다는 장군은 입에 풀칠하기도 어려웠다고 하면서 신문에서는 왜 좀도둑만 욕하는지 모르겠다고 한다. 생계 때문에 도적질하는 사람들은 동정의 여지가 있다고 자기합리화한다. 한 달쯤 있다가 비가 억수같이 쏟아지는 날 공선생의 집에 들어왔다 잡힌 도둑을 보니 못 보던 아편쟁이였다. 도둑 잡는 데 결정적 역할을 한 장군은 공선생을 보고 으스댄다. 작가는 과연 진짜 도둑은 누구인가 묻고 있다.

최일남의 「감나무골 落穗」(『현대문학』, 1957. 11)는 유모어의 효과를 살리면서 정치풍자를 꾀했다. 한수 아버지가 반장에게 고무신을 얻어 신고 투표날 가면서 보니 새 고무신 신은 사람이 한두 명이 아니다. 한수는 아

---

216) 『자유문학』, 1957. 9, p. 109.
217) 위의 책, p. 109.

버지의 보답설과는 달리 인물위주론으로 뽑아야 한다고 생각한다.

　염상섭의 「동서(娣姒)」(『현대문학』, 1957. 9)는 한집에 사는 두 아들은 첩질을 하고 댄서인 누이는 남자관계가 복잡한 것으로 그려놓았다. 두 동서는 똑같이 남편의 외도라는 현실을 만났으나 다르게 대처한다. 큰아들 경렬은 서울에서 하던 양약방을 장사가 안 된다는 이유로 정리하고 양공주촌인 파주의 한 지역으로 파고들어갔는데 경심이란 기생 퇴물과 애정 도피한 것으로 나중에 들통난다. 경렬이댁 완희는 의심이 나 몇 차례 파주에 갔다가 남편이 첩살림을 차린 것을 확인하고는 돌아와 다량의 키니네를 먹고 자살을 시도한다. 작은 동서 순옥은 애가 둘인 상처꾼에게 시집을 와 남편이 첩살림을 하는 것을 알고는 첩이 보모로 들어온 셈친다. 순옥의 친정 여동생 순영은 언니만 만나면 계몽시키려 하나 순옥은 운명론을 고수한다. 남편이 첩과의 관계를 정리하지 못하는 것을 보고 속을 끓이며 재차 음독을 시도하던 큰 동서가 죽자 큰 시숙은 파주로 가버리고, 시누이는 젊은 남자를 집으로 끌어들이고, 순옥의 남편의 첩은 안방을 차지한다. 친정 여동생으로부터 계속 핀잔을 듣는 순옥은 "결혼이니, 남자니, 사랑이니 다 시들하더라. 누구 말마따나 난 행복도 바라지 않는 대신에 불행도 아닌 그저 평범한 생활을 마음 편히 살아가면 그만일 것 같더라"[218]라고 득도한 사람처럼 말한다. 남자의 외도로 인한 여인들의 심적 고통을 1920년대 소설 이래로 자주 다루었던 염상섭이 또 한번 솜씨를 발휘하였다.

　김성한의 「달팽이」(『신태양』, 1957. 6)는 해방 후에도 잘못을 고치려고 하지 않는 지식인을 희화화하였다. 해방 후에 대학의 학장과 장관을 거친 원달호는 동네 통장인 미장이 부인으로부터 반장을 맡으라는 말을 받아들이지 않아 달팽이로 불린다. 그리고 5백 점 만점에 8점 맞은 외아들을

---

218) 『현대문학』, 1957. 9, p. 147.

부정 입학 시키기 위해 대학 학장에게 부탁하러 갔다가 망신당하고 온다. 원달호에게 달팽이란 별명을 안겨준 사건은 가벼운 사건이 아니었다. 동경 M대학 다닐 때 조선 학생 비밀독서회를 고자질하여 혼자만 당일로 석방되어 나오자 주변 사람들이 일본인도 아니고 조선인도 아닌 상태로 살라는 뜻에서 달팽이로 부르기 시작했다는 것이다. 그에게 달팽이란 별명을 안겨주며 단도를 번득였던 사나이는 그가 학장으로 있을 때 대학에 말석 서기로 있었던 사람이다. 말석 서기를 잘 다독거렸으나 달팽이라는 별명은 계속 쫓아다닌다. 원달호는 처자에게 미국으로 가서 살자고 한다.

박영준의 「流花」(『신태양』, 1957. 3)는 1·4후퇴 때 가족을 다 잃고 영동 부근에서 술집 부엌데기하던 것을 시작으로 첩, 댄서, 양갈보의 역정을 거친 여인이 흑인의 애를 낳아 보육원에 맡겼는데 몇 년 후 찾으러 가보니 딸이 뇌염으로 죽었다는 사연을 들려준다.

전영택의 「집」(『새벽』, 1957. 1)은 잘못과 용서라는 결구를 취하였다. 서울 평동에 살던 엄선생은 6·25사변을 맞아 아내는 파편에 맞아 죽고 1·4후퇴 때 부산에 피란 가다가 딸을 잃어버리는 비극을 겪는다. 그는 아들만 데리고 초량역 근처에 방을 얻는다. 그런데 그 집은 엄선생을 원수처럼 여기는 달보의 집이다. 엄선생네 집에 세 들어 살며 도장장이를 하던 달보의 아내는 생선 장사 하다가 엄선생이 사업 실패로 행랑방과 광을 터 세를 주는 바람에 쫓겨났고, 그 때문에 아편 먹고 자살한다. 온양읍에서 교편을 잡았던 달보는 서울에 와 도장장이 일을 하다가 알코올중독으로 망하고 만다. 그는 부산에 와 술을 끊고 착실하게 일해 안정을 찾는다. 소설은 과거의 잘못에 대해 용서를 비는 엄선생을 달보가 용서하는 것으로 끝난다.

곽하신의 「두女人」(『신태양』, 1957. 7)은 한집에 사는 전쟁미망인 두 동서의 이야기다. 윗동서 명애는 저녁때 외출이 잦더니 기어이 남자를 집까지 끌고 와 동침한다. 아랫동서 인순이가 시아버지에게 일러 강제 탈가를 시킨다. 윗동서는 도덕이나 풍습은 이익을 주는 때 지키는 것이라고 하며 탈선 행각을 멈추지 않는다. 큰며느리를 내쫓아 체면이 섰다고 하는 시아버지에게 아랫동서는 더러운 언니에 비해 깨끗한 자기가 더 만족스럽고 행복한 것은 아니라는 뼈있는 말을 한다.

서기원의 「"딸라" 이야기」(『현대문학』, 1957. 7)는 한 부잣집 아들의 기행을 보여주었다. 토건회사 사장으로 뇌물 쓰기 좋아하고 계집질하기 좋아하는 아버지를 둔 상대생 김우남은 광적으로 달러를 모은다. 미국 돈을 많이 갖고 있으면 근심 걱정이 사라지고 여자 앞에서도 자신감이 생긴다는 이유에서다. 김우남은 여대생 정애를 임신시키고 중절수술해서 사산한 애를 보자기에 싸 백 달러짜리를 넣고 한강에 던져버리는 광적 행태를 보인다.

이무영의 「孤獨」(『신태양』, 1957. 8)은 전후의 젊은이의 암울한 내면을 열어 보였다. 소설가이면서 문학교수인 '나'의 수강생 중의 한 명인 강군은 이십대의 고민을 털어놓는다. 강군은 교회에도 가보고 종삼과 양동도 다니곤 했으나 우울증에서 벗어나지 못한다. 그러면서 정치, 사회, 교육, 문학, 대학 등을 비판한다.

최인욱의 「申君夫妻」(『신태양』, 1957. 12)는 차가운 비판정신을 따뜻한 봉사정신으로 바꾼 한 교사를 긍정적으로 묘사하였다. 신문기자인 정군과 국민학교 교원인 신군은 문학 서클을 만들어 일주일에 한 번씩 모여 "문학토론을 하였고 싸르뜨르의 구역질을 배우기와 푸르스트의 심리 수법을 연구하기에 온갖 정열을 다 기울였다."[219] 신군은 자신이 사르트르의 『구토』의 주인공 앙트완·로캉탱은 아니지만 참으로 구역질이 나는 것을 견딜 수가 없어 사친회비를 유용한 교장에게 대들다가 쫓겨나 안양에 있는 학교로 가버린다. 신군은 마을 사람들에게 영어를 가르치고 부인은

---

219) 『신태양』, 1957. 12, p. 281.

요리와 재봉을 가르치며 만족한 생활을 한다고 한다. 정군은 기자 생활을 그만두고 극심한 생활고에 시달리던 중 안양 신군의 집에 놀러 간다. 신군은 요즈음에는 사르트르의 구토 증세 같은 것은 없다고 하면서 차라리 헤세가 좋고 헤밍웨이가 더 마음에 든다고 하였다. 「노인과 바다」의 주인공이 보여주는 "투지와 생활력과 근면정신"[220]이 부강한 나라를 만드는 원동력이 된 것이라고 하였다. 이처럼 신군은 세상을 바꾸려 하고 현실을 비판하고 있지만 외국 문학을 왜곡해서 수용함으로써 자신이 풍자의 대상이 되고 있다. 「그림자」(『신태양』, 1957. 1)에서 고교 교사가 성악가 지망생인 아내와 이혼한 후 공부 열심히 하며 대학교수가 된다는 이야기를 들려준 김광식은 「假面의 復活」(『신태양』, 1957. 12)도 교사소설로 꾸몄다. 군에서 제대한 후 문리대 서양사학과를 졸업한 인동현은 약혼자 아버지이며 병원장이며 도회의원이며 고교 사친회장인 감세득의 배려로 고교 교사로 취직한 후 얼마 지나지 않아 교육계에 권위주의와 관료주의가 판치는 것을 알게 된다. 동현은 해로운 영화를 빼놓고는 학생들에게 모든 영화의 관람을 허용해야 한다는 주장을 펼치면서 "교사와 학생과는 서로 진리를 위한 신뢰와 애정으로 얽히는 것"이라는 신념을 다진다.

(7) 전쟁의 원경화와 한국인의 정체성 찾기

한무숙의 「感情이 있는 深淵」(『문학예술』, 1957. 2)은 '내'가 정신병원으로 가 윤전아를 면회하는 것으로 서두를 열었다. 맨 끝 장면이 맨 앞으로 나온 셈이다. 전아는 오릿골 대지주의 딸이다. 오릿골 실권은 마름인 '나'의 당숙에게 있었다. 해방 직후에 당숙이 '나'를 서울의 중학교에 입학시켰을 때 계동에 있는 전아의 서울 집에 당숙을 따라가 저녁을 먹은 적이 있다. 이 집에서 '나'는 기도를 주관하는 건장한 전아 큰고모, 누에같이

---

220) 위의 책, p. 287.

해맑갛게 생긴 전아 엄마, 아리따운 삼십대의 전아의 작은고모 등을 보게 된다. 큰고모가 기도하는 모습은 고발자 같다는 인상을 주었다. 전아의 유모로 그 집에 자주 드나들었던 이모에게서 전아의 어머니는 산후발로 열이 심해 병신이 되었고 작은고모는 행실이 부정해서 얻은 아기를 지우려다가 철창 신세를 졌다는 이야기를 나중에 들을 수 있었다. 여동생의 잘못을 덮어두려고 하지 않는 큰고모는 작은고모의 공판정에 전아를 데리고 간다. 전아는 죄수복을 입은 작은고모를 보고 충격을 받아 그 자리에 쓰러진다. 전아의 작은고모는 출옥 후에는 '나'와 함께 자주 정신병원으로 가 전아를 면회한다. '나'는 유엔군 통역으로 있을 때 알게 된 라이너 대위의 호의로 고고학을 공부하러 미국 유학을 가게 되었다. 환도 후 예술대 학생인 전아와 '나'는 급속히 가까워지면서 미국 유학을 같이 가기로 약속하였다. 두 사람은 박물관이라든가 고물상을 뒤지며 열심히 전공 실력을 쌓고 있었다. 그런데 '나'는 신체검사 과정에서 폐병으로 진단받아 당장 떠나기 어려운 형편에 놓이게 되었다. 비자가 먼저 나온 전아는 여죄수를 싣고 가던 차량이 교통사고가 나 여죄수들이 호송관의 감시 아래 모여 있는 것을 보고 기절하고 말았으며 곧바로 정신병원에 입원 조치 되었던 것이다. 어느 날 닥터 김이 전아가 그린 그림을 보여준다. '나'는 그 그림을 보고 "의식의 심연에서 일어난 비사를 보는 것 같은 느낌"을 받았고 "공포와 쾌감과 죄스러움의 불안한 교착―그 위를 칼끝 같은 첨광이 무슨 구원이나처럼, 새하얗게 번득이고 있는 것"[221]을 감지한다. 전아는 언제 퇴원할지 알 수가 없다.

최상규의 「農軍」(『현대문학』, 1957. 3)은 서울로 공부하러 간 손자에게 큰 기대를 걸고 학비와 생활비를 대주는 육십대 농부가 끝내 배신감에 빠진다는 구성을 취했다. 소를 판 돈에서 술값 좀 달라고 하는 아들의 따귀

---

221) 『문학예술』, 1957. 2, p. 78.

를 때렸던 그는 손자가 노름에 빠져 돈을 다 잃고 음독자살을 시도했다는 이야기를 전해 듣고 불같이 화를 낸다. 최상규는 추천자인 황순원의 문체를 본뜬 듯한 흔적을 드러내어 단문체를 구사하였다. 단문체는 급속한 진행을 보장하거니와 최상규는 후반부에 가서는 대화체로 돌아 이완된 진행으로 빠지고 말았다. 작중의 육십대 농부의 특징을 살려내기에는 어울리지 않을 만큼 제목이 너무 크다.

오상원의 「謀反」(『현대문학』, 1957. 11)은 해방 직후의 정치적 상황을 직시한 정치소설로, 테러리스트를 단순한 행동주의자로 그리는 데서 멈추지 않고 그의 내면을 투시하였다. 소설의 앞부분은 1946년 늦가을 테러 기사를 다룬 호외가 뿌려지고, 삼팔선 철폐운동가를 제거해야 한다고 하는 주장과 테러가 전부는 아니라고 하는 주장이 교환되는 술꾼들의 대화를 이십대 중반의 민이 엿듣는 장면, 민의 두 동지가 신문기사를 보며 다른 청년이 범인으로 잡힌 것을 보고 한 신문은 진범이라고 하고 다른 신문은 진범은 아직 잡힌 것이 아니라고 추측하는 장면으로 채워진다. 이야기는 두 동지로부터 여자에게로 가라는 권유를 받은 민이 거절하는 것으로 이어진다. 민은 2개월 전 어머니가 숨을 거두는 바로 그날 거사했었다. 중학교를 마치고 조그만 회사에서 일하고 있던 민은 동창생인 "세모진 얼굴"로부터 여러 번 권유를 받은 끝에 비밀결사에 가담했다. 조국을 굴욕과 타락의 길로 몰아넣는 비애국자를 색출하여 암살하는 결사체였다. 민은 어머니가 세상을 떠난 이후로 동요하게 되었고 회의에 사로잡힌다. 정치가들의 모반은 날이 갈수록 심해질 뿐이다. 비밀결사를 배신한 혐의로 조사받는 청년은 민을 대면한 자리에서 우리 이십대는 너무도 정치의식이 박약하고 조국에 대해서도 아는 것이 없어 정치가들에게 이용만 당하기에 반대당 친구들과 이야기를 나누었을 뿐이라고 하였다.

일본 제국주의에 대항해서 싸웠다는 그 공적, 즉 과거에 애국자였다는 이름을 내걸고 지금 그들은 각자 자기밑에 누구보다도 많은 당원을 흡수하여 자기정권을 수립하려는 판국이거던. 그러나 우리 청년들은 그러한 의미에서 정계에 투신한건 아니야. 그야말로 우리들 손에 돌아온 조국을 순수한 입장에서 확립해 보자는거였지. 그러나 그들은 그야말로 정권욕뿐이야. 하루 해가 지기 무섭다고 무질서하게 난립(亂立)하는 정당들의 동태를 보란 말이다. 그 속에 우리들은 휩쓸려 들어가서 조종되고 있거든.[222]

청년의 말을 듣다 보니 민은 제거해야 할 대상이 떠오르게 된다. 겉으로는 우리와 손잡고 있지만 속으로는 우리의 정적과 협상 중에 있는 자다. 작가 오상원은 작품이 끝날 때까지 "비밀결사" "비애국자" "정당들" "정적" 등을 의도적으로 추상명사로 내버려두었다. 물론 주인공 민이 우익에 속하는 존재임은 어렵지 않게 짐작할 수는 있기는 하다. 민은 바로 이자를 제거한 죄를 지나가는 청년에게 뒤집어씌우게 된다. 범인으로 몰린 그 청년의 집에 가서 민은 누이동생에게 돈을 주고 오빠는 곧 풀려날 것이라고 위로의 말을 건네 은밀하게 죄의식을 덜어내고자 한다. 다음 날 동지들과 만난 자리에서 민은 위대한 일의 성공 여부보다는 소박하게 살아가는 인간의 보호가 더 소중하다는 생각을 털어놓으며 인간의 의의를 묻지 않고 살기를 바란다는 말도 한다. 민이 결사체를 향해 회의에 빠진 것으로 판단한 "세모진 얼굴"이 위협 사격을 한다. 거리에 나선 민의 눈앞에는 어머니 얼굴과 범인으로 몰린 청년의 어머니 얼굴이 겹쳐진다. 민이 자수하는 것으로 추측하는 독자들도 있을 만큼 열린 결말을 취했다.[223]

---

222) 『현대문학』, 1957. 11, pp. 61~62.

223) 이어령은 「一九五七年의 作家들」(『사상계』, 1958. 1, pp. 36~55)에서 풍경화를 그린 작가를 설정하면서 염상섭의 「절곡」 「동서」 「인푸루엔쟈」 등을 리얼리티의 밀도가 너무나 희박하다는 근거를 제시하며 "3, 40년 전의 틀을 갖고 자꾸 찍어내는 그 국화빵 같은 소설"이라고 혹평하였다. 염상섭과 박경리가 외부적 현실의 풍경을 그리는 데 비해 최상규의 「제일장」 「창을 열자」, 이호철의 「나상」 등은 "인간의 內面風景을 그리는 데 주안을 둔다"(p. 41)고 하였다. 두번째로 "소실되어 가는 인간의 마지막 얼굴을 지키기 위해서 여기 일군의

최인욱의 「對決」(『문학예술』, 1957. 12)은 빨치산소설이다. 간밤 부락을 습격했을 때 쌀 한 가마 지고 온 "명주바지 청년"은 오늘이 선친 제사 1주 기니 집에 보내만 주면 쌀 다섯 가마니를 올려 보내겠다고 제의했으나 자기가 묻힐 땅을 파고 총살당하고 만다. 대장의 지시를 따르기는 했지만 속으로는 수긍하지 않는 성완이 어떻게 공비가 되었는지에 대한 설명이 큰 비중을 차지하고 있다. 대장 밑의 지도책인 정한수는 성완에게 일제 때 경방단 분대장으로 활동했던 경력을 들먹거리며 인민위원회 가입을 하였다. 경방단은 범인 잡는 일에 몰이꾼 역할을 할 뿐만 아니라 공출 독려, 후방 감시, 경찰에의 적극 협조 등의 일을 했다. 성완이 경방단에 들어가 있기 때문에 지원병이니 징용이니 하는 것을 피할 수 있었던 데 반해 정한수는 일본 구주 탄광으로 징용을 나갔다가 한 달 만에 돌아왔다. 1946년 2월에 성완이 사는 면내에서 지서와 면사무소가 "폭도들"의 습격을 받으면서 일제 때 고등계 형사를 지낸 사내와 그 아들이 "폭도들"의 손에 맞아 죽고 면협의원을 지낸 사람이 부상당하는 이른바 2·6 소요 사건이 일어났다. 정한수는 이제부터 숙청이 시작될 것이라고 하면서 인민위원회에 가입하지 않으면 너도 무사하지 못할 것이라고 하여 성완은 할

우울한 파수들이 있다"고 특화하면서 손창섭의 「소년」「조건부」, 송병수의 「쑈리킴」「22번형」, 강신재의 「해방촌 가는 길」, 김광식의 「백호그룹」 등을 예시했다.
    "제1의 작가군은 '그렇게 있는 인간의 모습'를 기술하려 했다. 제2의 작가군은 '그렇게 남아 있는 인간의 가치'를 수호해 보려 했다. 그런데 지금 내가 말하려는 제3의 자가군은 '그렇게 있어야만 하는 인간' 또는 '그렇게 있어서는 아니 되는 境涯'를 자기의 강력한 인텐슌 속에 굴절시켜 오늘의 정황과 대결시키는 방법에 의하여 작품을 만들려고 한다. 그러니까 그들의 말은 자연히 반항적인 것이며 또는 새로운 운명의 대해로 나아가 자아의 해방을 이루려는 기도적인 발성으로 나타나기도 한다"(pp. 45~46)와 같이 세 갈래를 비교하였다. 반항의 정신을 내세운 소설로 김성한의 「방황」「귀환」, 선우휘의 「불꽃」, 오상원의 몇 소설 등을 들었다. 1957년도에는 김동리의 「사반의 십자가」, 장용학의 「비인탄생」, 정한숙의 「암흑의 계절」, 황순원의 「인간접목」 등과 같은 중장편이 현저한 발전을 보였지만 거의 실패작이었다고 하였다. 그리고 장편이란 단편적 체험의 정리이며 정리의 주체는 작가의 사상성인데 장편이 흉작이라는 것은 작가의 사상성의 결여를 반영한 결과라고 하였다.(p. 53)

수 없이 정한수를 따라 산으로 올라가게 되었다. 성완은 어느덧 공비가 되어 추풍령, 덕유산, 지리산 일대를 전전하다가 지금은 거창 방면을 중심으로 활동하고 있다. 1년이 지난 이 시점에서 성완은 회의분자가 되어 자수할 기회를 엿보고 있다. H마을을 습격하여 청년과 그 누이동생에게 쌀을 지고 올라오게 한 후 대장은 처녀를 범하고 성완에게 청년을 죽이라고 총을 주지만 그 총을 성완이 오히려 대장에게 겨누는 것으로 끝이 난다. 대장이 죽는지, 성완이 산에서 탈출할 수 있을지 알 수가 없다. 일제 말에 대일협력 했던 것이 약점이 되어 협박을 받아 좌익의 길로 들어서는 과정이 잘 그려져 있다. 표제의 지시 범위가 너무 큰 나머지 작품 내용을 규정하거나 암시해주는 기능을 기대하기 어렵다.

황순원의 「내일」(『현대문학』, 1957. 2)은 인생의 원형질적 감정을 파헤치고 있다. 엄마 등에 업혔을 때 엄마 그림자에 놀랐던 일, 소학교에 입학하기 전날 새벽에 일어나 옷의 그림자가 시커먼 괴물처럼 다가와 무서워했던 일, 대학교 2학년 때 젊은 여인과 연애하다가 잇새에 낀 고춧가루 때문에 절교당한 일 등이 주인공에겐 상처로 남아 있다. 그 후 15년이 흐르는 사이 그는 대학교수 자리를 떠나 문학 번역 일을 열심히 하나 원고를 받아주는 출판사가 없어 독신자 생활을 꾸려가기도 힘든 지경이 되었다. 그러다가 술집에서 젊은이들과 토론성이 짙은 대화를 하게 된다. 젊은이들은 왜 선생은 고리타분한 외국 고전문학만 주무르고 있느냐, "현대의식"이 결핍되어 있는 것 아니냐, 불안하고 부조리한 현실과 과감히 대결하지 않느냐 등의 질문을 던진다. 청년들이 술에 취해 현대의 불안, 절망의식, 실존주의 등에 대해 떠들어대면 그는 그대들이 말하는 불안이니 절망이니 하는 말은 어머니 등에 업혀 그림자를 보고 느꼈던 공포심이나 불안감만큼 실감을 갖기 어렵다고 한다. 황순원은 실존주의에 의존해야지만 '의식'을 지닐 수 있다는 당대의 고정관념을 비판하였다.[224] 황순원은 불안감을 사람들의 본능적인 원초적 감정으로 파악하고 있다.

송원희의 「殖民地」(『문학예술』, 1957. 5)는 김이석 추천으로, 제목이 시대적 배경을 일러주는 데 그치고 말았다. 소작인인 아버지는 일본인 지주 아래서 고생하다가 폐병에 걸린 아내를 구하느라 땅을 판다. 동생은 전염병에 걸려 죽고 오빠는 일본인 지주 아들의 행패를 저지하다 부상을 입히고 만주로 도망가 독립단에 가입한다. 아버지 사후에 17세의 옥희와 결혼한 조선인 남자는 돈밖에 몰라 일본인에게는 아부하고 만주인은 착취하는 존재로 그려졌다. 독립단원 청년을 고발하여 상금을 받겠다는 남편을 총으로 쏘아 죽인 옥희는 사형 구형을 받는다. 남편은 독립운동단체 두목을 죽인 대가로 큰돈을 받은 후에 독립단에 대한 공포심을 갖게 되면서 독립단 사람들을 원수로 삼았던 터다. 옥희의 복수심은 혈족애를 근원으로 하였지만 지향점은 민족애였다.

김광식의 「背律의 深夜」(『현대문학』, 1957. 6)는 부부싸움을 하던 중 아이를 죽인 년이라고 독한 소리를 내뱉는 남편을 치마끈으로 목 졸라 죽인 죄로 재판을 받은 여인이 남편을 죽인 이유를 고백하는 형식을 취했다. 남편은 교사를 그만두고 미군부대 통역을 하던 중 물자를 빼먹고 일본으로 밀항하다 잡혀 수용소 생활을 한다. 그 후 귀국하여 술집을 경영하던 중 유행성 뇌막염으로 딸을 잃고 환도한다. 그사이에 아내는 아내대로 빈대떡 장사, 다방 레지, 스탠드바 종업원 등과 같은 길을 걷는다. 아내는 남편이 권하는 바람에 마음에 들지 않지만 낙태를 하고 죄의식에 사로잡

---

224) 조남현, 「실존주의 수용과 내면화 양상」, 『한국현대문학사상 탐구』, 문학동네, 2001.
　　"실존주의 수용태도에 있어 유행성과 피상적 이해가 가장 많이 지적된 것은 실존주의가 타자로 인식되고 있었다는 증거다. 1920년대의 니체 중심, 1930년대의 앙드레 지드와 앙드레 마르로 중심, 1950년대의 장 폴 사르트르와 알베르 카뮈 중심의 수용을 거치면서 실존주의는 서서히 한국문학의 내면으로 들어오게 된다. 실존주의는 전쟁 후 우리 역사적 상황이라든가 현실과 부딪치면서 빠르게 내면화되는 경향을 보이기도 하였다." (p.79)
　　"실존주의를 수용한 한국의 문학평론가들은 황순원, 김동리, 박영준, 장용학, 손창섭, 유주현, 정한숙, 김광식, 김성한, 김송, 한말숙, 선우휘, 강신재, 송병수, 최인훈, 정연희 등의 소설작품을 분석하고 해석하는 자리에서 실존주의 개념들과 용어들을 자기화하고 내면화하는 시도를 보여주었다." (p.91)

혀 있던 중이다. 남편이 낙태를 권한 데는 나름대로 트라우마의 작용이
있었다.

일제 학병…… 그 놈들, 일본놈들한테 얼마나 맞았는지 알아? 총알은 무
섭지 않았으나 인간 아닌 동물 취급을 당하고 그 굴욕적인 매질이 무서웠
어. 나는 탈주하다가 붙들려서…… 그 고생. 그 고문. 인제는 고생을 면했
는가보다 했는데 六. 二五 전쟁, 피난 살이, 도주, 무엇 때문에 세상에 나와.
안그래, 누구를 또 고생시키려구 나오게 해, 안돼![225]

둘째 아이의 낙태는 남편이 공범이라고 할 수 있음에도 사건이 나던 날
남편은 술에 잔뜩 취해 들어와 싸움을 걸며 "아이를 죽인 년"이라는 독설
을 뱉는다. 이 독설은 낙태로 인한 죄의식을 아내에게 완전히 전가시키려
는 비겁함을 드러낸 것이다.

염상섭의 「情炎에 사른 侮辱感」(『신태양』, 1957. 11)에서 해방 후 정당
놀음에 재산을 탕진하고 토지개혁으로 집안이 기울어진 한영은 은행원으
로 몇 년 안에 미국 유학을 갔다 올 준비를 하는 과정에서 자신을 짝사랑
하던 여인이 음독자살하는 것을 겪게 된다. 한영은 휴가 때 남녀 직원들
과 함께 온 덕순이의 사진도 찍어주고 나란히 서서 찍기도 하였다. 원래
덕순이는 한영이를 짝사랑해왔었다. 덕순에게 5년이고 10년이고 기다리
겠다는 편지를 받은 한영은 여름에 찍은 사진을 보내면서 거절하는 답장
을 보낸다. 그 후 2주일이나 결근한 덕순은 한영의 하숙방에서 음독자살
한 시체로 발견된다.

김송의 「過渡期」(『문학예술』, 1957. 11~12)는 원래 상중하 세 편으로 만
들어질 계획이었으나 상편과 중편만 발표되고 말았다. 대학을 졸업한 후

---

225) 『현대문학』, 1957. 6, p. 98.

부모의 강요로 6년 동안 조강지처와 어린 아들과 억지로 살고 있는 현철에게 동경 유학 당시 사귀었던 계숙이 느닷없이 집까지 찾아온다. 여관방에서 같이 술을 마시며 계숙은 자기를 구해달라고 하고 현철은 어찌할 바를 모른다. 다음 날 계숙은 H역에서 떠나가고 현철은 우편국 앞에서 우연히 친구 영호와 만나 술잔을 나눈다. 영호는 아나키스트로 그려진다.

현철은 천지 개벽하기를 목 말으게 기다린 것이었으나 영호는 뚜들겨 없애야 한다는 것이었다. 그만큼 진취적이요 파괴주의 사상을 가진 영호였다. 〈정부가 없는 사회〉〈지배가 없는 생활〉을 영호는 갈구했다. 그리하여 권력국가(權力國家)의 지배를 거부한다는 삐라를 뿌리고, 감옥의 콩밥을 먹은 일도 있었다.[226]

현철은 일본 경찰에게 잡혀가 고문을 받고 29일 만에 풀려난 후 산에 올라 시가지와 평야를 내려다보며 어디에서인가 들려오는 소리와 대화를 한다. 현철은 "유물 변증법은 아이들한테 주어지는 위험한 장난감이다" "헤겔 사상과 맑스주의는 절대부정을 의미하는 기계론이다" "코론타이의 아까이고이는 과도기의 유행이고 한 시대의 거품 같은 것" "사랑이 없는 성생활은 지옥과 같은 것"[227] 등과 같이 마르크시즘을 비판하면서 자신은 계숙과 육체관계는 맺은 적이 없다고 주장한다. 현철은 고문받는 과정에서 아버지는 자산가요 좋은 사람인데 너는 어찌 아버지의 말을 듣지 않고 문과를 공부했으며, 코론타이의 아까이고이의 애독자가 되었으며, 어째서 북만주의 독립운동가의 딸인 계숙이와 교제하였느냐고 문초를 받았었다. 쇠좆망댕이로 등줄기를 때리는 식으로 현철이가 고문받는 장면과 발가벗겨놓고 성적 수치심을 주는 식으로 계숙이를 고문하는 장면을

226) 『문학예술』, 1957. 12, p. 81.
227) 위의 책, pp. 88~89.

구체적으로 그려 보였다. 소재의 무게를 물체가 감당하지 못한 결과를 낳았다.

최태응의 「黎明期」(『문학예술』, 1957. 12)는 맨 끝에 가서야 백범 김구를 주인공으로 한 소설임이 밝혀진다. 벼슬자리에 나간 사람이 없는 황해도 장연에 근본도 정체도 알 수 없는 총각 거북이가 들어와 개량서당 학원을 열고 한학, 언문, 일본어, 서양학 등을 가르친다. 거북이는 일본의 침략을 경고하면서 많은 인재 양성의 필요성을 역설한다. 부모들을 설득하여 여러 아이들에게 단발을 실시할 때 신좌수 손자를 단발한 것 때문에 신좌수에게 목침으로 이마를 맞자 거북이는 고을을 떠난다. 이듬해 한일합방이 이루어진다. 동네 사람들은 거북이가 안악 동챙이 포구에서 일본 관원 두 명을 손길로 후려쳐 죽이고는 "아무날 아무시에 대한국인 김구가 왜졸 둘을 죽였노라"[228)라는 광고까지 큼직하게 써붙이고 사람들을 모아 일장 연설을 하였다는 소문을 듣게 된다. 독립운동가 김구의 진정한 출현을 알리는 전기체소설이다.

최인욱의 「銀河의 傳說」(『사상계』, 1957. 12)은 월남민이며 초등학교 교사인 38세의 노총각 고형준이 12년 전 북에서 헤어진 진영을 기적처럼 재회한다는 이야기다. 담임 반 아이 영수의 생일날에 집으로 초대받았으니 같이 가자고 한 동료 교사 박선생을 따라갔다가 영수 엄마가 바로 진영인 것을 알게 된다. 열두 해 전에 진영은 조선은행 원산 지점에 근무하고 있었고 형준은 해방 직후에 청년단체에서 일을 보다가 공산당으로부터 신변의 위협을 느껴 진영의 권고로 삼팔선을 넘었다. 진영은 혼자 있는 목사인 아버지가 심장병으로 입원하여 중태에 빠져 있었기 때문에 남을 수밖에 없었다. 진영은 1·4후퇴 때 월남하여 결혼했으나 남편은 입대 후 행방불명이 되었으며 두부를 만들어 팔며 아들 영수를 키우고 있는 중이었

228) 위의 책, p. 44.

다. 고형준이 진영에게로 마음이 기울고 있는 것으로 소설은 끝난다.

정연희의 「抵抗」(『신태양』, 1957. 6)은 수상 암살 기도로 총살당하기 전 신의 존재를 부정하고 인간의 의지만이 영원하다고 믿는 혁명론자가 죽은 후 그 영혼이 소크라테스, 공자, 불타, 예수 등과 만나 혁명, 선악, 신의 존재, 인간의 본질 등에 대해 토론한다는 이색적인 장면을 설정하였다. 이 과정을 통해 소크라테스 철학, 기독교, 유교, 불교의 중심이론을 알게 된다. "신은 그 자신의 고독에 못견뎌 인간을 만들었고, 그는 인간에게서 더욱 무거운 고독을 보았기에 선(善)과 악(惡)의 극(極)을 설치하고, 그것의 대결을 보며 고독을 위로받으려고 했던 것이다" "인간이란, 너의 고독으로 인해 생겨진, 죄이다. 신이 지닌 고독의 파생체(派生體)인 것이다" 등과 같은 인식을 결론으로 하고 있는 점에서는 실존주의의 영향을 받고 있는 듯하다. 구체적인 인명은 없다. 처음에는 "사형수"였으나 죽은 다음에는 "인간"이라는 이름을 받는다. 새로운 인간본질론을 추구하는 뜻에서 신의 존재라든가 종교의 본질에 대해 적극적인 관심을 둔 토론체소설이다. 그만큼 추상어와 관념어가 많이 나타나고 있으며 상당히 많은 용어가 한자로 병기되어 있다.

주요섭의 장편소설 『一億五千萬對一』은 『자유문학』에 1957년 6월호부터 1958년 4월호까지 10회에 걸쳐 연재되었다. 1957년 8월호(제3회)에서 1957년 10·11월호(제5회)까지는 "병든 족속"이라는 소제목으로 1957년 12월호(제6회)부터 1958년 4월호(제10회)까지는 "민족의 수난"이라는 소제목으로 묶인다. 1958년 6월호부터는 『亡國奴群象』이라는 제목으로 연재되기 시작하였는데 첫머리에 "제1부의 일억오천만대일의 경개"를 실어놓았고 이어 제2부라는 표시가 붙어 있다. 이를 보면 『일억오천만대 일』은 1부가 되고 『망국노군상』은 2부가 된다. 2부는 "방랑객들"(1958. 6~1958. 11)과 "방황"(1958. 12~1959. 7), "치욕의 나날"(1959. 8~1959. 12)로 구성되어 있다. 『망국노군상』의 마지막 연재분인 『자유문학』 1959년

12월호를 보면 작품이 끝난 다음 "계속"이라고 되어 있어 이 소설이 미완성임을 알게 된다.

평양에서 고등보통학교를 마치고 서울의 에비슨 의과전문학교 본과 1학년생인 황보창덕은 근화대학당 학생인 안혜경과 사귀기 시작하고 스케이트장, 우미관, 영락좌 등에 함께 다니다가 안혜경 집 앞에서 첫 키스를 한다. 그러나 인천 월미도에서 창덕이 다리병신임을 고백하자 혜경은 떠나가버린다. 여섯 살 때 넘어져 절름발이가 되어 생긴 불구자 콤플렉스는 창덕의 의대 지망의 한 동기가 되었다. 창덕은 2학년으로 진급하여 연구에 몰두한다. 창덕에게 경성제대 법학부 학생 박광해가 찾아와 둘은 술집을 돌아다니며 신마치로 간다. 창덕은 혜경에 대한 복수심으로 매일 밤 창녀촌에 드나들던 끝에 성병에 걸린다. 창덕의 할아버지와 막역지우인 곽응권 교수는 세포학을 공부하라고 하면서 남자가 한번 사정하는 정액 속에는 무려 일억오천만의 정충이 쏟아져 이중 한 마리만이 난자에 가는 것이라고 설명한다. 창덕은 수억의 생명과 수천만 겨레를 위해 노력하라는 뜻으로 해석한다. 이 소설의 제목인 "일억오천만대 일"은 "생명"의 의미로 풀이할 수 있다. 창덕은 매독에 걸린 것을 알고 매독균을 치유하고 문둥병을 치료하는 약을 발명하리라고 결심한다.

"병든 족속"은 창덕 조부와 문천댁 할아버지의 친교와 경쟁관계를 그리면서도 이등박문, 안창호 등의 실존 인물도 등장시킨다. 이등박문이 암살된 사건을 비중 있게 그리면서 안창호를 웅변 잘하는 존재로 부각시켰다. 창덕의 조부는 머슴의 아들로 태어나 온갖 고생을 한 끝에 마을에서 다섯 손가락 안에 드는 부자가 된 후 불한당과 맞서 싸우곤 한다. 창덕의 아버지 익준은 손님마마에 걸려 곰보가 되고 콧구멍 한 개가 폐쇄된다. 익준은 첫째 부인이 불한당에게 끌려가 소식이 없자 여종 출신을 두번째 부인으로 맞고 평양 종로에 지필묵 가게를 차렸다. 이등박문 암살 사건이 벌어지자 진실소학교 교장선생님을 비롯하여 선생과 학생 들이 태극기들고 행진하다가 일진회 장정들로부터 습격을 받는다. 한일합방이 되자 교장선생님의 명에 따라 마지막으로 애국가를 부른다.

"민족의 수난"은 신민회 105인 사건과 토지수용령 실시를 서술하는 것으로 열린다. 평양에 일본 사람들이 많이 들어와 살게 되자 풍속이 바뀌기 시작한다. 진실학교가 다시 문을 열었으나 한글 대신에 일본어를, 한국사 대신에 일본사를 가르치게 된다. 토지조사가 실시되고, 동양척식회사가 설립되고, 평양 시내에 일본인과 일본군대가 진출하면서 평양 내성과 외성에 엄청난 변화가 일어난다. 의복·신발·주택·설날·언어·떡 등의 면에서 조선과 일본이 비교된다. 일본인이 조선의 정기를 말살하기 위해 산꼭대기에 쇠못을 박는 행위도 묘사된다. 황보익준은 일본 관광단에 끼어 두 주일 동안 여행하고 와 창덕이에게 구두 한 켤레와 자전거 한 대를 선물로 준다. 사립소학교 상급생들은 일주일에 사흘씩 몰래 야학에 나가 조선 역사와 지리와 애국가를 배운다. 한일합방이 되자 장로교와 김리교의 신자가 급증한다. 조선 사람들이 예수교에서 학교와 예배당과 병원을 짓는 데 반해 일본인들은 절과 신사의 건립에 힘쓴다. "조선" "센징" "요보상" "니혼징" "나이찌징" 등의 유래와 뜻이 설명된다. 황보익준의 집에도 전등이 가설된다. 조선총독부의 명령에 따라 의기 계월향의 사당 바로 앞에 여자 감옥을 지어 민족 정기를 약화시킨다. 파상풍과 호열자를 예방하기 위한 청결사업이 실시된다.

구한국 말년에 도처에서 횡행하던 불한당 떼는 대개 의병(義兵)과 합세하여 합방후에는 조선인은 통 건들이지 않고, 일본인 우편국, 은행, 부자집만 털었다. 그러나 방방곡곡 쏘다니면서 참빗으로 이와 석해를 훑어내듯하는 일본군 토벌대에 견데내지 못하는 그들이라 더러는 사살되고, 더러는 체포되고, 남어지는 두만강과 압록강을 건너 만주 땅으로 피신하지 않을 수 없었다.

조수처럼 밀려드는 일본농민에게 농토를 빼앗긴 조선농민들은 남부여대하여 괴나리 보따리에 바가지만 차고 역시 강을 건너 만주 벌 황무지로 향하여 길을 떠났다.

지성인 다대수도 견디다 못하여 혈혈단신으로 길을 떠나, 더러는 청국, 더러는 러시아, 더러는 멀리 미국까지 망명의 길을 떠났다.

구한국 시대 양반(兩班)계급이 없어지는 대신에 일본사람은 전부가 다 〈나리〉가 아니면 〈단나상〉(主人님)이 되었고, 쌍놈이라는 계급이 없어지는 대신에 조선사람은 전부가 다 〈칙쇼〉(畜生—짐승)으로 불리워지게 되었다.[229]

진실소학교 졸업반 학생 학예회가 불온성이 있다고 하여 다수의 학생들과 교사들이 체포된다. 평양에서 3·1운동에 참가한 22세의 황보애덕이 체포되어 치욕의 고문을 받은 후 2년 형을 받는다. 애덕의 조부는 일본 국기를 국사발로 알아들었다는 식으로 일본을 조롱하여 매를 맞았다. 웅덕은 3·1운동이 일어났다는 소식을 듣고 귀국하여 여러 학생들과 함께 흑접단을 만들고 독립신문 발행 혐의로 체포된다. 흑접단원들은 6개월에서 10개월 언도를 받으나 조만식 선생의 지시로 상고를 포기한다. 황보애덕, 황보창덕, 황보웅덕의 남매와 같은 허구적 인물들과 조만식과 같은 실존 인물들을 연결시킨 것은 이 역사소설의 한 특징이다. 감옥소설적 요소가 크다고 할 정도로 애덕이나 웅덕이 겪는 감옥 생활이 자세히 묘사되었다.

2부의 "방랑객들"에 오면 만기 출소한 웅덕과 강태섭은 중국 강소성 소주 시내에 있는 침례교 미션 스쿨 안성중학교 2학년에 편입하게 된다. 국제연맹의 조직 경위와 강우규 의사가 사이토 총독을 향해 폭탄을 투척한 사건도 자세히 기술된다. 노동자로 가장한 웅덕과 태섭이는 신의주에서 압록강 건너 안동현을 거쳐 상해로 간다. 상해에 도착하여 중국 옷을 입

---

229) 『자유문학』, 1958. 2, p. 217.

은 중년 사내를 따라 외국 조계 내 서양식 주택으로 간다. 그런 후 임시정부 청사로 가 안선생을 만나 다음과 같은 가르침을 받는다.

기술자가 거의 없다 싶이 하고 또 문맹이 전 인구의 八할 이상을 차지한 현 상태에서 지금 독립을 해도 그 독립을 며칠 유지해 나가지 못하게 된단 말야. 또 그리구 말일세, 정치적 독립만 가지구는 나라를 유지하지 못해. 경제적 자급자족과 군사적 방어의 힘이 뒷받침 못해주는한 자주독립 유지는 불가능 하다는 말일세. 그러니까 자네들 같은 젊은이가 할 일은 공부를 더 해서 실력을 길러야 한단 말일세. 가장 시급한 것은 농학, 응용화학, 교육학 등이고 그다음으로 군사학, 경제학, 정치학, 법학, 외교학, 이 모든 방면의 기술을 가진 사람이 적어도 몇만명은 있어야만 우리나라 독립을 유지해 나갈수가 있다는 말이야. 그러니까 자네들은 자네들이 가진 소질과 취미에 따라 공부를 계속하는 것이 곧 독립운동일세.[230]

3·1 교회에 가 애국가 4절을 합창한다. 이듬해 3월 웅덕과 태섭은 소주로 간다. 호난영이 웅덕과 가까이한다는 소문이 퍼지자 질투를 이기지 못한 나머지 "망국노새끼"라고 욕한 중국인 학생과 대결한다. 양근환이 국민협회장 민원식을 암살하는 실제 사건도 기술된다. 상해 중국학교 학생 18개 단체 2만 명 연합궐기대회를 가져 중국은 일본과의 모든 관계를 끊으라는 요지의 5개조 결의안을 중국 정부에 건의한다. 중학교를 졸업하고, 웅덕은 평양에 가기 위해 우선 일본으로 간다. 일본인 목욕탕과 일본인의 외양이 구체적으로 묘사된 것과 중간에 여러 번 검문받는 장면을 보여준 것은 염상섭의 「만세전」(1924)을 방불케 한다. 상해 대학에서 교육학을 전공하는데 호난영을 다시 만난다. 한편 창덕은 에비슨 의학전문학

230) 『자유문학』, 1958. 7, pp. 194~95.

교에 입학한다. 지난 3년 동안 조선어 신문에 오르내린 독립운동단체 명단이 소개된다. 일본인 교수가 해부학 시간에 민족 차별 하는 발언을 한 것에 불만을 품고 경성의전 조선인 학생 전원이 동맹 휴학 결의를 하자 학교 당국이 조선인 학생 전원을 무기정학에 처한다. 작가 주요섭은 직간접으로 겪고 목격한 것을 소개한다. 야나기(柳宗悅) 교수 강연, 문화정치, 정기간행물과 단행본 목록, 번역물 목록 등이 소개되고 학우회, 강연단, 연극단, 갈돕회, 활동사진 등의 활동상이 소개된다. 태섭이 미국 갈 노자를 중국 기생에게 탕진하고 매독에 걸리는 내용 정도가 개인사로 나타나 있다. 상해에서 개최된 중국인 외교대회에서 조선 독립 승인을 만장일치로 가결한다. 일본 정부에서 임시정부와 직접 교섭할 것을 모색한다. 돈 때문에 공산당에는 내분이 일어나고 민족주의자들도 분열한다. 상해 임시정부는 살림살이가 더욱 곤궁해진다. 작가는 여러 학교들의 동맹 휴학, 백백교, 한강 투신 자살자 급증, 어린이날 제정, 조선 미술 전람회, 일본 공장주들의 조선인 노동자 모집, 상해에서 조선공산당 조직 등과 같은 국내 동향을 기술하는 데 힘쓴다.

"방황"은 후난잉이 웅덕에게 사랑의 감정을 버리고 함께 조국을 위해 싸우자고 하는 편지를 보내는 데서 시작된다. 황보익준과 동향인인 문옥봉의 아들로 깡패 두목질과 도둑질로 퇴학당한 문택수가 황보창덕과 러시아 안에 있는 기차에서 우연히 만나 독립군 대대장으로 활동하고 있다는 이야기를 들려준다. 그리고 1917년 소비에트 정부가 수립되고 백군과 적군으로 갈라진 과정이 소개된다. 문택수는 러시아 적군에 잡혀 스파이 교육을 받는다. 중국 상해 공공조계에서 중국 학생들이 "타도 일본제국주의" "타도 영국" 등을 외치며 시위하고 일본인이 경영하는 공장 직공들도 파업에 참가한다. 웅덕은 일주일 동안 주먹밥 만드는 재료구입반에 들어간다. 의복과 음식과 일용품을 가급적 토산물로 쓰자는 취지로 조선물산장려회가 생겼으나 흐지부지된다. 조선민립대학기성회가 총독의 해산

명령을 받는다. 황포 군관학교 교장 장개석 장군 영도의 북벌군이 북상하여 상해를 점령하면서 공산당 토벌을 개시한다. 적기가 없어지고 공산당원 수십 개의 수급이 서문에 걸린다. 황보웅덕 박사가 무궁화꽃회 주최와 여러 신문사의 후원으로 9월 20일 평양 백선행 기념관에서 "여권운동의 사적 고찰"이란 제목으로 강연한다. 강연 도중 "벤시 쮸이"라는 임석 경관의 경고를 여러 차례 듣는다. 웅덕은 조선에 들어와 국내에서 교원이 되기를 희망하였으나 배일사상을 가진 요시찰인이라는 이유로 교원자격증이 나오지 않는다. 대한민국 임시정부가 있고 일본에 대한 테러가 끊임없이 벌어지는 상해로 유학 갔었던 점, 국내 신문에 "조선교육의 결함"이라는 제목으로 교과 과정의 모순을 지적하고 일본인과 조선인의 봉급 차이가 심하다고 불만을 표시한 점 등 때문에 웅덕은 시간강사도 될 수 없었다. 패강문예사의 주필이 되어 쓴 「중국 학생운동 약사」는 전문 삭제의 조치를 받는다. 웅덕은 평양의 명승지를 돌아보며 영원한 방랑자라고 자칭한다. 태섭은 서울 서대문에 고무신 도매상을 차렸으나 본사에 돈을 보내지 않고 여자, 마약, 노름에 빠진다. 웅덕은 봉천역을 지나 북평으로 가는 기차에서 덜커덩덜커덩 하는 기차 소리를 망국노라는 소리로 듣는다. 웅덕은 북평으로 가 만리장성을 구경하고 메뚜기 떼의 무서움을 목격하기도 한다. 친구이자 가톨릭 계통의 대학인 숭인대 체육교수로 있는 안응권을 우연히 만나 그의 소개로 숭인대 영문과 교수로 취직하게 된다. 서태후의 이궁건설담이 소개된다.

"치욕의 나날"에 오면 황보창덕은 형으로부터 발진티푸스 예방주사약 배양 방법에 대한 조언을 담은 편지를 받게 된다. 창덕은 파리 다리에 묻어 다니는 세균 연구에 몰두하고 있던 중이었다. 웅덕 부부는 일본 영사관 경찰서 특고계에서 홍콩에 있는 아버지를 모시고 오라는 조건으로 석방된다. 응권의 편지를 오하라 신부를 통해 받고 북해 스케이트장에서 응권의 아내와 접선하여 응권의 소식과 부탁을 전해준다. 그 후 4년간 웅덕은 안응권과 연락이 끊긴 채 지낸다. 1941년 8월 8일에 숭인대학교 재단이 옥딜로 넘어가고 미국인 교수들이 구금된다. 일본인 학생들이 조선인이라는 이유 만으로 웅덕을 배척한다. 웅덕은 임정요인에게 청년을 소개하는 편지를 써준 혐의로 두번째로 북평 일본영사관 경찰서 특고계 사무실로 끌려간다. 작가는 아편이 중국인에게 얼마나 심각하게 영향을 주는지 기술하고 있다. 창씨개명과 조선어학회 사건도 언급한다. 웅덕이는 미결수들의 머리를 깎으라고 하는 조치에 항의하다가 끌려가 고문을 받는다. 그리고 소설은 미완으로 끝난다. 주요섭은 『일억오천만대 일』의 연재를 끝냈을 때 「잡초」(『사상계』, 1958. 4)를 발표하여 조선인은 잡초라는 자조적인 편견을 검증하게 하였다.

『일억오천만대 일』(1부)과 『망국노군상』(2부)은 3·1운동 이후로 독립운동에 가담하여 여러 차례 옥고도 치르고 중국에서 교육학을 공부하고 귀국하여 교육, 강연, 집필 등과 같은 문화운동에 적극 가담한 황보웅덕이라는 인물을 그리는 데 가장 큰 비중을 두었다. 황보웅덕이 임정요인과 연결되었다는 혐의로 감옥에 가 고문받는 것으로 1·2부가 일단 끝났다. 이 소설이 더 진행되었더라면 황보웅덕의 국내에서의 활동상이 보다 적극적으로 서술되었을 것이다. 일제 때 「인력거꾼」(『개벽』, 1925. 4), 「살인」(『개벽』, 1925. 6), 「개밥」(『동광』, 1927. 1), 「미완성」(『조광』, 1936. 9~1937. 6) 등과 같은 소설을 써온 주요섭은 1940~50년대는 거의 활동하지 않았다. 1950년대 후반에 들어 독립운동가 중심의 소설을 써낸 것이 바로 『일억오천만대 일』이요 『망국노군상』이다. 투쟁소설이요 저항소설이긴 하나 황보웅덕과 같은 교육학자요 영문학자, 황보창덕과 같은 의사요 세균학자를 주인공으로 삼았다. 독립운동의 주요인물과 주요사건을 시공간 배경으로 깔아놓고 임시정부, 안창호, 조만식 등과 독립운동 주체의 사상의 원천을 배치하는 과정에서 그 무게에 압도되어 실제 사건과 실존 인물들을 대상으로 한 역사 기술 쪽으로 무게중심이 옮겨가고 말았다.

창작 의도의 진지함과 제재의 무게에서 헤어나지 못해 소설은 진선(眞善)은 넘치되 미(美)는 제대로 성취하지 못한 결과를 남기고 말았다.

5. 역사 기록의 정신과 현실 극복 의지의 교차(1958~59)

(1) 청년세대의 절망과 희망(「서정가」 「벽지」)

조용만의 중편소설 「抒情歌」(『사상계』, 1958. 1~1958. 3)는 남녀 대학생들이 전쟁이 빚어낸 상처를 극복해가는 과정을 제시하였다. 1952년 봄 동래에서 노무자 전용 곳간차를 몰래 이용하며 영자신문사 교정부 기자로 근무하는 김철수는 광복동 거리에서 담배 목판장사를 하는 영이를 우연히 만난다. 유명한 무역상의 아들로 영화관과 당구장에 열심히 드나드는 피난대학의 국문과생 강군과 의사의 아들로 열심히 학교에 다니는 영문과생 차군을 만나 동광동 일본 여자가 하는 돈가스집에 들어간다. 영이의 언니이며 대학을 중퇴한 봉이가 경영하는 하코방 망향이란 술집을 떠올린다. 봉이는 대전에 중풍으로 누워 있는 아버지와 어머니에게 다달이 생활비를 보낸다. 철수는 어머니와 동생들을 부양하는 의미도 있지만 피난대학이 시설이 너무 열악하여 공부할 맛이 나지 않아 불문학 전공 교수인 김선생의 주선으로 신문사에 취직한 것이다. 김교수의 벌이가 시원치 않아 부인이 삯바느질했는데 이즈음에는 고등학교 영어 시간을 맡게 되어 형편이 조금 나아졌다. 김철수는 김교수의 불문학 수업을 열심히 들었다. 그러면서 소설은 철수가 봉이와 영이와 친남매처럼 지내는 과정을 들려준다. 6·25사변이 나자 5년 형을 받고 1년간 복역하던 봉이 오빠 상근이 서대문 감옥에서 나온다. 상근이는 철수와 고등학교 동창이지만 대학 진학을 포기하고 좌익운동으로 들어서서 틈만 나면 철수에게 동지가 되어달라고 협박도 하고 종용도 하지만 실패한다. 그럼에도 둘의 사이는 벌어지지 않는다. E대학생인 봉이도 오빠의 영향을 받아 여맹에 나가 일을 하며 철수에게 나오라고 종용한다. 철수의 형은 경영하던 철공장을 직공들에게 빼앗기고 악질 고용주라는 비난을 받고 인민재판을 피해 도망간다. 상근이는 정치보위대원으로 지방에 갔고 철수는 형과의 연좌를 피해 미아리 일가집으로 숨어든다. 1950년 9월 23일에 상근이가 집으로 와서 철수를 반동분자로 잡아가려 하였으나 허탕친다. 상근이는 종무소식이고 봉이는 잡힌다. 11월이 되어 중공군이 쳐들어온다는 소문에 철수 형은 철공장을 꾸려가지고 부산으로 가버렸고 철수는 봉이네 식구를 트럭에 실어 상근의 오촌 당숙 집에 데려다준다. 봉이는 서울 수복 후 10월 20일께 경찰에 잡혔다가 12월 20일께 석방되어 대전으로 내려온다. 얼마 후 봉이와 영이 자매는 자매대로 철수는 철수대로 부산에 내려와, 봉이는 무역회사 직원으로 근무하다 그만두고 하코방 술집을 차렸고 영이는 담배장사를 한다. 철수와 김선생의 대화는 이 소설에서 큰 비중을 차지한다. 김선생은 지금 우리 처지에 대학이 무엇이고 연구가 무엇인가 하면서 아침을 굶고 나와 조르주 상드의 연애 이야기를 강의하는 자신이나 듣는 학생들이나 한심하긴 마찬가지라고 한다. 젊은이들은 초조하고 우울한 마음을 전환시킬 필요가 있다고 하면서 그 방법의 하나로 결혼이 있다고 한다. 사르트르니 카뮈니 하고 떠들면서 새로운 사상을 가진 것처럼 목에 힘을 주었지만 18세기 구식에서 벗어나지 못했다고 차군과 강군이 놀려댄다. 봉이는 술에 잔뜩 취한 철수를 자기 집에 데려다 재우고 급전을 마련해준다. 집에 와보니 김선생과 색싯감의 어머니가 와서 쌀 한 가마니와 여러 반찬을 지어가지고 왔다고 한다. 어머니는 은근히 결혼을 권한다. 그는 보수동 김선생에게 간다. 김선생은 인페리오리티 콤플렉스를 갖지 말라고 서두를 뗀다. 요새 젊은이들은 도피와 방랑을 벗어나기 위해서는 모든 정열을 기울일 대상이 필요하다고 강조한다. 그래서 철수에게 납북된 대학 학장의 딸이며 불문학을 전공한 여성을 소개했다는 것이다. 김선생이

"오늘날의 젊은 세대들의 그 거치른 심정을 부드럽게 만드는 길은 정서생활을 시키는 것밖에 없다고 생각한단 말야"라고 하자 철수는 "이 숨막히고 거치러빠진 속에서 그 「센치멘탈」하고 「로맨틱」한 정서생활이 용서될 것인가"[231] 하고 의문을 가진다.

> 나라가 초토(焦土)로 변해버렸고, 동포들이 수백만명이 사상을 당했고, 지금도 三八선에서는 치렬한 전투가 벌어져 있어서 우리의 운명이 어떻게 될는지 모르는 이판에 앉아서 젊은 세대들이 달콤한 정서생활에 빠진다는 것은 아편을 먹는 것과 한가지가 아닐가요.[232]

김선생은 아편을 먹는다는 말은 심했다고 하면서 얼굴이 상기된다. "제 표현이 심했을는지 모르지만, 어쨌든 이 난국을 싸워서 이겨나가자는 의력(意力)을 마춰 시키는 것이 되지 않을가 하는 것입니다"라고 철수가 다시 반론을 펴자 김선생은 또다시 "자네들이 사변과 동란을 통해서 너무나 감정이 고갈한, 거칠고 빡빡한 생활을 해 왔거든 그 때문에 허무에 빠지고, 도피에 흐르는 것이라고 생각해"[233]라고 한다. 이 대목은 전후 젊은이들의 내면 세계의 가닥을 잘 잡아내고 있다. 김철수가 결혼 생활에 뜻이 없다고 하자 김선생은 더 이상 권하지 않는다. 이 소설은 김철수가 가벼워진 마음으로 봉이네 갔다가 두 자매가 대전으로 떠났다는 안집 여자의 말을 듣고 심사가 복잡해지는 것으로 끝난다.

박경리의 「僻地」(『현대문학』, 1958. 3)는 남과 북으로 갈라진 자매의 운명을 다루었다. 명동 어구의 미모사 양장점 여주인 강혜인은, 술을 마시고 길이 바뀐 것을 모르고 가다가 양장점 유리창을 깬 김병구를 만나게

---

231) 『사상계』, 1958. 3, p. 362.
232) 위의 책, p. 363.
233) 위의 책, p. 363.

된다. 1949년에 강혜인을 처음 만난 김병구는 원래 혜인의 이복동생 숙인의 애인이었다. 숙인이 의대로, 혜인이 S대 가사과로 진학했을 때 김병구는 정치과의 부교수로 있었다. 졸업 후 혜인은 여학교 교편을 잡고 숙인은 연구실에 남았다. 6·25사변이 일어나면서 숙인은 코뮤니스트로 밝혀지고 고종사촌 영화의 남편은 공산군에게 처형당한다. 숙인은 9·28 수복 때 이북으로 간다. 숙인은 자유주의자 김병구도 사랑했고 박이라는 공산주의자도 사랑했다. 혜인은 숙인을 코론타이의 소설 『3대의 사랑』의 여주인공으로 연상한다. 봄에 혜인은 파리에 그림 공부 하러 간 고종사촌 영화로부터 사랑에 실패한 인생 낙오자인 우리에게는 일을 위한 인생이 있지 않은가 하는 내용의 편지를 받는다. 병구는 혜인을 집으로 찾아오기도 하고 양장점으로 찾아오기도 하면서 Y백화점 앞의 댄스홀도 데려간다. 집 앞에 와서 병구가 포옹하고 키스하려 하자 혜인은 내가 강숙인의 대용품이냐고 묻고는 집에 들어와 통곡한다. 한 달 후에 온 김병구의 온 편지에는 사랑한다는 말이 반복되어 있다. 혜인은 그 후에도 김병구를 만나기는 하였지만 병구의 사랑을 받아들이지는 않고 프랑스에 갈 준비를 한다. 혜인은 영화에게 보낸 편지에서 나는 모든 것을 이곳에 버리고 간다고 하면서 "나에게 있어서 「파리」는 새로운 벽지(僻地)일 것이다. 그러나 그 새로움에서 나는 내 마음의 벽지를 개간(開墾)할런지도 모르겠다"[234]고 프랑스 유학에 큰 기대를 건다.

「空襲」(『사조』, 1958. 6)은 염상섭이 훈련을 마치고 소령으로 임관된 후 겪었던 전투의 상황을 담았다. 염상섭을 이름만 바꾼 조소령은 50이 넘은 나이에 군모를 쓴 것이 어색하면서도 금세 한 20년은 젊어진 것 같은 느낌을 갖기도 한다. 조소령은 김중령과 함께 삼팔선 이북에 있는 C도의 기근민에게 줄 구제양곡을 실어 나르는 수송선을 타고 C도 못 미쳐 B도 앞

바다에 내려 조그만 배를 타고 조그만 섬에 도착한다. 구축함을 타고 일주일도 안 되어 삼팔선을 훨씬 올라가 철산반도 밑 신미도 근처에 있을 때 적기로부터 3분간 공습을 받고 함체가 흔들리면서 대공포를 쏘아 한 대를 격추시키는 전투가 벌어진다. 한 시간 후에 미해군 순양함을 따라다니는 수선선이 와서 본격적으로 수리에 들어간다. 다음 날 저녁 식사 자리에 모여 앉은 장교들 사이에서 후일담이 교환된다. 조소령은 "하두 다급하니까 생사관념두 없구, 처자식 생각두 나오다 맙디다요"[235]와 같이 공습을 받았을 때의 놀람을 표현한다.

황순원의 「모든 영광은」(『현대문학』, 1958. 7)은 열심히 소설을 쓰면서도 단골 술집에 자주 들러 머리도 식히고, 작품 구상도 하고, 사람들 사는 모습도 관찰하는 황순원의 일상성이 반영되어 있다. 단골 술집에서 만난 '그'의 이야기를 담고 있는 액자소설이기도 하다. 인천의 어느 중학교 교사로 있을 때 전쟁을 만난 '그'는 1·4후퇴를 앞두고 동료 교사를 인공 때 소위 교책을 맡았다는 이유로 순경에게 밀고한다. 동료 교사는 해방 직후에는 좌익 학생 단속에 열성적이었는데 인공 치하가 되자 교책을 맡는 식으로 돌변했다. '그'는 교책의 밀고로 인천 상륙 작전 때 북으로 끌려가던 중 사리원 근방에서 탈출하여 집에 돌아와 그동안 산후병을 앓던 아내도 죽고 아기도 죽은 것을 확인하게 되었다. 1·4후퇴 직전 피란하기 위해 부둣가로 나가 교책의 뒤통수를 보게 되자 파출소 순경에게 밀고한다. 그는 거제도까지 피란 갔다가 휴전협정이 되어 인천으로 돌아와 학교에 복직한다. 교책의 부인이 찾아와 자기 남편이 1·4후퇴 때 남하할 길을 알아본다고 나간 채 행방불명이 되어 자기는 애들을 데리고 지금은 배다리 시장에서 광주리장사를 해서 먹고산다고 하였다. 이 말을 들은 그는 교책이 1·4후퇴 때 즉결처분을 받고 죽은 것이라고 추측한다. 옛날 동료가 앉았

---

235) 『사조』, 1958. 6, p. 263.

던 자리에서 무시로 이 뒤통수의 환영을 느낀 그는 괴로워하다가 열흘 만에 학교를 그만두고 동료 교사의 부인이 장사하는 배다리 시장으로 찾아가 사실을 다 털어놓는다. 그 여인과 아이들을 데리고 서울로 올라와 한방에 있게 되었는데 얼마 지나지 않아 그는 생각하지 못했던 성욕과 싸우게 된다. 그러고는 양동 창녀촌에 출입하기 시작한다. 그 여인과 되도록 멀리 떨어져 2층 마루방에서 자다가 입이 돌아가고 만다. 그러자 그 여자가 오류동에까지 가서 뽕나무를 꺾어다가 갈고장이에 올려 입꼬리에 물려주는 민간요법을 취한다. 그리고 그 여자는 미안해서 그런지 애들을 데리고 나가 독립하겠다고 한다. 이야기를 다 듣고 난 다음, '나'는 그에게 그 여자와 결혼하라고 권한다. 그는 자기 집 앞에 도착해서는 미소를 지어 보인다. 선생님 말씀처럼 오늘 밤에 결행하겠다는 의미인 것 같다. 작가는 모든 영광을 술에게, 조용히 내려 쌓이는 눈에게, 새로운 생활을 향해 있는 착한 한 사내에게 돌리고 있다. 작가가 그에게 결혼을 권유한 것도, 그가 그 권유에 응해 동료 교사의 처자를 거두기로 한 것도 좌우이념의 초월로 새길 수 있다.

김이석의 「冬眠」(『사상계』, 1958. 7~8)은 1·4후퇴 때 국군과 유엔군의 진격으로 평양 해방이 이루어졌을 무렵 조직된 연극단체가 유진 오닐의 「지평선을 넘어」의 공연 준비를 하고 있을 때, 후퇴 바람이 불어 월남하여 대구까지 걸어와 빈집을 발견하고 한방에서 여섯 명이 추위와 굶주림에 시달린다는 이야기를 들려주었다. 전시에 종군과 관계없이 만들어진 연극단체를 다룬 점에서 특이하다. 각자 입고 왔던 오버도 다 잡혀 이제 사십대의 허성 영감의 오버밖에 남지 않았다. 경림은 미군부대에 취직해서 한 달에 한두 번씩 빵과 통조림을 안고 온다. 단원 중에서 학력도 좋고 희곡도 쓰고 인물도 좋은 성훈은 미군부대 통역으로 취직하려 하나 북에서 왔다는 이유로 잘 되지 않는다. 성훈의 취직을 기다리다 혜란은 나이트클럽의 댄서로 간다. 필수는 시장에서 증명사진 찍어주는 일을 시작하고 길룡이는 육촌 형을 따라 동래 군의학교에 입대하기로 한다. 필수가 허성 영감이 변소에 숨겨왔던 금비녀를 훔쳐갖고 달아나자 허성 영감은 중국집에서 길룡의 송별회를 하는 사이에 필수가 남겨놓고 간 사진기계와 암실함을 지고서 사라져버린다. 미군부대를 따라 안동에 가 있는 경림으로부터 이곳 중학교 선생 자리를 마련했으니 오라는 편지를 받은 성훈은 혜란과 함께 안동으로 떠난다. 자살한 이유는 밝혀져 있지 않은 채 병직이가 목을 매고 자살했다. 미군부대 취직과 군입대, 교사 취직은 현실적응을 잘한 경우이나 절도, 도주, 자살 같은 비극적인 경우가 들러붙어 있다.

곽학송의 「완충지대」(『현대』, 1958. 4)는 "최서단의 완충지대인 한강 어구에는 사람이 살지 않는다. 위조된 평화경(平和境)에는 어족(魚族)이 살고 있을 뿐이다"라는 문장이 서두와 결말에 배치된 수미상관법을 쓰고 있다. S도에 와 있는 국군정보원인 중사 경수는 먼 친척뻘 동생인 돌쇠가 어머니의 부증 치료비를 벌기 위해 북에서 활동할 첩자로 지원하여 올라갔다가 잡혀 강동 첩보 교육대에 갔다 온 것 때문에 의심을 한다. 돌쇠는 경수의 작전에 의해 대남 간첩과 완충지대에서 맞교환하여 오게 된다. 국군의 조사를 받고 온 돌쇠가 경수에게 총을 들이대면서 나를 의심할 수가 있냐고 하자 경수가 너의 어머니는 살아 계신다고 하여 마음을 돌리게 한다.

김중희의 「流刑」(『자유문학』, 1958. 8)은 해방 직후 북한에서 소련군 사령부를 습격했다 잡혀 시베리아로 끌려가는 조선인들의 모습을 그렸다. 북한에서 소련군 사령부 습격 혐의로 잡힌 정목사 일행은 형무소에서 6개월 있다가 재판 한 번 받지 못하고 수인열차를 타고 시베리아로 끌려간다. 소련 죄수들은 위층에서 조선인 죄수들이 있는 아래층을 향해 오줌을 깔기기도 하고 물건을 빼앗아가기도 한다. 수인열차는 사흘 동안 내달리는 동안 딱 두 번 정거하고 용변을 보라든가 물을 먹으라고 한다. 호송하는 소련군은 북한에서 살인과 강간과 약탈을 자행했던 일을 무용담처럼 늘어놓는다. 조선인 죄수들은 소련군을 약소민족 해방군이라고 만세 불렀던 일을 후회한다. 급성 환자가 사경을 헤매면서 물을 마시고 싶어 하나 물이 없자 여러 사람들이 침을 입속에 넣어준다. 그 환자가 끝내 숨지자 소련군 장교는 시체를 강변에 버리라고 명령한다.

오영수의 「내일의 揷話」(『사상계』, 1958. 9)는 인민군 소대장의 탈출 욕구를 한 의용군이 대행한다는 독특한 이야기를 들려주었다. '나'는 원산 동남쪽에 있는 자산 근방에서 훈련을 받고 열네 명과 함께 오대산 중턱에 도달하여 다시 전방으로 끌려간다. 원래 '나'는 충청도에서 서울로 와 학교를 다니던 중 6·25 때 하숙집에 숨어 있다가 괴뢰군에게 잡혀 원산 근방의 훈련소로 끌려갔던 것이다. 소대장은 '나'에게 소대 행정 일체를 맡기고 밤마다 불러 인텔리라고 부르며 속을 떠본다. 대원 거의가 함경도 출신으로 38세에서 49세까지의 농민 아니면 광부 들이었다. 산골짝의 인가를 덮쳐 가지고 온 술을 마시며 소대장이 나에게 이 전쟁을 어떻게 보느냐고 묻자 '나'는 미제국주의와 주구와 반동을 몰아내기 위한 전쟁이고 우리가 승리할 것이라고 상투적으로 답한다. 그러자 소대장은 좀더 솔직해지라고 하며 술통을 내 이마에 던지고는 자기를 정치보위부에 고발하라고 한다. 폭우가 쏟아지는 어느 날 밤 소대장은 '나'에게 플래시와 지도를 주고 적정 탐색 명령을 내린다. 지도를 따라가보니 한탄강, 인제, 홍천, 서울로 연결이 돼 있다. 이때 비로소 소대장의 깊은 속을 헤아리게 된다. 다음 날 '나'는 삼팔선을 넘어 소양강 상류를 건너게 된다. 결국 '나'는 소대장 대신으로 강을 건너는 셈이 되었다.

김장수의 「反共愛國捕虜」(『자유문학』, 1958. 10)는 일본 의용군으로 나간 동생이 말라리아로 죽자 '내'가 크게 상심하여 술을 잔뜩 마시고 영도다리에서 뛰어내렸다가 미군에게 구출되는 것으로 시작한다. 6·25 나흘 전에 주문진에 왔다가 사변을 만나 서울로 가지 못하고 방공호에 숨어 있던 헌병 일등상사인 매부를 살리기 위해 여동생은 여성동맹위원장이 되고 '나'는 인민군이 된다. '나'는 매부와 누이를 등대 밑 바위 새에다 감추어놓고 매일같이 음식을 날라준다. 최동무는 내가 누이의 내외를 보살펴주는 것을 약점으로 잡아 내 아내를 강간하려 들기도 한다. 8월에 누이 부부와 헤어진 후 그날부터 미군에게 포로가 될 때까지 9천 리를 걸으며 '나'는 공산당에게 회의를 갖는다. 보초를 서지 않아 두 명의 아군이 죽었다는 혐의로, 또 국군이 들어왔을 때 도망가느라 식사당번의 임무를 소홀히 했다는 이유로 '나'는 두 번이나 최동무에 의해 주도된 인민재판을 받긴 했으나 다 무죄 조치 된다. 미군에게 포위되었을 때 아무도 모르게 최동무를 쏘아 죽인 '나'는 영천 포로수용소를 거쳐 거제도로 옮겨진 후 1953년 6월 18일 새벽 5시에 2만 7천 명의 반공포로 석방 조치가 이루어짐에 따라 자유의 몸이 된다.[236] 헌병 중위가 된 매부가 다른 여자를 취하고 누이를 버린 후 대구로 갔음을 알게 된다. 사흘 후 '나'는 대구로 가서 매부를 죽이려고 집까지 몰래 따라가긴 했으나 매부는 총을 가지고 있고 나는 빈손인지라 뒤돌아서고 만다.

주요섭의 「雜草」(『사상계』, 1958. 4)는 힘없는 한국인의 자의식을 파헤쳤다. 현보는 만주에서 살다가 해방을 맞아 아내와 아들을 데리고 두 달이나 걸어 서울까지 오는 도중에 중국 군경, 소련군, 조선인 자위대 등에게 돈 3백 원을 다 빼앗기고 알거지가 되어 방공호로 들어온다. 그리고 주로 잡초를 뽑는 일을 한다. 현보는 학력이 없어 학병은 면했지만 일본관동군에게 징용되어 가서 "빠가야로"라는 소리를 들어가며 참호를 팠고, 6·25 때는 피란 가지 못하고 공산군에게 붙들려 "개새끼"라는 욕을 들어

---

236) 김행복, 『반공포로 석방과 휴전협상』, 백년동안, 2015, p. 121
　　　19853년 7월 2일 현재 부산 지구 거제리 제2수용소의 수용 인원 3065명 중 392명이, 부산 지구 가야리 제9수용소의 4,027명 중 3,990명이, 광주 제5수용소의 1만 610명 중 1만 432명이, 논산 제6수용소의 1만 1,038명 중 8,024명이, 마산 제7수용소의 3,825명 중 2,936명이, 영천 제3수용소의 1,171명 중 904명이, 부평 제10수용소의 1,486명 중 538명이, 대구 제4수용소의 476명 중 232명이 석방되었다. 모두 2만 7,388명이 석방되었다.

가며 참호를 팠고, 서울이 탈환되고 나서는 유엔군 노무부대에 끌려가 미군한테 "까땜"이란 소리를 들어가면서 중노동을 했다. 일본 관동군, 공산군, 유엔군 앞에서 참호를 파거나 중노동함으로써 역사의 격변을 느끼고 방공호에 사는 이웃을 포함해 자신과 가족이 모두 '잡초'라는 생각을 갖게 된다. 그러자 잡초를 제거하는 것은 자기의 동료를 말살시키는 것 같아 잡초와 같은 사람들을 옹호하고 싶다는 생각에 젖게 된다.

박경리의 「薰香」(『한국평론』, 1958. 5)는 전쟁을 남녀 젊은이들의 고난과 비극의 원인적 사건으로 설정하였다. K대 영문학자 윤종필을 중심으로 영문학 연구와 지도를 목적으로 한 서클에 가입했던 남녀 학생들 중 문채호와 김순임은 결혼하고, 서병민과 채호 여동생 숙영은 약혼한다. 전쟁이 나자 병민은 행방불명되고, 병민 부친은 납북되고, 모친은 사망한다. 채호는 통역병으로 입대하였으나 전사한 것으로 알려지고 순임은 자간으로 발작한다. 윤교수가 산모와 아기의 입원비 일체를 부담한다. 상처한 윤교수는 제자인 서병민의 약혼녀 문숙영과 결혼한다. 얼마 후 채호는 이북과의 포로 교환으로, 병민은 거제도 포로수용소에서 석방되어 돌아오는 일이 기적처럼 일어난다. 채호가 적극적으로 중재하여 숙영은 윤교수와 이혼하고 병민과 재결합한다.

(2) 현실비판과 작가정신의 확충

선우휘의 「火災」(『사상계』, 1958. 1)는 젊은이의 정의감을 새로운 시대의 추동력으로 제시하였다. 신문기자인 '나'는 종교단체 K관의 화재는 관장의 아들 김면이 방화범이 아닌가 하고 의심한다. 평소에 면은 아버지와 기도사 명가를 비판해왔기 때문이다. 면의 아버지는 1·4후퇴 때 부산으로 내려가 군의 용달을 맡아 금방 부자가 되었으나 선거에서 낙선 후 아내가 세상을 떠나자 새로 K관을 지어 사이비 종교단체를 꾸며 많은 사람들을 혹세무민한다. 면은 방화를 노렸던 것은 사실이나 방화한 것은 아니라고 고백한다. 거지 아이가 불을 넣어 돌리던 깡통이 K관 앞에 떨어졌을 때 마침 드럼통에서 새어 나오던 경유에 불이 옮겨 일어난 것을 웃으면서 구경만 했다는 것이다. 면은 전쟁 중에 저쪽 참호에 있는 김일병에게 웃음을 보내어 김일병이 자기 쪽으로 오다가 직격탄을 맞아 죽은 후, "자기의 삶에 남달리 특별한 뜻을 붙이는 사람을 보면 견디기 어려운 노여움을 느끼곤 했다"[237]고 한다. 면은 이런 사람의 대표적인 존재로 아버지를 꼽았다. 면의 아버지는 이미 해방 직후 B청에 복직하고 일본인 적산가옥을 차지하면서 재산을 모았고, 미군의 환심을 사기 위해 교회를 열심히 다녔고, 다른 여자에게 살림을 차려주기 위해 공금을 횡령하는 등의 비리를 저질러왔다. 면은 이 어려운 시기에 살아남은 것 하나만으로도 죽은 사람의 것을 빼앗은 것이나 다름없는데 게다가 부정과 사기를 하여 재산을 불린 것은 더욱 나쁜 짓이라고 비판한다. 면은 아버지가 진실된 모습으로 돌아오기를 바란다.

이호철의 「餘分의 人間들」(『사상계』, 1958. 1)은 제대군인과 거지 들이 등장하는 소설이다. 수색대원으로 활동하던 중 적의 포로가 되었다가 열흘 만에 탈출한 삼십대의 고가는 돈암동 뒷산의 천막에 살면서 동냥을 하는 18세의 완태와 16세의 형우에게 식객으로 얹혀산다. 고아인 완태는 미군부대를 따라다니다가 의정부인가 동두천에서 형우를 만나 돈암동에 오게 되었다. 고가는 천막을 기류계에 올렸냐고 여러 번 물어본다. 천막을 짓기 위해 모든 물자를 댄 만큼 완태가 주인이었다. 어느 날 고가는 불타버린 양동의 창녀인 순희를 데리고 와 완태와 형우가 있는데도 태연하게 성관계를 한다. 그러더니 얼마 안 있다가 순희가 이 집 주인 행세를 한다. 집주인은 나라고 하는 완태에게 고가가 증명을 내보이라고 억지를 쓰면서 파출소로 가자고 하자 와락 겁이 난 완태는 엉엉 울다가 나가버린 후

237) 『사상계』, 1958. 1, p. 324.

돌아오지 않는다. 고가와 순희가 천막 주인이고 형우는 자신이 "여분인물"이 된 것 같은 느낌을 갖는다. 며칠 동안 같이 있던 순희는 고가에게 왜 밥벌이를 못하느냐고 나무란다. 고가가 잠깐 집을 비운 사이에 순희는 형우와 진짜 사랑하는 사이가 된다. 결국 고가도 나가서 돌아오지 않는다. "여분인물"이라는 자의식에 빠져 있던 형우는 바닥을 온돌로 깔면서 최후의 승자가 된 느낌에 젖는다. 폭력과 강압에 의해 집주인이 바뀌고, 거짓으로 사랑의 대상을 바꾸는 불법과 부도덕의 판화가 되고 있다.

김성한의 「爆笑」(『자유문학』, 1958. 2)는 앞부분에서 우편배달부 송명이 30년 동안 열심히 걸었다는 점을 의도적으로 강조하였다.

인생 오십년, 삼십년은 걸었다. 우체국이 우편국이던 시절부터 읍내를 중심으로 반경 삼십리 길을 번갈아 걸었다. 잘난 친구들이 덴노헤이까의 세끼시(赤子)가 된다고 날치던 시절에도 그저 입을 꾹 다물고 걸었다. 해방이 돼서 애국자 혁명가가 한집건너씩 솟아나와 좌니 우니 익(翼)에 매달려 아우성칠 때도 입을 꾹 다물고 개이거나 흐리거나 별다른 생각도 없이 그저 걸었다. 이제 그 걷는 일도 오늘로 마지막이다. 걸을 일조차 없는 인간이 되는 것이다. 무엇 때문에 걸었느냐? 모른다. 그저 걸었다. 『때문』에 사는 자들은 다 잘난 사람들이다. 내게는 『때문』이 없다.[238]

표제인 "폭소"는 이렇듯 30년 동안 걸으면서 한시도 잊지 못했던 일제 때의 한필선 형사를 칼로 찔러 죽이고 나서 허공을 향해 웃는 것으로 통쾌감을 동반한다. 수학여행으로 일본을 한 바퀴 돌면서 신사와 궁전에다 수없이 절하고 나서 연락선을 타고 와 부산의 여관에 투숙하였을 때, 평소에도 조선인 학생을 몽둥이로 잘 팼던 스즈끼 교무주임이 조선인 학생

---

238) 『자유문학』, 1958. 2, pp. 137~38.

들이 술 먹었다는 이유로 지팡이로 몇 학생을 패는 것을 보다 못한 송명이 술병으로 스즈끼의 양미간을 후려갈기는 사건이 벌어졌다. 살인미수 죄로 끌려간 송명은 조선인 한형사의 주도로 여러 차례 고문을 받는다. 한형사는 후데이센징은 단종해야 한다고 전기고문을 가하였다. 송명은 공소도 없이 감옥에서 3년을 보내야 했다. 그로부터 30년 후 우편배달부 근속표창식에 국장이 되어 등장한 한필선 형사의 얼굴을 확인한 순간 송명은 "삼십년 걸어서 너를 찾았구나. 나의『때문』은 여기 있었다"[239]라고 복수심을 불러일으킨다. 바로 그날 밤 송명은 식도를 품고 한필선이 묵고 있는 여관을 찾아가 옛일을 회상시킨다. 한필선이 50만 환을 주겠다고 하자 송명은 한필선을 칼로 찔러 죽이고는 그 시체를 들어 2층에서 던져버린다. 해방 직후나 휴전 직후에 여러 편 나왔을 법한 복수소설은 실제로는 별로 없다. 「폭소」는 복수소설의 한 모델이 될 만하다.

최태응의 「사람이고저」(『자유문학』, 1958. 10)는 월남한 소설가가 어렸을 때 "사람이 제일 무섭다"는 옛사람들의 말을 환기시키면서 부패와 사기와 불신이 판치는 동시대의 현상을 낱낱이 지적하고 꼬집는 데 힘쓴 총체적인 비판소설이다. 소련군과 북한 공산집단에 대한 직접 비판에서 시작하여 남한의 이승만 정부의 독재정치에 대한 비판으로 끝을 내었다. 소련군 통역, 미군 통역, 부역자, 기피자, 이기주의자, 다방 레지들, 레지를 괴롭히는 존재들, 일부 출판사, 일부 정치가 들을 여러 차례 장문을 구사하여 비판하였다. 그런 가운데서도 작중 소설가는 자기비판도 꾀하였다. 그리고 끝부분에 가서는 국가보안법 위반 사건, 공산당 프락치 사건 등 여러 명의 국회의원들이 한 그물에 걸려 우왕좌왕하던 일 등을 거론함으로써 정치소설적 성격도 확보하게 된다.[240] 부분적으로라도 당대의 정치

---

239) 위의 책, p. 143.

240) 1948년 11월 20일에 국가보안법이 국회를 통과했고, 1949년 5월 20일에 남로당 국회 프락치 사건으로 김약수, 이문원, 노일환, 황윤호 의원이 체포되었다. (강만길, 김남식 외 10인,『한국사 26, 연표(2)』, 한길사, 1994, pp. 370~76)

상황을 그려내거나 비판한 정치소설을 찾기 힘든 것이 현실이다.

손창섭의 「孤獨한 英雄」(『현대문학』, 1958. 1)은 불의의 힘에 맞서는 교사를 내세웠다. 재산가이며 정치적 실력가인 전기태의 아들 전부권이 흙투성이 신발을 신고 복도를 다닌 것을 보고 교사 차인구가 나무라며 청소하라고 했으나 부권이 완강하게 반항하다 따귀 몇 대를 맞고 사건이 커져 교장이 야단치고 장학관이 왔으며 신문은 폭행 사건으로 보도한다. 윤국장과 동석한 인구의 형은 인구가 전기택에게 사과하지 않겠다고 하자 너와 나는 형제가 아니라고 폭언한다. 인구는 외로움을 느끼면서도 뜻을 굽히지 않은 채 순순히 경찰에 끌려간다.

추천작인 정종화의 「歸路에서」(『현대문학』, 1958. 1)는 미국인 관리의 한국관(韓國觀)을 문제 삼았다. 대학에서 동양학을 공부하고 미국무성에 들어가 한국으로 파견된 외교관 그렌은 임기가 되어 본국으로 돌아가게 된다. 그는 댄서 출신 미스 정과 사귀었다가 임신을 시키고 다시 돌아오겠다고 약속한다. 그러던 중 덕수궁 박물관에서 고려청자를 천연색으로 찍으려는데 기구가 없자 그렌은 박물관 사진 책임자와 가벼운 설전을 벌인다. 사진 책임자가 흑백으로 찍는 것이 원작의 분위기를 살린다고 변명 섞어 말하자 그렌은 백의민족론을 건드린다. 박물관 사진 책임자가 "청색과 우아. 백색과 결백, 고귀, 엄숙, 저의들은 백의민족(白衣民族)의 후예입니다. 당신네들은 상상도 못할 오랜 전통이 가장 고상한 백색에 이어져 있읍니다. 말하자면 순결이지요"라고 하자 그렌은 "순결이나 고상함은 무질서와 통하는 것인가요?"[241]라고 날카롭게 쏘아붙인다. 사실을 말하는 것뿐이라고 한 그렌은 해방 후 10년간의 한국 역사를 자기합리화나 연민을 제거한 채 냉정하게 바라보는 렌즈로 기능하고 있는 셈이다.

손창섭의 「侵入者」(『사상계』, 1958. 3)는 "續稚夢"이라는 부제를 달고 있

---

241) 『현대문학』, 1958. 1, p. 159.

다. 신문배달부 상균과 기수, 구두닦이 하는 태갑이 애인이자 여왕처럼 떠받들어왔던 다방 레지 을미를 7년간 군대 생활한 상사 출신의 박치롱이 제것으로 만들어 임신시킨다. 박치롱은 불법으로 미군 물자를 빼내는 일에 필요한 자본을 댄다는 이유로 을미와 세 소년이 벌어오는 돈을 갈취한다. 태갑이 애써 모은 4만 환을 빼앗으며 나중에 2백만 환을 벌어오겠다고 큰소리치더니 여러 명의 한국인과 미군과 함께 사기죄로 체포되어 2년 언도를 받고는 세 소년에게 아기 엄마가 된 을미를 부탁한다. 세 소년은 을미 누나는 더 이상 자기네의 애인도 아니고 여왕도 아니지만 돌보아주기로 뜻을 모은다. 순진한 소년들의 세계에 제대군인이 침입자로 들어왔다가 결국은 사기죄로 처벌받는다.

오상원의 「似而非」(『현대』, 1958. 4)는 상이군인이 되어 돌아와 현실 적응을 하지 못하는 아들에게 아버지가 새로운 길을 마련해주는 경우를 제시하였다. 5년 동안 전쟁에 나갔다가 육군병원을 거쳐 돌아온 동수는 서울 길을 돌아다니는 전차를 보고 탱크로 오인하는 이상증세를 보인다. 전쟁에는 행위밖에는 없다고 하면서 전쟁에서 적군을 죽인 이야기를 하는 아들의 말에 질색하는 아버지는 "우선 연애를 해야지. 그러면 자연 질투가 생기는 법이야. 질투가 생기면 경쟁심이 생기거든. 그래서 하나하나 다시 사회생활을 배워야지"[242]와 같은 충고한다. 동수는 아버지가 상무취체역으로 있는 회사에 끌려 나가 아버지의 회사 생활이 허식과 가장 속에서 이루어지고 있음을 파악하게 된다. 동수는 바걸이 적극적으로 접근해오면서 질투심을 유발해도 무심할 뿐이다. 오상원은 상이군인은 부적응자라는 공식을 『백지의 기록』에 이어 다시 한 번 강조하였다.

이병구의 「戰爭」(『자유문학』, 1958. 4)은 영국군을 가해자로 한국인을 피해자로 설정하였다. 영국군 정찰대원인 미케 상사와 죤스 상사는 희천

---

242) 『현대』, 1958. 4, p. 321.

을 지나 묘향산을 넘어 북진한다. 영국군과 미군이 압록강 물을 먼저 마시기 위해 경쟁하는 분위기인지라 이들도 마음에 여유가 없다. 희천 가는 길을 안내해준 여인을 마케 상사가 쏘아 죽이고 죤스 상사는 비판한다. 마케가 이 지역은 적진이기 때문에 저 여자가 밀고할 가능성이 크다고 하면서 영국군이 살기 위해서는 저 여자를 죽일 수밖에 없었다고 변명하자 죤스는 수천의 생명보다 이 하나의 주검이 더 가슴 아프다고 응수한다. 식사를 제공하고 묘향산 넘는 길을 친절하게 안내해준 오십대의 남자를 마케가 쏘아 죽이려고 조준하는 것을 말리다 죤스는 목에 총알을 맞는다. 마케는 용서를 빌긴 하였으나 임무 수행을 핑계 대면서 산길을 허겁지겁 내려간다. 마케는 "전쟁은 늘 애매하고 불운하게 사람을 죽인다. 내게도 그날이 온다. 그날을 향해서 나는 이렇게 달린다. 알면서 속는게 전쟁이다. 승리란 매력이 있기 때문이다"[243]와 같이 전쟁의 비인간적 측면을 부각시킨다. 이병구는 「解胎以前」(『자유문학』, 1958. 12)에서 태평양전쟁 때 남양에 출정하여 원주민 처녀를 강간하여 임신시켜 출산하는데 탯줄을 자르지 못한다는 이야기를 들려주어 전쟁은 사람을 미치게 한다는 관념을 확인시켜주었다. 1년 후에 이병구는 「마음의 地點」(『자유문학』, 1959. 4)에서 옛날 머슴이었던 갑동이가 국군장교로 포로가 된 '나'를 살려준 후 자신이 잡혔을 때는 '나'의 남쪽 귀순 종용을 듣지 않은 채 북도 남도 거부하고 자살한다는 이야기를 들려준다. 갑동이의 삶은 패배로만 평가해야 하는가.

박경리의 「暗黑時代」(『현대문학』, 1958. 6~7)는 「불신시대」가 종교 비판과 의사 비판을 꾀했던 것과 달리 의사 비판 쪽으로 몰아갔다. 여주인공 순영은 문학을 공부하고 있는 여자로, 전쟁 때 남편을 잃고 일체의 가산도 날려버린 채 열 살 난 딸과 여덟 살 난 아들과 친정어머니를 부양한다.

---

243) 『자유문학』, 1958. 4, p. 144.

극도에 도달한 가난과 굶주림, 그리고 자기를 잃지 않으려는 몸부림, 이러한 극단과 극단의 사이에서 순영이는 모든 것에 대한 자신의 항거정신을 보았다. 그러나 인간 본연의 낭만을 버리지 못하는 곳에서 순영이는 문학에다 자신을 의뢰(依賴)한 것이다.[244]

순영의 입장과 자세는 작가 박경리의 비판정신과 정의감을 대변하면서 당시의 박경리의 여러 작품에서 재현되었던 것으로, 중심사건은 순영을 피해자로 몰아가면서 순영의 내면에 엄청난 트라우마를 심어주는 결과를 빚어낸다. 순영 아버지와 사촌 간인 아저씨를 따라 아들 명수가 산에 놀러 갔다가 미끄러져 머리를 다쳐서 S부속병원으로 간다. 그리고 실습생인지 조수인지 모르는 젊은이의 불친절과 사무적인 태도에 부딪친다. 아저씨가 피를 사러 간 사이에 수술은 시작된다. 아저씨는 혈액은행과 백인제 병원에 혈액을 사러 갔으나 맞는 혈액이 없어 여기저기 헤매고 다닌 끝에 겨우 피를 구해가지고 온다. 순영이 집에 가서 입원비를 마련해 갖고 온 사이에 명수는 죽고 만다. 순영이는 아저씨를 원망하기도 하고 병원 측을 향해 "더러운 개같은 놈들아! 수술을 하는데 술 처먹고 주정은 웬일고, 천금같은 내자식 송아지처럼 칼질해 놓고 세상에 사이다 처먹고 할짓 다하고 수술인가 놀음인가 이따위 병원을 그냥 둔다말가 사람죽이는 병원, 불을 질러 없애버리지 아이구!"[245]라고 있는 대로 욕을 퍼붓는다. 명수를 화장하는 사이에 아저씨는 사라져버린다. 사돈뻘 되는 청년과 순영이 대화를 나누는 과정에서 S병원 의사들이 엑스레이도 찍지 않고, 가족의 동의를 구하는 절차를 밟지도 않고 수술했음을 알게 된다.

박연희의 「幻滅」(『사상계』, 1958. 7)은 1948년에 검거되어 1950년에 출

244) 『현대문학』, 1958. 6, p. 174.
245) 『현대문학』, 1958. 7, p. 138.

옥해 보도연맹에 가입한 좌익운동가가 일개 브로커와 강도로 전락해버린 과정을 보여주었다. 출옥한 사위를 취직시켜주기 위해 교제비를 많이 썼으나 돈만 뜯기고 만 장모는 왜 "빨갱이짓"을 해서 취직도 못하게 되었느냐고 원망한다. 준은 우연히 알게 된 시계상 최주식을 찾아가 외제 시계를 싸게 넘긴다고 거짓말한 후 최주식이 마련해온 계약금 50만 환을 빼앗아 달아난다. 그리고 한때 동지였던 권의 누나가 운영하는 여관으로 숨어들어 하룻밤을 지낸다.

준이 권을 처음 알게 된것은 해방전 학도병으로 끌려 나갔다 탈출하여, 연안(延安)에서 망명 생활을 할 때 였었다. 조국에 돌아 와서도 같은 직장인 H일보사 기자 노릇을 하였다. 一九四八년도 검거 선풍에 권도 준과 함께 휩쓸려 들어 갔었다. 똑 같이 일년 육개월 형기를 마치고 나온 것은 一九五O년 오월이었다. 물론 B연맹에 가입하였다. 전향(轉向)이었다.

「스타린 주의야…… 맑시즘은 아닐세…… 그렇게 관료적이어서야……」

「육이오」 사변이 일어난지 한달만에 권은 준에게 소근거려 말하였다.

준도 권이 이탈(離脫)하려는 심경에 사로잡혀 있다는 것을 비로소 알았다.

「사람을 개보다 더 쉽게 죽이니, 철학이고, 사회고 있나? 소아병(小兒病)이야.」

「나도 그렇게 느끼네.」

어둠 속에서 굳은 악수를 하고 헤어졌었다.[246]

사람을 쉽게 죽이는 공산당을 향해 회의를 품고 있던 준과 권은 그 후 부산 형무소에서 재회한다. 권은 1·4후퇴 때 감옥에 들어와 준과 가깝게 지내면서 알 듯 말 듯한 철학 이야기를 나누곤 하다가 병사하고 만다. 준

---

246) 『사상계』, 1958. 7, p. 336.

이 좌우를 살피며 조심스럽게 여관을 나서는 것으로 소설은 끝난다. 환멸의 대상이 북한 공산당인지 공산주의자의 전략인지 모호하다.

오상원의 「位置」(『신태양』, 1958. 7)에서도 오상원 소설의 특징의 하나인 특정 모티프나 어구의 반복이 보이고 있다. 인쇄공인 '나'는 쿠데타군이 아지트로 삼았던 지역의 주민이라는 이유 하나만으로 쿠데타 소탕군에게 잡혀 모진 고문을 받고, 그들이 바라는 진술이 나오지 않자 불에 타 죽게 된다. 조사받는 과정에서의 '나'는 "나로서는 억울하기 짝이 없었다. 그러나 이미 나는 그자들의 의사 속에서만 나일 수 있는 것이다. 나는 아무 것도 아닌, 그야말로 아무 것도 아닌 일개 시민으로서의 나마저 행세할 수 없는 내가 되어버린 것이다"[247]와 같이 자아분열을 겪는다. 실제로 "나는 일개 소시민이다"라는 주장이나 "나는 타인의 의사 속에서만 있었다"는 주장은 약간 변용된 것까지 합치면 최소 다섯 번 이상 반복되고 있다.

곽학송의 「黃色女」(『자유문학』, 1958. 8)는 제목이 암시하고 있는 것처럼 어머니 예찬 소설이다. 어머니는 충청도 중농의 막내딸로 자라 고녀를 마치자마자 이웃 마을의 일본 유학생 출신과 결혼하였으나 아버지는 주색에 빠져 어머니를 돌보지 않는다. 어머니는 임신한 몸으로 일본 유학을 떠나 아들을 낳고, 여성의 자유와 해방을 실현하기 위해 사회학과를 선택하였으나 그만두고, 다시 인형제작가로 전신하여 성공의 길을 걷는다. 아버지가 5년 만에 찾아왔으나 어머니는 받아들이지 않는다. 망명지에서 만난 여인이 붙어 있었고 동지들과 정적들 사이에서 호색한으로 소문나 있던 아버지는 그 후 여러 차례 어머니와의 결합을 시도하였으나 실패하고 만다. 일제 때 임시정부계 거물이었으나 해방 후 임정계가 몰락하면서 시골 중학교 교장으로 안착하고 망명지에서 동거했던 여인과도 헤어져

---

247) 『신태양』, 1958. 7, p. 311.

10년 이상을 혼자 살아온 아버지를 아들이 연결시키려 하나 어머니는 완강하게 거부한다. 어머니는 사생활에서의 불행을 잊어버리려는 듯 일에 몰두하여 세계적인 인형제작가로서의 명성을 떨친다. 그녀가 만든 "을지문덕" "낙랑공주" "명장 이순신" "신라의 무명공주" 등은 외국 원수나 외국 전쟁 영웅이나 세계적인 대문호에게 전달된다. 세계적인 명성을 얻었지만 어머니는 술 한잔도 모르고 착하기만 한 얼굴 노란 한국 여성(黃色女)임에 틀림없다. 마침내 어머니는 아버지와 만나지 않고 오래전부터 예정되어 있었던 파리행 비행기를 탄다.

이봉구의 「死者의 書」(『사상계』, 1958. 11)는 죽은 자를 화자로 하여 자신의 삶을 돌아보는 형식을 취하였다. 화자는 끼니를 제대로 잇지 못하면서도 서양 음악과 영화에 미쳐 명동의 다방과 술집을 전전하였다. 툭하면 외국에 가야겠다고 한 화가 친구와 여러 차례 술 마시고 집에 와서 물을 찾다가 죽은 것이다. 화자는 집안 식구의 끼니 하나도 해결하지 못하면서 문학, 샹송, 영화에 빠졌고 술에 취해 살았었다. 릴케와 니체의 죽음론을 인용하면서 이상과 장콕토 등을 언급하고 다미아의 「글루미 선데이」와 차이콥스키의 「이태리 회상곡」을 즐겨 들었었다.

박영준의 중편소설 「女人三代」(『사상계』, 1958. 11)는 일본 유학을 갔다오고 일본인과 결혼했다가 헤어진 조선 여성을 제1대로 삼았다. 춘자는 일제 때 일본 유학 갔을 당시 알게 된 이도오의 알선으로 이도오 친척집에 하숙하였는데 조선인이라는 차별도 받지 않았고 또 학교 졸업 후 이도오의 주선으로 여학교 교원으로 취직하게 되었다. 둘은 서로 사랑하게 되고 결혼하여 딸 둘을 낳았으나 끝내 헤어지고 만다. 춘자는 귀국하여 회사원 명덕과 재혼하여 10년을 살았다. 춘자의 결혼 강행에 친정아버지가 세상을 떠나자 어머니는 상처한 남편 친구와 일본으로 가려다가 되돌아온 후 사위집에 얹혀산다. 할머니는 이 비밀을 둘째 손녀 애경에게 털어놓는다. 애경은 장관의 아들이며 고등고시 합격자인 남자를 사랑한다고 고백한다. 춘자의 큰딸인 24세의 음악도인 애주가 유학 준비 과정에서 큰 도움을 준 미군 하사관 제임스와 집안 식구들의 반대에도 불구하고 사랑에 빠지는 것이 중심사건이 된다. 춘자가 부모의 반대를 무릅쓰고 일본 남자와 결혼했듯이 말이다. 19세의 둘째 딸 애경이 뜻하지 않게 실연을 비관하여 자살하는 것으로, 24세의 애주가 제임스와 함께 미국행 비행기를 타는 것으로 끝맺음함으로써 이 소설은 춘자 어머니, 춘자, 춘자의 딸로 이어지는 3대의 사랑 실패담을 들려주게 된다.

전광용의 「海圖抄」(『사조』, 1958. 11)는 독도와 울릉도를 배경으로 한 한국 어민의 어처구니 없는 죽음을 계기로 여러 문제를 살펴보는 자리를 마련하였다. 국내 신문기자인 '나'는 대한민국 정부 수립에 관한 중요한 자료의 보도를 비서관 말대로 유보했다가 UP주재원에게 빼앗긴 쓰라린 체험을 한 바 있다. 1948년 6월 상순 백주에 독도 근처에서 조업 중인 어민이 비행기로부터 무차별 폭격을 받아 중상을 당한 사건을 취재하기 위해 울릉도에 갔으나 경찰서장으로부터 자세한 전말을 듣지 못한다.[248] 대신 경찰서장은 언제부터인가 미군이 독도를 무인도라고 해서 폭격 연습지로 사용한다는 소문을 들었다고 하면서 우리나라 섬을 외국 비행기가 폭격 연습지로 사용한다는 것에 비분강개한다. '나'는 두 명의 생존자 중 눈과 머리에 온통 붕대를 감았으나 아직 의식이 남아 있는 젊은 기관사 준구와 만난다. 이 섬에서 태어나서 징용 갔다가 와 기관사로 일하게 된 준구는 6월 어느 날 독도 근처에서 조업하고 있을 때 동남쪽에서 온 비행기 두 대가 기총소사를 퍼부어 배가 가라앉아, 헤엄쳐 바위 섬으로 나와 동굴로 들어가 숨을 돌리려는 순간 폭풍이 덮쳐 기절했다고 한다. 겨우 전말을 들려준 준구는 피를 한 사발이나 토한다. 준구의 머리맡에 뒹굴고

---

248) 1948년 6월 8일에 미군기가 독도 부근에서 오폭하여 우리 어선 23척이 침몰하고 16명이 사망한 사건이 발생했다. (강만길, 김남식 외 10인 엮음, 『한국사 26, 연표(2)』, 한길사, 1994, p. 362)

있는 해도를 본 '나'는 여섯 시간을 배를 타고 독도로 가 참사 현장을 돌아보나 흔적을 찾기 어려웠다. 울릉도로 돌아오자 의사는 준구가 "비행기. 아. 저기 비행기가……"[249]와 같이 외치고 죽었다는 소식을 전해준다. 준구와 울릉도 경찰서장과 신문기자인 '나'는 민족주의라는 공감대를 이루고 있다. '나'는 제 나라의 중요한 일을 외국 기자에게 먼저 알리는 정부의 태도를 명나라에게 조공을 바친 습관이나 일제 때의 친일 행위와 비슷하다는 식으로 비판한다.

안수길의 「이런 春香」(『자유문학』, 1958. 11)은 여자의 기다림이라는 『춘향전』의 중심 모티프를 활용하였다. 흑인 대상의 양공주들의 포주 노릇을 하는 계모 밑에서 심부름하던 진주는 이십대가 되어 미국인 페터슨이 임신시키고 미국으로 가버린 후 소식이 끊어지자 우연히 알게 된 미국 청년에게 페터슨의 주소를 알아봐달라고 부탁한다. 그 미국인 청년도 갑자기 일본으로 가버리자 진주는 춘향이가 이몽룡 기다리듯 페터슨을 하염없이 기다릴 뿐이다.

손창섭의 「人間時勢」(『현대문학』, 1958. 11)는 일본 패전 후 만신창이가 된 일본 여인을 그렸다. 여주인공 아리마 야스꼬(有馬康子)는 하얼빈에서 2백여 리 떨어진 이멘퍼에서 무선기술자로 군속인 남편과 두 아이와 살던 중 일본의 패전을 맞게 된다. 남편이 소집되어 간 후 아들을 실은 군용 트럭을 놓친 후 '진'이란 원주민에게 붙잡혀 능욕당하는 것을 시작으로 일꾼이었던 '장'에게도 당하고, 창녀촌에 팔리고, 탈출하다 잡혀 소련군에게 능욕당하고, 국부군에게 넘겨져 보호를 받게 된다. 중국인 마부에게 빼앗겼던 딸을 찾기는 찾았으나 이미 죽은 다음이었다. 호송하던 국부군 두 명 중 한 명이 수수밭으로 끌고 들어가려 하자 다른 병사가 말리는 것을

---

249) 『사조』, 1958. 11, p. 284.
    전광용 창작집 『黑山島』(을유문화사, 1959, p. 127)에서는 "비행기. 아, 저기 양키 비행기가……"와 같이 "양키"가 추가되어 있다.

보고 야스꼬는 허공을 향해 깔깔 웃는다. 이때의 웃음은 자포자기의 음표이다.

선우휘의 「勝敗」(『신태양』, 1958. 12)에서, '내'(훈)가 죽어가는 '그'(서구)를 찾아간다는 앞부분은 소설 맨 끝에 가서 내가 그를 임종하는 것으로 이어진다. '나'는 도움을 주고받았던 친구 서구에게 누구도 이기지 못했고 누구도 옳을 수가 없다고 한다. 이북의 현실에 실망하여 월남한 '나'는 이남의 상황에 대해서도 비관하게 된다. "극히 사무적인 미군정의 시책, 합법성을 가지고 마음대로 뛰노는 좌익, 무위(無爲)에 가까운 점잖은 우익, 무성격한 중간측"[250]과 같이 좌익의 준동에 무기력하게 대응하는 것을 보고 실망한다는 것은 작가 선우휘 나름의 시각이요 판단이다. '나'는 다시 월북하여 고향으로 간다. 내가 작성한 자아비판서를 읽고 만족해하는 서구의 배려로 교화소를 잠깐 다녀온 후 부친의 농사일을 돕다가 서구의 권유로 중학교 교원이 된다. 노동당, 민청, 교원동맹에도 가입하지 않고 가르치는 일에만 열중하였으나 일부 학생에게 감시당한다. 몇 달 후 5정보 이상을 소유한 지주를 숙청하는 일이 벌어진다. 서구는 학교에 나타나 지주에게 동정적이고 미온적인 교장과 교사들을 비판한다. 사흘 후 5정보가 못 되는 자작농인 아버지가 새벽 3시에 보안서원과 당원에게 끌려가자 '나'는 그 직후 단신으로 월남행에 오른다. 해주를 거쳐 청단에 도착하여 남북한을 왔다 갔다 한 점 때문에 경찰관의 조사를 받는다. 몇 달 후 여수 인근의 중학교 교사를 할 때 여순 사건이 나자 어느 학부형이 "군대가 난리를 일으키고 우익이나 이북사람이면 전부터 잡아죽이고 있읍니다"[251]고 하며 섬으로 피신시켜준다. 반란이 진압된 후 섬을 나와 서울로 올라온다. '나'는 의욕을 가지고 행동하고 살자는 뜻에서 육군에 입대하여 전쟁을 맞는다. 그 무렵 서구는 퇴로를 차단당한 인민군을 따라 지리

---

250) 『신태양』, 1958. 12, p. 309.
251) 위의 책, p. 313.

산으로 들어가 있었다. '나'는 해방 전 소학교 3학년 때 서구와 함께 일본인 선생을 괴롭혔던 일과 해방 직후 그가 중국 연안에 있던 독립동맹의 일원으로 귀국하여 내가 교회 일에 열심인 것을 비판하면서 메이데이에 대해 40분간이나 열변을 토했던 일을 떠올린다. 기차를 타고 송정리에서 내려 버스를 타고 남원으로 가 다시 40리 길을 걸어 서구를 찾아간다. 수용소를 나와 몇 년째 이 산골에서 살고 있는 그는 내가 중매를 선 빨치산 출신의 여자와 결혼하여 아들을 본 후 4년 동안 연락을 끊었다. '나'는 서울에 전속된 1년 후 제대하고 출판사에 취직하였다. 송정리로 가는 기차 안에서 6·25 때 좌익으로 부역했던 자나 우익청년단에 들어 한때 날렸던 자를 비웃는 대화를 들으면서 나나 서구나 승패가 없고 있다면 죄밖에 없다고 생각하게 된다. 나는 서구를 만나 나도 지고 자네도 졌어라고 말하기도 하고 누구나 지는 거야라고 말함으로써 그를 위로해준다. 그는 의식이 없는 채로 무반응이다가 기어이 눈을 감는다. '나'는 그와 화합했다고 생각하지는 않지만 '그'를 포용하려고 애를 썼다는 것은 자인하게 된다. 작가 선우휘는 우익의 좌익 포용이라는 모티프로 결말을 장식하였다.

선우휘의 「사나이」(『현대문학』, 1958. 1)도 서북청년단원의 후일담에 해당한다. 소작인인 춘표는 토지개혁을 남의 것 털어먹는 짓이라고 반대하였고 땅을 빼앗긴 지주를 동정하였다. 땅을 받지 않은 춘표는 노예근성이 빠지지 않은 반동분자 앞잡이라고 비판하는 당원에게 대들다 보안서에 붙들려가 있다가 나온 후 홀어머니를 모시고 월남하였다. 춘표는 서북청년단에 가입하여 좌익신문 『인민보』를 습격하는 일에 가담하였다. 김구 주석과 악수한 것을 잊지 못하는 춘표는 용산 기관구 파업장에서 파업노동자들과 싸우다가 집단구타를 당한 적도 있고 5·10 선거 1년 전에 민청원을 습격한 적도 있었다. 그 후 청년단원을 데리고 꼬치장사를 했으나 하루 만에 걸어치운다. 김구 주석이 암살당했을 때는 통곡을 하며 암살범을 내 손으로 죽이겠다고 울부짖었다. 휴전 후에는 특수부대에 입대하여

상이군인이 된 조직원을 도와주기 위해 애를 쓰기도 한다. 제대한 춘표는 충청도 어느 산골에서 농사를 지으며 네 살 난 아이를 데리고 살고 있다.

(3) 역사 허무주의 넘어서기(「잉여인간」, 「오리와 계급장」, 「역성서설」)

김이석의 「風俗」(『자유문학』, 1958. 1)도 내용에 비해 제목이 큰 실례가 되고 있다. 미군부대에 있다가 출판사 교정 사원이 된 순안 출신의 진화는 하숙집 옆방에 있는 쥬리가 동해안 쪽으로 전출간 미군 애인을 따라가자 여러 통의 편지를 주고받는다. 진화는 월급 탄 날 쥬리를 명동 바에서 만나 택시비만 남기고 월급을 다 쓴다. 쥬리와 미군이 새로운 풍속을 이루고 있다.

전광용의 「地層」(『사상계』, 1958. 6)은 에아, 동발, 사갱, 천반, 지주, 도리 등과 같은 탄광 용어를 적극 구사하여 리얼리티를 높이고 있다. 일제 말엽에 낙반 사고로 죽은 아버지의 뒤를 이어 탄광에 발을 들여놓아 해방과 6·25를 넘긴 칠봉이는, 서호진에서 철수선을 타고 딸 영희만 데리고 거제도와 여수를 거쳐 이곳 삼척까지 온 권노인에게 사위가 되겠다고 한다. 영희는 칠봉이가 사람은 좋으나 탄광촌에서의 삶은 개돼지만도 못하다는 이유에서 칠봉이의 구애를 거절한다. 영희는 현장 감독 강주사의 집요한 물질공세에 넘어가고 만다. 칠봉이가 탄광 폭파 사고에 죽은 권노인의 다리 조각을 붙들고 있을 때 이미 영희는 탄광촌을 떠나버린 뒤였다.

최태응의 「縊首」(『사상계』, 1958. 8)의 제목 "액수"는 남편이 목을 매고 죽은 것을 말한다. 미군부대 쓰레기장에서 일하는 안양 색시는 폐병을 앓는 남편이 바나나를 먹으면 나을 것 같다고 하여 바나나를 구하려 한다. 같은 집에 사는 엄노인이 이를 알아채고 먼저 부대에 접근하여 바나나를 들고 달아나다 초병이 쏜 총에 맞아 죽고 만다. 안양 색시가 쓰레기장 주인에게 몸을 바쳐 구한 바나나를 갖고 왔을 때 남편은 이미 목을 매고 자살하였다. 엄노인의 깊은 속, 안양 색시의 희생, 남편의 자살 등이 연결되면서 극적 효과를 배가시켰다.

손창섭의 「雜草의 意志」(『신태양』, 1958. 8)는 손창섭의 초기 소설에서는 볼 수 없었던 "의지"를 제목에 넣었다. 정혜가 목판장사를 하기 전에 남편은 유선생의 동생을 괴뢰군에게 넘겨 처형당하게 하고 서울 수복 때 정혜와 마지막으로 성관계를 한 후 시계를 끌러주고 북으로 가버린다. 양담배를 연결시켜주면서 유선생은 정혜와 애인 사이가 되었고 더러 성관계도 한다. 유선생이 가난하고 퇴폐적인 생활을 하는 것을 볼 때마다 정혜는 남편을 대신하여 죄의식을 느낀다. 정혜가 외롭지 않느냐고 물으면 유선생은 고독 속에 피했다는 니체의 말을 인용하고는 자기의 전신을 숨길 수 있는 무성한 고독의 숲을 발견하지 못했다고 하면서 창녀촌으로 가곤 한다. 유선생은 창녀촌에 가는 것을 숨기지 않은 점에서 "잡초"의 행태를 보인 것이다. 정혜와 동행한 골목에서 그는 창녀에게 끌려가며 정혜에게 3천 환을 빌리고 키스하는 기행을 보이기도 한다. 정혜는 유선생의 애를 임신하게 된다. 유선생이 김해에서 고아원을 하는 친구를 찾아갈 테니 노자 좀 빌려달라고 하자 정혜는 거침없이 장사 밑천에서 만 원을 뽑아준다. 그 후 반년이나 무소식이었던 유선생이 초라한 모습으로 불쑥 나타난다. 정혜가 자기가 업고 있는 유선생과의 소생을 새 남편의 소생인 것처럼 속이는 것과 남편이 월북하면서 주고 간 시계를 유선생에게 준 것은 유선생을 사랑은 하지만 부담은 주지 않겠다는 의지의 발현으로 볼 수 있다. 손창섭은 인간에게서 본능이나 무의식보다는 의지를 주목하는 식으로 변하고 있다.

손창섭의 「剩餘人間」(『사상계』, 1958. 9)은 제목과는 달리 잉여인간보다는 모범적인 인간을 주인공으로 삼고 있다. 서만기 치과의원에는 서만기 원장의 친구로 비분강개파인 채익준과 무기력한 인간인 천봉우가 거의 날마다 출근하다시피 한다. 채익준은 환자들이 오기 전에 청소를 한 후 신문을 정독한다. 어느 제약회사에서 포장만 밀수입해다가 인체에 유해

한 약을 넣고는 고급 외제품인 것처럼 속여 판 것이 적발되었다는 기사를 보고 이런 놈들은 이완용 같은 역적이며 살인강도 이상의 악질범이라고 비분강개한다. 빼빼 마른 천봉우는 종일 조용히 앉아 있거나 낮잠 자는 것이 일이다. 사변 때 적치 3개월을 서울에 숨어 지내면서 공습에 대한 공포감 때문에 깊이 자본 적이 없다고 한다. 게다가 전란 통에 부모형제를 다 잃고 난 후 인간 만사에 흥미를 잃게 되었다는 이유를 제시한다. 재산가의 딸이긴 하나 행실이 좋지 않은 아내와 서로 남 보듯 하는 봉우는 엉뚱하게도 간호원 홍인숙을 사랑하게 된다. 손창섭 소설에서 천봉우와 채익준은 낯익은 존재이며 오히려 서만기 원장은 새로운 존재다. 서만기는 외유내강의 전형으로, 자기의 능력과 노력으로 차근차근 정도를 걷겠다는 태도를 내보인다. 음악에서부터 스포츠에 이르기까지 교양도 풍부하고 귀공자풍의 외양에 말씨도 정확하며 품위가 넘친다. 서만기 치과의원이 들어 있는 건물과 병원 내의 가구 일습이 사실상 봉우 처의 소유나 다름없는 데서 서만기의 시련이 시작된다. 봉우 처는 서만기를 유혹하기 위해 아예 건물을 팔고 현대식 병원을 차려줄 계획을 제시한다. 봉우 처가 육탄공세도 해보나 서만기는 흔들리지 않는다. 인천에서 생선을 받아다가 서울에서 파는 일을 해온 어머니가 죽을 것 같다고 하면서 익준의 11세짜리 아들이 아버지를 찾아다닌다. 익준은 병원에 와서 단 한 번도 돈 이야기를 해본 적이 없다. 열 식구의 생활비, 동생들의 학비, 처가에의 송금 등으로 만기도 여유가 없는 것을 잘 알고 있기 때문이다. 익준은 정의감과 결벽증이 유별나 직장에 들어갔다가 금방 나온 점에서 부적응자일 뿐이지 악인은 아니다. 그는 부정부패가 만연하는 사회를 보면서 반사회적 형사법은 모조리 총살시켜야 한다는 극단적인 주장을 한다.

띠띠티를 살포해서 이나 벼룩을 박멸하듯이 국내의 해충적 존재에 대해서는 강력한 말살 정책을 써야 한다는 것이다. 이를테면 소매치기나 날치기에서부터 간상 모리배도 총살, 협잡사기한도 총살, 뇌물을 먹고 부정을 묵인해주는 관리도 총살, 밀수범도 총살, 군용 물자를 훔쳐다 팔아먹는 자도 총살, 국고금을 횡령해 먹는 공무원도 총살, 아무튼 이런 식으로 부정 불법을 자각하면서도 사리 사욕에 눈이 멀어서 국가사회에 해독을 끼치는 행위를 자행하는 대부분의 형사범은 모조리 총살해버려야 한다는 것이다.[252]

채익준은 손창섭을 김성한, 유주현, 최태응 등과 같은 비판적인 작가들 옆에 나란히 서게 만든다. 부패한 사회를 향해 비록 구두로나마 적극 공세를 취한 점에서 또 현실성은 전혀 없지만 대책을 제시한 점에서 채익준은 작가 손창섭의 변화의 산물에 해당한다. 익준이 한국은 도둑의 나라라는 어느 외국 기자의 말을 옳다고 하자 만기는 어느 나라나 도둑은 있는 만큼 피상적 관찰이 아니냐고 반문한다. 대학교 1학년을 마치고 독립하여 어느 관청 사무원으로 있는 처제 은주는 형부를 존경하다 못해 사랑하게 되나 표시하지는 못한다. 서만기의 냉담에 화가 난 봉우 처는 병원 시설을 팔아치울 예정임을 통지한다. 병원 시설 매매 계약이 성립되었으니 일주일 이내에 병원을 비워달라는 봉우 처의 통지를 받을 무렵 서만기는 익준의 아들로부터 엄마가 세상을 떠났다는 이야기를 듣고 장례 절차를 밟는다. 익준은 죽어가는 아내에게 주사값이라도 벌어주기 위해 2, 3일 전부터 인천 방면의 어느 공사장을 다녔던 것이다. 간호원 인숙은 그동안 받은 월급을 모은 50만 환과 오빠에게 빌린 30만 환을 더해 80만 환을 서만기에게 내놓으며 봉우 처로부터 독립하여 개업하라고 한다. 서만기는 봉우 처에게 장례 비용으로 5만 환을 빌린다. 장례를 치른 바로 그날 익준이 공사장에서 머리에 상처를 입은 채 아이들의 새 신발을 사들고 집으로

252)『사상계』, 1958. 9. p. 361.

돌아오는 극적 장면이 벌어진다. 장모는 익준을 향해 "어이구, 차라리 쓸모없는 저 따위나 잡아가지 않구 염라대왕두 망발이시지!"[253]라고 중얼거린다. 이처럼 익준만이 잉여인간으로 낙인찍혀 있지만 작가는 1950년대 우리 사회에 잉여인간 콤플렉스가 있었음을 암시한다. 「잡초의 의지」의 정혜, 「잉여인간」의 서만기 원장과 간호원 인숙은 타인에게 조력자로 역할하기 위해 애쓰는 존재들이다. 이런 조력자는 이미 「假父女」(『자유문학』, 1958. 1)에 나타난 바 있다. 반관반민업체 접수계원인 강노인은 재산은 있으나 처자가 없어 서무과 급사 아이에게 학비도 대주고 가방도 사주고 음식도 사주면서 딸처럼 대해준다. 급사의 어머니가 자기 딸과 강노인의 사이를 의심하자 강노인은 집문서와 금붙이를 주고 다시는 나타나지 않겠다고 약속하고는 어디론가 가버린다.

한흑구의 「歸鄕記」(『현대문학』, 1958. 9)는 가족을 위해 희생하는 양갈보의 경우를 제시하였다. 부산에서 공장 여공으로 일하고 있는 것으로 속인 란이는 사실은 양갈보 노릇을 해서 번 돈을 고향에 와 내놓으며 아버지에게는 논을 사라고 한다. 지주 아들 상호가 란이의 결혼 거부에 격분한 나머지 란이가 양갈보임을 폭로한다. 란이는 편지를 써놓고 고향을 떠나가버린다.

선우휘의 「오리와 階級章」(『지성』, 1958. 9)은 사령부에 근무하는 성대령이 서북청년단원으로 활동했던 고향 선배 김춘봉과 한집에 살며 농사도 짓고 오리도 키우는 성대령의 은사를 방문하는 것으로 시작한다. 춘봉은 공산당 본부를 습격한 후 월남하여 서북청년단원으로 활동한 바 있다. 해방이 되자 월남하여 기자, 부두 노동자, 중학교 교사, 육군 입대 대위로 참전, 대령 진급 등의 이력을 거친 점에서 성대령은 작가 선우휘라고 해도 무방하다. 성대령은 서북청년단원들의 하는 일이 너무 무시무시하여

253) 위의 책, p. 376.

서북청년단에 가입하지 않았으나 여순 반란 사건 때 일부 동료 교사들의 이중적 태도가 불쾌하여 군에 입대하였다고 밝힌다. 선생으로 앉아서 욕을 보거나 죽느니 분명한 태도를 취하는 게 낫겠다 싶어 군입대를 결심했다. 서북청년단원 출신 춘봉과 공산당원 출신 김선생이 어떻게 해서 한집에 살게 되었는가 하는 궁금증을 이해심으로 유도하는 것이 이 소설의 창작 목표라고 할 수 있다. 김선생은 전쟁 후 무려 53차례나 기관에 끌려가 고생한 것이 지긋지긋하여 자살하려다 임신한 아내의 모습을 보고 살아야겠다고 마음먹고 농민이 되었다. 세 사람은 밤새 술을 마시고 노래한다. 술만 먹으면 서북청년단원의 노래를 했던 춘봉은 「푸른 하늘 은하수」를 부르고 성대령은 1학년 때 김선생에게서 배운 동요을 부르다가 막판에는 「아리랑」을 부른다. 성대령은 「아리랑」같이 서글픈 노래밖에 없느냐고 한탄한다. 다음 날 성대령은 오리를 키우는 데 필요한 땅을 빌려주지 않으려고 하는 젊은 땅주인을 잘 타일러 타협을 보게 된다. 김선생과 춘봉이 새로 빌린 땅에 집어넣은 오리들을 보며 성대령은 이 두 사람의 새로운 삶의 정착을 위해 대령이라는 계급장이 필요했는지도 모른다고 생각한다. 왕년의 서북청년단원과 공산당원은 오리처럼 작아져 있으며 오리처럼 평화를 갈망하고 있다. 오영수도 「메아리」(『현대문학』, 1959. 4)에서 지리산 골짜기 마을에서 목수 노인과 빨치산 출신의 윤생원이 한집에 사는 상황을 설정하였다. 「오리와 계급장」을 발표하기에 앞서 선우휘는 「메리·크리스마스」(『신태양』, 1958. 5)에서 크리스마스 때 김중령이 미군 장교 클럽에 가 입대 전 대학에서 역사를 가르쳤던 칼 대위와 아놀드 토인비, 헤밍웨이, 존 스타인벡, 윌리엄 포크너, 노만 메일러 등을 거론하며 대화를 나누는 것을 중심 장면으로 제시하였다.

김이석의 「閑日」(『신태양』, 1958. 5)은 지식인소설이다. 북에 아내를 두고 1·4후퇴 때 월남하여 서대문 아파트에 자취하면서 S대학 불문과 강사, 불문학 번역가 등의 일을 하는 김성진은 카뮈의 소설을 번역하고 25만 환짜리 수표를 받는다. 김성진은 카뮈의 소설이 잘 팔리는 현상을 보고 납득하지 못한다. 그러다 그가 단골 술집에 가 영계를 찾으니 평소에 이성으로서 호감을 가졌던 출판사 여직원 미스 박이 들어오는 것이 아닌가. 미스 박은 김성진과 저녁때 재미있게 놀고 다음 날에는 출판사 사원 자격으로 교정지를 들고 김성진을 찾아온다. 미스 박보다 김성진이 더욱 놀랄 수밖에 없다. 김광식은 「비정의 향연」(『자유문학』, 1958. 2)에서 학병 출신 한진호가 육군 중위로 제대하여 취직한 출판사가 망하자 남대문시장에 나가 옷장사를 하게 되었다는 사연을 들려주면서 1957년도의 남대문시장의 형성 과정과 모습을 구체적으로 제시했다.

안수길의 「遊戱」(『자유공론』, 1958. 12)는 제목 그대로 주인공의 자살 동기를 유희적으로 처리하였다. 작가 지망생이 자살하면서 작성한 유서에는, 자살 이유로 흔히 생활난, 실연, 치정관계, 신변 비관, 사업 실패, 독서의 영향 등이 제시되어 있으나 자신의 자살 이유는 그 어느 것도 아니라고 밝혀놓았다. 누님이 애를 낳는 그 시간에 자기는 세코날을 먹고 죽을 뿐 다른 이유는 없다고 하였다. 특히 염세 철학의 영향을 받았다는 대목에서는 쇼펜하우어의 염세 철학이라든가 뫼르소와 스타브로킨 같은 소설 주인공 등을 언급한다.

장용학의 「易姓序說」(『사상계』, 1958. 3~6)은 "비인탄생 제2부"라는 부제를 달고 있다. 「비인탄생」(『사상계』, 1956. 10~1957. 1)의 주인공 지호는 삼수로 바뀌고, 녹두 노인은 녹두 대사로 바뀌어 산사에서 스승과 제자의 관계로 만난다. 녹두 대사는 불교 강론보다는 자유, 존재, 의식 등을 주제로 한 철학 강의를 한다. 녹두 대사는 바야흐로 민주주의 시대가 도래했다고 하면서 자신이 작성할 「역성서설」이라는 논문의 서론을 밝힌다. 녹두 대사는 발달이니 진화의 개념을 역설하면서 이제 인간은 신과 동격이 되었다고 한다. 그리고 합리의 막을 찢으면서 천동 시대가 오고 있다고 하고는 사라진다. 이제는 삼수 자신이 이성, 부재, 자아 등을 키워

드로 하여 관념적으로 철학하기에 들어간다. 삼수는 걸어서 3일 만에 자아가 유배 온 산성 앞에 서게 된다. 신의 본질은 필요조건을 수반하지 않은 충분조건이라는 파악에 도달하기도 한다. 겨우내 삼수는 정과 망치를 놓고 화강암에 거인을 새기는 일을 한다. 대사가 돌아와 삼수의 작업을 감시한다. 작업을 완료하는 뜻에서 대사의 말대로 망치를 힘껏 내리치니 천동 시대가 오는 소리가 들렸고 삼수는 기절했다가 일어나 산사로 돌아와 녹두 대사가 염불하는 것을 본다. 삼수는 꿈인지 생시인지 하는 상태에서 연희를 만나 녹두 대사가 자기를 용왕에게 시집보내려 한다는 하소연을 듣고 대사를 죽이려 할 때, 대사가 로봇임을 확인하게 된다. 석유가 엎질러지는 바람에 불이 나 절을 뒤덮어버릴 때 삼수가 만든 거인이 고물을 때려눕힌다. 삼수는 까무라쳐 국경을 넘어서 저수지 밑으로 떨어진다. 삼수는 수문으로 쏟아져 나가는 물소리를 들으며 존재론적 사유를 꾀한다. "人間性에 人間이 있는 것이 아니라 人間에 人間이 있다. 人間이란 길을 좇는 것이 아니라 내 길을 내가 만들어 내어 걷는 것! 人間性이란 내 발자취. 맞지 않게 되어 내버린 낡은 옷. 내버려야 할 낡은 옷이었다"[254]와 같은 새로운 존재론의 단편을 들려주는가 하면 "人間은 一回. 現在만이 人間이다! 증명되어야 할 것이 아니라 人間은 存在하는 것이다. 合理化될 것이 아니라 사는 것이다!"[255]와 같이 인간은 존재하는 것이라는 명제를 강조한다. 그리고 다음과 같이 새로운 시대가 왔다고 주장한다.

因果律이라는 怪物은 죽었다! 「一」이 「多」를 죽이던 「合理的」인 주먹구구의 野蠻時代는 끝났다. 生을 못박던(磔刑) 메카니즘의 十字架는 타서 재가 되었다! 人間이 그 證據이다! 人間은 假說이 아니라 人間의 證人인 것이다! 그 後의 人間의 虛無 荒廢 그 悲劇은 證人의 낮잠 그 錯覺 欺瞞 自己欺瞞에서 온

254) 『사상계』, 1958. 6, p. 382.
255) 위의 책, p. 382.

것이다!"[256]

작가가 삼수라는 인물을 통해 존재론적 사고를 전개하던 것을 인간은 신을 위해 사는 것도 아니고 세계를 위해 사는 것도 아니고 오로지 인간의 위신을 위해 사는 것이라고 하면서 인간에 관한 모든 것을 파기하고 그 밑바닥에서부터 일어나라고 마무리하고 있는 데서 이 소설의 주제가 드러나게 된다. 이 소설의 다음과 같은 끝 대목은 장용학이 1950년대의 한국인들에게 던져준 최상의 복음이었다.

> 保留하고 妥協하고 依支할 아무 理由도 없어졌을 때 비로소 人間은 人間이니 그 人間에다 너의 姓과 名을 지어가지고 일어서라!
> 무덤의 재를 몸에서 털고 일어나서 그 姓과 名을 가지고저 푸른 하늘 아래를 다시 한번 살아 볼 것이다!
> 世界는 끝났다!
> 자랑스럽게, 誠實하게 그리고 강인하게 人間을 살 것이다!
> 侮蔑의 時代는 끝났다! [257]

동시대인들에게 희망을 주려고 한 의도가 실존주의 철학에 덜 의지하고 보다 독자적인 존재론에 실렸더라면 하는 아쉬움이 있다. 장용학은 인간을 신이나 특정 관념과는 독립된 존재라고 주장하면서도 작중인물을 존재론적 사유를 개진하기 위한 도구로 취한 듯한 한계를 드러내고 있다.

정연희의 「마스크」(『사조』, 1958.11)는 광인소설이다. 훌륭한 학자라는 소리를 듣고 싶어 하는 장헌 교수는 연구실 문을 나서서 잔디밭에 쓰러져 간질 발작을 일으킨다. 그가 깨어나서 의사에게 간질에서 신의 의지

---

256) 위의 책, p. 383.
257) 위의 책, p. 384.

에 깃들인 악의를 보았다고 주장하는 것이나 약혼자 경숙과 헤어진 후 매춘가인 종삼으로 가는 것은 광태에 속한다. 연구실에 들어와보니 경숙이 아기를 낳고 결별을 알리는 편지를 써놓고 가버렸다. 그는 간질병이 유전이라고 생각하고는 아기를 죽이고 경찰서에 가 자수한다.

(4) 박경리의 『표류도』와 지식사회의 풍경화

박경리의 『漂流島』(『현대문학』, 1959. 2~11)는 중심사건의 면에서는 애정소설이요, 배경의 면에서는 전후 서울을 무대로 한 소설이요, 주요인물의 면에서는 지식인소설이요 플롯 면에서는 시련과 전락의 소설이요 서술방법의 면에서는 1인칭 주인공 시점 소설이다.

제1회(1959. 2)는 마돈나 다방의 분위기를 그리는 데 치중하였다. 친구로부터 빚을 내어 학사 출신인 강현회가 운영하는 마돈나 다방은 장소가 가깝고 차 맛이 좋고 종업원들의 친절함 때문에 오전 오후를 가리지 않고 지식인들이 단골로 찾아오곤 한다. 단골손님 중에는 신문사 논설위원 이상현, 출판사 사장 김환규, 시인 민우, 경제학 전공의 대학강사이긴 하나 브로커나 다름없는 최영철 등이 있다. 마담 강현회가 이상현과 김환규를 반가워하고 최영철을 경멸하는 것은 나중에 가서 복선으로 작용한다.

제2회(1959. 3)는 강현회와 이상현이 음식점과 다방과 극장 등을 전전하며 데이트하는 것으로 시작된다. 길에서 우연히 만난 동창생 윤계영과 현회의 집안 관계가 밝혀지고 현회의 남편 찬수가 공산주의자 H에게 살해당하는 사연이 소개된다. 현회는 S대 의대생인 찬수가 회장인 고학생회의 회원으로 있었다. 그녀는 원래 고학을 해야 할 형편에 있었고 찬수는 삼팔선이 생기면서 더 이상 학자금을 받지 못하게 되었다. 고학생이라는 공통점으로 쉽게 애인이 된 두 사람은 당시 대학생들의 좌우익 투쟁 대열에 휩쓸릴 여유를 갖지 못했다. 강현회는 행상이라든가 식모살이도 했고 찬수는 놋그릇장수라는 별명까지 얻었을 정도로 열심히 아르바이트를 했다. 특히 찬수는 좌우 양 진영에서 미움을 받았고 이용 대상이 되기도 했다. 찬수에게 사상 전환을 기대했던 코뮤니스트 H는 "흥분할 필요는 없는 거야. 목이 쉬도록 소리를 질러 보았댔자 허사니까. 누구의 참견도 받지 말게. 누구를 참견할 생각도 갖지 말게"라는 찬수의 충고를 듣자 "자넨 예수쟁이, 그 광신자들로보다 더 완고하고 무식하군그래"[258]라고 독설을 뱉는다. H가 감옥에 들어간 후 6·25가 발생했을 때 이미 동거 생활에 들어가 찬수는 연구실에 남고 강현회는 취직을 준비하고 있었다. 전쟁이 나자 H는 영웅적 존재가 되어 돌아와 활동했으나 찬수는 괴뢰군에게 협조하지 않은 채 속으로 공산주의자들을 비난하고 있었다. H의 보이지 않는 배려에 힘입어 계속 연구실에 나갈 수 있었던 찬수가 기어이 9·28 직전에 H의 총에 맞아 죽는 장면을 우연히 현회가 목격하게 된다. H는 강현회의 동거남 찬수를 좌익으로 회유하려 했다가 서울 수복 이전에 예비검속 차원에서 쏘아 죽여 이 소설의 원인적 사건의 주역이 된다. H 대신에 구체적인 한국식 이름이 부여되었어야 했다.

제3회(1959. 4)에서는 이미 제1회에서 부정적 인물로 그려진 최영철이 다방으로 학생들을 끌고 와 지식 자랑을 하는 모습이 포착된다. 채권자이며 사업가의 아내인 동창생 순재는 현회가 진 빚을 계영이에게 넘길 심산을 드러낸다. 현회가 상이군인의 아내인 상주댁이 다방 앞에서 담배장사를 하도록 허락해주는 것은 나중에 복선으로 작용한다.

제4회(1959. 5)에 오면 현회가 맺고 있는 여러 인간관계가 동시에 펼쳐진다. 현회는 지식인답게 동시대 사회의 관찰자가 되기도 한다. 다방 레지 광희는 시인인 민우를 열렬히 사랑하여 정조를 바친다. 채권자는 순재에서 S대 영문과 출신이며 장군의 부인인 계영이에게로 넘어간다. 이상현 부인도 나온 동창 모임에서 윤계영은 다방 마담이라는 이유로 현회에

---

258) 『현대문학』, 1959. 3, p. 152.

게 모욕을 주고 이상현과 현회의 사이를 의심하는 말을 한다. 최영철은
강현회에게 합승 안에서 이성적 관심을 표시했다가 거절당한다. 이따금
강현회는 다방 안에서 온갖 사람들이 드러내는 협잡, 사기, 위선 등을 보
며 환멸을 느낀다. 최강사와 밀담을 나누는 출판사 사장 김환규를 보면서
상현의 정의감이나 사회관이 얼마나 확고한 것인지 의심한 적도 있었다.
폭넓은 김환규와 높이를 지향하는 이상현을 비교하면서 심정적으로는 이
상현 쪽으로 기울기는 했지만, 이런 비교 행위는 지식인 특유의 지적 판
단력이 없으면 쉽지가 않다.

　김선생은 인간이 가질 수 있는 선성(善性)과 악성(惡性)을 다 가진 사람인데
그에게는 넓은 폭과 세찬 힘이 있다. 거기에 비하면 상현씨는 선성만을 추
궁하다가 약화(弱化)된 것같은 감을 준다. 아무리 날카로운 말을 뿜어도 그
는 의연히 귀공자의 풍모를 벗어나지 못하고 아무리 현실을 뚫어보는 눈이
예리해도 그의 얼굴에는 밝은 빛이 없어지지 않는다. 나는 그러한 상현씨
가 좋다.[259]

강현회는 출판사 사장 김환규와 신문사 논설위원 이상현을 신뢰하는
반면 대학강사인 최영철은 냉소적으로 봄으로써 지식인의 첫번째 존재
이유를 덕목으로 본 것이 된다.

제5회(1959. 6)에서 강현회는 최영철, 어머니, 이상현 등에게 보다 적
극적으로 대응하는 모습을 보인다. 우연히 같이 타고 가던 전차에서 내려
최영철이 얘기나 좀 하자고 하는 것을 거절하자 최는 별것 아닌 것이 그런
다고 욕을 한다. 강현회는 어머니와 현기가 싸우는 것을 보다가 스트레스
를 받고 협심증으로 쓰러진다. 협심증은 피란지 부산에서 생활고에 시달

---

259) 『현대문학』, 1959. 5, p. 154.

릴 때 얻은 것이다. 며칠 후에 현회와 상현은 뚝섬에 놀러 갔다가 첫키스를 한다. 두 남녀는 국도극장 앞에서 상현 부인과 계영에게 들키고 만다.

제6회(1959. 7)는 김환규가 현회의 과거 남편이었던 찬수와 현재 애인인 상현에 대해 논하는 것을 중심 장면으로 설정하였다. 뚝섬에 낚시질하러 갔다가 두 남녀의 밀애 장면을 우연히 목격했던 김환규는 강현회와 점심 식사를 하면서 상현이는 일제 시대에 학생 저항운동의 동지였으며 학병을 피해 도망을 같이 다녔던 친구였다고 밝힌다. 찬수는 자아가 강해서 탈이었다고 하고 상현이는 논객이기보다는 학자가 되어야 할 사람이라고 하면서 열정만 있을 뿐 기교가 없다고 지적한다. 정치는 낭만이나 휴머니즘만으로 하는 것이 아니라는 조언도 곁들인다. 상현과 현회의 결합이 어렵다고 함으로써 김환규는 현회의 삶에 보다 깊게 개입할 수 있게 된다. 동시에 작품 내에서의 비중도 한껏 커지게 된다.

상현이는 과거 항일운동에 앞장 선 일도 있고 현재도 붓을 휘두르며 민중을 이해할려고 노력하고 있죠. 그러한 열정과 현회씨에 대한 애정, 그것은 다만 꿈의 표현일 뿐입니다. 결코 자기를 완전히 벗어던질 수는 없을거예요. 어떤 뜻으론 현회씨하고는 극단과 극단이 결합이 될 것입니다. 뭐 그렇다고 해서 저하고 결혼해 달라는 얘기는 아닙니다.[260]

이자를 주러 갔던 자리에서 현회는 계영에게 남의 가정을 파괴하지 말라는 충고를 듣는다. 광희가 그토록 사랑했던 시인 민우는 미국으로 떠나갔다. 현회는 가출했던 이복동생 현기를 길에서 잡는다. 현회는 상현의 요청으로 상현이 학병을 피해 숨어 있었던 Y마을로 1박 2일의 여행을 떠나 성관계를 맺는다.

---

260) 『현대문학』, 1959. 7. p. 152.

제7회 (1959. 8)는 광희의 사연을 소개하는 데 중점을 두긴 했지만 상현의 구혼을 현회가 거절하는 것이 작품의 전환점이 되고 있다. 광희가 민우의 아이를 임신한 것을 현회가 도와 중절수술을 한다. 광희의 세 오빠들은 남북 대립 상황을 만들기도 하고 피해를 보기도 한 존재로 그려지고 있다. 큰오빠와 셋째 오빠는 당원이었고 둘째 오빠는 공산당이 싫다고 전쟁 전에 단신 월남하였다. 전쟁이 나자 셋째 오빠는 인민군에 입대하였고 둘째 올케는 광희를 데리고 배편으로 월남하여 부산 자유시장에서 양키 물건 장사를 한다. 그때 둘째 오빠는 밀무역으로 돈을 벌어 지금은 일본에서 일본 여자와 산다고 했다. 휴전이 되어 환도하여 새언니는 동대문시장에 자리를 얻어 아동복 제품을 만들고 광희는 중학교에 다녔으나 언니가 소령과 결혼하는 바람에 집을 나와 다방에 취직하게 된다. K신문에 쓴 상현의 사설의 논지가 과격하다 하여 말썽이 나고 김사장이 발간한 책은 불온한 구절이 있다는 이유로 판매 중지된다. 최강사는 여자들과 계를 하고 고리대금도 한다. 상현은 현회에게 다방 마담을 그만두라고 하면서 다방을 팔라고 한다. 기어이 광희는 다방을 그만둔다.

제8회(1959. 9)에 오면 현회는 영철을 더욱 미워하게 된다. 다방 앞에서 담배를 팔던 상주댁 부부는 남대문시장에 장사터를 마련한다. 김사장은 현회에게 번역 일을 본격적으로 해보라고 권한다. 최강사는 미국인을 데리고 와 브로커 일을 한다. 현회는 해방 직후 이 땅의 지식인들이 미군들을 떠받들며 여자를 소개해주고 적산가옥을 챙기는 짓들을 한 것을 떠올리며 최영철을 더욱 경멸하게 된다. 이러한 경멸은 얼마 후 엄청난 비극으로 연결된다. 상현이 미국으로 출장 간 사이에 현회는 상현의 부인을 만나 상현과 자기는 결혼할 일이 없을 것이라고 단언한다. 이윽고 다방이 팔린다.

제9회(1959. 10)는 현회가 다방을 판 돈으로 계영에게 빚을 갚아주고 독설을 뱉고 오는 것으로 열린다. 남편인 임철 장군이 군대 부정 사건에 연루된 계영은 현회에게 이상현과의 관계가 순탄하지 못할 것이라고 한다. 계영에게 모욕당하고 와 분을 삭이고 있던 현회는 다방에 돌아와 최영철이 미국인 정보원 스미스에게 영어로 저 여자는 내 것이라고 하면서 창녀 취급하는 말을 알아듣는 순간 빈 청동 꽃병을 최영철의 뒤통수를 향해 던진다. 최영철은 그 자리에서 즉사하고 현회는 체포되어 감옥에 간다. 현회는 감옥에서 광희를 만난다. 광희는 종삼에서 몸을 팔던 중 손님의 시계와 지갑을 훔친 혐의로 감옥에 들어온 것이다. 강현회는 이상현에게 더 이상 면회 오지 말라고 한다. 광희는 광증을 일으켜 병감으로 옮긴다.

제10회(1959. 11)는 강현회가 석방된 후 겪는 변화상을 그려내는 것으로 마무리되었다. 제목 "표류도"는 이러한 변화 과정에서 그 의미를 갖게 된다. 모욕감이 살인 동기라는 말에 검사는 다방 마담으로 있는 여성이라면 그런 모욕쯤은 받아줄 수 있는 것이 아니냐고 한다. 판사 앞에서는 살의가 없었다고 뒤집어 말한다. 검사는 징역 5년 형을 구형했다. 변호사는 피고가 전쟁의 피해자다, 피고의 남편은 공산군에 피살되었다, 그들이 결혼하지 못하고 동거한 것은 경제적인 이유에서이지 퇴폐적인 행위가 아니었다, 피고인은 가족 부양의 의무를 성실히 수행했다 등과 같은 사실을 열거했다. 변호의 내용은 강현회의 전쟁 전후의 삶의 의미를 새롭게 해석해주는 기능을 한다. 또한 최영철에 대해선 대학강사이기는 하지만 여성 관계가 복잡하고 지능적인 사기꾼이었다는 점을 강조하면서 그날의 살인 행위는 극도로 흥분한 나머지 순간적으로 정신착란을 일으켜 행해진 것이라고 했다. 결국 1년 6개월 징역이 언도되었다. 한편 광희는 발광을 하여 청량리 뇌병원으로 옮겨간다. 현회는 감옥에서 뜨개질하다가 나중에는 저고리를 만드는 일을 한다. 현회와 한방에 아이를 옆에 두고 있는 여죄수가 두 명이 있었는데 남파 간첩으로 사형당한 남편 때문에 간첩죄로 복역 중인 죄수와 임신시킨 남자를 죽인 죄수였다. 이 중 간첩죄는 1950

년대 한국 사회의 특수성을 반영하는 것으로, 현회의 눈을 통해 장기수의 존재가 특화되기도 한다. 현회는 김선생의 편지에도 상현의 편지에도 답을 보내지 않는다. 현회는 자신이 감옥 안에서 정신적으로 성장하는 것을 느낀다. "오만과, 묵살과 하찮은 지혜에 쌓인 한 거풀의 옷을 벗어던지고"[261] 난 후 만 1년 만에 가석방된다. 상현이 집에 데려다준다. 집에 가서는 아들 훈아가 교통사고로 죽었다는 소식을 듣는다. 그 충격으로 현회는 석 달 동안 자리에서 일어나지 못한다. 그 후 상현과 댄스홀, 술집, 영화관 등지를 전전한다. 남산에 올라가 한바탕 울기도 했다. 김사장은 강현회에게 "사람은 살아 있는 동안에도 각각 떨어져서 떠내려 가는 외로운 섬(島)들입니다"[262]라고 하면서 이상현과 결혼하라고 한다. 김환규가 개인을 단순한 '섬'이 아니고 '표류도'라고 한 것은 개인은 약하고, 흔들리기 쉽고, 뿌리 뽑히기 쉬운 존재임을 강조하고자 한 것이다. 그래서 타인에게 의지하고 싶은 마음을 부추기고자 하였다.

「인연을 무서워 하는 것은 비겁한 짓입니다. 사람은 모두 하나 하나의 표류도(漂流島)입니다. 복수는 단수의 두겹니다. 두개가 단수로 될 순 없어요. 그러니까 언제인가는 반드시 이별 할 수 밖에 없지요. 두개를 하나로 만들라는 곳에 비극이 있고 인간들의 어리석은 고민이 있읍니다. 죽은 아이도 하나였기에 혼자 가지 않았읍니까? 인연은 대단한게 아니에요. 무서워 할 까닭이 없어요.」[263]

현회는 남대문에서 장사하고 있는 상주댁의 도움으로 가게터를 잡아 종일 미싱을 밟으며 저고리 제품을 만든다. 김환규 사장은 시장 안에 있

---

261) 『현대문학』, 1959. 11, p. 141.
262) 위의 책, p. 144.
263) 위의 책, p. 144.

는 도매 책방에 들를 때마다 현회를 찾아온다. 어느덧 현회는 김사장은 떠내려가는 자신의 섬에 가장 가까운 거리에서 떠내려가는 섬이라고 생각하게 된다. 과로로 빈혈을 일으켜 병원에 일주일 입원했다가 나온 현회는 김사장에게 청혼한다. 현회가 상현씨를 사랑했지만 잊고 싶다고 하자 김환규는 현회와 세 남자의 관계에 대해 다음과 같이 풀이한다.

「현회씨는 옛날에 양말장수를 하고 밤을 새워 번역을 하고 그러면서도 희망과 자부심을 가지고 대학동 거리를 거닐던 그 시절로 돌아가셔야 합니다. 반발을 잊지 마세요. 슬픔이 크면 클수록 외로움이 크면 클수록 반발이 커야 할 것입니다. 찬수는 그 반발력이 없어서 죽었읍니다. 그는 어쨌든 패배자였읍니다. 현회씨가 나하고 결혼을 하겠다는 것도 또 내가 현회씨를 원하고 있다는 것도 우리들에게 공통점이 있는 때문입니다. 애정보다 마음이 맞다는 것, 생각이 같다는 것, 헤치고 나갈 세계가 같다는 것, 그런 점이 둘을 결합시켜 줄 것입니다. 상현이는 감정의 대상이요, 찬수는 지성의 대상이요, 환규는 의지의 대상입니다. 의지는 마지막의 인간의 가능성입니다. 우리는 의지의 세계를 위하여 노력해야 할 것입니다. 애정이나 일이나 죽음까지도 극복해야 할 것입니다.」[264]

이어 환규는 현회의 청혼을 받아들이겠다는 뜻으로 "우리는 사는 것을 생각해야 합니다. 주변의 죽음보다 자기자신의 일이 더 절실한 문제입니다. 일은 산다는 뜻이요, 사람은 움직이는 섬입니다. 지금도 우리는 떠내려가고 있습니다"[265]라고 한다. 환규의 이 말은 전쟁미망인 강현회에게 한 것이 아니라 전쟁에 지친 동시대인 모두에게 하는 말이다.[266] 환규가

---

264) 위의 책, p. 153.
265) 위의 책, p. 153.
266) 정희모, 『1950년대 한국문학과 서사성』, 깊은샘, 1998, p. 292.
    "『표류도』는 '생활의 궁핍' '세상과 화해하지 못하는 자의 고독과 절망' '부정적 현실에

의지를 강조한 것은 손창섭 소설 「잡초의 의지」, 「잉여인간」, 「포말의 의지」(『현대문학』, 1959. 11) 등과 흐름을 같이한다. 박경리도 손창섭처럼 현실 극복의지의 길에 나서고자 하였다.

강현회와 광희는 이 소설을 여성소설로 몰아가고 있지만 각각 여성 지식인과 매춘부의 길을 걷는 식으로 분명히 차별화된다. 강현회에게 이성적 관심을 갖는 이상현과 김환규와 최영철 등은 강현회와 함께 지식인소설을 빚어내고 있다. 그러나 이상현은 비판정신이 강한 이상주의적인 저널리스트로, 김환규는 현실과 이상의 조화를 생각하는 계몽주의적인 출판사 사장으로, 최영철은 속물적인 현실주의자로 차별화된다. 이 소설이 실존주의 영향을 많이 받은 것도 지식인소설의 분위기를 고조시킨다. 상호텍스트성이 강한 것은 이 소설과 이전의 단편소설들의 경계선을 마련해준다. 현회는 상현과 교제하기 시작하면서 갖는 고민을 『阿Q正傳』의 주인공 아Q에 비유하였고(1회), 다방 안에서는 무명 평론가들이 실존철학을 논하고 가톨릭으로 귀의한 마르세르와 프랑수아 모리아크 등을 들먹거리며 문학 토론을 하며(1회), 최강사는 다방 안에서 공리주의 철학(2회)이라든가 아담 스미스라든가 벤덤 등에 대해 강의한다(3회). 현회는 상현과 톨스토이의 『부활』을 원작으로 한 영화를 감상하였으며(4회), 상현과 외박한 것 때문에 어머니와 싸우면서 문득 카뮈의 『이방인』의 뫼르소를 떠올리고(7회), 집에서 오웬의 공상적 사회주의론을 읽는다(7회). 김사장은 자기 출판사에서 낸 버트란드 러셀의 『사회재건의 원리』와 『영국외교사』를 현회에게 읽으라고 하면서 번역 일을 하라고 권하고(8회), 강현회

대항한 자기결벽증과 존엄성' '상상과 꿈의 세계로서 사랑의 갈구'와 같은 박경리 소설의 초기 경향을 종합하고 있으며 이에 따라 초기의 문제의식을 한눈에 볼 수 있는 이점이 있다. 박경리는 『표류도』 이후 자신의 문학적 경향을 바꾸어 간다. 단편에서 장편 중심으로, 개인의 내면적 세계에서 타자와의 화해의 공간으로, 개인의 한에서부터 집단, 민족, 역사의 한의 세계로 점차 소설적 영역을 확대시켰고 그런 결과가 『김약국의 딸들』 『파시』 『시장과 전장』 『토지』로서 나타났다."

는 감옥에 있을 때 도스토옙스키의 『죽음의 집』을 탐독했던 일을 떠올린다(10회). 현회가 출옥 후 시장에서 아동복을 만드는 일을 하다가 쓰러져 입원해 있을 때, 말년에 자선병원에서 창백한 손을 태양에 비쳐봤다는 보들레르의 일화를 소개한다(10회).

(5) 항일과 반공의 기억의 유입(『낙서족』 『깃발 없는 기수』)

"670매 전재"라고 표시되어 있는 손창섭의 『落書族』(『사상계』, 1959. 3)은 제목 없는 13장으로 구성된 제1부와 12장으로 구성된 제2부로 나누어진다. 1938년 2월 평양이 고향인 박도현은 은행 협박 소동으로 감시가 심해지자 도쿄로 밀항하나 일본 형사에게 잡혀 부친과 숙부의 소재를 추궁당하며 고문을 당한다(1장). J중학교 4학년에 편입한 도현은 하숙집에서 사리원이 고향이며 미술학도인 22세의 한상혁을 만난다. 한상혁에게는 거의 매일 카페 여급이 찾아온다(2장). 음악도인 누이동생 한상희가 어머니의 분부를 받고 상혁의 생활비를 통제한다(3장). 부친이 독립운동가이며 숙부가 연안에서 공산당 활동을 하는 것 때문에 도현과 어머니는 경찰의 감시를 받는다. 도현과 어머니는 덕기를 중개자로 하여 연락한다(4장). 원래 도현은 평양 서성리 바닥에서 박치기의 명수로 소문나 있다. 일본 순사의 감시가 표면화된다(5장). 도현은 상희에게 아버지와 숙부에 대한 이야기를 털어놓는다. 사리원에서 포목점을 운영하는 상희 어머니는 자녀들에게 3·1운동 때 학살당한 아버지의 뜻을 이으라는 교육을 시킨다. 도현은 상희에게 이승만 박사와 김구 선생을 존경한다고 말한다(6장). 도현은 다시 경찰서에 붙들려가 임덕기가 보낸 편지의 내용을 공개하라는 협박을 받으며 가죽 채찍을 맞는다. 석방되어 상희에게 치료를 받는다(7장). 도현은 알맹이 있는 행동인이 되자고 결심한다. 상희는 공부 열심히 해서 대학에 가라고 충고한다. 도현은 민족 차별이 덜한 지역으로 하숙집을 옮겨 그 집 딸 노리꼬를 알게 된다(8장). 상혁은 상희네 집으로 이주한다.

도현은 자기를 잡으러 온 일본 순사를 박치기했으나 끝내 잡혀가 고문받고 나온다(9장). 오빠를 위해 모델이 된 상희를 보고 욕정을 느낀 도현은 노리꼬를 대리물로 삼는다. 방학이 되어 상혁 남매는 귀국한다(10장). 도현은 2학기 학비를 벌기 위해 하천 공사장 인부로 일한다. 도현은 늘 감시당하고 있음을 의식한다. 경찰의 협박을 받아 도현에 관한 정보를 계속해서 제공해왔다고 고백하는 노리꼬를 도현이 구타한다. 도현은 새 하숙집 여주인도 경찰에게 포섭되었으리라 짐작하고 응징의 차원에서 강간한다(11장). 2학기가 되어 상희는 혼자 돌아온다. 상희 모친과 도현 모친이 만났다는 소식과 함께 상희 모친이 계속 학비를 댈 것이며 대학에 가 의사나 변호사가 되라는 모친의 뜻을 전한다. 노리꼬는 자기를 버리지 말라고 애걸한다(12장). 도현은 일인 학생과 싸운 조선인 학생만 퇴학시킨 교장과 교무주임을 찾아가 박치기한다. 조선인 학생들은 등교를 거부한다. 상희는 흥분하지도 말고 폭력을 쓰지도 말라고 충고한다. 20명 정도의 조선인 학생 모임에 경찰이 들이닥친다(13장).

제2부의 경개는 다음과 같이 정리할 수 있다. 도현은 20일 만에 석방되어 중학교를 중퇴하고 행준의 하숙집에서 정양한다(1장). 상희가 매일같이 와서 돌본다. 도현이가 비밀결사체를 만들어 경찰서에 방화하든가 천황을 암살하겠는 계획을 밝히자 상희는 힘을 키워야 한다고 타이른다(2장). 도현은 광욱에게도 이승만 박사와 김구 선생에 대한 이야기를 해준다. 상희를 정복했다고 자랑하는 행준에게 주전자를 내던지고 도현은 공중변소로 거처를 옮긴다(3장). 낮에는 광욱을 데리고 히비야 도서관에 가서 정치와 역사를 집중적으로 공부한다. 도현은 다시 거처를 광욱이네로 옮긴다. 행준이 추행을 시도했으나 상희가 거절했다는 진상을 알고는 마음을 놓는다(4장). 남성으로서의 순결을 상실하고 퇴학을 당해 상희의 상대가 될 수 없다고 판단한 도현은 투쟁심을 실천에 옮기는 것만이 상희의 공감을 살 수 있는 길이라고 생각한다. 노리꼬가 임신 3개월임을 알게 된 노리

꼬의 의붓아버지가 폭행하려 하자 도현은 머리로 받아버린다(5장). 도현의 제자가 된 광욱이 조병호를 데리고 와 독립운동 의지를 불태우며 의기투합한다(6장). 국내에 잠입한 도현 부친이 경찰에 쫓기고 있음을 덕기의 편지가 알려준다. 노리꼬 아버지의 제보로 도현이 강간죄 혐의로 체포되자 노리꼬는 형사에게 도현을 사랑하고 있다고 증언한다(7장). 도현은 노리꼬네 집에 유숙하라는 조건 아래 석방된다. 노리꼬는 자신도 감시당하고 있다고 고백한다(8장). 도현은 노리꼬네 집을 나와 조병호 친구인 김용재와 이규섭의 자취방 마룻장 아래에 숨는다. 도현은 광욱·병호·용재·규섭에게 임시정부와 독립군과 이승만 박사와 김구 선생, 부친과 숙부 등의 활동상을 들려준다. 그들은 다이너마이트를 제작하기로 한다(9장). 도현과 그 가족에 관한 정보를 덕기도 모르게 일본 경찰에 제공해왔던 형을 독살하려다 덕기는 체포되고 만다. 이 소식을 듣고 흥분한 도현이 천황 암살에 필요한 다이너마이트 제작을 계획하자 상희는 적극적으로 반대하며 얼른 미국이나 중국으로 가라고 한다. 상희는 이틀 전에 경찰서에 끌려가 도현의 거처를 대라는 고문을 받고 나왔다(10장). 상희가 이승만식 독립운동을 권하는 데 반해 도현은 테러리즘을 꿈꾼다. 광욱이 도현의 일본 탈출을 돕고 있을 때 노리꼬의 자살 소식을 알린 신문기사를 접하게 된다. 도현의 무관심, 의붓아버지의 구박, 모친의 비탄 때문에 자살한 노리꼬의 죽음을 두고 도현은 일본에 복수한 것이라고 자기합리화한다(11장). 도현은 도쿄를 떠나기 전 상희로부터 성경을 받는다. 노리꼬의 무덤을 찾았다가 뒤를 밟은 일본 순사를 박치기하고 도망간다. 상희는 도현의 부친이 선만 국경을 넘다가 피살된 소식을 알려주지 않은 채 도현을 미국 유학길에 오르게 한다. 이 계획은 상희 모친과 도현 모친의 합의의 산물이었다(12장).[267]

267) 『낙서족』이 발표된 그다음 호 『사상계』(1959. 4)에서는 백철, 김동리 등 여러 평론가의 단평을 실었다. 백철은 "인물성격, 주제 등에 있어서 확실한 발전과 완결이 없는 미성

손창섭의 장편소설 『낙서족』은 도현이 상희라는 여인에게 품은 연정이 콤플렉스를 거쳐 승화의 과정을 밟는 것을 그려놓았다. 도현은 상희를 여성으로 생각하지 못했다. 그나마 상희를 여성으로 생각했던 것은 오빠를 위해 그림의 모델이 되었을 때였다. 평소에 도현은 상희를 "성스러운 여상(女像)"(p. 389)이나 "천사"로 인식해왔던 터였다. 나중에 도현은 행준에게 "상희는 총명하고 순결하고 고상하고 엄숙한 여자"(p. 404)라고 했다. 평소의 모습대로 모델이 되어준 상희에게서 욕정을 느끼는 것조차 죄짓는 느낌이었다. 그는 상희에게 가졌을 법한 욕정을 노리꼬의 육신에 배설해버린다. 도현은 노리꼬를 범할 때마다 일본인에 대한 복수라고 힙리화한다. 일본 여인에 대한 복수심의 행사는 '본능'이라든가 '무의식'을 강조한 손창섭의 초기 소설의 방법과 맥을 같이하는 것으로, 같은 조선 여인 상희를 성녀(聖女)로 보는 것은 '의지'를 강조한 후기 소설의 연장선에 넣을 수 있다. 도현은 인가가 끊어진 밤거리에서 오줌을 누면서 오줌발로 조국, 자유, 행복, 투쟁 같은 글자를 쓰기도 한다. 이런 글자들이 몽둥이로 머리를 때리듯이 도현을 반격해온다고 할 정도로 도현은 정신적으로 급성장하였다. 『낙서족』은 도현을 중심으로 해서 볼 경우, 발전소설 Entwickelungsroman이 된다. 이런 행동을 어떻게 해석해야 하는가. 도현은 남성으로서의 순결 상실, 교육 과정 포기의 이유로 상희의 상대가 되지 못한다고 생각하면서도 상희를 다른 사람에게 주고 싶지는 않았고 멀리 보

품"(p.316)이라고 했고, 김우종은 "인간들을 모두 정신이상자로 보고 조롱하는 악취미를 다시 발휘하기 시작했다." "그는 의식적으로 인간의 위신을 짓밟고 인간의 진정한 표정을 보면 야유한다"(p. 318)라고 했고, 유종호는 "손창섭은 인생을 人獸劇 이라고 보는 작가적 시각을 가지고 여태껏 자기를 연장해 왔다. 「낙서족」은 그러한 작가적 시각에서 나온 인간 모멸의 거창한 백서다"(p. 320)라고 했다. 김우종과 유종호가 강한 어조로 부정 평가하였고 백철이 약한 어조로 부정 평가한 반면 김동리는 긍정 평가하였다. "작품의 계보로서 「曠野」의 발전이라고 볼 수 있다. 춘화가 씨의 초기작품을 지배하던 질병(불구)과 무의지와 빈궁의 산물이라면 상희는 건강과 총명의 의지와 여유(경제적으로)의 화신같이 되어 있다. 씨의 작품세계가 얼마나 변모해 왔다는 단적인 예증이 될 것이다"(p. 323)와 같이 김동리는 박도현보다는 한상희의 인물 창조 방법을 더욱 긍정적으로 평가하였다.

내고 싶지도 않았다. 상희를 계속 제 옆에 있게 하려면 미국이나 중국에 가서 공부하면서 독립운동에 기여하라는 상희의 말을 듣는 수밖에 없다.

만일 자신이 새로운 가치를 과시할 수 있는 길이 있다면 오직 한 가지뿐이다. 그것은 조국의 이름 아래 잔학한 지배 세력과 과감히 싸우는 일이다. 상희의 마지막 관심을 자기에게 길이 머물게 하는 방법은 그것뿐이라고 도현은 생각했다. 따라서 그것은 가문의 명예와 위신을 지키는 일인 동시에 마음속 깊이에서 울려 나오는 절대적인 명령이기도 했다. 이제 두고 보라고 도현은 속으로 별렀다.[268]

학교에서 조선인 학생만 처벌한 것에 반항하여 교무주임의 머리를 들이받고 등교 거부를 한 것 때문에 체포되어 20여 일 만에 석방되어 나왔을 때 도현은 비밀결사체를 만들어 테러리스트가 될 것을 생각하게 된다. 상희는 일시적인 굴욕이나 울분을 참지 못하여 행동으로 옮기는 것은 조국이나 동포에게 이익이 되지 않는다고 지적한다.

정말루 조국을 위해서 보람 있는 일을 할려면 우선 힘을 길러야 한다구 생각해요. 그 힘이란 물론, 체력과, 지력과, 조직력과 재력을 말하는거예요. 묵묵히 비밀리에 그러한 힘을 비축해 나가면서, 국내의 실정과, 일정의 동태와, 국제 정세의 추이를 예민하게 동찰하구 있어야 할거예요. 그러다가 이쪽의 힘이, 한번 겨뤄 볼만큼 자라구 따라서 모든 계획이 구체적으루 치밀하게 무르익구, 그 위에 객관적인 형세와 조건이 절호의 기회라구 생각 될 때 비로소 결사적인 행동을 감행하는거예요. 전 그래야 된다구 생각해요. 한편 이런 적극적인 투쟁 방법 말구 소극적인 수단두 있다구 봐요.

---

268) 『사상계』, 1959. 3, p. 417.

말 하자면 모친님들이 원하고 계시듯이 의사가 된다든지, 변호사가 된다든지 혹은 목사나 교사가 되어가지구 불행한 동포를 위해서 헌신하는 일이 그것일거예요. 이러한 두가지 방법중에서 도현씨가 어느쪽을 택하시든 그건 자유예요. 다만 가장 성공률이 높은 길을 택하셔야 하실게구, 따라서 목적을 이루기 위해서는 주도한 계획밑에 인내와 노력과 수양의 과정을 거치셔야 할거예요.[269]

도현은 노리꼬 집에만 있으라는 조건 아래 석방된 후 노리꼬 집을 나와 그의 추종자들과 같이 있으면서 다이너미이트를 제작하여 "더 직접적이요 표면적인 과격한 행동"[270]을 하기로 뜻을 모은다. 상희는 이런 뜻과 계획을 반대한다. 일본에서 테러를 저질러놓고 아깝게 희생되는 것보다는 중국으로 건너가 망명 중인 인물들과 합세하여 새로운 투쟁에 적극 가담하든가 좀더 원대한 포부를 안고 미국으로 건너가 조국의 장래를 논의하고 계획을 짜라는 것이다. 상희는 성공률이 높으며 미래지향적인 운동 방법을 권하고 있다. 성공하기도 어렵고 효과도 크지 않다는 이유로 상희는 테러리즘을 반대한다.

독립투쟁은 똑같이 하고 있으나 부친은 민족주의자요 숙부는 사회주의자로 등장한다. 도현은 이 두 어른을 똑같이 스승으로 모신다. 좌우를 포용하고 있다. 도현은 자기가 이승만 박사와 김구 선생을 똑같이 존경해왔음을 상희에게 또 추종자들에게 강조한 바 있다. 상희는 테러리즘 자체를 반대하고 있는 것은 아니다. 상희는 손창섭의 머리에 해당하고 도현은 손창섭의 심장이나 몸에 해당한다. 손창섭은 이 소설에서 중국으로 상징되는 무력투쟁론이나 미국으로 대변되는 실력양성론을 포용하고 있다. 실력 양성에 힘쓰다가 기회를 보아 무력 투쟁을 하라고 충고하고 있다. 『낙

---

269) 위의 책, p. 407.
270) 위의 책, p. 431.

서족』은 6개월 전 발표작 「잉여인간」으로 인해 평지돌출이라는 인상을 지울 수 있게 된다. 정직하고 희생적인 자세를 갖춘 데다 교양 있는 인간을 주인공으로 내세운 점에서 「잉여인간」은 『낙서족』을 손창섭의 자연스러운 성장과정의 산물로 보게 한다.

선우휘의 『깃발없는 旗手』(『새벽』, 1959. 12)는 해방 직후의 서울을 배경으로 하여 이십대 신문기자와 그 친구들이 서로 편차가 있는 이념과 행동과 심리를 펼쳐 보이는 것에 중점을 두면서 행동소설과 사상소설의 화합을 꾀하였다.

22세의 허윤은 미군과 같이 가는 여자를 미행한다. 허윤은 해방옥 술집으로 가 용수·형운·순익 등과 동석하여 조금 전에 길에서 양갈보를 본 느낌을 털어놓는다. 해방 직후 북한에서 로스케는 도둑질을 잘한다는 것, 만주서 쫓겨 온 일본 여자들은 머리를 박박 깎고 남장하고 다니는 것 등을 화제로 삼는다. 이들은 조선인이나 한국인이란 표현을 자주 쓰면서 자기비하하는 것을 오히려 자랑거리로 삼는다. 작가 선우휘는 이러한 자기비하를 오히려 민족주의적 태도의 일환으로 보고 있다. 용수는 미군 통역 뚜쟁이를 팬다. 해방옥을 나와 윤은 형운과 함께 장충단 창녀촌으로 간다. 창녀가 영어회화책을 들고 미군을 상대하는 것이 낫다고 하자 윤이 책으로 뒤통수를 갈긴다. 용수나 윤이나 뚜렷한 개인적 이유가 있어 반미 감정을 품고 있는 것은 아니다. 일종의 유행 심리일 수도 있고 의식 있는 척하는 태도의 산물일 수도 있다. 하숙집에 돌아온 윤은 하숙집 아들인 17세의 성호를 데리고 산보를 나가 성호가 나가는 모임에서 피 냄새가 난다고 한다. 성호 아버지는 윤에게 일제 때 강태와 지하운동 동지였음을 밝히면서 자신이 감옥에서 강제로 전향서에 도장을 찍게 되어 강태가 배반자로 생각하고 있을 것이라고 우려한다. 성호 아버지가 출감하자마자 많은 동지들이 한꺼번에 검거당하는 일이 벌어졌기 때문이다. 해방옥 술집에서 허윤은 임기자로부터 공산당 선전부장 이철은 제대를 거쳐 독일 유학을 다녀오고, 그의 애인 윤임은 전문학교 출신으로 미군 고급 관리 퍼킨스와 동거하고, 이철과 윤임은 남산 밑에 있는 호텔에서 가끔 만난다는 정보를 듣는다. 해방옥에서 윤은 용수·형운·순익과 이야기를 나눈다. 형운이 해방 후 사상가를 자처하며 나타난 여러 사기꾼들을 좌우 가림 없이 싸잡아 비난하자 허윤은 공산주의자로 지하운동하다가 전향하고 출옥하여 해방 후에 다시 공산당에 들어가려고 아들까지 동원하는 성호 아버지의 경우를 들려준다. 며칠 후 형운이 순익이가 평청 회원에게 붙들려갔음을 일러준다. 윤은 광화문에 있는 평청 사무실로 가 회장을 만나 순익을 빼내온다. 윤과 형운은 중국집에서 술 한잔하며 우리 엽전 아가씨들이 누구에게나 몸을 판다고 불만을 토로한다. 두 사람은 공격 충동을 지나 살인 충동까지 공유하고 있음을 확인한다. 윤은 돌각담 밑의 푸른 대문집을 찾아가 여자와 하룻밤 잔다. 윤은 다음 날 출근하여 국대안 반대 시위가 벌어진 서울대로 취재차 간다. 국대안을 놓고 찬반 고성이 오가고 돌멩이까지 날아드는 연단을 주시하던 중 공산당의 선동을 비판하는 학생을 때리는 곳에 순익이가 있음을 보면서 순익의 이념적 성향을 확인하게 된다. 국대안 반대론자의 배후에 이철이 있다는 소리를 듣는다. 곰이란 친구는 평청원을 따라 시골에 갔다고 하고 용수는 학병단에 가서 일하고 있다고 한다. 윤은 남산 밑의 산장호텔에 가 18호실에 있는 이철의 애인 윤임을 기습하여 자신을 신문기자라고 밝히면서 윤임의 권총을 빼앗아 가지고 나온다. 윤은 임기자와 함께 점심때 갈매기란 양식집에 갔다가 이철이 온 것을 보고 다가가 여러 가지 질문을 한 끝에 독일에서 여자와 재미 많이 봤느냐고 자극하고는 산장호텔도 가느냐고 찔러본다. 윤은 해방옥에 가서 박인이라는 청년을 소개받는다. 박인과 순익은 곧 월북할 것이라고 한다. 순익은 자신도 취한 상태에서 이미 술에 취한 미군 병사에게 술과 안주를 강요하며 거지발싸개 같은 놈이라고 욕을 한다. 만류하는 형운과 순익은 다툰다. 순익은 반공 학생을 집단 구타하는 데 끼고 미군에게 행패를 부림으로써 자신의 이념적 입지를 분명하게 드러낸다. 형운은 순익이 미군 지아이에게 한 행동을 보고는 우리가 오욕의 납덩어리를 삼킨 것 같다고 한다. 해방옥을 나와 형운은 윤을 자신의 첫사랑이었던 여인의 집으로 안내한다. 일본인 남편이 어디론가 끌려가자 첫사랑 여인은 서울로 돌아와 세 살 난 아들과 살던 중 형운과 우연히 만나게 되었다. 그다음 날 형운은 그 아이를 데리고 버스 타고 가다가 트럭과 정면충돌하는 바람에 그 애가 죽는 사건을 겪는다. 형운은 만주 신경에서 학교에 다닐 때 하숙집 딸을 사랑했다. 공산당 서클에 가입하여 위장 자수 하라는 지령을 받고 학병에 나갔다가 해방을 맞았다. 형운이 여자에게 보낸 편지는 동지들이 중간에서 불살라버려 그녀를 떠나가게 만들었다. 오랫동안 소식이 끊겼던 중 형운은 서울에 와 우연히 그녀를 만나 애인의 관계를 복원시킨 것이다. 성호와 희재와 기수가 함께 가입한 민애청의 지령대로 성호는 군정청 관리의 아들인 희재의 허벅다리를 찌르는 척하다가 두 친구에게 도망치라고 하고, 혼자 그들에게 집단구타를 당하다가 병원으로 실려갔으나 다음 날 사망한다. 이번에는 윤 자신이 테러를 당한다. 며칠 후 민애청 창고 사건을 갖고 기사화하지 말라며 이철의 부하들에게 테러를 당해 허윤이 쓰러져 있는 것을 마침 지나가던 박인이 구해준다. 설상가상으로 형운이 장례비와 한 줄의 유서를 남기고 여자와 함께 동반자살하는 일이 벌어진다. 허윤은 좌익 지지 데모대와 우익 지지 데모대가 충돌하는 현장에서 죽을 뻔한 소년을 끌어내어 업고는 병원으로 데려다준다. 기와 공장 직공인 그 소년은 며칠 후 신문사에 찾아와 링컨 대통령과 이철과 강태를 불쌍한 사람들을 위해 싸우는 사람으로 동일시한다. 강태는 기와 공장에서 일한 적이 있다고 하고 지금도 노동자들을 생각해서 점심을 간단히 먹는다고 말하면서 숭배의 표정을 감추지 못하는 소년에게 허윤은 공산주의자들이 가난하게 사는 것을 자랑하고 다니고 내가 잘살겠다고 덤비는 것이 싫어 공산당 입당을 거부했다고 설명한다. 허윤은 집에 돌아와 권총을 꺼내어 이철을 죽여야겠다는 결심을 굳힌다. 산장호텔 보이에게 팁을 주고 이철이 나타나면 연락하라고 해놓고는 해방옥에 가서 며칠이고 기다린다. 두 주일 후 비 내리는 날 해방옥으로 온 연락을 받고 간 허윤은 이철과 강태가 동행하고 오는 것을 본 순간 암살을 포기한다. 이철이 죽건 강태가 죽건 소년에게 영원한 순교자가 되기 십상이라는 생각이 들었기 때문이다. 그러다가 다음 날 호텔로 가서 이철을 쏘아 죽인다. 윤이 꾀한 살해의 동기 속에 윤임에 대한 관심이 있었음을 인정한 것은 윤의 성격 창조에 혼란을 가져오게 된다.

『깃발없는 기수』는 공산당비판소설이라고 할 수 있다. 주인공 허윤 기자는 민애청 창고 사건을 기사화하지 말라고 구타당해 죽을 뻔했고, 친구 형운은 해방 직전 공산당원의 편지 빼돌리기로 첫사랑을 놓쳤다가 재회하였으나 동반자살로 마감하였고, 해방 전 전향한 공산당원인 하숙집 주인 성호 아버지는 해방 후 공산당에 입당하기 위해 우선 아들을 민애청에 보낸 것이 결국 사지로 보낸 꼴이 되고 말았다. 허윤은 기와공장 직공인 소년이 제2의 형운이 되는 것을 또 제3의 성호가 되는 것을 차단하기 위해 소년이 숭배하는 이철을 제거해버린 것이다. 작중에서 제시된 조건들을 종합해 보면 이철은 이강국을, 강태는 박헌영을 모델로 한 것으로 추리된다. 이렇게 보면 허윤이 이철을 총으로 쏘아 죽이는 것은 작가가 만들어낸 이야기일 뿐이다. 좌익작가 김남천의 『1945년 8·15』(『자유신문』, 1945. 10. 15~1946. 6. 28)에서 작중 좌익운동가들에 의해 숭배의 대상으로 떠올랐던 박헌영은 우익작가 선우휘의 『깃발없는 기수』(『새벽』, 1959. 12)에 와서는 작중 우익 기자에 의해 제거되어야 할 존재로 그려지고 있다. 공산당에 이용당하고 환멸을 느낀 형운은 대학의 변소에 온갖 정치낙서가 가득한 것을 보고 "뒷간에 들었으면 똥이나 싸라"라는 말을 자기가 썼다고 하면서 똑같은 말도 누가 하느냐에 따라 달라지는 법이라고 하였다.

어떤 친구들은 맑스니 레닌이니 스탈린이 이래저래 말 했다면 꿈적 오금을 못쓴단 말야. 로마교황이 한마디 했다면 대수롭지 않은 말에서도 빛이 나기 마련이지. 요즘은 또 길다란 이름을 가진 서양놈이 한 말이라야 시세가 나지. 빈 달구지는 소리가 요란탄 말은 벌서 엽전들이 몇백년전부터 해온 말이지. 그러나 그것으론 플칠않아 빈통은 더 큰소리를 낸다. 이렇게 쿠루이로프는 말했다고 해야 특히 순익이 같은 친구는 좋다 하거든, 그러니 너나 나나 가련하기 짝이 없는 거지, 결국 애비를 못 고른 탓이야.[271]

"결국 애비를 못 고른 탓이야"라는 말은 "깃발없는 기수"라는 말을 대변해주기도 한다. 얼마 후 형운은 술 취한 미군 병사에게 억지로 술과 안주를 먹이고 만족해하는 순익을 보고 오히려 우리가 망신스럽다고 한다. 옛날 노일전쟁 때 동네 애들이 나무 꼬챙이를 눈앞에서 휘두르며 놀려대었는데도 무심한 로스케를 보고 어른들이 저 녀석들 눈알이 파래서 나무 꼬챙이를 못 보는 모양이라고 하면서 자기 땅을 외국 사람들 전쟁터로 내어주고는 태평한 소리를 지껄이는 조상을 지지리도 못났다고 비판한다. 윤과 형운과 용수는 해방 후 너무 설치는 놈들이 많다고 하면서 "순익인 깃발을 높이는데 무슨 핑계가 필요 했던 거지"[272]라고 하며 좌파인 순익의 가벼운 처신을 비판한다.

형운의 장례식장에서 용수가 학병단 사람들도 뿔뿔히 흩어지고 있다고 하자 윤은 신문사에는 있지만 도무지 마음 붙일 곳이 없다고 한다. 용수가 형운이 말하는 깃발 아니냐고 하자 윤은 "깃발!"이라고 되뇌어본다. 그 후 윤은 좌우충돌하는 현장에서 붉은 깃발이 우익 세력에 의해 찢기고

---

271) 『새벽』, 1959. 12, p. 205.
272) 위의 책, p. 214.

땅에 떨어지는 모습을 본다. 윤과 형운은 용수의 할아버지뻘 되는 사람이 바른소리하다가 테러를 당해 죽었다는 호외를 보고 범인이 좌익이라면 용수도 깃발을 든 것이라고 한다. 그러면 허윤과 형운만 깃발이 없는 것이 된다. 결국 형운은 사랑 때문에 애인과 동반자살했고 윤은 테러리스트가 되고 만 것이다. 모종의 행동으로 나간 점에서 허윤도 기수가 된 것이긴 하나 허윤에게 과연 깃발이 있다고 보기는 어렵다. 깃발을 드는 것은 작게는 좌익을 지지한다는 의미로, 크게는 이데올로기를 분명하게 내보인다는 의미로 볼 수 있다. 『깃발없는 기수』는 진행 속도가 빠른 행동소설이요 사건소설이긴 하나 주요인물들로 하여금 주로 대화를 통로로 하여 자신의 생각을 개진하게 하는 대화소설의 방법도 병행하고 있다.

(6) 가족파괴담, 전후소설의 요체(「옛날의 금잔디」, 「同風」, 「오발탄」)

최일남의 「동행」(『현대문학』, 1959. 1)은 한 흑인 이등병이 중공군에 밀려 후퇴하던 중 낙오하여 혼자 산길을 가다가 6개월된 아기와 개를 발견하고 데리고 가면서 살리려고 온갖 애를 썼으나 결국 굶주림과 목마름에 지쳐 죽고 말아 개가 두 시체의 주위를 배회한다는 이야기를 들려주어 인간의 보편적 심리의 하나인 측은지심을 강조하였다. 황순원의 「안개 구름 끼다」(『사상계』, 1959. 1)의 제목은 창녀가 도망치다 깡패에게 걸리면 성관계하고 풀려나는 것을 뜻하는 것으로, 1·4후퇴 때 함께 피란 가던 누이가 낯선 군인 네 명에 의해 강간당하고 살해된 한 펨푸의 경우를 들려준다. 최일남과 황순원은 외국 군인에 대해 대조적인 관점을 취했다.

전영택의 「해바라기」(『자유문학』, 1959. 2)는 노인소설이다. 장충단 방공호에 혼자 살면서 터줏대감에게 비는 것을 좋아하여 해바라기 할머니와는 곰보 할머니를 내세운다. 강원도에서 농사를 지으며 며느리까지 얻어 잘 살던 중 해방 전에 장질부사로 남편·딸·며느리를 잃고, 아들은 학도병으로 나가 죽고, 시집간 딸은 정신병 걸려 죽고, 외손녀는 6·25 때 파

편 맞아 죽자 할머니는 더 잃을 것이 없는데도 터줏대감에게 비는 것을
일상적인 일로 삼는다. 방공호 바로 앞 공터에 오영감이 판잣집을 짓자
시비가 붙어 오영감이 일부러 찬송가를 소리 높여 부르면 할머니는 해바
라기뿐만 아니라 달바라기와 별바라기를 하며 방해한다. 아들 오소위가
동해안 경비 임무차 작은 함정을 타고 나갔다가 행방불명이 되었다는 소
식을 듣고 오영감이 매일 통곡을 하자 곰보 할머니는 이제까지의 태도를
바꾸어 위로도 해주고 음식도 해준다. 할머니는 일제 때 아들이 학병으로
나가 뼛가루가 되어 돌아온 슬픔을 갖고 있기에 두 노인은 붙들고 한참을
운다. 동병상련이 친근감으로 발전하여 오영감이 곰보 할머니의 방공호
로 들어간 그날부터 오영감과 해바라기 할머니가 같이 부르는 찬송가 소
리가 밖으로 새 나온다. 목사 작가답게 전영택은 해바라기를 찬송가에 흡
수시키는 결말을 보였다.

이광숙의 「密告者」(『현대문학』, 1959. 2)는 부역자를 향한 복수담이다.
식모 점례가 사변이 나자 여맹원이 되어 수십 명을 붙잡아 가게 밀고 행
위를 하면서 주인아저씨와 아주머니를 몹시 괴롭힌다. 할 수 없어 아내의
반지를 뇌물로 준 주인 남자는 전세가 바뀌자 점례를 목을 졸라 죽이고
반지도 도로 빼앗아온다.

강신재의 「옛날의 금잔디」(『자유문학』, 1959. 6)는 여학교를 같이 다녔
으나 고향을 떠나온 노부인들이 옥순 여사의 집에 모여 "옛날에 금잔디
동산에……" "학도야 학도야 젊은 학도야" 등의 노래를 부르며 즐거워하
는 장면으로 막을 올린다. 아들은 미군부대 다니고 딸은 미국인과 사는
옥순 여사의 경우와 아들은 전사하고 딸은 미국에서 자살한 지지리 가난
한 권윤덕 여사의 경우는 크게 대조된다. 권윤덕 여사의 딸 정혜는 미라
와 영식이 남매를 낳고 혼자된 후 직장에 나갔다가 미국인 상사의 신임을
얻어 그의 주선으로 미국에 갔다. 정혜는 어떤 남자의 줄기찬 구혼을 이
기지 못해 결혼했다가 파탄에 이르러 자살하고 말았다. 정혜가 보내왔던

값싼 양복지, 백이나 우산, 장난감 등의 물건은 넉넉지 못한 형편의 지표가 되었다. 반면, 옥순 여사에게 딸이 보내온 것은 귀거리, 헤어핀, 펜던트 같은 각종 장식품이었다. 옥순 여사의 딸은 혼전부터 행실이 좋지 않아 명색이 처녀의 몸으로 혼혈아를 낳았고 그 남자가 있는 나라로 가긴 했으나 어떻게 살고 있는지 사실은 옥순 여사도 아는 바가 없다. 옥순 여사의 남편은 신학교 출신이나 브로커에 불과했고, 원래 위인이 변변치 않은 아들은 병역을 기피하기 위해 미군부대에 다니는 편법을 쓴다. 이에 반해 권여사의 아들 태호는 똑똑하긴 했지만 사변 때 자진 입대하여 전사하고 말았다. 권여사의 아들이 패기도 있고 이상을 품을 줄 알았던 반면 옥순 여사의 아들은 약삭빠르고 비굴했다. 권윤덕 여사네 아들딸은 옥순 여사의 아들딸과 비교됨으로써 더욱 비극적으로 부조된다. 강신재는 전후의 한국인의 비극과 슬픔을 강조하는 뜻에서 권윤덕 여사의 편을 들고 있다. 권윤덕 여사에게도 구체적인 이름이 부여되어 있고 고인인 딸과 아들에게도 이름이 부여되어 있다. 권윤덕 여사는 외손주들이 색종이갖고 싸울 것을 생각하곤 옥순 여사가 딸에게서 받은 장식품을 싼 고급 종이 몇 장을 가지려다가 거절당하고 집에 온다. 권여사는 오늘따라 아들과 딸이 더욱 보고 싶어지기도 하고 원망스럽기도 하다. 외손녀는 학교에 기성회비와 사친회비를 내지 못해 벌을 서고 와서는 할머니에게 반항적인 모습을 보이다가 다음 날은 학교에 가지도 않고 종일 울기만 한다. 손자는 시궁창에 빠져 솜옷 한 벌을 몽땅 버려놓는다. 손자와 손녀 둘다 밥도 안 먹는다. 내가 죽고 나면 모두들 고아원으로 가야 할 것이라는 악담을 퍼붓고 난 권여사는 분노와 증오감 속으로 빠져들어간다. 권윤덕 여사는 그 길로 자살하고 만다. 권윤덕 여사나 그 주위에 있었던 사람들은 아들과 딸을 포함하여 모두가 자기 입장에서 정당하였다고 하는 내레이터는 졸지에 고아가 된 정혜의 아들과 딸은 어딘지 모르게 정당하지 못하다고 하였다. 통곡해도 시원치 않을, 그러면서 잔잔한 슬픔을 감득하게 해준 비극소설이다.

염상섭의 「同氣」(『사상계』, 1959. 8)는 형제 사이가 이념 갈등보다는 우애의 결핍으로 멀어진 것임을 제시했다. 염상섭은 기본적으로 우익인 형의 입장에서 서술하였지만 그렇다고 좌익에 대한 복수심을 드러내는 식으로 쓴 것은 아니다. 9·28 대엿새 후 동생 정수가 형 학수의 집으로 온다. 학수가 그동안 어떻게 지냈냐고 하자 정수는 배급쌀 주는 맛에 시청에 나갔었다고 한다. 형은 동생이 말직이나마 괴뢰군 점령 밑에 얻어걸려서 의기양양하게 부역을 했을 것이라고 짐작한다. 학수댁이 전하는 바에 의하면 정수댁은 청량리 여성동맹 지부장이 되어 자기 집에 여성동맹 지부라는 포장을 문간에 치고 동리 계집아이들에게 "빨갱이 창가"를 가르쳤다는 것이다. 학수네가 월남해서 당장 있을 곳이 없어 정수가 세든 집에 안방으로 들어가고 정수네는 건넌방으로 옮겨 갔을 때 학수처는 정수처가 미군정 때 남로당의 전단지를 밤을 타서 집집마다 문 안에 들여보내는 일을 한 것을 눈치챘다. 동네 사람들이 수군거렸고 집주인이 집을 내놓으라고 해서 정수네는 청량리로 나가고 학수네가 이 집을 쓰게 되었다가 나중에는 돈을 주고 인수하였다. 9·28 후 정수 처는 청량리에서 붙잡혀 남편 숨은 곳을 대라고 하여 형사들과 함께 학수네를 다녀갔다. 정수는 자기 처를 학수네가 숨겨주지 않아 붙잡혀간 것이라고 은근히 원망하는 눈치였으며 학수는 너도 이 집에 숨을 생각일랑 하지 말고 어서 딴 곳으로 가라고 눈치를 준다. 한때 이 동네에 살았기 때문에 동네 사람들이 얼굴을 알아 숨기가 어렵다는 형의 보호심리도 작용했다. 정수가 돌아간 뒤 학수 부부는 미군정 시절 정수네와 한집에 기거할 때 학수네는 먹을 것이 없어 잡곡밥을 먹거나 굶다시피 하는데 정수네는 매일 쌀밥으로 세 끼를 해 먹으며 알은척도 하지 않았다는 불만이 깊게 자리하였다. 이때부터 학수는 동생 내외는 부모형제도 몰라보는 빨갱이라고 인식하게 된다. 10여 년 전 일제 시대에 학수는 정수가 상해 일대에서 활동하다가 신의주

형무소에 갇혀 있다는 소식을 들었다.

　　그때로 말하면 「쏘련」의 약소민족 정책에 편승(便乘)하여 독립운동자는 공
　산주의자를 이용하려하였고, 공산당은 약소민족의 독립운동을 도웁는체하
　고 적화에 착수하던 때이었다. 그러니, 민족주의자인 학수는 공산주의는
　싫어해도 그리 아우를 나무래는 마음은 없었다.[273]

　　학수는 면회를 갔을 때 아우 정수가 악수를 청하는 것을 형제끼리 악수
하는 것은 좀 그렇다고 하여 거절했는데 정수는 자기를 무시한 것이라고
생각한다. 심지어는 형이 민족주의와 공산주의는 악수할 수 없다는 의사
표시를 한 것이라고 생각한다. 학수는 중학교도 졸업하지 못한 정수가 공
산주의 이론을 잘 알지도 못하면서 "맹신적(盲信的) 망동을 하고 호된 고생
만 하였거니 하는 생각으로"[274] 멸시했다. 학수가 월남해서 한 달도 못 되
어 고향 친구의 배려로 회사에 취직하여 지프차를 타고 왔다 갔다 하는
것을 본 정수 내외는 질투심을 억누르지 못한다. 10월 초쯤에 정수는 양
자인 기주를 데리고 와서 충청도 선산의 묘지기의 아들로 좌익 활동을 하
다 쫓겨 다니는 삼득이네 가서 숨어 있겠다고 하면서 노잣돈을 달라고 한
다. 학수는 팔뚝시계를 끌러주며 몸조심하라고 한다. 그 후 부산에서 3
년, 서울에 와서 6년이 지나가는 동안 아우의 소식은 듣지 못했다. 그러던
어느 날 기주가 혼자 찾아온다. 그동안 삼득이 집에서 초등학교도 마치고
들일도 거들어주며 지냈다고 하며, 삼득이가 큰아버지가 큰 회사의 중역
이라고 하면서 보냈다는 것이다. 학수는 삼득이란 놈도 얼치기 빨갱이였
으니 기주 놈의 세뇌 교육도 문제이고 기주가 엄밀히 말해 피도 안 섞인
조카이긴 하지만 거두어야지 어찌 하겠느냐고 체념 상태에 빠지고 만다.

---

273) 『사상계』, 1959. 8. p. 351.
274) 위의 책. p. 351.

모처럼 염상섭은 시대성과 사상성이 높은 제재를 긴밀한 플롯에 담아놓았다.

이범선의 「誤發彈」(『현대문학』, 1959. 10)은 계리사 사무실 서기 송철호가 돈이 없어 예사로 점심을 보리차로 때우는 장면으로 시작한다. 산비탈에 조성된 판자촌 동네인 해방촌의 막다른 골목에 있는 집에 들어서면 "가자!" 하는 소리가 들린다. 북에서 지주의 아내로 잘살았던 어머니는 월남한 후 다시 고향으로 가고 싶어 하며 삼팔선을 왜 막느냐고 불만을 터뜨렸다. 큰아들 철호가 그래도 남한에는 자유가 있어 생명을 부지하는 것이라고 하면 이해하지 못하겠다는 표정을 지었다. 6·25사변을 만나 용산 일대가 폭격으로 무너져 내리는 것을 보고 삼팔선 담이 무너져 내리는 것으로 착각한 어머니는 그날부터 정신이상이 되어 7년째 하루도 빠짐없이 "가자! 가자!" 하고 외치게 되었다. 해골 같은 몸에서 쩅쩅하게 울려 나오는 이 소리는 나중에 큰아들 철호의 귀에 환청으로 들리기도 한다. 25번 가까이 반복 제시된 만큼, 이 소리는 소설의 상징음으로 기능하면서 한 집안에 사는 식구들에게 불안하고, 한 맺혀 있고, 몰락해가는 분위기를 안겨주었다. 어린 조카에게 빨간 신발을 사다 준 남동생 영호는 어머니의 원수를 갚겠다고 자원입대했다가 제대한 지 2년이 넘도록 직업을 못 잡고, 술만 먹으면 앞으로 우리도 집도 사고 차도 살 수 있을 것이라고 허세를 떤다. 철호는 전찻값도 없어서 종로에서 해방촌까지 걸어올 때도 있지만 영호는 친구들의 호의로 술도 마시고 양담배도 피우고 합승을 타고 들어올 때도 있다. 철호가 하루하루 성실하게 살아가자고 하는 반면 영호는 한탕을 꿈꾼다. 양심·윤리·관습·법률 같은 것을 다 벗어던지고 홀가분한 몸차림으로 달려보자고 하자 철호는 놀란다. 영호는 양심·윤리·관습·법률 등에 대해 참신한 비유로 설명한다. 양심은 손끝의 가시고, 윤리는 속이 다 보이는 나이롱 빤쓰 같은 것이고, 관습은 소녀의 머리 위에 달린 리본처럼 없어도 큰 차이가 없는 것이고, 법률은 허수아비처럼 조금

알면 무서워할 것이 없는 것이라고 한다. 그러면서 왜 우리만이 양심과 법률이란 울타리 안에서 질식 상태로 살아가야 하느냐고 묻는다. 철호가 비틀리지 말라고 하면 영호는 어머니가 미치기 전에 또 여동생 명숙이가 양공주가 되기 전에 진작 비틀렸어야 했다고 한다. 명숙이가 들어오자 철호는 얼마 전 전차 타고 가다가 차창 밖으로 명숙이가 미군 장교와 지프차를 같이 타고 있는 것을 목격했던 것과 전차 승객들이 조소했던 것을 떠올린다. 송철호가 경찰서로부터 동생 영호가 권총 강도로 체포되어 조사받고 있다는 소식을 들으면서 소설은 반전의 분위기로 치닫는다. 은행 앞에 대기시켜놓은 지프차에 영호와 한 사내가 권총을 들이대고 올라 1,500만 환을 강탈해 가다 미아리도 채 못 가 잡혔다는 것이다. 경찰서를 나와 집에 간 철호는 아내가 병원에서 애를 낳다 팔부터 나와 거의 죽어 간다는 말을 듣고 명숙이로부터 백 환짜리 한 다발을 받아 들고 S병원으로 달려간다. 그는 명숙의 나이롱 양말 뒤축에 계란만 한 구멍이 나 있는 것을 본다. 병원에 도착했을 때 아내는 이미 죽어 있었다. E여대 음악과 졸업생으로 철호를 만나 지지리 고생만 하던 아내였다. 병원과 경찰서를 거쳐 남대문 쪽을 향해 가다가 주머니에 모처럼 돈이 있는 것을 의식하고 치과로 가서 그동안 쑤셔왔던 어금니 하나를 뽑고 다른 곳에 가서 다른 쪽 어금니를 뽑는다. 빈혈이 올 수도 있다는 의사의 말을 무시하면서까지 하루에 어금니를 다 뽑은 것은 자학적인 행위에 지나지 않는다. 서울역 쪽으로 허청허청 가던 철호는 집으로 가기 위해 택시를 타고 해방촌으로 가자고 했다가 이내 S병원으로 가자고 했다가 경찰서로 가자고 한다. 경찰서 앞에 왔다고 하는데 철호가 가만있으니까 운전수는 조수에게 "어쩌다 오발탄(誤發彈) 같은 손님이 걸렸어. 자기 갈 곳도 모르게"[275]라고 중얼거리고, 철호는 속으로 "그래 난 네 말대로 아마도 조물주(造物主)의 오발탄

---

275) 『현대문학』, 1959. 10, p. 166.

인지도 모른다. 정말 갈 곳을 알 수가 없다. 그런데 지금 나는 어디건 가긴 가야 한다"[276]라고 말한다. 철호는 "가자!" 하는 어머니의 소리를 환청으로 듣고는 쓰러진다. 화불단행(禍不單行)이요 설상가상의 현실 앞에서 굴복하고 만 것이다. 철호가 탄 택시는 목적지도 모른 채 달려간다. 치매에 걸린 어머니, 아기 낳다 죽은 아내, 권총 강도 혐의로 체포된 남동생, 양갈보가 된 여동생이 빚어낸 극한 상황이기에 오발탄이라는 자의식은 자연스럽게 생성되어 기본적인 인간관을 뒤틀어버리는 결과를 가져온다.[277]

장용학의 「大關嶺」(『자유문학』, 1959. 1)은 유전론을 신봉하는 듯한 태도에서 출발하였다. 어떤 남자에게 강간당한 후 애를 낳고 다른 남자에게 후처로 간 어머니를 둔 남자가 장작 패는 일을 하다가 중국인 애첩 백희를 가까이하게 되어 협박하는 중국인을 도끼로 쳤으나 미수에 그친다. 그는 살인죄로 조사를 받지만 나중에 진범이 잡혀 석방된다. 애를 임신하고 대만에 같이 가자고 하는 백희의 제안을 사내는 거절한다. 그 후 사내는 대관령 근처에서 화전을 일구는 모습으로 포착된다. 사내는『월하의 참극』이라는 읽지도 않은 소설책의 제목이 떠올라 도끼를 들었다고 살인의 충동을 설명한다. 감방에 있었을 때 깊은 생각에 젖은 것을 실존주의로 풀어낸 듯하다.

전광용의 「褪色된 勳章」(『자유문학』, 1959. 2)은 폐렴에 걸린 아기가 숨

---

276) 위의 책, p. 166.
277) 김윤식·정호웅, 『한국소설사』, 예하출판사, 1993, pp. 318~45
　　개화기소설에서부터 1980년대까지의 소설의 역사와 북한소설사를 총 12장으로 구성한 이 책은 1950년대 소설을 다룬 제7장을 다음과 같은 소제목들로 꾸몄다.
　　"일상적 삶의 연속성과 자연주의적 창작방법 :『취우』", "휴머니즘과 반공 이데올로기, 추상적 무시간성의 형식 :「흥남철수」「용초도근해」" "무의미에의 가치부여 : 손창섭" "관념조작의 세계 : 장용학" "리리시즘, 서사미달의 문학 : 오영수" "원점의 확인 : 최일남의 「쑥 이야기」, 이호철의 「탈향」, 박경리의 「불신시대」" "전후소설의 다양성·기타—김성한·오상원·서기원·임옥인·강신재·곽학송·선우휘·이범선·송병수"

넘어가게 울고, 집에서 콩나물 움막을 꾸려가는 상이군인이 의족을 한 쪽의 옆구리와 골반 통증에 시달리고, 아내는 아직 돌아오지 않는 극한 상황을 제시하였다. 형우는 아기에 대한 사랑과 의무감으로 하루하루를 간신히 이어간다. 형우는 동부전선에서 관통상을 입고 거기에 동상까지 겹쳐 병원에서 한쪽 다리를 절단하지 않을 수 없었다. 그때 동부전선에서 전사한 K의 여동생 은주가 형우의 아내가 되었다. 군문에 들어가지 않은 학우들이 졸업하여 학계, 실업계, 금융계 등으로 진출해나간 것을 본 형우는 깊은 회의에 빠질 수밖에 없었다. 병원에 있을 때 일주일에 한 번씩 찾아온 은주는 폭격에 가족을 잃고 부산으로 밀려와 광복동에 있는 회사에 근무하였다. 임신한 후 직장을 그만둔 은주는 잠자리에서 형우의 고무다리에 노골적으로 반감을 표시한다. 아기가 폐렴으로 죽자 형우는 근처 산에 올라가 소나무에 밧줄을 걸고 목을 매단다. 가슴에 달린 퇴색된 훈장이 햇빛을 반사한다. 나라와 역사가 큰 의미를 부여한 훈장이 있기는 하지만 상이군인 형우는 사회로부터 소외당하고, 아내에게 냉대받고, 아기는 저세상으로 가버린 차가운 현실 앞에서 극단적인 선택을 한다.

선우휘의 「單獨講和」(『신태양』, 1959. 6)는 전투소설이다. 간밤에 전투가 있었으며 계속 눈 내리다 멎은 고지에 수송기가 떨어뜨린 시레이션 상자들을 국군 한 명과 인민군 한 명이 산을 올라와 다투어 잡는다. 국군은 24세의 양가고 인민군은 18세의 장가다. 국군이 시레이션을 먹고 인민군을 묶는다. 하룻밤 같이 지내고 각자 갈 길을 가자고 약속한다. M1과 따발총을 하나로 묶고 총알은 국군의 호주머니 속에 넣어둔다. 이틀이나 굶었다가 먹어서 그런지 인민군이 배가 아프다고 하여 약을 먹인다. 장가가 가난한 사람, 일하는 사람, 농사짓는 사람도 잘살아야 하는 것을 이남에서는 왜 마다하느냐고 하자 양가는 이북에서는 그 일이 잘되느냐고 반문한다. 장가는 그런 것 같지는 않다고 한다. 이 세상에는 말대로 되는 일이 적다고 하면서 그렇게 된 이유의 하나로 이 세상에 똑똑하다고 자처하는

놈들이 너무 많으며 이런 놈들은 비단결 같은 말만 늘어놓고 남의 일에
뛰어들어 말썽을 일으킨다고 말한 점에서 양가는 몇 달 이후에 발표된
『깃발없는 기수』의 주인공 허윤의 예비 지표가 된다. 이 소설에서도 작가
는 공산주의자=영웅주의자라는 등식이 성립될 수 있다고 주장하였다.
다음 날 아침 두 사람은 헤어지고 난 후 산 아래에 있는 중공군의 공격을
받는다. 양이 내려가라고 하나 장은 말을 듣지 않다가 결국 두 사람이 같
이 중공군의 총에 맞아 죽는 마지막 장면은 공산주의 이념보다 민족애가
더 견고한 것을 환기시켜준다. 작가가 이전의 여러 작품에서 일관되게 제
시했던 반공 이념은 민족애로 이어지고 있다.[278]

　전광용의 「射手」(『현대문학』, 1959. 6)는 '나'와 B가 학생 때부터 더할
나위 없이 친하면서도 여러 면에서 자존심 다툼이 치열했던 차에 경희를
두고 암투하는 것을 원인적 사건으로 설정하였다. '나'와 약혼한 것이나
다름없는 경희는 전쟁 때 행방이 묘연한 '나' 대신 그녀 앞에 나타난 B와
결혼하고 만다. 그 후 B는 "이지적인 모반혐의"[279]로 체포되어 사형당한
다. 다섯 명의 사수 속에 '내'가 끼게 되는 기막힌 상황이 벌어진다. '나'
는 B가 구속되었다는 신문기사를 보고 경희를 찾아가 경희의 변명을 들

---

278) 이재선은 「전쟁체험과 1950년대 소설」(김윤식·김우종 외 34인 지음, 『한국현대문학사』,
　　현대문학사, 2005, pp. 364~80)에서 1950년대 소설을 다음과 같이 계열화 했다.
　　　전쟁은 기존의 가치를 교란·분해시키고 파손시킨다는 상상력이나 인식이 두드러지게
　　나타난 것 (정한숙의 「고가」, 곽학송의 「바윗골」, 안수길의 「제삼인간형」), 전쟁으로 인해
　　신체적인 훼손을 입거나 정신적인 피해와 상처를 입은 사람들을 대표적인 주인공으로 입
　　상화한 것(손창섭의 「혈서」 「비오는 날」, 오상원의 「백지의 기록」, 서기원의 「암사지도」,
　　하근찬의 「수난이대」, 이호철의 「파열구」), 전쟁을 겁탈이나 기아와 등가화한 것(이범선
　　의 「오발탄」, 송병수의 「쑈리킴」), 죽음에 대한 인지의 강도를 드러낸 것(김동리의 「밀다
　　원시대」, 장용학의 「요한시집」), 군인을 주인공으로 등장시킨 것(황순원의 「너와 나만의
　　시간」, 곽학송의 「독목교」, 송병수의 「인간신뢰」, 선우휘의 「단독강화」), 반공이데올로기
　　적 성향을 드러낸 것(황순원의 「학」, 선우휘의 「불꽃」, 박연희의 「증인」, 오상원의 「모반」,
　　송병수의 「인간신뢰」), 분단과 가족이산으로 인한 향수소설의 근거와 단초를 마련한 것
　　(김동리의 「흥남철수」, 이범선의 「오발탄」)
279) 『현대문학』, 1959. 6, p. 249.

고 자책과 체념에 빠진다. 그럼에도 '나'는 B의 구명운동을 하기는 했으나 실패로 돌아갔다. '나'는 네 명의 사형집행인이 총을 쏜 다음 맨 나중에 총을 쏘는 것으로써 마지막 의리를 지키려고 한다. 그리고 기절한다. 전쟁이 원인이 되어 '나'와 경희의 오랫동안의 연락 불통, B와 경희의 결혼, B의 사형 집행 등 우정이 경쟁의식으로 전도된 결과가 빚어진 것이다.

하근찬의 「나룻배 이야기」(『사상계』, 1959. 7)는 한 마을의 국군 입대자들의 비극적 운명을 제시했다. 국군에 입대하기 전날 세 젊은이는 양산도 민요, 문둥이 장타령, 치이나 칭칭이 나아네를 후렴구로 한 사사조 사설 등을 부르면서 울분을 터뜨린다. 사공 삼바우의 아들 용팔이, 삼바우가 사윗감으로 생각하는 두칠이, 양생원의 아들이며 임신 중인 순녀의 남편 천달이 등이 그들이다. 얼마 후 두칠이 엄마 모량댁이 세상을 떠나고 이번에는 동식이와 수만이가 입대한다. 두칠이가 지뢰를 밟아 얼굴에 화상을 입고 눈과 팔이 불구가 되어 돌아온다. 또 얼마 후 이번에는 천달이 한 줌 재가 되어 돌아온다. 삼바우는 총 멘 사람과 양복쟁이가 오는 것을 보았으나 나쁜 소식을 갖고 올까 봐 배를 대지 않는다.

하근찬의 「흰종이수염」(『사상계』, 1959. 10)은 소년의 시점을 빌려 전쟁 때 한쪽 팔을 잃은 아버지의 현실 적응 의지를 추적하였다. 사친회비가 넉 달치나 밀려 등교 정지된 동길이는 목수 하다가 징용으로 끌려 나가 2년 만에 팔 하나를 잃고 돌아온 아버지를 만난다. 목수 일을 할 수 없게 된 동길 아버지는 흰 종이로 만든 수염을 붙이고 극장 선전원 일을 한다. 이런 아버지를 보고 놀려대는 친구 창식이를 깔고 앉아 때리는 동길이를 보자 아버지는 미쳤냐고 야단을 친다.

정연희의 「한뼘의 땅」(『사상계』, 1959. 8)은 한 사내가 살인 혐의로 사형 집행을 당하는 장면으로 마무리했다. 철은 전선에서 싸우다가 포탄 파편을 맞고 부상당한 과거를 떠올린다. 모사로 이름난 권치선이 어떤 모반 사건에 손을 대었고 그 모반 사건이 가져올 이권으로 철의 아버지 안우석이 거액의 자금을 내게끔 되었다. 최 모 박 모 황 모가 주모자로 검거되었고, 안우석은 연루자가 되었고, 권치선은 무관한 것처럼 되었다. 안우석의 아내가 옛날 애인인 권치선에게 구명운동한 것이 효과가 있었는지 최모와 박 모와 황 모는 사형 언도를 받은 데 반해 안우석은 집행유예를 받는다. 철은 이모부와 첩 사이의 소생인 영신의 도움을 받아 전문학교에 입학을 할 수가 있었고, 국군에 입대하게 되었고, 제대한 후 그녀와 결혼한다. 영신은 철에게 완벽한 아내 노릇을 했다. 철은 권치선을 죽이러 가긴 했으나 권가가 어떤 괴한의 손에 의해 죽어가는 것을 목격하는 정도에서 끝냈음에도 권치선의 살해 혐의로 체포된다. 영신은 철을 정신병원에 입원시켜 형을 덜 받게 하려고 계획을 꾸민다. 철은 영신을 홍능 임업시험장 쪽으로 데리고 가서 교살하고 묻어버린다. 뇌병원 철창 속보다는 감옥의 철창 속이 내 생리에 맞고, 선의의 신에 의존해서 사느니 죄를 걸머지고 반항하며 살고 싶다는 것이 교살 이유다. 철은 영신으로부터 해방되고 싶었다. 철은 정객 권치선의 살해 혐의와 아내의 살해 혐의로 얼마 후 사형 집행 된다.

전광용의 「크라운莊」(『사상계』, 1959. 9)은 한 비어홀 악장의 사연을 들려준다. 신장개업한 비어홀의 악장 문호는 수백 석을 채운 손님들 앞에서 첼로를 연주한 후 친구 건우로부터 타락 운운의 조소를 받는다. 문호는 미군부대에서 연주했다가 그만두고 다시 6개월 만에 취직하였다. 해방전 하얼빈에서 백여 명의 악사로 이루어진 교향악단을 앞에 두고 차이콥스키의 「비창」을 연주했던 기억을 평생 간직하고 있다. 해방 직후의 좌우익 대립에 초연하여 오로지 예술만을 생각했던 나머지 양쪽으로부터 비협조자로 취급받은 이래 국내에서는 단 한 번도 무대에 서지 못하다가 전쟁을 맞게 되었다. 보험회사 사장인 건우가 학교와 보험회사를 발족시킬테니 감사 자리를 맡아달라고 하는 것을 문호는 조용히 거절한다. 원래문호는 대지주였던 아버지의 강요로 의과대학에 입학하였으나 시체 해부

실습 시간에 구토한 후 학교를 그만두고 음악으로 진로를 바꿨다. 그는 음악대학에 가겠다고 하는 아들 준식에게는 단순한 연주자 그 이상의 음악가로 대성하라고 한다. 문호는 비어홀 단원들과 과음한 후 뇌일혈로 반신불수가 되자 준식에게 바이올린으로 「유머레스크」를 켜달라고 한다.

이호철의 「破裂口」(『사상계』, 1959. 9)는 제대군인 갈표와 현욱이 미군부대 초소에 근무하는 상황을 설정했다. 갈표는 미국 유학을 떠난 부잣집 아들 석후가 버리고 간 댄서 계영이와 동거한다. 갈표는 계영이가 석후가 부르기만 하면 언제든지 갈표를 버리고 미국으로 갈 태세임을 잘 알고 있다. 그러기에 갈표는 미국에 가기 위해 여권을 신청해놓은 현욱에게 미국 갈 때 계영이를 데리고 가라고 제의한다. 그런데 생각지도 못한 일이 벌어진다. 새벽 2시 반이 가까웠을 때 술 취한 미국 흑인 병사의 노랫소리와 한국 여인들의 교성이 뒤섞인 GMC가 돌진하면서 현욱이가 치여 죽는다. 갈표는 뒤쫓아가며 M1소총의 방아쇠를 당긴다.

박경리의 「비는 내린다」(『여원』, 1959. 10)는 언니에게 사랑하는 남자를 빼앗긴 여동생을 전락과 죽음으로 몰아간다. 지영이 남자와 대구로 도망쳤다가 부산 광복동으로 돌아왔을 때 남동생 지윤은 군에 입대하였고 형부는 의용군으로 끌려 나갔다가 잡혀 거제도 포로수용소에 있었다. 과거에 지영이는 활발한 성격으로 K여대 영문과를, 언니 지숙은 내성적인 성격으로 K대 가사과를 다니고 있었다. 지영 일가의 보조로 학교를 마치고 의사가 된 문인걸의 소개로 지윤의 가정교사가 된 이민수는 지영과 사랑하게 되었다. 지영과 민수가 영화 「비련」을 보고 나오다가 자동차가 들이받아 지영은 입원하고 민수는 간병하였다. 간병하다가 잠시 지영의 집으로 가 있는 이민수에게 한집에 있던 지숙이 새벽에 폭풍우가 몰아치자 무섭다고 하며 들러붙어 사랑을 고백하였다. 얼마 후 지숙이 임신한 몸으로 이민수와 결혼식을 올리자 지영은 가출해버렸다. 6·25가 터지자 민수는 의용군으로 끌려 나갔고 지숙은 아기를 사산하고 부산으로 피란 갔다.

대구에서 돌아온 지영이 과거를 덮어버리고 어머니와 지숙과 합친 후 얼마 있다가 기적처럼 이민수가 거제도 포로수용소에서 돌아온다. 언니 지숙과 이민수가 너무 좋아하는 것을 보고 평정을 잃어버린 지영은 다시 집을 나가 미군 장교와 동거하다가 자살하고 만다. 이 소설은 박경리 소설에서는 예외라고 할 정도로 두드러지게 단문체를 구사하여 사건을 빠르게 진행시켰다. 박경리는 전쟁 앞에서 모든 인간은 '운명적인' 존재가 될 수밖에 없다고 주장하고 있다.

정한숙의 「꼬추잠자리」(『사상계』, 1959. 6)는 순박한 존재가 전쟁을 만나 시련을 겪는 과정을 진솔하게 그려내었다. 18세의 농촌 총각인 바우가 다리를 다쳐 자기 집으로 피신해 들어온 빨치산을 치료해주고 그의 권유로 빨치산이 되었다가 나중에 인민군이 되어 자기 마을로 돌아온다. 바우는 다리 다친 국군을 숨겨주었다는 이유로 인민재판을 받게 된 어머니와 여동생을 구해주고 산속으로 도망간다. 바우의 선택은 이데올로기를 초월해 인정에 의해 조종되고 있다.

오상원[280]의 「現實」(『사상계』, 1959. 12)도 작가 특유의 반복구 제시를 잘 행사하였다. 대학 재학 중에 입대한 신병철 이병은 혼자 낙오되었다가 선임하사를 만난다. 그런데 그는 고열에 시달리며 농민과 30세가량의 남자에게 이곳이 어디쯤 되느냐 아군과 적군이 언제 지나갔느냐 물어보더니 적에게 이를까 봐 죽였다고 한다. 어째서 무고한 사람을 죽이느냐고 따지는 신이병에게 선임하사는 전쟁은 지껄이는 게 아니라 행동으로 하는 것이라고 한다. 선임하사는 이번에도 길 안내를 해준 농민을 똑같은

---

280) 평안북도 선천에서 출생(1930), 용산중 졸업, 서울대 불문과 입학(1949), 학도병으로 참전(1950), 홍사중·박이문 등과 함께 "구도" 동인 활동, 장막극 공모에 희곡 「녹쓰는 파편」으로 당선(1952), 서울대 불문과 졸업(1954), 한국일보 신춘문예에 〈유예〉가 당선(1955), 조선일보 입사(1959), 동아일보 사회부 입사(1960), 논설위원(1973), 출판국 편집위원(1985), 별세(1985) (유승환 편, 『오상원 작품집』, 지식을 만드는 지식, 2010, pp. 32~36)

이유로 살해하고 만다. 선임하사는 전쟁은 나를 잔인하게 만든 게 아니고 보다 더 현실적으로 만든 것이라고 한다. 이때의 "현실"은 생존 본능에 충실한 것을 가리키는 말로 양심이니 이성이니 하는 것과는 거리가 멀다. 신이병은 선임하사가 고통과 혼란으로 뒤범벅되어 열이 오르면서 잔인성의 행사를 통해 해방되려는 것이라고 해석한다. "선임하사는 고열에 시달린다"는 반복 구는 이 소설의 중심 사건이 정신이상적 증세를 원인으로 한 선임하사의 살인 행위에 있음을 일러준다. 전쟁이 일어나지 않았더라면 선임하사가 보여준 것과 같은 광증도 무자비한 살인 행위도 없었을 것이라고 작가는 생각하고 있다.

(7) 새로운 삶에의 바람과 도전(「탈각」)

송병수의 「解狂線」(『현대문학』, 1959. 1)은 정부와 놀아나고 낙태까지 했던 어머니를 폐결핵 환자인 딸이 이해하고 동정하는 것으로 끝난 소설이다. 동양화를 전공하는 칸나(玕娜)가 6·25 때 고생한 것 때문에 폐병에 걸려 처음으로 각혈한 날, 어머니는 구레나룻이 인상적인 사내를 끌어들여 한집에 살기 시작한다. 칸나는 덕수궁 미술관으로 들어가 모든 존재에게는 어딘가 결함이 있다고 주장하는 듯한 "광점(狂點)"이라는 제목의 추상화를 그린 화가와 사귀게 된다. 그 화가는 상이군인으로 돌아왔을 때 아내가 도망가버린 아픔을 겪었다. 대실업가이며 대정객이었던 아버지에게 엄청난 유산을 물려받은 어머니는 구레나룻 사내가 벌인 금광사업에 재산의 일부를 아낌없이 투자한다. 칸나는 장래성도 없고 몸도 불구인 "광점"의 화가와 결별한다. 결핵요양원에 입원했다가 나온 날 어머니와 구레나룻이 성관계하는 장면을 보고 충격을 받은 칸나는 2층 화실로 올라가 각혈해서 받은 피로 "어머니"라고 쓰고는 기절한다. 어머니는 구레나룻이 거물 간첩으로 체포되었다는 신문기사를 보고 충격을 받아 낙태하고 만다. 남로당 간부로 6·25 때 월북하여 요직에 있다가 대남공작원으로 내려와 활동하던 중 체포된 것이다. 난륜 모티프와 간첩 모티프가 이끌고 간 소설이라고 할 수 있다.

송병수의 「還元期」(『사상계』, 1959. 2)도 전후 젊은 여성들의 방황과 타락을 다루었다. 오른쪽 다리가 불구가 된 준이 제대하여 돌아와보니 아버지는 납치당하고 어머니와 자식은 죽고, 그 후 아내는 캬바레와 댄스홀을 전전하고 있었다. 게다가 여학교 때 선생을 댄스홀에서 만나 사귀다 임신까지 한 상태였다. 사관후보의 동기생이며 이웃 소대장이었으나 전사한 친구와의 약속으로 준이 그 부인을 찾아가보니 해산이 가까웠다고 한다. 준은 다방에서 우연히 보영을 만난다. 보영은 준의 아버지의 외사촌 누이의 딸로 전쟁 통에 아버지를 인민재판으로 잃고 화가 지망생의 길을 접었다고 한다. 보영은 댄스홀에서 만난 남자가 한 달만 살아보자고 해서 흥정 중이라고 한다. 술에 취한 준은 보영도 원하자 돈을 주고 성관계를 맺는다. 보영은 애를 세 번이나 뗐다고 한다. 준과 보영이 함께 있을 때 준의 아내가 들어와 보영에게 여관비를 주며 나가라고 한다. 아내는 옛 선생으로부터 위자료를 두둑이 받고 중절수술하고 당신의 아내로 돌아오겠다고 한다. 바로 그즈음 친구의 부인은 애를 낳고 죽는다. 준은 아기를 안고 가 아내에게 가서 당신 배 속에서 나온 아기라고 하면서 우리들이 잃은 것을 다시 찾아왔소라고 말하기로 작정한다. 준은 비록 몸은 불구이지만 정신은 범인의 수준을 넘어선다. 치명적인 탈선을 한 아내를 거두어들이고 있기 때문이다.

유주현의 「張氏一家」(『사상계』, 1959. 5)는 당대소설에서는 유례가 드문 정치풍자소설이다. 여당 중진 의원이자 실세인 장만중 의원의 아들 장정표는 승승장구하여 대령으로 진급한 후 장군 진급을 앞두고 있다. 그때 국회의원들이 최전방을 시찰한다고 사단장의 명령으로 최전방을 돌아보다가 지뢰가 터져 눈과 귀가 멀게 된다. 아들의 사고에 충격을 받은 장의원 부인은 위암에 걸려 세상을 떠난다. 장정표의 부인 경심은 장의원 즉

시아버지의 비서 김윤수와 불륜의 관계를 맺고 장정표의 막내동생 장성표는 고교생으로 식모 순자를 건드려 임신을 시킨다. 소설 말미에 이 소설의 작중인물과 사건은 작자가 설정한 것이라는 단서를 달아놓았다.

남정현의 「模擬屍體」(『자유문학』, 1959. 7)는 복수심을 안고 사는 두 사내의 경우를 제시하였다. 구청 병사계로 있었던 박찬길의 집에 세 들어 사는 송희의 울음소리가 들리면 비쩍 마른 박찬길은 대들보에 매단 샌드백을 치기 시작한다. 그는 6·25 때 아버지는 납치당하고 병사계 주사 자리도 넘어가게 되자 마누라가 명동 초입에 나이롱 양말 장사를 하던 중 어느 놈팡이하고 사라져버린 아픔이 있다. 박찬길과 재혼한 이십대 여인도 얼마 안 있다가 도망가버렸다. 그 후로 박찬길은 복수심에 불타 샌드백을 두드리기 시작한다. 형수는 월급을 떼먹고 달아난 사장을 찾아다닌다. 옛날 지방에서 서울로 와 대학을 다니던 주인집 딸이 내려왔을 때 호기심 때문에 구두 한번 만진 것을 도둑으로 몰아 마구 패는 바람에 가는귀가 먹게 되었고 이것을 복수하겠다는 것이다. 형수는 집에 돌아와 샌드백 밑에 박찬길이 기절해 있는 것을 보고 웃통을 벗어부치고 샌드백을 친다. 주먹 소리에 눈을 뜬 박찬길이 김형도 이제 사람이 되어가는군 한다. 박찬길은 사람이라면 복수심을 가져야 하고 한풀이해야 한다고 생각한다. 남정현은 복수심을 비도덕적인 것보다는 인간적인 것으로 본다. 남정현의 「人間 플래카드」(『자유문학』, 1959. 10)는 기인과 기행은 전쟁이 주범임을 암시한 소설이다. 대학을 졸업하고 정체불명의 짜깁기 회사 사장의 종 노릇과 선전원 노릇 하는 승구와 사대를 나와 취직이 안 되었을 때 변소에 가 징집영장으로 밑을 닦는 준구는 간질병 환자로 임신한 영문과 출신의 희숙이 간질 발작을 일으키자 큰 병원으로 데리고 간다. 데모 행렬에 길이 막히자 승구와 준구는 희숙의 몸을 높이 쳐들고 인간 플래카드처럼 만들어 데모 행렬을 뚫고 나간다.

최상규의 「秩序」(『사상계』, 1959. 9)는 가족 내의 질서라는 문제를 다룬 것이기는 하나 우리 사회 전체의 질서에 대한 문제의식을 내보인 것으로 해석할 수 있다. 돈수라는 제대군인이 애인인 경순과 함께 식당에서 밥을 먹으며 식모의 무질서한 호칭문제 등을 화제로 삼아 재미있게 대화한다. 돈수는 제대 후 실업자로 있을 때 첫 애인이 임신한 애를 중절하고 결혼 문제는 나중에 생각해보자는 말에 모멸감을 느끼고 아버지 송유의 금붙 이를 팔아 돈을 마련하여 해결한다. 그러고는 헤어진 후 경순과 사귀기 시작한다. 돈수는 술 먹고 집에 와 몸을 제대로 못 가눌 때 엎어지면서 식 모아이의 여체를 느낀 이후로 식모아이만 보면 민망할 정도로 성욕을 느 낀다. 그런가 하면 남편과 자식들에게 주택만 제공하고는 거의 집에 들어 오지 않는 어머니, 혼자 2층 방에 살면서 왕년의 화려했던 시절을 사람을 불러 구술하고는 원고료를 받아 담배를 사서 피우는 아버지, 첫번째 애인 과 재결합하라고 압력을 가하는 누이동생은 모두 실망감과 압박감을 준 다. 손창섭의 「미해결의 장」처럼 자기 자신도 비정상인이면서 가족 전부 를 비정상으로 보고 있다. 가족이라면 서로 필요로 하고 도움을 줄 수 있 는 고귀한 질서가 있어야 하는 것이 아닌가 하고 생각하게 된다. 그리고 "육욕과 이기주의적인 애정과 찝찔한 과거 사이에서 방황하며 세월을 잡 아먹고 있는 자신도 어떤 결정된 노선을 걸으며 무엇이든지 좀 보람이 있 는 것을 향해 나가는 질서가 필요하지 않은가?"[281]라고 자신을 향해 질문 하기도 한다. 아버지는 돈수에게 2층으로 올라오라고 한다. 아버지는 자 신의 지병을 젊은 시절을 무질서하고 분방하게 산 결과라고 자책하면서 개인의 삶과 역사의 관계에 대해 일장 연설을 한다. 시간이 가면 역사만 이 남고 역사에 비추어 보면 개인의 삶은 아무것도 아니라고 하면서 역사 의 본질은 무질서임을 천명한다.

281) 『사상계』, 1959. 9, p. 379.

세상의 자고의 사람살이를 한 눈으로 돌아 본게 역사다. 그 역사에는 아무런 필연도 우연도 없었다. 그저 냉담한 진행만이 있을 뿐이었다. 아무 법측도 일정한 이론도 이유도 없이 진행된다는게 역사의 법측이요, 이론이었다. 그러니까 어떤 사람이 불운했다고 해도 거기 아무 것도 책임질만 한 법측이나 이론이 없으니 이것이 어굴하다거나 부당하다거나 할……수가 없는 것이다. 다시 말하면 무질서라는 것이 역사를 유지하는 유일한 질서다. 그러니…… 무질서라는 것이 어굴하고 부당한 것에 대해 책임을 져 주겠니? 아니지. 그건 그대로 허염심이 남아 있는 정신적 귀족이 무슨 질서나 세상을 지배하는 착한 원리가 있다고 생각하는 망념에서 나오는 사치의 찌꺼기야. 냉담한거야. 그러니까 좋건 그르건간에 세상은 잠간 내가 사는 동안 내가 접하는 부분만큼이 오로지 나하고만 관계를 맺은 한도내에서 그치는 거야.[282]

아버지는 남편 노릇, 애비 노릇, 사람 노릇을 포기한 지 오래라고 하면서 네가 2층으로 올라오는 소리를 듣고 약을 스무 알이나 먹었다고 고백하고는 "내가 죽어 너희들이 슬퍼하지 않는대도 조금도 부조리한 것이 아니다. 무질서가 세상을 지배하는 질서 아니냐?"[283]고 유언 남기듯 말한다. 아버지는 응급 조치로 생명은 건졌다. 아버지의 자살 미수가 있던 그다음 날 돈수는 누이동생 영옥이에게 "무질서가 질서가 아니냐" "나는 내다름대로 질서를 세우기 위해 떠나간다"라고 하면서 가출한다. 기본적으로 내용에 비해 제목이 크긴 하지만, 작중인물과 사건, 역사본질론과 무질서론이 자연스럽게 연결된 편이다.

정연희의 「세바퀴」(『자유공론』, 1959. 8)는 상이군인의 시련과 극복의지를 응시하였다. 소대장으로 참전하였다가 다리 부상을 입고 제대하여

---

282) 위의 책, pp. 380~81.
283) 위의 책, p. 381.

택시운전수가 된 성호는 네댓 명의 상이군인에 의해 강제로 차가 정지당하고 두드려 맞는 봉변을 당한다. 그 속에 끼어 있는 종콩이라는 옛 부하는 현역으로 있을 때도 외면했던 존재다. 생명·애정·욕망·투쟁을 인생의 네 바퀴로 생각하는 성호는 상이군인들과 맞짱 뜨기 위해 흑석동 쪽으로 가다가 한강에 투신하려고 했으나 중간에 차바퀴가 펑크 나자 상이군인들도 적당한 요금을 물어주고 가버린다. 성호는 인생을 세 바퀴로 고쳐 생각하게 된다. 생명·애정·욕망·투쟁과 같은 인생의 네 바퀴 중 하나가 빠져 세 바퀴가 되어도 멈추지 않고 달리겠다는 생각을 해본다.

박영준의 「教會堂이 있는 마을」(『사상계』, 1959. 9)에서 공간 배경은 상징성을 지닌다. 교회당 아래에 있는 판자촌 동네는 양색시촌이라고 할 수 있을 정도다. 5년 전에 애꾸눈을 낳고 죽은 아내를 그리워하며 한방에 식모와 함께 사는 초등학교 교사는 한집에 사는 양갈보의 유혹에 빠져 한밤중에 선을 넘고 만다. 그는 식모에게 죄책감을 느끼면서도 교회에 가서 용서도 빌지 못한 채 고민하며 살아간다.

오유권의 「月光」(『사상계』, 1959. 12)은 젊은 여인이 빨치산으로 행방불명된 남편을 기다리다가 시아버지의 허락을 받고 달빛을 받으며 채장수 남자와 떠나갈 때 아들이 돌아온다는 극적 구성을 취하였다. 6·25동란이 일어난 두 해 후 읍내에서 지물상을 벌여 아쉽지 않게 살던 노인은 유엔군의 폭격으로 집과 재산을 다 잃고 며느리와 두 손자를 데리고 이 산골로 들어왔다. 아들이 인공 시절에 보안서원을 하고 지내면서 많은 사람들을 형무소로 보내다가 빨치산으로 간 것도 이유가 된다. 아들은 자수하지 않고 구례 지구 기동대장과 함께 경상도로 넘어간 후 소식이 없다가 아내가 다른 남자와 새 살림을 차리러 떠나가는 바로 그날 되돌아온 것이다.

김광주의 「發狂直前」(『현대문학』, 1959. 1)은 250매의 중편소설 규모이긴 하나 단편소설적 내용이다. 해방 직후 '나'는 정치부 기자로 국회 출입을 하면서 정치가들의 추악한 면을 보고 실망한 데다 신문기자는 미래가 없다고 판단하여 영국 유학길에 오른다. 올림픽 선수단 취재기자단에 끼어들어 여비를 조달하고 김마담한테도 남창 노릇을 하여 4백 불을 지원받는다. 그러나 영국에 가서 폐인이 되어 돌아와보니 아내는 바람이 나고, 학병을 다녀온 공통점을 지닌 게이오 대학 동창들은 '나'를 미친놈 취급한다. 아내의 탈선 모티프와 매춘부 모티프와 광인 모티프 등 당대에 보편화된 모티프들을 결합시키면서 특유의 비판력으로 지식인 사회를 겨냥하였다. 다방에 하루 종일 앉아 실존주의가 어떠니 엘리엇이 어떠니 하는 축들을 향해 "네 자신이 괴롭다는 것과, 살 수 없다는 것과, 억울하다는 것을, 행동으로 표시해봐! 「싸르트르」?, 「까뮤」? 「에리옽」? 그들이 너희들을 구해 준다구 언제 그랬느냔 말야?"[284]와 같이 현실을 직시하지 못하는 지식인들을 향해 조소한다. 이 나라의 지성이니 양심이니 정의니 하는 것의 대변자인 것 같은 태도를 취하는 존재들, 권력 앞에서는 무릎을 꿇고 추파를 던지는 존재들을 향해서는 유행이라는 옷감으로 몸을 휘감고 거리를 활보하는 양갈보 같은 존재라고 한다. 날카로운 비판정신을 적극적으로 구사한 점에서 '나'는 지식인에 들어가긴 하나 사생활은 수준 이하인 탓으로 지성인이라고 하기는 어렵다.

오상원의 「報酬」(『사상계』, 1959. 5)는 전쟁의 부산물인 바라크촌을 배경으로 하여 창녀와 남편과 그 친구의 삼각관계를 펼쳐놓았다. 양갈보인 아내를 둔 윤씨는 포주 노릇을 하면서 틈만 나면 아내가 미군과 성관계를 하는 것을 훔쳐본다. 윤씨는 아내로부터 못난이라고 멸시당한다. 아내는 남편 친구인 민규를 좋아한다. 윤씨는 아내가 민규에게 사랑을 섞어 관계하는 것을 지켜본다. 윤씨 아내는 민규에게 어디든지 좋으니 자기와 떠나자고 유혹한다. 아내나 민규나 윤씨를 인간 이하로 보고 있지만 독자들은 그렇게 보고 있지 않다. 윤씨는 사변 통에 재산과 면소 서기직을 잃고 아

---

284) 『현대문학』, 1959. 1, p. 65.

내의 몸뚱이 하나에 기식한다. 윤씨는 아내의 권고로 민규와 함께 역에 서 있는 화물차에서 미군 물자를 빼내는 일을 하러 간다. 두 사람이 차량 밑을 지나는 순간 고함 소리가 들리자 민규가 도망치라고 하였으나 윤씨는 들은 척도 하지 않는다. 도망가는 사람에게 초병들의 시선이 집중되는 사이에 안전하게 도망가는 것이 민규의 수법인 줄 윤씨는 이미 간파하고 있었다. 할 수 없이 민규가 나서서 도망가다가 총에 맞아 죽자 윤씨는 물건이 든 상자를 안전하게 빼돌린다. 멍청이라고 불렀던 윤씨는 아내의 애인인 민규보다 한 수 위의 행동을 하였으며 의도했던 바는 아니지만 결과적으로 한번에 통쾌하게 복수하고 만 것이다.[285] 승지행의 「태양조차 버린 가족」(『현대문학』, 1959. 12)은 극한 상황을 설정하였다. 인천 빈민굴을 배경으로 하여 20년 동안 여러 가지 병을 앓다가 폐인이 된 남편은 옆방에서 들려오는 아내의 매춘 행위를 참느라고 애를 쓴다. 아내는 먹고살기 위해 매춘 행위를 한다. 둘 사이에서 난 셋째 아들은 지능장애다. 아내가 가장 가까이하는 존재는 폭력단 두목으로 해방 직후 일본군 군수품 창고를 털어 하루아침에 부자가 된 난쟁이다.

---

285) 오상원의 소설들은 몇 가지 특정 인물들을 거듭 내보였거나 특정 상황을 반복 설정했거나 비슷한 내용의 이야기를 계속 들려주고 있는 점에서 다음과 같이 최소 두 작품을 포괄하는 갈래를 이루게 된다. 전장에서 한국군이 포로가 되어 죽음을 기다리는 모습을 그려낸 것, 군인이든 민간인이든 적에게 잡혀 총살당하는 장면을 담아놓은 것, 낙오병의 모습을 그린 것, 참전했다가 불구자가 되어 돌아온 청년을 주인공으로 내세운 것, 전쟁을 만나 전락한 여인의 경우를 그린 것, 창녀를 주인공이나 조역으로 등장시킨 것, 아내의 매춘행위를 조장하거나 묵인하는 상황을 설정한 것, 순진한 남자가 전쟁에 나가서 육욕에 사로잡혔던 것을 괴로워하는 모습을 그린 것, 전상자로서의 고통을 여자를 통해 해소하려는 남자들을 그린 것, 미군부대 물자를 몰래 빼내는 행위를 그려놓은 것, 전쟁이 가져다준 트라우마를 파헤친 것, 테러리스트를 주인공으로 한 것, 정치판이나 사상운동에 뛰어든 인물을 내보인 것, 해방 직후의 남한이나 북한의 정세를 서술한 것, 주인공을 우익 쪽에 서 있게 한 것, 정부군과 반란군의 대치상황을 국적불명으로 처리한 것, 무고하게 붙잡혀와 곤욕을 치르는 인물을 내보인 것, 인간의 비정함과 잔인함을 고발한 것, 자식의 죽음에 충격을 받고 죽은 부모를 그려낸 것, 비가 내리는 장면을 배치하여 인물의 암울함과 절망감을 부각시킨 것 등 20여 가지의 갈래를 추릴 수 있다. 이러한 갈래들은 다시 전쟁소설, 전후소설, 정치소설, 이념소설 등과 같은 보다 큰 갈래로 재편된다.
　(조남현, 『한국현대소설의 해부』, 문예출판사, 1993, pp. 173~75)

안수길의 「泥土地域」(『자유문학』, 1959. 7~10)에서 소설가 남편이 폐병에 걸려 마산 요양원으로 가자 부인 이금순은 동대문 밖에 있는 뚝섬행 전차 시발역 오른쪽에 펼쳐져 있는 무허가 시장에서 판자음식점을 열게 된다. 이금순에게 판잣집 음식점을 양도하는 중년 과부의 사연, 이금순이 전세계약서를 담보로 하여 돈 10만 환을 빌려 판잣집 음식점을 인수하는 과정, 이금순이 남편에게 진흙탕 시장의 판잣집 음식점에 드나드는 사람들의 이야기를 적어 보낸 동기, 함경도 태생으로 토지개혁 때 남하하여 아들과 며느리에게 전 재산을 주어 부산에 살게 하고 자신은 서울에 와 시장에서 나무장사하여 돈을 모아 맞은 새 부인이 얼마 있다가 돈과 옷을 몽땅 훔쳐 달아난 두석 영감의 사연, 회사원으로 상처했고 사택을 지을 것이라고 식당 식모를 속여 동거한 것이 들통나 본부인에게 폭행당하는 돼지 아버지 등 전쟁으로 인해 뿌리 뽑힌 자들의 관찰기를 작성하였다.

「잡초의 의지」에 이어 '의지'를 살린 손창섭의 「泡沫의 意志」(『현대문학』, 1959. 11)는 현실성이 낮은 사건을 제시하고 있다. 이모부네 목재상에서 일을 하는 종배는 창녀의 아들로 독실한 기독교 신자인 이모가 키웠으나 엄마와 비슷한 팔자인 창녀 옥화를 도와주게 된다. 여동생을 공부시키기 위해 창녀가 되었던 종배 어머니가 나중에 여동생에게 아들의 교육을 부탁했다가 거절당하자 그 충격으로 여관방에서 죽고 말았다는 것은 자연스럽지 못하다. 이모부 내외는 종배를 "죄악의 씨"라고 불렀고 종배는 이모부 내외를 "기도의 명수"라고 비난한다. 단골손님과 세 차례나 살림을 차렸다가 실패한 후 종배를 만난 옥화는 둘 다 인간의 자격을 상실했다고 생각한다. 종배는 옥화와 교회도 같이 다니고 어린애는 자기가 돌봐주면서 많은 손님을 끌어오기도 한다. 시름시름 앓다가 죽어가면서 교회 종소리가 듣고 싶다고 하는 옥화를 위해 종배가 교회로 가 종을 칠 때 옥화는 종소리를 들으며 교회 앞까지 와서 죽는다.

이봉구의 「雜草」(『현대문학』, 1959. 7)는 전쟁의 참화를 겪은 서울에 대한 프랑스 청년의 느낌과 비판을 토로하는 데 중점을 두었다. 과부로 부산에서 2년 반 동안 지내던 애라가 프랑스의 종군기자이면서 과학자인 남자와 같이 '나'를 찾아와 사흘 동안 명동 중심의 길거리와 다방과 술집과 댄스홀을 전전한다. 그 과학자는 2차대전 때 나치스에 체포되어 강제수용소 생활을 했고, 어머니는 학살당했고, 누이는 자살하여 전쟁 끝난 후 파리로 왔을 때 그리운 사람들은 다 죽어간 참혹한 경험을 했다고 한다. 그는 자유를 위해 싸우다 엄청난 상처를 안게 된 한국을 자진해서 보러 온 것이라고 여행 동기를 밝힌다. 그는 게오류그의 『25시』를 인용하여 "희망은 묘석 틈에서 자라나는 잡초와 같은 것"이라고 하며 잡초에 대한 공부에서 출발해야 한다고 했다. '나'는 3년 동안 폐허와 체온을 같이하면서 여러 연인을 두게 되었다는 말과 서울은 이번 전화(戰禍)로 인해 사랑의 광장이 되었다는 말을 들려준다. 작별 전날 세 사람이 술집에 가 있을 때 술집 마담이 들국화 한 다발을 과학자에게 준다. 애라가 국화도 소박하고 외로운 꽃이라고 하고 '나'는 서정주의 「국화 옆에서」를 읊는다. 다음 날 공항에서 과학자는 들국화와 잡초를 내보이며 기념으로 가지고 간다고 한다. 그리고 '나'에게 카뮈의 『페스트』와 앙드레 지드의 『지상의 양식』을 준다. 비행장을 나오며 발길에 채이는 잡초를 보며 카뮈의 『페스트』의 종장을 읊조리는 것으로 소설은 끝난다. 전쟁의 참화를 종합적이면서도 시적으로 파악하고 있다.[286]

최인훈의 「GREY俱樂部 顚末記」(『자유문학』, 1959. 10)는 지식인과 예술

---

286) 백철은 「한국문단십년」(『사상계』, 1960. 2)에서 1950년대 소설을 김성한의 「암야행」, 선우휘의 「도전」 등과 같이 부패·부정·허위 등으로 가득 찬 현실에 반항하는 작품들, 오상원의 「균열」, 정연희의 「탈출」, 유주현의 「언덕을 향하여」 등과 같이 행동성을 강조한 것, 손창섭의 「혈서」 「미해결의 장」 「설중행」, 장용학의 「요한시집」 「비인탄생」 등과 같이 시대와 사회를 향해 불신의 태도를 드러낸 것으로 나누어 보았다. 백철은 이 세 가지 갈래가 모두 실존주의의 그늘에 있다고 주장하였다. 첫번째 갈래의 소설은 아예 카뮈의 영향을 받은 것이라고 했고 세번째 갈래도 소극적이기는 하지만 실존주의의 영향을 받은 것이라고 하였다.

가 지망생을 주인공으로 한 관념소설이다. 이 소설에 등장하는 주체와 관념은 현실을 뛰어넘으려 하고 있지만 이 역시 시대의 산물이라고 하지 않을 수 없다. 독서광인 현은 다방에서 한 외교관이 마르세유 주재 총영사에 발령난 기사를 보고, 자신이 마르세유 총영사로 부임해서 스탕달, 모파상, 졸라, 카뮈 등을 연구하여 비교철학을 강의해달라는 부탁을 받고, 소설을 써서 베스트셀러가 되고, 한림원 회원이 되는 공상을 한다. 현은 화가 지망생인 K의 제안으로 친구 M의 넓을 집을 아지트로 하여 비밀결사조직을 한다. 집주인 M은 현상·시간·행동 등을 거부하고 회색을 사랑하는 자로 자처한다고 하면서 "동지 상호간에 내적인 유대(紐帶)감정을 지속하고 순수의 나라에 산다는 의식을 지속한다"[287]는 강령을 내세우며 그레이 구락부의 발당(發黨)을 선언한다. 현과 K, M, C 등 네 명으로 구성된 그레이 구락부는 현의 제안으로 여대생 미스 한을 받아들이게 된다. 그녀를 이성으로 간주하지 않는다, 그녀와의 개인 플레이를 금한다, 모든 행동은 구락부의 영예를 염두에 두고 행동한다 등과 같은 조건 아래 미스 한을 입당시키고 키티라는 애칭을 부여한다. M은 레코드만 돌리고, K는 그림만 그리고, 현은 난로 옆에 앉아 사념에 빠지고 키티는 계속 호콩을 먹는다. 창에게는 안과 밖을 가르기도 하고 연결시키기도 하는 두 가지 상반된 기능이 있다는 점에 착안하여, 행동은 하지 않고 세계를 주시하고 관조하는 '창' 타입의 인간을 제시하면서 "GREY 구락부는 그러한 「창」의 기사들의 기사단"이며 "창은 현재의 망원경이며 우자의 위안이 아닐텐가? 이것이 GREY구락부의 철학이다"[288]와 같이 의미화 작업을 한다. 현과 K가 프로이드, 돈팬 등을 언급하며 고독, 여인, 문 등에 대해 토론하는 것을 듣던 키티는 입센을 인용하며 남녀평등론을 펼친다. 가을이 되어 여호와의 증인 종교 행사에 참석했던 키티와 현 사이에 신의 존재라든가 성

---

287) 『자유문학』, 1959. 10, p. 154.
288) 위의 책, p. 159.

서 해석의 방향 등에 대한 토론이 벌어진다. 현은 성경은 과학처럼 증명하려고 할 것이 아니라 주장하면 된다는 요지의 생각을 표출함으로써 종교는 결국 이데올로기라는 것을 인정한 것이 된다. 크리스마스이브를 맞아 구락부원 다섯 명이 거리에 나가 완구점 쇼윈도를 한참 들여다보던 중 현은 키티와의 사랑에 빠진 것을 느끼면서 "순수의 나라에 산다는 의식을 지속한다"는 그레이 구락부의 강령을 어기는 것이 아닌가 하는 우려에 빠진다. 집에 돌아와 맥주를 마시고 재미있게 이야기를 나누는 자리에서 느닷없이 현이 그레이 구락부를 위한 7연체 31행의 즉흥시를 자작하여 읊는다. "너 人生을 사랑하여 서러운 무리여/ 오라 다함없는 灰色의 수풀속/ 순결의 湖水가로 오라// 靑春은 도시 가없고/ 사랑이 진하여 짐짓/ 憎惡에 딩굴어도 보며/ 붉은 술 잔속에 영원을 透視하며/ 웃고 또 울자는/ 오 GREY구락부"[289]라는 부분에서 '창' 타입의 인간을 중심으로 한 발당정신을 흔들려는 기미를 찾을 수 있다. 지나가는 합창대에게 선물을 주겠다고 내려갈 때 현은 남몰래 키티에게 키스를 한다. 크리스마스 며칠 후 현은 구락부에 나갔다가 키티를 나체 모델로 하여 K가 전람회 출품작을 그리는 것을 목격하게 된다. 현이 탈퇴를 생각하고 있을 때 회원 모두가 경찰에게 붙잡혀가는 일이 발생한다. 불온서적을 읽으면서 국가 전복을 의논했다는 어마어마한 혐의를 받지만 하루 동안 조사를 받은 후 석방된다. 현은 키티에게 구락부원 전체의 의사라고 하면서 자진 사퇴를 권고한다. 이에 키티는 구락부를 향해 "무능한 소인들의 만화" "과대망상증 환자의 소굴" "여자 하나를 편안히 숨쉬게 못하는 봉건성" 등과 같이 비난하며 당신들을 경멸하기 위해 육체로 도전한 것이라고 변명한다. 그러자 현은 그레이 구락부는 무정부주의와 테러리즘을 표방한 비밀결사체로 키티를 입당시킨 것은 어디까지나 기만전술이었다고 크롬웰·밀톤·바이론·하이

---

289) 위의 책, p. 166.

네·플라톤·마르크스 등의 이론을 거론하며 장황하게 말한다. 기본적으로 현은 자기과시벽에 빠지게 된다. 원탁자에 엎드려 울던 키티는, 홍소를 터뜨리며 연기한 것이라고 하는 현을 향해 탁상의 부엉이를 던지고 현이 피가 번지는 얼굴을 감싸자 기절한다. 문이 열리면서 M이 들어와 사태를 수습하고 현이 일어났을 때 M과 키티는 각기 다른 소파에서 잠들어 있었다. 현은 키티의 얼굴에서 이성을 느끼며 인간을 발견하고, 산다는 것은 재미있는 것이라고 생각한다. 스탕달의 『바니나 바니니』, 드가의 선집, 태공망, 달마, 톰 소여의 해적굴, 프로이트, 돈팬, 입센 시대, 차이콥스키 등의 이름이 거론된다. 독자들은 1950년대 말에 화려한 상호텍스트성을 보여주는 작품을 만날 수 있었다. 현이란 인물 자체가 관념적이거나 사변적인 존재로 형상화되어 있긴 하지만, 작가가 소설은 에세이나 논설을 포함하거나 그 연장선에 있는 것이라는 관념을 품고 있음이 입증되었다.

최인훈의 「라울傳」(『자유문학』, 1959. 12)은 길리기아의 다르사시에서 대대로 제사장을 지낸 명문에서 태어나 석학 가말리엘의 문하에서 같이 교법사가 된 라울과 바울의 경쟁담이다. 바울은 라울에게 편지를 보내 나사렛 예수는 천한 목공의 아들이며 간음한 어미의 소생이라는 소문이 퍼져 있는데도 학형은 예수의 혈통이 다윗 왕의 지파에 소급됨을 주장하느냐고 나무란다. 라울이 침착하고 사려 깊은 학자인 데 반해 바울은 팔팔하고 감정적인 정치가 스타일이다. 대제사장 라비 안나스가 방문하여 나사렛 예수를 빌라도 총독에게 고발하는 일에 가담하라고 하자 라울은 나사렛 사람을 본 적이 없기 때문에 고발하는 일에는 참여할 수 없다고 분명하게 선을 긋는다. 실로 엄청난 도전이었다. 얼마 후 라울은 예수의 죽음과 부활을 소문으로 듣고는 침식을 잃고 출입도 삼갔다. 총독관저에서 옥타비아스 총독은 바울이 예수를 따르는 무리에 가담하였다는 충격적인 소식을 들려준다. 바울이 몰래 라울을 찾아와 자신이 예수를 추종하는 자들을 끊임없이 밀고하였음을, 총독에게 새로운 희생자의 명부를 수교하러 다마색으로 가는 길에 이제부터 회개하고 제자들과 함께 사람들을 모으라는 말씀을 들었음을, 승천하는 주의 모습을 분명히 보았음을 말한다. 그러고는 자신이 죄악의 골짜기를 헤맬 때 주의 존재를 시사한 라울에게 자신이 본 바를 증거할 의무를 느껴 찾아온 것이라고 하였다. "이 어리석으나마 분명한 눈이 본 바를 알려드려 〈라비·라울〉에게 신념을 주고저 찾아 온것이오. 기뻐하오, 메시아는 지상에 오셨소"[290]라고 말을 맺는다. 이 소설은 라울이 집을 나와 다마색으로 가는 길에서 오랜 세월을 방황하여 해골과 같은 모습을 그리는 것으로 끝난다. 라울이 메시아를 찾아 오랜 세월을 방황하는 것은 어느 정도 예견된 일이었다고 할 수 있을 만큼 라울의 방황의 근인(根因)이자 원인은 라울 자신의 기질과 정신에서 찾을 수 있다. 그러나 근인(近因)은 라울보다 먼저 결행한 바울의 의외의 개종(改宗)에서 찾아야 한다.

이호철의 「脫殼」(『사상계』, 1959. 2)은 동연, 형석, 필구 등 동향인 세 남녀가 월남하여 부산 피란지에서 한집에 사는 것으로 시작한다. 동연은 유부남인 강준장을 사랑하여 딸을 낳고 이혼한 후 형석이네 셋방으로 들어간다. 형석은 부산에서 미군부대 다니다가 그만두고 세탁소를 차렸는데 그 후 환도해서도 청계천변에서 뜨내기 일을 하는 필구를 만나 세탁소에서 일하게 한다. 세 남녀는 형석의 집에 같이 살면서 성지의식(聖地意識)이라든가 공동체의식, 고향의식을 느꼈다. 그러나 시간이 지나면서 필구는 고향의식 같은 것은 청산하고 새출발하고 건강해져야 한다고 주장한다. 동연이 당구장 매입 계획을 하고 있다고 하자 형석은 고향의식을 깨는 것이라고 보아 반대한다. 뿐만 아니라 동연이 필구와 가까워지는 것도 반대하였다. 동연은 강장군에게 딸을 주어버리고 필구와 결혼한 후 형석의 집을 나와 당구장을 경영하고, 필구는 독자적으로 돈암동 쪽에 세탁소를 차리

---

290) 『자유문학』, 1959. 12, p. 97.

게 된다. 동연이 고향으로 돌아가는 날까지 건강해야 한다고 하자 필구는 돌아가다니 어디루 돌아가야 하는 거냐고 하면서 여기가 바로 고향이 아니냐고 한다. 이 소설의 표제인 "탈각"은 필구의 생각처럼 서울을 고향으로 여기고 새로운 삶을 누리자는 뜻을 보인다.

손동인의 「打算派」(『자유문학』, 1959. 4)는 정치가를 비판한 소설이다. 끝부분에 가서 정치가의 타산적인 태도가 고발되는 것으로 귀결된다. 어머니가 선거운동원으로 다닌 나성필은 친일파로 백만장자가 되었는데 구두쇠로 소문났음에도 마구 돈을 뿌려 예상을 깨고 당선된다. 당선 축하연과 선거운동원의 위로 잔치가 끝난 후에 어머니는 광목 두 필과 수닭 한 마리를 받아오고 병이 나으면 아들을 취직시켜주겠다는 약속을 받아온다. 그런데 다음 날 받아온 닭과 이미 사내의 집에 있었던 닭 다섯 마리가 나성필이 준 닭 때문에 돌림병에 걸려 모두 죽는 일이 일어난다. 나성필은 얼마 전에 유권자들에게 오래된 정종을 나누어 주어 몇 사람이 크게 탈이 난 일도 있었다.

강신재의 「絶壁」(『현대문학』, 1959. 5)은 여섯 살짜리 애를 헤어진 남편에게 주고 자신은 위암 선고를 받은 경아가 대학에서 법철학을 강의하는 첫 애인이었던 현태와 재회하여 청혼을 거절한 끝에 위암에 걸린 사실을 어쩔 수 없이 알리고 육체를 허락한다는 이야기를 들려준다. 현태는 죽음이 얼마 남지 않은 경아와 한 몸이되면서 마음으로 끝없는 절벽을 더듬고 있었다. 작가는 젊은이들의 새로운 기운과 반항의지를 "양지"로 파악하였다.

송병수의 「그늘진 陽地」(『사상계』, 1959. 8)는 학교 배구팀이며 집안이 좋은 네 명의 여학생이 정릉에서 남학생들과 풍기 문란한 짓을 했다는 이유로 퇴학당하는 것이 중심 사건이다. 여주인공 숙이의 아버지는 국내 굴지의 대기업가요 국회의원이며 새로 맞은 젊은 부인과 살고 있다. 큰오빠는 시인 지망생이었으나 전쟁 통에 아내를 잃고는 술주정뱅이가 되었고,

작은오빠는 상이군인이 되어 돌아온 후 아트리에에 처박혀 있다. 정애 아버지는 고급 관리로 일하던 중 납북되었다. 여학생들과 남학생들은 배구와 현대 미술과 문학에 대해 떠들기도 한다. 에즈라 파운드니 엘리어트니 카뮈의 실존사상이니 하고 떠들어대다가 "우리들의 젊은날"을 합창하는 식으로 높은 지적 수준을 보인다. 숙이와 오빠들이 아버지에게 반항하는 것으로 결말 처리 되었다.

송병수의 「人間信賴」(『사상계』, 1959. 12)는 미군과 중공군 포로가 등장하는 상황소설이다. 중공군 췌유는 몇 년 전에 공산당 천지가 되었을 때 인민의 적으로 찍힌 주인집 도련님의 도피를 도운 죄로 공산당 자위대에 붙잡혔다. 그는 반동분자가 되어 철도 공사장, 탄광, 땅굴 공사장 등에서 강제노동을 하다가 중국 인민의용군으로 붙들려 나왔다. 은딱지, 작대기, 털보, 검둥이 등이 미군 패잔병에게 끌려가다가 미군 공군의 폭격으로 은딱지와 검둥이와 췌유가 살아남는다. 검둥이는 췌유에게 거의 죽어가는 은딱지를 업으라고 하더니 췌유가 너무 힘들어하자 은딱지를 쏘아 죽이고 나서 울음을 터뜨린다. 그러자 췌유는 점점 가까워지는 포성 소리를 들으며 검둥이를 업는다. 자기가 살기 위해 아군을 쏘아 죽이고 적군의 등에 업혀 가는 검둥이는 어떻게 될 것인가.

이종환의 「使徒傳書」(『현대문학』, 1959. 9)는 기독교가 마르크시즘을 이긴다는 플롯을 취하였다. 학병을 나갔다가 해방된 지 1년 반 만에 마르크시스트가 되어 돌아왔으나 월북한 아들 박요섭은 전쟁 때 내무서원이 되어 돌아와 교회를 사수하는 아버지와 만나 서로 설득하려 한다. 아버지 박집사가 인민군 환영을 반대하고 교회 안에 탄약을 실어 나르는 것에 반대하다가 총에 맞아 죽자 아들 요섭은 총을 쏜 인민군을 죽이고 아내와 아들, 누이동생, 이목사 부인을 싣고 지프차를 타고 한강 인도교를 건너면서 아버지가 이겼다고 울부짖는다.

오유권의 「돌방구네」(『현대문학』, 1959. 10)는 호구지책 때문에 종교와 풍습 사이를 왔다 갔다 하는 무지한 여인의 경우를 들려준다. 남편을 여의고 시집간 세 딸은 그런대로 잘 살고 있지만 세 아들은 지게품을 팔든가 나무를 하러 다니든가 하는 형편이다. 돌방구네는 논밭 하나 없어 세 아들을 먹여 살리기 위한 궁여지책으로 천주교를 열심히 믿고 마을 여회장까지 한다. 돌방구네는 천주교 성당에서 강냉이 가루 배급도 타고, 헌옷도 얻어 입자 영세받기 위해 교리문답을 열심히 공부한다. 돌방구네는 고민 끝에 위패와 남편의 유품을 다 태워버린다. 돌방구네는 학질을 앓기 시작하면서 곰방대와 집을 새로 지어주지 않으면 앙갚음을 하겠노라고 죽은 남편이 협박하는 꿈을 꾼 직후 학질을 앓다가 반신불수가 된다. 이 번에는 무당의 말에 따라 세 딸은 급하게 상방을 새로 짓고 고인의 유품을 새로 갖추어놓는다. 무당은 쌀바가지에 촛불을 꽂고 주문을 외운다. 그러자 돌방구네는 신기하게도 건강을 회복하게 된다. 그러나 돌방구네는 어린 자식들을 먹여 살리기 위해 절반의 배급이라도 탈 작정으로 다시 교리문답서를 끼고 다시 교회로 나간다.

김장수의 「思想의 衣裳」(『자유문학』, 1959. 12)에는 연판장을 돌려 수백 명의 도장을 받아 부역자인 후배를 구해주고 물질적 보상을 받은 소설가인 남편과 폐렴에 걸린 아들의 주사값을 벌기 위해 몸을 파는 아내가 등장한다. 이타적이며 자기희생적인 태도로 현실을 극복해가는 부부의 모습을 그렸다.

서기원의 「달빛과 飢餓」(『사상계』, 1959. 1)는 전쟁 때 남녀가 이념을 초월하여 사랑하게 된다는 이야기를 들려주었다. 반공학생단체 출신인 김두영이 어느 하숙집에 석 달간 숨어 있다가 누가 밀고한 것 같다고 하며 애인인 석희가 세 들어 사는 집으로 찾아간다. 석희는 여맹원이라고 하며 '나'에게 밥만 해줄 뿐 매일같이 여맹 사무실에 출근한다. 석희의 몸을 범하려 할 때 애견의 방해로 실패한다. 서울 탈환이 임박하자 석희는 도망가려다가 '내'가 너는 내 아내라고 하자 '나'에게 몸을 기댄다.

서기원의 「오늘과 來日」(『사상계』, 1959. 10)은 인민군을 향한 복수심을 주인공 행위의 가장 큰 동기로 삼았다. 1·4후퇴 때 국련군 전투정보기관에 소속한 박병렬은 중공군과 인민군 합해 일개 군단이 포진한 충청북도 D읍에 잠복하라는 명령을 받는다. D읍은 박병렬의 고향으로, 아버지가 은행 지점장으로 근무한 곳이며 인민재판을 받고 그 자리에서 따발총을 맞고 죽은 곳이기도 하다. 인민군을 향한 복수심은 박병렬을 미군 장교를 능가하리 만큼 강경한 크레이지 박으로 몰아가는 힘의 하나로 작용한다. 병렬은 아버지의 원수를 갚기 위해서만이 아니라 한민족을 위해서 이 부대에 있다고 한다. 병렬은 옛날에 자기가 살던 집을 찾아가 버려진 노인이 사는 것을 발견한다. 병렬이 노인을 적진을 뚫고 데려가자고 하는 반면 한균은 싫다고 한다. 처치 곤란한 노인을 죽이려고 하는 한균을 죽인 병렬은 노인을 등에 업고 적이 쏘는 총소리를 들으며 달린다.

강신재(康信哉, 1924~2001)

분노, 민성, 1949. 7

얼굴, 문예, 1949. 9

정순이, 문예, 1949. 11

눈이 내린 날, 문예, 1950. 1

성근네, 신천지, 1950. 1

眞那의 결혼식, 혜성, 1950. 3

병아리, 부인경향, 1950. 6

안개, 문예, 1950. 6

백야, 문예, 1950. 6

C港 夜話, 협동, 1951. 1

관용, 신사조, 1951. 11

눈물, 문예, 1952. 1

봄의 노래, 주간국제, 1952. 2~3

로맨스, 미상, 1952

백만인의 첩, 미상, 1952

상흔, 여성계, 1952. 11

그 母女, 문예, 1953. 2

失妻記, 서울신문, 1953. 8

旅情, 현대공론, 1953. 10

凍花, 문예, 1953. 12

산기슭, 신천지, 1954. 3

夜會, 신태양, 1954. 11

埠頭, 현대공론, 1954. 11

泡沫, 현대문학, 1955. 3

지반, 이화, 1955. 3

샌들, 현대문학, 1955. 8

향연의 기록, 여원, 1955. 10

제단, 전망, 1955. 11

감상지대, 평화신문, 1955. 12~1956. 1

신을 만들다, 전망, 1956. 1

바바리코트, 문학예술, 1956. 3

어떤 해체, 현대문학, 1956. 3

落照前, 현대문학, 1956. 9

해결책, 여성계, 1956. 9

찬란한 은행나무, 여성계, 1956

표선생 수난기, 여원, 1957. 3

파국, 주부생활, 1957. 7

解放村 가는 길, 문학예술, 1957. 8

愛人, 신태양, 1957. 10

팬터마임, 자유문학, 1958. 2

絶壁, 현대문학, 1959. 5

옛날의 금잔디, 자유문학, 1959. 6

젊은 느티나무, 사상계, 1960. 1

착각 속에서, 현대문학, 1960. 12

洋館, 자유문학, 1961. 2

질투가 심하면, 미상, 1961

원색의 회랑, 민국일보, 1961. 2. 1~
1961. 8. 31

사랑의 가교, 국제신보, 1961. 11. 1~
1962. 6. 30

像, 현대문학, 1962. 4

검은 골짜기의 풍선, 현대문학, 1962. 6

황량한 날의 동화, 사상계, 1962년 증간호

그대의 찬 손, 여원, 1963. 1~1964. 2

파도, 현대문학, 1963. 6~1964. 2

그들의 행진, 세대, 1963. 10

재난, 미상, 1963

먼 하늘가에, 미상, 1963

이 찬란한 슬픔을, 여상, 1964. 7~1965.
11

신설, 한국일보, 1964. 9. 11~1965. 7. 22

TABU, 문학춘추, 1964. 11

이브 변신, 현대문학, 1965. 9

강물이 있는 풍경, 사상계, 1965. 12

보석과 청부, 한국문학, 1966. 3

투기, 문학, 1966. 5

점액질, 신동아, 1966. 6

녹지대와 분홍의 애드벌룬, 창작과비평,
1966. 6

호사, 한국문학, 1966. 6

레이디 서울, 대한일보, 1966. 10. 17~
1967. 8. 14

야광충, 중앙일보, 1967. 5. 25~1967. 6.
10

이 겨울, 중앙일보, 1967. 12. 8~1968.
3. 7

유리의 덫, 조선일보, 1968. 4. 27~
1969. 1. 24

어느 여름 밤, 월간중앙, 1968. 6

돌아서면 남, 여류문학, 1968. 11

오늘은 선녀, 여원, 1969. 1~1970. 2

젊은이들과 늙은이들, 여류문학, 1969. 5

우연의 자리, 여성중앙, 1970. 1~1970.
12

사랑의 묘약, 중앙일보, 1970. 8. 21~
1971. 8. 20

별과 엉겅퀴, 여성중앙, 1971. 1~1971.
12

모험의 집, 주부생활, 1972. 4~1973. 1

난리 그 뒤, 현대문학, 1972. 4

북위 38도선, 현대문학, 1972. 9~1974. 1

달오는 산으로, 문학사상, 1972. 10

豪奢, 아시아공론, 1972. 11

빛과 그림자, 문학사상, 199. 10

포켓에서 사랑을, 부산일보, 1981. 1~
1981. 12. 31

문정왕후 아수라, 현대문학, 1984. 4

간신의 처, 소설문학, 1985. 1~3

신사임당, 가정조선, 1985. 1~12

풍우, 현대문학, 1986. 12

시해, 동서문학, 1989. 1~2

소설집

戲畵, 계몽사, 1958

旅情, 중앙문화사, 1959

임진강의 민들레, 을유문화사, 1962

오늘과 내일, 정음사, 1966

新雪, 문원각, 1967

젊은 느티나무, 대문출판사, 1970

파도, 대문출판사, 1970

그래도 할 말이, 서음출판사, 1977

사도세자빈, 행림출판사, 1981

명성황후 민비, 행림출판사, 세명서관,
　1991

혜경궁 홍씨, 행림출판사, 1992

참고 문헌: 김미현 책임편집, 강신재 소설선 젊은 느
　티나무, 문학과지성사, 2007

곽학송(郭鶴松, 1927~1992)

마음의 노래, 대전일보, 1951. 6. 22~총
　14회

聖鐘, 대한신문, 1952

안약, 문예, 1953. 9

獨木橋, 문예, 1953. 11

幻影, 신태양, 1954. 9

귀환 후, 협동, 1955. 1

綠焰, 현대문학, 1955. 2

持久戰, 사상계, 1955. 4

석양, 현대문학, 1955. 8

遊星, 문학예술, 1955. 8

철로, 교통, 1955. 5~1956. 6

백치의 꿈, 1956. 1

마음, 문학예술, 1956. 2

장례식날, 문학예술, 1956. 5

황혼 후, 신태양, 1956. 6

密告者, 동아일보, 1956. 6. 2~6. 16

공상일기, 여원, 1956. 7

연속선, 현대문학, 1956. 10

花園, 대구매일신문, 1956. 8. 5~1957.
　2. 12

아이스크림, 조선일보, 1957. 7. 19

난맥, 현대문학, 1957. 7~8

허세, 신태양, 1957. 8

갱생녀, 여원, 1957. 9

신문, 자유문학, 1958. 1

완충지대, 현대, 1958. 4

미련, 명랑, 1958. 5

밀서, 현대문학, 1958. 7~8

황색녀, 자유문학, 1958. 8

망부의 일기, 소설계, 1959. 2

다시 만날 때까지, 소설계, 1959. 11

산꿩, 현대문학, 1960. 8

시발점, 현대문학, 1960. 11

완전한 애정, 소설계, 1961. 4

都會 四角線, 소설계, 1961. 5

결혼 전후, 소설계, 1961. 6

換腸, 소설계, 1961. 7

心身相剋, 소설계, 1961. 9

인기 여점원, 소설계, 1961. 9

귀향 전후, 소설계, 1961. 10

시골 미용사, 소설계, 1961. 11

백색의 공포, 조선일보, 1963. 7. 21~
  1964. 4. 3

金과 李, 현대문학, 1964. 3

태아, 문학춘추, 1964. 7

한강, 서울신문, 1964. 10. 1~1965. 3. 23

집행인, 창작과비평, 1969. 12

邂逅群, 월간문학, 1969. 12

反哺之孝, 현대문학, 1970. 1

두 위도선, 현대문학, 1970. 7~8

神父의 아들, 월간문학, 1970. 8~1971. 2

난수표, 현대문학, 1971. 7

동족, 북한, 1972. 11

도피, 현대문학, 1972. 7

두 釣友, 현대문학, 1973. 1

세 참모 이야기, 문학사상, 1973. 4

가면, 북한, 1973. 7

背族, 한국문학, 1974. 4

義兵, 현대문학, 1974. 5

진주 함성, 신동아, 1974. 6

老釣士, 현대문학, 1974. 9

두 실향인, 월간문학, 1975. 2

放魚, 현대문학, 1975. 4

구긴 속, 현대문학, 1975. 11

장군 계백, 민족문화대계, 1975

고개 너머 마을, 월간문학, 1976. 2

道, 신동아, 1976. 2

분이의 상경, 소설문예, 1976. 4

韶顔, 월간문학, 1977. 5

被面會人, 월간문학, 1978. 2

낯설은 골짜기, 월간문학, 1978. 4

접경의 마을, 북한, 1978. 7

흔적, 현대문학, 1978. 5~1979. 11

拘泥, 월간문학, 1980. 3

낚시와 전쟁, 월간문학, 1980. 11

遁走路 1부, 현대문학, 1981. 4

遁走路 2부, 월간문학, 1981. 5

囚衣, 소설문학, 1981 .5

病因, 월간문학, 1982. 10

인간관계, 현대문학, 1984. 7

望鄕保留, 월간문학, 1984. 10~1985. 3

양재천변, 현대문학, 1985. 1

死의 삼각지대, 한국문학, 1985. 9

이질화, 소설문학, 1985. 11

상실, 월간문학, 1986. 11

판문점 비화, 문예정신, 1987. 2

연옥, 동서문학, 1987. 3

새벽의 죽음, 현대문학, 1987. 3

소설집

자유의 궤도, 노동문화사, 1956

철로(한국현대문학전집 10), 신구문화
  사, 1966

집행인(신한국문학전집 25), 어문각,
  1970

두 위도선(한국문학전집 41), 삼성당,
  1971

도시의 그림자, 향서각, 1978

흔적, 예일출판사, 1979

백색의 공포, 대완도서, 1980

참고 문헌: 문혜윤 엮음, 곽학송 소설 선집, 현대문
학, 2012

김성한(金聲翰, 1919~2010)

無名路, 서울신문, 1950. 1
金可成論, 학풍, 1950. 3
自由人, 문학, 1950. 4
暗夜行, 신천지, 1954. 1
仙人掌의 抗議, 문화세계, 1954
續·暗夜行, 신천지, 1954. 9
골짜구니의 靜寂, 신태양, 1954. 11
제우스의 自殺, 사상계, 1955. 1
봄, 현대문학, 1955. 5
오분간, 사상계, 1955. 6
蓋馬高原의 傳說, 문학예술, 1955. 10
극원, 문학예술, 1956. 5
바비도, 사상계, 1956. 5
彷徨, 새벽, 1957. 4
달팽이, 신태양, 1957. 6
귀환, 문학예술, 1957. 9
爆笑, 자유문학, 1958. 2
虐殺, 지성, 1958. 9
光化門, 사상계, 1961. 11
遼河, 동아일보, 1968. 6. 29~1969. 7. 31

소설집

암야행, 양문사, 1954
오분간, 을유문화사, 1957
이성계, 지문각, 1966
이마, 동아일보사, 1979
요하, 홍성사, 1981
왕건, 동아일보사, 1981
바지도, 홍성사, 1982
임진왜란, 어문각, 1985
소설 이퇴계, 예음, 1993
진시황제, 조선일보사, 1998

참고 문헌: 권영민 편, 한국현대문학대사전, 서울대
학교출판부, 2004

김학철(金學鐵, 1916~2001)

이렇게 싸웠다, 한성시보, 1945. 10
지네, 주보건설, 1945. 12
南江渡口, 조선주보, 1946. 1
龜裂, 신문학, 1946. 4
傷痕, 상아탑, 1946. 5
밤에 잡은 俘虜, 신천지, 1946. 6
달걀, 민성, 1946. 6
담배국, 문학, 1946. 8
원쑤와 벗, 문학사상, 1989. 12
무명소졸, 창작과비평, 1989. 12

소설집

군공메달, 인민문학출판사, 1951

뿌리박은 터, 연변교육출판사, 1953

새집 드는 날, 연변교육출판사, 1953

해란강아 말하라, 연변교육출판사, 1954

고민, 민속출판사, 1956

번영, 연변교육출판사, 1957

항전별곡, 흑룡강조선민족출판사, 1983

격정시대, 요녕민족출판사, 1986

해란강아 말하라, 풀빛, 1988

격정시대, 풀빛, 1988

無名小卒, 풀빛, 1989

참고 문헌: 권영민 편, 한국현대문학대사전, 서울대
　학교출판부, 2004

박경리(朴景利, 1926~2008)

計算, 현대문학, 1955. 8

黑黑白白, 현대문학, 1956. 8

군식구, 현대문학, 1956. 11

剪刀, 현대문학, 1957. 3

不信時代, 현대문학, 1957. 8

반딧불, 신태양, 1957. 10

玲珠와 고양이, 현대문학, 1957. 10

湖水, 숙명여고 학보, 1957

연가, 민주신보, 1958

僻地, 현대문학, 1958. 3

道標없는 길, 여원, 1958. 5

薰香, 한국평론, 1958. 6

暗黑時代, 현대문학, 1958. 6~7

돌아온 아이, 새벗, 1959

銀河水, 새벗, 1959

재귀열, 주부생활, 1959

새벽의 합창, 중앙여고 학보, 1959

漂流島, 현대문학, 1959. 2~11

비는 내린다, 여원, 1959. 10

어느 正午의 決定, 자유공론, 1959. 1

海東旅舘의 迷邪, 사상계, 1959. 12

聖女와 魔女, 여원, 1960. 4~1961. 3

貴族, 현대문학, 1961. 2

은하, 전남일보, 1961

푸른 운하, 국제신보, 1961

내 마음은 호수, 조선일보, 1961

노을진 들녘, 경향신문, 1961. 10~1962.
　6

암흑의 사자, 가정생활, 1962

가을에 온 여인, 한국일보, 1962. 8~
　1963. 5

재혼의 조건, 여상, 1962. 11~1963. 4

그 형제의 연인들, 전남일보, 1963

파시, 동아일보, 1964. 7~1965. 5

풍경B, 사상계, 1964. 12

녹지대, 부산일보, 1965

도선장, 민주신보, 1965

풍경A, 현대문학, 1965. 1

흑백콤비의 구두, 신동아, 1965. 4

타인들, 주부생활, 1965. 4~1966. 3

외곽지대, 현대문학, 1965. 8

하루, 사상계, 1965. 11

환상의 시기, 한국문학, 1966. 3~12

집, 현대문학, 1966. 4

인간, 문학, 1966. 7

평면도, 현대문학, 1966. 12

눈먼 실솔, 카톨릭 시보, 1967

겨울비, 여성동아, 1967

신교수의 부인, 조선일보, 1967

옛날 이야기, 신동아, 1967. 5

쌍두아, 현대문학, 1967. 5

우화, 월간중앙, 1968. 4

약으로도 못 고치는 병, 월간문학, 1968.
  11

죄인들의 숙제, 경향신문, 1969

토지 1부, 현대문학, 1969. 9~1972. 9

창, 조선일보, 1970

밀고자, 세대, 1970. 6

토지 2부, 문학사상, 1972. 10~1975. 10

단층, 동아일보, 1974. 2. 18~12. 31

토지 3부, 독서생활, 1977. 1~1977. 5

토지 3부, 한국문학, 1977. 6~1978. 1

토지 4부, 정경문화, 1983. 7~1983. 12

토지 4부, 월간경향, 1987. 8~1988. 5

토지 5부, 문화일보, 1992. 9. 1~1994.
  8. 30

소설집

표류도, 대한교과서, 1959

김약국의 딸들, 을유문화사, 1962

가을에 온 여인, 신태양사, 1963

노을진 들녘, 신태양사, 1963

불신시대, 동민문화사, 1963

내 마음은 호수, 신태양사, 1964

시장과 전장, 현암사, 1964

파시, 현암사, 1965

토지 1부, 삼성출판사, 1973

토지 2부, 삼성출판사, 1974

나비와 엉겅퀴, 범우사, 1978

박경리 문학전집(전 16권), 지식산업사,
  1979

토지 3부, 삼성출판사, 1980

토지 1~15권, 솔출판사, 1993~1994

토지 16권, 솔출판사, 1994

참고 문헌 : 최유찬 편, 박경리, 새미, 1998

서기원(徐基源, 1930~2005)

安樂死論, 현대문학, 1956. 6

暗射地圖, 현대문학, 1956. 11

딸라 이야기, 현대문학, 1957. 7

密蒙花, 신태양, 1958. 7

羈絆, 현대문학, 1958. 9

陰謀家族, 현대문학, 198. 11

달빛과 飢餓, 사상계, 1959. 1

孕胎期, 현대문학, 1959. 4

照準, 사상계, 1959. 8

오늘과 來日, 사상계, 1959. 10

變身, 사상계, 1960. 1

飜譯官, 새벽, 1960. 2

四肢演習, 현대문학, 1960. 5

이 成熟한 밤의 포옹, 사상계, 1960. 6,
  1960. 10

小團圓, 자유문학, 1960. 10

遁走, 사상계, 1960. 11

前夜祭(上), 사상계, 1961. 4

薄明記, 현대문학, 1961. 9

前夜祭(下), 사상계, 1962. 4

夜話, 사상계, 1962. 7

밥, 국방, 1962. 8

殺生, 서기원 대표중단편선집, 1962. 9

財閥, 사상계, 1962. 11

相續者, 현대문학, 1963. 2

戀歌, 자유문학, 1963. 6

換率變更, 세대, 1963. 9

말을 주제로 한 變奏, 사상계, 1963. 11

準自由, 문학춘추, 1964. 4

南海紀行, 사상계, 1964. 4

태어나지 않은 아이들, 현대문학, 1964. 8

革命, 신동아, 1964. 9~1965. 11

POLYGRAPH, 문학춘추, 1964. 10

選好, 사상계, 1965. 1

기프스, 현대문학, 1965. 1

半空日, 현대문학, 1965. 8

狀啓草, 한국문학, 1966. 3

아리랑, 창작과비평, 1966. 3

理由, 신동아, 1967. 8

金玉均, 조선일보, 1967. 8. 15~1969. 1.
  31

共犯者들, 사상계, 1968. 8

당내리 風景, 월간중앙, 1968. 8

誤算, 월간중앙, 1969. 4

飼育, 신동아, 1969. 7

An Asian Comedy, 문화비평, 1969. 9

소문나지 않은 얘기, 월간중앙, 1970. 6

近來의 李關, 신동아, 1971. 2

어느 忠州牧使, 월간중앙, 1971. 2

馬鹿列傳·1, 현대문학, 1971. 3

        문학과지성, 1971. 6

        동서문화, 1971. 9

사금파리의 무덤, 중앙일보, 1971. 8. 21
  ~1971. 11. 13

馬鹿列傳·2, 월간문학, 1971. 8

李朝白磁 마리아像, 현대문학, 1971. 8~
  1973. 3

風景, 창조, 1971. 11

馬鹿列傳·3, 문학과지성, 1971. 12

李人稙傳, 월간중앙, 1972. 5

金經世氏宅, 주간한국, 1972. 5. 28

동학난리, 월간문학, 1972. 6

馬鹿列傳·4, 창작과비평, 1972. 6

어긋난 느낌, 월간문학, 1972. 8

馬鹿列傳·5, 문학사상, 1972. 11

齒科 나들이, 월간중앙, 1973. 4

말, 말, 말, 주간조선, 1975. 6. 8

女子의 다리, 소설문예, 1975. 8

王朝의 祭壇, 문예중앙, 1982. 6~1983. 9

어제오늘의 李關, 말과 삶과 자유, 1985

光化門, 조선일보, 1994. 1. 4~1997. 3. 3

懲毖錄, 서울신문, 1996. 1. 1~1996. 9. 30

참고 문헌: 이학영, 서기원 소설에 나타난 자부심의
발현양상 연구, 서울대 석사학위 논문, 2001

선우휘(鮮于煇, 1922~1986)

鬼神, 신세계, 1955

ONE WAY, 신태양, 1956. 10

테러리스트, 사상계, 1956. 12

불꽃, 문학예술, 1957. 7

똥개, 사상계, 1957. 8

거울, 문학예술, 1957. 9

火災, 사상계, 1958. 1

勝敗, 신태양, 1958. 12

報復, 사상계, 1958. 7

체스터피일드, 사상계, 1958. 10

牽制, 지성, 1958. 6

오리와 階級章, 지성, 1958. 9

소나기, 서울신문, 1958

흰 百合, 사상계, 1959. 6

單獨講和, 신태양, 1959. 6

兄弟, 새벽, 1959. 9

挑戰, 사상계, 1959. 9

깃발 없는 旗手, 새벽, 1959. 12

韓國人, 현대문학, 1960. 12

隊列, 중앙문학, 1960. 11

꼬부랑할머니, 신지성, 1960

산다는 것, 여원, 1960

아아, 山河여, 한국일보, 1960. 6. 1~
1961. 5. 4

遺書, 사상계, 1961. 11

追跡의 피날레, 신세계, 1961. 12

賭博, 사상계, 1962. 11

언젠가 그날, 조선일보, 1962. 12. 12~
1963. 11. 6

갚을 수 없는 빚, 한양, 1963. 1

叛逆, 사상계, 1963

세월, 여원, 1963

언제 어디서나, 신사조, 1963. 9

싸릿골의 神話, 신세계, 1963. 8~9

城砦, 사상계, 1963. 3~1964. 1

아아, 내고장, 신사조, 1964. 1

열세 살 少年, 세대, 1964. 2

아버지, 문학춘추, 1964. 6

우스운 사람들의 우스운 이야기, 신동아,
1964. 12

女人街道, 대한일보, 1964

그의 動機, 문학춘추, 1965. 1

점배기 女人, 문학춘추, 1965. 1

언제까지나, 문학춘추, 1965. 1

馬德昌 大人, 현대문학, 1965. 5

挫折의 複寫, 세대, 1965. 5

十字架 없는 골고다, 신동아, 1965. 6

望鄕, 사상계, 1965. 8

奇痛譚, 현대문학, 1965. 11

沙羅記, 서울신문, 1965. 4. 18~11. 30

使徒行傳, 신동아, 1966. 1~6

물결은 메콩강까지, 중앙일보, 1966. 6. 9

~1967. 2. 28

荒野의 小驛에서, 신동아, 1967. 8

上院寺, 월간중앙, 1969. 1

포엠 마담, 신동아, 1971. 2

默示, 현대문학, 1971. 2

先塋, 월간문학, 1971. 3

外面, 문학사상, 1976. 7

서러움, 문학사상, 1977. 4

쓸쓸한 사람, 문예중앙, 1977. 12

喜劇俳優, 한국문학, 1978. 2

나도밤나무, 문학사상, 1978. 3

에반 킴, 문학사상, 1978. 10

우리말, 현대문학, 1978. 12

노다지, 주간조선, 1979. 2. 18~1981. 8. 29

鎭魂, 문예중앙, 1982. 12

이름모를 꽃, 소설문학, 1983. 3

안경 낀 女子, 소설문학, 1983.5

한平生, 한국문학, 1983. 6

목숨, 월간조선, 1984. 3

빛 한 줄기, 월간조선, 1984. 4

오막살이 집 한 채, 월간조선, 1984. 5

거스름돈, 월간조선, 1984. 6

勝利, 월간조선, 1984. 7

不良老人, 월간조선, 1984. 8

올림픽, 월간조선, 1984. 9

소설집

불꽃, 을유문화사, 1959

현대한국문학전집 12, 신구문화사, 1966

한국단편문학대계 10, 삼성출판사, 1969

망향, 일지사, 1972

쓸쓸한 사람, 한진출판사, 1977

노다지, 동서문화사, 1986

선우휘 문학선집(5권), 조선일보사, 1987

참고 문헌: 황순원·김성한·이어령 편, 선우휘 문학
선집 5, 조선일보사, 1987

손창섭(孫昌涉, 1922~2010)

얄궂은 비, 연합신문, 1949. 3. 29~3. 30

公休日, 문예, 1952. 6

死線記, 문예, 1953. 6

비오는 날, 문예, 1953. 11

生活的, 현대공론, 1954. 11

血書, 현대문학, 1955. 1

被害者, 신태양, 1955. 3

未解決의 章, 현대문학, 1955. 6

齟齬, 사상계, 1955. 7

人間動物園抄, 문학예술, 1955. 8

STICK, 학도주보, 1955. 9

流失夢, 사상계, 1956. 3

雪中行, 문학예술, 1956. 4

희생, 해군, 1956. 4

曠野, 현대문학, 1956.4

微笑, 신태양, 1956. 8

師弟恨, 현대문학, 1956. 10

層階의 位置, 문학예술, 1956. 12

稚夢, 사상계, 1957. 7

少年, 현대문학, 1957. 7

條件附, 문학예술, 1957. 8

저녁놀, 신태양, 1957. 9

假父女, 자유문학, 1958. 1

孤獨한 英雄, 현대문학, 1958. 1

侵入者, 사상계, 1958. 3

人間繫累, 희망, 1958. 5

雜草의 意志, 신태양, 1958. 8

剩餘人間, 사상계, 1958. 9

미스테이크, 서울신문, 1958. 8. 21～9. 5

洛書族, 사상계, 1959. 3

반역아, 자유공론, 1959. 4

泡沫의 意志, 현대문학, 1959. 11

저마다 가슴 속에, 민국일보, 1960. 6. 15
～1961 1. 31

神의 戲作, 현대문학, 1961. 5

肉體魂, 사상계, 1961

부부, 동아일보, 1962. 7. 2～12. 29

인간교실, 경향신문, 1963. 4. 22～1964.
1. 10

이성연구, 서울신문, 1965. 12. 1～1966.
3. 5/1966. 7. 1～1966. 12. 30

공포, 문학춘추, 1965. 1

宦官, 신동아, 1968. 1

靑史에 빛나리, 월간중앙, 1968.5

길, 동아일보, 1968. 7. 29～1969. 5. 22

흑야, 월간문학, 1969. 11

삼부녀, 주간여성, 1970

流氓, 한국일보, 1976. 1. 1～10. 28

봉술랑, 한국일보, 1977. 6. 10～1978.
10. 8

소설집

비오는 날, 일신사, 1959

낙서족, 일신사, 1959

부부, 정음사, 1965

이성연구, 동방서원, 1967

여자의 전부, 국민문고사, 1969

길, 동양출판사, 1969

손창섭 대표작 전집 전 5권, 예문관, 1970

유맹, 실천문학, 2005

참고 문헌: 조현일 책임편집, 손창섭 단편선 비 오는
날, 문학과지성사, 2005

오상원(吳尙源, 1930～1985)

猶豫, 한국일보, 1955. 1

龜裂, 문학예술, 1955. 8

죽음에의 訓練, 사상계, 1955. 12

亂影, 현대문학, 1956. 3

죽어살이, 신세계, 1956. 4

視差, 문학, 1956. 7

證人, 사상계, 1956. 8

彈痕, 문학예술, 1956. 11

白紙의 記錄, 사상계, 1957. 5～1957. 12

思像, 문학예술, 1957. 9

謀反, 현대문학, 1957. 11

잊어버린 에피소우드, 문학예술, 1957. 12

似而非, 현대, 1958. 4

煤煙, 한국평론, 1958. 5

피리어든, 지성, 1958. 6

내일쯤은……, 사상계, 1958. 7

位置, 신태양, 1958. 7

浮動期, 사상계, 1958. 12

錯覺, 신군상, 1958. 12

暗示, 신문예, 1959. 1

失記, 자유공론, 1959. 2

報酬, 사상계, 1959. 5

表情, 사상계, 1959. 8

破片, 새벽, 1959. 10

노인과 도둑, 학생예술, 1959. 11

現實, 사상계, 1959. 12

對位, 여원, 1959. 12

黃線地帶, 사상계, 1960. 4

無明記, 사상계, 1961. 8~1961. 11

夜半, 사상계, 1961. 11

分身, 전후 정예작가 15인집, 1963

勳章, 세대, 1964. 1

逢變, 문학춘추, 1964. 6

거리, 사상계, 1964. 9

참고 문헌: 유승환, 오상원 문학의 현실인식과 담론
　　연구, 서울대 석사학위 논문, 2006

이호철(李浩哲, 1932~)

脫鄕, 문학예술, 1955. 7

裸像, 문학예술, 1956. 1

백지풍경, 문학예술, 1956. 4

무궤도 제2장, 문학예술, 1956. 9

부군, 현대문학, 1957. 1

裸相, 문학예술, 1957. 6

핏자국, 문학예술, 1957. 10

여분의 인간들, 사상계, 1958. 1

塞翁得失, 사상계, 1958. 7

살인, 현대문학, 1958. 9

脫殼, 사상계, 1959. 2

滿潮期, 신문예, 1959. 2

破裂口, 사상계, 1959. 9

중간동물, 사상계, 1959. 12

세실과, 새벽, 1960. 2

아침, 현대문학, 1960. 4

60년대의 배당, 사상계, 1960. 4

진노, 새벽, 1960. 7

용암류, 사상계, 1960. 11

판문점, 사상계, 1961. 3

닳아지는 살들, 사상계, 1962. 7

무너앉는 소리, 현대문학, 1963. 7

천명과 대열, 세대, 1963. 8

마지막 향연, 사상계, 1963. 11

비정, 신사조, 1964. 1

타인의 땅, 문학춘추, 1964. 4

일기졸업생, 사상계, 1964. 5

추운 저녁의 무더움, 문학춘추, 1964. 7

1985. 7

문, 문예중앙, 1988. 봄〜겨울

개화와 척사, 민족과문학, 1991

사람·바람·사람, 문학사상, 1993

보고드리옵니다, 계간 문예, 1993. 3

남녘 사람, 북녘 사람, 문예중앙, 1996. 6

1991년 초겨울의 서울-모스코바-평양,
21세기문학, 1997. 3

이산타령, 친족타령, 라쁠륨, 1999. 9

사람들 속내 천야만야, 창작과비평,
1999. 12

용암류, 내일을 여는 작가, 2000. 3

소설집

나상, 사상계사, 1961

서울은 만원이다, 문우출판사, 1966

공복사회, 홍익출판사, 1968

사월의 영원, 을유문화사, 1971

큰 산, 정음사, 1972

닳아지는 살들, 삼중당, 1975

이단자, 창작과비평사, 1976

남풍 북풍, 현암사, 1977

1970년의 죽음, 열화당, 1977

역려, 세종출판공사, 1978

재미 있는 세상, 한진출판사, 1980

그 겨울의 긴 계곡, 현암사, 1978

소시민, 경미문화사, 1979

비바람 소리, 한진출판사, 1980

월남한 사람들, 심설당, 1981

물은 흘러서 강, 창작과비평사, 1984

까레이 우라, 한겨레, 1986

탈사육자회의, 정음문화사, 1986

판문점, 청계, 1988

네겹 두른 족속들, 미래사, 1989

소시민·살, 문학사상사, 1993

서울은 만원이다, 문학사상사, 1994

뿔, 문학세계사, 1995

남녘 사람 북녘 사람, 프리미엄북스, 1996

참고 문헌: 권영민 편, 한국현대문학대사전, 서울대
출판부, 2004

장용학(張龍鶴, 1921〜1999)

戱畵, 연합신문, 1949

地動說, 문예, 1950. 5

未練素描, 문예, 1952. 1

찢어진 倫理學의 根本問題, 문예, 1953. 6

人間의 終焉, 문화세계, 1953. 11

無影塔, 현대여성, 1953. 12

氣象圖, 청춘, 1954. 5

復活未遂, 신천지, 1954. 9

그늘지는 斜塔, 신태양, 1955. 1

肉囚, 사상계, 1955. 3

요한詩集, 현대문학, 1955. 7

羅馬의 달, 중앙일보, 1955. 8. 9〜20

死火山, 문학예술, 1955. 10

逆流, 무학, 1955. 10

非人誕生, 사상계, 1956. 10〜1957. 1

易姓序說, 사상계, 1958. 3~6

大關嶺, 자유문학, 1959. 1

現代의 野 , 사상계, 1960. 3

遺皮, 사상계, 1961. 11

圓形의 傳說, 사상계, 1962. 3~11

僞史가 보이는 風景, 사상계, 1963. 11

喪笠新話, 문학춘추, 1964. 4

孵化, 사상계, 1965. 2

太陽의 아들, 사상계, 1965. 8~1966. 12

世界史의 하루, 한국문학, 1966. 9

形象化未遂, 신동아, 1967. 8

靑銅紀, 세대, 1967. 8~1968. 12

殘忍의 季節, 문학사상, 1972. 11

傷痕, 현대문학, 1974. 1

採菊記, 司牧, 1974. 3

孝子點景, 한국문학, 1979. 1

扶餘에 죽다, 현대문학, 1980. 9

流域, 문예중앙, 1981. 3~1982. 3

風物考, 현대문학, 1985. 6

山房夜話, 동서문학, 1986. 2

何如歌行, 현대문학, 1987. 11

氷河紀行(유고), 문학사상, 1999. 10

소설집

원형의 전설, 사상계, 1962

태양의 아들, 지문각, 1967

유역, 중앙일보사, 1982

청동기, 일신서적, 1994

참고 문헌: 구인환·윤병로·우한용·박창원 편, 장용

학 문학전집 7, 국학자료원, 2002

전광용(全光鏞, 1919~1988)

鴨綠江, 서울대 대학신문, 1949. 3

黑山島, 조선일보, 1955. 1

塵芥圈, 문학예술, 1955. 1

凍血人間, 조선일보, 1956. 1

硬動脈, 문학예술, 1956. 3

地層, 사상계, 1958. 6

海圖抄, 사조, 1958. 11

霹靂, 현대문학, 1958. 12

주봉氏, 자유공론, 1959. 1

褪色된 勳章, 자유문학, 1959. 2

GMC, 사상계, 1959. 2

영1234, 신태양, 1959. 3

射手, 현대문학, 1959. 6

크라운莊, 사상계, 1959. 9

玄蘭公碩士, 문예, 1959. 10~1960. 1

蟲媒花, 사상계, 1960. 9

招魂哭, 현대문학, 1960. 12

반편들, 사상계, 1962. 1

免許狀, 미사일, 1962. 5

꺼삐딴 리, 사상계, 1962. 7

郭書房, 주간 새나라, 1962. 8

南宮博士, 자유문학, 1963. 1

태백산맥, 신세계, 1963. 2~1964. 3

裸身, 여원, 1963. 5~1964. 9

죽음의 姿勢, 현대문학, 1963. 7

모르모트의 反應, 사상계, 1964. 5

第三者, 문학춘추, 1964. 7

세끼미, 사상계, 1965. 1

머루와 노인, 사상계, 1965. 11

젊은 소용돌이, 현대문학, 1966. 6~
1968. 2

牧丹江行列車, 북한, 1974. 9

표범과 쥐 이야기, 한국문학, 1979. 8

소설집

흑산도, 을유문화사, 1959

나신, 휘문출판사, 1965

창과 벽, 을유문화사, 1967

동혈인간, 삼중당, 1977

목단강행열차, 태창출판사, 1978

태백산맥, 삼성출판사, 1978

참고 문헌: 전광용문학전집 간행위원회 편, 전광용
문학전집 5, 태학사, 2011

정한숙 (鄭漢淑, 1922~1997)

凶家, 예술조선, 1948.4

狂女, 주간국제, 1952. 11

ADAM의 행로, 신생공론, 1952. 12

來日에의 煩悶, 문화세계, 1953. 11

배신, 조선일보, 1954. 2. 8

峻嶺, 신천지, 1954. 9

田黃堂印譜記, 한국일보, 1955

애정지대, 평화신문, 1955. 3. 11~1955.
9. 19

닭, 사상계, 1955. 4

金堂壁畵, 사상계, 1955. 7

猫眼猫心, 문학예술, 1955. 8

황진이, 한국일보, 1955. 1. 19~1955. 8.
28

噓噓噓, 현대문학, 1955. 9

忠臣과 逆臣, 신태양, 1956. 1

바위, 문학예술, 1956. 2

눈 내리는 날, 현대문학, 1956. 2

집착, 문학예술, 1956. 4

여인의 생태, 조선일보, 1956. 4. 1~
1956. 11. 27

공포, 자유문학, 1956. 6

古家, 문학예술, 1956. 7

눈매, 신태양, 1956. 7

禮成江曲, 현대문학, 1956. 9

暗黑의 季節, 문학예술, 1957. 3~1957. 8

海娘祠의 慶事, 사상계, 1957. 3

절영도, 부산일보, 1957. 3. 1~7. 27

青孀時代, 자유문학, 1957. 6

故苑의 비련, 평화신문, 1957. 6. 17~
1958. 1. 9

화전민, 신태양, 1957. 10

그늘진 계곡, 문학예술, 1957. 11

愛怨의 언덕, 현대, 1957. 11~1958. 4

囚人共和國, 자유문학, 1957. 12

피부, 한국평론, 1958. 4

처용랑, 경향신문, 1958. 4. 15~1959. 4

시몬의 회상, 신문예, 1958. 6~1958. 11

駱山房椿事, 사상계, 1958. 7

미아리 근처, 신태양, 1958. 10

탈, 사조, 1958. 12

풍화하는 바위, 신태양, 1959. 1

꼬추잠자리, 사상계, 1959. 6

나루, 문예, 1959. 11

石碑, 현대문학, 1959. 11

그날, 평화신문, 1959. 12. 24~12. 31

굴레, 세계, 1960. 4

바다의 왕자, 경향신문, 1960. 4. 29~
　1961. 6. 13

신과 인간의 상처, 문예, 1960. 5

木偶, 현대문학, 1960. 6

두메, 사상계, 1960. 12

IYEU도, 자유문학, 1960. 12

모발, 현대문학, 1961. 12

여항야화, 서울신문, 1962. 6. 20~9. 28

검은 렛텔, 현대문학, 1962. 8

우린 서로 닮았다, 동아일보, 1963. 1. 1
　~7. 27

어느 동네에서 울린 총소리, 현대문학,
　1963. 2

괴짜 창심이, 신세계, 1963. 3~1964. 3

닭장 관리, 현대문학, 1963. 5

쌍화점, 현대문학, 1963. 9

삐에로, 세대, 1964. 1

山精, 신사조, 1964. 2

해녀, 문학춘추, 1964. 5

만나가 나리는 땅, 현대문학, 1964. 5

돌쇠, 문학춘추, 1964. 10

熊女의 後裔, 현대문학, 1964. 11

이성계, 동아일보, 1965. 2. 18~1966. 7.
　20

청개구리와 게와의 대화, 신동아, 1965.
　12

누항곡, 현대문학, 1966. 4

히모도 손징(日本村人) 화백, 문학, 1966.
　6

挫頓, 신동아, 1967. 2

격랑, 서울신문, 1967. 3. 11~8. 30

설화, 현대문학, 1967. 11

잃어버린 기억, 신동아, 1968. 8

유순이, 현대문학, 1968. 10

왕거미, 월간문학, 1969. 3

옹달샘이 흐르는 마을, 월간중앙, 1969. 7

선글라스의 목욕탕 주인, 현대문학,
　1969. 7

백자도공 최술, 현대문학, 1969. 12

거문고 산조, 현대문학, 1970. 10

밀렵기, 현대문학, 1971. 4

새벽 소묘, 현대문학, 1971. 10

金魚, 지성, 1971. 11

설화와 전설의 섬, 월간중앙, 1971. 12

논개, 한국일보, 1972. 2. 1~1973. 8. 14

어떤 父子, 현대문학, 1973. 11

산동반점, 문학사상, 1974. 5

울릉도 답사, 현대문학, 1974. 6

맥주홀 OB키, 월간문학, 1974. 7

육교 근처, 한국문학, 1974. 9

어두일미, 신동아, 1974. 12

해후, 현대문학, 1975. 1

황혼, 월간문학, 1975. 3

관계, 문학사상, 1975. 6

한계령, 월간문학, 1976. 1

어느 소년의 추억, 현대문학, 1976. 12

제천댁, 문학사상, 1977. 1

산골 아이들, 한국문학, 1977. 12

흰콩 검은콩, 현대문학, 1977. 12

입석기, 소설문예, 1978. 1

양박사, 현대문학, 1978. 6

불로장생, 한국문학, 1978. 8

청개구리, 새마음, 1978. 9

설산행, 한국문학, 1979. 2

거리, 현대문학, 1979. 7

願, 한국문학, 1979. 12

바잘 김, 문학사상, 1980. 2

말미, 현대문학, 1980. 4

수탉, 소설문학, 1980. 6

蘇畵員, 한국문학, 1980. 6

胎缸, 문학사상, 1981. 5

한밤의 환상, 현대문학, 1981. 7

눈 뜨는 계절, 현대문학, 1982. 1

성북구 성북동, 한국문학, 1982. 2

첫사랑, 소설문학, 1982. 5

평창군수, 문학사상, 1982. 6

안개거리, 문학사상, 1983. 2

소설가 석운선생, 월간문학, 1983. 3

송아지, 현대문학, 1983. 5

새끼 고무나무, 문학사상, 1983. 6

우레, 소설문학, 1983. 10

가오리연, 현대문학, 1983. 11

늙는다는 것, 소설문학, 1983. 12

산에 올라 구름 타고, 월간문학, 1984. 2

E.T, 현대문학, 1984. 5

어떤 임종, 소설문학, 1984. 6

橫貫公路 橫斷記, 한국문학, 1984. 8

삐이토우, 계간예술계, 1984. 9

차임벨, 문학사상, 1985. 1

꽃피는 동백섬, 월간문학, 1985. 1

편지, 현대문학, 1985. 4

홍부의 기질, 소설문학, 1985. 6

증곡대사, 동서문학, 1985. 11

사마귀, 현대문학, 1986. 1

들장미 뿌리, 문학사상, 1986. 1

때밀이, 월간문학, 1986. 3

그러고 30년, 현대문학, 1986. 5

대학로 축제, 한국문학, 1986. 6

머리카락, 소설문학, 1986. 10

창녀와 복권, 동서문학, 1986. 12

因果, 월간문학, 1987. 1

전화, 문학정신, 1987. 2

石燈記, 한국문학, 1987. 3

산비둘기 우는 새벽, 문학사상, 1987. 4

냉면, 현대문학, 1987. 9

異他院에서, 동서문학, 1988. 1

출발이 다른 사람들, 현대문학, 1988. 1

숫고양이, 문학정신, 1988. 1

쓰레기터, 소설문학, 1988. 1

유혹, 월간문학, 1988. 3

습작기, 문학사상, 1988. 4

지팡이, 시대문학, 1988. 3

권투시합, 한국문학, 1988. 6

회심곡, 현대문학, 1988. 10

북한산진경, 문학사상, 1989. 2

산딸기, 동서문학, 1989. 3

속옷, 월간문학, 1989. 5

멍든 허벅지, 한국문학, 1989. 5

자화상, 문학정신, 1989. 6

불, 현대문학, 1989. 6

無碍탈, 동서문학, 1989. 9

귀울림, 한국문학, 1989. 10

비만증, 문학사상, 1990. 2

보리피리 닐니리, 동서문학, 1990. 4

시어머니와 며느리, 문학사상, 1991. 1

마지막 불꽃, 동서문학, 1991. 3

칠보브로치, 현대문학, 1992. 8

소설집

묘안묘심, 정음사, 1958

내 사랑의 편력, 현문사, 1959

시몬의 회상, 신지성사, 1959

끊어진 다리, 을유문화사, 1962

조용한 아침, 청림사, 1976

거문고 산조, 예성사, 1981

안개거리, 정음사, 1983

대학로 축제, 문학사상사, 1987

창녀와 복권, 청한, 1988

유혹, 거목출판사, 1989

고가, 등지, 1991

참고 문헌: 문혜윤 엮음, 정한숙, 글누림 출판사, 2011

최상규(崔翔圭, 1934~1994)

포인트, 문학예술, 1956. 5

斷面, 문학예술, 1956. 9

제1장, 문학예술, 1957. 3

창을 열자, 문학예술, 1957. 10

農軍, 현대문학, 1957. 10

비창조자, 현대문학, 1958. 1

뚫어진 하늘 아래서, 현대문학, 1958. 4

死角, 사상계, 1958. 8

孤獨, 신태양, 1959. 4

秩序, 사상계, 1959. 9

虐待, 현대문학, 1959. 12

廣場과 三脚, 현대문학, 1960. 9

손의 의미, 자유문학, 1960. 10

生命管理, 새벽, 1960. 12

심야의 향응, 사상계, 1961. 2

6월의 그림자, 현대문학, 1962. 1

申之君, 사상계, 1962. 5

야수, 신사조, 1962. 7

미완주형, 신세계, 1962. 11

황색의 서장, 세대, 1963. 8~9

또 하나의 영광, 사상계, 1963. 11

관서집, 신사조, 1964. 1

위대한 철야, 문학춘추, 1964. 5

哺乳圖, 문학춘추, 1964. 7

열외, 사상계, 1964. 7

사냥, 현대문학, 1964. 7

오찬회, 문학춘추, 1964. 10

녹색의 우물, 현대문학, 1964. 10

哄笑, 세대, 1964. 11

待春, 현대문학, 1965. 2

함정, 문학춘추, 1965. 2

문을 열고 들어가다, 사상계, 1965. 2

꿩 한 마리, 현대문학, 1965. 7

무서운 여름밤, 신동아, 1965. 8

乾坤, 현대문학, 1965. 9

하오의 巡遊, 현대문학, 1966. 1

厄日, 문학춘추, 1966. 2

早春, 신동아, 1966. 3

必死의 對局, 사상계, 1966. 4

테두리 안, 신동아, 1966. 4

서울 안내원, 문학, 1966. 4

寒春無事, 현대문학, 1966. 6

무덥고 긴 것, 현대문학, 1966. 11

영웅은 춥지 않다, 문학, 1966. 12

태연한 사람들, 자유공론, 1966. 12

凍春, 현대문학, 1967. 3

敵, 현대문학, 1967. 7

탈선, 신동아, 1967. 11

향연, 현대문학, 1968. 2

射塔, 신동아, 1968. 3～12

同素體, 현대문학, 1969. 5

河口, 월간문학, 1969. 5

加減法, 현대문학, 1969. 12

고독한 유희, 신동아, 1970. 6

유리의 성, 현대문학, 1970. 6

飛豚, 현대문학, 1970. 9

대합실, 신동아, 1971. 2

산신의 고아원, 월간중앙, 1971. 4

汚春, 현대문학, 1971. 5

밤의 끝에서, 현대문학, 1971. 10

방문객, 문학사상, 1972. 10

裸泳, 현대문학, 1973. 4

푸른 미소, 신동아, 1973. 5

모독, 문학사상, 1973. 8

맨손으로, 여성동아, 1974. 2

밀사, 현대문학, 1974. 5

갯바닥 설화, 문학사상, 1975. 1～7

위대한 자식, 한국문학, 1975. 2

청개구리의 외박, 세대, 1975. 6

蠢動, 현대문학, 1975. 9

답례, 한국문학, 1975. 11

獨夜行, 한국문학, 1976. 2

문의서, 소설문예, 1976. 6

작은 폭동, 신동아, 1976. 6

嘔吐師, 현대문학, 1976. 9

草食, 문학사상, 1977. 2

이상한 아침, 뿌리 깊은 나무, 1977. 3

가면의 밤, 세대, 1977. 5

모월 모일 어느 소년의 일기, 한국문학,
   1977. 6

잠수, 현대문학, 1977. 10

炎帝의 治下에서, 한국문학, 1978. 2

冬海에서, 월간중앙, 1978. 4

빈자의 탑, 신동아, 1978. 5

갈매기, 현대문학, 1978. 6

머물러 있는 밤, 한국문학, 1978. 10

벽난로, 현대문학, 1978. 11

캄팔라의 향연, 월간중앙, 1979. 3

말이 있는 판토마임, 문예중앙, 1979. 3

生者의 章, 현대문학, 1979. 6

감별사, 월간중앙, 1979. 6

황금의 누에, 한국문학, 1979. 9

새벽 이후, 현대문학, 1979. 12

새 공화국 告知, 월간중앙, 1980. 1

나방과 거품, 월간조선, 1980. 4

뒤로 가기, 문학사상, 1980. 6

외등, 한국문학, 1980. 8

魍魅의 溪谷, 월간조선, 1980. 10

영하의 전설, 현대문학, 1981. 1

달을 따는 아이들, 대전일보, 1981. 3~6

窓, 문학사상, 1981. 6

뛰뛰클럽, 신동아, 1981. 10

모래헤엄, 현대문학, 1982. 3

겨울 潛行, 현대문학, 1983. 2

마지막 주말, 현대문학, 1983. 8

마네킨 파티, 문학사상, 1983. 10

어떤 兆候, 문학사상, 1984. 6

구멍, 한국문학, 1984. 7

잠행3, 현대문학, 1985. 1

돌팔매질, 현대문학, 1985. 5

幕前喜劇, 한국문학, 1985. 5

하오의 변신, 금오문화, 1985. 5

신의 流域에서, 문학사상, 1985. 12

여름 斷章, 동서문학, 1986. 1

한밤의 목소리, 현대문학, 1986. 1

바람, 문학사상, 1986. 9

지난 겨울도 추웠네, 문학정신, 1986. 12

최후의 강, 현대문학, 1987. 3

땅거미, 동서문학, 1987. 4

타조의 꿈, 문학사상, 1987. 5

커다란 그림자, 한국문학, 1987. 7

안아지는 여자, 한국문학, 1988. 7

바람부는 양지, 문학사상, 1988. 7

그날의 패주, 동양문학, 1988. 8

정글짐, 문학정신, 1988. 9

영하의 해빙(악령의 늪 1), 문학사상, 1988. 9

바다로 가는 아이들, 동서문학, 1989. 1 ~2

어려운 시절의 행복, 동서문학, 1990. 2

왕과 닭, 현대문학, 1990. 3

끈과 매듭(악령의 늪 2), 문학사상, 1990. 9

발짝소리, 현대문학, 1991. 3

그날의 산행, 문학사상, 1991. 6

累卵의 밤, 문학정신, 1991. 10

春蚓의 章(악령의 늪 3), 문학사상, 1992. 3

딱딱한 뺨, 현대문학, 1992. 8

騷父吟, 동서문학, 1992. 12

독파드의 여자, 소설과 사상, 1993. 9

소설집

형성기, 삼성출판사, 1972

목은 이색, 고려원, 1977

그 어둠의 종말, 기린원, 1980

사람의 섬, 정음사, 1983

나방과 거품, 정음사, 1984

겨울잠행, 정음사, 1984

자라나는 탑, 정음사, 1985

포인트, 정음사, 1987

타조의 꿈, 인간사, 1989

새벽기행, 문학사상사, 1989

먼산 가까운 땅, 인간사, 1991

한밤의 목소리, 일신서적출판사, 1994

악령의 늪, 문학사상사, 1994

한무숙(韓戊淑, 1918~1993)

역사는 흐른다, 태양신문, 1948

람프, 민성, 1949. 10

내일 없는 사람들, 신천지, 1949. 11

水菊, 희망, 1949. 12

관상사 송명운, 문학, 1950. 6

정의사, 문예, 1950. 6

대구로 가는 길, 희망, 1951. 9

아버지, 문예, 1952. 1

떠나는 날(1952), 감정이 있는 심연, 1957

軍服(1953), 감정이 있는 심연, 1957

幻喜(1953), 감정이 있는 심연, 1957

모닥불, 여원, 1953. 5

노인, 문예, 1953. 6

허물어진 幻像, 신천지, 1953. 6

月暈, 현대문학, 1955. 8

돌, 문학예술, 1955. 12

천사, 현대문학, 1956. 7

感情이 있는 深淵, 문학예술, 1957. 2

隊列 속에서, 사상계, 1961. 11

축제와 운명의 장소, 현대문학, 1962. 11

配役, 사상계, 1962. 11

流水庵, 현대문학, 1963. 10

우리 사이 모든 것이, 현대문학, 1971. 11

양심, 현대문학, 1976. 6

이사종의 아내, 문학사상, 1978. 9

생인손, 소설문학, 1982. 1

송곳, 소설문학, 1982. 7

소설집

월운, 정음사, 1956

감정이 있는 심연, 1957

빛의 계단, 현대문학사, 1960

축제와 운명의 장소, 휘문출판사, 1963

만남(상, 하), 정음사, 1986

우리 사이 모든 것이, 문학사상사, 1987

참고 문헌: 한무숙 문학전집 10, 을유문화사, 1993

납북 모티프

강신재

그 모녀, 문예, 1953. 2

김광주

나는 너를 싫어한다, 자유세계, 1952. 1

김동리

실존무, 문학예술, 1955. 6

김송

裸體像, 문예, 1953. 6

김이석

파경, 현대문학, 1955. 5

秋雲, 문학예술, 1956. 1

남정현

모의시체, 자유문학, 1959. 7

박경리

薰香, 한국평론, 1958. 5

박연희

중립지대, 전시한국문학선―소설편, 1954

박영준

변노파, 문예, 1952. 5·6

박용구

숙자의 경우, 신태양, 1954. 6
무더운 비탈길, 사상계, 1958. 8

방기환

파괴, 문예, 1954. 3

서근배

항구, 문예, 1952. 1

서기원

안락사론, 현대문학, 1956. 6

송병수

환원기, 사상계, 1959. 2
그늘진 양지, 사상계, 1959. 8

안동민

어떤 고백, 사상계, 1958. 12

염상섭

취우, 조선일보, 1952. 7. 18~1953. 2. 10

유주현

요화의 시, 자유문학, 1956. 8

이무영

사랑의 화첩, 1952
死의 行列, 국방, 1953. 4·5
淑, 문학예술, 1956. 5

전숙희

미완의 서, 전시한국문학선—소설편, 1954

최독견

마담의 생태, 새벽, 1956. 3

최상규

창을 열자, 문학예술, 1957. 10

최정희

靜寂一瞬, 현대문학, 1955. 9~10

최태응

자매, 신천지, 1953. 7·8

황순원

안개구름 끼다, 사상계, 1959. 1

대구 10·1 폭동 모티프

김동리

유서방, 대조, 1949. 3·4

김만선

어떤 친구, 압록강(소설집), 1948

김정한

설날, 문학비평, 1947. 6

박찬모

어머니, 문학, 1947. 2

서근배

정원의 경우, 현대문학, 1955.4

안회남

폭풍의 역사, 문학평론, 1947. 4

염상섭

재회, 문장, 1948. 10

이무영

삼년, 태양신문, 1946
산정삽화, 문예, 1949. 11
젊은 사람들, 문연사, 1952
사랑의 화첩, 1952

채만식

소년은 자란다, 1949

최인욱

못난이, 문예, 1949.10

부역자 모티프

강신재

눈물, 문예, 1952. 1
포말, 현대문학, 1955. 3

곽학송

자유의 궤도, 노동문화사, 1956

김송

파괴인간, 새벽, 1956. 5
탈주로, 신태양, 1956. 10
霖雨, 자유문학, 1957. 9

김장수

사상의 의상, 자유문학, 1959. 12

박기원

문일씨, 자유문학, 1958. 11

박연희

중립지대, 전시한국문학선—소설편, 1954

박용구

칠면조, 문예, 1950. 12

서근배

정원의 경우, 현대문학, 1955. 4

서기원

달빛과 기아, 사상계, 1959. 1

선우휘

승패, 신태양, 1958. 12

염상섭

해방의 아침, 신천지, 1951. 1
취우, 조선일보, 1952. 7. 18~1953. 2. 10
同氣, 사상계, 1959. 8

이광숙

밀고자, 현대문학, 1959. 2

이무영

O형의 인간, 신천지, 1953. 6
榮轉, 신천지, 1954. 6
시신과의 대화, 문학예술, 1957. 3

이종환

어떤 娼婦, 문학예술, 1956. 10

이채우

늪에 뿌린 전설, 신태양, 1957. 5
산천, 현대문학, 1958. 6

이호철

滿潮期, 신문예, 1959. 2

장용학

찢어진 윤리학의 근본문제, 문예, 1953. 6

조용만

서정가, 사상계, 1958. 1~3

최상규

斷面, 문학예술, 1956. 9

최정희

속·수난의 장, 새벽, 1955. 1
靜寂一瞬, 현대문학, 1955. 9~10

최태응

구각을 떨치고, 전쟁과 소설, 1951

황순원

모든 영광은, 현대문학, 1958. 7

빨치산 모티프

김춘복

낙인, 현대문학, 1959. 6

박영준

빨치산, 신천지, 1952. 5
어둠을 헤치고, 농민소설선집, 1952

오영수

메아리, 현대문학, 1959. 4

오유권

황량한 촌락, 현대문학, 1959. 5
월광, 사상계, 1959. 12

유주현

첩자, 신태양, 1957. 12

이무영

젊은 사람들, 문연사, 1952

정한숙

준령, 신천지, 1954. 9

조진대

생리의 승화, 문예, 1950. 1

최인욱

대결, 문학예술, 1957. 12

최정희

정적일순, 현대문학, 1955. 9~10

황순원

산, 현대문학, 1956. 7
비바리, 문학예술, 1956. 10

곽학송

독목교, 문예, 1953. 12

김동리

풍우가, 협동, 1950. 11~1951. 1

김송

두 개의 심정, 문예, 1952. 5~6
진달래, 현대문학, 1955. 3
심판, 사상계, 1956. 10

상이군인 모티프

강신재

해방촌 가는 길, 문학예술, 1957. 8

곽하신

처녀애장, 전선문학, 1953. 2

박경리

표류도, 현대문학, 1959. 2~11

박영준

戰火, 걸작소설선집, 1952
통곡하는 어머니, 문화세계, 1953. 8

박용구

피란은 끝나다, 현대문학, 1955.8

선우휘

사나이, 현대, 1958. 1

송병수

解狂線, 현대문학, 1959. 1
환원기, 사상계, 1959. 2
그늘진 양지, 사상계, 1959. 8

염상섭

새 설계, 농민소설선집, 1952

오상원

증인, 사상계, 1956. 8
백지의 기록, 사상계, 1957. 5~12
사이비, 현대, 1958. 4

오영수

눈사람, 신천지, 1953. 7

유주현

기상도, 전선문학, 1953. 4
폐허의 독백, 현대평론, 1954. 8
장씨일가, 사상계, 1959. 5

이문희

희화, 현대문학, 1958. 8~12
遭遇記, 현대문학, 1959. 5

이제하

황색 강아지, 신태양, 1958. 6

이종환

운명을 팽개쳐버린 사나이, 문학예술,
　1957. 11

전광용

퇴색된 훈장, 자유문학, 1959. 2

정비석

간호장교, 전선문학, 1952. 12

정연희

한 뼘의 땅, 사상계, 1959. 8
세바퀴, 자유공론, 1959. 8

최상규

死角, 사상계, 1958. 8
질서, 사상계, 1959. 9

최인욱

생활의 공백지대, 현대문학, 1956. 12

하근찬

나룻배 이야기, 사상계, 1959. 7

한남철

실의, 사상계, 1958. 10

황순원

인간접목, 새가정, 1955. 1~12
소리, 현대문학, 1957. 5

실존주의 모티프

곽학송

자유의 궤도, 노동문화사, 1956

김광주

발광직전, 현대문학, 1959. 1

김동리

실존무, 문학예술, 1955. 6

김성한

암야행, 신천지, 1954. 1
오분간, 사상계, 1955. 6

김송

저항하는 자세, 현대소설선, 1954
하나의 독백, 현대문학, 1955. 8

김이석

閑日, 신태양, 1958. 5 김장수

김장수

태양은 내일 또 뜬다, 자유문학, 1958. 3

박경리

표류도, 현대문학, 1959. 2~10

박연희

고독자, 문학예술, 1955. 7

닭과 신화, 문학예술, 1956. 10

박용숙

자라두스트라의 揷話, 자유문학, 1959. 10

선우휘

불꽃, 문학예술, 1957. 7

손소희

거리, 전선문학, 1953. 5

손창섭

잡초의 의지, 신태양, 1958. 8

송병수

그늘진 양지, 사상계, 1959. 8

안수길

유희, 자유공론, 1958. 12

오상원

균열, 문학예술, 1955. 8
죽음에의 훈련, 사상계, 1955. 12

유주현

패배자, 문예, 1953. 6
잃어버린 눈동자, 문예, 1953. 12
老焰, 현대문학, 1955. 4
허구의 종말, 현대문학, 1957. 6

이봉구

시들은 갈대, 신천지, 1954. 7
死者의 書, 사상계, 1958. 11
잡초, 현대문학, 1959. 7

이영우

배리의 지역, 현대문학, 1958. 6

이주홍

深雲, 신생공론, 1954. 1

장용학

무영탑, 현대여성, 1953. 12
요한시집, 현대문학, 1955. 7
비인탄생, 사상계, 1956.10~1957. 1
역성서설, 사상계, 1958. 3~6
대관령, 자유문학, 1959. 1

전영택

김탄실과 그 아들, 현대문학, 1955. 4

정연희

저항, 신태양, 1957. 6

조용만

서정가, 사상계, 1958. 1~3

최인욱

申君夫妻, 신태양, 1957. 12

최진우

인간대결, 자유문학, 1959. 5

최태응

옛 같은 아침, 신천지, 1954. 5

황순원

내일, 현대문학, 1957. 2
다시 내일, 현대문학, 1958. 1

서근배

정원의 경우, 현대문학, 1955. 4

선우휘

불꽃, 문학예술, 1957. 7
오리와 계급장, 지성, 1958. 9
승패, 신태양, 1958. 12

손소희

흉몽, 신천지, 1949. 8

채만식

소년은 자란다, 1949

여순 반란 사건 모티프

김동리

형제, 백민, 1949. 3

월남 모티프

강신재

옛날의 금잔디, 자유문학, 1959. 6

계용묵

짐, 대조, 1947. 8

김광식

의자의 풍경, 문학예술, 1956. 2
비정의 향연, 자유문학, 1958. 2

김광주

貞操, 백민, 1947. 10·11
연애·제백장, 백민, 1949. 5

김동리

실존무, 문학예술, 1955. 6

김송

고향이야기, 백민, 1947. 3
정임이, 백민, 1948. 1
寒灘, 백민, 1948. 10
달이 뜨면, 백민, 1950. 2
저항하는 자세, 현대소설선, 1954

박계주

조국, 백민, 1950. 2

박연희

증인, 현대문학, 1956. 2

박영준

피난기, 예술, 1945. 12
창공, 문학비평, 1947. 6
서울, 새한민보, 1947. 8
통곡하는 어머니, 문화세계, 1953. 8

서근배

악동기, 현대문학, 1959. 10

선우휘

테로리스트, 사상계, 1956. 12
똥개, 사상계, 1957. 8
승패, 신태양, 1958. 12
사나이, 현대문학, 1958. 1
깃발 없는 기수, 새벽, 1959. 12

손소희

야미장에서, 부인경향, 1950. 6
층계 위에서, 현대문학, 1955. 2
이초시의 하늘, 문학예술, 1956. 1

손창섭

비오는 날, 문예, 1953. 11
설중행, 문학예술, 1956. 4
雉夢, 사상계, 1957. 7

안수길

旅愁, 백민, 1949. 5
범속, 민성, 1949. 9
쾌청, 문화세계, 1953. 7
泥土地域, 자유문학, 1959. 7~10

염상섭

삼팔선, 삼팔선(소설집), 1948
이합, 개벽, 1948. 1
재회, 문장, 1948. 10

오상원

亂影, 현대문학, 1956. 3

오영수

내일의 삽화, 사상계, 1958. 9

이무영

사랑의 화첩, 1952

이범선

오발탄, 현대문학, 1959. 10

이봉구

선소리, 자유문학, 1958. 3
저 별처럼, 자유문학, 1959. 9

이호철

裸像, 문학예술, 1956. 1
脫殼, 사상계, 1959. 2

임옥인

명일, 민성, 1949. 11
夫妻, 문예, 1953. 12
越南前後, 문학예술, 1956. 7~12

장용학

역류, 무학, 1955. 10

전광용

硬動脈, 문학예술, 1956. 3

전영택

새봄의 노래, 문예, 1950. 3

전홍준

蠢動, 개벽, 1948. 9

최인욱

거문고, 문학예술, 1956. 9

은하의 전설, 사상계, 1957. 12

최정희

정적일순, 현대문학, 1955. 9~10
찬란한 한낮, 문학예술, 1956. 6~8

최태응

북녘사람들, 문화, 1947. 4
白夜, 해동공론, 1948. 4
슬픔과 고난의 광영, 문예, 1949. 8
착한 아내, 북한특보, 1950. 3
1952년의 표정, 자유세계, 1952. 4
슬픔과 괴로움이 있을지라도, 신천지,
　1954. 10
晩春, 문학예술, 1956. 5
과거의 사람들, 자유문학, 1957. 8

허윤석

실낙원, 개벽, 1948. 5

월북 모티프

강신재

성근네, 신천지, 1950. 1

김송

고향 이야기, 백민, 1947. 3
달이 뜨면, 백민, 1950. 2

박경리

僻地, 현대문학, 1958. 3

박연희

고독자, 문학예술, 1955. 7

서근배

정원의 경우, 현대문학, 1955. 4

선우휘

승패, 신태양, 1958. 12
깃발 없는 기수, 새벽, 1959. 12

손창섭

잡초의 의지, 신태양, 1958. 8

송병수

解珖線, 현대문학, 1959. 1

염상섭

효풍, 자유신문, 1948. 1. 1~11. 3
재회, 문장, 1948. 10

유주현

첩자, 신태양, 1957. 12

이무영

사랑의 화첩, 1952

작은 반역자, 사상계, 1956. 5

이종환

형제, 현대문학, 1957. 2

임옥인

약속, 백민, 1947. 10·11

조용만

삼막사, 사상계, 1957. 4
서정가, 사상계, 1958. 1~3

채만식

소년은 자란다, 1949

최태응

집, 백민, 1947. 9

허준

임풍전씨의 일기, 협동, 1947. 6

인민군 의용군 모티프

강신재

눈물, 문예, 1952. 1
산기슭, 신천지, 1954. 3
落照前, 현대문학, 1956. 9

곽학송

황혼 후, 신태양, 1956. 6

박경리

비는 내린다, 여원, 1959. 10

박영준

암야, 전선문학, 1952. 4
통곡하는 어머니, 문화세계, 1953. 8

서근배

정원의 경우, 현대문학, 1955. 4

염상섭

취우, 조선일보, 1952. 7. 18~1953. 2. 10

오영수

내일의 삽화, 사상계, 1958. 9

장용학

찢어진 윤리학의 근본문제, 문예, 1953. 6
요한시집, 현대문학, 1955. 7

최인욱

속물, 신천지, 1952. 5

최정희

찬란한 한낮, 문학예술, 1956. 6~8

자살 모티프

강노향

鐘匠, 백민, 1948. 10

강신재

해방촌 가는 길, 문학예술, 1957. 8
옛날의 금잔디, 자유문학, 1959. 6

김광주

유언도 없이 여인은 가다, 현대, 1958. 2

김동리

달, 문화, 1947. 4
밀다원시대, 현대문학, 1955. 4

김성한

극한, 문학예술, 1956. 5

김송

서울의 비극, 전쟁과 소설, 1951
두 개의 심정, 문예, 1952. 6
피, 현대문학, 1956. 4
심판, 사상계, 1956. 10
중립선, 자유문학, 1956. 12

김용제

棺畵, 현대문학, 1959. 4~8

김이석

동면, 사상계, 1958. 7~8

박경리

비는 내린다, 여원, 1959. 10
해동여관의 미나, 사상계, 1959. 12

박연희

고목, 백민, 1948. 7

박영준

용초도 근해, 전선문학, 1953. 12

선우휘

똘개, 사상계, 1957. 8
깃발 없는 기수, 새벽, 1959. 12

손동인

임자 없는 그림자, 전선문학, 1953. 9

손소희

그 전날 밤, 문학비평, 1947. 6

안수길

유희, 자유공론, 1958. 12

안회남

농민의 비애, 문학, 1948. 4

염상섭

동서(娣姒), 현대문학, 1957. 9
정염에 사른 모욕감, 신태양, 1957. 11

오상원

浮動期, 사상계, 1958. 12

이무영

삼년, 태양신문, 1946

이병구

마음의 지점, 자유문학, 1959. 4

이봉구

시들은 갈대, 신천지, 1954. 7
傷秋斷章, 문학예술, 1955. 11
극장주변, 새벽, 1956. 9
저 별처럼, 자유문학, 1959. 9

이석징

한계, 문학, 1948. 7

이선희

窓, 서울신문, 1946. 6. 26~7. 20

이제하

황색 강아지, 신태양, 1958. 6

이종환

어떤 娼婦, 문학예술, 1956. 10

임옥인

평행선, 신태양, 1957. 11

장용학

인간의 종언, 문화세계, 1953. 11
요한시집, 현대문학, 1955. 7

전광용

퇴색된 훈장, 자유문학, 1959. 2

전영택

집, 새벽, 1957. 1

정연희

화형, 자유문학, 1958. 5

정한숙

고가, 문학예술, 1956. 7

조용만

지옥의 한 계절, 새벽, 1957. 3

최인욱

목숨, 문예, 1950. 12

최정희

정적일순, 현대문학, 1955. 9~10

최태응

縊首, 사상계, 1958. 8

홍구범

농민, 문예, 1949. 8

정신대 모티프

강노향

鐘匠, 백민, 1948. 10

박경리

剪刀, 현대문학, 1957. 3

박노갑

歡, 대조, 1946. 1

손창섭

死線記, 문예, 1953. 6

엄흥섭

귀환일기, 우리문학, 1946. 2
發展, 문학비평, 1947. 6

윤세중

從姉, 인민예술, 1946. 10

이동규

돌에 풀은 울분, 인민, 1945. 12

장덕조

함성, 백민, 1947 .6·7

허윤석

옛마을, 문예, 1949. 8

중간파 모티프

김동리

형제, 백민, 1949. 3

김송

달이 뜨면, 백민, 1950. 2

김영수

행렬, 백민, 1947. 3

염상섭

재회, 문장, 1948. 10

전영택

소, 백민, 1950. 2

김송

만세, 백민, 1945. 12
외투, 민성, 1948. 4

징병 모티프

김광식

비정의 향연, 자유문학, 1958. 2

김내성

사상범의 수기, 개벽, 1946. 4

김동리

해방, 동아일보, 1949. 9. 1〜1950. 2. 16

김동인

학병수첩, 태양, 1946. 3

김학철

밤에 잡은 俘虜, 신천지, 1946. 6

박연희

환멸, 사상계, 1958. 7

손창섭

死線記, 문예, 1953. 6

안동수

경희의 편지, 인민, 1945. 12

염상섭

엉덩이에 남은 발자국, 구국, 1948. 1
난류, 조선일보, 1950. 2. 10〜6. 28

윤세중

청년, 인민, 1946. 3

이무영

삼년, 태양신문, 1946
젊은 사람들, 문연사, 1952
사랑의 화첩, 1952

이봉구

시들은 갈대, 신천지, 1954. 7

전영택

해바라기, 자유문학, 1959. 2

정비석

是日, 생활문화, 1946. 1

한무숙

역사는 흐른다, 1948

허준

황매일지, 민보, 1947. 3. 11~6. 12

홍구

꽃, 신조선, 1947. 12

징용 모티프

강형구

목석, 협동, 1947. 3

구경서

曲, 백맥, 1946. 1

김광주

貞操, 백민, 1947. 10·11
연애·제백장, 백민, 1949. 5

김남천

1945년 8·15, 자유신문, 1945. 10. 15~
    1946. 6. 28

김송

만세, 백민, 1945. 12
병아리, 예술조선, 1948. 1
외투, 민성, 1948. 4
최만중, 한중문화, 1949. 3

김영석

지하로 뚫린 길, 협동, 1946. 10

박노갑

역사, 개벽, 1946. 1

박영준

환향, 우리문학, 1946. 2
과정, 신문학, 1946. 4
창공, 문학비평, 1947. 6

박용구

一九四七, 문예, 1950. 1

박찬모

동지, 문학, 1946. 11
어머니, 문학, 1947. 2
꿈꾸는 마을, 신조선, 1947. 2

손소희

탁류기, 민성, 1947. 10

송영

고민, 예술, 1945. 12

안동수

괴로운 사람들, 백제, 1947. 1

안회남

오욕의 거리, 주보건설, 1945. 11~1946. 3

철쇄 끊어지다, 개벽, 1946. 1

섬, 신천지, 1946. 1

별, 혁명, 1946. 1

말, 대조, 1946. 1

소, 조광, 1946. 3

쌀, 신세대, 1946. 3

불, 문학, 1946. 8

사선을 넘어서, 협동, 1947. 1~3

폭풍의 역사, 문학평론, 1947. 4

농민의 비애, 문학, 1948. 4

엄흥섭

발전, 문학비평, 1947. 6

산에 사는 사람들, 청년예술, 1948. 5

염상섭

엉덩이에 남은 발자국, 구국, 1948. 1

이근영

장날, 인민평론, 1946. 3

이동규

오빠와 애인, 신건설, 1945. 12

돌에 풀은 울분, 인민, 1945. 12

이무영

젊은 사람들, 문연사, 1952

이봉구

언덕, 백민, 1948. 3

속·도정, 문예, 1949. 1

저 별처럼, 자유문학, 1959. 9

이태준

해방전후, 문학, 1946. 8

전광용

海圖抄, 사조, 1958. 11

최정희

풍류 잽히는 마을, 백민, 1947. 9

최태응

강변, 대조, 1946. 7

허윤석

옛마을, 문예, 1949. 8

홍구

석류, 신문학, 1946. 6

홍구범

농민, 문예, 1949. 8

황순원

곰, 협동, 1947.3
필묵장수, 현대문학, 1955. 6

강형구

목석, 협동, 1947. 3

계용묵

바람은 그냥 불고, 백민, 1947. 6·7

김광식

의자의 풍경, 문학예술, 1956. 4

김송

정임이, 백민, 1948. 1
최만중, 한중문화, 1949. 3

선우휘

사나이, 현대, 1958. 1

손소희

야미장에서, 부인경향, 1950. 6

안수길

旅愁, 백민, 1949. 5

염상섭

정염에 사른 모욕감, 신태양, 1957. 11

유승휴

지주, 자유문학, 1959. 6
경칩, 자유문학, 1959. 11~12

이무영

젊은 사람들, 문연사, 1952

이선희

窓, 서울신문, 1946. 6. 26~7. 20

이호철

백지풍경, 문학예술, 1956. 4

임옥인

월남전후, 문학예술, 1956. 7~12

정철

용, 예술문화, 1945. 12

최정희

정적일순, 현대문학, 1955. 9~10

허윤석

실낙원, 개벽, 1948. 5

황순원

꿀벌, 신조선, 1947. 4
카인의 후예, 문예, 1953. 9~1954. 3

패전 직후 일본인 모티프

김내성

민족의 책임, 생활문화, 1946. 2

김동인

석방, 민성, 1946. 2

김성한

극한, 문학예술, 1956. 5

손소희

길 위에서(1), 신천지, 1949. 11

손창섭

인간시세, 현대문학, 1958. 11

안회남

말, 대조, 1946. 1

철쇄, 끊어지다, 개벽, 1946. 1

소, 조광, 1946. 3

엄흥섭

귀환일기, 우리문학, 1946. 2

염상섭

해방의 아들, 신문학, 1946. 11

효풍, 자유신문, 1948. 1. 1~1948. 11. 3

삼팔선, 삼팔선(소설집), 1948

짖지 않는 개, 문학예술, 1955. 6

이근영

장날, 인민평론, 1946. 3

이태준

해방전후, 문학, 1946. 8

임옥인

월남전후, 문학예술, 1956. 7~12

주요섭

눈은 눈으로, 대조, 1947. 10·11

황순원

카인의 후예, 문예, 1953. 9~1954. 3

허준

잔등, 대조, 1946. 1. 7

폐병 모티프

강노향

鐘匠, 백민, 1948.10

곽학송

유성, 문학예술, 1955. 8

김광주

유언도 없이 여인은 가다, 현대, 1958. 2

김동리

해방, 동아일보, 1949. 9. 1~1950. 2. 16

박경리

불신시대, 현대문학, 1957. 8
반딧불, 신태양, 1957. 10

박연희

증인, 현대문학, 1956. 2

박영준

幽明, 신천지, 1950. 6

손동인

타산파, 자유문학, 1959. 4

손소희

층계 위에서, 현대문학, 1955. 2

송원희

식민지, 문학예술, 1957. 5

염상섭

귀향, 새벽, 1954. 9
絶穀, 문학예술, 1957. 2

유주현

요화의 시, 자유문학, 1956. 8

이갑기

황혼, 문학비평, 1947. 6

이봉구

道程, 신문예, 1945. 12

정연희

조롱복, 자유문학, 1958. 9

최상규

뚫어진 하늘 아래서, 현대문학, 1958. 4

최태응

혈담, 백민, 1948. 3
만춘, 문학예술, 1956. 5
버섯, 신태양, 1957. 5
縊首, 사상계, 1958. 8

한말숙

어떤 죽음, 현대문학, 1957. 11

한무숙

月暈, 현대문학, 1955.8
감정이 있는 심연, 문학예술, 1957. 2

허준

황매일지, 민보, 1947. 3. 11~6. 12

한국전 우려 모티프

김만선

大雪, 신천지, 1949. 2

박연희

고독자, 문학예술, 1955. 7

염상섭

효풍, 자유신문, 1948. 1. 1 ~11. 3
홍염, 자유세계, 1952. 1·4·5·8

이무영

삼년, 태양신문, 1946

임상순

명령은 언제나?, 문예, 1950. 2

채만식

낙조, 잘난 사람들(소설집), 1948

허준

임풍전씨의 일기, 협동, 1947. 6

찾아보기

작가명

ㄱ

강신재 27, 313, 330, 332-36, 380, 411, 457, 506, 561, 644-45, 671

강형구 26, 29, 31-32, 181, 192, 231, 337-38

계용묵 26, 40, 43, 186, 330

곽하신 30, 32, 36, 332-36, 340, 395, 409, 571, 596, 608

곽학송 333-34, 391, 412, 459, 477-78, 497, 500, 502

김광식 334-35, 469, 523, 528, 539, 572, 578, 620

김광주 26-27, 34, 38, 187, 303, 313-14, 331-36, 389, 663

김남천 25-26, 28-33, 35, 37-38, 56, 58-59, 61, 66, 71, 141, 145-46, 192, 336-38, 544, 641

김내성 31, 105, 135

김동리 26-27, 32, 34-37, 39-40, 128, 130-32, 134, 172-73, 193-94, 264, 270, 274-75, 277-78, 280-82, 285, 288, 296, 306-07, 320, 330, 331-37, 340, 380, 382, 387, 389, 459, 461, 544

김동인 26-27, 34, 39, 43, 98, 124-27, 222-24, 226

김만선 26-28, 30, 32, 122-24, 154-57, 222-24, 226, 284-86, 337-38

김성한 330, 333-35, 423, 444, 446, 482, 484, 526, 534, 570, 601, 617

김소엽 29-30, 264, 338

김송 26-28, 39, 43, 54, 59, 73-75, 101, 170, 176, 221, 232, 239, 242, 265, 282, 298, 314, 330-31, 333-34, 336, 339, 345, 368, 379-80, 391, 406, 409, 434-35, 458, 526, 528, 536, 542, 568, 679

김영석 25, 29, 31, 34, 37, 40, 70-78, 135, 192

김영수 26, 30, 39, 81, 93, 184, 335, 389, 392

김이석 331-35, 339, 379, 436, 465, 508, 522, 563, 578, 595, 614, 619

김장수 332, 334-35, 396, 597, 673

김정한 334, 168

김중희 335, 486, 596

김학철 25-26, 32, 54, 58-59, 98-99, 338

ㄴ

남정현 335, 659

작품명

ㅅ